westermann

W0397734

Matthias Becker, Torben Karges, Tim Richter-Honsbrok, Reiner Schlausch

Herausgeber: Matthias Becker, Torben Karges, Tim Richter-Honsbrock, Reiner Schlausch

Unter Mitarbeit von: Detlef Bruhn, Peter Gerigk, Stefan Gohlke

Kraftfahrzeugmechatronik

Tabellenbuch

Kfz SMART Lernen

1. Auflage

Bestellnummer 223593

Diesem Buch wurden die bei Manuskriptabschluss vorliegenden neuesten Ausgaben der DIN-Normen, VDI-Richtlinien und sonstigen Bestimmungen zu Grunde gelegt. Verbindlich sind jedoch nur die neuesten Ausgaben der DIN-Normen und VDI-Richtlinien und sonstigen Bestimmungen selbst.
Die DIN-Normen wurden wiedergegeben mit Erlaubnis des DIN Deutsches Institut für Normung e. V.
Maßgebend für das Anwenden der Norm ist deren Fassung mit dem neuesten Ausgabedatum, die bei der DIN Media GmbH, Am DIN-Platz Burggrafenstraße 6, 10787 Berlin, erhältlich ist.

Zusatzmaterialien zu Kraftfahrzeugmechatronik Tabellenbuch Kfz SMART Lernen

Für Lehrerinnen und Lehrer

BiBox Einzellizenz für Lehrer/-innen (Dauerlizenz)
BiBox Klassenlizenz Premium für Lehrer/-innen und bis zu 35 Schüler/-innen (1 Schuljahr)
BiBox Kollegiumslizenz für Lehrer/-innen (Dauerlizenz)
BiBox Kollegiumslizenz für Lehrer/-innen (1 Schuljahr)

Für Schülerinnen und Schüler

BiBox Einzellizenz für Schüler/-innen (1 Schuljahr)
BiBox Einzellizenz für Schüler/-innen (4 Schuljahre)
BiBox Klassensatz PrintPlus (1 Schuljahr)

Druck und Bindung: Westermann Druck GmbH, Georg-Westermann-Allee 66, 38104 Braunschweig

ISBN 978-3-14-223593-6

DIN EN IEC...

DIN EN ISO ...

DIN ISO ...

ISO ...

ECE ...

Verzeichnis der verwendeten DIN-Normen und anderer Vorschriften
Index of standards and other regulations used

SAE ...

Gesetze, Verordnungen, Sonstiges

Deutsche Normen (DIN) sind Festlegungen, die das Deutsche Institut für Normung e.V. aufstellt und mit dem Verbandszeichen DIN herausgibt. Sie werden auch kurz DIN-Normen genannt.

EURONORMEN (EN) werden von der Europäischen Union herausgegeben. Die Inhalte der EURONORMEN und ISO-Normen werden in den DIN-Normen berücksichtigt (**DIN EN** und **DIN EN ISO**).

ISO-Normen werden von der Internationalen Normungsorganisation (**I**nternational **O**rganization for **S**tandardization) herausgegeben. Vom Deutschen Institut für Normung e.V. übernommene Normen werden als **DIN-ISO-Normen** gekennzeichnet.

IEC-Normen werden von der Internationalen Elektrotechnischen Kommission erarbeitet und von der DKE (Deutschen Kommission Elektrotechnik Elektronik Informationstechnik) übernommen und als **DIN IEC-Normen** gekennzeichnet.

ECE-Regelungen (ECE: Economic Commission for Europe) beinhalten technische Vorschriften für Kraftfahrzeuge, die von der Wirtschaftskommission für Europa der Vereinten Nationen festgelegt und von Mitgliedsstaaten der UN und anderen Ländern akzeptiert werden.

SAE-Klassen beinhalten Mindestanforderungen an Motoröle, die von der amerikanischen Society of Automotive Engineers (Vereinigung der Kraftfahrzeug-Ingenieure) festgelegt werden.

Die vorliegende **Tabellenbuch** aus der Reihe Kfz SMART Lernen stellt Daten, Kennwerte, Definitionen, Normen, Formeln und Übersichten für die Kraftfahrzeugmechatronik zur Verfügung.

Zielgruppen und Einsatzbereiche

Das Tabellenbuch dient als Nachschlagewerk im Unterricht und in der Werkstatt und ist auf die weiteren Medien der Reihe Kfz SMART Lernen abgestimmt.

Das Tabellenbuch kann im Rahmen der Berufsausbildung im Ausbildungsberuf Kraftfahrzeugmechatroniker/-in und auch in fortführenden Bildungsgängen wie der Fachschule für Technik oder im Beruflichen Gymnasium sowie in der Werkstattpraxis eingesetzt werden und liefert das aktuelle Faktenwissen der modernen Fahrzeugtechnik, z. B. Kennzahlen und Formeln, die nachgeschlagen und u. a. für die Bearbeitung von Lernaufgaben angewendet werden können. Das erweiterte Schlagwortverzeichnis ermöglicht Schülerinnen und Schülern sowie Fachkräften der Kraftfahrzeugmechatronik ein schnelles Auffinden der jeweiligen Inhalte.

Reihe Kfz SMART Lernen

Die Lernsituationen bilden zusammen mit dem **Berufskundebuch**, dem **Tabellenbuch** und den **digitalen Zusatzmaterialien** der Reihe Kfz SMART Lernen sowie der Ausstattung in der Berufsschule oder einer anderen Ausbildungsstätte ein abgestimmtes Gesamtkonzept. Das Konzept soll das selbstständige Informieren, Planen, Entscheiden, Durchführen, Kontrollieren und Bewerten von Arbeitsprozessen sicherstellen und darüber hinaus einen reflektierten Umgang mit der Vielfalt der Informationsquellen und Medien fördern.

In einer separat und kostenlos erhältlichen **Didaktischen Handreichung** für Lehrkräfte sind didaktische und methodische Erläuterungen und Hilfestellungen für den Einsatz der Produkte der Reihe Kfz SMART lernen verfügbar.

Die Autoren, Herausgeber und der Verlag freuen sich auf Hinweise, Erfahrungsberichte und Verbesserungsvorschläge.

Köln, im Frühjahr 2025

1 Betriebsorganisation, Arbeits- und Umweltschutz im Betrieb

2 Naturwissenschaftliche und technische Grundlagen

Mathematik

Kaufmännisches Rechnen

Physik

Chemie

Fahrzeugtechnische Berechnungen

Werkstoffe

Werkstoffprüfung

Korrosion

Technische Kommunikation

10 Komfort- und Sicherheitssysteme

9 Vernetzte Systeme und Diagnose

Die **betriebliche Organisation** hat die **Aufgabe**, die Abteilungen (z. B. Lager, Werkstatt, Karosseriebau, Lackiererei) des Betriebes so zu organisieren, dass diese mit möglichst geringem Aufwand einen größtmöglichen Ertrag erwirtschaften.

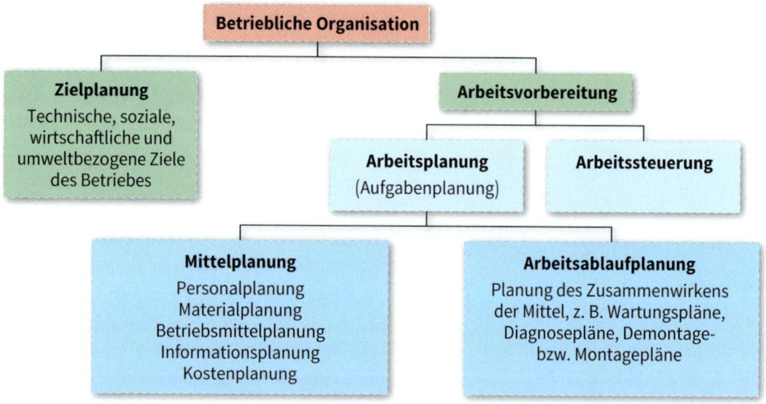

Zielplanung	
Technische Ziele	Hohe Produktivität; kurze Auftragsdurchlaufzeiten.
Soziale Ziele	Versorgung der Beschäftigten; Verantwortlichkeit gegenüber den Beschäftigten und ihren Familien (z. B. Firmenkantine, betriebliche Kindertagesstätte).
Wirtschaftliche Ziele	Optimaler Einsatz und Vermehrung des Betriebskapitals.
Umweltbezogene Ziele	Die neuesten umwelttechnischen Standards sollten in der Betriebsausstattung und im Betriebsablauf erfüllt werden.
Arbeitsvorbereitung	
Arbeitsplanung	
Die **Arbeitsplanung** hat die **Aufgabe**, systematisch die Mittel (Mittelplanung) und die Arbeitsabläufe (Arbeitsablaufplanung) für das zielgerichtete Zusammenwirken der Mittel festzulegen.	
Mittelplanung	
Personalplanung	Planung von Personalbedarf, Beobachtung der Personalentwicklung, Planung des Personaleinsatzes, Weiterbildung und Schulung des Personals
Materialplanung	Planung der Mengen und der erforderlichen Qualität der benötigten Ersatzteile, Auswahl der Zulieferer für die gewählten Ersatzteile
Betriebsmittelplanung	Auswahl, Gestaltung und Erhaltung von Maschinen, Werkzeugen, Messgeräten, Auswahl geeigneter Arbeits- und Prüfverfahren der geforderten Qualitätsmaßstäbe
Informationsplanung	Erstellt bzw. organisiert vollständige und verständliche Wartungs-, Reparatur- und Fertigungsunterlagen, z. B. Zeichnungen, Montagepläne, Prüfpläne
Kostenplanung	Kalkulation aller Kostenarten (z. B. Personalkosten: Lohngruppen, Zeitvorgaben, Arbeitswerte, Arbeitgeberanteile zur Sozialversicherung, Entgeltzahlung im Krankheitsfall, Beiträge an die gesetzliche Unfallversicherung)
Arbeitsablaufplanung	
Die Arbeitsablaufplanung erstellt Arbeitsanweisungen für den zeitlich geordneten Gebrauch von Materialien, Informationen sowie Betriebsmitteln und führt eine Kostenbewertung durch.	
Wartungsplan	Gibt Auskunft über den Umfang der durchzuführenden Arbeiten, z. B. die zeitlichen Abstände bzw. die jeweilige Kilometerleistung eines Fahrzeugs zwischen den Wartungen sowie über den Bedarf an erforderlichen Materialien
Diagnoseplan	**Programmablaufpläne** Nach bestimmten Arbeitsschritten werden Entscheidungen verlangt. Die Arbeitsschritte werden durch Sinnbilder dargestellt.
	Fehlersuchpläne Der Fehler wird in sinnvoller Reihenfolge eingegrenzt, d. h. nacheinander müssen mögliche Fehlerquellen durch Überprüfung gesucht und durch Reparatur bzw. Einstellung schrittweise beseitigt werden.
Demontage- bzw. Montageplan	Werden häufig durch Zusammenbauzeichnungen näher erläutert. In Demontage- und Montageplänen werden die einzelnen Arbeitsschritte meist durch genaue Arbeitshinweise und durch Skizzen ergänzt.

Arbeitssteuerung

Die Mitarbeiter/-innen eines Betriebes werden einem festgelegten Aufgabenbereich zugeordnet. Mit dieser Verantwortungszuordnung wird jedem Mitarbeiter und jeder Mitarbeiterin die Bedeutung seiner bzw. ihrer Tätigkeit verdeutlicht.
Die Vergabe von Teilaufgaben innerhalb eines Betriebes erfolgt nach fachlicher Kompetenz.
Die Koordination der Aufgaben bei geteilten Arbeitsvorgängen (z. B. Instandsetzung eines Unfallschadens) erfolgt in möglichst engem zeitlichem Rahmen.

Im Mittelpunkt der betrieblichen Organisation stehen die Kundinnen und Kunden.
Kundenorientierung bedeutet die Ausrichtung betrieblichen Handelns auf die Kundschaft und ihre persönlichen Bedürfnisse.

Informationsquellen über Kundenwünsche und Kundeninteressen

Informationen von Kundinnen und Kunden
- Herstellerbefragung
- Autohausbezogene Kundenbefragung
- Kundendienstgespräche
- Werkstattgespräche
- Verkaufsgespräche

Informationen durch unternehmensinterne Unterlagen
- Unternehmensvergleich der Autohäuser
- Gespeicherte Kundendaten
- Reklamationsberichte
- Kulanzberichte
- Verkaufsberichte

Informationen durch Veröffentlichungen
- Berichte und Statistiken des Zentralverbandes der Automobilindustrie
- Statistiken des Kraftfahrtbundesamtes
- Fachbücher und Fachzeitschriften
- Berichte von Automobilclubs (ADAC, ACE usw.)

Das **Ziel** aller **betrieblichen Maßnahmen** ist es, durch die Steigerung der Kundenzufriedenheit eine langfristige Bindung der Kundinnen und Kunden an den Betrieb zu erreichen.
Entspricht die **Qualität** der durchgeführten **Arbeiten** den Kundeninteressen, führt dies zu erhöhter **Kundenzufriedenheit.**

Einflussfaktoren auf die Kundenzufriedenheit

Produktqualität
- Ansehen des Automobilherstellers
- Kompetenz und Ansehen des Autohauses
- Qualität der Fahrzeuge
- Qualität der durchgeführten Arbeiten

Servicequalität
- Qualität der Kundenberatung
- Umgang mit Garantie- und Kulanzregelungen
- Terminzuverlässigkeit

Qualität des persönlichen Kontakts
- Vertrauen zwischen Mitarbeitenden und Kundinnen/Kunden
- Sympathie und freundlicher Umgang zwischen Mitarbeitenden und Kundinnen/Kunden
- Angenehmer, freundlicher Aufenthaltsbereich

Kostentransparenz
- Klarheit und Übersichtlichkeit der Rechnung
- Konkurrenzfähiges Preis-Leistungs-Verhältnis
- Kostenvoranschläge als Serviceleistung
- Rabattangebote

Ziele der Teamarbeit

Mitarbeiterbezogen	Firmenbezogen
■ **Arbeitsumfeld** Geringere Mitarbeiterbelastung, Arbeitszufriedenheit, Eigenverantwortung, Selbstverwirklichung ■ **Fachkompetenz** Fort- und Weiterbildung, mehr Einsatzmöglichkeiten der Arbeitskraft ■ **Produktidentifikation** Qualitäts-, Leistungs- und Kostenbewusstsein ■ **Personal- und Sozialkompetenz** Kommunikations-, Kooperations- und Konfliktfähigkeit, Verantwortungsbewusstsein gegenüber dem Betrieb und seinen Mitarbeitenden sowie der eigenen Arbeit	■ **Produktivität** Optimierung der Arbeitsabläufe und der Werkstattausnutzung, höhere Leistungsanforderungen ■ **Kostenreduzierung** Personal-, Material- und Betriebskosten ■ **Qualitätsverbesserung** ■ **Mitarbeiterressourcennutzung** Eigenverantwortung der Mitarbeitenden nutzen und gezielt einfordern ■ **Betriebliche Organisation** Betriebliche Hierarchieebenen verändern ■ **Flexibilität** Arbeitszeiten, Personaleinsatz, Werkstattausnutzung

Techniken der Teamarbeit

Teamsitzungen	Tagesordnung mit zeitlichem Rahmen für Teamtreffen festlegen
	Moderator/-in festlegen (evtl. für die verschiedenen Tagesordnungspunkte unterschiedliche Moderatorinnen und Moderatoren festlegen)
	straffe, zielorientierte Gesprächsführung
	Protokollführung
	schriftliche Festlegung der Aufgaben jedes einzelnen Teammitgliedes bis zur nächsten Sitzung
Methodenkompetenz	Ideensammlung (z. B. Mindmap, Brainstorming)
	Problemlösungsstrategien
	Diskussionsformen (z. B. Kugellager-Methode, Pro-Contra-Diskussion, Fishbowl)
	strukturiertes Vorgehen (z. B. Ist-Soll-Vergleich, Arbeitsplanung)
Kommunikationskompetenz	Sachebene (Information, um Ungewissheit zu reduzieren)
	soziale Interaktion
	bewusste und zielgerichtete Verständigung
	Kommunikationsarten (z. B. nonverbale und verbale Kommunikation, Mimik, Gestik, Körpersprache)
Medienkompetenz	geeignete Darstellungsformen (z. B. Diagramme, Entscheidungstabellen, hierarchische Funktionsdarstellung)
	Präsentationstechniken (z. B. Beamer, Tafel, Flipchart, Dokumentenkamera)
	Informationsvermittlung (z. B. Handout, Skripte zum Sachstand)
	Protokolltechniken (Ergebnis- oder Verlaufsprotokoll)
Motivation	Schaffung eines positiven Umfelds (z. B. Pausenregelung, Getränke, ausreichend Zeit)
	Schaffung einer positiven Stimmung (ausreichendes Feedback für die Teammitglieder)
	klare Strukturen (z. B. Pausenregelung, keine Störungen durch z. B. andere Mitarbeiter, Handys)

Leitsätze für Teamarbeit

- Hierarchische Strukturen des Betriebes werden nicht auf das Team übertragen, jedes Teammitglied ist gleichberechtigt.
- Meinungen sollen von den Teammitgliedern offen vertreten werden und nicht verborgen bleiben.
- Alle Teammitglieder sollen kritikfähig sein (Kritik sollte konstruktiv und sachlich sein).
- Das Team präsentiert sich nach außen geschlossen (nur abgestimmte Ergebnisse werden an Dritte gegeben).
- Es muss ein vollständiger Informationsaustausch innerhalb des Teams stattfinden.
- Alle Teammitglieder müssen in den Abstimmungsprozess einbezogen werden, um so die Motivation sowie Identifikation mit dem Team und der Aufgabe zu fördern.

Übersicht der Qualitätsnormen

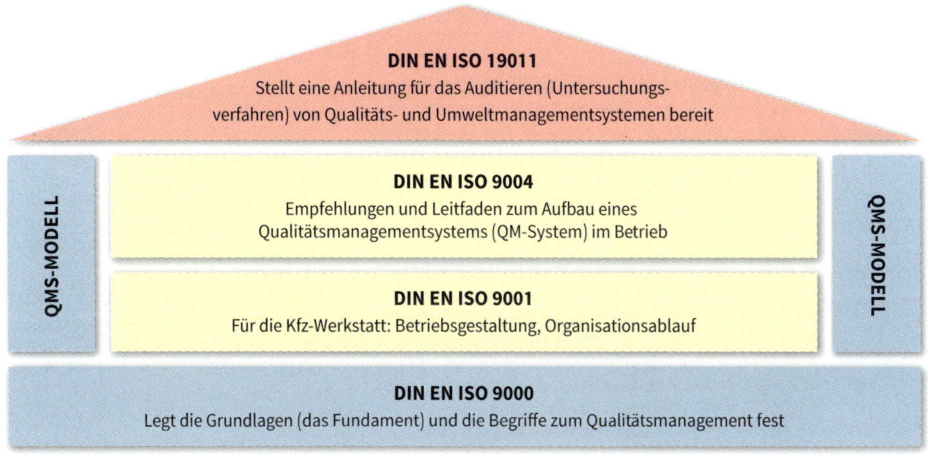

DIN EN ISO 9000

Eine **Qualitätsmanagementnorm** beschreibt, welchen Anforderungen das Management eines Unternehmens genügen muss, um einem bestimmten Standard bei der Umsetzung des Qualitätsmanagements zu entsprechen. Es kann sowohl informativ für die Umsetzung innerhalb eines Unternehmens oder auch zum Nachweis bestimmter Standards gegenüber Dritten dienen.
Die Norm ist auf alle Bereiche anwendbar.

DIN EN ISO 9001

Die Norm legt die Anforderungen an ein Qualitätsmanagementsystem (QM-System) fest. Mit der Erfüllung der Anforderungen soll die Kundenzufriedenheit erhöht werden.
Folgende **Qualitätsmanagement-Elemente** müssen bei der Erreichung der Anforderungen berücksichtigt werden:

1. Verantwortung der obersten Leitung
2. Qualitätsmanagementsystem
3. Vertragsprüfung
4. Designlenkung
5. Lenkung der Dokumente und Daten
6. Beschaffung
7. von Auftraggeber/-in bereitgestellte Produkte
8. Identifikation und Rückverfolgbarkeit von Produkten
9. Prozesslenkung
10. Prüfungen
11. Prüfmittelüberwachung
12. Prüfstatus
13. Lenkung fehlerhafter Produkte
14. Korrektur- und Vorbeugungsmaßnahmen
15. Handhabung, Lagerung, Verpackung, Schutz und Versand
16. Lenkung von Qualitätsaufzeichnungen
17. interne Qualitätsüberprüfungen
18. Schulung
19. Kundendienst
20. statistische Methoden

Durch die Einführung eines Qualitätsmanagementsystems in **Kfz-Betrieben** kann der einzelne Betrieb die Kundenwünsche besser berücksichtigen. Voraussetzung ist die Beachtung der Qualitätsmanagement-Elemente an ein Qualitätsmanagement.

DIN EN ISO 9004

Diese Norm stellt einen **Leitfaden** des **Qualitätsmanagements** dar und ermöglicht die Überprüfung des Qualitätsmanagement-systems.
Des Weiteren dient sie

- dem Verständnis des Qualitätsmanagementsystems,
- zur Umsetzung der Forderungen der Gesellschaft, des Umweltschutzes und der Wirtschaft,
- der Erfüllung der Erwartungen der Kundinnen und Kunden an Produkt und Dienstleistung und
- der Fehlervermeidung vor der Fehleraufdeckung.

DIN EN ISO 19011

Diese Norm stellt eine Anleitung für das Auditieren von Qualitäts- und Umweltmanagementsystemen bereit. Mit Auditieren werden allgemein Untersuchungsverfahren bezeichnet, die z. B. im Kfz-Betrieb die Erfüllung von Anforderungen und Richtlinien in Prozessabläufen bewerten. Das Umweltmanagement befasst sich mit den betrieblichen und behördlichen Umwelt(schutz)belangen des Betriebes.
Es dient zur Sicherung einer nachhaltigen Umweltverträglichkeit der betrieblichen Produkte und Prozesse sowie den Verhaltensweisen der Mitarbeiter/-innen.

Begriffe der Qualitätsnormen

DIN EN ISO 9000: 2015-11

Begriff	Erklärung
Qualität	Bezeichnet die Gesamtheit der wesentlichen Eigenschaften und Beziehungen von Objekten bzw. Prozessen in einem bestimmten Zeitintervall, durch die sie sich von anderen Objekten bzw. Prozessen unterscheiden können.
Qualitätsforderung	Formuliert die Erfordernisse sowie deren Umsetzung in einer Reihe von qualitativ und quantitativ vorausgesetzten und festgelegten Merkmalen eines Objekts bzw. Prozesses. Diese sollen neben der Realisierung auch überprüfbar sein. ▪ Qualitätsforderungen sollten konkretisiert und dokumentiert werden. ▪ Qualitätsforderungen sollten die vorausgesetzten und festgelegten Anforderungen der Kundinnen und Kunden voll erfüllen. ▪ Quantitativ festgelegte Forderungen sollten anhand von definierten und dokumentierten Messwerten, Nennwerten, Toleranzen und Maximalabweichungen überprüft werden.
Qualitätsmanagement	Umfasst alle Tätigkeiten zur Lenkung und Leitung eines Unternehmens, bezogen auf die geforderten Qualitätsansprüche durch die Kundinnen und Kunden. Das Qualitätsmanagementsystem wird unterteilt in ▪ die Ablauforganisation, welche die zeitliche und räumliche Organisation der qualitätsbezogenen Tätigkeiten beschreibt, und ▪ die Aufbauorganisation, welche die Struktur der Unternehmensorganisation und die Festlegung wie z. B. Verantwortung beschreibt.
Qualitätssicherung	Ist die Summe aller geplanten und systematischen Maßnahmen, um konstante Produktqualität sicherzustellen. Es werden Eigen- und Fremdüberwachung unterschieden.
Aufgaben des Qualitätsmanagements	DIN EN ISO 9000: 2015-11
Qualitätsplanung	Umfasst die Planung bezogen auf das Produkt oder die Dienstleistung, die Festlegung der Ziele, der Qualitätsanforderungen und mögliche einschränkende Bedingungen.
Qualitätslenkung	Umfasst alle Arbeitstechniken und Tätigkeiten, die notwendig sind, um die betrieblichen Prozesse zu überwachen. Gleichzeitig müssen Ursachen erkannt werden, die verantwortlich für nicht zufriedenstellende Ergebnisse sind.
Qualitätsprüfung	Stellt fest, inwieweit ein Produkt bzw. eine Dienstleistung den Qualitätsanforderungen entspricht.
Ziele des Qualitätsmanagementsystems	▪ Genaue Erfassung von Kundenwünschen und deren unternehmensbedingte Umsetzung ▪ Qualitätssteigerung der Produkte und Dienstleistungen ▪ Steigerung der Wirksamkeit der Betriebsorganisation ▪ Senkung der Betriebskosten ▪ Optimierung des Fortbildungsstands der Mitarbeiter/-innen ▪ Umsetzung der Umweltschutzauflagen
Aufgabe der Qualitätssicherung	DIN EN ISO 9000: 2015-11
Intern	Innerhalb eines Unternehmens (Werkstatt) Vertrauen in die eigene geleistete Arbeit zu schaffen.
Extern	Kundinnen und Kunden sollen dem Unternehmen Vertrauen entgegenbringen und dadurch langfristig an den Betrieb gebunden werden.

Qualitätskreis

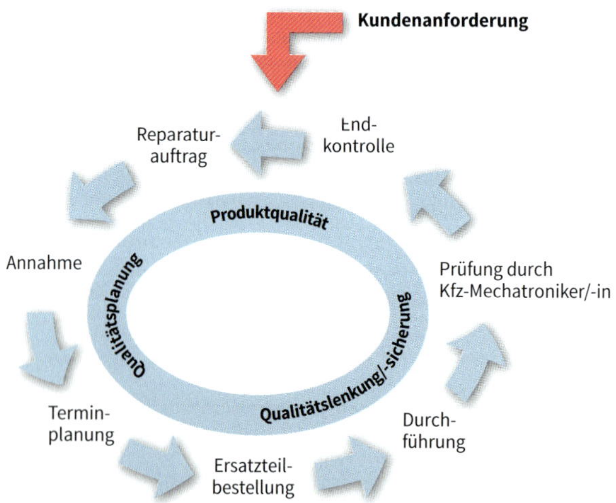

Qualitätsmanagement (QM)-Handbuch

Das QM-Handbuch beinhaltet, neben den nach DIN EN ISO 9000 festgelegten **20 Qualitätsmanagement-Elementen**, folgende Anweisungen:

1. Verfahrensanweisungen
Dazu zählen Festlegungen der Geschäftsleitungen zur Unternehmens- und Qualitätspolitik sowie Merkmale der betrieblichen Ablauforganisation.

2. Arbeits- und Prüfanweisungen
Hierunter werden interne Qualitätssicherungsmaßnahmen verstanden.

Prüfbereiche

Die Überprüfung der Qualität eines Unternehmens wird entsprechend folgender Prüfbereiche durchgeführt:

- Betriebsdatenerfassung
- Erfassung der Betriebsstruktur
- Auswertung der Betriebsdaten
- Vereinbarungen zur Qualitätsverbesserung

Zertifizierung

Zertifizierung ist die Beurteilung des Qualitätsstandards eines Unternehmens durch unabhängige Gutachter/-innen (Fremdbeurteilung).
Die **Vorteile** einer **unabhängigen Begutachtung** sind:

- Nachweis der Produkthaftung
- Steigerung des Qualitätsbewusstseins der Mitarbeiter/-innen
- Überprüfung der Effektivität der betrieblichen Organisation
- Erhöhung der Wettbewerbschancen gegenüber nicht zertifizierten Betrieben
- Beratungsmöglichkeiten durch den/die Gutachter/-in.

Ablauf einer Zertifizierung

1. Betriebsdatenerfassung	■ Betriebsgröße ■ Größe der einzelnen Abteilungen ■ Anzahl und Verteilung der leitenden Angestellten ■ Art und Anzahl der Kundendienstkontakte ■ Betriebliche Besonderheiten
2. Erfassung der Betriebsstruktur	■ Gesamteindruck (Sauberkeit in der Werkstatt) ■ Organisation (Organisationsplan über Stellen- und Funktionsbeschreibungen, Aufbewahrung von Geschäfts- und Serviceunterlagen) ■ Kundendienstbereich (kundengerechte Auftragsannahme, Öffnungszeiten, Kundenbefragungen und Telefonreports) ■ Werkstattbereich (Einhaltung von Sicherheitsrichtlinien, Unfallverhütungsvorschriften und Umweltschutz, Umgang mit Kundenfahrzeugen, Organisation der Werkstattdisposition, Zustand der Werkstatt und ihrer Ausstattung, Eichung von Geräten) ■ Teiledienst (Beurteilung der Kundenwartezone, Prüfung des Organisationssystems des Lagers, Dokumentation) ■ Fahrzeugverkauf (Beurteilung des Gebrauchtwagenangebotes, Bewertung der kundengerechten Erläuterungen beim Verkauf)
3. Auswertung der Betriebsdaten	■ Erreichte Punkte werden anhand der erfassten Betriebsdaten von unabhängigen Sachverständigen addiert. ■ Ist-Punktzahl ≥ Mindest-Punktzahl = der Betrieb erhält die Zertifikation nach DIN EN ISO 9001 ■ Wird die Mindestpunktzahl nicht erreicht, so kann nach einem bestimmten Zeitabschnitt eine erneute Überprüfung erfolgen.
4. Vereinbarungen zur Qualitätsverbesserung	■ Festlegung weiterer Maßnahmen zur Qualitätsverbesserung ■ Beseitigung festgestellter Mängel ■ Terminplan zur erneuten Zertifizierung
5. Fortlaufende Überprüfung	■ Der Zertifizierungsvorgang wird alle 3 Jahre wiederholt. ■ Um eine dauerhafte Qualität gewährleisten zu können, werden jährlich betriebsinterne Qualitätsüberprüfungen durchgeführt.

Es muss eine ständige Kontrolle und Weiterentwicklung der Qualitätsstandards stattfinden, um den **Qualitätsanforderungen** der **Kundinnen und Kunden** fortwährend genügen zu können.

Abfallwirtschaft

Kreislaufwirtschafts- und **Abfallgesetz – KrW-/AbfG (§§ 1, 3, 4, 6, 10, 22, 42, 44, 54, 55)**
Die angegebenen Verordnungen regeln im Einzelnen die Ausführungen des Kreislaufwirtschafts- und Abfallgesetzes.

Aufgabe	Förderung der **Kreislaufwirtschaft** zur Schonung der natürlichen Ressourcen und Sicherung der umweltverträglichen Beseitigung von Abfällen; die in den verschiedenen Produkten eingesetzten Rohstoffe sollen nach Möglichkeit einer erneuten Verwendung oder Verwertung zugeführt werden.
Abfälle	Im Sinne dieses Gesetzes sind Abfälle alle beweglichen Sachen, die unter die im Anhang I des KrW-/AbfG aufgeführten Gruppen fallen und deren sich ihre Besitzer/-innen entledigen, entledigen wollen oder entledigen müssen. Unterschieden werden Abfälle zur **Verwertung** und Abfälle zur **Beseitigung**.
Grundsätze der Kreislaufwirtschaft	Abfälle sind ■ zu **vermeiden**, insbesondere durch die Verminderung ihrer Menge und Schädlichkeit; ■ zu **verwerten** (stoffliche Verwertung) oder zur Gewinnung von Energie zu nutzen (energetische Verwertung); ■ zu **beseitigen**, indem sie zur Wahrung des Wohls der Allgemeinheit dauerhaft von der Kreislaufwirtschaft ausgeschlossen werden.
Stoffliche und energetische Verwertung und Grundpflichten der Kreislaufwirtschaft	Abfälle können ■ stofflich verwertet werden (Recycling) oder ■ zur Gewinnung von Energie genutzt werden. **Vorrang** hat die **umweltverträglichere Verwertungsart**. Der festgelegte Vorrang der Verwertung von Abfällen entfällt, wenn deren Beseitigung die umweltverträglichere Lösung darstellt. Dabei sind insbesondere zu berücksichtigen: ■ die zu erwartenden Emissionen ■ das Ziel der Schonung der natürlichen Ressourcen ■ die einzusetzende oder zu gewinnende Energie ■ die Anreicherung von Schadstoffen in Erzeugnissen, Abfällen zur Verwertung oder daraus gewonnenen Erzeugnissen. Der Vorrang der Verwertung gilt nicht für Abfälle, die unmittelbar und üblicherweise durch Maßnahmen der Forschung und Entwicklung anfallen.
Produktverantwortung	Wer Erzeugnisse entwickelt, herstellt, be- und verarbeitet oder vertreibt, trägt die **Produktverantwortung**. Zur Erfüllung der Produktverantwortung sind Erzeugnisse möglichst so zu gestalten, dass bei deren Herstellung und Gebrauch das Entstehen von Abfällen vermindert wird und die umweltverträgliche Verwertung und Beseitigung der nach deren Gebrauch entstandenen Abfälle sichergestellt ist. Hierzu gehört auch: ■ Kennzeichnung von schadstoffhaltigen Erzeugnissen ■ Rücknahme der Erzeugnisse und der nach Gebrauch der Erzeugnisse verbleibenden Abfälle sowie deren nachfolgende Verwertung oder Beseitigung.
Ordnung der Beseitigung	Abfälle dürfen zum Zwecke der Beseitigung nur in den dafür zugelassenen Anlagen oder Einrichtungen (Abfallbeseitigungsanlagen) behandelt, gelagert oder abgelagert werden.
Nachweisverfahren über die Beseitigung von Abfällen	Besitzer/-innen von Abfällen, die nicht mit den in Haushaltungen anfallenden Abfällen beseitigt werden dürfen, können von der Behörde verpflichtet werden bzw. sind verpflichtet (vgl. §§ 42 bis 48), einen Nachweis über deren Art, Menge und Beseitigung sowie ein Nachweisbuch zu führen, Belege einzubehalten und aufzubewahren und diese der Behörde zur Prüfung vorzulegen.
Betriebsbeauftragter für Abfall und seine Aufgaben	Besitzer/-innen von Abfällen im Sinne der Produktverantwortung haben einen oder mehrere Betriebsbeauftragte für Abfälle zu bestellen, wenn regelmäßig besonders überwachungsbedürftige Abfälle anfallen. Der/Die **Betriebsbeauftragte** für Abfall ist verpflichtet, ■ die Verwertung und Beseitigung der Abfälle zu überwachen, ■ die Einhaltung der Vorschriften und Auflagen zu ihrer Lagerung zu kontrollieren und ■ Betriebsangehörige über die von den Abfällen ausgehenden Gesundheitsbeeinträchtigungen, über Einrichtungen und Maßnahmen zu ihrer Verhinderung sowie über die für Abfälle geltenden Gesetze aufzuklären.
Beseitigungsverfahren (KrW-/AbfG Anhang II A)	Im Anhang II A werden Beseitigungsverfahren aufgeführt, die in der Praxis angewandt werden. Abfälle müssen beseitigt werden, ohne dass die menschliche Gesundheit gefährdet wird und ohne dass Verfahren oder Methoden verwendet werden, welche die Umwelt schädigen können. Hierzu gehören z. B. das Sammeln von Abfällen auf Deponien, die Lagerungen in Behältern und das Einleiten ins Grundwasser.
Verwertungsverfahren (KrW-/AbfG Anhang II B)	Im Anhang II B werden Verwertungsverfahren aufgeführt, wie in der Praxis Abfälle verwertet werden müssen, ohne dass dadurch die menschliche Gesundheit gefährdet und die Umwelt geschädigt wird. Hierzu gehören z. B.: ■ Rückgewinnung von organischen Stoffen, Metallen und Metallverbindungen (Recyclinganlagen) ■ Hauptverwendung als Brennstoff zur Energieerzeugung (Müllverbrennungsanlagen).

Altölverordnung – AltölV (§§ 1 bis 6)

Begriffsbestimmung	Altöle sind Öle, die als Abfall anfallen und die ganz oder teilweise aus Mineralöl, synthetischem oder biogenem Öl bestehen.
Aufarbeitung	Zur Aufarbeitung dürfen nur folgende Öle eingesetzt werden: ■ **Verbrennungsmotoren- und Getriebeöle** ■ **mineralische Maschinen-, Turbinen- und Hydrauliköle** Andere Altöle dürfen nur aufgearbeitet werden, wenn sie keine schädlichen Stoffe enthalten, die das Aufarbeitungsverfahren erschweren oder sich in den Produkten der Aufarbeitung anreichern.
Getrennte Entsorgung und Vermischungsverbot	Synthetische Öle auf PCB-Basis (Polychlorierte Biphenyle) sowie deren halogenhaltige Ersatzprodukte müssen getrennt gehalten, eingesammelt, befördert und entsorgt werden. Es ist verboten, aufarbeitungsfähige **Altöle** mit anderen Altölen (z. B. Altölen unbekannter Herkunft) oder Fremdstoffen (z. B. Bremsflüssigkeit) zu **vermischen**.
Untersuchung des Altöls	Bei der Altölabholung ist eine Probe zu entnehmen (**Rückstellprobe**). Eine Teilmenge der Probe wird jeweils von der abholenden und der liefernden Stelle so lange aufbewahrt, bis eine Untersuchung bei der Altölverwertung feststellt, dass das Altöl ordnungsgemäß entsorgt werden kann.
Nachweisführung	Die liefernde Stelle hat der Altölabholung eine Erklärung zu übergeben, in der dokumentiert ist, dass dem Altöl keine Fremdstoffe beigemischt wurden. Diese Erklärung ist drei Jahre lang aufzubewahren.

Verordnung über die Überlassung, Rücknahme und umweltverträgliche Entsorgung von Altfahrzeugen – AltfahrzeugV (§§ 1, 3, 4, 5)

Anwendungsbereich	Diese Verordnung gilt für Fahrzeuge und Altfahrzeuge einschließlich ihrer Bauteile und Werkstoffe, wenn deren Einbau als Ersatz-, Austausch- oder Nachrüstteile Vorschriften über die Zulassung von Fahrzeugen zum Verkehr auf öffentlichen Straßen entspricht.
Rücknahmepflichten	Altfahrzeuge dürfen nur an von Sachverständigen zertifizierte Annahme- bzw. Rücknahmestellen oder Demontagebetriebe überlassen werden. Dort wird ein **Verwertungsnachweis** ausgestellt. Die Vorlage des Verwertungsnachweises bei der Zulassungsbehörde ist Voraussetzung für die Stilllegung des Fahrzeugs und des damit verbundenen Erlöschens der Kfz-Steuerzahlung. Letzthalter/-innen von Altfahrzeugen können diese auch unentgeltlich an den Hersteller/Importeur zurückgeben. Für Fahrzeuge, die bereits vor dem 1. Juli 2002 im Verkehr waren, gilt dies ab dem Jahr 2007.

Vorübergehende Stilllegung
(bis 18 Monate, danach endgültige Stilllegung)
- Aufbewahrung (z. B. Oldtimer)
- zeitaufwendige Reparatur

Endgültige Stilllegung
- Verwertung

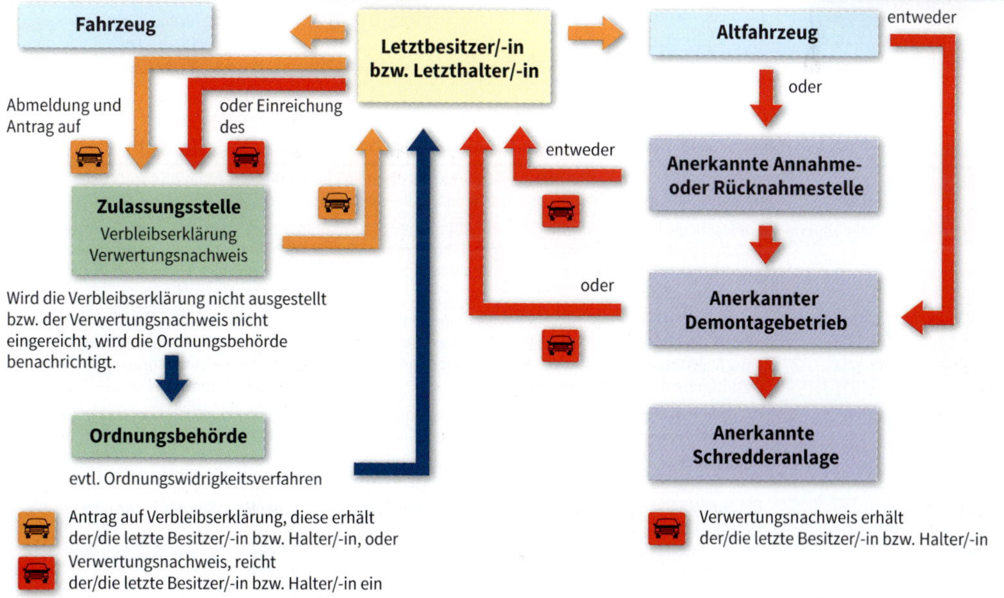

Verordnung über die Überlassung, Rücknahme und umweltverträgliche Entsorgung von Altfahrzeugen – AltfahrzeugV (§§ 1, 3, 4, 5)

Überlassungspflichten	Wer ein Fahrzeug mit dem Ziel der Verwertung endgültig stilllegen will, muss dieses einem anerkannten Verwertungsbetrieb bzw. einer Annahmestelle überlassen. Anerkannte Verwertungsbetriebe bzw. Annahmestellen sind verpflichtet, die Überlassung durch einen Verwertungsnachweis zu bescheinigen. **Annahmestellen** sind verpflichtet, Altfahrzeuge nur einem anerkannten Verwertungsbetrieb zu überlassen. **Verwertungsbetriebe** (Betriebe zur Annahme, Lagerung, Demontage von Altfahrzeugen) sind verpflichtet, Restkarosserien nur einer anerkannten Schredderanlage zu überlassen.
Entsorgungspflichten	Hersteller sowie Rücknahmestellen, Demontagebetriebe, Schredderanlagen und sonstige Betriebe zur Behandlung von Altfahrzeugen sowie Kfz-Versicherungsgesellschaften stellen sicher, dass das durchschnittliche Fahrzeugleergewicht aller pro Jahr überlassenen Altfahrzeuge ■ zur Wiederverwendung und Verwertung mindestens 85 Gewichtsprozent, ■ zur Wiederverwendung und stofflichen Verwertung mindestens 80 Gewichtsprozent und ■ spätestens ab 1. Januar 2015 zur Wiederverwendung und Verwertung mindestens 95 Gewichtsprozent, ■ zur Wiederverwendung und stofflichen Verwertung mindestens 85 Gewichtsprozent erreicht wird.

Verordnung zur Bestimmung von überwachungsbedürftigen Abfällen zur Verwertung – BestüVAbfV (§ 1)

Überwachungsbedürftige Abfälle (§ 41 KrW-/AbfG Abs. 3, Nr. 2)	Es sind Abfälle, an die aufgrund ihrer Art, Beschaffenheit oder Menge bestimmte Anforderungen zur schadlosen Verwertung erforderlich machen, wie z. B. hoher Energieanteil, Wiederverwertbarkeit, sortenrein gesammelt.
Abfallbezeichnung	Überwachungsbedürftige Abfälle sind mit einem sechsstelligen Abfallschlüssel gekennzeichnet, der europaweit gültig ist.

Abfallschlüssel	Abfallbezeichnung
02 02 04	Schlämme aus der betriebseigenen Abwasserbehandlung
16 01 03	Altreifen
16 08 03	gebrauchte Katalysatoren

Verordnung zur Bestimmung von besonders überwachungsbedürftigen Abfällen zur Verwertung – BestbüAbfV (§ 1)

Besonders überwachungsbedürftige Abfälle (§ 41 KrW-/AbfG Abs. 3, Nr. 1)	Besonders überwachungsbedürftige Abfälle zur Beseitigung ■ sind in besonderem Maße gesundheits-, luft- oder wassergefährdend (z. B. Bremsflüssigkeit, Bleibatterien, Ölabscheiderrückstände), ■ sind explosibel oder brennbar (z. B. verunreinigte Kraftstoffe, Kaltreiniger) oder ■ enthalten Erreger übertragbarer Krankheiten oder können diese hervorbringen (z. B. Schlämme aus der betriebseigenen Abwasserbehandlung).
Abfallbezeichnung	Besonders überwachungsbedürftige Abfälle sind mit einem sechsstelligen Abfallschlüssel oder mit einem sechsstelligen Abfallschlüssel mit einer zweistelligen D-Erweiterung gekennzeichnet.

Abfallschlüssel	Abfallbezeichnung
15 02 99D1	Aufsaug- und Filtermaterialien, Wischtücher und Schutzkleidung mit schädlichen Verunreinigungen
20 01 13	Lösemittel

Verordnung über Verwertungs- und Beseitigungsnachweise – NachwV (§§ 1, 2, 3, 8, 27, 29)

Anwendungsbereich	Diese Verordnung regelt die Nachweisverfahren über die Zulässigkeit und Durchführung der Verwertung und Beseitigung von Abfällen (Abfallentsorgung).
Kreis der Nachweispflichtigen	Zur Nachweisführung verpflichtet sind Abfallerzeuger, Abfallbesitzer, Einsammler und Beförderer von Abfällen sowie Abfallentsorger, wenn bei ihnen mehr als insgesamt 2000 kg besonders überwachungsbedürftiger Abfälle (Kleinmengen) jährlich anfallen. Ausgeschlossen von der Nachweisführung sind private Haushalte.
Entsorgungsnachweis	Wer Abfälle erzeugt, hat den Nachweis über die Entsorgung besonders überwachungsbedürftiger Abfälle durch einen Entsorgungsnachweis zu führen. Er besteht aus der Erklärung des Abfallerzeugers einschließlich der Deklarationsanalyse und der Annahmeerklärung der Abfallentsorgung sowie der Bestätigung der zuständigen Behörde.
Sammelentsorgungsnachweis	Bei Abfällen, die aus verschiedenen Quellen stammen, aber denselben Abfallschlüssel haben (im Falle von Altölen derselben Sammelkategorie angehören), den gleichen Entsorgungsweg haben und einer Abfallmenge von 20 Tonnen je Abfallschlüssel und Kalenderjahr nicht übersteigt, kann der Nachweis über die Entsorgung durch einen Sammelentsorgungsnachweis erfolgen.
Nachweisbücher	Die zum Nachweis Verpflichteten haben Nachweisbücher zu führen und diese auf Verlangen der zuständigen Behörde vorzulegen. Die Nachweisbücher bestehen aus einer Sammlung der erforderlichen Entsorgungsnachweise, Nachweiserklärungen, Begleitscheine und Übernahmescheine sowie Freistellungen.
Aufbewahrungspflichten	Die Nachweisbücher sind drei Jahre, vom Datum der letzten Eintragung an gerechnet, aufzubewahren.

Gesetz zur Ordnung des Wasserhaushalts – WHG (§ 1)

Grundsatz	Die Gewässer sind als Bestandteil des Naturhaushalts und als Lebensraum für Tiere und Pflanzen zu sichern. Alle Menschen sind daher verpflichtet, die nach den Umständen erforderliche Sorgfalt anzuwenden, ▪ um eine Verunreinigung des Wassers oder eine sonstige nachteilige Veränderung seiner Eigenschaften zu verhüten, ▪ um eine mit Rücksicht auf den Wasserhaushalt gebotene sparsame Verwendung des Wassers zu erzielen, um die Leistungsfähigkeit des Wasserhaushalts zu erhalten und ▪ um eine Vergrößerung und Beschleunigung des Wasserabflusses zu vermeiden.

Verwaltungsvorschrift wassergefährdender Stoffe (VwVwS)

Die VwVwS bestimmt wassergefährdende Stoffe und Stoffgruppen und stuft sie entsprechend ihrer Gefährlichkeit in Wassergefährdungsklassen ein (siehe Tab.).

Stoffe im Sinne dieser Verwaltungsvorschrift sind auch Zubereitungen und Gemische.

Stoffgruppen sind zu Gruppen zusammengefasste Einzelstoffe mit gemeinsamen Merkmalen.

Wassergefährdungsklasse	Bedeutung	Beispiele
WKG 3	stark wassergefährdende Stoffe	Altöle, Kaltreiniger nach Gebrauch
WKG 2	wassergefährdende Stoffe	Dieselkraftstoff, Ottokraftstoff
WKG 1	schwach wassergefährdende Stoffe	Kühlflüssigkeit, Akku-Säure
WKG 0	im Allgemeinen nicht wassergefährdende Stoffe	Kochsalz, verschiedene Reinigungsmittel

Gesetz zum Schutz vor gefährlichen Stoffen – ChemG (§§ 1, 3, 13, 16, 29)

Aufgabe	Aufgabe des Gesetzes ist es, den Menschen und die Umwelt vor schädlichen Einwirkungen gefährlicher Stoffe und Zubereitungen zu schützen, insbesondere sie erkennbar zu machen und ihrem Entstehen vorzubeugen.
Begriffsbestimmungen	Umweltgefährlich sind Stoffe oder Zubereitungen, die geeignet sind, die Beschaffenheit des Naturhaushaltes, von Wasser, Boden oder Luft, Klima, Tieren, Pflanzen oder Mikroorganismen derart zu verändern, dass dadurch sofort oder später Gefahren für die Umwelt herbeigeführt werden können. Gefährliche Stoffe oder gefährliche Zubereitungen können sein: ▪ explosionsgefährlich ▪ sehr giftig ▪ sensibilisierend ▪ brandfördernd ▪ giftig ▪ krebserzeugend ▪ hoch entzündlich ▪ gesundheitsschädlich ▪ fortpflanzungsgefährdend ▪ leicht entzündlich ▪ ätzend ▪ erbgutverändernd ▪ entzündlich ▪ reizend ▪ umweltgefährlich
Einstufungs-, Verpackungs- und Kennzeichnungspflicht (§ 5 GefStoffV) sowie Mitteilungspflichten bei angemeldeten Stoffen (§ 6 GefStoffV und Art. 3 Richtlinie 91/155/EWG)	Stoffe und Zubereitungen sind bei Herstellung oder Einfuhr zu verpacken und zu kennzeichnen. Werden gefährliche Stoffe oder Zubereitungen in den Verkehr gebracht, muss den Abnehmenden kostenlos ein deutschsprachiges Sicherheitsdatenblatt mit zwingend folgenden Angaben ausgehändigt werden: ▪ Stoff-, Zubereitungs- und Firmenbezeichnung ▪ Zusammensetzung/Angaben zu Bestandteilen ▪ Expositionsbegrenzung und persönliche Schutzausrüstungen ▪ Erste-Hilfe-Maßnahmen ▪ Maßnahmen zur Brandbekämpfung ▪ Stabilität und Reaktivität ▪ Handhabung und Lagerung ▪ mögliche Gefahren ▪ physikalische und chemische Eigenschaften ▪ Maßnahmen bei unbeabsichtigter Freisetzung ▪ Angaben zur Toxikologie ▪ Angaben zur Ökologie ▪ Hinweise zur Entsorgung ▪ Angaben zum Transport ▪ Vorschriften, z. B. besondere Bestimmungen zum Gesundheitsschutz ▪ sonstige Angaben, z. B. Kontaktstellen

Europäischer Abfallkatalog (EAK)

Im europäischen Abfallkatalog sind alle überwachungsbedürftigen Abfälle aufgeführt und mit einer Schlüsselnummer versehen.	Beispiel: 16 Abfälle, die nicht woanders im Verzeichnis aufgeführt sind 16 01 Altfahrzeuge verschiedener Verkehrsträger (einschließlich mobiler Maschinen) und Abfälle aus der Demontage von Altfahrzeugen sowie der Fahrzeugwartung 16 01 03 Altreifen → abfallartenspezifische Überschrift → herkunftsspezifische Überschrift → branchenspezifische Überschrift

Betriebssicherheitsverordnung – BetrSichV (§§ 1 bis 4 und 8 bis 10)

Anwendungsbereich	Diese Verordnung gilt für die Bereitstellung von Arbeitsmitteln durch Arbeitgebende sowie für die Benutzung von Arbeitsmitteln durch Beschäftigte bei der Arbeit. Ziel der Verordnung ist es, die Sicherheit und den Schutz der Gesundheit von Beschäftigten bei der Verwendung von Arbeitsmitteln zu gewährleisten.
Begriffsbestimmungen	Arbeitsmittel sind Werkzeuge, Geräte, Maschinen oder Anlagen, die für die Arbeit verwendet werden, sowie überwachungsbedürftige Anlagen. Die Verwendung von Arbeitsmitteln umfasst jegliche Tätigkeit mit diesen. Hierzu gehören z. B. das Montieren und Installieren, Bedienen, An- oder Abschalten oder Einstellen, Instandhalten, Reinigen, Prüfen, Demontieren und Transportieren.
Gefährdungsbeurteilung	Arbeitgebende haben die notwendigen Maßnahmen für die sichere Bereitstellung und Benutzung der Arbeitsmittel zu ermitteln. Dabei ist insbesondere die Gefährdungen zu berücksichtigen, die durch die Wechselwirkungen mit Arbeitsstoffen oder der Arbeitsumgebung hervorgerufen werden.
Anforderungen an die Bereitstellung und Benutzung der Arbeitsmittel	(s. Seite 21) Gefahrstoffverordnung
Sonstige Schutzmaßnahmen	Arbeitsschutzgesetz (s. unten)
Unterrichtung und Unterweisung	Bevor Beschäftigte Arbeitsmittel erstmalig verwenden, hat der Arbeitgebende ihnen ausreichende undangemessene Informationen anhand der Gefährdungsbeurteilung zur Verfügung zu stellen. Ist die Verwendung von Arbeitsmitteln mit besonderen Gefährdungen verbunden, dürfen diese nur von hierzu beauftragten Beschäftigten verwendet werden
Prüfung der Arbeitsmittel	Weisen Arbeitsmittel Schäden auf, die zu gefährlichen Situationen führen können, haben Arbeitgebende diese durch hierzu befähigte Personen zu überprüfen und erforderlichenfalls reparieren zu lassen.

Arbeitsschutzgesetz – ArbSchG (§§ 1, 3 bis 7, 9, 10, 12, 15)

Zielsetzung, Anwendungsbereich und Grundsätze	Dieses Gesetz dient dazu, Sicherheit und Gesundheitsschutz der Beschäftigten bei der Arbeit durch Maßnahmen des Arbeitsschutzes zu sichern und zu verbessern. Gefahren sind an ihrer Quelle zu bekämpfen. Individuelle Schutzmaßnahmen sind nachrangig zu anderen Maßnahmen.
Pflichten der Arbeitgebenden	Arbeitgebende haben: ■ den Arbeitsschutz auf seine Wirksamkeit hin zu überprüfen und erforderlichenfalls den sich ändernden Gegebenheiten anzupassen, ■ für eine geeignete Organisation zu sorgen und die erforderlichen Mittel bereitzustellen, ■ Maßnahmen zu treffen, die zur Ersten Hilfe, Brandbekämpfung und Evakuierung der Beschäftigten erforderlich sind, ■ Beschäftigte zu benennen, die diese Aufgaben übernehmen und ■ die Kosten für die Maßnahmen zu tragen.
Pflichten der Beschäftigten	Die Beschäftigten sind verpflichtet, für ihre Sicherheit und Gesundheit bei der Arbeit Sorge zu tragen. Sie haben insbesondere Maschinen, Geräte, Werkzeuge, Arbeitsstoffe und Transportmittel sowie Schutzvorrichtungen und die ihnen zur Verfügung gestellte persönliche Schutzausrüstung bestimmungsgemäß zu verwenden.
Übertragung von Aufgaben	Bei der Übertragung von Aufgaben auf Beschäftigte haben Arbeitgebende je nach Art der Tätigkeiten zu berücksichtigen, ob die Beschäftigten befähigt sind, die für die Sicherheit und den Gesundheitsschutz bei der Aufgabenerfüllung zu beachtenden Bestimmungen und Maßnahmen einzuhalten.
Besondere Gefahren	Arbeitgebende haben Maßnahmen zu treffen, damit nur Beschäftigte Zugang zu besonders gefährlichen Arbeitsbereichen haben, die zuvor geeignete Anweisungen erhalten haben.
Unterweisung	Arbeitgebende haben die Beschäftigten über Sicherheit und Gesundheitsschutz bei der Arbeit während ihrer Arbeitszeit ausreichend und angemessen zu unterweisen. Die Unterweisung umfasst Anweisungen und Erläuterungen, die eigens auf den Arbeitsplatz oder den Aufgabenbereich der Beschäftigten ausgerichtet sind. Die Unterweisung muss bei der Einstellung, bei Veränderungen im Aufgabenbereich, der Einführung neuer Arbeitsmittel oder einer neuen Technologie vor Aufnahme der Tätigkeit der Beschäftigten erfolgen. Die Unterweisung muss an die Gefährdungsentwicklung angepasst sein und erforderlichenfalls regelmäßig wiederholt werden.

Gefahrstoffverordnung (GefStoffV)

Gefahrstoffverordnung (GefStoffV)	Geltendes Recht in **Deutschland** vom 21.07.2021 Diese Verordnung gilt für das Inverkehrbringen von Stoffen, Zubereitungen und Erzeugnissen, zum Schutz der Beschäftigten und anderer Personen vor Gefährdungen ihrer Gesundheit und Sicherheit durch Gefahrstoffe und zum Schutz der Umwelt vor stoffbedingten Schädigungen. **Gefahrstoffe** sind Stoffe, Zubereitungen und Erzeugnisse, die bestimmte physikalische oder chemische Eigenschaften haben, z. B. explosionsgefährlich, hoch entzündlich, brandfördernd, giftig.
GHS: (engl.: Globally Harmonized System: Global harmonisiertes System)	Vereinbarung der **Vereinten Nationen** über Einstufung und Kennzeichnungssystem von Chemikalien für Transport, Verbraucher-, Arbeitnehmer- und Umweltschutz vom 14.6.1992.
CLP-Verordnung: (engl.: Classification, Labelling and Packaging: Einstufung, Kennzeichnung und Verpackung)	Geltendes Recht der **EU** vom 20.1.2009 (Verordnung EG-Nr. 1272/2008, derzeit in Überarbeitung) über die Einstufung, Kennzeichnung und Verpackung von Stoffen und Gemischen bei ihrer Verwendung.

Gefahrstoffverordnung (GefStoffV)

GHS-Piktogramm/ Kodierung	H-Hinweise/P-Hinweise
Physikalisch-chemische Gefahren	
GHS 01  Gefahr	explosionsgefährlich durch explosive Stoffe und Gemische; vor Gebrauch alle Sicherheitshinweise lesen
GHS 02  Gefahr	leicht entzündlich, hoch entzündlich durch selbstzersetzliche Stoffe und Gemische; vor offenen Flammen fernhalten, nicht Rauchen
GHS 03  Gefahr	brandfördernd durch oxidierende Gase, Flüssigkeiten und Feststoffe; Schutzkleidung tragen
GHS 04  Achtung	explosionsgefährlich bei Erwärmung durch Gase unter Druck; vor Gebrauch besondere Anweisung einholen
Gefahren für die menschliche Gesundheit	
GHS 05  Gefahr	korrosive Wirkung auf Metalle durch Stoffe und Gemische; Schutzhandschuhe, Augenschutz tragen
GHS 06  Gefahr	Lebensgefahr, giftig bei Verschlucken durch Stoffe und Gemische; Giftinformationszentrum oder Arzt verständigen
GHS 07  Achtung	Gesundheitsschädlich bei Hautkontakt oder Einatmen durch Stoffe oder Gemische; Arzt verständigen, Haut mit Wasser reinigen
GHS 08  Gefahr	Atembeschwerden, schädigt die Organe beim Einatmen, Hautkontakt, Verschlucken; Giftinformationszentrum oder Arzt verständigen
Gefahren für die Umwelt	
GHS 09  Achtung	giftig für Wasserorganismen durch Stoffe und Gemische; Freisetzung in die Umwelt vermeiden, belasteten Inhalt in Behältern aufbewahren

Erklärung	
GHS-Piktogramme:	Sie sollen Personen, die mit gefährlichen Stoffen oder Gemischen umgehen, auf die Gefahren aufmerksam machen und vor ihren Auswirkungen schützen.
GHS01:	Kodierung nach CLP-Verordnung
Signalwörter:	Sie geben den Gefährdungsgrad der Stoffe oder Gemische an.
Gefahr:	schwerwiegende Gefahren
Achtung:	weniger schwerwiegende Gefahren
H-Hinweise:	(engl.: hazard statements: Gefahrenhinweise) Sie zeigen die Gefahren an, die durch einen Stoff oder ein Gemisch auftreten können.
P-Hinweise:	(engl.: precantionary: vorsorglich) Sie zeigen Maßnahmen zur Vermeidung der schädlichen Wirkungen auf.

Gefahrgutverordnung GGVSEB vom 18.08.2023 (Auswahl)

Gefahrzettel	Gefahrgutklasse	Erklärung
	1	explosive Stoffe und Gegenstände mit Explosivstoff
	2.1	entzündbare, brennbare Gase
	3	entzündbare, flüssige Stoffe
	4.1	entzündbare, leicht brennbare feste Stoffe
	5.1	entzündbare, oxidierend wirkende Stoffe
	6.1	giftige Stoffe
	7C	radioaktive Stoffe
	8	ätzende Stoffe
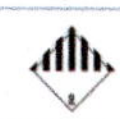	9	verschiedene gefährliche Stoffe und Gegenstände

Bei allen **Gefahrgutklassen** sind mitzuführen: Unterlegkeile, persönliche Schutzausrüstung (z. B. mit Warnweste, Augenschutz), Warnzeichen, Warntafeln, Feuerlöschgeräte

Abfallstoffe im Kfz-Betrieb

Abfall-bezeichnung	Abfallschlüssel nach EAK (Europäischer Abfallkatalog)	Wassergefährdungsklasse nach VwVwS	Gefahrstoffkennzeichnung nach:		Überwachungsverfahren[1]			
			GefStoffV/Kodierung	GGSVEB	1	2	3	4
Akku-Säure	16 06 06	WKG 1	GHS 05	8	●			
Altfarben, Altlacke	08 01 02	WKG 2	GHS 02 GHS 07	3	●			
Altöl bekannter Herkunft	13 02 02	WKG 3	GHS 02 GHS 07	3	●			
Altöl unbekannter Herkunft	13 02 04	WKG 3	GHS 03 GHS 07	3	●			
Altreifen	16 01 03	–	–	–		●		
Autobatterien	16 06 01	WKG 1	GHS 05	8	●			
Betriebsmittel, ölverschmutzt	15 02 99 D1	WKG 3	GHS 02 GHS 07	4	●			
Bremsflüssigkeit	13 01 08	WKG 1–2	GHS 07	–	●			
Fettabfälle	15 02 99 D1	–	–	–	●			
Kaltreiniger, halogenfrei	14 01 03	WKG 2–3 (je nach Inhalt)	GHS 02 GHS 07	3	●			
Kraftstoffe, verunreinigt	13 06 01	WKG 2–3 (je nach Inhalt)	GHS 03 GHS 06	3	●			
Kühlflüssigkeit	14 04 03	WKG 1	GHS 07	–	●			
Lösemittel-gemische	14 01 03	WKG 2–3 (je nach Inhalt)	GHS 03 GHS 07	3	●			
Nickel-Cadmium-Batterien	16 06 02	WKG 2	–	–	●			
Nitroverdünner	08 01 99	WKG 2	GHS 02 GHS 07	3			●	●
Ölbinder, verbraucht	15 02 01	WKG 3	GHS 03	4			●	●
Ölfilter	15 02 99 D1	WKG 3	GHS 03 GHS 07	4	●			
Öl-Wasser-Gemische	16 07 06	WKG 3	–	–	●			
Spraydosen	20 01 22	WKG 1–3 (je nach Inhalt)	gemäß Inhalt				●	●
Trockenbatterien	16 06 04	WKG 2	GHS 07	–			●	●
Waschbenzin	14 01 03	WKG 2	GHS 03 GHS 07	3		●		

[1] Überwachungsverfahren nach Kreislaufwirtschafts- und Abfallgesetz (KrW-/AbfG):
- ● 1 besonders überwachungsbedürftige Abfälle
- ● 2 überwachungsbedürftige Abfälle zur Verwertung
- ● 3 überwachungsbedürftige Abfälle zur Beseitigung
- ● 4 nicht überwachungsbedürftige Abfälle zur Verwertung

Überwachung von Arbeitsschutzvorschriften

Berufsgenossenschaft	Sie sind als Träger der gesetzlichen Unfallversicherung verpflichtet für Unfallverhütung zu sorgen, Unfallverhütungsvorschriften und Sicherheitsregeln zu erlassen und zu kontrollieren. Unternehmen müssen Mitglied der jeweils zuständigen Berufsgenossenschaft sein.
Gewerbeaufsichtsämter	Sie sind die staatlichen Kontrollorgane zur Überwachung der Einhaltung von Unfallverhütungsvorschriften. Bei Missachtung von Arbeitsschutzvorschriften können sie Geldbußen verhängen.

Sicherheitsregeln für Fahrzeuginstandhaltung BGR 157/DGUV Regel 109-008 und Hebebühnen GUV-V 14 (Auszüge)

Persönliche Schutzausrüstung	Unternehmen haben geeignete persönliche Schutzausrüstungen zur Verfügung zu stellen und diese in ordnungsgemäßem Zustand zu halten. Dazu gehört auch Hautreinigungs-, Hautpflege- und Hautschutzmittel bei Arbeiten mit Ölen, Fetten, Lacken, Wachsen, Kraftstoffen, Kaltreinigern.
Feuerlöscheinrichtung	Feuerlöscher müssen je nach Brandgefahr und Größe der Arbeitsstätte in ausreichender Zahl und an leicht zugänglichen Stellen entsprechend den jeweils geltenden Verordnungen vorhanden sein. Für Bereiche, die der Verordnung über brennbare Flüssigkeiten unterliegen, gelten gesonderte Regelungen.
Abgase	Brennbare und gesundheitsschädliche Gase, Dämpfe und Rauche müssen aus Arbeitsbereichen, Arbeitsgruben, Unterfluranlagen und Laderäumen für Akkumulatoren sicher durch Lüftungseinrichtungen abgeführt werden. Abgase von Verbrennungsmotoren können z. B. durch Aufstecken von Schläuchen der Absauganlage zugeführt werden. In begründeten Ausnahmefällen dürfen Abgase über kurze Schläuche direkt ins Freie geleitet werden (ausgenommen Dieselmotoren).
Rauchverbot	Rauchverbot besteht in allen Bereichen, in denen mit brennbaren Flüssigkeiten gearbeitet wird oder mit brennbaren Gasen oder Dämpfen zu rechnen ist. Diese Bereiche müssen entsprechend der DGUV-Information 211-041 gekennzeichnet sein (Feuer, offenes Licht und Rauchen verboten).
Brennbare Stoffe	Brennbare Flüssigkeiten sind in besonderen Behältern (leitfähig, unzerbrechlich, nicht brennbar, verschließbar) aufzubewahren. Ausgelaufene oder verschüttete Flüssigkeiten (z. B. Kraftstoff) sind unverzüglich aufzunehmen und aus Arbeitsräumen zu entfernen.
Schweißarbeiten und andere Zündquellen	Zündquellen (z. B. Schweiß- oder Schleiffunken, offene Flamme, Funkenbildung durch elektrische Anlagen) dürfen bei Arbeiten mit brennbaren Stoffen nicht vorhanden sein. Lassen sich Zündquellen nicht vermeiden, muss sichergestellt sein, dass sich brennbare Stoffe (z. B. bei Arbeiten an Kraftstoffsystemen) durch geeignete Maßnahmen nicht entzünden. Zum Beispiel durch ■ Ausbau des Kraftstoffbehälters, ■ Füllen des Behälters und der Leitungen mit Stickstoff oder anderen inerten Gasen und ■ Abdecken des Behälters oder der Kraftstoffleitungen gegen Funkenflug und Strahlungswärme.
Verarbeitung von Lacken, Unterbodenschutz, Hohlraumschutz	Für das Verarbeiten von entzündlichen oder leicht entzündlichen Beschichtungsstoffen müssen gesonderte Räume oder, soweit dies aus betriebstechnischen Gründen nicht möglich ist, gesonderte Bereiche von 5 m um die Verarbeitungsstelle vorhanden sein, die den besondereren Vorschriften über feuergefährdete Räume oder Bereiche entsprechen (z. B. Kennzeichnung, Lüftung, Werkstoffe, elektrische Anlage).
Kraftstoffsysteme	Bei Arbeiten an Kraftstoffsystemen, bei denen Kraftstoff austreten könnte, sind u. a. mindestens folgende Maßnahmen zu treffen: ■ Tragen von persönlicher Schutzausrüstung und Benutzen von Hautschutzmitteln ■ Kraftstoffe sind an der Austrittsstelle mit geeigneten, leitfähigen Behältern aufzufangen. ■ Offene Leitungen bzw. Anschlüsse sind dicht zu verschließen. ■ Über Arbeitsgruben sollten solche Arbeiten möglichst nicht durchgeführt werden. ■ Mit Kraftstoff getränkte Kleidung ist sofort zu wechseln. ■ Für das Löschen in Brand geratener Kleidung sind geeignete Löscheinrichtungen (Löschdecken, Löschbrausen) bereitzustellen. ■ Bei Arbeiten unter beengten Raumverhältnissen (z. B. Instandsetzungsarbeiten an der Kraftstoffpumpe vom Kofferraum aus) sind die entstehenden Dämpfe abzusaugen.
Prüfeinrichtungen für Kraftstoffeinspritzdüsen	Während des Prüfens von Einspritzdüsen müssen Einrichtungen gegen Verletzungen durch den Hochdruckkraftstoffstrahl vorhanden sein. Beim Auftreffen des Kraftstoffsstrahls auf die Haut kann es zu Durchdringungen der Haut und dadurch zu Gesundheitsschäden kommen. Diese können vermieden werden, wenn der Kraftstoffstrahl, z. B. innerhalb eines Glaszylinders in einen Auffangbehälter abgeleitet wird und eine Absauganlage vorhanden ist.

Sicherheitsregeln für Fahrzeuginstandhaltung BGR 157/DGUV Regel 109-008 und Hebebühnen GUV-V 14 (Auszüge)

Hebebühnen	Hebebühnen dürfen nur von schriftlich durch das Unternehmen beauftragten Personen bedient werden, die ihre Befähigung gegenüber dem Unternehmer nachgewiesen haben und mindestens 18 Jahre alt sind. Arbeiten mehrere Personen unter einer Hebebühne, so hat das Unternehmen eine/-n Aufsichtsführende/-n zu bestimmen. Hebebühnen müssen gegen unbefugte Benutzung gesichert sein (z. B. Schalterschloss) und mindestens jährlich von einer sachkundigen Person geprüft werden. Fahrzeuge dürfen nur an den vom Hersteller angegebenen Punkten angehoben werden.
Sichern der Fahrzeuge gegen Bewegung	Fahrzeuge sind vor Beginn der Arbeiten gegen unbeabsichtigte Bewegungen zu sichern (z. B. durch die Feststellbremse). Bei Arbeiten am Bremssystem müssen Unterlegkeile verwendet werden, ebenso beim Anheben gebremster Räder. Bei Arbeiten an Druckluftsystemen müssen Vorkehrungen gegen unbeabsichtigtes Absinken des Aufbaus getroffen werden, z. B. durch Verwendung von Unterstellböcken mit entsprechender Tragfähigkeit. An Unterstellböcken muss die Tragfähigkeit deutlich erkennbar und dauerhaft angegeben sein.
Reifen und Räder	Reifen und Räder mit einer Masse von mehr als 200 kg oder einem Durchmesser von mehr als 1,5 m müssen mit besonderen Einrichtungen transportiert werden, die sicherstellen, dass das Rad nicht umfallen kann. Montage, Demontage und Transport solcher Reifen müssen von mindestens zwei Personen durchgeführt werden. Vor dem Füllen von Luftreifen müssen Räder, Felgen und Reifen auf sichtbare Schäden geprüft werden. Der höchstzulässige Fülldruck darf nicht überschritten werden. Das Befüllen von Luftreifen auf geteilten Felgen erfordert Schutzeinrichtungen zum Auffangen wegfliegender Teile.
Auswuchten von Fahrzeugrädern	Beim Auswuchten von Fahrzeugrädern müssen Schutzeinrichtungen (z. B. Schutzhauben) zum Schutz gegen Verletzungen durch fortfliegende Teile (z. B. Ausgleichsgewichte, Fremdkörper im Profil) verwendet werden. Bei einer Prüfdrehzahl von weniger als 100/min und einem Felgendurchmesser kleiner als 20" ist ein Betrieb ohne Schutzhaube möglich.
Bremsen und Kupplungen	Bei der Demontage von Reibbelägen anfallender Abriebstaub muss mit Entstaubern abgesaugt oder durch eine staubbindende Nassreinigung gefahrlos beseitigt werden. Der Abriebstaub darf nicht mit Druckluft ausgeblasen werden. Verschlissene Beläge sind möglichst ohne Zerstörung als ganze Teile von ihren Trägern abzunieten. Demontierte Beläge, Belagreste und abgesaugter Staub müssen staubdicht verpackt und emissionsfrei entsorgt werden.
Schraubenfedern	Zum Aus- und Einbau von Schraubenfedern an Federbeinen von Fahrzeugen müssen Spannvorrichtungen verwendet werden, die so beschaffen sein müssen, dass ein Herausspringen der gespannten Schraubenfedern verhindert wird.
Akkumulatoren	In Räumen zum Laden von Akkumulatoren müssen Lüftungsöffnungen stets freigehalten werden. Säuren und Laugen dürfen nur in entsprechend gekennzeichneten und bruchsicheren Gefäßen aufbewahrt werden. Das Arbeiten mit Säuren und Laugen erfordert Einrichtungen, die das Verspritzen und Verschütten verhindern (z. B. Säureheber, Ballonkipper). Bei Verwendung von Batterieladegeräten, Starthilfeeinrichtungen, Messgeräten muss zur Vermeidung von Lichtbögen die Minusleitung möglichst weit entfernt vom Akku unterhalb der Gasaustrittsöffnungen an einem gut leitenden Massepunkt des Fahrzeugs angelegt werden. Beim Abklemmen ist die Minusleitung zuerst zu lösen.
Rollenprüfstände	Rollen-Prüfstände (z. B. Bremsen- bzw. Leistungsprüfstände) dürfen nur von unterwiesenen Personen bedient werden. Rollen-Prüfstände dürfen nur innerhalb ihrer Leistungsgrenzen betrieben werden. Bei laufendem und betriebsbereitem Rollen-Prüfstand darf sich niemand im Gefahrenbereich der sich drehenden Fahrzeugräder und Prüfstands-Rollen befinden. Unbenutzte Rollenprüfstände sind gegen unbefugten Gebrauch zu sichern (z. B. durch einen abschließbaren Hauptschalter).
Airbag- und Gurtstraffersysteme	Elektrische Prüfungen an Airbag- und Gurtstraffersystemen dürfen nur mit dem vom Fahrzeughersteller zugelassenen Geräten durchgeführt werden. Die Verwendung nicht zugelassener Geräte kann zu ungewollter Zündung führen. Für den Wechsel eines Airbag- oder Gurtstraffersystems ist ein Sachkundenachweis erforderlich. Werden Airbag- und Gurtstraffersysteme zum Zwecke der Verschrottung gezündet, hat der Unternehmer besondere Schutzmaßnahmen zu veranlassen. Dies wird z. B. erreicht, wenn sich während des Zündens im eingebauten Zustand keine Personen im Kraftfahrzeug aufhalten. Die Türen des Kraftfahrzeugs sind nach Möglichkeit zu schließen. Das Vernichten von nicht in Kraftfahrzeugen eingebauten Airbag- und Gurtstraffersystemen darf nur im Rahmen einer nach dem Sprengstoffgesetzt erlaubten Tätigkeit vorgenommen werden.

Sicherheits- und Gesundheitsschutzkennzeichnung am Arbeitsplatz (GUV-V A8)

Bedeutung der Sicherheitsfarben			**Geometrische Form in Kombination mit Sicherheitsfarbe**			
Sicherheitsfarbe	Bedeutung	Hinweise/Angaben	Kreis ○	Dreieck △	Rechteck ▭	Quadrat □
rot RAL 3001	Verbot	gefährliches Verhalten	Verbot		Material und Einrichtung zur Brandbekämpfung	
	Gefahr	Halt, Evakuierung				
	Material und Einrichtungen zur Brandbekämpfung	Kennzeichnung und Standort				
gelb RAL 1003	Warnung	Achtung, Vorsicht, Überprüfung		Warnung Vorsicht		
grün RAL 6032	Hilfe, Rettung	Türen, Ausgänge, Wege, Stationen, Räume			Rettung, Erste Hilfe	
	Gefahrlosigkeit	Rückkehr zum Normalzustand				
blau RAL 5005	Gebot	besonderes Verhalten oder Tätigkeit – Verpflichtung zum Tragen einer Schutzausrüstung	Gebot		Hinweis	

Sicherheitskennzeichen nach GUV-V A8 und DIN EN ISO 7010 (Auszug)

Verbotszeichen					

Rauchen verboten	Feuer, offenes Licht und Rauchen verboten	für Fußgänger verboten	mit Wasser löschen verboten	Zutritt für Unbefugte verboten	kein Trinkwasser
Warnzeichen					

feuergefährliche Stoffe	explosionsgefährliche Stoffe	giftige Stoffe	ätzende Stoffe	gefährliche elektrische Spannung	Gefahrenstelle
Rettungszeichen					

Rettungsweg nach links	Erste Hilfe	Notausgang	Arzt	Krankentrage	Augenspüleinrichtung
Gebotszeichen					

Atemschutz benutzen	Gehörschutz benutzen	Handschutz benutzen	Kopfschutz benutzen	Augenschutz benutzen	Fußschutz benutzen

Eine **Basisgröße** ist eine physikalische Größe, die von anderen Größen unabhängig ist.
Die zu der Basisgröße gehörende Einheit ist die **Basiseinheit**.
Im internationalen Einheitensystem SI (Système international d'unités) sind sieben Basisgrößen mit ihren Einheiten festgelegt.

SI-Basisgrößen und SI-Basiseinheiten

DIN 1301, Teil 1: 2010-10; DIN 1304, Teil 1: 1994-03

SI-Basisgröße	Definition der SI-Basiseinheiten
Länge	1 Meter ist die Länge der Strecke, die Licht im Vakuum während der Dauer von 1/299 792 458 Sekunden durchläuft.
Masse	1 Kilogramm ist die Masse des internationalen Kilogrammprototyps, eines Platin-Iridium-Zylinders, der in Serves bei Paris aufbewahrt wird.
Zeit	1 Sekunde ist die Zeitdauer von 9 192 631 770 Schwingungen des Atoms Caesium (Cs) in der Atomuhr.
Elektrische Stromstärke	1 Ampere ist die Stärke eines elektrischen Stroms, der zwischen zwei im Abstand von 1 m parallel angeordneten Leitern im Vakuum die Kraft von $2 \cdot 10^{-7}$ Newton je 1 m Leiterlänge hervorrufen würde.
Thermodynamische Temperatur	1 Kelvin ist der 273,16te Teil der thermodynamischen Temperatur des Tripelpunkts von reinem Wasser.
Stoffmenge	1 Mol ist die Stoffmenge eines Systems, das aus ebenso vielen Einzelteilchen besteht, wie Atome in 12 Gramm Kohlenstoff (C) enthalten sind.
Lichtstärke	1 Candela ist die Lichtstärke in einer bestimmten Richtung einer Strahlungsquelle, die monochromatische Strahlung der Frequenz $540 \cdot 10^{12}$ Hertz aussendet und deren Strahlstärke in dieser Richtung 1/683 Watt durch Steradiant (Raumwinkel) beträgt.

SI-Basisgröße	Formelzeichen nach DIN 1304	SI-Basiseinheit	SI-Einheitenzeichen	Ausgewählte Teile und Vielfache der SI-Basiseinheit
Länge	l	Meter	m	µnm; µm; mm; cm; dm; km
Masse	m	Kilogramm	kg	µg; mg; g; Mg
Zeit	t	Sekunde	s	ns; µs; ms; ks
Elektrische Stromstärke	I	Ampere	A	pA; nA; µA; mA; kA; MA
Thermodynamische Temperatur	T	Kelvin	K	mK
Stoffmenge	n	Mol	mol	µmol; mmol; kmol
Lichtstärke	I	Candela	cd	

Dezimale und Teile von SI-Einheiten

DIN 1301, Teil 1: 2010-10

Vorsatz		Vorsatzzeichen	Faktor	Teil bzw. Vielfaches	Beispiel		
Atto	Teile	a	10^{-18}	ein Trillionstel	1 Attovolt	= 1 aV	= 0,000 000 000 000 000 001 V
Femto		f	10^{-15}	ein Billiardstel	1 Femtovolt	= 1 fV	= 0,000 000 000 000 001 V
Piko		p	10^{-12}	ein Billionstel	1 Pikovolt	= 1 pV	= 0,000 000 000 001 V
Nano		n	10^{-9}	ein Milliardstel	1 Nanovolt	= 1 nV	= 0,000 000 001 V
Mikro		µ	10^{-6}	ein Millionstel	1 Mikrovolt	= 1 µV	= 0,000 001 V
Milli		m	10^{-3}	ein Tausendstel	1 Millivolt	= 1 mV	= 0,001 V
Zenti		c	10^{-2}	ein Hundertstel	1 Zentivolt	= 1 cV	= 0,01 V
Dezi		d	10^{-1}	ein Zehntel	1 Dezivolt	= 1 dV	= 0,1 V
			10^{0}	das Einfache	1 Volt	= 1 V	= 1 V
Deka	Vielfache	da	10^{1}	das Zehnfache	1 Dekavolt	= 1 daV	= 10 V
Hekto		h	10^{2}	das Hundertfache	1 Hektovolt	= 1 hV	= 100 V
Kilo		k	10^{3}	das Tausendfache	1 Kilovolt	= 1 kV	= 1 000 V
Mega		M	10^{6}	das Millionenfache	1 Megavolt	= 1 MV	= 1 000 000 V
Giga		G	10^{9}	das Milliardenfache	1 Gigavolt	= 1 GV	= 1 000 000 000 V
Tera		T	10^{12}	das Billionenfache	1 Teravolt	= 1 TV	= 1 000 000 000 000 V
Peta		P	10^{15}	das Billiardenfache	1 Petavolt	= 1 PV	= 1 000 000 000 000 000 V
Exa		E	10^{18}	das Trillionenfache	1 Exavolt	= 1 EV	= 1 000 000 000 000 000 000 V

Abgeleitete SI-Einheiten (Auswahl)

DIN 1304, Teil 1: 1994-03

Physikalische Größe	Formelzeichen	SI-Einheit, abgeleitete Einheit	Einheitenname	Bemerkungen
Länge, Fläche, Volumen				
Länge	l	m	Meter	SI-Basisgröße und SI-Basiseinheit
Breite	b	m	Meter	Umrechnungszahl ist **10** 1 m = 10 dm = 100 cm = 1000 mm
Höhe	h	m	Meter	1 in (inch) = 25,4 mm 1 ft (foot) = 0,3048 m 1 yd (yard) = 0,9144 m 1 mile (statute mile) = 1609 m = 1,609 km (Landmeile)
Strecke	s	km	Kilometer	1 n mile (nautical mile) = 1852 m = 1,852 km (internationale Seemeile)
Durchmesser Radius, Halbmesser Umfang Kreisbogen	d r U l_b, $\widehat{l}$	mm, cm, dm, m	Millimeter, Zentimeter, Dezimeter, Meter	
Fläche Teilfläche Oberfläche Mantelfläche Leiterquerschnitt	A $A_{1,2,3}$ A_0 A_M q	mm^2, cm^2, dm^2, m^2	Quadratmillimeter, Quadratzentimeter, Quadratdezimeter, Quadratmeter	Umrechnungszahl ist **100** 1 m^2 = 100 dm^2 = 10 000 cm^2 1 m^2 = 1 000 000 mm^2
Volumen, Rauminhalt	V	mm^3, cm^3, dm^3 (l), m^3	Kubikmillimeter, Kubikzentimeter, Kubikdezimeter (Liter), Kubikmeter	Umrechnungszahl ist **1000** 1 m^3 = 1000 dm^3 = 1 000 000 cm^3 1 m^3 = 1 000 000 000 mm^3 1 l (Liter) = 1 dm^3, 1 gal (US-gallon) = 3,785 l
Winkel				
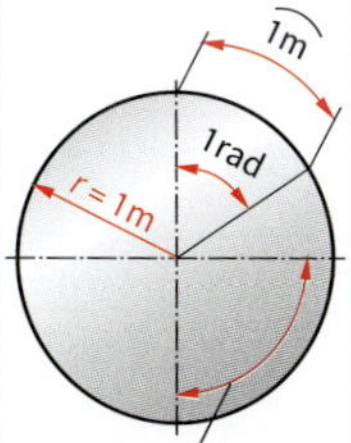 $\frac{\pi}{2}$ rad = 90°	α, β, γ	rad	Radiant	Ein Radiant ist gleich dem ebenen Winkel, der als Zentriwinkel eines Kreises mit dem Radius r = 1 m aus dem Kreis einen Bogen der Länge 1 m herausschneidet. $\frac{d \cdot \pi}{360°} = \frac{2 \cdot \pi \cdot r}{360°} = \frac{1\,\text{m}}{1\,\text{rad}}$ $1\,\text{rad} = \frac{1\,\text{m Bogen}}{1\,\text{m Radius}} = \frac{360°}{2 \cdot \pi} = 57{,}3°$
		°	Grad Vollwinkel 360°	$360° = 2 \cdot \pi\,\text{rad} \quad 1° = \frac{\pi}{180°}\,\text{rad}$
		'	Minute	$1' = \frac{1°}{60} = \frac{\pi}{60 \cdot 180°}\,\text{rad}$
		''	Sekunde	$1'' = \frac{1°}{3600} = \frac{\pi}{3600 \cdot 180°}\,\text{rad}$
		gon	Gon	$1\,\text{gon} = \frac{\pi}{200}\,\text{rad}$ Ein Gon ist der 100ste Teil eines rechten Winkels.

Abgeleitete SI-Einheiten (Auswahl)

DIN 1304, Teil 1: 1994-03

Physikalische Größe	Formelzeichen	SI-Einheit, abgeleitete Einheit	Einheitenname	Bemerkungen
Zeit und Raum				
Zeit, Zeitspanne, Dauer	t	s min h d a	Sekunde Minute Stunde Tag Jahr	SI-Basisgröße und SI-Basiseinheit Umrechnungszahl ist **60** 1 h = 60 min = 3 600 s Zeitspanne, Dauer ist die Zeit, z. B. 2,5 h zwischen 2 Zeitpunkten
Geschwindigkeit	v	$\frac{m}{s}$	$\frac{\text{Meter}}{\text{Sekunde}}$	$1\,\frac{m}{s} = 3{,}6\,\frac{km}{h}$
Umfangsgeschwindigkeit	u	$\frac{m}{s}$	$\frac{\text{Meter}}{\text{Sekunde}}$	$1\,\frac{m}{s} = 60\,\frac{m}{min}$
Winkelgeschwindigkeit	ω (Omega)	$\frac{rad}{s}$	$\frac{\text{Radiant}}{\text{Sekunde}}$	
Lichtgeschwindigkeit	c	$\frac{m}{s}$	$\frac{\text{Meter}}{\text{Sekunde}}$	Lichtgeschwindigkeit im Vakuum $c_0 = 2{,}99792458 \cdot 10^8\,\frac{m}{s}$
Frequenz	f	Hz	Hertz, Kehrwert der Sekunde	$1\,Hz = \frac{1}{s} = 1\,s^{-1}$ Anzahl der periodischen Vorgänge je Sekunde, z. B. Frequenz der Fahrzeugfederung
Drehzahl, Drehfrequenz	n	$\frac{1}{s}, \frac{1}{min}$	Kehrwert der Sekunde, Minute	$\frac{1}{s} = \frac{60}{min}$
Kreisfrequenz	ω	$\frac{1}{s}$	Kehrwert der Sekunde	$\omega = 2 \cdot \pi \cdot f$
Beschleunigung	a	$\frac{m}{s^2}$	$\frac{\text{Meter}}{\text{Sekunde}^2}$	Geschwindigkeitszunahme je Sekunde
Verzögerung	a	$\frac{m}{s^2}$	$\frac{\text{Meter}}{\text{Sekunde}^2}$	Geschwindigkeitsabnahme je Sekunde
Örtliche Fallbeschleunigung	g	$\frac{m}{s^2}$	$\frac{\text{Meter}}{\text{Sekunde}^2}$	g_n = Normalbeschleunigung $g_n = 9{,}80665\,\frac{m}{s^2} \approx 9{,}81\,\frac{m}{s^2}$
Mechanik				
Masse, Gewicht als Wägeergebnis	m	kg g t	Kilogramm Gramm Tonne	SI-Basisgröße und SI-Basiseinheit 1 kg = 1000 g 1 t = 1000 kg = 1 Mg
Dichte	ϱ (Rho)	$\frac{g}{cm^3}, \frac{kg}{dm^3}, \frac{t}{m^3}$	Kilogramm je Kubikdezimeter	$1\,\frac{g}{cm^3} = 1\,\frac{kg}{dm^3} = 1000\,\frac{kg}{m^3}$
Kraft	F	N	Newton	$1\,N = 1\,\frac{kg \cdot m}{s^2}$
Gewichtskraft	G, F_G			1 N entspricht der Kraft, mit der die Masse 1 kg mit $a = 1\,\frac{m}{s^2}$ beschleunigt werden kann.

Abgeleitete SI-Einheiten (Auswahl)

DIN 1304, Teil 1: 1994-03

Physikalische Größe	Formelzeichen	SI-Einheit, abgeleitete Einheit	Einheitenname	Bemerkungen
Mechanik				
Drehmoment	M	Nm	Newtonmeter	$1\ \text{Nm} = 1\ \frac{\text{kg} \cdot \text{m}^2}{\text{s}^2}$
Biegemoment	M_b	Nm	Newtonmeter	
Druck	p	Pa bar	Pascal Bar	$1\ \text{Pa} = 1\ \frac{\text{N}}{\text{m}^2}$ $1\ \text{bar} = 10\ \frac{\text{N}}{\text{cm}^2}$
Normalspannung	σ (Sigma)	$\frac{\text{N}}{\text{m}^2}$	Newton je Quadratmeter	$1\ \frac{\text{N}}{\text{m}^2} = 1\ \text{Pa}$
Schubspannung	τ (Tau)	$\frac{\text{N}}{\text{m}^2}$	Newton je Quadratmeter	$1\ \frac{\text{N}}{\text{m}^2} = 1\ \text{Pa}$
Mechanische Arbeit	W	J	Joule	1 J = 1 Nm = 1 Ws
Energie	E	J	Joule	1 J = 1 Nm = 1 Ws
Leistung	P	W	Watt	$1\ \text{W} = 1\ \frac{\text{J}}{\text{s}} = 1\ \frac{\text{Nm}}{\text{s}}$
Thermodynamik, Wärmeübertragung				
Thermodynamische Temperatur	T θ, t	K °C	Kelvin Grad Celsius	SI-Basisgröße und SI-Basiseinheit 0 K = –273,15 °C 0 °C = 273,15 K
Temperaturdifferenz	ΔT Δt	K °C	Kelvin Grad Celsius	Als Temperatureinheit werden K und °C verwendet. $\Delta t = T - T_0;\ T_0 = 273{,}15\ \text{K}$
Wärmemenge, Wärme, Wärmeenergie	Q	J	Joule	1 J = 1 Nm = 1 Ws Die Wärme ist eine Energieform und kann in mechanische oder elektrische Energie umgewandelt werden.
Wärmekapazität	C	$\frac{\text{J}}{\text{K}}$	Joule je Kelvin	
Spezifische Wärmekapazität	c	$\frac{\text{kJ}}{\text{kg} \cdot \text{K}}$	Kilojoule je Kilogramm und Kelvin	Wärmemenge, die nötig ist, um 1 kg eines Stoffs um $\Delta T = 1$ K zu erwärmen.
Spezifischer Heizwert	H_i	$\frac{\text{kJ}}{\text{kg}}$	Kilojoule je Kilogramm	
Spezifische Verdampfungswärme	q_V	$\frac{\text{kJ}}{\text{kg}}$	Kilojoule je Kilogramm	Wärmemenge, die nötig ist, um 1 kg eines Stoffs vom flüssigen in den gasförmigen Zustand zu überführen.
Wärmestrom	φ (Phi)	$\frac{\text{kJ}}{\text{h}}$	Kilojoule je Stunde	
Zuzuführende Wärmemenge	φ_{zu}			
Abzuführende Wärmemenge	φ_{ab}			
Längenausdehnungszahl	α (Alpha)	$\frac{1}{\text{K}}$	Kehrwert von Kelvin	$\frac{1}{\text{K}} = \frac{1\ \text{m}}{1\ \text{m} \cdot \text{K}}$
Volumenausdehnungszahl	γ (Gamma)	$\frac{1}{\text{K}}$	Kehrwert von Kelvin	$\frac{1}{\text{K}} = \frac{1\ \text{m}^3}{1\ \text{m}^3 \cdot \text{K}}$

Abgeleitete SI-Einheiten

DIN 1304, Teil 1: 1994-03

Physikalische Größe	Formelzeichen	SI-Einheit, abgeleitete Einheit	Einheitenname	Bemerkungen
Elektrizität, Magnetismus				
Elektrische Stromstärke	I	A	Ampere	SI-Basisgröße und SI-Basiseinheit
Elektrische Spannung	U	V	Volt	$1\,\text{V} = \frac{1\,\text{W}}{1\,\text{A}} = 1\,\frac{\text{J}}{\text{C}}$
Elektrische Ladung	Q	C	Coulomb	1 C = 1 As
Elektrischer Widerstand	R	Ω	Ohm	$1\,\Omega = \frac{1\,\text{V}}{1\,\text{A}}$
Elektrischer Leitwert	G	S	Siemens	$1\,\text{S} = \frac{1\,\text{A}}{1\,\text{V}} = \frac{1}{\Omega}$
Spezifischer elektrischer Widerstand	ϱ	Ω · m	Ohm mal Meter	$1\,\Omega \cdot \text{m} = 1\,\Omega \cdot \frac{\text{m}^2}{\text{m}}$ $1\,\frac{\Omega \cdot \text{mm}^2}{\text{m}} = \frac{1\,\Omega \cdot 10^{-6} \cdot \text{m}^2}{\text{m}} = 10^{-6} \cdot \Omega \cdot \text{m}$
Elektrische Kapazität	C	F	Farad	$1\,\text{F} = \frac{1\,\text{C}}{1\,\text{V}}$
Frequenz	F	Hz	Hertz	$1\,\text{Hz} = \frac{1}{\text{s}}$
Elektrische Arbeit, Energie	W	J Ws	Joule Wattsekunde	1 J = 1 Ws = 1 Nm 1 kWh = 3,6 MJ 3 600 000 Ws = 3 600 kJ = 1 kWh
Elektrische Leistung	P	W	Watt	$1\,\text{W} = 1\,\text{VA} = 1\,\frac{\text{J}}{\text{s}} = 1\,\frac{\text{Nm}}{\text{s}}$
Phasenverschiebungswinkel	φ (Phi)	°	Grad	Phasenwinkel zwischen der elektrischen Stromstärke und der Spannung
Wirkungsgrad	η (Eta)	–	–	Das Verhältnis von abgeführter und zugeführter Leistung $\eta = \frac{P_{exi}}{P_{ing}}$
Induktivität	L	H	Henry	$1\,\text{H} = 1\,\frac{\text{V} \cdot \text{s}}{\text{A}}$
Molekularphysik, Optik				
Stoffmenge	n	mol	Mol	SI-Basisgröße und SI-Basiseinheit Ein Mol besteht aus $6{,}022045 \cdot 10^{23}$ Teilchen. 1 mol ^{12}C wiegt 12 g. 1 mol O_2 wiegt 32 g.
Lichtstärke	I_V	cd	Candela	SI-Basisgröße und SI-Basiseinheit
Lichtstrom	Φ_V (Phi)	lm	Lumen	1 lm = 1 cd · sr sr Einheit des Raumwinkels (Steradiant) Lichtstrom = Lichtstärke · Raumwinkel

Indizes

DIN 1304, Teil 1: 1994-03

Zur Unterteilung von Oberbegriffen und zur Kennzeichnung besonderer Zustände können Formelzeichen mit Indizes versehen werden.

Index	Bedeutung	Index	Bedeutung	Index	Bedeutung	Index	Bedeutung	Index	Bedeutung
0	null, Leerlauf, leerer Raum	amb	umgebend (ambient)	exi	Ausgang (exitus)	med	mittel (medial)	stat	stationär, statisch
1	eins, primär, Eingang, Anfangszustand	ax	axial	G	Gewicht	mes	gemessen	syn	synchron
2	zwei, sekundär, Ausgang, Endzustand	b	Basis	hyd	hydraulisch	min	minimal	tan	tangential
a	außen	dyn	dynamisch	ing	Eingang (ingressus)	N	Normal-…	tot	total
abs	absolut	Δ	Differenz	int	innen (intus)	pot	potenziell	v	Verlust
		e	überschreitend (excedens)	kin	kinetisch	rad	radial	w	Wirk-…
		eff	Effektivwert	max	maximal	rel	relativ	zul	zulässig
		el	elektrisch	mec	mechanisch	R	Reibung	Z	Zusatz-…
						sin	sinusförmig	Σ	Summe

Umwandlungstabellen

Länge

	m	dm	cm	mm
1 km	1000	10 000	100 000	1 000 000
1 m	1	10	100	1000
1 dm	0,1	1	10	100
1 cm	0,01	0,1	1	10
1 mm	0,001	0,01	0,1	1
1 µm	0,000 001	0,000 01	0,000 1	0,001

Fläche

	m^2	dm^2	cm^2	mm^2
1 km^2	1000 000			
1 m^2	1	100	10 000	1 000 000
1 dm^2	0,01	1	100	10 000
1 cm^2	0,000 1	0,01	1	100
1 mm^2	0,00 000 1	0,000 1	0,01	1

1 ha = 100 a = 10 000 m^2 = 0,01 km^2

Volumen

	m^3	dm^3 (l)	cm^3 (ml)	mm^3
1 m^3	1	1000	1000 000	10^9
1 dm^3	0,001	1	1000	1000 000
1 cm^3	0,000 001	0,001	1	1000
1 mm^3	10^{-9}	0,000 001	0,001	1

1 l = 1 dm^3 = 1000 cm^3

Temperatur

	°C	K
0 °C	——	273
0 K	–273	——

Masse

	g	kg	t
1 g	1	0,001	0,000 001
1 kg	1000	1	0,001
1 t	1000 000	1000	1

Dichte

	g/cm^3	kg/dm^3	t/m^3
1 kg/m^3	0,001	0,001	0,001
1 kg/dm^3	1	1	1000
1 kg/cm^3	1000	1000	1000
1 kg/l	1	1	1
1 g/l	0,001	0,001	0,001

Zeit

	d	h	min	s
1 s	0,000 011 57	0,000 278	0,01667	1
1 min	0,000 69	0,016 67	1	60
1 h	0,01467	1	60	3 600
1 d	1	24	1 440	86 400
1 a	≈ 365	≈ 8 760	≈ 525 600	≈ 31 536 000

Geschwindigkeit

	m/s	m/min	km/h
1 km/h	0,2778	16,667	1
1 m/min	0,01667	1	0,06
1 m/s	1	60	3,6
1 cm/s	0,01	0,6	0,036

Kraft

	mN	N	daN	kN
1 mN	1	0,001	0,0001	0,000 001
1 N	1000	1	0,1	0,001
1 kN	1000 000	1000	100	1
1 MN	10^9	1000 000	100 000	1000

1 N = 1 kgm/s^2

Drehmoment, mechanische Arbeit

	Ncm	Nm	kNm
1 Ncm	1	0,01	0,000 01
1 Nm	100	1	0,001
1 kNm	100 000	1000	1

Umwandlungstabellen

Mechanische Leistung

	J/s	kJ/s	MJ/s
1 J/s	1	0,001	0,000 001
1 kJ/s	1000	1	0,001
1 MJ/s	1000 000	1000	1

1 J/s = 1 Nm/s = 1 W

Mechanische Spannung

	N/m²	N/cm²	daN/cm²	N/mm²
1 N/m²	1	0,0001	0,000 01	0,000 001
1 N/cm²	10 000	1	0,1	0,01
1 daN/cm²	100 000	10	1	0,1
1 N/mm²	1 000 000	100	10	1

1 N/m² = 1 Pa

Druck

	Pa	mbar, hPa	bar	N/cm²
1 Pa	1	0,01	0,000 01	0,0001
1 mbar	100	1	0,001	0,01
1 bar	100 000	1000	1	10
1 N/cm²	10 000	100	0,1	1

1 Pa = 1 N/m²   1 bar = 10 N/cm²

Elektrische Spannung

	mV	V	kV
1 mV	1	0,001	0,000 001
1 V	1000	1	0,001
1 kV	1 000 000	1000	1

Elektrische Stromstärke

	mA	A	kA
1 mA	1	0,001	0,000 001
1 A	1000	1	0,001
1 kA	1 000 000	1000	1

Elektrische Leistung

	mW	W	kW	MW
1 mW	1	0,001	0,000 001	10^{-9}
1 W	1000	1	0,001	0,000 001
1 kW	1000 000	1000	1	0,001
1 MW	10^9	1 000 000	1000	1

1 W = 1 J/s = 1 Nm/s

Elektrische Arbeit, Wärmeenergie

	kWh	J	kJ	MJ
1 kWh	1	3 600 000	3 600	3,6
1 J	$2{,}7 \cdot 10^{-7}$	1	0,001	0,000 001
1 kJ	0,000 278	1000	1	0,001
1 MJ	0,2778	1 000 000	1000	1

1 J = 1 Nm = 1 Ws = 1 kg · m²/s²

Elektrischer Widerstand

	mΩ	Ω	kΩ	MΩ
1 mΩ	1	0,001	0,000 001	10^{-9}
1 Ω	1000	1	0,001	0,000 001
1 kΩ	1 000 000	1000	1	0,001
1 MΩ	10^9	1 000 000	1000	1

Umrechnung anglo-amerikanischer Einheiten

Länge

	mm	m
1 in (inch (Zoll))	25,4	0,025
1 ft (foot)	304,8	0,305
1 yd (yard)	914,4	0,914
1 mile (statute mile)		1609,34
1 n mile (nautical mile)		1852

1 mile = 1760 yd; 1 yd = 3 ft; 1 ft = 12 in.

Volumen

	cm³	dm³ (l)
1 in³ (cubic inch)	16,387	0,0164
1 ft³ (cubic foot)	28 317	28,317
1 yd³ (cubic yard)	8361	764,555
1 gal (US-gallon)	3785	3,785
1 gal (engl. gallon)	4546	4,546
1 barrel (barrel)	158 990	158,99

Geschwindigkeit

	m/s	km/h
1 ftps (foot per second)	0,3048	1,069
1 mph (statute mile per hour)	0,4470	1,609
1 kn (nautic mile per hour)	0,5147	1,852

Fläche

	cm²	dm², m², km²
1 in² (square inch)	6,452	
1 ft² (square foot)	929	9,29
1 yd² (square yard)	8361	83,61
1 mile² (square mile)		2,59 km²
1 acre (acre)		4047 m²

Masse

	g	kg
1gr (grain)	0,0648	
1 dram (dram)	1,772	
1 oz (ounce)	28,35	0,028
1 lb (pound (libre))	453,59	0,454
1 cwt (hundretweight)	50 802	50,802
1 tn (amerik. ton)	1 016000	1 016

1 cwt = 112 lb; 1 lb = 16 oz

Temperatur

Temperatur in Grad Fahrenheit = 1,8 · Temperatur in Grad Celsius plus 32 °C
Temperatur in Grad Celsius = 0,556 · (Temperatur in Grad Fahrenheit minus 32 °F)

Umrechnung früherer Einheiten

Druck	Energie, Arbeit	Leistung
1 at = 1 kp/cm² = 981 mbar	1 kcal = 4 186,8 J = 4,2 kJ = 1,16 · 10^{-3} kWh	1 PS = 735 W = 0,735 kW = 735 Nm/s
1 mm Ws = 1 kp/m² = 0,098 mbar		
1 mm Hg = 1 Torr = 1,333 mbar	1 kpm = 9,81 J = 9,81 Nm	1 kW = 1,36 PS

Mathematische Zeichen

DIN 1302: 1999-12 und 5473: 1992-07

Zeichen	Bedeutung und Sprechweise	Zeichen	Bedeutung und Sprechweise	Zeichen	Bedeutung und Sprechweise	Zeichen	Bedeutung und Sprechweise
≈	ungefähr gleich, etwa	:, /, —	durch, geteilt durch, zu	sin	Sinus	$\{x \mid x \dots\}$	Menge aller x, für die gilt: …
≙	entspricht	Σ	Summe	cos	Cosinus	ℕ	Menge der natürlichen Zahlen
…	und so weiter, bis	π	Pi, Kreiszahl	tan	Tangens	ℤ	Menge der ganzen Zahlen
=	gleich	x^n	x hoch n	cot	Kotangens	ℚ	Menge der rationalen Zahlen
≠	ungleich	$\sqrt{\ }$	Quadratwurzel aus	Δx	Delta x, Differenz der Werte x_1 und x_2	ℝ	Menge der reellen Zahlen
~	proportional	$\sqrt[n]{\ }$	n-te Wurzel aus	%	Prozent, von Hundert, v.H.	∧	und, sowohl, als auch
≅	kongruent	n!	n Fakultät	‰	Promille, von Tausend, v.T.	∨	oder, entweder oder
<	kleiner als	∞	unendlich	{[( )]}	Klammer auf/zu; geschweift, eckig, rund	¬	nicht
≤	kleiner oder gleich	$\overline{AB}$	Strecke AB	A,B,C	Mengen	$\lvert x \rvert$	Betrag von x
>	größer als	$\overset{\frown}{AB}$	Bogen AB	a, b, c	Elemente	«	ist klein gegen
≥	größer oder gleich	∢	Winkel	{a, b, c}	Menge mit den Elementen a, b, c	»	ist groß gegen
+	plus	ln	Logarithmus zur Basis e				
–	minus	lg	Logarithmus zur Basis 10				
·, x	mal, multipliziert mit	lb	binärer Logarithmus				

Griechisches Alphabet

DIN EN ISO 3098-3: 2000-11

1	2	3	4	1	2	3	4	1	2	3	4	1	2	3	4	1	2	3	4	1	2	3	4
α	A	Alpha	a	ε	E	Epsilon	e	ι	I	Jota	i	ν	N	Ny	n	ϱ	P	Rho	r	φ	Φ	Phi	f
β	B	Beta	b	ζ	Ξ	Zeta	z	χ	K	Kappa	k	ξ	Ξ	Ksi	x	σ	Σ	Sigma	s	χ	X	Chi	ch
γ	Γ	Gamma	g	η	H	Eta	e	λ	Λ	Lambda	l	o	O	Omnikron	o	τ	T	Tau	t	ψ	Ψ	Psi	ps
δ	Δ	Delta	d	θ	Θ	Theta	th	μ	M	My	m	π	Π	Pi	p	υ	Y	Ypsilon	u	ω	Ω	Omega	o

Bedeutung der Spaltennummern: 1 kleiner griechischer Buchstabe; 2 großer griechischer Buchstabe; 3 Name; 4 entsprechender deutscher Buchstabe

Römische Zahlzeichen

I	= 1	II	= 2	III	= 3	IV	= 4	V	= 5
X	= 10	XX	= 20	XXX	= 30	XL	= 40	L	= 50
C	= 100	CC	= 200	CCC	= 300	CD	= 400	D	= 500
MC	= 1100	MCC	= 1200	MCCC	= 1300	MCD	= 1400	MD	= 1500
VI	= 6	VII	= 7	VIII	= 8	IX	= 9	X	= 10
LX	= 60	LXX	= 70	LXXX	= 80	XC	= 90	C	= 100
DC	= 600	DCC	= 700	DCCC	= 800	CM	= 900	M	= 1000
MDC	= 1600	MDCC	= 1700	MDCCC	= 1800	MCM	= 1900	MM	= 2000

Beispiele:
- 99 = XCIX
- 999 = CMXCIX
- 1496 = MCDXCVI
- 1883 = MDCCCLXXXIII
- 1949 = MCMIL
- 1965 = MCMLXV
- 1978 = MCMLXXVIII
- 1999 = MCMXCIX
- 2007 = MMVII

Zahlenarten

- **Reelle Zahlen ℝ**
  - **Irrationale Zahlen**: $-\sqrt{10}$; lg2; ϖ; $\sqrt{2}$
  - **Rationale Zahlen ℚ**: $-4; -2\frac{1}{2}; -\frac{1}{2}; 1\frac{1}{2}; 3; 3\frac{6}{8}; 0{,}75; 3{,}33$
    - **Bruchzahlen**: $\frac{1}{2}; \frac{1}{4}; \frac{1}{20}; \frac{3}{35}$
    - **Ganze Zahlen ℤ**: … −3, −2, −1, 0, 1, 2, 3, 4, …
      - **Natürliche Zahlen ℕ**: 0; 1; 2; 3; 4; …

Rationale Zahlen: Zu diesen Zahlen rechnen auch die endlichen und periodischen Dezimalbrüche.

Irrationale Zahlen: Zu diesen Zahlen rechnen die unendlich nicht periodischen Dezimalbrüche, die als Lösungen von Gleichungen entstehen, und die transzendenten Zahlen wie π und e. Irrationale Zahlen sind nicht als Quotient ganzer Zahlen darstellbar.

Wichtige Zahlen

$\pi = 3{,}14159265\ldots$	$\frac{\pi}{180} = 0{,}017453\ldots$	$\frac{1}{e} = 0{,}367879\ldots$	$\sqrt[3]{3} = 1{,}442249\ldots$
$\pi^2 = 9{,}869604\ldots$	$\frac{180}{\pi} = 57{,}295779\ldots$	$\sqrt{2} = 1{,}414213\ldots$	$\ln 10 = 2{,}302585$
$\frac{1}{\pi} = 0{,}31831\ldots$	$e = 2{,}71828\ldots$	$\sqrt{3} = 1{,}732050\ldots$	$\lg e = 0{,}434294$
$\sqrt{\pi} = 1{,}772453\ldots$	$e^2 = 7{,}389056\ldots$	$\sqrt[3]{2} = 1{,}259921\ldots$	$\lg 10 = 1$

π Verhältnis Umfang zu Durchmesser des Kreises
e Basis des natürlichen Logarithmus

Grundrechenarten

Beispiele mit Zahlen und Buchstaben	Rechenregeln
Addition (Zusammenzählen)	
Summand plus Summand = Summenwert	
8 + 7 = 15 7 + 8 = 15	■ Die Reihenfolge der Summanden ist beliebig.
3 m + 5 m = 8 m	■ Nur gleich benannte Zahlen können addiert werden.
a + b = c b + a = c 3a + 3b = 3a + 3b	■ Buchstaben sind Platzhalter für bestimmte Zahlen. ■ Die Buchstaben sind **Variable**. ■ Zahlen vor den Variablen geben das Vielfache der Variablen an.
a + a + a + b = 3a + b	■ Gleiche Buchstaben haben innerhalb einer Rechnung den gleichen Zahlenwert.
Subtraktion (Abziehen, Vermindern)	
Minuend minus Subtrahend = Differenzwert 11 − 8 = 3 15 N − 9 N = 6 N	■ Nur gleich benannte Zahlen können subtrahiert werden.
a − b = c 5a − 3a = 2a 7a − a − a = 5a 3a − 7b = 3a − 7b a − a = 0	■ Minuend und Subtrahend dürfen nicht vertauscht werden.

Grundrechenarten

Beispiele mit Zahlen und Buchstaben	Rechenregeln
Multiplikation (Vervielfachen)	
Faktor mal Faktor = Produktwert $7 \cdot 8 = 56$ $8 \cdot 7 = 56$ $5\ \text{N} \cdot 9\ \text{m} = 45\ \text{Nm}$	■ Faktoren können in beliebiger Reihenfolge miteinander multipliziert werden. ■ Gleich benannte und ungleich benannte Zahlen können multipliziert werden. Ausnahme: z. B. Meter nicht mit Zentimeter multiplizieren, da cm ein Teil vom m ist.
$3\,a \cdot 7\,a = 21\,a \cdot a = 21\,a^2$ $3\,a \cdot 7\,b = 21\,ab$	■ Die Benennungen (z. B. Einheiten) von Faktoren können gesondert multipliziert werden.
$8\,a \cdot 0 = 0$	■ Die Multiplikation mit der Zahl 0 ergibt immer Null.
$b \cdot 1 = b$	■ Bei der Multiplikation mit 1 bleibt die Zahl unverändert.
Division (Teilen)	
Dividend geteilt durch Divisor = Quotientwert $10 : 2 = 5$	■ Dividend und Divisor dürfen nicht vertauscht werden.
$\frac{10}{2} = 5$	■ Das Divisionszeichen kann durch einen Bruchstrich ersetzt werden.
$7 : 0 =$ nicht zulässig	■ Die Division durch 0 ist nicht zulässig.
$0 : 8 = 0$	■ Der Dividend darf 0 sein.
$8\ \text{m} : 4\ \text{s} = 2\ \frac{\text{m}}{\text{s}}$ $a : a = 1$ $12\,a : 4\,a = \frac{12\,a}{4\,a} = 3$ $12\,a : 6\,b = \frac{12\,a}{6\,b} = 2\,\frac{a}{b}$	■ Gleich benannte und ungleich benannte Zahlen können dividiert werden. Ausnahme: Zum Beispiel Kilogramm nicht durch Gramm teilen, da g ein Teil vom kg ist.
$c : 0 =$ nicht zulässig $0 : a = 0$ $b : 1 = b$	■ Bei der Division mit 1 bleibt die Zahl unverändert.

Vorzeichenregeln

Beispiele mit Zahlen und Buchstaben	Rechenregeln
+ Pluszeichen – Minuszeichen · Malpunkt : Geteiltpunkte √ Wurzelzeichen	Operationszeichen (Rechenzeichen) bestimmen die Rechenoperation.
$3\,a \cdot 4 - 2\,a = 12\,a - 22\,a = 10\,a$ oder $3 \cdot 4 - 2 \cdot 3 = 12 - 6 = 6$	Plus- und Minusoperationen werden Strichrechnung, Mal- und Geteiltoperationen werden Punktrechnung genannt. Punktrechnung geht vor Strichrechnung (algebraische Rangfolge).
$+a = +3$ $+b = +1$ $-c = -2$ $-d = -3$	Auf dem Zahlenstrahl befinden sich rechts von „0“ alle positiven, links davon alle negativen Zahlen. Daraus ergibt sich die Mitführung eines Vorzeichens. 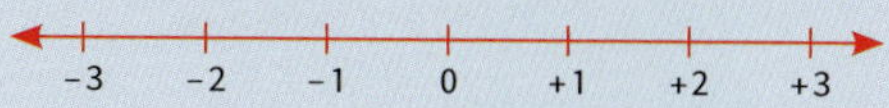
$(+a) = \lvert a \rvert$ $(-a) = \lvert a \rvert$ $\lvert +a \rvert = \lvert -a \rvert$	Der Absolutbetrag wird mit zwei senkrechten Strichen eingeschlossen.

Vorzeichenregeln

Beispiele mit Zahlen und Buchstaben	Rechenregeln
$(+a)\cdot(+b)=(+ab)$ $(-a)\cdot(-b)=(+ab)$ $a\cdot b=a\cdot b$ $(-a)\cdot(-b)=a\cdot b$	Haben zwei Faktoren gleiche Vorzeichen, so wird der Produktwert positiv. Positive Vorzeichen werden üblicherweise nicht geschrieben.
$(-a)\cdot(+b)=(-ab)=-ab$ $(+a)\cdot(-b)=(-ab)=-ab$	Haben zwei Faktoren unterschiedliche Vorzeichen, so wird der Produktwert negativ. Ist die Zugehörigkeit des Vorzeichens eindeutig, so können die Klammern entfallen.
$(+a):(+b)=(+c)=c$ $(-a):(-b)=(+c)=c$ $\frac{a}{b}=c;\ \frac{-a}{-b}=c$ $(-a):(+b)=(-c)=-c$ $(+a):(-b)=(-c)=-c$ $\frac{-a}{b}=-\frac{a}{b}=-c;\ \frac{a}{-b}=-\frac{a}{b}=-c$	Haben Dividend und Divisor gleiche Vorzeichen, so ist der Quotient positiv. Haben Dividend und Divisor unterschiedliche Vorzeichen, so ist der Quotient negativ.
$+(+a)=+a$ $-(-a)=+a$ $+(-a)=-a$ $-(+a)=-a$ $(+a)+(-b)-(+c)=a-b-c$	Sind Vorzeichen und Rechenzeichen gleich, so wird der Absolutbetrag addiert. Sind Vorzeichen und Rechenzeichen ungleich, so wird der Absolutbetrag subtrahiert.

Klammerrechnen

Beispiele mit Zahlen und Buchstaben	Rechenregeln
$a\cdot(b+c)=d$ $a\cdot b+c=e$ oder $3\cdot(4+5)=27$ $3\cdot 4+5=17$	Klammern sind dann notwendig, wenn die Anwendung „Punkt- vor Strichrechnung" nicht zum richtigen Ergebnis führt. Zuerst sind die Klammerausdrücke zu berechnen oder durch Klammerauflösung zu beseitigen.
$a+(b-c-e)=a+b-c-e$ $a-(b-c-e)=a-b+c+e$	Steht ein Pluszeichen vor dem Klammerausdruck, so bleiben bei Auflösung der Klammer alle Vorzeichen des Klammerausdrucks erhalten. Steht ein Minuszeichen vor dem Klammerausdruck, so ändern sich bei Auflösung der Klammer alle Vorzeichen des Klammerausdrucks.
$a\cdot(b-c)=a\cdot b-a\cdot c$ $(a-b)\cdot(c+d)=ac+ad-bc-bd$	Summen oder Differenzen werden mit einem Faktor multipliziert, indem jedes Glied der Klammer mit dem Faktor multipliziert wird. Summen oder Differenzen werden mit Summen oder Differenzen multipliziert, indem jedes Glied der ersten Klammer mit jedem Glied der zweiten Klammer multipliziert wird.
$(a+b):c=a:c+b:c=\frac{a}{c}+\frac{b}{c}$ $(a+b):(c-d)=a:c-a:d+b:c-b:d$ $=\frac{a}{c}-\frac{a}{d}+\frac{b}{c}-\frac{b}{d}$	Summen oder Differenzen werden durch einen Divisor dividiert, indem jedes Glied der Klammer durch den Divisor dividiert wird. Summen oder Differenzen werden durch Summen oder Differenzen dividiert, indem jedes Glied der ersten Klammer durch jedes Glied der zweiten Klammer dividiert wird.
$a\cdot b+c\cdot d-a\cdot e=a\cdot(b-e)+c\cdot d$	Ein gemeinsamer Faktor oder Divisor innerhalb von Summen oder Differenzen kann ausgeklammert werden.

Bruchrechnen

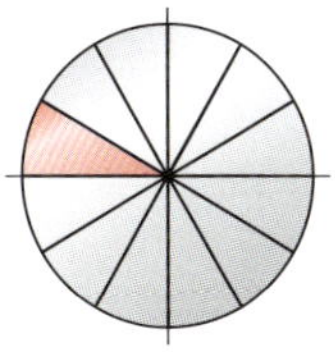

Gesamtmenge

$\frac{12}{12}$

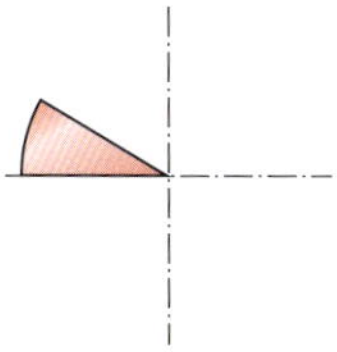

1 Teil der Gesamtmenge

$\frac{1}{12}$

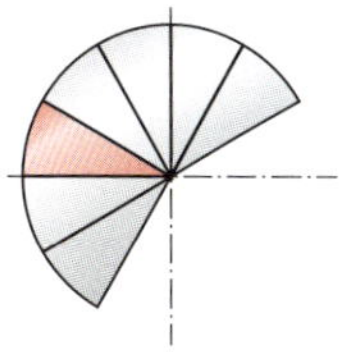

7 Teile der Gesamtmenge

$\frac{7}{12}$

Jede beliebige Größe kann in eine Anzahl gleicher Teile geteilt (gebrochen) werden. Die Größe eines Bruchteils ist abhängig von der Anzahl der Teilmengen und der Größe der Ausgangsmenge.

Bruch: $\frac{7}{12}$
7 Zähler
— Rechenzeichen (geteilt durch)
12 Nenner

Wird der Zähler durch den Nenner geteilt, ergibt sich eine Dezimalzahl.

$\frac{4}{12} = 0{,}33\overline{3}$

Name	Merkmal	Beispiele
echter Bruch	Zähler ist kleiner als der Nenner	$\frac{1}{3}; \frac{2}{5}; \frac{14}{20}$
unechter Bruch	Zähler ist größer als der Nenner	$\frac{7}{3}; \frac{15}{2}; \frac{33}{20}$
gleichnamige Brüche	Brüche mit gleichem Nenner	$\frac{5}{7}; \frac{9}{7}; \frac{23}{7}$
ungleichnamige Brüche	Brüche mit ungleichem Nenner	$\frac{3}{2}; \frac{2}{7}; \frac{13}{15}$
gemischte Zahl	ganze Zahl mit einem Bruch	$3\frac{3}{5}; 13\frac{4}{7}$
Scheinbruch	im Nenner steht eine 1	$\frac{5}{1}; \frac{13}{1}$

Primzahlen zwischen 1 und 1000

Primzahlen sind ganze Zahlen, die nur durch 1 und durch sich selbst teilbar sind. Sie lassen sich also nicht in Faktoren zerlegen. Es gibt unendlich viele Primzahlen.

2	41	97	157	227	283	367	439	509	599	661	751	829	919
3	43	101	163	229	293	373	443	521	601	673	757	839	929
5	47	103	167	233	307	379	449	523	607	677	761	853	937
7	53	107	173	239	311	383	457	541	613	683	769	857	941
11	59	109	179	241	313	389	461	547	617	691	773	859	947
13	61	113	181	251	317	397	463	557	619	701	787	863	953
17	67	127	191	257	331	401	467	563	631	709	797	877	967
19	71	131	193	263	337	409	479	569	641	719	809	881	971
23	73	137	197	269	347	419	487	571	643	727	811	883	977
29	79	139	199	271	349	421	491	577	647	733	821	887	983
31	83	149	211	277	353	431	499	587	653	739	823	907	991
37	89	151	223	281	359	433	503	593	659	743	827	911	997

Rechenart	Rechenregeln	Zahlenbeispiele
Erweitern $\frac{a}{b} = \frac{a \cdot c}{b \cdot c} = \frac{ac}{bc}$	Zähler und Nenner werden mit derselben Zahl multipliziert. Der Wert des Bruches wird dadurch nicht verändert.	$\frac{3}{5} = \frac{3 \cdot 4}{5 \cdot 4} = \frac{12}{20} = \frac{3}{5}$
Kürzen $\frac{ab}{ac} = \frac{ab : a}{ac : a} = \frac{b}{c}$ $\frac{ab + ac}{ad - ae} = \frac{a(b + c)}{a(d - e)} = \frac{b + c}{d - e}$	Zähler und Nenner werden durch dieselbe Zahl dividiert. Der Wert des Bruches wird dadurch nicht verändert. Sind Zähler und/oder Nenner Summen oder Differenzen, so kann nur gekürzt werden, wenn ein gemeinsamer Faktor ausgeklammert werden kann. Aus Summen und Differenzen darf nicht gekürzt werden.	$\frac{10}{15} = \frac{10 : 5}{15 : 5} = \frac{2}{3}$

Bruchrechnen

Rechenart	Rechenregeln	Zahlenbeispiele
Gleichnamig machen der Nenner $\frac{1}{a}+\frac{1}{b}+\frac{1}{c}=\frac{bc+ac+ab}{abc}$ Lösungsweg: $HN = a \cdot b \cdot c$ $a \cdot b \cdot c : a = bc$ $a \cdot b \cdot c : b = ac$ $a \cdot b \cdot c : c = ab$ $\frac{1}{a}\cdot\frac{bc}{bc}+\frac{1}{b}\cdot\frac{ac}{ac}+\frac{1}{c}\cdot\frac{ab}{ab}$ $=\frac{bc}{abc}+\frac{ac}{abc}+\frac{ab}{abc}$ $=\frac{bc+ac+ab}{abc}$	Der Hauptnenner (HN) ist das kleinste gemeinsame Vielfache (kgV) aller Nenner. Die Nenner werden in Primfaktoren zerlegt. Primzahl: eine nur durch 1 und durch sich selbst ohne Rest teilbare Zahl Von jedem Primfaktor wird nur die größte vorkommende Gruppe zur Bildung des HN berücksichtigt. Der HN ist das Produkt der größten vorkommenden Gruppen von Primfaktoren. Jeder Bruch wird mit dem Faktor HN: Teilnenner erweitert.	$\frac{1}{4}+\frac{1}{6}+\frac{1}{9}+\frac{1}{15}=\frac{107}{180}$ Lösungsweg: $4 = \mathbf{2 \cdot 2}$ $6 = 2 \cdot 3$ $9 = \mathbf{3 \cdot 3}$ $15 = 3 \cdot \mathbf{5}$ HN: $\mathbf{2 \cdot 2 \cdot 3 \cdot 3 \cdot 5} = 180$ $180 : 4 = 45$ $180 : 6 = 30$ $180 : 9 = 20$ $180 : 15 = 12$ $\frac{1 \cdot 45}{4 \cdot 45}+\frac{1 \cdot 30}{6 \cdot 30}+\frac{1 \cdot 20}{9 \cdot 20}+\frac{1 \cdot 12}{15 \cdot 12}$ $=\frac{45}{180}+\frac{30}{180}+\frac{20}{180}+\frac{12}{180}=\frac{107}{180}$
Addition und Subtraktion $\frac{b}{d}+\frac{c}{d}=\frac{b+c}{d}$ $\frac{b}{c}+\frac{c}{d}=\frac{b \cdot d}{c \cdot d}+\frac{c \cdot c}{d \cdot c}$ $=\frac{b \cdot d + c^2}{c \cdot d}$	Gleichnamige Brüche werden addiert bzw. subtrahiert, indem die Zähler addiert bzw. subtrahiert werden und der Nenner erhalten bleibt. Ungleichnamige Brüche werden gleichnamig gemacht und dann wie gleichnamige Brüche addiert bzw. subtrahiert.	$\frac{2}{11}+\frac{3}{11}+\frac{5}{11}=\frac{2+3+5}{11}=\frac{10}{11}$ $\frac{7}{a+2b}-\frac{2c}{a+2b}=\frac{7-2c}{a+2b}$ $\frac{1}{3}+\frac{1}{2}=\frac{1 \cdot 2}{3 \cdot 2}+\frac{1 \cdot 3}{2 \cdot 3}=\frac{5}{6}$
Multiplikation Bruch mit Bruch $\frac{a}{c}\cdot\frac{c}{d}=\frac{ac}{bd}$ Ganze Zahl mit Bruch $a \cdot \frac{b}{c}=\frac{a}{1}\cdot\frac{b}{c}=\frac{ab}{c}$	Brüche werden multipliziert, indem die Zähler und die Nenner miteinander multipliziert werden. Ganze Zahlen werden wie Scheinbrüche behandelt.	$\frac{3}{5}\cdot\frac{2}{4}=\frac{3 \cdot 2}{5 \cdot 4}=\frac{6}{20}=\frac{3}{10}$ $5 \cdot \frac{3}{8}=\frac{5 \cdot 3}{1 \cdot 8}=\frac{15}{8}=1\frac{7}{8}$
Division Bruch durch Bruch $\frac{a}{b}:\frac{c}{d}=\frac{a}{b}\cdot\frac{d}{c}=\frac{ad}{bc}$ Bruch durch ganze Zahl $\frac{a}{b}:c=\frac{a}{b}\cdot\frac{1}{c}=\frac{a}{bc}$ Ganze Zahl durch Bruch $a:\frac{b}{c}=\frac{a}{1}\cdot\frac{c}{b}=\frac{ac}{b}$	Ein Bruch wird durch einen Bruch dividiert, indem der erste Bruch mit dem Kehrwert des zweiten Bruchs multipliziert wird. Ganze Zahlen werden durch 1 geteilt (Scheinbruch). Eine ganze Zahl wird mit dem Kehrwert des Bruches multipliziert.	$\frac{3}{5}:\frac{2}{4}=\frac{3}{4}\cdot\frac{4}{2}=\frac{3 \cdot 4}{5 \cdot 2}=\frac{6}{5}$ $\frac{1}{4}:2=\frac{1}{4}:\frac{2}{1}=\frac{1 \cdot 1}{4 \cdot 2}=\frac{1}{8}$ $5:\frac{3}{7}=5 \cdot \frac{7}{3}=\frac{5 \cdot 7}{1 \cdot 3}=\frac{35}{3}=11\frac{2}{3}$
Umwandlung Bruch in Dezimalzahl Dezimalzahl in Bruch	Ein Bruch wird in eine Dezimalzahl umgewandelt, indem der Zähler durch den Nenner dividiert wird. Eine Dezimalzahl wird in einen Bruch umgewandelt, indem aus der Dezimalzahl ein Scheinbruch gemacht und dieser mit einem Vielfachen von 10 erweitert wird.	$\frac{4}{5}=4:5=0{,}8$ $0{,}53=\frac{0{,}53}{1}=\frac{0{,}53 \cdot 100}{1 \cdot 100}=\frac{53}{100}$

Potenzrechnen

Potenzen									
n	n^2	n^3	n^4	n^5	n^6	n^7	n^8	n^9	n^{10}
1	1	1	1	1	1	1	1	1	1
2	4	8	16	32	64	128	256	512	1 024
3	9	27	81	243	729	2 187	6 561	19 683	59 049
4	16	64	256	1 024	4 096	16 384	65 536	262 144	1 048 576
5	25	125	625	3 125	15 625	78 125	390 625	1 953 125	9 765 625
6	36	216	1 296	7 776	46 656	279 936	1 679 616	10 077 696	60 466 176
7	49	343	2 401	16 807	117 649	823 543	5 764 801	40 353 607	282 475 249
8	64	512	4 096	32 768	262 144	2 097 152	16 777 216	134 217 728	1 073 741 824
9	81	729	6 561	59 049	531 441	4 728 969	43 046 721	387 420 489	3 486 784 401
10	100	1 000	10 000	100 000	1 000 000	10 000 000	100 000 000	1 000 000 000	10 000 000 000

Rechenart	Rechenregeln	Zahlenbeispiele
Definitionen (Begriffe) $a \cdot a \cdot a = a^n = b$ a Basis n Exponent a^n Potenz b Potenzwert $(+a)^n = a^n$ $(\pm a)^{2n} = +a^{2n}$ $(-a)^{2n-1} = -a^{2n-1}$	Ein Produkt aus gleichen Faktoren kann verkürzt als Potenz geschrieben werden. Sie besteht aus einem Faktor als Basis (Grundzahl) und dem Exponent (Hochzahl). Dieser gibt an, wie oft die Basis mit sich selbst multipliziert wird. Ist die Basis positiv oder der Exponent eine gerade Zahl, so ist der Potenzwert positiv. Ist die Basis negativ und der Exponent eine ungerade Zahl, so ist der Potenzwert negativ.	$3 \cdot 3 \cdot 3 \cdot 3 = 3^4 = 81$ $5 \cdot x \cdot x = 5x^2$ $(+3)^2 = 9$ $(\pm 3)^4 = 81$ $(-3)^3 = -27$
Addition, Subtraktion $a^n + a^n = 2a^n$	Es können nur Potenzen mit gleicher Basis und gleichem Exponent addiert oder subtrahiert werden.	$3x^2 + 7x^2 - 2x^2 = 8x^2$
Multiplikation, Division $a^n \cdot a^m = a^{n+m}$ $a^n : a^m = a^{n-m}$	Potenzen mit gleicher Basis werden ■ multipliziert, indem die Exponenten addiert und ■ dividiert, indem die Exponenten subtrahiert werden.	$4^2 \cdot 4^3 = 4^{2+3} = 4^5$ $5^5 : 5^2 = 5^{5-2} = 5^3$
Exponent ist 1 $a^1 = a$ **Exponent ist 0** $a^0 = 1$ **Exponent ist negativ** $a^{-n} = \frac{1}{a^n}$ **Exponent ist ein Bruch** $a^{1:n} = \sqrt[n]{a}$ $a^{m:n} = \sqrt[n]{a^m}$	Jede Potenz mit dem Exponenten 1 ist gleich der Basis. Ausnahme: 0^0 ist nicht definiert. Jede Potenz mit dem Exponenten 0 ist gleich 1. Eine Potenz mit negativem Exponenten ist gleich dem Kehrwert der Potenz mit positivem Exponenten. Potenzen, deren Exponent ein Bruch ist, können als Wurzel geschrieben werden.	$27^1 = 27$ $4^0 = 1$ $2^{-3} = \frac{1}{2^3} = \frac{1}{8}$ $8^{1:3} = \sqrt[3]{8} = 2$ $2^{3:2} = \sqrt[2]{2^3} = \sqrt{8}$
Potenzieren von Summen $(a + b)^2 = (a + b) \cdot (a + b)$ $= a^2 + ab + ab + b^2$ $= a^2 + 2ab + b^2$ **Potenzieren von Differenzen** $(a - b)^2 = (a - b) \cdot (a - b)$ $= a^2 - ab - ab + b^2$ $= a^2 - 2ab + b^2$	Summen und Differenzen werden potenziert, indem sie in Produkte umgewandelt und diese nach den Regeln der Klammerrechnung multipliziert werden.	$(2x + 3y)^2 = (2x + 3y) \cdot (2x + 3y)$ $= 4x^2 + 6xy + 6xy + 9y^2$ $= 4x^2 + 12xy + 9y^2$ $(2x - 3y)^2 = (2x - 3y) \cdot (2x - 3y)$ $= 4x^2 - 6xy - 6xy + 9y^2$ $= 4x^2 - 12xy + 9y^2$

Potenzrechnen

Rechenart	Rechenregeln	Zahlenbeispiele
Potenzieren von Potenzen $(a^n)^m = a^{n \cdot m}$	Potenzen werden potenziert, indem die Exponenten bei gleicher Basis multipliziert werden.	$(3^2)^3 \cdot 3^{2 \cdot 3} = 3^6$
Zehnerpotenzen 10^n	Zahlen können als ein Vielfaches von Zehnerpotenzen (Potenzen mit der Basis 10) angegeben werden. Zahlen > 1 ergeben Zehnerpotenzen mit positivem Exponenten.	$345600 = 3{,}456 \cdot 100\,000 = 3{,}456 \cdot 10^5$
10^{-n}	Zahlen < 1 ergeben Zehnerpotenzen mit negativem Exponenten.	$0{,}0007 = 7 : 10\,000 = 7 \cdot 10^{-4}$

Wurzelrechnen

Rechenart	Rechenregeln	Zahlenbeispiele
Definitionen (Begriffe) $\sqrt[n]{a} = b$ $\sqrt[n]{\ }$: n-te Wurzel n Wurzelexponent a Radikand b Wurzelwert	Wurzelrechnung ist die Umkehrung der Potenzrechnung. Der Radikand wird in eine Anzahl n (Wurzelexponent) gleicher Faktoren zerlegt. Dieser Faktor ist der Wurzelwert. Der Wurzelexponent 2 wird nicht geschrieben.	$\sqrt[2]{25} = \sqrt{25} = \sqrt{5 \cdot 5} = 5$ $\sqrt[3]{64} = \sqrt[3]{4 \cdot 4 \cdot 4} = 4$
$\sqrt[2n]{a} = \pm b$	Ist der Wurzelexponent gerade und der Radikand positiv, so ist der Wurzelexponent sowohl positiv als auch negativ.	$\sqrt{49} = \pm 7$
$\sqrt[2n-1]{a} = b$ $\sqrt[2n-1]{-a} = -b$	Ist der Wurzelexponent ungerade, so hat der Wurzelwert das Vorzeichen des Radikanden.	$\sqrt[3]{27} = +3$ $\sqrt[3]{-27} = -3$
Addition, Subtraktion $u \cdot \sqrt[n]{a} \pm v \cdot \sqrt[n]{a} = (u \pm v)\sqrt[n]{a}$	Es können nur Wurzeln mit gleichen Wurzelexponenten und Radikanden addiert oder subtrahiert werden.	$5 \cdot \sqrt[3]{27} + 2 \cdot \sqrt[3]{27} = 7 \cdot \sqrt[3]{27} = 7 \cdot 3 = 21$
Multiplikation, Division $\sqrt[n]{a} \cdot \sqrt[n]{b} = \sqrt[n]{a \cdot b}$	Wurzeln mit gleichen Exponenten werden multipliziert, indem das Produkt der Radikanden radiziert wird.	$\sqrt[3]{8} \cdot \sqrt[3]{27} = \sqrt[3]{8 \cdot 27} = \sqrt[3]{216} = 6$
$\sqrt[n]{a} : \sqrt[n]{b} = \sqrt[n]{\frac{a}{b}}$	Wurzeln mit gleichen Exponenten werden dividiert, indem der Quotient der Radikanden radiziert wird.	$\sqrt{16} : \sqrt{4} = \sqrt{\frac{16}{4}} = \sqrt{4} = 2$
Potenzieren $(\sqrt[n]{a})^m = \sqrt[n]{a^m}$	Wurzeln werden potenziert, indem aus dem potenzierten Radikanden die Wurzel gezogen wird.	$(\sqrt{5})^4 = \sqrt{5^4} = \sqrt{625} = 25$
Radizieren $\sqrt[n]{\sqrt[m]{a}} = \sqrt[n \cdot m]{a}$	Wurzeln werden radiziert, indem die Wurzelexponenten multipliziert und mit dem Produkt die Wurzel aus dem Radikanden gezogen wird.	$\sqrt{\sqrt[3]{729}} = \sqrt[2 \cdot 3]{729} = \sqrt[6]{729} = 3$
Potenzschreibweise $\sqrt[n]{a} = a^{1:n}$	Wurzeln können als Potenzen mit gebrochenem Exponenten geschrieben werden.	$\sqrt[3]{81} = 81^{1:3}$

Logarithmenrechnen

Rechenart	Rechenregeln	Zahlenbeispiele
Definitionen (Begriffe) $a^n = b$ $n = \log_a b$ n Logarithmus a Basis b Numerus lg dekadischer Logarithmus $\lg a = b$ ln natürlicher Logarithmus $\ln a = b$ ld binärer Logarithmus $\text{ld}\, a = b$ $\log_{10} x = \lg x$ $\log_e x = \ln x$ $\log_2 x = \text{ld}\, x$	Logarithmieren ist die zweite Umkehrung der Potenzrechnung. Es wird der Potenzexponent (Logarithmus) gesucht, mit dem eine Basis potenziert werden muss, um einen bestimmten Potenzwert (Numerus) zu erhalten. Die Basis kann jede Zahl außer 0 und 1 sein. Logarithmen zur Basis 10 heißen dekadische Ligarithmen (lg). Logarithmen zur Basis e = 2,718281… heißen natürliche Logarithmen (ln). Logarithmen zur Basis 2 heißen binäre Logarithmen (ld).	$\log_{10} 1000 = 3$ $10^3 = 1000$ $\log_2 64 = 6$ $2^6 = 64$
Multiplikation $\lg (a \cdot b) = \lg a + \lg b$	Ein Produkt wird logarithmiert, indem die Logarithmen der Faktoren addiert werden.	$\lg (4 \cdot 5) = \lg 4 + \lg 5$
Division $\lg \left(\frac{a}{b}\right) = \lg a - \lg b$	Ein Bruch wird logarithmiert, indem der Logarithmus des Nenners vom Logarithmus des Zählers subtrahiert wird.	$\lg \left(\frac{5}{7}\right) = \lg 5 - \lg 7$
Potenzieren $\lg a^n = n \cdot \lg a$	Eine Potenz wird logarithmiert, indem der Exponent mit dem Logarithmus der Basis multipliziert wird.	$\lg 5^3 = 3 \cdot \lg 5$
Radizieren $\lg \sqrt[n]{a} = \frac{\lg a}{n}$	Eine Wurzel wird logarithmiert, indem der Logarithmus der Basis durch den Wurzelexponenten dividiert wird.	$\lg \sqrt[4]{19} = \frac{\lg 19}{4}$

Gleichungen

Rechenart	Rechenregeln	Zahlenbeispiele
Definitionen (Begriffe) $a + b = c$ $a \cdot b = c$ $a + 7 = 3 + b$ $a - 3 = b - 4$ $a + x = b$ $a \cdot x = c$	Eine Gleichung besteht aus zwei gleichwertigen Gleichungsseiten, die durch ein Gleichheitszeichen getrennt sind. In Gleichungen können Zahlen und/oder Buchstaben stehen. Als Platzhalter für die Lösungsvariable(n) einer Gleichung werden die Buchstaben x, y, z verwendet.	$6 + 3 = 9$ $6 \cdot 3 = 18$ $12 + x = 15$ $7 \cdot x = 21$
Seitentausch $a - b = c + d$ $c + d = a - b$	Eine Gleichung bleibt gleich, wenn die Seiten vertauscht werden.	$12 + 9 = 15 + 6$ $15 + 6 = 12 + 9$
Seitenveränderung (Kürzen, Erweitern) $(a + b) + d = c + d$ $(a + b) - d = c - d$ $(a + b) \cdot d = c \cdot d$ $(a + b) : d = c : d$	Eine Gleichung bleibt gleich, wenn auf jeder Seite mit dem gleichen Summanden, Subtrahenden, Faktor oder Divisor gerechnet wird.	$(5 + 6) + 7 = 11 + 7$ $(5 + 6) - 7 = 11 - 7$ $(5 + 6) \cdot 7 = 11 \cdot 7$ $(5 + 6) : 7 = 11 : 7$
Umstellen der Glieder $a + x = c + b$ $x + a = b + c$ $a \cdot c \cdot x = b + d$ $x \cdot a \cdot c = b + d$	Die Glieder einer Summe oder eines Produkts können auf einer oder jeder Gleichungsseite beliebig vertauscht werden.	$3 + x = 7 + 2$ $x + 3 = 2 + 7$ $4 \cdot 5 \cdot x = 2 + 8$ $x \cdot 4 \cdot 5 = 2 + 8$

Gleichungen

Rechenart	Rechenregeln	Zahlenbeispiele
Kehrwert $\frac{a}{x}=\frac{b}{c}$ $\frac{x}{a}=\frac{c}{b}$	Eine Gleichung bleibt gleich, wenn auf jeder Gleichungsseite der Kehrwert gebildet wird.	$\frac{8}{x}=\frac{10}{3}$ $\frac{x}{8}=\frac{3}{10}$
Umkehren der Addition und Subtraktion $a-x=b$ $+x-a=-b$	Eine Gleichung bleibt gleich, wenn auf jeder Gleichungsseite die Rechenzeichen Plus und Minus vertauscht werden. (Jede Seite wird mit (−1) multipliziert.)	$7-x=10$ $x-7=-10$
Seitenveränderung durch Potenzieren und Radizieren $a+b=x$ $(a+b)^n=x^n$ $a+b=x$ $\sqrt[n]{a+b}=\sqrt[n]{x}$	Eine Gleichung bleibt gleich, wenn jede Seite mit dem gleichen Exponenten potenziert oder radiziert wird.	$6+8=x$ $(6+8)^2=x^2$ $7+2=x$ $\sqrt{7+2}=\sqrt{x}$
Seitenwechsel einzelner Glieder $a+x=c$ $x=c-a$ $x-a=c$ $x=c+a$	Wechselt ein positives Glied die Gleichungsseite, dann wird es negativ. Wechselt ein negatives Glied die Gleichungsseite, dann wird es positiv.	$3+x=7$ $x=7-3$ $x-12=20$ $x=20+12$
$a\cdot x=c$ $x=\frac{c}{a}$	Wechselt ein Faktor die Gleichungsseite, dann wird er Divisor.	$7\cdot x=35$ $x=\frac{35}{7}$
$\frac{x}{a}=c$ $x=a\cdot c$	Wechselt ein Divisor die Gleichungsseite, dann wird er Faktor.	$\frac{x}{8}=3$ $x=3\cdot 8$
Gleichsetzung von Gleichungsseiten $a+b+x=c$ $a+d+2x=c$ $a+b+x=a+d+2x$	Sind zwei Gleichungsseiten einer dritten gleich, so sind sie untereinander gleich.	$3+8+x=12$ $3+7+2x=12$ $3+8+x=3+7+2x$

Prozentrechnen

Rechenart	Rechenregeln	Erläuterungen
Definitionen (Begriffe) $p_{\%}$ Prozentsatz P_W Prozentwert G_W Grundwert $p_{\%}=\frac{100\,\%\cdot PW}{G_W}$ $G_W=\frac{100\,\%\cdot P_W}{p_{\%}}$ $P_W=\frac{p_{\%}\cdot G_W}{100\,\%}$	Die Prozentrechnung ist eine Verhältnisrechnung, die meist alle Größen auf 100 % bezieht. Der Ansatz $\frac{P_W}{p_{\%}}=\frac{G_W}{100\,\%}$; $\frac{p_{\%}}{P_W}=\frac{100\,\%}{G_W}$ lässt die Suche nach $p_{\%}$, P_W und G_W zu. Drei Größen müssen bekannt sein. Der Grundwert G_W kann aber auch auf Prozente über und unter 100 % bezogen werden, da der Grundansatz eine Verhältnisrechnung ist. Es wird empfohlen, immer mit der Verhältnisrechnung zu beginnen. Die Zuordnung der Werte wird ersichtlich.	Der Grundwert G_W entspricht 100 %, z. B.: a) $G_W=450$ € ≙ 100 % b) $G_W=73$ N ≙ 100 % Der Prozentsatz $p_{\%}$ entspricht dem zugehörigen Prozentwert P_W, z. B.: a) $p_{\%}=7\,\%$ ≙ $P_W=31{,}50$ € oder b) $p_{\%}=21\,\%$ ≙ $P_W=15{,}33$ N Es entspricht ein gegebener Betrag G_W 200 %. Gesucht: P_W ≙ 25 %. $\frac{G_W}{200\,\%}=\frac{P_W}{25\,\%}$

Prozentrechnen

Rechenart	Rechenregeln	Erläuterungen
Mehrwertsteuer $G_{WB} = \frac{P_{WN} \cdot 119\,\%}{100\,\%}$ $G_{WB} = \frac{P_{MwSt} \cdot 119\,\%}{19\,\%}$ $P_{WN} = \frac{G_{WB} \cdot 100\,\%}{119\,\%}$ $P_{MwSt} = \frac{G_{WB} \cdot 19\,\%}{119\,\%}$	Im Bruttopreis einer Ware oder Dienstleistung ist die Mehrwertsteuer von zzt. 19 % enthalten. Berechnet werden der Bruttobetrag G_{WB}, der Nettobetrag P_{WN} (Preis ohne MwSt.) oder die Mehrwertsteuer P_{MwSt}.	$G_{WB} \triangleq 119\,\%$ $P_{WN} \triangleq 100\,\%$ $P_{MwSt} \triangleq 19\,\%$ $p_{\%} = 19\,\%$

Zinsrechnen

Rechenart	Rechenregeln	Erläuterungen
Definitionen (Begriffe) z zu zahlende/gewonnene Zinsen pro Jahr in € $p_{\%}$ Jahreszinssatz in % K Kapital in €	Die Zinsrechnung ist eine formalisierte Prozentrechnung. Der Grundsatz geht von der Verhältnisrechnung aus. $\frac{z}{p_{\%}} = \frac{K}{100\,\%}$; $\frac{p_{\%}}{z} = \frac{100\,\%}{K}$ Diese Verhältnisgleichung lässt die Suche nach p%, z und K zu. Drei Größen müssen bekannt sein.	$z = 175\,€ \triangleq p_{\%} = 3{,}5\,\%$ $K = 5000\,€ \triangleq 100\,\%$
Zinsberechnung für bestimmte Zeiträume 1 Zinsjahr (1a) = 12 Monate (M) = 360 Tage (d) $z = \frac{p_{\%} \cdot K \cdot t}{100\,\%}$	Die Berechnung der Zinsen je Tag basiert auf 360 Tagen/Jahr. $\frac{z}{p_{\%}} = \frac{K \cdot t}{100\,\%}$ $t\,(\text{Zeit}) = a + \frac{M}{12} + \frac{d}{360}$ Die Zinseszinsrechnung berücksichtigt außerdem die jährliche Kapitalerhöhung durch Zinsgewinne.	a ≙ annus (Jahr) d ≙ dies (Tag) z. B.: t = 2 Jahre, 5 Monate, 27 Tage $t = a + \frac{M}{12} + \frac{d}{360}$ $t = 2 + \frac{5}{12} + \frac{27}{360} = 2{,}49$

Schlussrechnen (Dreisatzrechnen)

Rechenart	Rechenregeln	Erläuterungen
Definitionen (Begriffe) b ist auf a bezogen, a ist die Bezugsgröße. B ist auf A bezogen.	Die Schlussrechnung ist eine formalisierte Verhältnisrechnung.	Es soll der Preis von A = 32 l Kraftstoff und 10 l Öl berechnet werden. Gesucht ist Preis B.
Aussagesatz $a \triangleq b$	Der **Aussagesatz** nennt die Beziehung von zwei gegebenen Größen a und b.	Bekannt ist: $a \triangleq b$ 16 l Kraftstoff kosten 24 € 3 l Öl kosten 29 €
Mittelsatz $\frac{a}{a} = 1 \triangleq \frac{b}{a}$	Der **Mittelsatz** dient der Berechnung der Bezugsgröße mit der Vorzahl „1".	Mit dem Mittelsatz wird der Preis von 1 l Kraftstoff bzw. Öl berechnet: 1 l Kraftstoff kostet $\frac{24\,€}{16\,l}$ 1 l Öl kostet $\frac{29\,€}{3\,l}$
Schlusssatz $1 \cdot A \triangleq \frac{b}{a} \cdot A = B$	Der **Schlusssatz** dient der Berechnung des Gesamtwertes der gesuchten Größe.	32 l Kraftstoff kosten $\frac{24\,€ \cdot 32\,l}{16\,l}$ = 48 € 10 l Öl kosten $\frac{29\,€ \cdot 10\,l}{3\,l}$ = 96,70 €

Schlussrechnen (Dreisatzrechnen)

Rechenart	Rechenregeln	Erläuterungen
Gerades Verhältnis Aussagesatz $a \cdot A \mathrel{\hat=} b \cdot B$ Mittelsatz $1 \cdot A \mathrel{\hat=} \frac{b \cdot B}{a}$ Schlusssatz $x \cdot A \mathrel{\hat=} \frac{x \cdot b \cdot B}{a}$	Es wird die Schlussrechnung mit ■ geradem Verhältnis (proportionales Verhältnis) und ■ umgekehrtem Verhältnis (antiproportionales Verhältnis) unterschieden. Das gerade Verhältnis bezeichnet einen linearen Zuwachs oder eine lineare Abnahme der Größen des Aussagesatzes: Nimmt A zu, so steigt B, und umgekehrt.	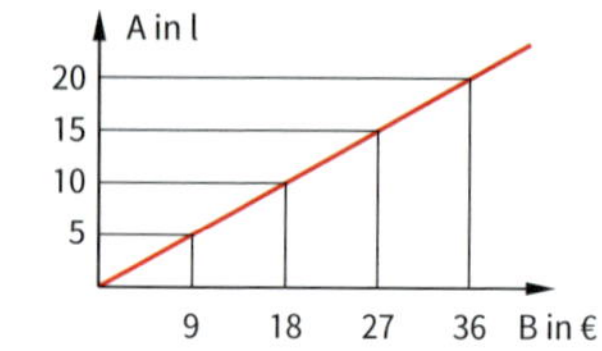
Umgekehrtes Verhältnis Aussagesatz $a \cdot A \mathrel{\hat=} b \cdot B$ Mittelsatz $1 \cdot A \mathrel{\hat=} a \cdot b \cdot B$ Schlusssatz $x \cdot A \mathrel{\hat=} \frac{a \cdot b \cdot B}{x}$	Das umgekehrte Verhältnis bezeichnet einen entgegengesetzten Verlauf der Größen des Aussagesatzes: Nimmt A zu, so fällt B, und umgekehrt. Dieses Verhältnis liegt immer dann vor, wenn die Zeit Bestandteil der Aufgabenstellung ist.	20 Arb $\mathrel{\hat=}$ 12 Tage 1 Arb $\mathrel{\hat=}$ 20 · 12 Tage 8 Arb $\mathrel{\hat=} \frac{20 \cdot 12}{8}$ Tage 8 Arbeiter benötigen 30 Tage. 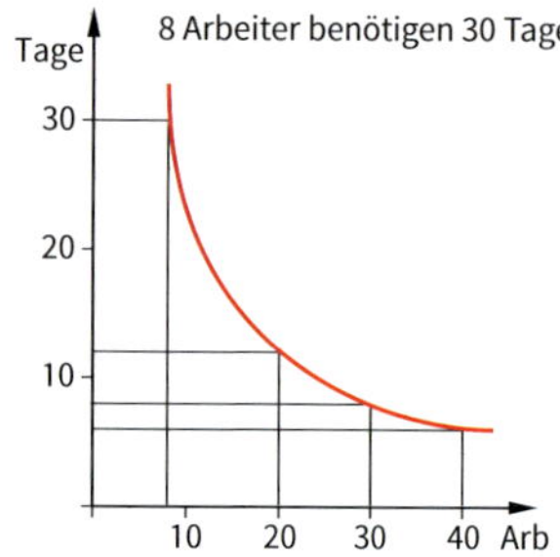

Mischungsrechnen

Rechenart	Rechenregeln	Erläuterungen
Definitionen (Begriffe) m Gesamtmenge $m = m_1 + m_2$ m_1 Teilmenge 1 m_2 Teilmenge 2 p_1 Prozentanteil 1 p_2 Prozentanteil 2 $p_1 + p_2 = 100\,\%$ a_1 Anteil 1 a_2 Anteil 2 a Summe der Anteile $a = a_1 + a_2$	Die Mischungsrechnung basiert auf der Verhältnisrechnung. Die Mischung der Teilmengen m_1 und m_2 ergibt die Gesamtmenge m. Die Teilmengen werden durch die Anzahl der zugehörigen Prozentanteile oder durch einfache Anteile angegeben.	m_1 = 3 l Wasser m_2 = 4,5 l Gefrierschutzmittel m = 7,5 l Wasser-Gefrierschutzmittel-Gemisch Die Prozentanteile ergeben 100 %, z. B.: $p_1 = 40\,\%$, $p_2 = 60\,\%$ Summe der Anteile a = 5 Die Anteile entsprechen dann $a_1 = 2$, $a_2 = 3$
Grundformeln $\frac{m}{a} = \frac{m_1}{a_1}$ $\frac{m}{a} = \frac{m_2}{a_2}$ $\frac{m}{100} = \frac{m_1}{p_1}$ $\frac{m}{100} = \frac{m_2}{p_2}$	Aus den Verhältnisgleichungen für m, m_1, m_2, a, a_1, a_2, und p_1, p_2 lassen sich die Formeln für die gesuchten Größen ableiten.	**Kraftstoff-Öl-Gemisch** 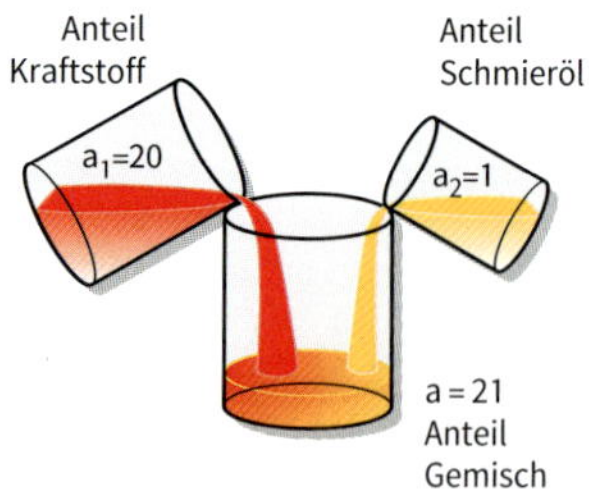

Rechtwinkliges Dreieck

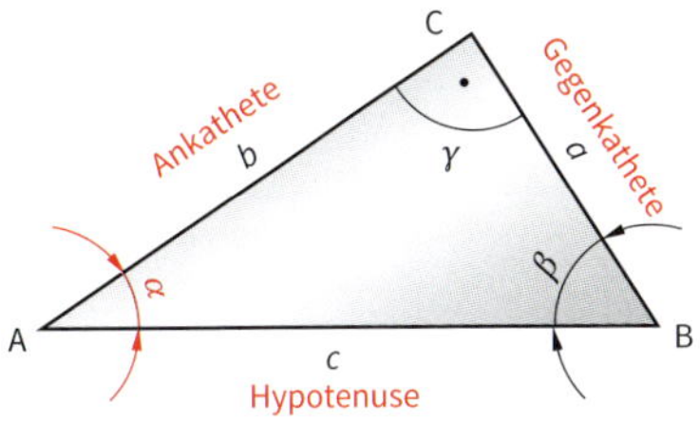

In einem beliebigen Dreieck beträgt die Summe der Innenwinkel immer 180°. Deshalb kann ein Dreieck nur einen Winkel von 90°, einen rechten Winkel haben. Es heißt dann **rechtwinkliges Dreieck.**

In einem rechtwinkligen Dreieck heißt die dem rechten Winkel gegenüberliegende Seite **Hypotenuse**. Die beiden anderen Seiten werden als **Katheten** bezeichnet. Häufig werden der rechte Winkel γ und die anderen beiden Winkel α und β und die diesen beiden jeweils gegenüberliegenden Seiten a und b genannt. Dann ist für den Winkel α die Seite a die **Gegenkathete** und die Seite b die **Ankathete**, für den Winkel β die Seite b die Gegenkathete und die Seite a die Ankathete.

Lehrsatz des Pythagoras

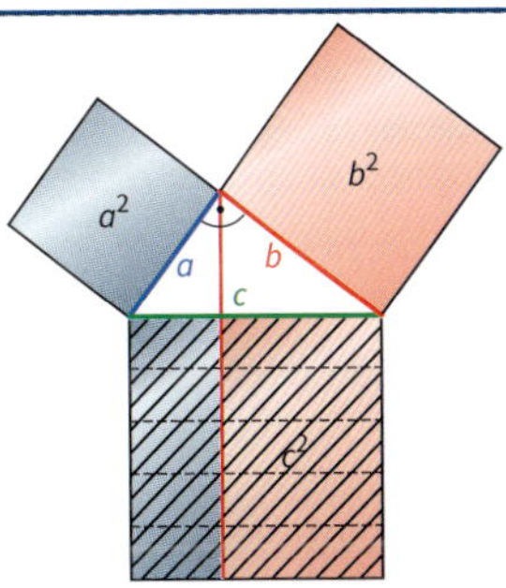

In einem rechtwinkligen Dreieck ist die Fläche des Quadrates über der Hypotenuse gleich der Summe der Flächen der Quadrate über den beiden Katheten.

$$c^2 = a^2 + b^2$$

$$c = \sqrt{a^2 + b^2}$$

Winkelfunktionen (Trigonometrische Funktionen)

In einem rechtwinkligen Dreieck sind die Größen der Winkel α und β abhängig von dem Verhältnis der Längen zweier Dreiecksseiten, d. h., der Winkel ist eine **Funktion** der Seitenverhältnisse zweier Seiten.

Diese Funktionen werden bezeichnet als:

Sinus (sin α) = Gegenkathete zu Hypotenuse
Cosinus (cos α) = Ankathete zu Hypotenuse
Tangens (tan α) = Gegenkathete zu Ankathete
Cotangens (cot α) = Ankathete zu Gegenkathete

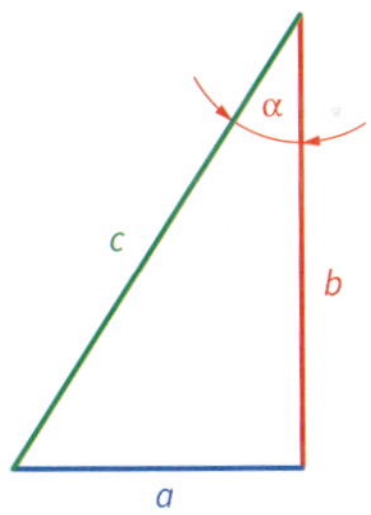

$$\sin a = \frac{a}{c} \qquad \tan a = \frac{a}{b}$$

$$\cos a = \frac{b}{c} \qquad \cot a = \frac{b}{a}$$

Wichtige Funktionswerte

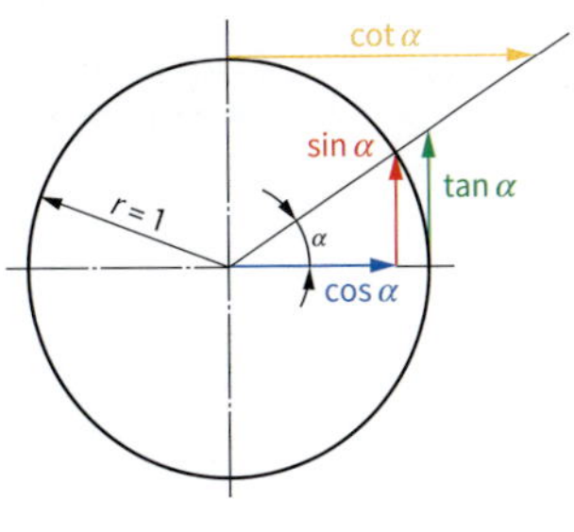

	0°	30°	45°	60°	90°	180°	270°	360°
sin a	0	$\frac{1}{2}$	$\frac{1}{2}\sqrt{2}$	$\frac{1}{2}\sqrt{3}$	1	0	−1	0
cos a	1	$\frac{1}{2}\sqrt{3}$	$\frac{1}{2}\sqrt{2}$	$\frac{1}{2}$	0	−1	0	1
tan a	0	$\frac{1}{3}\sqrt{3}$	1	$\sqrt{3}$	±∞	0	±∞	0
cot a	±∞	$\sqrt{3}$	1	$\frac{1}{3}\sqrt{3}$	0	±∞	0	±∞

Maßstäbe

Empfohlene Maßstäbe nach DIN ISO 5455: 1979-12			
Vergrößerungsmaßstäbe	50 : 1 5 : 1	20 : 1 2 : 1	10 : 1
Natürlicher Maßstab			1 : 1
Verkleinerungsmaßstäbe	1 : 2 1 : 20 1 : 200 1 : 2000	1 : 5 1 : 50 1 : 500 1 : 5000	1 : 10 1 : 100 1 : 1000 1 : 10000

$$M = \frac{l_d}{l_w}$$

M Maßstab
l_d dargestellte Länge
l_w wirkliche Länge

Teilung von Längen

Teilung auf einem Teilkreis

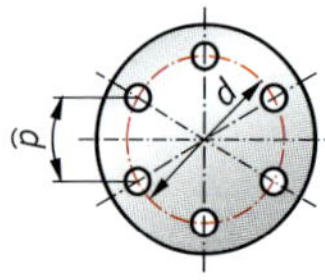

$$p = \frac{d \cdot \pi}{n}$$

Randabstand R = Teilung p

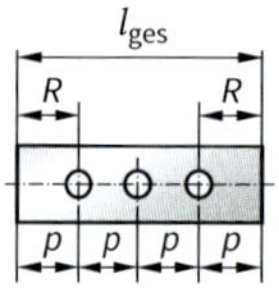

$$p = \frac{l_{ges}}{n+1} \qquad n = \frac{l_{ges}}{p} - 1$$

Randabstand $R \neq$ Teilung p

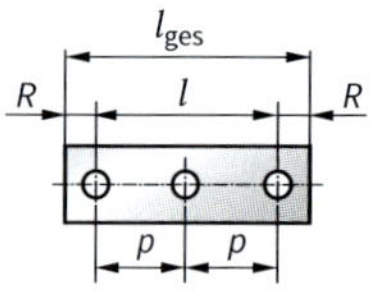

$$p = \frac{l}{n-1} \qquad n = \frac{l}{p} + 1$$

Die Teilung p ist das immer gleiche Maß zwischen den Teilungspunkten von Bohrungen, Durchbrüchen, Zähnen usw.

p Teilung
d Teilkreisdurchmesser
n Anzahl der Teilungspunkte
l_{ges} Werkstücklänge
l Länge, auf der alle Teilungspunkte liegen

Längen am Kreis und Kreisring

Kreisumfang

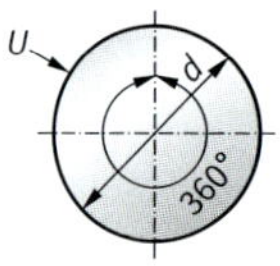

$$U = d \cdot \pi$$

Kreisbogen

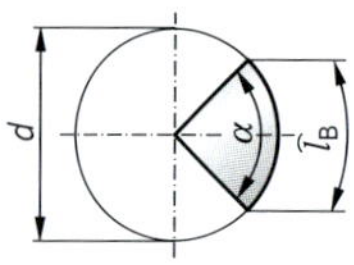

$$\widehat{l}_B = \frac{d \cdot \pi \cdot \alpha}{360°}$$

U Kreisumfang
d Kreisdurchmesser
$\widehat{l}_B$ Kreisbogen
α Mittelpunktswinkel

Mittlerer Durchmesser und mittlerer Radius für die Berechnung der gestreckten Länge

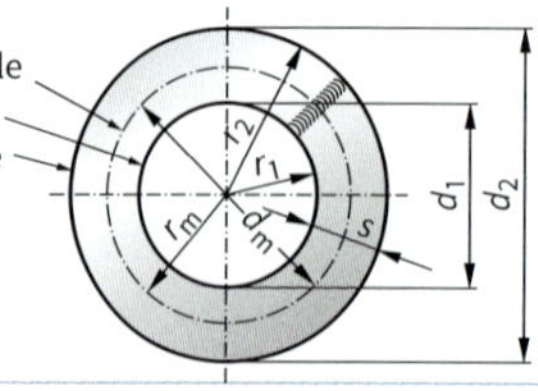

$$d_m = d_1 + s \qquad r_m = \frac{d_1 + s}{2}$$

$$d_m = d_2 - s \qquad r_m = \frac{d_2 - s}{2}$$

$$d_m = \frac{d_1 + d_2}{2} \qquad r_m = \frac{r_1 + r_2}{2}$$

d_m mittlerer Durchmesser
d_1 innerer Biegedurchmesser
d_2 äußerer Biegedurchmesser
r_m mittlerer Radius
r_1 innerer Biegeradius
r_2 äußerer Biegeradius
s Werkstückdicke

Toleranzen und Passungen

DIN EN ISO 286-1: 2019-02

Höchst- und Mindestmaß

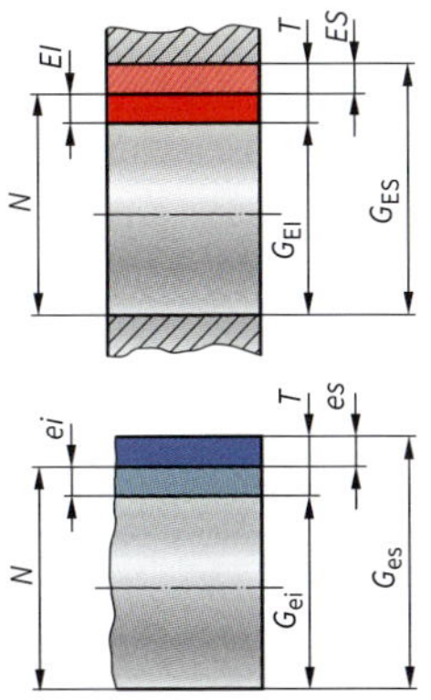

Höchst- und Mindestmaß

$$G_{ES} = N + ES$$

$$G_{EI} = N + EI$$

$$G_{es} = N + es$$

$$G_{ei} = N + ei$$

Toleranz

$$T_B = G_{ES} - G_{ei}$$

$$T_B = ES - EI$$

$$T_W = G_{ES} - G_{ei}$$

$$T_B = es - ei$$

Bohrung

G_{ES} Höchstmaß
G_{EI} Mindestmaß
N Nennmaß
ES oberes Grenzabmaß
EI unteres Grenzabmaß

Welle

G_{es} Höchstmaß
G_{ei} Mindestmaß
es oberes Grenzabmaß
ei unteres Grenzabmaß

T_B Toleranz der Bohrung
T_W Toleranz der Welle

Spielpassung

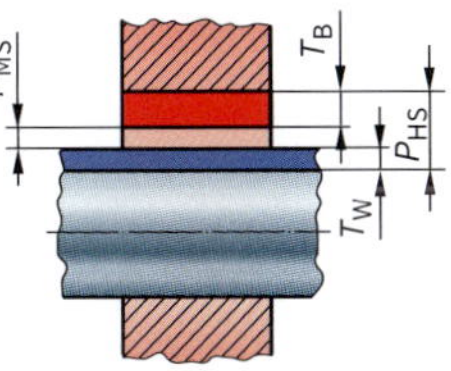

Höchst- und Mindestspiel

$$P_{HS} = G_{ES} - G_{ei}$$

$$P_{MS} = G_{EI} - G_{es}$$

P_{HS} Höchstspiel
P_{MS} Mindestspiel

Übermaßpassung

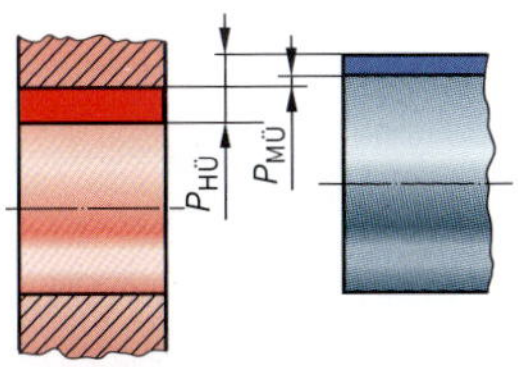

Höchst- und Mindestübermaß

$$P_{HÜ} = G_{EI} - G_{es}$$

$$P_{MÜ} = G_{ES} - G_{ei}$$

$P_{HÜ}$ Höchstübermaß
$P_{MÜ}$ Mindestübermaß

Übergangspassung

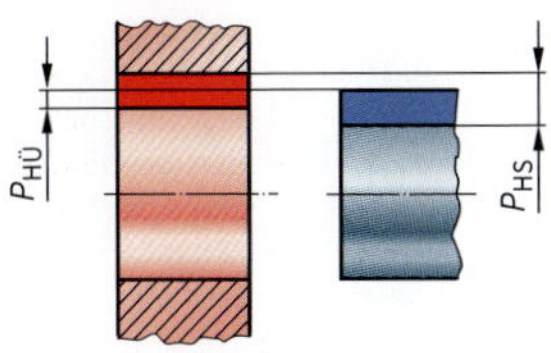

Höchstspiel und Höchstübermaß

$$P_{HS} = G_{ES} - G_{ei}$$

$$P_{HÜ} = G_{EI} - G_{es}$$

P_{HS} Höchstspiel
G_{ES} Höchstmaß
G_{ei} Mindestmaß

$P_{HÜ}$ Höchstübermaß
G_{EI} Mindestmaß
G_{es} Höchstmaß

Geradlinig begrenzte Flächen und deren Längen

Quadrat

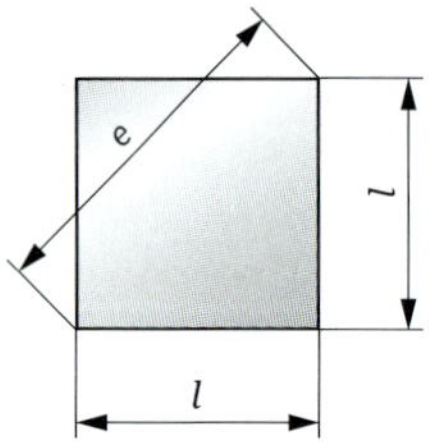

$A = l \cdot l$

$A = l^2$

$U = 4 \cdot l$

$e = l \cdot \sqrt{2}$

A	Fläche
l	Länge
U	Umfang
e	Eckenmaß

Rhombus

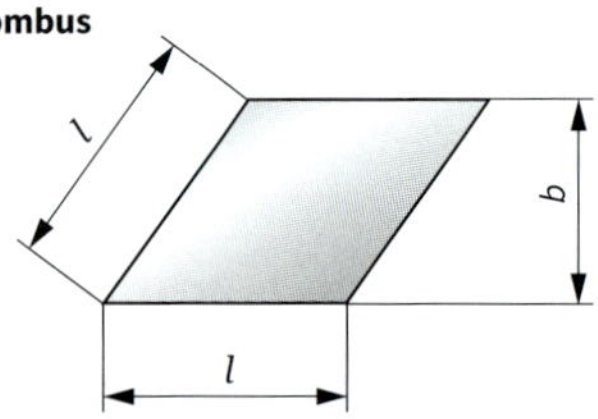

$A = l \cdot b$

$U = 4 \cdot l$

A	Fläche
l	Länge
b	Breite
U	Umfang

Rechteck

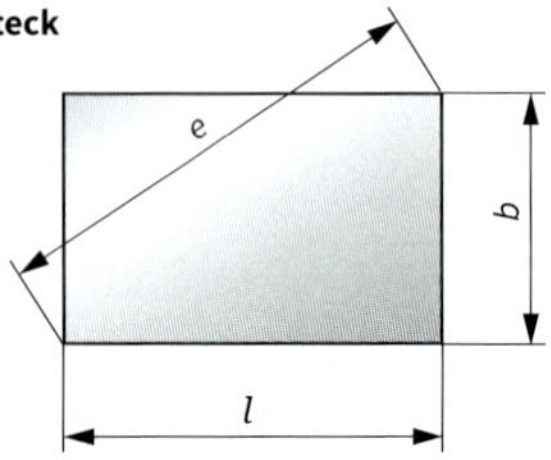

$A = l \cdot b$

$U = 2 \cdot (l + b)$

$e = \sqrt{l^2 + b^2}$

$l = \frac{U - 2 \cdot b}{2}$

$l = \sqrt{e^2 - b^2}$

$b = \frac{U - 2 \cdot l}{2}$

$b = \sqrt{e^2 - l^2}$

A	Fläche
l	Länge
b	Breite
U	Umfang
e	Eckenmaß

Parallelogramm

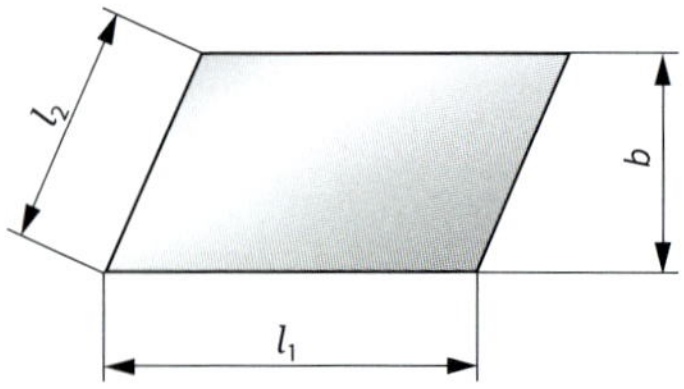

$A = l_1 \cdot b$

$U = 2 \cdot (l_1 + l_2)$

$l_1 = \frac{U - 2 \cdot l_2}{2}$

$l_2 = \frac{U - 2 \cdot l_1}{2}$

A	Fläche
l_1	große Seitenlänge
l_2	kleine Seitenlänge
b	Breite
U	Umfang

Spitzwinkliges Dreieck

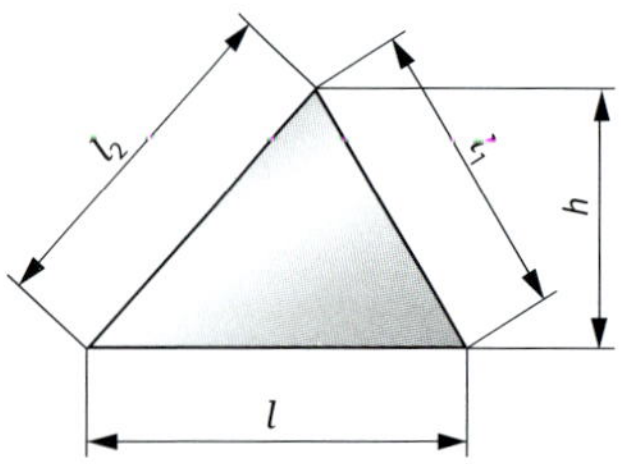

$A = \frac{l \cdot h}{2}$

$U = l + l_1 + l_2$

A	Fläche
$l; l_1; l_2$	Dreieckseiten
h	Höhe
U	Umfang

Stumpfwinkliges Dreieck

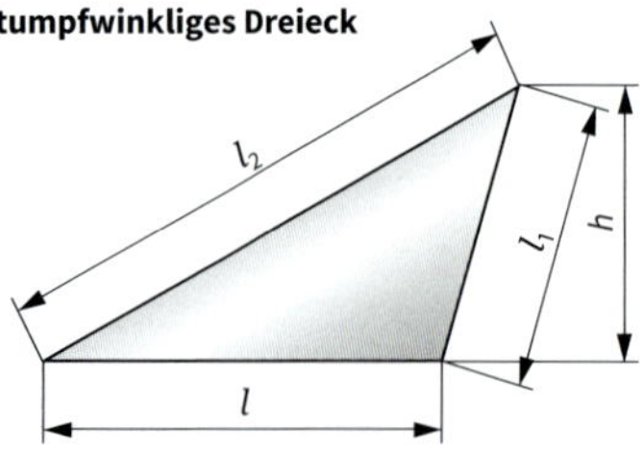

$A = \frac{l \cdot h}{2}$

$U = l + l_1 + l_2$

A	Fläche
$l; l_1; l_2$	Dreieckseiten
h	Höhe
U	Umfang

Geradlinig begrenzte Flächen und deren Längen

Trapez

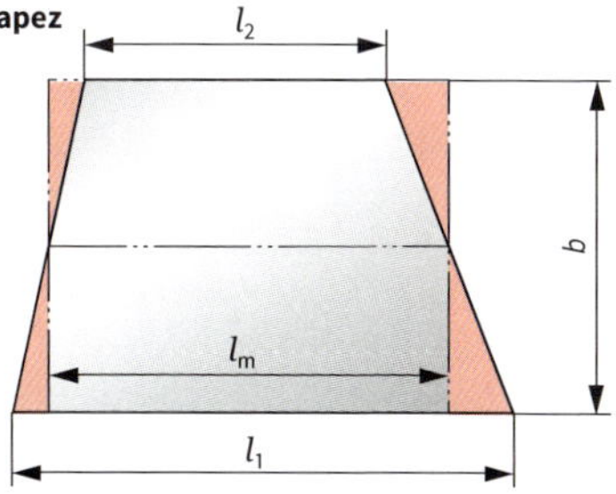

$$A = \frac{l_1 + l_2}{2} \cdot b$$

$$A = l_m \cdot b$$

$$l_m = \frac{l_1 + l_2}{2}$$

$$l_1 = \frac{2 \cdot A}{b} - l_2$$

$$l_2 = \frac{2 \cdot A}{b} - l_1$$

$$b = \frac{2 \cdot A}{l_1 + l_2}$$

- A Fläche
- l_1 große Seitenlänge
- l_2 kleine Seitenlänge
- b Breite
- l_m mittlere Seitenlänge

Regelmäßiges Vieleck

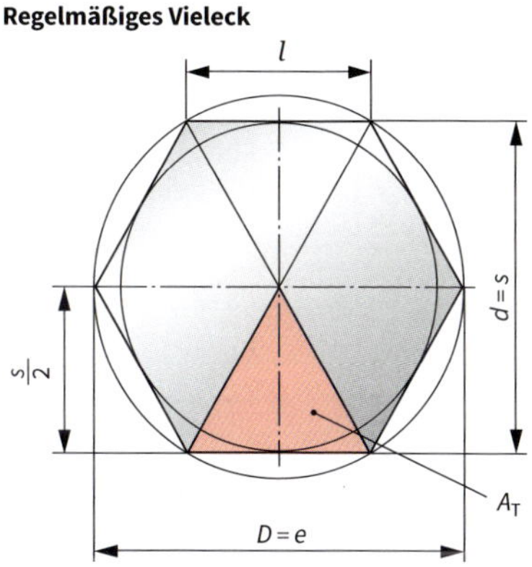

$$A = A_T \cdot n$$

$$A = \frac{l \cdot s \cdot n}{4}$$

$$U = n \cdot l$$

- A Fläche
- A_T Teilfläche
- n Eckenzahl
- l Seitenlänge
- s Schlüsselweite
- U Umfang
- e Eckenmaß
- D Umkreisdurchmesser
- d Inkreisdurchmesser

Eckenzahl n	Fläche A		Seitenlänge l	Schlüsselweite $S = d$	Eckenmaß $e = D$
3	$0{,}325 \cdot D^2$	$1{,}299 \cdot d^2$	$0{,}866 \cdot D$	–	–
4	$0{,}500 \cdot D^2$	$1{,}000 \cdot d^2$	$0{,}707 \cdot D$	$0{,}707 \cdot e$	$1{,}414 \cdot s$
5	$0{,}595 \cdot D^2$	$0{,}908 \cdot d^2$	$0{,}588 \cdot D$	–	–
6	$0{,}649 \cdot D^2$	$0{,}866 \cdot d^2$	$0{,}500 \cdot D$	$0{,}866 \cdot e$	$1{,}155 \cdot s$
8	$0{,}707 \cdot D^2$	$0{,}828 \cdot d^2$	$0{,}383 \cdot D$	$0{,}924 \cdot e$	$1{,}082 \cdot s$
10	$0{,}735 \cdot D^2$	$0{,}812 \cdot d^2$	$0{,}309 \cdot D$	$0{,}951 \cdot e$	$1{,}052 \cdot s$
12	$0{,}750 \cdot D^2$	$0{,}804 \cdot d^2$	$0{,}259 \cdot D$	$0{,}966 \cdot e$	$1{,}035 \cdot s$

Kreisförmig begrenzte Flächen und deren Längen

Kreis

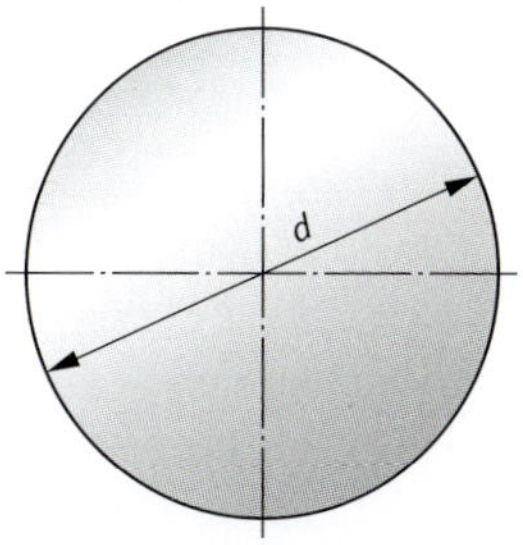

$$A = \frac{d^2 \cdot \pi}{4}$$

$$U = d \cdot \pi$$

- A Fläche
- d Durchmesser
- U Umfang

Kreisausschnitt

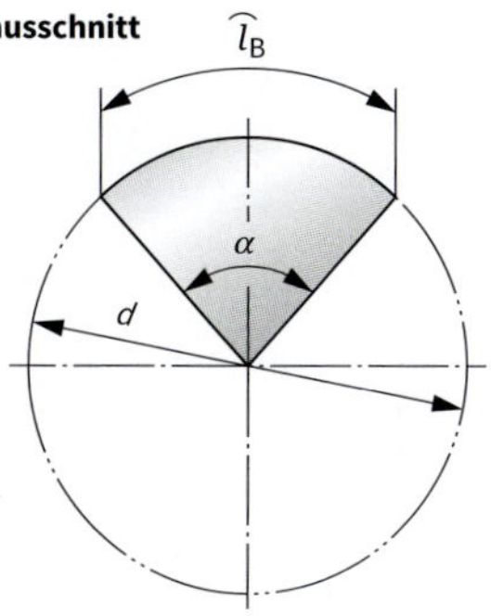

$$A = \frac{d^2 \cdot \pi \cdot \alpha}{4 \cdot 360°}$$

$$\widehat{l}_B = \frac{d \cdot \pi \cdot \alpha}{360°}$$

$$A = \frac{\widehat{l}_B \cdot d}{4}$$

- A Fläche
- d Durchmesser
- α Mittelpunktswinkel
- $\widehat{l}_B$ Kreisbogenlänge

Kreisförmig begrenzte Flächen und deren Längen

Kreisabschnitt

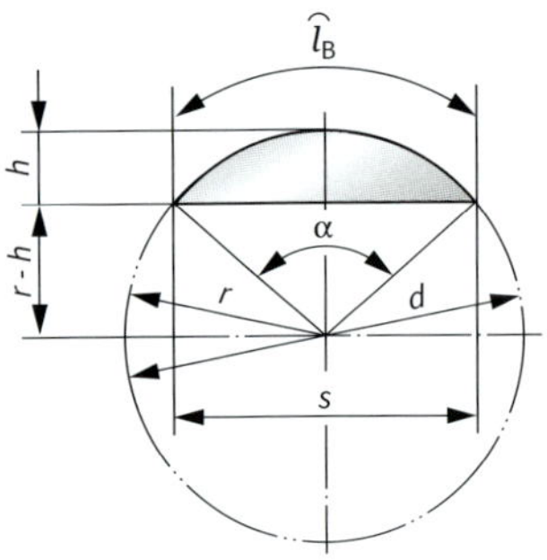

$$A = \frac{d^2 \cdot \pi \cdot \alpha}{4 \cdot 360°} - \frac{s \cdot (r-h)}{2}$$

$$A = \frac{\widehat{l}_B \cdot d}{4} - \frac{s \cdot (r-h)}{2}$$

$$A \approx \frac{2}{3} \cdot s \cdot h$$

$$s = 2 \cdot \sqrt{r^2 - (r-h)^2}$$

- A Fläche
- d Durchmesser
- α Mittelpunktswinkel
- s Sehnenlänge
- r Radius
- h Bogenhöhe
- $\widehat{l}_B$ Kreisbogenlänge

Kreisring

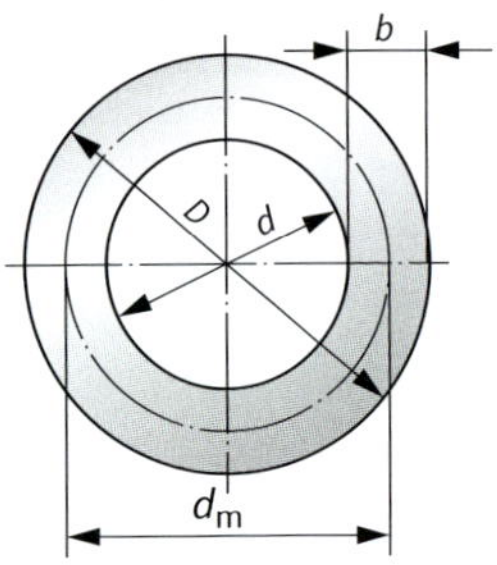

$$A = \frac{D^2 \cdot \pi}{4} - \frac{d^2 \cdot \pi}{4} \qquad D = \sqrt{\frac{4 \cdot A}{\pi} + d^2}$$

$$A = (D^2 - d^2) \cdot \frac{\pi}{4} \qquad d = \sqrt{D^2 - \frac{4 \cdot A}{\pi}}$$

$$A = (D^2 - d^2) \cdot 0{,}785$$

$$A = d_m \cdot \pi \cdot b \qquad d_m = \frac{D+d}{2}$$

$$b = D - d$$

- A Fläche
- D Außendurchmesser
- d Innendurchmesser
- d_m mittlerer Durchmesser
- b Breite

Kreisringausschnitt

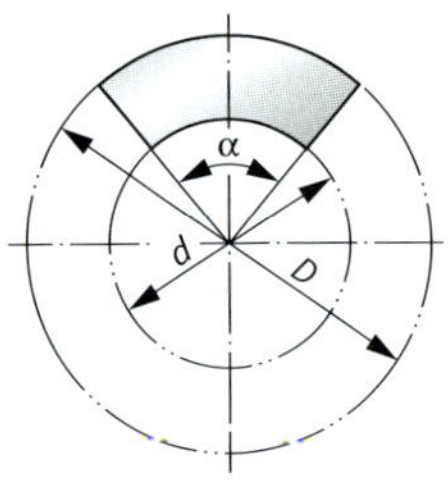

$$A = \left(\frac{D^2 \cdot \pi}{4} - \frac{d^2 \cdot \pi}{4}\right) \cdot \frac{\alpha}{360°}$$

$$A = (D^2 - d^2) \cdot \frac{\pi}{4} \cdot \frac{\alpha}{360°}$$

- A Fläche
- D Außendurchmesser
- d Innendurchmesser
- α Mittelpunktswinkel

Ellipse

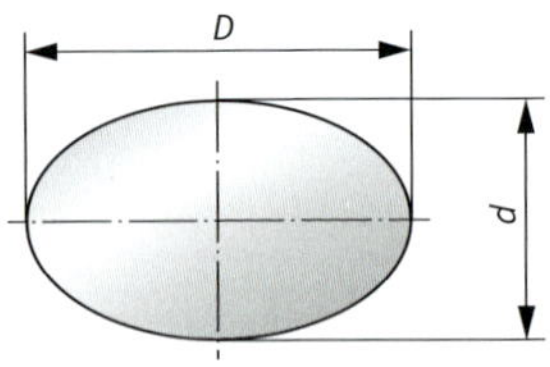

$$A = \frac{D \cdot d \cdot \pi}{4}$$

$$U = \pi \cdot \sqrt{\frac{D^2 + d^2}{2}}$$

$$U = \frac{D+d}{2} \cdot \pi$$

- A Fläche
- D große Achse
- d kleine Achse
- U Umfang

Gerade Körper, deren Mantelflächen, Oberflächen und Längen

Würfel

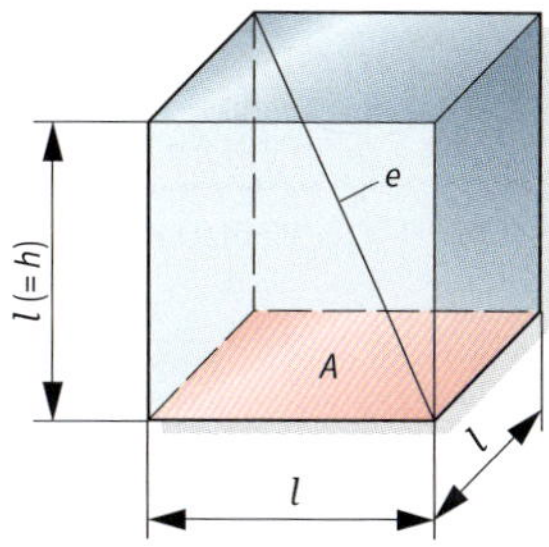

$V = A \cdot h$

$V = l^3$

$A_M = 4 \cdot l^2$

$A_O = 6 \cdot l^2$

$e = l \cdot \sqrt{3}$

V	Volumen
A	Grundfläche
h	Höhe (= l)
l	Kantenlänge (= h)
A_M	Mantelfläche
A_O	Oberfläche
e	Raumdiagonale

Prisma

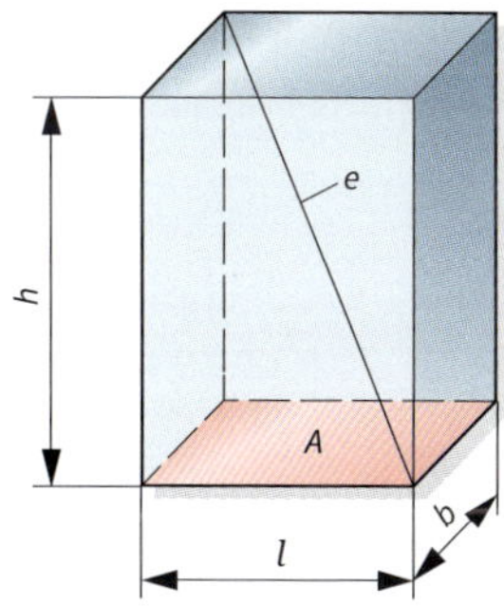

$V = A \cdot h$ $\quad$ $V = l \cdot b \cdot h$

$A_M = 2 \cdot (l \cdot h + b \cdot h)$

$A_O = 2 \cdot (l \cdot h + b \cdot h + l \cdot b)$

$e = \sqrt{l^2 + b^2 + h^2}$

V	Volumen
A	Grundfläche
h	Höhe
l	Seitenlänge
b	Breite
A_M	Mantelfläche
A_O	Oberfläche
e	Raumdiagonale

Zylinder

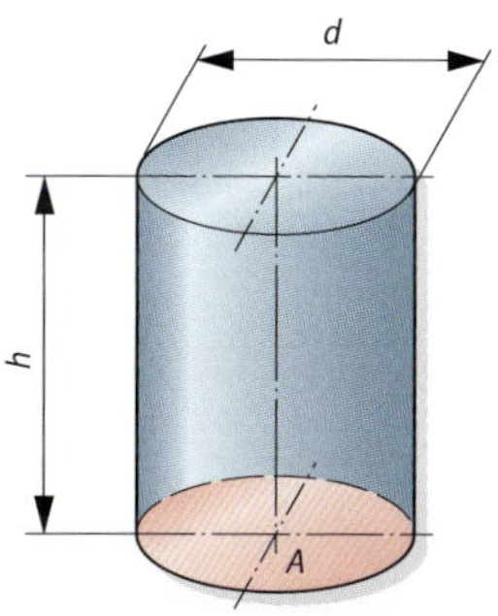

$V = A \cdot h$

$V = \frac{d^2 \cdot \pi}{4} \cdot h$

$A_M = d \cdot \pi \cdot h$

$A_O = d \cdot \pi \cdot h + 2 \cdot \frac{d^2 \cdot \pi}{4}$

V	Volumen
A	Grundfläche
h	Höhe
d	Durchmesser
A_M	Mantelfläche
A_O	Oberfläche

Hohlzylinder

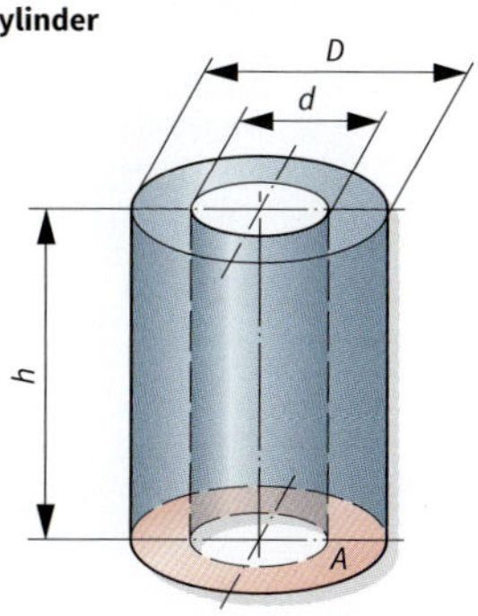

$V = A \cdot h$

$V = \left(\frac{D^2 \cdot \pi}{4} - \frac{d^2 \cdot \pi}{4}\right) \cdot h$

$V = (D^2 - d^2) \cdot \frac{\pi \cdot h}{4}$

$A_M = D \cdot \pi \cdot h$

$A_O = 2 \cdot \left(\frac{D^2 \cdot \pi}{4} - \frac{d^2 \cdot \pi}{4}\right) + D \cdot \pi \cdot h + d \cdot \pi \cdot h$

V	Volumen
A	Grundfläche
h	Höhe
D	Außendurchmesser
d	Innendurchmesser
A_M	Mantelfläche
A_O	Oberfläche

Spitze Körper, deren Mantelflächen, Oberflächen und Längen

Pyramide

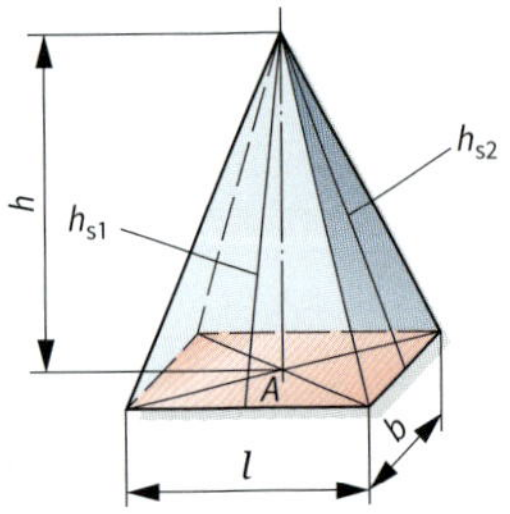

$$V = \frac{A \cdot h}{3}$$

$$V = \frac{l \cdot b \cdot h}{3}$$

$$A_M = l \cdot h_{s1} + b \cdot h_{s2}$$

$$h_{s1} = \sqrt{h^2 + \frac{l^2}{4}}$$

$$A_O = l \cdot h_{s1} + b \cdot h_{s2} + l \cdot b$$

$$h_{s2} = \sqrt{h^2 + \frac{b^2}{4}}$$

wenn $l = b$, dann ist $h_{s1} = h_{s2} = h_s$

$$A_M = 2 \cdot h_s \cdot l$$

$$h_s = \sqrt{h^2 + \frac{l^2}{4}}$$

$$A_O = 2 \cdot h_s \cdot l + l^2$$

V	Volumen
A	Grundfläche
l	Länge
b	Breite
h	Pyramidenhöhe
A_M	Mantelfläche
h_{s1}, h_{s2}, h_s	Seitenhöhen
A_O	Oberfläche

Kegel

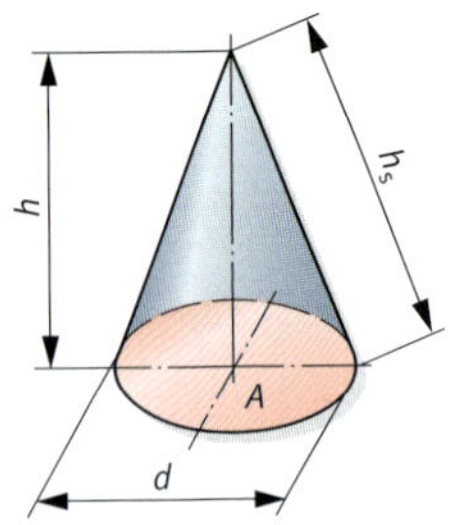

$$V = \frac{A \cdot h}{3}$$

$$V = \frac{d^2 \cdot \pi \cdot h}{4 \cdot 3}$$

$$A_M = \frac{d \cdot \pi}{2} \cdot h_s$$

$$h_s = \sqrt{h^2 + \frac{d^2}{4}}$$

$$A_O = \frac{d \cdot \pi}{2} \cdot h_s + \frac{d^2 \cdot \pi}{4}$$

V	Volumen
A	Grundfläche
d	Durchmesser
A_M	Mantelfläche
h_s	Seitenhöhe
A_O	Oberfläche

Abgestumpfte Körper, deren Mantelflächen, Oberflächen und Längen

Pyramidenstumpf

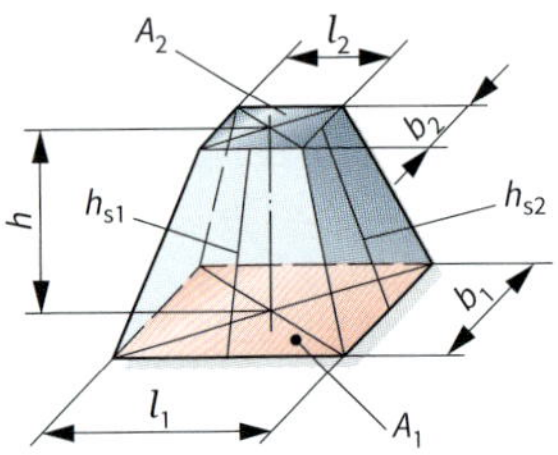

$$V = \frac{h}{3} \cdot \left(A_1 + A_2 + \sqrt{A_1 \cdot A_2}\right)$$

$$V \approx \frac{A_1 + A_2}{2} \cdot h$$

wenn $l_1 = b_1$ und $l_2 = b_2$, dann ist $h_{s1} = h_{s2} = h_s$

$$h_s = \sqrt{\frac{(l_1 - l_2)^2}{4} + h^2}$$

$$A_M = 2 \cdot h_s \cdot (l_1 + l_2)$$

$$A_O = 2 \cdot h_s \cdot (l_1 + l_2) + l_1^2 + l_2^2$$

V	Volumen
h	Höhe
A_1	Grundfläche
A_2	Deckfläche
A_M	Mantelfläche
h_{s1}, h_{s2}, h_s	Seitenhöhen
l_1	untere Länge
l_2	obere Länge
b_1	untere Breite
b_2	obere Breite
A_O	Oberfläche

Kegelstumpf

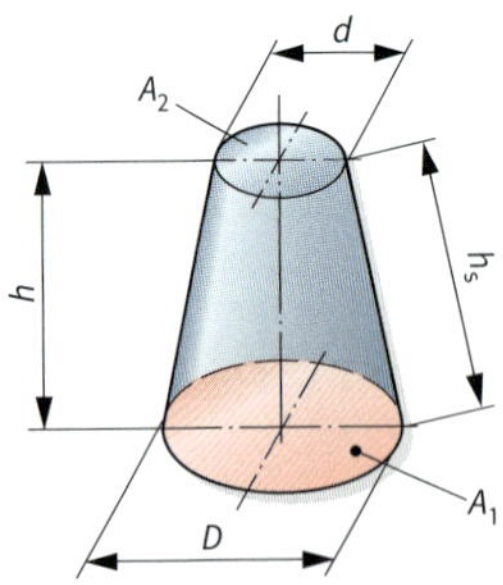

$$V = \frac{h \cdot \pi}{12} \cdot (D^2 + d^2 + D \cdot d)$$

$$V \approx \frac{A_1 + A_2}{2} \cdot h$$

$$A_M = \frac{(D + d)}{2} \cdot \pi \cdot h_s$$

$$h_s = \sqrt{\frac{(D - d)^2}{4} + h^2}$$

$$A_O = \frac{(D + d)}{2} \cdot \pi \cdot h_s + \frac{(D^2 + d^2) \cdot \pi}{4}$$

V	Volumen
h	Höhe
A_1	Grundfläche
A_2	Deckfläche
A_M	Mantelfläche
h_s	Seitenhöhe
D	unterer Durchmesser
d	oberer Durchmesser
A_O	Oberfläche

Kugelige Körper, deren Mantelflächen, Oberflächen und Längen

Kugel

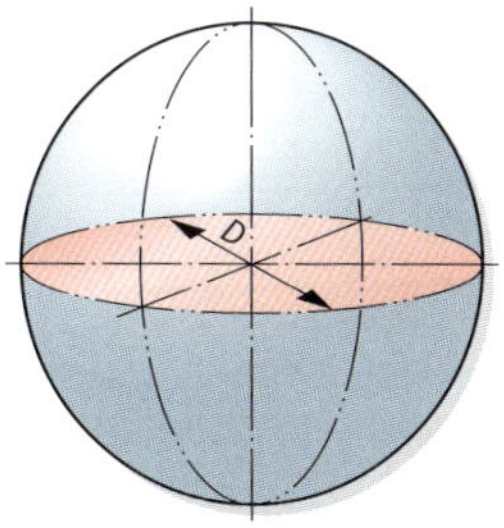

$$V = \frac{D^3 \cdot \pi}{6}$$

$$A_O = D^2 \cdot \pi$$

V Volumen
D Durchmesser
A_O Oberfläche

Kugelabschnitt (Kalotte)

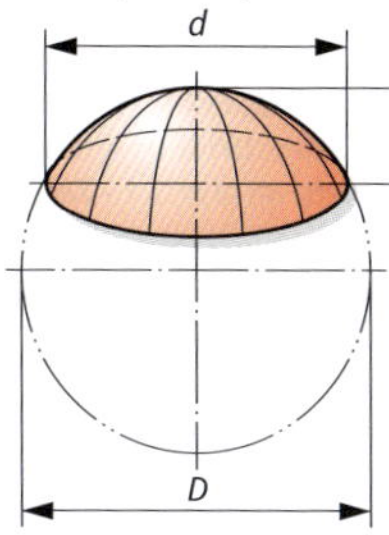

$$V = h^2 \cdot \pi \cdot \left(\frac{D}{2} - \frac{h}{3}\right)$$

$$A_M = D \cdot \pi \cdot h$$

$$A_O = d \cdot \pi \cdot h + \frac{d^2 \cdot \pi}{4}$$

V Volumen
D Kugeldurchmesser
d Kalottendurchmesser
h Kalottenhöhe
A_M Mantelfläche
A_O Oberfläche

Ringförmige Körper (Guldinsche Regel)

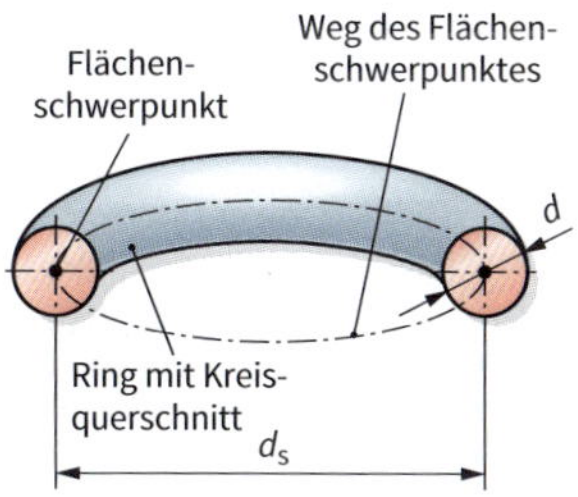

$$V = A \cdot l_s$$

$$V = A \cdot d_s \cdot \pi$$

V Volumen
A Querschnittsfläche
l_s Länge der neutralen Faser bzw. der Flächenschwerpunktlinie
d_s Durchmesser der neutralen Faser

Masse und Dichte
Mass and density

Masse und Dichte

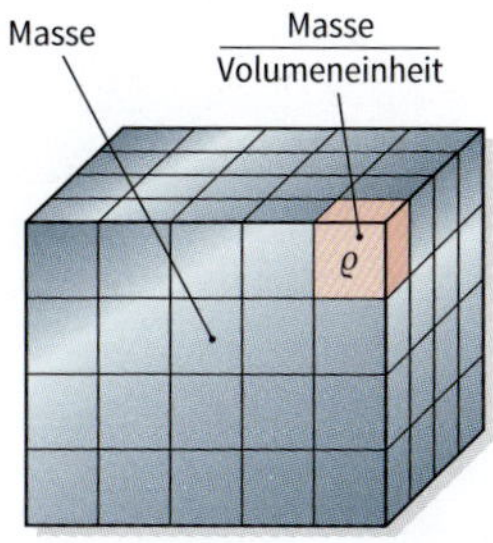

$$m = V \cdot \varrho$$

Dichte ausgewählter Stoffe			
Aluminium	2,7	Kupfer	8,93
Blei	11,3	Magnesium	1,74
Chrom	7,1	Nickel	8,9
Eisen	7,87	Silber	10,5
Grafit	2,24	Stahl, unleg.	7,85
Gusseisen	7,25	Zink	7,14

m Masse in g, kg, t
V Volumen in cm^3, dm^3, m^3
ϱ Dichte in $\frac{g}{cm^3}$, $\frac{kg}{dm^3}$, $\frac{t}{m^3}$

1 kg entspricht angenähert der Masse von 1 dm^3 Wasser bei +4 °C und einem Luftdruck von 1013 mbar.

Die Dichte ϱ eines Stoffs ist die Masse je Volumeneinheit.

Bruttolohnberechnung

Zeitlohn

$$L_z = l_h \cdot t$$

L_z	Zeitlohn	in €
l_h	Stundenlohnsatz	in $\frac{€}{h}$
t	Zeitlohn-Stunden	in h

Leistungslohn

$$L_l = l_h \cdot t_l$$

L_l	Leistungslohn	in €
l_h	Stundenlohnsatz	in $\frac{€}{h}$
t_l	Leistungslohnstunden	in h

$$t_l = \frac{\Sigma ZE}{100}$$

ΣZE Summe der Zeiteinheiten

$$t_l = \frac{\Sigma AW}{12}$$

ΣAW Summe der Arbeitswerte

Lohnzuschläge

$$LZ = \frac{l_h \cdot p}{100\,\%}$$

L_Z	Lohnzuschlag	in $\frac{€}{h}$
p	Zuschlagsprozentwert	in %

Durchschnittslohn

$$LD = \frac{L_{13}}{\Sigma T_a}$$

L_D	Durchschnittslohn	in $\frac{€}{Tag}$
L_{13}	Lohn der letzten 13 Wochen	in €
ΣT_a	Summe der Arbeitstage in den letzten 13 Wochen	in Tagen

Umrechnung:

100 ZE = 1 h = 60 min

1 ZE = 0,01 h = 0,6 min

12 AW = 1 h = 60 min

1 AW = $\frac{1}{12}$ h = 5 min

Lohnzuschläge erhalten Beschäftigte für Mehr-, Nacht-, Sonntags- und Feiertagsarbeit.

Diese betragen für
- Mehrarbeit 25 %,
- Nacht- und Sonntagsarbeit 50 % und
- Feiertagsarbeit 100 %

Für die **Zeit einer Krankheit** bis zu 6 Wochen bzw. während eines **Urlaubs** erhalten Beschäftigte, die im Zeitlohn arbeiten, ihren normalen Stundenlohn. Beschäftigte, die im Leistungslohn arbeiten, erhalten den Durchschnittslohn der letzten 13 Wochen. Der Durchschnittslohn wird dabei pro Tag berechnet.

Nettolohnberechnung

$$L_N = L_B - L_A$$

L_N	Nettolohn	in €
L_B	Bruttolohn	in €
L_A	Lohnabzug	in €

Lohnabzug

$$L_A = S_L + S_K + S_V + S_S$$

S_L	Lohnsteuer	in €
S_K	Kirchensteuer	in €
S_V	Summe der Sozialversicherungsbeiträge	in €
S_S	Solidaritätszuschlag	in €

Steuerpflichtiger Lohn

$$L_S = L_B - L_{Sf} - L_F$$

L_S	steuerpflichtiger Lohn	in €
L_{Sf}	steuerfreier Lohn	in €
L_F	Freibetrag	in €

Summe der abzugspflichtigen Sozialversicherungsbeiträge

$$S_V = R_V + K_V + A_V + P_V$$

R_V	Rentenversicherungsbeitrag	in €
K_V	Krankenversicherungsbeitrag	in €
A_V	Arbeitslosenversicherungsbeitrag	in €
P_V	Pflegeversicherungsbeitrag	in €

Zum Bruttolohn zählen auch die vermögenswirksamen Leistungen (VL) des Arbeitgebers sowie z. B. das Urlaubs- und Weihnachtsgeld.

Der **Nettolohn** ist der Lohn, den Beschäftigte ausgezahlt bekommen.

Zum **steuerfreien Lohn** zählen Teile der Zuschläge für Nacht-, Sonntags- und Feiertagsarbeit.

Kalkulation mit dem Gemeinkostenzuschlag

Gemeinkostenzuschlag in Prozent

$$G_{zp} = \frac{\Sigma G_k \cdot 100\,\%}{\Sigma L_k}$$

G_{zp}	Gemeinkostenzuschlag	in %
ΣG_k	Summe der Gemeinkosten	in €
ΣL_k	Summe der Lohnkosten	in €

Gemeinkostenzuschlag in €

$$G_z = L_k \cdot \frac{G_{zp}}{100\,\%}$$

G_z	Gemeinkostenzuschlag	in €
L_k	Lohnkosten für den Auftrag	in €

Gesamtkosten

$$K_g = L_k + M_k + G_z$$

K_g	Gesamtkosten	in €
M_k	Materialkosten	in €

Rechnungsbetrag

$$RB = K_g + \text{MWST}$$

RB	Rechnungsbetrag	in €
MWST	Mehrwertsteuer	in €

Gemeinkosten sind Kosten, die einem Auftrag nicht direkt zugeordnet werden können, z. B. soziale Kosten, Raumkosten, Steuern, Verwaltungskosten.

Der **Gemeinkostenzuschlag in Prozent** gibt das Verhältnis zwischen der Summe der Gemeinkosten des Betriebes und der Summe der Lohnkosten des Betriebes in % an.

Der **Gemeinkostenzuschlag in €** gibt an, wie hoch der Betrag der Gemeinkosten in € ist, der zu den Lohnkosten eines Auftrags zugeschlagen wird.

Kalkulation mit dem Stundenverrechnungssatz

Kostenindex

$$KI = \frac{\Sigma L_k + \Sigma G_k}{\Sigma L_k}$$

KI	Kostenindex	
ΣL_k	Summe der Lohnkosten	in €
ΣG_k	Summe der Gemeinkosten	in €

Stundenverrechnungssatz

$$SVS = WDL \cdot KI$$

SVS	Stundenverrechnungssatz	in $\frac{€}{h}$
WDL	Werkstattdurchschnittslohn	in $\frac{€}{h}$

Gesamtkosten

$$K_g = SVS \cdot t_a + M_k$$

K_g	Gesamtkosten	in €
t_a	Arbeitszeit	in h
M_k	Materialkosten	in €

Der **Stundenverrechnungssatz** gibt an, wie viel € den Kundinnen und Kunden für eine Arbeitsstunde in Rechnung gestellt werden.

Kalkulation mit dem Arbeitswertverrechnungssatz

Arbeitswertverrechnungssatz

$$AWVS = \frac{WDL \cdot KI}{WF}$$

$AWVS$	Arbeitswertverrechnungssatz	in $\frac{€}{AW}$
WDL	Werkstattdurchschnittslohn	in $\frac{€}{h}$
KI	Kostenindex	
WF	Werkstattfaktor	in $\frac{AW}{h}$

Gesamtkosten

$$K_g = AWVS \cdot AWV + M_k$$

K_g	Gesamtkosten	in €
AWV	Arbeitswertvorgabe	in AW
M_k	Materialkosten	in €

Der **Arbeitswertverrechnungssatz** gibt an, wie viel € den Kundinnen und Kunden für einen Arbeitswert in Rechnung gestellt werden.

Der **Werkstattfaktor** ist je nach Ausstattung und Organisation des Arbeitsablaufs in den Werkstätten unterschiedlich. Er liegt meistens bei 10 oder 12 Arbeitswerten pro Stunde.

Feste Kosten für ein Jahr

$$K_f = KWV + KZ + KS + KV + KG$$

Wertverlustkosten für ein Jahr

$$KWV = \frac{AP - KR}{2 \cdot t_n}$$

Zinskosten für ein Jahr

$$KZ = \frac{AP \cdot p}{2 \cdot 100\,\%}$$

K_f	feste Kosten	in $\frac{€}{\text{Jahr}}$
KWV	Wertverlustkosten	in $\frac{€}{\text{Jahr}}$
KZ	Zinskosten	in $\frac{€}{\text{Jahr}}$
KS	Steuerkosten	in $\frac{€}{\text{Jahr}}$
KV	Versicherungskosten	in $\frac{€}{\text{Jahr}}$
KG	Garagenkosten	in $\frac{€}{\text{Jahr}}$
AP	Anschaffungspreis	in €
KR	Reifenkosten	in €
t_n	Nutzungszeit	in Jahren
p	Zinssatz	in $\frac{\%}{\text{Jahr}}$

Die **festen Kosten** K_f eines Kraftfahrzeugs sind von der Anzahl der gefahrenen Kilometer im Jahr **unabhängig**.

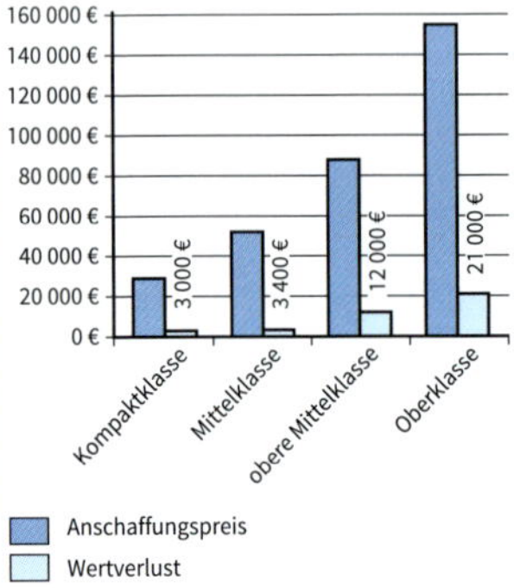

Wertverkustkosten/Jahr beziehen sich auf 3 Jahre Haltedauer und 45 000 km Fahrstrecke

Veränderliche Kosten für 100 km Fahrstrecke

$$K_{v100} = KWV_{100} + KR_{100} + KSK_{100} + KRW_{100}$$

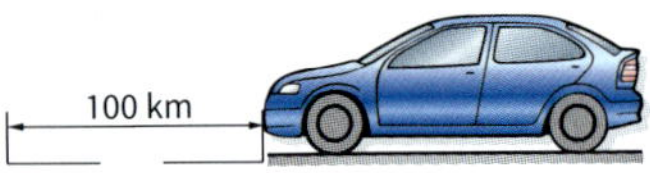

Wertverlustkosten für 100 km

$$KWV_{100} = \frac{(AP - KR) \cdot 100\ \text{km}}{2 \cdot G_{km}}$$

K_{v100}	veränderliche Kosten	in € für 100 km
KWV_{100}	Wertverlustkosten	in € für 100 km
KR_{100}	Reifenkosten	in € für 100 km
KSK_{100}	Schmier- und Kraftstoffkosten	in € für 100 km
KRW_{100}	Reparatur- und Wartungskosten	in € für 100 km
AP	Anschaffungspreis	in €
KR	Reifenkosten	in €
G_{km}	Gesamtkilometer während der Nutzungszeit in km	

Die **veränderlichen Kosten** eines Kraftfahrzeugs sind von der Zahl der gefahrenen Kilometer im Jahr **abhängig**.

Reifenkosten für 100 km

$$KR_{100} = \frac{KR \cdot 100\ \text{km}}{R_l}$$

KR_{100}	Reifenkosten	in € für 100 km
KR	Reifenkosten	in €
R_l	Reifenlebensdauer	in km

Veränderliche Kosten für ein Jahr

$$K_v = \frac{K_{v100} \cdot J_{km}}{100\ \text{km}}$$

K_v	veränderliche Kosten	in $\frac{€}{\text{Jahr}}$
K_{v100}	veränderliche Kosten	in € für 100 km
J_{km}	Jahreskilometer	in $\frac{\text{km}}{\text{Jahr}}$

Die **veränderlichen Kosten für ein Jahr** ergeben sich aus der Multiplikation der veränderlichen Kosten für einen km mit den gefahrenen Kilometern eines Jahres.

Gesamtkraftfahrzeugkosten für ein Jahr

$$K_g = K_f + K_v$$

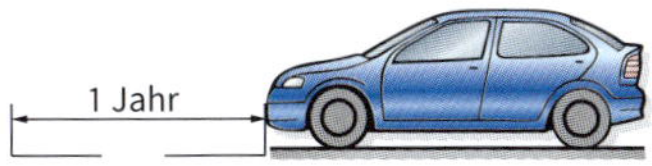

K_g	Gesamtkraftfahrzeugkosten	in $\frac{€}{\text{Jahr}}$
K_f	feste Kosten	in $\frac{€}{\text{Jahr}}$
K_v	veränderliche Kosten	in $\frac{€}{\text{Jahr}}$

Die **Gesamtkraftfahrzeugkosten** K_g werden für **ein Jahr** berechnet und sind abhängig von den

- **festen Kosten** K_f und den
- **veränderlichen Kosten** K_v.

Kraftfahrzeugkilometerkosten für 1 km Fahrstrecke

$$K_{km} = \frac{K_g}{J_{km}}$$

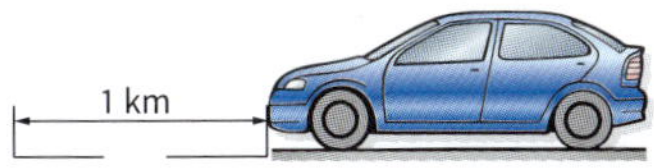

K_{km}	Kraftfahrzeugkilometerkosten	in $\frac{€}{\text{km}}$
K_g	Gesamtkraftfahrzeugkosten	in $\frac{€}{\text{Jahr}}$
J_{km}	Jahreskilometer	in $\frac{\text{km}}{\text{Jahr}}$

Die **Kraftfahrzeugkilometerkosten** K_{km} (Kosten für einen Kilometer Fahrstrecke) sind der Quotientwert aus den **Gesamtkraftfahrzeugkosten für ein Jahr** K_g und den in einem **Jahr gefahrenen Kilometern** J_{km} (Jahreskilometer).

Begriff	Erklärung	Beispiele
Zustandsformen	**Fest:** Feste Stoffe haben ein definierbares Volumen und eine bestimmte Form. Die Atome oder Moleküle dieser Stoffe schwingen um ihre Ruhelage. Der Zusammenhalt erfolgt durch starke Bindungskräfte (Kohäsionskräfte). Durch Wärmezufuhr wird die Bewegungsenergie so groß, dass die Kohäsionskräfte überwunden werden. Der Stoff geht in den flüssigen Zustand über.	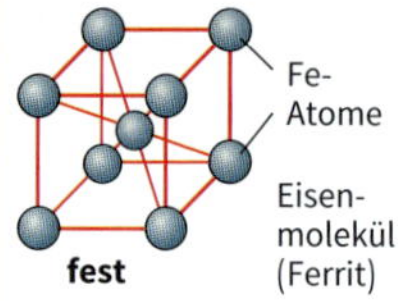
	Flüssig: Flüssige Stoffe haben ein definierbares Volumen, aber keine bestimmte Form, sie lassen sich kaum verdichten. Die Atome oder Moleküle dieser Stoffe sind beschränkt beweglich. Die Oberfläche wird durch die Anziehungskräfte der Umgebung bestimmt. Durch Wärmezufuhr wird die Bewegungsenergie der Moleküle so groß, dass die Wirkung der Kohäsionskräfte aufgehoben wird. Der Stoff geht in den gasförmigen Zustand über.	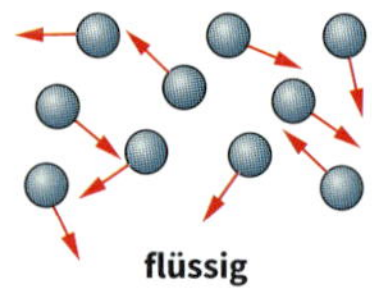
	Gasförmig: Gasförmige Stoffe haben kein definierbares Volumen und keine bestimmte Form, sie lassen sich leicht verdichten. Die Atome oder Moleküle dieser Stoffe sind in ständiger, regelloser Bewegung und stoßen sich gegenseitig ab. Gase füllen jeden beliebig geformten Raum vollständig aus.	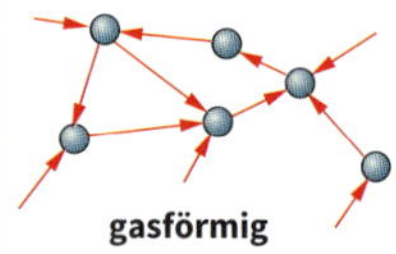
Kohäsion	Die Kohäsion ist die **Zusammenhangskraft** zwischen den Atomen oder Molekülen eines Stoffs (cohaerere, lat.: zusammenhängen). Sie bestimmt die Festigkeit der festen Stoffe und den Zusammenhalt der flüssigen Stoffe.	Glas bricht leichter als Stahl. Stahl hat eine höhere Kohäsionskraft.
Adhäsion	Die Adhäsion ist die **Haftkraft** von unterschiedlichen Stoffen aneinander durch enge Berührung der Oberflächen (adhaerere, lat.: anhaften).	Ölfilm haftet an der Zylinderwand
Wärme	Wärme ist die Energieform, die in der **Bewegungsenergie** der Moleküle gespeichert ist. Durch Wärmezufuhr nimmt die Bewegungsenergie der Moleküle zu.	Flimmern der Luft durch Wärmezufuhr
Temperatur	Die Temperatur ist der **Wärmezustand** eines Körpers und wird in **Kelvin** oder **Grad Celsius** gemessen.	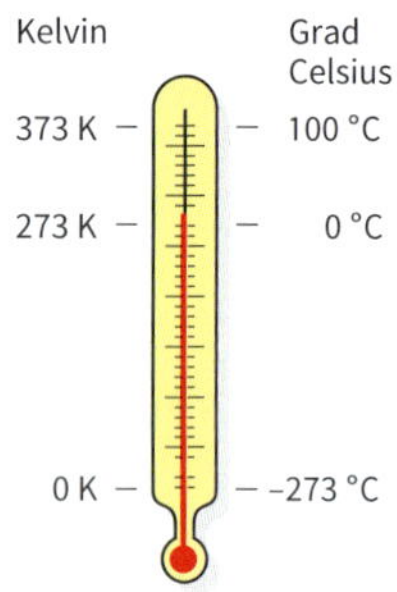
Schmelztemperatur	Die Schmelztemperatur oder der **Schmelzpunkt** ist die Temperatur, bei der ein Stoff vom festen in den flüssigen Zustand übergeht.	
Siedetemperatur	Die Siedetemperatur oder der **Siedepunkt** ist die Temperatur, bei der ein Stoff nicht nur an der Oberfläche, sondern vollständig unter Blasenbildung in den **gasförmigen** Zustand übergeht.	
Kritische Temperatur	Die kritische Temperatur ist die Temperatur, bei deren **Überschreitung** ein Gas nicht mehr durch Erhöhung des Druckes weiter verflüssigt werden kann, sondern vollständig in den gasförmigen Zustand übergeht.	
Kondensation	Die Kondensation ist der Übergang vom gasförmigen in den flüssigen Zustand. Während des Übergangs wird **Kondensationswärme** frei. Die Siedetemperatur entspricht der Kondensationstemperatur.	
Warmfestigkeit	Die Warmfestigkeit ist der Widerstand eines Werkstoffs gegen die Zerstörung durch hohe Temperaturen.	W (Wolfram) schmilzt erst bei 3380 °C, Al (Aluminium) schon bei 660 °C.
Wärmeleitfähigkeit	Die Wärmeleitfähigkeit eines Stoffs gibt an, welche Wärmemenge in einer Sekunde bei einem Temperaturunterschied von 1 K durch einen Würfel mit einer Kantenlänge von 1 m hindurchfließt.	Cu: 384 W/m · K; Fe: 81 W/m · K; Cu leitet Wärme besser als Fe.
Wärmeleitung	Die Wärmeleitung ist der **Wärmeausgleich** in festen Stoffen von den Bereichen mit höherer Temperatur zu den Bereichen mit niedrigerer Temperatur.	Wärmeausgleich zwischen Kolbenboden und Kolbenschaft
Wärmestrahlung	Die Wärmestrahlung ist der **Wärmetransport** durch elektromagnetische Wellen, die einige Körper teilweise durchlassen (Glas), einige Körper aufnehmen (Körper mit dunkler, matter Oberfläche) und einige Körper zurückstrahlen (Körper mit glänzenden, glatten Oberflächen).	Sonnenstrahlung, Glühlampe
Wärmeströmung	**Wärmetransport** durch Flüssigkeiten oder Gase	Kühlflüssigkeitsstrom im Motor, Warmluftheizung

Physikalische Grundbegriffe
Basic physical terms

Begriff	Erklärung	Beispiele
Spezifische Wärmekapazität	**Wärmemenge *Q***, die erforderlich ist, um 1 kg eines Stoffs um die Temperaturdifferenz von 1 K zu erwärmen.	Al: 940 J/(kg · K) Mg: 1020 J/(kg · K) Mg besitzt eine höhere spezifische Wärmekapazität als Al.
Längenausdehnungszahl α	Kehrwert der **Temperaturdifferenz ΔT**, die erforderlich ist, um eine Längenänderung Δl bezogen auf die Ausgangslänge l_0 zu bewirken.	Cu: $\alpha = 16{,}8 \cdot 10^{-6}$/K Hg: $\alpha = 189 \cdot 10^{-6}$/K Quecksilber (Hg) verändert seine Länge bei Temperaturänderung stärker als Kupfer (Cu).
Druck	Ein Druck *p* entsteht, wenn eine Kraft *F* senkrecht auf eine Fläche *A* wirkt. Der Druck wird in Pa (Pascal) gemessen: **1 Pa = 1 N/m^2**; Umrechnung in bar: **1 bar = 10^5 Pa** oder **1 bar = 10 N/cm^2**	$p = \frac{F}{A}$ 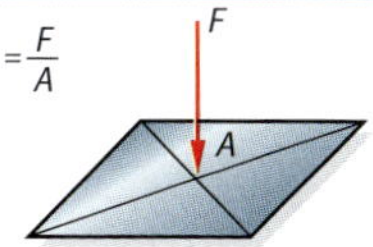
Kritischer Druck	Der kritische Druck ist der Druck, der notwendig ist, um ein Gas bei der **kritischen Temperatur** zu verflüssigen.	
Dichte	**Masse** eines Werkstoffs bezogen auf eine Volumeneinheit	Eisen (Fe): 7,85 g/cm^3; 7,85 kg/dm^3
Festigkeit	Der **innere Widerstand** eines Werkstoffs gegen Verformung oder Zerstörung durch äußere Kräfte (z. B. Zug-, Druck-, Biege-, Knick-, Scher- oder Verdrehkräfte)	Kupfer z. B. lässt sich leichter verformen als Stahl.
Elastizität	Elastische Werkstoffe verformen sich unter einer bestimmten Krafteinwirkung und nehmen wieder die ursprüngliche Form an, wenn die Kraft nicht mehr wirkt.	Gummi, Federstahl
Plastizität	Plastische Werkstoffe verformen sich unter Krafteinwirkung und behalten die Form, wenn die Kraft nicht mehr wirkt.	Kitt, Fett
Zähigkeit	Zähigkeit ist die Eigenschaft eines Werkstoffs, einer bleibenden (plastischen) Verformung einen großen Widerstand entgegenzusetzen, ohne dass er bricht.	Kupfer, Stahl
Sprödigkeit	Spröde Werkstoffe zerbrechen unter einer bestimmten Krafteinwirkung, ohne vorherige Veränderung der Form.	Glas, gehärteter Stahl (Glashärte)
Korrosion	Die von der Oberfläche ausgehende **chemische** Veränderung oder Zerstörung metallischer Werkstoffe durch Oxidation	Eisen und Sauerstoff → Eisenoxid (Rost)
Korrosionsbeständigkeit	Korrosionsbeständige Werkstoffe sind widerstandsfähig gegen chemische oder elektrochemische Einflüsse der Umgebungsstoffe.	Gold, Porzellan, Glas, Chrom-Vanadium-Stahl
Schwerpunkt	Punkt ***S*** eines Körpers, in dem die gesamte **Gewichtskraft *G*** wirksam ist. Wird der Körper im Schwerpunkt aufgehängt, befindet er sich in einem labilen Gleichgewicht.	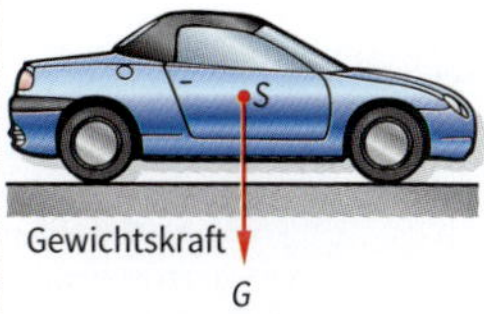
Fliehkraft (Zentrifugalkraft)	Kraft, die im **Schwerpunkt *S*** eines Körpers wirksam wird, der sich auf einer kreisförmigen Bahn bewegt. Die Kraft entfernt den Körper vom Mittelpunkt der Kreisbahn.	Fliehkraft wirkt auf ein Fahrzeug bei Kurvenfahrt.
Viskosität	Die Viskosität kennzeichnet die **Zähflüssigkeit** flüssiger Stoffe aufgrund der **inneren Reibung**. Die innere Reibung ändert sich bei den meisten Stoffen mit steigender bzw. fallender Temperatur. Die **dynamische Viskosität η** ist die Proportionalitätskonstante aus der Schubspannung τ, die zwischen benachbarten Flüssigkeitsschichten besteht, und dem Geschwindigkeitsgefälle ***D***: $\eta = \tau / D$ (SI-Einheit: Pa · s). Die **kinematische Viskosität v** ist der Quotient aus der dynamischen Viskosität η und der Dichte ϱ: $v = \eta / \varrho$ (SI-Einheit: m^2/s).	**Motoröl:** kinematische Viskosität bei 98,9 °C SAE20: $v = (5{,}7 \text{ bis } 9{,}5) \cdot 10^{-6}$ m^2/s SAE40: $v = (12{,}9 \text{ bis } 16{,}7) \cdot 10^{-6}$ m^2/s

Begriff	Erklärung	Beispiele
Schall	Schall entsteht durch **mechanische Schwingungen**, die ab einer Frequenz von etwa 16 Hz für das menschliche Ohr wahrnehmbar werden. Oberhalb von etwa 20 000 Hz (20 kHz) beginnt der Bereich des Ultraschalls, der für das menschliche Ohr nicht mehr wahrnehmbar ist.	Abgasschwingungen (Auspuffgeräusch), Membranschwingungen des Signalhorns
Energie	Die Energie ist die in den Stoffen oder Körpern **gespeicherte Fähigkeit, Arbeit zu verrichten**. Die in ruhenden Körpern enthaltene Energie wird als **potenzielle Energie** (Energie der Lage), die in bewegten Körpern als **kinetische Energie** (Bewegungsenergie) bezeichnet. Die in den Stoffen enthaltene **chemische Energie** (Wärmeenergie) wird durch den Heizwert H_i angegeben. Die **elektrische Energie** ist in der Ladungstrennungsarbeit gespeichert. Energie kann nicht erzeugt, sondern nur unter Verlusten (Wärmeabgabe) von einer Form in eine andere Form umgewandelt werden.	Potenzielle Energie 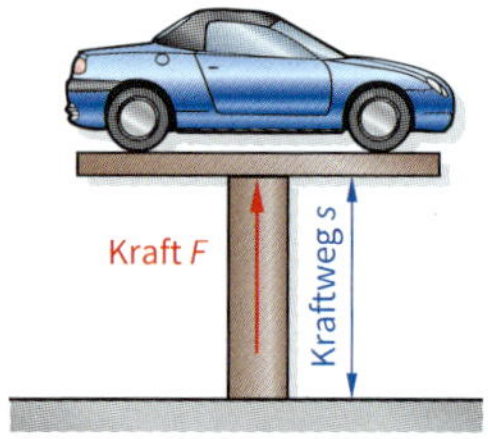
Spezifischer Heizwert H_i	**Wärmemenge *Q***, die bei vollständiger Verbrennung eines Kilogramms oder Kubikmeters (für Gase) des Stoffs frei wird	Ottokraftstoff Normal: H_i = 42,7 MJ/kg Dieselkraftstoff: H_i = 42,5 MJ/kg
Spezifischer elektrischer Widerstand ϱ	Der elektrische Widerstand eines Werkstoffs von 1 m Länge und 1 mm² Querschnitt bei 20 °C wird als spezifischer Widerstand bezeichnet.	Kupfer: ϱ = 0,01754 Ωmm²/m Aluminium: ϱ = 0,0265 Ωmm²/m
Elektrische Leitfähigkeit $\varkappa$	Die elektrische Leitfähigkeit ist der Kehrwert des spezifischen elektrischen Widerstands.	Kupfer: $\varkappa$ = 57 Sm/mm² Aluminium: = $\varkappa$ = 35 Sm/mm²
Härte HB; HR; HV	Härte ist der **Formänderungswiderstand**, den ein Körper an seiner Oberfläche dem Eindringen eines anderen Körpers entgegensetzt. Prüfverfahren: Brinell (HB), Rockwell (HR), Vickers (HV) Die Härte von mineralischen Stoffen als Maßstab für die Bestimmung und Einordnung erfolgt nach der Härteskala des deutschen Mineralogen Friedrich Mohs (1773 bis 1839). **Mohs'sche Härteskala:** 1 Talk (Speckstein) weich 2 Gips 3 Kalkspat 4 Flussspat 5 Apatit 6 Orthoklas 7 Quarz 8 Topas 9 Korund 10 Diamand hart	Aluminium: 40 HB Kupfer-Zink-Legierung geglüht: 100 HB, Kupfer-Zink-Legierung kaltgewalzt: 180 HB, Werkzeugstahl C80: 280 HB
Reibung, Reibungskraft, Reibungszahl	Reibung ist der **mechanische Widerstand**, den zwei sich berührende Körper der Relativbewegung entgegensetzen. Die an den Berührungsflächen wirkende Kraft ist die **Reibungskraft F_R**. Sie hängt von der **Normalkraft F_N** und von der Reibungszahl μ ab: $F_R = F_N \cdot \mu$ Die zwischen Festkörpern auftretende Reibung wird in **Haft-**, **Gleit-** und **Rollreibung** unterschieden. Die Reibungszahl μ beinhaltet die Oberflächenrauigkeit der Reibflächen, die Werkstoffpaarung, die Reibungsart (Haften ,Gleiten, Rollen) und die Art der zwischen den Reibflächen vorhandenen Schmierung (trocken, halbflüssig, flüssig). Beispiel: Bremsbelag auf Stahl bei trockener Gleitreibung: μ = 0,3 bis 0,5 Kurbelwelle in der Lagerschale bei flüssiger Gleitreibung: μ = 0,05 bis 0,08	**Haftreibung: $v = 0$** 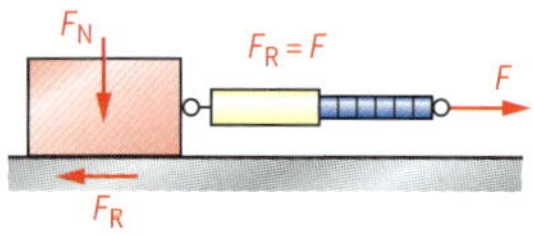 **Gleitreibung: v = konstant** 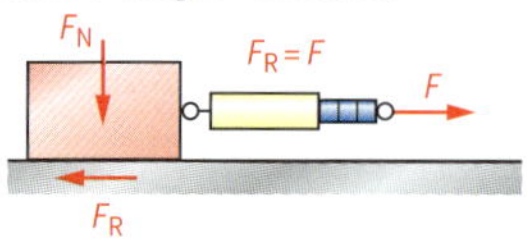 **Rollreibung: v = konstant** 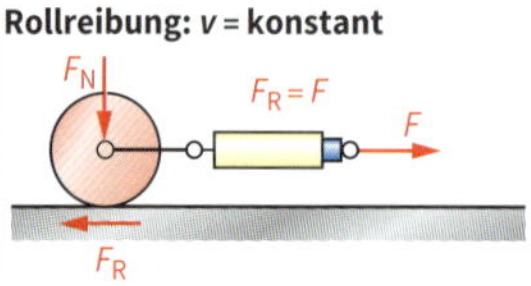

Kraft

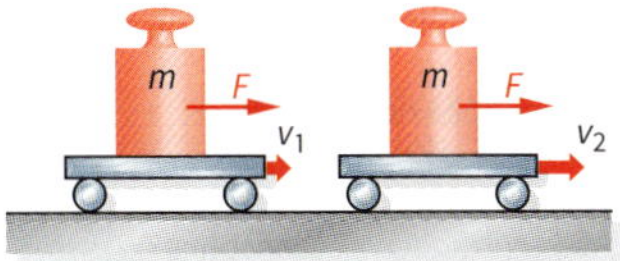

$F = m \cdot a$

Die Kraft 1 N erteilt der Masse 1 kg je 1 s die Geschwindigkeitszunahme von 1 $\frac{m}{s}$, d. h.,
1 N bewirkt an der Masse 1 kg die Beschleunigung von 1 $\frac{m}{s^2}$.

F	Kraft	in N
m	Masse	in kg
a	Beschleunigung, Verzögerung	in $\frac{m}{s^2}$

$$1\,N = \frac{1\,kg \cdot 1\,m}{1\,s \cdot 1\,s} = \frac{1\,kg \cdot m}{s^2}$$

Gewichtskraft

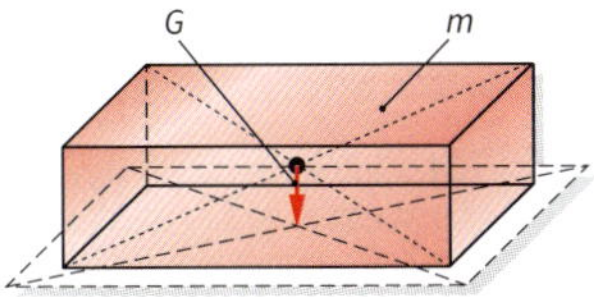

$G = m \cdot g$

G	Gewichtskraft	in N
m	Masse	in kg
g	Fallbeschleunigung	in $\frac{m}{s^2}$

Normalfallbeschleunigung

$g = 9{,}80665\ \frac{m}{s^2}$

gerundet: $g = 9{,}81\ \frac{m}{s^2}$

Reibungskraft

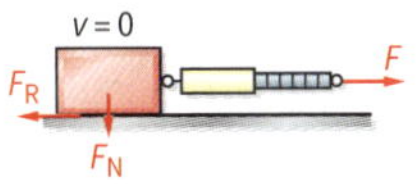

Haftreibung:
Der Körper bleibt in Ruhe.

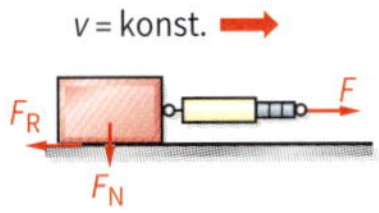

Gleitreibung:
Der Körper bewegt sich mit konstanter Geschwindigkeit.

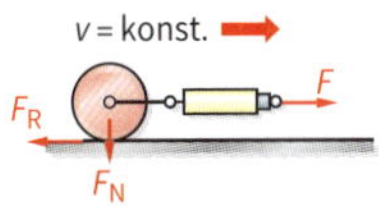

Rollreibung:
Das Rad bewegt sich mit konstanter Geschwindigkeit.

$F_R = F_N \cdot \mu$

Die Reibungskraft F_R ist der mechanische Widerstand, den zwei Bauteile der gegenseitigen Verschiebung der Flächen eines gemeinsamen Flächenpaares entgegensetzen.

F_R	Reibungskraft	in N
F_N	Normalkraft	in N
μ	Reibungszahl allgemein	
μ_H	Reibungszahl für Haftreibung	
μ_G	Reibungszahl für Gleitreibung	
μ_R	Reibungszahl für Rollreibung	

Federkraft

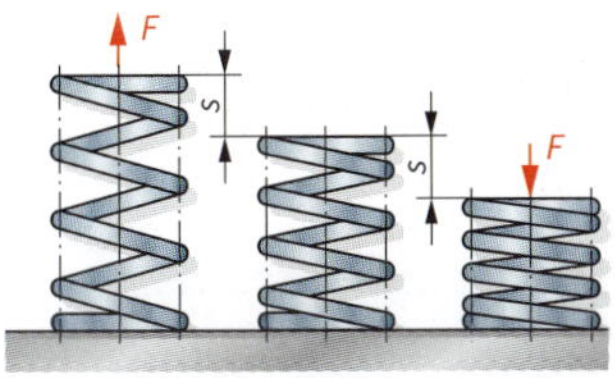

$F = R \cdot s$

F	Federkraft	in N
R	Federrate	in $\frac{N}{mm}$
s	Federweg	in mm

Flaschenzug

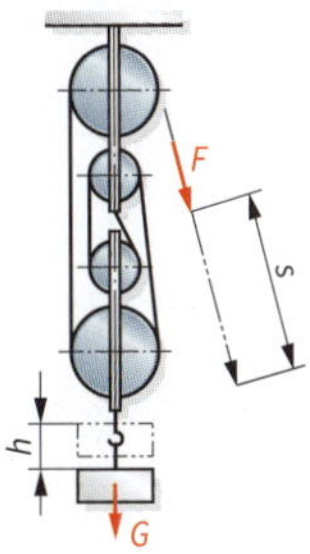

$F = \frac{G}{z}$

Bei Berücksichtigung des Wirkungsgrades gilt:

$F = \frac{G}{z \cdot \eta}$

$s = z \cdot h$

F	Kraft	in N
G	Gewichtskraft	in N
z	Anzahl der Rollen	
s	Kraftweg	in m
h	Hubhöhe	in m
η	Wirkungsgrad	

Zusammensetzen und Zerlegen von Kräften

Zeichnerische Darstellung einer Kraft

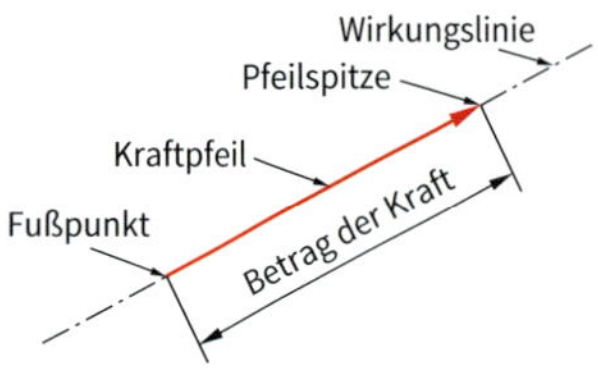

Eine Kraft ist eine gerichtete Größe (Vektor). Sie ist eindeutig bestimmt durch ihre Richtung und Größe und wird als Pfeil dargestellt:

- Der Pfeil gibt die Richtung der Kraftwirkung an.
- Die Länge des Pfeils drückt den Betrag (die Größe der Kraft) aus.
- Der Fußpunkt und die Pfeilspitze begrenzen den Kraftpfeil.
- Der Kraftpfeil liegt auf einer gedachten Linie, der Wirkungslinie.
- Der Kraftpfeil kann auf der Wirkungslinie verschoben werden, ohne dass sich die Wirkung der Kraft ändert.

Kräftemaßstab

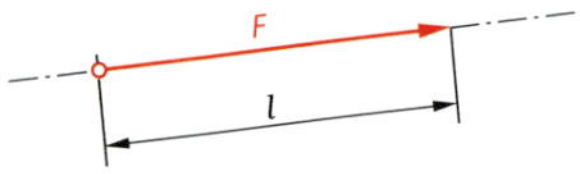

$$l = \frac{F}{KM}$$

l	Länge des Kraftpfeils	in mm
F	Kraft	in N
KM	Kräftemaßstab	in $\frac{\text{N}}{\text{mm}}$

Kräfte mit gleicher Wirkungslinie

Kräfte mit gleicher Wirkungslinie können zeichnerisch und algebraisch addiert und subtrahiert werden. Das Ergebnis ist eine Ersatzkraft, die Resultierende. Sie wird dargestellt als Kraftpfeil vom Fußpunkt des ersten bis zur Pfeilspitze des zuletzt angereihten Kraftpfeils.

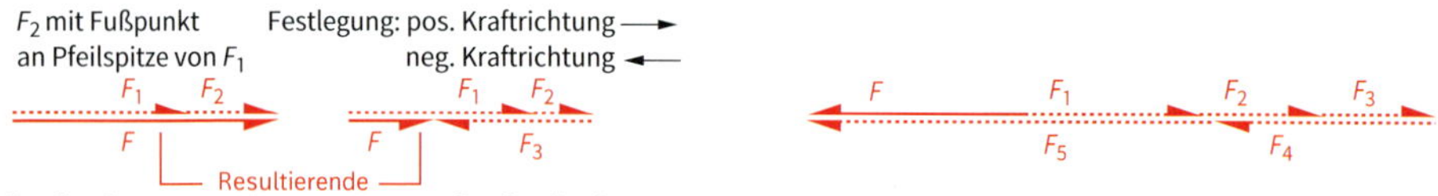

$F_1 + F_2 = F$

$F_1 + F_2 - F_3 = F$

$F_1 + F_2 + F_3 - F_4 - F_5 = -F$

Addition von Kräften mit unterschiedlichen Wirkungslinien

Kräfte mit unterschiedlichen Wirkungslinien können mithilfe eines Kräfteparallelogramms zeichnerisch zu einer Resultierenden zusammengefasst werden.

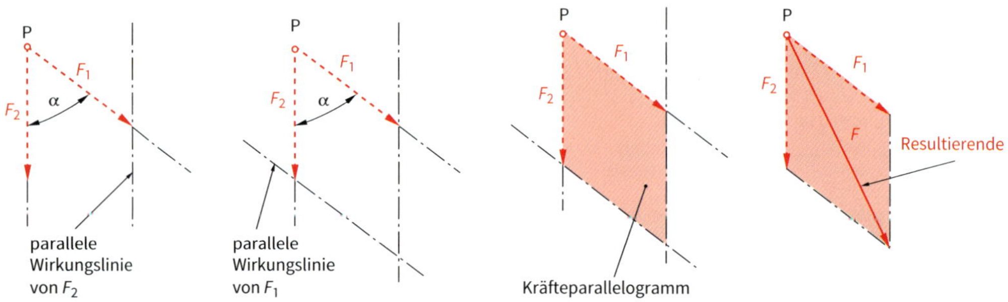

Zerlegung einer Kraft in Teilkräfte

Eine Kraft kann in Teilkräfte zerlegt werden, wenn die Wirkungslinien der Teilkräfte bekannt sind.

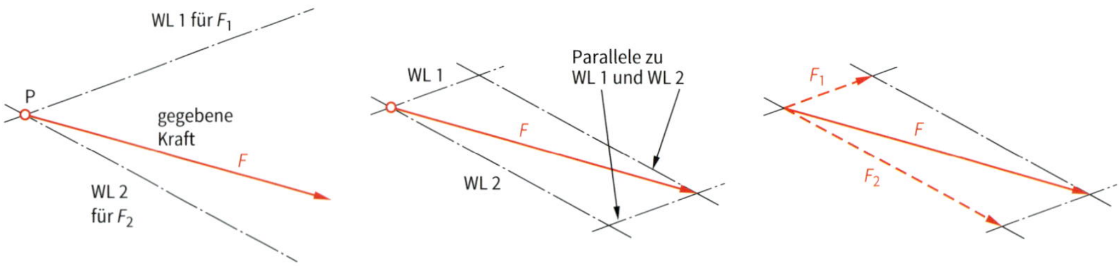

Hangabtriebskraft, Normalkraft, Drehmoment, Hebelgesetz

Hangabtriebskraft, Normalkraft

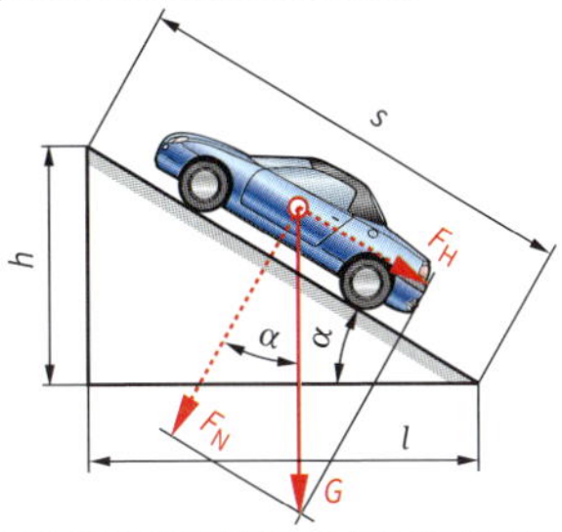

$$F_H = \frac{G \cdot h}{s}$$

$F_H = G \cdot \sin \alpha$

$$F_N = \frac{G \cdot l}{s}$$

$F_N = G \cdot \cos \alpha$

F_H	Hangabtriebskraft	in N
G	Gewichtskraft	in N
l	waagerechte Länge	in m
s	Länge der schiefen Ebene	in m
F_N	Normalkraft	in N
h	Höhenunterschied	in m
α	Steigungswinkel	in °

Drehmoment

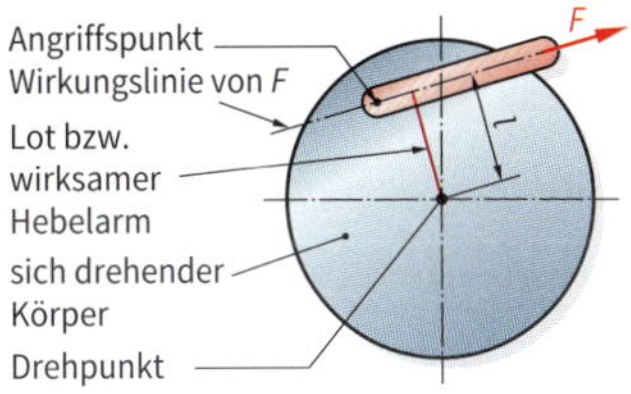

$$M = F \cdot l$$

Der wirksame Hebelarm l ist die Länge der Senkrechten vom Drehpunkt des Körpers auf die Wirkungslinie der Kraft F.

M	Drehmoment	in Nm
F	Kraft	in N
l	wirksamer Hebelarm	in m

Hebel, Hebelgesetz

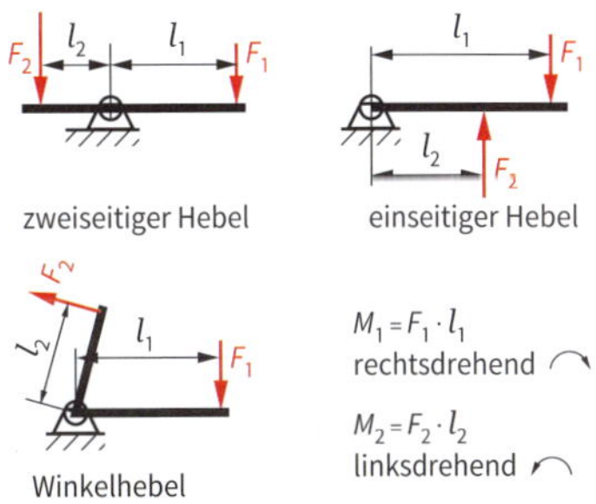

$$M_1 = M_2$$

Summe der rechtsdrehenden Momente = Summe der linksdrehenden Momente

$$F_1 \cdot l_1 = F_2 \cdot l_2$$

M_1	Drehmoment	in Nm
M_2	Drehmoment, das entgegengesetzt wirkt	in Nm
F_1	Kraft	in N
l_1	Hebelarm für Kraft F_1	in m
F_2	Kraft	in N
l_2	Hebelarm für Kraft F_2	in m

Druck
Pressure

Druck

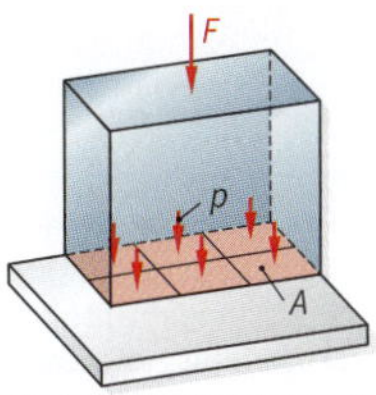

$$p = \frac{F}{A}$$

p	Druck	in $\frac{N}{m^2}$, $\frac{daN}{cm^2}$, bar
F	Kraft	in N, daN
A	Fläche	in m^2, cm^2

Überdruck bzw. atmosphärische Druckdifferenz

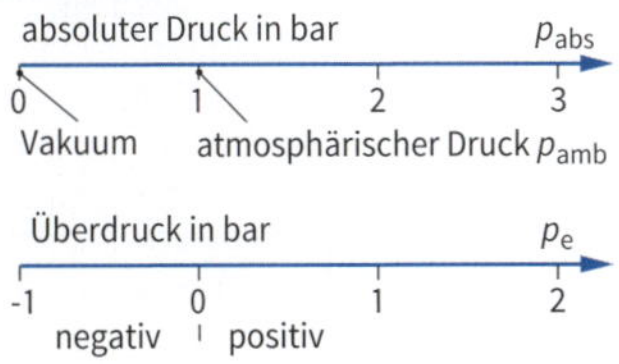

$$p_e = p_{abs} - p_{amb}$$

Ist p_e positiv (positiver Überdruck), so ist der absolute Druck p_{abs} größer als der Luftdruck.

Ist p_e negativ (negativer Überdruck), so ist der absolute Druck p_{abs} kleiner als der Luftdruck.

p_e	Überdruck	in bar
p_{abs}	absoluter Druck	in bar
p_{amb}	atmosphärischer Druck	in bar

Überdruck

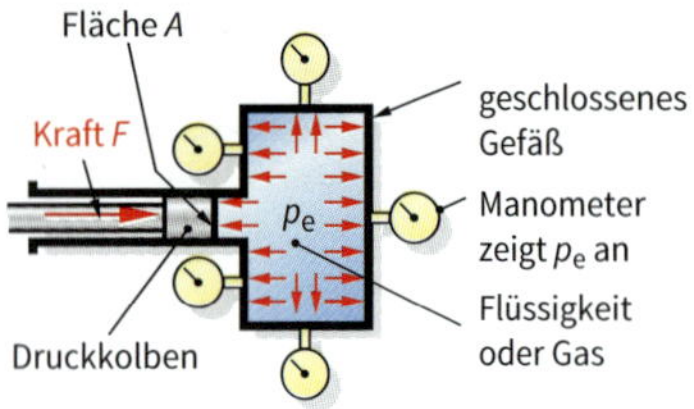

$$p_e = \frac{F}{A} \qquad p_e = \frac{4 \cdot F}{\pi \cdot d^2}$$

Wird auf eine eingeschlossene Flüssigkeit oder ein Gas eine Kraft ausgeübt, so entsteht ein Druck, der sich nach allen Seiten gleichmäßig ausbreitet.

p_e	Druck	in $\frac{N}{cm^2}$
F	Kraft	in N
A	Fläche	in cm^2
d	Kolbendurchmesser	in cm

$1\ bar = 10\ \frac{N}{cm^2}$ $\quad 1\ Pa = 1\ \frac{N}{m^2}$

Kraftübersetzung, Wegübersetzung

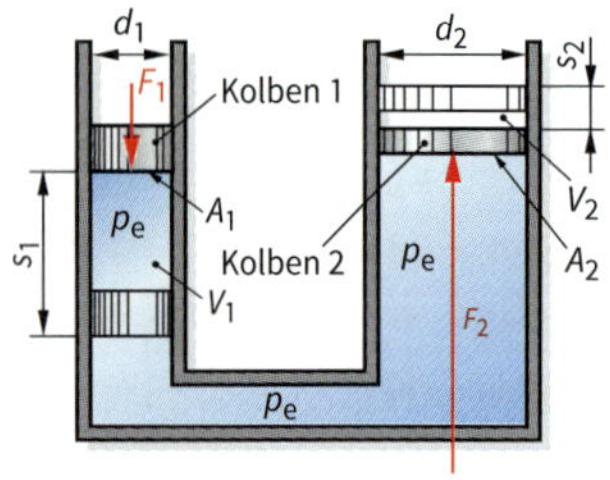

$$p_e = \frac{F_1}{A_1} \qquad p_e = \frac{F_2}{A_2}$$

$$\frac{F_1}{F_2} = \frac{A_1}{A_2} \qquad \frac{F_1}{F_2} = \frac{d_1^2}{d_2^2} \qquad \frac{F_1}{F_2} = \frac{s_2}{s_1}$$

$$i = \frac{F_1}{F_2} \qquad i = \frac{A_1}{A_2} \qquad i = \frac{s_2}{s_1}$$

p_e	Druck	in $\frac{N}{cm^2}$
F_1	Kraft	in N
F_2	Kraft	in N
A_1	Kolbenfläche	in cm^2
A_2	Kolbenfläche	in cm^2
d_1	Kolbendurchmesser	in cm
d_2	Kolbendurchmesser	in cm
s_1	Kolbenweg	in cm
s_2	Kolbenweg	in cm
i	Übersetzungsverhältnis	

Druckübersetzung

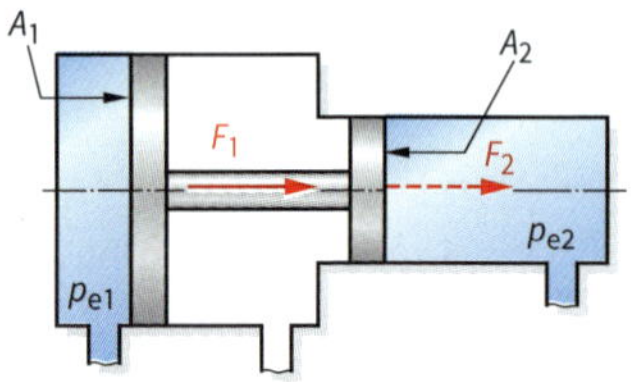

$F_1 = F_2$

$$p_{e2} = \frac{p_{e1} \cdot A_1}{A_2}$$

$$i = \frac{p_{e1}}{p_{e2}} \qquad i = \frac{A_2}{A_1}$$

p_{e1}	Druck	in $\frac{N}{cm^2}$
p_{e2}	Druck	in $\frac{N}{cm^2}$
A_1	Kolbenfläche in	in cm^2
A_2	Kolbenfläche in	in cm^2
i	Übersetzungsverhältnis	

Hydrostatischer Druck, Boden-/Seitendruck

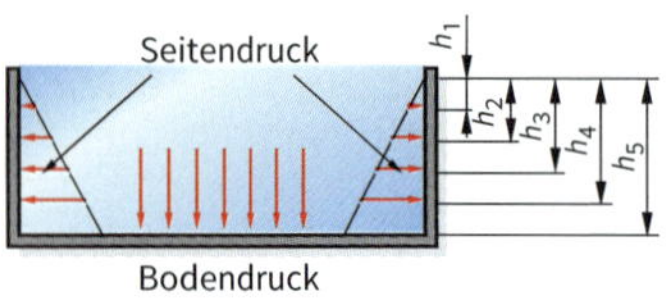

$$p = h \cdot \varrho \cdot g$$

$$p = \frac{h \cdot \varrho \cdot g}{10\,000}$$

p	hydrostatischer Druck	in bar
h	Höhe der Flüssigkeitssäule	in cm
ϱ	Dichte der Flüssigkeit	in $\frac{g}{cm^3}$
g	Fallbeschleunigung	in $\frac{m}{s^2}$

10 000 Umrechnungszahl, $\frac{10\,000\ g \cdot N}{kg \cdot daN}$

Allgemeine Gasgleichung

$$\frac{V_1 \cdot p_1}{T_1} = \frac{V_2 \cdot p_2}{T_2} = \text{konstant}$$

V_1	Gasvolumen bei dem absoluten Druck p_1 und der absoluten Temperatur T_1	in dm^3, m^3
p_1	absoluter Druck	in bar
T_1	absolute Temperatur	in K
V_2	Gasvolumen bei dem absoluten Druck p_2 und der absoluten Temperatur T_2	in dm^3, m^3
p_2	absoluter Druck	in bar
T_2	absolute Temperatur	in K

Gesetz von Boyle-Mariotte

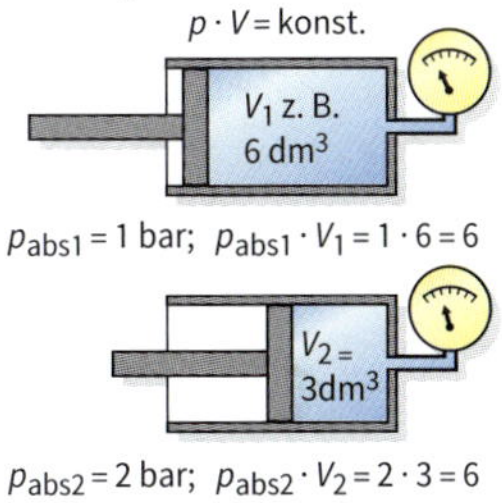

$$p_{abs1} \cdot V_1 = p_{abs2} \cdot V_2 = \text{konstant}$$

Gesetz von Boyle-Mariotte:
Unter der Voraussetzung, dass die Temperatur eines eingeschlossenen Gases konstant bleibt, ist auch das Produkt aus dessen Druck und Volumen konstant.

p_{abs1}	Druck des Gases	in bar
V_1	Volumen des Gases	in dm³
p_{abs2}	Druck des Gases nach der Volumenänderung	in bar
V_2	Volumen des Gases nach der Druckänderung	in dm³

Gasentnahme aus Druckbehältern

$$\Delta V = \frac{V_{Beh.} \cdot (p_{eA} - p_{eE})}{p_{amb}}$$

$$\Delta p_e = p_{eA} - p_{eE}$$

$$\Delta V = \frac{V_{Beh.} \cdot \Delta p_e}{p_{amb}}$$

bei $p_{amb} = 1$ bar:
$\Delta V = V_{Beh.} \cdot \Delta p_e$

ΔV	entnommenes Gasvolumen bei Atmosphärendruck	in dm³
$V_{Beh.}$	Volumen des Druckbehälters	in dm³
p_{eA}	Behälterüberdruck vor Gasentnahme	in bar
p_{eE}	Behälterüberdruck nach Gasentnahme	in bar
p_{amb}	atmosphärischer Druck	in bar
Δp_e	Druckdifferenz	in bar

Gasentnahme von gelösten Gasen

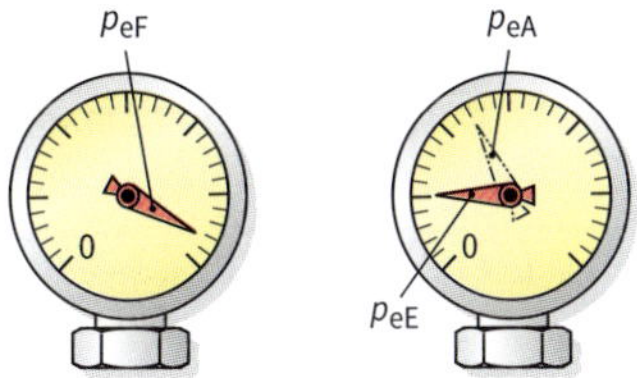

$$\Delta V = \frac{V_{ambFl} \cdot (p_{eA} - p_{eE})}{p_{eF}}$$

ΔV	entnommenes Gasvolumen bei Atmosphärendruck	in dm³
V_{ambFL}	aus der vollen Gasflasche bei Atmosphärendruck entnehmbares Gasvolumen	in dm³
p_{eA}	Fülldruck vor Gasentnahme (Überdruck)	in bar
p_{eE}	Fülldruck nach Gasentnahme (Überdruck)	in bar
p_{eF}	maximaler Fülldruck (Überdruck)	in bar

Strömungsgeschwindigkeit

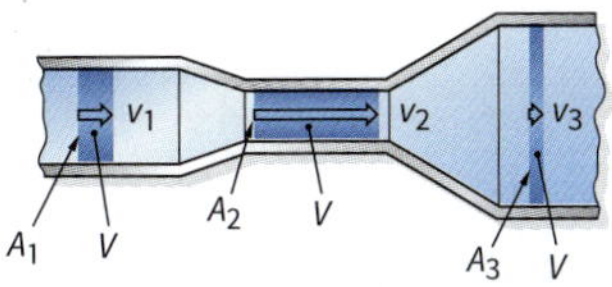

$$v_1 = \frac{V}{A_1}$$

$$A_1 \cdot v_1 = A_2 \cdot v_2 = A_3 \cdot v_3$$

$v_3 < v_1 < v_2$

V	durch einen Querschnitt fließendes Volumen	in $\frac{m^3}{s}$
A_1, A_2, A_3	Rohrquerschnitte	in m²
v_1, v_2, v_3	Strömungsgeschwindigkeiten	in $\frac{m}{s}$

Statischer Druck in Abhängigkeit von der Strömungsgeschwindigkeit

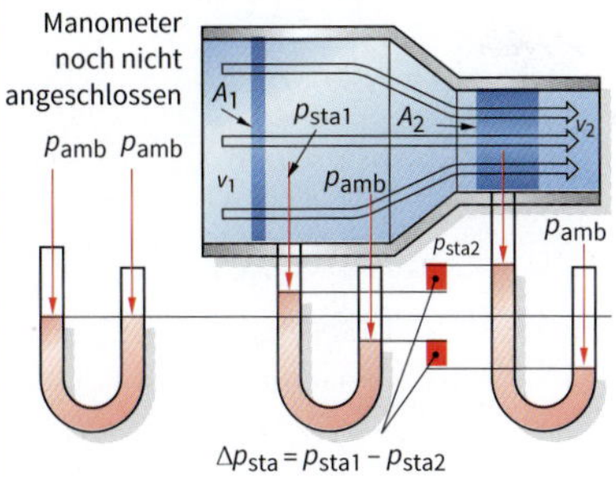

$$\Delta p_{sta} = \frac{\varrho}{2}(v_2^2 - v_1^2)$$

$v_1 < v_2$

Δp_{sta}	statischer Druckunterschied für die Querschnitte A_1 und A_2 in $\frac{N}{cm^2}$ bzw. Pa	
p_{stat1}	statischer Druck am Querschnitt A_1 in $\frac{N}{cm^2}$ bzw. Pa	
p_{stat2}	statischer Druck am Querschnitt A_2 in $\frac{N}{cm^2}$ bzw. Pa	
ϱ	Dichte des strömenden Mediums	in $\frac{kg}{m^3}$
v_1	Strömungsgeschwindigkeit am Querschnitt A_1	in $\frac{m}{s}$
v_2	Strömungsgeschwindigkeit am Querschnitt A_2	in $\frac{m}{s}$

Festigkeit
Strength

Normalspannung

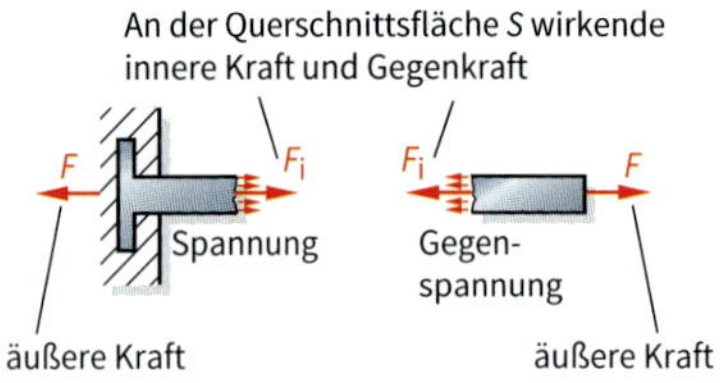

$$\sigma = \frac{F}{S}$$

σ	Zug- oder Druckspannung (Normalspannung)	in $\frac{N}{mm^2}$
F	Zug- oder Druckkraft (Normalkraft)	in N
S	beanspruchte Querschnittsfläche	in mm^2

Zugfestigkeit

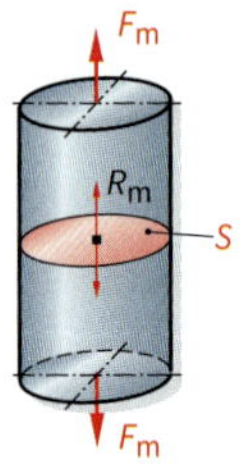

Druckfestigkeit

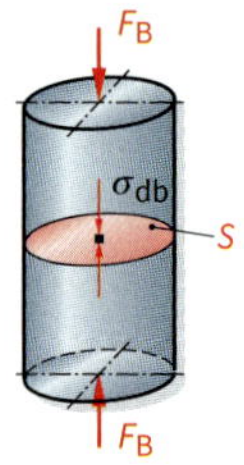

$$R_m = \frac{F_m}{S}$$

$$\sigma_{dB} = \frac{F_B}{S}$$

R_m	Zugfestigkeit	in $\frac{N}{mm^2}$
F_m	höchste Zugkraft	in N
S	beanspruchte Querschnittsfläche	in mm^2
σ_{dB}	Druckfestigkeit	in $\frac{N}{mm^2}$
F_B	höchste Druckkraft	in N

Zulässige Spannung und Beanspruchungskraft

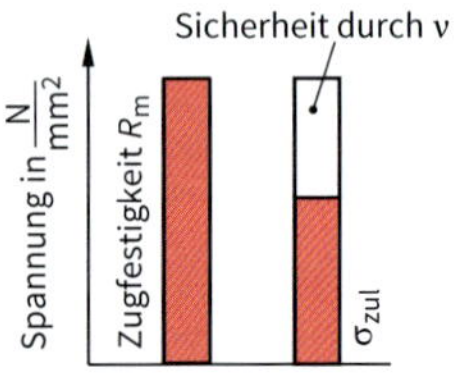

$$\sigma_{zul} = \frac{R_m}{\nu}$$

$$F_{zul} = \sigma_{zul} \cdot S$$

$$F_{zul} = \frac{R_m}{\nu} \cdot S$$

σ_{zul}	zulässige Normalspannung	in $\frac{N}{mm^2}$
R_m	Zugfestigkeit	in $\frac{N}{mm^2}$
ν	Sicherheitszahl	
F_{zul}	zulässige Beanspruchungskraft	in N
S	erforderliche Querschnittsfläche	in mm^2

Gleichförmige Bewegung
Uniform motion

Geschwindigkeit

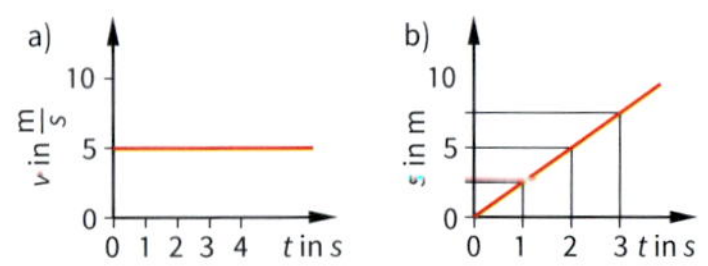

a) Geschwindigkeit-Zeit-Diagramm (v-t-Diagramm)

b) Weg-Zeit-Diagramm (s-t-Diagramm)

$$v = \frac{s}{t}$$

v	Geschwindigkeit	in $\frac{km}{h}$, $\frac{m}{s}$
s	zurückgelegter Weg	in km, m
t	Zeit für den zurückgelegten Weg	in h, s

$$1\,\frac{m}{s} = 3{,}6\,\frac{km}{h}$$

$$1\,\frac{km}{h} = \frac{1}{3{,}6}\,\frac{m}{s}$$

Durchschnittsgeschwindigkeit, mittlere Geschwindigkeit

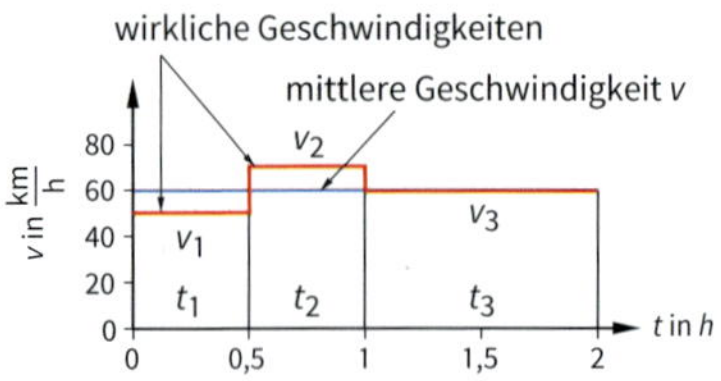

$$v = \frac{v_1 \cdot t_1 + v_2 \cdot t_2 + v_3 \cdot t_3}{t_{ges}}$$

v	mittlere Geschwindigkeit	in $\frac{km}{h}$
$v_{1,2,3}$	Teilgeschwindigkeiten	in $\frac{km}{h}$
$t_{1,2,3}$	Teilzeiten	in h
t_{ges}	Gesamtzeit	in h

Umfangsgeschwindigkeit

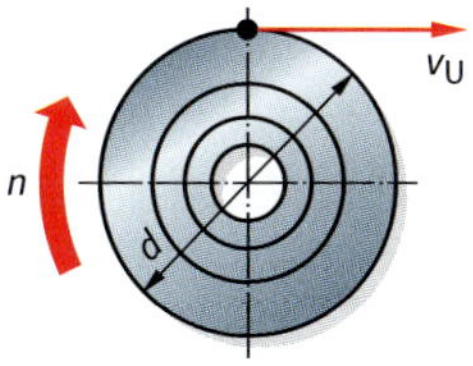

$$v_U = d \cdot \pi \cdot n$$

Die Umfangsgeschwindigkeit v_U ist die Geschwindigkeit eines Punktes auf einer Kreisbahn.

v_U	Umfangsgeschwindigkeit	in $\frac{m}{min}$
d	Durchmesser	in m
n	Umdrehungen je Minute	in $\frac{1}{min}$

Schnittgeschwindigkeit

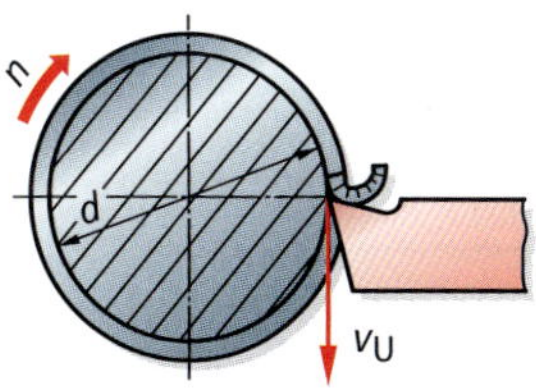

$$v_U = \frac{d \cdot \pi \cdot n}{1000}$$

Die Schnittgeschwindigkeit v_U wird für die Fertigungsverfahren Drehen, Bohren und Fräsen in der Einheit $\frac{m}{min}$ angegeben.

v_U	Schnittgeschwindigkeit	in $\frac{m}{min}$
d	Durchmesser	in mm
n	Umdrehungen je Minute	in $\frac{1}{min}$
1000	Umrechnungszahl, 1000 $\frac{mm}{m}$	

Schnittgeschwindigkeit

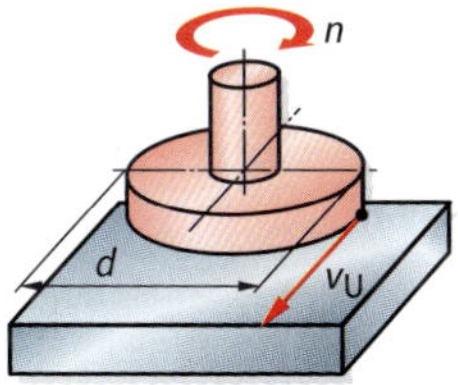

$$v_U = \frac{d \cdot \pi \cdot n}{1000 \cdot 60}$$

Die Schnittgeschwindigkeit v_U wird für das Fertigungsverfahren Schleifen in der Einheit $\frac{m}{s}$ angegeben.

v_U	Schnittgeschwindigkeit	in $\frac{m}{s}$
d	Durchmesser	in mm
n	Umdrehungen je Minute	in $\frac{1}{min}$
1000	Umrechnungszahl, 1000 $\frac{mm}{m}$	
60	Umrechnungszahl, 60 $\frac{s}{min}$	

Beschleunigte und verzögerte Bewegung
Accelerated and delayed movement

Beschleunigung aus dem Stand, Verzögerung (Bremsen) bis zum Stillstand

Beschleunigung

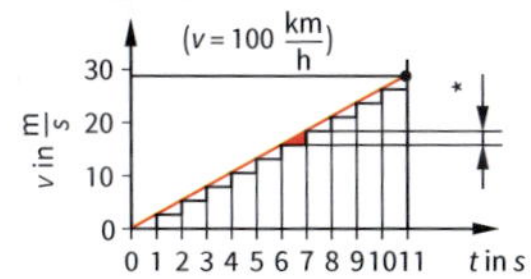

* Geschwindigkeitszunahme pro Sekunde

Für die Beschleunigung und Verzögerung gelten die gleichen Formeln.

$$a = \frac{v}{t}$$

$v = a \cdot t$ $\qquad$ $t = \frac{v}{a}$

$$a = \frac{2 \cdot s}{t^2}$$

a	Beschleunigung	in $\frac{m}{s^2}$
v	Endgeschwindigkeit	in $\frac{m}{s}$
t	Beschleunigungszeit	in s
s	Beschleunigungsweg	in m

Gleichförmige Beschleunigung ist die gleich bleibende Geschwindigkeitszunahme je Zeiteinheit.

Verzögerung

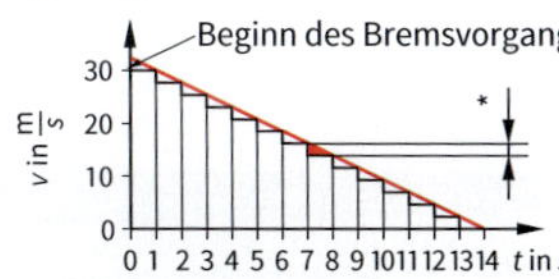

* Geschwindigkeitsabnahme pro Sekunde

$s = \frac{a \cdot t^2}{2}$ $\qquad$ $t = \sqrt{\frac{2 \cdot s}{a}}$

$$a = \frac{v^2}{2 \cdot s}$$

$v = \sqrt{2 \cdot s \cdot a}$ $\qquad$ $s = \frac{v^2}{2 \cdot a}$

a	Verzögerung	in $\frac{m}{s^2}$
v	Anfangsgeschwindigkeit	in $\frac{m}{s}$
t	Verzögerungszeit	in s
s	Verzögerungsweg (Bremsweg)	in m

Gleichförmige Verzögerung ist die gleich bleibende Geschwindigkeitsabnahme je Zeiteinheit.

Zentrifugalkraft (Fliehkraft)

Zentrifugalkraft

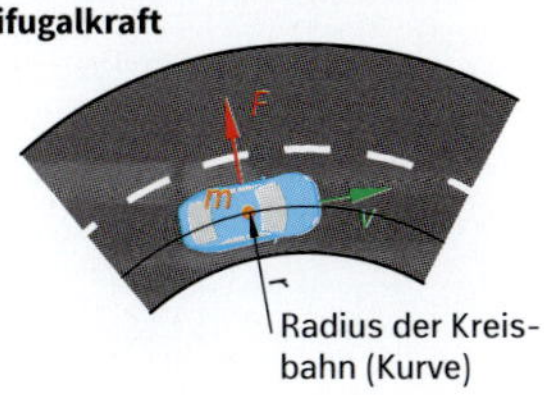

$$F = m \cdot \frac{v^2}{r}$$

F	Zentrifugalkraft	in N
m	Masse	in kg
v	Geschwindigkeit	in m/s
r	Radius der Kreisbahn	in m

Beschleunigte und verzögerte Bewegung
Accelerated and delayed movement

Beschleunigung aus dem Stand, Verzögerung (Bremsen) bis zum Stillstand

Beschleunigungsweg	$s = \frac{v \cdot t}{2}$	s Beschleunigungsweg in m v Endgeschwindigkeit in $\frac{m}{s}$ t Beschleunigungszeit in s
Verzögerungsweg, Bremsweg	$s = \frac{v \cdot t}{2}$	s Verzögerungsweg (Bremsweg) in m v Anfangsgeschwindigkeit in $\frac{m}{s}$ t Verzögerungszeit in s

Beschleunigung mit Anfangsgeschwindigkeit, Verzögerung (Bremsen) mit Endgeschwindigkeit

Beschleunigung, Verzögerung

$a = \frac{v_2 - v_1}{t}$ $a = \frac{v_2^2 - v_1^2}{2 \cdot s}$ $a = \frac{2 \cdot s - 2 \cdot v_1 \cdot t}{t^2}$ $a = \frac{2 \cdot v_2 \cdot t - 2 \cdot s}{t^2}$

Anfangsgeschwindigkeit bei Beschleunigung, Endgeschwindigkeit bei Verzögerung (Bremsen)

$v_1 = v_2 - a \cdot t$ $v_1 = \frac{2 \cdot s}{t} - v_2$ $v_1 = \frac{s}{t} - \frac{a \cdot t}{2}$ $v_1 = \sqrt{v_2^2 - 2 \cdot a \cdot s}$

Endgeschwindigkeit bei Beschleunigung, Anfangsgeschwindigkeit bei Verzögerung (Bremsen)

$v_2 = v_1 + a \cdot t$ $v_2 = \frac{2 \cdot s}{t} - v_1$ $v_2 = \frac{s}{t} + \frac{a \cdot t}{2}$ $v_2 = \sqrt{v_1^2 + 2 \cdot a \cdot s}$

Beschleunigungszeit, Verzögerungszeit (Bremszeit)

$t = \frac{v_2 - v_1}{a}$ $t = \frac{2 \cdot s}{v_1 + v_2}$ $t = \frac{\sqrt{v_1^2 + 2 \cdot a \cdot s} - v_1}{a}$ $t = \frac{v_2 - \sqrt{v_1^2 - 2 \cdot a \cdot s}}{a}$

Beschleunigungsweg, Verzögerungsweg (Bremsweg)

$s = \frac{v_1 + v_2}{2} \cdot t$ $s = \frac{v_2^2 - v_1^2}{2 \cdot a}$ $s = v_1 \cdot t + \frac{a \cdot t^2}{2}$ $s = v_2 \cdot t - \frac{a \cdot t^2}{2}$

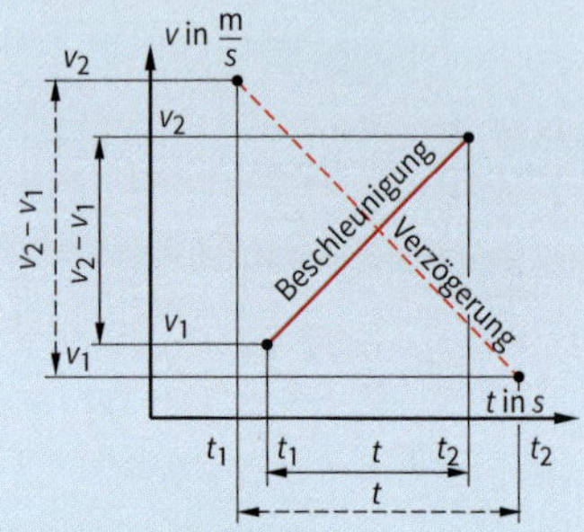

a	**Beschleunigung**	in $\frac{m}{s^2}$
v_1	Anfangsgeschwindigkeit	in $\frac{m}{s}$
v_2	Endgeschwindigkeit	in $\frac{m}{s}$
t	Beschleunigungszeit	in s
s	Beschleunigungsweg	in m
a	**Verzögerung**	in $\frac{m}{s^2}$
v_1	Endgeschwindigkeit	in $\frac{m}{s}$
v_2	Anfangsgeschwindigkeit	in $\frac{m}{s}$
t	Verzögerungszeit	in s
s	Verzögerungsweg (Bremsweg)	in m

Arbeit, Energie
Work, energy

Arbeit

Mechanische Arbeit

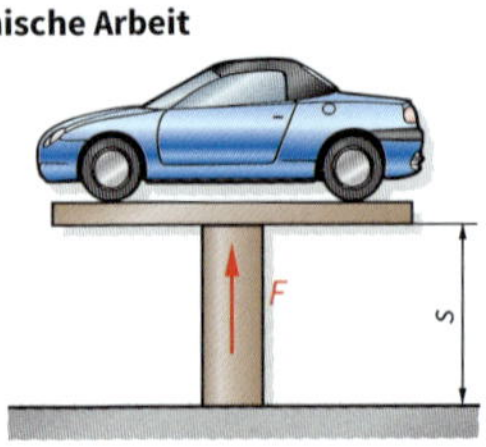

$W = F \cdot s$

Mechanische Arbeit wird verrichtet, wenn eine Kraft F eine Masse längs eines Weges s bewegt.

W	mechanische Arbeit	in Nm
F	Kraft	in N
s	Weg	in m

Energie

Spannungsenergie

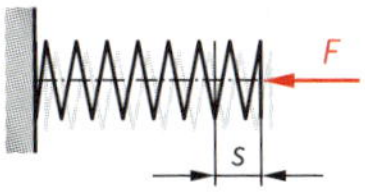

$$E = \frac{F \cdot s}{2}$$

E	Spannungsenergie	in Nm, J
F	Kraft	in N
s	Weg	in m

Lageenergie, potenzielle Energie

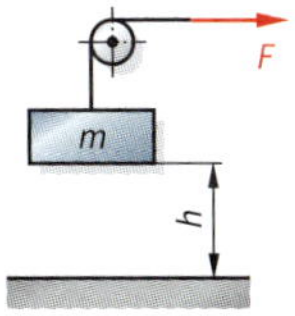

$$E = m \cdot g \cdot h$$

E	Energie der Lage	in Nm, J
m	Masse	in kg
g	Fallbeschleunigung ($9{,}81\ \frac{m}{s^2}$)	in $\frac{m}{s^2}$
h	Höhe	in m

Bewegungsenergie, kinetische Energie

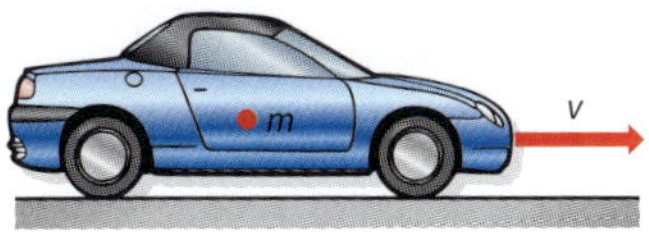

$$E = \frac{m \cdot v^2}{2}$$

E	Bewegungsenergie	in Nm, J
m	Masse	in kg
v	Geschwindigkeit	in $\frac{m}{s}$

Energieumwandlung

Bewegungsenergie in Bremsarbeit

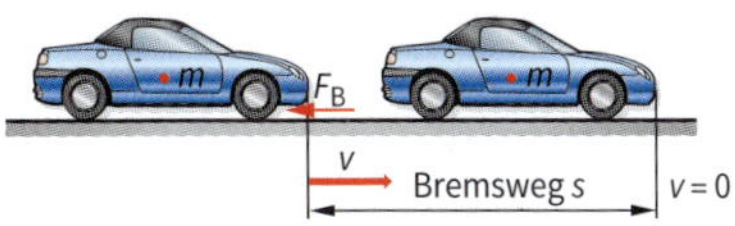

$$\frac{m \cdot v^2}{2} = F_B \cdot s$$

m	Fahrzeugmasse	in kg
v	Geschwindigkeit	in $\frac{m}{s}$
F_B	Bremskraft	in N
s	Bremsweg	in m

Lageenergie in Bewegungsenergie

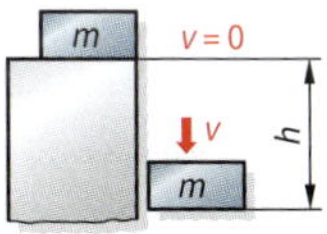

$$m \cdot g \cdot h = \frac{m \cdot v^2}{2}$$

g	Fallbeschleunigung ($9{,}81\ \frac{m}{s^2}$)	in $\frac{m}{s^2}$
h	Fallhöhe	in m
v	Geschwindigkeit	in $\frac{m}{s}$
m	Masse des fallenden Körpers	in kg

Schiefe Ebene

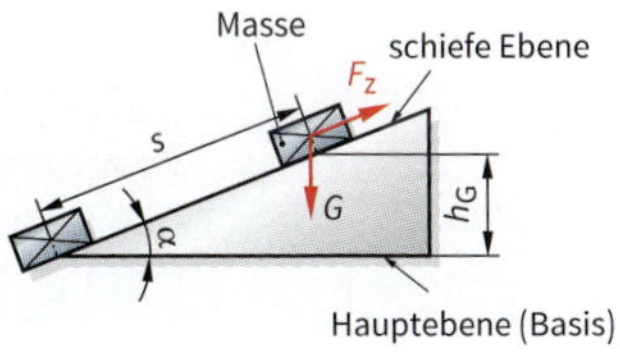

$$F_z \cdot s = G \cdot h_G$$

Goldene Regel der Mechanik:
Arbeit (Energie) kann nicht verloren gehen. Die zu verrichtende Arbeit ist gleich der gewonnenen Arbeit.

F_z	Kraft längs (parallel) zur schiefen Ebene	in N
s	Kraftweg	in m
G	Gewichtskraft	in N
h_G	Hubhöhe der Masse	in m

Schraube

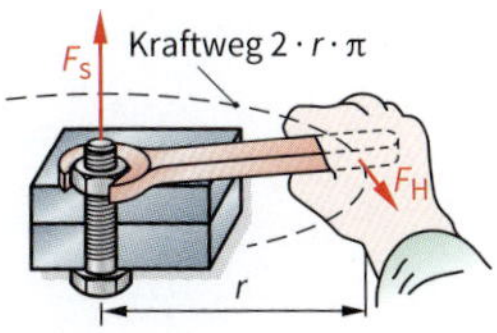

$$F_H \cdot 2 \cdot r \cdot \pi = F_S \cdot p$$

F_H	Handkraft	in N
r	Hebelarmlänge	in m
F_S	Schraubenkraft	in N
p	Gewindesteigung	in m

Mechanische Leistung
Mechanical power

Mechanische Leistung

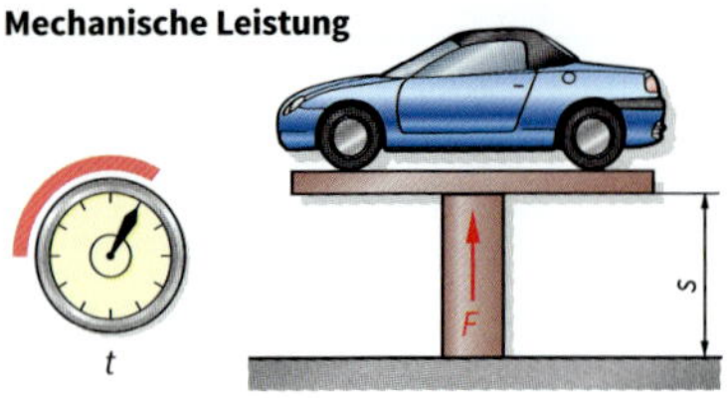

$$P = \frac{W}{t} \qquad P = F \cdot v \qquad P = \frac{F \cdot s}{t}$$

P	Leistung	in $\frac{J}{s}$, $\frac{Nm}{s}$, W
W	Arbeit	in J, Nm
t	Zeit	in s
F	Kraft	in N
v	Geschwindigkeit	in $\frac{m}{s}$
s	Weg	in m

Mechanische Leistung

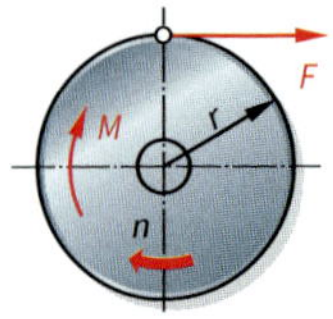

$$P = \frac{M \cdot n}{9550} \qquad M = F \cdot r$$

P	Leistung	in kW
M	Drehmoment	in Nm
n	Drehzahl	in $\frac{1}{min}$
F	Kraft	in N
r	Hebelarm	in m
9550	Umrechnungszahl, $9550 \frac{W \cdot s}{kW \cdot min}$	

Wirkungsgrad
Efficiency

Wirkungsgrad

P_{ing} pro Zeiteinheit zugeführte Kraftstoffmenge

P_{exi} abgegebene mechanische Leistung an der Schwungscheibe

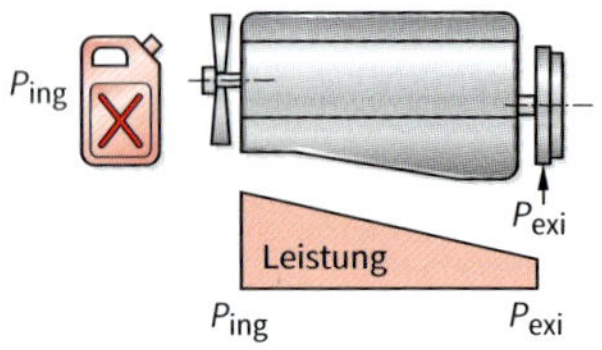

$$\eta = \frac{W_{exi}}{W_{ing}} \qquad \eta = \frac{P_{exi}}{P_{ing}}$$

η	Wirkungsgrad	
W_{exi}	abgegebene Arbeit	in Nm, J
W_{ing}	zugeführte Arbeit	in Nm, J
P_{exi}	Ausgangs- bzw. Nutzleistung	in W, kW
P_{ing}	Eingangsleistung	in W, kW

$$\eta = \frac{W_{exi}}{W_{ing}} \cdot 100\,\%$$

$$\eta = \frac{P_{exi}}{P_{ing}} \cdot 100\,\%$$

η	Wirkungsgrad	in %
W_{exi}	abgegebene Arbeit	in Nm, J
W_{ing}	zugeführte Arbeit	in Nm, J
P_{exi}	Ausgangs- bzw. Nutzleistung	in W, kW
P_{ing}	Eingangsleistung	in W, kW

Gesamtwirkungsgrad

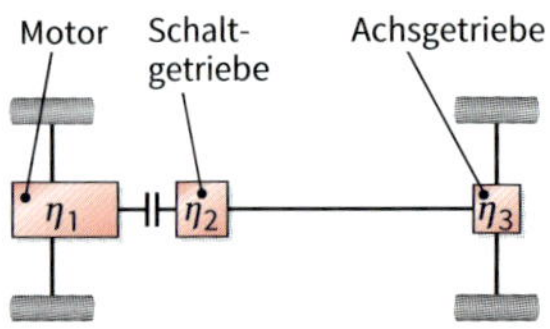

$$\eta_{ges} = \eta_1 \cdot \eta_2 \cdot \eta_3 \ldots \eta_n$$

Wirkungsgrade werden immer **multipliziert**. Der Gesamtwirkungsgrad ist immer kleiner als der kleinste Einzelwirkungsgrad, da η höchstens 1 werden kann.

η_{ges}	Gesamtwirkungsgrad	
$\eta_1, \eta_2, \eta_3, \eta_n$	Einzelwirkungsgrade	

$$\eta_{ges} = \eta_1 \cdot \eta_2 \cdot \eta_3 \ldots \eta_n \cdot 100\,\%$$

η_{ges}	Gesamtwirkungsgrad	in %
$\eta_1, \eta_2, \eta_3, \eta_n$	Einzelwirkungsgrade	

Wärme
Heat

Temperatur

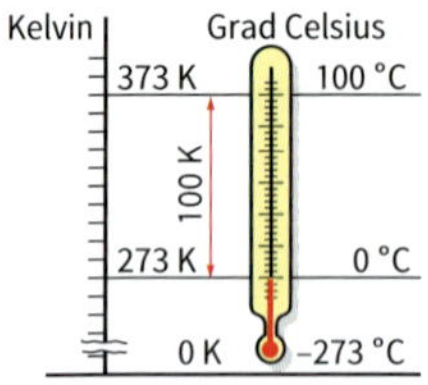

$$t = T - T_0$$

Die Kelvin-Skala beginnt bei null K (absoluter Nullpunkt).
Die Temperatur des schmelzenden Eises beträgt 273 K (genauer: 273,15 K) = 0 °C

t	Grad-Celsius-Temperatur	in °C
T	Kelvin-Temperatur	in K
T_0	273 K	

Temperaturdifferenz

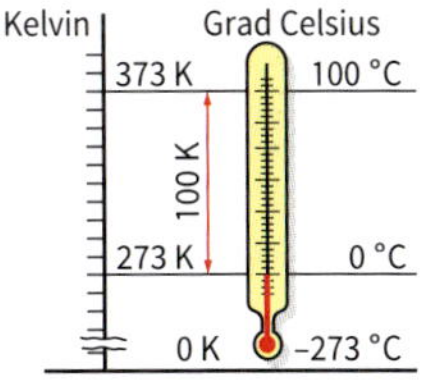

$$\Delta T = T_2 - T_1$$

$$\Delta t = t_2 - t_1$$

$$\Delta T = \Delta t$$

ΔT	Temperaturdifferenz	in K
T_2	Endtemperatur	in K
T_1	Anfangstemperatur	in K
Δt	Temperaturdifferenz	in °C
t_2	Endtemperatur	in °C
t_1	Anfangstemperatur	in °C

Wärmemenge

$$Q = m \cdot c \cdot (t_2 - t_1)$$

$$t_1 = t_2 - \frac{Q}{m \cdot c}; \quad t_2 = \frac{Q}{m \cdot c} + t_1$$

Die **spezifische Wärmekapazität** c gibt an, welche Wärmemenge Q in kJ notwendig ist, um 1 kg eines Stoffs um die Temperaturdifferenz 1 K zu erhöhen.

$$Q = m \cdot H_i$$

Der **spezifische Heizwert** H_i gibt an, wie groß die Wärmemenge in kJ ist, die durch die vollständige Verbrennung von 1 kg oder 1 m^3 (für Gase) eines Stoffs frei wird.

Q	Wärmemenge	in kJ
m	Masse	in kg
c	spezifische Wärmekapazität	in $\frac{kJ}{kg \cdot K}$
t_2	Endtemperatur	in °C, K
t_1	Anfangstemperatur	in °C, K
H_i	spezifischer Heizwert	in $\frac{kJ}{kg}$

Verdampfungswärme

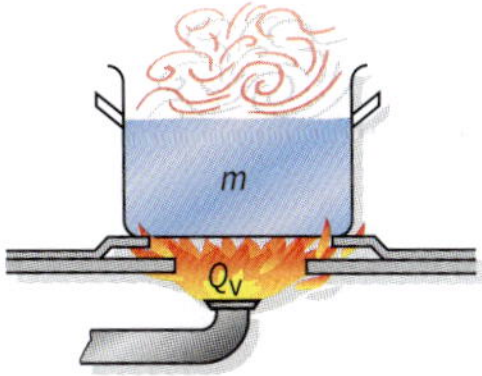

$$Q_v = m \cdot q_v$$

Die **spezifische Verdampfungswärme** q_v gibt an, welche Wärmemenge Q_v in kJ benötigt wird, um 1 kg eines Stoffs von dem flüssigen in den gasförmigen Zustand zu überführen.

Q_v	Wärmemenge (für den Übergang vom flüssigen in den gasförmigen Zustand)	in kJ
m	Masse	in kg
q_v	spezifische Verdampfungs- oder Kondensationswärme	in $\frac{kJ}{kg}$

Längenänderung durch Temperaturänderung

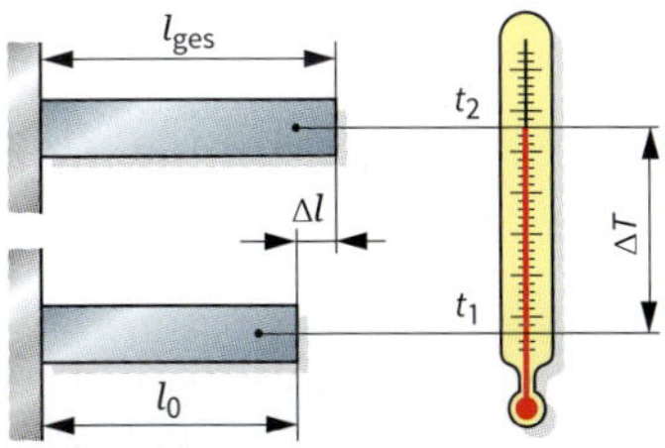

$$\Delta l = l_0 \cdot \alpha \cdot \Delta T$$

$$\Delta l = l_0 \cdot \alpha \cdot (t_2 - t_1)$$

$$t_1 = t_2 - \frac{\Delta l}{l_0 \cdot \alpha}; \quad t_2 = t_1 + \frac{\Delta l}{l_0 \cdot \alpha}$$

$$l_{ges} = l_0 + l_0 \cdot \alpha \cdot \Delta T$$

Die **Längenausdehnungszahl** α gibt die Verlängerung der Längeneinheit bei 1° Temperaturerhöhung an.

Δl	Längenänderung	in mm
l_0	Anfangslänge	in mm
α	Längenausdehnungszahl	in $\frac{1}{K}$
ΔT	Temperaturdifferenz	in K
t_1	Anfangstemperatur	in °C
t_2	Endtemperatur	in °C
l_{ges}	Gesamtlänge	in mm

Volumenänderung durch Temperaturänderung

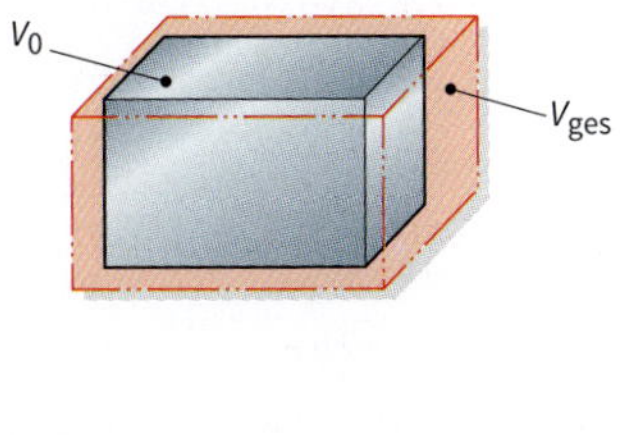

$$\Delta V = V_0 \cdot \gamma \cdot \Delta T$$

$$V_{ges} = V_0 + V_0 \cdot \gamma \cdot \Delta T$$

Die **Volumenausdehnungszahl** γ gibt die Vergrößerung der Volumeneinheit bei 1° Temperaturerhöhung an.

ΔV	Volumenänderung	in mm^3, cm^3, dm^3
V_0	Volumen vor der Temperaturänderung	in mm^3, cm^3, dm^3
γ	Volumenausdehnungszahl	in $\frac{1}{K}$
ΔT	Temperaturdifferenz	in K
V_{ges}	Gesamtvolumen	in mm^3, cm^3, dm^3

Stoffwerte fester Stoffe bei 20 °C und 1013 hPa (1,013 bar)
Values of solid substances at 20° and 1013 hPa (1.013 bar)

Stoff	Chem. Kurzzeichen	Dichte ϱ in g/cm³	Schmelzpunkt/-bereich ϑ_{Fl} in °C	Siedepunkt ϑ_G in °C	Spezif. Schmelzwärme q in kJ/kg	Spezifische Wärmekapazität c in J/(kg · K)	Längenausdehnungskoeffizient α (bei 0 … 100 °C) in 1/K	Wärmeleitfähigkeit λ in W/(m · K)
Aluminium	Al	2,7	660,5	2467	397	904	0,0000238	237
Antimon	Sb	6,69	630,7	1635	163	210	0,0000108	24
Beryllium	Be	1,848	1278	≈ 3000	877	1825	0,0000123	200
Blei	Pb	11,34	327,5	1740	24	130	0,0000292	34,7
Cadmium	Cd	8,642	321	765	54	230	0,00003	96,8
Chrom	Cr	7,19	1857	2672	404	460	0,0000084	93,7
Eisen	Fe	7,86	1535	2750	247	447	0,000012	81
Germanium	Ge	5,323	937,4	≈ 2800	409	310	0,000006	55
Glas	–	2,4 … 2,7	≈ 700	–	–	850	0,000005	0,81
Gold	Au	19,32	1064,4	2960	63	130	0,0000142	317
Grafit	C	2,26	3550	4800	–	710	0,0000078	168
Gusseisen	EN-GJL-180	7,25	1150 … 125	≈ 2500	125	540	0,0000105	50
Hartmetall	HW-P20	11,9	> 2000	≈ 4000	–	800	0,000060	81
Indium	In	7,31	156,6	2080	28	230	0,000033	24,4
Iridium	Ir	22,65	2410	> 4130	213	130	0,0000065	147
Kalium	K	0,862	63,7	760	59	757	0,000083	112
Kobalt	Co	8,89	1495	3100	268	421	0,0000124	100
Konstantan	CuNi44	8,9	1280	≈ 2600	–	410	0,000014	23
Kupfer	Cu	8,96	1083,5	2595	205	385	0,0000168	401
Lithium	Li	0,534	180,5	1317	663	3300	0,000056	84,7
Magnesium	Mg	1,738	648,8	1110	349	1020	0,000026	156
Mangan	Mn	7,21	1246	2095	235	480	0,000023	7,82
Molybdän	Mo	10,28	2617	4617	390	250	0,0000052	138
Natrium	Na	0,971	97,8	883	113	1230	0,000071	141
Nickel	Ni	8,902	1453	2730	306	450	0,000013	90,7
Paraffin	–	0,9	52	300	–	3270	–	0,26
Platin	Pt	21,45	1772	3827	113	134	0,000009	71,6
Polyamid	PA	1,1	–	–	–	–	> 0,00007	0,31
Polyethylen	PE	0,94	–	–	–	2100	0,000200	0,41
Polyvinylchlorid	PVC	1,4	–	–	165	1500	> 0,00007	0,16
Porzellan	–	2,3 … 2,5	≈ 1500	–	–	1200	> 0,000004	1,6
Schwefel	S	2,07	113	444,67	38	733	0,000074	0,27
Selen	Se	4,82	217	684,9	83	320	0,000037	2,0
Silber	Ag	10,5	961,9	2212	105	235	0,0000192	429
Silicium	Si	2,33	1410	2355	142	680	0,0000042	148
Stahl unlegiert	C22	7,85	1510	≈ 2500	205	490	0,000011	48 … 58
niedrig legiert	37MnSi5	7,85	1490	≈ 2500	192	460	0,0000111	55
hoch legiert	X40MnCr18	7,9	1450	≈ 2500	213	510	0,0000167	21
Titan	Ti	4,51	1660	3260	295	520	0,0000083	21,9
Uran	U	18,95	1132	3818	38	120	0,0000126	27,6
Vanadium	V	6,09	1890	3380	422	489	0,0000083	30,7
Zink	Zn	7,14	419,6	907	112	380	0,000025	116
Zinn	Sn	7,9	232	2270	61	230	0,0000212	66,6

Stoffwerte flüssiger Stoffe bei 20 °C und 1013 hPa (1,013 bar)
Values of liquid substances at 20 °C and 1013 hPa (1.013 bar)

Stoff	Chem. Kurzzeichen/ Erläuterungen	Dichte ϱ bei 0 °C in kg/dm³	Schmelzpunkt ϑ_{Fl} in °C	Siedepunkt ϑ_G in °C	Mittlerer Heizwert H_u in kJ/kg	Oktan-/ Cetanzahl ROZ/CZ	Zündtemperatur in °C	Spezif. Wärmekapazität c in J/(kg · K)	Wärmeleitfähigkeit λ in W/(m · K)
Aceton	$(CH_3)_2CO$	0,79	−95	56	–	–	–	2210	0,16
Benzol	C_6H_6	0,88	5,5	80,1	42500	99 ROZ	250	1700	0,15
Dieselkraftstoff	–	0,82 … 0,85	−10 … −30	175 … 385	43500	51 … 55 CZ	≈ 250	2050	0,15
Erdöl	–	0,7 … 1,0	–	25 … 360	39800 … 46100	–	≈ 220	≈ 2060	0,15
Ethanol (Alkohol)	C_2H_5OH	0,79	−144	78	26800	> 100 ROZ	520	2430	0,17
Ether	$(C_2H_5)_2O$	0,71	−116	35	34300	> 100 ROZ	170	2280	0,13
Gefrierschutzmittel-Wasser-Gemisch	23 Vol.-%	1,03	−12	101	–	–	–	3940	0,53
	38 Vol.-%	1,04	−25	103	–	–	–	3680	0,45
	54 Vol.-%	1,06	−46	105	–	–	–	3430	0,40
Glycerin	$C_3H_5(OH)_3$	1,26	20	290	–	–	–	2370	0,29
Heizöl EL	–	≈ 0,83	−10	> 175	42000	–	≈ 250	2700	0,14
Methanol	CH_3OH	0,79	−97	65	19700	106 ROZ	450	2510	0,2
Ottokraftstoff	Normal	0,72 … 0,77	−30 … −50	25 … 210	44000	91 … 94 ROZ	≈ 300	2020	0,13
	Super	0,73 … 0,79	−30 … −50	25 … 210	43200	95 … 98 ROZ	≈ 400	2020	0,13
Petroleum	–	0,76 … 0,86	−70	> 150	41800	–	≈ 550	2160	0,13
Quecksilber	Hg	13,6 (4 °C)	−38,84	356,6	–	–	–	140	10,0
Schmieröl	–	0,91	−20	> 300	–	–	> 330	2090	0,13
Wasser, dest.	H_2O	1,00	0	100	2258	–	–	4180	0,6

Stoffwerte gasförmiger Stoffe bei 20 °C und 1013 hPa (1,013 bar)
Values of gaseous substances at 20 °C and 1013 hPa (1.013 bar)

Stoff	Chem. Kurzzeichen	Dichte ϱ bei 0 °C in kg/m³	Schmelzpunkt ϑ_{Fl} in °C	Siedepunkt ϑ_G in °C	Mittlerer Heizwert H_u in kJ/kg	Löslichkeit in H_2O in g/l	Spezifische Wärmekapazität c bei konst.		Wärmeleitfähigkeit λ in W/(m · K)
							Druck p in J/(kg · K)	Volumen V in J/(kg · K)	
Acetylen	C_2H_2	1,17	−84	−80,8	56940	0,021	1683	1330	0,021
Ammoniak	NH_3	0,77	−77,7	−33,4	–	0,024	2160	1560	0,024
Argon	Ar	1,783	−189,4	−186	–	0,018	520	310	0,018
Butan	C_4H_{10}	2,7	−135	−0,5	45600	0,016	–	–	0,016
Erdgas	–	≈ 0,83	–	−160	47700	–	–	–	–
Ethan	C_2H_6	1,36	−183	−88	47500	–	1660	1360	0,021
Ethen	C_2H_4	1,26	−169	−104	14100	–	1470	1180	0,020
Frigen	CF_2Cl_2	5,51	−140	−30	–	0,010	–	–	0,010
Helium	He	0,18	−272	−269	–	–	5230	3180	0,15
Krypton	Kr	3,74	−157	−153	–	–	250	150	0,0095
Luft	–	1,29	−220	−191,4	–	0,026	–	716	0,026
Methan	CH_4	0,72	−182,5	−161,5	50000	0,033	2219	1680	0,033
Neon	Ne	0,9	−248,6	−245,98	–	–	–	–	0,049
Propan	C_3H_8	2,01	−185,3	−47,7	46300	0,017	1595	1240	0,018
Sauerstoff	O_2	1,429	−218,8	−182,9	–	0,026	917	650	0,267
Stadtgas	–	0,56 … 0,61	−230	−210	≈ 30000	–	2140	1590	0,064
Stickstoff	N_2	1,251	−209,85	−195,8	–	0,026	1038	740	0,026
Wasserstoff	H_2	0,0899	−259,14	−252,87	120000	0,183	14320	10100	0,181
Xenon	Xe	5,897	−111,9	−107	–	0,006	160	100	0,0057

Periodensystem der Elemente
Periodic table of the elements

Gruppe* / Periode (Schale)	1 (Ia)	2 (IIa)	3 (IIIb)	4 (IVb)	5 (Vb)	6 (VIb)	7 (VIIb)	8 (VIII)	9 (VIII)	10 (VIII)	11 (Ib)	12 (IIb)	13 (IIIa)	14 (IVa)	15 (Va)	16 (VIa)	17 (VIIa)	18 (VIIIa)
1 (K)	1 H Wasserstoff -252,9 0,0899																	2 He Helium -268,9 0,1785
2 (L)	3 Li Lithium 180,5 0,534	4 Be Beryllium 1278 1,848											5 B Bor 2300 2,46	6 C Kohlenstoff 3550 3,51	7 N Stickstoff -195,8 1,2506	8 O Sauerstoff -182,96 1,429	9 F Fluor -188,1 1,696	10 Ne Neon -246,1 0,899
3 (M)	11 Na Natrium 97,8 0,971	12 Mg Magnesium 648,8 1,738											13 Al Aluminium 660,5 2,699	14 Si Silicium 1410 2,33	15 P Phosphor 44 1,82	16 S Schwefel 113 2,07	17 Cl Chlor -34,6 3,214	18 Ar Argon -189,4 1,784
4 (N)	19 K Kalium 63,7 0,862	20 Ca Calcium 839 1,55	21 Sc Scandium 1539 2,989	22 Ti Titan 1660 4,51	23 V Vanadium 1890 6,09	24 Cr Chrom 1857 7,19	25 Mn Mangan 1246 7,21	26 Fe Eisen 1535 7,86	27 Co Cobalt 1495 8,89	28 Ni Nickel 1453 8,902	29 Cu Kupfer 1083,5 8,96	30 Zn Zink 419,6 7,14	31 Ga Gallium 29,8 5,904	32 Ge Germanium 937,4 5,323	33 As Arsen 613 5,72	34 Se Selen 217 4,82	35 Br Brom 58,8 3,14	36 Kr Krypton -152,3 3,749
5 (O)	37 Rb Rubidium 39 1,532	38 Sr Strontium 769 2,63	39 Y Yttrium 1523 4,469	40 Zr Zirconium 1855 6,506	41 Nb Niob 2468 8,57	42 Mo Molybdän 2617 10,28	43 Tc Technetium 2172 11,5	44 Ru Ruthenium 2310 12,45	45 Rh Rhodium 1966 12,41	46 Pd Palladium 1552 12,02	47 Ag Silber 961,9 10,5	48 Cd Cadmium 321 8,642	49 In Indium 156,6 7,31	50 Sn Zinn 232 7,29	51 Sb Antimon 630,7 6,691	52 Te Tellur 449,6 6,24	53 I Iod 113,5 4,93	54 Xe Xenon -107 5,897
6 (P)	55 Cs Cäsium 28,4 1,873	56 Ba Barium 725 3,65	57…71	72 Hf Hafnium 2150 13,31	73 Ta Tantal 2996 16,654	74 W Wolfram 3407 19,26	75 Re Rhenium 3180 21,20	76 Os Osmium 3045 22,61	77 Ir Iridium 2410 22,65	78 Pt Platin 1772 21,45	79 Au Gold 1064,4 19,32	80 Hg Quecksilber 356,6 13,546	81 Tl Thalium 1457 11,85	82 Pb Blei 327,5 11,34	83 Bi Bismut 271,4 9,80	84 Po Polonium 254 9,20	85 At Astat 302 k. A.	86 Rn Radon -61,8 9,73
7 (Q)	87 Fr Francium 27 k. A.	88 Ra Radium 700 5,50	89…103	104 Rf Rutherfordium 261,109 k. A.	105 Db Dubnium 262,114 k. A.	106 Sg Seaborgium 263,118 k. A.	107 Bh Bohrium 262,123 k. A.	108 Hs Hassium 265 k. A.	109 Mt Meitnerium 266 k. A.	110 Ds Darmstadtium 269 k. A.	111 Rg Roentgenium 272 k. A.	112 Cn Copernicium 285 k. A.	113 Nh Nihonium 286 k. A.	114 Fl Flerovium 289 k. A.	115 Mc Moscovium 288 k. A.	116 Lv Livermorium 292 k. A.	117 Ts Tenness k. A. k. A.	118 Og Oganesson 294 k. A.

Periode (Schale)		3	4	5	6	7	8	9	10	11	12	13	14	15	16	17
6 (P)	Lanthanoide	57 La Lanthan 920 6,145	58 Ce Cer 798 6,77	59 Pr Praseodym 931 6,773	60 Nd Neodym 1010 7,008	61 Pm Promethium 1080 7,264	62 Sm Samarium 1072 7,52	63 Eu Europium 822 5,26	64 Gd Gadolinium 1311 7,89	65 Tb Terbium 1360 8,23	66 Dy Dysprosium 1409 8,56	67 Ho Holmium 1470 8,795	68 Er Erbium 1522 9,066	69 Tm Thulium 1545 9,321	70 Yb Ytterbium 824 6,966	71 Lu Lutetium 1656 9,841
7 (Q)	Actinoide	89 Ac Actinium 1047 10,07	90 Th Thorium 1750 11,72	91 Pa Protactinium 1554 15,37	92 U Uran 1132,4 18,95	93 Np Neptunium 640 20,45	94 Pu Plutonium 641 19,84	95 Am Americium 994 13,67	96 Cm Curium 1340 13,51	97 Bk Berkelium 986 13,25	98 Cf Californium 900 15,10	99 Es Einsteinium 860 k. A.	100 Fm Fermium 1526 k. A.	101 Md Mendelevium 827 k. A.	102 No Nobelium 827 k. A.	103 Lr Lawrencium 1627 k. A.

Legende (Beispiel: 26 Fe, Eisen, 1535, 7,86):

Ordnungszahl – Elementsymbol – Kristallstruktur – Gruppierung

Elementname
Schmelzpunkt (feste Elemente)
Siedepunkt (flüssige/gasförmige Elemente)
Dichte: feste/flüssige Elemente in kg/dm³; gasförmige Elemente in kg/m³

Fe festes Element
Hg flüssiges Element
O gasförmiges Element
U natürliches, radioaktives Element
Rf künstliches, radioaktives Element

Kristallstruktur: amorph; kubisch-flächenzentriert; monoklin; rhomboedrisch; hexagonal; kubisch-raumzentriert; orthorhombisch; tetragonal

Gruppierung: Nichtmetall; Leichtmetall; Edelmetall; Halbmetall; Schwermetall; Edelgas

* IUPAC-Empfehlung
herkömmliche Gruppenbezeichn.
k. A.: keine Angabe

Begriff	Erklärung	Beispiele
Atom	Das Atom ist der kleinste Baustein eines Elements, der chemisch nicht weiter zerlegt werden kann. Der **Atomkern** besteht aus den elektrisch neutralen **Neutronen** und den positiven **Protonen**. Den Kern umgibt die Elektronenhülle mit gleicher Anzahl negativer Ladungen, wie Protonen im Kern enthalten sind. Die Protonen und Neutronen werden als Nukleonen bezeichnet.	**Heliumatom** 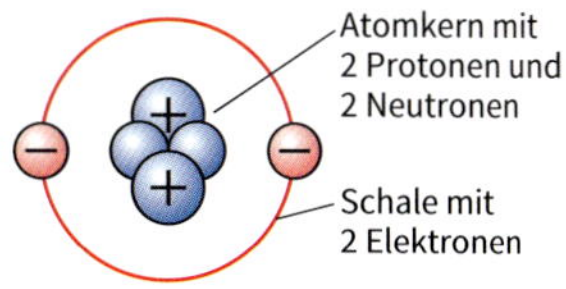
Proton	Das Proton ist ein elektrisch positiv geladener Baustein des Atomkerns. Nach der Anzahl der Protonen wird das jeweilige Atom in das Periodensystem der Elemente eingeordnet. Ladung: $e = +1{,}602 \cdot 10^{-19}$ As; Masse: $m = 1{,}6725 \cdot 10^{-24}$ g Protonenzahl = Kernladungszahl = Ordnungszahl des Atoms im Periodensystem der Elemente	**Atommodell nach Bohr** 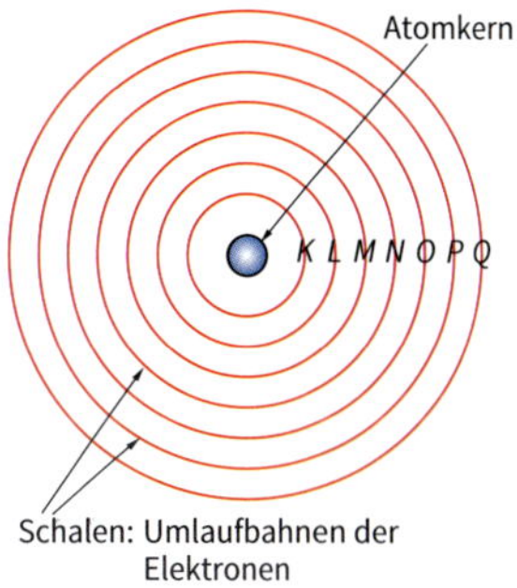
Neutron	Das Neutron ist ein elektrisch neutraler Baustein des Atomkerns. Neutronen und Protonen haben etwa die gleiche Masse. Ladung: $e = 0$ As; Masse: $m = 1{,}6784 \cdot 10^{-24}$ g.	
Elektron	Das Elektron ist ein elektrisch negativ geladenes Masseteilchen. Elektronen umkreisen den Atomkern auf unterschiedlichen **Umlaufbahnen**. Ein Atom ist elektrisch neutral, wenn die Zahl der Protonen und Elektronen gleich ist. Ladung: $e = -1{,}602 \cdot 10^{-19}$ As; Masse: $m = 9{,}1089 \cdot 10^{-28}$ g	
Isotop	Als Isotope werden Atome mit gleicher Anzahl von Protonen, aber unterschiedlicher Anzahl von Neutronen bezeichnet.	Uran: 92 Protonen, 142–146 Neutronen
Ion	Ionen sind Atomrümpfe, die durch Aufnahme oder Abgabe von Elektronen negativ oder positiv geladen sind. Negativ geladene Ionen werden **Anionen**, positiv geladene Ionen **Kationen** genannt.	Chlor-Ion: Cl^- (Anion) Natrium-Ion: Na^+ (Kation)
Molekül	Ein Molekül ist ein Baustein der Materie, der bei chemischen Elementen aus mindestens 2 gleichen und bei chemischen Verbindungen aus mindestens 2 unterschiedlichen Atomen besteht.	Element: Sauerstoff = $O + O = O_2$ Verbindung: Wasser = $H + H + O = H_2O$
Makromolekül	Makromoleküle sind **Großmoleküle**, die durch chemische Verbindungen (z. B. Polymerisation) von kleineren Molekülen entstanden sind.	Ethylen → Polyethylen
Metallbindung	Anziehung zwischen positiven Atomrümpfen (Metallionen) und frei beweglichen Elektronen (e^-). Es entsteht ein Metallkristall mit gitterförmigem Aufbau (Metallgitter).	$Fe^+ + e^- = Fe$
Atombindung	Verbindung von Atomen der Nichtmetalle zu einem Molekül, wobei gemeinsame Elektronenpaare entstehen	$Cl + Cl = Cl_2$
Ionenbindung	Ionen von Metallen und Nichtmetallen verbinden sich zu einem **Ionenkristall.** Dabei verbinden sich nur Ionen mit entgegengesetzten Ladungen, da sich unterschiedliche Ladungen gegenseitig anziehen.	$Na^+ + Cl^- = NaCl$
Kristall	Ein Kristall ist eine periodische Anordnung von Atomen, die auch Metallatome enthält.	**Kochsalzkristall** 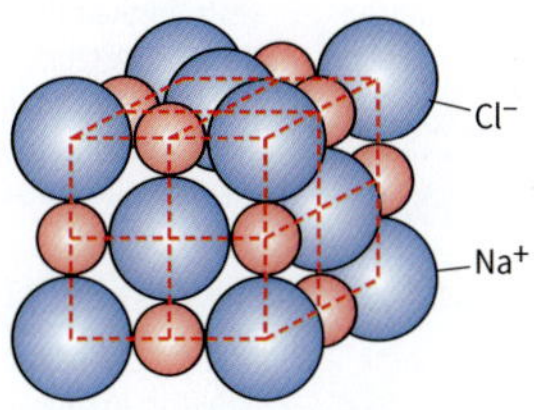
Chemische Verbindung	Durch eine chemische Verbindung entsteht ein Stoff, der aus verschiedenen Grundstoffen zusammengesetzt ist. Die Eigenschaften des neu entstandenen Stoffs weichen von denen der verwendeten Grundstoffe ab.	Molekül mit Atombindung: Sauerstoff = $O + O = O_2$ Molekül mit chem. Verbindung: Wasser = $H + H + O = H_2O$

Begriff	Erklärung	Beispiele
Oxid	Ein Oxid ist eine Verbindung eines chemischen Elements mit Sauerstoff.	Kohlendioxid: CO_2, Aluminiumoxid: Al_2O_3
Oxidation	Chemischer Vorgang, bei dem ein Element oder eine Verbindung Sauerstoff aufnimmt (z. B. bei der Verbrennung) oder Wasserstoff abgibt (Dehydrierung), dabei werden Elektronen abgegeben und Wärme freigesetzt.	Aluminium + Sauerstoff → Korund (Aluminiumoxid)
Reduktion	Chemischer Vorgang, bei dem ein Element oder eine Verbindung unter Wärmezufuhr Elektronen eines anderen Stoffs (Reduktionsmittel) aufnimmt, der dabei oxidiert wird.	Kupferoxid + Wasserstoff (als Reduktionsmittel) → Kupfer + Wasser
Säure	Eine Säure ist eine chemische Verbindung, die in wässriger Lösung Wasserstoffionen bildet. Säuren färben blaues Lackmuspapier rot.	Schwefelsäure: H_2SO_4
Base	Eine Base ist eine chemische Verbindung, die in wässriger Lösung Hydroxylionen (OH-Ionen) aufnimmt. Basen färben rotes Lackmuspapier blau.	Natriumhydroxid: NaOH, Kaliumhydroxid: KOH
Salz	Ein Salz ist eine chemische Verbindung, die aus Kationen (positive Metall- bzw. Ammoniumionen) und Anionen (negative Säurerestionen) besteht.	Kupfersulfat: $Cu^+ + SO_4^- = CuSO_4$ Kochsalz: $Na^+ + Cl^- = NaCl$ (Natriumchlorid)
Organische Verbindung	Eine organische Verbindung ist eine chemische Verbindung, die das Element Kohlenstoff enthält.	Methan: CH_4 Benzol: C_6H_6
Anorganische Verbindung	Chemische Verbindung ohne Kohlenstoffanteile (Ausnahmen u. a. CO, CO_2, Blausäure HCN)	Metalle: Al, Fe Salze: NaCl, LiBr
Legierung	**Metallgemisch**, das auch Nichtmetalle (z. B. Kohlenstoff) enthalten kann; die Eigenschaften der Legierung weichen von denen der Ausgangsstoffe ab.	Kupfer + Zink → Kupfer-Zink-Legierung (Messing)

Eigenschaften und Verbindungsarten der Stoffe
Properties and types of compound of substances

Die **chemischen Verbindungen** können in vier Stoffklassen eingeteilt werden.
Die Einteilung erfolgt nach gemeinsamen Eigenschaften innerhalb der Stoffklasse.

1. Stoffklasse: Flüchtige Stoffe (Bindung durch geringe Wechselwirkung)		**Beispiele**
Gemeinsame Eigenschaften	niedriger Schmelzpunkt; niedriger Siede- bzw. Kondensationspunkt; im festen Zustand weiche Kristalle (Härte 1–3); auch im festen und flüssigen Zustand durchsichtig, matte Oberfläche, ohne metallischen Glanz; in keinem Aggregatzustand wird elektrischer Strom geleitet	Sauerstoff, Ottokraftstoff
2. Stoffklasse: Metallische Stoffe (Metallbindung)		**Beispiele**
Gemeinsame Eigenschaften	hoher Schmelzpunkt (Ausnahme: z. B. Quecksilber); hoher Siedepunkt; gute elektrische Leitfähigkeit (im festen und flüssigen Zustand wird elektrischer Strom geleitet, ohne dass Zersetzungserscheinungen auftreten); undurchsichtig auch in dünnen Schichten; der Oberflächenglanz wird als metallisch bezeichnet, silbergraue Farbe (Ausnahmen: Gold = gelb; Kupfer = rot) Alle Metalle sind in Wasser unlöslich.	Wolfram, Stahl, Kupfer
3. Stoffklasse: Salzartige Stoffe (Ionenbindung)		**Beispiele**
Gemeinsame Eigenschaften	hoher Schmelzpunkt; hoher Siedepunkt; im festen Zustand wird elektrischer Strom nicht geleitet; im flüssigen Zustand und in wässrigen Lösungen wird der Strom geleitet, dabei treten Zersetzungserscheinungen auf, wenn Gleichstrom verwendet wird (Elektrolyse); dünne Schichten sind durchsichtig; die Kristalle sind härter als die der 1. Stoffklasse (Härte 2–6); alle salzartigen Stoffe sind in Wasser löslich (von spurenhafter bis unendlicher Löslichkeit)	Kochsalz: NaCl, Kupfersulfat: $CuSO_4$

4. Stoffklasse: Polymere Stoffe (Kovalente Bindung)		
a) Diamantartige Stoffe		Beispiele
Gemeinsame Eigenschaften	Vorkommen nur im festen Zustand sehr hart (Härte 6–10) sehr hoher Schmelzpunkt Der Siedepunkt ist meist nicht bestimmbar. Der elektrische Strom wird nicht geleitet (gute Isolatoren). Dünne Schichten sind meist durchsichtig, mit Glas- oder Diamantglanz. Keine Löslichkeit in Wasser oder anderen Lösungsmitteln.	Diamant, Silizium, Siliziumcarbid
b) Plastische Stoffe (Plaste)		Beispiele
Gemeinsame Eigenschaften	Vorkommen nur im festen Zustand weich bis mittelhart (Härte 1–6) Einige Plaste sind bei Raumtemperatur elastisch (Elastoplaste), andere werden mit zunehmender Temperatur elastisch und verformbar (Thermoplaste) und andere zersetzen sich bei höheren Temperaturen ohne elastisch oder verformbar zu werden (Duroplaste). Kein festgelegter Schmelzpunkt Kein Siedepunkt (vorher tritt Zerfall ein) In Wasser oder anderen Lösungsmitteln (Weichmacher) meist unlöslich oder nur quellbar. Selten tritt eine echte Lösung auf, einige Plaste bilden mit dem Lösungsmittel ein Kolloid (Stoff, der sich in feinster, mikroskopisch nicht mehr erkennbarer Verteilung in der Flüssigkeit oder im Gas befindet).	Polyethylen (PE), Polystyrol (PS), Polyvinylchlorid (PVC)

Bausteine und Bindungsarten der unterschiedlichen Verbindungspartner

Verbindungspartner		Bausteine der Verbindung	Bindungsart	Festkörperstruktur	Charakter der Verbindung	Beispiele
Nichtmetall	Nichtmetall	Moleküle	Atombindung	Molekülgitter	flüchtiger Stoff	Cl_2, SO_3
		Makromoleküle	Atombindung	unregelmäßig, gitterähnlich	plastischer Stoff	PVC, Teflon
Metall	Metall	Metallionen und Elektronen	metallische Bindung	Metallgitter	metallischer Stoff	Zn, CuZn
Metall	Nichtmetall	Kationen und Anionen	Ionenbindung	Ionengitter	salzartiger Stoff	NaCl, NaOH
Metall	Übergangsglied zwischen Metallen und Nichtmetallen	Ionen	Ionenbindung	Ionengitter	salzartiger Stoff	Na_2SO_4, $CaSiO_3$
Übergangsglied [1] zwischen Metallen und Nichtmetallen	Übergangsglied zwischen Metallen und Nichtmetallen	Elemente	Atombindung	Atomgitter	diamantartiger Stoff	C als Diamant, Si, SiC

[1] Übergangsglieder zwischen Metallen und Nichtmetallen sind z. B. Bor, Silizium, Arsen, Tellur, Kohlenstoff (als Diamant).

Auswahl von chemischen Verbindungen

Technische Bezeichnung	Chemische Bezeichnung	Chemische Formel	Technische Bezeichnung	Chemische Bezeichnung	Chemische Formel
Aceton	Propanon	$(CH_3)_2CO$	Kochsalz	Natriumchlorid	NaCl
Acetylen	Acetylen, Ethin	C_2H_2	Kohlensäure	Kohlendioxid	$CO_2 \cdot H_2O$
Äther	Äthyläther	$(C_2H_5)_2O$	Korund	Aluminiumoxid	Al_2O_3
Bauxit	Aluminiumhydroxid	AlO(OH)	Salmiak	Ammoniumchlorid	NH_4Cl
Borax	Natriumtetraborat	$Na_2B_4O_7$	Salpetersäure	Salpetersäure	HNO_3
Cyankali	Kaliumcyanid	KCN	Salzsäure	Chlorwasserstoff	HCl
Eisenrost	Eisenoxidhydrat	FeO; Fe_2O_3	Schwefelsäure	Schwefelsäure	H_2SO_4
Glycerin	Propantriol	$C_3H_5(OH)_3$	Soda	Natriumkarbonat	Na_2CO_3
Karbid	Calciumcarbid	CaC_2	Spiritus	Ethanol	C_2H_5OH
Karborund	Siliciumcarbid	SiC	Tri	Trichlorethylen	C_2HCl_3

Stoffwerte chemischer Elemente (Auswahl)
Values of substances of chemical elements (selection)

Element	Chem. Kurzzeichen	Ordnungszahl OZ	Raumgitter (feste Phase) [1]	Gruppe	Dichte bei 1,01 hPa und 293 K (Gase bei 273 K in kg/m³) in g/cm³	Valenzelektronen	Schmelzpunkt in °C	Siedepunkt bei 1013 hPa in °C	Elektrische Leitfähigkeit $\varkappa$ bei °C	Elektrische Leitfähigkeit $\varkappa$ in $\frac{MS}{m}$
Aluminium	Al	13	kfz	Metall	2,7	3	660,5	2467	20	37,7
Antimon	Sb	51	rho	Halbmetall	6,62	(3) 5	630,7	1635	0	2,57
Argon	Ar	18	kfz	Edelgas	1,784	–	−189,2	−185,7	–	–
Arsen	As	33	rho	Halbmetall	5,72	(3) 5	817	613	20	3,0
Astat	At	85	–	Halbmetall	–	7	302	337	–	–
Barium	Ba	56	krz	Metall	3,65	2	725	1640	20	2,78
Beryllium	Be	4	hex	Metall	1,848	2	1278	≈ 3000	20	31,2
Bismut	Bi	83	rho	Metall	9,8	(3) 5	271,4	1560	0	0,94
Blei	Pb	82	kfz	Metall	11,34	(2) 4	327,5	1740	20	4,77
Bor	B	5	rho	Nichtmetall	2,46	3	2300	2550	0	0,91
Brom	Br	35	ort	Nichtmetall	3,14	(1) 7	−7,2	58,8	–	–
Cadmium	Cd	48	hex	Metall	8,642	2	321	765	0	13,7
Calcium	Ca	20	kfz	Metall	1,55	2	839	1484	0	25,63
Cäsium	Cs	55	krz	Metall	1,873	1	28,4	678,4	20	5
Cer	Ce	58	kfz	Metall	6,77	(2; 3) 4	798	3468	–	–
Chlor	Cl	17	ort	Nichtmetall	3,214	(1) 7	−100,98	−34,6	–	–
Chrom	Cr	24	krz	Metall	7,19	(1; 3) 6	1857	2672	0	6,76
Eisen	Fe	26	krz	Metall	7,86	(2; 3) 6	1535	2750	20	10
Erbium	Er	68	hex	Metall	9,066	3	1522	2900	25	–
Europium	Eu	63	krz	Metall	5,26	3	822	1597	25	1,11
Fluor	F	9	kub	Nichtmetall	1,696	(1) 7	−219,62	−188,1	–	–
Gadolinium	Gd	64	hex	Metall	7,89	3	1311	3266	25	–
Gallium	Ga	31	ort	Metall	5,904	(2) 3	29,8	2403	20	2,5
Germanium	Ge	32	dia	Halbmetall	5,323	(2) 4	937,4	≈ 2800	22	0,0011
Gold	Au	79	kfz	Edelmetall	19,32	(1) 3	1064,4	2960	20	44,65
Hafnium	Hf	72	hex	Metall	13,31	4	2150	4602	25	2,85
Helium	He	2	hex	Edelgas	0,1785	–	−272,2	−268,9	–	–
Holmium	Ho	67	hex	Metall	8,795	3	1470	2695	25	1,24
Indium	In	49	tet	Metall	7,31	(1) 3	156,6	2080	20	11,6
Iridium	Ir	77	kfz	Edelmetall	22,65	(2; 4) 6	2410	4130	20	20,4
Jod	I	53	ort	Nichtmetall	4,93	(1) 7	113,5	184,4	20	$8 \cdot 10^{-8}$
Kalium	K	19	krz	Metall	0,862	1	63,7	757	20	15,9
Kobalt	Co	27	hex	Metall	8,89	(2) 3	1495	3100	20	17,8
Kohlenstoff [2]	C	6	hex	Nichtmetall	2,26	4	3550	4800	0	0,07 … 0,1
Krypton	Kr	36	kfz	Edelgas	3,749	–	−156,6	−152,3	–	–
Kupfer	Cu	29	kfz	Metall	8,96	(1) 2	1083,5	2595	20	59,6
Lanthan	La	57	hex	Metall	6,145	3	920	3457	25	17,5

[1] kub = kubisch; kfz = kubisch flächenzentriert; krz = kubisch raumzentriert; tet = tetragonal; ort = orthorhombisch; mon = monoklin; dia = Diamantgitter; rho = rhombisch; hex = hexagonal

[2] Werte gelten für Grafit

Element	Chem. Kurzzeichen	Ordnungszahl OZ	Raumgitter (feste Phase) [1]	Gruppe	Dichte bei 1,01 hPa und 293 K (Gase bei 273 K in kg/m^3) in g/cm^3	Valenzelektronen	Schmelzpunkt in °C	Siedepunkt bei 1013 hPa in °C	Elektrische Leitfähigkeit $\varkappa$ bei °C	in $\frac{MS}{m}$
Lithium	Li	3	krz	Metall	0,534	1	180,5	1317	0	11,7
Lutetium	Lu	71	hex	Metall	9,841	3	1656	3395	25	1,27
Magnesium	Mg	12	hex	Metall	1,738	2	648,8	1110	20	23,3
Mangan	Mn	25	kub	Metall	7,21	(2; 3) 7	1246	2095	20	2,56
Molybdän	Mo	42	krz	Metall	10,28	(3) 6	2617	4612	0	19,23
Natrium	Na	11	krz	Metall	0,971	1	97,8	883	20	20,97
Neodym	Nd	60	hex	Metall	7,008	3	1010	3068	25	1,56
Neon	Ne	10	kfz	Edelgas	0,899	–	−246,1	−246,05	–	–
Nickel	Ni	28	kfz	Metall	8,902	(2) 3	1453	2730	20	14,62
Niob	Nb	41	krz	Metall	8,57	(3) 5	2468	4742	0	8,0
Osmium	Os	76	hex	Edelmetall	22,61	(4) 8	3045	5027	20	10,5
Palladium	Pd	46	kfz	Edelmetall	12,02	(2) 4	1552	3140	20	10,2
Phosphor	P	15	mon	Nichtmetall	1,82	(3) 5	44	280	11	$1 \cdot 10^{-9}$
Platin	Pt	78	kfz	Edelmetall	21,45	(2; 4) 6	1772	3827	20	9,43
Plutonium	Pu	94	mon	Metall	19,84	6	641	3232	107	0,71
Quecksilber	Hg	80	rho	Metall	13,546	2	−38,84	356,6	50	1,02
Radium	Ra	88	krz	Metall	5,0	2	700	1737	–	–
Radon	Rn	86	kfz	Edelgas	9,73	–	−71	−61,8	–	–
Rubidium	Rb	37	krz	Metall	1,532	1	39	688	20	7,79
Ruthenium	Ru	44	hex	Edelmetall	12,45	(3; 4) 8	2310	3900	0	13,16
Sauerstoff	O	8	kub	Nichtmetall	1,429	(2) 6	−218,4	−182,96	–	–
Scandium	Sc	21	hex	Metall	2,989	3	1539	2831	22	1,64
Schwefel	S	16	ort	Nichtmetall	2,07	(2; 4) 6	113	444,67	20	$5 \cdot 10^{-22}$
Selen	Se	34	hex	Halbmetall	4,82	(2; 4) 6	217	684,9	0	0,0001
Silber	Ag	47	kfz	Edelmetall	10,5	1	961,9	2212	20	61,7
Silizium	Si	14	kfz	Halbmetall	2,33	4	1410	2355	0	$2{,}86 \cdot 10^{-5}$
Stickstoff	N	7	hex	Nichtmetall	1,251	(3) 5	−209,86	−195,8	–	–
Strontium	Sr	38	kfz	Metall	2,63	2	769	1384	20	4,35
Tantal	Ta	73	krz	Metall	16,654	5	2996	5425	25	8,03
Tellur	Te	52	hex	Halbmetall	6,24	(2; 4) 6	449,6	990	25	$2{,}29 \cdot 10^{-5}$
Titan	Ti	22	hex	Metall	4,51	(2) 4	1660	3260	20	2,38
Uran	U	92	ort	Metall	18,95	(3; 4) 6	1132	3818	–	–
Vanadium	V	23	krz	Metall	6,09	(3) 5	1890	3380	20	4,89
Wasserstoff	H	1	hex	Nichtmetall	0,0899	1	−259,14	−252,87	–	–
Wolfram	W	74	krz	Metall	19,26	(2; 4) 6	3407	5660	20	18,2
Xenon	Xe	54	kfz	Edelgas	5,897	–	−111,9	−107	–	–
Ytterbium	Yb	70	kfz	Metall	6,966	3	824	1194	25	3,45
Zink	Zn	30	hex	Metall	7,14	2	419,6	907	20	16,9
Zinn	Sn	50	tet	Metall	7,29	(2) 4	232	2270	0	9,09
Zirkonium	Zr	40	hex	Metall	6,506	(2) 4	1852,5	4377	20	2,5

[1] kub = kubisch; kfz = kubisch flächenzentriert; krz = kubisch raumzentriert; tet = tetragonal; ort = orthorhombisch; mon = monoklin; dia = Diamantgitter; rho = rhombisch; hex = hexagonal

Einfache Übersetzung

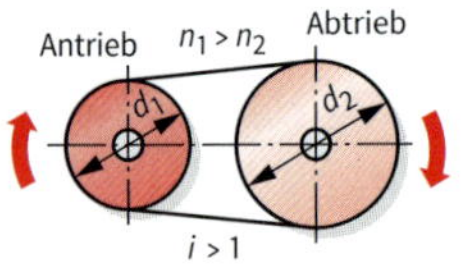

Übersetzung ins **Langsame**

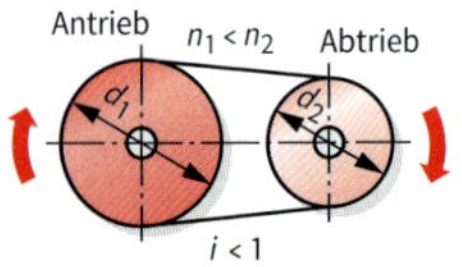

Übersetzung ins **Schnelle**

$$d_1 \cdot n_1 = d_2 \cdot n_2$$

$$i = \frac{n_1}{n_2} \qquad i = \frac{d_2}{d_1}$$

d_1	Durchmesser der treibenden Scheibe	in mm
n_1	Drehzahl der treibenden Scheibe	in $\frac{1}{\text{min}}$
d_2	Durchmesser der getriebenen Scheibe	in mm
n_2	Drehzahl der getriebenen Scheibe	in $\frac{1}{\text{min}}$
i	Übersetzungsverhältnis	

Doppelte Übersetzung

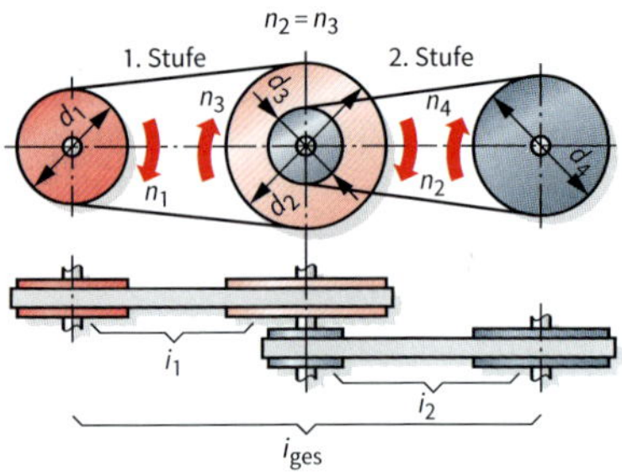

$$i_{ges} = i_1 \cdot i_2$$

$$i_{ges} = \frac{n_1}{n_4}$$

$$i_{ges} = \frac{d_2 \cdot d_4}{d_1 \cdot d_3}$$

Einzelübersetzungsverhältnisse werden immer zu einem Gesamtübersetzungsverhältnis **multipliziert**.

i_{ges}	Gesamtübersetzungsverhältnis	
i_1	Übersetzungsverhältnis der ersten Stufe	
i_2	Übersetzungsverhältnis der zweiten Stufe	
n_1	Drehzahl der treibenden Scheibe (Anfangsdrehzahl)	in $\frac{1}{\text{min}}$
n_4	Drehzahl der getriebenen Scheibe (Enddrehzahl)	in $\frac{1}{\text{min}}$
d_1	Durchmesser der 1. treibenden Scheibe	in mm
d_2	Durchmesser der 1. getriebenen Scheibe	in mm
d_3	Durchmesser der 2. treibenden Scheibe	in mm
d_4	Durchmesser der 2. getriebenen Scheibe	in mm

Mehrfache Übersetzung

$$i_{ges} = i_1 \cdot i_2 \cdot i_3 \cdot \ldots \cdot i_n$$

i_{ges}	Gesamtübersetzungsverhältnis
i_1, i_2, i_3, i_n	Übersetzungsverhältnisse der einzelnen Getriebestufen

Zahnradtrieb
Gear drive

Einfache Übersetzung

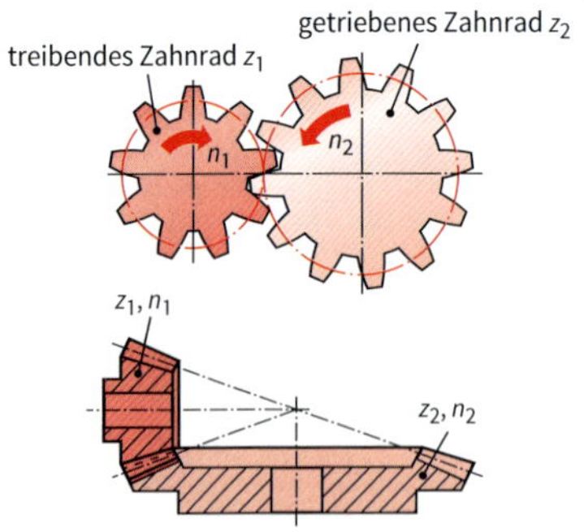

$$z_1 \cdot n_1 = z_2 \cdot n_2$$

$$i = \frac{n_1}{n_2} \qquad i = \frac{z_2}{z_1}$$

z_1	Zähnezahl des treibenden Rades	
n_1	Drehzahl des treibenden Rades	in $\frac{1}{\text{min}}$
z_2	Zähnezahl des getriebenen Rades	
n_2	Drehzahl des getriebenen Rades	in $\frac{1}{\text{min}}$
i	Übersetzungsverhältnis	

Doppelte Übersetzung

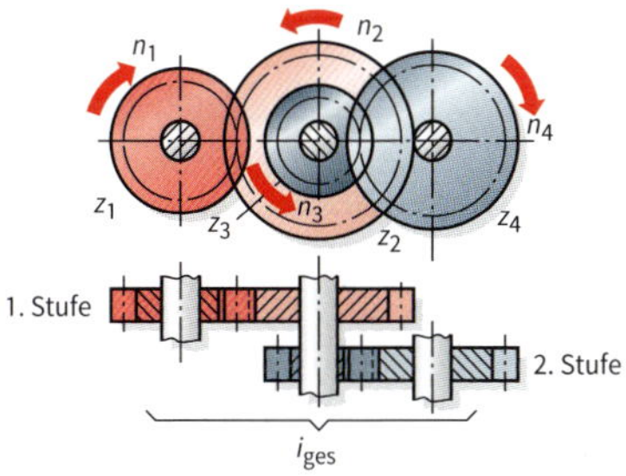

$$i_{ges} = i_1 \cdot i_2$$

$$i_{ges} = \frac{n_1}{n_4}$$

$$i_{ges} = \frac{z_2 \cdot z_4}{z_1 \cdot z_3}$$

Einzelübersetzungsverhältnisse werden immer zu einem Gesamtübersetzungsverhältnis **multipliziert**.

i_{ges}	Gesamtübersetzungsverhältnis	
i_1	Übersetzungsverhältnis der ersten Stufe	
i_2	Übersetzungsverhältnis der zweiten Stufe	
n_1	Drehzahl des treibenden Rades (Anfangsdrehzahl)	in $\frac{1}{\text{min}}$
n_4	Drehzahl des getriebenen Rades (Enddrehzahl)	in $\frac{1}{\text{min}}$
z_1	Zähnezahl des 1. treibenden Rades	
z_2	Zähnezahl des 1. getriebenen Rades	
z_3	Zähnezahl des 2. treibenden Rades	
z_4	Zähnezahl des 2. getriebenen Rades	

Mehrfache Übersetzung

$$i_{ges} = i_1 \cdot i_2 \cdot i_3 \cdot \ldots \cdot i_n$$

i_{ges}	Gesamtübersetzungsverhältnis
$i_1, i_2,$ i_3, i_n	Übersetzungsverhältnisse der einzelnen Getriebestufen

Drehmomentwandlung

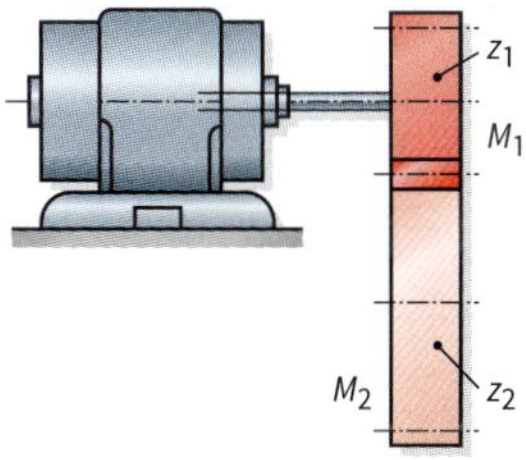

$$i = \frac{M_2}{M_1}$$

i	Übersetzungsverhältnis	
M_2	Drehmoment des getriebenen Rades	in Nm
M_1	Drehmoment des treibenden Rades	in Nm

Schneckengetriebe
Worm gear drive

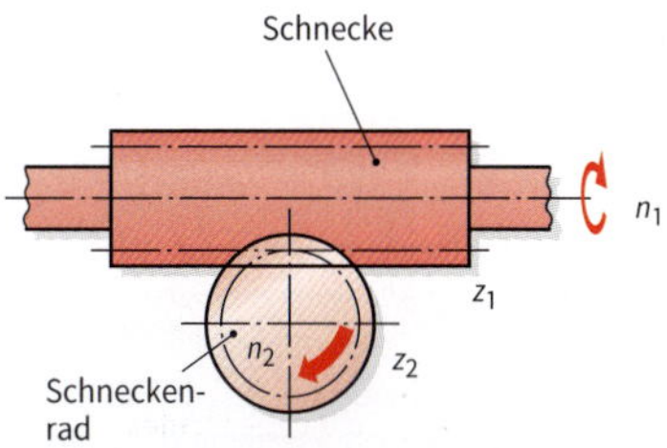

$$z_1 \cdot n_1 = z_2 \cdot n_2$$

$$i = \frac{n_1}{n_2} \qquad i = \frac{z_2}{z_1}$$

z_1	Gangzahl der Schnecke	
n_1	Drehzahl der Schnecke	in $\frac{1}{\text{min}}$
z_2	Zähnezahl des Schneckenrades	
n_2	Drehzahl des Schneckenrades	in $\frac{1}{\text{min}}$
i	Übersetzungsverhältnis	

Zahnstangengetriebe
Rack and pinion gear

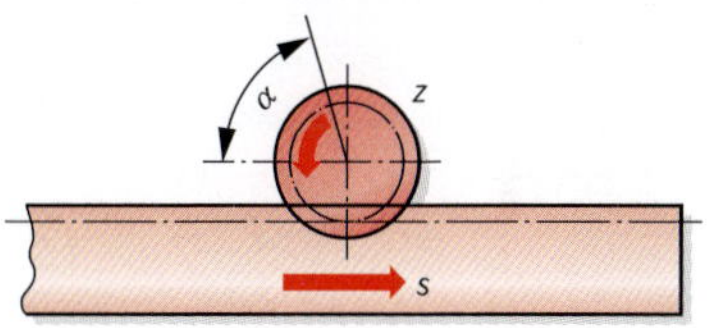

$$s = m \cdot z \cdot \pi$$

$$s = \frac{m \cdot z \cdot \pi \cdot \alpha}{360°}$$

s	Weg der Zahnstange	in mm
m	Modul	in mm
z	Zähnezahl des Zahnstangenrades	
α	Drehwinkel des Zahnstangenrades	in °

Zylinderhubraum

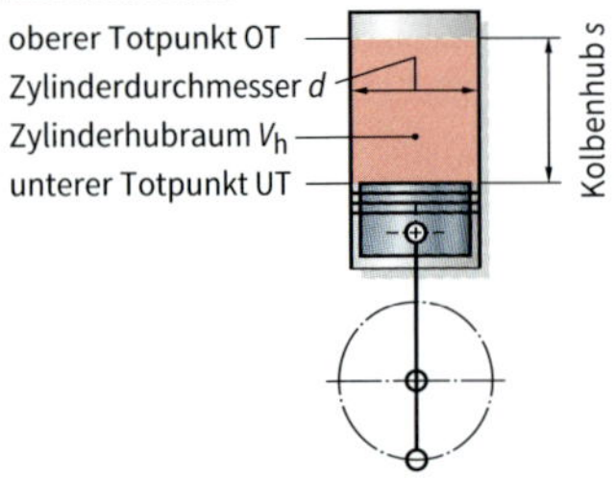

$$V_h = \frac{d^2 \cdot \pi}{4} \cdot s$$

$$V_h = A_K \cdot s$$

$$V_h = \frac{V_H}{z}$$

- V_h Hubraum eines Zylinders in cm³
- d Zylinderdurchmesser, Zylinderbohrung in cm
- s Kolbenhub in cm
- A_K Kolbenfläche in cm²
- V_H Motorhubraum, Gesamthubraum in cm³
- z Zylinderzahl

Motorhubraum

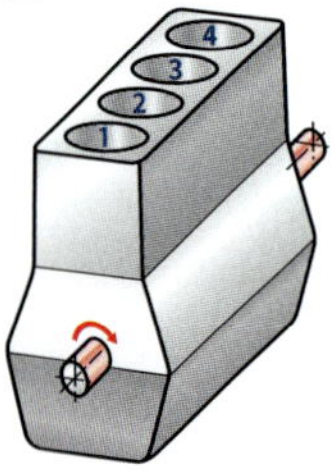

$$V_H = \frac{d^2 \cdot \pi \cdot s \cdot z}{4}$$

$$V_H = A_K \cdot s \cdot z$$

$$V_H = V_h \cdot z$$

Verdichtungsverhältnis

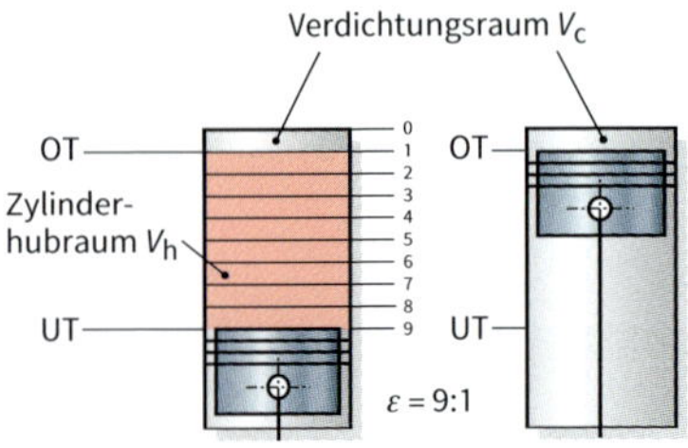

$$\varepsilon = \frac{V_h + V_c}{V_c}$$

$$V_c = \frac{V_h}{\varepsilon - 1}$$

$$V_h = V_c \cdot (\varepsilon - 1)$$

- ε Verdichtungsverhältnis
- V_h Hubraum eines Zylinders in cm³
- V_c Verdichtungsraum eines Zylinders in cm³

Betriebswerte

Motor Pkw	Arbeitsweise	Verdichtungsverhältnis ε
Ottomotor	Zweitakt	6 bis 16 : 1
	Viertakt	8 bis 13,5 : 1
Dieselmotor	Zweitakt	14 bis 16 : 1
	Viertakt	16 bis 24 : 1

Änderung des Verdichtungsverhältnisses

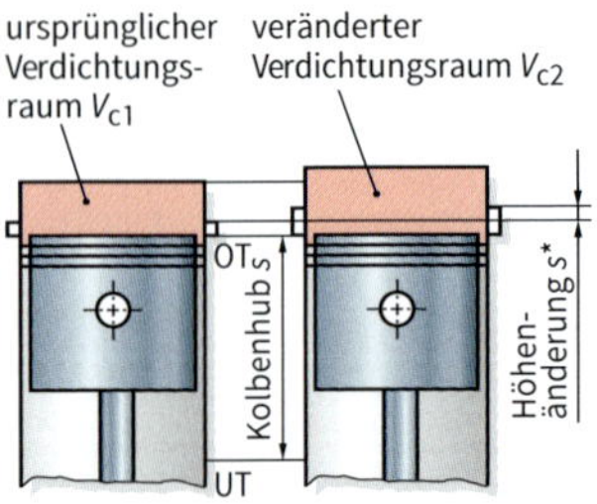

$$s^* = \frac{s}{\varepsilon_2 - 1} - \frac{s}{\varepsilon_1 - 1}$$

$$\varepsilon_2 = \frac{V_h + V_{c2}}{V_{c2}}$$

$$V_{c2} = \frac{V_h}{\varepsilon_2 - 1}$$

- s^* Höhenänderung in mm
- s Kolbenhub in mm
- ε_1 ursprüngliches Verdichtungsverhältnis
- ε_2 neues Verdichtungsverhältnis
- V_h Hubraum eines Zylinders in cm³
- V_{c2} veränderter Verdichtungsraum in cm³

Hub-Bohrungsverhältnis

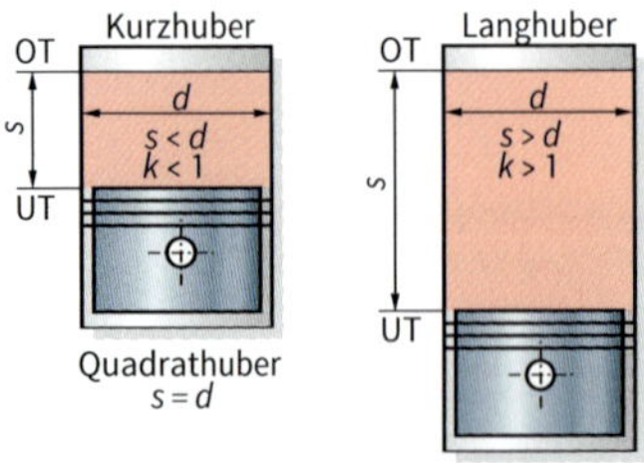

$$k = \frac{s}{d}$$

- k Hub-Bohrungsverhältnis
- s Kolbenhub in mm
- d Zylinderdurchmesser, Zylinderbohrung in mm

Betriebswerte

Motor (Pkw)	Hub-Bohrungsverhältnis
Ottomotor	0,6 bis 1,1
Dieselmotor	0,9 bis 1,2
langsam laufender Viertakt-Dieselmotor	1,2 bis 1,4
langsam laufender Zweitakt-Dieselmotor	1,8 bis 2,2

Kolbengeschwindigkeit

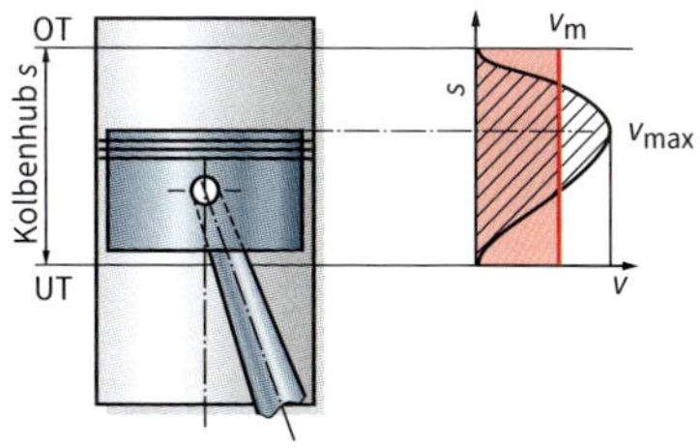

$$v_m = \frac{2 \cdot s \cdot n}{1000 \cdot 60}$$

$$v_m = \frac{s \cdot n}{30}$$

$$v_{max} \approx 1{,}6 \cdot v_m$$

v_m	mittlere Kolbengeschwindigkeit	in $\frac{m}{s}$
s	Kolbenhub	in mm
n	Motordrehzahl	in $\frac{1}{min}$
v_{max}	maximale Kolbengeschwindigkeit	in $\frac{m}{s}$
s	Kolbenhub	in m

Die **mittlere Kolbengeschwindigkeit** v_m ist die Geschwindigkeit einer gedachten gleichförmigen Bewegung des Kolbens.

1000	Umrechnungszahl, 1000 $\frac{mm}{m}$	
60	Umrechnungszahl, 60 $\frac{s}{min}$	

Kraftstoffverbrauch von Pkw

$$C = \frac{m}{\varrho \cdot s} \cdot 100$$

$$C = \frac{V}{s} \cdot 100$$

C	Kraftstoffverbrauch	in l je 100 km
m	verbrauchte Kraftstoffmasse	in kg
ϱ	Kraftstoffdichte	in $\frac{kg}{l}$
s	zurückgelegte Wegstrecke	in km
V	verbrauchtes Kraftstoffvolumen	in l

Kraftstoffverbrauch von Lkw, Kom, Krafträdern

$$k = 1{,}1 \cdot \frac{K}{s} \cdot 100$$

k	Kraftstoffverbrauch nach DIN 70030-2	in l je 100 km
K	verbrauchtes Kraftstoffvolumen	in l
s	zurückgelegte Wegstrecke	in km
100	Umrechnungszahl, je 100 km	

Kraftstoffstreckenverbrauch

$$k_s = \frac{K}{s} \cdot 100$$

k_S	Kraftstoffstreckenverbrauch	in l je 100 km
K	verbrauchtes Kraftstoffvolumen	in l
s	zurückgelegte Wegstrecke	in km

Fahrbereich von Kraftfahrzeugen

$$s_F = \frac{V}{C} \cdot 100$$

$$s_F = \frac{V}{k} \cdot 100$$

s_F	Fahrbereich	in km
V	Volumen des Kraft stoffbehälters	in l
C	Kraftstoffverbrauch	in l je 100 km
k	Kraftstoffverbrauch nach DIN 70030-2	in l je 100 km

Kraftstoffverbrauch von Verbrennungsmotoren

Der **Kraftstoffverbrauch** *B* ist die Kraftstoffmasse in kg, die ein Verbrennungsmotor in einer Stunde verbraucht (DIN 1940).

$$B = \frac{V \cdot \varrho \cdot 3600}{t}$$

B	Kraftstoffverbrauch nach DIN 1940	in $\frac{kg}{h}$
V	verbrauchtes Kraftstoffvolumen	in dm^3
ϱ	Kraftstoffdichte	in $\frac{kg}{dm^3}$
t	Zeit in s	

Spezifischer Kraftstoffverbrauch

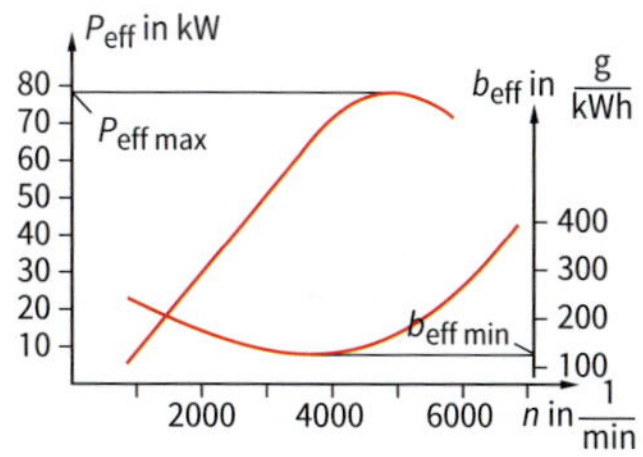

$$b_{eff} = \frac{V \cdot \varrho \cdot 3600}{t \cdot P_{eff}}$$

$$b_{eff} = \frac{B \cdot 1000}{P_{eff}}$$

Der **spezifische Kraftstoffverbrauch** b_{eff} gibt an, wie viel Gramm Kraftstoff ein Verbrennungsmotor je kW Nutzleistung und Stunde verbraucht.

b_{eff}	spezifischer Kraftstoffverbrauch nach DIN 1940	in $\frac{g}{kWh}$
V	verbrauchtes Kraftstoffvolumen	in cm^3
ϱ	Kraftstoffdichte	in $\frac{g}{cm^3}$
t	Messzeit	in s
P_{eff}	Nutzleistung	in kW
B	Kraftstoffverbrauch nach DIN 1940	in $\frac{kg}{h}$
1000	Umrechnungszahl, 1000 $\frac{g}{kg}$	
3600	Umrechnungszahl, 3600 $\frac{s}{h}$	

Betriebswerte (Pkw, Nkw)

Motor	Arbeitsweise	b_{eff} in $\frac{g}{kWh}$
Ottomotor	Zweitakt	400 bis 600
	Viertakt	225 bis 430
Dieselmotor	Zweitakt	260 bis 520
	Viertakt	160 bis 340

Kolbenkraft

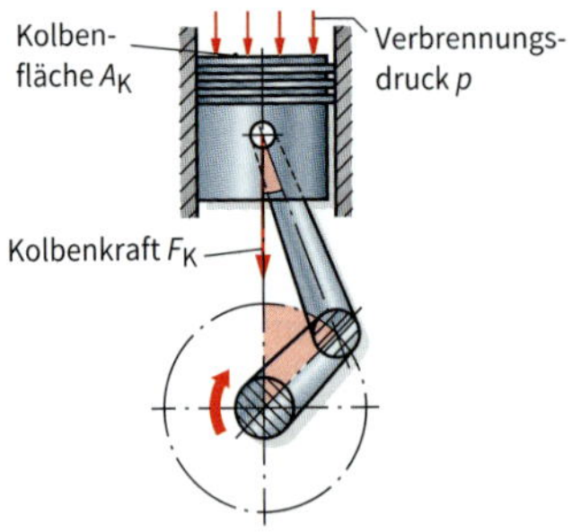

$$F_K = 10 \cdot p \cdot A_K$$

$$A_K = \frac{d^2 \cdot \pi}{4}$$

F_K	Kolbenkraft	in N
p	Druck im Verbrennungsraum	in bar
A_K	Kolbenfläche	in cm^2
d	Kolbendurchmesser	in cm
10	Umrechnungszahl, $10 \frac{N}{cm^2 \cdot bar}$	

Mechanische Arbeit

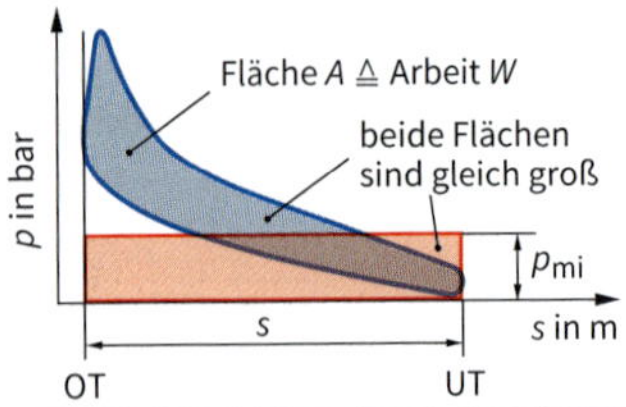

$$W = F_K \cdot s$$

$$W = 10 \cdot p_{mi} \cdot A_K \cdot s$$

W	mechanische Arbeit	in Nm
F_K	Kolbenkraft	in N
s	Kolbenhub	in m
p_{mi}	mittlerer indizierter Kolbendruck	in bar
A_K	Kolbenfläche	in cm^2
10	Umrechnungszahl, $10 \frac{N}{cm^2 \cdot bar}$	

Kräfte am Kurbeltrieb

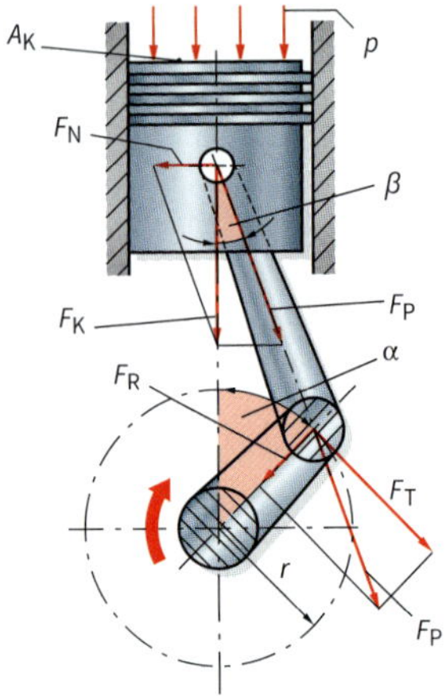

$$F_N = F_K \cdot \tan \beta$$

$$F_P = \frac{F_K}{\cos \beta}$$

$$F_T = \frac{F_K \cdot \sin (\alpha + \beta)}{\cos \beta}$$

$$F_R = \frac{F_K \cdot \cos (\alpha + \beta)}{\cos \beta}$$

F_N	Normalkraft	in N
F_K	Kolbenkraft	in N
α	Kurbelwinkel	in °
F_P	Pleuelstangenkraft	in N
β	Pleuelstangenwinkel	in °
F_T	Tangentialkraft	in N
F_R	Radialkraft	in N

Die Ermittlung der Kräfte am Kurbeltrieb kann auch zeichnerisch nach dem Prinzip der Kraftzerlegung durch ein **Kräfteparallelogramm** erfolgen:
Nach Festlegung eines geeigneten Kräftemaßstabes wird die Kolbenkraft im Kolbenbolzen angetragen und in die Normalkraft F_N und die Pleuelstangenkraft F_P zerlegt.
Die Pleuelstangenkraft wird auf ihrer Wirkungslinie in den Kurbelzapfen verschoben und dort in die Radialkraft F_R und die Tangentialkraft (Umfangskraft) F_T zerlegt.

Drehmoment an der Kurbelwelle

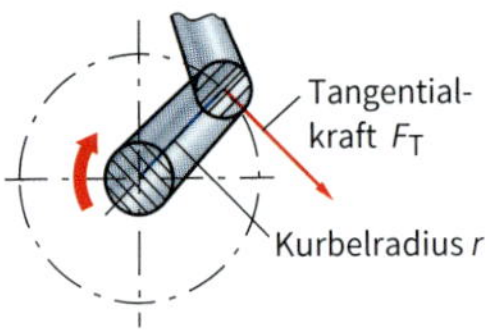

$$M = F_T \cdot r$$

M	Drehmoment	in Nm
F_T	Tangentialkraft	in N
r	Kurbelradius	in m

Kolbeneinbauspiel

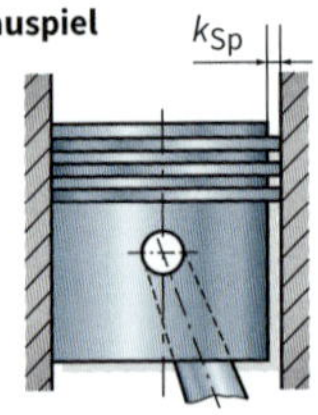

$$k_{Sp} = D - d$$

k_{Sp}	Kolbeneinbauspiel	in mm
D	Zylinderdurchmesser	in mm
d	größter Kolbendurchmesser	in mm

Indizierte Leistung (Viertaktmotor) Die indizierte Leistung P_i, auch Innenleistung genannt, ist die Leistung, die sich durch die Gasdruckeinwirkung auf die Kolben in den Zylindern ergibt (DIN 1940). **Indizierte Leistung (Zweitaktmotor)**	$P_i = \frac{A_K \cdot s \cdot z \cdot p_{mi} \cdot n}{1\,200\,000}$ $P_i = \frac{V_H \cdot p_{mi} \cdot n}{1\,200\,000}$ $P_i = \frac{A_K \cdot s \cdot z \cdot p_{mi} \cdot n}{600\,000}$ $P_i = \frac{V_H \cdot p_{mi} \cdot n}{600\,000}$	P_i indizierte Leistung in kW A_K Kolbenfläche in cm^2 s Kolbenhub in cm z Zahl der Zylinder p_{mi} mittlerer Kolbendruck in bar n Motordrehzahl in $\frac{1}{min}$ V_H Gesamthubraum in cm^3 1 200 000, 600 000 Umrechnungszahlen, 1 200 000, 600 000 $\frac{cm \cdot W \cdot s}{m \cdot kW \cdot min}$
Effektive Leistung (Nutzleistung)	$P_{eff} = P_i - P_r$ $P_{eff} = \frac{M \cdot n}{9550}$	P_{eff} effektive Leistung (Nutzleistung) in kW P_i indizierte Leistung in kW P_r Reibleistung in kW M Motordrehmoment in Nm n Motordrehzahl in $\frac{1}{min}$ 9550 Umrechnungszahl, 9550 $\frac{W \cdot s}{kW \cdot min}$
Mechanischer Wirkungsgrad	$\eta_m = \frac{P_{eff}}{P_i}$	η_m mechanischer Wirkungsgrad P_{eff} effektive Leistung (Nutzleistung) in kW P_i indizierte Leistung in kW
Effektiver Wirkungsgrad Der effektive Wirkungsgrad η_{eff}, auch Nutzwirkungsgrad genannt, wird aus dem Verhältnis der effektiven Leistung zur zugeführten Wärmemenge ermittelt (DIN 1940).	$\eta_{eff} = \frac{P_{eff} \cdot 3\,600}{H_u \cdot B}$ $\eta_{eff} = \frac{3\,600 \cdot 1\,000}{b_{eff} \cdot H_u}$	η_{eff} effektiver Wirkungsgrad (Nutzwirkungsgrad) P_{eff} effektive Leistung (Nutzleistung) in kW H_u Heizwert in $\frac{kJ}{kg}$ B Kraftstoffverbrauch nach DIN 1940 in $\frac{kg}{h}$ b_{eff} spezifischer Kraftstoffverbrauch in $\frac{g}{kWh}$ 3600 Umrechnungszahl, 3600 $\frac{kJ}{kWh}$ 1000 Umrechnungszahl, 1000 $\frac{g}{kg}$
Hubraumleistung Die Hubraumleistung P_H, auch Literleistung genannt, ist eine Vergleichszahl, um Motoren unterschiedlicher Hubraumgröße miteinander vergleichen zu können.	$P_H = \frac{P_{eff}}{V_H}$	P_H Hubraumleistung in $\frac{kW}{l}$ P_{eff} effektive Leistung (Nutzleistung) in kW V_H Gesamthubraum in l
Leistungsgewicht des Motors Das Leistungsgewicht des Motors m_{PM} gibt an, wie viel kg Masse m_M der betriebsbereite, trockene Motor je kW seiner größten effektiven Leistung P_{eff} hat. **Leistungsgewicht des Fahrzeugs** Das Leistungsgewicht des Fahrzeugs m_{PF} gibt an, wie viel kg Masse m_F das Fahrzeug je kW der größten effektiven Leistung P_{eff} hat.	$m_{PM} = \frac{m_M}{P_{eff}}$ $m_{PF} = \frac{m_F}{P_{eff}}$	m_{PM} Leistungsgewicht des Motors in $\frac{kg}{kW}$ m_M Masse des Motors in kg P_{eff} effektive Leistung (Nutzleistung) in kW m_{PF} Leistungsgewicht des Fahrzeugs in $\frac{kg}{kW}$ m_F Masse des Fahrzeugs in kg
Gewichtsleistung des Fahrzeugs Die Gewichtsleistung des Fahrzeugs P_m ist das Verhältnis der größten effektiven Leistung (Nutzleistung) P_{eff} des Motors zum zulässigen Gesamtgewicht des Fahrzeugs m_{zul}.	$P_m = \frac{P_{eff}}{m_{zul}}$	P_m Gewichtsleistung des Fahrzeugs in $\frac{kW}{t}$ P_{eff} effektive Leistung (Nutzleistung) in kW m_{zul} zulässiges Gesamtgewicht in t

Gemischbildung
Mixture formation

Luftverhältnis

Das Luftverhältnis λ ist das Verhältnis der dem Motor tatsächlich zugeführten Luftmenge L zur theoretisch notwendigen Luftmenge L_{th} für die vollständige Verbrennung.

$$\lambda = \frac{L}{L_{th}}$$

λ Luftverhältnis
L zugeführte Luftmenge in $\frac{kg}{kg}$
L_{th} theoretische Luftmenge in $\frac{kg}{kg}$

Luftbedarf verschiedener Kraftstoffe

Kraftstoff	Theoretischer Luftbedarf	
	in kg Luft für 1 kg Kraftstoff	in l Luft für 1 l Kraftstoff
Ottokraftstoff Normal	14,8	8490
Ottokraftstoff Super	14,7	8586
Dieselkraftstoff	14,5	9667

Liefergrad

Der Liefergrad λ_L ist das Verhältnis der tatsächlich angesaugten (zugeführten) Frischladungsmasse m_z zur theoretisch möglich zuzuführenden Frischladungsmasse m_{th} (oder der entsprechenden Volumen).

$$\lambda_L = \frac{m_z}{m_{th}}$$

$$\lambda_L = \frac{V_z}{V_{th}}$$

λ_L Liefergrad
m_z tatsächlich angesaugte (zugeführte) Frischladungsmasse in kg
m_{th} theoretisch mögliche Frischladungsmasse in kg
V_z Volumen der zugeführten Frischladung in cm^3
V_{th} theoretisch mögliches Frischladungsvolumen (Hubraum) in cm^3

Luftverbrauch

Der Luftverbrauch L_v ist die Luftmenge, die dem Motor entsprechend dem Kraftstoffverbrauch B nach DIN 1940 stündlich zugeführt wird.

$$L_v = L_{th} \cdot \lambda \cdot B$$

$$L_v = L_{th} \cdot \lambda \cdot V \cdot \varrho$$

L_v Luftverbrauch in $\frac{kg}{h}$
L_{th} erforderliche Luftmenge in $\frac{kg}{kg}$
λ Luftverhältnis
B Kraftstoffverbrauch in $\frac{kg}{h}$
V verbrauchtes Kraftstoffvolumen in $\frac{dm^3}{h}$
ϱ Kraftstoffdichte in $\frac{kg}{dm^3}$

Steuerung
Timing

Bogenlänge auf der Riemen- oder Schwungscheibe

$$l_B = \frac{d \cdot \pi \cdot \alpha}{360°}$$

l_B Bogenlänge in mm
d Riemen- oder Schwungscheibendurchmesser in mm
α Öffnungs-, Schließ- oder Förderbeginnwinkel in °KW

Ventilöffnungszeit

$$t = \frac{\alpha}{n \cdot 6}$$

t Ventilöffnungszeit in s
α Ventilöffnungswinkel in °KW
n Motordrehzahl in $\frac{1}{min}$
6 Umrechnungszahl, 6 $\frac{min \cdot °KW}{s}$

Längenzunahme eines Ventils bei Erwärmung

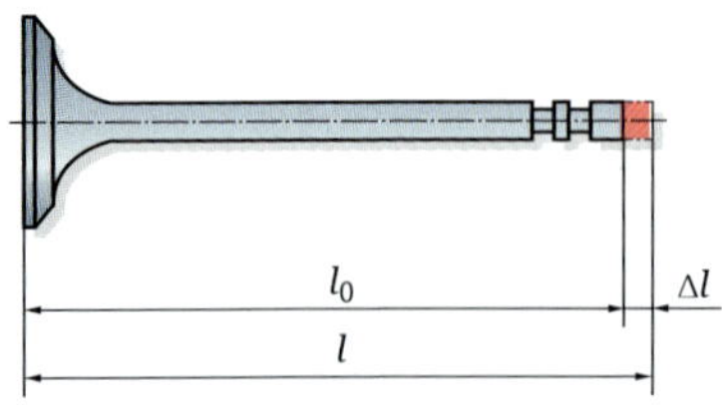

$$\Delta l = l_0 \cdot \alpha \cdot \Delta T$$

$$l = l_0 + l_0 \cdot \alpha \cdot \Delta T$$

$$l = l_0 (1 + \alpha \cdot \Delta T)$$

Längenausdehnungszahlen

Stahl, unlegiert	0,0000110
Stahl, niedrig legiert	0,0000111
Stahl, hoch legiert	0,0000167

Δl Längenzunahme eines Ventils in mm
l_0 Ausgangslänge in mm
α Längenausdehnungszahl in $\frac{1}{K}$
ΔT Temperaturdifferenz in K, °C
l Länge eines Ventils nach der Erwärmung in mm

Schmierölverbrauch Der Schmierölverbrauch B_S ist die vom Verbrennungsmotor verbrauchte, zeitbezogene Schmierölmenge.	$B_S = \frac{b_S \cdot P_{eff}}{1\,000}$	B_S Schmierölverbrauch in $\frac{kg}{h}$ b_S spezifischer Schmierölverbrauch in $\frac{g}{kWh}$ P_{eff} Nutzleistung in kW
Strecken-Schmierölverbrauch Der Strecken-Schmierölverbrauch V_{St} ist der Schmierölverbrauch V_S je 100 km Prüfstrecke.	$V_{St} = \frac{V_S \cdot 100}{s}$	V_{St} Strecken-Schmierölverbrauch je 100 km in l V_S Schmierölverbrauch in l s zurückgelegte Prüfstrecke in km
Spezifischer Schmierölverbrauch Der spezifische Schmierölverbrauch b_S ist die dem Verbrennungsmotor zugeführte leistungs- und zeitbezogene Schmierölmenge (DIN 1940).	$b_S = \frac{V_S \cdot \varrho \cdot 3600}{P_{eff} \cdot t}$	b_S spezifischer Schmierölverbrauch in $\frac{g}{kWh}$ V_S verbrauchtes Schmierölvolumen in cm^3 ϱ Dichte des Schmieröls in $\frac{g}{cm^3}$ P_{eff} Nutzleistung in kW t Prüfzeit in s

Kühlung
Cooling

Wärmemenge 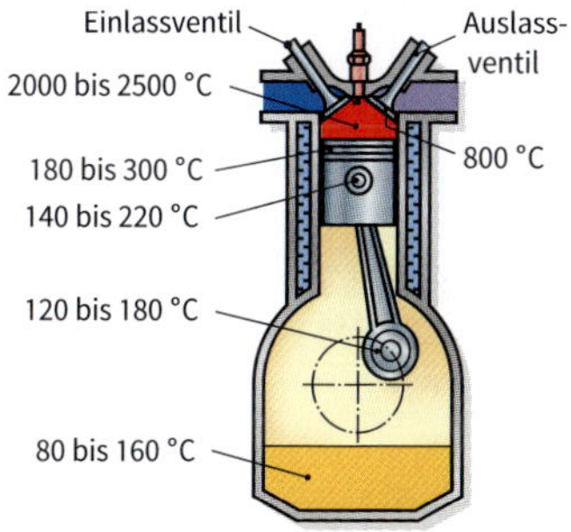	$\Phi_{zu} = B \cdot H_u$ $\Phi_{zu} = \frac{b_{eff} \cdot P_{eff} \cdot H_u}{1000}$ $\Phi_{ab} = \frac{b_{eff} \cdot P_{eff} \cdot H_u \cdot f}{1000 \cdot 100}$	Φ_{zu} zugeführte Wärmemenge in $\frac{kJ}{h}$ B Kraftstoffverbrauch nach DIN 1940 in $\frac{kg}{h}$ Φ_{ab} abzuführende Wärmemenge in $\frac{kJ}{h}$ b_{eff} spezifischer Kraftstoffverbrauch in $\frac{g}{kWh}$ P_{eff} Nutzleistung in kW H_u Heizwert in $\frac{kJ}{kg}$ f Anteil der abzuführenden Wärmemenge in % 1000 Umrechnungszahl, 1000 $\frac{g}{kg}$ 100 Umrechnungszahl, 100 %
Kühlflüssigkeitsdurchsatz Der Kühlflüssigkeitsdurchsatz m_h ist die zum Betrieb eines Verbrennungsmotors erforderliche, zeitbezogene Kühlflüssigkeitsmenge (DIN 1940).	$m_h = \frac{\Phi_{ab}}{\Delta T \cdot c}$	m_h Kühlflüssigkeitsdurchsatz in $\frac{kg}{h}$ Φ_{ab} abzuführende Wärmemenge in $\frac{kJ}{h}$ ΔT Temperaturdifferenz in K, °C c spezifische Wärmekapazität in $\frac{kJ}{kg \cdot K}$
Kühlflüssigkeitsumläufe	$z = \frac{m_h}{m_k}$	z Zahl der Kühlflüssigkeitsumläufe in $\frac{1}{h}$ m_h Kühlflüssigkeitsdurchsatz in $\frac{kg}{h}$ m_K Masse der Kühlflüssigkeit in kg
Gefrierschutzmittel	$V_G = \frac{V_K \cdot A_G}{G_K}$ $V_G = \frac{V_K \cdot A_G}{A_G + A_W}$	V_G Gefrierschutzmittelvolumen in dm^3 V_K Inhalt des Kühlsystems in dm^3 A_G Gefrierschutzmittelanteil G_K gesamte Anteile der Kühlflüssigkeit A_W Wasseranteil

Reibungskraft

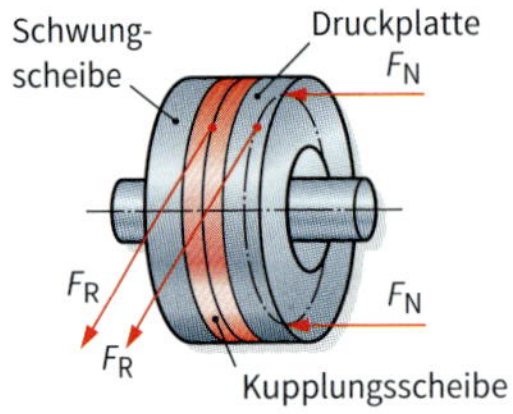

$$F_R = F_N \cdot \mu \cdot z$$

Eine Reibungskraft entsteht nur, wenn auch eine Drehkraft wirksam wird. Ist die maximal erreichbare Reibungskraft geringer als die Drehkraft, rutscht die Kupplung.

F_R	Reibungskraft	in N
F_N	Anpresskraft der Feder(n)	in N
μ	Reibungszahl	
z	Zahl der Reibflächenpaarungen	
$z = 2$	gilt für eine Kupplungsscheibe	
$z = 4$	gilt für zwei Kupplungsscheiben usw.	

Übertragbares Kupplungsdrehmoment

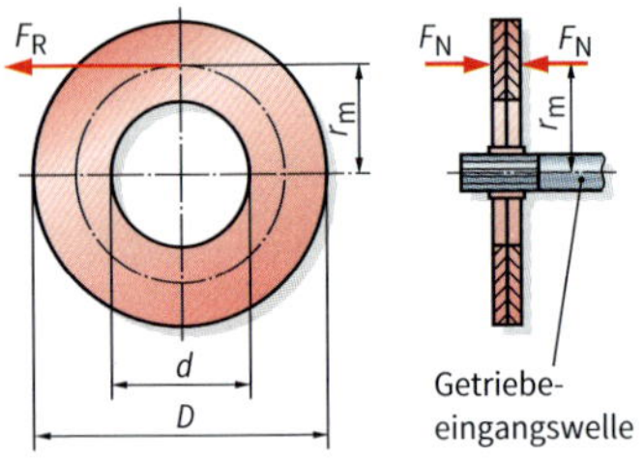

$$M_K = F_R \cdot r_m$$

$$M_K = F_N \cdot \mu \cdot z \cdot r_m$$

Wirksamer Hebelarm

$$r_m = \frac{D + d}{4}$$

M_K	Kupplungsdrehmoment	in Nm
F_R	Reibungskraft	in N
r_m	wirksamer Hebelarm (mittlerer Radius)	in m
F_N	Anpresskraft der Feder(n)	in N
μ	Reibungszahl	
z	Zahl der Reibflächenpaarungen	
D	Außendurchmesser	in m
d	Innendurchmesser	in m

Flächenpressung

$$p = \frac{F_N}{A} \qquad A = (D^2 - d^2) \cdot \frac{\pi}{4}$$

p	Flächenpressung	in $\frac{N}{cm^2}$
F_N	Anpresskraft der Feder(n)	in N
A	Reibfläche	in cm^2

Sicherheit der Übertragungsfähigkeit

$$M_K = M_{max} \cdot \nu$$

M_K	von der Kupplung übertragbares Drehmoment	in Nm
M_{max}	maximales Motordrehmoment	in Nm
ν	Sicherheitszahl	

Mechanische Übersetzung der Betätigungskraft

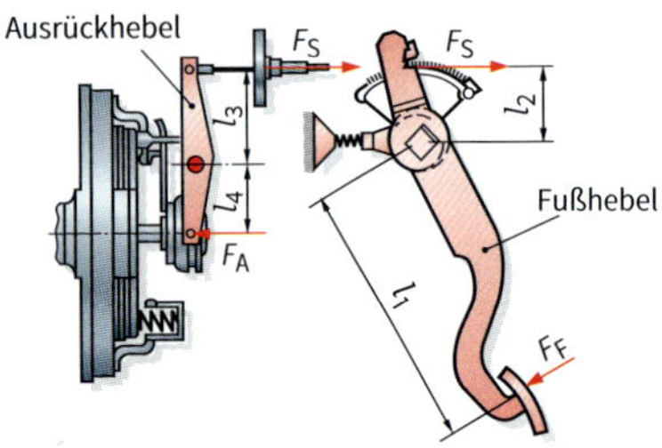

$$F_F \cdot l_1 = F_S \cdot l_2$$

$$F_S \cdot l_3 = F_A \cdot l_4$$

$$i_1 = \frac{F_F}{F_S} \qquad i_2 = \frac{F_S}{F_A}$$

$$i_1 = \frac{l_2}{l_1} \qquad i_2 = \frac{l_4}{l_3}$$

$$i_{ges} = i_1 \cdot i_2$$

F_F	Fußkraft	in N
F_S	Kraft im Kupplungsseil	in N
l_1, l_2	Hebellängen am Fußhebel	in mm
F_A	Kraft am Ausrücker	in N
l_3, l_4	Hebellängen am Ausrückhebel	in mm
i_1	Übersetzung am Fußhebel	
i_2	Übersetzung am Ausrückhebel	
i_{ges}	Gesamtübersetzung der Kupplungsbetätigung	

Hydraulische Übersetzung der Betätigungskraft

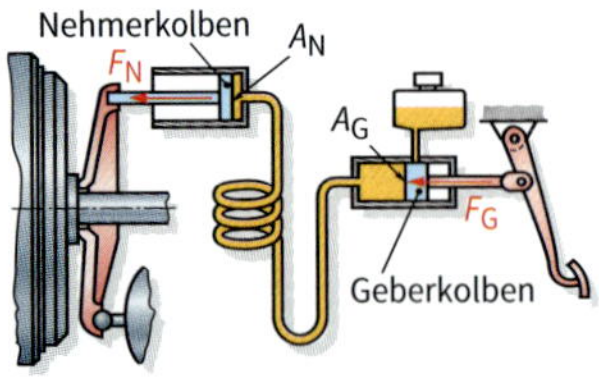

$$p = \frac{F_G}{A_G}$$

$$F_N = p \cdot A_N$$

$$i_h = \frac{F_G}{F_N} \qquad i_h = \frac{A_G}{A_N}$$

p	hydraulischer Druck	in $\frac{N}{cm^2}$
F_G	Kraft am Geberkolben	in N
A_G	Kolbenfläche des Geberkolbens	in cm^2
F_N	Kraft am Nehmerkolben	in N
A_N	Kolbenfläche des Nehmerkolbens	in cm^2
i_h	hydraulische Kraftübersetzung	

Zahnradabmessungen

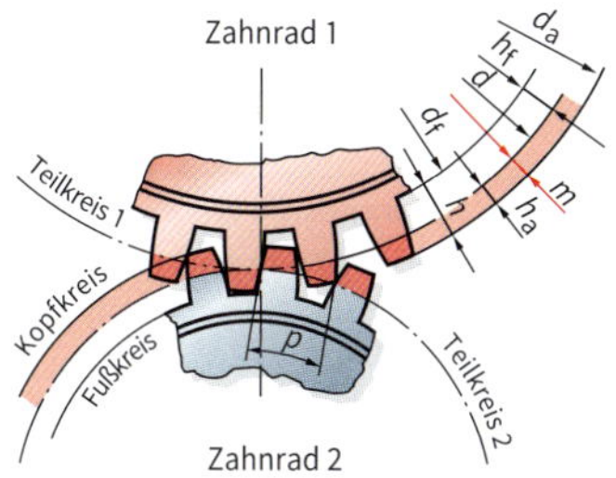

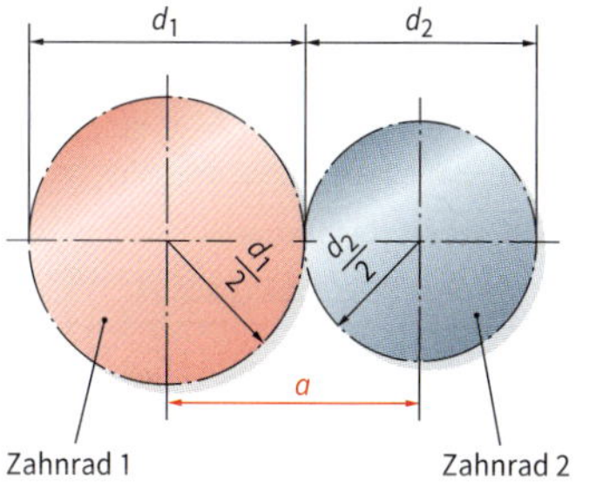

$$h_a = m$$

$$h_f = 1{,}25 \cdot m$$

$$h = 2{,}25 \cdot m$$

$$p = m \cdot \pi$$

$$d = m \cdot z$$

$$d_a = m \cdot z + 2h_a$$

$$d_a = m \cdot (z + 2)$$

$$d_f = m \cdot z - 2h_f$$

$$d_f = m \cdot (z - 2{,}5)$$

$$a = m \cdot \frac{(z_1 + z_2)}{2}$$

$$a = \frac{d_1 + d_2}{2}$$

h_a	Kopfhöhe	in mm
m	Modul	in mm
h_f	Fußhöhe	in mm
h	Zahnhöhe	in mm
p	Teilung	in mm
d	Teilkreisdurchmesser	in mm
z	Zähnezahl	
d_a	Kopfkreisdurchmesser	in mm
d_f	Fußkreisdurchmesser	in mm
a	Achsabstand	in mm
z_1, z_2	Zähnezahlen der Zahnräder 1 und 2	
d_1, d_2	Teilkreisdurchmesser der Zahnräder 1 und 2	in mm

Ineinandergreifende Zahnräder haben immer gleich große Zähne. Der Modul m ist die theoretische Konstruktionsgröße, die alle Abmessungen des Zahnrades bestimmt. Nach DIN 780 sind für den Modul folgende Werte festgelegt (Auszug):

Modulwerte			
0,5	0,6	0,7	0,8
1,0	1,25	1,50	1,75
2,0	2,25	2,50	2,75
3,0	3,25	3,50	3,75

Übersetzung der Drehzahlen im Schaltgetriebe

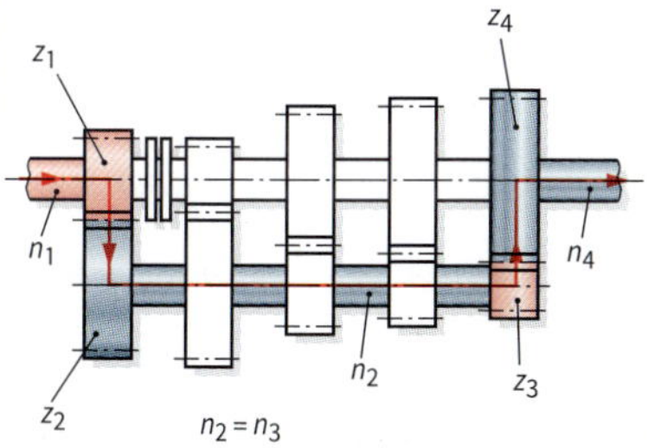

5-Gang-Getriebe mit Vorgelegewelle (Hinterachsantrieb) mit Kraftfluss im 1. Gang

$$z_1 \cdot n_1 = z_2 \cdot n_2$$

$$i_v = \frac{n_1}{n_2} \qquad i_v = \frac{z_2}{z_1}$$

$$z_3 \cdot n_3 = z_4 \cdot n_4$$

$$i_1 = \frac{n_3}{n_4} \qquad i_1 = \frac{z_4}{z_3}$$

$$i_{1.G,\,2.G,\,3.G} = i_v \cdot i_{1,\,2,\,3}$$

$z_1, z_2, z_3, \ldots$	Zähnezahlen	
$n_1, n_2, n_3, \ldots$	Drehzahlen	in $\frac{1}{\text{min}}$
i_v	Übersetzung zur Vorgelegewelle	
$i_1, i_2, i_3, \ldots$	Gangübersetzung eines bestimmten Ganges	
$i_{1.G}, i_{2.G}, i_{3.G}, \ldots$	Gesamtübersetzung eines bestimmten Ganges im Getriebe	

Übersetzungsverhältnisse $i > 1$ sind Übersetzungen ins Langsame.

Übersetzungsverhältnisse $i < 1$ sind Übersetzungen ins Schnelle.

Getriebe mit Vorgelegewelle haben je Gang zwei wirksame Zahnradpaare.

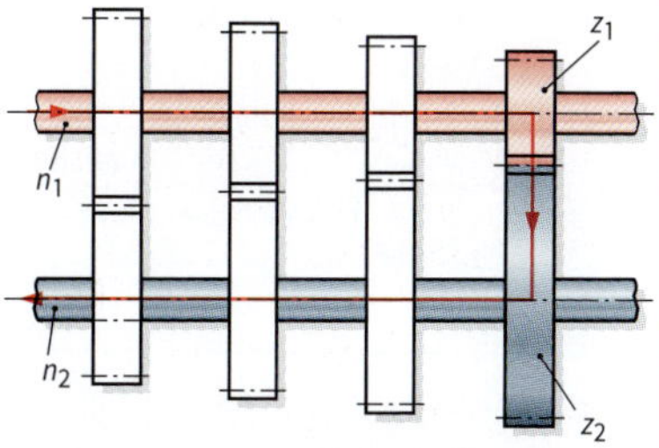

4-Gang-Getriebe ohne Vorgelegewelle (Vorderachsantrieb) mit Kraftfluss im 1. Gang

$$i_1 = \frac{n_1}{n_2} = \frac{z_2}{z_1}$$

$$i_{1.G,\,2.G,\,3.G} = i_{1,\,2,\,3}$$

Getriebe ohne Vorgelegewelle haben je Gang nur ein wirksames Zahnradpaar.

Übersetzungen im Planetengetriebe

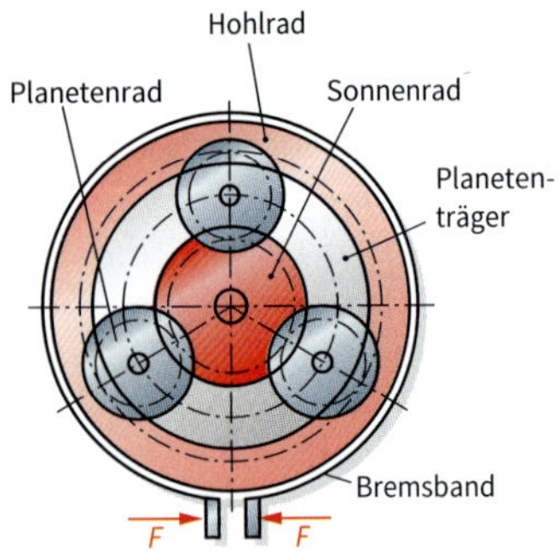

Hohlrad fest

An.: S; Ab.: P

$$i = \frac{z_H}{z_S} + 1$$

An.: P; Ab.: S

$$i = \frac{1}{\frac{z_H}{z_S} + 1}$$

Sonnenrad fest

An.: H; Ab.: P

$$i = \frac{z_S}{z_H} + 1$$

An.: P; Ab.: H

$$i = \frac{1}{\frac{z_S}{z_H} + 1}$$

Planetenträger fest

An.: S; Ab.: H

$$i = \frac{z_H}{z_S}$$

An.: H; Ab.: S

$$i = \frac{z_S}{z_H}$$

Ein **einfaches Planetengetriebe** besteht aus dem Sonnenrad (S), dem Hohlrad (H) und dem Planetenträger (P) mit den Planetenrädern. Durch Blockieren (Festhalten) mindestens eines Bauteils und entsprechender Wahl des An- und Abtriebs werden verschiedene Übersetzungsverhältnisse erreicht. Negative Werte kennzeichnen eine Drehrichtungsumkehr.

i	Übersetzungsverhältnis
z_H	Zähnezahl des Hohlrades
z_S	Zähnezahl des Sonnenrades
z_P	Zähnezahl eines Planetenrades
An.	Antrieb
Ab.	Abtrieb
S	Sonnenrad
P	Planetenträger
H	Hohlrad

Übersetzung im Achsgetriebe

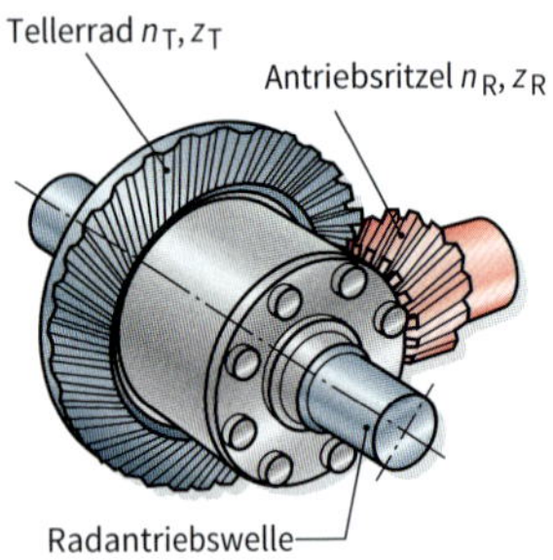

$$n_R \cdot z_R = n_T \cdot z_T$$

$$i_A = \frac{n_R}{n_T} \qquad i_A = \frac{z_T}{z_R}$$

n_R	Drehzahl des Antriebsritzels	in $\frac{1}{\text{min}}$
z_R	Zähnezahl des Antriebsritzels	
n_T	Drehzahl des Tellerrades	in $\frac{1}{\text{min}}$
z_T	Zähnezahl des Tellerrades	
i_A	Übersetzung im Achsgetriebe	

Gesamtübersetzung des Antriebsstranges

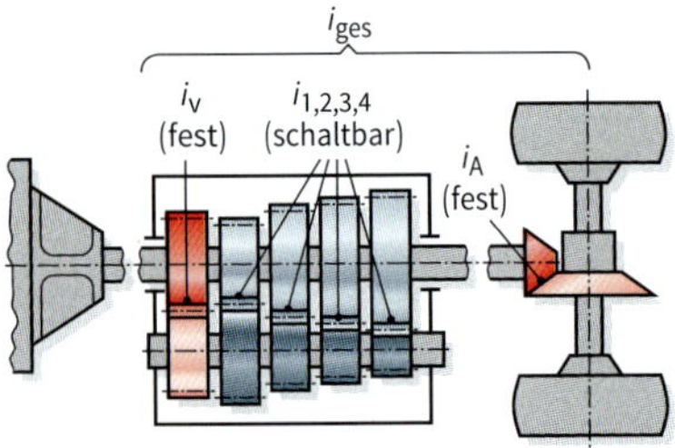

$$i_{ges\,1.G,\,2.G,\,3.G,\,\ldots} = i_{1.G,\,2.G,\,3.G,\,\ldots} \cdot i_A$$

$$i_{ges\,1.G,\,2.G,\,3.G,\,\ldots} = i_V \cdot i_{1,\,2,\,3,\,\ldots} \cdot i_A$$

Eine **Gesamtübersetzung** wird immer durch Multiplikation der Einzelübersetzungen errechnet.

$i_{ges\,1.G,\,2.G,\,3.G,\,\ldots}$	Gesamtübersetzung des Antriebsstranges
$i_{1.G,\,2.G,\,3.G,\,\ldots}$	Gesamtübersetzung des Getriebes
$i_1, i_2, i_3, \ldots$	Übersetzungen in den Gängen
i_V	Übersetzung zur Vorgelegewelle
i_A	Achsgetriebeübersetzung

Übersetzung der Drehmomente

Durch Übersetzungen ins **Langsame *i* > 1** werden Drehmomente erhöht,
durch Übersetzungen ins **Schnelle *i* < 1** werden Drehmomente verringert.

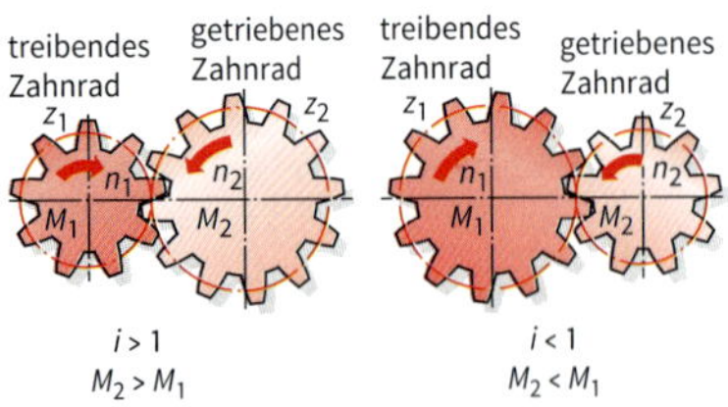

$$i = \frac{M_2}{M_1} \qquad i = \frac{z_2}{z_1}$$

i	Übersetzung	
M_1	Drehmoment des treibenden Zahnrades	in Nm
M_2	Drehmoment des getriebenen Zahnrades	in Nm
z_1, z_2	Zähnezahlen der Zahnräder	

Radwege

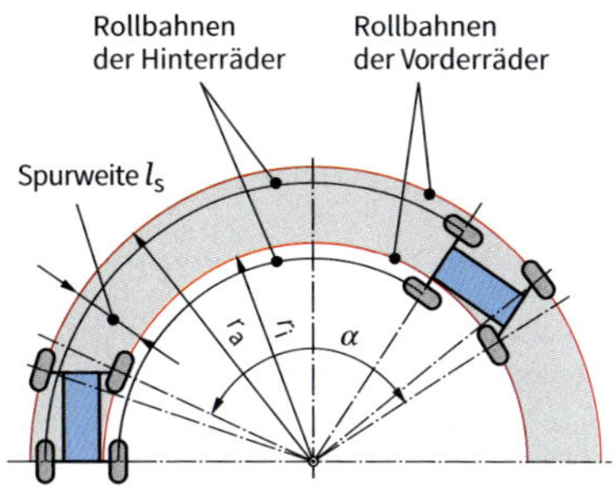

$$s_a = \frac{2 \cdot r_a \cdot \pi \cdot \alpha}{360°}$$

$$s_i = \frac{2 \cdot r_i \cdot \pi \cdot \alpha}{360°}$$

s_a	Kreisbogenlänge des Außenrades	in m
s_i	Kreisbogenlänge des Innenrades	in m
r_a	Kurvenaußenradius	in m
r_i	Kurveninnenradius	in m
α	Mittelpunktswinkel	in °

Radumdrehungen

Je größer der Abrollumfang des Rades, desto geringer ist die Zahl der Umdrehungen eines Rades für die gleiche Fahrstrecke.

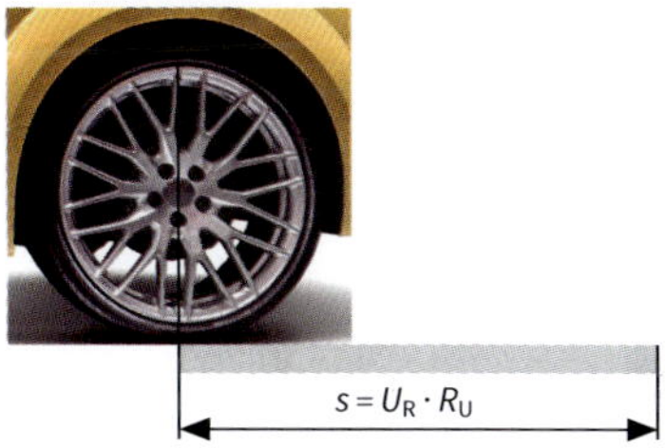

$$R_U = \frac{s}{U_R}$$

$$R_{Ua} = \frac{s_a}{U_R}$$

$$R_{Ui} = \frac{s_i}{U_R}$$

$$U_R = 2 \cdot r_{dyn} \cdot \pi$$

R_U	Radumdrehungen	
s	Fahrstrecke	in m
U_R	Abrollumfang des Rades	in m
R_{Ua}	Radumdrehungen außen	
R_{Ui}	Radumdrehungen innen	
s_a	Kreisbogenlänge des Außenrades	in m
s_i	Kreisbogenlänge des Innenrades	in m
r_{dyn}	dynamischer Radhalbmesser	in m

Ausgleichsgetriebe

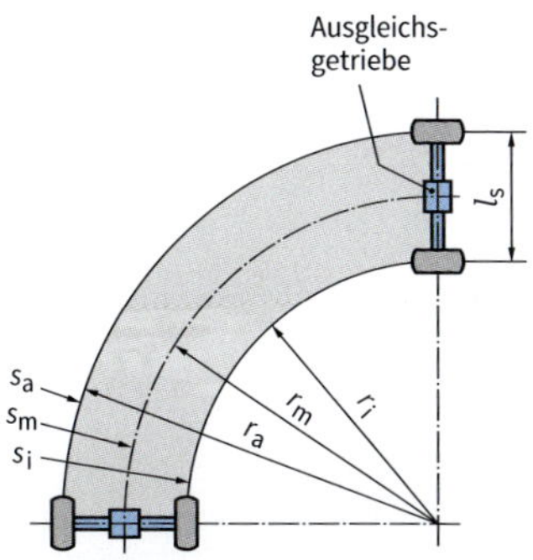

r_a äußerer Kurvenradius
r_i innerer Kurvenradius

$$\Delta n = \frac{n_A \cdot l_s}{r_m}$$

$$\Delta R_U = \frac{A_U \cdot l_s}{r_m} \qquad r_m = \frac{r_i + r_a}{2}$$

$$A_U = \frac{s_m}{U_R}$$

$$R_{Ua} = A_U + \frac{\Delta R_U}{2}$$

$$R_{Ui} = A_U - \frac{\Delta R_U}{2}$$

Δn	Drehzahldifferenz	in $\frac{1}{min}$
n_A	Drehzahl des Ausgleichsgehäuses	in $\frac{1}{min}$
l_s	Spurweite	in m
r_m	mittlerer Radius	in m
ΔR_U	Differenz zwischen den Radumdrehungen des äußeren und des inneren Rades	
A_U	Anzahl der Umdrehungen des Ausgleichsgehäuses	
s_m	mittlerer Kreisumfang	in m
U_R	Abrollumfang	in m
R_{Ua}	Radumdrehungen außen	
R_{Ui}	Radumdrehungen innen	

Sperrwert

Der Sperrwert S ist ein Maß dafür, bis zu welcher Differenz zwischen den Drehmomenten an den Antriebsrädern das Ausgleichsgetriebe selbsttätig gesperrt ist. Die Summe beider Drehmomente ist 100 %.

$$S = \frac{\Delta M_R}{\Sigma M_R} \cdot 100\ \%$$

$$\Delta M_R = M_{Rmax} - M_{Rmin}$$

$$\Sigma M_R = M_{Rmax} + M_{Rmin}$$

$$M_{Rmax} = \frac{\Delta M_R + \Sigma M_R}{2}$$

S	Sperrwert	in %
ΔM_R	Differenz zwischen den Drehmomenten an den Antriebsrädern	in Nm
ΣM_R	Summe der Drehmomente an den Antriebsrädern	in Nm
M_{Rmax}	größtes Drehmoment	in Nm
M_{Rmin}	kleinstes Drehmoment	in Nm

Gesamtlenkübersetzung, mittlerer Lenkwinkel, Spurdifferenzwinkel

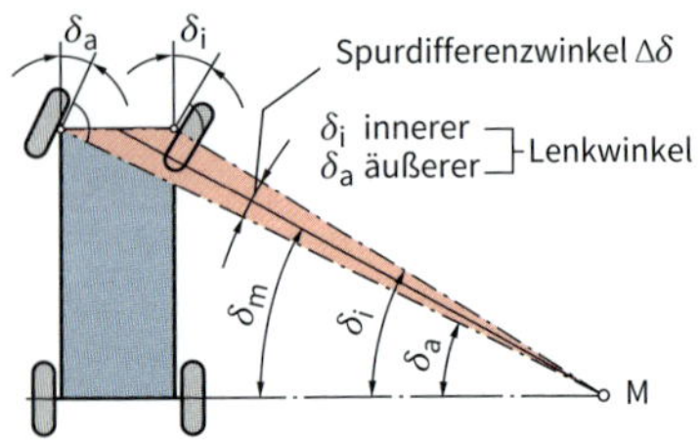

$$i_S = \frac{\delta_H}{\delta_m}$$

$$\delta_m = \frac{\delta_a + \delta_i}{2}$$

$$\Delta\delta = \delta_i - \delta_a$$

i_S	Gesamtlenkübersetzung	
δ_H	Lenkradwinkel	in °
δ_m	mittlerer Lenkwinkel	in °
δ_a	äußerer Lenkwinkel	in °
δ_i	innerer Lenkwinkel	in °
$\Delta\delta$	Spurdifferenzwinkel	in °

Übersetzung im Schrauben- und Schnecken-Lenkgetriebe

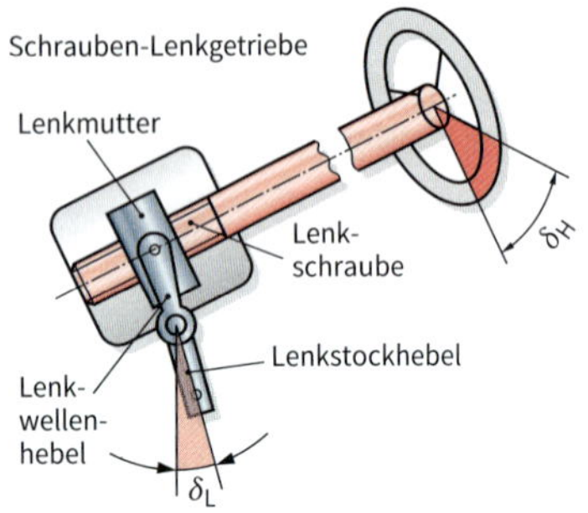

$$i_L = \frac{\delta_H}{\delta_L}$$

i_L	Lenkgetriebeübersetzung	
δ_H	Lenkradwinkel	in °
δ_L	Winkeleinschlag am Lenkstockhebel	in °

Übersetzung im Zahnstangen-Lenkgetriebe

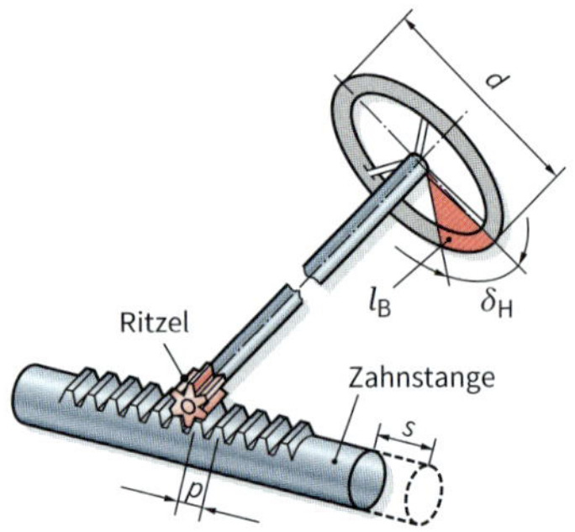

$$i_L = \frac{l_B}{s}$$

$$i_L = \frac{d \cdot \pi}{z \cdot p}$$

i_L	Lenkgetriebeübersetzung	
l_B	Kreisbogen am Lenkrad	in mm
s	Zahnstangenweg	in mm
d	Lenkraddurchmesser	in mm
z	Zähnezahl des Ritzels	
p	Zahnteilung	in mm

Spur, Vorspur, Nachspur

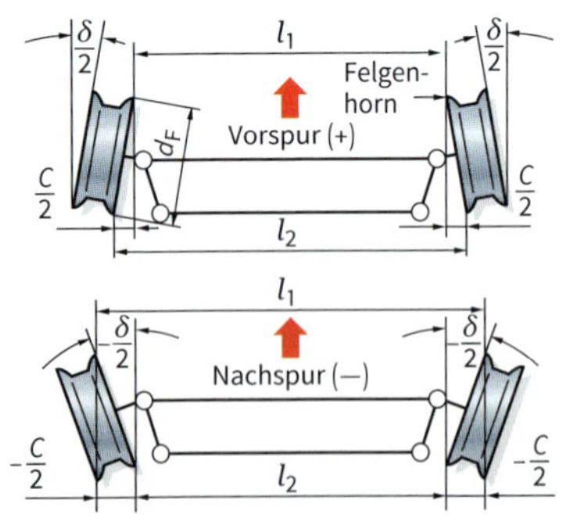

$$C = l_2 - l_1$$

$$C = d_F \cdot \sin\delta$$

$$C \approx \frac{d_F \cdot \pi \cdot \delta}{180°}$$

C	Spur (Gesamtspur)	in mm
l_2	Felgenhornabstand hinter der Achse	in mm
l_1	Felgenhornabstand vor der Achse	in mm
d_F	Felgenhorndurchmesser	in mm
δ	Spurwinkel beider Räder	in °

Vorspur: $l_2 - l_1 > 0$
Nachspur: $l_2 - l_1 < 0$
Spur Null: $l_2 - l_1 = 0$

Querschnittsverhältnis

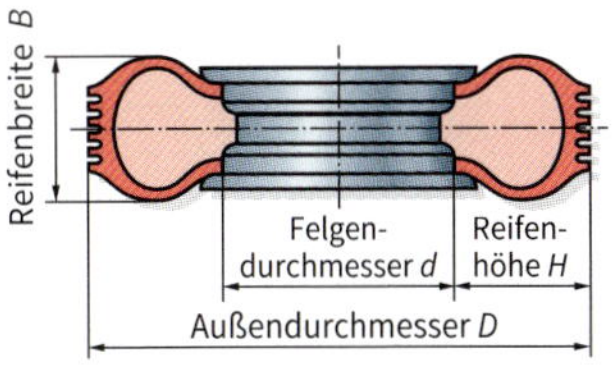

$$Q = \frac{H}{B} \cdot 100\ \%$$

Außendurchmesser

$$D = 25{,}4 \cdot d + 2 \cdot H$$

Q	Querschnittsverhältnis	in %
H	Reifenhöhe	in mm
B	Reifenbreite	in mm
D	Außendurchmesser	in mm
d	Felgendurchmesser	in in.
25,4	Umrechnungszahl,	$25{,}4\ \frac{\text{mm}}{\text{in.}}$

Dynamischer Halbmesser

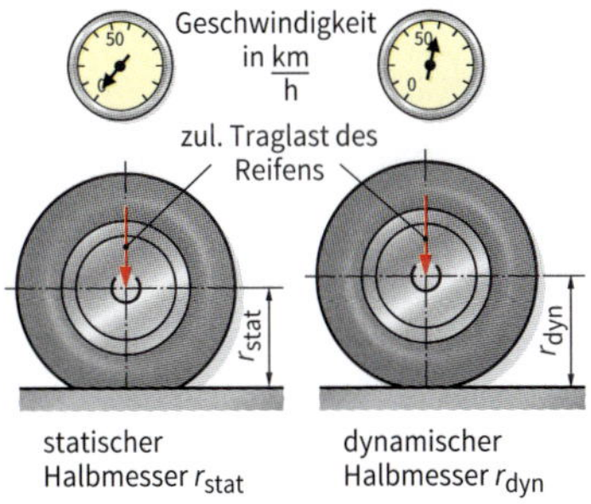

$$r_{dyn} = \frac{U_R}{2 \cdot \pi}$$

r_{dyn}	dynamischer Halbmesser	in mm
U_R	Abrollumfang des Rades	in mm

Der **statisch wirksame Halbmesser** r_{stat} des Rades ist der Abstand von der Radmitte bis zur Fahrbahnebene des stillstehenden Fahrzeugs.

Der **dynamisch wirksame Halbmesser** r_{dyn} des Rades ist der Abstand von der Radmitte bis zur Fahrbahnebene bei einer Geschwindigkeit von $60\ \frac{\text{km}}{\text{h}}$ $\left(\text{für Ackerschlepper } 30\ \frac{\text{km}}{\text{h}}\right)$.

Radweg

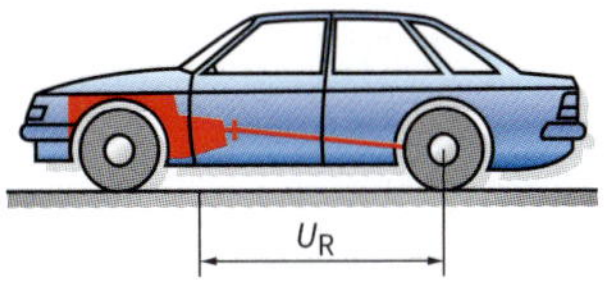

$$s = \frac{U_R \cdot R_U}{1000}$$

s	Radweg	in m
U_R	Abrollumfang	in mm
R_U	Radumdrehungen	
1000	Umrechnungszahl,	$1000\ \frac{\text{mm}}{\text{m}}$

Fahrgeschwindigkeit

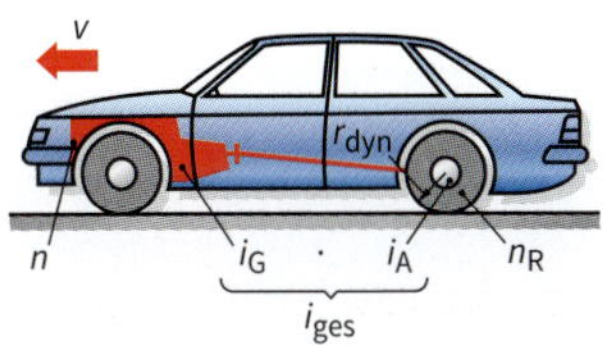

$$v = \frac{3{,}6 \cdot 2 \cdot r_{dyn} \cdot \pi \cdot n_R}{60 \cdot 1000}$$

$$v = \frac{3{,}6 \cdot 2 \cdot r_{dyn} \cdot \pi \cdot n}{60 \cdot 1000 \cdot i_{ges}}$$

$$i_{ges} = i_G \cdot i_A$$

v	Fahrgeschwindigkeit	in $\frac{\text{km}}{\text{h}}$
r_{dyn}	dynamischer Halbmesser	in mm
n_R	Raddrehzahl	in $\frac{1}{\text{min}}$
n	Motordrehzahl	in $\frac{1}{\text{min}}$
i_{ges}	Gesamtübersetzung	
i_G	Übersetzung im Wechselgetriebe	
i_A	Übersetzung im Achsgetriebe	
60	Umrechnungszahl,	$60\ \frac{\text{s}}{\text{min}}$
1000	Umrechnungszahl,	$1000\ \frac{\text{mm}}{\text{m}}$

Rollwiderstand

Rollwiderstandszahlen k_R (Radialreifen)	
Fahrbahn	k_R
Beton- oder Asphaltstraßen	0,015
Kopfsteinpflaster	0,02
festgefahrener Sand	0,05
loser Sand	0,2

$$F_{Ro} = G \cdot k_R$$

$$F_{Ro} = m_F \cdot g \cdot k_R$$

F_{Ro}	Rollwiderstand	in N
G	Gewichtskraft	in N
k_R	Rollwiderstandszahl	
m_F	Masse des Fahrzeugs	in kg
g	Fallbeschleunigung $\left(9{,}81\ \frac{\text{m}}{\text{s}^2}\right)$	in $\frac{\text{m}}{\text{s}^2}$

Steigungswiderstand, Hangabtriebskraft

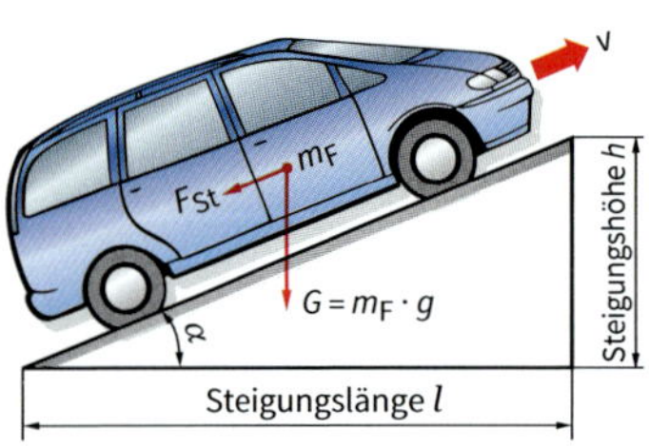

$$F_{St} = G \cdot \frac{h}{l}$$

$F_{St} = G \cdot \tan \alpha$

Für kleine Winkel α gilt:

$$F_{St} = m_F \cdot g \cdot \frac{p}{100\,\%}$$

Befährt ein Fahrzeug ein Gefälle, so entsteht eine Hangabtriebs- oder Gefällekraft F_{Ge}. Sie ist so groß wie der Steigungswiderstand, unterstützt aber die Antriebskraft.

F_{St}	Steigungswiderstand	in N
G	Gewichtskraft	in N
h	Steigungshöhe	in m
l	Steigungslänge	in m
m_F	Fahrzeugmasse (Fahrzeuggewicht)	in kg
g	Fallbeschleunigung $\left(9{,}81\ \frac{m}{s^2}\right)$	in $\frac{m}{s^2}$
p	Steigung	in %
F_{Ge}	Hangabtriebskraft, Gefällekraft	in N

Gesamtfahrwiderstand

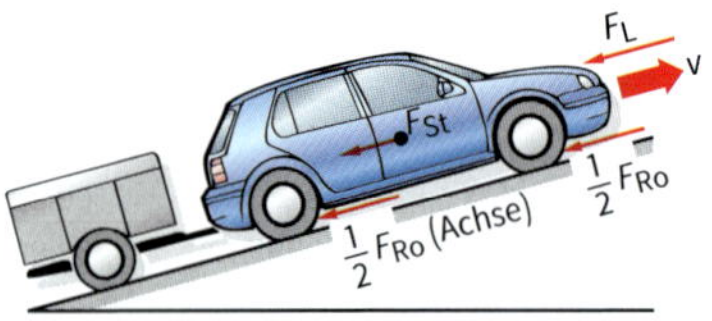

$$F_W = F_{Ro} + F_L + F_{St}$$

Für das Gefälle gilt:

$$F_W = F_{Ro} + F_L - F_{Ge}$$

$$F_{Ge} = F_{St}$$

F_W	Gesamtfahrwiderstand	in N
F_{Ro}	Rollwiderstand	in N
F_L	Luftwiderstand	in N
F_{St}	Steigungswiderstand	in N
F_{Ge}	Hangabtriebskraft, Gefällekraft	in N

Antriebskraft, Beschleunigungskraft

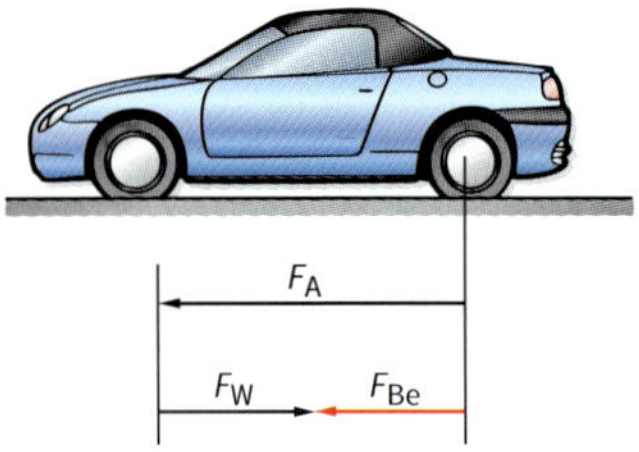

$$F_A = \frac{M_A}{r_{dyn}}$$

$$F_A = \frac{M \cdot i_{ges} \cdot \eta_{ges}}{r_{dyn}}$$

$$F_A = \frac{3600 \cdot P_{eff} \cdot \eta_{ges}}{v}$$

$$F_{Be} = F_A - F_W$$

F_A	Antriebskraft	in N
M_A	Antriebsdrehmoment	in Nm
r_{dyn}	dynamischer Halbmesser	in m
M	Motordrehmoment	in Nm
i_{ges}	Gesamtübersetzung	
η_{ges}	Gesamtwirkungsgrad des Antriebsstrangs	
P_{eff}	effektive Leistung	in kW
v	Fahrgeschwindigkeit	in $\frac{km}{h}$
F_{Be}	Beschleunigungskraft	in N
F_W	Gesamtfahrwiderstand	in N
3600	Umrechnungszahl,	$3600\ \frac{s}{h}$

Fliehkraft

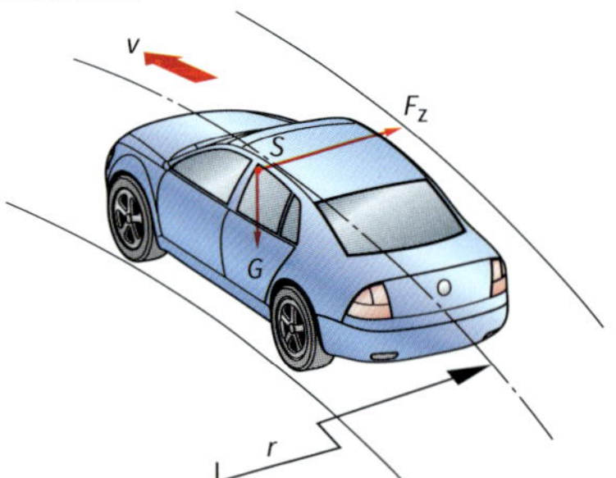

S Schwerpunkt des Fahrzeugs
G Gewichtskraft des Fahrzeugs

$$F_z = \frac{m_F \cdot v^2}{r}$$

$$v_{max} = \sqrt{g \cdot r \cdot \mu_H}$$

F_z	Fliehkraft	in N
m_F	Fahrzeugmasse (Fahrzeuggewicht)	in kg
v	Geschwindigkeit	in $\frac{m}{s}$
v_{max}	maximale Fahrgeschwindigkeit	in $\frac{m}{s}$
r	Radius (Kurvenradius)	in m
g	Fallbeschleunigung	in $\frac{m}{s^2}$
μ_H	Haftreibungszahl	

Berechnung von Luftwiderstand und Luftwiderstandsleistung

Luftwiderstand, Luftwiderstandsleistung

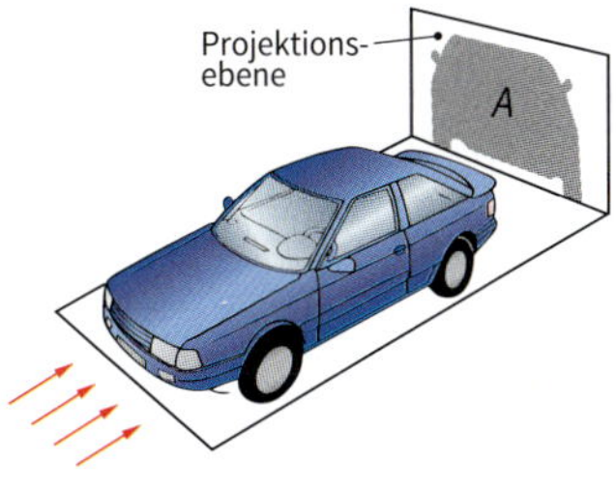

$$F_L = 0{,}615 \cdot v^2 \cdot A \cdot c_w$$

$$F_L = \frac{\varrho}{2} \cdot v^2 \cdot A \cdot c_w$$

$$P_L = F_L \cdot v$$

$$A \approx 0{,}8 \cdot b \cdot h$$

F_L	Luftwiderstand	in N
P_L	Luftwiderstandsleistung	in kW
ϱ	Luftdichte ($\varrho = 1{,}23 \frac{kg}{m^3}$)	
c_w	Luftwiderstandsbeiwert	
A	Stirnfläche des Fahrzeugs (Projektionsfläche)	in m²
v	Fahrgeschwindigkeit (Anströmgeschwindigkeit)	in $\frac{m}{s}$
b	Fahrzeugbreite	in m
h	Fahrzeughöhe	in m

Bestimmung des Luftwiderstandsbeiwertes c_w durch Ausrollversuch

Versuchsbeschreibung:
Ausgehend von zwei unterschiedlichen Ausgangsgeschwindigkeiten werden jeweils für ein Geschwindigkeitsintervall die Ausrollzeiten gemessen und die jeweiligen mittleren Geschwindigkeiten und mittleren Verzögerungen ermittelt. Aus den Ergebnissen wird der c_w-Wert errechnet.

Versuchsbedingungen:
Alle Fahrgeschwindigkeiten unter 100 km/h, Windstille, kein Gang eingelegt, ebene Straße

Beispiel: Fahrzeug mit $m = 1500$ kg und $A = 2$ m²	**1. hohe Geschwindigkeit**	**2. geringe Geschwindigkeit**
Ausgangsgeschwindigkeit	$v_{a1} = 70$ km/h	$v_{a2} = 20$ km/h
Endgeschwindigkeit	$v_{b1} = 65$ km/h	$v_{b2} = 15$ km/h
Ausrollzeit	$t_1 = 6$ s	$t_2 = 10$ s
Mittlere Geschwindigkeit	$v_1 = \frac{v_{a1} + v_{b1}}{2} = 67{,}5$ km/h	$v_2 = \frac{v_{a2} + v_{b2}}{2} = 17{,}5$ km/h
Mittlere Verzögerung	$a_1 = \frac{v_{a1} - v_{b1}}{t_1} = 0{,}83 \frac{km/h}{s}$	$a_2 = \frac{v_{a2} - v_{b2}}{t_2} = 0{,}5 \frac{km/h}{s}$
Luftwiderstandsbeiwert	$c_w = \frac{6 \cdot m\,(a_1 - a_2)}{A\,(v_1^2 - v_2^2)} = \frac{6 \cdot 1500\,(0{,}83 - 0{,}5)}{2\,(67{,}5^2 - 17{,}5^2)} = 0{,}35$	

Luftwiderstandsbeiwerte und Luftwiderstandsleistung verschiedener Fahrzeugbauformen

Bauform	Stirnfläche	c_w-Wert	Luftwiderstandsleistung bei				
			40 km/h	80 km/h	120 km/h	160 km/h	200 km/h
Lastkraftwagen	7,5 m²	0,8	5,0 kW	39,6 kW	133,7 kW	317,0 kW	619,2 kW
Omnibus	6 m²	0,5	2,5 kW	19,8 kW	66,9 kW	158,5 kW	309,6 kW
Geländewagen	2,5 m²	0,4	0,8 kW	6,6 kW	22,3 kW	52,8 kW	103,2 kW
Personenkraftwagen	2 m²	0,3	0,5 kW	3,9 kW	13,3 kW	31,5 kW	61,6 kW
	2 m²	0,35	0,6 kW	4,6 kW	15,6 kW	36,9 kW	72,0 kW
Kraftrad	0,45 m²	0,6	0,2 kW	1,7 kW	5,9 kW	13,9 kW	27,2 kW

c_w-Werte und Stirnflächen von Fahrzeugen

Fahrzeugtypen	c_w-Wert	Stirnfläche in m²
VW Käfer	0,48	1,80
BMW 420D	0,28	2,16
Audi A5 Coupé	0,25	2,17
Ferrari 488 GTB	0,32	2,02
Hyundai Ionic	0,24	2,22
Mercedes EQA	0,28	2,47
VW Golf 8	0,28	2,21
VW XL1	0,186	1,50
Peugeot 208	0,30	2,10

Einfluss von Fahrzeugmodifikationen auf die c_w-Werte

Einflussfaktoren	c_w-Änderung
Breitreifen	+2 % … +4 %
geöffnete Fenster	+5 %
Surfbrett, Dachtransport	+40 %
Außenspiegel	+2 % … +5 %
glatte Radkappen	−1 % … −3 %
Niveausenkung um 30 mm	−5 %
Bodenverkleidungen	−1 % … −7 %
Bremsenkühlung	+2 % … +5 %
geklebte Scheiben	−1 %

Bewegungsenergie und Bremsarbeit

Bewegungsenergie E = Bremsarbeit W_B

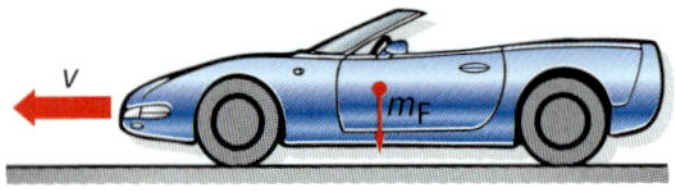

$$E = \frac{1}{2} \cdot m_F \cdot v^2$$

$$W_B = F_B \cdot s$$

E	Bewegungsenergie	in Nm
m_F	Fahrzeugmasse (Fahrzeuggewicht)	in kg
v	Fahrgeschwindigkeit	in $\frac{m}{s}$
W_B	Bremsarbeit	in Nm
F_B	Bremskraft an allen Rädern des Fahrzeugs	in N
s	Bremsweg	in m

Bremskraft

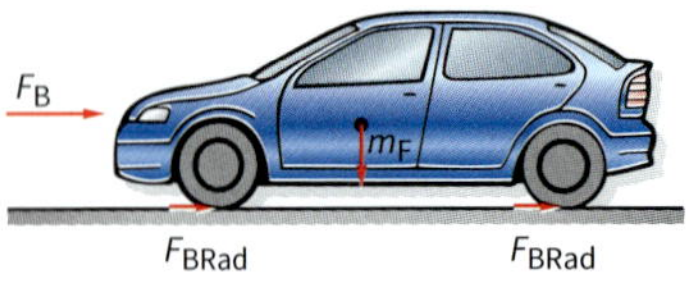

$$F_B = m_F \cdot a$$

$$F_B = 4 \cdot F_{BRad}$$

Maximale Bremskraft

$$F_{Bmax} = m_F \cdot g \cdot \mu_H$$

F_B	Bremskraft	in N
F_{BRad}	Bremskraft eines Rades	in N
m_F	Fahrzeugmasse (Fahrzeuggewicht)	in kg
a	Bremsverzögerung	in $\frac{m}{s^2}$
F_{Bmax}	maximale Bremskraft	in N
g	Fallbeschleunigung (9,81 $\frac{m}{s^2}$)	in $\frac{m}{s^2}$
μ_H	Haftreibungszahl	

Die **maximale Bremskraft** F_{Bmax} ist gleich der Haftreibungskraft F_{HR}. Es ist die Kraft, die zwischen Reifen und Fahrbahn übertragen werden kann, ohne dass die Räder blockieren, d. h. ohne dass sie auf der Fahrbahn gleiten.

Da die beste Bremswirkung bei einem **Bremsschlupf** zwischen 10 und 30 % liegt, regelt das ABS die Bremskraft in diesem Bereich.

Haftreibungszahlen/max. erreichbare Bremsverzögerung

Fahrbahn	Zustand	μ_H	a_{max} in $\frac{m}{s^2}$
Asphalt, Beton, Bitumen	trocken	0,75 bis 0,85	7,5 bis 8,5
	nass	0,45 bis 0,55	4,5 bis 5,5
gepflasterte Fahrbahn	trocken	0,55 bis 0,65	5,5 bis 6,5
	nass	0,45 bis 0,55	4,5 bis 5,5
Schneedecke	trocken	0,25 bis 0,40	2,5 bis 4,0
	nass	0,1 bis 0,25	1,0 bis 2,5
Eisschicht	trocken	0,15 bis 0,20	1,5 bis 2,0
	nass	0,05 bis 0,10	0,5 bis 1,0

Bremsverzögerung

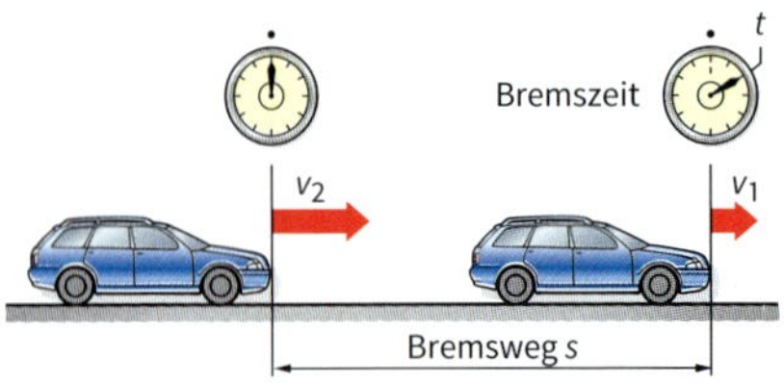

$$a = \frac{v}{t}$$

$$a = \frac{v^2}{2 \cdot s}$$

$$a = \frac{v_2 - v_1}{t}$$

$$a = \frac{v_2^2 - v_1^2}{2 \cdot s}$$

Maximale Bremsverzögerung

$$a_{max} = g \cdot \mu_H$$

a	Bremsverzögerung	in $\frac{m}{s^2}$
v	Fahrgeschwindigkeit vor dem Bremsen	in $\frac{m}{s}$
t	Bremszeit	in s
s	Bremsweg	in m
v_1	Fahrgeschwindigkeit nach dem Bremsen	in $\frac{m}{s}$
v_2	Fahrgeschwindigkeit vor dem Bremsen	in $\frac{m}{s}$
a_{max}	maximale Bremsverzögerung	in $\frac{m}{s^2}$
g	Fallbeschleunigung	in $\frac{m}{s^2}$
μ_H	Haftreibungszahl	

Pkw-Reifen können **maximale Bremsverzögerungen** bis $a_{max} = 10{,}9\ \frac{m}{s^2}$ erreichen.

Dies wird durch spezielle Gummimischungen und Verzahnungseffekte zwischen Fahrbahn und Reifen ermöglicht. Die Haftreibungszahl μ_H steigt dabei auf Werte über 1.

Rennreifen (Slics) erreichen maximale Bremsverzögerungen bis $a_{max} = 17{,}7\ \frac{m}{s^2}$ durch zusätzliche Klebeeffekte und eine Haftreibungszahl $\mu_H = 1{,}8$.

Gesetzliche Anforderungen nach StVZO, EU-Richtlinie 71/320 und ECE-Regelung 13

Fahrzeug	mittlere Bremsverzögerungen	
	Betriebsbremse	Hilfsbremsanlage[1]
Pkw	$a \geq 5{,}8\ \frac{m}{s^2}$	$a \geq 2{,}9\ \frac{m}{s^2}$
KOM	$a \geq 5{,}0\ \frac{m}{s^2}$	$a \geq 2{,}5\ \frac{m}{s^2}$
Nkw	$a \geq 5{,}0\ \frac{m}{s^2}$	$a \geq 2{,}2\ \frac{m}{s^2}$

[1] Bei Pkw entspricht die Hilfsbremsanlage der Feststellbremse (Handbremse).

Bremsverzögerung aus Prüfstandsmessungen

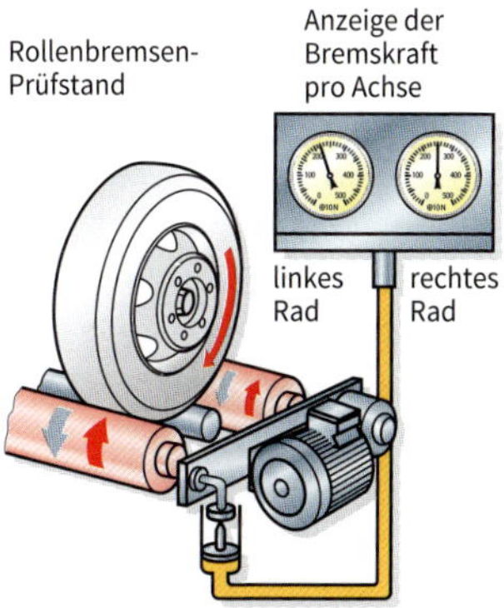

$$a = \frac{F_B \cdot g}{G}$$

$F_B = 4 \cdot F_{BRad}$

a	Bremsverzögerung	in $\frac{m}{s^2}$
F_B	Summe der Bremskräfte an allen Rädern des Fahrzeugs	in N
g	Fallbeschleunigung $\left(9{,}81\ \frac{m}{s^2}\right)$	in $\frac{m}{s^2}$
G	zul. Gesamtgewichtskraft des Fahrzeugs	in N
F_{BRad}	Bremskraft eines Rades	in N

Abbremsung

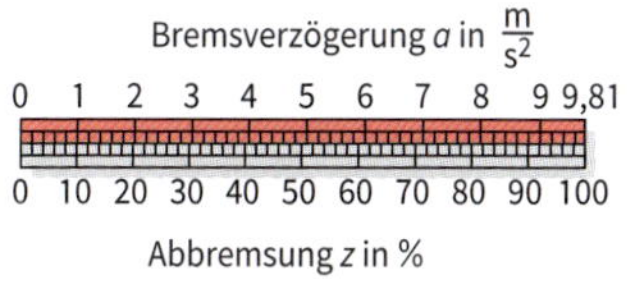

Die Abbremsung z entspricht dem Prozentsatz der Bremsverzögerung unter der Voraussetzung, dass $g = 9{,}81\ \frac{m}{s^2}$ 100 % entsprechen.

$$z = \frac{F_B \cdot 100\ \%}{G}$$

z	Abbremsung	in %
F_B	Summe der Bremskräfte an allen Rädern des Fahrzeugs	in N
G	zul. Gesamtgewichtskraft des Fahrzeugs	in N

Anhalteweg

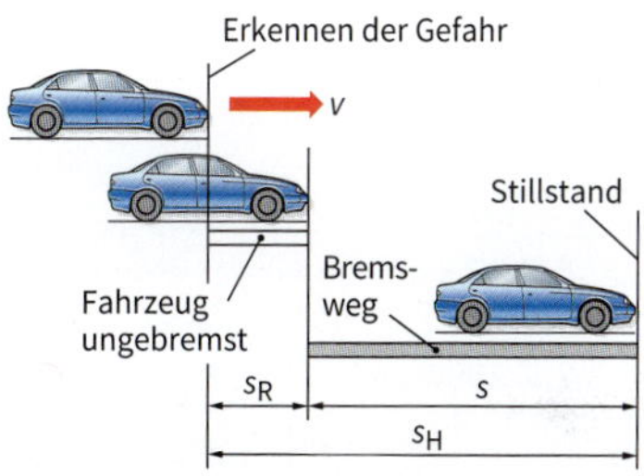

Der Anhalteweg s_H ist der Weg, den ein Fahrzeug vom Erkennen einer Gefahr durch die fahrende Person bis zum Stillstand zurücklegt.

$$s_H = s_R + s$$

$$s_H = v \cdot t_R + \frac{v \cdot t}{2}$$

$$s_H = v \cdot t_R + \frac{v^2}{2 \cdot a}$$

$$s_H = v \cdot t_R + \frac{a \cdot t^2}{2}$$

s_H	Anhalteweg	in m
s_R	Reaktionsweg	in m
s	Bremsweg	in m
v	Fahrgeschwindigkeit vor dem Bremsen	in $\frac{m}{s}$
t_R	Reaktionszeit	in s
t	Bremszeit	in s
a	Bremsverzögerung	in $\frac{m}{s^2}$

Näherungsformel für den Anhalteweg

$$s_H \approx 3 \cdot \frac{v}{10} + \left(\frac{v}{10}\right)^2$$

v	Fahrgeschwindigkeit vor dem Bremsen	in $\frac{km}{h}$

Mechanische Kraftübersetzung

Einseitiger Hebel:

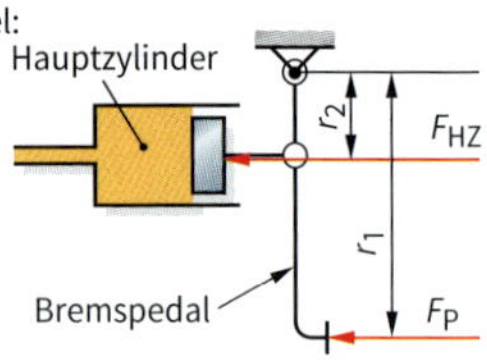

Zweiseitiger Hebel:

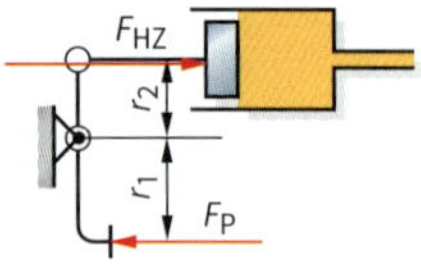

Winkelhebel:

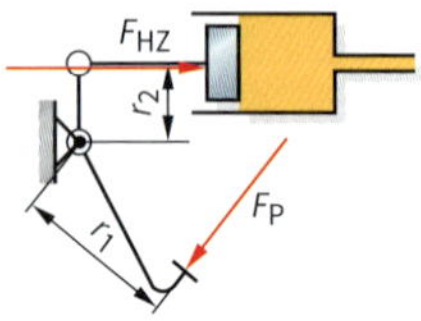

$F_P \cdot r_1 = F_{HZ} \cdot r_2$

$$i_{mec} = \frac{F_P}{F_{HZ}}$$

$$i_{mec} = \frac{r_2}{r_1}$$

i_{mec}	mechanische Kraftübersetzung	
F_P	Fußkraft am Bremspedal	in N
F_{HZ}	Kraft an der Hauptzylinder-Kolbenstange	in N
r_1	Hebelarm von der Bremspedalplatte zum Drehpunkt	in mm
r_2	Hebelarm von der Kolbenstangenachse zum Drehpunkt	in mm

Hydraulische Kraftübertragung und Kraftübersetzung

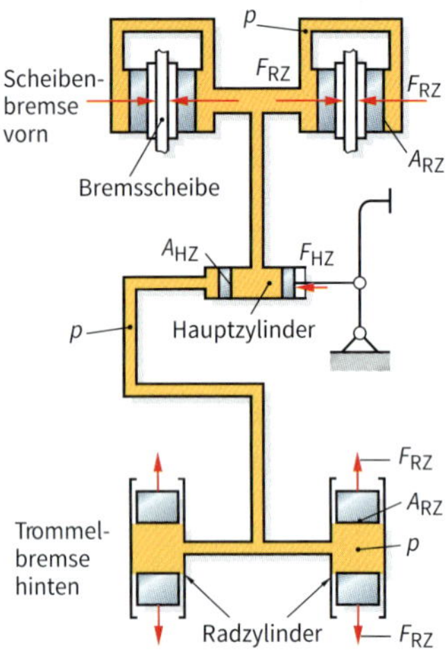

Flüssigkeitsdruck

$$p = \frac{F_{HZ}}{A_{HZ}}$$

Mit Bremskraftverstärker

$$p = \frac{F_{HZV}}{A_{HZ}}$$

Hydraulische Kraftübersetzung

$$i_{hyd} = \frac{A_{HZ}}{A_{RZges}}$$

$$i_{hyd} = \frac{F_{HZ}}{F_{RZges}}$$

Spannkraft

$$F_{RZ} = \frac{F_{HZ} \cdot A_{RZ}}{A_{HZ}}$$

p	Flüssigkeitsdruck	in $\frac{N}{cm^2}$
F_{HZ}	Betätigungskraft des Hauptzylinderkolbens	in N
F_{HZV}	verstärkte Kolbenstangenkraft	in N
A_{HZ}	Fläche des Hauptzylinderkolbens	in cm^2
i_{hyd}	hydraulische Kraftübersetzung	
A_{RZges}	Summe der Radzylinderkolbenflächen eines Bremskreises	in cm^2
F_{RZges}	Summe der Spannkräfte an den Radzylinderkolbenflächen eines Bremskreises	in N
F_{RZ}	Spannkraft am Radzylinderkolben	in N
A_{RZ}	Fläche des Radzylinderkolbens	in cm^2

Pneumatische Verstärkung der Kolbenstangenkraft

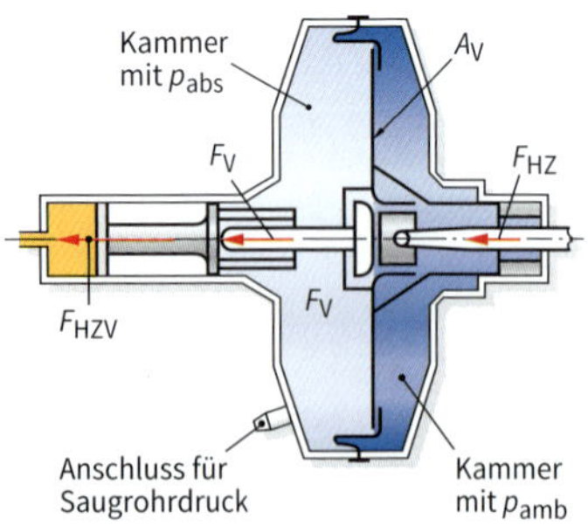

Verstärkerkraft

$$F_V = (p_{amb} - p_{abs}) \cdot A_V$$

Verstärkte Kolbenstangenkraft

$$F_{HZV} = F_{HZ} + F_V$$

Pneumatische Übersetzung

$$i_{pn} = \frac{F_{HZ}}{F_{HZV}}$$

F_V	Verstärkerkraft	in N
p_{amb}	Luftdruck	in bar
p_{abs}	absoluter Druck in der Unterdruckkammer	in bar
A_V	Fläche des Verstärkerkolbens	in cm^2
F_{HZV}	verstärkte Kolbenstangenkraft	in N
F_{HZ}	Kolbenstangenkraft	in N
i_{pn}	pneumatische Übersetzung des Bremskraftverstärkers	

$1 \text{ bar} = 10 \frac{N}{cm^2}$

Gesamtübersetzung

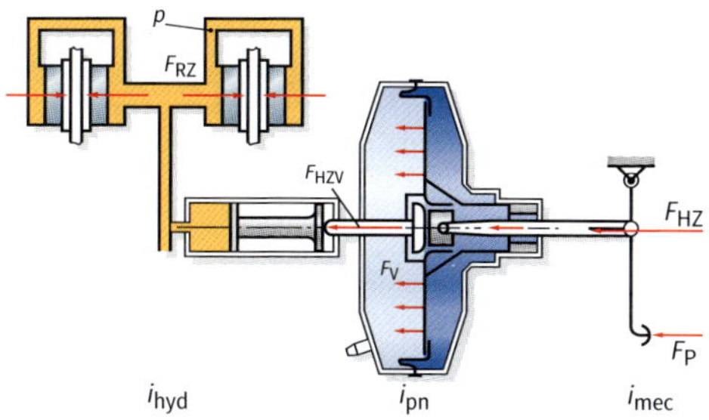

$$i_{ges} = i_{mec} \cdot i_{pn} \cdot i_{hyd}$$

i_{ges}	Gesamtübersetzung
i_{mec}	mechanische Kraftübersetzung
i_{pn}	pneumatische Übersetzung
i_{hyd}	hydraulische Kraftübersetzung

Gesamtumfangskraft

Scheibenbremse

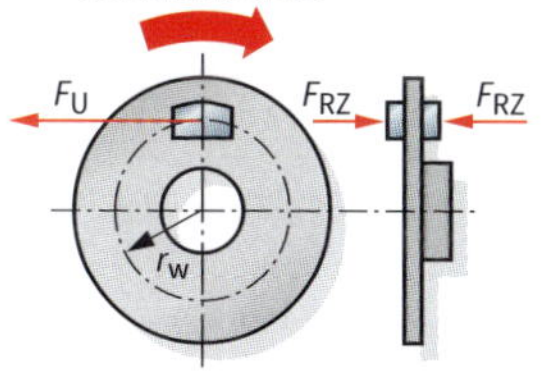

Trommelbremse

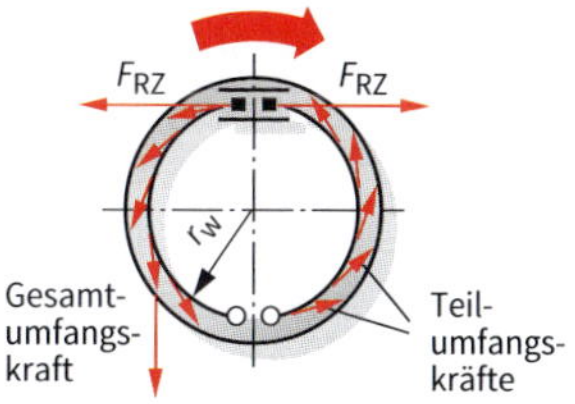

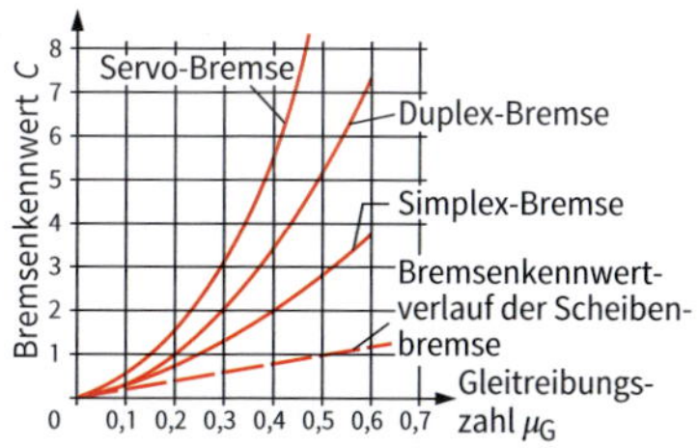

$$F_U = C \cdot F_{RZ}$$

F_U	Gesamtumfangskraft an der Bremsscheibe bzw. Bremstrommel	in N
C	Bremsenkennwert	
F_{RZ}	Spannkraft eines Brems- bzw. Radzylinderkolbens	in N

Der **Bremsenkennwert** *C* berücksichtigt die Bauart der Bremse. Trommelbremsen haben durch Selbstverstärkung – je nach Bauart – sehr unterschiedliche innere Kraftübersetzungen.

Der Bremsenkennwert *C* wird aus einem Diagramm in Abhängigkeit von der Bremsenbauart und der Gleitreibungszahl μ_G entnommen.

Hinweis:
Für die Scheibenbremse gilt:
$C = \mu_G \cdot z$
mit $z = 2$ (2 Reibflächenpaarungen)

Bremsmoment

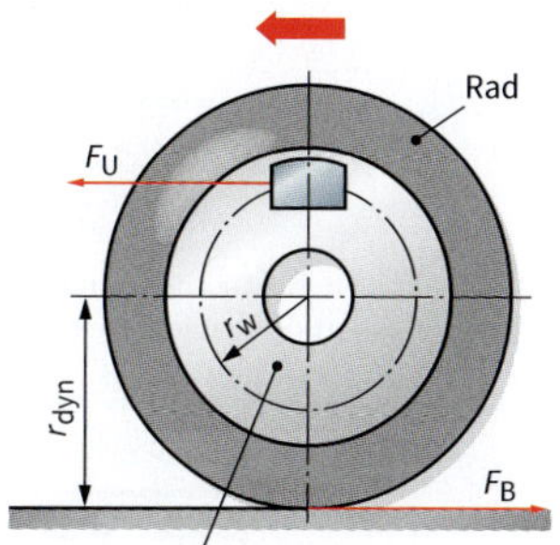

$$M_B = F_B \cdot r_{dyn}$$

$$M_B = F_U \cdot r_w$$

$$F_B \cdot r_{dyn} = F_U \cdot r_w$$

M_B	Bremsmoment am Rad	in Nm
F_B	Bremskraft am Rad	in N
r_{dyn}	dynamischer Halbmesser	in m
F_U	Gesamtumfangskraft	in N
r_w	wirksamer Bremsscheibenhalbmesser	in m

Elektrische Ladungsmenge und Stromstärke

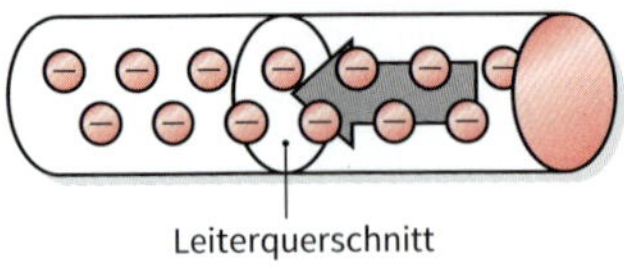

$$Q = I \cdot t$$

Q	Ladungsmenge	in As
I	Stromstärke	in A
t	Zeit	in s

Bei einer Stromstärke von 1 Ampere fließen **$6{,}25 \cdot 10^{18}$ Elektronen pro Sekunde** durch den **Leiterquerschnitt**.

Elektrische Spannung und Arbeit

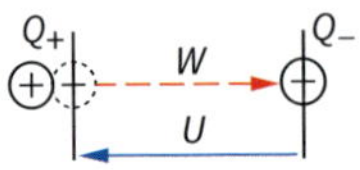

$$W = U \cdot Q$$

W	elektrische Arbeit	in Ws
U	Spannung	in V
Q	Ladungsmenge	in As

Ohmsches Gesetz

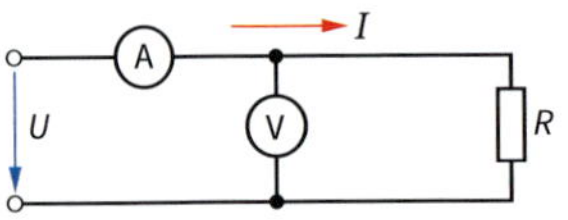

$$R = \frac{U}{I}$$

R	elektrischer Widerstand	in Ω
U	elektrische Spannung	in V
I	elektrische Stromstärke	in A

Widerstand, Leitwert, spezifischer Widerstand und Leitfähigkeit

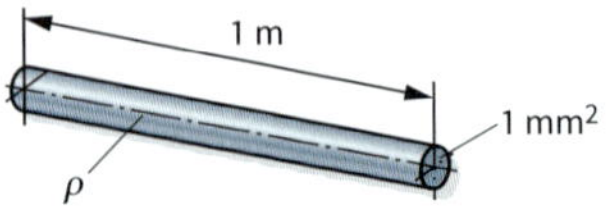

Spezifische elektrische Widerstände und elektrische Leitfähigkeiten von Werkstoffen

Werkstoffe bei 20 °C	ϱ in $\Omega mm^2/m$	κ in $m/\Omega mm^2$
Silber	0,015	67
Kupfer	0,018	58
Gold	0,020	48
Aluminium	0,028	36
Zink	0,06	16,7
Eisen	0,1	10
Platin	0,106	9,4
Zinn	0,11	9,1
Blei	0,208	4,8
Kohle	66,667	0,015
Cu-Zn-Legierung	0,07	14,3
Cu Ni 44 (Konstantan)	0,49	2

Widerstand

$$R = \frac{1}{G}$$

R elektrischer Widerstand in Ω

Den **Widerstand** von 1 Ohm (Ω) hat ein elektrischer Leiter, wenn durch ihn bei einer Spannung von 1 Volt eine Stromstärke von 1 Ampere fließt.

Leitwert

$$G = \frac{1}{R}$$

G elektrischer Leitwert in S

Der **Leitwert G** ist gleich dem Kehrwert des Widerstands *R*. Die Einheit 1 Siemens (S) ist gleich dem Kehrwert von 1 Ohm.

Spezifischer elektrischer Widerstand

$$\varrho = \frac{1}{\kappa}$$

ϱ spezifischer elektrischer Widerstand in $\frac{\Omega \cdot mm^2}{m}$

Der **spezifische elektrische Widerstand** ϱ ist der Widerstand eines elektrischen Leiters von 1 Meter Länge und einem Querschnitt von 1 mm².

Elektrische Leitfähigkeit

$$\kappa = \frac{1}{\varrho}$$

κ elektrische Leitfähigkeit in $\frac{m}{\Omega \cdot mm^2}$

Die **elektrische Leitfähigkeit κ** gibt an, wie viel Meter ein elektrischer Leiter lang ist, wenn er bei einem Querschnitt von 1 mm² 1 Ohm Widerstand hat.

Elektrischer Widerstand drahtförmiger Leiter

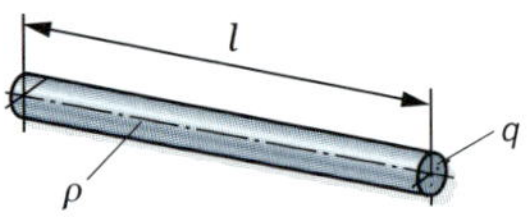

$$R = \frac{\varrho \cdot l}{q}$$

R	elektrischer Widerstand	in Ω
ϱ	spezifischer elektrischer Widerstand	in $\frac{\Omega \cdot mm^2}{m}$
l	Länge des Leiters	in m
q	Querschnittsfläche des Leiters	in mm²

Gleichspannung

Bei einer Gleichspannung handelt es sich um eine elektrische Spannung, deren Wert sich über einen längeren Zeitraum nicht verändert. Sie hat jederzeit dasselbe Vorzeichen und denselben Betrag. Als Abkürzung dient das Kürzel „DC“ (Direct Current), welches zwar Gleichstrom bedeutet, aber auch für Gleichspannung genutzt wird.

Gleichstrom

Bei einem Gleichstrom handelt es sich um einen elektrischen Strom, dessen Wert der Stromstärke sich zeitlich nicht verändert. Als Abkürzung dient das Kürzel „DC“ (Direct Current).

Schaltzeichen für Gleichstrom gemäß IEC 60617-2

Abhängigkeit des elektrischen Widerstands von der Temperatur

Temperaturkoeffizienten von Werkstoffen bei einer Ausgangstemperatur von 20 °C

Werkstoffe	α in $\frac{1}{K}$
Aluminium	0,0036
Kupfer	0,0039
Gold	0,004
Platin	0,004
Silber	0,004
Blei	0,0042
Zink	0,0042
Zinn	0,0046
Wolfram	0,0046
Eisen	0,005
Nickel	0,0055
Cu Ni 44 (Konstantan)	–0,00004
Kohle	–0,00045

Widerstandsänderung

$$\Delta R = R_{20} \cdot \Delta T \cdot \alpha$$

Temperaturänderung

$$\Delta T = T_2 - T_1$$

Warmwiderstand

$$R_W = R_{20} + \Delta R$$

$$R_W = R_{20} \cdot (1 + \Delta T \cdot \alpha)$$

Kaltwiderstand

$$R_K = R_{20} - \Delta R$$

$$R_K = R_{20} \cdot (1 - \Delta T \cdot \alpha)$$

ΔR	Widerstandsänderung	in Ω
R_{20}	Widerstand bei 20 °C	in Ω
ΔT	Temperaturänderung	in K
α	Temperaturbeiwert	in $\frac{1}{K}$
T_1	Ausgangstemperatur	in K
T_2	Endtemperatur	in K
R_W	Warmwiderstand	in Ω
R_K	Kaltwiderstand	in Ω

Reihenschaltung von Widerständen

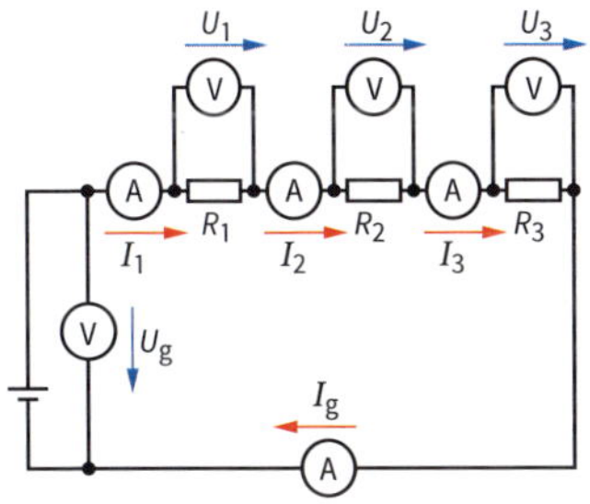

$$I_g = I_1 = I_2 = I_3$$

$$U_g = U_1 + U_2 + U_3$$

$$R_g = R_1 + R_2 + R_3$$

$$I_g = \frac{U_g}{R_g} = \frac{U_1}{R_1} = \frac{U_2}{R_2} = \frac{U_3}{R_3}$$

$$\frac{U_1}{R_1} = \frac{U_2}{R_2} = \frac{U_3}{R_3}$$

I_g	Gesamtstrom	in A
I_1, I_2, I_3	Teilströme	in A
U_g	Gesamtspannung	in V
U_1, U_2, U_3	Teilspannungen	in V
R_g	Gesamtwiderstand	in Ω
R_1, R_2, R_3	Einzelwiderstände	in Ω

Parallelschaltung von Widerständen

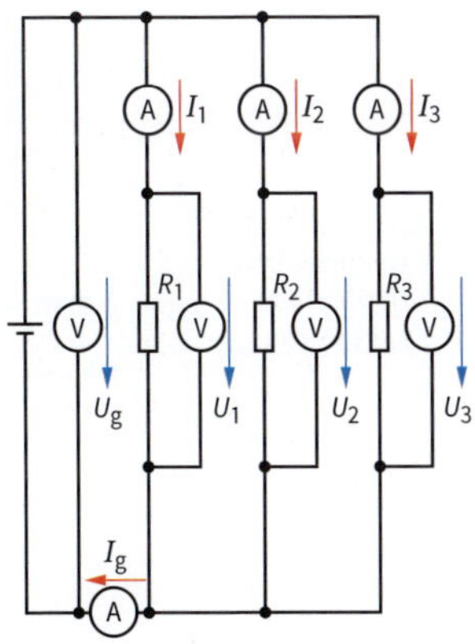

$$I_g = I_1 + I_2 + I_3$$

$$U_g = U_1 = U_2 = U_3$$

$$\frac{I_1}{I_2} = \frac{R_2}{R_1}$$

$$\frac{1}{R_g} = \frac{1}{R_1} + \frac{1}{R_2} + \frac{1}{R_3}$$

Für 2 Widerstände gilt:

$$R_g = \frac{R_1 \cdot R_2}{R_2 + R_1}$$

I_g	Gesamtstrom	in A
I_1, I_2, I_3	Teilströme	in A
U_g	Gesamtspannung	in V
U_1, U_2, U_3	Teilspannungen	in V
R_g	Gesamtwiderstand	in Ω
R_1, R_2, R_3	Einzelwiderstände	in Ω

Spannungsteiler

Unbelasteter Spannungsteiler

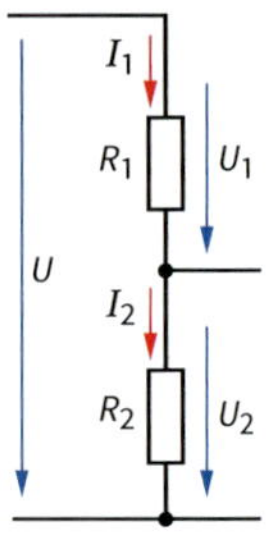

$I_1 = I_2$
$U = U_1 + U_2$

$$\frac{U_2}{U} = \frac{R_2}{R_1 + R_2}$$

Belasteter Spannungsteiler

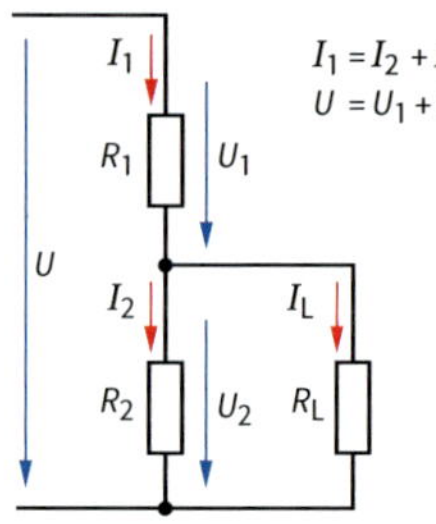

$I_1 = I_2 + I_L$
$U = U_1 + U_2$

$$\frac{U_2}{U} = \frac{R_2 \cdot R_L}{R_1\,(R_2 + R_L) + R_2 \cdot R_L}$$

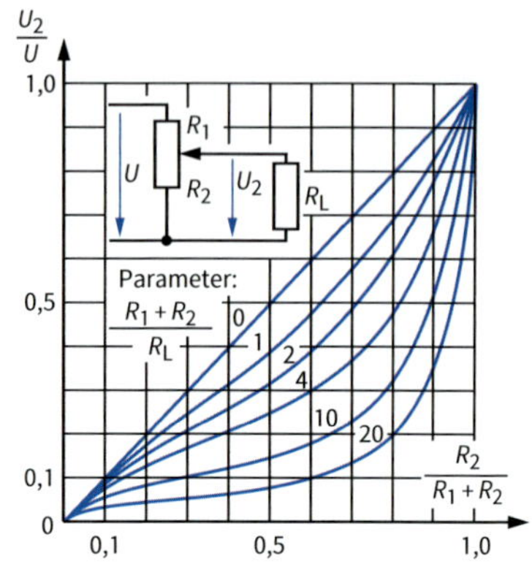

Elektrische Arbeit

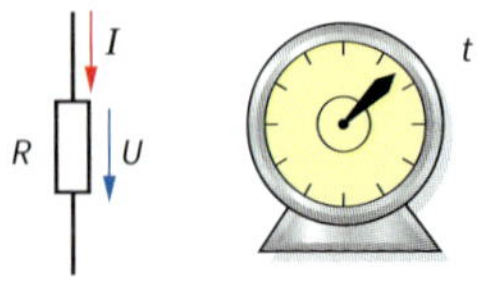

$$W = U \cdot Q$$

$$W = U \cdot I \cdot t$$

W	elektrische Arbeit	in Ws
U	Spannung	in V
Q	Ladungsmenge	in As
I	Stromstärke	in A
t	Zeit	in s

Elektrische Leistung

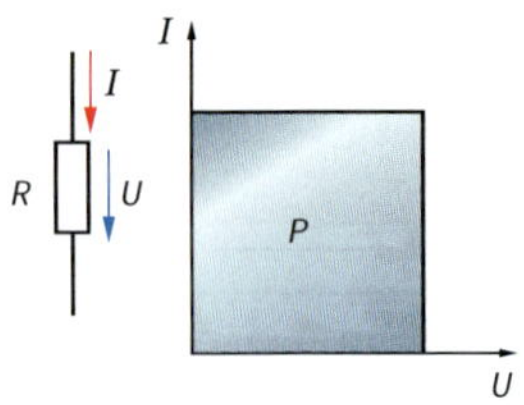

$$P = \frac{W}{t}$$

$$P = U \cdot I$$

$$P = R \cdot I^2$$

$$P = \frac{U^2}{R}$$

P	elektrische Leistung	in W
W	elektrische Arbeit	in Ws
t	Zeit	in s
U	Spannung	in V
I	Stromstärke	in A
R	Widerstand	in Ω

Wirkungsgrad und Verlustleistung

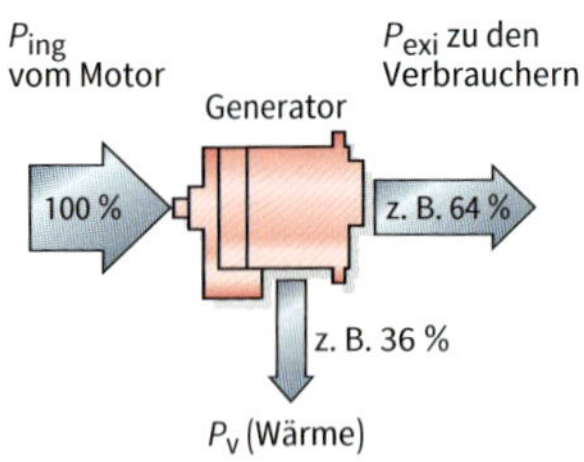

Wirkungsgrad

$$\eta = \frac{P_{exi}}{P_{ing}}$$

Wirkungsgrad in %

$$\eta = \frac{P_{exi}}{P_{ing}} \cdot 100\,\%$$

Verlustleistung

$$P_v = P_{ing} - P_{exi}$$

η	Wirkungsgrad	
P_{exi}	Ausgangs- bzw. Nutzleistung	in W, kW, %
P_{ing}	Eingangsleistung	in W, kW, %
η	Wirkungsgrad	in %
P_v	Verlustleistung	in W, kW, %

Leistungsbedarf elektrischer Verbraucher im Kraftfahrzeug (Durchschnittswerte für Pkw)

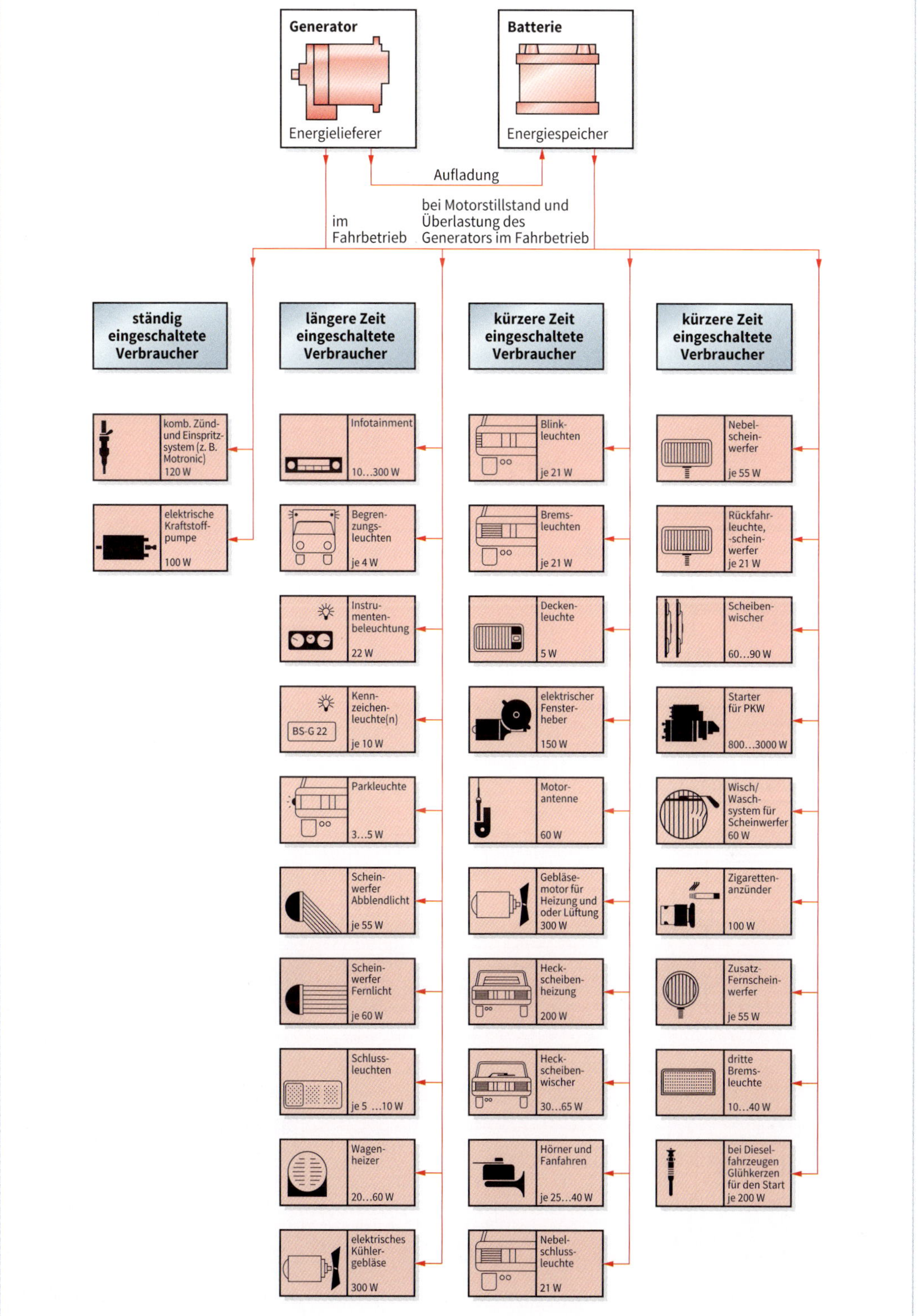

Messung elektrischer Widerstände

Spannungsfehlerschaltung
(zur Bestimmung großer Widerstände)

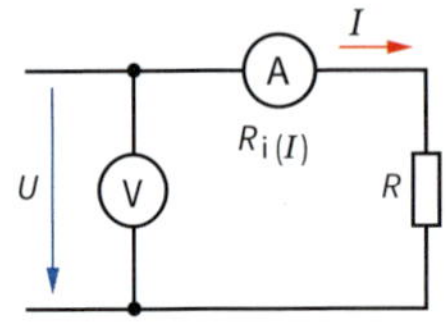

$$R = \frac{U - I \cdot R_{i(I)}}{I}$$

U	gemessene Spannung	in V
I	gemessene Stromstärke	in A
$R_{i(I)}$	Widerstand des Strommessgeräts	in Ω

Stromfehlerschaltung
(zur Bestimmung kleiner Widerstände)

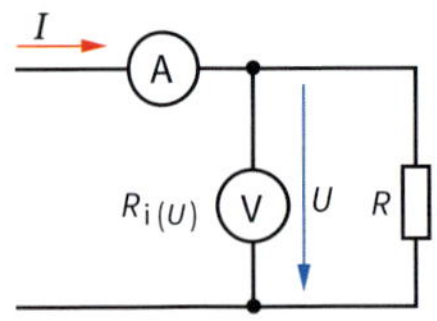

$$R = \frac{U}{I - \frac{U}{R_{i(U)}}}$$

U	gemessene Spannung	in V
I	gemessene Stromstärke	in A
$R_{i(U)}$	Widerstand des Spannungsmessgeräts	in Ω

Brückenschaltung
(Wheatstone-Messbrücke)

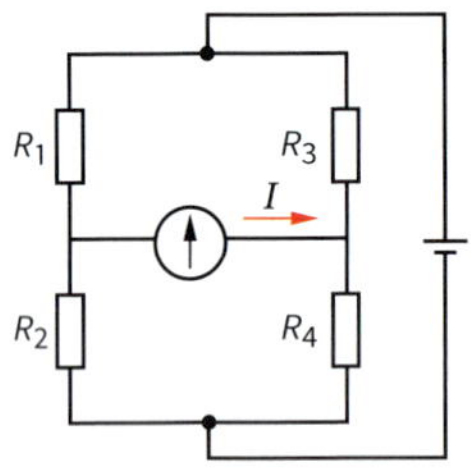

Abgeglichene Brücke

$$\frac{R_1}{R_2} = \frac{R_3}{R_4}$$

$$I = 0$$

R_1, R_2, R_3, R_4	Einzelwiderstände der Messbrücke	in Ω

Messbereichserweiterung

Spannungsmessung

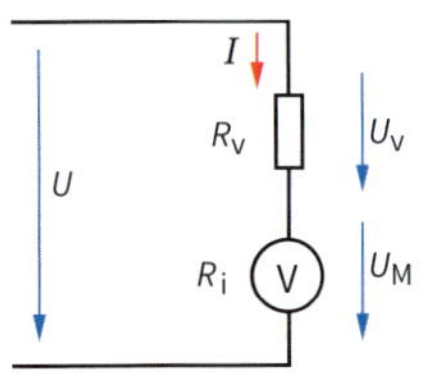

$$n = \frac{U}{U_M}$$

$$R_v = \frac{U - U_M}{I_M}$$

$$R_v = (n - 1)\, R_i$$

n	Faktor der Messbereichserweiterung	
R_v	Vorwiderstand	in Ω
R_i	Innenwiderstand	in Ω
U_M	Spannung am Messwerk bei Vollausschlag	in V
U	zu messende Spannung	in V
I_M	Stromstärke durch das Messwerk bei Vollausschlag	in A
U_v	Spannung am Vorwiderstand	in V

Strommessung

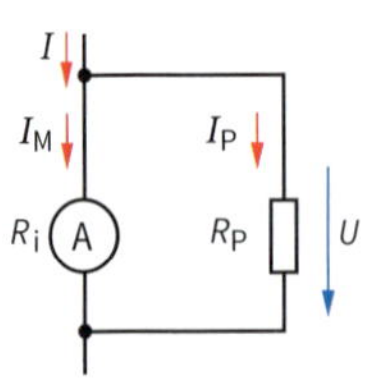

$$n = \frac{I}{I_M}$$

$$R_p = \frac{U}{I - I_M}$$

$$R_p = \frac{R_i}{(n - 1)}$$

$$I = I_M + I_p$$

n	Faktor der Messbereichserweiterung	
R_p	Parallelwiderstand	in Ω
R_i	Innenwiderstand	in Ω
I	zu messende Stromstärke	in A
I_M	Stromstärke durch das Messwerk bei Vollausschlag	in A
I_p	Parallelstromstärke	in A

Schaltungen von Kondensatoren

Parallelschaltung

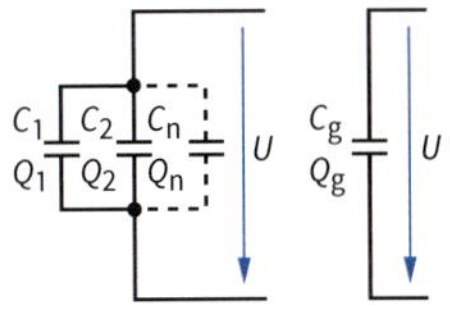

$Q = C \cdot U$

$Q_g = Q_1 + Q_2 + \ldots + Q_n$

$C_g = C_1 + C_2 + \ldots + C_n$

$Q_1 \ldots Q_n$	Ladungen der Einzelkondensatoren	in As
$C_1 \ldots C_n$	Kapazitäten der Einzelkondensatoren	in F
Q_g	Ladung der Gesamtkapazität	in As
C_g	Gesamtkapazität	in F

Reihenschaltung

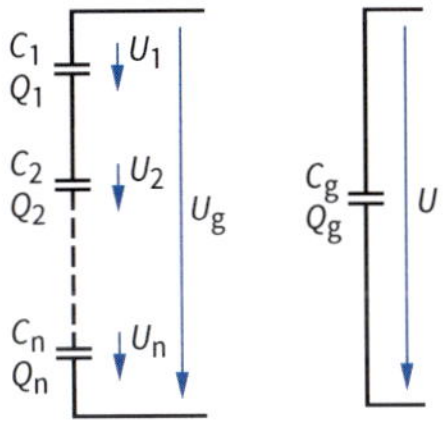

$Q = C \cdot U$

$Q_g = Q_1 = Q_2 = \ldots = Q_n$

$U_g = U_1 + U_2 + \ldots + U_n$

$$\frac{1}{C_g} = \frac{1}{C_1} + \frac{1}{C_2} + \ldots + \frac{1}{C_n}$$

$Q_1 \ldots Q_n$	Ladungen der Einzelkondensatoren	in As
$C_1 \ldots C_n$	Kapazitäten der Einzelkondensatoren	in F
Q_g	Ladung der Gesamtkapazität	in As
C_g	Gesamtkapazität	in F
$U_1 \ldots U_n$	Einzelspannungen	in V
U_g	Gesamtspannung	in V

Ultracaps

Ultracaps, auch Superkondensatoren genannt, sind eine Weiterentwicklung der Doppelschichtkondensatoren.
Ultracaps dienen als **Stromspeicher**.

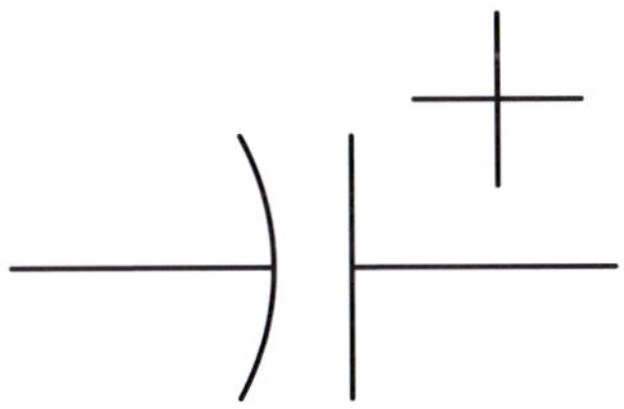

Diode und Transistoren

Diode

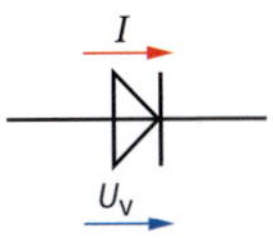

$U_v = I \cdot R_D$

$P_v = I \cdot U_v$

U_v	Spannungsverlust (Spannungsfall) an der Diode	in V
I	Stromstärke durch die Diode	in A
R_D	Widerstand der Diode	in Ω
P_v	Verlustleistung an der Diode	in W

NPN-Transistor

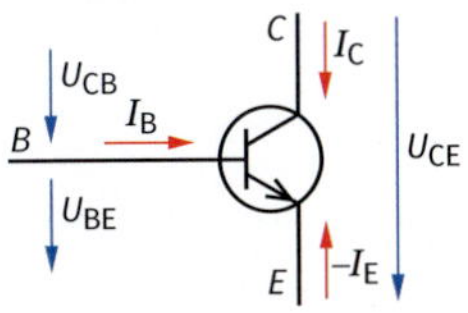

PNP-Transistor

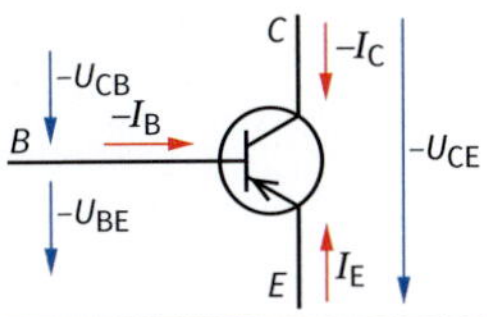

$I_E = I_C + I_B$

$U_{CE} = U_{CB} + U_{BE}$

$$B = \frac{I_C}{I_B}$$

$P_{tot} = U_{CE} \cdot I_C + U_{BE} \cdot I_B$

$P_{tot} \approx U_{CE} \cdot I_C$

I_E	Emitterstromstärke	in mA
I_C	Kollektorstromstärke	in mA
I_B	Basisstromstärke	in mA
U_{CE}	Kollektor-Emitter-Spannung	in V
U_{CB}	Kollektor-Basis-Spannung	in V
U_{BE}	Basis-Emitter-Spannung	in V
B	Gleichstromverstärkungsfaktor	
P_{tot}	Verlustleistung	in W

MOSFET

Als MOSFET (**M**etal-**O**xide-**S**emiconductor **F**ield-**E**ffect **T**ransistor) wird eine Bauform von Transistoren bezeichnet: ein Bauteil, das über Spannung gesteuert wird, um mit einem geringen Steuerstrom hohe Ströme zu schalten.

Leistungs-/Kanaltyp	Anreicherungstyp (selbstsperrend)			Verarmungstyp (selbstleitend)	
p-Kanal	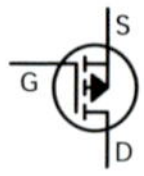	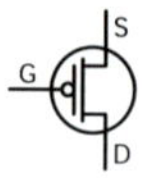	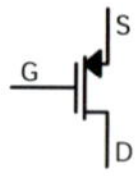	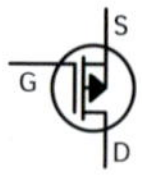	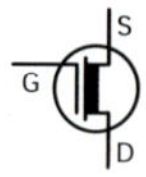
n-Kanal	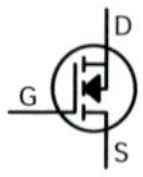	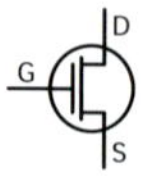	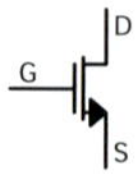	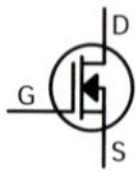	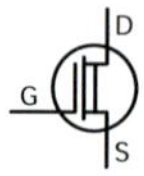

Magnetisches Feld

Magnetische Feldstärke

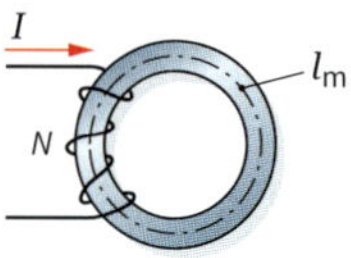

$$H = \frac{I \cdot N}{l_m}$$

$$\Theta = I \cdot N$$

H	magnetische Feldstärke	in $\frac{A}{m}$
I	Stromstärke	in A
N	Windungszahl	
l_m	mittlere Feldlinienlänge	in m
Θ	elektrische Durchflutung	in A

Magnetische Flussdichte

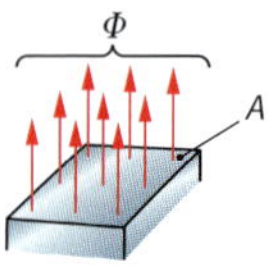

$$B = \frac{\Phi}{A}$$

B	magnetische Flussdichte	in $\frac{Vs}{m^2}$
Φ	magnetischer Fluss	in Vs
A	Fläche	in m^2

$1 \frac{Vs}{m^2} = 1$ Tesla

$1\ Vs = 1$ Wb (Weber)

Induktionsspannung

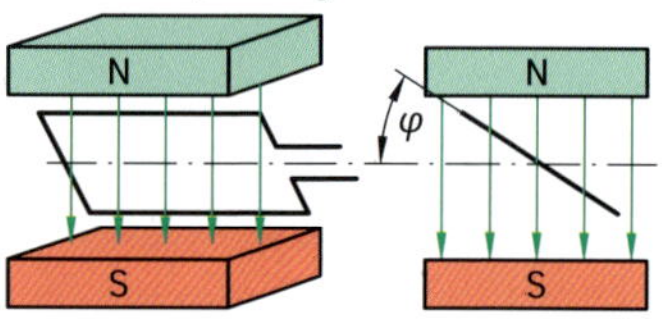

$$U_i = B \cdot \frac{\Delta A}{\Delta t}$$

U_i	Induktionsspannung
B	magnetische Flussdichte
ΔA	Änderung der vom magnetischen Fluss durchdrungenen Fläche
Δt	Änderung der Dauer

Induktivität

$$L = \frac{\Phi}{I}$$

L	Induktivität in Henry	in $\frac{Vs}{A}$
Φ	magnetischer Fluss	in Vs
I	Stromstärke	in A

Für die Berechnung des **Querschnitts** einer Leitung bei vorbestimmter Länge der Leitung muss die zulässige **Stromdichte** in der Leitung nach **Tabelle 1** und der **zulässige Spannungsfall** an der Leitung nach **Tabelle 2** beachtet werden.

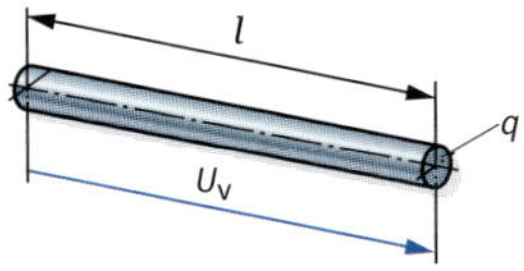

Stromstärke

$$I = \frac{P}{U_N}$$

$$I = \frac{U_N}{R}$$

I	Stromstärke	in A
P	elektrische Leistung des Verbrauchers	in W
U_N	Nennspannung	in V
R	Widerstand des Verbrauchers	in Ω

Stromdichte

$$J = \frac{I}{q}$$

J	Stromdichte	in $\frac{A}{mm^2}$
q	Leiterquerschnitt	in mm^2

Leiterquerschnitt

$$q = \frac{I \cdot \varrho \cdot l}{U_v}$$

ϱ	spezifischer elektrischer Widerstand	in $\frac{\Omega \cdot mm^2}{m}$
l	Leitungslänge	in m

Spannungsfall

$$U_v = R \cdot I$$

U_v	zulässiger Spannungsfall, Spannungsfall, Spannungsverlust	in V

Tab. 1: Normquerschnitte q_{Norm}, zulässige Dauerstromstärken I_{zul} und Stromdichten J_{zul} von Kupferleitungen für Kraftfahrzeuge

mehradrig, unverzinnt, PVC-isoliert, zulässige Betriebstemperatur 70 °C nach DIN VDE 0298, Teil 4; die Temperaturangaben im Tabellenkopf sind maximale Umgebungstemperaturen

q_{Norm} in mm^2	I_{zul} in A bei 30 °C	J_{zul} in A/mm^2 bei 30 °C	I_{zul} in A bei 50 °C	J_{zul} in A/mm^2 bei 50 °C
0,5	10	20	8	16
0,75	15	20	10	13,3
1	20	20	13	13
1,5	24	16	17	11,3
2,5	32	12,8	23	9,2
4	42	10,5	30	7,5
6	54	9	38	6,3
10	73	7,3	52	5,2
16	98	6,1	70	4,4
25	130	5,2	92	3,7
35	158	4,5	112	3,2
50	200	4	140	2,8
70	245	3,5	175	2,5
95	294	3,1	209	2,2
120	340	3	240	2

Im **Kurzzeitbetrieb** von elektrischen Verbrauchern, z. B. Starter, Magnetschalter, ist eine **Stromdichte bis zu 30 A/mm²** zulässig.

Tab. 2: Zulässiger Spannungsfall

Art der Leitung	Zul. Spannungsfall der Plusleitung	Bemerkungen
Lichtleitungen vom Lichtschalter Klemme 30 bis Leuchten < 15 W	0,1 V	Strom bei Nennspannung und Nennleistung
vom Lichtschalter Klemme 30 bis Leuchten > 15 W	0,5 V	
vom Lichtschalter Klemme 30 bis Scheinwerfer	0,3 V	
Ladeleitung vom Drehstromgenerator Klemme B+ bis Batterie	0,4 V bei 12 V 0,8 V bei 24 V	Strom bei Nennspannung und Nennleistung
Steuerleitungen vom Drehstromgenerator bis Regler (Klemmen D+, D–, DF)	0,1 V bei 12 V 0,2 V bei 24 V	bei maximalem Erregerstrom
Starterhauptleitung	0,5 V bei 12 V 1,0 V bei 24 V	Starterkurzschlussstrom bei +20 °C
Startersteuerleitung vom Startschalter bis Starter Klemme 50 Einrückrelais mit Einfachwicklung Einrückrelais mit Einzug- und Haltewicklung	1,4 V bei 12 V 2,0 V bei 24 V 2,4 V bei 12 V 2,8 V bei 24 V	maximaler Steuerstrom
Sonstige Steuerleitungen vom Schalter bis Relais, Horn usw.	0,5 V bei 12 V 1,0 V bei 24 V	Strom bei Nennspannung

Kapazität

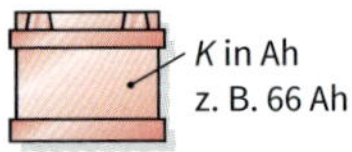

$$K = I \cdot t$$

K	Kapazität	in Ah
I	Stromstärke	in A
t	Zeit	in h

Innenwiderstand

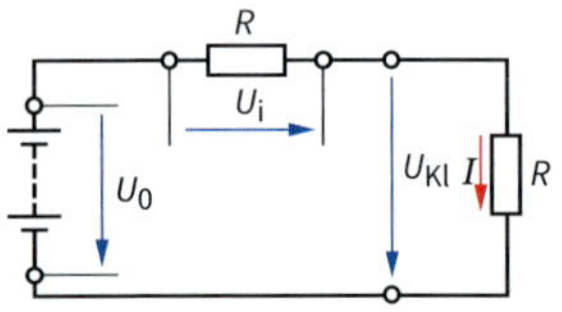

$$R_i = \frac{U_i}{I}$$

$$R_i = \frac{U_0 - U_{Kl}}{I}$$

R_i	Innenwiderstand	in Ω
U_i	Spannungsfall am Innenwiderstand	in V
I	Stromstärke	in A
U_0	Leerlaufspannung	in V
U_{Kl}	Klemmenspannung	in V

Reihenschaltung

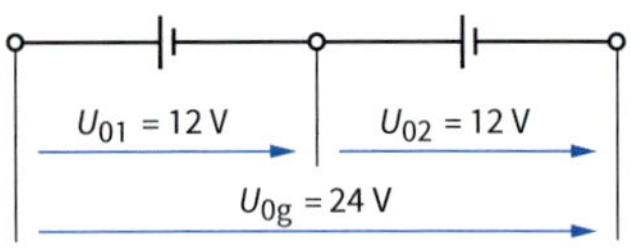

$$U_{0g} = U_{01} + U_{02}$$

$$K_g = K_1 = K_2$$

U_{0g}	Gesamtleerlaufspannung	in V
U_{01}, U_{02}	Einzelleerlaufspannungen	in V
K_g	Gesamtkapazität	in Ah
K_1, K_2	Einzelkapazitäten	in Ah

Parallelschaltung

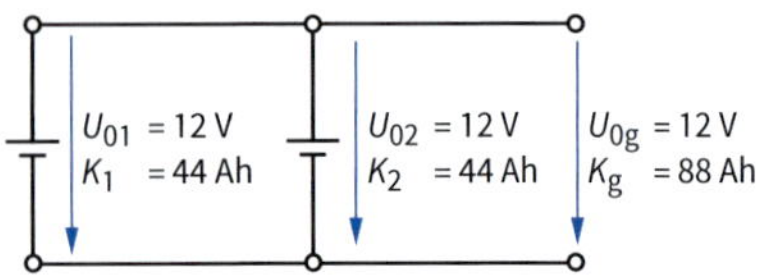

$$K_g = K_1 + K_2$$

$$U_{0g} = U_{01} = U_{02}$$

K_g	Gesamtkapazität	in Ah
K_1, K_2	Einzelkapazitäten	in Ah
U_{0g}	Gesamtleerlaufspannung	in V
U_{01}, U_{02}	Einzelleerlaufspannungen	in V

Wirkungsgrad

Amperestunden-Wirkungsgrad

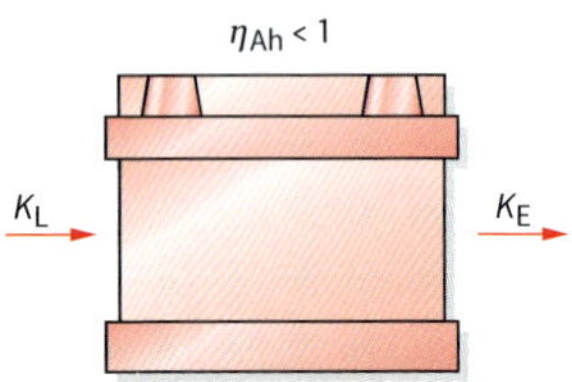

$$\eta_{Ah} = \frac{K_E}{K_L}$$

$$\eta_{Ah} = \frac{I_E \cdot t_E}{I_L \cdot t_L}$$

η_{Ah}	Amperestunden-Wirkungsgrad	
K_E	Entladekapazität	in Ah
K_L	Ladekapazität	in Ah
I_E	Entladestromstärke	in A
I_L	Ladestromstärke	in A
t_E	Entladezeit	in h
t_L	Ladezeit	in h

Wattstunden-Wirkungsgrad

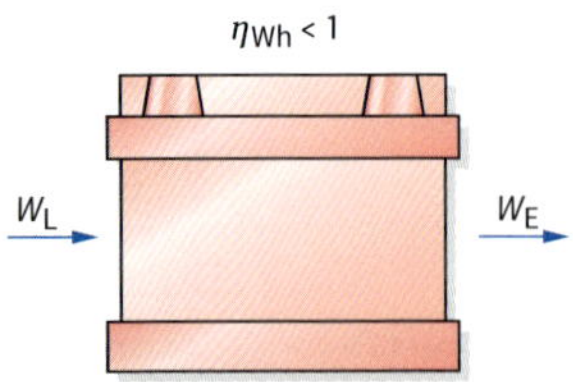

$$\eta_{Wh} = \frac{W_E}{W_L}$$

$$\eta_{Wh} = \frac{U_E \cdot I_E \cdot t_E}{U_L \cdot I_L \cdot t_L}$$

η_{Wh}	Wattstunden-Wirkungsgrad	
W_E	Entladeenergie	in Wh
W_L	Ladeenergie	in Wh
U_E	Entladespannung	in V
I_E	Entladestromstärke	in A
t_E	Entladezeit	in h
U_L	Ladespannung	in V
I_L	Ladestromstärke	in A
t_L	Ladezeit	in h

Effektivwerte von Wechselspannung und Wechselstrom

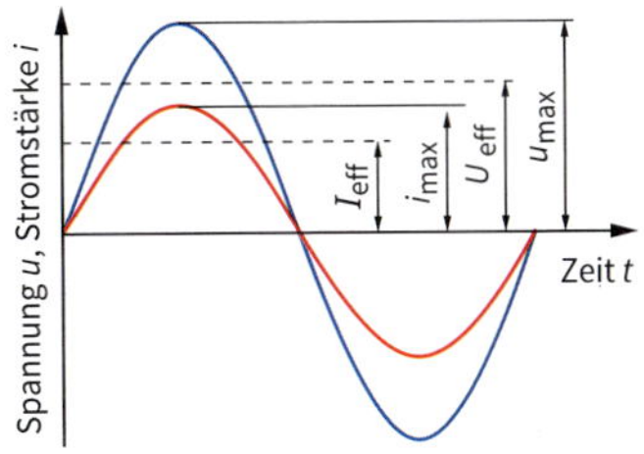

$$U_{eff} = \frac{u_{max}}{\sqrt{2}}$$

$$I_{eff} = \frac{i_{max}}{\sqrt{2}}$$

U_{eff}	Effektivwert der Spannung	in V
u_{max}	Maximalwert der Spannung	in V
I_{eff}	Effektivwert der Stromstärke	in A
i_{max}	Maximalwert der Stromstärke	in A

Wechselstromleistung

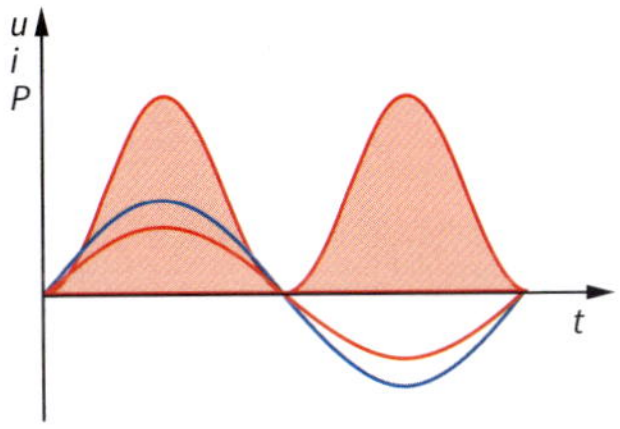

$$P = \frac{u_{max} \cdot i_{max}}{2}$$

$$P = U_{eff} \cdot I_{eff}$$

P	Leistung	in W
u_{max}	Maximalwert der Spannung	in V
i_{max}	Maximalwert der Stromstärke	in A
U_{eff}	Effektivwert der Spannung	in V
I_{eff}	Effektivwert der Stromstärke	in A

Frequenz von Wechselspannung und Wechselstrom

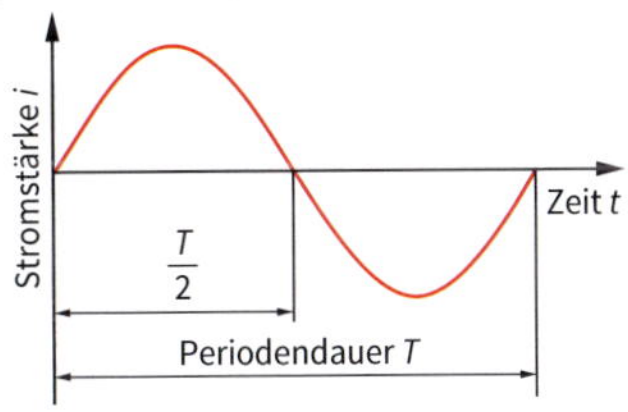

$$f = \frac{n_s}{t}$$

$$f = \frac{p \cdot n}{60}$$

f	Frequenz	in $\frac{1}{s}$, Hz
n_s	Anzahl der Schwingungen	
t	Zeit	in s
p	Polpaarzahl	
n	Drehzahl	in $\frac{1}{min}$
60	Umrechnungszahl, 60 $\frac{s}{min}$	

Periodendauer

$$T = \frac{1}{f}$$

T	Periodendauer	in s
f	Frequenz	in $\frac{1}{s}$

Sternschaltung

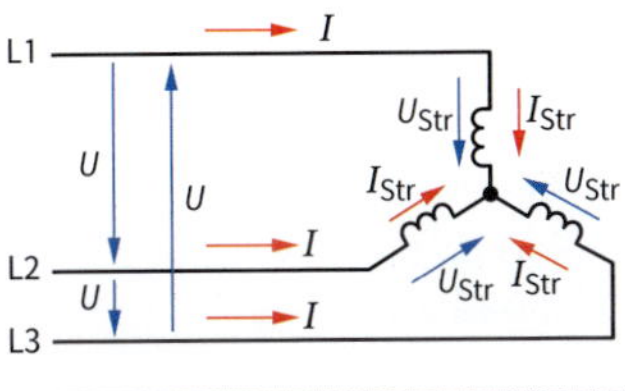

$$U = U_{Str} \cdot \sqrt{3}$$

$$I = I_{Str}$$

U	Leiterspannung	in V
U_{Str}	Strangspannung	in V
I	Leiterstromstärke	in A
I_{Str}	Strangstromstärke	in A

Dreieckschaltung

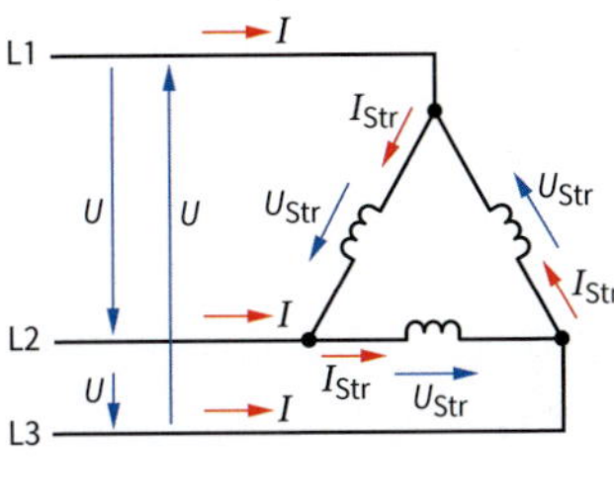

$$I = I_{Str} \cdot \sqrt{3}$$

$$U = U_{Str}$$

Leistungsaufnahme

$$P_{\Delta} = 3 \cdot P_{Y}$$

I	Leiterstromstärke	in A
I_{Str}	Strangstromstärke	in A
U	Leiterspannung	in V
U_{Str}	Strangspannung	in V
P_{Δ}	Leistungsaufnahme in der Dreieckschaltung	in W
P_{Y}	Leistungsaufnahme in der Sternschaltung	in W

Transformator

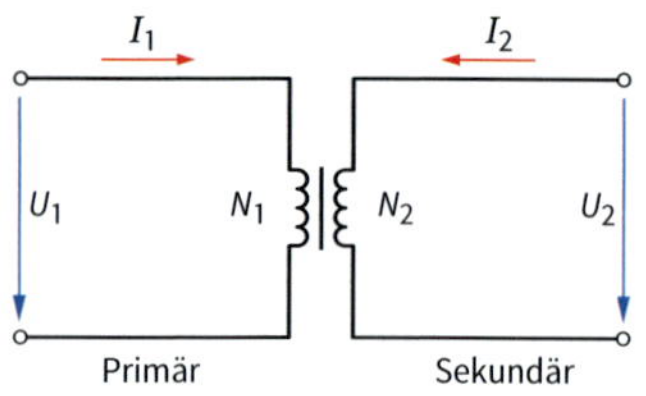

$$\frac{U_1}{U_2} = \frac{N_1}{N_2}$$

$$\frac{I_1}{I_2} = \frac{N_2}{N_1}$$

$$i = \frac{N_1}{N_2}$$

$$i = \frac{U_1}{U_2} = \frac{I_2}{I_1}$$

U_1	Primärspannung	in V
U_2	Sekundärspannung	in V
N_1	Primärwindungszahl	
N_2	Sekundärwindungszahl	
I_1	Primärstromstärke	in A
I_2	Sekundärstromstärke	in A
i	Übersetzungsverhältnis	

Zündspulen-Vorwiderstand

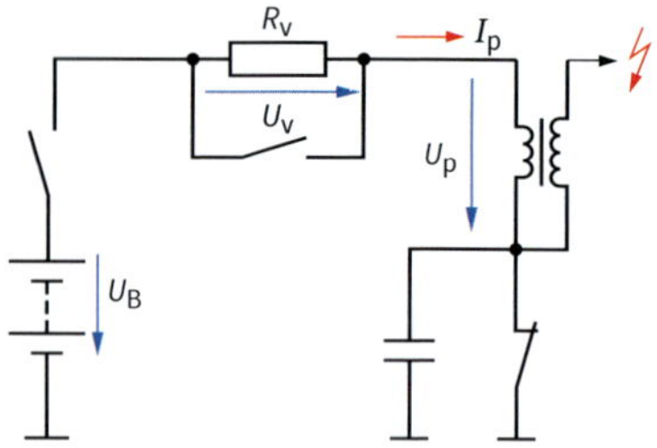

$$R_v = \frac{U_v}{I_p}$$

$$U_v = U_B - U_p$$

R_v	Vorwiderstand	in Ω
U_v	Spannungsfall am Vorwiderstand	in V
I_p	Primärstromstärke	in A
U_B	Batteriespannung	in V
U_p	Spannungsfall an der Primärwicklung	in V

Zündabstand

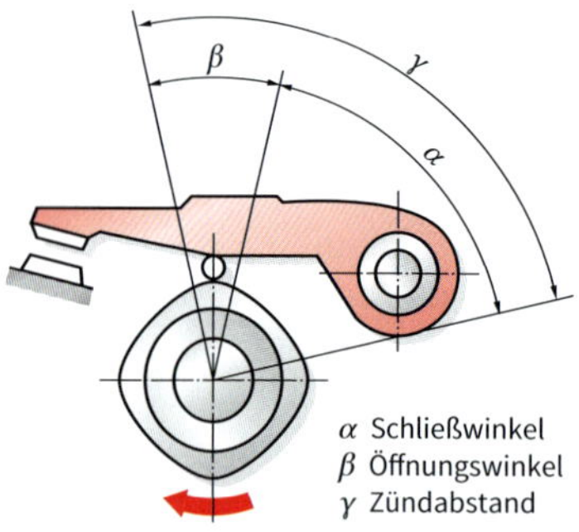

$$\gamma = \frac{360°}{z}$$

$$\gamma = \alpha + \beta$$

γ	Zündabstand	in °
z	Zylinderzahl	
α	Schließwinkel	in °
β	Öffnungswinkel	in °

Schließwinkel

Der **Schließwinkel** bei einer **kontaktgesteuerten Zündanlage** ist der Winkel, den ein Punkt auf der Verteilerwelle durchläuft, während der **Unterbrecherkontakt geschlossen** ist.

Der **Schließwinkel** ist bei einem Viertakt-Ottomotor der **Drehwinkel**, den ein Punkt auf der **Zündverteiler-** oder **Nockenwelle** durchläuft, während der Primärstrom eingeschaltet ist.

Der **Schließwinkel** kann auch auf die Kurbelwelle bezogen werden. Dann ist der Schließwinkel der **halbe Drehwinkel**, den ein Punkt auf der **Kurbelwelle** durchläuft, während der **Primärstrom** eingeschaltet ist.

$$\alpha_{\%} = \frac{\alpha \cdot z}{3{,}6}$$

$\alpha_{\%}$	Schließwinkel	in %
α	Schließwinkel	in °
z	Zylinderzahl	
3,6	Umrechnungszahl, $3{,}6\,\frac{°}{\%}$	

Schließzeit Die **Schließzeit** bei einer **kontaktgesteuerten Zündanlage** ist die **Zeitdauer**, während der **Unterbrecherkontakt geschlossen** ist. Die **Schließzeit** bei einer **elektronischen Zündanlage** ist die **Zeitdauer**, während der **Primärstrom eingeschaltet** ist.	$t_s = \frac{\alpha}{6 \cdot n_v}$ **Viertaktmotor** $t_s = \frac{\alpha}{3 \cdot n}$ **Zweitaktmotor** $t_s = \frac{\alpha}{6 \cdot n}$	t_s Schließzeit in s α Schließwinkel in ° n_v Verteilerwellendrehzahl in $\frac{1}{\text{min}}$ n Motordrehzahl in $\frac{1}{\text{min}}$ 6 Umrechnungszahl, $6\,\frac{\text{min} \cdot °}{\text{s}}$ 3 Umrechnungszahl, $3\,\frac{\text{min} \cdot °}{\text{s}}$
Gesamtfunkenzahl 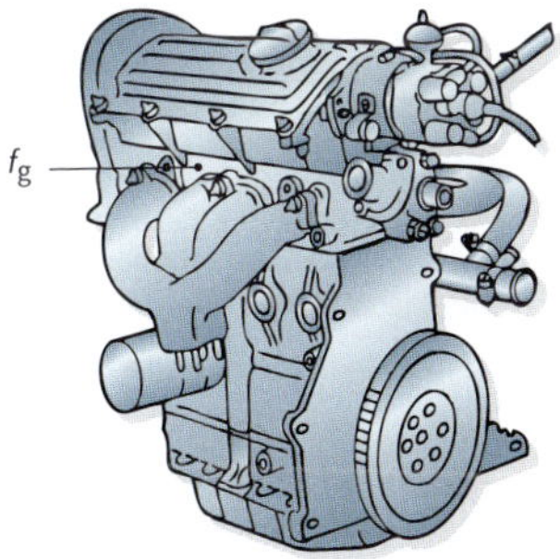 	**Viertaktmotor** $f_g = \frac{n \cdot z}{2}$ **Zweitaktmotor** $f_g = n \cdot z$	f_g Gesamtfunkenzahl in $\frac{1}{\text{min}}$ n Motordrehzahl in $\frac{1}{\text{min}}$ z Zylinderzahl
Zylinder-Funkenzahl 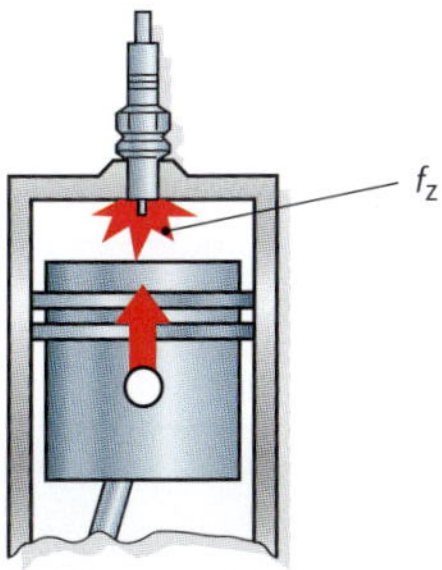 	**Viertaktmotor** $f_z = \frac{n}{2 \cdot 60}$ **Zweitaktmotor** $f_z = \frac{n}{60}$	f_z Zylinder-Funkenzahl in $\frac{1}{\text{s}}$ n Motordrehzahl in $\frac{1}{\text{min}}$ 2 Umrechnungszahl, $n_v = \frac{n}{2}$ 60 Umrechnungszahl, $60\,\frac{\text{s}}{\text{min}}$
Frühzündungszeit und Bogenlänge 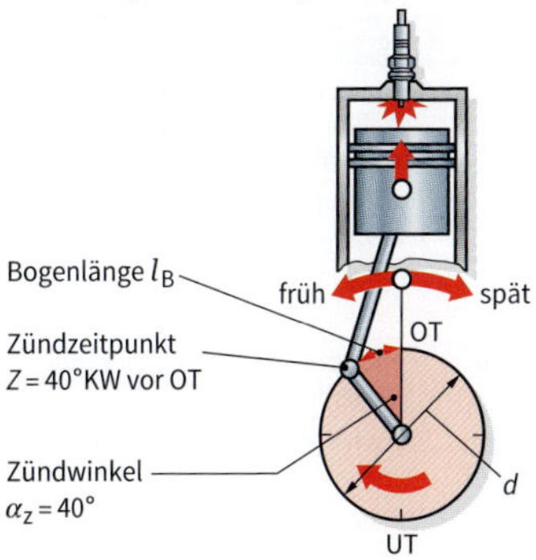 	$t_z = \frac{\alpha_z}{6 \cdot n}$ $l_B = \frac{d \cdot \pi \cdot \alpha_z}{360°}$	t_z Frühzündungszeit in s α_z Zündwinkel in °KW n Motordrehzahl in $\frac{1}{\text{min}}$ l_B Bogenlänge in mm d Durchmesser des Schwungrades bzw. der Riemenscheibe in mm 6 Umrechnungszahl, $6\,\frac{\text{min} \cdot °\text{KW}}{\text{s}}$

Stähle sind Eisen-Kohlenstoff-Legierungen mit weniger als 2 % Kohlenstoff. Stähle gelten als legiert, wenn der Grenzwert eines Legierungselements aus der Tabelle erreicht bzw. überschritten wird.

Einteilung der Stähle nach der chemischen Zusammensetzung

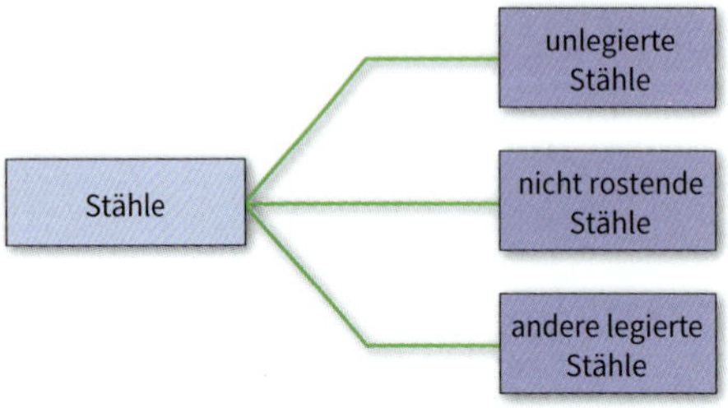

Grenzwerte für die Einteilung in unlegierte und legierte Stähle

Element	Masseanteil in %	Element	Masseanteil in %
Al	0,30	Ni	0,30
B	0,008	Pb	0,40
Bi	0,10	Se	0,10
Co	0,30	Si	0,60
Cr	0,30	Te	0,10
Cu	0,40	Ti	0,05
La	0,10	V	0,10
Mn	1,65	W	0,30
Mo	0,08	Zr	0,05
Nb	0,06	Sonstige	0,10

Einteilung der Stähle nach Hauptgüteklassen

Hauptgüteklasse der unlegierten Stähle

Unlegierte Qualitätsstähle

- Wärmebehandlung nur bedingt möglich
- Keine Anforderungen an den Reinheitsgrad
- Festgelegte Anforderungen an Zähigkeit und Umformbarkeit

Beispiele:
Stähle für Flacherzeugnisse zum Ziehen, Tiefziehen, Stähle für den Stahlbau, Automatenstähle, Einsatzstähle, Federstähle, Stähle für Feinst- und Weißblech

Grundstähle (unlegierten Qualitätsstählen zugeordnet)

- Nicht für Wärmebehandlung bestimmt (außer Spannungsarm-, Weich- und Normalglühen)
- Grenzwerte lt. Tabelle werden eingehalten
- Keine besonderen Gütemerkmale

Beispiele:
Stähle für den Stahlbau, Stähle für Flacherzeugnisse

Grenzwerte	
C-Gehalt ≥ 0,10 %	$R_m \le 690$ N/mm^2
P-Gehalt ≤ 0,045 %	$R_e \le 360$ N/mm^2
S-Gehalt ≤ 0,045 %	$A \le 26$ %

Unlegierte Edelstähle

- Für Wärmebehandlung bestimmt
- Anforderung an die Kerbschlagarbeit in vergütetem Zustand
- Anforderungen an die Einhärtungstiefe oder Oberflächenhärte
- Höherer Reinheitsgrad als unlegierte Qualitätsstähle

Beispiel:
Stähle für den Stahlbau, Einsatzstähle, Federstähle, Werkzeugstähle

Hauptgüteklasse der legierten Stähle

Legierte Qualitätsstähle

- Im Allgemeinen nicht für Wärmebehandlung bestimmt
- Für ähnliche Verwendungszwecke wie unlegierte Qualitätsstähle jedoch mit besonderen Anforderungen, z. B. bei der Streckgrenze und der Kerbschlagarbeit

Beispiele:
Stähle für den Stahlbau (schweißbare Feinkornbaustähle), Stähle für Flacherzeugnisse für schwierige Kaltumformarbeiten

Nicht rostende Stähle

Masseanteil Chrom (Cr) ≥ 10,5 %
Masseanteil Kohlenstoff (C) ≤ 1,2 %

Nicht rostende Stähle werden nach ihren Haupteigenschaften sowie ihrem Nickelgehalt (Ni) unterteilt in:

- korrosionsbeständig
- warmfest
- wärmebeständig

- Ni < 2,5 %
- Ni ≥ 2,5 %

Legierte Edelstähle

- Genaue chemische Zusammensetzung

Beispiele:
Stähle für den Stahlbau (schweißbare Feinkornbaustähle), Stähle für den Maschinenbau, nicht rostende Stähle, Wälzlagerstähle, warmfeste Stähle

Beispiele für Stähle

Stahlsorte	Kurzname	Hauptmerkmale	Verwendung
UnlegierteVergütungsstähle (Baustähle)	C45 C60	hohe Festigkeit und Verschleißfestigkeit sowie Zähigkeit	gering beanspruchte Achsen und Wellen bis hoch (C60), schwierige Tiefziehteile
	DC03 DC04	Weicher Stahl zu Kaltumformen, ausgezeichnete Tiefziehfähigkeit	Karosserieteile (Dächer, Türen, Kotflügel, Hauben)
Unlegierte Edelstähle	C45E C60E	höherer Reinheitsgrad (besonders geringer Schwefel- und Phosphorgehalt)	gering beanspruchte Triebwerksteile
Niedrig legierte Qualitätsstähle	15CrNi6 17CrNiMo6	Reinheitsgrad, chemische Zusammensetzung (Legierungsbestandteile Cr, Ni, Mo)	hoch beanspruchte Zahnräder, Kegelräder, Ritzel
Hoch legierte Edelstähle	X20Cr13 X25CrMoV15	Reinheitsgrad, chemische Zusammensetzung, Korrosionsbeständigkeit durch hohe Cr-Anteil	hoch beanspruchte Achsen und Wellen
Nicht rostende Stähle	X30Cr13 X10CrNi18-8	Hohe Anteile von Cr und Chrom und Kohlenstoff, Korrosionsbeständigkeit	Federn, Schrauben, Bleche

Die **Bezeichnung** erfolgt durch Kennbuchstaben und -zahlen, die Hinweise auf die chemische Zusammensetzung oder die mechanischen und physikalischen Eigenschaften geben.
Die Kurznamen bestehen aus Hauptsymbolen, die durch Zusatzsymbole ergänzt werden können. Stähle, die nach ihren mechanischen Eigenschaften bezeichnet wurden, enthalten nicht mehr grundsätzlich die Mindestzugfestigkeit (Ausnahme: z. B. Stähle für Zugbeanspruchungen) als Hauptangabe, sondern die Mindeststreckgrenze.

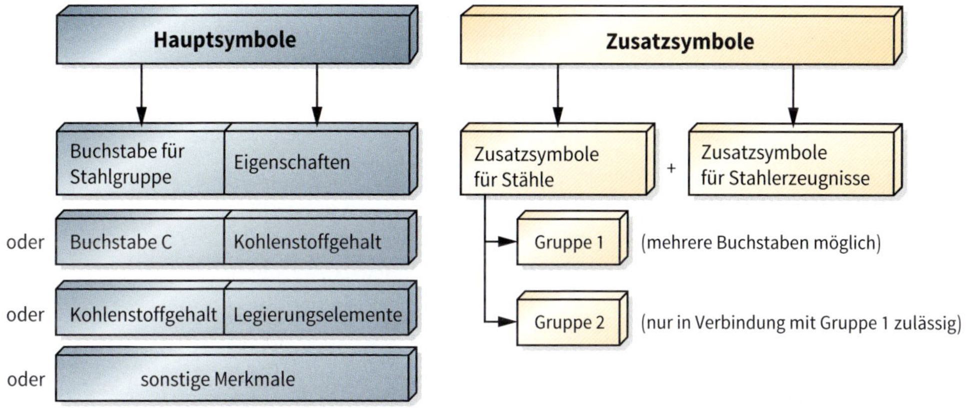

Hauptsymbol	Verwendung, Erklärung	Eigenschaften	Zusatzsymbole für Stähle		Beispiele
			Gruppe 1	Gruppe 2	
S G (Stahlguss, wenn erforderlich)	Stähle für den Stahlbau	Mindeststreckgrenze in N/mm² für den kleinsten Dickenbereich	A, M, N, Q, G	C, D, E, F, H, L, M, N, O, P, Q, S, T, W	S185 S355NL S325J2W
P G (Stahlguss, wenn erforderlich)	Stähle für den Druckbehälterbau		B, M, N, Q, S, T, G	L, H, R, X	P265B P355NH
L	Stähle für Leitungsrohre		M, N, Q, G	Anforderungsklasse, z. B. B	L360GA L360MB
E	Stähle für den Maschinenbau		G	C	E295 E295GC
H HT	höher feste Stähle für Flacherzeugnisse zum Kaltumformen	Mindeststreckgrenze in N/mm² für H Mindestzugfestigkeit in N/mm² für HT	B, C, M, P, X, T, G	D	H420M HXT450X
D	Stähle für Flacherzeugnisse zum Kaltumformen	C kalt gewalzt D warm gewalzt X kalt- oder warm gewalzt	D, EK, ED, H, T, G	_	DC04 DC12EK
C	unlegierte Stähle Mn-Gehalt < 1 %, außer Automatenstähle	Kohlenstoffgehalt: 100 x mittlerer C-Gehalt	C, D, E, R, S, U, W, G	chemische Symbole für zusätzliche Elemente, z. B. Cu	C20D C35E4
Ohne G (Stahlguss, wenn erforderlich)	unlegierte Stähle Mn-Gehalt ≥ 1 % legierte Stähle, Gehalt der Legierungselemente < 5 %	Kohlenstoffgehalt: 100 x mittlerer C-Gehalt	chemische Symbole für die Legierungselemente, Zahlen für den prozentualen Gehalt der Legierungselemente (Multiplikatoren)		unlegierter Stahl: 28Mn6 legierter Stahl: 13CrMo4-5
X G (Stahlguss, wenn erforderlich)	nicht rostende Stähle, legierte Stähle mind. ein Legierungselement ≥ 5 %	Kohlenstoffgehalt: 100 x mittlerer C-Gehalt	chemische Symbole für die Legierungselemente, Zahlen für den prozentualen Gehalt der Legierungselemente		X100CrMoV5 X10CrNi18-8

Weitere Stähle mit Hauptsymbol

Betonstähle	B Mindeststreck- grenze	Spannstähle	Y Mindestzug- festigkeit	Stähle für Schienen	R Mindestzug- festigkeit
Stähle für Verpa- ckungsblech und -band	T Mindeststreck- grenze	Stähle für Elektrob- lech und -band	M max. Ummagneti- sierungsverluste		

Bedeutung der Zusatzsymbole Gruppe 1

Erklärung		zum Haupt-symbol
A	ausscheidungshärtend	S, P, L, H
N	normalgeglüht oder normalisierend gewalzt	S, P, L
Q	vergütet	S, P, L,
B	Gasflaschen	P
B	Bake-hardening-Stahl	H, HT
S	einfache Druckbehälter	P
T	Rohre, TRIP-Stahl	D, P
C	mit besonderer Kaltumformbarkeit, Drahtziehen	C
H	für Hohlprofile	D
S	für Federn	C
P	phosphorlegiert	H
Y	Stahl ohne Zwischenräume	H
D	Schmelztauchüberzüge	D
G	andere Merkmale, eventuell mit Ziffern	D, S, P, L E, H, D, C
M	thermomechanisch gewalzt	S, P, L, H
E	max. Schwefelgehalt	C
U	für Werkzeuge	C
W	für Schweißdraht	C
EK, ED	für Emaillierung; K konventionell, D direkt	D

Bedeutung der Zusatzsymbole Gruppe 2

Erklärung		zum Haupt-symbol
C	mit besonderer Kaltumformbarkeit, Kaltziehen	S
D	für Schmelztauchüberzüge	S, H
E, EK, ED	für Emaillierung K konventionell, D direkt	S
F	zum Schmieden	S
H	für Hohlprofile	S
H	für Hochtemperatur	P
L	für Tieftemperatur	P
R	für Raumtemperatur	P
M	thermomechanisch gewalzt	S
N	normalgeglüht oder normalisierend gewalzt	S
P	Spundwandstahl	S
Q	vergütet	S
W	wetterfest	S
X	für Hoch- und Tieftemperatur	P
S	Schiffsbau	P
T	Rohre	S

Zusatzsymbole für die Kerbschlagarbeit

Kerbschlagarbeit			Prüftemperatur	Kerbschlagarbeit			Prüftemperatur
27 Joule	40 Joule	60 Joule	in °C	27 Joule	40 Joule	60 Joule	in °C
JR	KR	LR	+20	J4	K4	L4	–40
J0	K0	L0	0	J5	K5	L5	–50
J2	K2	L2	–20	J6	K6	L6	–60
J3	K3	L3	–30				

Multiplikatoren für Legierungselemente

4	10	100	1000
Cr Chrom Co Kobalt Mn Mangan Ni Nickel Si Silizium W Wolfram	Al Aluminium Be Beryllium Pb Blei Cu Kupfer Mo Molybdän Nb Niob Ta Tantal Ti Titan V Vanadium Zr Zirkonium	Ce Cer C Kohlenstoff P Phosphor S Schwefel N Stickstoff	B Bor

Zusatzsymbole für Stahlerzeugnisse

Symbole für den Behandlungszustand	
+ A[1]	weichgeglüht
+ AC	geglüht zur Erzielung kugeliger Carbide
+ AR	wie gewalzt, ohne besondere Wärmebehandlung
+ AT	lösungsgeglüht
+ C	kaltverfestigt
+ Cnnn	kaltverfestigt auf $R_m = nnn$ N/mm² (n = Ziffer)
+ CPnnn	kaltverfestigt auf 0,2 %-Dehngrenze von mind. *nnn* N/mm²
+ CR	kaltgewalzt
+ DC	Lieferzustand dem Hersteller überlassen
+ FP	behandelt auf Ferrit-Perlit-Gefüge
+ HC	warm-kalt geformt
+ I	isothermisch behandelt
+ LC	leicht kalt nachgezogen bzw. leicht nachgewalzt
+ M	thermomechanisch umgeformt
+ N	normalgeglüht oder normalisierend umgeformt
+ NT	normalgeglüht und angelassen
+ P	ausscheidungsgehärtet
+ Q	abgeschreckt
+ QA	luftgehärtet
+ QO	ölgehärtet
+ QT	vergütet
+ QW	wassergehärtet
+ RA	rekristallisationsgeglüht
+ S	behandelt auf Kaltscherbarkeit
+ SR	spannungsarm geglüht
+ T	angelassen
+ TH	behandelt auf Härtespanne
+ U	unbehandelt
+ WW	warmverfestigt

Symbole für die Art des Überzugs	
+ A	feueraluminiert
+ AS	mit einer Al-Si-Legierung überzogen
+ AZ	mit AL-Zn-Legierung überzogen
+ CE	elektrolytisch spezialverchromt
+ CU	Kupferüberzug
+ IC	anorganische Beschichtung
+ OC	organische Beschichtung
+ S	feuerverzinnt
+ SE	elektrolytisch verzinnt
+ T	schmelztauchveredelt mit Pb-Sn-Legierung
+ TE	elektrolytisch mit Pb-Zn-Legierung überzogen
+ Z	feuerverzinkt
+ ZE	elektrolytisch verzinkt
+ ZF	diffusionsgeglühte Zinküberzüge
+ ZN	Zn-Ni-Überzug
Symbole für besondere Anforderungen	
+ CH	mit Kernhärtbarkeit
+ H	mit Härtbarkeit
+ Z15	Mindestbrucheinschnürung 15 %
+ Z25	Mindestbrucheinschnürung 25 %
+ Z35	Mindestbrucheinschnürung 35 %

[1] Die Symbole werden durch Pluszeichen (+) von den vorhergehenden Symbolen getrennt.

Beispiele

S185	**S** Stahlbau, **185** Mindeststreckgrenze: 185 N/mm²
S235J2W	**S** Stahlbau, **235** Mindeststreckgrenze: 235 N/mm², **J2** Kerbschlagarbeit von 27 Joule bei –20 °C, **W** wetterfest
P355NH	**P** Druckbehälterbau, **355** Mindeststreckgrenze: 355 N/mm², **N** normalgeglüht oder normalisierend gewalzt, **H** für Hochtemperatur
L360MB	**L** Leitungsrohre, **360** Mindeststreckgrenze: 360 N/mm², **M** thermomechanisch gewalzt, **B** Anforderungsklasse
H420M	**H** Flacherzeugnisse (höher feste Stähle), **420** Mindeststreckgrenze: 420 N/mm², **M** thermomechanisch gewalzt
DC04+ZE	**D** Flacherzeugnisse, **C** kaltgewalzt, **04** Stahlsorte, **+ ZE** elektrolytisch verzinkt
C35E4+OC	**C** unlegierter Stahl mit Mn < 1 %, **35** Kohlenstoffgehalt 0,35 %, **E4** max. Schwefelgehalt 0,04 %, **+ OC** organische Beschichtung
13CrMo4-5	**ohne Buchstabe**, unlegierter Stahl mit Mn 1 %, **13** Kohlenstoffgehalt 0,13 %, **CrMo 4-5:** 4:4 = 1 % Cr, 5:4 = 1,25 % Mo
X10CrNi18-8+S	**X** legierter Stahl, **10** mit 0,1 % C, **CrNi18-8:** 18 % Cr, 8 % Ni, **+ S** feuerverzinnt

Nummernsystem

DIN EN 10027, Teil 2: 2015-07

Die Bezeichnung erfolgt durch siebenstellige Zahlen, die in drei Gruppen unterteilt sind. Die dritte Gruppe (Zählnummer) kann bei Bedarf 4 Ziffern enthalten. Die Werkstoffnummern werden durch die Europäische Stahlregistratur vergeben.

1 . **4 0** **9 9 0 1**

- Werkstoffhauptgruppennummer: **1** = **Stahl**
- Stahlgruppennummer: 40 = nichtrostende Stähle mit < 2,5 % Ni, ohne Mo, Nb und Ti
- Zählnummer

Stahlgruppennummer

Unlegierte Stähle	
00, 90	**Grundstähle**
	Qualitätsstähle
01, 91	Allgemeine Baustähle, R_m < 500 N/mm²
02, 92	Sonstige, nicht für Wärmebehandlung vorgesehene Baustähle, R_m < 500 N/mm²
03, 93	Stähle mit < 0,12 % C, R_m < 400 N/mm²
04, 94	Stähle mit 0,12 % ≤ C < 0,25 % oder 400 N/mm² ≤ R_m < 500 N/mm²
05, 95	Stähle mit 0,25 % ≤ C < 0,55 % oder 500 N/mm² ≤ R_m < 700 N/mm²
06, 96	Stähle mit ≥ 0,55 % C, R_m ≥ 700 N/mm²
07, 97	Stähle mit höherem P- oder S-Gehalt
	Edelstähle
10	Stähle mit besonderen physikalischen Eigenschaften
11	Bau-, Maschinenbau- und Behälterstähle mit C < 0,50 %
12	Maschinenbaustähle mit C ≥ 0,50 %
13	Bau-, Maschinenbau- und Behälterstähle mit besonderen Anforderungen
14	frei
15 … 18	Werkzeugstähle
19	frei

Legierte Stähle	
	Qualitätsstähle
08, 98	Stähle mit besonderen physikalischen Eigenschaften
09, 99	Stähle für verschiedene Anwendungsbereiche
	Edelstähle
20 … 28	Werkzeugstähle
29	frei
30, 31	frei
32	Schnellarbeitsstähle mit Kobalt
33	Schnellarbeitsstähle ohne Kobalt
34	frei
35	Wälzlagerstähle
36, 37	Stähle mit besonderen magnetischen Eigenschaften
38, 39	Stähle mit besonderen physikalischen Eigenschaften
40 … 45	nicht rostende Stähle
46	chem. beständige und hoch warmfeste Ni-Legierungen
47, 48	wärmebeständige Stähle
49	hoch warmfeste Werkstoffe
50 … 84	Bau-, Maschinenbau- und Behälterstähle geordnet nach Legierungselementen
85	Nitrierstähle
86	frei
87 … 89	nicht für Wärmebehandlung bestimmte Stähle, hoch feste schweißgeeignete Stähle

Auswirkungen der Legierungselemente auf die Stahleigenschaften

Beeinflusste Eigenschaft	Element														
	Al	C	Co	Cr	Cu	Mn		Mo	Ni		P	S	Si	V	W
						a)	b)		a)	b)					
Bruchdehnung	O	↓	↓	↓	O	O	↑	↓	O	↑↑	↓	↓	↓	O	↓
Härte	O	↓	↑	↑	↑	↑	↓↓	↑	↑	↓	↑	O	↑	↑	↑
Kerbschlagarbeit	↓	↓	↓	↓	O	O		↑	O	↑↑	↓↓	↓	↓	↑	O
Korrosionsbeständigkeit	O	O	O	↑↑	↑	O		O	O	↑	O	↓	O	↑	O
Nitrierbarkeit	↑↑	/	O	↑	O	O		↑	O		O	O	↓	↑	↑
Streckgrenze	O	↑	↑	↑	↑	↑	↓	↑	↑	↓	↑	O	↑	↑	↑
Verschleißfestigkeit	O	/	↑↑	↑	O	↓	O	↑	O		O	O	↓↓	↑	↑↑
Warmfestigkeit	O	↑	↑	↑	↑	O		↑	↑	↑↑	O	O	↑	↑	↑↑
Warmumformbarkeit	↓	↓	↓	↓	↓↓	↑	↓↓	↓	↓	↓↓	↓	↓↓	↓	↑	↓
Zerspanbarkeit	O	↓	O	O	O	↓	↓↓	↓	↓	↓↓	↑	↑↑	↓	O	↓
Zugfestigkeit	O	↑	↑	↑	↑	↑		↑	↑		↑	O	↑	↑	↑

↑↑ = starke Erhöhung, ↑ = Erhöhung, O = kein Einfluss oder ohne Bedeutung, ↓↓ = starke Verminderung,
↓ = Verminderung, / = ohne Angabe, a) Angaben für perlitische Stähle, b) Angaben für austenitische Stähle

Bezeichnung von Gusseisenwerkstoffen durch Kurzzeichen

DIN EN 1560: 2011-05

Die Werkstoffbezeichnung besteht aus maximal sechs Bereichen, die ohne Zwischenraum geschrieben werden, z. B. **EN-GJMB-450-W**: Gusseisenwerkstoff, Temperkohle, nicht entkohlend geglüht, Mindestzugfestigkeit 450 N/mm², Schweißeignung.

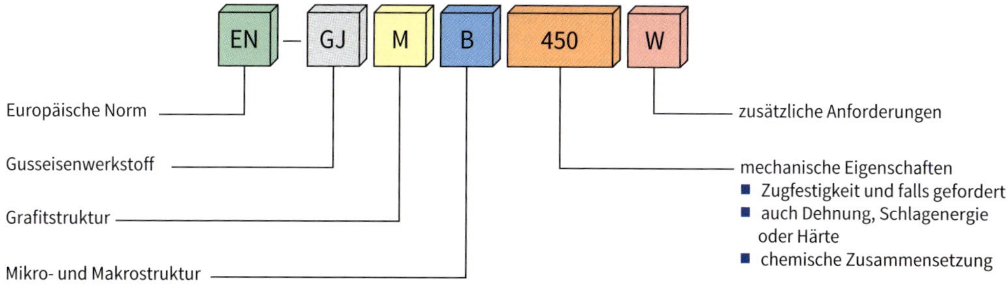

Mechanische Eigenschaften	Mikro- und Makrostruktur	
Beispiele: **450:** Zugfestigkeit in N/mm² **400-18:** 400 Mindestzugfestigkeit in N/mm² und 18 Mindestbruchdehnung in % **400-18RT:** Der angehängte Buchstabe kennzeichnet die Probenentnahme bzw. die Prüftemperatur, C dem Gussstück entnommen, LT Tieftemperatur, RT Raumtemperatur **HB150:** maximale Brinellhärte **HV250:** maximale Vickershärte **HR350:** maximale Rockwellhärte	A S F P M L Q T B W	Austenit Ausferrit Ferrit Perlit Martensit Ledeburit abgeschreckt vergütet nicht entkohlend geglüht entkohlend geglüht (B und W nur für Temperguss)
Chemische Zusammensetzung	**Grafitstruktur**	
Beispiel: **X300CrNiSi9-5-2:** hoch legiertes Gusseisen mit 3 % C, 9 % Cr, 5 % Ni, 2 % Si Die Angaben entsprechen den Stahlbezeichnungen.	L S M V N Y	Lamellengrafit Kugelgrafit Temperkohle vermikular (wurmförmig) grafitfrei (Hartguss) Sonderstruktur

Zusätzliche Anforderungen

D	Rohgussstück	H	wärmebehandeltes Gussstück	W	Schweißeignung für Verbindungsschweißungen	Z	weitere festgelegte Anforderungen

Bezeichnung von Gusseisenwerkstoffen durch Nummern

DIN EN 1560: 2011-05

Die Werkstoffnummern bestehen aus sechs Bereichen, die ohne Zwischenraum geschrieben werden, z. B. **EN-JL1050**: Gusseisen mit Lamellengrafit, Zugfestigkeit als kennzeichnende Eigenschaft, Werkstoffkennziffer 05, ohne zusätzliche Anforderungen.

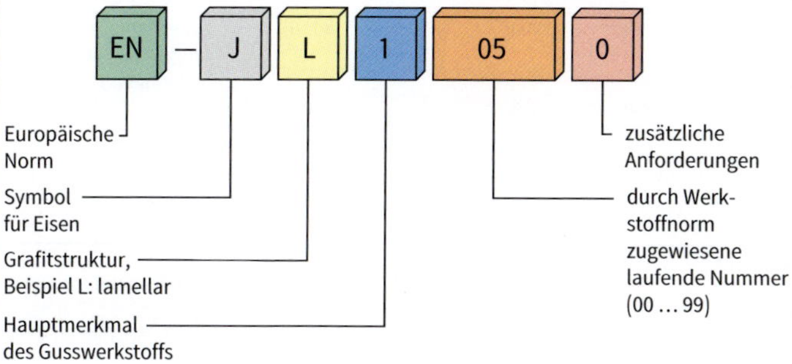

Hauptmerkmal des Gusswerkstoffs	
0	Reserve
1	Zugfestigkeit
2	Härte
3	chemische Zusammensetzung
4–9	Reserve

Zusätzliche Anforderungen	
0	keine
1	Probestück getrennt gegossen
2	Probestück angegossen
3	Probestück entnommen
4	Schlagzähigkeit bei Raumtemperatur (RT)
5	Schlagzähigkeit bei Tieftemperatur (LT)
6	festgelegte Schweißeignung
7	Rohgussstück
8	Gussstück wärmebehandelt
9	zusätzliche Anforderungen

Gusseisen mit Lamellengrafit

DIN EN 1561: 2024-03

Gusseisen mit Zugfestigkeit als kennzeichnende Eigenschaft (im Allgemeinen angegeben)					Gusseisen mit Brinellhärte als kennzeichnende Eigenschaft (Angabe, wenn Gussstücke auf Verschleiß beansprucht werden)					
Werkstoff-kurz-zeichen ( ) = alte Bezeichnung	Werk-stoff-nummer	Wanddicke in mm		Zugfestigkeit R_m in N/mm²	Werkstoff-kurz-zeichen ( ) = alte Bezeichnung	Werk-stoff-nummer	Wanddicke in mm		Brinellhärte HB 30	
		über	bis				über	bis	min.	max.
EN-GJL-300 (GG-30)	5.1302	2,5 50 100	50 100 200	300 260 240	EN-GJL-HB215 (GG-220 HB)	5.1305	5 50	50 100	155 145	215 205

Eigenschaften: gut gießbar; sehr gute Dämpfungseigenschaften, die mit steigender Festigkeit abnehmen, korrosionsbeständig
Verwendung: Getriebegehäuse, Ständer für Werkzeugmaschinen, Turbinengehäuse

Gusseisen mit Kugelgrafit

DIN EN 1563: 2012-03

Werkstoff-kurzzeichen ( ) = alte Bezeichnung	Werkstoff-nummer	Zugfestigkeit R_m [1] in N/mm²	Dehngrenze $R_{p\,0,2}$ [1] in N/mm²	Bruchdehnung A [1] in %	Eigenschaften und Verwendung
EN-GJS-600-3 (GGG-60)	5.3201	600	370	3	gute Bearbeitbarkeit, für Teile mit mittlerer bis höherer Festigkeit, z. B. Kurbelwellen, Walzen, Zahnräder, schlagbeanspruchte Teile im Fahrzeugbau
EN-GJS-700-2 (GGG-70)	5.3300	700	420	2	
EN-GJS-800-2 (GGG-80)	5.3301	800	480	2	

[1] Die Festigkeitswerte gelten an getrennt gegossenen Probestücken.

Austenitisches Gusseisen mit Lamellengrafit

DIN EN 13835: 2012-04

Werkstoff-kurzzeichen	Werkstoff-nummer	Chemische Zusammensetzung Masseanteile in % Stückanalyse	Zugfestigkeit R_m in N/mm²	Dehngrenze $R_{p\,0,2}$ in N/mm²	Bruchdehnung A in %	Brinellhärte HB	Eigenschaften und Verwendung
EN-GJLA-XNiCuCr 15-6-2	5.1500	≤ 3,0 C; 1,0 … 2,8 Si; 0,5 … 1,5 Mn; 13,5 … 17,5 Ni; 1,5 … 3,5 Cr; 5,5 … 7,5 Cu	mind. 170	–	–	mind. 120	korrosionsbeständig, gute Gleiteigenschaften, z. B. Laufbuchsen
EN-GJLA-XNiMn13-7	5.1501	≤ 3,0 C; 1,5 … 3,0 Si; 6 … 7 Mn; 12 … 14 Ni; ≤ 0,2 Cr	mind. 140	–	–	mind. 120	nicht magnetisierbar, Druckdeckel für Turbogeneratoren, Klemmen

Austenitisches Gusseisen mit Kugelgrafit

DIN EN 13835: 2012-04

EN-GJSA-XNiCr30-3	5.3507	≤ 2,6 C; 1,5 … 3,0 Si; 0,5 … 1,5 Mn; 28,0 … 32,0 Ni; 2,5 … 3,5 Cr	mind. 370	mind. 210	mind. 7	mind. 140	korrosionsbeständig, besonders wärmeschockbeständig, z. B. Kessel, Pumpen, Ventile
EN-GJSA-XNiCr30-5-5	5.3508	≤ 2,6 C; 5,0 … 6,0 Si; 0,5 … 1,5 Mn; 28,0 … 32,0 Ni; 4,5 … 5,5 Cr	mind. 390	mind. 240	–	mind. 170	wärmebeständig, z. B. Pumpen, Armaturen, Turboladergehäuse

Nicht entkohlend geglühter Temperguss

DIN EN 1562: 2019-06

EN-GJMB-350-10 (GTS-35-10)	5.4101	Die chemische Zusammensetzung bleibt weitgehend den Herstellern überlassen.	350[1]	200[1]	10[1]	≤ 150[1]	gut spanbar, z. B. Fahrwerksteile, Steuerkurvenscheiben
EN-GJMB-650-2 (GTS-65-02)	5.4300		650	430	2	210 … 260	

Entkohlend geglühter Temperguss

DIN EN 1562: 2019-06

EN-GJM-W-400-5 (GTW-40-05)	5.4202	Die chemische Zusammensetzung bleibt weitgehend den Herstellern überlassen.	400[1]	220[1]	5[1]	220[1]	gut spanbar, z. B. Getriebegehäuse, Schaltgabeln, Bremstrommeln, Pleuel, Hebel
EN-GJM-W-450-7 (GTW-45-07)	5.4203		450	260	7	220	

[1] Angabe der mechanischen Eigenschaften an Proben mit 12 mm Durchmesser.

Gegenüberstellung einiger Werkstoffnummern und Kurznamen

DIN EN 10027, Teil 2: 2015-07

Kurzname DIN EN 10027, T1	Werkstoffnummer DIN EN 10027, T2	Bemerkung und Verwendung
S185	1.0035	unlegierter Baustahl, Mindeststreckgrenze R_e = 185 N/mm², für gering beanspruchte Teile z. B. Geländer
S275JR	1.0044	unlegierter Baustahl, Gütegruppe 2, Mindeststreckgrenze R_e = 275 N/mm², Kerbschlagarbeit von 27 Joule bei +20 °C, gut bearbeitbar, schweißbar, für den Stahl- und Maschinenbau
S355NL	1.0546	unlegierter Qualitätsstahl, Mindeststreckgrenze R_e = 355 N/mm², normalgeglüht oder normalisierend gewalzt, für tiefe Temperaturen
20MnCr5	1.7147	niedrig legierter Qualitätsstahl (Edelstahl), 0,17 … 22 % C, 1,1 … 1,4 % Mn, 1,0…1,3 % Cr, ≤ 0,4 % Si, Mindeststreckgrenze R_e = 685 N/mm², für Zahnräder und Getriebewellen
X40CrMoV5-1	1.2344	hoch legierter Werkzeugstahl (Warmarbeitsstahl), ≥ 0,37 % C, ≥ 4,8 % Cr, ≥ 1,2 % Mo, ≥ 0,9 % V, für Schmiedegesenke (z. B. zum Schmieden von Kurbelwellen)

Unlegierte Qualitätsstähle, warmgewalzt

DIN EN 10025, Teil 2: 2019-10

Kurzname	Werkstoffnummer	Zugfestigkeit R_m in N/mm²	Streckgrenze R_e in N/mm² für folgende Erzeugnisdicken in mm					Bruchdehnung A in %	Verwendung
			≤ 16	> 16 ≤ 40	> 40 ≤ 63	> 63 ≤ 80	> 80 ≤ 100		
S185	1.0035	290 … 510	185	175	175	175	175	15 … 18	Bauwesen, Maschinen- und Schiffbau
S235JR	1.0038	340 … 470	235	225	215	215	215	21 … 26	Bauwesen und Maschinenbau, gut bearbeitbar, gut schweißbar
S275JR	1.0044	410 … 560	275	265	255	245	235	18 … 23	

Einsatzstähle

DIN EN ISO 683, Teil 3: 2022-06

Kurzname	Werkstoffnummer	Chemische Zusammensetzung (nach Schmelzenanalyse) Masseanteile in %	Zugfestigkeit R_m [1)] in N/mm²	Streckgrenze R_e [1)] in N/mm²	Bruchdehnung A [1)] in %	Verwendung
Qualitätsstähle						
C10	1.0301	0,07 … 0,13 C; ≤ 0,4 Si; 0,3 … 0,6 Mn	490 … 640	295	16	für niedrig beanspruchte Teile
C15	1.0401	0,12 … 0,18 C; ≤ 0,4 Si; 0,3 … 0,6 Mn	590 … 790	355	14	
Edelstähle						
C10E	1.1121	0,07 … 0,13 C; ≤ 0,4 Si; 0,3 … 0,6 Mn	490 … 640	295	16	Bolzen, Wellen, Zahnräder, Werkzeuge
C15E	1.1141	0,12 … 0,18 C; ≤ 0,4 Si; 0,3 … 0,6 Mn	590 … 790	355	14	
16MnCr5	1.7131	0,14 … 0,19 C; ≤ 0,4 Si; 1,0 … 1,4 Mn; 0,8 … 1,1 Cr	780 … 1080	590	10	höher beanspruchte Zahnräder, Getriebewellen
20MnCr5	1.7147	0,17 … 0,22 C; ≤ 0,4 Si; 1,1 … 1,4 Mn; 1,0 … 1,3 Cr	980 … 1280	685	8	
15CrNi6	1.5919	0,14 … 0,19 C; ≤ 0,4 Si; 0,4 … 0,6 Mn; 1,4 … 1,7 Cr; 1,4 … 1,7 Ni	880 … 1180	635	9	hoch beanspruchte Wellen, Zahnräder, Ritzel
18CrNiMo6	1.6587	0,15 … 0,20 C; ≤ 0,4 Si; 0,4 … 0,6 Mn; 1,5 … 1,8 Cr; 0,25 … 0,35 Mo; 1,4 … 1,7 Ni	1080 … 1330	785	8	

[1)] Angabe der mechanischen Eigenschaften an einsatzgehärteten Proben mit 30 mm Durchmesser

Vergütungsstähle

DIN EN ISO 683, Teil 1 und 2: 2018-09

Kurzname	Werkstoff-nummer	Haupt-güte-klasse[1)]	Zugfestigkeit R_m[2)] in N/mm²	Streckgrenze R_e in N/mm² für Querschnitt mit d in mm			Bruch-dehnung A[2)] in %	Verwendung
				$d \le 16$	$16 < d \le 40$	$40 < d \le 100$		
C22 C45 C60E	1.0402 1.0503 1.0601	UQ UQ UE	470 … 620 650 … 800 800 … 950	340 490 580	290 430 520	– 370 450	22 16 13	gering beanspruchte Teile, z. B. Wellen, Achsen
37Cr4 37CrS4 41Cr4	1.7034 1.7038 1.7035	LE LE LE	850 … 1000 900 … 1100	750 800	630 660	510 560	13 12	Kurbelwellen, Wellen, Achsen, Zahnräder
42CrMo4 42CrMoS4 50CrMo4	1.7225 1.7227 1.7228	LE LE LE	1000 … 1200 1000 … 1200	900 900	750 780	650 700	11 10	verschleißfeste, zähe Wellen, z. B. Ritzelwellen, Achsen, Pleuelstangen
34CrNiMo6 36CrNiMo4 50CrV4	1.6582 1.6511 1.8159	LE LE LE	1100 … 1300 1000 … 1200 1000 … 1200	1000 900 900	900 800 800	800 700 700	10 11 10	hoch beanspruchte Teile im Fahrzeug- und Getriebebau, z. B. Achsen, Wellen

1) UQ = unlegierter Qualitätsstahl, UE = unlegierter Edelstahl, LE = legierter Edelstahl, E = Edelstahl
2) für einen Querschnitt mit 16 mm < $d \le 40$ mm im vergüteten Zustand

Nitrierstähle

DIN EN ISO 683, Teil 5: 2021-08

Kurzname	Werkstoff-nummer	Chemische Zusammensetzung in Masseanteile in % Schmelzenanalyse	Zugfestig-keit R_m in N/mm²	Streck-grenze R_e in N/mm²	Bruch-dehnung A in %	Verwendung
31CrMo12	1.8515	0,28 … 0,35 C; ≤ 0,40 Si; 0,4 … 0,7 Mn; 2,8 … 3,3 Cr; 0,3 … 0,5 Mo; ≤ 0,3 Ni	1000 … 1200[1)]	800[1)]	11[1)]	für hoch beanspruchte, verschleißfeste Teile, z. B. Kurbelwellen, Ventilspindeln
31CrMoV9	1.8519	0,26 … 0,34 C; ≤ 0,40 Si; 0,4 … 0,7 Mn; 2,3 … 2,7 Cr; 0,15 … 0,25 Mo; 0,1 … 0,2 V	1000 … 1200[1)]	800[1)]	11[1)]	
34CrAlMo5	1.8507	0,3 … 0,37 C; ≤ 0,4 Si; 0,5 … 0,8 Mn; 1,0 … 1,3 Cr; 0,15 … 0,25 Mo; 0,8 … 1,2 Al	800 … 1000[2)]	600[2)]	14[2)]	

1) Angabe der mechanischen Eigenschaften an vergüteten Proben mit ≤ 100 mm Durchmesser
2) Angabe der mechanischen Eigenschaften an vergüteten Proben mit ≤ 70 mm Durchmesser

Automatenstähle

DIN EN ISO 683, Teil 4: 2018-09

Automaten-Einsatzstähle						
10SPb20	1.0722	0,07 … 0,13 C; 0,1 … 0,3 Si; 0,7 … 1,1 Mn; 0,18 … 0,25 S; 0,15 … 0,35 Pb	460 … 710[1)]	355[1)]	9[1)]	Bolzen, Stifte
Automaten-Vergütungsstähle						
60S20	1.0728	0,57 … 0,65 C; 0,1 … 0,3 Si; 0,7 … 1,1 Mn; 0,18 … 0,25 S	740 … 940[1)]	430[1)]	7[1)]	für Teile mit hoher Beanspruchung, z. B. Wellen, Spindeln, Stifte
60SPb20	1.0758	0,57 … 0,65 C; 0,1 … 0,3 Si; 0,7 … 1,1 Mn; 0,18 … 0,25 S; 0,15 … 0,35 Pb				

1) Angabe der mechanischen Eigenschaften an kaltgezogenen Proben von über 16 bis 40 mm Dicke

Stähle für Flamm- und Induktionshärten

DIN EN ISO 683, Teil 2: 2018-09

34Cr4	1.7033	0,30 … 0,37 C; max. 0,40 Si; 0,60 … 0,90 Mn; 0,40 … 1,20 Cr	800 … 950[1)]	min. 460[1)]	14[1)]	für Teile mit geringerer Randhärte, aber größerer Härtetiefe als beim Einsatzhärten, z. B. Kurbelwellen
34CrMo4	1.7220	0,30 … 0,37 C; max. 0,40 Si; 0,60 … 0,90 Mn; 0,90 … 1,20 Cr; 0,15 … 0,30 Mo	900 … 1100[1)]	min. 650[1)]	12[1)]	
42CrMoS4	1.7228	0,38 … 0,45 C; max. 0,40 Si; 0,50 … 0,80 Mn; 0,90 … 1,20 Cr	1000 … 1200[1)]	min. 700[1)]	10[1)]	
27MnCrB5-2	1.7182	0,24 … 0,30 C; max. 0,40 Si; 1,10 … 1,40 Mn; 0,30 … 0,60 Cr; 0,0008 … 0,005 B	900 ... 1150[1)]	min. 750[1)]	14[1)]	

1) Angabe der mechanischen Eigenschaften an Proben mit einem Querschnitt von über 16 bis 40 mm Durchmesser

Wälzlagerstähle

DIN EN ISO 683, Teil 17: 2015-02

Kurzname	Werkstoff-nummer	Chemische Zusammensetzung in Masseanteile in % Schmelzenanalyse	Werkstoffe und Verwendung
100Cr6	1.3505	0,9 … 1,05 C; 0,15 … 0,35 Si; 0,25 … 0,45 Mn; 1,35 … 1,65 Cr; ≤ 0,3 Ni; ≤ 0,3 Cu	durchhärtende Stähle Kugeln, Rollen bis 30 mm Ringe, Scheiben bis 50 mm
100CrMn6	1.3520	0,9 … 1,05 C; 0,5 … 0,7 Si; 1,0 … 1,2 Mn; 1,40 … 1,65 Cr; ≤ 0,3 Ni; ≤0,3 Cu	
17NiCrMo14	1.3533	0,15 … 0,20 C; ≤ 0,40 Si; 0,4 … 0,7 Mn; 1,3 … 1,6 Cr; 0,15 … 0,25 Mo; 3,25 … 3,75 Ni; ≤ 0,3 Cu	Einsatzstahl; weicher, zäher Kern bei großen Abmessungen
48CrMo4	1.3565	0,46 … 0,52 C; ≤ 0,40 Si; 0,5 … 0,8 Mn; 0,9 … 1,2 Cr; 0,15 … 0,30 Mo; ≤ 0,3 Cu	Vergütungsstahl; vorwiegend verwendet zum Randschichthärten
80MoCrV42-16	1.3551	0,77 … 0,85 C; ≤ 0,25 Si; ≤ 0,35 Mn; 3,75 … 4,25 Cr; 4,0 … 4,5 Mo; 0,9 … 1,1 V	warmharter Stahl; Kugeln, Rollen, Nadeln, Ringe
X102CrMo17	1.3543	0,95 … 1,10 C; ≤ 1,0 Si; ≤ 1,0 Mn; 16,0 … 18,0 Cr; 0,35 … 0,75 Mo; ≤ 0,5 Ni; ≤ 0,3 Cu	nicht rostender Stahl; Kugeln, Rollen, Nadeln, Ringe

Warmgewalzte Stähle für vergütbare Federn – Federstähle

DIN EN 10089: 2003-04

Kurzname	Werkstoff-nummer	Chem. Zusammensetzung in Masseanteile in % Schmelzenanalyse	Zugfestigkeit R_m in N/mm²	Streck-grenze R_e in N/mm²	Bruch-dehnung A in %	Bemerkungen und Verwendung
38Si7	1.5023	0,35 … 0,42 C; 1,5 … 1,8 Si; 0,5 … 0,8 Mn	1300…1600	1150	8	Federringe, Federplatten, Blattfedern
54SiCr6	1.7102	0,51 … 0,59 C; 1,2 … 1,6 Si; 0,5 … 0,8 Mn; 0,5 … 0,8 Cr	1450…1750	1300	6	
61SiCr7	1.7108	0,57 … 0,65 C; 1,5 … 1,8 Si; 0,7 … 1,0 Mn; 0,2 … 0,4 Cr	1550–1850	1400	5,5	Schraubenfedern, Tellerfedern
55Cr3	1.7176	0,52 … 0,59 C; 0,25 … 0,50 Si; 0,7 … 1,0 Mn; 0,7 … 1,0 Cr	1400…1700	1250	3	Schraubenfedern
51CrV4	1.8159	0,47 … 0,55 C; 0,15 … 0,40 Si; 0,7 … 1,1 Mn; 0,9 … 1,2 Cr; 0,1 … 0,2 V	1350…1650	1200	6	höchst beanspruchte Schrauben- und Tellerfedern, Drehstabfedern
52CrMoV4	1.7701	0,48 … 0,56 C; 0,15 … 0,40 Si; 0,7 … 1,1 Mn; 0,9 … 1,2 Cr; 0,15 … 0,25 Mo; 0,08 … 0,15 V	1450…1750	1300	6	wie 51CrV4, jedoch für größere Abmessungen

Runder Federstahldraht

DIN EN 10270, Teil 1: 2017-09 und Teil 2: 2012-01

Draht-sorte	Werkstoff-nummer	Zugfestigkeit R_m[1)] in N/mm² für Nenndurchmesser d in mm												
		0,4	0,6	0,8	1,0	1,5	2,0	3,0	4,0	5,0	6,0	8,0	10,0	
Patentiert gezogener Federdraht aus unlegierten Stählen														
SL	werden nicht verwendet	–	–	–	1970	1840	1750	1620	1520	1450	1390	1300	1230	Zug- und Druckfedern gering ↓ statische und dynamische Belastung hoch
SM		2550	2400	2300	2220	2080	1970	1830	1730	1650	1580	1480	1400	
SH		2830	2670	2560	2470	2310	2200	2040	1930	1840	1770	1660	1570	
DM		2250	2400	2300	2220	2080	1970	1830	1730	1640	1580	1490	1400	
DH		2830	2670	2560	2470	2310	2200	2040	1930	1840	1770	1660	1570	
Vergüteter Federdraht (FD) und vergüteter Ventilfederdraht (VD) aus unlegierten Stählen														
FDC	werden nicht verwendet	–	1900 … 2100	1900 … 2100	1860 … 2060	1760 … 1940	1720 … 1890	1620 … 1770	1550 … 1700	1500 … 1610	1460 … 1650	1400 … 1550	1360 … 1510	Federn mit mäßiger Dauerschwingbelastung
VDC		–	1850 … 2000	1850 … 2000	1850 … 1950	1700 … 1800	1670 … 1770	1600 … 1700	1550 … 1650	1540 … 1640	1520 … 1620	1420 … 1520	1390 … 1490	Federn mit hoher Dauerschwingbelastung

1) Angabe der oberen Grenzwerte für R_m

Bezeichnung eines Federstahldrahtes: Normnummer, Drahtsorte SM, Nenndurchmesser 2,0

Federdraht EN 10270-1-SM-2,0

Bezeichnungen von korrosionsbeständigen, austenitischen Stählen für Verbindungselemente

DIN EN ISO 3506 Teil 1 und 2: 2020-08, DIN EN 10088, Teil 3: 2024-04, DIN EN 10151: 2003-02

Bezeichnungen			Chemische Zusammensetzung, Masseanteile in %								
Kurzname	Werkstoff-nummer	Stahl-gruppe	Cr	Ni	Mo	C max.	Si max.	Mn max.	P max.	S max.	Sonstige Legierungs-bestandteile
X8CrNiS18-9	1.4305	A1	17 bis 19	8 bis 10	–	0,10	1	2	0,045	0,15 bis 0,35	Cu unter 1,0 %
X5CrNi18-10	1.4301	A2	17,5 bis 19,5	8 bis 10,5	–	0,07	1	2	0,045	0,03	Mo nach Wahl des Herstellers zulässig
X6CrNiNb18-10	1.4550	A3	17 bis 19	9 bis 12	–	0,08	1	2	0,045	0,015	Mo nach Wahl des Herstellers zulässig
X5CrNiMo17-12-2	1.4401	A4	16,5 bis 18,5	10 bis 13	2 bis 2,5	0,07	1	2	0,045	0,03	N max. 0,1 %
X6CrNiMoTi17-12-2	1.4571	A5	16,5 bis 18,5	10,5 bis 13,5	2 bis 2,5	0,08	1	2	0,045	0,03	Ti: min 5 x C, max. 0,7 %

Hinweis und Eigenschaften für Verbindungselemente (Schrauben, Muttern) der Stahlgruppe A1, A2, A4	
Wärmebehandlung	Austenitische Werkstoffe sind nicht durch Wärmebehandlung härtbar, **unsachgemäße Montage** (Nichtbeachtung der Anziehmomente) kann daher zu **Kaltverschweißung, Fressen** oder **Bruch** führen.
Einsatztemperatur	für tiefe Temperaturen: Stahlgruppe **A4** (–60 bis –70 °C) für sehr tiefe Temperaturen: Stahlgruppe **A2** (–70 bis –196 °C)
Magnetisierbarkeit	Verbindungselemente aus nicht rostenden Stählen sind im Allgemeinen nicht magnetisierbar.

Mechanische Eigenschaften

Festigkeitsklasse	Durchmesser-bereich	Schrauben			Muttern
		Mindestzug-festigkeit in N/mm²	Dehngrenze $R_{p\,0,2}$ (mind.) in N/mm²	Bruchdehnung A in mm	Prüfspannung in N/mm²
50 weich (gedreht)	bis M 39	500	210	$0{,}6 \cdot d$	500
70 kaltverfestigt (gepresst)	bis M 24	700	450	$0{,}4 \cdot d$	700
80 stark kaltverfestigt	bis M 24	800	600	$0{,}3 \cdot d$	800

Ferritische und martensitische Stähle

DIN EN 10088, Teil 3: 2024-04

Kurzname	Werkstoff-nummer	Chemische Zusammensetzung (nach Schmelzenanalyse) in Masseanteile in %	Zugfestigkeit R_m in N/mm²	Dehngrenze $R_{p\,0,2}$ in N/mm²	Bruchdehnung A in %	Verwendung
X4CrMoS17	1.4105	≤ 0,06 C; 16,5 … 18,5 Cr; 0,2 … 0,6 Mo; 0,15 … 0,35 S	430 … 780¹⁾	250 … 330¹⁾	7 … 20¹⁾	Achsen, Wellen, Beschläge, Pumpenteile, Federn, Schrauben
X6Cr13	1.4000	≤ 0,08 C; 12 … 14 Cr	400 … 630¹⁾	230¹⁾	20¹⁾	
X6Cr17	1.4016	≤ 0,08 C; 15,5 … 17,5 Cr	400 … 630¹⁾	240¹⁾	20¹⁾	
X6CrTi17	1.4510	≤ 0,08 C; 16 … 18 Cr; 0,56 … 1,2 Ti	420 … 620¹⁾	200¹⁾	20¹⁾	
X12CrMoS17	1.4104	0,10 … 0,17 C; 15,5 … 17,5 Cr; 0,2 … 0,6 Mo; 0,15 … 0,35 S	650 … 850²⁾	500²⁾	10 … 12²⁾	
X20Cr13	1.4021	0,17 … 0,25 C; 12 … 14 Cr	700 … 950²⁾	500 … 600²⁾	12 … 13²⁾	
X50CrMoV15	1.4116	0,42 … 0,50 C; 13,8 … 15,0 Cr; 0,45 … 0,60 Mo; 0,10 … 0,15 V	≤ 900¹⁾	–	–	
X17CrNi16-2	1.4057	0,14 … 0,23 C; 15,5 … 17,5 Cr; 1,5 … 2,5 Ni; 0,15 … 0,35 S	≤ 950¹⁾ 800 … 1050²⁾	700²⁾	10 … 14²⁾	

¹⁾ Angabe der mechanischen Eigenschaften an geglühten Proben
²⁾ Angabe der mechanischen Eigenschaften an vergüteten Proben

Bezeichnungssystem für Aluminium-Gusswerkstoffe

DIN EN 1780, Teil 1 und Teil 2: 2003-01

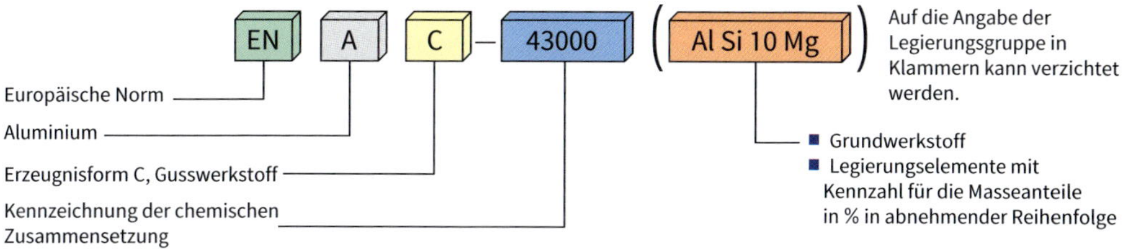

Kennzeichnung der chemischen Zusammensetzung

Unlegiertes Aluminium				Legiertes Aluminium						
1. Ziffer	2. Ziffer	3. Ziffer und 4. Ziffer	5. Ziffer	1. Ziffer		2. Ziffer		3. Ziffer	4. Ziffer	5. Ziffer
1	0	Prozentanteil Aluminuim über 99 % im Beispiel 0,99 % (EN AW – 10990 (Al 99,99))	0, nur bei Legierungen für Luft- und Raumfahrt nicht 0	2	Cu	1	Al Cu	nicht festgelegt	0	0, nur bei Legierungen für Luft- und Raumfahrt nicht 0
				4	Si	1	Al Si Mg Ti			
						2	Al Si 7 Mg			
						3	Al Si 10 Mg			
						4	Al Si			
						5	Al Si 5 Cu			
						6	Al Si 9 Cu			
						7	Al Si (Cu)			
						8	Al Si Cu Ni Mg			
				5	Mg	1	Al Mg			
				7	Zn	1	Al Zn Mg			

Bezeichnungssystem für Aluminium-Knetwerkstoffe

DIN EN 573, Teil 1: 2005-02 und DIN EN 573, Teil 2: 1994-12

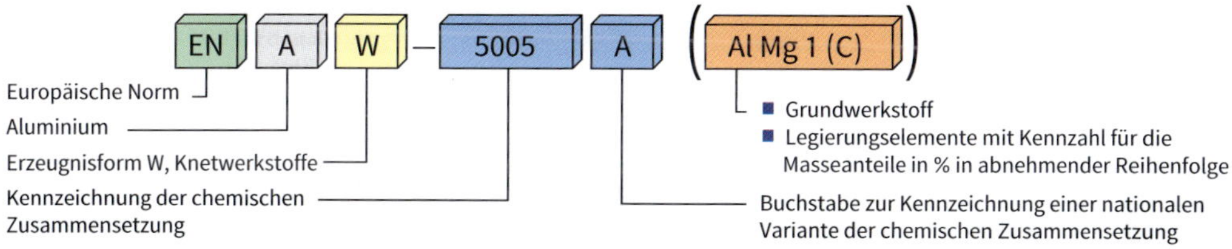

Kennzeichnung der chemischen Zusammensetzung

1. Ziffer	2. Ziffer	3. Ziffer und 4. Ziffer	Legierungsgruppe
Legierungsgruppe	Legierungsabwandlung	Serie 1000: zwei Nachkommastellen des Aluminiumanteils der Legierung Serie 2000 bis 8000: keine besondere Bedeutung	1xxx (Serie 1000) Aluminium, mind. 99 % 2xxx (Serie 2000) Kupfer 3xxx (Serie 3000) Mangan 4xxx (Serie 4000) Silizium 5xxx (Serie 5000) Magnesium 6xxx (Serie 6000) Magnesium und Silizium 7xxx (Serie 7000) Zink 8xxx (Serie 8000) sonstige Elemente

Bezeichnungssystem für Magnesium-Gusslegierungen

DIN EN 1754: 2015-10

Bezeichnung durch Kurzzeichen

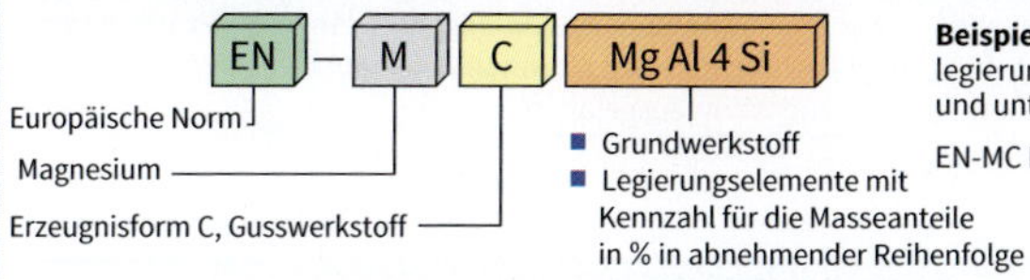

Beispiel für eine Mg-Gusslegierung mit etwa 4 % Al und unter 1,5 % Si:

EN-MC Mg Al4 Si

Bezeichnung durch Werkstoffnummern

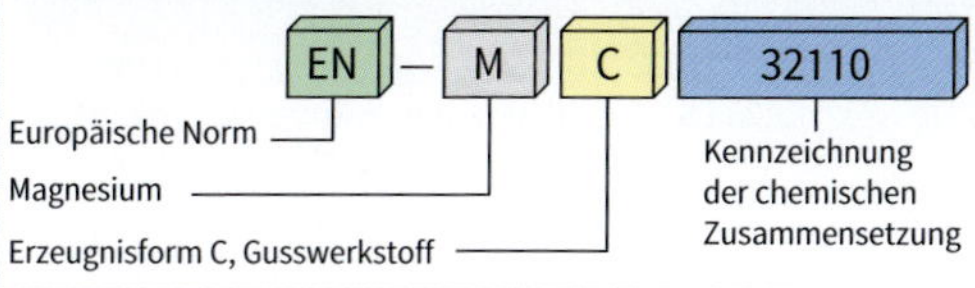

Beispiel für eine Mg-Gusslegierung mit etwa 6 % Zn, etwa 3 % Cu und max. 0,75 % Mn:

EN-MC 32110

Kennzeichnung der chemischen Zusammensetzung

1. Ziffer (Hauptlegierungselement)

1	Mg	4	Mn	7	Zr
2	Al	5	Si	8	Ag
3	Zn	6	–	9	Yb

2. Ziffer und 3. Ziffer (Legierungsgruppe)

00	Mg	13	Mg Al Si
11	Mg Al Zn	21	Mg Zn Cu
12	Mg Al Mn		

4. Ziffer und 5. Ziffer

Legierungsuntergruppen zur weiteren Unterscheidung

Eigenschaften der Aluminiumlegierungen

Werkstoffbezeichnung (bisheriges Kurzzeichen)	Werkstoff	Fertigungstechnische Eigenschaften							Ohne Oberflächenschutz beständig gegen	
		Aushärtung	Gießbarkeit	Kaltumformbarkeit		Spanbarkeit	Schweißbarkeit	Anodisierbar – dekorativ	Witterungseinflüsse	Meerwasser
				Biegen	Tiefziehen					
EN AW-3103 (AlMn1)	Aluminium-Knetlegierungen – nicht aushärtbar	–	–	1 hh	1 hh	4	2	–	1	2
EN AW-5005 (AlMg1)		–	–	1 hh	1 hh	4	2	1 E	1	2
EN AW-5754 (AlMg3)		–	–	1 w	1 w	3	1	1 E	1	1
EN AW-6060 (AlMgSi)	Aluminium-Knetlegierungen – aushärtbar	ka/wa	–	2 ka	2	2	2	1	1	1
EN AW-6012 (AlMgSiPb)		ka/wa	3	2 ka	2	1	1	2	1	1
EN AW-6082 (AlSi-1-MgMn)		ka/wa	3	3	2	3	1	2	1	1
EN AC-44200 (AlSi12(a))	Aluminium-Gusslegierungen	–	1	–	–	2	1	–	1	2
EN AC-43000 (AlSi10MgS)		wa	1	–	–	2	2	–	1	2
EN AC-45000 (AlSi6Cu4K)		–	1	–	–	2	4	–	4	–
EN AC-51300 (AlMg5D)		–	2	–	–	1	1	1	1	1

1: sehr gut, 2: gut, 3: ausreichend, 4: bedingt, –: nicht geeignet, ka: kalt ausgehärtet, wa: warm ausgehärtet, hh: halbhart, w: weich, E: Eloxalqualität, EN: Europäische Norm, A: Aluminium, W: Kneterzeugnis, C: Gussstück, S: Sandguss, K: Kokillenguss, D: Druckguss

Aluminium und Aluminium-Knetlegierungen – stranggepresste Stangen und Rohre

DIN EN 755, Teil 2: 2016-10

Werkstoffbezeichnung (bisheriges Kurzzeichen)	Werkstoffzustand	Zugfestigkeit R_m in N/mm²	Dehngrenze $R_{p\,0,2}$ in N/mm²	Bruchdehnung A_{50} in %	Verwendung
EN AW-1200 (Al 99,0)	H112	min. 25	min. 25	min. 18	Apparate, elektrischer Leiterwerkstoff
EN AW-2024 (AlCu4Mg1)	T3	400 … 450[1)]	270 … 310[2)]	6 … 10[2)]	Verbindungselemente, z. B. Schrauben, Nieten
EN AW-3103 (AlMn1)	O, H111	95 … 135[1)]	min. 35	min. 20	Kältetechnik, Wärmetauscher
EN AW-5005 (AlMg1 (B))	O, H111	100 … 150[1)]	min. 40	min. 16	Blechteile für Fahrzeugbau
EN AW-5754 (AlMg3)	O, H111	180 …250[1)]	min. 80	min. 15	beanspruchbar bei höheren Temperaturen, im Fahrzeugbau, Schiffbau, Apparatebau
EN AW-5083 (AlMg4,5Mn0,7)	O, H111	min. 270	min. 110	min. 10	Fahrzeugbau, Schiffbau, Druckbehälter
EN AW-6060 (AlMgSi)	T6	min. 190	min. 150	min. 6	Maschinen- und Fahrzeugbau, Schrauben
EN AW-7020 (AlZn 4,5 Mg1)	T6	340 … 350[2)]	275–290[2)]	min. 8	Schweißkonstruktionen im Maschinen- und Fahrzeugbau

[1)] Min.- und Max.-Werte, abhängig vom Durchmesser, [2)] Min.-Werte, abhängig vom Durchmesser, A_{50}: Anfangsmesslänge der Probe in mm, H 112: durch Warm- oder Kaltumformen geringfügig kalt verfestigt, T3: lösungsgeglüht, kalt umgeformt und kalt ausgelagert, O: weich geglüht, H111: geglüht, geringfügig kalt verfestigt, T6: lösungsgeglüht und warm ausgelagert

Aluminium-Gusslegierungen

DIN EN 1706: 2021-11

Werkstoffbezeichnung (bisheriges Kurzzeichen)	Legierungsbestandteile Masseanteile in %	Zugfestigkeit R_m in N/mm²	Dehngrenze $R_{p\,0,2}$ in N/mm²	Bruchdehnung A_{50} in %	Verwendung
EN AC-43000 (AlSi10Mg)	9,0 … 11,0 Si; 0,2 … 0,5 Mg; 0,001 … 0,4 Mn	160 … 210	80 … 110	2 … 6	dünnwandige Gussstücke mit hoher Festigkeit, z. B. Motorengehäuse
EN AC-45000 (AlSi6Cu4)	5,0 … 7,5 Si; 3,0 … 5,0 Cu; 0,1 … 0,6 Mn; 0,1 … 0,5 Mg	160 … 200	100 … 150	1 … 3	im Maschinenbau vielseitig verwendbar, z. B. Zylinderköpfe

Magnesium-Gusslegierungen

DIN EN 1753: 2019-12

Kurzzeichen	Werkstoffnummer	Chemische Zusammensetzung, Masseanteile in %	Zugfestigkeit R_m in N/mm²	Dehngrenze $R_{p\,0,2}$ in N/mm²	Bruchdehnung A in %	Eigenschaften und Verwendung
EN-MCMgAl6Mn	EN MC-21230	5,5 … 6,5 Al, 0,1 … 0,4 Mn	190 … 250	120 … 150	4 … 14	hohe Dehnung und Schlagzähigkeit, z. B. Autofelgen, Getriebegehäuse, Motorengehäuse
EN-MCMgAl4Si	EN MC-21320	4,0 … 5,0 Al, 0,4 … 1,0 Si, 0,2 … 0,5 Mn	200 … 250	120 … 150	3 … 12	langzeitig wärmebelastbar, z. B. für Motorengehäuse
EN-MCMgAl9Zn1S	EN MC-21110	8,0 … 9,5 Al 0,3 … 1,0 Zn 0,1 … 0,3 Mn	160 … 220	90 … 120	2 … 5	höchste Werte für Zugfestigkeit und Dehnung, gute Gleiteigenschaften, schweißbar, z. B. für Druckguss allgemein verwendete Mg-Legierung
EN-MCMgAl9Zn1K			160 … 220	110 … 130	2 … 5	
EN-MCMgAl9Zn1D			200 … 250	150 … 170	0,5 … 3,0	
EN-MCMgAl9Zn1Swa			240 … 300	150 … 190	2 … 7	

EN: Europäische Norm, wa: warm ausgehärtet, MC: Magnesium-Gusslegierung, S: Sandguss (Masseln), D: Druckguss, K: Kokillenguss

Magnesium-Knetlegierungen

DIN 1729, Teil 1: 1982-08

MgMn2F20	3.5200.08	1,2 … 2,0 Mn	200[1]	145[1]	1,5[1]	korrosiosbeständig, schweißbar, verformbar, z. B. Verkleidungen, Kraftstoffbehälter
MgAl8ZnF29	3.5812.08	7,8 … 9,2 Al 0,2 … 0,8 Zn 0,12 … 0,3 Mn	290	205	10	höchste Festigkeit, z. B. Halbzeuge, Gesenkschmiedestücke

Kupfer-Aluminium-Gusslegierungen

DIN EN 1982: 2017-11

CuAl10Fe2-C	CC331G	≥ 83 Cu, 8 … 11 Al	500	180	18	Hebel, Gehäuse, Schaltgabeln, Buchsen, Ritzel, Kegelräder
CuAl10Ni3Fe2-C	CC332G		550	200	25	
CuAl10Fe5Ni5-C	CC333G	2 … 4 Fe, 1,5 … 6,5 Ni	550	200	15	

Kupfer-Aluminium-Knetlegierungen

DIN EN 12163: 2016-11; DIN EN 12167: 2016-11; DIN EN 1652: 1998-03

CuAl10Fe 3Mn2F59	EN CW-306 G	8,5 … 11,0 Al, 2,5 … 4,0 Fe, 1,5 … 3,0 Mn, ≤ 0,8 Ni, ≤ 0,5 Zn, Rest Cu	590	330	12	hohe Festigkeit, korrosionsbeständig, z. B. Getriebe- und Schneckenräder
CuAl10Ni5Fe4F64	EN CW-307 G	8,5 … 11,0 Al, 4,0 … 6,0 Ni, 2,0 … 5,0 Fe, ≤ 1,5 Mn, 0,5 Zn, Rest Cu	640	270	15	hohe Festigkeit, korrosionsbeständig, z. B. Wellen, Schrauben, Schneckenräder, Lagerbuchsen

Kupfer-Zink-Knetlegierungen

DIN EN 12163: 2016-11

CuZn31Si1F44	EN CW-708R	66 … 70 Cu, 0,7 … 1,3 Si, ≤ 0,5 Ni, ≤ 0,8 Pb, ≤ 0,4 Fe, Rest Zn	440	200	22	für gleitende Beanspruchung auch bei höherer Belastung, z. B. Lagerbuchsen, Führungen
CuZn40Pb2F44	EN CW-614N	57 … 59 Cu, ≤ 1,0 Ni, ≤ 0,6 Al, 1,0 … 2,0 Pb, ≤ 0,5 Fe, 0,4 … 1,8 Mn, ≤ 0,4 Si, Rest Zn	440	180	18	Automatenlegierung mittlerer Festigkeit und guter Zerspanbarkeit, z. B. Wälzlagerkäfige, Zahnräder

C: Kupfer, W: Knetlegierung, 708: Zählnummer, R: Cu-Zn-Mehrstofflegierung, N: Cu-Zn-Pb-Mehrstofflegierung, F 44: Zugfestigkeit 440 N/mm²

[1] Angabe der mechanischen Eigenschaften nach DIN 9715: 1982-08, DIN 17670 … DIN 17674, Teil 1: 1983-12

Kupfer-Nickel-Knetlegierungen

DIN EN 12167: 2016-11; DIN EN 1652: 1998-03

Kurzzeichen	Werkstoff-nummer	Chemische Zusammensetzung, Masseanteile in %	Zugfestigkeit R_m in N/mm²	Dehngrenze $R_{p\,0,2}$ in N/mm²	Bruchdehnung A in %	Eigenschaften und Verwendung
CuNi10Fe1MnF28	CW-352W	9,0 … 11,0 Ni, 1,0 … 2,0 Fe, 0,5 … 1,0 Mn, ≤ 0,5 Zn, Rest Cu	280 … 360	100	30	ausgezeichneter Widerstand gegen Erosion, Kavitation und Korrosion, gut schweißbar, z. B. Wärmetauscher, Bremsleitungen
CuNi30Mn1FeF35	CW-354 H	30 … 32 Ni, 0,4 … 1,0 Fe, 0,5 … 1,5 Mn, ≤ 0,5 Zn, Rest Cu	≥ 350	120	35	ausgezeichneter Widerstand gegen Erosion, Kavitation und Korrosion, gut schweißbar, z. B. Ölkühler

Kupfer-Zinn- und Kupfer-Zinn-Zink-Gusslegierungen

DIN EN 1982: 2017-11

G-CuSn12Pb	2.1061.01	84 … 87 Cu,	260	140	10	Lagerwerkstoff mit guter Notlaufeigenschaft und Verschleißfestigkeit, korrosionsbeständig, z. B. Gleitleisten, Buchsen
GZ-CuSn12Pb	2.1061.03	11 … 13 Sn, 1 … 2 Pb	280	150	5	
G-CuSn7ZnPb	2.1090.01	81 … 85 Cu,	240	120	15	
GZ-CuSn7ZnPb	2.1090.03	6 … 8 Sn, 3 … 5 Zn, 5 … 7 Pb	270	130	13	

Blei (Feinblei)

DIN EN 12659: 1999-11

Kurzzeichen	Werkstoff-nummer	Chemische Zusammensetzung, Masseanteile in %	Bemerkungen und Verwendung
Pb99,99	PB990R	99,99 Pb	R: Reinblei; Herstellung von Bleimennige, Akkumulatorenplatten, Bleche, Rohre für die chemische Industrie
Pb99,985	PB985R	99,985 Pb	

Zinn

DIN EN 610: 1995-09

Sn99,95	2.3500	99,95 Sn	Lieferformen: Blöcke, Platten, Stangen, Pellets und Granalien Überzugsmaterial für Weißblech, Ziergegenstände
Sn99,90	2.3501	99,90 Sn	
Sn99,75	2.3502	99,75 Sn	

Zink (Feinzink)

DIN EN 1179: 2003-09

Z1	2.2045	99,995 Zn	lösliche Anoden, Ätzplatten, Tiefziehmessing, Tiefziehneusilber, Zinkbleche, -bänder, -drähte, Verzinkung
Z2	2.2040	99,99 Zn	
Z3	2.2035	99,95 Zn	

Titan

DIN 17850: 2023-10

Ti1	3.7025	Ti 1; ≤ 0,15 Fe; ≤ 0,12 O_2	korrosionsbeständig besonders gegen oxydierende und Chlorionen enthaltende Medien, meerwasser- und seeluftbeständig; chemischer Apparatebau, Luft- und Raumfahrzeugbau
Ti2	3.7035	Ti 2; ≤ 0,20 Fe; ≤ 0,18 O_2	
Ti3	3.7055	Ti 3; ≤ 0,25 Fe; ≤ 0,25 O_2	
Ti4	3.7065	Ti 4; ≤ 0,30 Fe; ≤ 0,35 O_2	

Titan-Knetlegierungen

DIN 17851: 2023-10

Kurzzeichen	Werkstoff-nummer	Chemische Zusammensetzung, Masseanteile in %	Zugfestigkeit R_m in N/mm²	Dehngrenze $R_{p\,0,2}$ in N/mm²	Bruchdehnung A in %	Eigenschaften und Verwendung
TiAl5Sn2.5F79	3.7115.10	4,5 … 5,5 Al; 2 … 3 Sn; Rest Ti	790[1]	760[1]	6 … 8[1]	gut schweißbar, korrosionsbeständig, z. B. Maschinenbau
TiAl6V4F89	3.7165.10	5,5 … 6,75 Al; 3,5 … 4,5 V; Rest Ti	890[1]	820[1]	6 … 18[1]	Luft- und Raumfahrzeugbau, Armaturen

[1] Angabe der mechanischen Eigenschaften von Blechen und Bändern nach DIN 17860: 1990-11

Feinzink-Gusslegierungen

DIN EN 12844: 1999-01

GD-ZnAl4Cu1	ZP0410	3,5 … 4,3 Al; 0,4 … 1,1 Cu; 0,02 … 0,06 Mg; Rest Zn	280 … 350	220 … 250	2 … 5	Vorzugslegierung für Druckgussstücke
G-ZnAl6Cu1 GK-ZnAl6Cu1	ZP0610	5,6 … 6,0 Al; 1,2 … 1,6 Cu; Rest Zn	180 … 230 220 … 260	150 … 180 170 … 200	1 … 3 1,5 … 3	GK: Kokillenguss für gießtechnisch schwierige Gussteile

Kennzeichnung

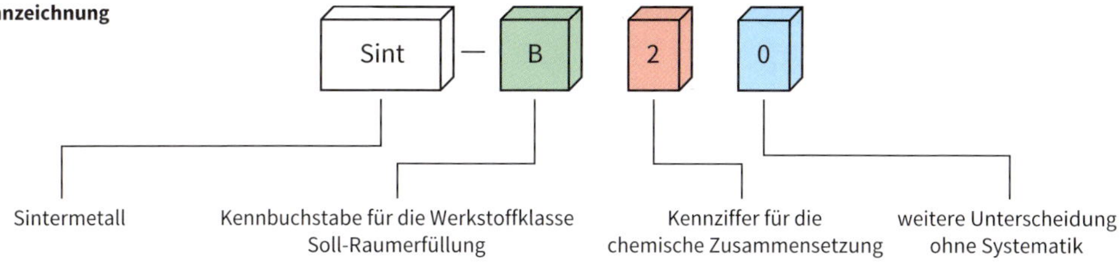

Beispiel: Sint-B-20: Sinterstahl für Gleitlager mit mehr als 5 % Cu

Werkstoffklasse

Kennbuchstabe	Raumerfüllung R_x in %	Bevorzugtes Einsatzgebiet
AF	< 73	Filter
A	75 (± 2,5)	Gleitlager
B	80 (± 2,5)	Gleitlager, Formteile
C	85 (± 2,5)	Gleitlager, Formteile
D	90 (± 2,5)	Formteile
E	94 (± 1,5)	Formteile
F	> 95,5	sintergeschmiedete Formteile

Chemische Zusammensetzung

Kennziffer	Chem. Zusammensetzung
0	Sintereisen/Sinterstahl, 0 … 1-% Cu, mit oder ohne C
1	Sinterstahl, 1 … 5-% Cu, mit oder ohne C
2	Sinterstahl, > 5-% Cu, mit oder ohne C
3	Sinterstahl, mit oder ohne C und Cu, ≤ 6-% andere Leg.-Elemente
4	Sinterstahl, mit oder ohne C und Cu, > 6-% andere Leg.-Elemente
5	Sinterlegierungen mit > 60-% Cu
6	Sinterbuntmetalle, die nicht in 5 enthalten sind
7	Sinterleichtmetalle
8	} Reserve
9	

Sintermetalle für Filter

Kurzzeichen	Werkstoff	Dichte ϱ in g/cm³	Filterfeinheit in µm
Sint-AF 40	rostfreier Sinterstahl, Cr- und Ni-haltig	3,8 … 5,6	3, 10, 20, 80, 150
Sint-AF 50	Sinterbronze	5,0 … 6,5	8, 20, 80, 150, 200

Die Filterfeinheit wird im Kurzzeichen angegeben, z. B. Sint-AF 40-20

Sintermetalle für Lager- und Formteile mit Gleiteigenschaften

Kurzzeichen	Werkstoff	Radiale Bruchfestigkeit in N/mm² (mind.)	Härte HB (mind.)
Sint-A 00	Sintereisen	> 150	> 25
Sint-B 00		> 180	> 30
Sint-C 00		> 220	> 40
Sint-A 10	Sinterstahl, Cu-haltig	> 160	> 35
Sint-B 10		> 190	> 40
Sint-C 10		> 230	> 55
Sint-A 20	Sinterstahl mit mehr als 5 % Cu	> 180	> 30
Sint-B 20		> 200	> 45
Sint-A 50	Sinterbronze	> 120	> 25
Sint-B 50		> 170	> 30
Sint-C 50		> 200	> 35

Sinterschmiedestähle für Formteile

Kurzzeichen	Werkstoff	Härte HB geschmiedet	Härte HB vergütet
Sint-F 00	C- und Mn-haltig	> 140	> 220
Sint-F 30	C-, Mn-, Ni-, Mo- und Cr-haltig	> 160	> 260
Sint-F 31	C-, Mn-, Ni-, Mo-haltig	> 180	> 300

Sintermetalle für Formteile

Kurzzeichen	Werkstoff		Zugfestigkeit R_m in N/mm²	Härte HB
Sint-D 00	Sintereisen		190	> 45
Sint-E 00			260	> 60
Sint-D 01	Sinterstahl	C-haltig	320	> 90
Sint-D 10		Cu-haltig	300	> 50
Sint-E 10			400	> 80
Sint-C 11		Cu- und C-haltig	460	> 80
Sint-C 21			530	> 105
Sint-C 30		Cu-, Ni- und Mo-haltig	390	> 55
Sint-D 30			510	> 60
Sint-E 30			680	> 90
Sint-D 36		Cu- und P-haltig	380	> 90
Sint-D 39		Cu-, Ni-, Mo-, und C-haltig	600	> 120
Sint-C 40	rostfreier Sinterstahl, hoch Cr-haltig		> 330	> 95
Sint-C 42			> 420	> 140
Sint-C 43			> 510	> 165
Sint-D 73	Sinteraluminium, Cu-haltig		160	> 45
Sint-E 73			200	> 55

Sintermetalle für Formteile mit weichmagnetischen Eigenschaften

Kurzzeichen	Werkstoff	Zugfestigkeit R_m in N/mm²	Härte HB
Sint-C 02	Sintereisen	150	> 35
Sint-D 02		200	> 40
Sint-E 02		240	> 50
Sint-C 38	Sintereisen, P-haltig	250	> 55
Sint-D 38		230	> 65

Einteilung der Kunststoffe nach Ausgangsprodukten

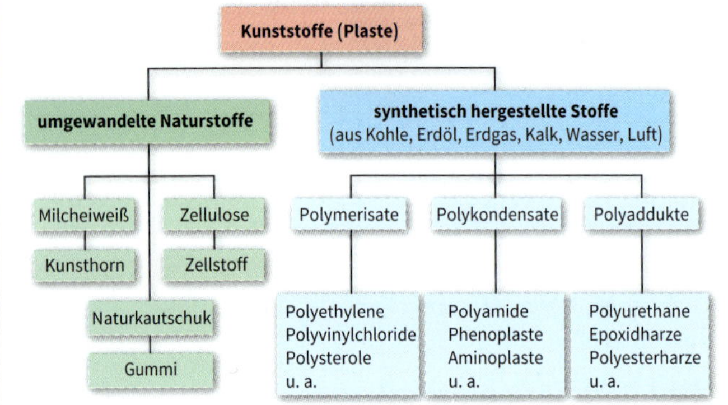

Einteilung der Kunststoffe nach Eigenschaften

Kunststoffe

- **Elastomere**
  gummielastisch,
  nicht warm umformbar
  und nicht schweißbar

- **Thermoplaste**
  warm umformbar und
  schweißbar

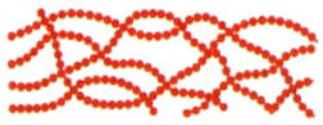

- **Duroplaste**
  nicht warm umformbar
  und nicht schweißbar

Basis-Polymere – Bezeichnungen

DIN EN ISO 1043, Teil 1: 2016-09

Kennbuchstaben für die Komponentenbegriffe

Kenn-buchstabe	Komponenten-Begriff	Kenn-buchstabe	Komponenten-Begriff	Kenn-buchstabe	Komponenten-Begriff
A	Acetat, Acryl, Acrylat, Acrylnitril, Amid	E	Ethyl, Ethylen, Ester	OX	Oxid
		EP	Epoxid	P	Penten, Phenol, Phenylen, Phthalat, Poly, Polyester, Propylen, Pyrrolidon, Per
AC	Acetat	F	Fluor, Fluorid, Formaldehyd		
AK	Acrylat	FM	formal		
AL	Alkohol	I	Iso, Imid	S	Styrol, Sulfid
AN	Acrylnitril	IR	Isocyanurat	SI	Silicon
B	Butadien, Buten, Butyral, Butyrat, Butylen	K	Carbazol, Keton	SU	Sulfon
		L	flüssig	T	Tetra, Tri, Terephthalat
C	Carbonat, Carboxy, Cellulose, Chlor, Chlorid, chloriert, Cresol	M	Melamin, Meth, Methyl, Methylen	U	Urea, ungesättigt
				UR	Urethan
		N	Nitrat, Naphtalat	V	Vinyl
D	Di, Dien	O	Octyl, Oxy, Olefin	VD	Vinyliden

Kurzzeichen für Polymere

DIN EN ISO 1043, Teil 1: 2016-09

Kurzzeichen	Bezeichnung	Kurzzeichen	Bezeichnung
ABS	Acrylnitril-Butadien-Styrol	PET	Polyethylenterephthalat
AMMA	Acrylnitril-Methylmethacrylat	PF	Phenol-Formaldehyd
ASA	Acrylnitril-Styrol-Acrylester	PIB	Polyisobutylen
CA	Celluloseacetat	PMMA	Polymethylmethacrylat
CAB	Celluloseacetobutyrat	POM	Polyoxymethylen, Polyformaldehyd
CF	Kresol-Formaldehyd	PP	Polypropylen
CMC	Carboxymethylcellulose, Cellulose-glykolsäure	PS	Polystyrol
		PSU	Polysulfon
CN	Cellulosenitrat	PTFE	Polytetrafluorethylen
CP	Cellulosepropionat	PUR	Polyurethan
EC	Ethylcellulose	PVAC	Polyvinylacetat
EP	Epoxid	PVAL	Polyvinylalkohol
EVAC	Ethylen-Vinylacetat	PVB	Polyvinylbutyral
ETFE	Ethylen-Tetrafluorethylen	PVC	Polyvinylchlorid
MC	Methylcellulose	PVDC	Polyvinylidenchlorid
MF	Melamin-Formaldehyd	PVF	Polyvinylfluorid
MPF	Melamin-Phenol-Formaldehyd	PVFM	Polyvinylformal
PA	Polyamid	SAN	Styrol-Acrylnitril
PAN	Polyacrylnitril	SB	Styrol-Butadien
PC	Polycarbonat	SI	Silicon
PCTFE	Polychlortrifluorehtylen	SMS	Styrol-α-Methylstyrol
PDAP	Polydiallyphthalat	UF	Urea-Formaldehyd
PE	Polyethylen	UP	ungesättigter Polyester

Erkennungsmerkmale von Kunststoffen

Kurzzeichen	Chemische Bezeichnung	Dichte ϱ in g/cm³	Beurteilung des Brennverhaltens: Entflammbarkeit[1]		Art und Farbe der Flamme	Geruch der Schwaden **Achtung: Gesundheitsgefährdung**	Lösungsverhalten in kaltem Lösungsmittel[2]: Benzin	Benzol	Äthyläther	Aceton	Äthylacetat	Äthylalkohol
Thermoplaste												
ABS	Acrylnitril/ Butadien/Styrol	1,7	2	stark rußend	gelb leuchtend	Styrol, schwach nach Salzsäure	q	q	l	l	l	q
CA	Celluloseacetat	1,2 … 1,3	2/3	tropft, sprüht	gelbgrün	verbranntes Papier	u	u/q	u/q	l	–	q/l
PA	Polyamid	1,01 … 1,14	2	knistert, tropft ab	bläulich, gelber Rand	verbranntes Horn	u	u	u	u	u	u
PE	Polyethylen	0,92 … 0,96	2	tropft brennend ab	gelb mit blauem Kern	Paraffin	u/q	u/q	u/q	u/q	u/q	u
Duroplaste												
EP	Epoxidharz	1,2	2	rußend	gelb	undefinierbar, je nach Härter	u	u	u	q	q	u
MF	Melamin-Formaldehyd-Harz	1,4 … 2,0	0/1	verkohlt, weiße Kanten	erlischt	fischartiger Geruch, verbrannte Milch	u	u	u	u	u	u
PUR	vernetzte Polyurethane	1,26	2	schäumt	leuchtend gelb	Isocyanat, stechend	u	u	u	q	q	q

[1] 0: kaum entzündbar; 1: brennt in der Flamme, erlischt außerhalb; 2: brennt nach Anzünden weiter; 3: brennt heftig und verpufft
[2] l: löslich; q: quellbar; u: unlöslich

Eigenschaften und Verwendung von Thermoplasten

Kurzzeichen	Bezeichnung	Handelsnamen	Festigkeit N/mm²	Kerbschlagzähigkeit a_k in kJ/m²	Anwendungstemperatur in °C bis	Chemische Beständigkeit[5]: Mineralöl	Benzin	Trichloräthyl	verdünnte Säuren	verdünnte Laugen	Bemerkungen und Verwendung
PE	Polyethylen	Baylon, Hostalen, Lupolen, Vestolen	8 … 30[1]	–	80 … 105	b	bb	bb	b	b	Dichtungen, Handgriffe, Hohlkörper, Folien, Isolierwerkstoff in der Elektrotechnik
SAN	Polystyrol/ Acrylnitril	Luran, Vestoran	70 … 80[3]	4 … 6	90	b	b	u	b	b	Gehäuseteile, Schaugläser, Verpackungen
ABS	Acrylnitril/ Butadien/ Styrol	Novodur, Terluran	35 … 50[1]	8 … 19	85 … 100	b	b	u	b	b	Gehäuse, verchromte Zierleisten, Schutzhelme
PA	Polyamide	Durethan, Ultramid, Vestamid, Nylon	40 … 80	15 … o. B.[4]	80 … 140	b	b	b	bb	b	Zahnräder, Riemenscheiben, Gleitlager, Gehäuse, Folien, Borsten
PTFE	Polytetrafluorethylen	Hostaflon TF, Teflon	20 … 40[3]	16	260 … 280	b	b	b	b	b	Schläuche, Dichtungen, Gleitlager, Beschichtungen, Laborgeräte
CA	Celluloseacetat	Cellidor A, U, S	35 … 42[2]	8 … 10	60 … 110	b	b	bb	bb	u	Lenkräder, Leuchten, Werkzeuggriffe
PUR	Polyurethan-Elastomere	Desmopan, Vulkollan, Urepan	25 … 55[3]	–	–40 … 110	u	b	u	bb	bb	Lager, Buchsen, Schläuche, Zahnriemen, Dichtungen, Rollen

[1] Streckspannung, [2] Zugfestigkeit, [3] Reißbeständigkeit, [4] Probe nicht gebrochen
[5] b: beständig, bb: bedingt beständig, u: unbeständig

Bezeichnung von thermoplastischen Kunststoffen für Gleitlager

DIN ISO 6691: 2001-05

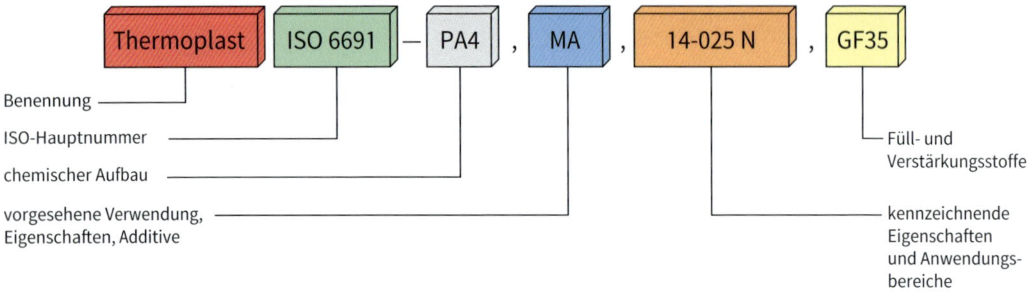

Kurzzeichen für den chemischen Aufbau

Kurzzeichen	Gruppe/Name	Kurzzeichen	Gruppe/Name
PA	Polyamid (durch Anhängen von Zahlen weiter unterteilt)	PE	Polyethylen
PET	Polyethylenterephthalat	PI PPS	Polyimid
PBT	Polybuthylenterephthalat	P	Weichmacher
POM	Polyoxymethylen	PTFE	Polytetrafluorethylen

Kurzzeichen für die vorgesehene Verwendung

Kurzzeichen	Verwendung	Kurzzeichen	Verwendung
E	Extrusion	A	Verarbeitungsstabilisator
G	allgemeine Verwendung	F	Brandschutzmittel
M	Spritzgießen	H	Wärmealterungsstabilisator
Q	Pressen	L	Licht- und Witterungsstabilisator
R	Rotationsformen	R	Entformungshilfsmittel
X	ohne Angaben	S	Verarbeitungsgleithilfsstoff

Kennzeichnende Eigenschaften und Anwendungsbereiche

Die kennzeichnenden Eigenschaften unterscheiden sich je nach Werkstoff (thermoplastischem Kunststoff).

Werkstoff	Kennzeichnende Eigenschaft	Anwendungsbereich
PA	Ziffern für die Viskositätszahl und das Elastizitätsmodul getrennt durch Bindestrich, N für schnell erstarrende Produkte	Stoß- und schwingbeanspruchte Lager, Bremsgestängebuchsen, Federaugenbuchsen, Landmaschinenlager
PE	Ziffern für die Dichte und den Schmelzindex, getrennt durch Bindestrich	Straßen- und Landmaschinenbau, Gleitlager für Anlagen in Sand führenden Gewässern
PET	Ziffern für die Viskositätszahl	Gleitlageranwendung, ähnlich POM
PBT	Ziffern für die Viskositätszahl	Gleitlager für oszillierende Bewegungen, Unterwasseranlagen
POM	noch nicht genormt	Gleitlager für Feinwerktechnik, gute Trockenlaufeigenschaften bei Mangelschmierung
PTFE	noch nicht genormt	Gleitlager für Chemieanlagen, Hochfrequenztechnik, Brückenlager
PI	noch nicht genormt	Gleitlager im Tunnelofen

Die tribologischen Eigenschaften (z. B. Reibung, Schmierung) der thermoplastischen Gleitlagerkunststoffe sind bisher nicht genormt.

Kurzzeichen für die Füll- und Verstärkungsstoffe

Position 1		Position 2		Position 3 und 4				Position 5 und 6	
Arten von Füll- und Verstärkungsstoffen		Formen von Füll- und Verstärkungsstoffen		Masseanteile in %				Ergänzende Informationen (Füllstoffe)	
C	Kohlenstoff	D	Pulver	01	≥ 0,1 … 1,5	35	> 32,5 … 37,5	GR	Grafit
G	Glas	F	Fasern	02	> 1,5 … 3	40	> 37,5 … 42,5	MO	Molybdändisulfid
K	Kreide	S	Kugeln	05	> 3 … 7,5	45	> 42,5 … 47,5	OL	Mineralöl
S	synthetisches organisches Material	X	ohne Angabe	10	> 7,5 … 12,5	50	> 47,5 … 55	PE	Polyethylen
				15	> 12,5 … 17,5	60	> 55 … 65	TF	Polytetrafluorethylen
T	Talkum			20	> 17,5 … 22,5	70	> 65 … 75		
X	ohne Angabe			25	> 22,5 … 27,5	80	> 75 … 85		
				30	> 27,5 … 32,5	90	> 85		

Faserverstärkte Kunststoffe

Grundwerkstoff	Faserart[1]	Faseranteil in %	Dichte ϱ in g/cm^3	Zugfestigkeit/Streckspannung in N/mm^2		Dehnung ε in %	E-Modul E in N/mm^2	Gebrauchstemperatur t in °C max.	Verwendung
				σ_B	σ_s				
PP Polypropylen	GF	30	1,17	107	–	5	7100	100	Gehäuse, Verpackungsbänder, Behälter
POM Polyacetal	GF	30	1,56	–	140	3	10000	110	Kfz-Teile, Zahnräder, Lager, Gehäuse
PA Polyamid	GF	35	1,40	–	160	5	10000	130	Zahnräder, Führungs- und Kupplungsteile, Gehäuseteile
PC Polycarbonat	GF	30	1,44	–	75	3,5	5500	115	Schaltkästen, Zählergehäuse, Pumpenteile, Büromaschinenteile, Verkehrszeichen
PET Polyethylenterephthalat	GF	33	1,52	165	–	2	1150	100	Führungs- und Lagerelemente
PBT Polybutylenterephthalat	GF	30	1,52	135	–	3	9000	100	Lagerwerkstoff
PPS Polyphenylsulfid	GF GFM	40 65	1,6 1,9	116 83	– –	0,9 0,5	11700 12400	200 200	Pumpengehäuse, Laufräder, Lagerbuchsen
PEEK Polyetheretherketon	GF CF	30 30	1,49 1,44	157 208	– –	2,2 1,3	10300 13000	250 250	Automobil- und Luftfahrtindustrie, Metallersatz
PAI Polyamidimid	GF CF	30 30	1,56 1,50	205 205	– –	7 6	11700 19900	260 260	Hebel, Ventilplatten, Kolbenringe, Metallersatz
UP ungesättigtes Polyesterharz	GF	35 65	1,45 1,80	100 300	– –	– –	7000 18000	150 150	Behälter, Kraftstoffbehälter, Rohre
EP Epoxidharz	GF	50 65	1,60 1,80	220 350	– –	– –	10000 18000	150 150	Behälter, Bootskörper, Karosserieteile

[1] GF: Glasfaser, GFM: Glasfaser und mineralische Füllstoffe, CF: Kohlefaser

Keramische Werkstoffe

Werkstoff		Dichte ϱ in g/cm^3	Biegefestigkeit σ_b in N/mm^2	E-Modul E in N/mm^2	Längenausdehnungskoeffizient α in $10^{-6}/K$	Verwendung
Aluminiumoxid	Al_2O_3	4,0	400	390000	6,5	verschleißfeste Teile im Maschinenbau, Schneidstoffe, Umformwerkzeuge
Zirkoniumdioxid	ZrO_2	6,1	600	210000	10	Umformwerkzeuge, Messsonden
Siliciumkarbid	SiC	2,4	400	380000	3,5 … 4,0	Schleifmittel, Lager, Ventile, Brennkammern
Siliciumnitrid	Si_3N_4	3,3	800	320000	8,0	Schneidstoffe, Turbinenschaufeln
Kubisches Bornitrid	CBN	3,4	550	680000	4,0	Schneidstoffe
Polykristalliner Diamant	DP	3,5	1100	960000	1,0	Werkzeuge zur Präzisionsbearbeitung, Schleifmittel, Schneidstoffe

Werkstattproben

Prüfverfahren	Prüfvorgang	Prüfmittel	Anwendung
Sichtprobe	Betrachten der Oberflächen	Auge, Lupe	Prüfen der Herstellungsart, sichtbare Oberflächenfehler
Klangprobe	Werkstoff wird mit einem Hammer zum Klingen gebracht	Hammer, Ohr	Fehlerfreie Werkstoffe klingen klar und ungedämpft, durch Risse oder Lunker (Einschlüsse) entstehen unreine, gedämpfte Töne.
Feilprobe	Feilen der Oberfläche	Feile	Feststellen der Oberflächenhärte
Biegeprobe	Biegen des Werkstoffs (Biegewinkel < 180°) oder Falten (Biegewinkel = 180°)	Schraubstock, Hammer	Prüfen des Formänderungsvermögens des Werkstoffs, zähe Werkstoffe zeigen keine Anrisse
Funkenprobe	Betrachten des Schleiffunkenbildes	Schleifmaschine	Prüfen der Legierungsbestandteile, z. B. zeigen kohlenstoffreiche Werkstoffe sprühende Schleiffunkenbilder

Werkstoffzerstörende Prüfungen

Zugversuch — DIN EN ISO 6892, Teil 1: 2020-06, DIN 50125: 2022-08

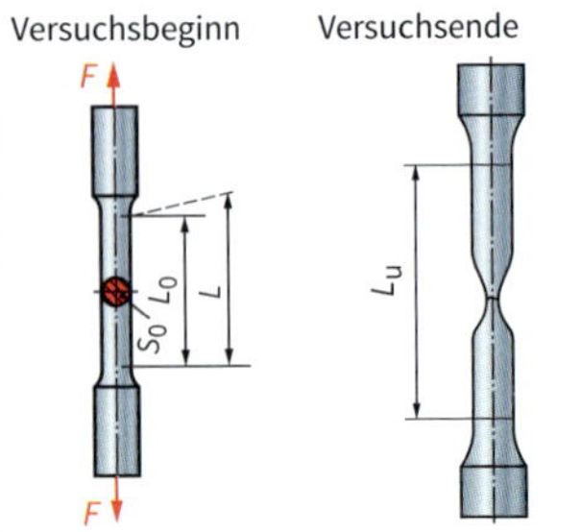

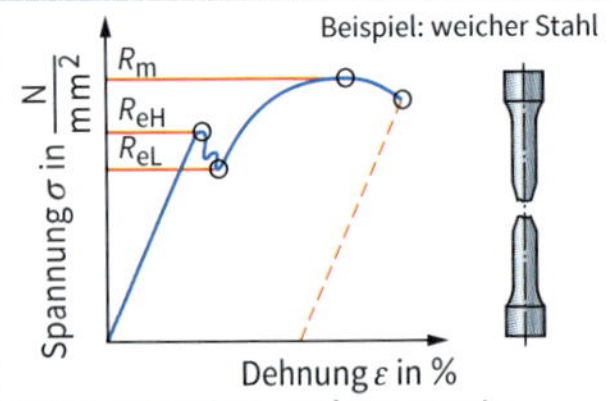

Spannungs-Dehnungs-Diagramm mit unstetigem Übergang vom elastischen in den plastischen Bereich

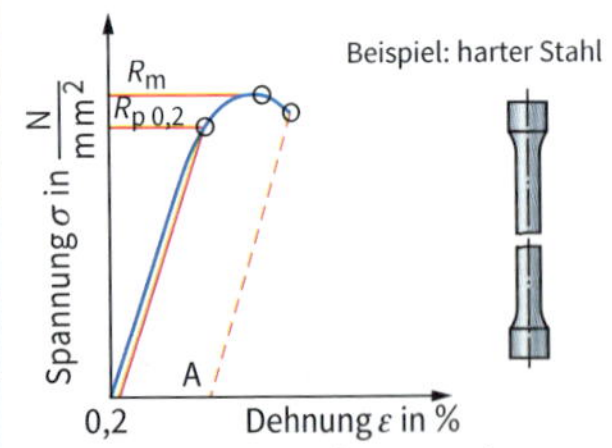

Spannungs-Dehnungs-Diagramm mit stetigem Übergang vom elastischen in den plastischen Bereich

Eine Zugprobe wird stoßfrei bis zum Bruch gezogen. Zugkraft und Verlängerung werden fortlaufend gemessen und in einem **Spannungs-Dehnungs-Diagramm** umgerechnet und aufgezeichnet.

Begriff	Formelzeichen, Formel	Einheit
Messlänge während der Dehnung	L	mm
Anfangsmesslänge vor Dehnung	L_0	mm
Messlänge nach Bruch	L_u	mm
Anfangsquerschnitt	$S_0 = \frac{d^2 \cdot \pi}{4}$	mm^2
Zugkraft	F	N
maximale Zugkraft	F_m	N
Spannung	$\sigma = \frac{F}{S_0}$	$\frac{N}{mm^2}$
Zugfestigkeit	$R_m = \frac{F_m}{S_0}$	$\frac{N}{mm^2}$
obere Streckgrenze	$R_{eH} = \frac{F_{eH}}{S_0}$	$\frac{N}{mm^2}$
untere Streckgrenze	$R_{eL} = \frac{F_{eL}}{S_0}$	$\frac{N}{mm^2}$
0,2 %-Dehngrenze	$R_{p\,0,2} = \frac{F_{0,2}}{S_0}$	$\frac{N}{mm^2}$
Verlängerung	$\Delta L = L_u - L_0$	mm
Dehnung, bleibende	$\varepsilon = \frac{L_u - L_0}{L_0} \cdot 100\,\%$	%
Dehnung im elastischen Bereich	ε_e	%
Bruchdehnung	$A = \frac{L_u - L_0}{L_0} \cdot 100\,\%$	%
Elastizitätsmodul	$E = \frac{\sigma}{\varepsilon_e} \cdot 100\,\%$	$\frac{N}{mm^2}$

Härteprüfung nach Brinell

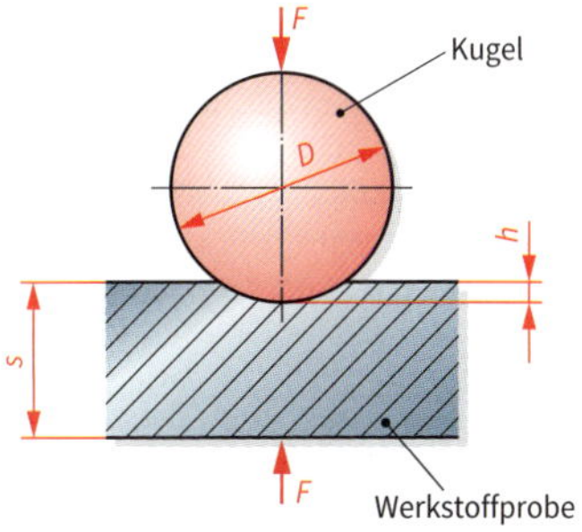

Berechnung des Eindruckdurchmessers:

$d = \frac{d_1 + d_2}{2}$

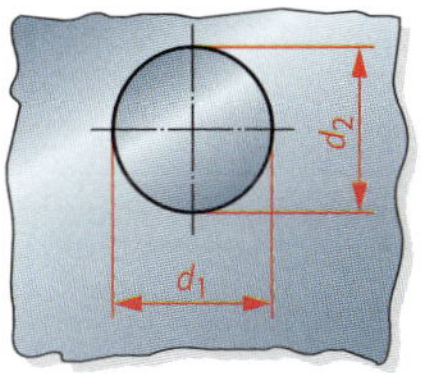

Mindestdicke der Probe:

$s_{min} = 8 \cdot h$

Eine polierte Hartmetallkugel wird mit der Prüfkraft F in die Probe gedrückt. Der Eindruckdurchmesser dient als Vergleichsmaß für die Härte.

Begriff	Erklärung bzw. Formelzeichen, Formel	Anwendung, Einheit
HBW	Brinellhärte, Prüfkörper: Hartmetallkugel	bis 650 HBW
Konstante	Umrechnungsfaktor für die Prüfkraft: **1/g = 1/9,81 = 0,102**	–
Brinellhärte: HBW	Brinellhärte = Konstante $\cdot \frac{\text{Prüfkraft}}{\text{Oberfläche des Eindrucks}}$ $\text{HBW} = 0{,}102 \cdot \frac{2F}{\pi \cdot D\,(D - \sqrt{D^2 - d^2})}$	$\frac{\text{N}}{\text{mm}^2}$
Prüfkraft	F	N
Kugeldurchmesser	D	mm
Eindringtiefe	h	mm
Probenhöhe	s, $s_{mind} = 8 \cdot h$	mm

Die Prüfbedingungen legen den Werkstoff des Prüfkörpers, den Durchmesser des Prüfkörpers, die Prüfmasse und den Belastungsgrad fest.
Beispiel: **HBW 10/3000**

HB: Härteprüfung nach Brinell
W: Prüfkörper ist eine polierte Hartmetallkugel (Gemisch aus Wolfram und Carbid)
10: Prüfkugeldurchmesser 10 mm
3000: Prüfmasse 3000 kg

Kurzzeichen für die Angabe des Härtewertes

600 HBW 5/ 750 /20

- Brinellhärte 600
- Symbol für die Härte
- Prüfkugeldurchmesser $D = 5$ mm
- Prüfkraft $F = 750\ \text{kg} \cdot 9{,}81\ \text{m/s}^2 = 7355$ N
- Einwirkdauer $t = 20$ s (diese Angabe entfällt bei üblicher Prüfdauer von 10 bis 15 s)

Beispiele und Prüfbedingungen

Belastungsgrade

Werkstoff	Brinellhärte	Belastungsgrad $0{,}102 \cdot \frac{F}{D^2}$ in N/mm²
Stahl, Nickel und Titanlegierungen	–	30
Gusseisen	< 140	10
	≥140	30
Kupfer und Kupferlegierungen	< 35	5
	35 bis 200	10
	> 200	30
Leichtmetalle und Leichtmetalllegierungen	< 35	2,5
	35 bis 80	5
		10
		15
	> 80	10
		15

Prüfbedingungen (Auszug)

Prüfbedingung	Kugeldurchmesser D in mm	Belastungsgrad $0{,}102 \cdot \frac{F}{D^2}$ in N/mm²	Prüfkraft F in N
HBW 10/3000	10	30	29420
HBW 10/1500	10	15	14710
HBW 10/1000	10	10	9807
HBW 10/500	10	5	4903
HBW 10/250	10	2,5	2452
HBW 10/100	10	1	980,7
HBW 5/750	5	30	7355
HBW 5/250	5	10	2452
HBW 5/125	5	5	1226
HBW 5/62,5	5	2,5	612,9
HBW 5/25	5	1	245,2
HBW 2,5/187,5	2,5	30	1839
HBW 2,5/62,5	2,5	10	612,9

Härteprüfung nach Vickers

DIN EN ISO 6507, Teil 1: 2024-01

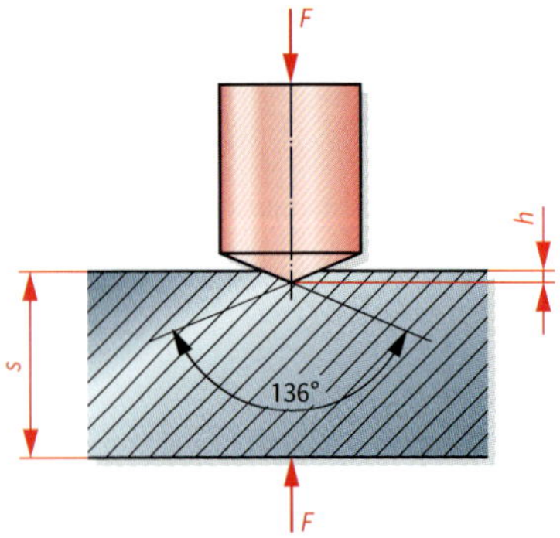

Eine Diamantpyramide (der Winkel zwischen zwei gegenüberliegenden Flächen beträgt 136°) wird mit der Prüfkraft F, die von der Werkstoffhärte abhängt, in den Probenwerkstoff gedrückt. Diese Härteprüfung wird für besonders harte Stoffe, dünne Proben und Schichten verwendet.

$$\text{Vickershärte} = \text{Konstante} \cdot \frac{\text{Prüfkraft}}{\text{Oberfläche des Eindrucks}}$$

$$HV = 0{,}102 \cdot \frac{2 \cdot F \cdot \sin \frac{136°}{2}}{d^2} \approx 0{,}1891 \cdot \frac{F}{d^2}$$

Kurzzeichen für die Angabe des Härtewertes

500 HV 30 /20

Vickershärte 500

Prüfkraft $F = 30\ \text{kg} \cdot 9{,}81\ \text{m/s}^2 = 294{,}3\ \text{N}$

Einwirkdauer $t = 20\ \text{s}$

Berechnung des Eindruckdurchmessers:

$$d = \frac{d_1 + d_2}{2}$$

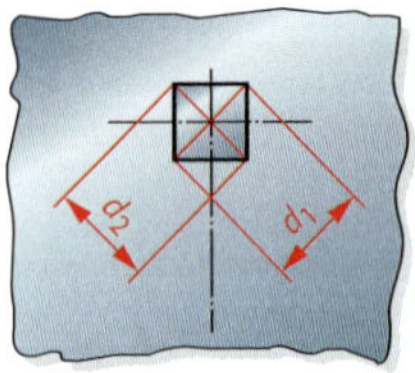

Mindestdicke der Probe:

$s_{min} = 10 \cdot h$
$\triangleq 1{,}5 \cdot d$

Anzuwendende Prüfkräfte

Konventioneller Härtebereich		Kleinkraftbereich	
Prüfbedingung	Prüfkraft F in N	Prüfbedingung	Prüfkraft F in N
HV 5	49,03	HV 0,2	1,961
HV 10	98,07	HV 0,3	2,942
HV 20	196,1	HV 0,5	4,903
HV 30	294,2	HV 1	9,807
HV 50	490,3	HV 2	19,61
HV 100	980,7	HV 3	29,42

Härteprüfung nach Rockwell

DIN EN ISO 6508, Teil 1: 2024-04

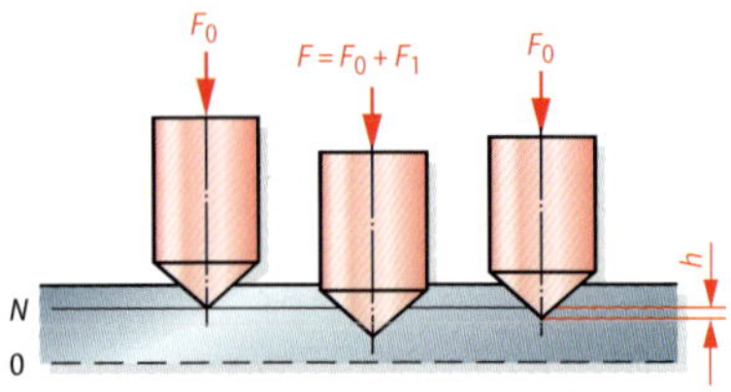

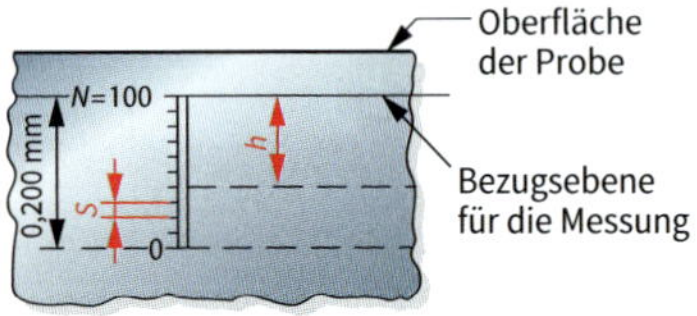

Die Buchstaben (A, B, C …) nach der Kennzeichnung HR (Härteprüfung nach Rockwell) legen das anzuwendende Verfahren nach DIN 50103 fest.

Ein Eindringkörper (Diamantkegel oder Kugel) wird in zwei Stufen in die Probe gedrückt. Nach Absenkung der Kraft von F auf F_0 wird aus der bleibenden Eindringtiefe h in mm die Rockwellhärte direkt abgeleitet.

Rockwellhärte = $N - (h/S)$	N Zahlenwert entsprechend der Skala
S Skalenteilung	h bleibende Eindringtiefe

Kurzzeichen für die Angabe des Härtewertes

50 HRC

Rockwellhärte 50

Bezeichnung des Verfahrens (Härteskala)

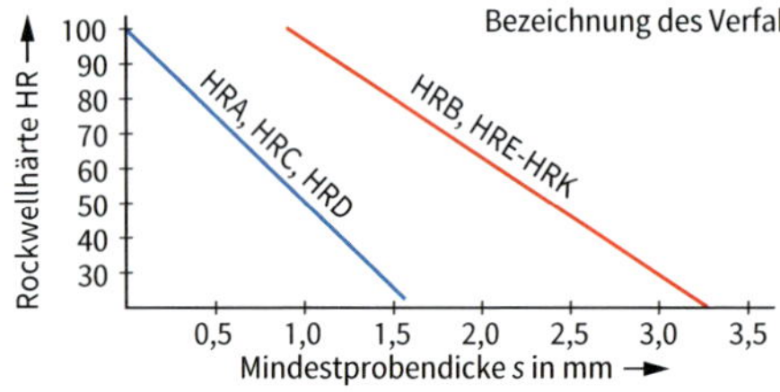

Prüfbedingungen (Auszug)

DIN EN ISO 6508, Teil 1: 2024-04

Härteskala	Symbol für Härte	Eindringkörper		Prüfvorkraft F_0 in N	Prüfzusatzkraft F_1 in N	Prüfgesamtkraft F in N	Anwendungsbereich	N	S in mm
A	HRA	Diamantkegel		98,07	490,3	588,4	20 bis 88 HRA	100	0,002
C	HRC				1 373,0	1 471,0	20 bis 70 HRC		
D	HRD				882,6	980,7	40 bis 77 HRD		
B	HRB	Stahl oder Hartmetallkugel-ø in mm	1,5875		882,6	980,7	20 bis 100 HRB	130	
E	HRE		3,175		882,6	980,7	70 bis 100 HRE		
F	HRF		1,5875		490,3	588,4	60 bis 100 HRF		

Zerstörungsfreie Prüfungen

Prüfverfahren	Eignung	Prüfvorgang	Anwendung
Eindringverfahren 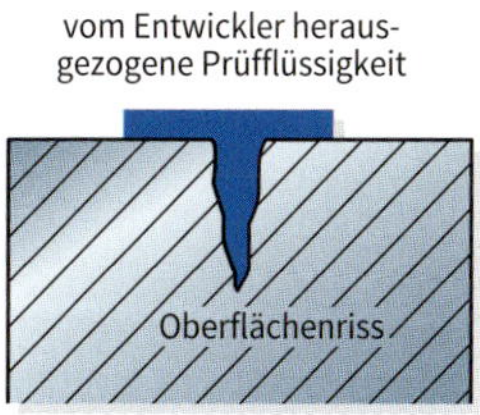	geeignet zum Nachweis von Fehlern, die zur Oberfläche hin offen sind	1. Vorreinigen 2. Auftragen der Prüfflüssigkeit und Eindringen durch Kapillarwirkung 3. Zwischenreinigen und Trocknen 4. Auftragen eines Entwicklers, Entfernen der Prüfflüssigkeit 5. Inspektion 6. Endreinigung	Überprüfung von Werkstoffgefüge, insbesondere der NE-Metalle und nicht magnetisierbaren Stähle auf Risse im Serienverfahren
Magnetische Streufluss-Verfahren 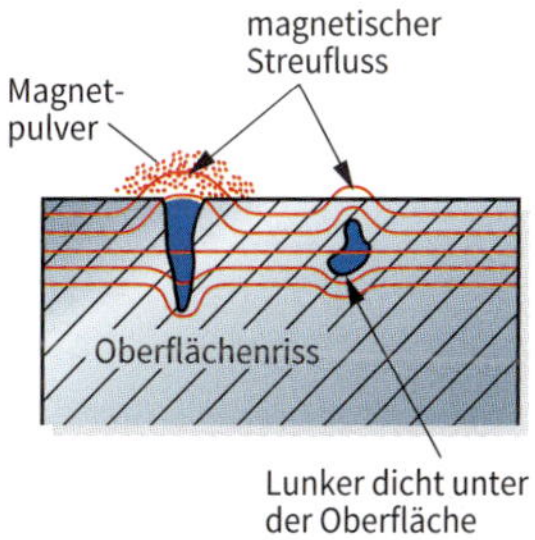	geeignet zum Nachweis von Oberflächen-fehlern in ferro-magnetischen Werkstoffen	1. Magnetisieren des Werkstücks durch ■ Jochmagnetisierung oder ■ Spulenmagnetisierung oder ■ Stromdurchflutung 2. Nachweis des im Bereich des Fehlers austretenden magne-tischen Streuflusses durch Magnetpulver	Überprüfung von Werkstoffgefüge auf Risse, Lunker (Einschlüsse), Schlackenzellen in Schweißnähten u. ä. Fehlern in Werkstücken Nach der Prüfung ist ggf. eine Entmagnetisierung vorzunehmen.
Ultraschallprüfung **DIN EN ISO 16810: 2014-07** 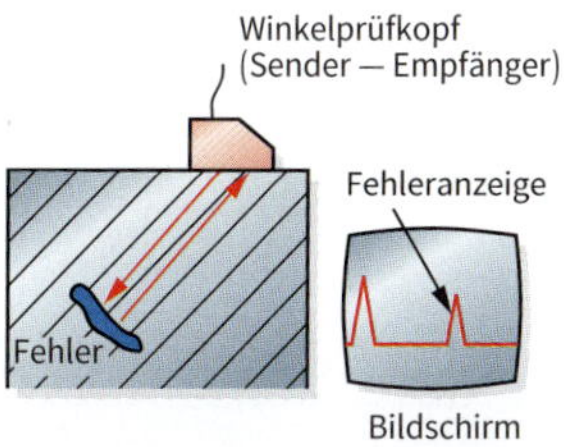	geeignet zum Nachweis von innen liegenden Fehlern, die senkrecht zur Strahlungs-richtung liegen	1. Einschallen des Ultraschalles mithilfe eines Normalprüfkopfes (senkrechte Einschallung) oder eines Winkelprüfkopfes 2. Reflektion der Schallwellen an Grenzschichten oder Abnahme des durchlaufenden Schalles 3. Auswertung der Schallsignale auf einem Bildschirm	Überprüfung von Werkstoffgefüge auf Risse, Lunker, Schlackenein-schlüsse im Innern von Werkstücken und Schweißnähten, Dopplungs-prüfung und Schichtdickenmessung
Prüfung mit Röntgen- oder Gammastrahlen **DIN EN 12681: 2018-02** 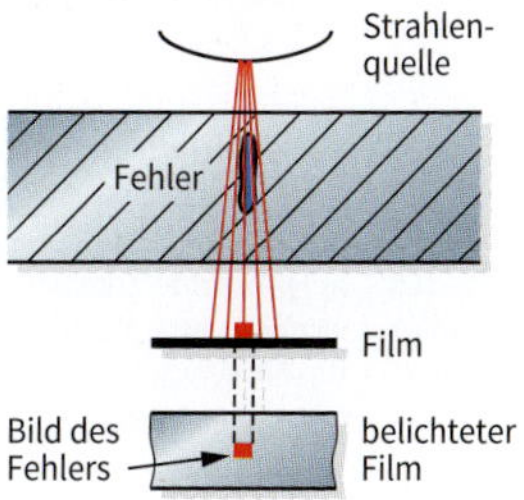	geeignet zum Nachweis von innen liegenden Fehlern, die parallel zur Strahlungs-richtung liegen	1. Durchstrahlung mithilfe ■ einer Röntgenröhre oder ■ eines Radioisotopes (Co 60, Ir 192, Cs 137) 2. Auswertung des belichteten Films	Überprüfung von Werkstoffgefüge auf Risse, Lunker, Schlackenein-schlüsse im Innern von Werkstücken und Schweißnähten **Strahlenschutz-bestimmungen beachten!**

Definition von Korrosion nach DIN EN ISO 8044: 2020-08
Reaktion eines metallischen Werkstoffs mit seiner Umgebung, die eine Veränderung der Eigenschaften des Metalls bewirkt und zu einer Beeinträchtigung der Funktion eines metallischen Bauteils oder eines ganzen Systems führen kann

Chemische Korrosion nach DIN EN ISO 8044: 2020-08
Direkte Einwirkung von Stoffen (z. B. Säuren, Laugen, Salzlösungen, Gase) auf die Metalloberfläche, die dadurch chemisch verändert wird

Elektrochemische Korrosion nach DIN EN ISO 8044: 2020-08
Zwischen zwei Metallen und einem Elektrolyten (elektrisch leitende Flüssigkeit, z. B. verdünnte Säuren, gelöste Salze) erfolgt eine Ionenreaktion. Dabei wird das unedlere Metall abgetragen. Die Höhe der Spannung ist maßgebend für die Abtragung. Sie ergibt sich aus der Stellung der Metalle in der elektrochemischen Spannungsreihe.

Korrosionsverhalten von Werkstoffen	
Stahl, unlegiert	wenig korrosionsbeständig
Stahl, legiert	Korrosionsbeständigkeit wird durch die Legierungsbestandteile Chrom, Nickel, Molybdän erreicht. Stahl mit Chromanteil > 12 % ist nichtrostend.
Gusseisen	sehr korrosionsbeständig, besonders an nicht bearbeiteten Flächen
Kupfer	bildet an der Luft Oxidationsschicht (Patina), dadurch sehr gut korrosionsbeständig
Aluminium	bildet an der Luft dichte, fest haftende Oxidschicht (Al_2O_3), die vor weiterer Oxidation schützt; kupferhaltige Al-Legierungen sind nicht korrosionsbeständig

Spannungsreihe der Elemente (Normalpotenziale) [1]

(unedel ↑ / ↓ edel)

Elektrodenreaktion	Spannung in V	Normalpotenzial in V	Element
Li → Li^+ + e	-3	−3,04	Lithium
K → K^+ + e		−2,92	Kalium
Na → Na^+ + e		−2,84	Natrium
	-2,5		
Mg → Mg^{2+} + 2e		−2,34	Magnesium
Al → Al^{3+} + 3e		−1,67	Aluminium
Mn → Mn^{3+} + 3e	-2	−1,05	Mangan
Zn → Zn^{2+} + 2e		−0,76	Zink
Cr → Cr^{3+} + 3e	-1,5	−0,71	Chrom
Fe → Fe^{2+} + 2e		−0,44	Eisen
Cd → Cd^{2+} + 2e		−0,40	Cadmium
Co → Co^{2+} + 2e	-1	−0,27	Kobalt
Ni → Ni^{2+} + 2e		−0,25	Nickel
Sn → Sn^{2+} + 2e		−0,14	Zinn
Pb → Pb^{3+} + 3e	-0,5	−0,125	Blei
Fe → Fe^{3+} + 3e		−0,036	Eisen
$\frac{1}{2}H_2$ → H^+ + e	0	0,000	Wasserstoff
Sn → Sn^{4+} + 4e		+0,050	Zinn
Cu → Cu^{2+} + 2e		+0,345	Kupfer
Cu → Cu^+ + e	+0,5	+0,52	Kupfer
2Hg → Hg^{2+} + 2e		+0,798	Quecksilber
Ag → Ag^+ + e		+0,80	Silber
Pt → Pt^{2+} + 2e	+1	+1,2	Platin
Au → Au^{3+} + 3e	+1,5	+1,42	Gold
Au → Au^+ + e		+1,7	Gold

[1] Potenzialdifferenz einer Metallelektrode gegenüber der Standardwasserstoffelektrode (in einer wässrigen Säurelösung der Aktivität 1 bei 25 °C und 1,013 bar eingetauchte und von Wasserstoffgas umspülte Platinelektrode)

Korrosionsarten (Auswahl)

DIN EN ISO 8044: 2020-08

Flächenkorrosion	Lochkorrosion	Galvanische Korrosion	Interkristalline Korrosion	Spannungskorrosion
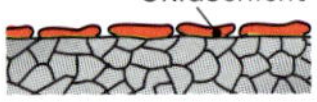		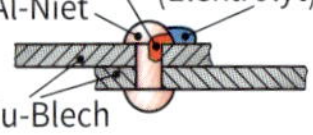	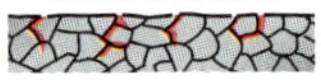	
gleichmäßige Werkstoffveränderung oder Zerstörung annähernd parallel zur Oberfläche durch den Angriff von umgebender Luft, durch Wasser sowie chemische und thermische Einflüsse	örtliche punktförmige Oberflächenverletzungen (auch Unterwanderung der Oberfläche möglich) durch elektrochemische Zersetzung (Lokalelementbildung)	Bildung eines galvanischen Elements an der Kontaktstelle zweier Metalle mit unterschiedlichen Normalpotenzialen bei gleichzeitiger Einwirkung eines Elektrolyten	Aufreißen metallischer Werkstoffe entlang der Korngrenzen durch Zerstörung der unedleren Gefügebestandteile unter Einwirkung eines Korrosionsmittels	Korrosion und Dehnung des Metalls, hervorgerufen durch innere oder aufgebrachte Zugspannungen unter gleichzeitiger Anwesenheit eines Korrosionsmittels

Korrosion an Fahrzeugen

Ursachen von Korrosion an Fahrzeugen

- Mechanische Beschädigungen der Lackierung
- Schwachstellen im Oberflächenschutz
- Streusalz (Natriumchlorid, Calciumchlorid), salzhaltiges Wasser aus unzureichend gewarteten Waschanlagen
- hohe Luftfeuchtigkeit
- Kurzzeitige Temperaturschwankungen (z. B. beheizte Garage)
- Luftverunreinigungen (aggressive Gase und Stäube)

Rostgradskala

DIN EN ISO 4628, Teil 3: 2016-04

Rostgrad	Beschreibung	Beispiel zur Schadensbehebung
R_i 0	Rostfreiheit (z. B. Beschädigung ohne Korrosion)	schadhafte Stelle reinigen, trocknen, örtlich mit Pinsel oder Lackstift ausbessern
R_i 1	beginnende Korrosion mit bis zu 2 mm Unterwanderung (punktförmig oder linienförmig)	schadhafte Stelle reinigen, Unterrostung mechanisch entfernen (z. B. durch Sandstrahlen), je nach Umfang der Beschädigung Schadstelle mit Pinsel oder Lackstift ausbessern oder mit neuem Lackaufbau versehen
R_i 2	fortgeschrittene Korrosion mit bis zu 2 mm Unterwanderung	Rost vollständig mechanisch entfernen, schadhafte Stelle mit neuem Lackaufbau versehen
R_i 3	weiter fortgeschrittene Korrosion mit bis zu 4 mm Unterwanderung	
R_i 4	fortgeschrittene Korrosion mit bis zu 5 mm Unterwanderung	
R_i 5	stark fortgeschrittene Korrosion mit mehr als 5 mm Unterwanderung und Zerstörung des Blechquerschnitts	dauerhafte Instandsetzung nicht möglich, Austausch des beschädigten Karosserieteils erforderlich

Berechnung der Rostunterwanderung

DIN EN ISO 4628, Teil 8: 2013-03

Formel	Erklärung	Beispiel
$W = \frac{(d - d_0)}{2}$	W Rostunterwanderung in mm d Gesamtbreite der Korrosionsstelle in mm d_0 Breite der mechanischen Beschädigung in mm	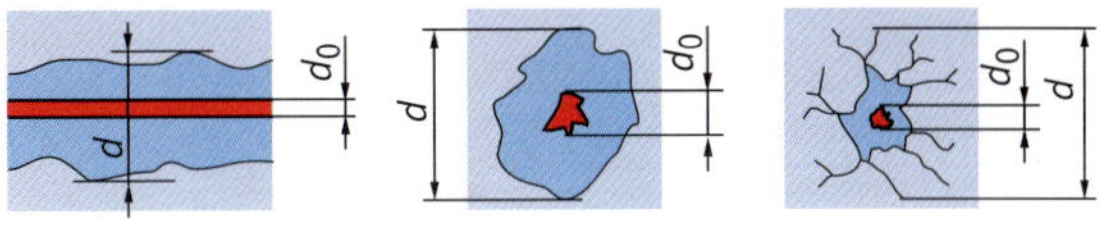

Aufbau von Fahrzeuglackierungen (Originallackierung)

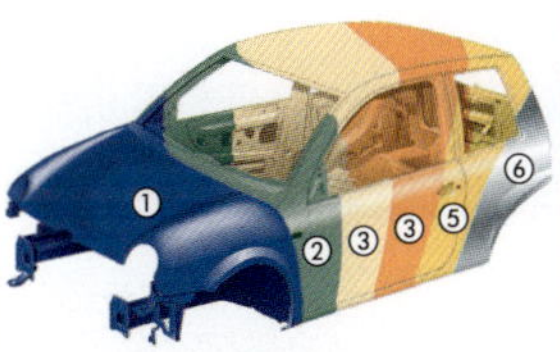

Nr.	Lackaufbau Uni	Lackaufbau Metallic	Schichtdicke	Aufgabe
1	Blech (ggf. verzinkt)		(etwa 3 µm)	Korrosionsschutz, ersetzt ggf. die Zinkphosphatierung
2	Zinkphosphatierung		etwa 2,5 g/m²	Korrosionsschutz
3	kathodische Tauchlackierung		etwa 20 µm	Langzeitkorrosionsschutz, erhöht Steinschlagfestigkeit, Haftgrund für weitere Schichten
4	Füllerschicht oder Funktionsschicht		etwa 30 µm etwa 20 µm	erhöht Steinschlagfestigkeit, gleicht Unebenheiten aus
5	Decklack		etwa 40 µm	farbgebende Abschlussschicht (ohne weitere Klarlackschicht)
	(Basislack)	Basislack	(20 µm) 13 µm	Grundlage für Farbgebung bzw. Metalleffekt
6	(Klarlack)	Klarlack	etwa 40 µm	Steinschlag- und Witterungsschutz, verbessert Glanz und Verlauf

Reparaturlackierung:
Bei Reparaturlackierungen (Lackierung von Ersatzteilen) entfallen die Schichten 1 bis 3. Die Füllerschicht (4) wird als kombinierte Grundier-Füllerschicht verarbeitet. Unebenheiten müssen vorher mit Spachtelmasse oder Schwemmzinn ausgeglichen werden.

Lackfehler (Beispiele)

Lackierfehler			
Beispiele	Darstellung	Schadenursache	Abhilfe
Ungenügender Verlauf leicht unebene Oberfläche, ähnlich einer Orangenschale		zu hohe Verarbeitungstemperatur, zu hohe Lackviskosität, falscher Spritzdruck, Spritzpistolenabstand zu groß, Ablüftzeit nicht eingehalten	Fläche anschleifen (Körnung P1200), anschließend mit Polierpaste die Fläche glattpolieren
Lackläufer tropfenförmige Lacklaufspuren meistens an senkrechten Flächen	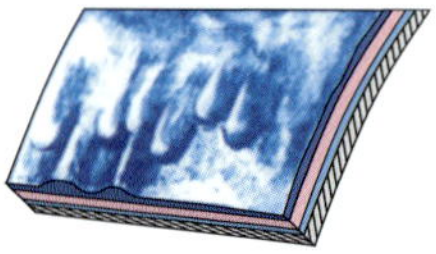	falsche Lackviskosität, Schichtdicke zu groß, Lackauftrag ungleichmäßig, Spritzpistolenabstand zu gering	Fläche anschleifen (Körnung P1200), anschließend mit Polierpaste die Fläche glatt polieren, bei größeren Schäden Neulackierung erforderlich
Krater kreisförmige Vertiefungen mit erhöhten Randzonen	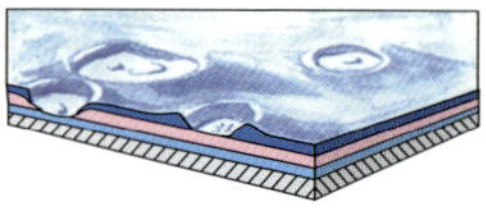	lackunverträgliche Stoffe (Öl, Wachs, Politur) auf der Oberfläche oder in der Druckluft	Neulackierung erforderlich, geringe Schäden können durch Polieren (ggf. anschleifen) beseitigt werden
Einschlüsse in Lackoberfläche eingeschlossene, herausragende Fremdkörper	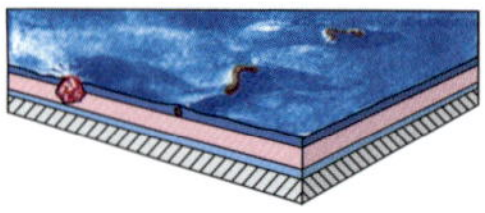	mangelhafte Reinigung der Oberfläche, Verunreinigungen während der Lackierung durch z. B. Arbeitskleidung, Druckluft	Fläche anschleifen (Körnung P1200), anschließend mit Polierpaste die Fläche glatt polieren
Umwelteinflüsse			
Verfärbungen durch Vogelkot gequollene, matte, angeätzte oder gerissene Oberflächen	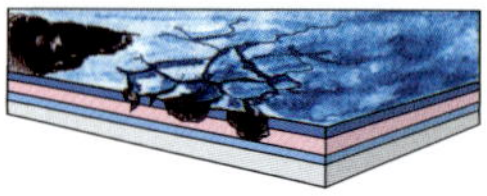	sehr unterschiedliche Schädigungen; abhängig von der Nahrungsaufnahme der Vögel	Je nach Umfang des Schadens: ■ polieren oder ■ schleifen (Körnung P1200) und anschließend polieren oder ■ schadhafte Stelle ausschleifen und Lackierung neu aufbauen
Verfärbungen durch Insekten angeätzte Oberfläche, Schädigung tiefer liegender Lackschichten möglich		körpereigene Säfte und Sekrete der aufgeprallten Insekten greifen Lackoberfläche an	
Verfärbungen durch Kraftstoffe Verfärbung oder Anlösen der Lackschicht	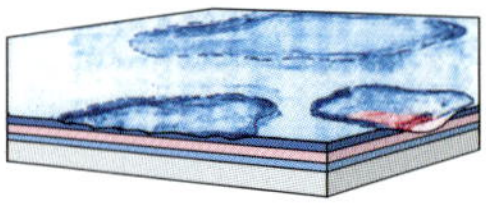	bestimmte Farbstoffe in übergelaufenen, nicht sofort entfernten Kraftstoffen	
Korrosionsschäden			
Durchrostung von innen nach außen kein Flächenrost erkennbar	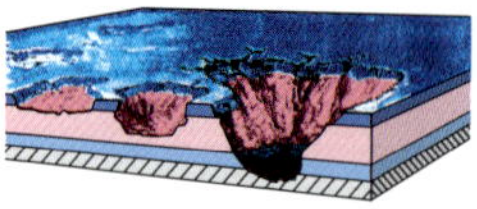	mangelhaft ausgeführter Hohlraumschutz (z. B. nach Reparatur)	Austausch des betreffenden Karosserieteils erforderlich
Durchrostung von außen nach innen (Abb.) Durchrostung liegt im Bereich einer Rostfläche		Beschädigung der Lackoberfläche, die nicht ausgebessert wurde; mangelhaft ausgeführter Korrosionsschutz nach Reparatur	
Korrosion an Kanten örtlich begrenzte Rostbildung an Kanten	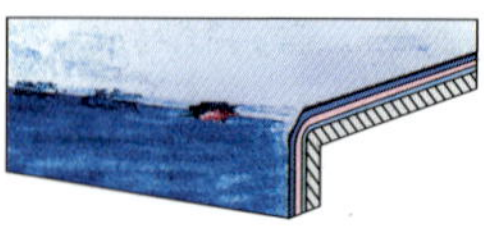	zu geringe Schichtdicke des Korrosionsschutzes infolge von Kantenflucht	bis Rostgrad 4: Rost mechanisch entfernen, anschließend Lackneuaufbau; ab Rostgrad 5: Austausch des betreffenden Karosserieteils erforderlich

Konstruktion	Erklärung	Konstruktion	Erklärung
Parallele ziehen 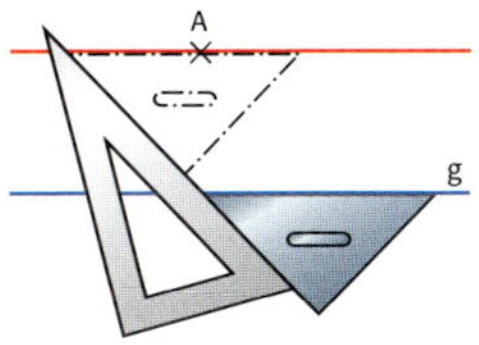	Erstes Dreieck an Gerade g anlegen. Zweites Dreieck an erstes Dreieck anlegen. Erstes Dreieck bis zum Punkt A verschieben. Parallele zu g durch Punkt A ziehen.	**Kreismittelpunkt bestimmen** 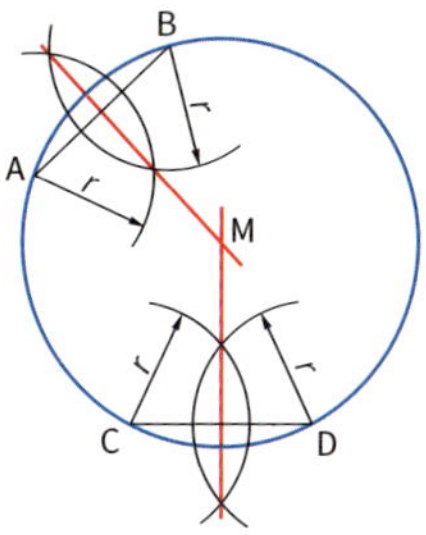	Beliebige Sehnen AB und CD ziehen. Mittelsenkrechten auf den Strecken AB und CD errichten. Schnittpunkt der Mittelsenkrechten ist der Mittelpunkt M des Kreises.
Strecke teilen 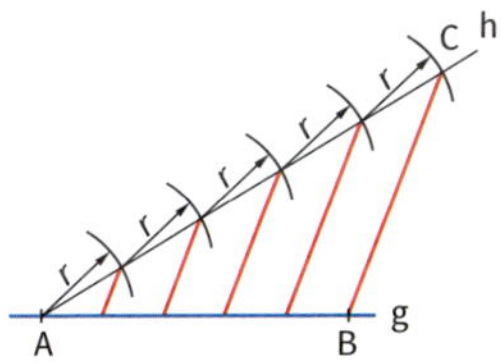	Strecke AB ist gegeben und soll in n gleiche Strecken geteilt werden. Im Punkt A eine Hilfsgerade h unter beliebigem Winkel ziehen. Auf der Hilfsgeraden h einen geeigneten Radius *r* n-mal abtragen, Punkt B mit Punkt C verbinden. Parallelen zur Strecke BC ziehen.	**Sechseck konstruieren** 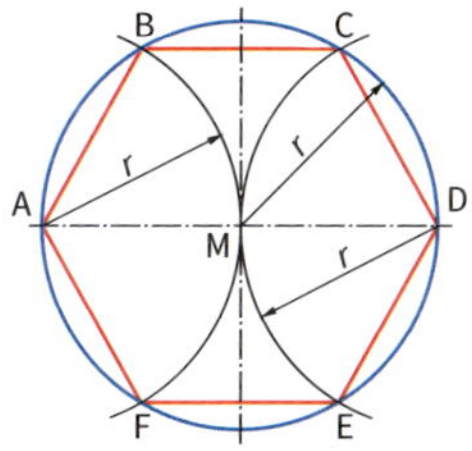	Kreis um Mittelpunkt M mit Radius *r* ziehen. Kreisbogen um Punkt A und D mit Radius *r* ziehen. Die Schnittpunkte A, B, C, D, E und F verbinden.
Mittelsenkrechte errichten 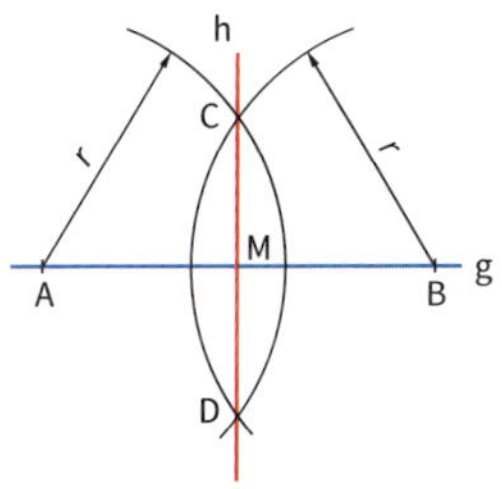	Kreisbogen um Punkt A und B mit beliebigem Radius *r* ziehen (r > ½ AB). Durch Punkt C und D Gerade h ziehen. Gerade h schneidet die Strecke AB unter einem Winkel von 90°.	**Fünfeck konstruieren** 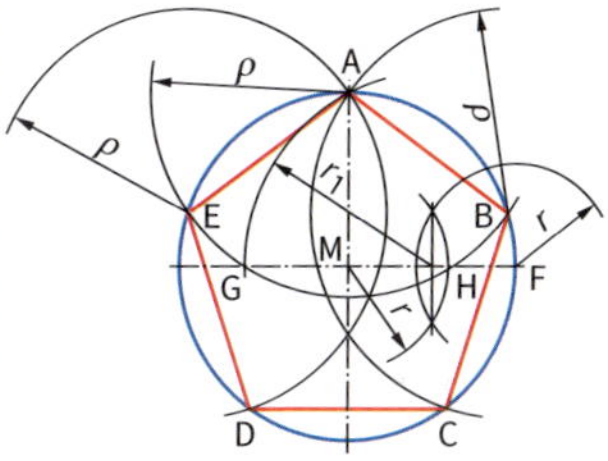	Kreis um Mittelpunkt M mit Radius *r* ziehen. Strecke MF halbieren. Kreisbogen um Punkt H mit Radius r_1 ziehen. Strecke AG ist die Fünfeckseite AE. Mit dem Radius ϱ werden die Punkte B, E, C und D festgelegt. Die Schnittpunkte A, B, C, D und E verbinden.
Lot fällen 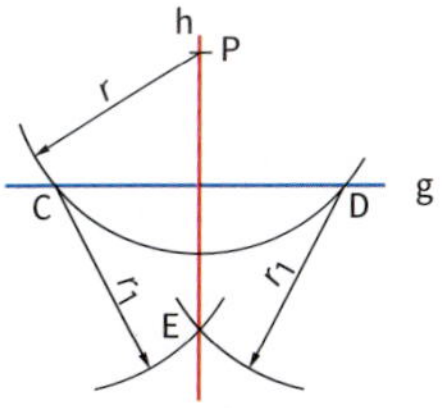	Punkt P festlegen und mit einem beliebigen Kreis mit Radius *r* die Gerade g schneiden. Kreisbogen um Punkt C und D mit geeignetem Radius r_1 ziehen (r_1 > ½ CD). Rechtwinklige Gerade h durch Punkt P und E ist das Lot.	**Ecke runden** 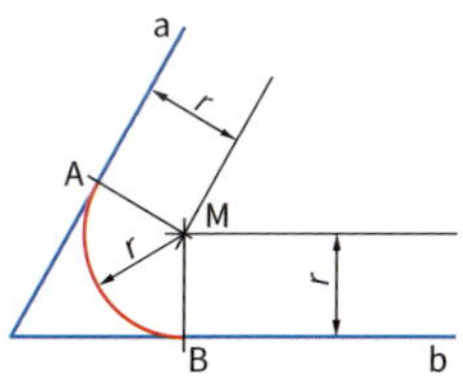	Parallelen zu den Schenkeln a und b im Abstand *r* ziehen. Im Schnittpunkt M mit dem Radius *r* die Rundung von Punkt A zu B ziehen.
Winkel halbieren 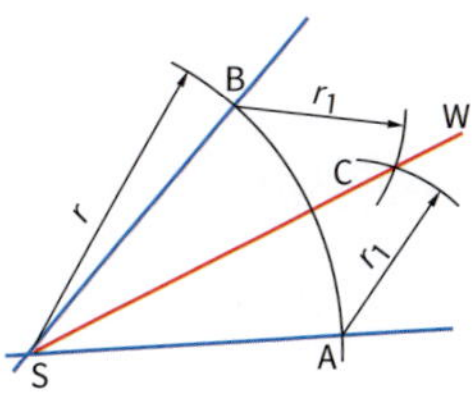	Kreisbogen um Punkt S mit geeignetem Radius *r* ziehen. Kreisbögen um Punkt A und B mit geeignetem Radius r_1 ziehen. Gerade W durch Punkt S und C ist die Winkelhalbierende.	**Spirale konstruieren** 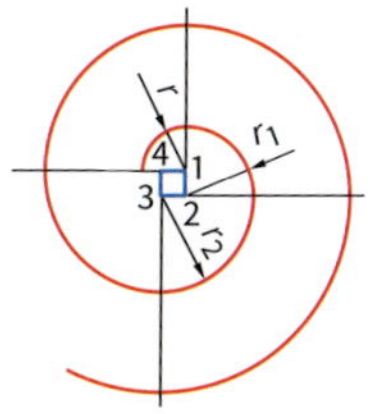	Quadrat festlegen und im Drehsinn nummerieren. Viertelkreis um Punkt 1 mit Radius *r* ziehen. Viertelkreis um Punkt 2 mit erweitertem Radius r_1 ziehen usw.

Begriff	Erklärung	Beispiel
Technische Zeichnung	Eine technische Zeichnung ist eine Zeichnung in der für technische Zwecke erforderlichen Art und Vollständigkeit. Zur erforderlichen Art gehört das Einhalten von Darstellungsregeln. Zur erforderlichen Vollständigkeit gehören Maßeintragungen, technische Hinweise, Tabellen.	Bremsscheibe 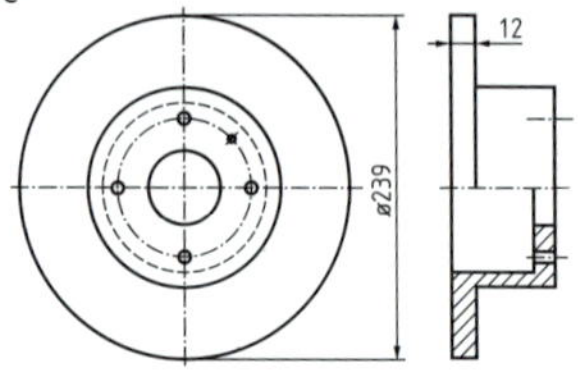
CAD-Zeichnung	Eine CAD-Zeichnung ist eine durch ein Rechnerprogramm (CAD von englisch computer-aided design) erzeugte Zeichnung.	CAD-Modell 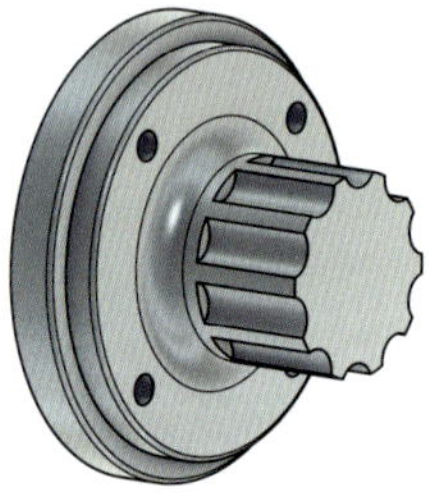
CAD-Modell	Ein CAD-Model ist ein dreidimensionale Körper (dreidimensionales CAD, 3D-CAD), der am Bildschirm aus unterschiedlichen Perspektiven betrachtet werden kann. Aus diesem virtuellen Model lassen sich eine technische Zeichnungen z. B. für die Fertigung des Bauteils automatisch herstellen	
Einzelteil-zeichnung	Eine Einzelteilzeichnung ist eine technische Zeichnung, die ein Einzelteil ohne die räumliche Zuordnung zu anderen Teilen darstellt. Ein Einzelteil ist ein Teil, das nicht zerstörungsfrei zerlegt werden kann.	Kurbelwelle 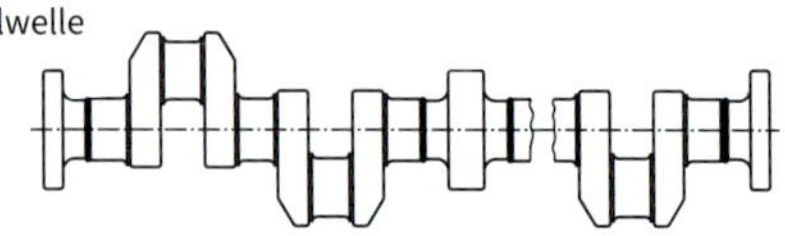
Fertigungs-zeichnung	Eine Fertigungszeichnung ist eine Zeichnung mit allen Informationen, die für die Fertigung des dargestellten Gegenstandes nötig sind.	Kolben 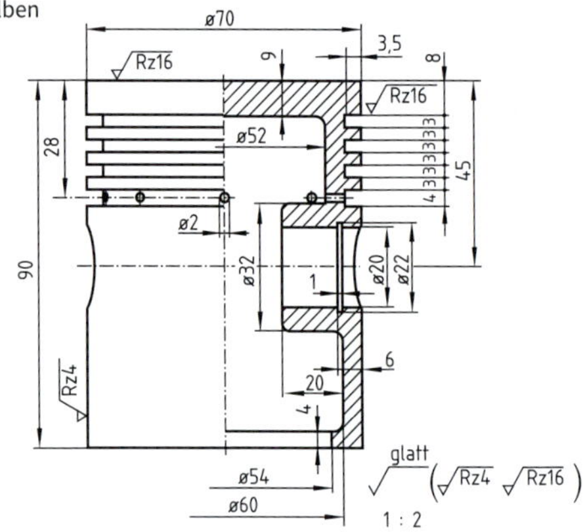
Skizze	Eine Skizze ist eine nicht unbedingt maßstäbliche, vorwiegend freihändig erstellte Zeichnung.	Pleuelstange 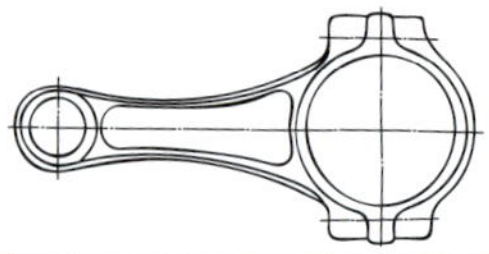
Zusammenbau-zeichnung	Eine Zusammenbauzeichnung ist eine technische Zeichnung, die zur Erläuterung der räumlichen Lage und Anzahl von Teilen für Zusammenbauvorgänge dient.	Bauteile des Kurbeltriebs 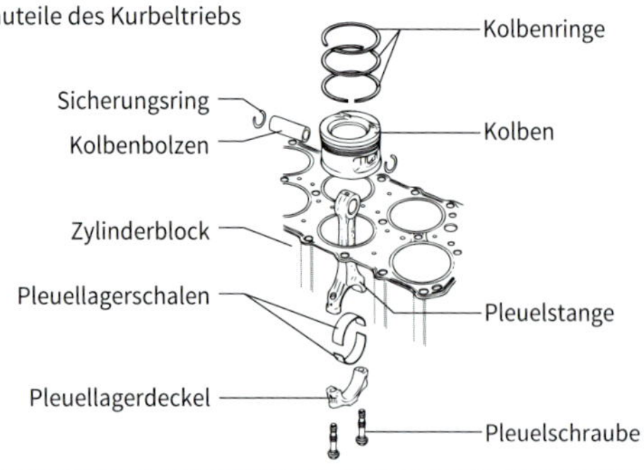

<table>
<tr><th>Begriff</th><th>Erklärung</th><th>Beispiel</th></tr>
<tr><td>Anordnungszeichnung</td><td>Ein Anordnungszeichnung ist eine technische Zeichnung, die die räumliche Lage von Gegenständen zueinander darstellt.</td><td>Ventiltrieb
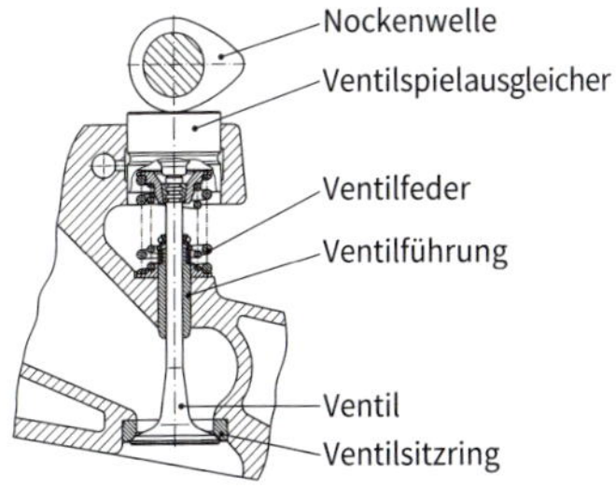
</td></tr>
<tr><td>Fotozeichnung</td><td>Eine Fotozeichnung ist eine Zeichnung, die als wesentlichen Bestandteil fotografische Abbildungen enthält.</td><td>Elektronisch gesteuerte Hydrolenkung
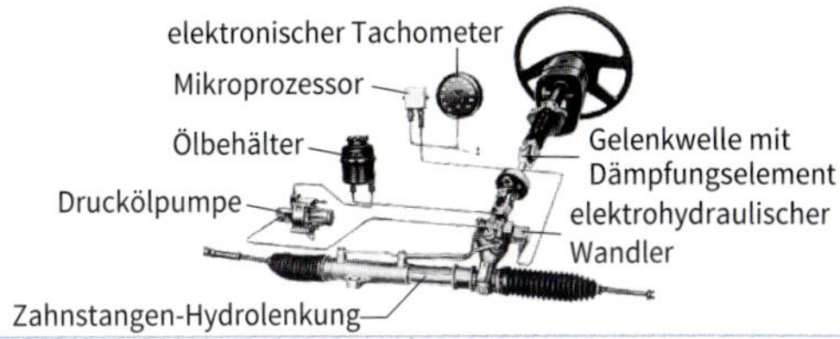
</td></tr>
<tr><td>Diagramm</td><td>Ein Diagramm ist eine Zeichnung, die das Verhältnis zwischen zwei oder mehreren variablen Größen im Regelfall in einem Koordinatensystem darstellt.</td><td>Ventilerhebungskurven
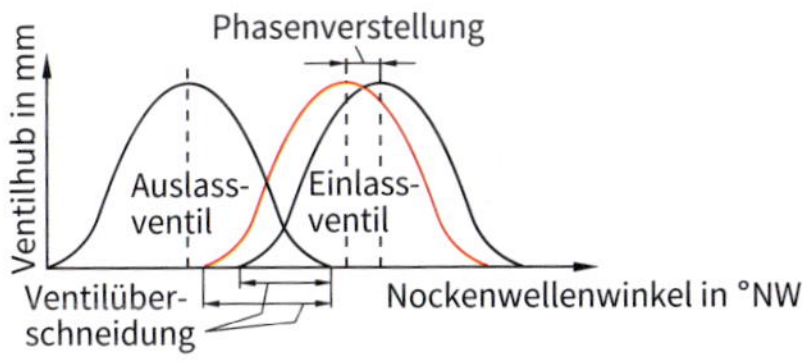
</td></tr>
<tr><td>Stromlaufplan DIN EN 61082</td><td>Ein Stromlaufplan zeigt symbolisch Wirkzusammenhänge von Gegenständen (z. B. elektrische und elektronische Bauteile).</td><td>Beleuchtungsanlage
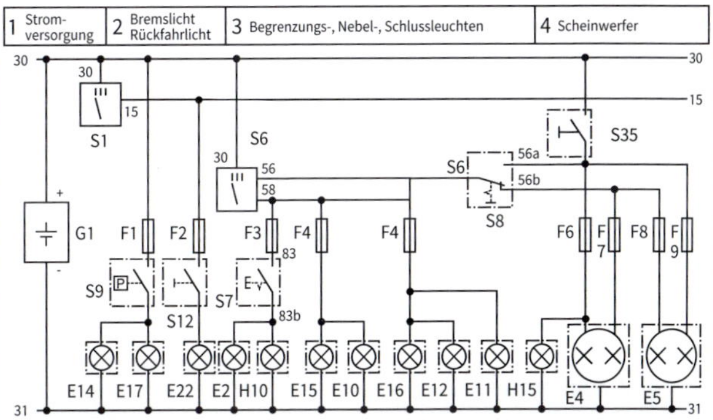
</td></tr>
<tr><td>Leitungsplan DIN 74253</td><td>Ein Leitungsplan zeigt symbolisch Wirkzusammenhänge von Gegenständen (z. B. von hydraulischen und pneumatischen Geräten).</td><td>Druckluftbremsanlage (Ausschnitt)
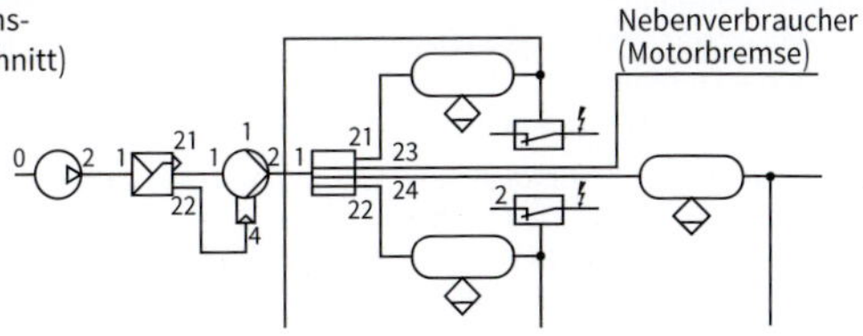
</td></tr>
<tr><td>Wirkplan (nicht genormt)</td><td>Ein Wirkplan zeigt symbolisch Wirkzusammenhänge von Gegenständen und ihre örtliche Anordnung (z. B. elektrische und elektronische Bauteile).</td><td>Verknüpfung elektronischer Systeme
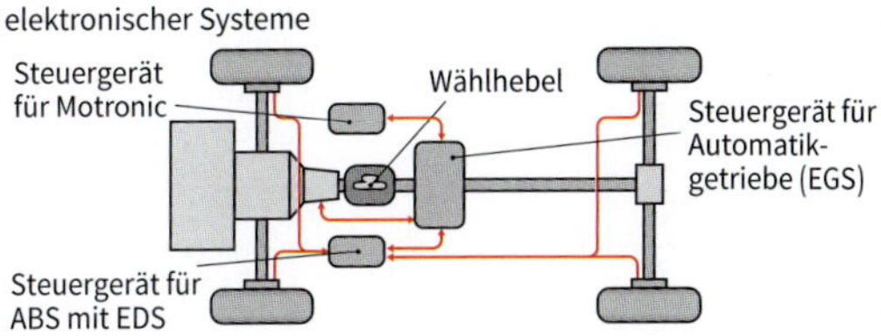
</td></tr>
</table>

Liniendiagramme im Koordinatensystem

DIN EN ISO 129, Teil 1: 2022-02, DIN 461: 1973-03

Liniendiagramme im Koordinatensystem zeigen funktionelle Zusammenhänge zwischen kontinuierlichen Veränderlichen. Es werden **quantitative** (mit Zahlenwerten) und **qualitative** Darstellungen unterschieden.

Ebenes kartesisches Koordinatensystem

Das ebene kartesische (nach René Descartes, frz. Mathematiker, 1596 bis 1650) Koordinatensystem besteht aus **zwei** zueinander rechtwinkligen **Zahlengeraden**, die sich im Nullpunkt schneiden. Die Zahlengeraden sind die Koordinatenachsen.

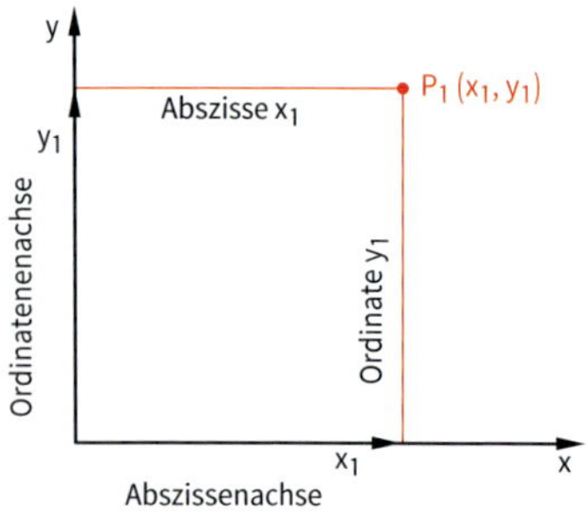

Eine Pfeilspitze zeigt an, in welche Richtung die Koordinate wächst.

Räumliches kartesisches Koordinatensystem

Das räumliche kartesische Koordinatensystem besteht aus **drei Zahlengeraden**, die paarweise rechtwinklig zueinander sind. Alle drei Zahlengeraden schneiden sich in einem gemeinsamen Nullpunkt (Ursprung des Koordinatensystems).

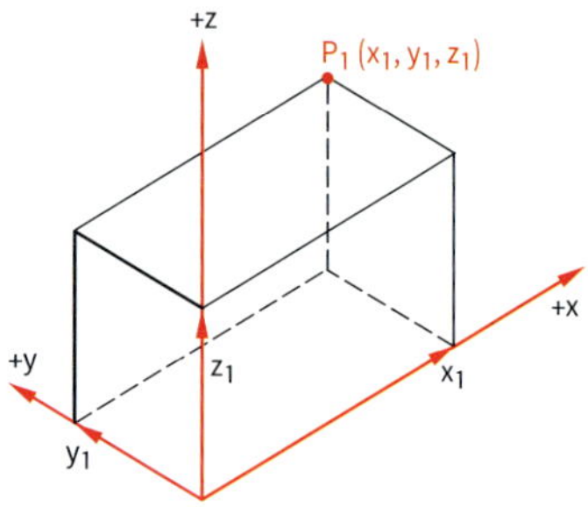

Das räumliche kartesische Koordinatensystem wird in der axonometrischen Projektion (DIN ISO 5456, Teil 3) dargestellt.

Beispiele

Motorkennlinien

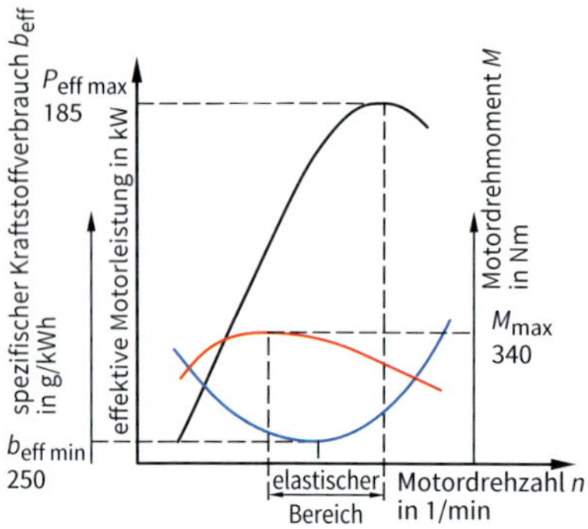

Zündkennfeld

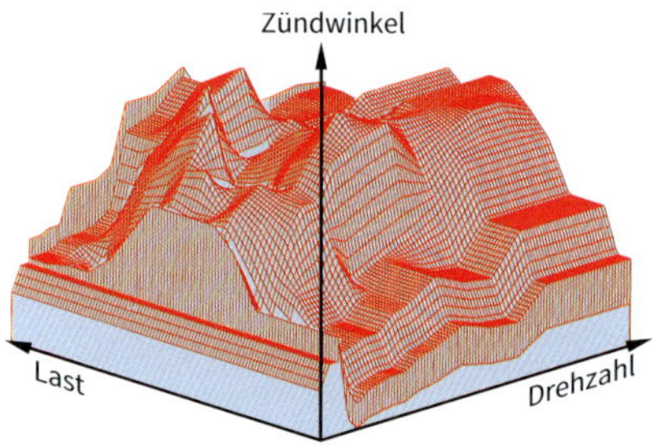

Flächendiagramme

Flächendiagramme zeigen in anschaulicher Form Zusammenhänge zwischen Größen auf. Es werden unterschieden: Säulendiagramm, Kreisdiagramm und Sankey-Diagramm (M. Sankey, irischer Ingenieur, 1853 bis 1921).
Im **Säulendiagramm** werden die Größen als waagerechte oder senkrechte gleich breite Säulen dargestellt.
Im **Kreisdiagramm** und **Sankey-Diagramm** werden die Größen als Prozentwerte dargestellt.

Anhaltewege eines Kraftrades

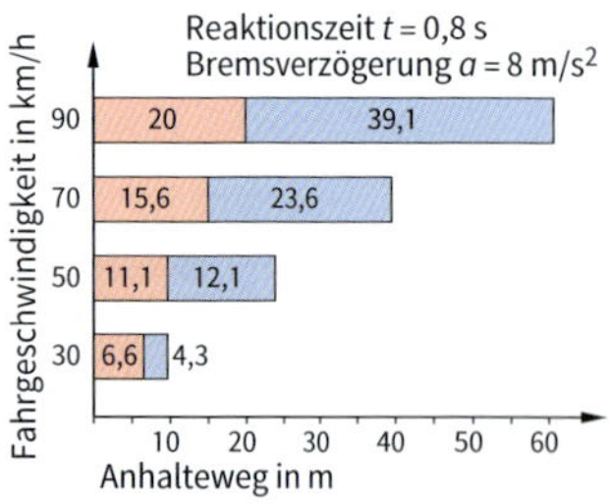

Kollisionsarten Pkw

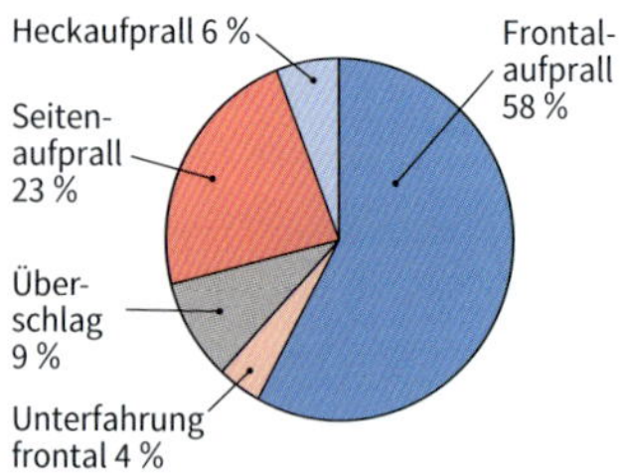

Wärmeflussdiagramm eines Ottomotors

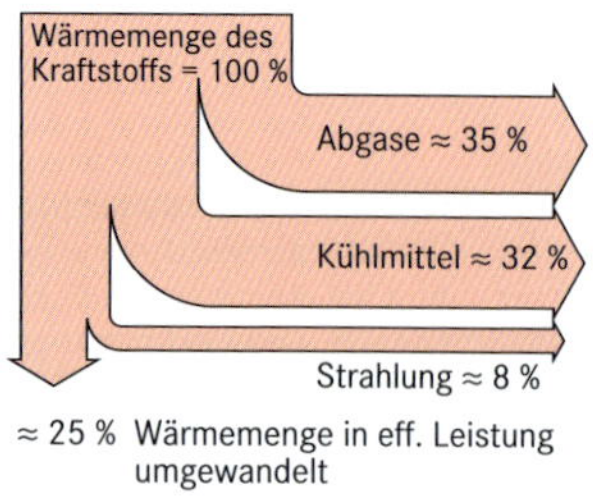

Benennung	Grunddarstellung		
	Ansicht	Schnitt	Sinnbild
Zylindrische Schraubendruckfeder aus Draht mit rundem Querschnitt	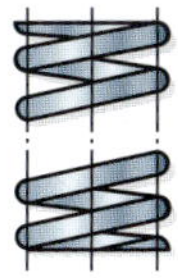	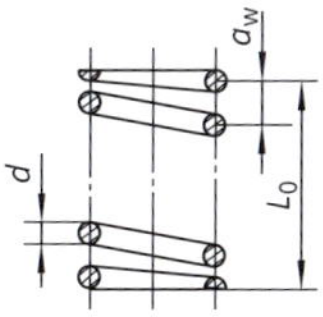 d Drahtdurchmesser a_w Windungsabstand	 $a_w = \dfrac{\text{Einbaulänge } L_0 - 2d}{\text{Anzahl der Windungen } n_t}$
Kegelige Schraubendruckfeder aus Draht mit rundem Querschnitt	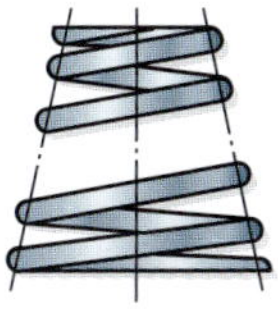	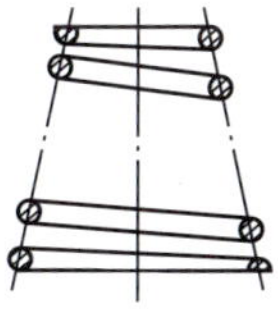	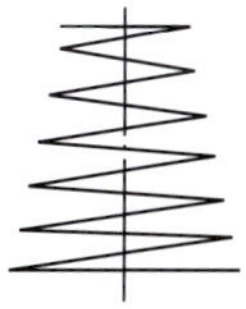
Doppelt kegelige Schraubendruckfeder (Tonnenfeder)	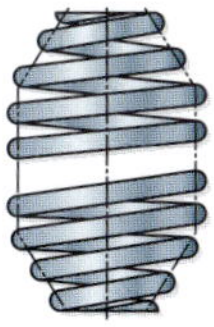	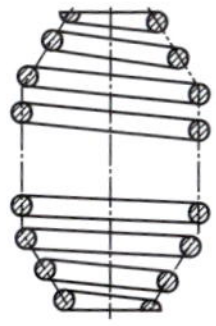	
Federn-Satz aus z. B. zwei zylindrischen Schraubendruckfedern	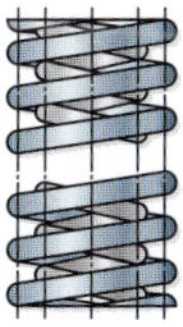	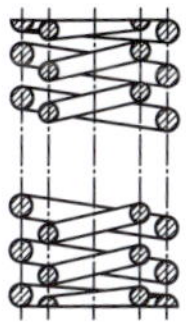	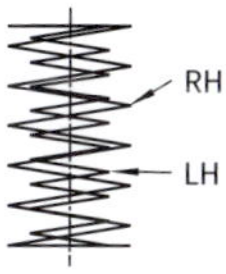 Winkelrichtung links: LH muss angegeben werden
Drehstabfeder mit rundem Querschnitt			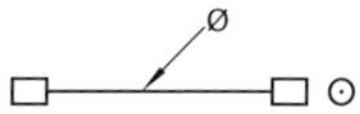
Mehrlagige Drehstabfeder aus Elementen mit recht-eckigem Querschnitt			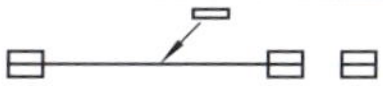 Werkstoffquerschnitt muss hier angegeben werden.
Tellerfeder, einfach	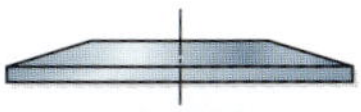	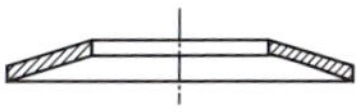	
Tellerfedernpaket, Teller gleichsinnig geschichtet	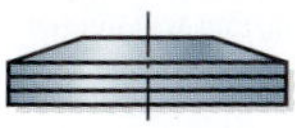	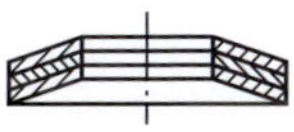	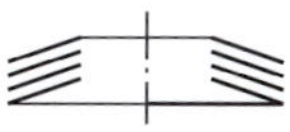
Tellerfedernpaket, Teller wechselsinnig geschichtet	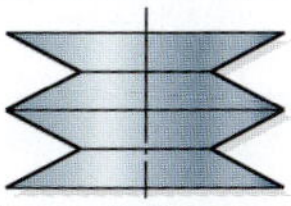	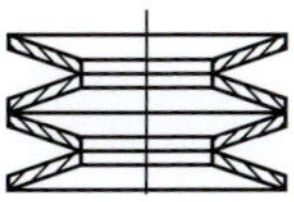	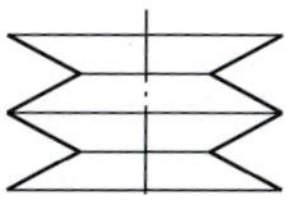
Geschichtete Blattfeder ohne und mit Augen	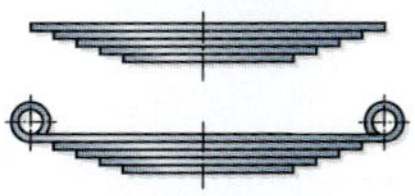		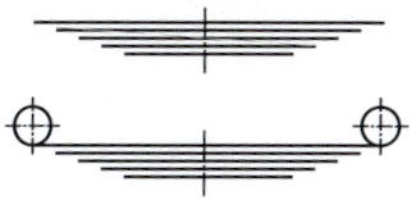
Parabolische Mehrfach-Blattfeder ohne und mit Augen	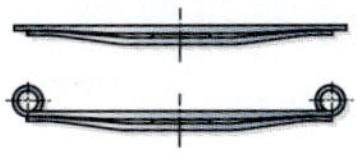		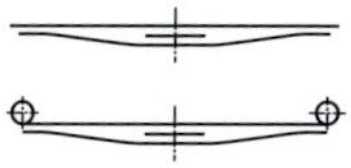

Zeichnerische Darstellung (Auswahl)

DIN EN ISO 2553: 2022-07

Benennung und Symbol der Nahtart	Darstellung der Naht	Anwendungsbeispiel für Nähte auf der Pfeilseite und Gegenseite nach System A mit doppelter Bezugslinie (System B mit einzelner Bezugslinie, ohne Strichlinie)	
Bördelnaht 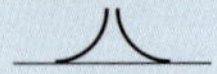 Position der Bezugslinie	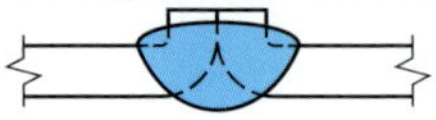 Strichlinien geben die Nahtvorbereitung vor dem Schweißen an	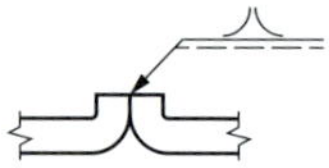	Die Naht ist auf der Pfeilseite des Stoßes zu schweißen. Die Naht ist durchgeschweißt.
I-Naht 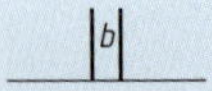	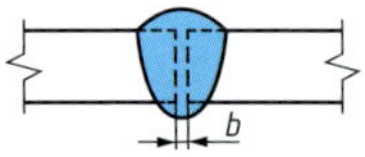	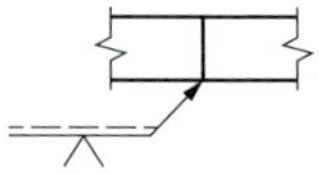	Die Naht ist auf der Gegenseite des Stoßes zu schweißen. *b*: Stegabstand eines Stumpfstoßes
Kehlnaht 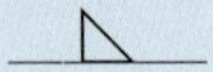		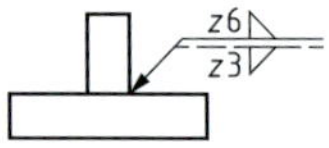	Die Naht ist auf der Pfeilseite und Gegenseite zu schweißen. *z*: Sollnahtdicke für asymmetrische Nähte, z. B. z6 = 6 mm, z3 = 3 mm
V-Naht 	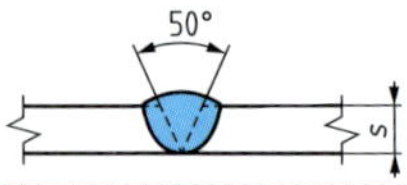	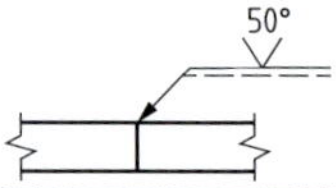	50°: Öffnungswinkel für symmetrische Stöße *s*: durchgeschweißte Nahtdicke
Doppel-V-Naht 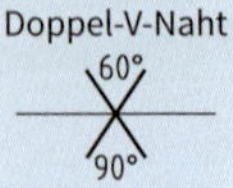	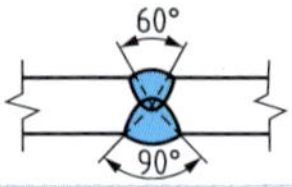	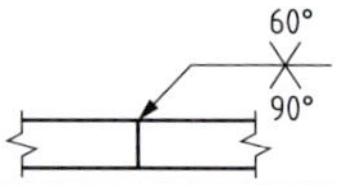	60°, 90°: Öffnungswinkel für beidseitig geschweißte Stöße, Strichlinie entfällt
Y-Naht 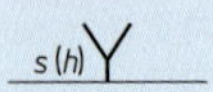	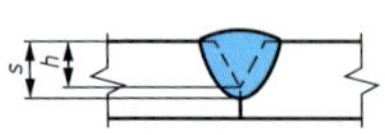	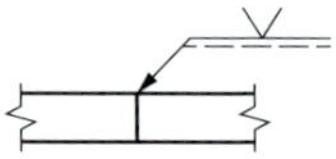	*s*: Tiefe der Nahtvorbereitung (*h*): Flankenhöhe
Lochnaht 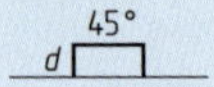	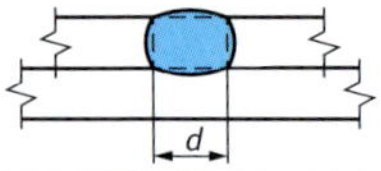	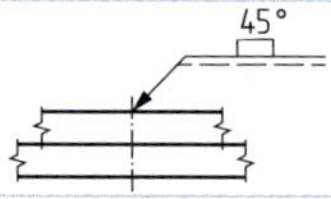	*d*: Lochdurchmesser mit Ø-Zeichen angeben 45°: Senkungswinkel für Lochnähte
Punktnaht 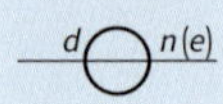	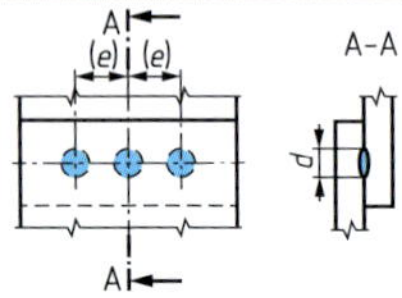	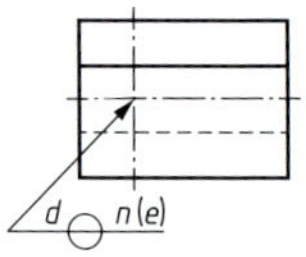	Widerstandsgeschweißte Punktnaht *d*: geforderte Punktdurchmesser mit Ø-Zeichen im Schweißsymbol angeben *e*: Abstand zwischen den Einzelnähten (Mittenabstand) *n*: Anzahl der Einzelnähte

Schweißsymbol nach System A

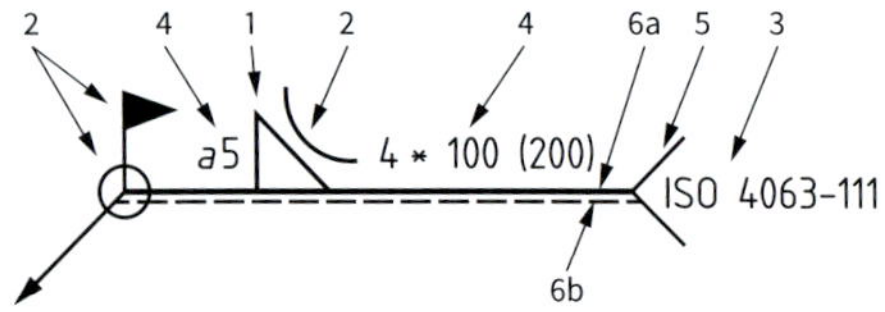

1: Grundsymbol (Kehlnaht)
2: Zusatzsymbol (kennzeichnet die Oberflächenform, Verlauf und Art der Naht)
3: Zusatzangaben (SMAW: shielded metal arc welding, engl. Lichtbogenhandschweißen, Prozess 111 nach ISO 4063)
4: Maße (*a*: Kennzeichen für Nahtdicke, z. B. 5 mm Sollnahtdicke für unterbrochene Kehlnähte, bestehend aus 4 Einzelnähten mit 100 mm Länge und 200 mm Abstand zwischen den Einzelnähten)
5: Gabel
6a: Bezugslinie (Volllinie)
6b: Strichlinie (nur System A)

Zusatzsymbole (Auswahl)

Zusatzsymbol	Oberflächenform	Beispiel	Zusatzsymbol	Verlauf und Art der Naht	Beispiel
	flach (eben)	V-Naht 	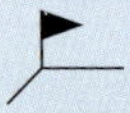	Baustellennaht	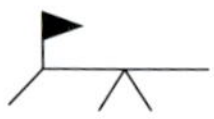
	gewölbt (konvex)	HV-Naht (H: halbe V-Naht) 		ringsum verlaufende Naht, z. B. Kehlnaht	
	hohl (konkav)	Kehlnaht 	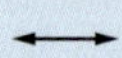	Naht zwischen zwei Punkten	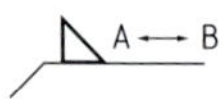

Begriff	Erklärung
Geometrieelement	Geometrische Gestalt, die durch ein Längen- oder Winkelmaß als Größenmaß definiert ist Anmerkung: Für diese Norm gelten nur Geometrieelemente der Arten Zylinder und zwei parallele sich gegenüberliegende Flächen, definiert durch ein lineares Maß.
Welle	Äußeres Geometrieelement eines Werkstückes, einschließlich nicht zylindrischer äußerer Geometrieelemente
Bohrung	Inneres Geometrieelement eines Werkstückes, einschließlich nicht zylindrischer innerer Geometrieelemente.
Nennmaß	Maß eines Geometrieelementes perfekter Form wie durch die Spezifikation der Zeichnung festgelegt Anmerkung: Das Nennmaß wird verwendet, um die Lage der Grenzmaße mittels Anwendung der oberen und unteren Grenzabmaße zu bestimmen.
Istmaß	Maß des zugeordneten vollständigen Geometrieelements
Grenzmaß	Kleinstes und größtes zulässiges Maß eines Geometrieelements
Höchstmaß	Größtes zulässiges Maß eines Geometrieelements
Mindestmaß	Kleinstes zulässiges Maß eines Geometrieelements
Grenzabmaß	Oberes oder unteres Abmaß vom Nennmaß
Oberes Grenzabmaß	Höchstmaß minus Nennmaß
Unteres Grenzabmaß	Mindestmaß minus Nennmaß
Grundabweichung	Grenzabmaß, das die Lage des Toleranzfeldes in Bezug zum Nennmaß festlegt
Toleranz	Differenz zwischen Höchstmaß und Mindestmaß
Grundtoleranz	Jede Toleranz, die zum ISO-System für Toleranzen von Längenmaßen gehört
Grundtoleranzgrad IT	Gruppe von Toleranzen für Längenmaße, die durch einen gemeinsamen Identifizierer gekennzeichnet sind Anmerkung: Im ISO-Toleranzsystem für Längenmaße besteht der Grundtoleranzgrad-Identifizierer aus IT plus der Gradnummer (z. B. IT 7).
Toleranzfeld	Feld zwischen den beiden Linien, die das Höchst- und Mindestmaß darstellen
Toleranzklasse	Kombination einer Grundabweichung und eines Grundtoleranzgrades Anmerkung: Im ISO-Toleranzsystem für Längenmaße besteht die Toleranzklasse aus dem Grundabweichung-Identifizierer plus der Gradnummer, z. B. D13, h9.

Grafische Darstellung

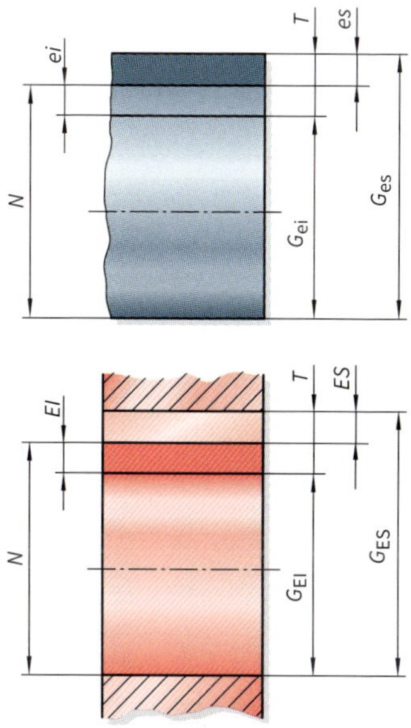

N Nennmaß

T Toleranz

G_{es} Höchstmaß der Welle

G_{ei} Mindestmaß der Welle

es oberes Grenzabmaß der Welle

ei unteres Grenzabmaß der Welle

ES oberes Grenzabmaß der Bohrung

EI unteres Grenzabmaß der Bohrung

G_{ES} Höchstmaß der Bohrung

G_{EI} Mindestmaß der Bohrung

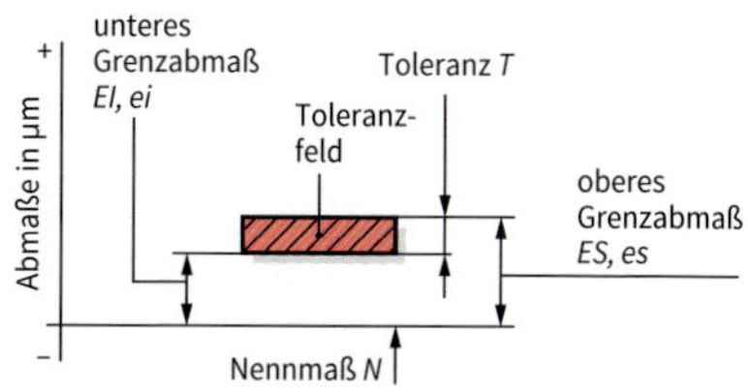

Begriff	Erklärung
Passung	Zusammenhang zwischen einem äußeren und einem inneren Geometrieelement (Bohrung und Welle der gleichen Art), die zusammengefügt werden
Spielpassung	Passung, bei der beim Zusammenbau von Bohrung und Welle immer ein Spiel entsteht, d. h. das Mindestmaß der Bohrung ist größer als oder im Grenzfall gleich dem Höchstmaß der Welle
Übermaßpassung	Passung, bei der beim Zusammenbau von Bohrung und Welle immer ein Übermaß entsteht, d. h., das Höchstmaß der Bohrung ist kleiner als oder im Grenzfall gleich dem Mindestmaß der Welle
Übergangspassung	Passung, bei der beim Zusammenbau von Bohrung und Welle entweder ein Spiel oder ein Übermaß entsteht
Spiel	Differenz zwischen den Maßen der Bohrung und der Welle, wenn der Durchmesser der Welle kleiner ist als der Durchmesser der Bohrung Anmerkung: In der Berechnung eines Spiels sind die erhaltenen Werte positiv.
Höchstspiel	Differenz zwischen dem Höchstmaß der Bohrung und dem Mindestmaß der Welle bei einer Spiel- oder Übergangspassung
Mindestspiel	Differenz zwischen dem Mindestmaß der Bohrung und dem Höchstmaß der Welle bei einer Spielpassung
Übermaß	Differenz zwischen den Maßen der Bohrung und der Welle vor dem Fügen, wenn der Durchmesser der Welle größer ist als der Durchmesser der Bohrung Anmerkung: In der Berechnung eines Übermaßes sind die erhaltenen Werte negativ.
Höchstübermaß	Differenz zwischen dem Mindestmaß der Bohrung und dem Höchstmaß der Welle bei einer Übermaß- oder Übergangspassung
Mindestübermaß	Differenz zwischen dem Höchstmaß der Bohrung und dem Mindestmaß der Welle bei einer Übermaßpassung
Passungssystem Einheitswelle	Passungen, bei denen die Grundabweichung der Welle null ist, d. h., das obere Abmaß ist null Anmerkung: Ein Passungssystem, in dem das Höchstmaß der Welle gleich dem Nennmaß ist
Passungssystem Einheitsbohrung	Passungen, bei denen die Grundabweichung der Bohrung null ist, d. h., das untere Abmaß ist null Anmerkung: Ein Passungssystem, in dem das Mindestmaß der Bohrung gleich dem Nennmaß ist

Grafische Darstellung

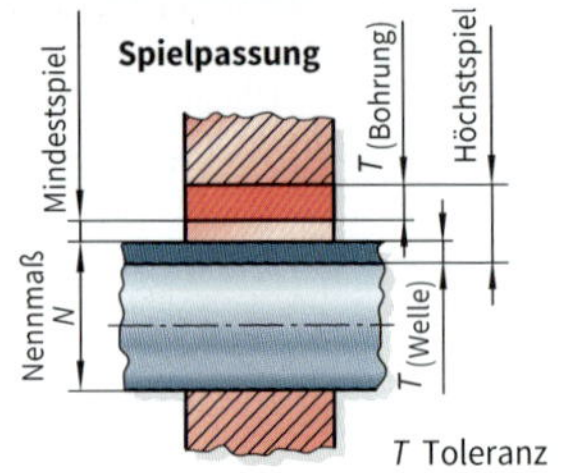

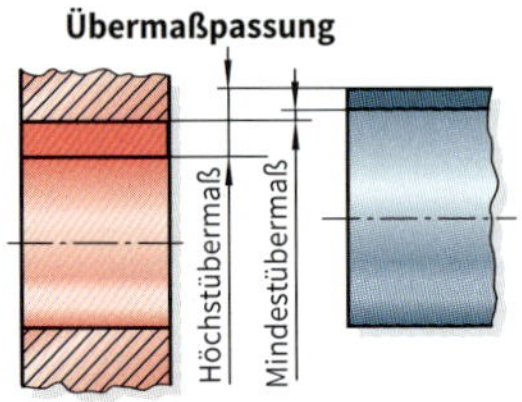

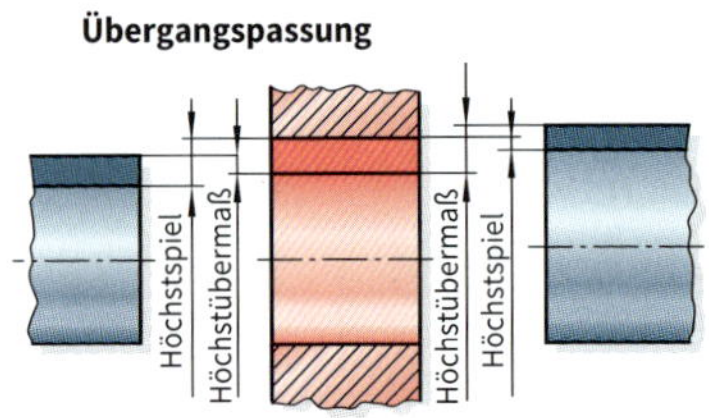

Eine **Übergangspassung** hat durch Fügen von Bohrung und Welle entweder ein **Spiel** oder ein **Übermaß**.

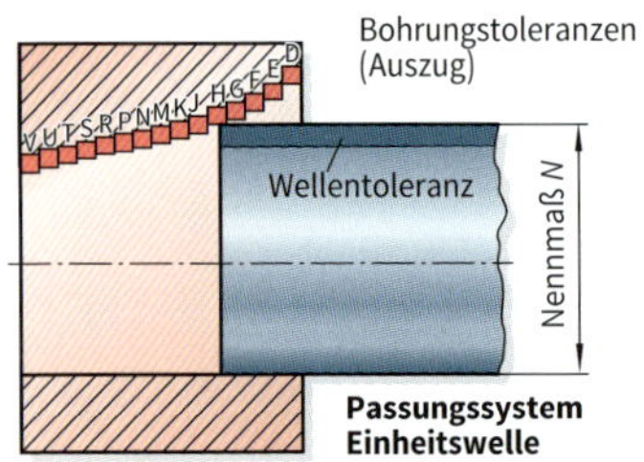

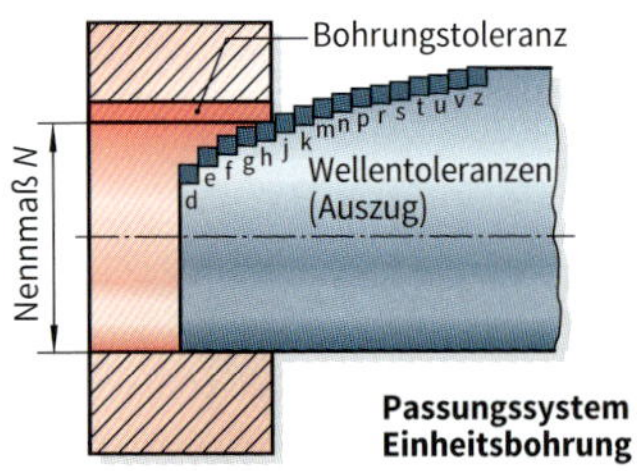

Grundtoleranzgrade IT

Das ISO-System für Grenzmaße und Passungen enthält 20 Grundtoleranzgrade mit den Bezeichnungen IT 01, IT 0 und IT 1 bis IT 18 für die Nennmaßbereiche von 0 bis 3150 mm (IT: Internationale Toleranz).
IT 0, IT 01 sind nicht in der Tabelle enthalten, da sie wenig in der Praxis verwendet werden.

Nennmaß in mm		Grundtoleranzgrade																	
		IT 1	IT 2	IT 3	IT 4	IT 5	IT 6	IT 7	IT 8	IT 9	IT 10	IT 11	IT 12	IT 13	IT 14	IT 15	IT 16	IT 17	IT 18
über	bis	Grundtoleranzen in µm											Grundtoleranzen in mm						
	3	0,8	1,2	2	3	4	6	10	14	25	40	60	0,1	0,14	0,25	0,4	0,6	1	1,4
3	6	1	1,5	2,5	4	5	8	12	18	30	48	75	0,12	0,18	0,3	0,48	0,75	1,2	1,8
6	10	1	1,5	2,5	4	6	9	15	22	36	58	90	0,15	0,22	0,36	0,58	0,9	1,5	2,2
10	18	1,2	2	3	5	8	11	18	27	43	70	110	0,18	0,27	0,43	0,73	1,1	1,8	2,7
18	30	1,5	2,5	4	6	9	13	21	33	52	84	130	0,21	0,33	0,52	0,84	1,3	2,1	3,3
30	50	1,5	2,5	4	7	11	16	25	39	62	100	160	0,25	0,39	0,62	1	1,6	2,5	3,9
50	80	2	3	5	8	13	19	30	46	74	120	190	0,3	0,46	0,74	1,2	1,9	3	4,6
80	120	2,5	4	6	10	15	22	35	54	87	140	220	0,35	0,54	0,87	1,4	2,2	3,5	5,4
120	180	3,5	5	8	12	18	25	40	63	100	160	250	0,4	0,63	1	1,6	2,5	4	6,3
180	250	4,5	7	10	14	20	29	46	72	115	185	290	0,46	0,72	1,15	1,85	2,9	4,6	7,2
250	315	6	8	12	16	23	32	52	81	130	210	320	0,52	0,81	1,3	2,1	3,2	5,2	8,1
315	400	7	9	13	18	25	36	57	89	140	230	360	0,57	0,89	1,4	2,3	3,6	5,7	8,9
400	500	8	10	15	20	27	40	63	97	155	250	400	0,63	0,97	1,55	2,5	4	6,3	9,7
500	630	9	11	16	22	32	44	70	110	175	280	440	0,7	1,1	1,75	2,8	4,4	7	11
630	800	10	13	18	25	36	50	80	125	200	320	500	0,8	1,25	2	3,2	5	8	12,5
800	1000	11	15	21	28	40	56	90	140	230	360	560	0,9	1,4	2,3	3,6	5,6	9	14
1000	1250	13	18	24	33	47	66	105	165	260	420	660	1,05	1,65	2,6	4,2	6,6	10,5	16,5
1250	1600	15	21	29	39	55	78	125	195	310	500	780	1,25	1,95	3,1	5	7,8	12,5	19,5
1600	2000	18	25	35	46	65	92	150	230	370	600	920	1,5	2,3	3,7	6	9,2	15	23
2000	2500	22	30	41	55	78	110	175	280	440	700	1100	1,75	2,8	4,4	7	11	17,5	28
2500	3150	26	36	50	68	96	135	210	330	540	860	1350	2,1	3,3	5,4	8,6	13,5	21	33

Beispiele für die Kennzeichnung eines tolerierten Maßes

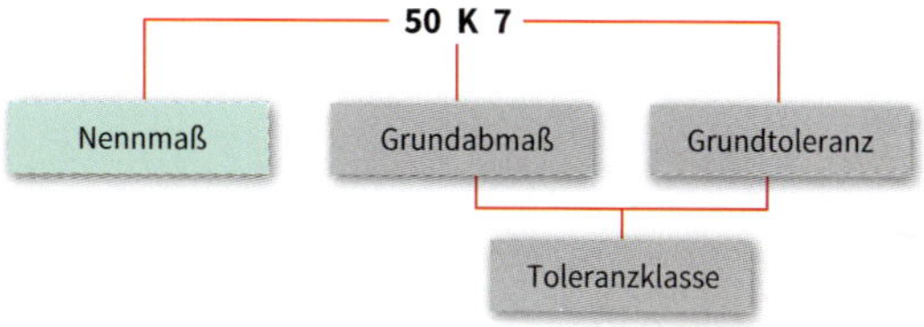

Beispiel für die Kennzeichnung einer Passung zwischen zu paarenden Formelementen (Bohrung/Welle):

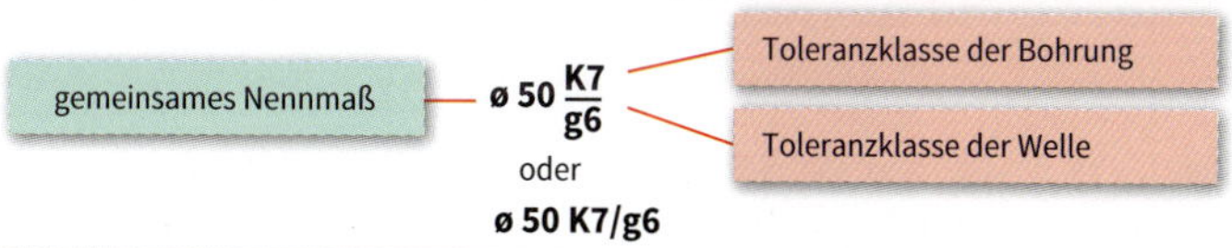

Passungsbeispiele

Passungsart	Kurzzeichen	Toleranzfeld	Anwendung
Spielpassung	H8/f7	 H8 f7	Kolben im Zylinder
Übermaßpassung	H7/r6	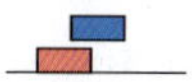 r6 H7	Zahnkranz auf Schwungrad
Übergangspassung	H7/n6	 n6 H7	Zahn- und Schneckenräder auf Welle

Nennmaßbereich in mm	Grenzabmaße in µm														
	Bohrg.	Welle							Bohrg.	Welle					
	H7	f7	g6	h6	k6	m6	n6	r6	H8	d9	e8	h9	s8	u8	x8
von 1 bis 3	+10 0	– 6 – 16	– 2 – 8	0 – 6	+ 6 0	+ 8 + 2	+10 + 4	+ 16 + 10	+14 0	– 20 – 45	– 14 – 28	0 – 25	+ 28 + 14	–	+ 34 + 20
über 3 bis 6	+12 0	– 10 – 22	– 4 – 12	0 – 8	+ 9 + 1	+12 + 4	+16 + 8	+ 23 + 15	+18 0	– 30 – 60	– 20 – 38	0 – 30	+ 37 + 19	–	+ 46 + 28
über 6 bis 10	+15 0	– 13 – 28	– 5 – 14	0 – 9	+10 + 1	+15 + 6	+19 +10	+ 28 + 19	+22 0	– 40 – 76	– 25 – 47	0 – 36	+ 45 + 23	–	+ 56 + 34
über 10 bis 14	+18	– 16	– 6	0	+12	+18	+23	+ 34	+27	– 50	– 32	0	+ 55	–	+ 67 + 40
über 14 bis 18	0	– 34	– 17	– 11	+ 1	+ 7	+12	+ 23	0	– 93	– 59	– 43	+ 28		+ 72 + 45
über 18 bis 24	+21	– 20	– 7	0	+15	+21	+28	+ 41	+33	– 65	– 40	0	+ 68	–	+ 87 + 54
über 24 bis 30	0	– 41	– 20	– 13	+ 2	+ 8	+15	+ 28	0	– 117	– 73	– 52	+ 35	+ 81 + 48	+ 97 + 64
über 30 bis 40	+25	– 25	– 9	0	+18	+25	+33	+ 50	+39	– 80	– 50	0	+ 82	+ 99 + 60	+119 + 80
über 40 bis 50	0	– 50	– 25	– 16	+ 2	+ 9	+17	+ 34	0	– 142	– 89	– 62	+ 43	+109 + 70	+136 + 97
über 50 bis 65	+30	– 30	– 10	0	+21	+30	+39	+ 60 + 41	+46	– 100	– 60	0	+ 99 + 53	+133 + 87	+168 +122
über 65 bis 80	0	– 60	– 29	– 19	+ 2	+11	+20	+ 62 + 43	0	– 174	– 106	– 74	+105 + 59	+148 +102	+192 +146
über 80 bis 100	+35	– 36	– 12	0	+25	+35	+45	+ 73 + 51	+54	– 120	– 72	0	+125 + 71	+178 +124	+232 +178
über 100 bis 120	0	– 71	– 34	– 22	+ 3	+13	+23	+ 76 + 54	0	– 207	– 126	– 87	+133 + 79	+198 +144	+264 +210
über 120 bis 140								+ 88 + 63					+155 + 92	+233 +170	+311 +248
über 140 bis 160	+40 0	– 43 – 83	– 14 – 39	0 – 25	+28 + 3	+40 +15	+52 +27	+ 90 + 65	+63 0	– 145 – 245	– 85 – 148	0 – 100	+163 +100	+253 +190	+343 +280
über 160 bis 180								+ 93 + 68					+171 +108	+273 +210	+373 +310
über 180 bis 200								+106 + 77					+194 +122	+308 +236	+422 +350
über 200 bis 225	+46 0	– 50 – 96	– 15 – 44	0 – 29	+33 + 4	+46 +17	+60 +31	+109 + 80	+72 0	– 170 – 285	– 100 – 172	0 – 115	+202 +130	+330 +258	+457 +385
über 225 bis 250								+113 + 84					+212 +140	+356 +284	+497 +425
über 250 bis 280	+52	– 56	– 17	0	+36	+52	+66	+126 + 94	+81	– 190	– 110	0	+239 +158	+396 +315	+556 +475
über 280 bis 315	0	– 108	– 49	– 32	+ 4	+20	+34	+130 + 98	0	– 320	– 191	– 130	+251 +170	+431 +350	+606 +525
über 315 bis 355	+57	– 62	– 18	0	+40	+57	+73	+144 +108	+89	– 210	– 125	0	+279 +190	+479 +390	+679 +590
über 355 bis 400	0	– 119	– 54	– 36	+ 4	+21	+37	+150 +114	0	– 350	– 214	– 140	+297 +208	+524 +435	–
über 400 bis 450	+63	– 68	– 20	0	+45	+63	+80	+166 +126	+97	– 230	– 135	0	+329 +232	+587 +490	–
über 450 bis 500	0	– 131	– 60	– 40	+ 5	+23	+40	+172 +132	0	– 385	– 232	– 155	+349 +252	+637 +540	

Spielpassung (f7, g6, h6, d9, e8, h9) · Übergangspassung (k6, m6) · Übermaßpassung (n6, r6, s8, u8, x8)

Nennmaßbereich in mm	Grenzabmaße in µm															
	Welle	Bohrung								Welle	Bohrung					
	h6	F8	G7	J7	K7	M7	N7	R7	S7	h9	C11	D10	E9	H11	H8	X9
von 1 bis 3	0 – 6	+ 20 + 6	+ 12 + 2	+ 4 – 6	0 – 10	– 2 – 12	– 4 – 14	– 10 – 20	– 14 – 24	0 – 25	+ 120 + 60	+ 60 + 20	+ 39 + 14	+ 60 0	+ 14 0	– 20 – 45
über 3 bis 6	0 – 8	+ 28 + 10	+ 16 + 4	+ 6 – 6	+ 3 – 9	0 – 12	– 4 – 16	– 11 – 23	– 15 – 27	0 – 30	+ 145 + 70	+ 78 + 30	+ 50 + 20	+ 75 0	+ 18 0	– 28 – 58
über 6 bis 10	0 – 9	+ 35 + 13	+ 20 + 5	+ 8 – 7	+ 5 – 10	0 – 15	– 4 – 19	– 13 – 28	– 17 – 32	0 – 36	+ 170 + 80	+ 98 + 40	+ 61 + 25	+ 90 0	+ 22 0	– 34 – 70
über 10 bis 14	0	+ 43	+ 24	+ 10	+ 6	0	– 5	– 16	– 21	0	+ 205	+ 120	+ 75	+ 110	+ 27	– 40 – 83
über 14 bis 18	– 11	+ 16	+ 6	– 8	– 12	– 18	– 23	– 34	– 39	– 43	+ 95	+ 50	+ 32	0	0	– 45 – 88
über 18 bis 24	0	+ 53	+ 28	+ 12	+ 6	0	– 7	– 20	– 27	0	+ 240	+ 149	+ 92	+ 130	+ 33	– 54 – 106
über 24 bis 30	– 13	+ 20	+ 7	– 9	– 15	– 21	– 28	– 41	– 48	– 52	+ 110	+ 65	+ 40	0	0	– 64 – 116
über 30 bis 40	0	+ 64	+ 34	+ 14	+ 7	0	– 8	– 25	– 34	0	+ 280 + 120	+ 180	+ 112	+ 160	+ 39	– 80 – 142
über 40 bis 50	– 16	+ 25	+ 9	– 11	– 18	– 25	– 33	– 50	– 59	– 62	+ 290 + 130	+ 80	+ 50	0	0	– 97 – 159
über 50 bis 65	0	+ 76	+ 40	+ 18	+ 9	0	– 9	– 30 – 60	– 42 – 72	0	+ 330 + 140	+ 220	+ 134	+ 190	+ 46	– 122 – 196
über 65 bis 80	– 19	+ 30	+ 10	– 12	– 21	– 30	– 39	– 32 – 62	– 48 – 78	– 74	+ 340 + 150	+ 100	+ 60	0	0	– 146 – 220
über 80 bis 100	0	+ 90	+ 47	+ 22	+ 10	0	– 10	– 38 – 73	– 58 – 93	0	+ 390 + 170	+ 260	+ 159	+ 220	+ 54	– 178 – 265
über 100 bis 120	– 22	+ 36	+ 12	– 13	– 25	– 35	– 45	– 41 – 76	– 66 – 101	– 87	+ 400 + 180	+ 120	+ 72	0	0	– 210 – 297
über 120 bis 140								– 48 – 88	– 77 – 117		+ 450 + 200					– 248 – 348
über 140 bis 160	0 – 25	+ 106 + 43	+ 54 + 14	+ 26 – 14	+ 12 – 28	0 – 40	– 12 – 52	– 50 – 90	– 85 – 125	0 – 100	+ 460 + 210	+ 305 + 145	+ 185 + 85	+ 250 0	+ 63 0	– 280 – 380
über 160 bis 180								– 53 – 93	– 93 – 133		+ 480 + 230					– 310 – 410
über 180 bis 200								– 60 – 106	– 105 – 151		+ 530 + 240					– 350 – 465
über 200 bis 225	0 – 29	+ 122 + 50	+ 61 + 15	+ 30 – 16	+ 13 – 33	0 – 46	– 14 – 60	– 63 – 109	– 113 – 159	0 – 115	+ 550 + 260	+ 355 + 170	+ 215 + 100	+ 290 0	+ 72 0	– 385 – 500
über 225 bis 250								– 67 – 113	– 123 – 169		+ 570 + 280					– 425 – 540
über 250 bis 280	0	+ 137	+ 69	+ 36	+ 16	0	– 14	– 74 – 126	– 138 – 190	0	+ 620 + 300	+ 400	+ 240	+ 320	+ 81	– 475 – 605
über 280 bis 315	– 32	+ 56	+ 17	– 16	– 36	– 52	– 66	– 78 – 130	– 150 – 202	– 130	+ 650 + 330	+ 190	+ 110	0	0	– 525 – 655
über 315 bis 355	0	+ 151	+ 75	+ 39	+ 17	0	– 16	– 87 – 144	– 169 – 226	0	+ 720 + 360	+ 440	+ 265	+ 360	+ 89	– 590 – 730
über 355 bis 400	– 36	+ 62	+ 18	– 18	– 40	– 57	– 73	– 93 – 150	– 187 – 244	– 140	+ 760 + 400	+ 210	+ 125	0	0	– 660 – 800
über 400 bis 450	0	+ 165	+ 83	+ 43	+ 18	0	– 17	– 103 – 166	– 209 – 272	0	+ 840 + 440	+ 480	+ 290	+ 400	+ 97	– 740 – 895
über 450 bis 500	– 40	+ 68	+ 20	– 20	– 45	– 63	– 80	– 109 – 172	– 229 – 292	– 155	+ 880 + 480	+ 230	+ 135	0	0	– 820 – 975

Spielpassung (F8, G7, C11, D10, E9, H11, H8) — Übergangspassung (J7, K7, M7, N7) — Übermaßpassung (R7, S7, X9)

Grafische Symbole

DIN ISO 1219, Teil 1: 2019-01

Symbol	Erklärung, Anwendung
Grundsymbole	
	**Linie durchgehend** Versorgungsleitung, Rücklaufleitung, Bauteilumrahmung, Symbolumrandung
	**Strichlinie** Steuerleitung, Spül-, Lecköl- oder Entlüftungsleitung
	**Strich-Punktlinie** Rahmen für mehrere Bauteile
	**Linie doppelt** mechanische Verbindung, Welle, Hebel, Kolbenstange
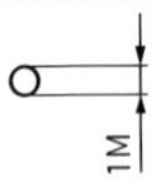	**Kreis** bewegliches Teil eines Rückschlagventils 1M = Ø 2,5 mm
	Rahmen für Messgerät, Betätigungselement, Schrittmotor 4M = Ø 10 mm
	Rahmen für Energieumformungseinheit, z.B. Motor, Pumpe, Kompressor 6M = Ø 15 mm
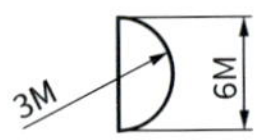	**Halbkreis** Rahmen für Motor oder Pumpe mit begrenztem Rotationswinkel 3M = Radius 7,5 mm
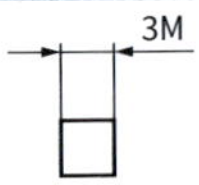	**Quadrat** Rahmen für Schalter, Wandler und andere Geräte □3M = Seitenlänge 7,5 mm
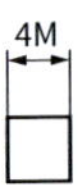	Funktionseinheit für Ventile mit max. vier Anschlüssen, Anschlüsse senkrecht zu den Seiten □4M = Seitenlänge 10 mm
	Rahmen für Verbrennungsmotor, außer Elektromotor □6M = Seitenlänge 15 mm

Symbol	Erklärung, Anwendung
Grundsymbole	
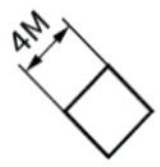	**auf der Ecke stehend** Rahmen für Aufbereitungsgeräte, z. B. Filter, Schmiergerät, Abscheider, Wärmetauscher; Anschlüsse zu den Ecken
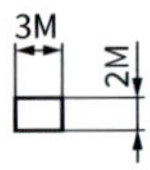	**Rechteck** Rahmen für Betätigungseinrichtung
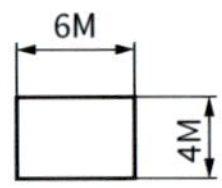	Funktionseinheit für Ventile mit fünf Hauptanschlüssen
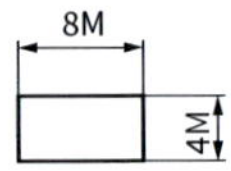	Funktionseinheit für ein Zweidruckventil (UND-Funktion)
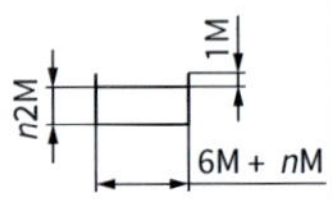	**Rechteck offen** Behälter *n*M = beliebige Längen wählbar
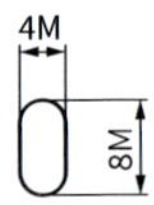	**Oval** druckvorgespannter Behälter, Druckluftbehälter, Speicher, Gasflasche, Balgzylinder
Volumenstromwege und Richtungsanzeiger	
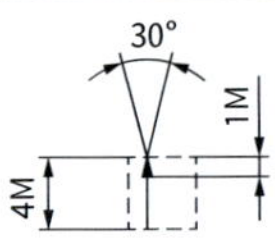	**Pfeil**
	**gerade oder schräg** Weg und Richtung eines Volumenstroms durch ein Ventil
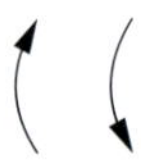	**gebogen** Rotationsbewegung, Angabe der Drehrichtung
	**schräg (lang)** Anzeige einer möglichen Verstellbarkeit, z. B. Pumpe, Feder

Symbol	Erklärung, Anwendung
Volumenstromwege und Richtungsanzeiger	
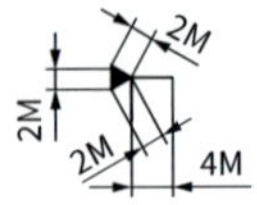	**Dreieck** (gleichseitig) zeigt die Volumenstromrichtung und die Art des Fluids
	**ausgefüllt** Hydraulik
	**unausgefüllt** Pneumatik
Verbindungen und Anschlüsse	
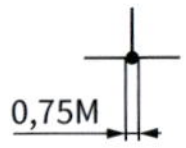	**Verbindung** zweier Leitungen durch einen Punkt
	**Kreuzung** zweier Leitungen, nicht verbunden
	**flexible Leitung** Schlauch
	**Schnelltrennkupplung** ohne Rückschlagventil, gekuppelt
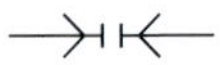	ohne Rückschlagventil, entkuppelt
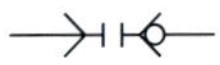	mit einem Rückschlagventil, entkuppelt
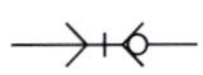	mit einem Rückschlagventil, gekuppelt

Grafische Symbole

DIN ISO 1219, Teil 1: 2019-01

Symbol	Erklärung, Anwendung
Verbindungen und Anschlüsse	
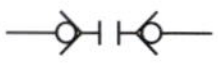	mit zwei Rückschlagventilen, entkuppelt
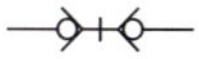	mit zwei Rückschlagventilen, gekuppelt
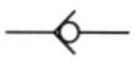	**Rückschlagventil** Durchfluss nur in eine Richtung, Ruhestellung, geschlossen
	**Rückschlagventil** (mit Feder) Durchfluss nur in eine Richtung, Ruhestellung, geschlossen
	**Luftauslassöffnung** ohne Anschlussmöglichkeit
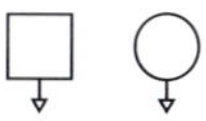	mit Anschlussmöglichkeit
Energiequellen	
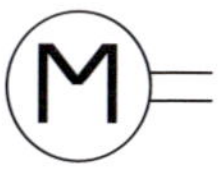	**Elektromotor**
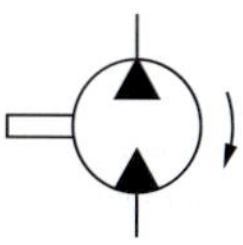	**Hydraulikdruckquelle** **Pumpe** mit konstantem Verdrängungsvolumen und einer Drehrichtung
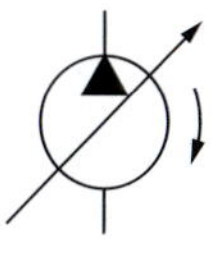	**Pumpe** mit veränderlichem Fördervolumen und einer Drehrichtung
Energiequellen	
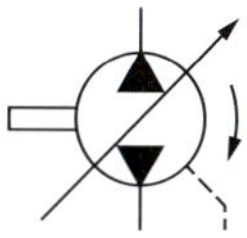	**Verstellpumpe** mit wechselnder Förderstromrichtung, externer Leckölleitung und einer Drehrichtung
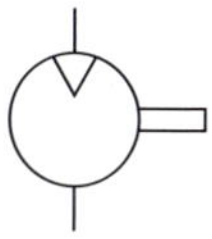	**Pneumatikdruckquelle** **Druckluftmotor** mit konstantem Verdrängungsvolumen und einer Drehrichtung
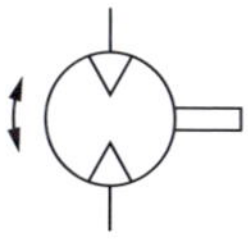	**Druckluftmotor** mit wechselnder Förderstromrichtung und zwei Drehrichtungen
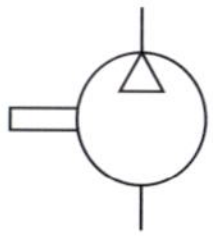	**Kompressor** mit konstantem Verdrängungsvolumen
Betätigungseinrichtungen	
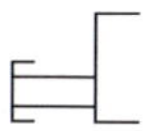	Betätigung durch Ziehen
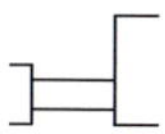	Betätigung durch Drücken
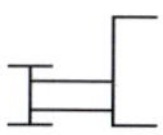	Betätigung durch Ziehen und Drücken
Betätigungseinrichtungen	
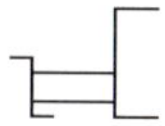	Betätigung durch Drehen
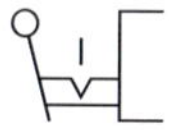	Betätigung durch Hebel und Raste
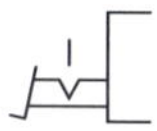	Betätigung durch Pedal und Raste
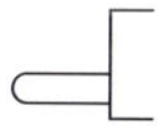	Betätigung durch Stößel
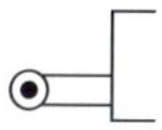	Betätigung durch Rolle
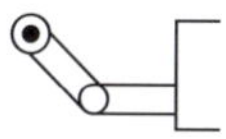	Betätigung durch Rollenhebel
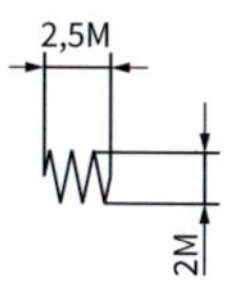	Betätigung durch Feder 2,5M = 6,25 mm 2M = 5 mm

Grafische Symbole

DIN ISO 1219, Teil 1: 2019-01

Symbol	Erklärung, Anwendung
Betätigungseinrichtungen	
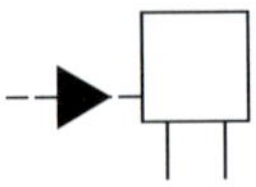	**direktwirkende Betätigung** durch hydraulische Druckbeaufschlagung (für Wegeventile)
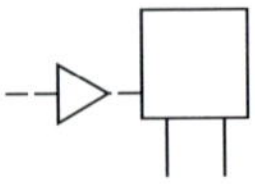	durch pneumatische Druckbeaufschlagung (für Wegeventile)
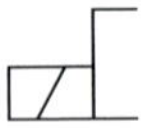	**elektrische Betätigung** durch Wicklung gegen Ventilelement
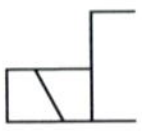	durch Wicklung weg vom Ventilelement
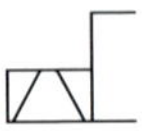	durch zwei gegensinnige Wicklungen, Wirkung gegen und weg vom Ventilelement
	durch zwei Wicklungen, stetig verstellbar, Wirkung gegen und weg vom Ventilelement
Filter	
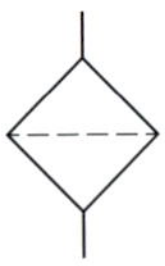	**Filter**
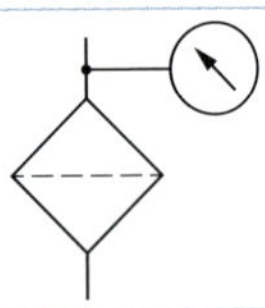	**Filter mit Druckmessgerät**
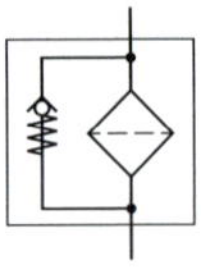	**Filter mit Umgehungsventil**
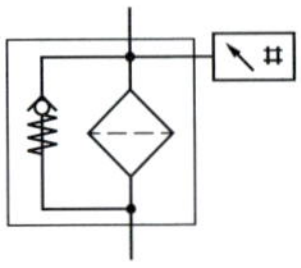	**Filter mit Umgehungsventil** und digitaler Anzeige
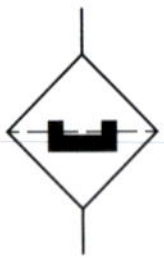	**Filter mit zusätzlichem magnetischen Element**
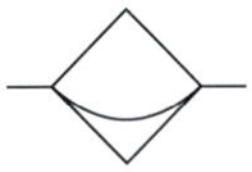	**Zentrifugalabscheider**
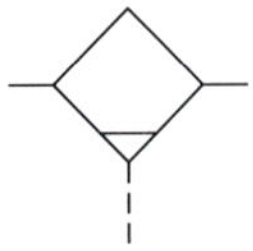	**Flüssigkeitsabscheider** mit manuellem Ablass
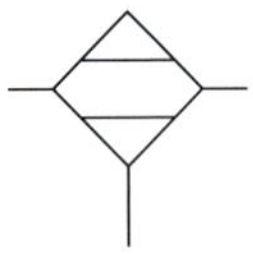	**Lufttrockner**
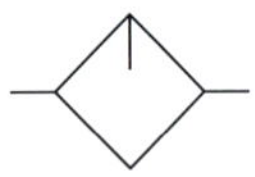	**Druckluftöler** Öl wird der Luft beigemengt
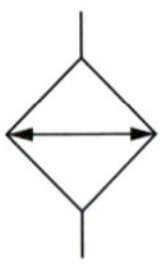	**Kühler** ohne Volumenstromlinien für die Fließrichtung des Kühlmediums
Zylinder	
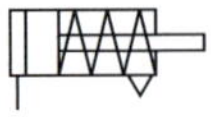	**einfach wirkender Zylinder** mit einseitiger Kolbenstange, Rückhub durch Federkraft, Federraum mit Anschluss
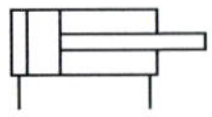	**doppelt wirkender Zylinder** mit einseitiger Kolbenstange
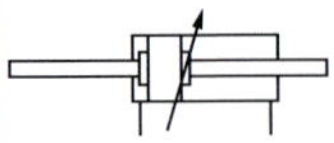	mit zweiseitiger Kolbenstange mit unterschiedlichen Durchmessern, beidseitige Endlagendämpfung, auf der rechten Seite einstellbar
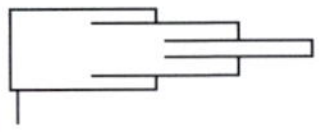	**Teleskopzylinder** einfach wirkend
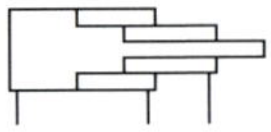	doppelt wirkend
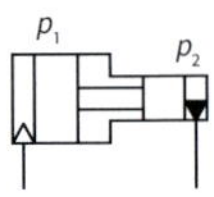	**Druckübersetzer** einfach wirkend, der einen pneumatischen Druck p_1 in einen höheren hydraulischen Druck p_2 umwandelt
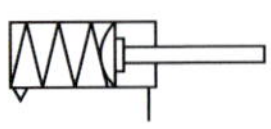	**einfach wirkender Membranzylinder** mit Endlagendämpfung auf einer Kolbenseite, Entlüftung ohne Anschlussmöglichkeit

Grafische Symbole

DIN ISO 1219, Teil 1: 2019-01

Symbol	Erklärung, Anwendung
Wegeventile	
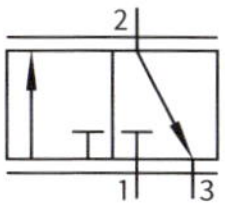 1: Zufluss, Druckanschluss (gilt für alle Ventilarten) 2, 4: Arbeitsanschlüsse 3, 5: Abfluss, Entlüftung	**Bezeichnungen** Beispiel: **3/2-Wegeventil** in Sperrstellung **3**: drei Anschlüsse (1: Druck- oder Hydraulikanschluss, 2: Arbeitsanschluss, 3: Abfluss, Entlüftung) **2**: zwei Schaltstellungen (geöffnet oder gesperrt) **Arbeitsstellung:** Die äußeren Anschlüsse treffen auf die Durchflusswege im Quadrat. Linien von außen zeigen die Anschlussleitungen an. Anzahl der Quadrate gibt die Anzahl der **Schaltstellungen** an. Pfeile zeigen die **Durchflussrichtung** an. Waagerechte Linien im Quadrat zeigen **gesperrte Anschlüsse** an. Waagerechte Linien außerhalb des Quadrats zeigen zwei oder mehrere **Arbeitsstellungen** und **Zwischenstellungen** an.
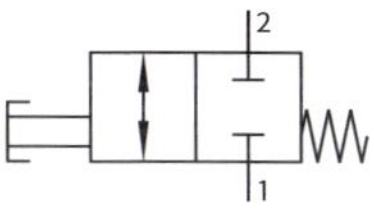	**2/2-Wegeventil** in Sperrstellung Betätigung durch Drücken, 2 Anschlüsse, 2 Schaltstellungen, in Ruhestellung geschlossen, Federrückstellung
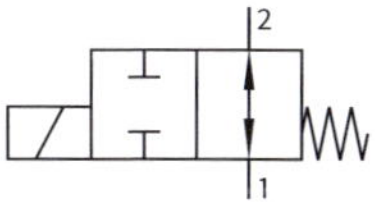	**2/2-Wegeventil** in Durchflussstellung Magnetbetätigung, 2 Anschlüsse, 2 Schaltstellungen, Federrückstellung
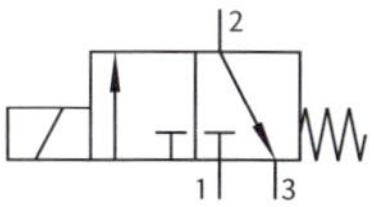	**3/2-Wegeventil** in Sperrstellung Magnetbetätigung, 3 Anschlüsse, 2 Schaltstellungen, Durchfluss von 2 nach 3, Federrückstellung
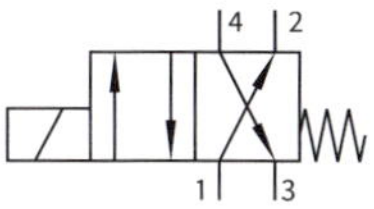	**4/2-Wegeventil** in Durchflussrichtung Magnetbetätigung, 4 Anschlüsse, 2 Schaltstellungen, Durchfluss von 1 nach 2 und von 4 nach 3, Federrückstellung
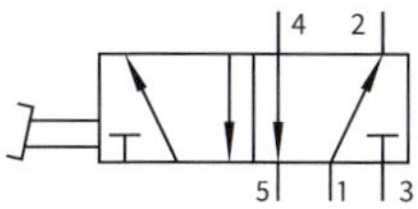	**5/2-Wegeventil** in Durchflussrichtung Betätigung durch Wippe in beide Richtungen, 5 Anschlüsse, 2 Schaltstellungen, Durchfluss von 1 nach 2 und 4 nach 5
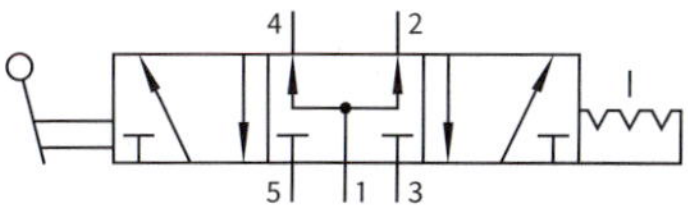	**5/3-Wegeventil** in Durchflussstellung Betätigung durch Hebel in jede Schaltstellung, mit Raste, 5 Anschlüsse, 3 Schaltstellungen, Durchfluss von 1 nach 2 und 4 nach 5, mit Volumenstromteiler, teilt den Eingangsvolumenstrom in 2 Ausgangsvolumenströme

Grafische Symbole

DIN ISO 1219, Teil 1: 2019-01

Symbol	Erklärung, Anwendung
Druckventile	
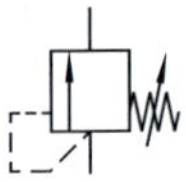	**Direkt gesteuertes Druckbegrenzungsventil** Öffnungsdruck ist über Feder einstellbar, Eingangsdruck wird durch Öffnen der Ablassöffnung zum Behälter oder Ausgangsöffnung zur Atmosphäre gegen eine Gegenkraft (z. B. Feder) gesteuert
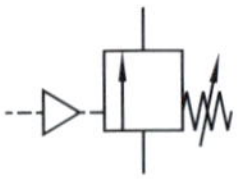	**direkt gesteuertes Folgeventil** federbelastet, Ausgangsanschluss kann Druck halten
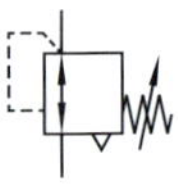	**Druckreduzierventil** mit internem reversiblen Volumenstrom
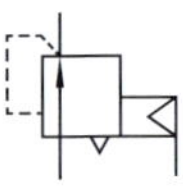	ferngesteuert, Durchfluss in eine Richtung
Druckventile	
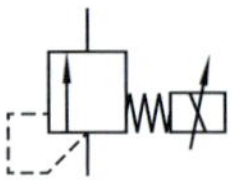	**Proportional-Druckbegrenzungsventil** direkt betätigt, Magnet wirkt über Feder auf Ventilkegel
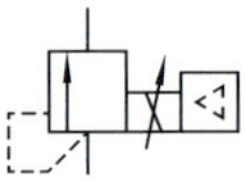	direkt betätigt, Magnet wirkt auf Ventilkegel, mit integrierter Elektronik
Rückschlagventile und Wechselventile	
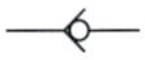	**Rückschlagventil** Durchfluss nur in eine Richtung möglich
	**Rückschlagventil mit Feder** Durchfluss nur in eine Richtung möglich, Ruhestellung
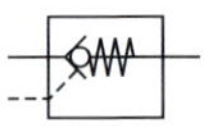	**entsperrbares Rückschlagventil mit Feder** durch Steuerdruck Durchfluss in beide Richtungen möglich
Rückschlagventile und Wechselventile	
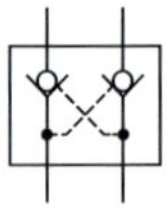	**Doppelrückschlagventil** entsperrbar
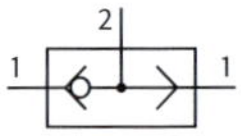	**Wechselventil** Eingang, an dem der höhere Druck anliegt, wird automatisch mit dem Ausgang verbunden 1: Eingänge 2: Ausgang
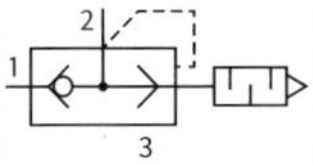	**Schnell-Entlüftungsventil** 1: absperrbarer Druckanschluss 2: Ausgang 3: absperrbare Entlüftung
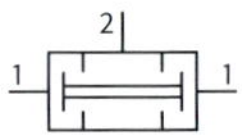	**Zweidruckventil** (UND-Funktion), ein Ausgangssignal ist dann gegeben, wenn beide Eingänge (1) unter Druck stehen. Das schwächere Signal erscheint am Ausgang (2).
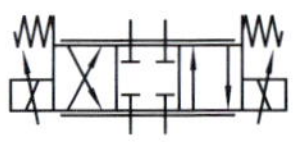	**Proportional-Wegeventil** direkt betätigt, federzentriert, elektromagnetisch geschaltet, Wegeventil mit Zwischenstellungen und zwei Endstellungen

Grafische Symbole

DIN ISO 1219, Teil 1: 2019-01

Symbol	Erklärung, Anwendung
Stromventile	
	**Drosselventil** einstellbar
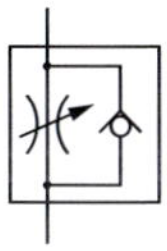	**Drossel-Rückschlagventil** einstellbar, freier Durchfluss in eine Richtung
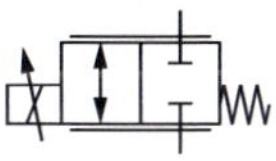	**Proportional-Stromventil** direkt betätigt
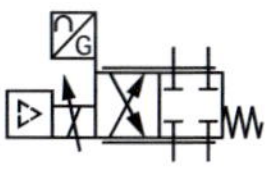	direkt betätigt, mit Lageregelung des Magneten und integrierter Elektronik
Elektrische Ausrüstung	
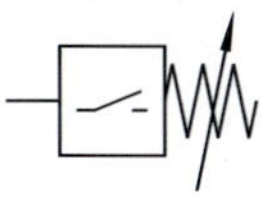	**Druckschalter** elektromechanisch, einstellbar

Symbol	Erklärung, Anwendung
Elektrische Ausrüstung	
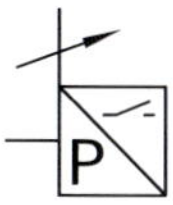	elektronisch einstellbar, Ausgangssignal schaltend
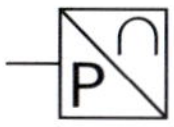	**Drucksensor** Ausgangssignal analog
Mess- und Anzeigegeräte	
	**optische Anzeige**
	**digitale Anzeige**
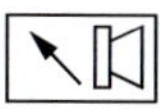	**akustischer Signalgeber**

Symbol	Erklärung, Anwendung
Mess- und Anzeigegeräte	
	**Druckmessgerät**
	**Differenzdruckmessgerät**
	**Thermometer**
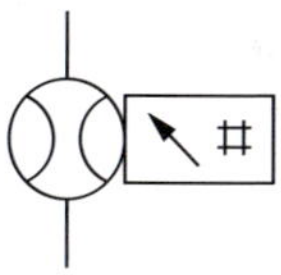	**Volumenstrommessgerät** mit digitaler Anzeige
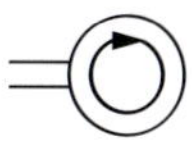	**Drehzahlmessgerät**

Schaltpläne

DIN ISO 1219, Teil 2: 2019-02

Allgemeine Regeln

Symbole sollen in folgender Reihenfolge **angeordnet** werden:
Energiequellen – unten links
Steuerungselemente in fortlaufender Reihenfolge – aufwärts von links nach rechts
Antriebe – oben von links nach rechts

Die **Steuerung** der Anlage wird in einzelne **Steuerketten** von links nach rechts unterteilt, dabei ist der Arbeitsablauf zu beachten.
In der Anlage werden die Symbole gezeichnet:
Hydraulik in der Ausgangsstellung,
Pneumatik in der Ausgangsstellung mit Druckbeaufschlagung

Kennzeichnungsschlüssel für Bauelemente

Anlagenbezeichnung	Bezeichnung beginnt mit einer Zahl oder einem Buchstaben. Diese Anlagenbezeichnung muss verwendet werden, wenn der Schaltkreis aus mehreren Anlagen besteht.
Medienschlüssel	Bezeichnung besteht aus Buchstaben, z. B.: H – Hydraulik, P – Pneumatik (kann entfallen, wenn nur ein Medium verwendet wird)
Schaltkreisnummer	Bezeichnung besteht aus Zahlen, beginnt mit 0 für alle Schaltkreise, die auf dem Aggregat oder der Druckluftversorgung aufgebaut sind, z.B.: Energieversorgung: Schaltkreisnummer 0
Bauteilnummer	Bauelemente werden mit einer Bauteilkennzeichnung und einer Bauteilnummer bezeichnet Bezeichnung besteht aus Zahlen, beginnt mit 1. Jedes Bauteil wird fortlaufend nummeriert Z. B: Wegeventil – 1.1 (Schaltkreisnummer 1, Bauteilnummer 1) Wegeventil – 1.2 (Schaltkreisnummer 1, Bauteilnummer 2)

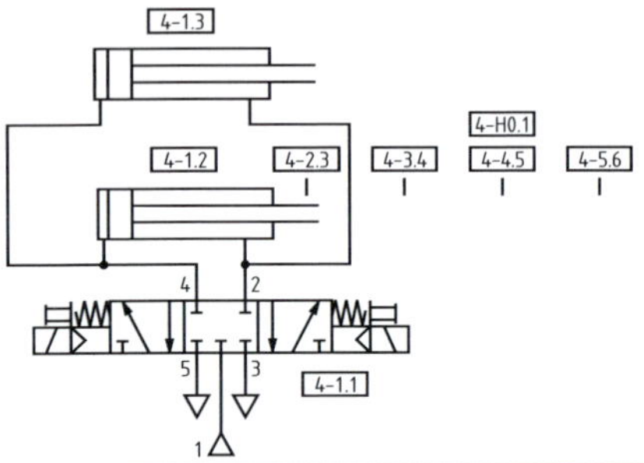

Kennzeichnungsschlüssel 1-H0.1
1: Anlagenbezeichnung
H: Medienschlüssel
0: Schaltkreisnummer
3: Bauteilnummer

Leitungssystem

1	Druckanschluss	P
2, 4, 6	Arbeitsanschluss	A, B, C
3, 5, 7	Entlüftung, Abfluss	R, S, T
12, 14, 16	Steueranschluss	X, Y, Z

Beispiel: Steuerung für Einzeltakt- (0), Hand- (b) und Automatikbetrieb (a)

Bezeichnung	Bauglied	
1-1.10	Antriebsglied	doppelt wirkender Zylinder mit einfacher Kolbenstange
1-1.9 Vorlauf	Element zwischen Antriebsglied und Stellglied	Drosselrückschlagventil
1-1.8	Stellglied	Impulsventil 5/2-Wegeventil
1-1.1, 1-1.7 Rücklauf 1-1.6 Vorlauf	Steuerglieder	Wechselventile
1-1.3, 1-1.2 Vorlauf 1-1.5, 1-1.4 Rücklauf	Signalglieder	Signalventile 3/2-Wegeventile
H-P1, H-P2 Druckluftversorgung	Energieverteilung	Leitungen
1-0.1, 1-0.2	Versorgungsglieder	Aufbereitungseinheit, 5/3-Wegeventil

Funktionsablauf → **Schaltkreis 1** bei Bedarf **Schaltkreis 2, 3** usw.

Signalglieder 1-1.5, 1-1.3 werden durch das Antriebsglied 1-1.10 betätigt. Einbaustelle wird durch Strich und Kennziffer markiert.

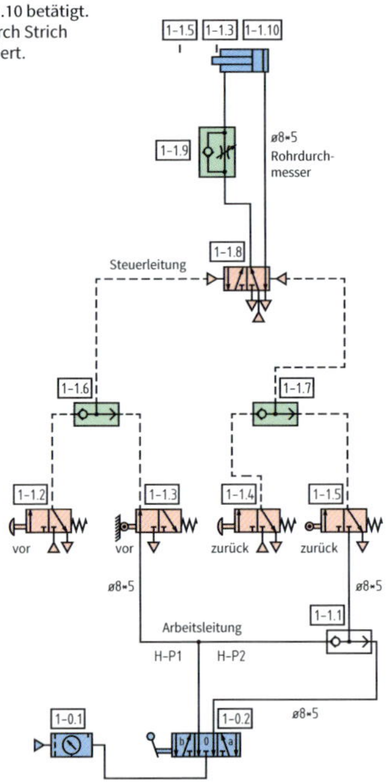

Signalfluss

Energieumwandlung
↑
Signalausgabe
↑
Signalverarbeitung
↑
Signaleingabe
↑
Energieversorgung

Arbeitsplanung
Work planning

Ablauf der Arbeitsplanung

Diagnose
Fehlersuche

Arbeitsplan erstellen
- Prüfbedingungen erfassen
- Sollwerte mit den Istwerten vergleichen
- Mängel feststellen

Arbeitsschrittfolge erstellen

Arbeitsschrittfolge			
Arbeitsschritte	Messgeräte/ Werkzeuge	Sollwerte	Arbeitshinweise/ Sicherheitsbestimmungen

Endkontrolle

Die Durchführung einer Arbeitsplanung erfolgt nach Wartungsplänen, Inspektionsplänen und Instandsetzungsplänen. Die anschließende **Instandhaltung** kann aus einer Inspektion, Wartung, Instandsetzung oder Verbesserung bestehen.

Technische Unterlagen	Erklärung DIN 31051: 2019-06	Beispiel
Inspektionsplan	Maßnahmen zur Feststellung und Beurteilung des Istzustands der Maschinen, Geräte und Bauteile eines Kraftfahrzeugs, einschließlich der Bestimmung der Ursachen der Abnutzung und der Festlegung der notwendigen Arbeiten für eine weitere Nutzung	■ Sichtprüfung auf Undichtigkeiten und Beschädigungen am Motor, an der Lenkung, am Getriebe ■ Eigendiagnose und ■ systemgeführte Fehlersuche mit dem Systemtester
Wartungsplan	Bewahrung des Sollzustands aller technischen Mittel eines Kraftfahrzeugs	■ Kühlmittel, Motoröl auffüllen ■ Scheinwerfer einstellen ■ Reifenfülldruck berichtigen
Instandsetzungsplan	Maßnahmen zur Wiederherstellung des Sollzustands der Maschinen, Geräte und Bauteile eines Kraftfahrzeugs	Motor, Getriebe, Lenkung, Bremsen

Beispiel für den Ablauf einer Arbeitsplanung: Scheibenbremsen eines Kfz ziehen einseitig

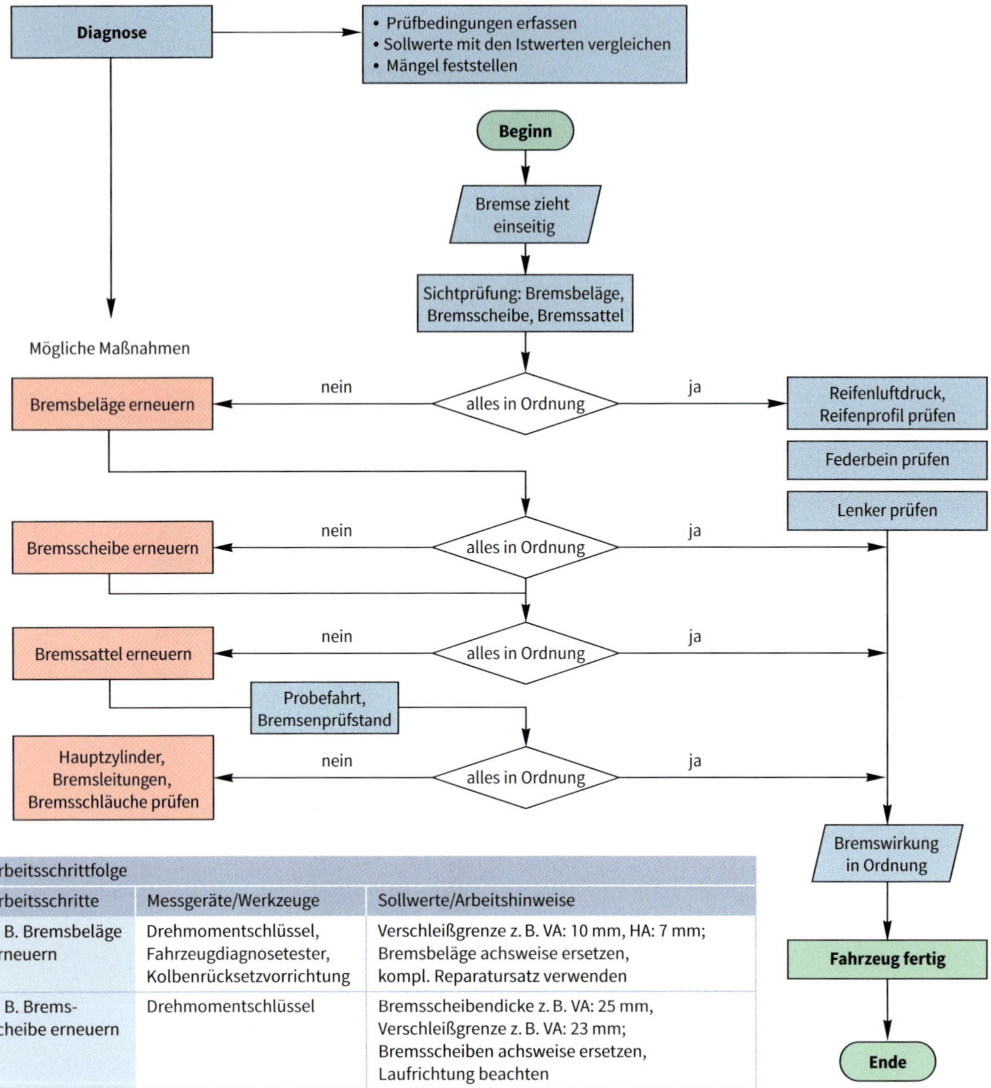

Arbeitsschrittfolge		
Arbeitsschritte	Messgeräte/Werkzeuge	Sollwerte/Arbeitshinweise
z. B. Bremsbeläge erneuern	Drehmomentschlüssel, Fahrzeugdiagnosetester, Kolbenrücksetzvorrichtung	Verschleißgrenze z. B. VA: 10 mm, HA: 7 mm; Bremsbeläge achsweise ersetzen, kompl. Reparatursatz verwenden
z. B. Bremsscheibe erneuern	Drehmomentschlüssel	Bremsscheibendicke z. B. VA: 25 mm, Verschleißgrenze z. B. VA: 23 mm; Bremsscheiben achsweise ersetzen, Laufrichtung beachten
z. B. Bremssattel erneuern	Drehmomentschlüssel, Bremsenfüll- und Bremsenentlüftungsgerät, Bremspedalbelaster, Zange	Bremssattel nicht am Bremsschlauch hängen lassen, Bremspedal nach der Reparatur im Stand mehrmals kräftig durchtreten

Sinnbilder für Programmabläufe

DIN 66001: 1983-12

Sinnbild	Erklärung	Sinnbild	Erklärung
	Beginn oder Ende einer Folge, z. B. Arbeitsplan		Vergleich und Entscheidung, z. B. in Ordnung, nicht in Ordnung
	Eingabe oder Ausgabe, z. B. Prüfergebnisse		Verbindung und Wirkungslinie, z. B. Prüf- und Arbeitsschrittfolge
	Prüf- und Arbeitsschritte		Wirkungsablauf, Flussrichtung

Arbeitsschrittfolge für die Instandsetzung der Vorderradbremse

Die Vorderradbremse ist ausgebaut und zerlegt. Der Bremssattel wird instand gesetzt.
Die Bremsbeläge und Bremsscheiben werden erneuert.

Arbeitsschritte	Messgeräte/Werkzeuge/ Hilfsmittel	Sollwerte	Einbauhinweise
1. Dichtring in den Kolben einlegen			Kolbenflächen und Dichtring sind mit Spiritus zu reinigen und anschließend zu trocknen.
2. Schutzkappe mit der äußeren Dichtlippe auf den Kolben setzen			
3. Innere Dichtlippe der Schutzkappe in die Nut des Zylinders einsetzen, Kolben in das Bremssattelgehäuse drücken	Montagekeil, Kolbenrücksetzvorrichtung		Kolben dabei vor den Zylinder halten. Die äußere Dichtlippe der Schutzkappe springt dabei in die Nut am Kolben.
4. Gummibuchse in Bremssattelgehäuse einsetzen	Bremszylinderpaste		
5. Entlüftungsventil einschrauben	Bremszylinderpaste		Gewinde mit Bremszylinderpaste einfetten
6. Bremsscheibe auf Radnabe stecken, Kreuschlitzschraube anziehen	Drehmomentschlüssel	4 Nm	Auflagefläche der Radnabe reinigen
7. Bremsträger an Radlagergehäuse schrauben	Drehmomentschlüssel	125 Nm	Rippschraube bei Wiederverwendung reinigen, Abdeckplatte ggf. auf Anlage an Bremsscheibe prüfen
8. Bremsbeläge in Bremssattel einsetzen	Bremszylinderpaste		Kabel an Verschleißanzeige anschließen
9. Bremssattelgehäuse an Bremsträger schrauben	Drehmomentschlüssel	25 Nm	Bremssattel gründlich von Verschmutzungen reinigen (fettfrei)
10. Gummibuchse einsetzen und mit Führungsbolzen festziehen, Haltefeder einsetzen			Bei fehlerhafter Montage kann der Verschleiß des äußeren Bremsbelages nicht nachgestellt werden, sodass sich dadurch der Pedalweg vergrößert.
11. Bremsleitungen einschrauben und mit Bremsschlauch verbinden	Drehmomentschlüssel	15 Nm	Bremsschläuche nicht verdrehen
12. Bremse entlüften	Füll- und Entlüftungsgerät		Druckprobe, Füllhöhe des Behälters beachten
13. Räder montieren	Drehmomentschlüssel	110 Nm	Radschrauben über Kreuz anziehen

Hauptgruppen der Fertigungsverfahren nach DIN 8580: 2022-12
Main groups of production methods according to DIN 8580: 2003-09

Zusammenhalt schaffen	Zusammenhalt beibehalten	Zusammenhalt vermindern	Zusammenhalt vermehren		
1 Urformen	2 Umformen	3 Trennen	4 Fügen	5 Beschichten	6 Stoffeigenschaft ändern
Urformen aus dem flüssigen Zustand, z. B. Druckgießen **Urformen aus dem plastischen Zustand,** z. B. Pressformen **Urformen aus dem körnigen oder pulverförmigen Zustand,** z. B. Pressen **Urformen aus dem gas- oder dampfförmigen Zustand,** z. B. Abscheiden aus der Dampfphase in einer Form **Urformen aus dem ionisierten Zustand,** z. B. elektrolytisches Abscheiden in einer Form	**Druckumformen,** z. B. Walzen **Zugdruckumformen,** z. B. Tiefziehen **Zugumformen,** z. B. Längen **Biegeumformen,** z. B. mit geradliniger Werkzeugbewegung **Schubumformen,** z. B. Verschieben mit geradliniger Werkzeugbewegung	**Zerteilen,** z. B. Scherschneiden **Spanen mit geometrisch bestimmten Schneiden,** z. B. Bohren, Senken, Reiben **Spanen mit geometrisch unbestimmten Schneiden,** z. B. Schleifen, Honen **Abtragen,** z. B. thermisches Abtragen **Zerlegen,** z. B. Auseinandernehmen, Entleeren **Reinigen,** z. B. Reinigungsstrahlen, mechanisches Reinigen	**Zusammensetzen,** z. B. Auflegen, Einlegen, Einhängen **An- und Einpressen,** z. B. Schrauben, Klemmen **Fügen durch Umformen,** z. B. bei Blech-, Rohr- und Profilteilen, Nietverfahren **Fügen durch Schweißen,** z. B. Schmelzverbindungsschweißen **Fügen durch Löten,** z. B. Weich- und Hartlöten **Kleben,** z. B. mit physikalisch oder chemisch abbindenden Klebstoffen	**Beschichten aus dem flüssigen Zustand,** z. B. Lackieren **Beschichten aus dem plastischen Zustand,** z. B. Spachteln **Beschichten aus dem körnigen oder pulverförmigen Zustand,** z. B. Sintern, elektrostatisches Beschichten **Beschichten durch Löten,** z. B. Auftragweich- und Hartlöten **Beschichten aus dem ionisierten Zustand,** z. B. galvanisches Beschichten	**Verfestigen durch Umformen,** z. B. Strahlen, Walzen **Wärmebehandeln,** z. B. Härten, Vergüten **Thermomechanisches Behandeln,** z. B. Austenitformhärten **Sintern, Brennen** **Magnetisieren** **Bestrahlen** **Photochemische Verfahren,** z. B. Belichten

Umformen: Biegen
Forming: bending

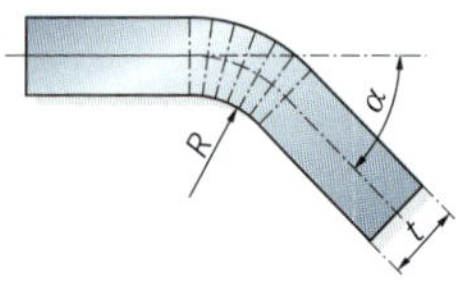

α Biegewinkel
R Biegeradius
t Blechdicke

Kleinste zulässige Biegeradien für das Kaltbiegen von Flachstählen

DIN 6935: 2011-10

Mindest-zugfestigkeit	Blechdicke t in mm														
	≤ 1	≤ 1,5	≤ 2,5	≤ 3	≤ 4	≤ 5	≤ 6	≤ 7	≤ 8	≤ 10	≤ 12	≤ 14	≤ 16	≤ 18	≤ 20
Rm ≤ 390 N/mm²	1	1,6	2,5	3	5	6	8	10	12	16	20	25	28	36	40
Rm ≤ 490 N/mm²	1,2	2	3	4	5	8	10	12	16	20	25	28	32	40	45
Rm ≤ 640 N/mm²	1,6	2,5	4	5	6	8	10	12	16	20	25	32	36	45	50

Die Werte gelten für Biegen quer zur Walzrichtung und für Biegewinkel $\alpha \leq 120°$.
Für das Biegen längs zur Walzrichtung und einen Biegewinkel > 120° ist der Wert für die nächsthöhere Blechdicke zu wählen.

Richtwerte für Biegeradien von Nichteisenmetallen

Werkstoff	Kupfer	Kupfer-Zink-Legierung	Zink	Aluminium	Aluminiumlegierung
Biegeradius	0,8 … 1,2 · t	1,0 … 1,8 · t	1,0 … 2 · t	0,8 … 1 · t	0,9 … 3 · t

Genormte Rundungshalbmesser in mm (Vorzugsreihe) nach DIN 250: 2002-04

0,2	0,4	0,6	1,0	1,6	2,5	4,0	6,0	10	16	20	25	32	40	50	63	80	100	125	160	200

Winkel, Flächen und Schneiden am Bohrer

DIN 6581: 1985-10

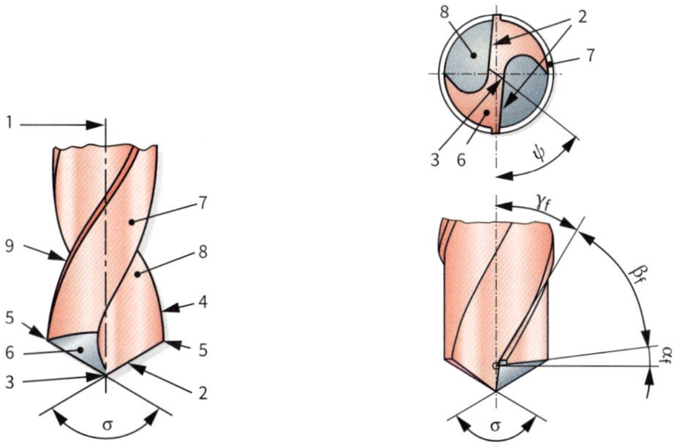

Winkel

- α_f Seitenfreiwinkel
- β_f Seitenkeilwinkel
- γ_f Seitenspanwinkel (Drallwinkel)
- σ Spitzenwinkel
- ψ Querschneidenwinkel

Flächen und Schneiden

- **1** Bohrerachse
- **2** Hauptschneide
- **3** Querschneide
- **4** Nebenschneide
- **5** Schneidenecke
- **6** Hauptfreifläche
- **7** Nebenfreifläche
- **8** Spanfläche
- **9** Fase der Nebenfreifläche

Einsatzbereiche der Bohrertypen

Bohrertyp nach DIN 1836	zu bearbeitender Werkstoff	Darstellung	Seitenspanwinkel γ_f	Spitzenwinkel σ
N (normal)	Werkstoffe mit normaler Festigkeit und Härte, z. B. unlegierter und legierter Stahl, Al-Gussleg. (> 10 % Si) Cu-Leg. mit hoher Festigkeit	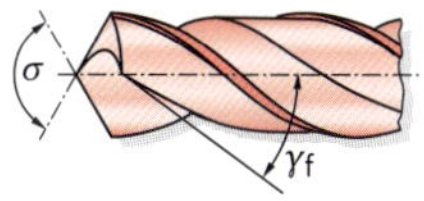	19 … 40°	118°
H (hart)	harte und zähharte Werkstoffe, kurzspanend, z. B. hoch legierter Werkzeugstahl, Gusseisen (> 230 HB)	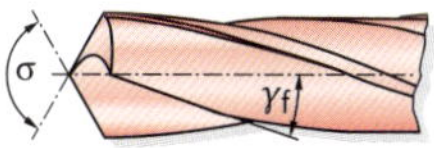	10 … 19°	118°
W (weich)	weiche, zähe Werkstoffe, längsspanend, z. B. Al-Leg. (< 10 % Si), Cu, Cu-Leg. mit geringer Festigkeit	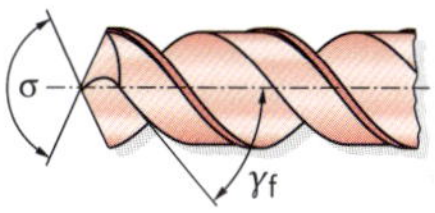	27 … 45°	130°

Richtwerte für das Bohren mit Spiralbohrern aus Schnellarbeitsstahl

Werkstoff	Zugfestigkeit R_m in N/mm² (HB, HRC)	Schnittgeschwindigkeit v_c in m/min	Vorschub *f* in mm für Bohrerduchmesser					
			ø 2 mm	ø 4 mm	ø 6 mm	ø 10 mm	ø 16 mm	ø 25 mm
Unleg. Stähle								
(C < 0,2 %)	500	30 … 40	0,04	0,08	0,10	0,16	0,20	0,30
(C 0,2 … 0,4 %)	600 … 700	25 … 30	0,05	0,10	0,12	0,20	0,25	0,40
Legierte Stähle	700	20 … 30	0,03	0,06	0,08	0,12	0,16	0,25
	900	15 … 20	0,02	0,04	0,05	0,08	0,10	0,16
Rost-, säure, hitzebeständige Stähle	500	8 … 12	0,02	0,04	0,05	0,08	0,12	0,16
	600 … 750	6 … 10	0,02	0,04	0,05	0,08	0,12	0,16
	900	4 … 8	0,02	0,04	0,05	0,08	0,12	0,16
Stahl, gehärtet	48 … 64 HRC	3 … 5	0,02	0,04	0,05	0,08	0,10	0,16
Gusseisen, Temperguss	200 … 220 HB	15 … 22	0,05	0,10	0,12	0,20	0,25	0,40
	220 … 250 HB	12 … 18	0,04	0,08	0,10	0,16	0,20	0,30
Kupfer, Kupferlegierungen	–	40 … 60	0,05	0,10	0,12	0,20	0,25	0,40
	–	20 … 50	0,05	0,10	0,12	0,20	0,25	0,40
Al-Legierungen	–	30 … 100	0,05	0,10	0,12	0,20	0,25	0,40

Schleifscheibenbezeichnung

Beispiel: **Schleifscheibe ISO 603- 1 -1 A- 300 x 20 x 127 A 70 K – 6 V – 35**

- ISO 603 – ISO-Nummern-Block
- 1 – Form (gerade, ohne Aussparung)
- 1 A – Randform (rechtwinklig)
- 300 – Außendurchmesser (300 mm)
- 20 – Scheibenbreite (20 mm)
- 127 – Bohrungsdurchmesser (127 mm)
- A – Schleifmittel (Korund)
- 70 – Körnung (fein)
- K – Härte (weich)
- 6 – Gefüge (mittel)
- V – Bindung (keramisch)
- 35 – zul. Umfangsgeschwindigkeit (35 m/s)

Schleifmittel

Bezeichnung	Chemische Zusammensetzung	Kurzzeichen	Mohs-Härte	Anwendung
Zirkonkorund	$Al_2O_3 + ZrO_2$	Z	–	nichtrostender Stahl
Normalkorund	Al_2O_3 + Beimengungen	A	9	zähe Werkstoffe (unlegierter Stahl, legierter Stahl, Stahlguss, Temperguss)
Edelkorund	Al_2O_3 in kristalliner Form	A	9,3	harte Werkstoffe (legierter, gehärteter Stahl, Titan, Glas)
Siliziumcarbid	SiC in kristalliner Form	C	9,5	weiche Werkstoffe (Kupfer, Aluminium, Kunststoffe), extrem harte Werkstoffe (Gusseisen, Hartguss, Hartmetall, Glas)
Bornitrid	BN in kristalliner Form	CBN	9,6	Werkzeugstahl über 60 HRC, Schnellarbeitsstahl
Diamant	C in kristalliner Form	D	10	Hartmetall, Glas, Gusseisen, Abrichten von Schleifscheiben

Körnung

Körnung	Kennzahlen	Anwendung
Grob	6 8 10 12 14 16 20 24	Grobschleifen (Schruppen)
Mittel	30 36 46 54 60	Schlichtschleifen
Fein	70 80 90 100 120 150 180	
Sehr fein	200 220 240 280 320 400 500 600 800 1000 1200	Feinschleifen, Feinstschleifen

Härtegrad

Härtegrad	Kennbuchstaben
Äußerst weich	A B C D
Sehr weich	E F G
Weich	H I J K
Mittel	L M N O
Hart	P Q R S
Sehr hart	T U V W
Äußerst hart	X Y Z

Bindung

Bindungsart	Kurzzeichen	Eigenschaften
Keramische Bindung	V	porös, hohe Festigkeit, stoßempfindlich, spröde, für Nass- und Trockenschliff
Gummibindung	R	sehr elastische Scheiben mit hoher Festigkeit, für Nass- und Trockenschliff, hohe Umfangsgeschwindigkeit bei Faserverstärkung (RF)
Gummibindung faserverstärkt	RF	
Kunstharzbindung	B	dichtes Gefüge, sehr große Zähigkeit und Elastizität, für Schrupp- und Trennarbeiten, hohe Umfangsgeschwindigkeit bei Faserstoffverstärkung (BF)
Kunstharzbindung faserstoffverstärkt	BF	

Gefüge

Porösität	Kennziffern
Sehr dicht	1 2
Dicht	3 4
Mittel	5 6 7 8
Offen	9 10 11
Sehr offen	12 13 14
Farbkennzeichnung	**Max. Umfangsgeschwindigkeit**
Blau	50 m/s
Rot	80 m/s
Grün	100 m/s
Blau und Gelb	125 m/s

Druckgasflaschen

DIN EN 1089, Teil 3: 2011-10

Gasart	Farbkennzeichnung Schulter (nach DIN vorgeschrieben)	Farbkennzeichnung Mantel	Anschlüsse der Ventile nach DIN 477, Teil 4	Volumen in l	Druck in bar	Füllmenge in l bzw. kg
Sauerstoff	weiß	blau	R 3/4	40	150	6000 l
Stickstoff	schwarz	grau	W 21,80 × 1/14	50	200	10000 l
Acetylen	kastanienbraun	kastanienbraun	Spannbügel	40	18	6,3 kg
				50	19	10 kg
Propan	(Empfehlung)	(Empfehlung)	W 21,80 × 1/14-LH[1]	10	8,53	4,25 kg
				50	8,53	21,25 kg
Argon	dunkelgrün	grau	W 21,80 × 1/14	10	200	2000 l
Helium	braun	grau		50	200	10000 l
Kohlendioxid	grau	grau	W 21,80 × 1/14	13,4	57,29	10 kg
				40	57,29	30 kg

[1] W: Kurzzeichen für Whitworth-Gewinde; LH: Linksgewinde, [2] N: Neu, Veränderung der Farbe

Hauptschweißpositionen

DIN EN ISO 6947: 2020-02

Schweißposition	Wannenposition	Horizontalposition	Senkrechtposition		Querposition	Überkopfposition	Horizontal-Überkopfposition
Darstellung	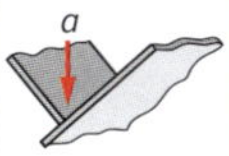	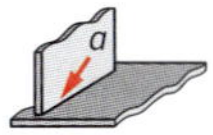	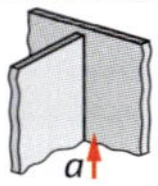	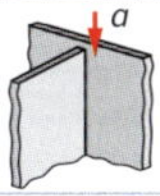	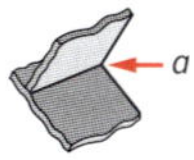	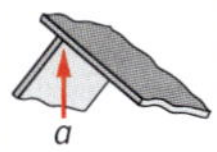	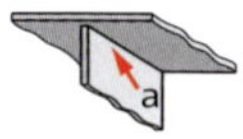
Kurzzeichen	PA	PB	PF	PG	PC	PE	PD
Erklärung	waagerechtes Arbeiten, Nahtmittellinie senkrecht, Decklage oben	horizontales Arbeiten, Decklage oben	steigendes Arbeiten	fallendes Arbeiten	horizontales Arbeiten, Nahtmittellinie horizontal	horizontales Arbeiten, Überkopf, Nahtmittellinie senkrecht, Decklage unten	horizontales Arbeiten, Überkopf, Decklage unten
Neigung der Schweißposition in der Fertigung	±15°	±15 °	+75° −10°	+75° −10°	±15°	±80°	±80°

Gasschweißen

Richtwerte für das Gasschmelzschweißen

Werkstoff: unlegierter Baustahl, Schweißposition: PA

Werkstückdicke t in mm	Größe des Schweißeinsatzes	Nahtart	Betriebsdruck in bar Sauerstoff	Betriebsdruck in bar Acetylen	Schweißstabdurchmesser in mm	Schweißrichtung [1]	Verbrauchswerte Sauerstoff in l/h	Verbrauchswerte Acetylen in l/h	Verbrauchswerte Schweißstab in g/m	Schweißzeit in min/m	Schweißleistung in m/h
0,5	1	⋏	2,5	0,03…08	–	NL	80	80	–	4	15
1	1	⋏			–	NL	80	80	–	9	6,7
1	1	||			1	NL	160	160	12	10	6
1,5	1…2	⋏			–	NL	160	160	–	10	6
2	1…2	||			2	NL	160	160	35	11	5,5
3	2…4	||			2	NR	315	315	65	12	5
4	2…4	V			3	NR	315	315	115	15	4
6	4…6	V			4	NR	500	500	250	22	2,7

[1] NL: Nachlinksschweißen; NR: Nachrechtsschweißen

Schutzgasschweißen

DIN EN ISO 14341: 2020-12

Schweißgutbezeichnung

Beispiel: **Schweißgut ISO 14341-A-G 46 5 M G3Si1**

- DIN-Nummer (ISO 14341)
- Drahtelektrode für Metall-Schutzgasschweißen (G)
- Kennziffer für Festigkeit, Bruchdehnung, Streckgrenze (46)
- Kerbschlagarbeit (5)
- Schutzgas (Mischgas) (M)
- chem. Zusammensetzung (C, Si, Mn) (G3Si1)

Schweißzusätze (Stahl)

DIN EN ISO 14341: 2020-12

Kurzzeichen	Chem. Zusammensetzung in %		
	C	Si	Mn
G2Si1	0,06 … 0,14	0,5 … 0,8	0,9 … 1,3
G3Si1	0,06 … 0,14	0,7 … 1,0	1,3 … 1,6
G4Si1	0,06 … 0,14	0,8 … 1,2	1,6 … 1,9
G3Si2	0,06 … 0,14	1,0 … 1,3	1,3 … 1,6

WIG

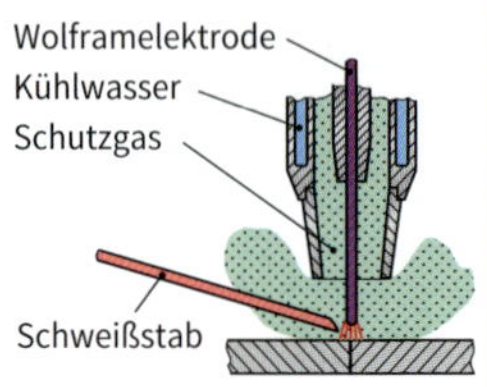

MIG/MAG

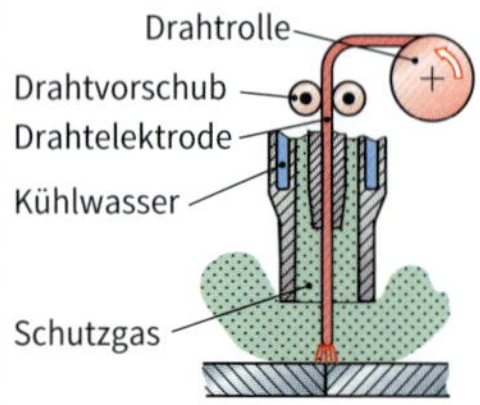

Schutzgasbezeichnung

Beispiel: **Schutzgas ISO 14175 - M2 1 - ArC - 15**

- DIN-Nummer (ISO 14175)
- Hauptgruppe (M2)
- Untergruppe (1)
- 15 % CO_2, Rest Ar (ArC - 15)

Einteilung der Schutzgase (Auswahl)

DIN EN ISO 14175: 2008-06

Hauptgruppe	Untergruppe	Komponenten in Vol.-%					Anwendung
		inert		oxidierend		reduzierend	
		Ar	He	CO_2	O_2	H_2	
I	1	100	–	–	–	–	WIG, WP[2],
	2	–	100	–	–	–	MIG
	3	Rest[1]	> 0,5 … ≤ 95	–	–	–	Wurzelschutz
M1	1	Rest[1]	–	> 0,5 … ≤ 5	–	> 0,5 … ≤ 5	MAG
	2	Rest[1]	–	> 0,5 … ≤ 5	–	–	
	3	Rest[1]	–	–	> 0,5 … ≤ 3	–	
	4	Rest[1]	–	> 0,5 … ≤ 5	> 0,5 … ≤ 3	–	
M2	1	Rest[1]	–	> 5 … ≤ 25	–	–	
	2	Rest[1]	–	–	> 3 … ≤ 10	–	
	3	Rest[1]	–	> 0,5 … ≤ 5	> 3 … ≤ 10	–	
	4	Rest[1]	–	> 5 … ≤15	> 0,5 … ≤ 3	–	
C	1	–	–	100	–	–	
	2	–	–	Rest	> 0,5 … ≤ 30	–	

[1] Argon darf teilweise durch Helium ersetzt werden [2] WP: Wolfram-Plasmaschweißen

Empfohlene Stromstärken für das Schutzgasschweißen (MAG, MIG) von Stahl (Stumpfnähte)

Blechdicke in mm	0,8	0,9	1,0	1,2	1,5	2,0	2,5	3,0	3,5	4,0	5,0
Durchmesser der Drahtelektrode in mm	0,8				1,0						
Stromstärke in A	90 … 100			100 … 125	100 … 140		130 … 170		140 … 170		140 … 200

Richtwerte für das Lochpunktschweißen mit MAG

Blechdicke in mm	0,6 ... 0,8	0,8 ...1,5	> 1,5
Lochdurchmesser in mm	5 ... 6	6 ... 8	10
Überlappung in mm	10 ...12		
Punktabstand in mm	3 × Lochdurchmesser × Blechdicke		

Lichtbogenhandschweißen

DIN EN ISO 2560: 2021-12

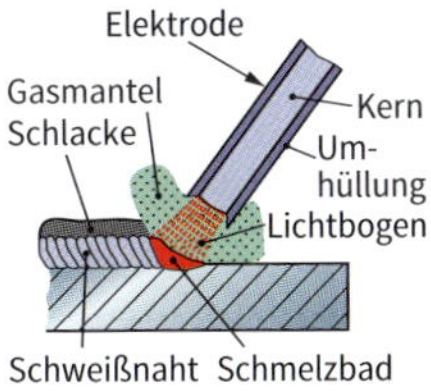

Schweißgutbezeichnung nach DIN EN ISO 2560: 2021-12

Beispiel: **Schweißgut ISO 2560-A- E 46 3 1Ni B 5 4 H5**

- DIN-Nummer
- Kurzzeichen für Lichtbogenhandschweißen
- Kennzahl für Festigkeit und Bruchdehnung
- Kerbschlagarbeit
- chem. Zusammensetzung
- Wasserstoffgehalt
- Schweißposition
- Ausbringung und Stromart
- Umhüllungstyp

Kennzahl für Festigkeit und Bruchdehnung

Kennzahl	Mindeststreckgrenze $R_{eL}/R_{p0,2}$ in N/mm²	Zugfestigkeit R_m in N/mm²	Mindestbruchdehnung A_s in %
35	355	440 … 570	22
38	380	470 … 600	20
42	420	500 … 640	20
46	460	530 … 680	20
50	500	560 … 720	18

Kennzeichen der Kerbschlagarbeit

Kennzeichen	Temperatur in °C für Mindestkerbschlagarbeit 47J
Z	keine Anforderungen
A	+ 20
0	0
2	– 20
3	– 30
4	– 40

Kurzzeichen für die chemische Zusammensetzung

Legierungskurzzeichen	Chemische Zusammensetzung		
	Mn	Mo	Ni
Mo	1,4	0,3 … 0,6	–
MnMo	1,4 … 2,0	0,3 … 0,6	–
1Ni	1,4	–	0,6 … 1,2
2Ni	1,4	–	1,8 … 2,6
Mn1Ni	1,4 … 2,0	–	0,6 … 1,2
Kein Kurzzeichen	2,0	–	–

Kurzzeichen der Umhüllung

Kurzzeichen	Umhüllungsart
A	sauer umhüllt
B	basisch umhüllt
C	zelluloseumhüllt
R	rutilu mhüllt

Kennziffer für die Ausbringung und Stromart

Kennziffer	Ausbringung in %	Stromart
1	≤ 105	Wechsel- und Gleichstrom
2	≤ 105	Gleichstrom
3	105 … 125	Wechsel- und Gleichstrom
4	105 … 125	Gleichstrom
5	125 … 160	Wechsel- und Gleichstrom
6	125 … 160	Gleichstrom

Kennziffer für die Schweißposition DIN EN ISO 6947: 2011-08

Kennziffer	Schweißposition
1	PA,PB, PD, PE, PF, PG
2	PA, PB, PD, PE, PF
3	PA, PB
4	PA

Kennzeichen für den Wasserstoffgehalt

Kennzeichen	Wasserstoffgehalt in ml/100 g Schweißgut
H5	5
H10	10
H15	15

Widerstandspunktschweißen

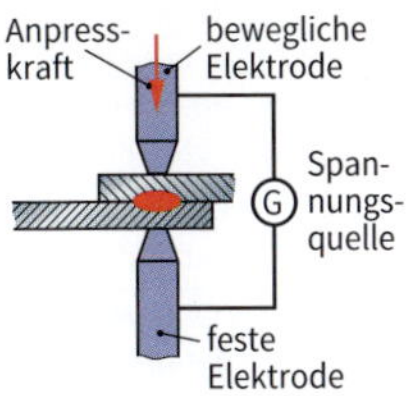

Richtwerte für das Widerstandspunktschweißen

Einzelblechdicke t in mm	Schweißzeit t in min	Schweißstromstärke I in A	Elektrodenhaltekraft F in N	Schweißpunktdurchmesser d_{sp} in mm
0,50 … 0,66	0,08	6500	940	3,5
0,75 … 0,88	0,12	8500	1560	4,5
1,0	0,16	9500	2350	5,5
1,5	0,24	11000	3240	6,5
2,0	0,30	13000	4900	8,0

Fügen: Schweißen
Joining: welding

Schweißen von Kunststoffen

Richtwerte für das Schweißen von Kunststoffen						
Warmgasschweißen			Heizelementschweißen			
Kunststoff	Werkstoff-temperatur in °C	Schweißgas-temperatur in °C	Kunststoff	Heizelement-temperatur in °C	Aufwärmzeit t in s	Schweißdruck p in N/mm²
PVC hart	≥ 160	300 … 350	PE hart	190 … 220	30 … 80	0,15
PVC weich	≥ 150	250 … 300	PP	190 … 240	30 … 120	0,15
PMMA	≥ 180	250 … 300	PVC hart	230 … 250	40 … 60	0,20
PP	≥ 175	240 … 280	PVC weich	180 … 200	20 … 60	0,20
HD-PE	≥ 150	240 … 280				
LD-PE	≥ 120	200 … 250				

Fügen: Kleben
Joining: gluing

Verfahren zur Klebeflächenvorbehandlung

Werkstoff	Vorbehandlung			
	für alle Werkstoffe:	Beanspruchungsgrad		
		Niedrig:	Mittel:	Hoch:
	Entfernen von Schmutz, Rost, Zunder und Farbresten Entfetten mit organischen Lösemitteln (Aceton, Methylenchlorid, Trichloräthylen, Perchloräthylen) Entfetten mit anorganischen Entfettungsmitteln (alkalische, neutrale oder saure Lösungen) Spülen mit voll entsalztem oder destilliertem Wasser	Zugscherfestigkeit < 5 N/mm², trockene Atmosphäre	Zugscherfestigkeit 5 … 10 N/mm², feuchte Atmosphäre	Zugscherfestigkeit > 10 N/mm², Berührung mit Ölen, Treibstoffen, wässrigen Lösungen, Lösungsmitteln
Stahl		keine Weiterbehandlung	Schmirgeln, Schleifen	Strahlen
Stahl, verzinkt		keine Weiterbehandlung		
Stahl, brüniert		sehr gründlich entfetten		Strahlen
Gusseisen		Gusshaut entfernen	Schmirgeln, Schleifen	Strahlen
Aluminium, Al-Legierungen		keine Weiterbehandlung	1. Entfetten durch Beizen 2. Schleifen, Bürsten	1. Strahlen 2. Beizen (27,5 % Schwefelsäure, 7,5 % Natriumdichromat, 65 % voll entsalztes Wasser) 3. evtl. anodisieren
Kupfer, Kupferlegierungen		keine Weiterbehandlung	Schmirgeln, Schleifen	Strahlen

Konstruktionsklebstoffe für Metallverbindungen mit Metallen und Nichtmetallen

Klebstofftyp	Max. Anwendungs-temperatur in °C	Mittl. Zugscherfes-tigkeit bei 20 °C in N/mm²	Abbindebedingungen			Anwendung
			Temperatur in °C	Zeit in min	Druck notwendig	
Epoxidharz (EP)	120	10 … 35	20 … 180	> 60	nein	Metall-Metall, Metall-Kunststoff, Metall-Holz, Metall-Keramik
EP-Polyamid	120	35 … 49	180	60	ja	Metall-Metall, Metall-Kunststoff
Polyesterharz (UP)	80	10 … 20	10 … 30	> 60	nein	Metall-Metall, Metall-Kunststoff, Metall-Holz
PVC-Plastisole	80	3 … 6	140 … 200	5 … 30	nein	
Cyanacrylat	20	17 … 19	25	0,5 … 5	nein	Metall-Metall

Lötverfahren

Merkmale	Weichlöten	Hartlöten
Arbeitstemperatur	bis 450 °C	über 450 °C
Zu verbindende Werkstoffe	Stahl, Kupfer, Zink, Zinn, Blei, Aluminium, Kupfer-Zink-Legierungen, Kupfer-Blei-Legierungen	unlegierte und legierte Stähle, Kupfer, Aluminium, Kupferlegierungen, Al-Legierungen, Hartmetalle, Gusseisen, Temperguss
Flussmittel	Lötfett, Lötwasser (in Salzsäure aufgelöste Zinkreste), Salzsäure, Kolophonium	Borverbindungen, Fluorverbindungen, Chlorverbindungen
Lote	Legierungen aus niedrig schmelzenden Metallen, wie Zinn, Blei, Zink, Cadmium, Antimon, Silber	Basis – Schmelztemperaturbereiche Kupfer – 890 °C … 1080 °C Silber – 610 °C … 810 °C Aluminium – 560 °C … 600 °C
Eigenschaften der Verbindung	geringe Festigkeit, gute Dichtheit, gute elektrische Leitfähigkeit	hohe Festigkeit, gute Dichtheit, hohe Warmfestigkeit
Einsatzbereiche	Kühlerbau, Herstellung gedruckter Schaltungen, Kabelverbindungen, Klempnerarbeiten	Karosserieinstandsetzung, Befestigung von Hartmetallschneiden an Werkzeugen

Flussmittel zum Weichlöten

DIN EN ISO 9454, Teil 1: 2016-07

Bezeichnung von Flussmitteln zum Weichlöten

Beispiel: **Flussmittel EN 9454 - 3.2.3.4**

DIN-Nummer
Flussmitteltyp (anorganisch)
Flussmittelbasis (nicht wasserlöslich)
Flussmittelaktivator (ohne Halogene aktiviert)
Halogenidanteil > 2,0 % (Massenanteil)

Kurzzeichen (DIN 8511 alt)	Rückstände	Anwendung	Flussmitteltyp	Flussmittelbasis	Flussmittelaktivator	Flussmittelart
3.1.1. (F-LW-1)	korrodierend	Leichtmetalle	1 Harz	1 Kolophonium 2 ohne Kolophonium	1 ohne Aktivator 2 mit Halogenen aktiviert 3 ohne Halogene aktiviert	A flüssig B fest C Paste
2.1.3. (F-LW-2)						
2.1.2. (F-LW-3)						
3.2.2. (F-SW-11)	korrodierend	Schwermetalle	2 organisch	1 wasserlöslich 2 nicht wasserlöslich		
3.1.1. (F-SW-12)						
3.1.1. (F-SW-21)	bedingt korrodierend		3 anorganisch	1 Salze	1 mit Ammoniumchlorid 2 ohne Ammoniumchlorid	
3.1.2. (F-SW-22)						
2.1.3. (F-SW-23)						
2.1.1. (F-SW-24)						
2.1.2. (F-SW-25)				2 Säuren	1 Phosphorsäure 2 andere Säuren	
1.1.2. (F-SW-26)						
1.1.1. (F-SW-31)	nicht korrodierend			—	Amine und/oder Ammoniak	
1.1.3. (F-SW-32)						

Flussmittel zum Hartlöten

DIN EN ISO 18496: 2021-12

Bezeichnung von Flussmitteln zum Hartlöten

Beispiel: **F H 10**

Flussmittel
Metallart (H Schwermetall, L Leichtmetall)
Kennzahl

Kurzzeichen	Wirktemperatur in °C	Zusammensetzung	Entfernung der Rückstände
FL 10	–	hygroskopische Chloride und Fluoride	Salpetersäure/heißes Wasser
FL 20	–	nicht hygroskopische Fluoride	im Allgemeinen nicht erforderlich
FH 10	550 … 800 °C	Borverbindungen oder Fluoride	abwaschen oder abbeizen
FH 21	750 … 1100 °C	Borverbindungen	im Allgemeinen nicht erforderlich
FH 30	1000 … 1250 °C	Borverbindungen, Phosphate, Silikate	im Allgemeinen nicht erforderlich
FH 40	600 … 1000 °C	Chloride und Fluoride	abwaschen oder abbeizen

Weichlöten

DIN EN ISO 9453: 2021-01

Bezeichnung von Weichloten

Beispiel: Weichlot ISO 9453 - S - Sn 60 Pb 39 Cu 1 oder: **Weichlot ISO 9453-25**

DIN-Nummer

Lot (engl.: solder)

Legierungsbestandteile (60 % Zinn, 39 % Blei, 1 % Kupfer)

Legierungs-Nr.

Legierungskurzzeichen (DIN 1707 alt)	Gruppe	Legierungs-Nr.	Schmelzbereich in °C	Verwendung
S-Sn60Pb40 (L-Sn60Pb)	Zinn-Blei-Legierungen	103	183 ... 190	Verzinnung, Elektroindustrie
S-Pb60Sn40 (L-PbSn40)		114	183 ... 238	Feinblech, Metallwaren
S-Pb98Sn2 (L-PbSn2)		124	320 ... 325	Kühlerbau
S-Pb58Sn40Sb2 (L-PbSn40Sb)	Zinn-Blei-Legierungen mit Antimon	134	185 ... 231	Verzinnung, Klempnerarbeiten
S-Pb74Sn25Sb1 (L-PbSn25Sb)		136	185 ... 263	Kühlerbau (Schmierlot)
S-Pb78Sn20Sb2 (L-PbSn20Sb)		137	185 ... 270	Karosseriebau (Schmierlot)
S-Sn97Cu3 (L-SnCu3)	Zinn-Kupfer- und Zinn-Blei-Kupfer-Legierungen	402	227 ... 310	Klempnerarbeiten
S-Sn60Pb39Cu1 (L-Sn60PbCu2)		161	183 ... 190	Elektronik, gedruckte Schaltungen
S-Sn50Pb49Cu1 (L-Sn50PbCu)		162	183 ... 215	Elektrogerätebau
S-Pb98Ag2	Blei-Silber-und Blei-Zinn-Silber-Legierungen	181	304 ... 305	Elektroindustrie
S-Pb95Ag5 (L-PbAg5)		182	304 ... 370	für hohe Betriebstemperaturen
S-Pb93Sn5Ag2		191	296 ... 301	Elektrotechnik, Elektromotoren

Hartlöten

DIN EN ISO 17672: 2017-01

Bezeichnung von Hartloten **Beispiel: Lotzusatz ISO 17672 - B-CU40ZnAg - 700/790**

DIN-Nummer

Hartlot

Schmelzbereich

Legierungsbestandteile

Kurzzeichen	Kennzeichnung nach DIN EN ISO 3677	Schmelzbereich in °C	Verwendung
Kupferhartlote			
CU 104	B-Cu100(P)-1085	1085	Stähle
CU 201	B-Cu94Sn(P)-910/1040	910 ... 1040	Eisen-, Nickelwerkstoffe
CU 202	B-Cu88Sn(P)-825/990	825 ... 990	
CU 301	B-Cu60Zn(Si)-875/895	875 ... 895	Stähle, Temperguss, Kupfer
CU 304	B-Cu60Zn(Sn)(Si)(Mn)-870/900	870 ... 900	Stähle, Temperguss, Kupfer, Gusseisen
CU 305	B-Cu48ZnNi(Si)-890/920	890 ... 920	Stähle, Temperguss, Nickel und Nickellegierungen, Gusseisen
Silberhartlote			
AG 101	B-Ag60CuZnSn-620/685	620 ... 685	Edelmetalle
AG 104	B-Ag45CuZnSn-640/680	640 ... 680	Stähle, Temperguss, Kupfer, Kupferlegierungen, Nickel, Nickellegierungen
AG 106	B-Cu36AgZnSn-630/730	630 ... 730	
AG 304	B-Ag40ZnCdCu-595/630	595 ... 630	
AG 351	B-Ag50CdZnCuNi-635/655	635 ... 655	Hartmetall auf Stahl
AG 503	B-Cu38AgZnMnNi-680/830	680 ... 830	Hartmetall auf Stahl, Wolfram, Molybdän
Aluminiumhartlote			
AL 101	B-Al95Si-575/630	575 ... 630	Aluminium, Aluminiumlegierungen vom Typ AlMn, AlMnMg, AlMgSi
AL 102	B-Al92Si-575/615	575 ... 615	
AL 103	B-Al90Si-575/590	575 ... 590	
AL 104	B-Al99Si-575/585	575 ... 585	
AL 201	B-Al86SiCu-520/585	520 ... 585	
AL 301	B-Al89SiMg-555/590	555 ... 590	
Vorsatz B von englisch: brazing = Hartlöten			

Gewinde-Übersicht

DIN 202: 1999-11

Gewinde-benennung	Gewindeprofil	Kenn-buch-stabe	Kurzzeichen Beispiel	Nenngrößen	Norm	Anwendung
Metrisches ISO Gewinde	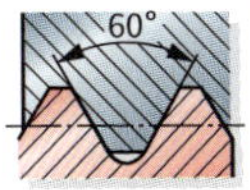	M	M 20	1 … 68 mm	DIN 13, Teil 1	Regelgewinde
			M 20 × 1	1 … 1000 mm	DIN 13, Teil 2 bis 11	Feingewinde
Metrisches kegeliges Außen-gewinde	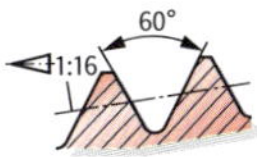		M 36 × 2 keg	6 … 60 mm	DIN 158	für Verschluss-schrauben und Schmiernippel
Zylindrisches Rohrgewinde (nicht im Gewinde dichtend)	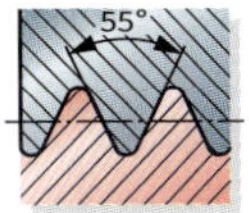	G	G 1 1/4 A G 1 1/4 B	1/16 … 6 in.	DIN EN ISO 228, Teil 1	Außengewinde für Rohre und Rohr-verbindungen
			G 1 1/4			Innengewinde für Rohre und Rohr-verbindungen
Zylindrisches Rohrgewinde (im Gewinde dichtend)		Rp	Rp 3/4	1/16 … 6 in.	DIN EN 10226, Teil 1	Innengewinde für Gewinderohre und Fittings
			Rp 1/8	1/8 … 11/2 in.	DIN 3858	Innengewinde für Rohrverschrau-bungen
Kegeliges Rohrgewinde (im Gewinde dichtend)	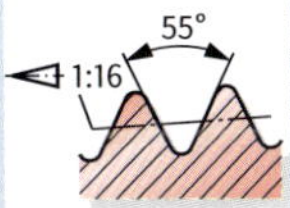	R	R 3/4	1/16 … 6 in.	DIN EN 10226 Teil 1	Außengewinde für Gewinderohre und Fittings
			R 1 1/8 -1	1/8 … 11/2 in.	DIN 3858	Außengewinde für Rohrver-schraubungen
Metrisches ISO-Trapez-Gewinde	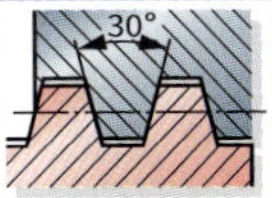	Tr	Tr 40 × 7	8 … 300 mm	DIN 103, Teil 1 bis 8	für hoch belastete Bewegungsge-winde
			Tr 40 × 14P7			
Metrisches Sägengewinde	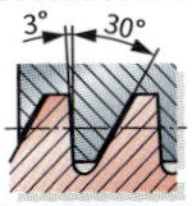	S	S 48 × 8	10 … 640 mm	DIN 513, Teil 1 bis 3	für einseitige hohe Belastungen (z. B. Pressenspindeln)
			S 40 × 14P7			
Zylindrisches Rundgewinde	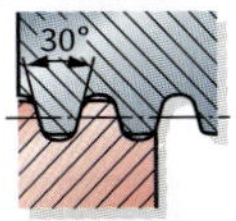	Rd	Rd 40 × 1/6	8 … 200 mm	DIN 405, Teil 1 und 2	allgemein
			Rd 40 × 1/3 P1/6			
Blechschrauben-gewinde	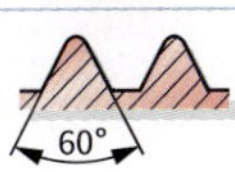	ST	ST 3,5	1,5 … 9,5 mm	DIN EN ISO 1478	für Blechschrau-ben

Bezeichnungsbeispiele von Gewinden

Gewinde	Beispiel	Erläuterung
Regelgewinde	M 20	metrisches ISO-Gewinde, 20 mm Nenndurchmesser
Feingewinde	M 20 × 1	metrisches ISO-Gewinde, 20 mm Nenndurchmesser, 1 mm Steigung
Linksgewinde	M 20 - LH	metrisches ISO-Gewinde, Regelgewinde, 20 mm Nenndurchmesser, (LH: left Hand)
Mehrgängiges Gewinde	Tr 40 × 14 P7	metrisches ISO-Trapezgewinde, 40 mm Nenndurchmeser, Steigung: P_h= 14 mm, Teilung: P = 7 mm, Gangzahl = P_h : P = 14 mm : 7 mm = 2

Metrisches ISO-Gewinde

DIN 13, Teil 1: 1999-11

Darstellung

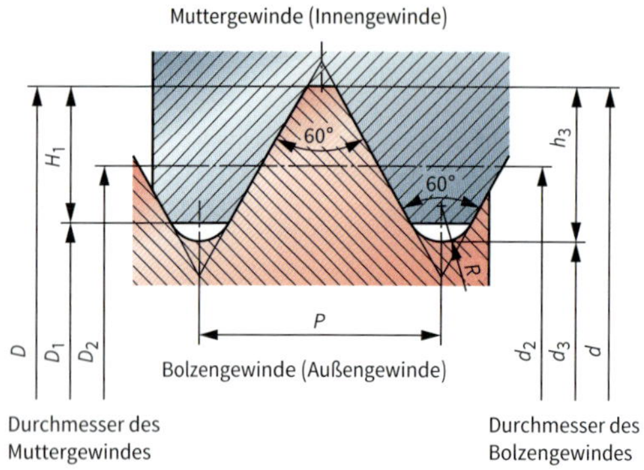

Kenngrößen	Abmessungen
Gewinde-Nenndurchmesser	$d = D$
Gewindesteigung	P
Flankenwinkel	60°
Gewindetiefe Bolzen	$h_3 = 0{,}61343 \cdot P$
Gewindetiefe Mutter	$H_1 = 0{,}54127 \cdot P$
Radius	$R = 0{,}14434 \cdot P$
Flankendurchmesser	$d_2 = D_2 = d - 0{,}64952 \cdot P$
Kerndurchmesser Bolzen	$d_3 = d - 1{,}22687 \cdot P$
Kerndurchmesser Mutter	$D_1 = d - 2 \cdot H_1$
Spannungsquerschnitt	$S = 0{,}785\,(d - 0{,}9382 \cdot P)^2$

Bezeichnungsbeispiele von metrischen Gewinden

Gewinde	Erklärung
M 12	Regelgewinde $d = D = 12$ mm
M 12 × 1	Feingewinde $d = D = 12$ mm, $P = 1$
M 12 – LH	Linksgewinde M 12 (LH: left Hand)

Regelgewinde

Gewinde-Nenn-ø $d = D$	Steigung P	Flanken-ø $d_2 = D_2$	Kerndurchmesser Bolzen d_3	Kerndurchmesser Mutter D_1	Gewindetiefe Bolzen h_3	Gewindetiefe Mutter H_1	Radius R	Spannungsquerschnitt S in mm²	Kernlochbohrer-ø
M 3	0,5	2,675	2,387	2,459	0,307	0,271	0,072	5,03	2,5
M 4	0,7	3,545	3,141	3,242	0,429	0,379	0,101	8,78	3,3
M 5	0,8	4,480	4,019	4,134	0,491	0,433	0,115	14,2	4,2
M 6	1	5,350	4,773	4,917	0,613	0,541	0,144	20,1	5
M 8	1,25	7,188	6,466	6,647	0,767	0,677	0,180	36,6	6,8
M 10	1,5	9,026	8,160	8,376	0,920	0,812	0,217	58	8,5
M 12	1,75	10,863	9,853	10,106	1,074	0,947	0,253	84,3	10,2
M 16	2	14,701	13,546	13,835	1,227	1,083	0,289	157	14
M 20	2,5	18,376	16,933	17,294	1,534	1,353	0,361	245	17,5
M 24	3	22,051	20,319	20,752	1,840	1,624	0,433	353	21
M 30	3,5	27,727	25,706	26,211	2,147	1,894	0,505	561	26,5
M 36	4	33,402	31,093	31,670	2,454	2,165	0,577	817	32

Feingewinde

DIN 13, Teil 2 bis 10: 1999-11

Bezeichnung $d \times P$	Flanken-ø $d_2 = D_2$	Kern-ø Bolzen d_3	Kern-ø Mutter D_1	Bezeichnung $d \times P$	Flanken-ø $d_2 = D_2$	Kern-ø Bolzen d_3	Kern-ø Mutter D_1	Bezeichnung $d \times P$	Flanken-ø $d_2 = D_2$	Kern-ø Bolzen d_3	Kern-ø Mutter D_1
M 3 × 0,35	2,773	2,571	2,621	M 16 × 1	15,350	14,773	14,917	M 36 × 2	34,701	33,546	33,835
M 4 × 0,5	3,675	3,387	3,459	M 16 × 1,5	15,026	14,160	14,376	M 42 × 1,5	41,026	40,160	40,376
M 5 × 0,5	4,675	4,387	4,459	M 20 × 1	19,350	18,773	18,917	M 42 × 2	40,701	39,546	39,835
M 6 × 0,75	5,513	5,080	5,188	M 20 × 1,5	19,026	18,160	18,376	M 48 × 1,5	47,026	46,160	46,376
M 8 × 1	7,350	6,773	6,917	M 24 × 1,5	23,026	22,160	22,376	M 48 × 2	46,701	45,546	45,853
M 10 × 0,75	9,513	9,080	9,188	M 24 × 2	22,701	21,546	21,835	M 48 × 3	46,051	44,319	44,752
M 10 × 1	9,350	8,773	8,917	M 30 × 1,5	29,026	28,160	28,376	M 56 × 1,5	55,026	54,160	54,376
M 12 × 1	11,350	10,773	10,917	M 30 × 2	28,701	27,546	27,835	M 56 × 2	54,701	53,546	53,835
M 14 × 1,5	13,026	12,160	12,376	M 36 × 1,5	35,026	34,160	34,376	M 64 × 2	62,701	61,546	61,835

Rohrgewinde für nicht im Gewinde dichtende Verbindungen

DIN EN ISO 228, Teil 1: 2003-05

Rohrgewinde (Kurzzeichen G)

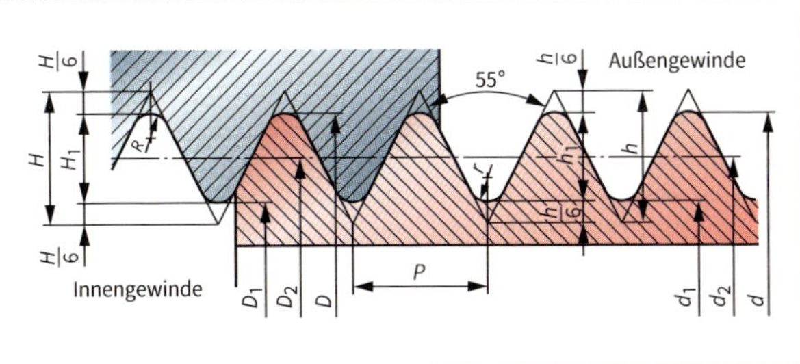

Kenngrößen	Abmessungen
Gewindedurchmesser	$d = D$
Gangzahl auf 25,4 mm	z
Steigung	$P = 25{,}4/z$
Flankendurchmesser	$d_2 = D_2 = d - h_1$
Kerndurchmesser	$d_1 = D_1 = d - 2h_1$
Gewindetiefe	$h_1 = H_1 = 0{,}640327 \cdot P$
Flankenwinkel	55°
Radius	$r = R = 0{,}137329 \cdot P$
Höhe des Grunddreiecks	$h = H = 0{,}960491 \cdot P$

DIN EN ISO 228	DIN EN 10226		DIN EN ISO 228 und DIN EN 10226						DIN EN 10226	
Kurzzeichen			Gangzahl auf 25,4 mm	Steigung	Außendurchmesser	Flankendurchmesser	Kerndurchmesser	Gewindetiefe	Nennweite der Rohe	Nutzbare Gewindelänge
Innen- und Außengewinde	Innengewinde	Außengewinde	z	P	$d = D$	$d_2 = D_2$	$d_1 = D_1$	$h_1 = H_1$		l_1
G ⅛	Rp ⅛	R ⅛	28	0,907	9,728	9,147	8,566	0,581	6	6,5
G ¼	Rp ¼	R ¼	19	1,337	13,157	12,301	11,445	0,856	8	9,7
G ⅜	Rp ⅜	R ⅜	19	1,337	16,662	15,806	14,950	0,856	10	10,1
G ½	Rp ½	R ½	14	1,814	20,955	19,793	18,631	1,162	15	13,2
G ⅝	Rp ⅝	R ⅝	14	1,814	22,911	21,749	20,587	1,162	–	–
G ¾	Rp ¾	R ¾	14	1,814	26,441	25,279	24,117	1,162	20	14,5
G 1	Rp 1	R 1	11	2,309	33,249	31,770	30,291	1,479	25	16,8
G 1 ¼	Rp 1 ¼	R 1 ¼	11	2,309	41,910	40,431	38,952	1,479	32	19,1

Rohrgewinde für im Gewinde dichtende Verbindungen

DIN EN 10226, Teil 1: 2004-10

Zylindrisches Innengewinde (Kurzzeichen Rp)

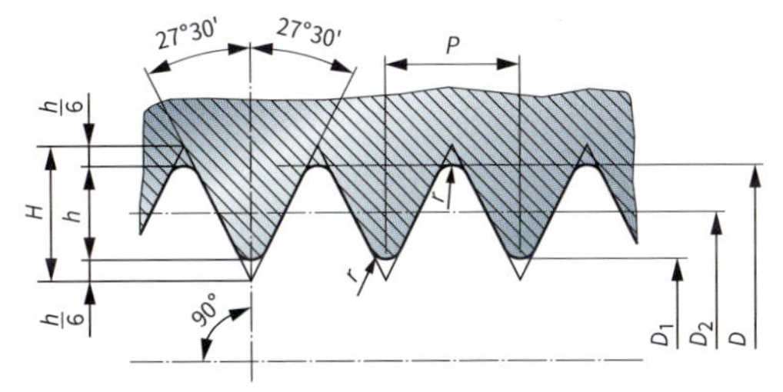

Das Gewindeprofil stimmt mit dem nach DIN ISO 228 überein.

Kenngrößen	Abmessungen
Höhe des Ausgangsdreiecks	$H = 0{,}960491 \cdot P$
Gewindetiefe	$h = 0{,}640327 \cdot P$
Steigung	$P = 25{,}4/z$
Radius	$r = 0{,}137329 \cdot P$

Kegeliges Außengewinde (Kurzzeichen R)

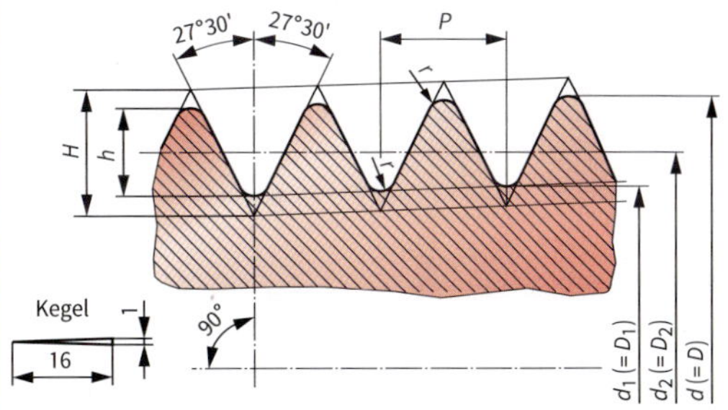

Kenngrößen	Abmessungen
Höhe des Ausgangsdreiecks	$H = 0{,}960237 \cdot P$
Gewindetiefe	$h = 0{,}640327 \cdot P$
Steigung	$P = 25{,}4/z$
Radius	$r = 0{,}137278 \cdot P$

Bezeichnungsbeispiele von Rohrgewinden

Gewinde	Erklärung
Rohrgewinde DIN EN ISO 228 – G1 1 ¼	Rohrinnengewinde, Nenngröße 1 ¼ in.
Rohrgewinde DIN EN ISO 228 – G1 1 ¼ A	Rohraußengewinde, Nenngröße 1 ¼ in., Toleranzklasse A
Rohrgewinde DIN EN 10226 – R 1 ½	kegeliges Rohraußengewinde, Nenngröße 1 ½ in.
Rohrgewinde DIN EN 10226 – Rp 1 ½	zylindrisches Rohrinnengewinde, Nenngröße 1 ½ in.

Gewindeeinsätze

System HeliCoil®

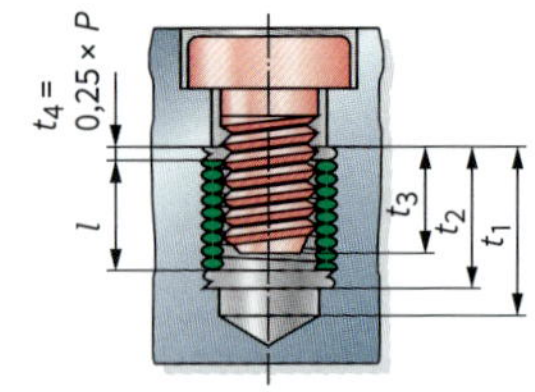

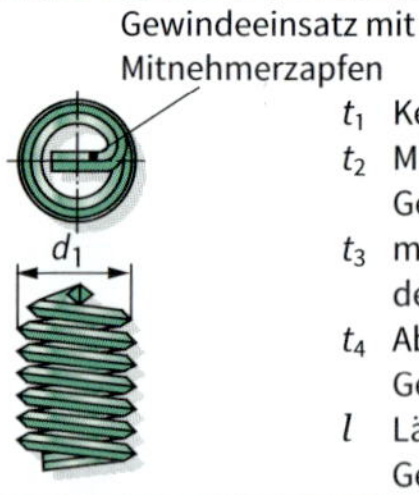

- t_1 Kernlochtiefe
- t_2 Mindestlänge des Gewindeeinsatzes
- t_3 max. Einschraubtiefe der Schraube
- t_4 Abstand des Gewindeeinsatzes
- l Länge des eingebauten Gewindeeinsatzes

Die Nennlänge t_2 des Gewindeeinsatzes hängt im Wesentlichen von der Zugfestigkeit R_m des Aufnahmewerkstoffs ab. Al-Legierungen benötigen eine Einschraubtiefe t_2 von mindestens 2 × *d*.

Gewinde-Nenndurchmesser *d* bzw *d* × *P*	Gewindesteigung *P*	Außendurchmesser des Gewindeeinsatzes d_1		Spiralbohrerdurchmesser *B*	Nennlänge des Gewindeeinsatzes bzw. des Aufnahmegewindes t_2					Max. Einschraubtiefe der Schraube t_3				
		min.	max.		1d	1,5d	2d	2,5d	3d	1d	1,5d	2d	2,5d	3d
M5	0,8	6,35	6,6	5,20	5,0	7,5	10,0	12,5	15,0	4,6	7,1	9,6	12,1	14,6
M6	1,0	7,6	7,85	6,30	6,0	9,0	12,0	15,0	18,0	5,5	8,5	11,5	14,5	17,5
M8	1,25	9,85	10,1	8,40	8,0	12,0	16,0	20,0	24,0	7,4	11,4	15,4	19,4	23,4
M10	1,5	12,1	12,5	10,50	10,0	15,0	20,0	25,0	30,0	9,2	14,2	19,2	24,2	29,2
M10 × 1	1,0	12,1	12,5	10,26	10,0	15,0	20,0	25,0	30,0	9,5	14,5	19,5	24,5	29,5
M10 × 1,25	1,25	12,1	12,5	10,40	10,0	15,0	20,0	25,0	30,0	9,4	14,4	19,4	24,4	29,4
M12	1,75	14,4	14,8	12,50	12,0	18,0	24,0	30,0	36,0	11,1	17,1	23,1	29,1	35,1
M12 × 1,25	1,25	14,4	14,8	12,25	12,0	18,0	24,0	30,0	36,0	11,4	17,4	23,4	29,4	36,4
M12 × 1,5	1,5	14,4	14,8	12,50	12,0	18,0	24,0	30,0	36,0	11,2	17,2	23,2	29,2	35,2
M14	2,0	16,8	17,2	14,50	14,0	21,0	28,0	35,0	–	13,0	20,0	27,0	34,0	–
M14 × 1,25	1,25	16,8	17,2	15,62	14,0	21,0	28,0	35,0	–	7,8	11,8	13,8	15,8	–
M14 × 1,5	1,5	16,8	17,2	15,95	14,0	21,0	28,0	35,0	–	13,2	20,2	27,2	34,2	–
M16	2,0	19,0	19,4	18,60	16,0	24,0	32,0	40,0	–	15,0	23,0	31,0	39,0	–

System Würth TIME-Sert®

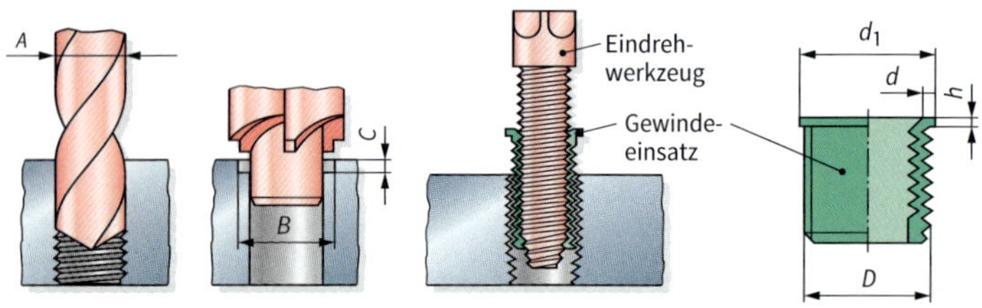

Arbeitsschritte:

1. beschädigtes Gewinde ausbohren
2. Senkung fräsen
3. Gewinde schneiden (ohne Abb.)
4. Gewindeeinsatz mit Eindrehwerkzeug einschrauben

Gewinde-Nenndurchmesser *d* bzw *d* × *P*	Gewindesteigung *P*	Außendurchmesser des Gewindeeinsatzes *D*	Spiralbohrerdurchmesser *A*	Bunddurchmesser d_1	Bundhöhe *h*	Einfräsungsdurchmesser *B*	Einfräsungstiefe *C*
M 5	0,8	5,9	5,05	7,0	0,75	7,1	1,8
M 6	1,0	7,2	6,25	8,0	0,75	8,1	1,8
M 8	1,25	9,5	8,2	10,6	0,75	10,7	2,1
M 10	1,5	11,8	10,3	12,6	0,75	12,9	2,2
M 10 × 1	1,0	11,2	10,3	11,6	0,75	12,9	2,2
M 10 × 1,25	1,25	11,5	10,3	12,6	0,75	12,9	2,2
M 12	1,75	14,2	12,7	15,0	0,75	15,4	2,8
M 12 × 1,25	1,25	13,6	12,1	14,0	0,75	14,1	2,1
M 12 × 1,5	1,5	13,9	12,3	15,0	0,75	15,1	2,1
M 14 × 1,25	1,25	15,6	14,7	16,0	0,75	16,2	2,8
M 14 × 1,5	1,5	15,9	14,7	17,0	0,75	17,1	2,8
M 16	2,0	18,8	16,7	19,8	0,75	20,0	2,9

Gewinde im Kfz mit erhöhtem Instandsetzungsbedarf

für Zündkerzen		für Lambda-Sonden	für Ölablassschrauben	
M 10 × 1 M 10 × 1,25	M 12 × 1,25 M 14 × 1,25	M 18 × 1,5	M 10 × 1 M 12 × 1,5	M 14 × 1,5

Schlüsselweiten für Schrauben

DIN 475, Teil 1: 2016-11

Darstellung	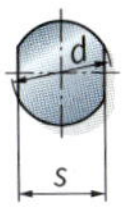	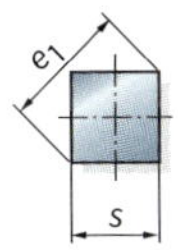	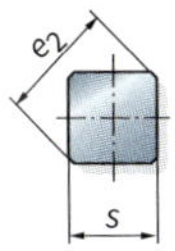	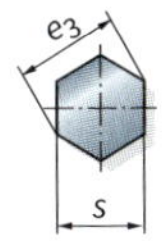	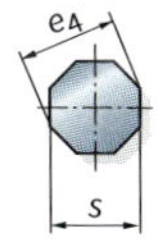
Formel		$s = 0{,}707 \cdot e_1$ $e_1 = 1{,}414 \cdot s$		$s = 0{,}866 \cdot e_3$ $e_3 = 1{,}155 \cdot s$	$s = 0{,}924 \cdot e_4$ $e_4 = 1{,}082 \cdot s$

Toleranzfelder	Reihe 1		Reihe 2	
	$s \leq 4$	h 12	$s \leq 19$	h 14
	$4 < s \leq 32$	h 13	$19 < s \leq 60$	h 15
	$s > 32$	h 14	$60 < s \leq 180$	h 16

Schlüsselweiten			**Eckmaße**					
Nennmaß s_{max}	Reihe 1 s_{min}	Reihe 2 s_{min}	d	e_1	e_{2min}	Reihe 1 e_{3min}	Reihe 2 e_{3min}	e_{4min}
6	5,82	–	7	8,5	8	6,58	–	–
8	7,78	7,64	9	11,3	10	8,79	8,63	–
10	9,78	9,64	12	14,1	13	11,05	10,89	–
11	10,73	10,57	13	15,6	14	12,12	11,94	–
12	11,73	11,57	14	17,0	16	13,25	13,07	–
13	12,73	12,57	15	18,4	17	14,38	14,20	–
16	15,73	15,57	18	22,6	21	17,77	17,59	–
17	16,73	16,57	19	24,0	22	18,90	18,72	–
18	17,73	17,57	21	25,4	23,5	20,03	19,85	–
19	18,67	18,48	22	26,9	25	21,10	20,88	–
22	21,67	21,16	25	31,1	28	24,49	23,91	–
24	23,67	23,16	28	33,9	32	26,75	26,17	26
27	26,67	26,16	32	38,2	36	30,14	29,56	29,1
30	29,67	29,16	35	42,4	40	33,53	32,95	32,5
32	31,61	31,00	38	45,3	42	35,72	35,03	34,6

Durchgangslöcher, Bohrlochtiefen, Mindesteinschraubtiefen

Gewinde d	Durchgangslochdurchmesser d_h für Schrauben DIN EN 20273: 1992-02		Bohrlochtiefe $t = l_e + u + e_1$	
	mittel (H13), Produktklasse A, B	grob (H14), Produktklasse C	$u \approx 3 \times P$	e_1
M 5	5,5	5,8	2,4	4,2
M 6	6,6	7	3	5,1
M 8	9	10	3,75	6,2
M 10	11	12	4,5	7,3
M 12	13,5	14,5	5,25	8,3
M 16	17,5	18,5	6	9,3
M 20	22	24	7,5	11,2

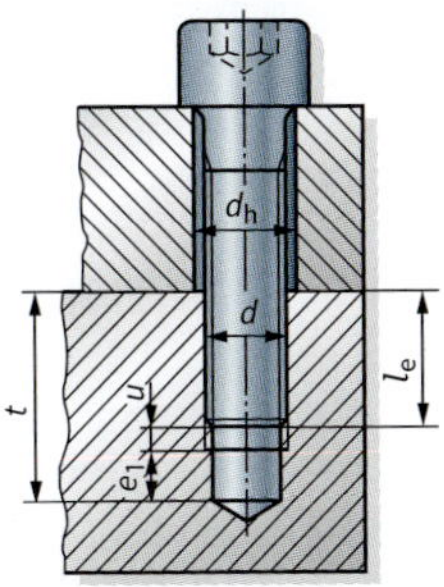

$t = l_e + u + e_1$

Mindesteinschraubtiefe l_e in Grundlochgewinden					
Festigkeitsklasse	8.8	8.8	10.9	10.9	12.9
Gewindefeinheit d/P	< 9	≥ 9	< 9	≥ 9	< 9
Harte Al-Legierung, z. B. EN AW-2017 (AlCu4MgSi)	1,1 d	1,4 d		–	
Gusseisen mit Lamellengrafit, z. B. EN-GJL-200	1,0 d	1,25 d		1,4 d	
Stahl mit niedriger Festigkeit, z. B. S235 JR, C15 + N	1,0 d	1,25 d		1,4 d	
Stahl mit mittlerer Festigkeit, z. B. E295, C35 + N	0,9 d	1,0 d		1,2 d	
Stahl mit hoher Festigkeit $R_m > 800$ N/mm², z. B. 31Cr4	0,8 d	0,9 d		1,0 d	

Anzugsdrehmomente für Schaftschrauben

Gewinde *d* bzw. *d* × *P*	Spannungsquerschnitt der Schaftschraube *S* in mm²	Maximales Anzugsdrehmoment M_A in Nm, Festigkeitsklasse 8.8, Reibungszahl μ_{ges} [1] 0,10	8.8 / 0,16	8.8 / 0,20	10.9 / 0,10	10.9 / 0,16	10.9 / 0,20	12.9 / 0,10	12.9 / 0,16	12.9 / 0,20
Regelgewinde										
M 6	20,1	8,3	11	12	12	16	18	14	19	21
M 8	36,6	20	27	30	30	39	44	35	46	52
M 10	58	40	53	60	59	78	87	69	91	100
M 12	84,3	69	92	105	100	135	151	120	155	177
M 16	157	170	230	260	250	335	380	290	390	445
M 20	245	340	460	520	490	660	740	570	770	870
Feingewinde										
M 8 × 1	39,2	22	29	33	32	43	48	37	50	56
M 10 × 1	64,5	44	60	68	64	88	100	76	105	115
M 12 × 1,5	88,1	72	96	110	105	140	160	125	165	185
M 16 × 1,5	167	180	245	280	265	360	410	310	425	480
M 18 × 1,5	216	270	370	420	385	530	600	450	620	700
M 20 × 1,5	272	375	520	590	530	740	840	620	860	980

Anzugsdrehmomente für Dehnschrauben (Schaftdurchmesser $d_T = 0{,}9 \cdot$ Gewindedurchmesser)

Gewinde *d* bzw. *d* × *P*	Spannungsquerschnitt der Dehnschraube A_T in mm²	Maximales Anzugsdrehmoment M_A in Nm, Festigkeitsklasse 8.8, Reibungszahl μ_{ges} [1] 0,10	8.8 / 0,16	8.8 / 0,20	10.9 / 0,10	10.9 / 0,16	10.9 / 0,20	12.9 / 0,10	12.9 / 0,16	12.9 / 0,20
Regelgewinde										
M 6	14,5	4,6	5,8	6,4	6,7	8,5	9,3	7,9	10	11
M 8	26,6	12	15	17	17	22	24	20	26	28
M 10	42,4	23	29	32	34	43	47	40	51	56
M 12	61,8	41	53	58	60	77	85	70	90	100
M 16	117	110	145	160	165	215	235	190	250	275
M 20	182	225	295	330	325	420	470	375	495	550
Feingewinde										
M 8 × 1	29,2	13	17	19	19	25	28	23	30	33
M 10 × 1	49	29	38	42	42	55	62	49	65	72
M 12 × 1,5	65,7	45	59	66	67	87	96	78	100	115
M 16 × 1,5	128	120	160	180	175	235	265	210	275	310
M 18 × 1,5	166	190	255	290	270	365	410	320	430	480
M 20 × 1,5	210	260	345	390	365	495	550	430	580	650

[1] Die Reibungszahl μ_{ges} ist abhängig von der Schmierung und dem Oberflächenzustand der Gewinde sowie der jeweiligen Schraubkopfunterseite. Die Tabellenwerte berücksichtigen eine 90 %ige Ausnutzung der Streckgrenze des Schraubenwerkstoffs.

Festigkeitsklassen von Schrauben aus Kohlenstoffstahl und legiertem Stahl

DIN EN ISO 898, Teil 1: 2013-05

Die Festigkeitskennzeichnung von Schrauben besteht aus zwei durch einen Punkt getrennten Zahlen und dem Herstellerzeichen. Die erste Zahl gibt 1/100 der Mindestzugfestigkeit R_m in N/mm² an.
Die zweite Zahl gibt das Zehnfache des Verhältnisses der Mindeststreckgrenze (bzw. 0,2 Dehngrenze ab Festigkeitsklasse 8.8) zur Mindestzugfestigkeit an.
Die Kennzeichnung erfolgt mit dem Herstellerzeichen und der Festigkeitsklasse.

Beispiel:

6 × **8** × 10 = 480 N/mm² Streckgrenze R_{eL}

Festigkeitsklasse 6.8 – 8/10 = Streckgrenzenverhältnis R_{eL}/R_m

6 × 100 = 600 N/mm² Mindestzugfestigkeit R_m

Festigkeitsklasse Regelgewinde M 1.6 ... M 39, Feingewinde M 8 × 1 ... M 39 × 3	4.6	4.8	5.6	5.8	6.8	8.8 D ≤ 16 mm	8.8 D > 16 mm	9.8 D ≤ 16 mm	10.9	12.9
Zugfestigkeit R_m in N/mm²	400		500		600	800	800	900	1000	1200
untere Streckgrenze R_{eL} in N/mm²	240	–	300	–	–	–	–	–	–	–
0,2 %-Dehngrenze $R_{p0,2}$ in N/mm²	–	–	–	–	–	640	660	720	900	1080
Dehngrenze R_{pf} in N/mm² (für ganze Schrauben)	–	320	–	400	480	–	–	–	–	–
Bruchdehnung A in %	22	–	20	–	–	12	12	10	9	8

Festigkeitsklassen von Muttern aus Kohlenstoffstahl und legiertem Stahl und der zugehörigen Schrauben

DIN EN ISO 898, Teil 2: 2023-02

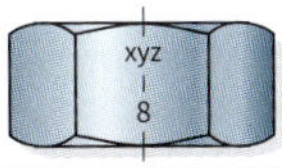

Die Festigkeitskennzeichnung normaler Muttern (Nennhöhe ≥ 0,8 × d und Schlüsselweite ≥ 1,45 × d) werden mit einer einzelnen Zahl und dem Herstellerzeichen (xyz) gekennzeichnet.
Die Zahl entspricht 1/100 der Mindestzugfestigkeit in N/mm² einer Schraube, die bei der Paarung mit der Mutter bis zur Mindeststreckgrenze belastet werden kann.

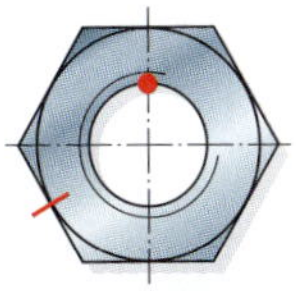

Muttern können auch mit Symbolen (Punkt und Linie nach dem Uhrzeigersinn) gekennzeichnet sein, die die entsprechende Festigkeitsklasse angeben.
Der Punkt kann durch das Herstellerzeichen ersetzt werden.

Regelgewinde M 5 ... M 39 und Feingewinde M 8 × 1 ... M 39 × 3

Mutterhöhe	flache Mutter 0,45 $D \le m_{min} \le d$ (Typ 0)		normale Mutter: $m_{min} \ge 0{,}8\,D$ (Typ 1) hohe Mutter: $m_{min} \ge 0{,}8\,D$ (Typ 2)					
Typ	0	0	1	1	1 und 2	2	1 und 2	1 und 2
Festigkeitsklasse	**0,4**	**0,5**	**5**	**6**	**8**	**9**	**10**	**12**
Gewindebereich	M 5 ≤ D ≤ M 39		M 5 ≤ D ≤ M 39		M 5 ≤ D ≤ M 39	M 5 ≤ D ≤ M 39	M 5 ≤ D ≤ M 39	M 5 ≤ D ≤ M 39
	M 8 × 1 ≤ D ≤ M 39 × 3		M 8 × 1 ≤ D ≤ M 39 × 3		M 8 × 1 ≤ D ≤ M 39 × 3	–	M 8 × 1 ≤ D ≤ M 39 × 3	nur Typ 2: M 8 × 1 ≤ D ≤ M 39 × 3
Festigkeitsklasse der zugehörigen Schraube	–	–	**5,6**	**6,8**	**8,8**	**9,8**	**10,9**	**12,9**

Produktklassen von Schrauben und Muttern

DIN EN ISO 4759, Teil 1: 2001-04

Gewinde	Produktklasse (Ausführung)		
	A (bisher m: mittel)	B (bisher mg: mittelgrob)	C (bisher g: grob)
Innengewinde (Mutter)	6 H	6 H	7 H
Außengewinde (Schraube)	6 g	6 g	8 g

Schrauben-Übersicht (Auswahl)

Schraube	Bezeichnung	Normung	Schraube	Bezeichnung	Normung
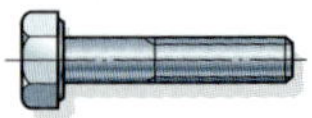	Sechskantschraube mit Schaft, Regel- und, Feingewinde	DIN EN ISO 4014 DIN EN ISO 4016 DIN EN ISO 8765	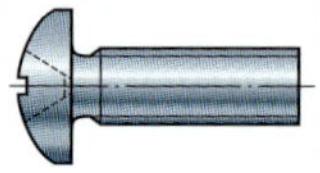	Flachkopfschraube mit Kreuzschlitz	DIN EN ISO 7045
	Sechskantschraube mit Gewinde bis Kopf, Regel- und Feingewinde	DIN EN ISO 4017 DIN EN ISO 4018 DIN EN ISO 8676	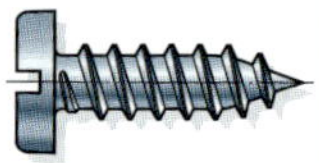	Flachkopf-Blechschraube mit Schlitz	DIN EN ISO 1481
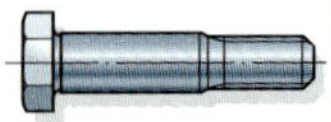	Sechskant-Passschraube	DIN 609	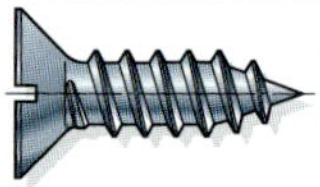	Senk-Blechschraube mit Schlitz	DIN EN ISO 1482
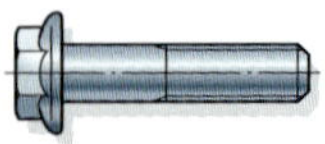	Sechskantschraube mit Flansch	DIN EN 1665	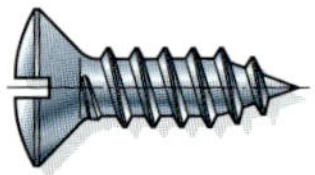	Linsensenk-Blechschraube mit Schlitz	DIN EN ISO 1483
	Sechskantschraube mit dünnem Schaft	DIN EN ISO 4015	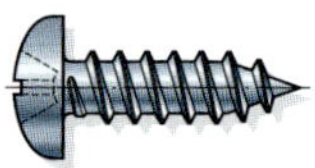	Linsensenk-Blechschraube mit Kreuzschlitz	DIN EN ISO 7049
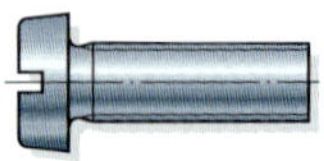	Zylinderschraube mit Schlitz	DIN EN ISO 1207	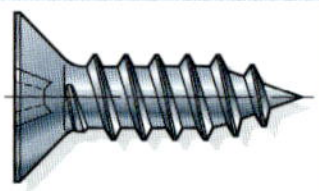	Senk-Blechschraube mit Kreuzschlitz	DIN EN ISO 7050
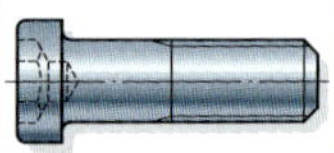	Zylinderschraube mit Innensechskant und Schlüsselführung	DIN 6912		Linsensenk-Blechschraube mit Kreuzschlitz	DIN EN ISO 7051
	Zylinderschraube mit Innensechskant	DIN 7984 DIN EN ISO 4762	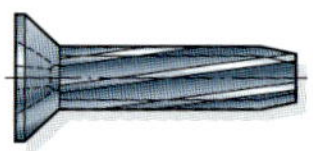	Gewindeschneidschraube mit Kreuzschlitz	DIN 7516
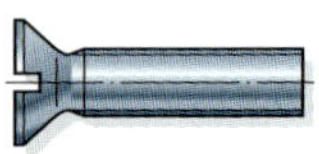	Senkschraube mit Schlitz	DIN EN ISO 2009		Stiftschraube	DIN 835 DIN 938 DIN 939
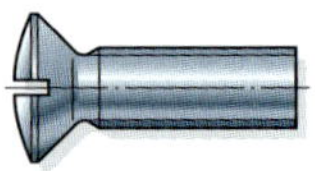	Linsen-Senkschraube mit Schlitz	DIN EN ISO 2010	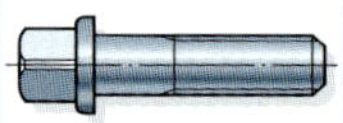	Vierkantschraube	DIN 478 DIN 479 DIN 480
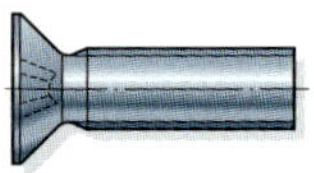	Senkschraube mit Kreuzschlitz	DIN EN ISO 7046		Gewindestift mit Schlitz und Spitze	DIN EN 27434
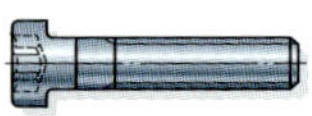	Torx-Schraube mit Schaft, Regelgewinde	–		Gewindestift mit Innensechskant und Spitze	DIN EN ISO 4027
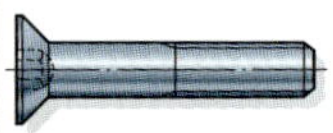	Senkschraube mit Innensechskant	DIN EN ISO 10642	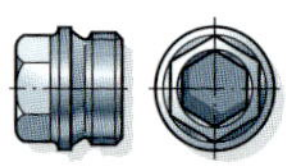	Verschlussschraube mit Außensechskant	DIN 7604
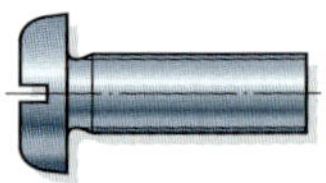	Flachkopfschraube mit Schlitz	DIN EN ISO 1580	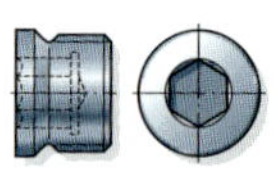	Verschlussschraube mit Bund und Innensechskant	DIN 908

Muttern-Übersicht

Mutter	Bezeichnung	Normung	Mutter	Bezeichnung	Normung
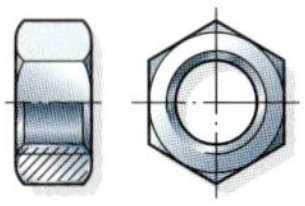	Sechskantmutter	DIN EN ISO 4032 DIN EN ISO 4033 DIN EN ISO 4034 DIN EN ISO 8673 DIN EN ISO 8674	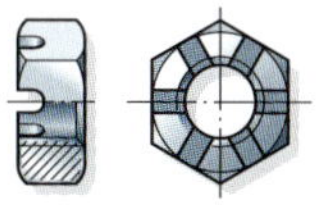	Kronenmutter bis M 10	DIN 935, Teil 3
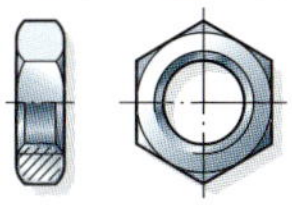	Sechskantmutter, niedrige Form	DIN EN ISO 4035 DIN EN ISO 8675	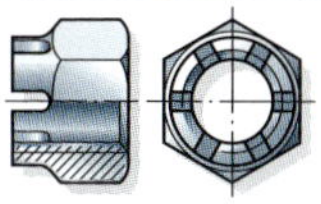	Kronenmutter ab M 12	DIN 935, Teil 1
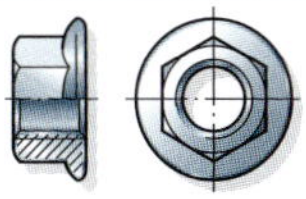	Sechskantmutter mit Flansch	DIN EN 1661	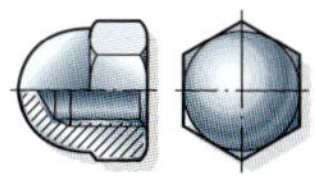	Sechskant-Hutmutter, hohe Form	DIN 1587
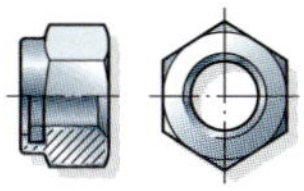	Sechskantmutter mit nichtmetallischer Klemmung	DIN EN ISO 7040 DIN EN ISO 10512	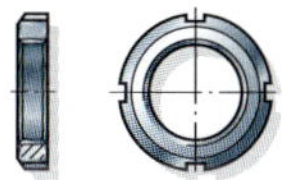	Nutmutter	DIN 981
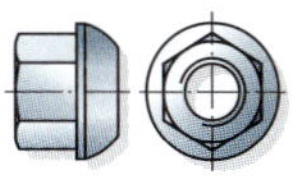	Radmutter	DIN 74361, Teil 1–3	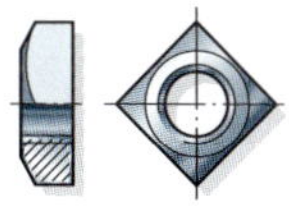	Vierkant-Schweißmutter	DIN 928

Schraubensicherungen-Übersicht

Sicherung	Bezeichnung	Normung	Sicherung	Bezeichnung	Normung
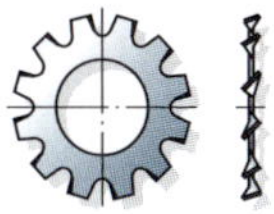	Zahnscheibe, außen gezahnt	–	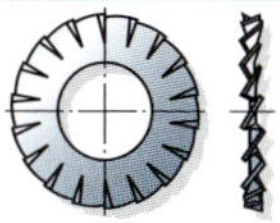	Fächerscheibe, außen gezahnt	–
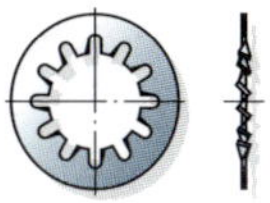	Zahnscheibe, innen gezahnt	–	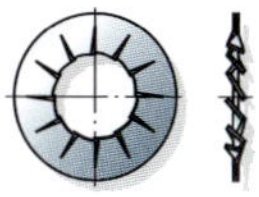	Fächerscheibe, innen gezahnt	–
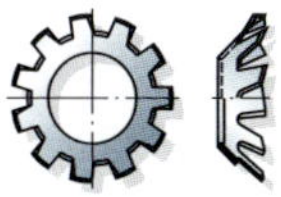	Zahnscheibe, versenkbar	–	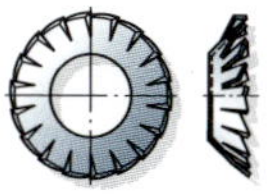	Fächerscheibe, versenkbar	–
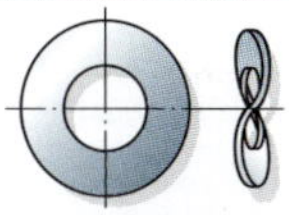	Federscheibe, gewellt	–	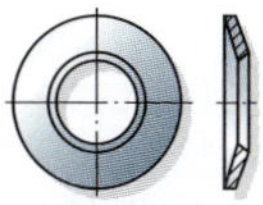	Spannscheibe	DIN 6796
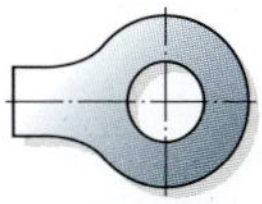	Scheibe mit Lappen 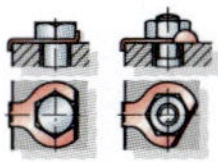	–	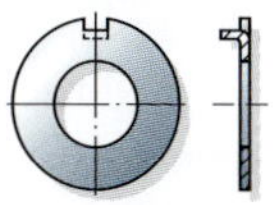	Scheibe mit Außennase 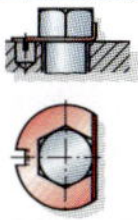	–
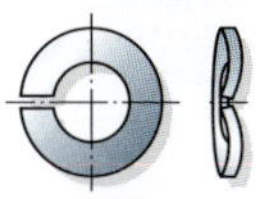	Federring, gewölbt	–	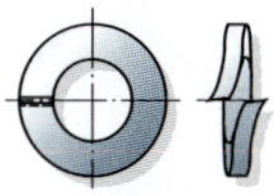	Federring, aufgebogen	–
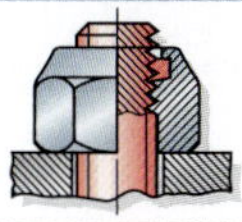	Sechskantmutter mit Klemmteil aus Kunststoff	DIN EN ISO 7040 DIN EN ISO 10512		Kronenmutter mit Splint	DIN 935, Teil 1 (Kronenmutter) DIN EN ISO 1234 (Splinte)

Sechskantschrauben

DIN EN ISO 4014: 2022-10, DIN EN ISO 4017: 2022-10, DIN EN ISO 8676: 2022-10, DIN EN ISO 8765: 2022-10

DIN EN ISO 4014: metrisches Regelgewinde mit Schaft DIN EN ISO 8765: metrisches Feingewinde mit Schaft	DIN EN ISO 4017: metrisches Regelgewinde bis Kopf DIN EN ISO 8676: metrisches Feingewinde bis Kopf

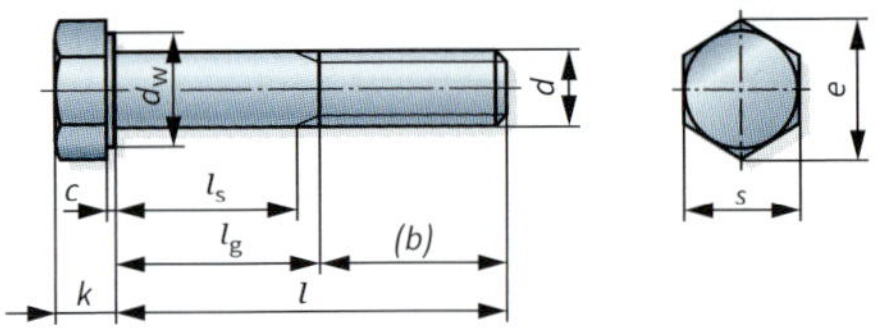

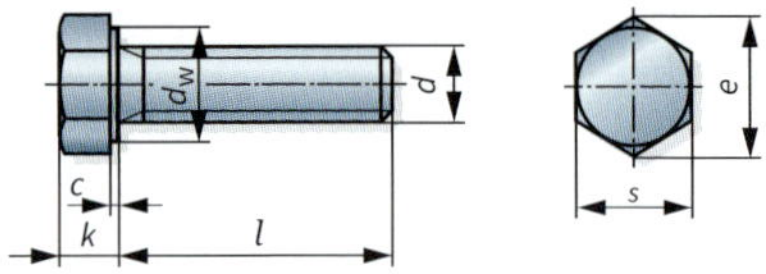

Längen l_s, l_g, l	$l_g = l - b$ $l_s = l_g - 5 \cdot P$	l: 8, 10, 12, 16, 20, 25, 30, 35 … 70 je 5 mm gestuft, 80, 90, 100 … 160 je 10 mm gestuft, 160, 180, 200, 220, 240 mm
Werkstoffe	**Stahl:** 5.6, 8.8, 10.9 **nicht rostender Stahl:** A2-70 für $d \le 20$ mm, A2-50 für $d > 20$ mm **Produktklasse A:** für $d \le 24$ mm und $l \le 10\,d$ bzw. 150 mm **B:** für $d > 24$ mm und $l > 10\,d$ bzw. 150 mm	
Bezeichnung	**Beispiel:** **Sechskantschraube ISO 4017 - M 10 × 80 - 8.8** Sechskantschraube nach DIN EN ISO 4017 — Festigkeitsklasse (8.8) Gewindeart (metrisch, d = 10 mm) — Nennlänge l (80 mm)	

DIN EN ISO 4014/4017	d	M 4	M 5	M 6	M 8	M 10	M 12	M 16	M 20	M 24
DIN EN ISO 8765/8676	$d \times P$	–	–	–	M 8 × 1	M 10 × 1	M 12 × 1,5	M 16 × 1,5	M 20 × 1,5	M 24 × 2
DIN EN ISO 4014	b für l	14	16	18	22	26	30	38	46	54
DIN EN ISO 8765	≤ 125	–	–	–	22	26	30	38	46	54
DIN EN ISO 4014 DIN EN ISO 4017 DIN EN ISO 8765 DIN EN ISO 8676	d_w 1)	5,88	6,88	8,88	11,63	14,63	16,63	22,49	28,19	33,61
	k_{max} 1)	2,925	3,65	4,15	5,45	6,58	7,68	10,18	12,715	15,215
	s max.	7	8	10	13	16	18	24	30	36
	e_{min} 1)	7,66	8,79	11,5	14,38	17,77	20,03	26,75	33,53	39,98
	c max.	0,4	0,5	0,5	0,6	0,6	0,6	0,8	0,8	0,8
DIN EN ISO 4014	l	25 … 40	25 … 50	30 … 60	40 … 80	45 … 100	50 … 120	65 … 160	80 … 200	90 … 240
DIN EN ISO 4017	l	8 … 40	10 … 50	12 … 60	16 … 80	20 … 100	25 … 120	30 … 200	40 … 200	50 … 200
DIN EN ISO 8765	l	–	–	–	40 … 80	45 … 100	50 … 120	65 … 160	80 … 200	100 … 240
DIN EN ISO 8676	l	–	–	–	16 … 80	20 … 100	25 … 120	35 … 160	40 … 200	40 … 200

1) gilt für Produktklasse A

Zylinderschrauben mit Schlitz

DIN EN ISO 1207: 2011-10

Gewinde annähernd bis Kopf

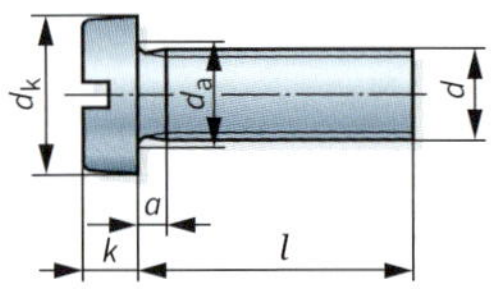

mit Schaft

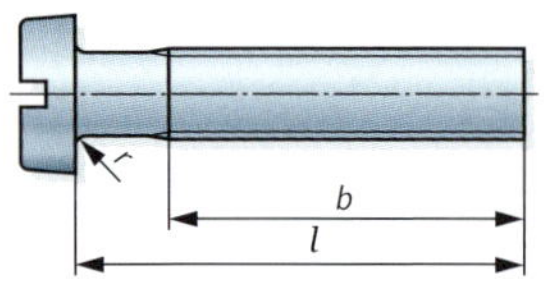

Längen l	2, 3, 4, 5, 6, 8, 10, 12, 16, 20, 25, 30, 35, 40, 45, 50, 60, 70, 80 mm
Werkstoffe	**Stahl:** 4.8, 5.8 **nicht rostender Stahl:** A2-50, A2-70 **Produktklasse: A**
Bezeichnung	**Beispiel:** **Zylinderschraube ISO 1207 - M 5 × 30 - 4.8** Zylinderschraube nach DIN EN ISO 1207 — Festigkeitsklasse (4.8) Gewindeart (metrisch, 5 mm) — Nennlänge l (30 mm)

d		M 1,6	M 2	M 2,5	M 3	M 4	M 5	M 6	M 8	M 10
a	max.	0,7	0,8	0,9	1	1,4	1,6	2	2,5	3
b	min.	25	25	25	25	38	38	38	38	38
d_k	max.	3	3,8	4,5	5,5	7	8,5	10	13	16
d_a	max.	2	2,6	3,1	3,6	4,7	5,7	6,8	9,2	11,2
k	max.	1,1	1,4	1,8	2	2,6	3,3	3,9	5	6
l		2 … 16	3 … 20	3 … 25	4 … 30	5 … 40	6 … 50	8 … 60	10 … 80	12 … 80

Zylinderschrauben mit Innensechskant

DIN EN ISO 4762: 2004-06

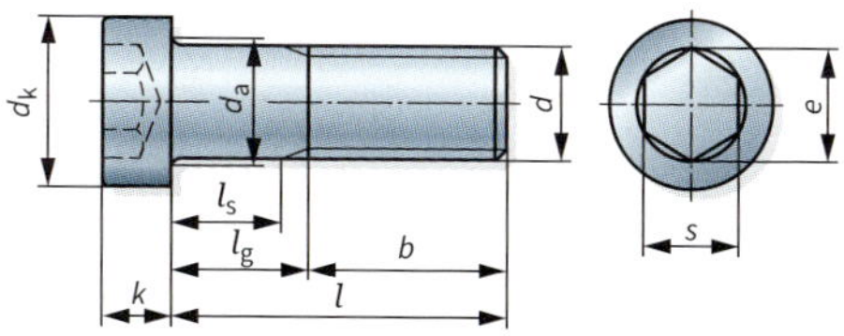

Längen l_s, l_g, l	l: 8, 10, 12, 16, 20 … 60 je 5 mm gestuft, 70 … 160 je 10 mm gestuft **Gewinde bis Kopf:** $l_{gmax} = 3 \cdot P$ **Schrauben mit Schaft:** $l_{gmax} = l - b$, $l_{smin} = l_{gmax} - 5 \cdot P$
Werkstoffe	**Stahl:** 8.8, 10.9, 12.9 **Produktklasse: A**
Bezeichnung	**Beispiel:** **Zylinderschraube ISO 4762 - M 10 × 50 - 8.8** Innensechskantschraube nach DIN EN ISO 4762 — Festigkeitsklasse (8.8) Gewindeart (metrisch, d = 10 mm) — Nennlänge l (50 mm)

d		M 5	M 6	M 8	M 10	M 12	M 16	M 20	M 24
		–	–	M 8 × 1	M 10 × 1,25	M 12 × 1,25	M 16 × 1,5	M 20 × 1,5	M 24 × 2
d_k	max.	8,5	10	13	16	18	24	30	36
d_a	max.	5,7	6,8	9,2	11,2	13,7	17,7	22,4	26,4
b ($l \leq 125$)		22	24	28	32	36	44	52	60
k	max.	5	6	8	10	12	16	20	24
s		4	5	6	8	10	14	17	19
e	min.	4,58	5,72	6,86	9,15	11,43	16	19,44	21,73
l (Gewinde bis Kopf)		8 … 25	10 … 30	12 … 35	16 … 40	20 … 50	25 … 60	30 … 70	40 … 80
l (Schr. mit Schaft)		30 … 50	35 … 60	40 … 80	45 … 100	55 … 120	65 … 160	80 … 200	90 … 200

Stiftschrauben

DIN 835, 938, 939

DIN 938: 2012-12 zum Einschrauben in Stahl	DIN 939: 1995-02 zum Einschrauben in Gusseisen	DIN 835: 2010-07; DIN 938: 2012-12, DIN 939: 1995-02 zum Einschrauben in Al-Legierungen

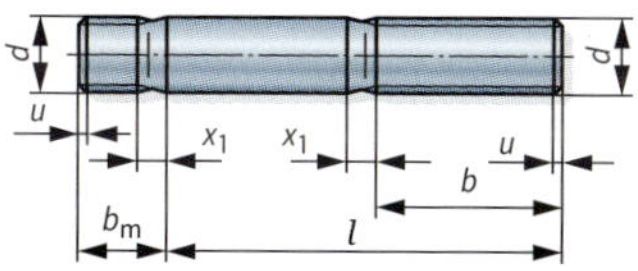

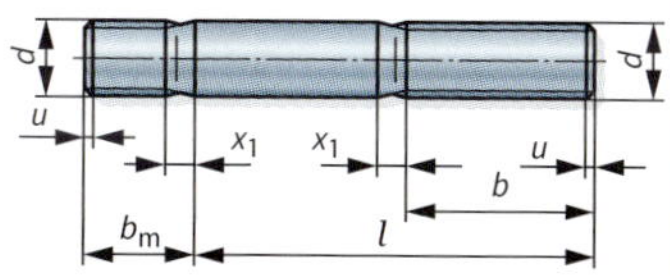

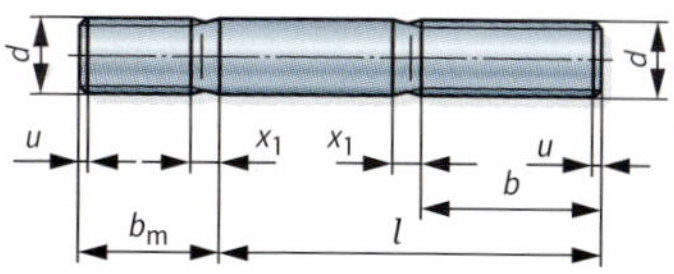

u unvollständiges Gewinde; b_m Einschraubtiefe; b Mutterende

Längen l, b_m	l: 25, 30, 35, 40, 45, 50, 60, 70, 80, 90, 100, 110, 120, 130, 140, 150 … 200 mm **für Stahl:** $b_m \approx 1 \cdot d$ **für Gusseisen:** $b_m \approx 1{,}25 \cdot d$ **für Al-Legierungen:** $b_m \approx 2 \cdot d$
Werkstoff	**Stahl:** 5.6, 8.8, 10.9 **Produktklasse: A**
Bezeichnung	**Beispiel:** **Stiftschraube DIN 938 - M 8 × 30 - 5.6** Stiftschraube nach DIN 938 (für Stahl) — Festigkeitsklasse (5.6) Gewindeart (metrisch, d = 8 mm) — Nennlänge l (30mm)

DIN 938 DIN 939 DIN 835	Gewinde d	M 6	M 8	M 10	M 12	M 16	M 20	M 24
		–	M 8 × 1	M 10 × 1,25	M 12 × 1,25	M 16 × 1,5	M 20 × 1,5	M 24 × 2
	b ($l \leq 125$)	18	22	26	30	38	46	54
	b ($l > 125$)	24	28	32	36	44	52	60
	l	25 … 60	30 … 80	35 … 100	40 … 120	50 … 160	60 … 120	70 … 200
DIN 938	$b_m \approx 1 \cdot d$	6	8	10	12	16	20	24
DIN 939	$b_m \approx 1{,}25 \cdot d$	7,5	10	12	15	20	25	30
DIN 835	$b_m \approx 2 \cdot d$	12	16	20	24	32	40	48

Schraubendreher	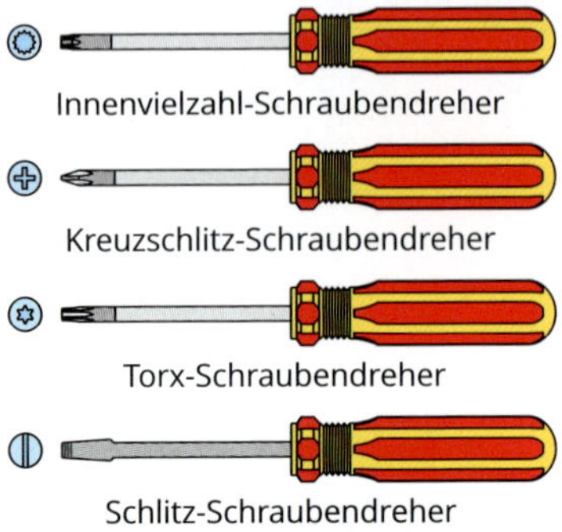
Schraubendrehereinsätze (Bits)	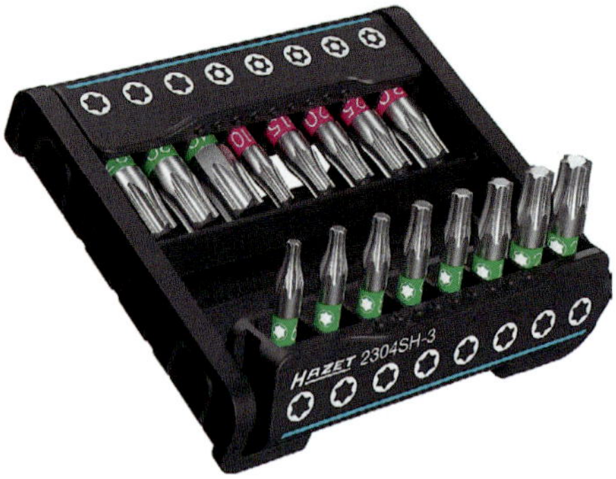
Bithalter	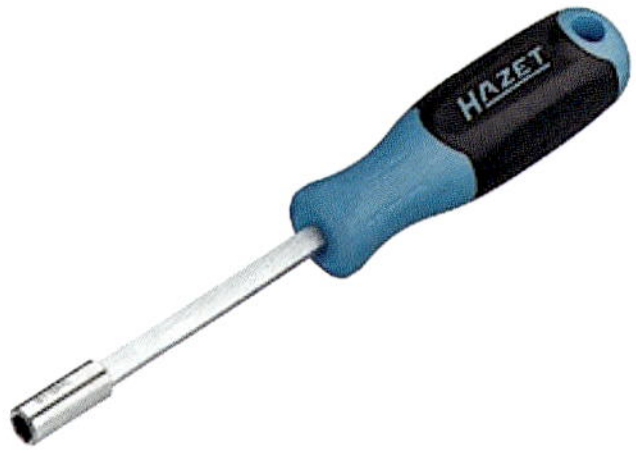
Schraubendreher mit T-Griff	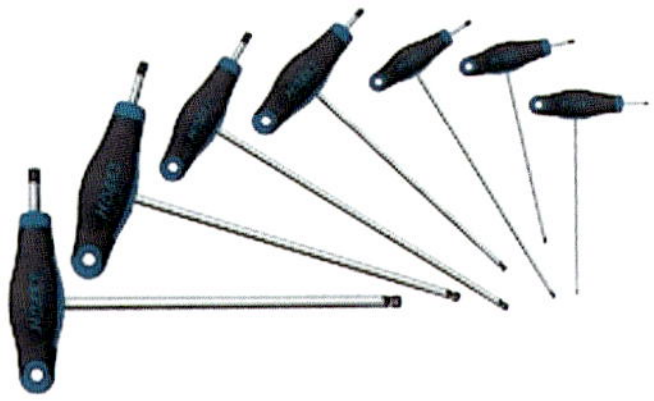
Schutzisolierte Schraubendreher	

Senkschrauben

DIN EN ISO 2009: 2011-12: Senkschraube mit Schlitz	DIN EN ISO 7046: Teil 1, 2011-12: Senkschraube mit Kreuzschlitz	DIN EN ISO 7047: 2011-12: Linsen-Senkschraube mit Kreuzschlitz	DIN EN ISO 2010: 2011-12: Linsen-Senkschraube mit Schlitz
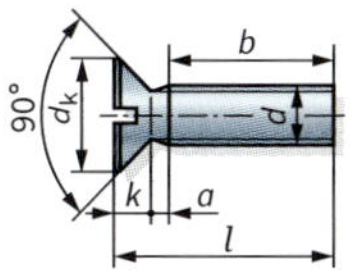	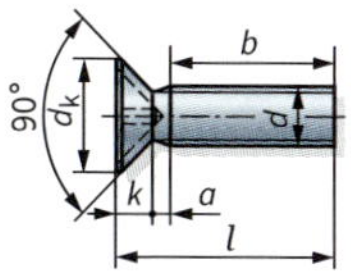 Form H / Form Z 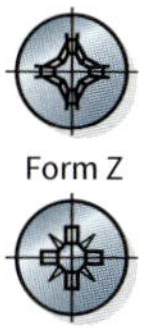	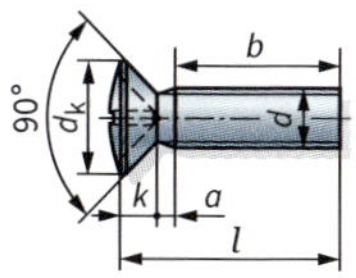	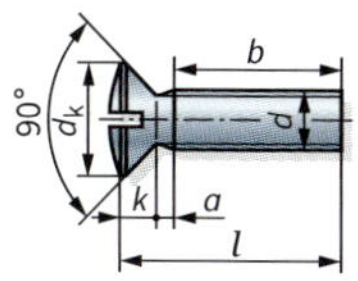

Längen l: 2,5[1)], 3, 4, 5, 6, 8, 10, 12, 16, 20, 25, 30, 35, 40, 45, 50, 60, 70[1)], 80[1)] mm

Werkstoffe

Norm	Stahl	nicht rostender Stahl	NE-Metall
DIN EN ISO 2009	4.8, 5.8	A2-50, A2-70	ja
DIN EN ISO 2010	4.8, 5.8	A2-50, A2-70	ja
DIN EN ISO 7046, Teil 1	4.8	–	–
DIN EN ISO 7047	4.8	A2-50, A2-70	ja
Produktklasse A			

Bezeichnung

Beispiel: **Senkschraube ISO 7046-1 - M 6 × 60 - 4.8 - Z**

- Senkschraube nach DIN EN ISO 7046, Teil 1 → ISO 7046-1
- Gewindeart (metrisch, d = 6 mm) → M 6
- Nennlänge l (60 mm) → 60
- Festigkeitsklasse (4.8) → 4.8
- Kreuzschlitzform (Z) → Z

Norm DIN EN	d		M 1,6	M 2	M 2,5	M 3	M 4	M 5	M 6	M 8	M 10
ISO 2009, ISO 2010, ISO 7046, Teil 1, ISO 7047	a	max.	0,7	0,8	0,9	1	1,4	1,6	2	2,5	3
	b	min.	25	25	25	25	38	38	38	38	38
	d_k	max.	3	3,8	4,7	5,5	8,4	9,3	11,3	15,8	18,3
	k	max.	1	1,2	1,5	1,65	2,7	2,7	3,3	4,65	5
ISO 2009 u. 2010	l		2,5 … 16	3 … 20	4 … 25	5 … 30	6 … 40	8 … 50	8 … 60	10 … 80	12 … 80
ISO 7046-1 u. 7047	l		3 … 16	3 … 20	3 … 25	4 … 30	5 … 40	6 … 50	8 … 60	10 … 60	12 … 60

1) nur DIN EN ISO 2009 und 2010

Senkschrauben mit Innensechskant

DIN EN ISO 10642: 2020-02

Längen l, l_g, l_s:
l: 8, 10, 12, 16, 20, 25, 30, 35, 40, 50, 60, 70, 80, 90, 100 mm
$l_g = l - b$,
$l_s = l_g - 5 \cdot P$
u = unvollständiges Gewinde: max. $2 \cdot P$

Werkstoffe:
Stahl: 8.8
nicht rostender Stahl: A2-70 für $d \leq$ M20, A2-50 für $d >$ M20
NE-Metall: Cu2, Cu3
Produktklasse: A

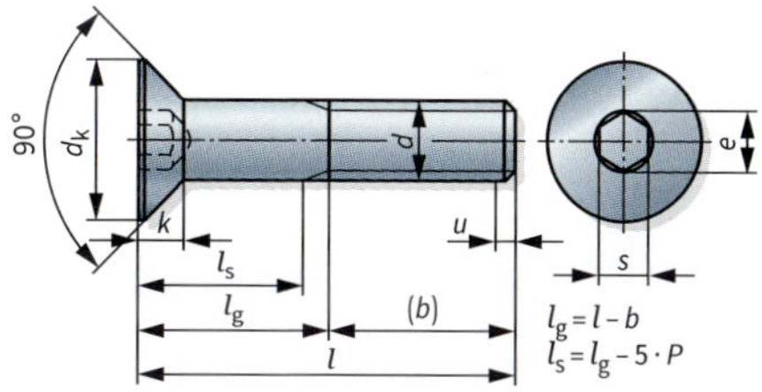

Bezeichnung

Beispiel: **Senkschraube ISO 10642 - M 10 × 50 - 8.8**

- Senkschraube nach DIN EN ISO 10642 → ISO 10642
- Gewindeart (metrisch, 10 mm) → M 10
- Nennlänge l (50 mm) → 50
- Festigkeitsklasse (8.8) → 8.8

d		M 4	M 5	M 6	M 8	M 10	M 12	M 16	M 20
$l \leq 125$		14	16	18	22	26	30	38	46
b ($125 < l < 200$)		20	22	24	28	32	36	44	52
d_k	max.	8,96	11,20	13,44	17,92	22,40	26,88	33,60	40,32
e	≈	2,87	3,44	4,58	5,72	6,86	9,15	11,43	13,72
s		2,5	3	4	5	6	8	10	12
k	max.	2,48	3,10	3,72	4,96	6,20	7,44	8,80	10,16
l		8 … 40	8 … 50	8 … 50	10 … 80	12 … 100	20 … 100	30 … 100	35 … 100

Blechschrauben mit Schlitz und Kreuzschlitz

DIN EN ISO 1481: 2011-10	DIN EN ISO 1482: 2011-10	DIN EN ISO 1483: 2011-10	DIN EN ISO 7049: 2011-11
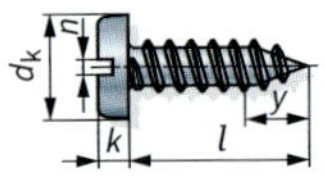	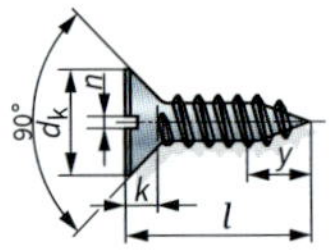	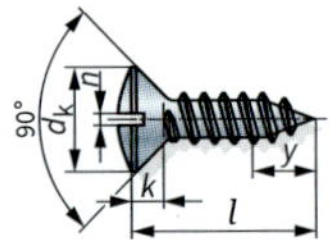	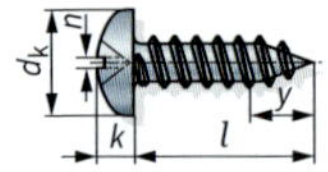

DIN EN ISO 7050: 2011-11	DIN EN ISO 7051: 2011-11	Kreuzschlitzformen		Schraubenenden		
		Form H	Form Z	Form F	Form C	Form R
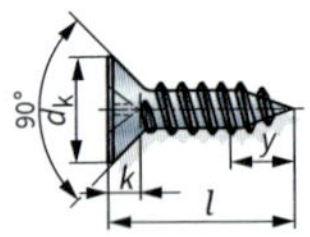	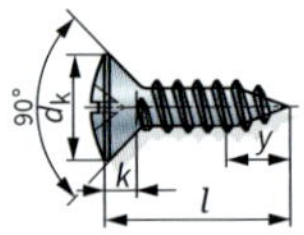			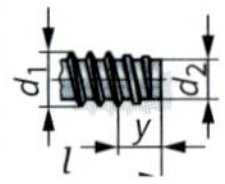	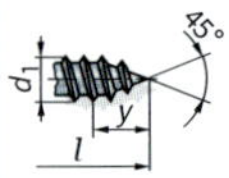	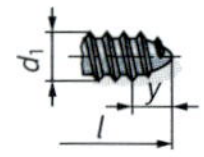

Längen l	4,5; 6,5; 9,5; 13; 16; 19; 22; 25; 32; 38; 45; 50 mm
Werkstoff	**Stahl, Produktklasse: A**
Bezeichnung	**Beispiel:** **Blechschraube ISO 7050 - ST 4,2 × 22 - C - Z**

Blechschraube nach DIN ISO 7050 → Blechschraube ISO 7050
Gewindeart (Blechschraube, d_1 = 4,2 mm) → ST 4,2
Nennlänge l (22 mm) → 22
spitze Form (C) → C
Kreuzschlitzform (Z) → Z

DIN EN ISO	Gewinde	ST 2,2	ST 2,9	ST 3,5	ST 4,2	ST 4,8	ST 5,5	ST 6,3
1482, 1483, 7050, 7051	d_k max.	3,8	5,5	7,3	8,4	9,3	10,3	11,3
1481, 7049		4	5,6	7	8	9,5	11	12
1482, 1483, 7050, 7051	k max.	1,1	1,7	2,35	2,6	2,8	3	3,15
1481		1,3	1,8	2,1	2,4	3	3,2	3,6
7049		1,6	2,4	2,6	3,1	3,7	4	4,6
1481 … 1483, 7049 … 7051	y Form C	2	2,6	3,2	3,7	4,3	5	6
	y Form F	1,6	2,1	2,5	2,8	3,2	3,6	3,6
	y Form R	–	–	2,7	3,2	3,6	4,3	5,0
1481 … 1483	n	0,5	0,8	1	1,2	1,2	1,6	1,6
7049 … 7051	Kreuzschlitzgröße	0	1	2	2	2	3	3
1481	l	4,5 … 16	6,5 … 19	6,5 … 22	9,5 … 25	9,5 … 32	13 … 32	13 … 38
1482, 7050, 7051	l	4,5 … 16	6,5 … 19	9,5 … 25	9,5 … 32	9,5 … 32	13 … 38	13 … 38
1483	l	4,5 … 16	6,5 … 19	9,5 … 22	9,5 … 25	9,5 … 32	13 … 32	13 … 38
7049	l	4,5 … 16	6,5 … 19	9,5 … 25	9,5 … 32	9,5 … 38	13 … 38	13 … 38
1481 … 1483, 7049 … 7051	d_1	2,24	2,9	3,53	4,22	4,8	5,46	6,25
	d_2	1,63	2,18	2,64	3,1	3,58	4,17	4,88

Kernlochdurchmesser für Blechschrauben

DIN 7975: 2016-04

Gewinde	Blechdicke in mm	Kernloch-ø in mm je nach Festigkeit R_m 100 bis 500 N/mm²	Gewinde	Blechdicke in mm	Kernloch-ø je nach Festigkeit R_m 100 bis 500 N/mm²
ST 2,9	…1,3	2,2…2,3	ST 4,8	…1,6	3,6...3,9
	1,4…1,7	2,2…2,4		1,7…1,9	3,6...4,0
	1,8…2.2	2,2…2,5		2,0…2,2	3,6...4,1
ST 3,5	…1,4	2,6…2,8		2,5…2,8	3,6...4,2
	1,5…1,8	2,7…2,9		3,0	3,7...4,2
	1,9…2,2	3,0		3,5	3,8...4,3
	2,5…2,8	2,7…3,1		4,0	4,0...4,3
ST 4,2	…1,4	3,1…3,4	ST 5,5	…1,8	4,2…4,6
	1,5…1,7	3,2…3,4		1,9…2,0	4,2…4,7
	1,8…2,0	3,2…3,5		2,2…2,5	4,2…4,8
	2,2…2,8	3,2…3,6		2,8…3,0	4,2…4,9
	3,0	3,2…3,7		3,5	4,4…4,9
	3,5	3,3…3,7		4,0	4,6…5,0
				4,5	4,7…5,0

Sechskantmuttern aus Stahl

Norm	Darstellung	Gewinde	Typ[1]	Festigkeitsklassen	Produktklassen
DIN EN ISO 4032	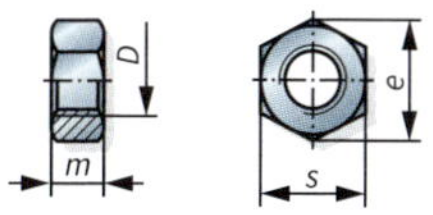	Regelgewinde	1	M 3 ≤ *D* ≤ M 39: 6, 8, 10	*D* ≤ M 16: A *D* > M 16: B
DIN EN ISO 4033			2	9, 10, 12	
DIN EN ISO 4034	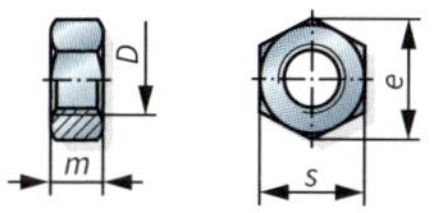		–	*D* ≤ M16: 5 M 16 < *D* ≤ M 39: 4, 5	C
DIN EN ISO 4035 niedrige Form	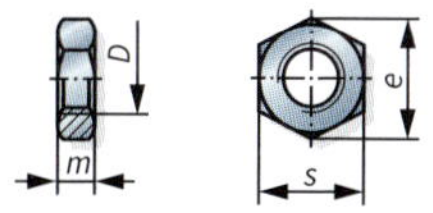		–	*D* < M 3: 14 H M 3 ≤ *D* ≤ M 39: 4, 5	*D* ≤ M 16: A *D* > M 16: B
DIN EN ISO 8673	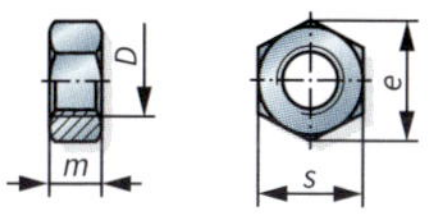	Feingewinde	1	*D* ≤ 39 mm: 6, 8 *D* ≤ 16 mm: 10	*D* ≤ M 16: A *D* > M 16: B

[1] *m* (Typ 2) ≈ 1,1 *m* (Typ 1)

Sechskantmuttern mit Regelgewinde

Norm	Gewinde *d*	M 4	M 5	M 6	M 8	M 10	M 12	M 16	M 20	M 24
DIN EN ISO 4032	*e* min.	7,66	8,79	11,05	14,38	17,77	20,03	26,75	32,95	39,55
	m max.	3,2	4,7	5,2	6,8	8,4	10,8	14,8	18	21,5
DIN EN ISO 4033	*e* min.	–	8,79	11,05	14,38	17,77	20,03	26,75	32,95	39,55
	m max.	–	5,1	5,7	7,5	9,3	12	16,4	20,3	23,9
DIN EN ISO 4034	*e* min.	–	8,63	10,89	14,20	17,59	19,85	26,17	32,95	39,55
	m max.	–	5,6	6,1	7,9	9,5	12,2	15,9	19	22,3
DIN EN ISO 4035	*e* min.	7,66	8,79	11,05	14,38	17,77	20,03	26,75	32,95	39,55
	m max.	2,2	2,7	3,2	4	5	6	8	10	12
s (für alle Muttern)		7	8	10	13	16	18	24	30	36

Sechskantmuttern mit Feingewinde

Norm	Gewinde *d* × *P*	M 8 × 1	M 10 × 1	M 12 × 1,5	M 16 × 1,5	M 20 × 1,5	M 24 × 2	M 30 × 2
DIN EN ISO 8673	*e*	14,38	17,77	20,03	26,75	32,95	39,55	50,85
	m	6,8	8,4	10,8	14,8	18	21,5	25,6

Kronenmuttern

DIN 935, Teil 1: 2013-08

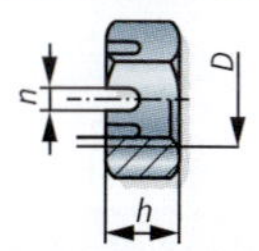

bis M 10

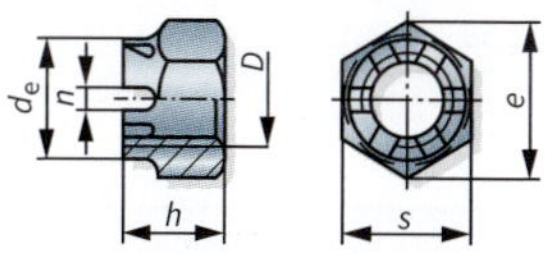

ab M 12

Gewinde *D*	M 6	M 8	M 10	M 12	M 16	M 20	M 24
	–	M 8 × 1	M 10 × 1,25	M 12 × 1,25	M 16 × 1,5	M 20 × 2	M 24 × 2
d_e max.	–	–	–	16	22	28	34
e	11,05	14,38	17,8	20	26,75	32,95	39,55
s	10	13	16	18	24	30	36
h	7,5	9,5	12	15	19	22	27
n min.	2	2,5	2,8	3,5	4,5	4,5	5,5
Splint DIN EN ISO 1234	1,6 × 14	2 × 16	2,5 × 20	3,2 × 22	4 × 28	4 × 36	5 × 40

Bezeichnung von Muttern und Kronenmuttern

Beispiel: **Sechskantmutter ISO 4032 - M 10 - 8**

Sechskantmutter nach DIN EN ISO 4032

Gewindeart (metrisch, *D* = 10 mm)

Festigkeitsklasse (8)

Splinte

DIN EN ISO 1234: 1998-02

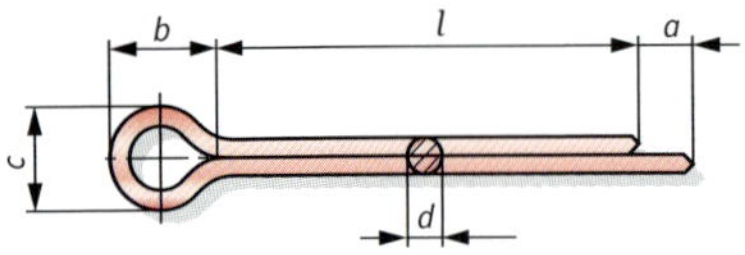

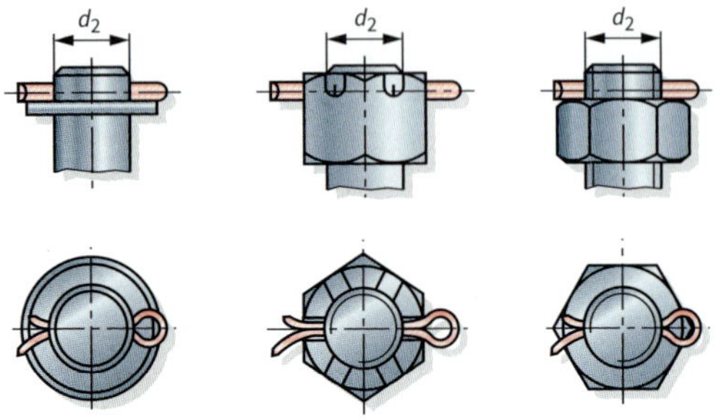

Bezeichnung

Beispiel: **Splint ISO 1234 - 4 × 32 - St**

DIN-Nummer

Nenngröße
Durchmesser (d = 4 mm) × Länge (l = 32 mm)

Werkstoff (Stahl)

Längen l	4, 5, 6, 8, 10, 12, 14, 16, 18, 20, 22, 25, 28, 32, 36, 40, 45, 50, 56, 63, 71, 80, 90, 100										
Werkstoff		St, Cu-Zn-Legierung, Al-Legierung, A (Austenitischer nicht rostender Stahl)									
Nenngröße		1	1,2	1,6	2	2,5	3,2	4	5	6,3	8
d	max.	0,9	1,0	1,4	1,8	2,3	2,9	3,7	4,6	5,9	7,5
	min.	0,8	0,9	1,3	1,7	2,1	2,7	3,5	4,4	5,7	7,6
a	max.	1,6	2,5	2,5	2,5	2,5	3,2	4	4	4	4
$b \approx$		3	3	3,2	4	5	6,4	8	10	12,6	16
c	max.	1,8	2	2,8	3,6	4,6	5,8	7,4	9,2	11,8	15
l		6 … 18	–	8 … 32	10 … 40	12 … 50	18 … 80	20 … 125	20 … 125	28 … 140	36 … 140
d_2 für Schrauben		3,5 … 4,5	4,5 … 5,5	5,5 … 7	7 … 9	9 … 11	11 … 14	14 … 20	20 … 27	27 … 39	39 … 56
d_2 für Bolzen		3 … 4	4 … 5	5 … 6	6 … 8	8 … 9	9 … 12	12 … 17	17 … 23	23 … 29	29 … 44

Senkungen für Senkschrauben mit Kopfform nach ISO 7721

DIN EN ISO 15065: 2005-05

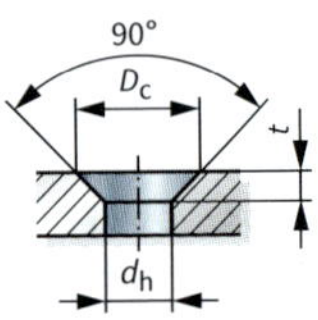

Nenngröße	2	3	4	5	6	8	10	12	14	16
Metr. Schrauben	M2	M3	M4	M5	M6	M8	M10	M12	M14	M16
Blechschrauben	ST2,2	ST2,9	ST4,2	ST4,8	ST6,3	ST8	ST9,5	–	–	–
d_h (mittel) H13	2,4	3,4	4,5	5,5	6,6	9	11	13,5	15,5	17,5
D_c	4,4	6,3	9,4	10,4	12,6	17,3	20	24	28	32
$t \approx$	1,05	1,55	2,55	2,58	3,13	4,28	4,65	5,4	6,4	7,45

Flache Scheiben, normale Reihe, Produktklasse C

DIN EN ISO 7091: 2019-04

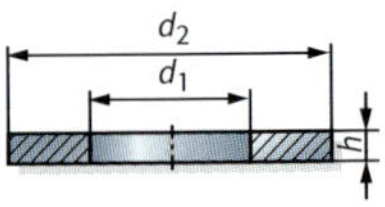

Nenngröße	3	4	5	6	8	10	12	16	20	24	30
Gewindenenn-ø	M 3	M 4	M 5	M 6	M 8	M 10	M 12	M 16	M 20	M 24	M 30
d_{1min} (Nennmaß)	3,2	4,3	5,3	6,4	8,4	10,5	13	17	21	25	31
d_{2max} (Nennmaß)	6	8	9	11	15	18	20	28	34	39	50
h (Nennmaß)	0,5	0,5	1	1,6	1,6	1,6	2	2,5	3	4	4
Werkstoff	Stahl					nicht rostender Stahl					
Stahlsorte	–					A2, A4, F1, C1, C4 (ISO 3506-01)					
Härteklasse	200 HV		300 HV (vergütet)			200 HV					

Offene Blindniete mit Sollbruchdorn und Flachkopf

DIN EN ISO 15977: 2011-02

Werkstoff	**Niethülse:** Al-Legierung, St, A2, NiCu, CuNi **Nietdorn:** St, A2, CuSn
Bezeichnung	**Beispiel:** **Blindniet ISO 15977 - 4 × 12 – AlA/St-L** DIN-Nummer Nenn-ø (d = 4 mm) Nennlänge (b = 12 mm) Werkstoff der Niethülse (Al-Legierung) Werkstoff des Nietdorns (Stahl, Festigkeitsklasse L)

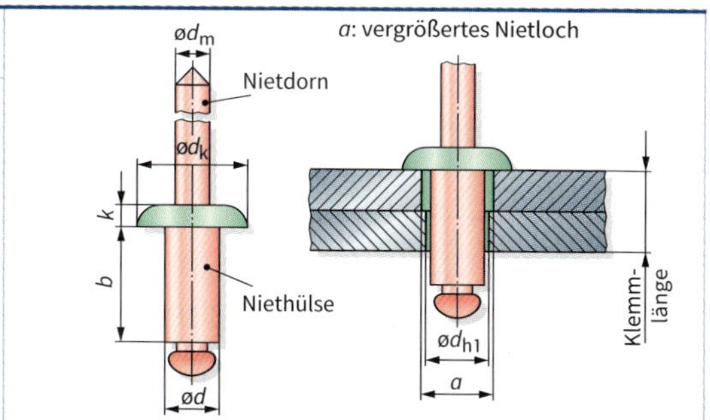

d	2,4	3	3,2	4	4,8	5	6	6,4
d_k	4,2	5,4	5,8	6,9	8,3	8,7	10,8	11,6
d_{h1}	2,5	3,1	3,3	4,1	4,9	5,1	6,1	6,5
d_m	1,55	2	2	2,45	2,95	2,95	3,4	3,9
k_{max}	1	1,3	1,3	1,7	2	2,1	2,5	2,7
Nennlänge b	Klemmlängenbereich für Niethülse aus Aluminium, Nietdorn aus Stahl oder A2							
4	0,5 … 2	0,5 … 1,5		–	–		–	–
6	2 … 4	1,5 … 3,5		1 … 3	1,5 … 2,5		–	–
8	4 … 6	5 … 7		5 … 6,5	4 … 6		3 … 5	–
10	6 … 8	5,5 … 7		5 … 6,5	4,5 … 6		4 … 6	–
12	8 … 9,5	7 … 9		6,5 … 8,5	6 … 8		5 … 7	3 … 6

Sicherungsscheiben (Haltescheiben) für Wellen

DIN 6799: 2021-03

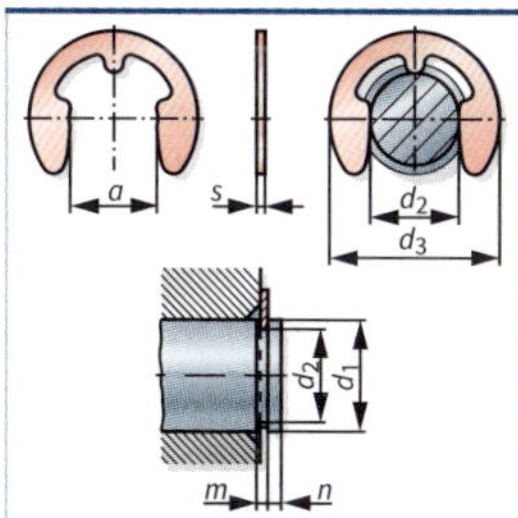

Nut-ø d_2	Wellen-ø d_1	s	a	d_2 (Nut)	m (Nut)	n	d_3
3,2	4 … 5	0,6	2,70	3,2	0,64	1	7,3
4	5 … 7	0,7	3,34	4	0,74	1,2	9,3
6	7 … 9	0,7	5,26	6	0,74	1,2	12,3
10	11 … 15	1,2	8,32	10	1,25	2	20,4
12	13 … 18	1,3	10,45	12	1,35	2,5	23,4

Sicherungsringe (Halteringe) für Wellen und Bohrungen

DIN 471: 2011-04; DIN 472: 2017-06

Wellen, DIN 471

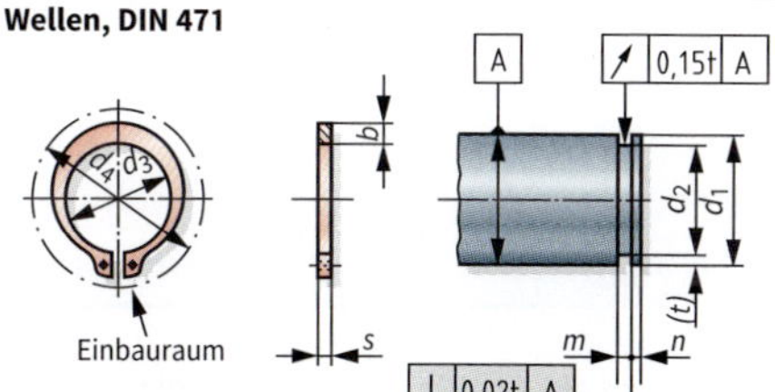

Toleranzklasse für
d_2 = 10,4 … 21 : H 11

Bohrungen, DIN 472

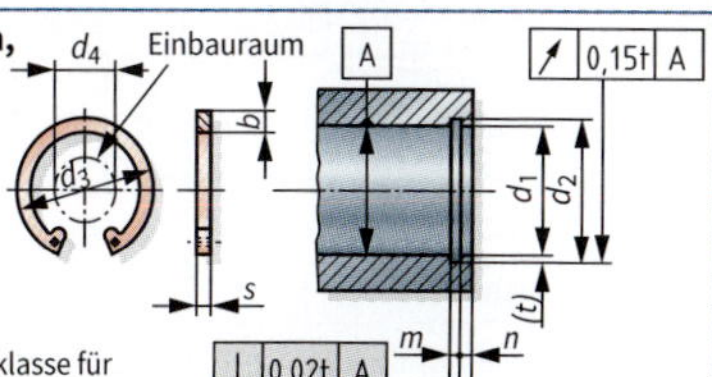

Toleranzklasse für
d_2 = 9,6 : h 10
d_2 = 10,5 … 21 : h 11

Wellen- bzw. Bohrungs-ø	Ring				Nut				
d_1	s	d_3	zul. Abw.	b ≈	d_2	m H13	t	n min	d_4
10	1	9,3	+0,10 −0,36	1,8	9,6	1,1	0,2	0,6	17
12	1	11		1,8	11,5	1,1	0,25	0,8	19
14	1	12,9		2,1	13,4	1,1	0,3	0,9	21,4
16	1	14,7		2,2	15,2	1,1	0,4	1,2	23,8
20	1,2	18,5	+0,13 −0,42	2,6	19	1,3	0,5	1,5	28,4
22	1,2	20,5		2,8	21	1,3	0,5	1,5	30,8
10	1	10,8	+0,36 −0,10	1,4	10,4	1,1	0,2	0,6	3,3
12	1	13		1,7	12,5	1,1	0,25	0,8	4,9
14	1	15,1		1,9	14,6	1,1	0,3	0,9	6,2
16	1	17,3		2	16,8	1,1	0,4	1,2	8
20	1	21,5	+0,42 −0,13	2,3	21	1,1	0,5	1,5	11,2
22	1	23,5		2,5	23	1,1	0,5	1,5	13,2

Zylinderstifte

Zylinderstifte ungehärtet DIN EN ISO 2338: 1998-02		Zylinderstifte gehärtet DIN EN ISO 8734: 2019-05
Form A 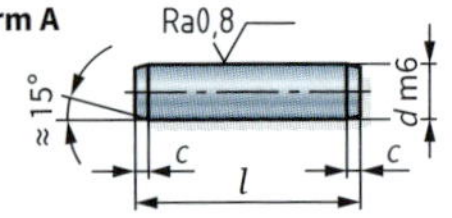	**Form B** 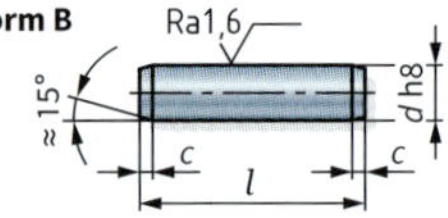	**Form A** durchgehärtet **Form B** einsatzgehärtet 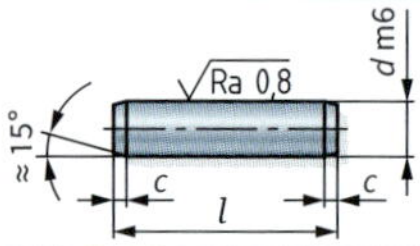
Nennlänge l	2[1)], 3, 4, 5, 6, 8, 10 … 32, 35, 40, 45 … 100, 120[1)], 160[1)], 180[1)], 200[1)] mm	[1)] nur DIN EN ISO 2338
Werkstoff	**Stahl** (St), Härte 125 … 245 HV	**Stahl** (St) 550 … 650 HV 30 (Form A)
Bezeichnung	**Beispiel: Zylinderstift ISO 2338 - 12 m6 × 40 - St** DIN-Nummer Nenndurchmesser d Toleranzklasse Nennlänge l Werkstoff (Stahl)	**Beispiel: Zylinderstift ISO 8734 - 5 × 22 - A - St** DIN-Nummer Nenndurchmesser d Nennlänge l Form (A) Werkstoff (Stahl)

Spannstifte

DIN EN ISO 8752: 2009-10

Nenndurchmesser $d_1 \le 10$ mm

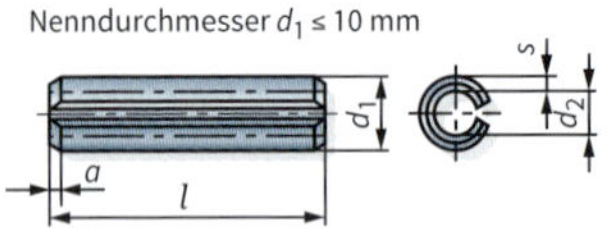

Nenndurchmesser $d_1 \ge 10$ mm (eine Fase möglich)

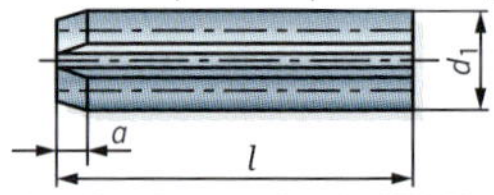

Längen l	4, 5, 6, 8, 10 … 32, 35, 40, 45 … 100, 120, 140, 160, 180, 200 mm
Werkstoff	Stahl (St), Kohlenstoffstahl, gehärtet und angelassen auf eine Härte von 420 … 520 HV oder Silicium-Mangan-Stahl, gehärtet und angelassen auf eine Härte von 420 … 560 HV
Bezeichnung	**Beispiel: Spannstift ISO 8752 - 8 × 30 - St** DIN-Nummer Abmessungen (d_1 = 8 mm, l = 30 mm) Werkstoff (Stahl)

Kegelschmiernippel

DIN 71412: 1987-11

Form A

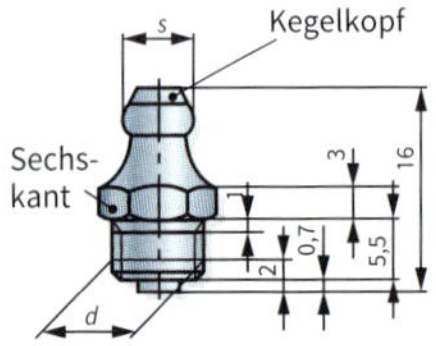

Form B

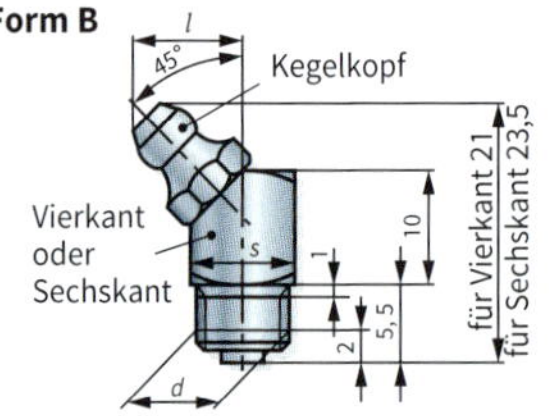

Form C

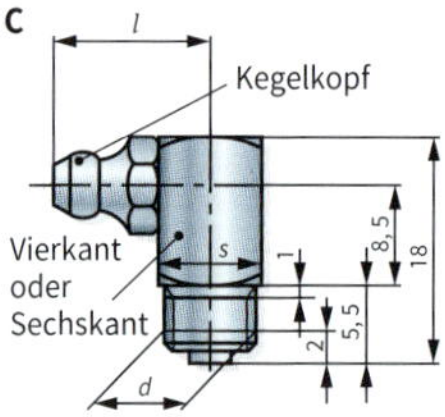

Bezeichnung	**Beispiel: Kegelschmiernippel DIN 71412 - A M10 × 1** DIN-Nummer Form (A) Gewindeabmessung (M 10 × 1)

Radial-Wellendichtringe

DIN 3760: 1996-09

Form A

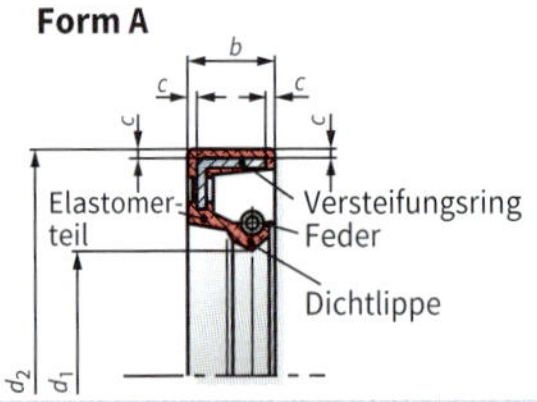

Form AS
mit Schutzlippe, übrige Maße und Angaben wie Form A

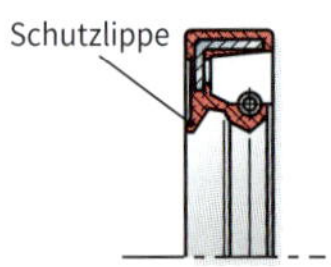

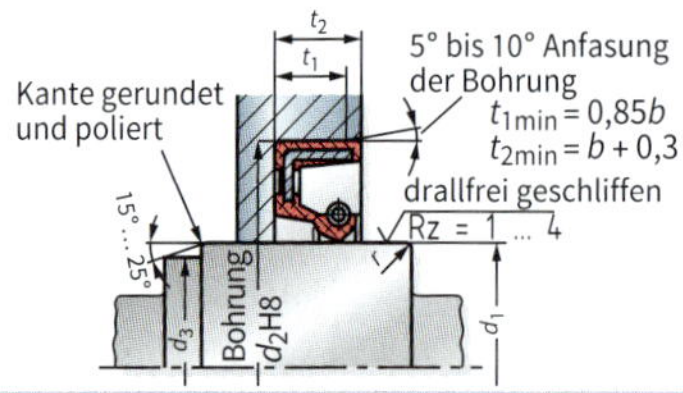

Werkstoff	Acrylnitril-Butadien-Kautschuk (NBR), Fluor-Kautschuk (FKM)
Bezeichnung	**Beispiel: Radial-Wellendichtring A 25 × 40 × 7 DIN 3760 - NB** Form (A) Abmesungen (d_1 = 25 mm, d_2 = 40 mm, b = 7 mm) Werkstoff (Acrylnitril-Butadien-Kautschuk) DIN Nummer

Radial-Wellendichtringe

DIN 3760: 1996-09

Bauformen		
Bauform A, AS	**Erklärung**	**Verwendung**
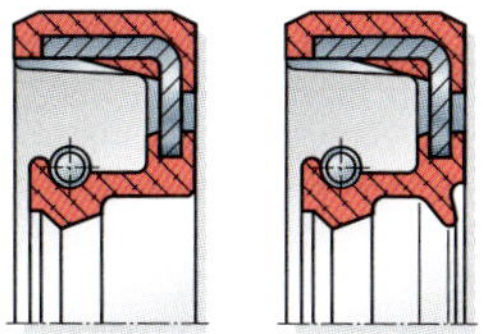	Außenmantel aus einem Elastomer-Werkstoff, Außenfläche glatt oder rilliert AS mit Schutzlippe	in Einbauräumen aus Werkstoffen mit einem größeren Ausdehnungskoeffizienten als Stahl und/oder wenn Einbauräume in geteilter Ausführung mit Kantenbruch und/oder Stoßversatz vorhanden sind
Bauform B, BS		
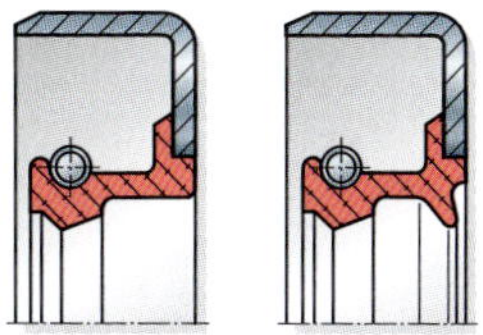	metallisch, glatte Außenfläche, durch Ziehen, Schleifen oder Drehen hergestellt BS mit Schutzlippe	in Einbauräumen aus Werkstoffen mit einem größeren Ausdehnungskoeffizienten als Stahl, in geteilter Ausführung oder mit geringem Kantenbruch bei zusätzlich beschichteter Außenfläche und geringem hochwertigen Elastomer-Anteil
Bauform C, CS		
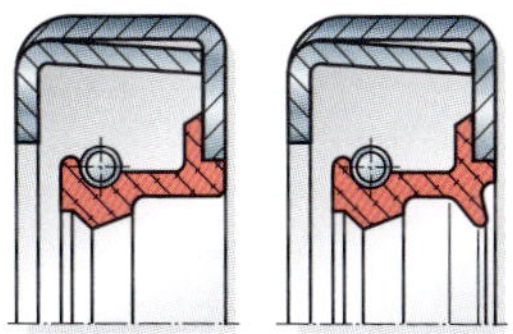	metallisch, glatte Außenfläche mit einer Kappe an der Stirnseite CS mit Schutzlippen	in Einbauräumen wie Bauform B, jedoch bei der Forderung nach größerer radialer Steifigkeit und größeren Rundheitsabweichungen, durch erforderliche große Ein- und Ausbaukräfte sind jedoch Sitzbeschädigungen möglich

Aufbau der Bauform AS

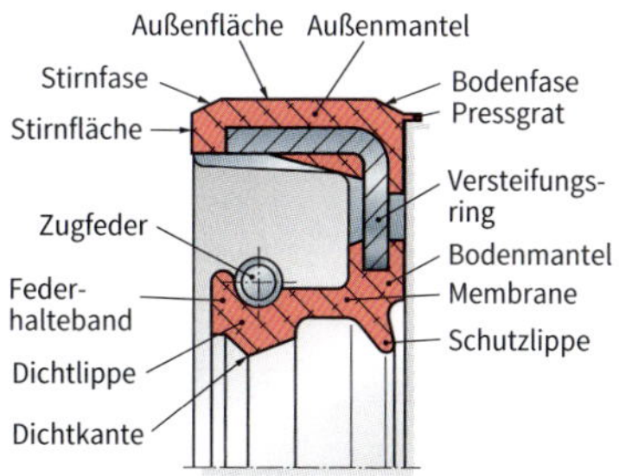

Begriff	Erklärung
Dichtlippe	Die Dichtlippe sorgt für Abdichtung der Welle mit der aus den stirn- und bodenseitigen Kontaktflächen gebildeten Dichtkante, deren Anpressung eine ringförmige Zugfeder sicherstellt.
Schutzlippe	Die Schutzlippe hält Schmutz von der Dichtstelle ab, geeignetes Fett zwischen Dichtfläche und Schutzlippe kann Verschleiß verringern und Korrosion der Welle verzögern.

Einbau der Dichtringe

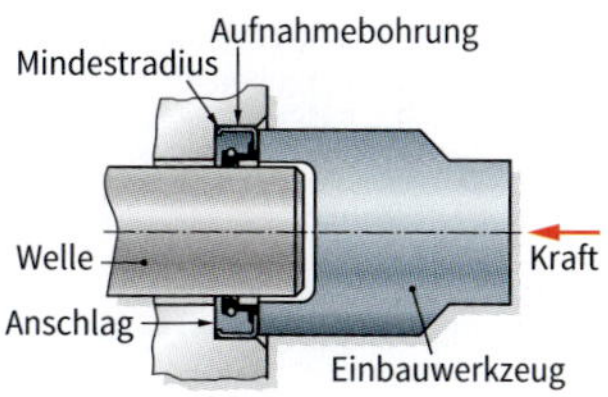

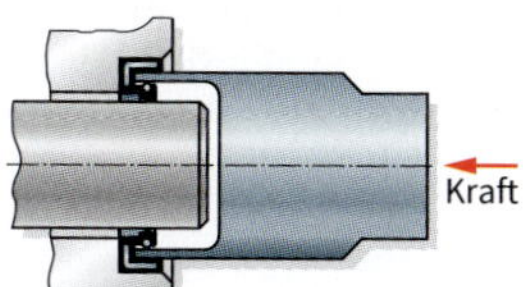

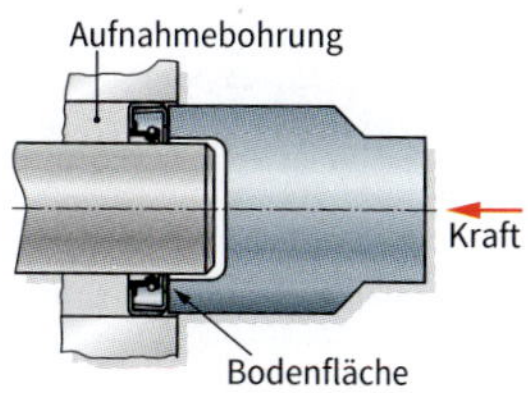

Aufnahmebohrung mit Anschlag: Bodenfläche der Dichtung an bearbeiteter Schulter der Aufnahmebohrung anliegend	Aufnahmebohrung mit Anschlag: Bodenfläche der Dichtung an bearbeiteter Schulter der Aufnahmebohrung anliegend	Aufnahmebohrung ohne Anschlag: Bodenfläche des Einbauwerkzeugs an Stirnfläche (rechtwinklig zur Bohrung) anliegend

Wälzlagerarten im Kfz

Lagerart	Vorteile	Nachteile	Verwendung
Rillenkugellager 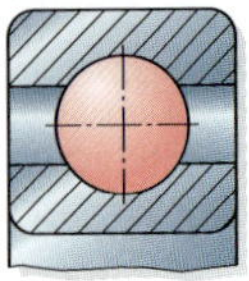 DIN 625: 2011-04	radial und axial belastbar, einfache Montage, Einstellung nicht erforderlich, hohe Toleranz gegen Schiefstellung, einfacher Aufbau, kostengünstig	geringe Tragfähigkeit, höhere Belastungen erfordern vergrößerten Außendurchmesser, dadurch größerer Einbauraum erforderlich, empfindlich gegen Verschmutzung	Universallager für alle Fahrzeugbaugruppen: Kühlmittelpumpe, Generator, Kupplung, Ausrücklager, Schaltgetriebe, Ausgleichsgetriebe, Achsgetriebe, Hinterradlager
Schrägkugellager 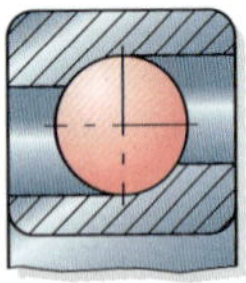 DIN 628: 2008-02	radial hoch, aber axial nur mit mittleren Lagerkräften belastbar, enges Lagerspiel in radialer und axialer Richtung	bei einreihiger Anordnung können axiale Kräfte nur in einer Richtung aufgenommen werden, Belastung in radialer Richtung erzeugt axiale Lagerkräfte, empfindlich gegen Schiefstellung	Schaltgetriebe, Ritzelwellen, Lagerung der Vorderräder bei Frontantrieb, Lagerung von angetriebenen Hinterrädern
Vierpunktlager 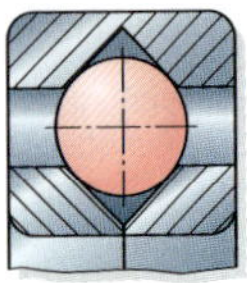 DIN 628: 2008-02	höchste Tragfähigkeit in radialer und axialer Richtung vergleichbar mit zweireihigen Schrägkugellagern, aber mit geringerer Baubreite einsetzbar	geringes Axialspiel erforderlich, enge Einbautoleranzen erforderlich, hohe Fertigungskosten	meistens als reine Axiallager verwendet, Lager für Getriebewellen
Zylinderrollenlager 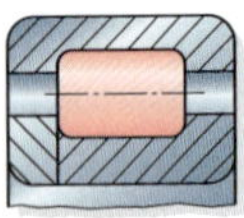 DIN 5412: 2005-08	hohe radiale Tragfähigkeit, bei Lagern mit Außenborden ist der Innenring verschiebbar	Zylinderrollenlager übertragen nur Radialkräfte, sehr empfindlich gegen Schiefstellung, Lagerstellen müssen genau fluchten	für hoch beanspruchte Lagerstellen: Schaltgetriebe für alle Fahrzeuge, auch Nkw Verteilergetriebe
Nadellager 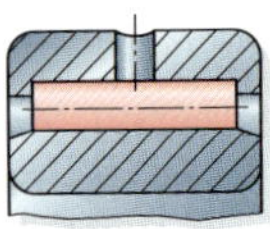 DIN 617: 2022-10	auch ohne Innenring einsetzbar, dann mit verminderter Bauhöhe, leichte Montage, zerlegbar, geringe Empfindlichkeit gegen Verschmutzung	geringes Einbauspiel erforderlich, erhöhte Fertigungskosten für die Lagerung, im Vergleich zu Kugellager höhere Kosten	Pleuel- und Kolbenbolzenlager für Zweitaktmotoren, wegen verminderter Baugröße bei Motorradgetrieben bevorzugt, auch ohne Innenring
Kegelrollenlager 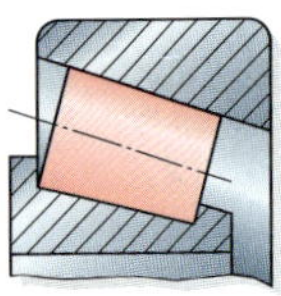 DIN 720: 2008-08	hohe radiale und axiale Tragfähigkeit, Außenring und Innenring mit Kegelrollen getrennt montierbar, einfache Montage auf Welle und im Gehäuse, kostengünstig	Lagerspiel muss beim Einbau eingestellt werden, empfindlich gegen Schiefstellung, unterschiedliche Wärmeausdehnung von Welle/Gehäuse beeinflusst Lagerspiel, Wartung erforderlich	werden paarweise für die Übertragung von Axialkräften in beiden Richtungen angeordnet, Achsgetriebe, Kegelradwelle im Ausgleichsgetriebe, Lenkkopflager Motorrad, Vorderradnaben Pkw, Hinterradnaben Nkw
Pendelrollenlager 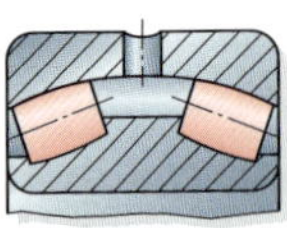 DIN 635: 2010-05	hohe Tragfähigkeit für axiale und radiale Kräfte, Fluchtungsfehler und Wellenversatz können in geringen Toleranzen ausgeglichen werden	hohe Stückkosten erhöhen die Kosten für die Lagerung	Nutzkraftwagenbau: Verteilergetriebe, Achslagerung

Steuern, Steuerung

Offener Wirkungsablauf (Steuerkette)

Die Führungsgröße (w) beeinflusst die Ausgangsgröße (v) aufgrund der Gesetzmäßigkeiten des Systems. Es erfolgt keine Rückwirkung.

Steuerkette **Beispiel:** Gemischbildung ohne Lambda-Regelung

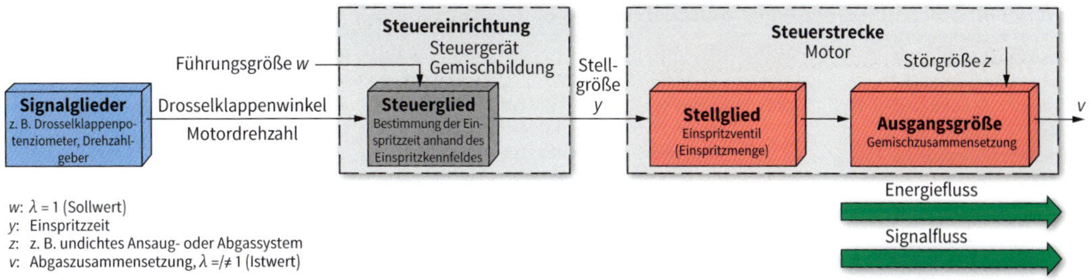

Regeln, Regelung

Geschlossener Wirkungsablauf (Regelkreis)

Die Regelgröße (x) wird fortlaufend erfasst und mit der Führungsgröße (w) verglichen. Es erfolgt eine Anpassung an die Führungsgröße (w).

Regelkreis **Beispiel:** Gemischbildung mit Lambda-Regelung

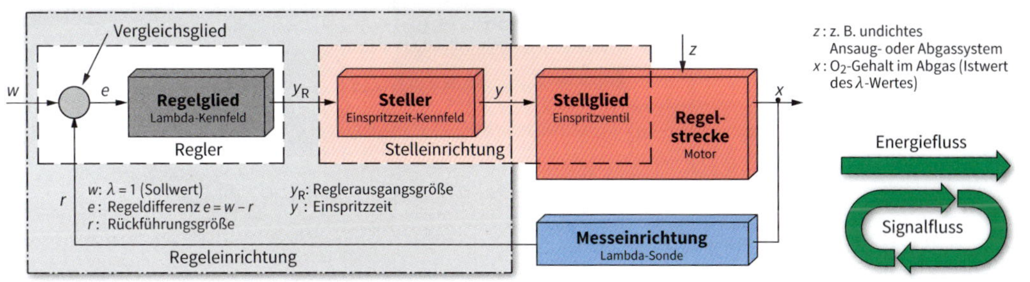

Grundbegriffe der Steuerungs- und Regelungstechnik

Begriffe	Formelzeichen	Erklärung
Ausgangsgröße (Istwert)	v	Die Ausgangsgröße wird nur vom Steuersystem selbst und seinen Eingangsgrößen beeinflusst.
Regelgröße (Istwert)	x	Die Regelgröße wird in der Regelstrecke nach einem vorgegebenen Programm beeinflusst und über ein Signalglied (Sensor) der Regeleinrichtung zugeführt.
Führungsgröße (Sollwert)	w	Die Führungsgröße wird der Steuer- oder Regeleinrichtung von außen zugeführt und kann von ihr nicht beeinflusst werden. Die Ausgangsgröße (v) bzw. Regelgröße (x) sollen der Führungsgröße in vorgegebener Abhängigkeit folgen.
Stellgröße	y	Die Stellgröße ist die Ausgangsgröße der Steuer- oder Regeleinrichtung und die Eingangsgröße der Strecke.
Störgröße	z	Die Störgröße ist eine von außen wirkende Größe, welche die Ausgangs- oder Regelgröße unerwünscht beeinflusst.
Steuerstrecke/ Regelstrecke		Die Steuerstrecke bzw. Regelstrecke ist der aufgabengemäß zu beeinflussende Teil des Systems.
Signalglieder (Sensoren)		Signalglieder sind Messgeräte, die physikalische Größen messen und weiterleiten.
Stellglieder (Aktoren)		Stellglieder sind Bauteile, die durch die Ausgangssignale eines Steuerungs- oder Regelungssystems zum Arbeiten veranlasst werden.
Steuerglied/ Regelglied		Im Steuerglied/Regelglied erfolgt die Informationsverarbeitung. Es verarbeitet die Führungsgröße und die Signale der Sensoren und gibt Stellbefehle an die Stellglieder.
Messeinrichtung		Gesamtheit aller Funktionseinheiten, die Messgrößen aufnehmen, anpassen und ausgeben
Vergleichsglied		Funktionseinheit, bildet die Regeldifferenz aus Führungs- und Rückführungsgröße
Regler		Funktionseinheit, wird aus Vergleichsglied und Regelglied gebildet
Steller		Funktionseinheit, bildet aus der Reglerausgangsgröße die erforderliche Stellgröße
Rückführungsgröße	r	Größe, die aus der Messung der Regelgröße hervorgeht
Regeldifferenz	e	Differenz zwischen Führungsgröße und Rückführungsgröße: $e = w - r$
Reglerausgangsgröße	yR	Eingangsgröße der Stelleinrichtung

In der Informationstechnik werden Informationen (Daten, Signale) einem System eingegeben. Das System verarbeitet die Informationen nach einem vorgegebenen Programm und liefert das Ergebnis als Ausgabe. Das Prinzip der Eingabe, Verarbeitung und Ausgabe wird kurz als **EVA-Prinzip** bezeichnet.

Auswahl von Bauteilen einer elektronischen Datenverarbeitungsanlage (EDV-Anlage)

Eingabegeräte	Verarbeitungsgeräte	Ausgabegeräte
Tastatur, Maus, Joystick, Sensoren: z. B. Lambda-Sonde, Drehzahlsensor	Systemeinheit mit Mikroprozessor (CPU), Arbeitsspeicher, Bussystem (Daten-, Steuer- und Adressbus), Taktgenerator und Ein/Ausgabeeinheit (im Kfz: Steuergerät)	Monitor, Drucker, Aktoren: z. B. Glühkerzen, Einspritzventil

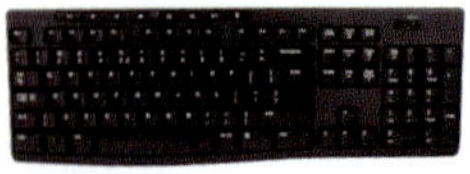
Tastatur

Maus

Joystick

Drehzahlsensor

Lambda-Sonde

Hauptplatine

Monitor

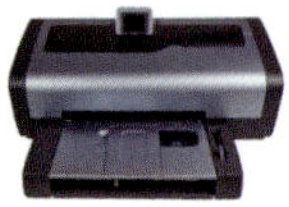
Drucker

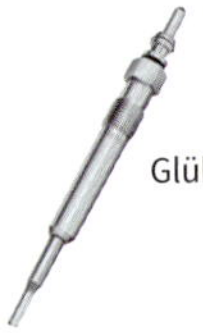
Glühkerze

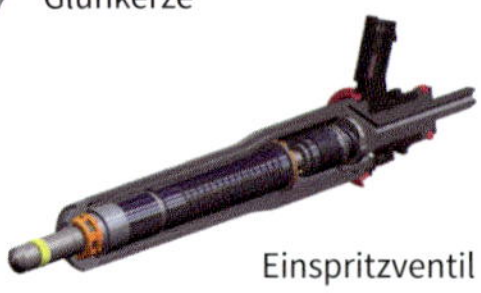
Einspritzventil

Vergleich einiger Gerätetechniken

Gerätetechnik/Merkmal	Elektrik/Elektronik	Pneumatik	Hydraulik
Signalträger wichtigste Kenngrößen	Strom/Elektronen Spannung U, Strom I, Widerstand R	Gase/Luft Druck p etwa 6–10 bar	Flüssigkeiten/Öl Druck p etwa 30–1500 bar
Steuer-, Regelbarkeit	sehr gut für kleine Leistungen, sonst weniger gut	sehr gut über Ventile für kleinere und mittlere Leistungen	sehr gut über Ventile und Verstellpumpen
Eingabegeräte (Sensorik)	Taster, Schalter, Grenztaster (Schließer, Öffner, Wechsler), berührungslose Signalgeber	Taster, Schalter Grenztaster (Wegeventile), berührungslose Signalgeber	Taster, Schalter, Grenztaster (Wegeventile), berührungslose Signalgeber
Verarbeitungsgeräte (Prozessorik)	Steuergerät, Schaltschutz, Relais	Wegeventile, Magnetventile, Sperrventile (Zweidruckventile, Wechselventile)	Wegeventile, Magnetventile, Sperrventile (Zweidruckventile, Wechselventile)
Ausgabegeräte (Aktorik) Wirkungsgrad	Elektromotoren (Rotations- und Linearmotor), Magnete, Lampen gut, wenn die Primärenergie bereits vorhanden ist	Arbeitszylinder, Pneumatikmotor weniger gut, volumetrische Verluste und Reibungsverluste	Arbeitszylinder, Hydraulikmotor weniger gut, volumetrische Verluste und Reibungsverluste
Wartungsaufwand	gering	mittel	hoch
Gefahr bei defekten Leitungen	hoch	mittel	hoch
Umweltbelastung (Energieerzeugung, Lärm, Leckagen …)	gering	mittel	hoch
Erzeugbare Kräfte bei gleicher Baugröße	gering (bis 12 000 N)	mittel (bis 30 000 N)	hoch, wegen der hohen Drücke (bis 100 000 N)
Energiespeicherung	aufwendig	einfach	nur indirekt
Arbeitsgerätegeschwindigkeit	hoch (≈ 5 m/s)	mittel (lastabhängig ≤ 3 m/s)	gering (≤ 1 m/s)
Überbrückbare Entfernungen	fast beliebig	mittel	so kurz wie möglich
Baugröße von Schaltungen	klein	groß	groß
Kostenfaktor (in etwa)	1	12	8

Anwendungsbeispiele im Kraftfahrzeug

Elektrik/Elektronik	Pneumatik	Hydraulik
Beleuchtungs- und Signalanlage, Zündanlage, Lambda-Regelung, digitale Motorelektronik, Relais, Steuergeräte, elektronische Anzeigen, Überwachungssysteme, Fehlerspeicher, Wegfahrsperre, Radio …	Druckluftbremsanlage, Luftkühlung, Ansauganlage, Abgasanlage, Unterdruckbremskraftverstärker, Airbag, Gasdruckfedern, Reifen, Warmluftheizung, pneumatische Niveauregulierung, Luftfederung, pneumatische Zentralverriegelung …	hydraulische Bremsanlage, Flüssigkeitskühlung, Einspritzanlage, Ölschmierung, Wisch-Waschanlage, hydraulische Niveauregulierung, hydraulische Schwingungsdämpfung, hydraulische Lenkung …

EVA-Prinzip am Beispiel der Einspritzanlage des Ottomotors

Eingabe	Verarbeitung	Ausgabe
Betätigung des Fahrpedals, Sensoren für Lufttemperatur, Motortemperatur, Luftmenge/-masse, Abgaszusammensetzung (Lambda-Signal), Drehzahl, Drosselklappenstellung …	Berechnung der Öffnungsdauer des Einspritzventils (Magnetventil) durch das Steuergerät	Kraftstoff-Einspritzmenge aus dem Einspritzventil (Magnetventil)

Informationsverarbeitung

DIN 66001: 1983-12, DIN 66261: 1985-11

Für die Vorbereitung der Informationsverarbeitung werden **Struktogramme** (z. B. nach Nassi-Schneiderman) oder **Programmablaufpläne** (Flussdiagramme) erstellt. Diese erfassen die Bauteile der Steuerung oder Regelung und beschreiben das Zusammenwirken der Eingabe, Verarbeitung und Ausgabe mit den Randbedingungen. Die Bearbeitung wird durch lineare Anweisungen (Folge), Wiederholungen (Schleife kopf-, fuß- oder zählgesteuert) sowie einfache oder beidseitige Entscheidungen (Verzweigung) dargestellt.

Blockname	Struktogramm	Flussdiagramm
Folgeblock: Die Anweisungen werden nacheinander abgearbeitet.		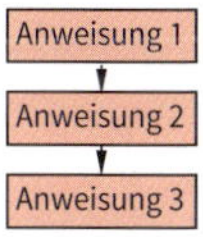
Schleife kopfgesteuert: Die Bedingung wird erst abgefragt, trifft sie zu, erfolgt die Bearbeitung der Anweisung. **WHILE-DO**-Schleife	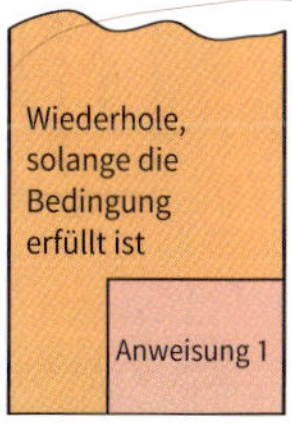	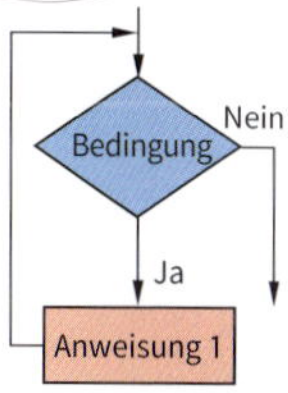
Schleife fußgesteuert: Erst wird die Anweisung bearbeitet und dann solange wiederholt, bis die Bedingung erfüllt ist. **IF-THEN**-Schleife		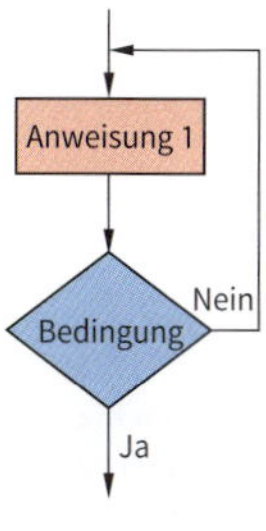
Schleife zählgesteuert: Die Wiederholung der Anweisung erfolgt durch einen vorgegebenen Zahlenwert. **FOR-TO-NEXT**-Schleife	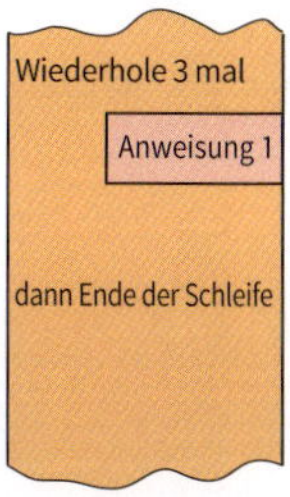	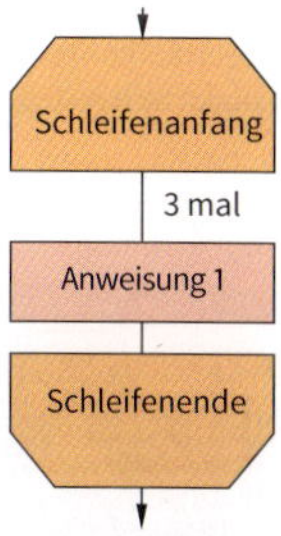
Verzweigung einseitig: Die Anweisung 2 wird ausgeführt, wenn die Bedingung erfüllt ist, sonst wird sie übersprungen. **IF-THEN**-Abfrage	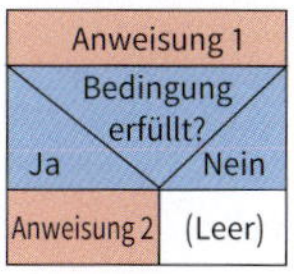	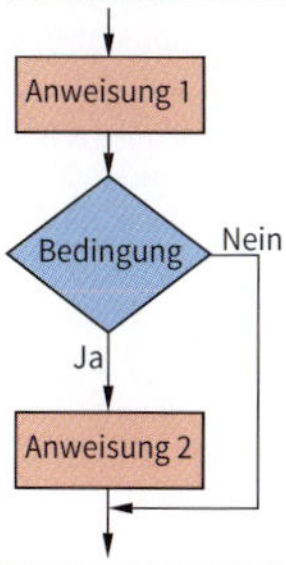
Verzweigung beidseitig: Die Anweisung 2 wird ausgeführt, wenn die Bedingung erfüllt ist, sonst folgt Anweisung 3. **IF-THEN-ELSE**-Abfrage	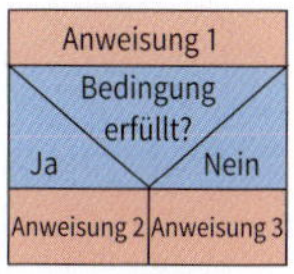	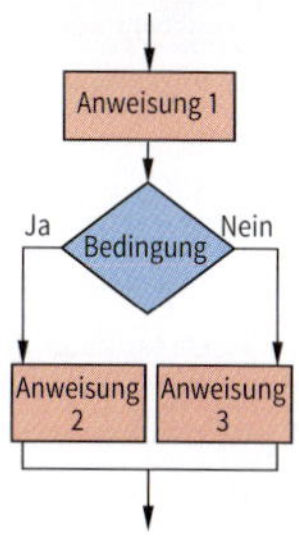

Pulsweitenmodulation (PWM)

Die Pulsweitenmodulation (PWM) wird verwendet, um Aktoren anzusteuern, die nicht durchgehend mit Strom versorgt werden sollen oder können. Sie besteht aus einem Rechtecksignal mit konstanter Periodendauer T, das zwischen zwei Spannungspegeln wechselt. Das Verhältnis zwischen der variablen Einschaltdauer T_E und Ausschaltdauer T_A wird als Tastverhältnis bezeichnet.

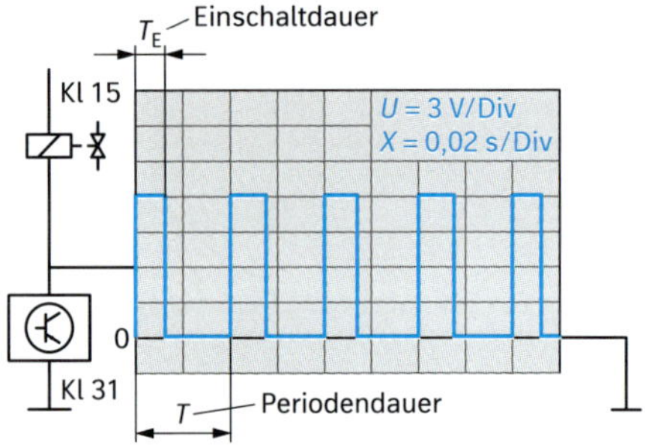

Sensoren

In elektronisch gesteuerten Systemen haben Sensoren die Aufgabe, Betriebszustände zu erfassen (z. B. Motorlast, Motortemperatur, Raddrehzahl), diese in elektrische Signalgrößen umzuwandeln und an das Steuergerät weiterzuleiten.

Sensor	Schaltzeichen	Wirkungsweise
Schalter 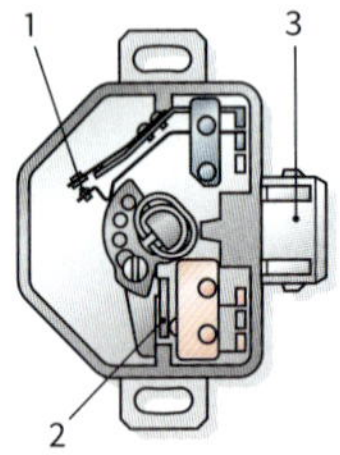 Drosselklappenschalter: 1 Volllastkontakt 2 Leerlaufkontakt 3 elektrischer Anschluss	 **1** Volllast **2** Leerlast **3** Teillast	Der Schalter kann dem Steuergerät zwei Positionen mitteilen (offen, geschlossen). Er kann mechanisch, temperaturabhängig, hydraulisch, pneumatisch oder manuell betätigt werden. **Anwendungsbeispiele im Kfz:** Drosselklappenschalter: Benzineinspritzung Kickdown-Schalter: Automatikgetriebe Bremsschalter: ABS, Geschwindigkeitsregler, Automatikgetriebe Bedienschalter: Geschwindigkeitsregler, Bordcomputer **Diagnose:** z. B. Drosselklappenschalter (Leerlaufkontakt) Motronic ML4.1 Widerstandsmessung: etwa 0 Ω (Schalter geschlossen) gegen ∞ Ω (Schalter offen) Spannungsmessung: etwa 0 V (Schalter geschlossen) etwa 5 V (Schalter offen)
Potenziometer 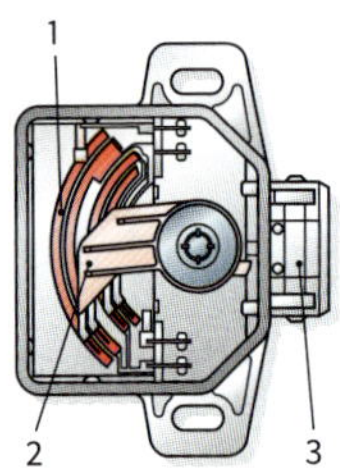 1 Widerstandsbahn 2 Schleifer 3 elektrischer Anschluss		Das Potenziometer ist ein mechanisch veränderbarer Widerstand. Durch Veränderung der Lage des Schleifers auf einer Widerstandsbahn wird der Widerstandswert verändert. Durch Reihenschaltung mit einem Festwiderstand ergibt sich eine Spannungsänderung, die vom Steuergerät ausgewertet wird. **Anwendungsbeispiele im Kfz:** Drosselklappensensor: Benzineinspritzung Luftmengenmesser: Benzineinspritzung, Dieseleinspritzung (EDC) **Diagnose:** z. B. Drosselklappensensor Motronic M1.5.4 Widerstandsmessung: etwa 0,5 kΩ (Drosselklappe geschlossen) etwa 2,0 kΩ (Drosselklappe offen) Spannungsmessung: etwa 0,9 V (Drosselklappe geschlossen) etwa 4,8 V (Drosselklappe offen)

Sensoren

Sensor	Schaltzeichen	Wirkungsweise
Temperatursensor 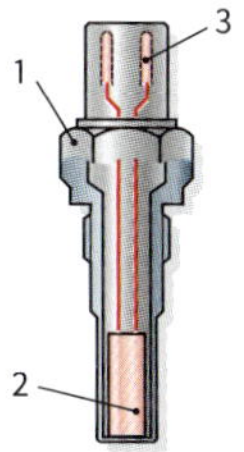 1 Gehäuse 2 NTC-Element 3 elektrischer Anschluss	allgemein  NTC 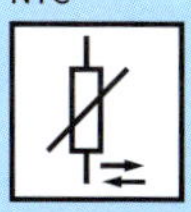 PTC 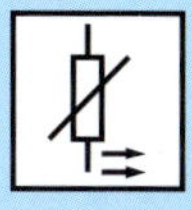	Der **NTC-Widerstand** verringert bei steigender Temperatur seinen elektrischen Widerstand. Durch Reihenschaltung mit einem Festwiderstand ergibt sich eine Spannungsänderung am NTC, die zur Bestimmung der Temperatur dient. Bei Temperatursensoren mit einem **PTC-Widerstand** erhöht sich der Widerstand mit steigender Temperatur. **Anwendungsbeispiele für NTC im Kfz:** Kühlmitteltemperatur, Ansauglufttemperatur: Benzineinspritzung Öltemperatur: Automatikgetriebe Außentemperatur: Bordcomputer Kraftstofftemperatur: Dieseleinspritzung (EDC) **Anwendungsbeispiele für PTC im Kfz:** Stabglühkerze, Lambda-Sondenheizung **Diagnose:** z. B. NTC-Kühlmitteltemperatursensor Motronic M1.5.4 Widerstandsmessung: 2,2 kΩ bei 20 °C 0,33 kΩ bei 80 °C Spannungsmessung: 3,4 V bei 20 °C 1,2 V bei 80 °C
Induktivgeber 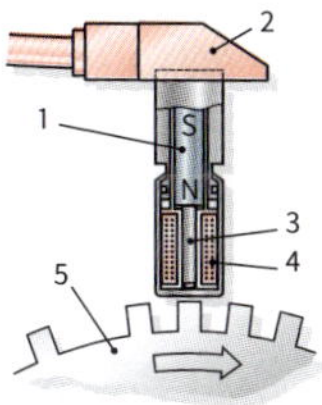 1 Dauermagnet 2 Gehäuse 3 Weicheisenkern 4 Wicklung 5 Impulsgeberrad		Durch Drehung des Impulsgeberrades wird der magnetische Fluss, der die Wicklung durchdringt, geändert. Die Änderung des magnetischen Flusses erzeugt in der Wicklung eine Wechselspannung. Die schnellen Spannungswechsel von + nach – (Impulse) werden vom Steuergerät als Signal erkannt. Durch unterschiedliche Zahnabstände oder einzelne Dauermagneten im Impulsgeberrad ergibt sich ein veränderter Spannungsimpuls, woraus das Steuergerät die Position des Impulsgeberrades errechnen kann. **Anwendungsbeispiele im Kfz:** Motordrehzahl- und Bezugsmarkengeber: Benzineinspritzung Raddrehzahlsensor: Antiblockiersystem (ABS), Antriebsschlupfregelung (ASR) Fahrgeschwindigkeitssensor: Automatikgetriebe, Bordcomputer Zündauslösung: Transistorspulenzündung (TSZ-i) **Diagnose:** z. B. Raddrehzahlsensor ABS 2SH Innenwiderstandsmessung: etwa 0,8–1,7 kΩ Isolationswiderstandsmessung: gegen ∞ Ω Spannungsmessung (Wechselspannung): > 30 mV bei drehendem Rad
Hallsensor 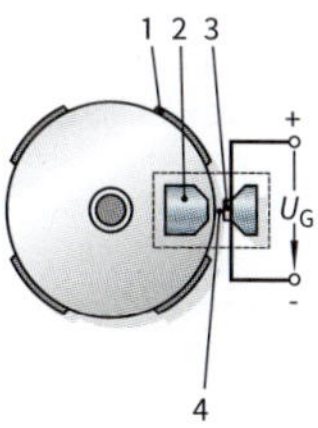 1 Blende 2 Dauermagnet 3 Hall-IC 4 Luftspalt U_G Geberspannung		Das Magnetfeld eines Dauermagneten erzeugt im stromdurchflossenen Hall-IC eine Spannung. Diese Spannung wird unterbrochen, sobald die Blende in den Luftspalt eindringt und das Magnetfeld vom Hall-IC ablenkt. Aus der Anzahl der Spannungswechsel (Spannung EIN bzw. AUS) erkennt das Steuergerät die Drehzahl des Blendenrotors. Durch unterschiedliche Blendenbreiten und die damit verbundenen Änderungen der Spannungswechsel kann das Steuergerät die Position des Blendenrotors erkennen. **Anwendungsbeispiele im Kfz:** Motordrehzahl- und Bezugsmarkensensor: Benzineinspritzung Nockenwellenpositionssensor: sequenzielle Benzineinspritzung Geschwindigkeitssensor: geschwindigkeitsabhängig gesteuerte Servolenkung; Bordcomputer **Diagnose:** z. B. Nockenwellenpositionssensor Motronic M 2.8 Versorgungsspannung: etwa 11,5 V–13,5 V Spannungsmessung: Wechsel der Hallgeberspannung zwischen 0 V und 5 V bei drehendem Motor

Sensoren

Sensor	Schaltzeichen	Wirkungsweise
Drucksensor 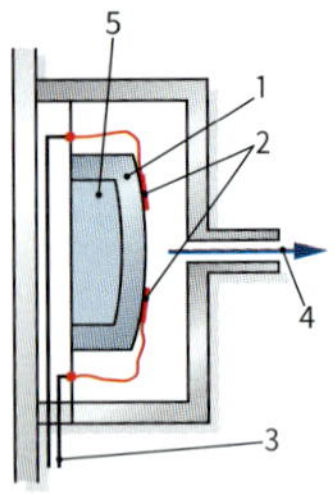 1 Membrane 2 Halbleiterelemente 3 elektrische Anschlüsse 4 Saugrohrdruck 5 Referenzdruckkammer		Die Druckmessung erfolgt über eine Siliziumkristall-Membrane, die eine Referenzdruckkammer mit bestimmtem Innendruck umschließt. Auf dieser Membrane befinden sich Halbleiterelemente, die bei Verformung der Membrane ihren Widerstand ändern. Je nach Veränderung des zu messenden Drucks verformt sich die Membrane und damit ändert sich der Widerstand der Halbleiterelemente. Die sich ergebende Signalspannung wird vom Steuergerät erfasst. **Anwendungsbeispiel im Kfz:** Saugrohrdrucksensor: Benzineinspritzung **Diagnose:** z. B. Saugrohrdrucksensor Motronic MP 9.0 Versorgungsspannung: etwa 5 V Spannungsmessung im Leerlauf: Signalspannung etwa 0,8 V Spannungsmessung bei Volllast: Signalspannung etwa 4,8 V
Ultraschallsensor 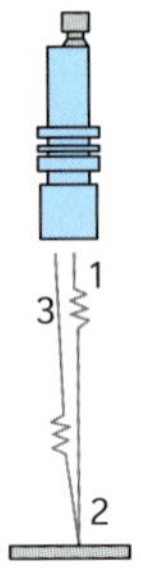 1 Schallimpuls wird gesendet 2 Reflexion 3 Echo wird empfangen	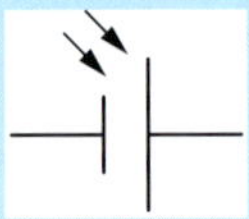	Ein Ultraschallsensor detektiert den Abstand zum Zielobjekt, indem die Zeit zwischen Senden und Empfangen der Ultraschallwelle gemessen wird. Aus dieser Zeit lässt sich die Entfernung des Hindernisses berechnen. In der Fahrzeugtechnik werden Ultraschallsensoren vor allem als Annäherungssensoren verbaut, z. B. bei Einparkhilfen, sowie beim autonomen/automatisierten Fahren, vor allem für die Umgebungserkennung im Nahbereich bis zu 6 m und bei niedrigen Geschwindigkeiten.
Magnetoresistiver Sensor 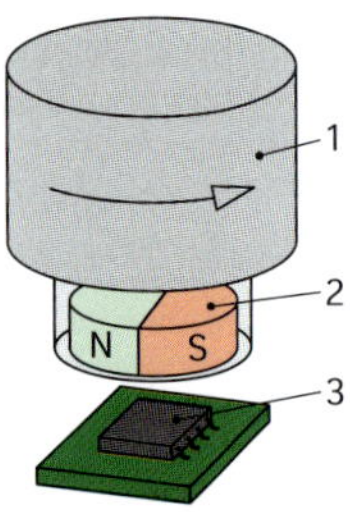 1 Welle 2 Dipolmagnet 3 Sensor-IC	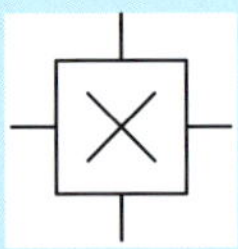	Ein magnetoresistiver Sensor ist ein elektronisches Bauteil, das nach dem Prinzip des magnetoresistiven Effekts funktioniert. Dabei verändert sich der elektrische Widerstand eines Materials, wenn es einem Magnetfeld ausgesetzt wird. Es gibt verschiedene Arten von magnetoresistiven Sensoren. In modernen Fahrzeugen sind in aller Regel **AMR-Sensoren** zu finden (**A**nisotrop **M**agneto **R**esistive). Solche Sensoren werden z. B. zur kontaktlosen Erfassung von Drehwinkeln (Lenkwinkelsensor) oder von Raddrehzahlen (Raddrehzahlsensoren) verwendet. Gegenüber Hallsensoren, die auch zur Erfassung der Raddrehzahl eingesetzt werden, weisen sie eine höhere Empfindlichkeit auf.

Sensoren

Sensor	Schaltzeichen	Wirkungsweise
Luftmassenmesser 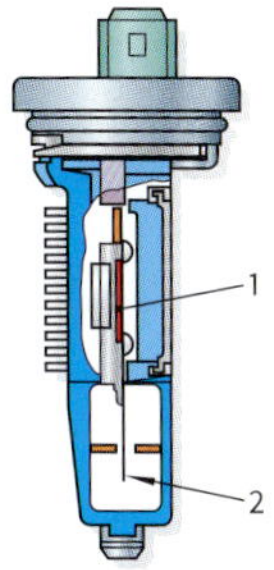 1 Regelschaltung 2 Heißfilmsensor		Der Luftmassenmesser dient zur Bestimmung des Luftmassendurchsatzes als Messgröße für die Motorlast. Es wird zwischen Hitzdrahtluftmassenmesser (HLM) und Heißfilmluftmassenmesser (HFM) unterschieden. Beide Sensoren arbeiten nach demselben Prinzip. Ein elektrisch beheizter Körper (Hitzdraht oder Heißfilm) im Ansaugluftstrom wird durch die strömende Luft abgekühlt. Eine Regelschaltung führt den Heizstrom so nach, dass der Körper eine konstante Temperaturdifferenz gegenüber der Ansauglufttemperatur einnimmt. Als Maß für die angesaugte Luftmasse dient die Regelspannung, die nötig ist, um die Temperatur des Hitzdrahtes bzw. Heißfilms konstant zu halten. **Anwendungsbeispiele im Kfz:** Luftmassenmesser: Benzineinspritzung, Dieseleinspritzung (EDC) **Diagnose:** z. B. Heißfilmluftmassenmesser Motronic M 2.8 Versorgungsspannung etwa 11,5 V–13,5 V Spannungsmessung im Leerlauf: Signalspannung etwa 0,5 V–1,5 V
Klopfsensor 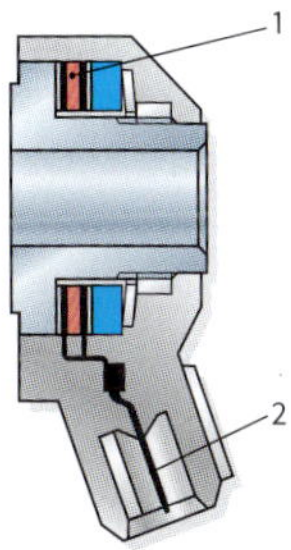 1 Piezokeramik 2 elektrischer Anschluss		Der Klopfsensor misst die Körperschallschwingungen des Motorblocks. Bei normaler bzw. klopfender Verbrennung entstehen unterschiedliche Körperschallschwingungen. Diese Körperschallschwingungen des Motorblocks werden auf die piezokeramische Ringfläche des Klopfsensors übertragen. Hier entsteht ein charakteristischer Spannungsverlauf für normale bzw. klopfende Verbrennung. Die Spannungssignale werden über eine abgeschirmte Leitung an das Steuergerät gesendet. Erkennt das Steuergerät klopfende Verbrennung, wird der Zündwinkel nach „spät" verstellt. **Anwendungsbeispiele im Kfz:** Klopfregelung: elektronische Zündanlage, Motronic **Diagnose:** z. B. Klopfsensor Motronic M 2.8 Widerstandsmessung: Innenwiderstand gegen ∞ Ω
Lambda-Sonde 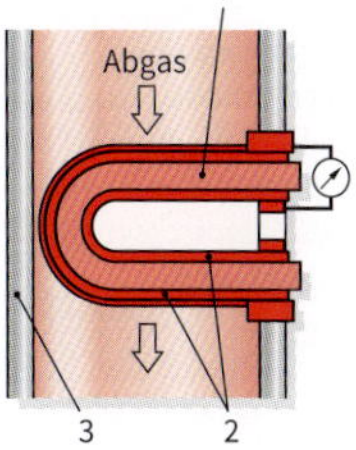 1 Sondenkeramik 2 Elektroden 3 Abgasrohr	Lambda-Sonde 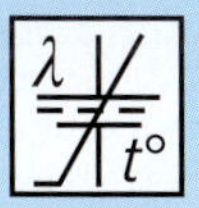 mit Heizung 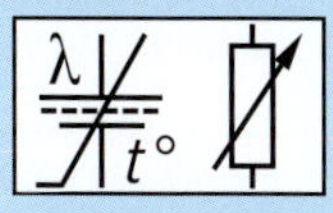	Die Lambda-Sonde hat die Aufgabe, den Restsauerstoffgehalt im Abgas als Messgröße für die Gemischzusammensetzung, mit der der Motor betrieben wird, zu messen. Die Sonde besteht im Wesentlichen aus einem Spezialkeramikkörper, dessen Oberfläche mit gasdurchlässigen Platinelektroden versehen ist. An die Innenelektrode gelangt Außenluft. An die Außenelektrode gelangt Abgas. Bei Temperaturen über 300 °C wird die Keramik leitend. Ist der Sauerstoffgehalt an beiden Seiten der Elektroden unterschiedlich groß, entsteht dort eine Spannung. Änderungen im Restsauerstoffgehalt des Abgases als Folge von Änderungen der Gemischzusammensetzung führen zu einer Änderung der Sondenspannung, welche vom Steuergerät erfasst wird. Lambda-Sonden können elektrisch beheizt werden, um die Ansprechzeit zu verkürzen. **Anwendungsbeispiele im Kfz:** Lambda-Regelung: Benzineinspritzung mit Katalysatorbetrieb **Diagnose:** z. B. Motronic M 1.5.2 Spannungsmessung: Sondenspannungswechsel im Leerlauf zwischen 10 mV und 1000 mV bei sonst intakter Gemischaufbereitungsanlage Spannungsmessung: Versorgungsspannung der Sondenheizung etwa 11,5 V–13,5 V

Integrierte Sensoren

Sensor	Schaltzeichen	Wirkungsweise
Beschleunigungssensor 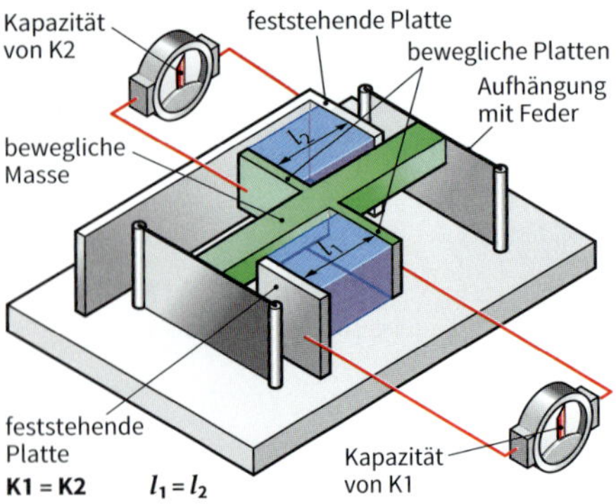		Das Messprinzip des Beschleunigungssensors beruht auf der Kapazitätsänderung von verschiebbaren Kondensatorplatten. Wirkt auf die bewegliche Masse eine Beschleunigungskraft, so verschieben sich die beweglichen gegenüber den feststehenden Kondensatorplatten. Das Steuergerät ermittelt aus der damit verbundenen Veränderung der Kapazität die Größe der Beschleunigung. **Anwendungsbeispiele im Kfz:** Elektronisches Stabilitätsprogramm (ESP), Airbagsysteme, Gurtstraffer
Drehratensensor 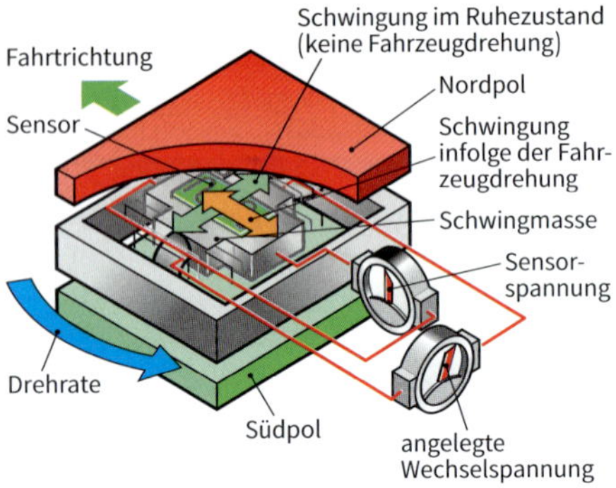		Der Drehratensensor besteht aus einer Schwingmasse, die in einem Magnetfeld zwischen Nord- und Südpol elastisch aufgehängt ist. Auf der Schwingmasse befindet sich ein Sensor, dessen elektrisches Verhalten durch Schwingung beeinflusst wird. Eine angelegte Wechselspannung bewirkt eine Schwingung von Schwingmasse und Sensor. Die Drehung des Fahrzeugs beeinflusst die Schwingung und damit das elektrische Verhalten des Sensors, dessen integrierte Auswertelektronik daraus die Drehrate berechnet und ein entsprechendes Spannungssignal an das Steuergerät sendet. **Anwendungsbeispiele im Kfz:** Elektronisches Stabilitätsprogramm (ESP), Navigationssystem
Drehwinkelsensor 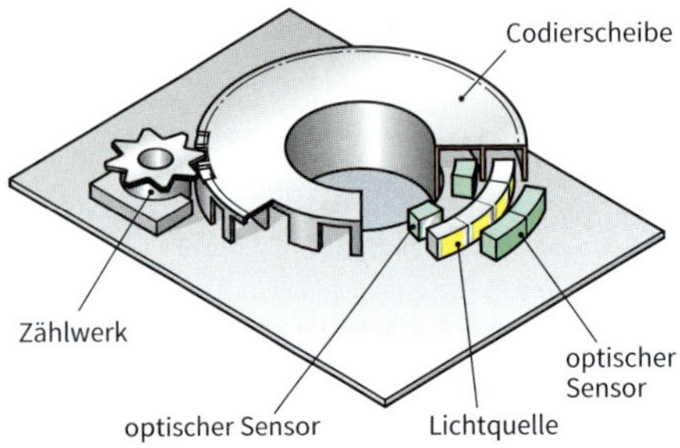		Der Drehwinkelsensor besteht im Wesentlichen aus einer Lichtquelle und optischen Sensoren, die durch eine drehbare Codierscheibe voneinander getrennt sind. Entsprechend dem Prinzip der Lichtschranke erzeugen die optischen Sensoren eine Rechteckspannung, wenn das Licht durch die Drehung der Codierscheibe freigegeben wird. Aus den Spannungsverläufen der Rechtecksignale erkennt das Steuergerät den jeweiligen Drehwinkel. **Anwendungsbeispiel im Kfz:** Elektronisches Stabilitätsprogramm (ESP)
Regensensor, Lichtsensor 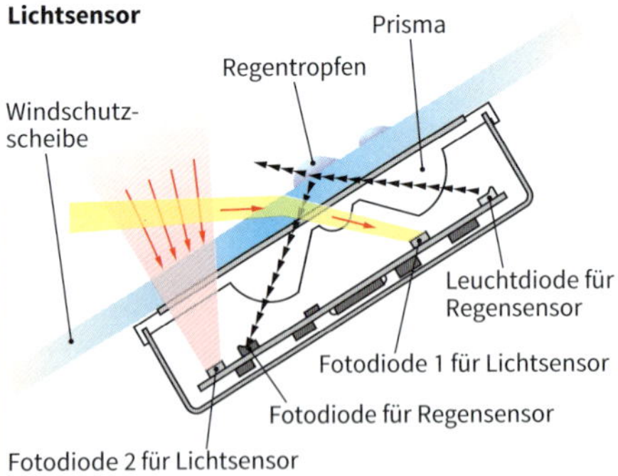		Der Lichtsensor besteht aus einer Fotodiode, welche die Umgebungshelligkeit erfasst. Der Regensensor besteht ebenfalls aus einer Fotodiode, die einen Lichtstrahl erfasst, der von einer Leuchtdiode gesendet und von Regentropfen auf der Windschutzscheibe beeinflusst wird. Je nach Signalspannung der Fotodioden wird die Fahrzeugbeleuchtung ein- oder ausgeschaltet bzw. der Scheibenwischer betätigt. **Anwendungsbeispiele im Kfz:** Scheinwerfer- und Scheibenwischersteuerung

Aktoren

In elektronischen Steuerungs- oder Regelungssystemen erhalten Aktoren elektrische Signale vom Steuergerät, um erforderliche mechanische, elektrische, hydraulische oder pneumatische Vorgänge auszulösen.

Aktor	Schaltzeichen	Wirkungsweise
Magnetventil 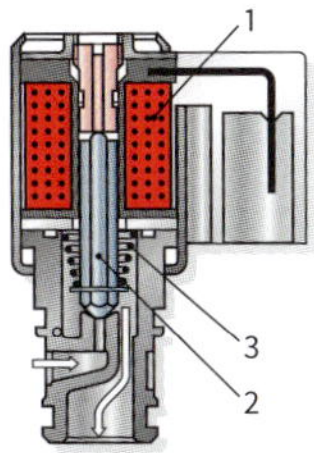 Schaltmagnetventil: 1 Spule 2 Magnetanker 3 Feder	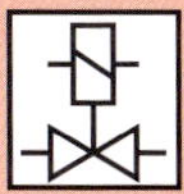	Ein Magnetventil besteht aus einem Elektromagneten, dessen Magnetanker mit einem Ventil verbunden ist. Wird vom Steuergerät eine Spannung angelegt, fließt ein Strom durch die Spule des Elektromagneten. Es entsteht ein magnetisches Feld, das den Magnetanker anzieht. Dadurch öffnet oder schließt das mit dem Magnetanker verbundene Ventil. Nach Abschaltung der Spannung durch das Steuergerät wird der Anker durch eine Feder in seine Ausgangslage zurückgedrückt. **Anwendungsbeispiele im Kfz:** Einspritzventil: Benzineinspritzung Schaltmagnetventil: Automatikgetriebe Druckregelventil: Antiblockiersystem (ABS) Tankentlüftungsventil: Benzineinspritzung **Diagnose:** z. B. Schaltmagnetventil im Automatikgetriebe AR 25/35: Spannungsmessung: Versorgungsspannung etwa 12 V Widerstandsmessung: Innenwiderstand etwa 17–20 Ω Stellglieddiagnose mit Systemtestgerät
Elektromotor 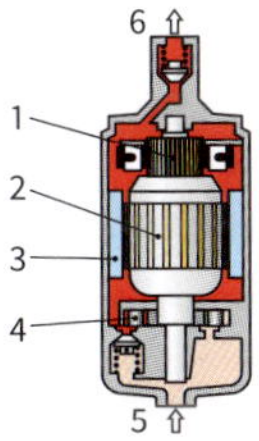 Kraftstoffförderpumpe: 1 Kollektor; 2 Läufer 3 Dauermagnet 4 Rollenzellenpumpe 5 Saugseite; 6 Druckseite	 	Die Wirkungsweise des Gleichstrommotors beruht auf der Umkehrung des Generatorprinzips. Fließt durch einen im Magnetfeld befindlichen Leiter ein Strom, so wird der Leiter quer zum Magnetfeld bewegt. Die Drehbewegung kommt durch Verwendung einer Leiterschleife zustande, deren Stromrichtung und damit die Kraftrichtung in ihren beiden Teilen entgegengesetzt ist. Wegen der großen Stromaufnahme sind den Elektromotoren häufig Relais vorgeschaltet. **Anwendungsbeispiele im Kfz:** Kraftstoffförderpumpe: Benzineinspritzung Rückförderpumpe: Antiblockiersystem (ABS) **Diagnose:** z. B. Kraftstoffförderpumpe Motronic M 2.8: Spannungsmessung: Versorgungsspannung etwa 11,5–13,5 V
Schrittmotor 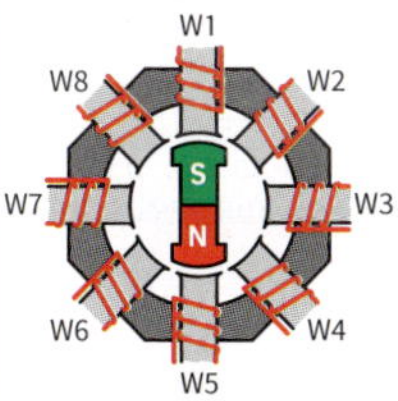 	 	Die Wirkungsweise des Schrittmotors beruht auf der des Elektromotors, nur dass die Drehbewegung schrittweise erfolgt. Wird z. B. an den Wicklungen 2 und 6 eine Spannung angelegt, entsteht an der Wicklung 2 ein magnetischer Nordpol und an der Wicklung 6 ein Südpol. Dadurch dreht sich der Läufer um einen Schritt rechtsherum. Z. B. wird beim EGAS damit die Drosselklappe einen Spalt geöffnet und wenn diese weiter geöffnet werden soll, werden die Wicklungen 3 und 7 mit Spannung versorgt. **Anwendungsbeispiele im Kfz:** Drosselklappenverstellung beim EGAS, Außenspiegel-, Sitz- und Lenkradverstellung mit Memory, Luftklappenverstellung bei Klimaanlagen
Zündspule 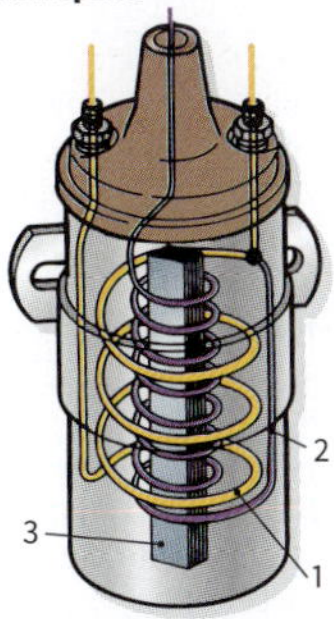 1 Primärwicklung 2 Sekundärwicklung 3 Eisenkern		Die Zündspule besteht aus einem Eisenkern, einer Primärwicklung mit wenigen Windungen und einer Sekundärwicklung mit vielen Windungen aus Kupferdraht. Der von der Batterie gelieferte Gleichstrom wird im Zündzeitpunkt vom Steuergerät abgeschaltet, sodass das Magnetfeld der Primärwicklung zusammenbricht. Die in der Sekundärwicklung entstehende Hochspannung führt zur Funkenbildung an der Zündkerze. Ausführungen als Einzelfunken- und Doppelfunkenzündspulen sind üblich. **Anwendungsbeispiele im Kfz:** elektronische Zündanlagen, kombinierte Einspritzanlagen für Ottomotoren (Motronic) **Diagnose:** z. B. Zündspule Motronic M 1.5.2 Spannungsmessung: Versorgungsspannung etwa 11,5–13,5 V Widerstandsmessung: Primärseite etwa 0,5–3 Ω Sekundärseite etwa 7–12 kΩ

Begriff	Englisch	Erklärung
Anweisung	instruction	Arbeitsvorschrift, festgelegt nach den Regeln der jeweiligen Programmiersprache
ASCII	ASCII	**A**merican **S**tandart **C**ode for **I**nformation **I**nterchange; genormter 7-Bit- bzw. 8-Bit-Code für den Datenaustausch
Assemblierer	assembler	Übersetzungsprogramm, das maschinenorientierte Quellanweisungen in Zielanweisungen der Maschinensprache umwandelt
BASIC	BASIC	**B**eginners **A**ll-purpose **S**ymbolic **I**nstruction **C**ode; problemorientierte Programmiersprache für den Dialogbetrieb; das Computerprogramm übersetzt die Befehle in Maschinensprache.
Befehl	Command	Anweisung, die direkt oder codiert ausgeführt wird
Betriebssystem	operating-system	Programm, das den Datenfluss zwischen Zentraleinheit, Peripheriegeräten und Anwenderprogrammen übersetzt und kontrolliert (z. B. MAC OS, Unix, Windows)
binär	binary	Eigenschaft, jeweils einen von zwei Werten oder Zuständen annehmen zu können (an/aus, 0/1)
BIOS	BIOS	**B**asic-**I**nput-**O**utput-**S**ystem; Programm zum Regeln des internen Datentransfers beim Starten des Rechners
Bit	bit	Kurzform von **bi**nary-dig**it**; kleinste binäre Informationseinheit der Datentechnik (2 Möglichkeiten): 0/1; (over/high; aus/an)
Byte	byte	8 Bit; Informationseinheit für Buchstaben, Ziffern oder Zeichen (256 Möglichkeiten)
Cache	cache	Speicher für die zeitweise Zwischenspeicherung von Daten zwischen CPU und Arbeitsspeicher (Datenpuffer)
CAD	CAD	**C**omputer **A**ided **D**esign; computerunterstützte Produktentwicklung
CAM	CAM	**C**omputer **A**ided **M**anufactoring; computerunterstützte Produktherstellung
CD-ROM	CD-ROM	**C**ompact-**D**isc-**R**ead-**O**nly-**M**emory; Nur-Lese-Speicher mit optischem Lesekopf
Computervirus	computer virus	Ein sich selbst vermehrendes **Computerprogramm**, welches sich in andere Computerprogramme einschleust und sich damit reproduziert. Es nimmt **Veränderungen** an der Hardware, Software oder am Betriebssystem vor, die von den anwendenden Personen nicht kontrolliert werden können.
CPU	CPU	**C**entral **P**rocessing **U**nit; Zentraleinheit mit dem Rechenwerk, Steuerwerk und Hauptspeicher
Datei	file	Daten oder Programme, die unter einem gemeinsamen Namen gespeichert wurden
DSL	Digital Subscriber Line	**Verbindungstechnologie** zwischen PCs mit einer Übertragungsrate bis 50.000 kBit/s
DVD	DVD	DVD geht ursprünglich auf die Abkürzung von **D**igital **V**ideo **D**isc zurück. Heute wird die Abkürzung als Digital Versatile Disc (engl. für digitale vielseitige Scheibe) interpretiert. Nachfolger der DVD ist die Blu-ray Disc, die über eine erheblich gesteigerte Datenrate und Speicherkapazität verfügt.
Festwertspeicher (ROM)	**R**ead-**O**nly-**M**emory	Nur-Lese-Speicher, dessen Inhalt nach Ausschalten des Rechners nicht verloren geht
Hardware	hardware	Gesamtheit oder Einzelteile einer Recheneinheit
Hauptspeicher (RAM)	mainstorage **R**andom-**A**ccess-**M**emory	Speicher mit wahlfreiem Zugriff; Arbeitsspeicher für die Speicherung und unmittelbare Verarbeitung der Daten
Internet	internet	Das Internet ist ein Gebilde aus einer Vielzahl einzelner Datennetze. In ihm tauschen Millionen von unterschiedlichen Computern weltweit gegenseitig Informationen aus.
ISDN	ISDN	**I**ntegrated **S**ervices **D**igital **N**etwork; Netzwerk, das mehrere Dienste integriert; dient zur Übertragung von Daten und Sprache, mit hoher Datentransferrate (64 kBit/s)
Kompilierer	compiler	Übersetzungsprogramm, das die Quellanweisungen der jeweiligen Programmiersprache in Zielanweisungen der Maschinensprache umwandelt
LAN	LAN	**L**ocal **A**rea **N**etwork, lokales Netzwerk
Mailbox	mailbox	Elektronischer Briefkasten, der über das Telefonnetz Daten erhält oder liefert
Modem	modem	**Mo**dulator-**Dem**odulator; Gerät zur Datenfernübertragung zwischen Computern über den Telefonanschluss
Scanner	scanner	Eingabegerät zum Einlesen von Bildern und Schriften in den Rechner
Schnittstelle	interface	Gedachter oder tatsächlicher Übergang an der Grenze zwischen zwei gleichartigen Einheiten der Hardware oder der Software. Bei **parallelen Schnittstellen** werden mehrere Daten gleichzeitig über parallele Leitungen übertragen. **Serielle Schnittstellen** übertragen die Daten nacheinander über eine Leitung.
Software	software	Programme für den Betrieb der Rechenanlage (Systemsoftware) oder zur Lösung von Anwenderaufgaben (Anwendersoftware)
WLAN	WLAN	Wireless Lan, drahtloses Netzwerk

Konnektivität

Konnektivität beschreibt allgemein die Vernetzung von Maschinen untereinander oder von Menschen mit Maschinen. Bei Fahrzeugen kann dies z. B. die Kommunikation mit dem Fahrer/der Fahrerin umfassen, aber auch mit Werkstätten, Herstellern oder Internetdiensten. Die Erhöhung der Konnektivität dient der Personalisierung, Flexibilisierung und Steigerung der Sicherheit bei der Nutzung von Fahrzeugen.

Ethernet

Der Begriff Ethernet bezieht sich auf die kabelgebundene Datenübertragung innerhalb eines lokalen Netzwerks (Local Area Network/LAN). Innerhalb eines solchen geschlossenen Netzwerks sind Computer, Drucker und Server über spezielle Kabel miteinander verbunden und können untereinander kommunizieren.
Ursprünglich diente die Bezeichnung LAN-Kabel als Oberbegriff, während der Begriff Ethernet-Kabel einen bestimmten Typ von Kabel bezeichnete – nämlich ein in sich gedrehtes Kupferkabel, über das Daten in standardisierter Form weitergeleitet werden. Inzwischen hat sich Ethernet gegen die anderen beiden existierenden Kabel-Typen, Arcnet und Token Ring, durchgesetzt und gilt als der gängige Standard. Daher werden die Begriffe LAN-Kabel und Ethernet-Kabel mittlerweile auch synonym verwendet, wobei LAN-Kabel die gängigere Bezeichnung ist.
Heute werden neben Kupferkabel zunehmend Glasfaserkabel für die Signalübertragung eingesetzt. Sie setzen sich aus vielen einzelnen Glasfasern zusammen, die aus Quarzglas als Übertragungsmedium bestehen und einen Lichtwellenleiter (LWL) bilden. Diese Kabel übertragen Lichtsignale über weite Strecken mit Lichtgeschwindigkeit und enormer Datenkapazität.
Es gibt heute eine Vielzahl von Ethernet-Varianten mit unterschiedlichen Übertragungsgeschwindigkeiten, die nach IEEE 802.3 standardisiert sind (siehe Tabelle) Das IEEE steht für „Institute of Electrical and Electronics Engineers“. Für Anwendungen im Fahrzeug, wie z. B. die Übertragung hochauflösenden Kameradaten oder im Bereich Infotainment werden sehr hohe Übertragungsraten benötigt.

Ethernet-Standards

Bezeichnung	IEEE	Medium	Kabelkategorie	Maximale Übertragungsrate	Typische Anwendung	Ungefähre Reichweite
10Base5	802.3	Koaxialkabel (Thicknet)	–	10 Mbit/s	Veraltet: Frühe LANs	Bis zu 500 Meter
10Base2	802.3	Koaxialkabel (Thinnet)	–	10 Mbit/s	Veraltet: Frühe LANs	Bis zu 185 Meter
10Base-T	802.3	Twisted Pair (Kupfer)	Cat3	10 Mbit/s	Veraltet: Frühe LANs	Bis zu 100 Meter
100Base-TX	802.3u	Twisted Pair (Kupfer)	Cat5e	100 Mbit/s	LANs, kleine bis mittlere Unternehmen	Bis zu 100 Meter
1000BaseT	802.3ab	Twisted Pair (Kupfer)	Cat5e, Cat6	1 Gbit/s	LANs, Serverräume	Bis zu 100 Meter
1000Base-SX	802.3z	Multimode-Glasfaser	OM1, OM2, OM3	1 Gbit/s	LANs, kürzere Strecken	Bis zu 550 Meter (OM3)
1000Base-LX	802.3z	Singlemode-Glasfaser	OS1, OS2	1 Gbit/s	LANs, längere Strecken	Bis zu 5 Kilometer
10GBASE-T	802.3an	Twisted Pair (Kupfer)	Cat6a	10 Gbit/s	Hochleistungsnetzwerke, Rechenzentren	Bis zu 100 Meter
10GBASE-SR	802.3ae	Multimode-Glasfaser	OM3, OM4	10 Gbit/s	Hochleistungsnetzwerke, Rechenzentren	Bis zu 300 Meter (OM3)
10GBASE-LR	802.3ae	Singlemode-Glasfaser	OS1, OS2	10 Gbit/s	WANs, Backbone-Netzwerke	Bis zu 10 Kilometer
10GBASE-ER	802.3ae	Singlemode-Glasfaser	OS1, OS2	10 Gbit/s	WANs, Backbone-Netzwerke	Bis zu 40 Kilometer
10GBASE-ZR	802.3ae	Singlemode-Glasfaser	0S1, OS2	10 Gbit/s	WANs, Backbone-Netzwerke	Bis zu 80 Kilometer
25GBASE-T	802.3by	Twisted Pair (Kupfer)	Cat5e, Cet6a	25 Gbit/s	Hochleistungsnetzwerke	Bis zu 100 Meter (Cat6a)
40GBASE-SR4	802.3ba	Multimode-Glasfaser	OM3, OM4	40 Gbit/s	Hochleistungsnetzwerke, Rechenzentren	Bis zu 150 Meter (OM4)
40GBASE-LR4	802.3ba	Singlemode-Glasfaser	OS1, OS2	40 Gbit/s	Hochleistungsnetzwerke, Rechenzentren	Bis zu 10 Kilometer
100GBASE-SR10	802.3bc	Multimode-Glasfaser	OM3, OM4	100 Gbit/s	Hochleistungsnetzwerke, Rechenzentren	Bis zu 100 Meter (OM4)
100GBASE-LR4	802.3bc	Singlemode-Glasfaser	OS1, OS2	100 Gbit/s	Hochleistungsnetzwerke, Rechenzentren	Bis zu 10 Kilometer
200GBASE-FR4	802.3bs	Singlemode-Glasfaser	OS1, OS2	200 Gbit/s	Hochleistungsnetzwerke, Rechenzentren	Bis zu 20 Kilometer
400GBASE-FR4	802.3bs	Singlemode-Glasfaser	OS1, OS2	400 Gbit/s	Hochleistungsnetzwerke, Rechenzentren	Bis zu 20 Kilometer
400GBASE-DR4	802.3bs	Singlemode-Glasfaser	OS1, OS2	400 Gbit/s	Hochleistungsnetzwerke, Rechenzentren	Bis zu 20 Kilometer
800GBASE-DR4	802.3df	Singlemode-Glasfaser	OS1, OS2	800 Gbit/s	Hochleistungsnetzwerke, Rechenzentren	Bis zu 20 Kilometer
1.6TBASE-SR	802.3ce	Singlemode-Glasfaser	OS1, OS2	1,6 Tbit/s	Hochleistungsnetzwerke, Rechenzentren	Bis zu 2 Kilometer, Standard noch nicht offiziell

Das **Dezimalsystem** hat den Zeichenvorrat von 0 bis 9. Basis ist die Zahl 10 ($10^0 = 1$, $10^1 = 10$, $10^2 = 100$, $10^3 = 1000$ usw.).

Das **Hexadezimalsystem** verwendet den Zeichenvorrat des Dezimalsystems mit der Erweiterung um die Buchstaben A bis F, damit insgesamt 16 Zeichen zur Verfügung stehen (A ↔ 10 , B ↔ 11, C ↔ 12, D ↔ 13, E ↔ 14, F ↔ 15). Basis ist die Zahl 16 ($16^0 = 1$, $16^1 = 16$, $16^2 = 256$ usw.). Der Dezimalzahl 27 entspricht die Hexadezimalzahl 1B ($1 \cdot 16^1 + B \cdot 16^0 = 1 \cdot 16 + 11 \cdot 1 = 27$).

Das **Dualsystem** hat den Zeichenvorrat von 0 und 1. Basis ist die Zahl 2 ($2^0 = 1$, $2^1 = 2$, $2^2 = 4$, $2^3 = 8$, $2^4 = 16$ usw.). Der Dezimalzahl 27 entspricht die Dualzahl 0001 1011 ($0 \cdot 2^7 + 0 \cdot 2^6 + 0 \cdot 2^5 + 1 \cdot 2^4 + 1 \cdot 2^3 + 0 \cdot 2^2 + 1 \cdot 2^1 + 1 \cdot 2^0 = 16 + 8 + 2 + 1 = 27$).

Der Informationsgehalt des Zeichenvorrats von 0 und 1 wird als **Bit** bezeichnet. Das ist die kleinste Informationseinheit der Datentechnik. **8 Bit** ergeben **1 Byte.** Mit einem Byte lassen sich 256 verschiedene Zeichen darstellen (z. B. die Dezimalzahlen von 0 bis 255; die Hexadezimalzahlen von 0 bis FF oder die Zeichen der Tastatur). Die 8 Bit (b_1 bis b_8) werden in zwei Gruppen (1. Halbbyte und 2. Halbbyte) zu je 4 Bit unterteilt. Für die Ablesung der Tabelle ist das 1. Halbbyte **waagerecht** und das 2. Halbbyte **senkrecht** zuzuordnen, um die zugehörige Dezimal- oder Hexadezimalzahl zu erhalten.

								Bit 8	0	0	0	0	0	0	0	0	1	1	1	1	1	1	1	1
								Bit 7	0	0	0	0	1	1	1	1	0	0	0	0	1	1	1	1
								Bit 6	0	0	1	1	0	0	1	1	0	0	1	1	0	0	1	1
								Bit 5	0	1	0	1	0	1	0	1	0	1	0	1	0	1	0	1
b_8	b_7	b_6	b_5	b_4	b_3	b_2	b_1																
2. Halbbyte				1. Halbbyte				Zahl	Z_D = Dezimalzahl								Z_H = Hexadezimalzahl							
				0	0	0	0	Z_D	0	16	32	48	64	80	96	112	128	144	160	176	192	208	224	240
								Z_H	00	10	20	30	40	50	60	70	80	90	A0	B0	C0	D0	E0	F0
				0	0	0	1	Z_D	1	17	33	49	65	81	97	113	129	145	161	177	193	209	225	241
								Z_H	01	11	21	31	41	51	61	71	81	91	A1	B1	C1	D1	E1	F1
				0	0	1	0	Z_D	2	18	34	50	66	82	98	114	130	146	162	178	194	210	226	242
								Z_H	02	12	22	32	42	52	62	72	82	92	A2	B2	C2	D2	E2	F2
				0	0	1	1	Z_D	3	19	35	51	67	83	99	115	131	147	163	179	195	211	227	243
								Z_H	03	13	23	33	43	53	63	73	83	93	A3	B3	C3	D3	E3	F3
				0	1	0	0	Z_D	4	20	36	52	68	84	100	116	132	148	164	180	196	212	228	244
								Z_H	04	14	24	34	44	54	64	74	84	94	A4	B4	C4	D4	E4	F4
				0	1	0	1	Z_D	5	21	37	53	69	85	101	117	133	149	165	181	197	213	229	245
								Z_H	05	15	25	35	45	55	65	75	85	95	A5	B5	C5	D5	E5	F5
				0	1	1	0	Z_D	6	22	38	54	70	86	102	118	134	150	166	182	198	214	230	246
								Z_H	06	16	26	36	46	56	66	76	86	96	A6	B6	C6	D6	E6	F6
				0	1	1	1	Z_D	7	23	39	55	71	87	103	119	135	151	167	183	199	215	231	247
								Z_H	07	17	27	37	47	57	67	77	87	97	A7	B7	C7	D7	E7	F7
				1	0	0	0	Z_D	8	24	40	56	72	88	104	120	136	152	168	184	200	216	232	248
								Z_H	08	18	28	38	48	58	68	78	88	98	A8	B8	C8	D8	E8	F8
				1	0	0	1	Z_D	9	25	41	57	73	89	105	121	137	153	169	185	201	217	233	249
								Z_H	09	19	29	39	49	59	69	79	89	99	A9	B9	C9	D9	E9	F9
				1	0	1	0	Z_D	10	26	42	58	74	90	106	122	138	154	170	186	202	218	234	250
								Z_H	0A	1A	2A	3A	4A	5A	6A	7A	8A	9A	AA	BA	CA	DA	EA	FA
				1	0	1	1	Z_D	11	27	43	59	75	91	107	123	139	155	171	187	203	219	235	251
								Z_H	0B	1B	2B	3B	4B	5B	6B	7B	8B	9B	AB	BB	CB	DB	EB	FB
				1	1	0	0	Z_D	12	28	44	60	76	92	108	124	140	156	172	188	204	220	236	252
								Z_H	0C	1C	2C	3C	4C	5C	6C	7C	8C	9C	AC	BC	CC	DC	EC	FC
0	1	1	1	1	1	0	1	Z_D	13	29	45	61	77	93	109	125	141	157	173	189	205	221	237	253
								Z_H	0D	1D	2D	3D	4D	5D	6D	7D	8D	9D	AD	BD	CD	DD	ED	FD
				1	1	1	0	Z_D	14	30	46	62	78	94	110	126	142	158	174	190	206	222	238	254
								Z_H	0E	1E	2E	3E	4E	5E	6E	7E	8E	9E	AE	BE	CE	DE	EE	FE
				1	1	1	1	Z_D	15	31	47	63	79	95	111	127	143	159	175	191	207	223	239	255
								Z_H	0F	1F	2F	3F	4F	5F	6F	7F	8F	9F	AF	BF	CF	DF	EF	FF

Beispiel: Der Dezimalzahl 125 entsprechen die Hexadezimalzahl 7D und die Dualzahl 0111 1101

2. Halbbyte 1. Halbbyte

American Standard Code for Information Interchange (ASCII), amerikanische Norm für den Datenaustausch (8-Bit-Code)

DIN 66303: 2000-6

<table>
<tr><td colspan="8">Bit 8</td><td>0</td><td>0</td><td>0</td><td>0</td><td>0</td><td>0</td><td>0</td><td>0</td><td>1</td><td>1</td><td>1</td><td>1</td><td>1</td><td>1</td><td>1</td><td>1</td></tr>
<tr><td colspan="8">Bit 7</td><td>0</td><td>0</td><td>0</td><td>0</td><td>1</td><td>1</td><td>1</td><td>1</td><td>0</td><td>0</td><td>0</td><td>0</td><td>1</td><td>1</td><td>1</td><td>1</td></tr>
<tr><td colspan="8">Bit 6</td><td>0</td><td>0</td><td>1</td><td>1</td><td>0</td><td>0</td><td>1</td><td>1</td><td>0</td><td>0</td><td>1</td><td>1</td><td>0</td><td>0</td><td>1</td><td>1</td></tr>
<tr><td colspan="8">Bit 5</td><td>0</td><td>1</td><td>0</td><td>1</td><td>0</td><td>1</td><td>0</td><td>1</td><td>0</td><td>1</td><td>0</td><td>1</td><td>0</td><td>1</td><td>0</td><td>1</td></tr>
<tr><td>b_8</td><td>b_7</td><td>b_6</td><td>b_5</td><td>b_4</td><td>b_3</td><td>b_2</td><td>b_1</td><td colspan="16">Beispiel: Der Dezimalzahl 156 bzw. der Dualzahl 1001 1100 ist das ASCII-Zeichen £ zugeordnet.</td></tr>
<tr><td colspan="4">2. Halbbyte</td><td colspan="4">1. Halbbyte</td><td colspan="16">Die Zeichen 128–255 werden von den Computerfirmen nicht immer einheitlich belegt.</td></tr>
<tr><td></td><td></td><td></td><td></td><td>0</td><td>0</td><td>0</td><td>0</td><td>NUL
00</td><td>DLE
16</td><td>SP
32</td><td>0
48</td><td>@
64</td><td>P
80</td><td>`
96</td><td>p
112</td><td>Ç
128</td><td>È
144</td><td>á
160</td><td>░
176</td><td>└
192</td><td>╨
208</td><td>α
224</td><td>≡
240</td></tr>
<tr><td></td><td></td><td></td><td></td><td>0</td><td>0</td><td>0</td><td>1</td><td>SOH
01</td><td>DC1
17</td><td>!
33</td><td>1
49</td><td>A
65</td><td>Q
81</td><td>a
97</td><td>q
113</td><td>ü
129</td><td>æ
145</td><td>í
161</td><td>▒
177</td><td>┴
193</td><td>╤
209</td><td>β
225</td><td>±
241</td></tr>
<tr><td></td><td></td><td></td><td></td><td>0</td><td>0</td><td>1</td><td>0</td><td>STX
02</td><td>DC2
18</td><td>~
34</td><td>2
50</td><td>B
66</td><td>R
82</td><td>b
98</td><td>r
114</td><td>é
130</td><td>Æ
146</td><td>ó
162</td><td>▓
178</td><td>┬
194</td><td>╥
210</td><td>Γ
226</td><td>≥
242</td></tr>
<tr><td></td><td></td><td></td><td></td><td>0</td><td>0</td><td>1</td><td>1</td><td>ETX
03</td><td>DC3
19</td><td>#
35</td><td>3
51</td><td>C
67</td><td>S
83</td><td>c
99</td><td>s
115</td><td>â
131</td><td>ô
147</td><td>ú
163</td><td>│
179</td><td>├
195</td><td>╙
211</td><td>π
227</td><td>≤
243</td></tr>
<tr><td></td><td></td><td></td><td></td><td>0</td><td>1</td><td>0</td><td>0</td><td>EOT
04</td><td>DC4
20</td><td>$
36</td><td>4
52</td><td>D
68</td><td>T
84</td><td>d
100</td><td>t
116</td><td>ä
132</td><td>ö
148</td><td>ñ
164</td><td>┤
180</td><td>─
196</td><td>╘
212</td><td>Σ
228</td><td>⌠
244</td></tr>
<tr><td></td><td></td><td></td><td></td><td>0</td><td>1</td><td>0</td><td>1</td><td>ENQ
05</td><td>NAK
21</td><td>%
37</td><td>5
53</td><td>E
69</td><td>U
85</td><td>e
101</td><td>u
117</td><td>à
133</td><td>ò
149</td><td>Ñ
165</td><td>╡
181</td><td>┼
197</td><td>╒
213</td><td>σ
229</td><td>⌡
245</td></tr>
<tr><td></td><td></td><td></td><td></td><td>0</td><td>1</td><td>1</td><td>0</td><td>ACK
06</td><td>SYN
22</td><td>&
38</td><td>6
54</td><td>F
70</td><td>V
86</td><td>f
102</td><td>v
118</td><td>å
134</td><td>û
150</td><td>ª
166</td><td>╢
182</td><td>╞
198</td><td>╓
214</td><td>µ
230</td><td>÷
246</td></tr>
<tr><td></td><td></td><td></td><td></td><td>0</td><td>1</td><td>1</td><td>1</td><td>BEL
07</td><td>ETB
23</td><td>’
39</td><td>7
55</td><td>G
71</td><td>W
87</td><td>g
103</td><td>w
119</td><td>ç
135</td><td>ù
151</td><td>º
167</td><td>╖
183</td><td>╟
199</td><td>╫
215</td><td>τ
231</td><td>≈
247</td></tr>
<tr><td></td><td></td><td></td><td></td><td>1</td><td>0</td><td>0</td><td>0</td><td>BS
08</td><td>CAN
24</td><td>(
40</td><td>8
56</td><td>H
72</td><td>X
88</td><td>h
104</td><td>x
120</td><td>ê
136</td><td>ÿ
152</td><td>¿
168</td><td>╕
184</td><td>╚
200</td><td>╪
216</td><td>Φ
232</td><td>°
248</td></tr>
<tr><td></td><td></td><td></td><td></td><td>1</td><td>0</td><td>0</td><td>1</td><td>HT
09</td><td>EM
25</td><td>)
41</td><td>9
57</td><td>I
73</td><td>Y
89</td><td>i
105</td><td>y
121</td><td>ë
137</td><td>Ö
153</td><td>⌐
169</td><td>╣
185</td><td>╔
201</td><td>┘
217</td><td>Θ
233</td><td>•
249</td></tr>
<tr><td></td><td></td><td></td><td></td><td>1</td><td>0</td><td>1</td><td>0</td><td>LF
10</td><td>SUB
26</td><td>*
42</td><td>:
58</td><td>J
74</td><td>Z
90</td><td>j
106</td><td>z
122</td><td>è
138</td><td>Ü
154</td><td>¬
170</td><td>║
186</td><td>╩
202</td><td>┌
218</td><td>Ω
234</td><td>·
250</td></tr>
<tr><td></td><td></td><td></td><td></td><td>1</td><td>0</td><td>1</td><td>1</td><td>VT
11</td><td>ESC
27</td><td>+
43</td><td>;
59</td><td>K
75</td><td>[
91</td><td>k
107</td><td>{
123</td><td>ï
139</td><td>¢
155</td><td>½
171</td><td>╗
187</td><td>╦
203</td><td>█
219</td><td>δ
235</td><td>√
251</td></tr>
<tr><td>1</td><td>0</td><td>0</td><td>1</td><td>1</td><td>1</td><td>0</td><td>0</td><td>FF
12</td><td>FS
28</td><td>,
44</td><td><
60</td><td>L
76</td><td>\
92</td><td>l
108</td><td>|
124</td><td>î
140</td><td>£
156</td><td>¼
172</td><td>╝
188</td><td>╠
204</td><td>▄
220</td><td>∞
236</td><td>^{n}
252</td></tr>
<tr><td></td><td></td><td></td><td></td><td>1</td><td>1</td><td>0</td><td>1</td><td>CR
13</td><td>GS
29</td><td>_
45</td><td>=
61</td><td>M
77</td><td>]
93</td><td>m
109</td><td>}
125</td><td>ì
141</td><td>¥
157</td><td>¡
173</td><td>╜
189</td><td>═
205</td><td>▌
221</td><td>ø
237</td><td>^{2}
253</td></tr>
<tr><td></td><td></td><td></td><td></td><td>1</td><td>1</td><td>1</td><td>0</td><td>SO
14</td><td>RS
30</td><td>.
46</td><td>>
62</td><td>N
78</td><td>^
94</td><td>n
110</td><td>~
126</td><td>Ä
142</td><td>Pts
158</td><td>«
174</td><td>╛
190</td><td>╬
206</td><td>▐
222</td><td>ε
238</td><td>■
254</td></tr>
<tr><td></td><td></td><td></td><td></td><td>1</td><td>1</td><td>1</td><td>1</td><td>SI
15</td><td>US
31</td><td>/
47</td><td>?
63</td><td>O
79</td><td>–
95</td><td>o
111</td><td>DEL
127</td><td>Å
143</td><td>ƒ
159</td><td>»
175</td><td>┐
191</td><td>╧
207</td><td>▀
223</td><td>∩
239</td><td>SP
255</td></tr>
</table>

Bedeutung der ASCII-Steuerzeichen

Zeichen	Bedeutung (englisch)	Bedeutung (deutsch)	Zeichen	Bedeutung (englisch)	Bedeutung (deutsch)
NUL	null	Null, keine Operation	SI	shift in	Rückschaltungszeichen
SOH	start of heading	Beginn der Kopfzeile	DLE	data link escape	Verbindung umschalten
STX	start of text	Beginn des Textes	DC	device control	Gerätesteuerung
ETX	end of text	Ende des Textes	NAK	negative acknowledge	Fehlerrückmeldung
EOT	end of transmission	Ende der Datenübertragung	SYN	synchronous idle	Synchronisierung
ENQ	enquiry	Befehl zum Beginn der Datenübertragung	ETB	end of transmission block	Übertragungsblockende
			CAN	cancel	ungültig, Abbruch
ACK	acknowledge	Bestätigung	EM	end of medium	Ende der Aufzeichnung
BEL	bell	Glocke	SUB	substitute	Befehl zum Ersetzen
BS	backspace	Rückwärtsschritt	ESC	escape	Umschaltung
HT	horizontal tabulation	Horizontaltabulator	FS	form separator	Hauptgruppentrennung
LF	line feed	Zeilenvorschub	GS	group separator	Gruppentrennung
VT	vertical tabulation	Vertikaltabulator	RS	record separator	Untergruppentrennung
FF	form feed	Formularvorschub	US	unit separator	Teilgruppentrennung
CR	carriage return	Wagenrücklauf	SP	space	Leerschritt
SO	shift out	Dauerumschaltzeichen	DEL	delete	löschen

Logische Funktionen, Symbole und Ersatzschaltungen

<table>
<tr><th rowspan="2">Bezeichnung/Logische Funktion (Gleichung) nach DIN IEC 60050-351</th><th rowspan="2">Symbole nach DIN EN 60617</th><th colspan="3">Funktionstabelle</th><th rowspan="2">Ersatzschaltung hydraulisch/pneumatisch nach DIN ISO 1219</th><th rowspan="2">Ersatzschaltung elektrisch/elektronisch nach DIN EN 60617</th></tr>
<tr><th>E1</th><th>E2</th><th>A</th></tr>
<tr><td rowspan="2">Identität

A = E1</td><td rowspan="2">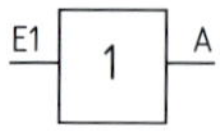</td><td>0</td><td></td><td>0</td><td rowspan="2">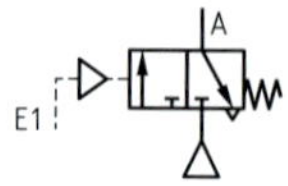</td><td rowspan="2">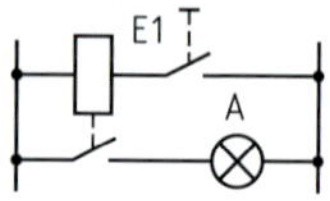</td></tr>
<tr><td>1</td><td></td><td>1</td></tr>
<tr><td rowspan="2">NICHT-Glied
(NOT)

A = $\overline{E1}$ (nicht E1)</td><td rowspan="2">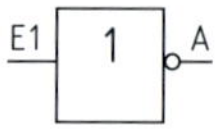</td><td>0</td><td></td><td>1</td><td rowspan="2">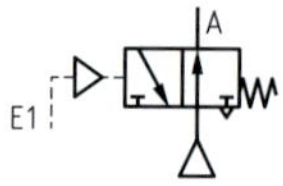</td><td rowspan="2">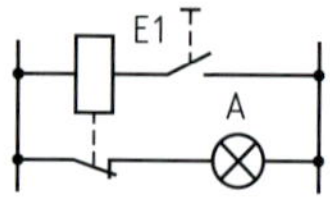</td></tr>
<tr><td>1</td><td></td><td>0</td></tr>
<tr><td rowspan="4">UND-Glied
(AND)

A = E1 ∧ E2
(E1 und E2)</td><td rowspan="4">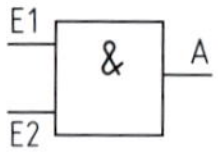</td><td>0</td><td>0</td><td>0</td><td rowspan="4">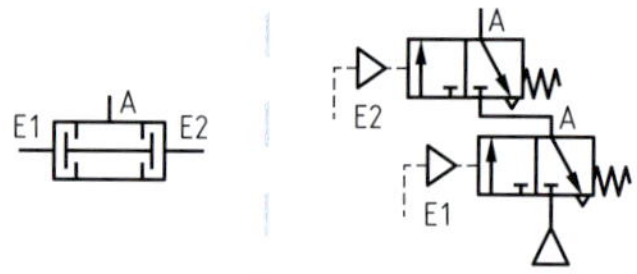</td><td rowspan="4">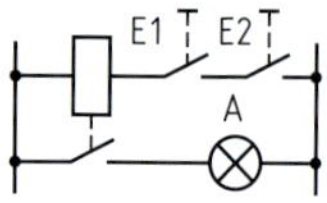</td></tr>
<tr><td>1</td><td>0</td><td>0</td></tr>
<tr><td>0</td><td>1</td><td>0</td></tr>
<tr><td>1</td><td>1</td><td>1</td></tr>
<tr><td rowspan="4">ODER-Glied
(OR)

A = E1 ∨ E2
(E1 oder E2)</td><td rowspan="4">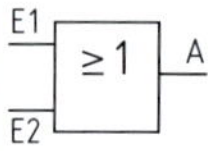</td><td>0</td><td>0</td><td>0</td><td rowspan="4">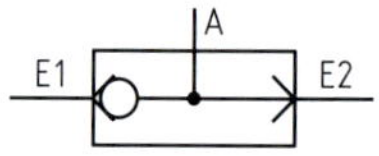</td><td rowspan="4">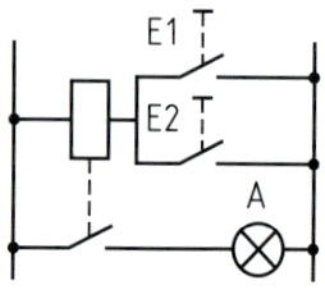</td></tr>
<tr><td>1</td><td>0</td><td>1</td></tr>
<tr><td>0</td><td>1</td><td>1</td></tr>
<tr><td>1</td><td>1</td><td>1</td></tr>
<tr><td rowspan="4">UND-NICHT-Glied
(NAND)

A = $\overline{E1} \wedge \overline{E2}$
A = $\overline{E1} \wedge E2$
A = $E1 \wedge \overline{E2}$</td><td rowspan="4">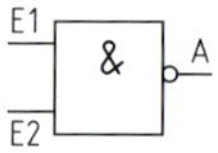</td><td>0</td><td>0</td><td>1</td><td rowspan="4">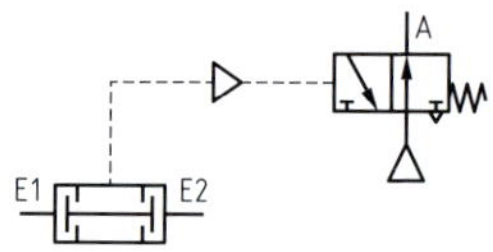</td><td rowspan="4">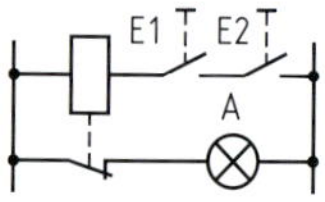</td></tr>
<tr><td>1</td><td>0</td><td>1</td></tr>
<tr><td>0</td><td>1</td><td>1</td></tr>
<tr><td>1</td><td>1</td><td>0</td></tr>
<tr><td rowspan="4">ODER-NICHT-Glied
(NOR)

A = $\overline{E1} \vee \overline{E2}$</td><td rowspan="4">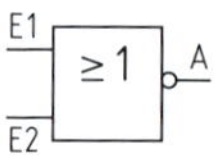</td><td>0</td><td>0</td><td>1</td><td rowspan="4">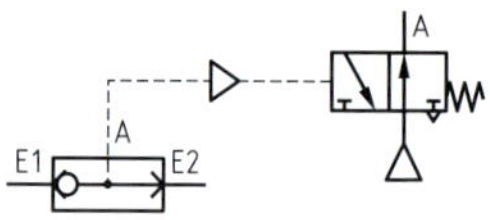</td><td rowspan="4">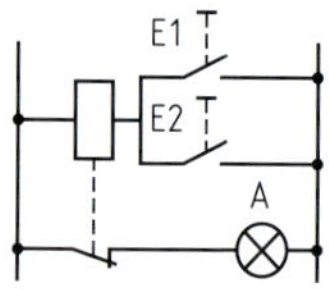</td></tr>
<tr><td>1</td><td>0</td><td>0</td></tr>
<tr><td>0</td><td>1</td><td>0</td></tr>
<tr><td>1</td><td>1</td><td>0</td></tr>
<tr><td rowspan="4">ÄQUIVALENZ-Glied

A = $(\overline{E1} \wedge \overline{E2}) \vee (E1 \wedge E2)$</td><td rowspan="4">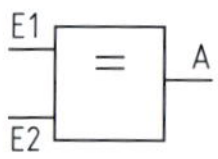</td><td>0</td><td>0</td><td>1</td><td rowspan="4">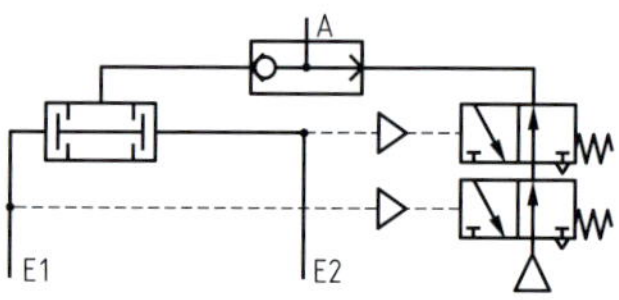</td><td rowspan="4">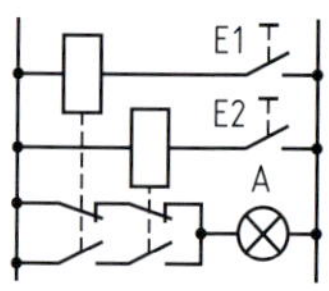</td></tr>
<tr><td>1</td><td>0</td><td>0</td></tr>
<tr><td>0</td><td>1</td><td>0</td></tr>
<tr><td>1</td><td>1</td><td>1</td></tr>
<tr><td rowspan="4">ANTIVALENZ-Glied
(Exklusiv-Oder)

A = $(E1 \wedge \overline{E2}) \vee (\overline{E1} \wedge E2)$</td><td rowspan="4">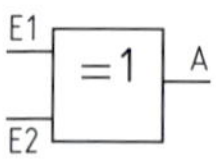</td><td>0</td><td>0</td><td>0</td><td rowspan="4">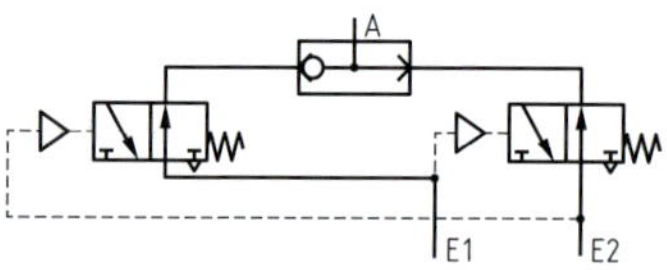</td><td rowspan="4">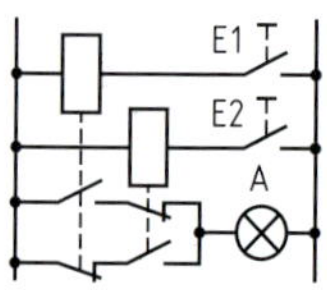</td></tr>
<tr><td>1</td><td>0</td><td>1</td></tr>
<tr><td>0</td><td>1</td><td>1</td></tr>
<tr><td>1</td><td>1</td><td>0</td></tr>
</table>

Systematik der Straßenfahrzeuge

DIN 70010: 2001-04, EG-Richtlinie 2007/46/EG: 2009-04

Straßenfahrzeuge

- **1 Kraftfahrzeuge (Kfz)**
  - 1.1 Krafträder (Klasse L)
    - Motorrad
    - Motorroller
    - Fahrrad mit Hilfsmotor (Mofa, Moped)
    - Gespanne
  - 1.2 Kraftwagen (Klasse M, N und T)
    - 1.2.1 Personenkraftwagen (Pkw, Klasse M)
      - Limousine
      - Kabrio-Limousine
      - Pullmann-Limousine
      - Coupé
      - Cabriolet
      - Kombi
      - Nkw-Kombi
      - Spezial-Pkw
      - Mehrzweck-Pkw
    - 1.2.2 Nutzkraftwagen (Nkw, Klassen M2, M3, N und T)
      - Kraftomnibusse (KOM, Klassen M2 und M3)
        - Kleinbus
        - Linienbus
        - Überlandlinienbus
        - Reisebus
        - Gelenkbus
        - Oberleitungsbus
        - Spezialbus
      - Lastkraftwagen (Lkw, Klasse N)
        - Vielzwecklastkraftwagen
        - Spezial-lastkraftwagen
      - Zugmaschinen (Klasse T)
        - Anhänger-Zugmaschine
        - Sattelzugmaschine
        - Traktor
- **2 Anhängefahrzeuge (Klassen O und R)**
  - 2.1 Gelenk-Deichselanhänger
  - 2.2 Starr-Deichselanhänger
  - 2.2.1 Zentralachsanhänger
  - 2.3 Sattelanhänger
  - 2.4 Lastanhänger
  - 2.5 Busanhänger
  - 2.6 Caravan
  - 2.7 Spezialanhänger
- **3 Fahrzeugkombinationen (Züge)**
  - 3.1 Personenkraftwagenzug
  - 3.2 Omnibuszug
  - 3.3 Lastkraftwagenzug
  - 3.4 Zugmaschinenzug
  - 3.5 Sattelkraftfahrzeug
  - 3.6 Sattelzug
  - 3.7 Brückenzug

Einteilung in Fahrzeugklassen

EG-Richtlinie 2007/46/EG: 2009-04

Fahrzeuge werden innerhalb der EG in Fahrzeugklassen eingeordnet. Die EG-Vorschriften über Fahrzeuge beziehen sich auf diese Fahrzeugklassen. Auch die zulässigen Abgaswerte beziehen sich auf die Fahrzeugklassen.

Kraftfahrzeuge und Anhänger werden in folgende acht Klassen eingeteilt:
Klasse L, Klasse M, Klasse N, Klasse O, Klasse R, Klasse S, Klasse T, Klasse C.
Innerhalb dieser Klassen gibt es noch Unterklassen, z. B. M1 bis M2. In der Tabelle auf S. 204 sind die Fahrzeugklassen den Straßenfahrzeugen zugeordnet.

Fahrzeugidentifikationsnummer

Die Fahrzeugidentifikationsnummer (**FIN**, auch **V**ehicle **I**dentification **N**umber – VIN) identifiziert ein Fahrzeug eindeutig. Sie dient auch der Identifizierung des Fahrzeugmodells und des Herstellungsortes. Mit ihrer Hilfe können außerdem geeignete Ersatzteile bestimmt werden.

Aufbau der 17-stelligen Seriennummer

Stelle	1	2	3	4	5	6	7	8	9	10	11	12	13	14	15	16	17
ISO 3779	Welt-Herstellercode (World manufacturer identification, WMI)			Fahrzeug beschreibender Teil (Vehicle descriptor section, VDS)						Fortlaufende Nummer (Vehicle indicator section, VIS)							
Nordamerika	Welt-Herstellercode			Baureihe, Motortyp und Ausstattung					Prüfziffer	Modelljahr	Herstellerwerk	Fortlaufende Nummer					
Beispiel:																	
FIN	W	A	U	Z	Z	Z	8	T	7	B	A	0	8	7	7	9	3
ISO 3779	Audi			ZZZ Füllzeichen 8T: Modell/interne Typbezeichnung, Audi A5 7: Prüfziffer						Fortlaufende Nummer B: Modelljahr 2011 A: Herstellwerk Ingolstadt 087793: Seriennummer							

Allgemeine Begriffsbestimmung

DIN 70010: 2001-04

Straßenfahrzeuge im Sinne des **StVG § 1** sind alle nicht schienengebundenen, maschinell angetriebenen Landfahrzeuge, die für den Verkehr auf öffentlichen Straßen zugelassen sind. DIN 70010 (Systematik der Straßenfahrzeuge) unterscheidet drei Gruppen hauptsächlich nach dem **Verwendungszweck** und den **Aufbauten**:
Kraftfahrzeuge (Kfz), Anhängefahrzeuge für Kfz und Fahrzeugkombinationen (Züge).

1. Kraftfahrzeuge sind alle Landfahrzeuge, die durch Maschinenkraft bewegt werden, aber nicht an Gleise gebunden sind. Sie dienen der Fortbewegung, dem Transport von Gütern und Personen und können zum Mitführen von Anhängefahrzeugen geeignet sein.
Es wird zwischen Krafträdern und Kraftwagen unterschieden.

2. Anhängefahrzeuge sind nicht selbstfahrende Straßenfahrzeuge, die nach ihrer Ausrüstung und Bauart dazu bestimmt sind von Kraftfahrzeugen mitgeführt zu werden. Für die Zuordnung in diese Gruppe ist der Verwendungszweck des Anhängefahrzeugs unerheblich, insbesondere ist es nicht notwendig, dass Anhänger für Gütertransporte verwendet werden (z. B. Busanhänger). Nach der Bauart der Zugeinrichtung gibt es folgende Untergruppen: Lastanhänger, Gelenk-Deichselanhänger, Starr-Deichselanhänger, Zentralachsanhänger, Sattelanhänger, Busanhänger, Caravan und Spezialanhänger.

3. Fahrzeugkombinationen (Züge) sind Zusammenstellungen aus einem Kraftfahrzeug und einem oder mehreren Anhängefahrzeugen. Nach Art des ziehenden Kraftfahrzeugs werden unterschieden: Personenkraftwagenzug, Omnibuszug, Lastkraftwagenzug, Zugmaschinenzug, Sattelkraftfahrzeug, Sattelzug und Brückenzug.

Transportaufgaben für Kraftwagen

<table>
<tr><th colspan="3">Transportaufgaben für Kraftwagen</th></tr>
<tr><td colspan="2">vorwiegend Personenverkehr</td><td>vorwiegend Güterverkehr</td></tr>
<tr><td>Kraft-omni-busse</td><td>Personen-kraftwagen</td><td>Lastkraftwagen Zugmaschinen</td></tr>
<tr><td></td><td colspan="2">Mehrzweck-Pkw Nkw-Kombi</td></tr>
</table>

Die verschiedenen Arten und **Bauformen** von Kraftwagen werden nach den Baumerkmalen der drei wesentlichen Funktionsgruppen eingeteilt: Aufbau, Antriebssystem und Fahrwerk. Der **Aufbau** umfasst dabei den Steuerplatz, den Fahrgastraum bzw. das Transportgefäß und das Tragwerk zur Aufnahme der Baugruppen des Antriebs und des Fahrwerks. Bei Pkw, Kraftomnibussen und Großraumlimousinen, deren Hauptaufgabe im **Personentransport** besteht, bilden Fahrerplatz und Fahrgastraum eine Einheit. Bei Lkw und Zügen für den **Gütertransport** sind dagegen Steuerplatz und Transportgefäß stets getrennt.

Aufbauarten für Kraftwagen

Für Kraftwagen werden grundsätzlich drei Aufbauarten gebaut, von denen die selbsttragenden Aufbauten hauptsächlich für Pkw und der getrennte Aufbau (Rahmenaufbau) fast ausschließlich für Lkw und Kraftomnibusse eingesetzt werden. Die mittragenden Aufbauten werden nur noch in wenigen Fällen bei Sonderfahrzeugen verwendet.

Selbsttragender Aufbau

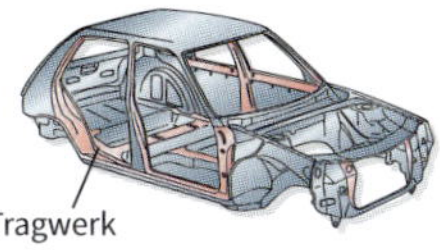

Merkmale	Eigenschaften	Verwendung
Das Tragwerk bildet eine Einheit mit dem Aufbau. Das Tragwerk besteht hauptsächlich aus Längs- und Querträgern, die den Motor, die Antriebs-, Fahrwerks- und Bremssysteme aufnehmen. In der Busfertigung werden Geripperahmen verwendet.	Form-Leichtbau und Stoff-Leichtbau möglich, mit hohem Automatisierungsgrad herstellbar, niedrige Herstellungskosten bei großen Stückzahlen	Standardbauweise im Großserienbau für Pkw und Omnibusse

Mittragender Aufbau

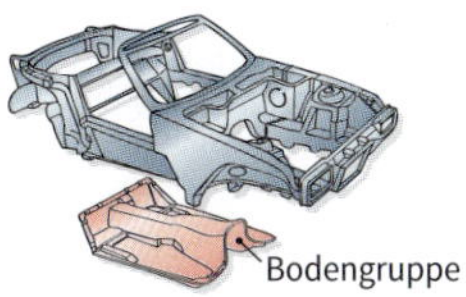

Merkmale	Eigenschaften	Verwendung
Das Mittelstück des Fahrgestellrahmens wird durch die Bodengruppe des Aufbaus ersetzt. Die Bodengruppe wird mit dem vorderen und hinteren Teil des Fahrgestellrahmens (Chassis) verbunden.	leichter als durchgehendes Fahrgestell (Rahmen), mehr Gestaltungsfreiheit für die Form des Aufbaus, geeignet für offene Bauweise	Sonderbauform im Kleinserienbau

Getrennter Aufbau

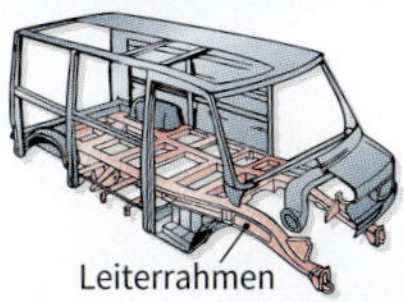

Merkmale	Eigenschaften	Verwendung
Das Tragwerk wird durch einen Leiterrahmen gebildet, mit dem die nicht mittragenden Teile des Aufbaus (Transportgefäß, Fahrerhaus) verschraubt bzw. verschweißt werden.	hohe Belastbarkeit und Tragfähigkeit durch den biegesteifen Rahmen, erlaubt die Realisierung einer großen Anzahl von Varianten (Typenvielfalt) mit gleichen Bauteilen im Baukastensystem	Standardbauweise im Nutzkraftwagenbau, Fahrzeuganhänger

Krafträder

DIN 70010: 2001-04

Krafträder sind einspurige Kraftfahrzeuge mit zwei Rädern. Wird ein Beiwagen mitgeführt (Gespann), gelten die gleichen gesetzlichen Bestimmungen. Krafträder können auch Anhänger ziehen, wenn dazu eine allgemeine Betriebserlaubnis (ABE) erteilt wurde.

Fahrzeugtyp	Merkmale	Daten
Motorräder 	Kraftrad mit festen Fahrzeugteilen (z. B. Kraftstoffbehälter, Motor) im Kniebereich, Fußrasten, aber keine Tretkurbeln, Seitenwagenbetrieb ist zulässig Einteilung nach Hubraumklassen und Fahrleistungen: Kleinkraftrad, Leichtkraftrad, übrige Motorräder	■ **Kleinkraftrad:** (Mokick) Hubraum: ≤ 50 cm³ Höchstgeschwindigkeit: ≤ 45 km/h ■ **Leichtkraftrad:** Hubraum: > 50 bis 125 cm³ Nennleistung: ≤ 11 kW Höchstgeschwindigkeit: ≤ 80 km/h ■ **Motorrad:** Hubraum: unbegrenzt Höchstgeschwindigkeit: unbegrenzt
Motorroller 	Kraftrad ohne feste Fahrzeugteile im Kniebereich und ohne Tretkurbeln, Füße stehen auf einem Bodenblech, Aufbauten aus Stahlblech oder Kunststoff, Verkleidung aus Frontschild und Bodenblech bietet Schutz gegen Straßenschmutz von vorne und unten	■ **Leichtroller:** Hubraum: ≤ 50 cm³ Höchstgeschwindigkeit: ≤ 25 km/h ■ **Motorroller:** Hubraum: unbegrenzt Nennleistung: unbegrenzt Höchstgeschwindigkeit: unbegrenzt
Fahrräder mit Hilfsmotor 	Kraftrad mit den Merkmalen eines Fahrrades (z. B. Tretkurbeln), ein- oder zweisitzig, Scheinwerfer mit Dauerabblendlicht zulässig	■ **Leichtmofa:** (einsitzig) Hubraum: ≤ 30 cm³ Höchstgeschwindigkeit: ≤ 20 km/h ■ **Mofa:** (einsitzig) Hubraum: ≤ 50 cm³ Höchstgeschwindigkeit: ≤ 25 km/h ■ **Moped:** (ein- oder zweisitzig) Hubraum: ≤ 50 cm³ Höchstgeschwindigkeit: ≤ 50 km/h
Motorrad-Gespanne 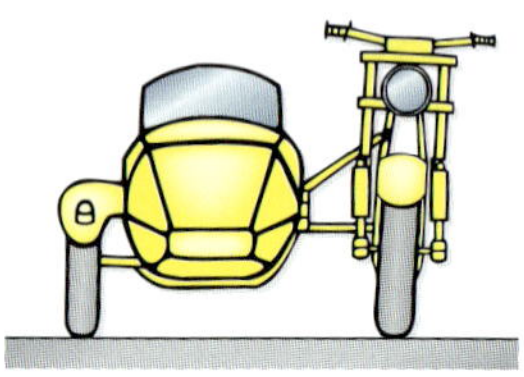	Klassisch: Durch Anhängen eines einrädrigen Seitenwagens kann das Kraftrad wechselweise solo oder mit Beiwagen gefahren werden. Modern: untrennbare Fahrzeugkombination, Motorrad mit Schwingengabel und Autobereifung kann nicht mehr solo gefahren werden	**Beispiel:** **Modell: EML-Honda GL 1500/6** Motorrad: angeschraubter Hilfsrahmen, geschobene Schwinge, Bereifung: vorne 125 SR 15, hinten 155 SR 15, Verbundräder, Integralbremse, Nachlauf 40 mm, Sturz 0° Seitenwagen: Unterflurrahmen mit Vierpunktanschluss, Kurzschwinge, Radstand 1800 mm, Spurweite 1340 mm, Vorlauf 420 mm, Vorspur 30 mm, zulässige Gesamtmasse (zGM) 900 kg

Fahrwerksmaße von Krafträdern

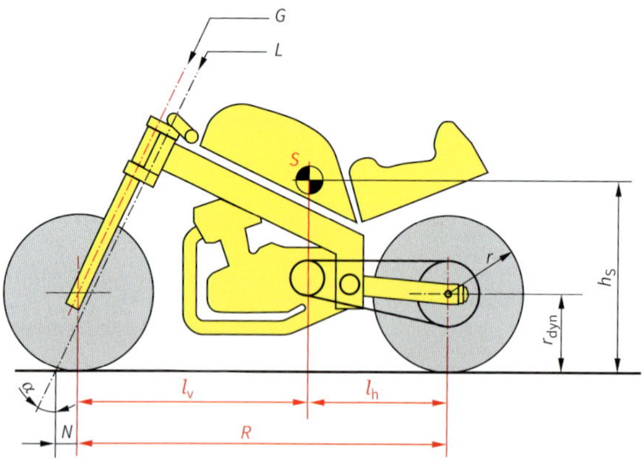

Begriffe:

S: Fahrzeugschwerpunkt
G: Gabelachse
L: Lenkachse

Maße:

α: Lenkkopfwinkel
N: Nachlaufstrecke
R: Radstand
l_v: vordere Schwerpunktlänge
l_h: hintere Schwerpunktlänge
r_{dyn}: dynamischer Halbmesser
r: statischer Halbmesser
h_S: Schwerpunkthöhe

Erklärung:

Radlastverteilung (*RL*) vorne/hinten:

$RL_v = \frac{l_h}{R} \cdot 100\ \%$ $\quad RL_h = \frac{l_v}{R} \cdot 100\ \%$

Kraftwagen

DIN 70010: 2001-04

Kraftwagen sind zwei- oder mehrspurige Kraftfahrzeuge. Es werden Personenkraftwagen (Pkw) und Nutzkraftwagen (Nkw) unterschieden.

Personenkraftwagen (Pkw)

DIN 70010: 2001-04

Personenkraftwagen (Pkw) dienen nach Bauart und Einrichtung hauptsächlich der Beförderung von max. 9 Personen (einschließlich Fahrzeugführer/-in) und deren Gepäck und/oder dem Transport von Gütern bis zu einer zulässigen Gesamtmasse von ≤ 3,5 t.
Die Anzahl der maximal zu transportierenden Personen (2 bis 9), die Zuladung (0 bis 650 kg) und das Transportvolumen (100 bis 4500 l) der zu befördernden Güter sowie der Einsatzzweck des Pkw bestimmen die technischen Merkmale des Aufbaus, der sich im Wesentlichen durch die Anzahl der Türen, Fenster und Sitzplätze voneinander unterscheidet.

Benennung	Merkmale des Aufbaus		
	Verdeck/Dach	Türen/Fenster	Sitze
Limousine 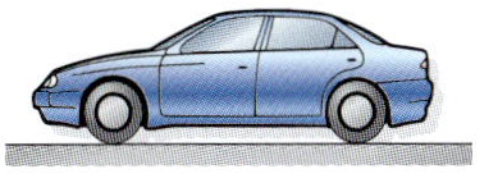	geschlossener Aufbau mit oder ohne mittlere Säule (B-Säule), festes, mit Aufbau starr verbundenes Dach, Schiebedach möglich **Großraumlimousine** (z. B. VAN) geschlossener Aufbau	2 oder 4 seitliche Türen, Gepäckraumklappe oder Hecktür möglich, 4 oder mehr Seitenfenster 6 oder mehr Seitenfenster Gepäckraumklappe oder Hecktür möglich	4 oder mehr Sitze, mindestens 2 Sitzreihen, hintere Sitze können klapp- oder ausbaubar sein 6 bis 7 Sitze, mind. 3 Sitzreihen
Kabrio-Limousine 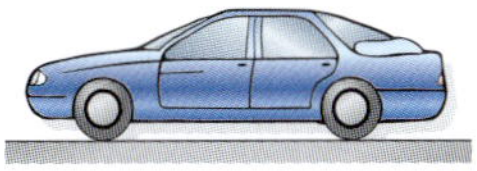	offener Aufbau mit feststehender Seitenwandumrandung, festes oder flexibles Dach mit mind. 2 Positionen: 1. geschlossen 2. geöffnet oder entfernt	2 oder 4 seitliche Türen, 4 oder mehr Seitenfenster	4 oder mehr Sitze, mindestens 2 Sitzreihen
Pullmann-Limousine 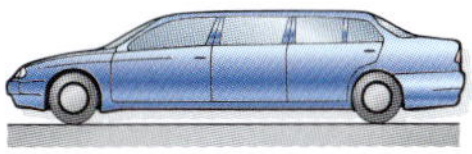	geschlossener Aufbau, Trennwand zwischen Vorder- und Hintersitzen möglich	4 oder 6 seitliche Türen, Gepäckraumklappe oder Hecktür möglich, 6 oder mehr Seitenfenster	4 oder mehr Sitze, mindestens 2 Sitzreihen, Klappsitze vor den Hintersitzen möglich
Coupé 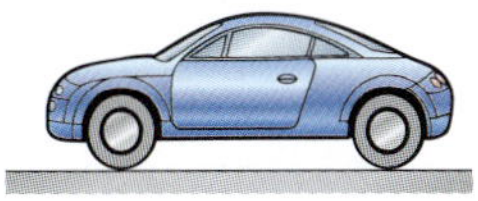	geschlossener Aufbau, meist mit vermindertem hinterem Innenraum, festes, starr verbundenes Dach, Schiebedach möglich	2 seitliche Türen, Gepäckraumklappe oder Hecktür möglich, 2 oder mehr Seitenfenster	2 oder mehr Sitze in mindestens einer Sitzreihe, Sitze im Fond mindestens als Notsitze ausgelegt
Cabriolet (Roadster, Spider) 	offener Aufbau, Überrollbügel möglich, festes oder flexibles Dach mit mind. 2 Positionen: 1. geschlossen, 2. geöffnet oder entfernt	2 oder 4 seitliche Türen, Gepäckraumklappe ist möglich, 2 oder mehr Seitenfenster	2 oder mehr Sitze in mindestens einer Sitzreihe, Sitze im Fond mindestens als Notsitze ausgelegt
Pkw-Kombi 	geschlossener Aufbau, Bauweise des Fahrzeughecks vergrößert den Innenraum gegenüber der Limousine, festes, starr verbundenes Dach, Schiebedach möglich	2 oder 4 seitliche Türen, Hecktür möglich, 4 oder mehr Seitenfenster	4 oder mehr Sitze, mindestens 2 Sitzreihen, die hinteren Sitze müssen klappbare oder herausnehmbare Rückenlehnen zur Vergrößerung der Ladefläche haben
Nkw-Kombi 	geschlossener Aufbau, festes, starr verbundenes Dach, Schiebedach möglich	2, 3 oder 4 seitliche Türen, Heckklappe oder Hecktür möglich, 4 oder mehr Seitenfenster	4 oder mehr Sitze, mindestens 2 Sitzreihen, die hinteren Sitze müssen herausnehmbar zur Vergrößerung der Ladefläche sein
Mehrzweck-Pkw 	geschlossener, offener oder zu öffnender Aufbau, Überrollbügel möglich, auch für den gelegentlichen Transport von Gütern geeignet	beliebige Anzahl von Türen möglich, Gepäckraumklappe oder Hecktür, 2 oder mehr Seitenfenster	Fahrgastraum mit einem oder mehr Sitzen
Spezial-Pkw	Pkw mit besonderen Einrichtungen, z. B. Notarztwagen, Krankenkraftwagen, Motorcaravan		

Nutzkraftwagen (Nkw)

DIN 70010: 2001-04, § 32, 34 StVZO, ISO 612: 1978-03

Nutzkraftwagen (Nkw) dienen nach Bauart und Einrichtung hauptsächlich der Beförderung von Personen, Gütern und/oder dem Ziehen von Anhängefahrzeugen. Es werden Kraftomnibusse (KOM), Lastkraftwagen (Lkw) und Zugmaschinen unterschieden.

Kraftomnibusse (KOM)

Kraftomnibusse (KOM) sind nach ihrer Bauart und Einrichtung zur Beförderung von mehr als 9 Personen (einschließlich Fahrer/-in) und ihres Reisegepäcks bzw. für besondere Einsatzzwecke vorgesehen.
Die Kraftomnibusse können ein oder zwei Decks (Doppeldeckerbus) haben.

Benennung	Merkmale	Daten
Kleinbus 	Kraftomnibus mit einem Deck, Beförderung von max. 17 Personen (ausschließlich sitzende Personen, einschließlich Fahrzeugführer/-in)	max. Höhe: 4 m max. Breite: 2,55 m max. Länge: 8,5 m Sitzplätze: bis 16 Stehplätze: 0 zGM: bis 7,3 t Stellplätze für Rollstuhl, Kinderwagen
Linienbus 	Kraftomnibus zur Beförderung von sitzenden und stehenden Personen im Stadt- und Vorort-Linienverkehr 2- oder 3-Achs-Fahrgestelle	max. Höhe: 4 m max. Breite: 2,55 m max. Länge: 13,50 m/15 m Sitzplätze: z. B. 32 Stehplätze: z. B. 74 zGM: bis 18 t/26 t Stellplätze für Rollstuhl, Kinderwagen
Überlandlinienbus 	Kraftomnibus zur Beförderung von sitzenden Personen im Überland-Linienverkehr auf kurzen Strecken können im Gang stehende Personen befördert werden 2- oder 3-Achs-Fahrgestelle	max. Höhe: 4 m max. Breite: 2,55 m max. Länge: 13,50 m/15 m Sitzplätze: z. B. 59 Stehplätze: z. B. 20 zGM: bis 18 t/26 t
Reisebus 	Kraftomnibus nach Bauart und Einrichtung für Reisen über lange Wegstrecken, ausschließlich für sitzende Personen, auch mit 2 Decks im Einsatz 2- oder 3-Achs-Fahrgestelle	max. Höhe: 4 m max. Breite: 2,55 m max. Länge: 13,50 m/15 m Sitzplätze: z. B. 55 Stehplätze: 0 zGM: bis 18 t/26 t
Gelenkbus 	Kraftomnibus besteht aus zwei starren Fahrzeugteilen, die durch einen Gelenkabschnitt winkelbeweglich verbunden sind; freier Durchgang zwischen den Fahrgasträumen Doppelgelenkbus besteht aus drei starren Fahrzeugteilen	max. Höhe: 4 m max. Breite: 2,55 m max. Länge: 18,75 m Sitzplätze: z. B. 47 Stehplätze: z. B. 111 zGM: bis 28 t Stellplätze für Rollstuhl, Kinderwagen
Oberleitungsbus 	Kraftomnibus mit elektrischem Antrieb, Fahrstrom wird aus einer Fahrleitung entnommen im Überlandverkehr wird ein Hybridantrieb bevorzugt (DUO-Bus) 2- oder 3-Achs-Fahrgestelle	max. Höhe: 4 m max. Breite: 2,55 m max. Länge: 13,50 m/15 m Sitzplätze: z. B. 46 Stehplätze: z. B. 85 zGM: bis 18 t/26 t Stellplätze für Rollstuhl, Kinderwagen
Spezialbus 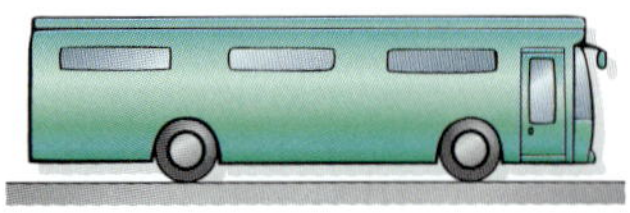	Kraftomnibus nach Bauart und Einrichtung zur Beförderung von Personen, für die besondere Vorkehrungen notwendig sind (z. B. Großraumrettungswagen, Gefangenentransport, Feuerwehrwagen) 2- oder 3-Achs-Fahrgestelle	max. Höhe: 4 m max. Breite: 2,55 m max. Länge: 13,50 m/15 m zGM: bis 18 t/26 t

Lastkraftwagen (Lkw)

DIN 70010: 2001-04, § 32, 34 StVZO

Lastkraftwagen sind nach ihrer Bauart und Einrichtung zum Transport von Gütern bestimmt.

Benennung	Merkmale	Daten (Beispiele)
Vielzwecklastkraftwagen 	Lastkraftwagen, der Güter auf einer offenen Pritsche transportiert 2-Achs-Fahrgestell – max. zGM: 18 t	VW Crafter Pritschenwagen Radstand: 4325 mm Nutzlast: bis 2476 kg Ladefläche: bis 7,7 m^2 zGM: 5 t
	Lastkraftwagen, der Güter in einem geschlossenen Aufbau (Kastenwagen) transportiert 2-Achs-Fahrgestell – max. zGM: 18 t	MB Sprinter Kastenwagen Standard Radstand: 3665 mm Ladevolumen: 9 m^3 Nutzlast: bis 2710 kg zGM: bis 5 t
	Lastkraftwagen, der Güter auf einem offenen Kipper transportiert 2-Achs-Fahrgestell – max. zGM: 18 t 3-Achs-Fahrgestell – max. zGM: 26 t 4-Achs-Fahrgestell – max. zGM: 32 t	MAN TGS Radstand: 2980 mm Radformel: 8 x 4/2 Nutzlast: 22 t zGM: 32 t
Speziallastkraftwagen 	Lastkraftwagen mit Wechselaufbau, der für besondere Einsatzzwecke bestimmt ist 2-Achs-Fahrgestell – max. zGM: 18 t 3-Achs-Fahrgestell – max. zGM: 26 t 4-Achs-Fahrgestell – max. zGM: 32 t	MB Atego 1318 L Radstand: 5360 mm Radformel: 4 x 2/2 Nutzlast: 13,5 t zGM: 28 t
	Lastkraftwagen, der zur Beförderung von speziellen Gütern (Flüssigbeton) bestimmt ist 2-Achs-Fahrgestell – max. zGM: 18 t 3-Achs-Fahrgestell – max. zGM: 26 t 4-Achs-Fahrgestell – max. zGM: 32 t	MB Axor 2629 Radstand: 3300 mm Radformel: 6 x 4/2 Ladevolumen: 8 m^3 zGM: 26 t
	Lastkraftwagen, der für besondere Einsatzzwecke (Feuerwehrfahrzeug) bestimmt ist 2-Achs-Fahrgestell – max. zGM: 18 t 3-Achs-Fahrgestell – max. zGM: 26 t	Iveco Magirus FF 160 E 30 Radstand: 4815 mm Radformel: 4 x 2/2 Rettungshöhe: 37 m Sitzplätze: 3 zGM: 15 t

Fahrerhaus-Bauformen für Lastkraftwagen und Zugmaschinen

Benennung	Merkmale
 Frontlenker-Fahrerhaus	Das Frontlenker-Fahrerhaus wird in seiner kurzen Ausführung im Nah- und Tagesverkehr eingesetzt. Für Lkw im Fernverkehr wird das Frontlenker-Fahrerhaus um die Breite der Schlafkabine verlängert (Großraum-Fahrerhaus). Die Form und die Lage des Einstiegs (vor oder hinter der Vorderachse) hängt von der Funktion bzw. dem Einsatzbereich des Fahrzeugs ab.
 Kurzhauben-Fahrerhaus	Das Kurzhauben-Fahrerhaus wird vorwiegend für Lkw im Baustelleneinsatz verwendet. Außerdem kommt es bei Transportern mit Kastenaufbauten oder Speziallastkraftwagen mit Sonderaufbauten zum Einsatz, damit die zulässige Gesamtlänge der Fahrzeugkombination nicht überschritten wird.

Zugmaschinen

DIN 70010: 2001-04, § 34 StVZO

Zugmaschinen sind ausschließlich oder überwiegend zum Mitführen von Anhängefahrzeugen bestimmt.

Benennung	Merkmale	Daten (Beispiele)
Anhänger-Zugmaschine 	Zugmaschine zum Mitführen von Gelenk- oder Starr-Deichselanhängern. Sie kann mit einer Hilfsladefläche für den Transport von Gütern ausgestattet sein. Für Zugmaschine mit zweiachsigem Anhänger – max. zGM: 36 t	MB Unimog U 20 Radstand: 2700 mm, Allradantrieb, 16 Vorwärts- und 14 Rückwärtsgänge, 1,2 bis 90 km/h, Anhängelast: 18 t zGM: bis 9,3 t
Sattelzugmaschine 	Zugmaschine mit einer besonderen Vorrichtung zum Ziehen von Sattelanhängern. Der wesentliche Teil der Masse des Sattelanhängers wird von der Sattelzugmaschine getragen. Für dreiachsige Sattelzugmaschine mit zwei- oder dreiachsigem Sattelanhänger – max. zGM: 44 t	MAN TGX 18.480 Radstand: 3600 mm Radformel: 6 x 2/4 Nutzlast: 10 t zGM: 18 t
Traktor 	Zugmaschine, die zum Ziehen und durch ihre Bauart und Ausrüstung zum Schieben, Tragen oder Antreiben von auswechselbaren Geräten eingesetzt wird. Für Traktor mit 2 Anhängern – max. zGM: 40 t	Deutz Fahr-Agrotron M 650 6-Zyl. Turbodiesel, Vierrad-Bremsanlage, 6-Gang-Schaltgetriebe mit 4 Lastschaltstufen, elektro-hydraulische Wendeschaltung, zGM: 10 t

Anhängefahrzeuge

DIN 70010: 2001-04

Anhängefahrzeuge sind nicht selbstfahrende Straßenfahrzeuge, die von einem Kraftfahrzeug mitgeführt werden.

Benennung	Merkmale
Lastanhänger 	Lastanhänger kann ein Gelenk-Deichselanhänger, Starr-Deichselanhänger, Zentralachsanhänger oder Sattelanhänger sein, der zum Transport von Gütern verwendet wird.
Gelenk-Deichsel-anhänger 	Gelenk-Deichselanhänger sind Anhängefahrzeuge mit mindestens zwei Achsen, von denen eine lenkbar ist. Sie verfügen über eine winkelbewegliche Verbindung zu dem ziehenden Fahrzeug (Deichsel), die zusätzlich vertikal beweglich mit dem Anhängerfahrgestell verbunden ist. Dabei werden durch die Anhängemasse keine vertikalen Kräfte auf die Zugmaschine ausgeübt.
Starr-Deichsel-anhänger 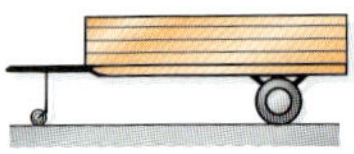	Starr-Deichselanhänger sind Anhängefahrzeuge mit einer Achse oder Achsgruppe, bei denen die Verbindung zum ziehenden Fahrzeug (Deichsel) starr mit dem Fahrgestell des Anhängers verbunden ist. Bei dieser Bauart wird ein Teil der Anhängermasse von dem ziehenden Fahrzeug getragen.
Zentralachs-anhänger 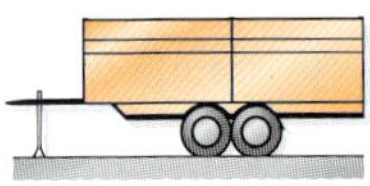	Zentralachsanhänger sind Starr-Deichselanhänger, deren Achse oder Achsgruppe bei gleichmäßiger Beladung in der Nähe des Massenschwerpunkts des Anhängefahrzeugs angeordnet ist. Bei dieser Bauart wird kein wesentlicher Teil der Anhängermasse von dem ziehenden Fahrzeug getragen (max. 10 % der größten Masse des Anhängers bzw. Last von 1000 daN).
Sattelanhänger 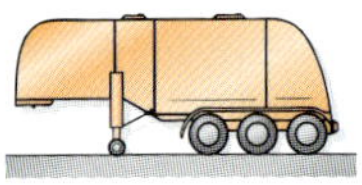	Sattelanhänger besitzen anstelle der beweglichen ersten Achse eine Sattelvorrichtung, mit der sie auf der Sattelzugmaschine aufliegen. Bei dieser Bauart wird ein wesentlicher Anteil der Gesamtmasse des Anhängefahrzeugs auf das ziehende Kraftfahrzeug (Sattelzugmaschine) übertragen. Sie werden in Fahrzeugkombinationen von Sattelkraftfahrzeugen und Sattelzügen verwendet.
Busanhänger 	Busanhänger kann ein Gelenk-Deichselanhänger, Starr-Deichselanhänger oder Sattelanhänger sein, der zur Beförderung von Personen einschließlich ihres Gepäcks verwendet wird.
Caravan 	Caravan ist ein Zentralachsanhänger, der für Wohnzwecke bestimmt und eingerichtet ist.
Spezialanhänger 	Spezialanhänger kann ein Gelenk-Deichselanhänger, Starr-Deichselanhänger oder Sattelanhänger sein, der zur Beförderung von speziellen Gütern, zur Leistung einer besonderen Arbeit oder für besondere Einsatzzwecke verwendet wird.

Fahrzeugkombinationen

DIN 70010: 2001-04

Fahrzeugkombinationen bestehen aus einem Personen- oder Nutzkraftwagen und einem oder mehreren Anhängefahrzeugen.

Benennung	Merkmale
Personenkraftwagenzug 	Personenkraftwagenzug besteht aus einem Pkw und einem Anhängefahrzeug. Für zweiachsiges Kraftfahrzeug mit einachsigem Anhänger – max. zGM: 18 t
Omnibuszug 	Omnibuszug besteht aus einem KOM und einem oder mehreren Anhängefahrzeugen. Für zweiachsiges Kraftfahrzeug mit zweiachsigem Anhänger – max. zGM: 36 t
Lastkraftwagenzug 	Lastkraftwagenzug besteht aus einem Lkw und einem oder mehreren Gelenk- oder Starr-Deichselanhängern. Für zweiachsiges Kraftfahrzeug mit zweiachsigem Anhänger – max. zGM: 36 t
Zugmaschinenzug  	Zugmaschinenzug besteht aus einer Anhänger-Zugmaschine oder einem Traktor und einem oder mehreren Gelenk- oder Starr-Deichselanhängern. Für zweiachsiges Kraftfahrzeug mit zweiachsigem Anhänger – max. zGM: 36 t
Sattelkraftfahrzeug 	Sattelkraftfahrzeug besteht aus einer Sattelzugmaschine und einem winkelbeweglichen aufgesattelten Sattelanhänger. Für zweiachsige Sattelzugmaschine mit zweiachsigem Sattelanhänger – max. zGM: 36 t (Achsabstand mind. 1,3 m)
Sattelzug 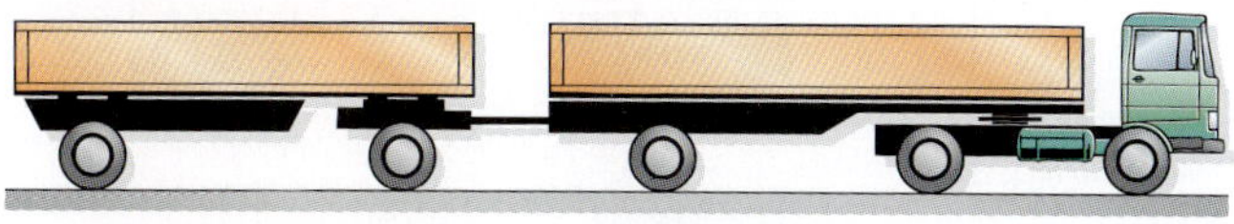	Sattelzug besteht aus einem Sattelkraftfahrzeug und einem Anhängefahrzeug. Für dreiachsige Sattelzugmaschine mit zwei- oder dreiachsigem Sattelanhänger – max. zGM: 44 t
Brückenzug 	Brückenzug besteht aus einem Lkw oder einer Zugmaschine und einem Spezialanhänger. Für dreiachsige Sattelzugmaschine mit zwei- oder dreiachsigem Sattelanhänger – max. zGM: 40 t

Achslast und Gesamtmasse (§ 34 StVZO)

Die **Achslast** ist die Gesamtlast, die von den Rädern einer Achse oder einer Achsgruppe auf die Fahrbahn übertragen wird.
Die **zulässige Achslast** ist die Achslast, die unter Berücksichtigung der Werkstoffbeanspruchung und gesetzlicher Vorschriften über Achslast, Bremsen und Bereifung nicht überschritten werden darf. Die zulässige **Gesamtmasse** ist die Masse, die unter Berücksichtigung der Werkstoffbeanspruchung sowie der Vorschriften über Achslasten, Gesamtmassen, Mindestmotorleistung und Bremsen nicht überschritten werden darf.

Zulässige Gesamtmassen

Fahrzeuge mit nicht mehr als 2 Achsen	
Kraftfahrzeuge und Anhänger jeweils	18,00 t
dreirädrige Fahrräder mit Hilfsmotor zur Lastenbeförderung	0,25 t
Fahrzeuge mit mehr als 2 Achsen	
Kraftfahrzeuge	25,00 t
Kraftfahrzeuge mit einer Doppelachslast	26,00 t
Anhänger	24,00 t
Gelenkbusse	28,00 t
Fahrzeuge mit mehr als 3 Achsen	
Kraftfahrzeuge mit 2 Doppelachsen (Abstand mind. 4 m)	32,00 t[1]
Kraftfahrzeuge mit 2 gelenkten Achsen und 2 Doppelachsen	32,00 t[1]
Kraftfahrzeuge mit mehr als 4 Achsen	32,00 t[1]
[1] Anhänger sind enthalten.	
Fahrzeugkombinationen	
Fahrzeugkombinationen mit weniger als 4 Achsen	28,00 t
zweiachsige Sattelzugmaschine mit zweiachsigem Sattelanhänger: Achsabstand des Sattelanhängers	
▪ von 1,3 m und mehr	36,00 t
▪ mehr als 1,8 m (Antriebsachse mit Luftfederung und Doppelbereifung)	38,00 t
Fahrzeugkombinationen mit 4 Achsen mit Kraftfahrzeug	
▪ mit nicht mehr als 2 Achsen	35,00 t
▪ mit einer Doppelachslast	36,00 t
Fahrzeugkombinationen mit mehr als 4 Achsen	40,00 t
Sattelkraftfahrzeug, bestehend aus 3-achsiger Sattelzugmaschine mit 2- oder 3-achsigem Sattelanhänger, für Transporte von ISO-Containern (Richtlinie 92/106/EWG)	44,00 t

Zulässige Achslasten

Einzelachslast 	**Kfz**	**Anhänger**
Einzelachsen	10,00 t	10,00 t
Einzelachsen angetrieben	11,50 t	–
Doppelachslast 	**Kfz**	**Anhänger**
Achsabstand weniger als 1,0 m	11,50 t	11,00 t
▪ 1,0 m bis weniger als 1,3 m	16,00 t	16,00 t
▪ 1,3 m bis weniger als 1,8 m	18,00 t	18,00 t
▪ 1,3 m bis weniger als 1,8 m für Antriebsachsen mit Luftfederung und Doppelbereifung	19,00 t	–
▪ 1,8 m oder mehr	–	20,00 t
Dreifachachslast 	**Kfz**	**Anhänger**
Achsabstand nicht mehr als 1,3 m	21,00 t	21,00 t
▪ mehr als 1,3 m und max. 4 m	24,00 t	24,00 t

Berechnung der zulässigen Gesamtmasse von Fahrzeugkombinationen

Die zulässige Gesamtmasse für Züge

errechnet sich aus der zulässigen Gesamtmasse des ziehenden Fahrzeugs und des Anhängers.

Züge mit Starr-Deichselanhänger

errechnet sich aus der Summe der zulässigen Gesamtmassen des ziehenden Fahrzeugs und des Starr-Deichselanhängers, vermindert um den jeweils höheren Wert der

- zulässigen Stützlast des ziehenden Fahrzeugs oder
- zulässige Stützlast des Starr-Deichselanhängers.

Sattelkraftfahrzeuge

errechnet sich aus der Summe der zulässigen Gesamtmassen der Sattelzugmaschine und des Sattelanhängers, vermindert um den jeweils höheren Wert der

- zulässigen Sattellast der Sattelzugmaschine oder
- zulässigen Aufliegelast des Sattelanhängers.

Beispiel:
Berechnung der zulässigen Gesamtmasse des Sattelkraftfahrzeugs

18 t + 24 t – 10 t (höherer Wert) = 32 t

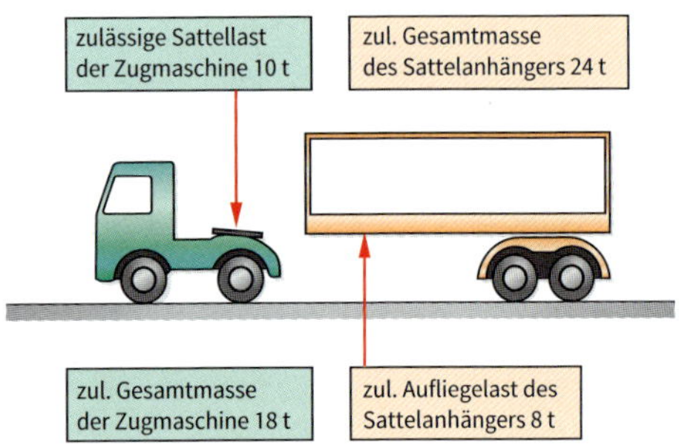

Anhängelast (§ 42 StVZO)

Die gezogene Anhängelast darf bei Pkw und Lkw in Zügen mit durchgehender Bremsanlage weder das 1,5-fache der zulässigen Gesamtmasse des ziehenden Fahrzeugs noch die vom Hersteller angegebenen oder amtlich als zulässig erklärten Werte übersteigen.

Leermasse (§ 42 StVZO)

Die Leermasse ist die Masse des betriebsfertigen, vollgetankten Fahrzeugs einschließlich aller im Betrieb mitgeführten Ausrüstungsgegenstände (z. B. Ersatzrad, Werkzeug, Feuerlöscher). Bei Pkw und Krafträdern ist die Personenmasse nicht inbegriffen.

Nutzlast

Die zulässige Nutzlast ist das Gewicht, mit dem ein Fahrzeug oder ein Anhänger beladen werden darf. Die Nutzlast ergibt sich durch die Subtraktion des Leergewichts von der zulässigen Gesamtmasse.

Stützlast

PKW

Die Stützlast gibt an, welche Kraft von oben auf den Kugelkopf der Anhängevorrichtung des Zugfahrzeugs wirkt (Abb. 1). Die zulässige – also maximale – Stützlast ist je nach Fahrzeug unterschiedlich und kann aus der Zulassungsbescheinigung Teil 1 des Fahrzeugs entnommen werden.
Stützlast: maximales Gewicht, das auf die Anhängekupplung des Zugfahrzeugs wirken darf
Mindest-Stützlast: 4 % des Gesamtgewichts des Anhängers

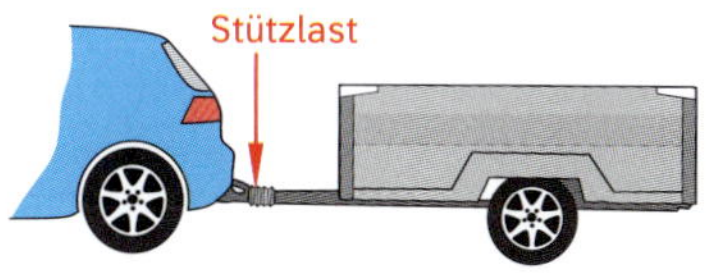

Abb. 1: Stützlast auf Anhängevorrichtung

Abb. 2: Mechanische und elektronische Stützlastwaage unter Anhängerkupplung

PKW-Anhänger

Auch für Anhänger und die Anhängekupplung gelten herstellerseitige Vorgaben bei der Stützlast. Die Last auf der Anhängekupplung ist abhängig von der Art und Weise, wie der Anhänger beladen wurde. Sie kann also durch entsprechende Beladung verändert werden. Je näher die Stützlast des Anhängers an den vorgegebenen Maximalwert des Zugfahrzeuges heranreicht, desto geringer ist die Anfälligkeit zum Pendeln, Schlingern und Schleudern des Gespanns. Die Stützlast des Anhängers kann mit speziellen Waagen gemessen werden (Abb. 2).

Nutzfahrzeuge (NFZ)

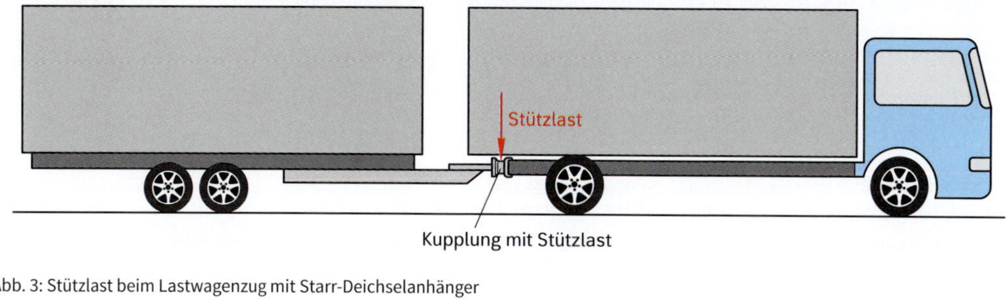

Abb. 3: Stützlast beim Lastwagenzug mit Starr-Deichselanhänger

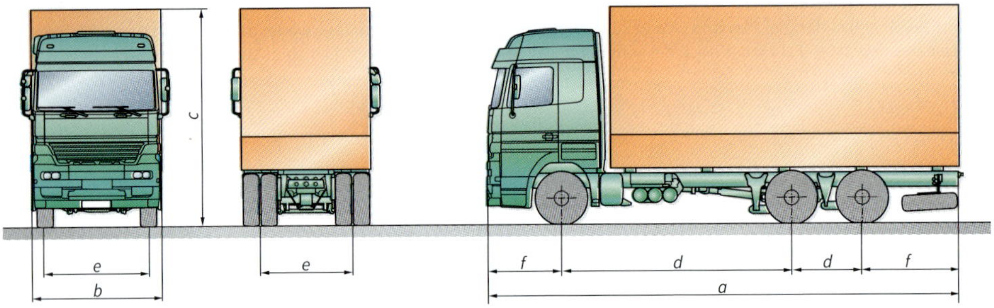

Begriffe von Abmessungen

a Länge über alles	Zulässige Abmessungen (§ 32 StVZO)	
Länge des Fahrzeugs über alles, einschließlich Stoßfänger und Anhängerkupplung. Bei Anhängern wird das Maß „mit" (bis Mitte der Zugöse) und „ohne" Zuggabel (in Klammern) angegeben, z. B. 6000 mm (5500 mm).	Kraftfahrzeuge und Anhänger (keine Sattelanhänger)	12,00 m
	Gelenkbusse	18,00 m
	Sattelkraftfahrzeuge	15,50 m
	Sattelkraftfahrzeuge (wenn Abstand Zugsattelzapfen bis hintere Begrenzung des Sattelanhängers < 12,00 m und der vordere Überhangradius < 2,04 m)	16,50 m
	Züge (Kraftfahrzeuge mit Anhänger)	18,00 m
	Züge, wenn die Summe der Länge beider Ladeflächen < 15,65 m und der Abstand vom Führerhaus bis zum hinteren Ende des Anhängers < 16,40 m	18,75 m
***b* Breite über alles**		
Breite des Fahrzeugs über alles. Fahrtrichtungsanzeiger, Rückspiegel, Begrenzungsleuchten, elastische Schmutzfänger, herablassbare Trittstufen, Reifen in der Berührungszone mit der Fahrbahn, Schneeketten sind ausgenommen.	Kraftfahrzeuge und Anhänger	2,55 m
	Land- und forstwirtschaftliche Arbeitsgeräte	3,00 m
	Anhänger hinter Krafträdern	1,00 m
	Bestimmte Kühlfahrzeuge mit einer Wärmedämmung der Seitenwände von mind. 45 mm.	2,60 m
***c* Höhe über alles**		
Höhe des betriebsfertigen Fahrzeugs über alles, einschließlich Verdeck, Gepäckträger usw. Die Fahrzeughöhe wird bei Leermasse und Reifenluftdruck für volle Beladung ermittelt.	Kraftfahrzeuge und Anhänger	4,00 m

***d* Radstand**

Abstand zwischen der Radmitte der Vorderräder und der Radmitte der Hinterräder parallell zur Fahrzeuglängsachse.
Bei drei- oder mehrachsigen Fahrzeugen werden die einzelnen Radstände nacheinander von vorn nach hinten angegeben.
Bei Sattelanhängern tritt an die Stelle der Radmitte der Vorderräder die Achse des Zugsattelzapfens.

***e* Spurweite**

Abstand der Räder einer Achse von Reifenmitte zu Reifenmitte auf der Standebene quer zur Fahrzeuglängsachse gemessen.
Bei Zwillingsreifen ist die Spurweite der auf der Standebene gemessene Abstand der Mitten der Zwillingsreifen.

***f* Überhanglänge**

Vordere Überhanglänge: Abstand des äußeren vorderen Punkts des Fahrzeugs von der Radmitte der Vorderachse

Hintere Überhanglänge: Abstand des äußeren hinteren Punkts des Fahrzeugs von der Radmitte der letzten Achse
Die Anhängerkupplung bleibt unberücksichtigt.

Abmessungen nach StVZO
Dimensions according to StVZO

Begriffe von Abmessungen

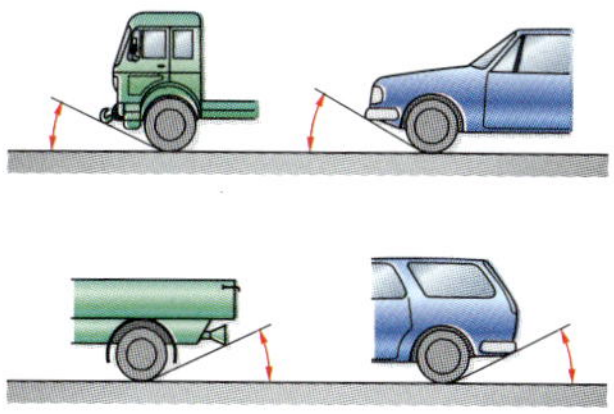

Überhangwinkel

Vorderer Überhangwinkel: Winkel zwischen der Standebene des Fahrzeugs und einer Ebene, die den statischen Halbmesser der Reifen und der ersten Achse tangiert und den äußersten tiefsten, festen Punkt des Fahrzeugs vor der Achse berührt

Hinterer Überhangwinkel: Winkel zwischen der Standebene des Fahrzeugs und einer Ebene, die den statischen Halbmesser der Reifen und der letzten Achse tangiert und den äußersten tiefsten, festen Punkt des Fahrzeugs hinter der Achse berührt

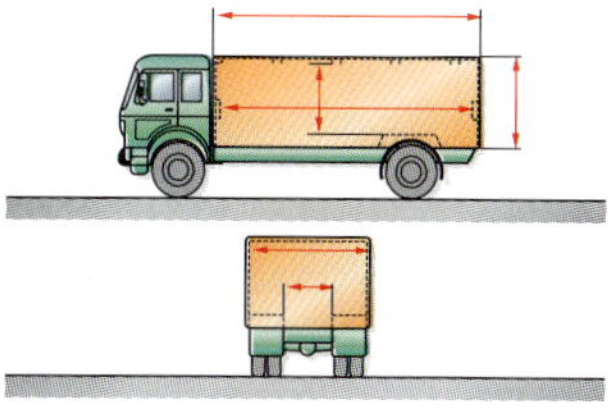

Innenmaße des Laderaums

Größte Innenmaße: Länge, Breite und Höhe des Innenraums ohne Berücksichtigung der nach innen vorstehenden Teile

Lichte Innenmaße: Maße zwischen den nach innen vorstehenden festen Teilen (z. B. Radkästen), bei gebogenen Flächen gilt das Maß im Scheitelpunkt der Krümmung.

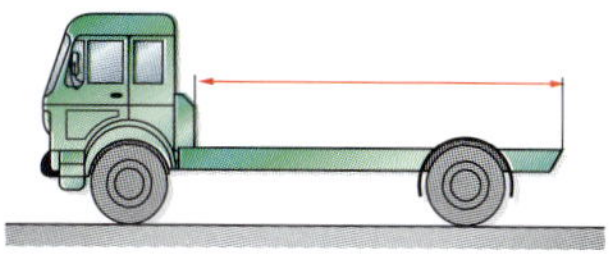

Rahmenlänge

Rahmenlänge ist die größte nutzbare Länge hinter dem Führerhaus bis zum hinteren Ende des Rahmens.

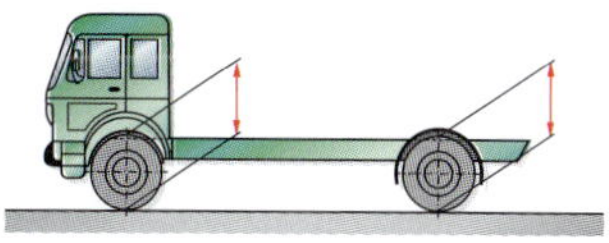

Rahmenhöhe

Abstand der Oberkanten des Rahmens von der Standebene des Fahrzeugs gemessen über den Radmitten der Vorderachse bzw. Hinterachse. Bei mehr als 2 Achsen wird nur an der ersten und an der letzten Achse gemessen.

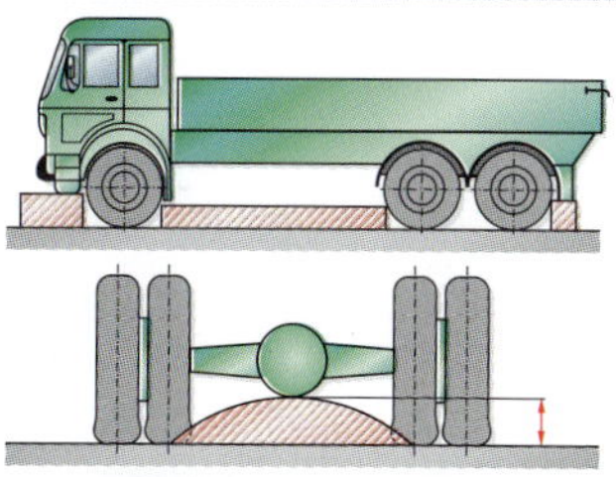

Bodenfreiheit

Vor, zwischen, hinter den Achsen: kleinster Abstand zwischen der Standebene und dem tiefsten, festen Punkt des Fahrzeugs

Unter der Achse: Scheitelhöhe eines Kreisbogens, der durch die Mitte der Radaufstandsfläche der (inneren) Räder einer Achse geht und die tiefste Stelle des Fahrzeugs zwischen den Rädern berührt

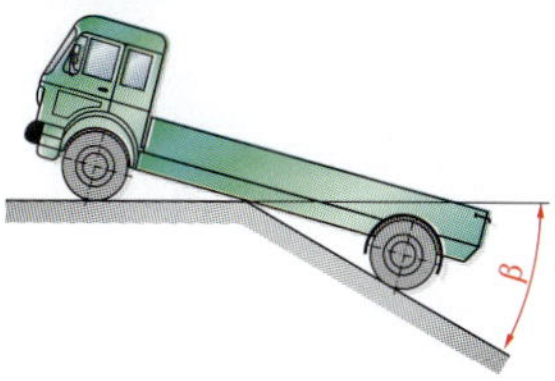

Rampenwinkel

Winkel zwischen den Ebenen, die die statischen Halbmesser der Reifen der Vorder- und Hinterachse tangieren und einen Punkt an der Unterseite des Fahrzeugs berühren, bei dem sich der größte Rampenwinkel ergibt, den das voll beladene Fahrzeug überfahren kann

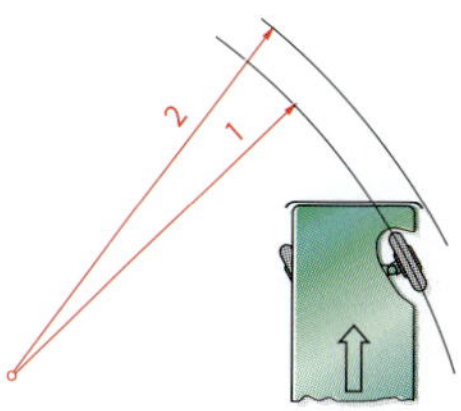

Wende- und Spurkreisdurchmesser

Kleinster Spurkreisdurchmesser (1): Durchmesser des Kreises, den die Reifenmitte des äußeren gelenkten Rades bei größtem Lenkeinschlag auf der Standebene beschreibt

Kleinster Wendekreisdurchmesser (2): Durchmesser des kleinsten zylindrischen Hüllkörpers, in dem das Fahrzeug eine Kreisfahrt bei größtem Lenkeinschlag durchführen kann

Symbole für Kraftfahrzeuge nach ISO 2575 (Auswahl)
Symbols for motor vehicles according to ISO 2575 (selection)

Auf den Betätigungseinrichtungen (z. B. Lenkrad, Blinker- und Fernlichthebel, Mittelkonsole) sind die Symbole meist schwarz oder weiß.

Kontrollleuchten blinken oder leuchten im Kombiinstrument. Sie zeigen Funktionen oder Störungen an. Zu einigen Kontrollleuchten können Hinweise erscheinen und gleichzeitig Warnsignale ertönen. Einige Kontrollleuchten erscheinen im Display mehrfarbig.

Farben der Kontrollleuchten: Grün = in Funktion, Gelb = Fehlerhinweis, Rot = wichtiger Störungshinweis

Lichttechnische Einrichtungen

Hauptlichtschalter	Begrenzungs- und Schlussleuchten	Abblendlicht	Tagfahrleuchten	Parkleuchten	Fernlicht	Nebelscheinwerfer	Nebelschlussleuchten

Fahrtrichtungsanzeiger	Fahrtrichtungsanzeiger Anhänger	Glühlampenausfall	Warnblinkanlage	Leuchtweitenregulierung	Automatische Fahrlicht-Steuerung	Instrumenten-Beleuchtung	Scheinwerferreinigung

Sicht, Scheibenwischer und -wascher, Scheibenheizung

Windschutzscheibenwischanlage	Wisch- und Waschanlage	Wischersteuerung Regensensor	Windschutzscheibenheizung	Scheibenwischer Heckscheibe	Scheibenwasser Heckscheibe	Heckscheibenheizung	Waschwasserstand zu niedrig

Motor, Getriebe, Batterie

Taste für Motor Start und Stopp	Start-Stopp-Automatik ein/aus	Störung im EOBD-System oder Motor	Geschwindigkeitsregelanlage ein	Geschwindigkeitsregelanlage gestört	Motorölstand zu niedrig	Motoröldruck zu gering	Kraftstoffstand

Tankverschluss offen	Vorglühanlage	Dieselpartikelfilter verstopft	Motorsteuerung gestört	Funktionsstörung Getriebe	Getriebe zu warm	Kühlmittelmangel	Generator-/Batteriezustand

Fahrwerk: Bremsen, Reifen

Feststellbremsanlage lösen oder	Funktionsstörung der Bremsanlage	Funktionsstörung ABS	Bremsbelagverschleiß	ESP leuchtet: Ausfall ESP blinkt: regelt	Reifenluftdruck zu gering	Störung Reifendruckanzeige	Ausfall elektrische Lenkunterstützung

Sicherheit, Komfort

Sicherheitsgurt nicht angelegt	offene Tür, Motorhaube, Heckklappe	Airbag, Gurtstraffer deaktiviert	Tür verriegelt	Tür entriegelt	Zentralverriegelung	Fensterheber	elektrische Fensterverriegelung

Klimaanlage	Lüfter	Außenluft-/Umluftbetrieb	Sitzheizung	Sitzverstellung in Längsrichtung	Sitzverstellung Lehne	Sitzverstellung in der Höhe	Sitzverstellung Neigung

Elektronische Funktionen/Elektrofahrzeuge

Batteriefehler	Sicherungsbox	Achtung, Gefahr durch Hochspannung	Fehler der Antriebsbatterie	Fehler des elektrischen Antriebsmotors	Ladekabel angeschlossen	Störung des Elektrofahrzeugs	Temperatur der Antriebsbatterie

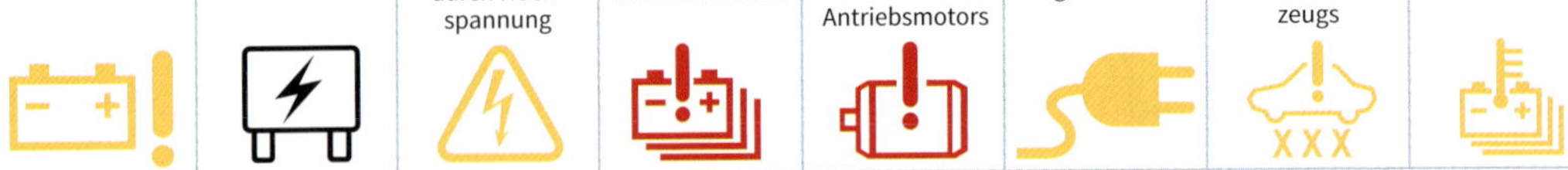

Modellreihe		Limousine (Mini Car)		Limousine (Kleinwagen)	
Hersteller		BMW	Fiat	VW	Audi
Fahrzeugtyp		Mini One	500 1.2 8V	Polo 1,2 TSI	A1 1,2 TFSI
Motor		Viertakt-Otto	Viertakt-Otto	Viertakt-Otto	Viertakt-Otto
Zylinderzahl/Zylinderanordnung		3/Reihe	4/Reihe	4/Reihe	4/Reihe
Einbaulage		Front quer	Front quer	Front quer	Front quer
Nutzleistung	kW bei 1/min	75/4250	51/5500	77/5000	63/4800
max. Motordrehmoment	Nm bei 1/min	180/1400-4000	102/3000	175/1550-4100	160/1500-3500
Gesamthubraum	cm^3	1198	1242	1197	1197
Bohrung/Hub	mm	78,0/83,6	70,8/78,9	71,0/75,6	71,0/75,6
Ventile/Zündkerzen je Zylinder		4/1	2/1	2/1	2/1
Nockenwelle(n)/-antrieb		dohc/Kette	ohc/Zahnriemen	ohc/Kette	dohc/Kette
Verdichtungsverhältnis		11 : 1	11,1 : 1	10 : 1	10 : 1
Aufladung/max. Ladedruck	bar	Turbolader/1,2	–	Turbolader/1,9	Turbolader/1,8
Einspritzanlage		Direkteinspritzung	MPI	Direkteinspritzung	Direkteinspritzung
Motoröl-/Kühlmittelinhalt	l	4,2/5,3	2,8/4,6	3,6/10,2	3,6/7,1
Generator (Maximalstromstärke)	A	150	70	110	140
Batterie (Kapazität)	Ah	70	40	44	58
Kraftübertragung					
Antriebsart		Vorderradantrieb	Vorderradantrieb	Vorderradantrieb	Vorderradantrieb
Wechselgetriebe (W)		6-Gang/manuell	5-Gang/manuell	6-Gang/manuell	5-Gang/manuell
Automatikgetriebe (A)		6 Stufen	5 Stufen	7 Stufen	–
Getriebeübersetzungen	1. … 3. Gang	W: 3,615/1,952/1,241/	W: 3,909/2,158/1,480/	W: 3,615/1,955/1,281/	W: 3,769/1,955/1,281/
	4. … 5./6. Gang	0,969/0,806/0,683	1,121/0,897	0,927/0,740/0,611	0,927/0,740
Rückwärtsgang/Achsübersetzung		W: 3,185/3,683	W: 3,818/3,438	W: 4,508/3,933	W: 3,182/3,625
Fahrwerk					
Radaufhängung/Federung	vorn	Querlenker	Querlenker	Querlenker	Querlenker
		McPherson-Federbein	McPherson-Federbein	McPherson-Federbein	McPherson-Federbein
	hinten	Mehrlenker	Verbundlenker	Verbundlenker	Verbundlenker
		Schraubenfeder	Schraubenfeder	Schraubenfeder	Schraubenfeder
Lenkung/Lenkhilfe		Zahnstange/Servo	Zahnstange/Servo	Zahnstange/Servo	Zahnstange/Servo
Bremsen (i: innenbelüftet)	vorn Ø in mm	Scheibe/i/276	Scheibe/240	Scheibe/i/256	Scheibe/i/256
	hinten Ø in mm	Scheibe/259	Trommel/180	Scheibe/230	Scheibe/256
ABS/ASR/ESP		ABS/ASR/ESP	ABS	ABS/ASR/ESP	ABS/ASR/ESP
Felgenmaße (vorn/hinten)		5,5 J × 15	5,5 J × 14	7,5 J × 17	6,5 J × 15
Reifenmaße (vorn/hinten)		175/65 R 15 84 H	175/55 R 14	215/40 R 17 T	185/60 R 15
c_W-Wert		0,82	0,32	0,32	0,32
Stirnfläche *A*	m^2	2,07	2,09	2,05	2,04
Sitzplätze		4	4	5	4
Türen		3	3 mit Heckklappe	3 mit Heckklappe	3 mit Heckklappe
Gepäckraum (mit/ohne Bank)	l	211	185/610	261/952	270/920
Abmessungen und Massen					
Länge/Breite/Höhe	mm	3821/1727/1414	3546/1627/1488	3987/1698/1488	3954/1740/1416
Radstand	mm	2495	2300	2469	2469
Spurweite (vorn/hinten)	mm	1501/1501	1413/1407	1454/1453	1477/1471
kleinster Wendekreis	m	10,8	9,2	10,6	10,6
Leermasse	kg	1165	940	1070	1040
Radlastverteilung (vorn/hinten)	%	52,7/47,3	54,6/45,4	51,8/48,2	52,8/47,2
zulässige Gesamtmasse	kg	1570	1305	1590	1490
Fahrleistungen und Verbrauch					
Höchstgeschwindigkeit	km/h	195	160	190	180
Beschleunigungszeit (von 0 auf 100 km/h)	s	9,9	12,9	9,7	11,7
Bremsweg (aus 100 km/h, kalt, beladen)	m	35,7	43	38	37,5
Kraftstoffart		Super (ROZ 95)	Super (ROZ 95)	Super (ROZ 95)	Super (ROZ 95)
Kraftstoffbehälterinhalt	l	40	35	45	45
Verbrauch (ECE) gesamt	l/100 km	4,6 (W)	5,1 (W)	5,3 (W)	5,1 (W)
Verbrauch (ECE) Stadt/über Land	l/100 km	5,7/4,0 (W)	6,4/4,3 (W)	5,8/4,5 (W)	6,2/4,4 (W)
CO_2-Emission (W): Wechselgetriebe, (A): Automatikgetriebe	g/km	108 (W)	119 (W)	124 (W)	118 (W)
Euro-Stufe (Emissionsgrenzwerte)		Euro-Stufe 6	Euro-Stufe 5	Euro-Stufe 5	Euro-Stufe 5
Stand-/Fahrgeräusch (EG, Außengeräusch)	dB	75/74	82/73,5	79/71	78/72

Modellreihe		Limousine (Kompaktklasse)		Limousine (untere Mittelklasse)	
Hersteller		Toyota	Opel	Mazda	VW
Fahrzeugtyp		Avensis 1.6	Astra 1,4 Turbo	3 SKYACTIV D 150	Golf GTD
Motor		Viertakt-Otto	Viertakt-Otto	Viertakt-Diesel	Viertakt-Diesel
Zylinderzahl/Zylinderanordnung		4/Reihe	4/Reihe	4/Reihe	4/Reihe
Einbaulage		Front quer	Front quer	Front quer	Front quer
Nutzleistung	kW bei 1/min	97/6400	103/4900	110/4500	135/3500
max. Motordrehmoment	Nm bei 1/min	160/4400	200/1850–4900	380/1800	380/1750
Gesamthubraum	cm^3	1598	1364	2191	1968
Bohrung/Hub	mm	80,5/78,5	72,5/82,6	86,0/94,3	81,0/95,5
Ventile/Zündkerzen je Zylinder		4/1	4/1	4/–	4/–
Nockenwelle(n)/-antrieb		dohc/Kette	dohc/Kette	dohc/Kette	dohc/Zahnriemen
Verdichtungsverhältnis		10,7 : 1	9,5 : 1	14 : 1	15,8 : 1
Aufladung/max. Ladedruck	bar	–	Turbolader/1,2	Turbolader/1,25	Turbolader/1,5
Einspritzanlage		MPI	MPI	Common-Rail	Common-Rail
Motoröl-/Kühlmittelinhalt	l	4,2/5,6	4/6,7	3,8/9	4/9,6
Generator (Maximalstromstärke)	A	100	100	120	140
Batterie (Kapazität)	Ah	84	50	68	68
Kraftübertragung					
Antriebsart		Vorderradantrieb	Vorderradantrieb	Vorderradantrieb	Vorderradantrieb
Wechselgetriebe (W)		6-Gang/manuell	6-Gang/manuell	6-Gang/manuell	6-Gang/manuell
Automatikgetriebe (A)		–	6 Stufen	6 Stufen	6 Stufen
Getriebeübersetzungen	1. … 3. Gang	W: 3,538/1,913/1,310	W: 3,82/2,05/1,30/	W: 3,357/1,826/1,565	W: 3,769/2,087/1,324
	4. … 6. Gang	0,971/0,818/0,700	0,96/0,74/0,61	1,085/0,854/0,711	0,919/0,902/0,757
Rückwärtsgang/Achsübersetzung		W: 3,333/4,562	W: 3,55/4,18	W: 4,091/3,619	W: 4,549/3,450
Fahrwerk					
Radaufhängung/Federung	vorn	Querlenker	Querlenker	Querlenker	Querlenker
		McPherson-Federbein	McPherson-Federbein	McPherson-Federbein	McPherson-Federbein
	hinten	Doppelquerlenker	Verbundlenker	Mehrlenker	Mehrlenker
		Schraubenfeder	Schraubenfeder	Schraubenfeder	Schraubenfeder
Lenkung/Lenkhilfe		Zahnstange/Servo	Zahnstange/Servo	Zahnstange/Servo	Zahnstange/Servo
Bremsen (i: innenbelüftet)	vorn Ø in mm	Scheibe/i/295	Scheibe/i/276	Scheibe/i/278	Scheibe/i/312
	hinten Ø in mm	Scheibe/290	Scheibe/268	Scheibe/265	Scheibe/253
ABS/ASR/ESP		ABS/ASR/ESP	ABS/ASR/ESP	ABS/ASR/ESP	ABS/ASR/ESP
Felgenmaße (vorn/hinten)		6,5 J × 16	6,5 J × 16	6,5 J × 16	7,0 J × 17
Reifenmaße (vorn/hinten)		205/55 R 16 V	205/60 R 16	205/60 R 16 92 V	225/45 R 17 V
c_W-Wert		0,28	0,31	0,275	0,315
Stirnfläche *A*	m^2	2,2	2,23	2,258	2,24
Sitzplätze		5	5	5	5
Türen		4	5 mit Heckklappe	5 mit Heckklappe	5 mit Heckklappe
Gepäckraum (mit/ohne Bank)	l	509/1320	370/1235	364/1250	380/1270
Abmessungen und Massen					
Länge/Breite/Höhe	mm	4765/1810/1480	4419/1819/1510	4465/1795/1450	4268/1799/1442
Radstand	mm	2700	2685	2700	2631
Spurweite (vorn/hinten)	mm	1560/1560	1544/1558	1555/1560	1538/1517
kleinster Wendekreis	m	10,8	11,4	11,4	10,9
Leermasse	kg	1440	1393	1395	1409
Radlastverteilung (vorn/hinten)	%	51,7/48,3	51,1/48,9	53,4/46,6	54,2/45,8
zulässige Gesamtmasse	kg	1970	1940	1910	1850
Fahrleistungen und Verbrauch					
Höchstgeschwindigkeit	km/h	200	205	210	230
Beschleunigungszeit (0–100 km/h)	s	10,4	9,7	9,7	7,5
Bremsweg (aus 100 km/h, kalt, beladen)	m	36,7	37,8	39	37
Kraftstoffart		Super (ROZ 95)	Super (ROZ 95)	Diesel (CZ 51)	Diesel (CZ 51)
Kraftstoffbehälterinhalt	l	60	56	51	50
Verbrauch (ECE) gesamt	l/100 km	6,5 (W)	5,9 (W)	4,1 (W)	4,2 (W)
Verbrauch (ECE) Stadt/über Land	l/100 km	8,3/5,4 (W)	7,8/4,2 (W)	4,9/3,6 (W)	5,1/3,7 (W)
CO_2-Emission (W): Wechselgetriebe, (A): Automatikgetriebe	g/km	150 (W)	141 (W)	107 (W)	109 (W)
Euro-Stufe (Emissionsgrenzwerte)		Euro-Stufe 5	Euro-Stufe 5	Euro-Stufe 6	Euro-Stufe 6
Stand-/Fahrgeräusch (EG, Außengeräusch)	dB	76/73	72/73	73/68	85/75

Modellreihe		Limousine (Mittelklasse)		Limousine (obere Mittelklasse)	
Hersteller		Audi	BMW	Daimler	Volvo
Fahrzeugtyp		A4 2.0 TDI	320d x Drive	E 350 CGI	XC70 T6 AWD
Motor		Viertakt-Diesel	Viertakt-Diesel	Viertakt-Otto	Viertakt-Otto
Zylinderzahl/Zylinderanordnung		4/Reihe	4/Reihe	6/V	6/Reihe
Einbaulage		Front quer	Front längs	Front längs	Front quer
Nutzleistung	kW bei 1/min	130/4200	135/4000	215/6400	224/5600
max. Motordrehmoment	Nm bei 1/min	380/1750	380/1750–2750	365/3000–5100	400/1500
Gesamthubraum	cm^3	1956	1995	3498	2953
Bohrung/Hub	mm	81,0/95,5	84/90	92,9/86	82/93,2
Ventile/Zündkerzen je Zylinder		4/–	4/–	4/1	4/1
Nockenwelle(n)/-antrieb		dohc/Zahnriemen	dohc/Kette	dohc/Kette	dohc/Kette
Verdichtungsverhältnis		16 : 1	16,5 : 1	12,2 : 1	9,3 : 1
Aufladung/max. Ladedruck	bar	Turbolader/k.A.	Turbolader/1,7	Turbolader/k.A.	Turbolader/k.A.
Einspritzanlage		Common-Rail	Common-Rail	Direkteinspritzung	MPI
Motoröl-/Kühlmittelinhalt	l	5,8/7,5	5,2/7,5	8/9,4	6,8/8,9
Generator (Maximalstromstärke)	A	150	180	210	150
Batterie (Kapazität)	Ah	92	90	80	60
Kraftübertragung					
Antriebsart		Vorderradantrieb	Allradantrieb	Hinterradantrieb	Allradantrieb
Wechselgetriebe (W)		6-Gang/manuell	6-Gang/manuell	–	–
Automatikgetriebe (A)		8 Stufen	6 Stufen	7 Stufen	6 Stufen
Getriebeübersetzungen	1. … 3. Gang	W: 3,917/2,040/1,321/	W: 4,110/2,248/1,403	A: 4,38/2,86/1,92/	A: 4,148/2,370/1,556/
	4. … 6./7. Gang	0,954/0,755/0,623	1,000/0,802/0,659	1,37/1,00/0,82/0,73	1,155/0,859/0,686
Rückwärtsgang/Achsübersetzung		W: 3,75/3,55	W: 3,727/3,231	A: 3,42/2.82	A: 3,394/3,464
Fahrwerk					
Radaufhängung/Federung	vorn	Mehrlenker	Querlenker	Doppelquerlenker	Querlenker
		McPherson-Federbein	McPherson-Federbein	McPherson-Federbein	McPherson-Federbein
	hinten	Mehrlenker	Mehrlenker	Mehrlenker	Mehrlenker
		Schraubenfeder	Schraubenfeder	Luftfeder	Schraubenfeder
Lenkung/Lenkhilfe		Zahnstange/Servo	Zahnstange/Servo	Zahnstange/Servo	Zahnstange/Servo
Bremsen (i: innenbelüftet)	vorn Ø in mm	Scheibe/i/305	Scheibe/i/312	Scheibe/i/320	Scheibe/i/316
	hinten Ø in mm	Scheibe/278	Scheibe/i/300	Scheibe/i/300	Scheibe/302
ABS/ASR/ESP		ABS/ASR/ESP	ABS/ASR/ESP	ABS/ASR/ESP	ABS/ASR/ESP
Felgenmaße (vorn/hinten)		7 J × 16	7 J × 16	7 J × 16	7 J × 16
Reifenmaße (vorn/hinten)		205/55 R 16 V	205/55 R 16 91V	225/55 R 16	215/65 R 16 16V
c_W-Wert		0,27	0,30	0,30	0,35
Stirnfläche A	m^2	2,2	2,17	2,32	2,44
Sitzplätze		5	5	5	5
Türen		4	4	4	5
Gepäckraum (mit/ohne Bank)	l	480/962	460/1385	695/1950	575/1600
Abmessungen und Massen					
Länge/Breite/Höhe	mm	4701/1826/1427	4531/1817/1421	4895/1854/1512	4838/1861/1604
Radstand	mm	2808	2760	2874	2815
Spurweite (vorn/hinten)	mm	1579/1559	1506/1535	1585/1604	1588/1585
kleinster Wendekreis	m	11,5	11,8	11,25	12,0
Leermasse	kg	1480	1590	1845	1850
Radlastverteilung (vorn/hinten)	%	50,0/50,0	47,4/52,6	52,7/47,3	54/46
zulässige Gesamtmasse	kg	2030	2045	2420	2290
Fahrleistungen und Verbrauch					
Höchstgeschwindigkeit	km/h	230	228	250	210
Beschleunigungszeit (von 0 auf 100 km/h)	s	8,2	8,2	7,0	7,5
Bremsweg (aus 100 km/h, kalt, beladen)	m	36,5	37,5	36,9	38
Kraftstoffart		Diesel (CZ 51)	Diesel (CZ 51)	Super (ROZ 95)	Super (ROZ 95)
Kraftstoffbehälterinhalt	l	63	61	80	70
Verbrauch (ECE) gesamt	l/100 km	4,6 (W)	5,3 (W)	8,6 (A)	11,2 (A)
Verbrauch (ECE) Stadt/über Land	l/100 km	5,5/4,1 (W)	6,5/4,6 (W)	12,3/6,5 (A)	17,3/8,5 (A)
CO_2-Emission (W): Wechselgetriebe, (A): Automatikgetriebe	g/km	120 (W)	140 (W)	206 (A)	281 (A)
Euro-Stufe (Emissionsgrenzwerte)		Euro-Stufe 5	Euro-Stufe 5	Euro-Stufe 5	Euro-Stufe 5
Stand-/Fahrgeräusch (EG, Außengeräusch)	dB	74/70	83/74	79/70	74/70

Modellreihe		Limousine (Oberklasse)		Limousine (Luxusklasse)	
Hersteller		Audi	Lexus	BMW	Daimler
Fahrzeugtyp		A8 4,2 FSI quattro	LS 460 AWD	Rolls-Royce Phantom	Maybach 62
Motor		Viertakt-Otto	Viertakt-Otto	Viertakt-Otto	Viertakt-Otto
Zylinderzahl/Zylinderanordnung		8/V	8/V	12/V	12/V
Einbaulage		Front längs	Front längs	Front längs	Front längs
Nutzleistung	kW bei 1/min	320/5100	270/6400	338/5350	405/5250
max. Motordrehmoment	Nm bei 1/min	600/1500-5000	469/4000	720/3500	900/2200-3000
Gesamthubraum	cm^3	3993	4608	6749	5890
Bohrung/Hub	mm	84,5/89,0	94/83	92/84,6	82/87
Ventile/Zündkerzen je Zylinder		4/1	4/1	4/1	3/2
Nockenwelle(n)/-antrieb		dohc/Kette	dohc/Kette	dohc/Kette	ohc/Kette
Verdichtungsverhältnis		10,1 : 1	11,8 : 1	11 : 1	9 : 1
Aufladung/max. Ladedruck	bar	Turbolader/k. A.	–	–	Biturbolader/1,3
Einspritzanlage		Direkteinspritzung	Direkteinspritzung	Direkteinspritzung	MPI
Motoröl-/Kühlmittelinhalt	l	7,7/11,5	9/11,1	8,5/14	9,5/17
Generator (Maximalstromstärke)	A	190	180	360	350
Batterie (Kapazität)	Ah	92	85	160	95
Kraftübertragung					
Antriebsart		Allradantrieb	Allradantrieb	Hinterradantrieb	Hinterradantrieb
Wechselgetriebe (W)		–	–	–	–
Automatikgetriebe (A)		8 Stufen	8 Stufen	6 Stufen	5 Stufen
Getriebeübersetzungen	1. … 4. Gang	A: 4,714/3,143/2,106/1,667	A: 4,596/2,724/1,863/1,464	A: 4,171/2,340/1,521	A: 3,59/2,19/1,41
	5. … 5./8. Gang	1,285/1,000/0,839/0,667	1,231/1,000/0,824/0,685	1,143/0,867/0,691	1,00/0,83
Rückwärtsgang/Achsübersetzung		3,317/3,204	2,176/3,133	3,403/3,460	3,17/2,82
Fahrwerk					
Radaufhängung/Federung	vorn	Mehrlenker	Mehrlenker	Doppelquerlenker	Doppelquerlenker
		Luftfeder	Luftfeder	Luftfeder	Luftfeder
	hinten	Mehrlenker	Mehrlenker	Doppelquerlenker	Mehrlenker
		Luftfeder	Luftfeder	Luftfeder	Luftfeder
Lenkung/Lenkhilfe		Zahnstange/Servo	Zahnstange/Servo	Zahnstange/Servo	Kugelumlauf/Servo
Bremsen (i: innenbelüftet)	vorn Ø in mm	Scheibe/i/400	Scheibe/i/357	Scheibe/i/374	Scheibe/i/380
	hinten Ø in mm	Scheibe/i/356	Scheibe/i/335	Scheibe/i/370	Scheibe/i/376
ABS/ASR/ESP		ABS/ASR/ESP	ABS/ASR/ESP	ABS/ASR/ESP	ABS/ASR/ESP
Felgenmaße (vorn/hinten)		8 J × 18	7,5 J × 18	8 J × 21/9,5 J × 21	8 J × 19
Reifenmaße (vorn/hinten)		235/55 R 18 104Y	235/50 R 18	255/50 u. 285/45 R 21 W	275/50 R 19 W
c_W-Wert		0,27	0,27	0,38	0,31
Stirnfläche *A*	m^2	2,41	2,2	2,6	2,62
Sitzplätze		5	5	5	4
Türen		4	4	4	4
Gepäckraum (mit/ohne Bank)	l	520	560	460	605
Abmessungen und Massen					
Länge/Breite/Höhe	mm	5137/1949/1460	5060/1875/1465	5834/1990/1632	6171/1980/1573
Radstand	mm	2992	2970	3570	3827
Spurweite (vorn/hinten)	mm	1644/1635	1615/1620	1685/1670	1675/1695
kleinster Wendekreis	m	12,3	12,2	13,8	14,8
Leermasse	kg	1995	2200	2550	2855
Radlastverteilung (vorn/hinten)	%	50/50	50/50	49,6/50,4	51,7/48,3
zulässige Gesamtmasse	kg	2570	2640	3050	3380
Fahrleistungen und Verbrauch					
Höchstgeschwindigkeit	km/h	250 (abgeregelt)	250 (abgeregelt)	240 (abgeregelt)	250 (abgeregelt)
Beschleunigungszeit (0–100 km/h)	s	4,5	6,3	5,7	5,4
Bremsweg (aus 100 km/h, kalt, beladen)	m	36	38	40,4	36,7
Kraftstoffart		Super Plus (ROZ 98)	Super (ROZ 95)	Super Plus (ROZ 98)	Super (ROZ 95)
Kraftstoffbehälterinhalt	l	82	84	100	110
Verbrauch (ECE) gesamt	l/100 km	9,1 (A)	11,6 (A)	15,7 (A)	16,0 (A)
Verbrauch (ECE) Stadt/über Land	l/100 km	12,6/7,1 (A)	17,2/8,4 (A)	22,8/10,2 (A)	24,6/11,8 (A)
CO_2-Emission (W): Wechselgetriebe, (A): Automatikgetriebe	g/km	213 (A)	274 (A)	347 (A)	384 (A)
Euro-Stufe (Emissionsgrenzwerte)		Euro-Stufe 6	Euro-Stufe 4	Euro-Stufe 5	Euro-Stufe 4
Stand-/Fahrgeräusch (EG, Außengeräusch)	dB	74/72	k. A.	k. A.	75/73

Modellreihe		**Kombi**		**Coupé**	
Hersteller		BMW	Daimler	Porsche	Daimler
Fahrzeugtyp		530d Touring	MB: E 350 CDI 4matic T	911 Carrera 4S	AMG GT S
Motor		Viertakt-Diesel	Viertakt-Diesel	Viertakt-Otto	Viertakt-Otto
Zylinderzahl/Zylinderanordnung		6/Reihe	6/V	6/Boxer	8/V
Einbaulage		Front längs	Front längs	Heck längs	Front längs
Nutzleistung	kW bei 1/min	180/4000	195/3800	294/7400	375/6250
max. Motordrehmoment	Nm bei 1/min	540/1750-3000	620/1600-2400	440/5600	650/1750-4750
Gesamthubraum	cm^3	2993	2987	3800	3982
Bohrung/Hub	mm	84/90	83/92	102/77,5	83/92
Ventile/Zündkerzen je Zylinder		4/–	4/–	4/1	4/1
Nockenwelle(n)/-antrieb		dohc/Kette	dohc/Kette	dohc/Kette	dohc/Kette
Verdichtungsverhältnis		16,5 : 1	15,5 : 1	12,5 : 1	10,5 : 1
Aufladung/max. Ladedruck	bar	Turbolader/1,7	Turbolader/1,75	Turbolader/1,1	Turbolader/1,2
Einspritzanlage		Common-Rail	Common-Rail	Direkteinspritzung	Direkteinspritzung
Motoröl-/Kühlmittelinhalt	l	7,2/8	8/12,3	10/28,7	12,0/14,2
Generator (Maximalstromstärke)	A	180	210	450	–
Batterie (Kapazität)	Ah	90	80	70	100
Kraftübertragung					
Antriebsart		Hinterradantrieb	Hinterradantrieb	Hinterradantrieb	Hinterradantrieb
Wechselgetriebe (W)		6-Gang/manuell	–	7-Gang/manuell	–
Automatikgetriebe (A)		8 Stufen	7 Stufen	7 Stufen	7 Stufen
Getriebeübersetzungen	1. … 3. Gang	W: 5,080/2,804/1,783/	A: 4,38/2,86/1,92/	W: 3,91/2,29/1,55/	A: 3,4/2,1/1,63/
	4. … 6./7. Gang	1,260/1,000/0,835	1,37/1,00/0,82/0,73	1,3/1,08/0,88/0,71	1,29/1,03/0,84/0,63
Rückwärtsgang/Achsübersetzung		W: 4,607/2,563	A: 3,42/2,65	W: 3,55/3,44	A: 2,79/3,67
Fahrwerk					
Radaufhängung/Federung	vorn	Doppelquerlenker	Doppelquerlenker	Querlenker	Doppelquerlenker
		McPherson-Federbein	McPherson-Federbein	McPherson-Federbein	Schraubenfeder
	hinten	Mehrlenker	Mehrlenker	Mehrlenker	Doppelquerlenker
		Luftfeder	Luftfeder	Schraubenfeder	Schraubenfeder
Lenkung/Lenkhilfe		Zahnstange/Servo	Zahnstange/Servo	Zahnstange/Servo	Zahnstange/Servo
Bremsen (i: innenbelüftet)	vorn Ø in mm	Scheibe/i/348	Scheibe/i/322	Scheibe/i/340	Scheibe/i/402
	hinten Ø in mm	Scheibe/i/330	Scheibe/i/300	Scheibe/i/330	Scheibe/i/360
ABS/ASR/ESP		ABS/ASR/ESP	ABS/ASR/ESP	ABS/ASR/ESP	ABS/ASR/ESP
Felgenmaße (vorn/hinten)		8 J × 17	7,5 J × 16	8,5 J × 20/11 J × 20	9 J × 19/11 J × 20
Reifenmaße (vorn/hinten)		225/55 R 17 Y	225/55 R 16 V	245/35 ZR 20/305/30 ZR 20	265/35 ZR 19/295/30 ZR 20
c_W-Wert		0,31	0,31	0,30	0,36
Stirnfläche *A*	m^2	2,35	2,33	2,04	2,13
Sitzplätze		5	5	2+2	2
Türen		5 mit Heckklappe	5 mit Heckklappe	2	2
Gepäckraum (mit/ohne Bank)	l	560/1670	695/1950	135/205	350/175
Abmessungen und Massen					
Länge/Breite/Höhe	mm	4907/1860/1462	4895/1854/1515	4491/1852/1296	4546/1939/1288
Radstand	mm	2968	2874	2450	2630
Spurweite (vorn/hinten)	mm	1600/1626	1583/1604	1538/1552	1680/1651
kleinster Wendekreis	m	11,95	11,25	10,9	11,5
Leermasse	kg	1800	1945	1480	1645
Radlastverteilung (vorn/hinten)	%	45,9/57,1	56,6/43,4	40/60	47/53
zulässige Gesamtmasse	kg	2450	2520	1880	1890
Fahrleistungen und Verbrauch					
Höchstgeschwindigkeit	km/h	243	250	299	310
Beschleunigungszeit (0–100 km/h)	s	6,4	6,7	4,5	3,8
Bremsweg (aus 100 km/h, kalt, beladen)	m	38,9	39,2	33,5	33,8
Kraftstoffart		Diesel (CZ 51)	Diesel (CZ 51)	Super Plus (ROZ 98)	Super Plus (ROZ 95)
Kraftstoffbehälterinhalt	l	70	80	68	65
Verbrauch (ECE) gesamt	l/100 km	6,4 (W)	6,5 (A)	9,9 (W)	9,4 (A)
Verbrauch (ECE) Stadt/über Land	l/100 km	8,1/5,4 (W)	8,1/5,6 (A)	14,2/7,5 (W)	12,2/7,8 (A)
CO_2-Emission (W): Wechselgetriebe, (A): Automatikgetriebe	g/km	172 (W)	171 (A)	215 (W)	219 (A)
Euro-Stufe (Emissionsgrenzwerte)		Euro-Stufe 5	Euro-Stufe 5	Euro-Stufe 5	Euro-Stufe 6
Stand-/Fahrgeräusch (EG, Außengeräusch)	dB	75/70	71/71	94/74	60/76

Modellreihe		Cabriolet		Mehrzweck-Pkw	
Hersteller		VW	Audi	BMW	Daimler
Fahrzeugtyp		Golf R	R8 Spyder 5,2 FSI	X3 x Drive20d	ML 250 BlueTec 4matic
Motor		Viertakt-Otto	Viertakt-Otto	Viertakt-Diesel	Viertakt-Diesel
Zylinderzahl/Zylinderanordnung		4/V	10/V	4/Reihe	4/Reihe
Einbaulage		Front quer	Mittel quer	Front längs	Front längs
Nutzleistung	kW bei 1/min	195/6000	386/8000	135/4000	150/4200
max. Motordrehmoment	Nm bei 1/min	350/2500-5000	530/6500	380/1750–2750	500/1600–1800
Gesamthubraum	cm^3	1984	5204	1995	2143
Bohrung/Hub	mm	82,5/92,8	84,5/92,8	84,0/90,0	83,0/99,0
Ventile/Zündkerzen je Zylinder		4/1	4/1	4/–	4/–
Nockenwelle(n)/-antrieb		dohc/Zahnriemen	dohc/Kette	dohc/Kette	dohc/Kette
Verdichtungsverhältnis		9,6 : 1	12,5 : 1	16,5 : 1	16,2 : 1
Aufladung/max. Ladedruck	bar	Turbolader/k. A.	–	Turbolader/1,7	Turbolader/1,45
Einspritzanlage		Direkteinspritzung	Direkteinspritzung	Common-Rail	Common-Rail
Motoröl-/Kühlmittelinhalt	l	4,6/9,8	8,3/24	5,2/9,5	8,5/9,5
Generator (Maximalstromstärke)	A	140	140	180	220
Batterie (Kapazität)	Ah	60	68	90	95
Kraftübertragung					
Antriebsart		Vorderradantrieb	Allradantrieb	Allradantrieb	Allradantrieb
Wechselgetriebe (W)		–	6-Gang/manuell	6-Gang/manuell	–
Automatikgetriebe (A)		6 Stufen	6 Stufen	8 Stufen	7 Stufen
Getriebeübersetzungen	1. … 4. Gang	A: 2,923/1,957/1,400/	W: 4,373/2,709/1,925/	W: 4,110/2,248/1,403	A: 4,38/2,86/1,92/
	5. … 6./7. Gang	1,032/1,077/0,871	1,502/1,239/1,035	1,000/0,802/0,659	1,37/1,00/0,82/0,73
Rückwärtsgang/Achsübersetzung		A: 3,264/4,769	W: 3,713/3,077	W: 3,727/3,077	A: 3,42/3,27
Fahrwerk					
Radaufhängung/Federung	vorn	Querlenker	Doppelquerlenker	Doppelquerlenker	Doppelquerlenker
		McPherson-Federbein	Schraubenfeder	McPherson-Federbein	Schraubenfeder
	hinten	Mehrlenker	Doppelquerlenker	Mehrlenker	Mehrlenker
		Schraubenfeder	Schraubenfeder	Schraubenfeder	Schraubenfeder
Lenkung/Lenkhilfe		Zahnstange/Servo	Zahnstange/Servo	Zahnstange/Servo	Zahnstange/Servo
Bremsen (i: innenbelüftet)	vorn Ø in mm	Scheibe/i/345	Scheibe/i/365	Scheibe/i/328	Scheibe/i/330
	hinten Ø in mm	Scheibe/310	Scheibe/i/356	Scheibe/330	Scheibe/330
ABS/ASR/ESP		ABS/ASR/ESP	ABS/ASR/ESP	ABS/ASR/ESP	ABS/ASR/ESP
Felgenmaße (vorn/hinten)		7,5 J × 18	8,5 J × 19/11 J × 19	7,5 J × 17	7,5 J × 17
Reifenmaße (vorn/hinten)		225/40 R 18 Y	235/35 ZR 19/295/30 ZR 19	225/60 R 17 H	235/65 R 17
c_W-Wert		0,33	0,36	0,33	0,34
Stirnfläche *A*	m^2	2,16	1,99	2,65	2,82
Sitzplätze		4	2	5	5
Türen		2	2	5 mit Heckklappe	5 mit Heckklappe
Gepäckraum (mit/ohne Bank)	l	250	100	550/1600	690/2010
Abmessungen und Massen					
Länge/Breite/Höhe	mm	4266/1782/1405	4434/1904/1244	4648/1881/1661	4804/1926/1796
Radstand	mm	2578	2650	2810	2915
Spurweite (vorn/hinten)	mm	1575/1517	1638/1595	1616/1632	1648/1663
kleinster Wendekreis	m	10,9	11,8	11,9	11,8
Leermasse	kg	1614	1720	1790	2150
Radlastverteilung (vorn/hinten)	%	50,8/48,2	45,5/54,5	45,8/54,2	55/45
zulässige Gesamtmasse	kg	2000	2020	2290	2950
Fahrleistungen und Verbrauch					
Höchstgeschwindigkeit	km/h	250	311	210	210
Beschleunigungszeit (0–100 km/h)	s	6,4	4,1	8,5	9,0
Bremsweg (aus 100 km/h, kalt, beladen)	m	38	35	36,7	37
Kraftstoffart		Super (ROZ 95)	Super Plus (ROZ 98)	Diesel (CZ 51)	Diesel (CZ 51)
Kraftstoffbehälterinhalt	l	55	80	67	70
Verbrauch (ECE) gesamt	l/100 km	8,2 (A)	13,3 (W)	5,6 (W)	5,8 (A)
Verbrauch (ECE) Stadt/über Land	l/100 km	11,0/6,5 (A)	20,5/9,2 (W)	6,7/5,0 (W)	6,7/5,3 (A)
CO_2-Emission (W): Wechselgetriebe, (A): Automatikgetriebe	g/km	190 (A)	310 (W)	147 (W)	158 (A)
Euro-Stufe (Emissionsgrenzwerte)		Euro-Stufe 5	Euro-Stufe 5	Euro-Stufe 5	Euro-Stufe 6
Stand-/Fahrgeräusch (EG, Außengeräusch)	dB	81/74	88/74	77/75	78/70

Modellreihe		Limousine (Hybridantrieb)		Limousine (Elektroantrieb)	
Hersteller		BMW	Audi	Daimler	VW
Fahrzeugtyp		i3 Range extender	A3 e-tron	Smart EQ fortwo	e-Golf
Verbrennungsmotor					
Zylinderzahl/Zylinderanordnung		2/Reihe	4/Reihe	ohne Verbrennungs-motor	ohne Verbrennungs-motor
Einbaulage		Heck quer	Front quer		
Nutzleistung	kW bei 1/min	28/5000	110/5000		
max. Motordrehmoment	Nm bei 1/min	56/4500	250/1600		
Gesamthubraum	cm^3	647	1395		
Bohrung/Hub	mm	79/66	74,5/80		
Verdichtungsverhältnis		10,6 : 1	10 : 1		
Elektromotor		Permanent-Synchronmotor	Permanent-Synchronmotor	Frenderregter Synchronmotor	Permanent-Synchronmotor
Generator (max. Stromstärke)	A	42,2	32	17,6	35,8
max. Leistung	kW bei 1/min	125/4800	75/5000	60/6000	100/3000
max. Motordrehmoment	Nm bei 1/min	250/1*	330/1*	160/1*	290/1*
Antriebsbatterie	kWh	33,2	8,8	17,6	35,8
Antriebsbatterie (Verbrauch, nach WLTP*)	kWh/100 km	nach NEFZ 11,5 – 12,5	nach NEFZ 11,4	16,5 – 25,9	16,8 – 15,7
Nennspannung DC	V	352	280 – 390	391	323
Kraftübertragung					
Antriebsart		Hinterradantrieb	Vorderradantrieb	Hinterradantrieb	Vorderradantrieb
Getriebe		8-Gang-Automatik	6-Gang-Automatik	1-Gang-Getriebe	1-Gang-Getriebe
Fahrwerk					
Radaufhängung/Federung	vorn	McPherson-Federbein Querlenker Querstabilisator	McPherson-Federbein Querlenker Querstabilisator	Schraubenfeder Querlenker Querstabilisator	McPherson-Federbein Querlenker Querstabilisator
	hinten	Schraubenfeder Mehrlenker Querstabilisator	Schraubenfeder Mehrlenker Querstabilisator	DeDion-Achse Schraubenfeder Querstabilisator	Schraubenfeder Mehrlenker Querstabilisator
Bremsen (i: innenbelüftet)	vorn Ø in mm	Scheibe/i/280	Scheibe/i/312	Scheibe/i/258	Scheibe/i/288
	hinten Ø in mm	Scheibe/i/280	Scheibe/272	Bremstrommel/203	Scheibe/272
Felgenmaße Standard (vorn/hinten)		5 J × 19/5,5 J × 19	6,5 J × 16	5 J × 15/5,5 J × 15	6,5 J × 16
Reifenmaße Standard (vorn/hinten)		155/70 R 19 Q/ 175/60 R 19 Q	205/55 R 16 H	165/65 R 15 Q/ 185/60 R 15 Q	205/55 R 16 H
c_W-Wert/Stirnfläche	$-/m^2$	0,30/2,38	0,32/2,13	0,38/2,25	0,27/2,2
Sitzplätze/Türen		4/5	5/5	2/3	5/4
Gepäckraum (mit/ohne Bank)	l	260/1100	280/1120	260/350	272/1270
Abmessungen und Massen					
Länge/Breite/Höhe	mm	3999/1775/1578	4310/1785/1424	2695/1663/1555	4270/1799/1422
Radstand	mm	2570	2630	1873	2629
Spurweite (vorn/hinten)	mm	1570/1580	1542/1516	1469/1430	1533/1503
kleinster Wendekreis	m	9,86	10,7	7,0	10,9
Leermasse	kg	1365	1540	1085	1615
Radlastverteilung (vorn/hinten)	%	44/56	50,4/49,6	47,5/52,5	55/45
zulässige Gesamtmasse	kg	1760	2050	1315	2020
Fahrleistungen und Verbrauch					
Höchstgeschwindigkeit	km/h	150	222	130	150
Beschleunigungszeit (0–100 km/h)	s	8,1	7,6	11,5	9,6
Bremsweg (aus 100 km/h, kalt, beladen)	m	39,1	34	39,1	37,2
Kraftstoffart / Strom		ROZ 95/Strom	ROZ 95/Strom	Strom	Strom
Kraftstoffbehälterinhalt	l	9	40	–	–
Reichweite	km	330	770	160	230
CO_2-Emissionswerte nach WLTP*	CO_2 g/km	13	36	0	0
Euro-Stufe / Effizienzklasse* nach EnVkV*		6 / A+	6 / A+	6c / A+	6 / A+
Fahrgeräusch (EG, außen)	dB	72	73	72	68

*250/1: max. Drehmoment von 250 Nm wird schon bei einer Motordrehzahl von 1 erreicht.
*WLTP: **W**orldwide **H**armonized **L**ight **V**ehicles **T**est **P**rocedure: (Weltweit harmonisiertes Testverfahren für leichte Fahrzeuge)
*Effizienzklasse: ist abhängig vom CO_2-Wert und der Gesamtmasse des Fahrzeugs; *EnVkV: Energieverbrauchskennzeichnungsverordnung

Modellreihe		Lastkraftwagen		Zugmaschine	Kraftomnibus
Hersteller		Renault	Daimler	Scania	MAN
Fahrzeugtyp		Master dCi 125	Atego 1324	R 400 LA	Tourliner C
Verwendung		Transporter 3,5 t	Kipper 13,5 t	Sattelzugmaschine 40 t	Reisebus
Motor		Viertakt-Diesel	Viertakt-Diesel	Viertakt-Diesel	Viertakt-Diesel
Zylinderzahl/Zylinderanordnung		4/Reihe	6/Reihe	6/Reihe	6/Reihe
Nutzleistung	kW bei 1/min	92/3500	175/2200	294/1900	353/1900
max. Drehmoment	Nm bei 1/min	310/1250	1000/1200–1600	2100/1000–1300	2300/950–1400
Mitteldruck bei max. Drehmoment	bar	–	16,32	20,79	23,3
Gesamthubraum	cm^3	2298	7700	12700	12419
Bohrung/Hub	mm	85,0/101,3	110/135	130/160	126/166
Ventile je Zylinder		4	4	4	4
Verdichtungsverhältnis		17,1:1	17,6:1	17,3:1	19:1
Aufladung		Turbolader	Turbolader	Turbolader	Turbolader
Einspritzanlage/Einspritzdruck	bar	Common-Rail/2000	Common-Rail/2400	Common-Rail/2400	Common-Rail/1900
Motoröl-/Kühlmittelinhalt	l	8/8,6	29,5/14	36/44	42/45
Generator (Maximalstromstärke)	A	180	100	100	3 × 120
Batterie (Kapazität)	Ah	110	100	225	2 × 225
Kraftübertragung					
Antriebsart		Frontantrieb	Hinterradantrieb	Hinterradantrieb	Hinterradantrieb
Getriebe		Wechselgetriebe/ manuell	Wechselgetriebe/ manuell	automatisiertes 12-Gang-Wechselgetriebe	automatisiertes 12-Gang-Wechselgetriebe
Getriebeübersetzungen	1. … 3. Gang	4,182/2,235/1,387/	6,70/3,81/2,29/	11,32/9,13/7,21	12,33/9,59/7,44
	4. … 6. Gang	0,976/0,756/0,596	1,48/1,00/0,73	5,81/4,65/3,75	5,78/4,57/3,55
	7. … 9. Gang	–	–	3,02/2,44/1,92	2,70/2,10/1,63
	10. … 12. Gang	–	–	1,55/1,24/1,00	1,27/1,00/0,78
Rückwärtsgang		3,272	6,29	R1: 11/R2: 8,88	11,41
Achsübersetzung		4,437	4,3	2,92	3,36
Radformel		–	4 × 2	4 × 2	6 × 2
Fahrwerk					
Aufbau/Rahmen		Kasten	Leiterrahmen	Leiterrahmen	Gitterrohrrahmen
Lenkung/Lenkhilfe		Zahnstange/Servo	Kugelumlauf/Servo	Kugelumlauf/Servo	Kugelumlauf/Servo
Radaufhängung/Federung	vorn	McPherson Federbein, Dreiecksquerlenker, Schraubenfeder	starre Faustachse, Parabelfedern, Stabilisatoren	starre Faustachse, Zweiblatt-Parabelfedern	Einzelradaufhängung, Mehrlenker, Luftfederung
	hinten	Einblatt-Parabelfedern, Rohrprofilachse	Hypoidachse, Stabilisatoren, Dreiblatt-Parabelfedern	Hypoidachse, Zweibalg-Luftfederung	Starrachse, Längs- und Dreieckslenker, Luftfederung
Felgenmaße (vorn/hinten)		6 J 16	6,75 x 19,5	22,5 x 9,00	22,5 x 8,25
Reifenmaße (vorn/hinten)		225/65 R 16 C	265/70 R 19,5	315/70 R 22,5	315/80 R 22,5/295/80 R 22,5
Bremsanlage		Zweikreis-Hydraulik	Zweikreis-Druckluft	Zweikreis-Druckluft	Zweikreis-Druckluft
ABS/ASR/ESP		ABS	ABS	ABS/ASR/ESP	ABS/ASR/ESP
Bremsen	vorn Ø in mm	Scheibe/i/302	Scheibe/i/377	Scheibe/i/430	Scheibe/i/k. A.
(i: innenbelüftet)	hinten Ø in mm	Scheibe/305	Trommel/364	Scheibe/i/430	Scheibe/i/k. A.
Abmessungen und Massen					
Länge/Breite/Höhe	mm	5548/2070/2499	6012/2340/2732	4215/2600/4000	13260/2550/3800
Radstand (vorn/hinten)	mm	3628	3260	3700	6060/1470
Spurweite (vorn/hinten)		1750/1730	1975/1838	2063/1831	2063/1802
Wendekreis	m	13,6	13,1	14,8	20,7
Achlast (vorn/hinten: Antrieb, Nachlauf)	kg	1850/2300	5300/11000	7500/11500	7100/11500/6300
Leermasse	kg	1880	4664	8100	15760
zulässige Gesamtmasse	kg	3500	13500	18000	24900
Zuladung	kg	1620	8836	9900	je nach Ausstattung
Anhängelast (gebremst/ungebremst)	kg	3000/750	14500	k. A.	k. A.
Fahrleistungen und Verbrauch					
Höchstgeschwindigkeit		136	90	85	100
Kraftstoffart		Diesel (CZ 51)	Diesel (CZ 51)	Diesel (CZ 51)	Diesel (CZ 51)
Kraftstoffbehälterinhalt		105	120	2 x 700	400
Verbrauch (ECE) gesamt	l/100 km	7,8	k. A.	34,6	33
CO_2-Emission		207	k. A.	k. A.	k. A.
Euro-Stufe (Emissionsgrenzwerte)		Euro-Stufe 5	Euro-Stufe 6	Euro-Stufe 5	Euro-Stufe 5

Modellreihe		Cruiser	Enduro	Tourer	Supersportler
Hersteller		Victory	Suzuki	Honda	Ducati
Fahrzeugtyp		Vision Tour	650 V-Strom	VFR 1200 F	1198 S
Motor		Viertakt-Otto	Viertakt-Otto	Viertakt-Otto	Viertakt-Otto
Zylinderzahl/Zylinderanordnung		2/V-Motor/50°	2/V-Motor/90°	4/V-Motor/76°	2/V-Motor/90°
Nutzleistung	kW bei 1/min	66/4500	51/8800	127/10000	125/9750
max. Drehmoment	Nm bei 1/min	148/3250	60/6400	129/8750	131/8000
Gesamthubraum	cm^3	1731	645	1237	1198
Bohrung/Hub	mm	101,0/108,0	81,0/62,6	81,0/60,0	106,0/67,9
Ventile je Zylinder		4	4	4	4
Nockenwelle(n)-antrieb		ohc/Kette	dohc/Kette	ohc/Kette	dohc/Zahnriemen
Verdichtungsverhältnis		9,4:1	11,2:1	12:1	12,7:1
Gemischbildungssystem		elektronische Kraftstoffeinspritzung	elektronische Kraftstoffeinspritzung	elektronische Kraftstoffeinspritzung	elektronische Kraftstoffeinspritzung
Drosselklappendurchmesser	mm	45	39	44	64 (elliptisch)
Leerlaufdrehzahl	1/min	900 ± 50	1150 ± 50	1150 ± 100	1200 ± 100
Abgasnachbehandlung		3-Wege-Kat	3-Wege-Kat	3-Wege-Kat	3-Wege-Kat
Zündanlage		TSZ	TSZ	TSZ	TSZ
Batterie	Ah	18	10	12	12
Generator (Leistung)	W	368	375	570	520
Motorstartsystem		Elektrostarter	Elektrostarter	Elektrostarter	Elektrostarter
Motorkühlung		Luft/Öl	Kühlflüssigkeit	Kühlflüssigkeit	Kühlflüssigkeit
Motorschmierung		Nasssumpf-schmierung	Nasssumpf-schmierung	Nasssumpf-schmierung	Nasssumpf-schmierung
Kraftübertragung					
Primärantrieb/Anzahl der Gänge		Zahnrad/6	Zahnrad/6	Zahnrad/6	Zahnrad/6
Getriebestufen	1. … 3. Gang	k. A.	2,461/1,77/1,380/	2,60/1,74/1,36	2,47/1,76/1,35
	4. … 6. Gang	k. A.	1,125/0,961/0,851	1,16/1,03/0,94	1,09/0,95/0,88
Sekundärantrieb/Übersetzung		Zahnriemen/2,12	Kette/47:15	Kardan/2,7	Kette/38:15
Fahrwerk					
Rahmenbauart		Brückenrahmen	Brückenrahmen	Brückenrahmen	Gitterrohrrahmen
Rahmenwerkstoff		Aluminium	Aluminium	Aluminium	Stahl
Radführung	vorn	Telegabel	Telegabel	Upside-down-Gabel	Upside-down-Gabel
Standrohrdurchmesser	mm	43	43	43	43
Radführung	hinten	Zweiarmschwinge	Zweiarmschwinge	Einarmschwinge	Einarmschwinge
Federweg: vorn/hinten	mm	130/120	150/150	120/130	127/127
Bremskolben (K)	vorn	DS/3K/Ø 300	DS/2K/Ø 310	DS/6K/Ø 320	DS/4K/Ø 330
Einzel (ES)-/Doppelscheibe (DS)	hinten	ES/2K/Ø 300	ES/1K/Ø 260	ES/2K/Ø 276	ES/2K/Ø 245
ABS		ABS	ABS	ABS	ABS
Felgenmaße	vorn/hinten	3.00x18/5.00x16	2.50x19/4.00x17	3.50x17/6.00x17	3.50x17/6.00x17
Reifenmaße	vorn	130/70 R 18	110/80 R 19	120/70 ZR 17	120/70 ZR 17
	hinten	180/60 R 16	150/70 R 17	190/55 ZR 17	190/55 ZR 17
Abmessungen und Massen					
Länge/Breite/Höhe	mm	2420/890/1140	2290/835/1405	2250/755/1220	2080/810/1100
Radstand	mm	1670	1560	1545	1430
Nachlauf	mm	137	110	101	97
Lenkkopfwinkel	°	61	64	24	24
Leermasse (voll getankt)	kg	395	220	267	197
Radlastverteilung (vorn/hinten)	%	46/54	47/53	51/49	49,5/50,6
Sitzhöhe	mm	673	820	815	820
zulässige Gesamtmasse	kg	643	415	463	390
Fahrleistungen und Verbrauch					
Höchstgeschwindigkeit	km/h	195	180	250 (abgeregelt	288
Beschleunigungszeit (von 0 auf 100 km/h)	s	4,2	4,5	3,0	3,2
Bremsweg (aus 100 km/h)	m	40,9	42,8	40,6	38,5
Kraftstoffart		Super (ROZ 95)	Super (ROZ 95)	Super Plus (ROZ 98)	Super (ROZ 95)
Kraftstoffbehälterinhalt	l	22,7	22,0	19,0	15,5
Verbrauch (ECE) gesamt	l/100 km	6,5	5,5	6,5	8,4
Euro-Stufe (Emissionsgrenzwerte)		Euro-Stufe 3	Euro-Stufe 3	Euro-Stufe 3	Euro-Stufe 3

Einteilung der Fahrerlaubnisklassen nach Fahrerlaubnis-Verordnung (§ 6 FeV)

Kraftrad		Alter	Vorbesitz	eingeschlossene Klassen
AM	**Fahrräder mit Hilfsmotor, zweirädrige Kleinkrafträder bis 45 km/h** Elektromotor, Motorleistung ≤ 4 kW oder Verbrennungsmotor, Hubraum max. 50 cm^3	**16**	–	–
	dreirädrige Kleinkrafträder, vierrädrige Leichtkraftfahrzeuge bis 45 km/h dreirädrige Kleinkrafträder: Fremdzündungsmotor, Hubraum max. 50 cm^3, andere Verbrennungsmotoren, max. 4 kW oder Elektromotoren, Motorleistung max. 4 kW vierrädrige Leichtkraftfahrzeuge: Leermasse max. 350 kg (bei Elektrofahrzeugen ohne Batterie)			
A1	**Krafträder (auch mit Beiwagen), dreirädrige Kraftfahrzeuge** Krafträder: ≤ 125 cm^3, Motorleistung max. 11 kW, Leistungsgewicht max. 0,1 kW/kg dreirädrige Kraftfahrzeuge: mit mehr als 45 km/h bauartbedingter Höchstgeschwindigkeit, Motorleistung max. 15 kW, Hubraum > 50 cm^3	**16**	–	AM
A2	**Krafträder (auch mit Beiwagen)** Leistungsgewicht max. 0,2 kW/kg, Motorleistung max. 35 kW Bei zweijährigem Vorbesitz der Klasse A1 ist nur eine praktische Prüfung erforderlich.	**18**	–	AM, A1
A	**Krafträder (auch mit Beiwagen)** bauartbedingter Höchstgeschwindigkeit > 45 km/h, Motorleistung > 35 kW, Hubraum > 50 cm^3 Leistungsgewicht > 0,2 kW/kg	**24**	Direkteinstieg	AM, A1 A2
		20 bei zweijährigem Vorbesitz der Klasse A2		
	Dreirädrige Kraftfahrzeuge Motorleistung > 15 kW, Hubraum > 50 cm^3	**21**	–	–

Pkw	zGM Zugfahrzeug zGM: zl. Gesamtmasse	Personen	zGM Anhänger	zGM Zugfahrzeug mit Anhänger	Alter	Vorbesitz	eingeschlossene Klassen
B	≤ 3500 kg	9 mit Fahrer/-in	≤ 750 kg	≤ 4250 kg	**18**	–	AM, L L: land- oder forstwirtschaftliche Zugfahrzeuge
	≤ 3500 kg	9 mit Fahrer/-in	> 750 kg	≤ 3500 kg			
B96	≤ 3500 kg	9 mit Fahrer/-in	> 750 kg	≥ 3500 kg, ≤ 4250 kg	**18**	B	AM, L
	Keine Prüfung erforderlich, nur Schulung für Fahrer/-in						
BE	≤ 3500 kg	9 mit Fahrer/-in	> 750 kg, ≤ 3500 kg	≤ 7000 kg			
Nkw					**Alter**	**Vorbesitz**	**eingeschlossene Klassen**
C1	> 3500 kg, ≤ 7500 kg (Lkw)	9 mit Fahrer/-in	≤ 750 kg	≥ 3500 bis ≤ 7500 kg + ≤ 750 kg	**18**	B	–
C1E	Zugfahrzeug der Klasse B (Lkw)	9 mit Fahrer/-in	> 3500 kg	≤ 12 000 kg	**18**	C1	BE sowie D1E, wenn D1 vorhanden ist.
	Zugfahrzeug der Klasse C1 (Lkw)	9 mit Fahrer/-in	> 750 kg	≤ 12 000 kg			
C	> 3500 kg (Lkw)	9 mit Fahrer/-in	≤ 750 kg	≥ 3500 + ≤ 750 kg	**21**	B	C1
CE	Zugfahrzeug der Klasse C (Lkw)	9 mit Fahrer/-in	> 750 kg	≤ 44 000 kg	**21**	C	BE, C1E, T und D1E, wenn D1 vorhanden ist, sowie DE, wenn D vorhanden ist.
D1	Zugfahrzeug (KOM) Länge ≤ 18 m	9 bis 17 mit Fahrer/-in	≤ 750 kg	–	**21**	B	–
D1E	Zugfahrzeug der Klasse D1 (KOM)	9 bis 17 mit Fahrer/-in	> 750 kg	–	**21**	D1	BE und C1E, wenn C1 vorhanden ist.
D	Zugfahrzeug (KOM)	mehr als 17 mit Fahrer/-in	≤ 750 kg	–	**18–24**	B	D1
DE	Zugfahrzeug der Klasse D (KOM)	mehr als 17 mit Fahrer/-in	> 750 kg	–	**18–24**	D	BE, D1E sowie C1E, wenn C1 vorhanden ist.
T	Zugmaschinen ≤ 60 km/h Arbeitsmaschinen ≤ 40 km/h	Fahrer/-in und nach Anzahl der Plätze	–	–	**16** bis 40 km/h, **18** bis 60 km/h	–	AM, L
L	Zugmaschinen usw. ≤ 40 km/h bzw. 25 km/h	Fahrer/-in und nach Anzahl der Plätze	–	–	**16**	–	–

Abschleppen (§§ 18, 43, 53 StVZO, § 15a StVO)

Abschleppen ist das Transportieren eines betriebsunfähigen Fahrzeugs (z. B. durch Unfall, Motorschaden) zum nächsten geeigneten Bestimmungsort (z. B. Werkstatt, Unterstellplatz, Autoverwertung).

Begriff	Erklärung
Abstand	Der Abstand zwischen ziehendem und gezogenem Fahrzeug darf höchstens 5 m betragen.
Abschleppen auf der Autobahn	Die Autobahn ist an der nächsten Ausfahrt zu verlassen, wenn ein Fahrzeug abgeschleppt wird, das auf einer Autobahn liegen geblieben ist. Während des Abschleppens ist das Auffahren auf Autobahnen verboten.
Haftpflichtversicherung	Die Haftpflichtversicherung des ziehenden Fahrzeugs gilt für den gesamten Zug.
Hilfsmittel für Abschleppfahrten	
Abschleppseil	Abschleppseile müssen ausreichend gekennzeichnet sein (z. B. mit einem roten Lappen), Fahrzeuge mit Bremsschaden oder Lenkungsschaden dürfen nicht mit einem Abschleppseil abgeschleppt werden.
Abschleppstange	Fahrzeuge mit Bremsschaden müssen mit einer Abschleppstange abgeschleppt werden. Sie muss ausreichend gekennzeichnet sein (z. B. mit einem roten Lappen).
Abschleppachse	Abschleppachsen eignen sich zum Abschleppen von Fahrzeugen mit Bremsschaden und müssen zum Abschleppen von Fahrzeugen mit Lenkungsschaden verwendet werden.
Pannenhilfsfahrzeuge 	Pannenhilfsfahrzeuge (z. B. Abschleppwagen, Bergungsfahrzeuge) müssen immer dann eingesetzt werden, wenn Fahrzeuge mit einem anderen Pkw nicht abgeschleppt werden können. Die Anerkennung als Pannenhilfsfahrzeug muss von der Zulassungsstelle im Fahrzeugschein vermerkt sein. Mit Abschleppwagen abgeschleppte Fahrzeuge müssen Schlussleuchten, Bremsleuchten, Rückstrahler und Fahrtrichtungsanzeiger haben. Diese müssen vom Abschleppwagen aus betätigt werden können.
Vorschriften für das ziehende Fahrzeug	
Anhängelast	Die Vorschriften bezüglich der Anhängelast von Kraftfahrzeugen (§ 42 StVZO) finden beim Abschleppen keine Anwendung.
Fahrer	Der Fahrer bzw. die Fahrerin des ziehenden Fahrzeugs trägt die Verantwortung für den gesamten Zug.
Beleuchtung	Am ziehenden Fahrzeug muss während der Abschleppfahrt das Warnblinklicht eingeschaltet werden.
Fahrerlaubnis	Es genügt die für das ziehende Fahrzeug vorgeschriebene Fahrerlaubnis.
Krafträder	Krafträder dürfen nicht abschleppen.
Vorschriften für das abgeschleppte Fahrzeug	
Beleuchtung	Das gezogene Fahrzeug braucht keine eigene funktionsfähige Beleuchtungseinrichtung zu haben. Die Beleuchtungsvorschriften müssen aber z. B. durch einen Lampenträger eingehalten werden. Am gezogenen Fahrzeug muss während der Abschleppfahrt das Warnblinklicht eingeschaltet werden.
Fahrerlaubnis	Die Person, die das abgeschleppte Fahrzeug lenkt, benötigt keine Fahrerlaubnis. Sie muss aber mit den wichtigsten Funktionen des Fahrzeugs vertraut sein.
Zulassung	Abgeschleppte Fahrzeuge unterliegen nicht der Zulassungs- und Betriebserlaubnispflicht.
Kennzeichen	Abgeschleppte Fahrzeuge brauchen kein eigenes Kennzeichen zu tragen. Zur Identifizierung des Zugs muss das amtliche Kennzeichen des Zugwagens (z. B. auf einer Papptafel) am Heck des abgeschleppten Fahrzeug angebracht sein.
Krafträder	Krafträder dürfen nicht abgeschleppt werden.

Schleppen (§ 33 StVZO)

Schleppen ist der Betrieb von Fahrzeugen als Anhänger, die nach ihrer Bauart zum Betrieb als Kraftfahrzeug bestimmt sind.

Begriff	Erklärung
Schleppgenehmigung	Kraftfahrzeuge dürfen nicht als Anhänger betrieben werden. Für jede Schleppfahrt ist deshalb eine Ausnahmegenehmigung der Zulassungsstelle (Schleppgenehmigung) erforderlich. Sie muss bei der Schleppfahrt mitgeführt werden und kann nicht auf ein anderes Fahrzeug übertragen werden.
Abstand	Der Abstand zwischen ziehendem und gezogenem Fahrzeug darf höchstens 5 m betragen.
Haftpflichtversicherung	Die Haftpflichtversicherung des ziehenden Fahrzeugs gilt für den gesamten Zug.
Schleppeinrichtung	Die Schleppeinrichtung muss ausreichend gekennzeichnet sein (z. B. mit einem roten Lappen). Fahrzeuge mit einer zulässigen Gesamtmasse von mehr als 4 t dürfen nur mit einer Abschleppstange geschleppt werden.
Vorschriften für das ziehende Fahrzeug	
Anhängelast	Die zulässigen Anhängelasten des Zugfahrzeugs sind einzuhalten.
Fahrer	Der Fahrer bzw. die Fahrerin des ziehenden Fahrzeugs trägt die Verantwortung für den gesamten Zug.
Fahrerlaubnis	Der Fahrer bzw. die Fahrerin benötigt die dem Zug entsprechende Fahrerlaubnis, da das geschleppte Kraftfahrzeug als Anhänger anzusehen ist.
Vorschriften für das geschleppte Fahrzeug	
Beleuchtung	Nach hinten muss die vollständige Beleuchtungs- und Signalanlage vorhanden sein und betrieben werden (z. B. Blinkleuchten, Bremsleuchten, Schlussleuchten, Rückstrahler).
Fahrerlaubnis	Die das geschleppte Fahrzeug lenkende Person benötigt die für das geschleppte Fahrzeug erforderliche Fahrerlaubnis.
Zulassung	Geschleppte Fahrzeuge unterliegen nicht der Zulassungspflicht.
Kennzeichen	Am geschleppten Fahrzeug müssen entweder eigene Kennzeichen, rote Kennzeichen oder die gleichen Kennzeichen wie am ziehenden Fahrzeug vorhanden sein.
Prüfungsfahrten, Probefahrten, Überführungsfahrten (§ 28 StVZO)	
Prüfungsfahrten	Prüfungsfahrten werden von amtlich anerkannten Sachverständigen durchgeführt. Als Prüfungsfahrten gelten auch Fahrten zum Prüfungsort (z. B. Prüfstelle der DEKRA oder TÜV).
Probefahrten	Probefahrten dienen zur Feststellung und zum Nachweis der Gebrauchsfähigkeit eines Fahrzeugs.
Überführungsfahrten	Überführungsfahrten dienen in der Hauptsache der Überführung des Fahrzeugs an einen anderen Ort.

Zulassung von Kraftfahrzeugen (§ 3 FZV)

Fahrzeuge dürfen auf öffentlichen Straßen nur in Betrieb gesetzt werden, wenn sie zum Verkehr zugelassen sind. Voraussetzung sind: genehmigter Typ, **Einzelgenehmigung** erteilt, Kraftfahrzeug-Haftpflichtversicherung besteht. **Zulassung** erfolgt durch: Zuteilung des Kennzeichens, Abstempelung der Kennzeichenschilder, Ausfertigung einer Zulassungsbescheinigung.	**Ausgenommen** sind z. B.: Selbstfahrende Arbeitsmaschinen und Stapler, einachsige Zugmaschinen für landwirtschaftliche Zwecke, Leichtkrafträder, zwei- oder dreirädrige Kleinkrafträder, motorisierte Krankenfahrstühle, vierrädrige Leichtkraftfahrzeuge, fahrbare Baubuden ($v \leq 25$ km/h), Arbeitsmaschinen, einachsige Anhänger hinter Krafträdern, land- oder forstwirtschaftliche Arbeitsgeräte, Spezialanhänger, die ausschließlich zur Beförderung von Sportgeräten benutzt werden
Zulassungsbescheinigung I (alt: Fahrzeugschein, § 11)	
Die Zulassungsbescheinigung I wird von der Zulassungsstelle ausgestellt. Sie ist vom jeweiligen Fahrer bzw. der Fahrerin des Fahrzeugs mitzuführen.	**Zulassungsbescheinigung enthält** z. B.: Name, Vorname und Anschrift des Halters/der Halterin, Marke, Fahrzeugklasse und Art des Aufbaus, Abmaße des Fahrzeugs, Leermasse, zul. Gesamtmasse, zul. Anhängelasten, Motordaten, Fahrgeräusch, CO_2-Wert, Schadstoffklasse, Bereifung, Kennzeichen, Datum der ersten Zulassung Bei Sattelanhängern: Stützlast, Fahrzeug-Identifizierungs-Nr., Datum der ersten Zulassung und Kennzeichen des Anhängers.
Zulassungsbescheinigung II (alt: Fahrzeugbrief, § 12)	
Die Zulassungsbescheinigung II wird vom Kraftfahrt-Bundesamt ausgegeben. Sie weist die Existenz des Fahrzeugs nach. Das Fahrzeug wird in das zentrale Fahrzeugregister eingetragen.	**Zulassungsbescheinigung enthält** z. B.: Name, Vorname und Anschrift des Halters/der Halterin, Marke, Fahrzeugklasse und Art des Aufbaus, Farbe, Kraftstoffart, Fahrzeug-Identifizierungs-Nr.

Amtliche Kennzeichen nach der Fahrzeugzulassungsverordnung (FZV): § 9 und 10 (Auswahl)

Amtliches Kennzeichen	Beispiel	Erklärung
Allgemeines Kennzeichen (Euro-Kennzeichen)		Standardkennzeichen für vorn und hinten gelten für zugelassene Fahrzeuge. Das zusätzliche ovale Schild „D“ entfällt in allen EU-Ländern und der Schweiz. Das **Unterscheidungszeichen** besteht aus einem, zwei oder drei Buchstaben des Verwaltungsbezirks. Die **Erkennungsnummer** besteht aus einem oder zwei Buchstaben und max. vier Zahlen. Das hintere und vordere Kennzeichen haben eine farbige Zulassungsplakette (Wappen des Landes) und zusätzlich hat das hintere Kennzeichen eine HU-Prüfplakette. Das nicht verpflichtende **Merkmal E** am Ende steht seit 2015 für Elektro- oder bestimmte Hybridfahrzeuge.
Wechselkennzeichen		Besteht aus **zwei Teilkennzeichen**: einem wechselnden und einem fahrzeugbezogenen Teil (bleibt immer am Fahrzeug). Gilt nur für zwei Fahrzeuge, z. B. Pkw und Wohnmobil, zwei Krafträder. W: Wechselkennzeichen
Grünes Kennzeichen		Gilt für steuerbefreite Fahrzeuge, z. B. Land- und Forstwirtschaft, Arbeitsmaschinen, gemeinnützige Organisationen, nicht für Behördenfahrzeuge, Linienbusse, Kleinkrafträder
Oldtimerkennzeichen (Historienkennzeichen)		Für mind. 30 Jahre alte, historische Fahrzeuge, die der Pflege des kraftfahrzeugtechnischen Kulturgutes dienen. Amtliches Gutachten für die Anerkennung als historisches Fahrzeug, HU, ggf. SP notwendig. Erlaubt für Oldtimerveranstaltungen, Prüfungs- und Überführungsfahrten.
Rotes Oldtimerkennzeichen		Für mind. 30 Jahre alte, historische Fahrzeuge. Kennzeichen gilt auch für Fahrzeuge, die vor dem 1.3.2007 mind. 20 Jahre alt waren. Kennzeichen gilt für bis zu 10 Fahrzeuge. Führung eines Fahrtenbuchs ist erforderlich. Erlaubt für Meetings, Probe-, Überführungs- und Prüfungsfahrten.
Rotes Dauerkennzeichen		Für nicht zugelassene Fahrzeuge zur Durchführung von Probe-, Überführungs- und Prüfungsfahrten durch das Kfz-Gewerbe. Für ein Jahr gültiger Fahrzeugschein notwendig. Führung eines Fahrtenbuchs erforderlich.
Kurzzeitkennzeichen		Für nicht zugelassene Fahrzeuge zur Durchführung von Probe-, Überführungs- und Prüfungsfahrten. Gültigkeit: max. 5 Tage, letzter Tag steht im gelben Feld (z. B. 1. 2. 2019).
Saisonkennzeichen		Gilt für Fahrzeuge, die nicht das ganze Jahr benutzt werden (z. B. Krafträder, Wohnmobile). Das Fahrzeug bleibt immer zugelassen.
Ausfuhrkennzeichen	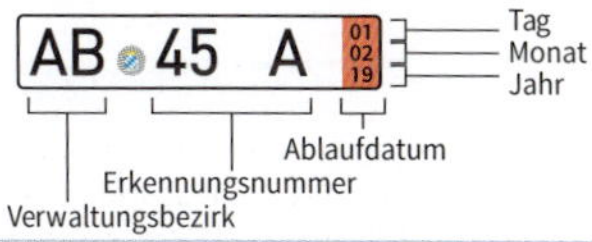	Gilt für Exportfahrzeuge, die aus Deutschland ins Bestimmungsland gefahren werden. Gültigkeitsdauer beträgt max. ein Jahr, z. B. bis 1.2.2019
Motorradkennzeichen		Es gelten nur zweizeilige Kennzeichen mit einer Höchstbreite von 280 mm. Die Breite des Kennzeichens ist abhängig von der Anzahl der Buchstaben und Ziffern. Seit April 2011 sind kleinere Kennzeichen erlaubt. Motorrad- und Versicherungskennzeichen sind nur hinten am Fahrzeug vorgeschrieben.
Versicherungskennzeichen (nach FZV §§ 26, 27)	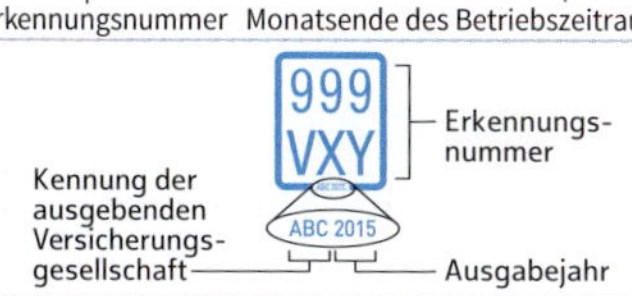	Gilt für zulassungsfreie, versicherungspflichtige Fahrzeuge für ein Jahr, z. B. Mofas, Kleinkrafträder, Leichtkraftfahrzeuge. Die Farben wechseln jährlich. Für Probe- und Überführungsfahrten gilt ein rotes Kennzeichen.

Periodische Untersuchung von Fahrzeugen und Fahrzeugteilen (§ 29 StVZO)

Hauptuntersuchung (HU)	Bei einer Hauptuntersuchung ist die Einhaltung der StVZO und der Verordnung über die EG-Typgenehmigung für Fahrzeuge und Fahrzeugteile zu untersuchen. Außerdem wird geprüft, ob Verkehrssicherheit und Umweltverträglichkeit des Fahrzeugs mehr als unvermeidbar beeinträchtigt sind. Zusätzlich werden alle sicherheitsrelevanten Systeme (ab Baujahr 2006), wie z. B. ABS, ASR, ESP auf Funktionssicherheit geprüft.		Farbkennzeichnung von Prüfplaketten für die HU und SP:
Sicherheitsprüfung (SP)	Die Sicherheitsprüfung ist eine Sicht-, Wirkungs-, und Funktionsprüfung von Bremsanlage, Fahrgestell, Fahrwerk, Verbindungseinrichtungen, Lenkung, Reifen, Rädern, Auspuffanlage. Ist der Nutzkraftwagen ohne Mängel, so wird eine Prüfplakette hinten links am Fahrzeugheck angebracht. Der Pfeil zeigt auf den Monat der nächsten Sicherheitsprüfung. Die Prüfplakette enthält die Fahrzeug-Identitäts-Nr. des Nkw.	SP-Schild mit Prüfmarke 	Die Farbkennzeichnungen sind gleich den Farben der HU-Prüfplaketten.

Fristen zur Durchführung der Untersuchungen

	Art des Fahrzeugs	Monate HU	Monate SP[1]
	Personenkraftwagen mit nicht mehr als 8 Fahrgastplätzen		
	Personenkraftwagen allgemein		
	bei erstmals in den Verkehr gekommenen Personenkraftwagen für die erste Untersuchung	nach 36	
	für weitere Untersuchungen	alle 24	
	zur Personenbeförderung nach dem Personenbeförderungsgesetz (z. B. Taxen)	alle 12	
	Krankenkraftwagen und Behinderten-Transportfahrzeuge	alle 12	
	Krafträder		
		alle 24	
	Lastkraftwagen, selbstfahrende Arbeitsmaschinen, Zugmaschinen, sonstige Kfz		
	mit einer bauartbestimmten Höchstgeschwindigkeit von nicht mehr als 40 km/h oder einer zulässigen Gesamtmasse ≤ 3,5 t	alle 24	
	mit einer zulässigen Gesamtmasse > 3,5 t ≤ 7,5 t	alle 12	
	mit einer zulässigen Gesamtmasse > 7,5 t ≤ 12 t		
	bei erstmals in den Verkehr gekommenen Fahrzeugen in den ersten 36 Monaten	alle 12	
	für weitere Untersuchungen	alle 12	6
	mit einer zulässigen Gesamtmasse > 12 t		
	bei erstmals in den Verkehr gekommenen Fahrzeugen in den ersten 24 Monaten	alle 12	
	für weitere Untersuchungen	alle 12	6
	Kraftomnibusse und andere Kraftfahrzeuge mit mehr als 8 Fahrgastplätzen		
	bei erstmals in den Verkehr gekommenen Fahrzeugen für die erste Untersuchung	nach 12	
	für die weiteren Untersuchungen von 12 bis 36 Monaten vom Tage der ersten Zulassung an	alle 12	6
	für weitere Untersuchungen	alle 12	alle 3
	Anhänger, angehängte Arbeitsmaschinen, Wohnanhänger		
	mit einer zulässigen Gesamtmasse ≤ 0,75 t oder ohne eigene Bremsanlage		
	bei erstmals in den Verkehr gekommenen Fahrzeugen für die erste Untersuchung	nach 36	
	für weitere Untersuchungen	alle 24	
	mit einer bauartbestimmten Höchstgeschwindigkeit von nicht mehr als 40 km/h	alle 24	
	mit einer zulässigen Gesamtmasse > 0,75 t ≤ 3,5 t	alle 24	
	mit einer zulässigen Gesamtmasse > 3,5 t ≤ 10 t	alle 12	
	mit einer zulässigen Gesamtmasse > 10 t	alle 12	
	bei erstmals in den Verkehr gekommenen Fahrzeugen in den ersten 24 Monaten	alle 12	
	für weitere Untersuchungen	alle 12	6

[1] Zeitabstände der SP beziehen sich auf die zuletzt durchgeführte HU

Bauartgenehmigung

Nach Straßenverkehrs-Zulassungs-Ordnung (§ 22a StVZO) ist eine Bauartgenehmigung für ein Fahrzeugteil Vorschrift. Genehmigte Fahrzeugteile erhalten mit der Bauartgenehmigung ein Prüfzeichen. Einzelgenehmigungen für Teile ohne Prüfzeichen werden von einer Prüforganisation erteilt.

Prüfzeichen		
 ECE-Prüfzeichen	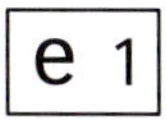 EG-Regelung-Prüfzeichen	Zusätzlich ist auf den Fahrzeugteilen eine Genehmigungsnummer und über dem Prüfzeichen die entsprechende ECE-Regelung vermerkt.

Genehmigungsländer (Auszug)			
1 Deutschland	5 Schweden	9 Spanien	13 Luxemburg
2 Frankreich	6 Belgien	10 Serbien	14 Schweiz
3 Italien	7 Ungarn	11 Vereinigtes Königreich	
4 Niederlande	8 Tschechische Republik	12 Österreich	

Betriebserlaubnis

Fahrzeuge erhalten eine Betriebserlaubnis, wenn Sie die Vorschriften der StVZO erfüllen. Auch Fahrzeugteile können eine Betriebserlaubnis erhalten (§ 22 STVZO).

Betriebserlaubnis Fahrzeug	wird dem Hersteller vom Kraftfahrtbundesamt (KBA) erteilt	Fahrzeugbrief (Zulassungsbescheinigung II)
Allgemeine Betriebserlaubnis (ABE) Fahrzeugteile	wird dem Fahrzeughalter bzw. der Halterin vom KBA auf der Basis eines Teilegutachtens einer Prüforganisation (anerkannte Prüfstelle) erteilt	
Certificate of Conformity (CoC)	Das **CoC** ist eine **Konformitätsbescheinigung**, mit der die Übereinstimmung des Fahrzeugs mit den EU-Bestimmungen festgestellt wird. Das CoC enthält Angaben zu technischen Merkmalen (Maße, Gewichte, Reifen, Schadstoff- und Verbrauchsangaben), die bei der Zulassung des Fahrzeugs vorliegen müssen. Das CoC wird vom Hersteller ausgestellt.	
EBE (Einzelbetriebserlaubnis)	Eine EBE ist eine Betriebserlaubnis für Einzelfahrzeuge nach § 21 STVZO.	
ECE (Erläuterung)	Die **E**conomic **C**ommission for **E**urope (ECE; auch Wirtschaftskommission für Europa: United Nations Economic Commission for Europe – UNECE; siehe https://unece.org/) erlässt Regelungen für die Ausführung und den Betrieb von Fahrzeugen und Fahrzeugteilen. Derzeit existieren über 160 Regulierungsdokumente. Die ECE-Regelungen müssen von Herstellern eingehalten werden, was durch ein Prüfzeichen auf den Fahrzeugteilen dokumentiert wird (siehe Bauartgenehmigung).	
EG-Übereinstimmungs-bescheinigung	Siehe Certificate of Conformity (CoC)	

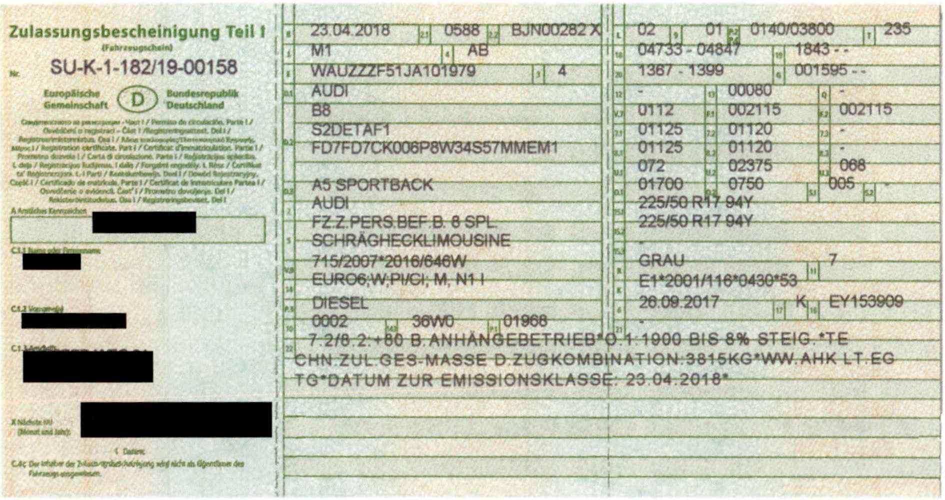
Zulassungsbescheinigung Teil I
(Fahrzeugschein)
Nr. SU-K-1-182/19-00158
Europäische Gemeinschaft (D) Bundesrepublik Deutschland
A Amtliches Kennzeichen [redacted]
C.1.1 Name oder Firmenname [redacted]
C.1.2 Vorname(n) [redacted]
C.1.3 Anschrift [redacted]
X Nächste HU (Monat und Jahr): [redacted]
I Datum:
C.4c Der Inhaber der Zulassungsbescheinigung wird nicht als Eigentümer des Fahrzeugs ausgewiesen.

B 23.04.2018 | 2.1 0588 | 2.2 BJN00282 X
J M1 | 4 AB
E WAUZZZF51JA101979 | 3 4
D.1 AUDI
B8
S2DETAF1
D.2 FD7FD7CK006P8W34S57MMEM1
D.3 A5 SPORTBACK
AUDI
2 FZ.Z.PERS.BEF.B. 8 SPL
5 SCHRÄGHECKLIMOUSINE
715/2007*2016/646W
V.9 EURO6;W;PI/CI; M, N1 I
14 DIESEL
P.3 0002 | 14.1 36W0 | P.1 01968
10
22 7.2/8.2:+80 B.ANHÄNGEBETRIEB*O.1:1900 BIS 8% STEIG.*TECHN.ZUL.GES-MASSE D.ZUGKOMBINATION:3815KG*WW.AHK LT.EGTG*DATUM ZUR EMISSIONSKLASSE: 23.04.2018*

L 02 | 9 01 | P.2/P.4 0140/03800 | T 235
18 04733 - 04847 | 19 1843 - -
20 1367 - 1399 | G 001595 - -
12 - | 13 00080 | Q -
V.7 0112 | F.1 002115 | F.2 002115
7.1 01125 | 7.2 01120 | 7.3 -
8.1 01125 | 8.2 01120 | 8.3 -
U.1 072 | U.2 02375 | U.3 068
O.1 01700 | O.2 0750 | S.1 005 | S.2 -
15.1 225/50 R17 94Y
15.2 225/50 R17 94Y
15.3 -
GRAU | 11 7
R E1*2001/116*0430*53
K 26.09.2017 | 17 K | 16 EY153909
6 -
21

Muster für eine Zulassungsbescheinigung Teil I

Umweltverträglichkeitsprüfung (AU)

§ 29 und Anlagen VIII und VIII a der StVZO

<table>
<tr><th colspan="4">Sichtprüfung für alle Kraftfahrzeuge</th></tr>
<tr><td colspan="4">Prüfung aller schadstoffrelevanten Bauteile einschließlich der Abgasanlage auf Vorhandensein, Vollständigkeit, Dichtheit und auf Beschädigungen. Bei OBD-Systemen ist eine Prüfung der Verliersicherung für den Tankdeckel sowie der Kontrollleuchte (MIL) Motordiagnose erforderlich.</td></tr>
<tr><th colspan="4">Funktionsprüfungen</th></tr>
<tr><th>Kraftfahrzeuge mit Ottomotor ohne oder mit ungeregeltem Katalysator</th><th>Kraftfahrzeuge mit Ottomotor und geregeltem Katalysator</th><th colspan="2">Kraftfahrzeuge mit On-Bord-Diagnose ab 01.01.2006 mit Otto- und Dieselmotoren</th></tr>
<tr><td rowspan="5">Prüfung der schadstoffrelevanten Einstelldaten nach den Vorgaben der Hersteller
Bei betriebswarmem Motor sind zu prüfen:
■ Schließwinkel bei kontaktgesteuerten Zündanlagen
■ Zündzeitpunkt
■ Leerlaufdrehzahl
■ CO-Gehalt im Abgas bei Leerlaufdrehzahl
Bei ungeregeltem Katalysator zusätzlich den CO-Gehalt im Abgas bei einer erhöhten Leerlaufdrehzahl prüfen (Herstellerangaben beachten)</td><td rowspan="3">Prüfung der schadstoffrelevanten Einstelldaten auf Einhaltung der vom Hersteller für das Fahrzeug angegebenen Sollwerte
Bei betriebswarmem Motor und Katalysator sind zu prüfen:
■ Zündzeitpunkt (wenn möglich)
■ Leerlaufdrehzahl
■ Funktion des Lambda-Regelkreises
■ Wert für Lamba = 1 ± 3 %,
■ CO-Gehalt im Abgas bei Leerlaufdrehzahl und erhöhter Leerlaufdrehzahl (2000 bis 3000/min, Herstellerangaben beachten)</td><td colspan="2">Prüfung des Zustands und der Zulässigkeit der Abgasanlage. Über die OBD-Schnittstelle wird der Fehlerspeicher ausgelesen. Sind Fehler abgelegt, müssen diese behoben werden. Eine neue Prüfung ist erforderlich. Sind keine Fehler abgelegt, muss seit dem 01.01.2018 eine Messung und Beurteilung der Abgaswerte im Endrohr erfolgen.</td></tr>
<tr><th colspan="2">Kraftfahrzeuge mit On-Bord-Diagnose vor dem 01.01.2006 mit Otto- und Dieselmotoren</th></tr>
<tr><td colspan="2">Wenn eine OBD-Diagnose fahrzeugtechnisch möglich ist, kann diese durchgeführt werden. Zusätzlich ist eine Messung und Beurteilung der Abgaswerte erforderlich.</td></tr>
<tr><th>Kraftfahrzeuge mit Dieselmotor und geregeltem Katalysator</th><td rowspan="2">mit Ottomotor
Bei betriebswarmem Motor sind dann die abgasrelevanten Systemdaten zu prüfen:
Messung des CO-Gehalts im Abgas bei Leerlaufdrehzahl und erhöhter Leerlaufdrehzahl (2000 bis 3000/min, Herstellerangaben beachten)</td><td rowspan="2">mit Dieselmotor
Bei betriebswarmem Motor wird viermal bis auf die Abregeldrehzahl beschleunigt und der Trübungswert im Abgasstrom ermittelt.
Ein vom Hersteller vorgegebener Wert darf dabei nicht überschritten werden.</td></tr>
<tr><td>■ Zusätzlich noch Messung des Abgastrübungswerts durch mehrfaches Anheben der Motordrehzahl bis zur Abregeldrehzahl. Ein vom Hersteller vorgegebener Trübungswert darf dabei nicht überschritten werden.</td></tr>
</table>

<table>
<tr><td>Fristen zur Durchführung der Abgasuntersuchung (AU)</td><td colspan="3">Ab dem 1.1.2010 einheitlich 24 Monate bzw. 36 Monate nach Erstzulassung
12 Monate für Selbstfahrer-Mietwagen und alle Fahrzeuge zur Personenbeförderung nach dem Personenbeförderungsgesetz (PBefG, z. B. Taxen, Kraftomnibusse)</td></tr>
<tr><td>Kraftfahrzeuge, die von der Abgasuntersuchung (AU) ausgenommen sind</td><td>Kraftfahrzeuge mit Fremdzündungsmotor:
■ vor dem 1.7.1969 erstmals in den Verkehr gekommen
■ mit einer zulässigen Gesamtmasse von weniger als 400 kg
■ mit einer bauartbedingten Höchstgeschwindigkeit von weniger als 50 km/h
■ weniger als vier Räder</td><td>Kraftfahrzeuge mit Selbstzündungsmotor:
■ vor dem 1.1.1977 erstmals in den Verkehr gekommen
■ weniger als 4 Räder
■ mit einer bauartbedingten Höchstgeschwindigkeit von weniger als 25 km/h</td><td>Kraftfahrzeuge:
■ mit rotem Kennzeichen
■ mit Kurzzeitkennzeichen
■ mit Versicherungskennzeichen
■ land- oder forstwirtschaftliche Zugmaschinen
■ selbstfahrende Arbeitsmaschinen
■ der Bundeswehr, Bundespolizei, Länderpolizei</td></tr>
<tr><td>Dokumentation der Abgasuntersuchung (AU)</td><td colspan="3">Bis zum 31.12.2009 durch eine sechseckige AU-Prüfplakette am vorderen Kennzeichen
Ab dem 1.1.2010 nur noch über die runde HU-Prüfplakette am hinteren Kennzeichen
Die positiv durchgeführte Untersuchung der Abgaszusammensetzung wird anhand des AU-Nachweises dokumentiert.</td></tr>
<tr><td>Abgasuntersuchung als Teiluntersuchung der Hauptuntersuchung (HU)</td><td colspan="3">Die Prüfung des Abgasverhaltens kann als eigenständiger Teil durch anerkannte AU-Betriebe durchgeführt und bescheinigt werden. Diese Teiluntersuchung darf nur vor dem durch die HU-Prüfplakette angegebenen Monat durchgeführt werden. Der AU-Nachweis muss der HU-Prüfperson für die weitere Durchführung übergeben werden und wird von dieser in den HU-Untersuchungsbericht mit der Kontrollnummer der AU-Werkstatt übertragen.</td></tr>
</table>

Bremsanlagen (§§ 29, 41 StVZO, HU-Bremsrichtlinie, ECE-Regelungen, EU-Richtlinien)

Begriff	Erklärung
Betriebs-bremsanlage	Kraftfahrzeuge müssen zwei voneinander unabhängige Bremsanlagen oder eine Bremsanlage mit zwei voneinander unabhängigen Bedienungseinrichtungen haben, von denen die eine auch dann wirken kann, wenn die andere versagt. Können mehr als zwei Räder gebremst werden, so dürfen gemeinsame Bremsflächen und gemeinsame mechanische Übertragungseinrichtungen benutzt werden; diese müssen jedoch so gebaut sein, dass beim Bruch eines Teils noch mindestens zwei Räder, die nicht auf derselben Seite liegen, gebremst werden können.
Feststell-bremse	Die Bedienungseinrichtung einer der beiden Bremsen muss feststellbar (Feststellbremse) sein und darf ausschließlich mechanisch wirken.
Dauerbrems-anlage	Dauerbremsen (z. B. Motorbremse, Retarder) sind vorgeschrieben für Kraftomnibusse (außer Stadtbusse) mit einer zulässigen Gesamtmasse von mehr als 5 t und mehr als 9 Sitzplätzen, Lkw mit einer zulässigen Gesamtmasse von mehr als 12 t. Die Fahrzeuggeschwindigkeit darf bei einem Gefälle von 7 % und einer Länge von 6 km nicht größer als 30 km/h werden.
Anhänger-bremsanlage	Die Bremsanlage von Anhängern muss vom ziehenden Fahrzeug aus bedient werden können oder selbsttätig wirken (z. B. Auflaufbremse).
Feststell-bremsanlage (Anhänger)	Die festgestellte Bremse darf nur ausschließlich mechanisch wirken. Ein vollbelasteter, gebremster Anhänger darf nur an einer Steigung von 20 % nicht abrollen.

Mindestabbremsung z in %

Fahrzeugklasse und Fahrzeugart	Erstzulassung	Betriebsbremsanlage, $z \geq$	Feststellbremsanlage, $z \geq$
M1: Pkw, Wohnmobile ≤ 3,5 t	vor dem 01.01.1991	50 %	15 %
	ab dem 01.01.1991 und vor dem 28.07.2010	50 %	16 %
	ab dem 28.07.2010	58 %	16 %
M2, M3: Kraftomnibus	vor dem 01.01.1991	48 %	15 %
	ab dem 01.01.1991	50 %	16 %
N1: Lkw, Zugmaschinen	vor dem 01.01.1991	45 %	15 %
	ab dem 01.01.1991	50 %	16 %
N2, N3: Lkw, Zugmaschinen, Wohnmobile > 3,5 t	vor dem 01.01.1991	43 %	15 %
	ab dem 01.01.1991 und vor dem 28.07.2010	45 %	16 %
	ab dem 28.07.2010	50 %	16 %

Auflaufbremsen: Auflaufbremsen sind nur für die angegebenen Anhänger zugelassen.

zul. Gesamtmasse	bauartbedingte Höchstgeschwindigkeit	Bedingungen
max. 8,00 t	max. 25 km/h	–
max. 8,00 t	max. 40 km/h	Bremse wirkt auf alle Räder
max. 3,50 t	nicht beschränkt	

Begriff	Erklärung
Hilfsbrems-anlage	Die Hilfsbremsanlage soll eine Notbremsung auch dann sicherstellen, wenn ein Teil der Betriebsbremsanlage ausgefallen ist. Dies ist im Allgemeinen dadurch sichergestellt, dass die Feststellbremsanlage abstufbar betätigt werden kann, oder durch die zwei Bremskreise der Betriebsbremse.
Fahrdynamik-regelung	Zur Fahrdynamikregelung (Electronic Stability Control, ESC bzw. Elektronisches Stabilitätsprogramm, ESP) gehören folgende Systeme: Antiblockiersystem (ABS), Antriebsschlupfregelung (ASR), elektronische Bremskraftverteilung und Bremsassistent. Seit dem 01.11.2014 müssen alle in der EU neu zugelassenen Pkw, KOM und Lkw und deren Anhänger mit ESP ausgestattet sein. Seit dem 01.11.2018 müssen alle neu zugelassenen Nkw mit >3,5 t mit dem Notbremssystem AEBS ausgerüstet sein. Seit 01.01.2016 ist für neue Motorradtypen über 125 cm³ Hubraum und über 11 kW Leistung durch die EU-Verordnung 168/2013/EU ein serienmäßiges Antiblockiersystem vorgeschrieben.
Unterlegkeile	Unterlegkeile müssen an Halterungen in oder am Fahrzeug befestigt sein. Mindestens erforderlich **ist ein Unterlegkeil für:** ■ Kraftfahrzeuge mit einer zulässigen Gesamtmasse von mehr als 4 t ■ zweiachsige Anhänger mit einer zulässigen Gesamtmasse von mehr als 750 kg **sind zwei Unterlegkeile für:** ■ drei- und mehrachsige Fahrzeuge ■ Sattelanhänger ■ einachsige Anhänger mit einer zulässigen Gesamtmasse von mehr als 750 kg
Bremsen-prüfung	Nach den Richtlinien für die Durchführung von HU und SP kann die Prüfung der Bremsanlage durch Ermittlung der **Abbremsung** auf einem Bremsenprüfstand ermittelt werden. Dabei dürfen die zulässigen Betätigungskräfte bzw. Bremsdrücke nicht überschritten werden. Die Abbremsung wird dann mit den Werten für die vorgeschriebene **Mindestabbremsung** verglichen (s. Tab. oben). Die **Abbremsung** eines Fahrzeugs wird nach folgender Formel berechnet: $\text{Abbremsung } z \text{ in Prozent} = \frac{\text{Summe der Bremskräfte am Radumfang } F_{ges} \text{ in N}}{\text{zulässige Gesamtgewichtskraft des Fahrzeugs } G \text{ in N}} \cdot 100\,\%$

Bremsenprüfstand

Ein Bremsenprüfstand misst die Bremskraft an den Rädern. Es wird zwischen Platten- und Rollenbremsenprüfständen unterschieden.

Rollenbremsenprüfstand	Plattenbremsenprüfstand
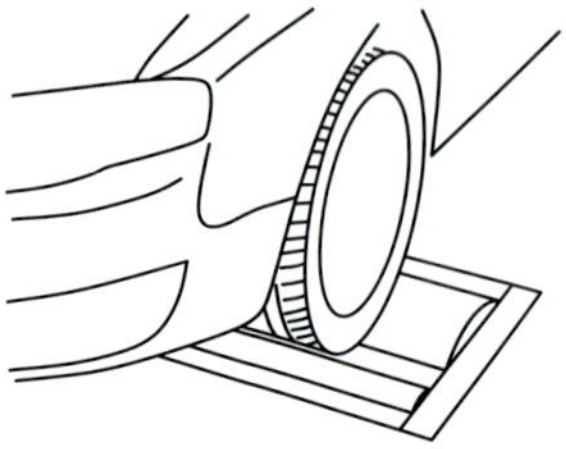	

Lichttechnische Einrichtungen (StVZO, ECE-Regelungen, EU-Richtlinien)

Allgemeine Grundsätze (§ 49a StVZO)

An Kraftfahrzeugen und Anhängern dürfen nur die vorgeschriebenen und zulässigen lichttechnischen Einrichtungen vorhanden sein. Sie müssen vorschriftsmäßig angebracht und ständig betriebsbereit sein. Lichttechnische Einrichtungen dürfen sich gegenseitig in ihrer Wirkung nicht mehr als unvermeidbar beeinträchtigen, auch wenn sie in einem Gerät vereinigt sind.
Paarweise angebrachte lichttechnische Einrichtungen müssen in gleicher Höhe zur Fahrbahn und zur Längsmittelebene des Fahrzeugs angebracht sein (außer Krafträder mit Beiwagen). Sie müssen gleichfarbig sein, gleich stark und gleichzeitig leuchten (außer Parkleuchten und Fahrtrichtungsanzeiger).
Für alle Scheinwerfer und Leuchten muss eine ausreichende elektrische Energieversorgung sichergestellt sein, und es dürfen nur die nach ihrer Bauart dafür bestimmten Glühlampen verwendet werden.

Vorgeschrieben	Zulässig	Bauvorschriften, Schaltvorschriften, Abmessungen
Begrenzungsleuchten nach vorn (§ 51 StVZO, 76/785/EWG, ECE-R7)		
Kraftfahrzeuge und Anhänger > 1,6 m Breite: zwei weiße Begrenzungsleuchten	Zusammen- und Ineinanderbau mit jeder anderen Leuchte vier Begrenzungsleuchten, wenn zwei davon Bestandteil der Scheinwerfer sind **Krafträder ohne Beiwagen:** eine Begrenzungsleuchte	Begrenzungsleuchten müssen bei eingeschalteten Scheinwerfern ständig mitleuchten. Sie dürfen nicht blenden. 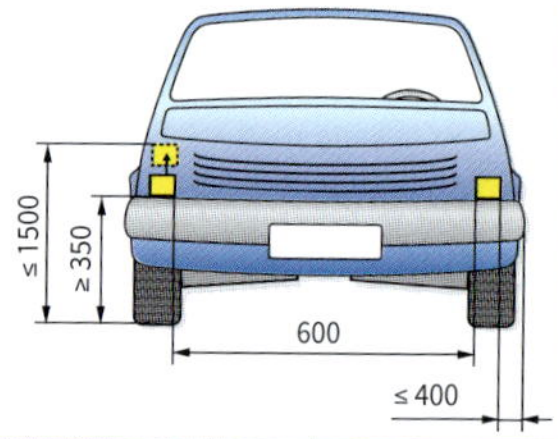
Hauptscheinwerfer (§ 50 StVZO, 76/765/EWG, ECE-R48-01)		
Abblendlicht		Scheinwerfer dürfen nur gleichzeitig ein- und ausgeschaltet werden können. Abblendlicht darf bei eingeschaltetem Fernlicht eingeschaltet bleiben. 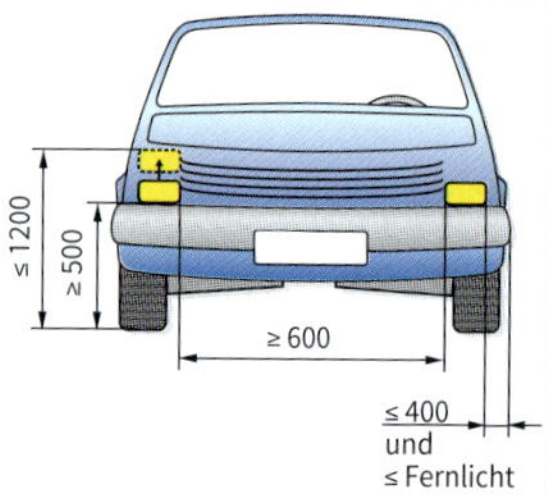
Mehrspurige Fahrzeuge: zwei nach vorn wirkende Scheinwerfer	Zusammen- und Ineinanderbau mit Fernlicht und allen anderen Frontleuchten	
Fernlicht		
Mehrspurige Fahrzeuge: zwei nach vorn wirkende, weiße Scheinwerfer, blaue Kontrollleuchte	**Mehrspurige Fahrzeuge:** vier Scheinwerfer, Zusammen- und Ineinanderbau mit Abblendlicht	

Zulässige Scheinwerferkombination

2 Scheinwerfer für Fern- und Abblendlicht 2 Scheinwerfer für Fernlicht	2 Scheinwerfer für Abblendlicht 2 Scheinwerfer für Fernlicht	2 Scheinwerfer für Abblendlicht 4 Scheinwerfer für Fernlicht

Leuchtweiteneinstellung, Leuchtweitenregelung

Scheinwerfer müssen einstellbar und so befestigt sein, dass sie sich nicht unbeabsichtigt verstellen können. Für Fahrzeuge, die seit dem 1.1.1990 neu in den Verkehr gekommen sind, ist eine handbetätigte Leuchtweiteneinstellung oder selbsttätige Leuchtweitenregelung vorgeschrieben. Fahrzeuge mit automatischer Niveauregulierung benötigen keine Leuchtweiteneinstellung bzw. Leuchtweitenregelung.

Lichttechnische Einrichtungen (StVZO, ECE-Regelungen, EU-Richtlinien)

Vorgeschrieben	Zulässig	Bauvorschriften, Schaltvorschriften, Abmessungen
Schlussleuchten (§ 53 StVZO, 76/785/EWG, ECE-R7)		
Kraftfahrzeuge, Anhänger, Krafträder mit Beiwagen: zwei rote Schlussleuchten **Krafträder:** eine rote Schlussleuchte	Zusammenbau mit jeder anderen Heckleuchte und Kombination mit Kennzeichenleuchte Zwei zusätzliche rote Schlussleuchten sind zulässig, wenn Abstand zur Fahrbahn > 1500 mm und Abstand zur Außenkante des Fahrzeugs < 400 mm	Schlussleuchten dürfen nur zusammen mit den Begrenzungsleuchten leuchten. Jede vorgeschriebene Schlussleuchte muss eine eigene Sicherung haben. Lichtstärkenverhältnis mindestens 5:1 bei Ineinanderbau von Brems- und Schlussleuchte 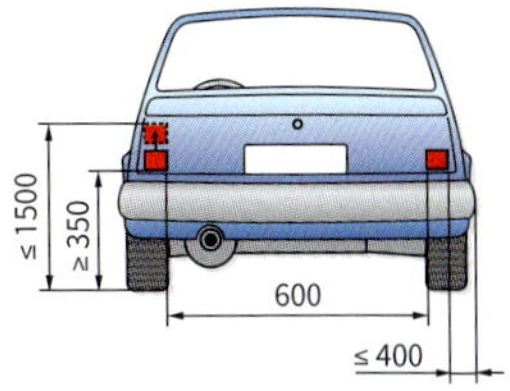
Fahrtrichtungsanzeiger (§ 54 StVZO, 76/759/EWG, ECE-R6)		
Mehrspurige Kraftfahrzeuge: vordere, hintere, seitliche Fahrtrichtungsanzeiger Farbe: gelb **Krafträder:** vordere, hintere Fahrtrichtungsanzeiger Farbe: gelb **Anhänger:** hintere Fahrtrichtungsanzeiger Farbe: gelb	Zusammenbau mit einer oder mehreren anderen Leuchten, Ineinanderbau nur mit der Parkleuchte	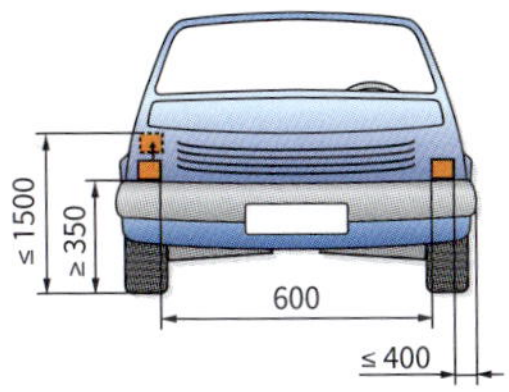 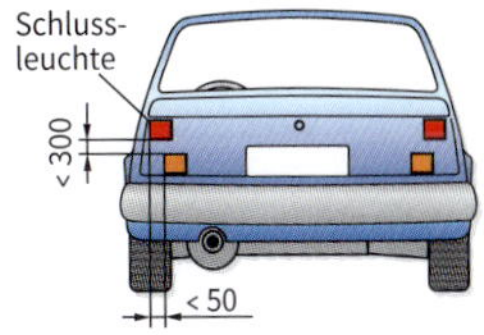 Höhe und Breite wie vorn 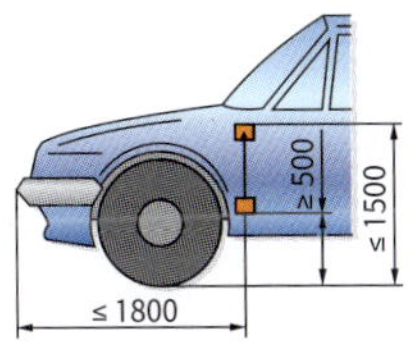 Fahrtrichtungsanzeiger müssen mit einer Frequenz von 90 ± 30 Perioden/Minute blinken. Es muss eine Funktionskontrolle vorhanden sein. Die Farbe der Kontrollleuchte ist nicht vorgeschrieben.
Bremsleuchten (§ 53 StVZO, 76/758/EWG, ECE-R7)		
Mehrspurige Fahrzeuge: zwei rote Bremsleuchten **Mehrspurige Pkw:** eine zentrale, hochgesetzte, rote Bremsleuchte auf der Fahrzeugslängsachse **Krafträder:** eine rote Bremsleuchte	Ineinanderbau von Brems- und Schlussleuchte, wenn das Lichtstärkenverhältnis der Einzelfunktionen mindestens 5 : 1 beträgt	Die zentrale Bremsleuchte darf nicht mit einer anderen Leuchte ineinandergebaut sein. 1) ≥ 400 mm, wenn Breite < 1300 mm 2) ≤ 2100 mm, wenn Einhaltung der max. Höhe nicht möglich 3) Unterkante der zusätzlichen Bremsleuchte muss höher liegen als Oberkante der Hauptbremsleuchten 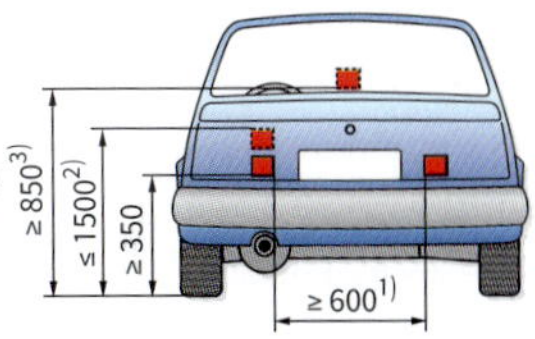
Nebelscheinwerfer (§ 52 StVZO, 76/756/EWG, ECE-R19)		
Nebelscheinwerfer sind nicht vorgeschrieben.	**Mehrspurige Kraftfahrzeuge:** zwei weiße oder hellgelbe Nebelscheinwerfer. Zusammenbau mit anderen Frontleuchten und Scheinwerfern ist zulässig. **Krafträder:** ein Nebelscheinwerfer	Wenn die Nebelscheinwerfer mehr als 400 mm von der Außenkante des Fahrzeugs entfernt sind, dürfen sie nur zusammen mit dem Abblendlicht eingeschaltet werden. Es genügt die zusätzliche Benutzung der Begrenzungsleuchten, wenn sie weiter außen angebracht sind (≤ 400 mm). 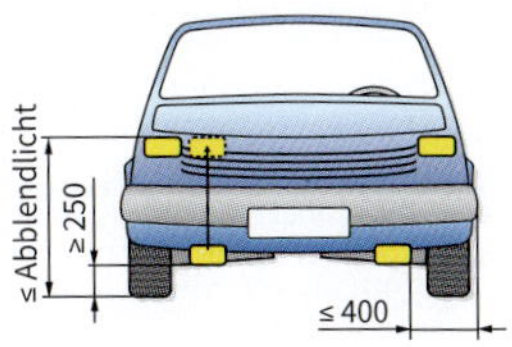
Kennzeichenleuchte (§ 60 StVZO, 76/760/EWG, ECE-R4)		
eine Kennzeichenleuchte für das hintere Kennzeichen	Zusammenbau mit allen Heckleuchten, Kombination mit Schlussleuchten	Die Kennzeichenleuchte muss bei eingeschaltetem Licht mitleuchten. Das Kennzeichen muss bei Nacht auf 25 m gut lesbar sein. Die Kennzeichenleuchte darf kein Licht unmittelbar nach hinten abstrahlen.

Lichttechnische Einrichtungen (StVZO, ECE-Regelungen, EU-Richtlinien)

Vorgeschrieben	Zulässig	Bauvorschriften, Schaltvorschriften, Abmessungen
Nebelschlussleuchten (§ 53d StVZO, 77/538/EWG, ECE-R38)		
Kraftfahrzeuge und Anhänger: eine rote Nebelschlussleuchte, gelbe Kontrollleuchte	**Kraftfahrzeuge und Anhänger:** zwei rote Nebelschlussleuchten	eine Nebelschlussleuchte / zwei Nebelschlussleuchten 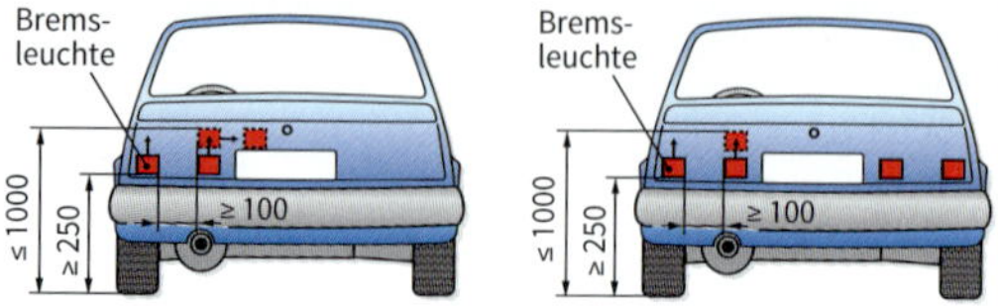 Nebelschlussleuchten dürfen nur zusammen mit Abblendlicht, Nebellicht oder Fernlicht eingeschaltet werden können.
Rückfahrscheinwerfer (§ 52a StVZO, 77/539/EWG, ECE-R23)		
Kraftfahrzeuge: ein Rückfahrscheinwerfer für weißes Licht	**Kraftfahrzeuge:** zwei Rückfahrscheinwerfer für weißes Licht **Anhänger:** ein oder zwei Rückfahrscheinwerfer für weißes Licht, Zusammenbau mit anderen Heckleuchten	Rückfahrscheinwerfer dürfen die Fahrbahn maximal 10 m nach hinten ausleuchten und dürfen nur bei eingelegtem Rückwärtsgang und eingeschalteter Zündung leuchten. 
Umrissleuchten (§ 51b StVZO, 77/758/EWG, ECE-R7)		
Fahrzeuge > 2,10 m Breite: auf jeder Seite eine nach vorn wirkende weiße und nach hinten wirkende rote Umrissleuchte	**Fahrzeuge > 1,80 m Breite und ≤ 2,10 m Breite:** auf jeder Seite eine nach vorn wirkende weiße und nach hinten wirkende rote Umrissleuchte	Umrissleuchten dürfen in einer Einheit zusammengefasst sein. Der Abstand zu den Begrenzungsleuchten muss mindestens 200 mm betragen. An Fahrzeugen mit einer Breite von weniger als 1,80 m dürfen keine Umrissleuchten angebracht sein.
Rückstrahler (§ 53 StVZO, 76/757/EWG, ECE-R3)		
Kraftfahrzeuge: zwei rote Rückstrahler **Anhänger:** zwei dreieckige, rote Rückstrahler **Krafträder:** ein roter Rückstrahler		**Anhänger:** Seitenlänge der Dreiecke > 150 mm. Die Spitze des Dreiecks muss nach oben zeigen. Dreieckige Rückstrahler sind an Kraftfahrzeugen nicht zulässig. 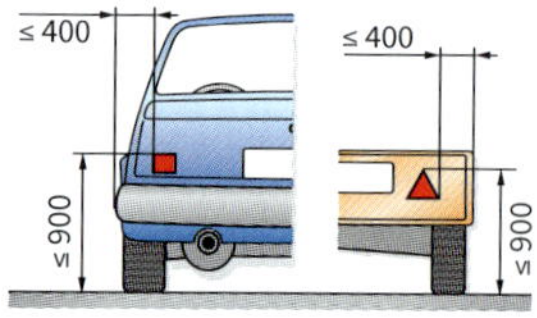
Parkleuchten (§ 51 StVZO, 77/540/EWG, ECE-R77)		
Parkleuchten sind nicht vorgeschrieben.	**Kraftfahrzeuge, Anhänger, Züge:** je eine Parkleuchte vorn (weiß) und hinten (rot) auf jeder Seite oder eine Parkleuchte auf jeder Seite	Parkleuchten müssen leuchten können, ohne dass andere Leuchten eingeschaltet sind. Als Parkleuchte dürfen die vorhandenen Begrenzungs- und Schlussleuchten benutzt werden. Seitliche Parkleuchten müssen nach vorn weißes Licht und nach hinten rotes Licht abstrahlen.
Suchscheinwerfer (§ 51 StVZO)		
Suchscheinwerfer sind nicht vorgeschrieben.	**Alle Fahrzeuge:** ein Scheinwerfer für weißes Licht	Die Leistungsaufnahme darf max. 35 W betragen. Der Suchscheinwerfer darf nur zusammen mit den Schlussleuchten und der Kennzeichenbeleuchtung einschaltbar sein.
Arbeitsscheinwerfer (§ 51 StVZO)		
Arbeitsscheinwerfer sind nicht vorgeschrieben.	**Mehrspurige Fahrzeuge > 3,5 t:** ein oder zwei Arbeitsscheinwerfer	Arbeitsscheinwerfer dürfen während der Fahrt nur eingeschaltet werden, wenn die Fahrt zum Arbeitsvorgang gehört (z. B. Straßenreinigung).

Anforderungen an Ottokraftstoffe

DIN EN 228: 2017-08

Kennwert	E10 DIN EN 228	Super DIN EN 228	Super Plus DIN EN 228	Einfluss zunehmender Werte auf den Fahrzeugbetrieb
Klopffestigkeit (Oktanzahlen, Mindestwerte)	95 ROZ	95 ROZ	98 ROZ	beschreibt die Verringerung des Klopfverhaltens bei niedrigen Drehzahlen und geringer Motorlast
	85 MOZ	85 MOZ	88 MOZ	beschreibt die Veringerung des Klopfverhaltentens bei hoher Motorlast und hoher thermischer Belastung
Dichte bei 15 °C kg/m³	720–775			Zunahme des Kraftstoffverbrauchs und der Abgasemission
max. Schwefelgehalt mg/kg	10			Zunahme von Korrosion und Katalysatorschäden
max. Sauerstoffgehalt Masse-%	3,7	2,7		Verringerung der CO-Emission, schlechteres Startverhalten bei niedrigen Temperaturen
max. Ethanolgehalt Masse-%	10	5		
max. Benzolgehalt Vol.-%	1			Zunahme der Abgasemission (NO_x, HC, CO, CO_2, Benzol)
max. Bleigehalt mg/l	5			Zunahme der Ablagerungen und Katalysatorschäden
max. Abdampfrückstand mg/100 ml	5			vermehrte Rückstandsbildung
Siedeverlauf: bei 70 °C (E 70) Vol.-%	S: 20–48 (S: Sommer)			guter Kaltstart, schlechter Warmstart, vermehrte Verdampfungsemission
	W: 22–50 (W: Winter)			
bei 100 °C (E100) Vol.-%	S: 46–71			
	W: 46–71			
bei 150 °C (E150) Vol.-%	S: 75			
	W: 75			
Siedeende °C	max. 210			mehr Abgasrückstände, Verschleiß im Kaltbetrieb, Ölverdünnung
Dampfdruck nach Reid (≅ VP) kPa	S: 45–70			guter Kaltstart, schlechter Warmstart, vermehrte Verdampfungsemission
	W: 50–100			
Flüchtigkeitskennziffer: VLI [1]	S: –			Verschlechterung des Start- und Fahrverhaltens bei warmem Motor
	W: max. 1250			

Anforderungen an Dieselkraftstoffe

DIN EN 590: 2022-05

Kennwerte	Für gemäßigtes Klima	Für arktisches Klima	Einfluss zunehmender Werte auf den Fahrzeugbetrieb
Dichte bei 15 °C min./max. kg/m³	Klasse A (bei +5 °C) bis F (bei –20 °C) 820/845	Klasse 0 (bei –20 °C) bis 4 (bei –44 °C) 800 bis 845	Zunahme des Kraftstoffverbrauchs und der Abgasemission
Viskosität bei 40 °C min./max.	2/4,5 mm²/s	Klasse 0 bis 4 1,2 – 1,5/4 mm²/s	schlechtere Schmierung, Tröpfchenbildung und schlechtere Verbrennung
Cetanzahl EU min.	51	51	besseres Verbrennungs- und Startverhalten
max. Biodieselanteil	7 %	7 %	Leistungsminderung, erhöhter Kraftstoffverbrauch
Siedeverlauf, verdampfte Menge Vol.-%	bis 250 °C max. 65 bis 350 °C min. 85	bis 180 °C max. 10 bis 340 °C min. 95	geringere Abgas- und Geräuschemission, Leistungsminderung
CFPP max. °C [2]	Klasse A bis F +5 bis –20	Klasse 0 bis 4 –20 bis –44	zunehmende Störungen der Kraftstoffförderung
Flammpunkt, min. °C	über 55		Verbesserung der Betriebssicherheit
max. Wassergehalt Masse-%	0,020		zunehmende Korrosion
max. Schwefelgehalt mg/kg	10		zunehmende Korrosion und Emission
max. Koksrückstand Masse-%	0,3		Zunahme der Rückstände im Brennraum
max. Ascherückstand Masse-%	0,01		

1) **VLI: V**apour-**L**ock-**I**ndex (Flüchtigkeitskennziffer, Index für die Dampfblasenbildung). Diese Kenngröße ist die rechnerisch ermittelte Summe des mit 10 multiplizierten Dampfdrucks nach Reid (**VP**) und der siebenfachen Menge des bis zu der Temperatur von 70 °C (**E 70**) verdampften Kraftstoffanteils. Sie kennzeichnet die Kraftstoffeigenschaften im Hinblick auf das Warmstartverhalten und das Fahrverhalten bei warmem Motor: **VLI = 10 · VP + 7 · E 70**

2) **CFPP: C**old **F**ilter **P**lugging **P**oint (Grenzwert der Filtrierbarkeit). Diese Kenngröße kennzeichnet die Kältefestigkeit des Dieselkraftstoffs, d. h. die Temperatur, bei der das Ausflocken des Paraffins beginnt.

Oktanzahl

Die Oktanzahl gibt an, wie klopffest ein Ottokraftstoff ist. Je höher die Oktanzahl, desto widerstandsfähiger ist ein Kraftstoff gegen Klopfen. Die Oktanzahl 100 ist Isooktan (Trimethylpentan) und die Oktanzahl 0 ist n-Heptan zugeordnet. Bei ihrer Bestimmung wird hauptsächlich unterschieden zwischen der **Research-Oktanzahl** (ROZ) und der **Motor-Oktanzahl** (MOZ). Die ROZ beschreibt das Verhalten des Kraftstoffs im Motor bei niedrigerer Temperatur und Drehzahl. Die MOZ beschreibt das Verhalten des Kraftstoffs im Motor bei hoher Drehzahl und hoher Temperatur.

Beispiel: Die Klopffestigkeit eines Kraftstoffs von ROZ 98 entspricht der Klopffestigkeit eines Gemisches aus 98 Vol.% Isooktan und 2 Vol.% n-Heptan.

Kraftstoffart	ROZ	MOZ
Super E10	95	85
Super	95	85
Super Plus	98	88
Neuere Super-Plus-Sorten	bis 102	99

Gasanlagenprüfung (GAP)

Die Gasanlagenprüfung (GAP) ist eine seit 2006 vorgeschriebene Voruntersuchung für gasbetriebene Fahrzeuge, die Voraussetzung für die Hauptuntersuchung ist. Eine GAP ist auch nach besonderen Vorfällen notwendig (z. B. Reparatur des Fahrzeugs nach Unfall). Sie darf nur von verantwortlichen Personen durchgeführt werden, die mindestens eine eintägige Grundschulung erhalten haben.

AdBlue

AdBlue ist eine 32,5-prozentige Harnstofflösung in demineralisiertem Wasser ($CO(NH_2)_2$; nach ISO 22241 genormt), die zur Reduktion von Stickoxiden (NO_x) verwendet wird – auch **S**elektive **n**ichtkatalytische **R**eaktion (SNR) genannt. Die Bezeichnung „AdBlue" ist eine eingetragene Marke des Verbands der Automobilindustrie (VDA). AdBlue wird in einem synthetischen Verfahren aus Ammoniak (NH_3) und Kohlendioxid (CO_2) gewonnen. Es wird im Abgasstrang eingespritzt und reduziert bis zu 97 % der Stickoxide zu Stickstoff; als Nebenprodukt entsteht Wasser. Zur Reduktionsbeschleunigung wird ein Katalysator eingesetzt (**S**elective **C**atalytic **R**eduction – SCR). Ein Dieselmotor mit SCR benötigt ca. 0,05–0,2 l AdBlue auf 100 km (5–7 % des Kraftstoffverbrauchs).

Chemische Reaktion:

$4NO + 4NH_3 + O_2 \rightarrow 4N_2 + 6H_2O$

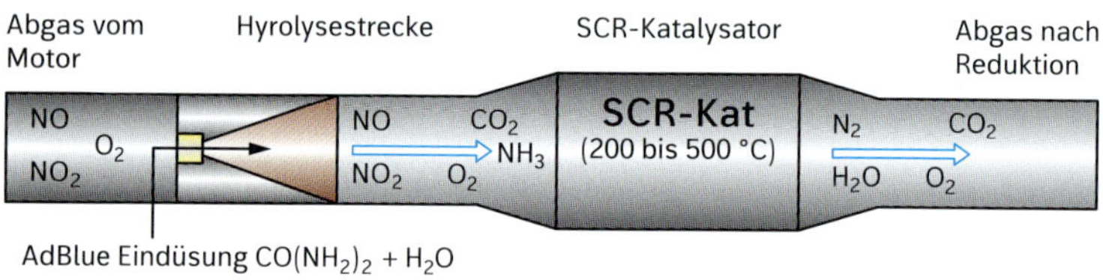

Cetanzahl

Maßzahl nach DIN EN 590 für die Zündfähigkeit von Kraftstoff. Mit der Cetanzahl (CZ) wird die Zündwilligkeit von Dieselkraftstoff beschrieben. Der Wert CZ = 100 eines Kraftstoffs gibt an, dass sich dieser genauso verhält wie das sehr zündfreudige n-Hexadecan (Cetan). CZ = 0 bedeutet, dass der Kraftstoff sehr zündträgem α-Methylnaphtalin entspricht. Dieselkraftstoff hat eine CZ ≥ 51.

E-Fuel

Unter Electrofuels (E-Fuel) versteht man **synthetische Kraftstoffe**, die aus Wasser und Kohlendioxid (CO_2) hergestellt werden. Dazu wird (regenerativ erzeugte) elektrische Energie verwendet. Dieses Verfahren wird mit „Power-to-Fuel" oder „Power-to-Liquid" bezeichnet. Aus Wasser wird via Elektrolyse (mithilfe von Brennstoffzellen) Wasserstoff (H) gewonnen und mit Kohlendioxid aus der Umgebungsluft zu E-Fuels verbunden (Synthese).

Die nutzbare Energie ist im Verhältnis zu einer direkten Stromnutzung in Elektrofahrzeugen derzeit nur 1/5 so hoch, d. h., es muss fünfmal so viel Strom erzeugt werden, um die gleiche Strecke zurücklegen zu können.

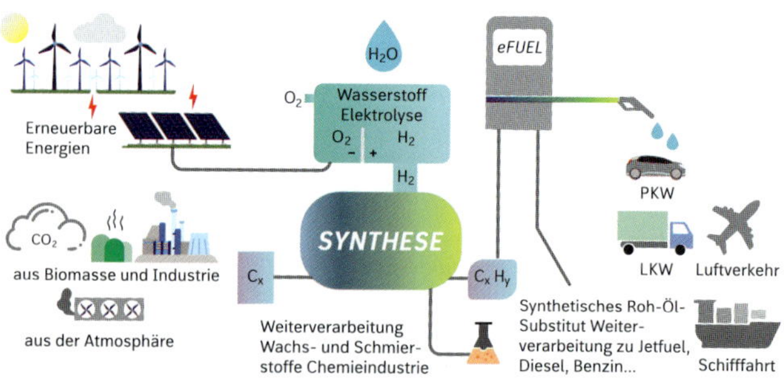

Stoffwerte flüssiger Kraftstoffe und Kohlenwasserstoffe

Stoff	Dichte bei 0 °C und 1013 mbar in kg/l	Haupt-bestandteile in Masse-%	Siedetem-peratur bei 1013 mbar in °C	Spezifischer Heizwert H_i, Kraftstoff-Luft-Gemisch in MJ/kg	Zündtem-peratur in °C	Luftbedarf L_{th} (theore-tisch) in kg/kg	Zündgrenze untere Vol.-% Gas in Luft	Zündgrenze obere Vol.-% Gas in Luft
Ottokraftstoff,								
Normal	0,720 … 0,775	86 C, 14 H	25 … 215	42,7	≈ 300	14,8	≈ 0,6	≈ 8
Super	0,720 … 0,775	86 C, 14 H	25 … 215	43,5	≈ 400	14,7	–	–
Flugbenzin	0,72	85 C, 15 H	40 … 180	43,5	≈ 500	–	≈ 0,7	≈ 8
Kerosin	0,77 … 0,83	87 C, 13 H	170 … 260	43	≈ 250	14,5	0,6	7,5
Dieselkraftstoff	0,820 … 0,845	86 C, 13 H	180 … 360	42,5	≈ 250	14,5	≈ 0,6	≈ 7,5
Erdöl (Rohöl)	0,70 … 1,0	80/83 C, 10/14 H	25 … 360	39,8 … 46,1	≈ 220	–	≈ 0,6	≈ 6,5
Pentan C_5H_{12}	0,63	83 C, 17 H	36	45,4	285	15,4	1,4	7,8
Hexan C_6H_{14}	0,66	84 C, 16 H	69	44,7	240	14,2	1,2	7,4
n-Heptan C_7H_{16}	0,68	84 C, 16 H	98	44,4	220	15,2	1,1	6,7
Iso-Oktan C_8H_{18}	0,69	84 C, 16 H	99	44,6	410	15,2	1	6
Benzol C_6H_6	0,88	92 C, 8 H	80	40,2	550	13,3	1,2	8
Toluol C_7H_8	0,87	91 C, 9 H	110	40,6	530	13,4	1,2	7
Xylol C_8H_{11}	0,88	91 C, 9 H	144	40,6	460	13,7	1	7,6
Ether $(C_2H_5)_2O$	0,72	64C, 14 H, 22 O	35	34,3	170	7,7	1,7	36
Aceton $(CH_3)_2CO$	0,79	62 C, 10 H, 28 O	56	28,5	540	9,4	2,5	13
Ethanol C_2H_5OH	0,75 … 0,8	52 C, 13 H, 35 O	78	26,8	420	9	3,5	15
Methanol CH_3OH	0,79	38 C, 12 H, 50 O	65	19,7	450	6,4	5,5	26

Stoffwerte gasförmiger Kraftstoffe und Kohlenwasserstoffe

Stoff	Dichte bei 0 °C und 1013 mbar in kg/m³	Haupt-bestandteile in Masse-%	Siedetem-peratur bei 1013 mbar in °C	Spezifischer Heizwert H_i, Kraftstoff-Luft-Gemisch in MJ/kg	Zündtem-peratur in °C	Luftbedarf L_{th} (theore-tisch) in kg/kg	Zündgrenze untere Vol.-% Gas in Luft	Zündgrenze obere Vol.-% Gas in Luft
Flüssiggas (Autogas)	2,25 (0,54 kg/l)	C_3H_8, C_4H_{10}	–30	3,39	≈ 400	15,5	1,5	15
Stadtgas	0,56 … 0,61	50 H, 8 CO, 30 CH_4	–210	≈ 3,25	≈ 560	10	4	40
Erdgas	≈ 0,83	76 C, 24 H	–162	≈ 45	≈ 650	–	–	–
Wassergas	0,71	50 H, 38 CO	–	3,10	≈ 600	4,3	6	72
Wasserstoff	0,090	100 H	–253	2,97	560	34	4	77
Methan CH_4	0,72	75 C, 25 H	–161,5	3,22	650	17,2	5	15
Acetylen C_2H_2	1,17	93 C, 7 H	–80,8	4,38	305	13,25	1,5	80
n-Butan C_4H_{10}	2,7 (0,58 kg/l)	83 C, 17 H	–0,5	3,39	365	15,4	1,5	8,5
Buten C_4H_8	2,5	86 C, 14 H	–5	–	–	14,8	1,7	9
Ethan C_2H_6	1,36	80 C, 14 H	–88	–	515	17,3	3	14
Ethen C_2H_4	1,26	86 C, 14 H	–104	–	425	14,7	2,75	34
Propan C_3H_8	2,0 (0,51 kg/l)	82 C, 18 H	–43	3,35	470	15,6	1,9	9,5
Propen C_3H_6	1,92	86 C, 14 H	–47,7	–	450	14,7	2	11

Kinetische Viskosität ν bei 20 °C in mm²/s: Ottokraftstoffe ≈ 0,6; Dieselkraftstoffe ≈ 4; Ethanol ≈ 1,5; Methanol ≈ 0,75

Viskositätsklassen

DIN EN 16896: 2017-02, DIN ISO 3448: 2010-02

Begriff	Erklärung
Viskosität	Die Viskosität kennzeichnet die **Zähflüssigkeit** der Öle aufgrund der **inneren Reibung**. Die innere Reibung ändert sich mit steigender bzw. fallender Temperatur.
Dynamische Viskosität	Die **dynamische Viskosität** η ist die Proportionalitätskonstante aus der Schubspannung τ, die zwischen benachbarten Flüssigkeitsschichten besteht, und dem Geschwindigkeitsgefälle ***D***. Formel: $\eta = \tau / D$, (SI-Einheit: Pa · s)
Kinematische Viskosität	Die **kinematische Viskosität** ν ist der Quotient aus der dynamischen Viskosität η und der Dichte ϱ. Formel: $\nu = \eta / \varrho$ (SI-Einheit: m^2/s, abgeleitete Einheit mm^2/s)
Viskositätsklassen	Die **Viskositätsklassen (ISO VG)** kennzeichnen die **Viskositätsbereiche** der Öle, **ohne Auskunft** über die **Qualität** eines Öls zu geben. Die 20 Viskositätsklassen (ISO VG 2 bis VG 3200) werden nach der Einheit der kinematischen Viskosität mm^2/s bei 40 °C unterteilt.
Viskositätsindex	Der **Viskositätsindex (VI)** der Öle ist eine rechnerische Zahl. Sie kennzeichnet die Viskositätsänderung des Öls bei Temperaturänderung. Je größer der **VI**, desto geringer ist der Temperatureinfluss auf die Viskosität.

Methoden der Viskositätsmessung

DIN 53015: 2019-06, DIN 53019: Teil 1, 2 und 3: 2008-09

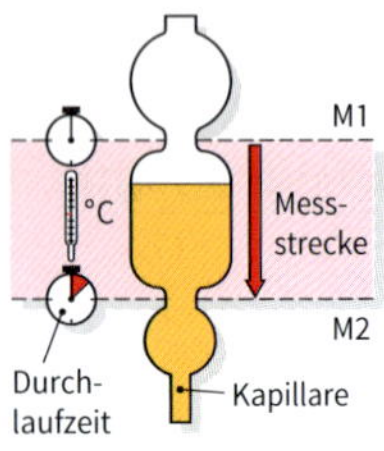

Kapillarviskosimeter: Eine bestimmte Ölmenge läuft bei Prüftemperatur durch die Kapillare. Die Auslaufzeit ist ein Maß für die kinematische Viskosität.

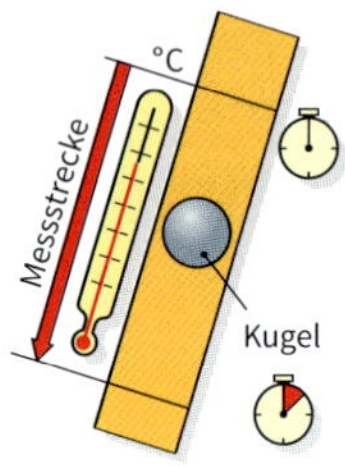

Kugelfallviskosimeter: Nach DIN 53 015 fällt in einem unter 10° zur Senkrechten geneigtem Glasrohr eine Kugel bei Prüftemperatur durch das Öl. Die Fallzeit ist ein Maß für die dynamische Viskosität.

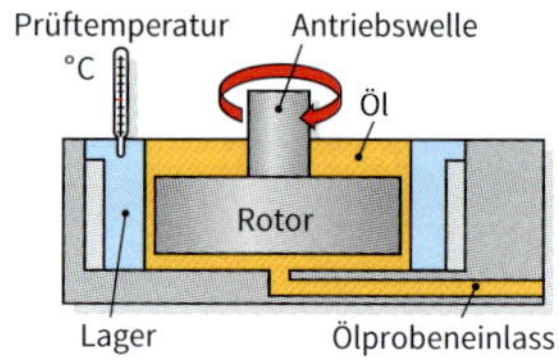

Rotationsviskosimeter: In einem Modelllager wird der Rotor von einem Elektromotor in dem Prüföl gedreht. Aus dem erforderlichen Antriebsdrehmoment wird die dynamische Viskosität errechnet.

Viskositätsklassen der Motoröle

SAE J 300: 2021-04

SAE-Viskositätsklasse (Winteröle)	Maximale Kälteviskosität in mPa · s	Max. Grenzpumptemperatur $c_{P\,max.}$ ohne Scherspannung	Untergrenze der kinematischen Viskosität bei 100 °C in mm^2/s	Viskositätsklasse (Sommeröle)	Grenzen der kinematischen Viskosität bei 100 °C in mm^2/s min.	max.
0 W	6200 bei −35 °C	60 000 bei −40 °C	3,8			
5 W	6600 bei −30 °C	60 000 bei −35 °C	3,8	20	5,6	9,3
10 W	7000 bei −25 °C	60 000 bei −30 °C	4,1	30	9,3	12,5
15 W	7000 bei −20 °C	60 000 bei −25 °C	5,6	40	12,5	16,3
20 W	9500 bei −15 °C	60 000 bei −20 °C	5,6	50	16,3	21,9
25 W	13000 bei −10 °C	60 000 bei −15 °C	9,3	60	21,9	26,1

Stockpunkt: Temperatur, bei der das Öl aufhört zu fließen

Grenzpumptemperatur: Temperatur, bei der das Öl noch fließfähig genug ist, um in die Ölpumpe zu gelangen

Kennzeichnend für die **Qualität** bzw. das **Leistungsvermögen** der Öle sind die Angaben, die durch verschiedene **Prüfmethoden** (Klassifikationen) ermittelt wurden.

Prüfmethode	Erklärung
API-Klassifikation	**A**merican **P**etroleum **I**nstitute (amerikanisches Erdöl-Institut) legt die Mindestanforderungen der Öle für **Ottomotoren** als Öle der **S**-Klassen (Service-Klassen), für **Dieselmotoren** als Öle der **C**-Klassen (Commercial-Klassen) fest. **Die Klassen API SE, SF, SG bzw. API CC, CD, CE sind nicht mehr gültig.** Die jeweils nachfolgende Klassifikation verschärft die Anforderungen an die Öle gegenüber der vorherigen Klassifikation.
ACEA-Spezifikation	**A**ssociation des **C**onstructeurs **E**uropéens de l'**A**utomobile (Vereinigung der europäischen Automobilkonstrukteure)

Mehrbereichsöle

Die meisten heute üblichen Motoröle sind sogenannte Mehrbereichsöle. Diese basieren auf dünnflüssigen Grundölen, die mit speziellen Additiven versehen werden, sodass ihre Viskosität bei höheren Temperaturen zunimmt. Damit wird eine schnelle Durchölung des Motors beim Kaltstart, eine geringere Belastung des Motors bei tiefen Temperaturen und eine ausreichend hohe Schmiersicherheit bei höheren Außen- und Motortemperaturen erreicht. Mehrbereichsöle können im Sommer- und Winterbetrieb verwendet werden.

API-Klassifikation der Motoröle für Ottomotoren

API-Klasse	Einsatzbereiche und Anforderungen
SJ	Motoröle für US-Ottomotoren der Baujahre ab 1996 Verschärfte Anforderungen an Verdampfungsverluste und Kraftstoffeinsparung
SL	2001 eingeführte Spezifikation, die nochmals verschärfte Anforderungen an die Kraftstoffeinsparung, den Ölverbrauch, die Motorsauberkeit und das Ölalterungsverhalten stellt. Es werden die modernsten Low-Viskosity-Öle (Super-Leichtlauf-Motoröle) erfasst.
SM	Ab 2004 eingeführt. Nochmals verschärfte Anforderungen an Oxidationsstabilität, Motorsauberkeit, Verschleißschutz, Alterungsverhalten und Leistungsvermögen bei niedrigen Temperaturen.

API-Klassifikation der Motoröle für Dieselmotoren

API-Klasse	Einsatzbereiche und Anforderungen
CF	Ab 1994 eingeführt. Für hoch aufgeladene Viertakt-Dieselmotoren, geeignet für Dieselkraftstoffe mit einem Schwefelgehalt > 0,5 %.
CG-4	1995 eingeführt. Für hoch beanspruchte Nkw-Dieselmotoren geeignet.
CH-4	Ab 1998 gültig. Für hoch drehende Viertaktmotoren eingeführt, die verschärfte Abgasvorschriften erfüllen. Schwefelgehalt < 0,5 %, geringer Aschegehalt. Lange Ölwechselintervalle möglich.
CI-4	Ab 2002 eingeführt. Für hoch drehende Viertaktmotoren konzipiert, die zukünftige Abgasgesetze nur noch mittels Abgasrückführung erfüllen können. Geeignet für Schwefelgehalte < 0,5 % .
CJ-4	Ab 2006 eingeführt. Für hoch drehende Viertaktmotoren mit Partikelfiltersysteme, die ab 2007 die „Highway-Abgrenzwerte" erfüllen. Schwefelgehalt des Dieselkraftstoffs bis 0,0015 %.

API-Klassifikation der Motoröle für Zweitaktmotoren

API-Klasse	Einsatzbereiche	API-Klasse	Einsatzbereiche
TA	Mopeds	TC (Prüfung vorgesehen)	Hochleistungsmotoren
TB	Motorroller, Motorräder	TD	Außenbordmotoren

ACEA-Spezifikation der Motoröle

Die Motoröle werden in vier Klassen eingeteilt: **A** für **Ottomotoren**, **B** für **Dieselmotoren** in Pkw, Vans und Kleintransportern, **C** für **Pkw-Otto- und Dieselmotoren mit Abgasnachbehandlungssystemen**, **E** für **Dieselmotoren** in Nkw und Arbeitsmaschinen. Die **Klassifikationen A** und **B** werden zusammengelegt in **ACEA A1/B1, ACEA A3/B3, ACEA A3/B4 und ACEA A5/B5**.

Die Zahl in der Klassifikation gibt innerhalb einer Klasse den Leistungsunterschied der Motoröle an. So erfüllt z. B. ein Motoröl A5/B5 höhere Anforderungen als ein Motoröl A3/B3. Motoröle A2, B2, E1 bis E3 und E5 sind nicht mehr aktuell.

A1/B1	Öle für Otto- und Dieselmotoren, mit niedriger HTHS (Hochtemperaturviskosität bei 150 °C und hohen Drehzahlen) 2,6/2,9 bis 3,5 mPa · s. Bevorzugte Viskositätsklassen sind 30 W und 20 W.
A3/B3	Höchstleistungsöle für Otto- und Dieselmotoren, mit HTHS-Viskosität ≥ 3,5 mPa · s. Höchste Anforderungen an Verdampfungsverluste, Kolbensauberkeit, Nockenverschleiß und Oxidationsstabilität. Für hohe Motordrehzahlen und Temperaturen geeignet.
A3/B4	Öl A3/B4 eignet sich besonders für Ottomotoren und Dieselmotoren mit Direkteinspritzung, mit HTHS-Viskosität ≥ 3,5 mPa · s.
A5/B5	Kategorie für kraftstoffsparende Motoröle, mit HTHS 2,9 bis 3,5 mPa · s. Gegenüber A1/B1 um 2 % geringere Verdampfungsverluste und Kraftstoffersparnis bis 2,5 %. Verlängerte Ölwechselintervalle möglich.
C1	Öle für Ottomotoren (z. B. mit Dreiwegekatalysator) und Dieselmotoren (z. B. mit Partikelfilter). Mit HTHS-Viskosität von 2,9 bis 3,5 mPa · s. Sulfataschegehalt von max. 0,5 %.
C2	Kategorie für Motoröle mit einem Sulfataschegehalt von max. 0,8 %, mit HTHS-Viskosität von 2,9 bis 3,5 mPa · s.
C3	Kategorie für Motoröle mit einem Sulfataschegehalt von max. 0,8 %. Mit HTHS-Viskosität ≥ 3,5 mPa · s.
C4	Kategorie für Motoröle mit einem Sulfataschegehalt von max. 0,5 %. Mit HTHS-Viskosität ≥ 3,5 mPa · s.
E4	Öle für lange Ölwechselintervalle, geeignet für Euro-III-Motoren. Prüfvorschrift Mercedes Benz 228.5.
E6	Öle für Motoren mit Abgasrückführung, mit oder ohne Dieselpartikelfilter und Motoren mit SCR-Katalysator; empfohlen für Motoren mit Dieselpartikelfilter in Kombination mit schwefelfreiem Kraftstoff; Sulfataschegehalt < 1 % Massegehalt.
E7	Öle für Motoren ohne Dieselpartikelfilter, die meisten Motoren mit Abgasrückführung und SCR-Katalysator; Sulfataschegehalt max. 2 % Massegehalt.
E9	Öle für Motoren mit und ohne Dieselpartikelfilter, die meisten Motoren mit Abgasrückführung und SCR-Katalysator, empfohlen für Motoren mit Dieselpartikelfilter in Kombination mit schwefelfreiem Kraftstoff; Sulfataschegehalt < 1 % Massegehalt.

Viskositätsklassen für Getriebeöle

SAE J 306: 2019-02

SAE Viskositätsklasse	Maximale Temperatur für die dynamische Viskosität von 150 000 mPa · s in °C	Mindestgrenzen der kinematischen Viskosität bei 100 °C in mm^2/s	SAE Viskositätsklasse	Grenzen der kinematischen Viskosität bei 100 °C in mm^2/s	
70 W	–55	4,1		mind.	max.
75 W	–40	4,1	90	13,5	24,0
80 W	–26	7,0	140	24,0	41,0
85 W	–12	11,0	250	41,0	–

Klassifikation der Getriebeöle

Für Getriebeöle gelten zusätzlich zu den API- und SAE-Klassifikationen die **MIL**-Spezifikationen (**M**ilitary **I**nquiery of **L**ubrication, Ölvorschriften der amerikanischen Armee) sowie spezielle Firmenvorschriften. Diese Spezifikationen und Vorschriften erfassen praxisnahe Prüfungen der Öle, die in den jeweiligen Getrieben getestet werden (**GL** = **G**ear **L**ubricant).

API-Klasse (Auszug)	MIL-Spezifikation	Einsatzbereiche
GL1	–	gering belastete Schaltgetriebe
GL3	–	normal belastete Schaltgetriebe
GL4	MIL-L-2105	hoch belastete Schaltgetriebe, gering belastete Hypoidgetriebe
GL5	MIL-L-2105 B MIL-L-2105 C MIL-L-2105 D	hoch belastete Hypoidgetriebe sowie für einige Schaltgetriebe (nach Firmenvorschrift)

Öle für automatische Getriebe und Hydraulikaggregate

DIN 51524, Teil 1, 2 und 3: 2017-06

ATF-Öle (**A**utomatic **T**ransmission **F**luid) müssen Kräfte hydrodynamisch, formschlüssig und kraftschlüssig übertragen. Sie benötigen hohe Schmierfilmfestigkeit, Oxidationsstabilität, niedrigen Stockpunkt, geringe Schaumbildung und einen hohen Viskositäts-Index. Es gibt keine einheitliche Norm für ATF-Öle. Die Anwenderfirmen erstellen **Firmenspezifikationen**, die die Anforderungen beschreiben oder bestimmte Öle zulassen.

Schmierfette

Begriff	Erklärung
Schmierfett	Schmierfette sind eingedickte **Grundöle** (Mineralöle oder vollsynthetische Öle). Als **Verdicker** dienen meist Seifen (Li-, Na-, Ca-, Ba-, Al-Seifen). **Additive** (Wirkstoffe) werden zugesetzt, um bestimmte Eigenschaften zu verbessern.
Tropfpunkt	Temperatur, bei der der erste Tropfen des schmelzenden Fettes sichtbar wird
Walkpenetration	Maß für die Verformbarkeit (Konsistenz) des Fettes, festgelegt in Konsistenzklassen nach **NLGI** (**N**ational **L**ubricating **G**rease **I**nstitut). Die Prüfung erfolgt mit einem Prüfkegel, dessen Eindringtiefe in das durchgeknetete (gewalkte) Fett in 0,1 mm Schritten gemessen wird.

Schmierfettaufbau

Grundöle	Verdicker	Additive
Mineralöle: paraffinisch, naphtenisch, aromatisch **Syntheseöle:** Olefin-Polymerisate, Alkylaromaten, Alkohole, Ether, Ester, Silikon, Fluorkohlenwasserstoffe, Perlfluorether	**Seifen:** Normal-, Komplex- und Hydroxiseifen **Organische Verdicker** (seifenfrei): Teflon, Polyharnstoffe, Polyethylen **Anorganische Verdicker:** Bentonite (Tonerde), Aerosile (SiO_2)	Hochdruckzusätze, Verschleißzusätze, Reibungsverminderer, Haftungsverbesserer, Oxidations- und Korrosionsverminderer **Festschmierstoffe:** Molybdändisulfid, Grafit

Kompressor-Öle für Klimaanlage[1)]

Für Klimaanlagen werden verschiedene Öltypen verwendet. Dabei sind generell die Herstellervorschriften zu berücksichtigen. PAG-Öle sind vollsynthetische Öle auf Basis von Polyalkylenglykol, sie sind stark hygroskopisch und daher nur begrenzt lagerfähig. Für das Kältemittel R1234yf sind spezielle PAG-Öle mit Zusatz „YF" erhältlich, die auch rückwärtskompatibel zu R134a sind. PAO-Öle sind nicht hygroskopisch und können teilweise anstelle von PAG-Ölen verwendet werden.

Öltyp	Einsatz	Bemerkung
PAG-Öle für Kältemittel R134a	Es gibt unterschiedliche PAG-Öle für den Einsatz beim Kältemittel R134a mit verschiedenen Fließeigenschaften (Viskositäten). PAG-Öle sind hygroskopisch. Daher können angebrochene Dosen nicht lange aufbewahrt werden.	Standard PAG-Öle sind nicht geeignet für Kältemittel R1234yf und elektrisch angetriebene Klimakompressoren.
PAG-Öl YF für Kältemittel R1234yf und R134a	Es gibt weiterhin unterschiedliche PAG-Öle für den Einsatz beim Kältemittel R1234yf mit verschiedenen Fließeigenschaften (Viskositäten). Das Besondere an diesen PAG-Ölen […] ist, dass diese nicht nur für den Einsatz mit dem Kältemittel R1234yf geeignet sind, sondern auch mit dem Kältemittel R134a verwendet werden können. PAG-Öle sind hygroskopisch. Daher können angebrochene Dosen nicht lange aufbewahrt werden.	PAG Öl YF ist sowohl für Kältemittel R1234yf als auch für R134a geeignet.
PAG-Öl SP-A2 für Kältemittel R1234yf und R134a	Für die Verwendung in elektrischen Klimakompressoren […]	
PAO-Öl für Kältemittel R134a, teilweise für Kältemittel R1234yf und weitere Kältemittel	Alternativ anstelle der unterschiedlichen PAG-Öle, die für R134a angeboten werden, verwendbar (mit dem Vorteil, dass es nicht hygroskopisch ist, d. h., es nimmt im Gegensatz zu anderen Ölen keine Feuchtigkeit aus der Umgebungsluft auf). Die zwei verschiedenen PAO-Öle (AA1 und AA3) […] sind zusammen mit vielen verschiedenen Kältemitteln einsetzbar […].	Das PAO-Öl AA1 Clearversion (ohne Lecksuchmittel) kann auch mit dem Kältemittel R1234yf und auch in elektrisch betriebenen Klimakompressoren in Hybrid- und Elektrofahrzeugen verwendet werden.

[1)] Quelle: MAHLE Aftermarket GmbH: „Klimakompressor-Öl PAG- und PAO-Öle", veröff. 02/2020 unter: https://www.mahle-aftermarket.com/media/homepage/facelift/media-center/klima/thermokampagne/3-1-sortimentsbroschuere-klimakompressor-oele-200122-de-screen.pdf [letzter Zugriff: 03.06.2024]; teilw. gekürzt

Kältemittel in Fahrzeug-Klimaanlagen

DIN 8960: 1998-11, DIN EN 378-1: 2021-06

Kurzzeichen	Benennung	Summenformel	Siedepunkt in °C	GWP[1)]	Eigenschaften	Verwendung in Klimaanlagen
R 134a	Tetrafluorethan	CH_2FCF_3	– 26	1430	ungiftig, nicht brennbar, farblos, fast geruchlos, Selbstentzündungstemperatur: 743 °C, nicht ozonabbauend	Sicherheitsgruppe A1; wurde als Kältemittel in Fahrzeug-Klimaanlagen verwendet; seit 2011 für neue Fahrzeugtypen nicht mehr zulässig, weil durch EU-Richtlinie 2006/40/EG verboten (Verbot von fluorierten Treibhausgasen mit einem GWP-Wert von über 150; R134a hat einen GWP-Wert von 1430)
R 1234 yf	Tetrafluorpropen	$C_3H_2F_4$	– 26	4	farb- und geruchlos, hoch entzündlich; leicht brennbar, Selbstentzündungstemperatur: 405 °C, nicht ozonabbauend, bei einer Verbrennung Freisetzung von ätzender Flusssäure.	Sicherheitsgruppe A2; seit dem Jahr 2017 in Fahrzeug-Klimaanlagen eingesetzt (da GWP < 150)
R 744	Kohlenstoffdioxid	CO_2	– 78	1	gering giftig, farb- und geruchlos, nicht brennbar, Selbstentzündungstemperatur: nicht bestimmt, nicht ozonabbauend	Sicherheitsgruppe A1; als Kältemittel in Fahrzeug-Klimaanlagen; kann bei der Entleerung des Kältemittelkreislaufs in die Umwelt entweichen, da es ungiftig ist; deutlich geringeres Treibhauspotenzial (GWP = 1); kann aufgrund seiner Eigenschaften nicht als Ersatz in Klimaanlagen, die mit R123yf oder R134a betrieben werden, zum Einsatz kommen, und umgekehrt

[1)] GWP – Global Warming Potential: Treibhauspotenzial auf 100 Jahre bezogen

Schmierfettarten für den Einsatz in Kraftfahrzeugen

Schmierfettart	Einsatztemperaturbereich in °C	Besondere Eigenschaften und Verwendung
Hectorite-Schmierfette	bis etwa +150	Seifenloses Mehrzweckfett ohne Tropfpunkt, für wärmebelastete Schmierstellen (z. B. Radlager an Scheibenbremsen)
Lithiumseifen-Schmierfette	–20 bis +130	Ausreichende Wasserbeständigkeit und thermische Belastbarkeit, daher meistbenutztes Universalschmierfett

Bremsflüssigkeit

Begriff	Erklärung
Trockensiedepunkt	Siedetemperatur der Bremsflüssigkeit ohne Wasseranteil
Nasssiedepunkt	Siedetemperatur der Bremsflüssigkeit mit etwa 3,5 % Wasseranteil
DOT	**D**epartment **of** **T**ransportation (amerikanische Verkehrsministerium)
SAE	**S**ociety of **A**utomotive **E**ngineers (Vereinigung von Automobilingenieuren in den USA)

Anforderungen an Bremsflüssigkeiten nach den DOT-Klassen und nach SAE J 1703: 2024-03

Anforderung	DOT 3	DOT 4	DOT 5 und DOT 5.1	SAE J 1703	ISO 4925
Trockensiedepunkt in °C (mindestens)	205	230	260	205	205
Nasssiedepunkt in °C (mindestens)	140	155	180	140	140
Maximale Kälteviskosität bei –40 °C in mm^2/s	1500	1800	900	1800	1500

Siedetemperatur von Bremsflüssigkeiten in Abhängigkeit vom Wassergehalt

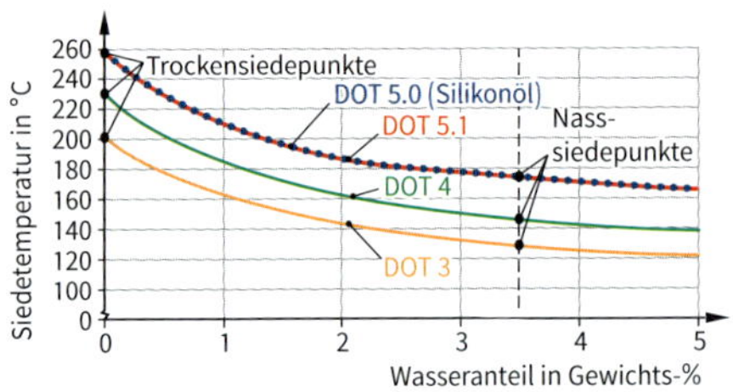

Kühlmittel

Begriff	Erklärung
Eisflockenpunkt	Temperatur, bei der die Ausscheidung von Eiskristallen beginnt
Glykol	Kurzname für Ethylenglykol ($C_2H_6O_2$), setzt den Gefrierpunkt des Wassers herab und erhöht den Siedepunkt
Korrosions-verminderer	Zusätze, die das Glykol vor Oxidation schützen, um Korrosion zu vermeiden

Eisflocken- und Siedepunkte für Glykol-Wasser-Gemische		
Glykolanteil in Volumen-%	Eisflockenpunkt in °C	Siedepunkt in °C
10	–4	101
20	–10	102
30	–18	104
40	–28	106
50	–41	108

Lkw über 7,5 t mit Anhänger

Räder und Reifen	Reifen-Luftdruck und Profiltiefe prüfen, Fremdkörper entfernen, Reifen und Felgen auf Beschädigungen kontrollieren
Dichtheitsprüfung	Motor, Getriebe, Lenkung, Antriebsachsen, Zentralschmieranlage, Hydraulikanlagen (z. B. Kipper)
Betriebsstoffe	**Füllstände kontrollieren:** Motor: Ölstand, Kühlflüssigkeitsstand Batterie: Säurestand Hydraul. Kupplung: Flüssigkeitsstand Servolenkung: Flüssigkeitsstand Scheibenwaschanlage: Flüssigkeitsstand Zentralschmieranlage: Schmiermittelstand
Beleuchtung	Jeweils auf Funktion, Sauberkeit und Beschädigungen prüfen: **Front:** Scheinwerfer für Abblendlicht und Fernlicht, Begrenzungsleuchten, Fahrtrichtungsanzeiger, ggf. Nebelscheinwerfer **Heck/Anhänger:** Schlussleuchten, Bremsleuchten, Nebelschussleuchten, Rückfahrscheinwerfer, Fahrtrichtungsanzeiger, Kennzeichenleuchten, Rückstrahler **Seitlich:** Fahrtrichtungsanzeiger, Umrissleuchten, Rückstrahler **Sonstige:** ggf. Parkleuchten, Arbeitsscheinwerfer, Suchscheinwerfer
Aufbau	**Rückspiegel und Rampenspiegel:** reinigen und einstellen **Aufbauten, Planen, Bordwände:** Befestigungen und Verschlüsse prüfen, Fahrerhausverriegelung kontrollieren
Verbindungen zum Anhänger	Anhängerkupplung auf festen Sitz sowie das Längsspiel und die Sicherungseinrichtung prüfen; Schläuche, Kupplungsköpfe und Verbindungsleitungen auf Beschädigungen, Dichtheit und festen Sitz prüfen
Scheibenwischer	Wischerblätter, Scheibenwaschanlage prüfen, Scheibenwaschdüsen prüfen, ggf. einstellen
Druckluftbehälter	Kondenswasser ablassen, Behälter auf Beschädigungen und festen Sitz prüfen
Kennzeichen	Auf Sauberkeit und festen Sitz prüfen; Zulassungsstempel, HU-Plakette, AU-Plakette, SP-Marke prüfen
Bremssystem	**Druckanstieg prüfen:** max. 30 s für Druckanstieg von 6 bar auf 6,5 bar **Abschaltdruck prüfen** **Dichtheitsprüfung bei Vorratsdruck** bei unbetätigter Bremse Druckabfall max. 0,1 bar nach 10 min, bei Teilbremsung kein Druckabfall nach 3 min **Druckabfall prüfen** bei Vollbremsung max. 0,7 bar **Feststellbremse und Kontrolleinrichtung prüfen** **Warneinrichtungen kontrollieren** **Bremsprobe bei etwa 20 km/h durchführen**
Kraftstoffvorrat	Kraftstoffvorratsanzeige ablesen
Lenkung	Leerweg am Lenkrad prüfen (max. 30 mm)
EG-Kontrollgerät/ digitaler Tachograph	Kontrolle der Uhrzeit und der Funktionsfähigkeit des Kontrollgerätes, Schaublatt muss ausgefüllt und eingelegt sein, Ersatzschaublätter
Generatorkontrolllampe	Kontrollieren, ob Generatorkontrolllampe nach dem Starten des Motors erlischt
Motoröldruckkontrolle	Kontrollieren, ob Öldruckkontrolllampe nach dem Anlassen des Motors erlischt
Kontrollanzeigen	Kontrollanzeigen der Instrumententafel beobachten, ggf. Betriebsanleitung heranziehen
Zubehör	Verbandkasten, Warndreieck, Warnweste, Warnlampe, Unterlegkeile jeweils auf Vollständigkeit, Funktion und Zugänglichkeit kontrollieren Je nach Transport und Fahrzeug zusätzlich z. B. Ersatzrad, Werkzeug, Feuerlöscher, Schneeketten kontrollieren
Papiere und Dokumente	Persönliche Papiere sowie die Papiere für das Fahrzeug und für den Transport jeweils auf Vollständigkeit und Gültigkeit kontrollieren

Lenk- und Ruhezeiten

VO (EG), AETR-Abkommen: 20.9.2010, FpersV, ArbZG

Vorschriften		EU-Regelungen (VO (EG) 561/2006)	Nationale Vorschriften	
			Fahrpersonal-Verordnung (FpersV)	Arbeitszeitgesetz (ArbZG)
Anwendungsbereich		Fahrzeuge zur Güter-Beförderung mit zul. Gesamtmasse **über 3,5 t** Omnibusse im Gelegenheitsverkehr und Linienbusse mit Linienlängen von mehr als 50 km	Fahrzeuge zur Güterbeförderung mit zul. Gesamtmasse **über 2,8 t bis 3,5 t** Linienbusse mit Linienlängen unter 50 km	Fahrzeuge, die von den EU-Regelungen und der Fahrpersonalverordnung freigestellt sind
Mindestalter des Fahrers/der Fahrerin		bis 7,5 t: 18 Jahre über 7,5 t: 21 Jahre	18 Jahre	18 Jahre
Lenkzeit	täglich [1]	9 h 2 x je Woche 10 h	max. 9 h 2 x je Woche 10 h	–
	wöchentlich	max. 56 h	durchschnittlich 45 h	–
	je Doppelwoche	max. 90 h	max. 90 h	–
Fahrtunterbrechung	nach höchstens	4,5 h	4,5 h	6 h
	für mindestens	45 min [2]	45 min [2] 30 min [2] für Linienbusse	45 min
Tägliche Ruhezeit mindestens	1 Fahrer/-in	11 h [3]	11 h [3]	11 h
	2 Fahrer/-innen [4]	9 h innerhalb eines Zeitraums von 30 h	8 h innerhalb eines Zeitraums von 30 h	–
Wöchentliche Ruhezeit mindestens [5]		45 h	45 h	–
Arbeitszeit	täglich	durchschnittlich 8 h max. 10 h	durchschnittlich 8 h max. 10 h	durchschnittlich 8 h max. 10 h
	wöchentlich	durchschnittlich 48 h max. 60 h	durchschnittlich 48 h max. 60 h	durchschnittlich 48 h max. 60 h
Arbeitszeitnachweise		**Güterverkehr und Omnibusse:** EG-Kontrollgerät **Linienbusse:** EG- Kontrollgerät oder Linienfahrplan, Arbeitszeitplan	**Güterverkehr:** Tageskontrollblätter oder EG-Kontrollgerät oder Fahrtenschreiber nach § 57a StVZO **Linienbusse:** Fahrtenschreiber nach § 57a StVZO oder EG-Kontrollgerät	**bis 7,5 t:** Betriebliche Aufzeichnungen **über 7,5 t:** Fahrtenschreiber nach § 57a StVZO oder EG-Kontrollgerät

Anmerkungen:
1) Es gilt die Lenkzeit zwischen zwei Ruheperioden. Dadurch sind an einem Tag Lenkzeiten von mehr als 10 h möglich.
2) Aufteilung in einem Abschnitt von 15 min gefolgt von einem Abstand von 30 min zulässig.
3) 9 h 3-mal zwischen 2 wöchentlichen Ruhezeiten.
12 h bei Aufteilung in max. 2 Blöcke, zuerst 3 h, dann 9 h.
4) Die Tagesruhezeit darf nicht im fahrenden Fahrzeug genommen werden.
5) Eine Verkürzung der wöchentlichen Ruhezeit auf 24 h ist möglich, wenn innerhalb von 2 Wochen 2 Ruhezeiten von 45 h oder eine Ruhezeit von 45 h zuzüglich einer Ruhezeit von mind. 24 h eingehalten werden (Ausgleich innerhalb von 3 Wochen erforderlich).

Zurrmittel

DIN EN 12195, Teil 2: 2001-02

Aufbau von Zurrgurten	Kennzeichnung von Zurrgurten (Etikett)		
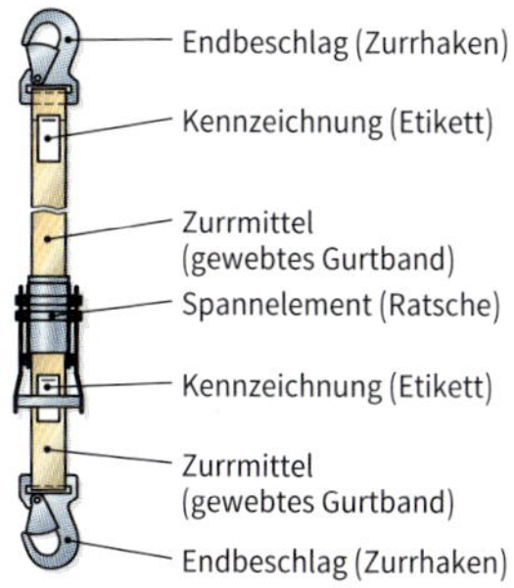	Zurrkraft LC (Zulässige Zugkraft)		Höchstkraft zur Verwendung im geraden Zug, für die ein Zurrgurt im Gebrauch ausgelegt ist
	Normale Handkraft S_{HF}		Handkraft, die zum Spannen aufgewendet werden muss (max. 50 daN)
	Normale Spannkraft S_{TF}		Kraft, die im Zurrmittel verbleibt, wenn der Griff der Ratsche losgelassen wurde
	Gurtbandwerkstoffangabe	PA	Polyamid (grünes Etikett)
		PES	Polyester (blaues Etikett)
		PP	Polypropylen (braunes Etikett)
	Strichcode		Rückverfolgbarkeitscode des Herstellers
	Datum		Herstellungsjahr

Reibwerte

VDI-Richtlinie 2700

Die angegebenen Reibwerte beziehen sich auf eine Ladefläche, die frei von Verschmutzungen ist. Im Zweifel soll aus Sicherheitsgründen der niedrigste Tabellenwert angenommen werden.

Werkstoffpaarung	Reibwerte μ		
	trocken	nass	fettig
Holz/Holz	0,20 … 0,50	0,20 … 0,25	0,05 … 0,15
Metall/Holz	0,20 … 0,50	0,20 … 0,25	0,02 … 0,10
Metall/Metall	0,10 … 0,25	0,10 … 0,20	0,01 … 0,10
Beton/Holz	0,30 … 0,60	0,30 … 0,50	0,10 … 0,20

Bei Verwendung von **Anti-Rutsch-Matten** kann ein Reibwert von μ = **0,60** angenommen werden.

Kraftschlüssige Ladungssicherung (Niederzurren)

Tabelle zur vereinfachten Bestimmung der Anzahl der erforderlichen Zurrmittel

	Masse der Ladung	1 t			2 t			3 t			4 t			6 t			8 t			12 t			16 t		
Vorspannkraft	Zurrwinkel α in ° / Reibwert μ	35	60	90	35	60	90	35	60	90	35	60	90	35	60	90	35	60	90	35	60	90	35	60	90
250 daN	0,2…0,3	8	6	5	16	11	9	24	16	14	31	21	18	47	31	27									
	0,6	2	2	2	4	3	2	5	4	3	7	5	4	10	7	6									
500 daN	0,2…0,3	4	3	3	8	6	5	12	8	7	16	11	9	24	16	14	31	21	18						
	0,6	2	2	2	2	2	2	3	2	2	4	3	2	5	4	3	7	5	4						
750 daN	0,2…0,3	3	2	2	6	4	3	8	6	5	11	7	6	16	11	9	21	14	12	31	21	18	42	28	24
	0,6	2	2	2	2	2	2	2	2	2	3	2	2	4	3	2	5	3	3	7	5	4	9	6	5
1000 daN	0,2…0,3	2	2	2	4	3	3	6	4	4	8	6	5	12	8	7	16	11	9	24	16	14	31	21	18
	0,6	2	2	2	2	2	2	2	2	2	2	2	2	3	2	2	4	3	2	5	4	3	7	5	4

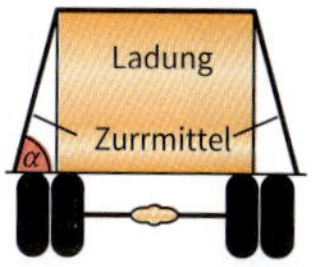

Hinweise zur Verwendung der Tabelle

Masse der Ladung	Liegt die tatsächliche Masse der Ladung zwischen zwei Tabellenwerten, so ist der nächsthöhere Wert aus der Tabelle auszuwählen.	
Vorspannkraft	Die Vorspannkraft richtet sich nach dem vorhandenen Zurrmittel. Sie darf 50 % der zulässigen Zugkraft nicht überschreiten.	
Zurrwinkel	Liegt der vorhandene Zurrwinkel α zwischen 35 und 60° bzw. zwischen 60 und 90°, so ist immer der nächstniedrige Zurrwinkel aus der Tabelle auszuwählen.	
Reibwert	**μ = 0,3:**	Der Reibwert kann nur angenommen werden, wenn die Ladefläche frei von Öl, Fett und anderen Verunreinigungen ist.
	μ = 0,6:	Der Reibwert kann nur mit Anti-Rutsch-Matten erreicht werden.

Formschlüssige Ladungssicherung (Diagonalzurren)

Tabelle zur vereinfachten Bestimmung der zulässigen Zugkraft

Masse der Ladung in kg	4 Zurrmittel mit einer zulässigen Zugkraft in daN im direkten Strang von je – Reibwert $\mu = 0{,}2$	Reibwert $\mu = 0{,}3$	Reibwert $\mu = 0{,}6$
49 600			6 400
38 750			5 000
32 500		16 000	
31 000			4 000
23 500			3 000
20 250		10 000	
19 350			2 500
18 000	16 000		
17 000		8 400	
15 500			2 000
13 000		6 400	
11 250	10 000		
10 000		5 000	
9 300	8 400		
8 000		4 000	
7 750			1 000
7 250	6 400		
6 000		3 000	
5 800			750
5 500	5 000		
5 000		2 500	
4 500	4 000		
4 000		2 000	
3 850			500
3 250	3 000		
2 750	2 500		
2 250	2 000		
2 000		1 000	
1 900			250
1 500		750	
1 000	1 000	500	
750	750		
500	500	250	
250	250	125	125
125	125		

Hinweise zur Verwendung der Tabelle

Masse der Ladung	Liegt die tatsächliche Masse der Ladung zwischen zwei Tabellenwerten, so ist der nächsthöhere Wert aus der Tabelle auszuwählen.
Zurrmittel	Es werden immer 4 Zurrmittel verwendet.
Reibwert	Der Reibwert $\mu = 0{,}6$ darf nur bei Verwendung von Anti-Rutsch-Matten angenommen werden.
Zulässige Zugkraft	Wenn in der Zeile mit der Masse der Ladung kein Wert für die zulässige Zugkraft vorhanden ist, so ist der nächsthöhere Wert anzunehmen.
Zurrwinkel	Ein Vertikalwinkel α von 20 bis 65° muss eingehalten werden.
	Ein Horizontalwinkel β von 6 bis 55° muss eingehalten werden.

Variante zur Anordnung der Zurrwinkel

Variante 1

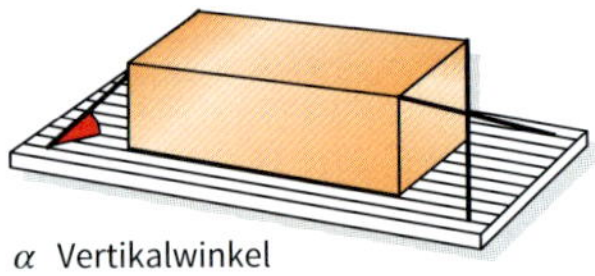

α Vertikalwinkel

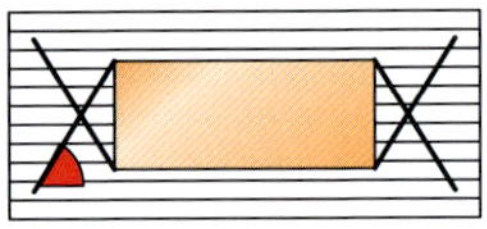

β Horizontalwinkel

Variante 2

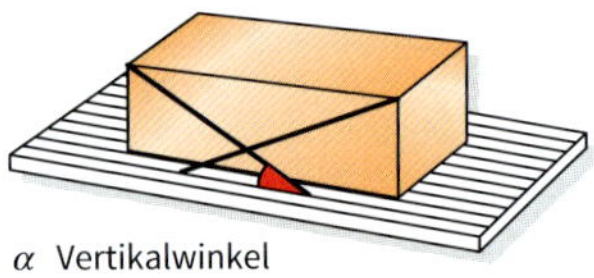

α Vertikalwinkel

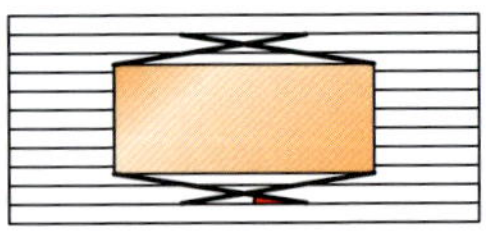

β Horizontalwinkel

Variante 3

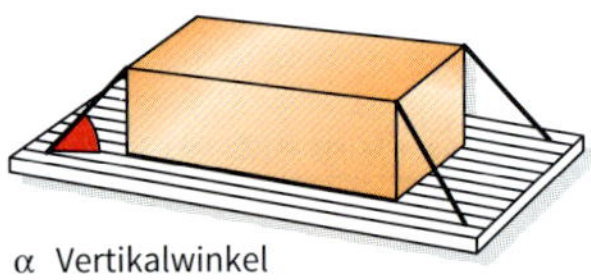

α Vertikalwinkel

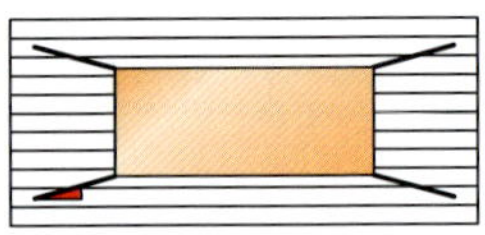

β Horizontalwinkel

Farben und Farbkennzeichnung von elektrischen Leitungen

DIN 72551, Teil 7: 2014-12, DIN EN IEC 60757: 2023-10

Die Farbkennzeichnung von elektrischen Leitungen für Kraftfahrzeuge erfolgt durch maximal zwei Farben, durch die Grundfarbe und die Kennfarbe.

Farbenart	Erklärung
Grundfarbe	Farbe, die die gesamte Oberfläche oder den überwiegenden Anteil der Oberfläche einer Leitung bedeckt. Sie dient zur Feststellung des Verwendungszwecks, z. B. Fernlicht (WS: weiß).
Kennfarbe	Farbe, die durch Längsstreifen dargestellt wird und einen deutlich geringeren Anteil der Oberfläche bedeckt als die Grundfarbe. Sie dient zur Identifizierung der Leitung, z. B. Fernlicht rechts (SW: schwarz).

Grundfarbe nach DIN IEC 60304		Kurzzeichen		Kennfarbe										
				DE	WS	GE	GR	GN	RT	VI	BR	BL	SW	OR
DE	EN	DE	EN	EN	WH	YE	GY	GN	RD	VT	BN	BU	BK	OG
weiß	white	WS	WH			O	X	O	X	O	X	X	X	–
gelb	yellow	GE	YE		O		X	SL	X	O	X	X	X	–
grau	grey	GR	GY		O	O		X	X	O	X	–	–	O
grün	green	GN	GN		X	SL	X		O	O	X	X	X	O
rot	red	RT	RD		X	X	X	X		–	O	X	X	O
violett	violett	VI	VT		O	O	O	O	–		O	O	O	–
braun	brown	BR	BN		X	X	O	X	–	O		O	X	–
blau	blue	BL	BU		X	X	O	X	X	O	O		–	–
schwarz	black	SW	BK		X	X	O	X	X	O	O	O		O
orange	orange	OR	OG		O	O	O	O	–	O	–	O	O	

X: Anwendung wird empfohlen
O: Anwendung mit Einschränkung
–: Anwendung wird nicht empfohlen
SL: Anwendung der Farbkombination nur für Schutzleiter

Beispiel für die Farbkennzeichnung:
Zweifarbige einadrige Leitung

WSSW

Grundfarbe weiß (Fernlicht)
Kennfarbe schwarz (Fernlicht rechts)

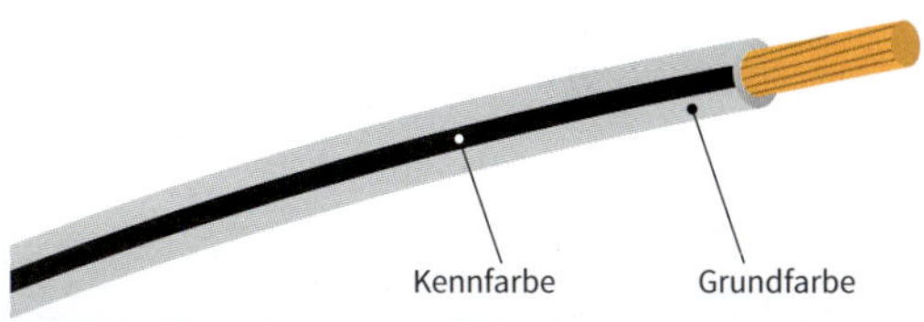

Die Farbkennzeichnung wird ohne Zwischenraum angegeben.

Beispiel für die Farbkennzeichnung:
Mehradrige Leitung

WSGN + BLSW

Grundfarbe weiß (Blinker)
Kennfarbe grün (Blinker vorn/hinten links)
Grundfarbe blau (Abblendlicht)
Kennfarbe schwarz (Abblendlicht rechts)

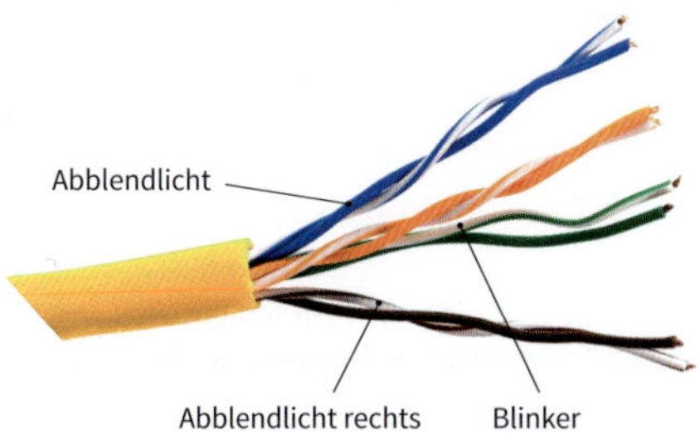

Bei der Farbkennzeichnung mehradriger Leitungen erfolgt die Trennung der Adern durch ein Pluszeichen (+).

Twisted-Pair-Kabel (Verdrillte Leitung)

Bei Twisted-Pair-Kabeln (engl. twisted: verdrillt; pair: Paar) handelt es sich um Kabel für die Signal- und Datenübertragung, in denen die Adern paarweise miteinander verdrillt sind.

Erklärung	Abbildung
Verdrillte Adernpaare bieten gegenüber parallel geführten Adern einen besseren Schutz gegen elektrische und magnetische Störfelder. Durch das Verdrillen heben sich Beeinflussungen durch äußere Felder größtenteils gegenseitig auf.	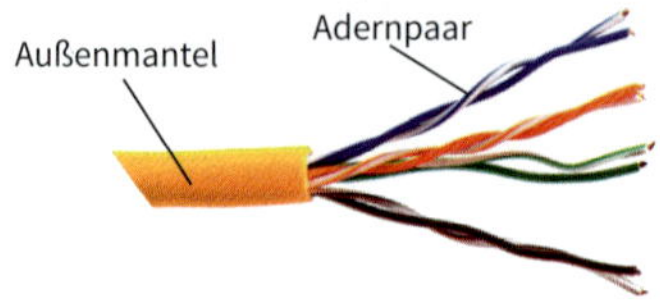

Lichtwellenleiter

Lichtwellenleiter (LWL) bestehen aus Lichtleitern und können mit Steckverbindern konfektioniert sein. Die Fasern des LWL sind aus Quarzglas oder Kunststoff hergestellt. Sie sind umgeben von Schutzschichten aus Kunststoff. Eine Anwendung von LWL in der Fahrzeugtechnik stellt der MOST-Bus (Media Oriented Systems Transport) dar, der als serielles Bussystem der Übertragung von Audio-, Video-, Sprach- und Datensignalen dient und als Ringtopologie ausgeführt ist.

Siebenadrige Verbindungsleitung für 7-polige Steckvorrichtung

Farbe	Querschnitt	Belegung
rot	1,5 mm²	Bremslicht
blau	1,5 mm²	Druckluftventil bzw. Nebelschlussleuchte
grün	1,5 mm²	rechte Blinkleuchte
gelb	1,5 mm²	linke Blinkleuchte
braun	1,5 mm²	rechte Schlussleuchte
schwarz	1,5 mm²	linke Schlussleuchte
weiß	2,5 mm²	gemeinsamer Rückleiter (Masse)

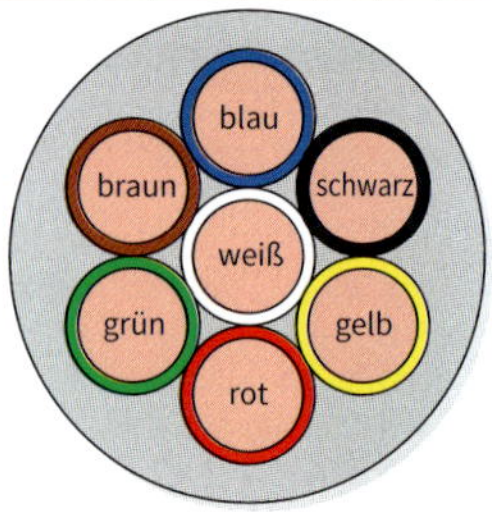

Starthilfekabel für Straßenfahrzeuge mit Verbrennungsmotor

DIN 72553: 1994-04

Die DIN 72553 betrifft Starthilfekabel für Personenkraftwagen und leichte Nutzkraftwagen bis 3500 kg zulässiges Gesamtgewicht mit elektrischen Anlagen von 12 bzw. 24 V.

Die **Starthilfekabel** dienen der vorübergehenden Übertragung der zum Starten von Verbrennungsmotoren notwendigen Energie von einer Spenderbatterie. Sie bestehen aus zwei elektrisch isolierten, flexiblen Niederspannungsleitungen und vier mit den Leitungsenden fest verbundenen, isolierten Polzangen.
Die **Polzangen** müssen voll isoliert sein. Jeweils zwei Polzangen, die mit einer Leitung fest verbunden sind, müssen eine rote bzw. schwarze Farbkennzeichnung aufweisen. Die Leitungen können in der jeweils entsprechenden Farbe ausgeführt sein.

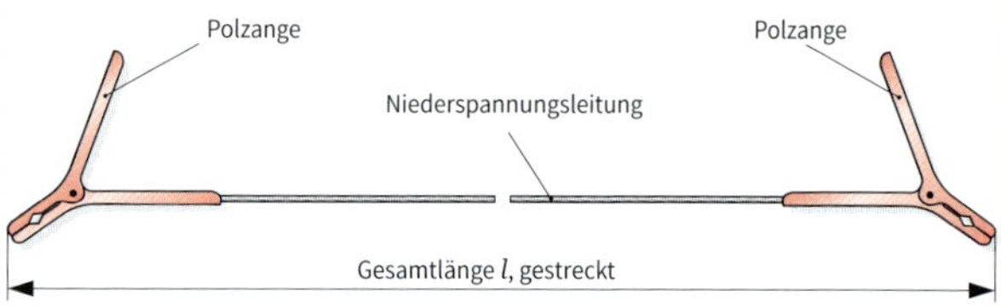

Nennleiterquerschnitt und Gesamtlänge

Typ	Nennleiter-querschnitt mm²	l gestreckt mm ± 50 mm
16	16	3000
25	25	3500
35	35	4500

Anwendung

Typ	Ottomotor 12 V und 24 V	Dieselmotor 12 V und 24 V
	Hubraum des Motors in dm³	
16	bis 2,5	–
25	bis 5,5	bis 3,0
35	bis 7,0	bis 4,0

„–“ bedeutet, dass dieser Typ nicht bei Dieselmotoren angewendet werden darf.

Bezeichnung eines Starthilfekabels Typ 16: **Starthilfekabel DIN 72553-16**

Starthilfekabel sind mit folgenden Angaben zu kennzeichnen:

- Name oder Zeichen des Herstellers bzw. Lieferers oder Importeurs
- Typbezeichnung
- Entspricht das Starthilfekabel der Norm, so kann dies nur durch das DIN-Geprüft-Zeichen gekennzeichnet werden.

DIN Geprüft

Gebrauchsanleitung für Starthilfekabel

DIN 72553: 1994-04

1. Dieses Starthilfekabel Typ 16/25/35*) ist für Ottomotoren mit einem Hubraum von max. 2,5/5,5/7 dm^3*) und Dieselmotoren*) mit einem Hubraum von 3/4 dm^3*) zugelassen.
2. Die Kapazität der Strom gebenden Starterbatterie (z. B. 45 Ah) darf nicht wesentlich unter der der entladenen Starterbatterie liegen.
3. Es dürfen nur Batterien gleicher Nennspannung (z. B. 12 V) mit dem Starthilfekabel verbunden werden.
4. Zwischen den Fahrzeugen darf kein Karosseriekontakt bestehen oder hergestellt werden.
5. Zündquellen (z. B. offenes Licht, brennende Zigarren, Zigaretten oder elektrische Funken) sind von den Starterbatterien fernzuhalten (Verpuffungsgefahr).
6. Nicht über Starterbatterien beugen (Verätzungsgefahr). Der Elektrolyt der entladenen Starterbatterie ist auch bei niedrigen Temperaturen flüssig.
7. Die entladene Starterbatterie darf bei oder für Starthilfe nicht vom dazugehörenden Bordnetz getrennt werden.
8. Der Startschalter der Fahrzeuge muss vor dem Anklemmen der Starthilfekabel ausgeschaltet sein.
   Feststell-Bremshebel müssen angezogen werden. Bei Schaltgetrieben Schalthebel in Leerlauf-Stellung und bei Automatikgetrieben Wählhebel in Stellung „P" stellen.
9. Die Leitungen des Starthilfekabels so legen, dass diese nicht von drehenden Teilen im Motorraum erfasst werden können.
10. An- und Abklemmen der Leitungen des Starthilfekabels:
    a) **Anklemmen**
    Leitung mit roten Polzangen zuerst am Pluspol der entladenen Starterbatterie (s. Abb., Position **1**) und dann am Pluspol der Spenderbatterie (s. Abb., Position **2**) anklemmen. Anschließend Leitung mit schwarzen Polzangen am Minuspol der Spenderbatterie (s. Abb., Position **3**) und dann an die Fahrzeugmasse des liegen gebliebenen Fahrzeugs, z. B. an einem Masseband oder einer anderen blanken Stelle am Motorblock (s. Abb., Position **4**) so weit wie möglich von der Starterbatterie entfernt anklemmen, um das Zünden von möglicherweise entwickeltem Knallgas zu verhindern.
    b) **Starten**
    Nach dem Anklemmen der Leitungen ist der Motor des Spenderfahrzeugs zu starten und auf mittlere Drehzahl zu bringen. Anschließend den Motor des liegen gebliebenen Fahrzeugs starten.
    Nach jedem Startversuch, der nicht länger als 15 Sekunden dauern soll, ist eine Wartezeit von mindestens 1 Minute einzulegen. Nach erfolgreichem Starten des Motors des liegen gebliebenen Fahrzeugs 2 bis 3 Minuten warten, bis dieser rundläuft.
    c) **Abklemmen**

    Anmerkung: Vor dem Abklemmen der Starthilfekabel ist ein elektrischer Verbraucher des Nehmerfahrzeugs, z.B. Gebläse oder Heckscheibenheizung, einzuschalten. Dadurch werden Spannungsspitzen vermieden, die während des Abklemmens entstehen könnten.

    Das Starthilfekabel in umgekehrter Reihenfolge des Anklemmens abklemmen.
    Zuerst die schwarze Polzange vom Masseband oder Motorblock (s. Abb., Position **4**) des liegen gebliebenen Fahrzeugs abnehmen. Dann die andere schwarze Polzange vom Minuspol der Spenderbatterie abnehmen (s. Abb., Position **3**). Anschließend die beiden roten Polzangen in beliebiger Reihenfolge abnehmen (s. Abb., Positionen **1** und **2**).
    Beim Entfernen der Leitungen des Starthilfekabels darauf achten, dass diese nicht in Kontakt mit sich drehenden Teilen der Motoren kommen.

    Anmerkung: Bei Starthilfekabeln, die eine zusätzliche kodierte Steckverbindung aufweisen, kann das An- und Abklemmen beliebig erfolgen, wenn diese Steckverbindung getrennt ist.

Reihenfolge beim Anklemmen der Polzangen

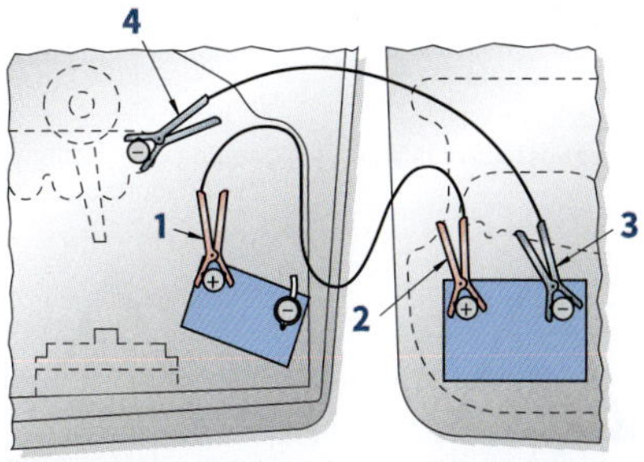

liegen gebliebenes Fahrzeug (Empfängerbatterie) — Spenderbatterie

*) Entsprechenden Starthilfekabel-Typ 16, 25 oder 35, Motorart und Hubraum nach Seite 252 angeben.

Wirkung des elektrischen Stromes auf den menschlichen Körper

DIN IEC/TS 60479, Teil 1: 2007-05

Zeit-Strom-Diagramm für Wechselstrom

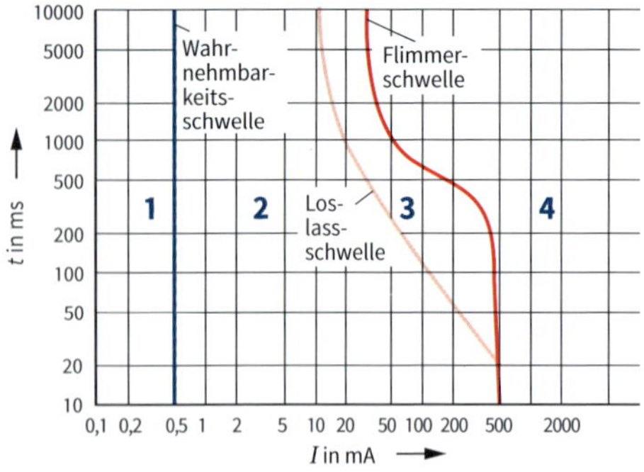

Gefährdungsbereiche bei **Wechselstrom** (50/60 Hz) für erwachsene Personen und Stromweg „linke Hand zu beiden Füßen“

1 keine Reaktion

2 keine physiologisch gefährliche Wirkung

3 bei $t > 10$ s oberhalb der Loslassschwelle Muskelverkrampfungen

4 Herzkammerflimmern, Herzstillstand

Zeit-Strom-Diagramm für Gleichstrom

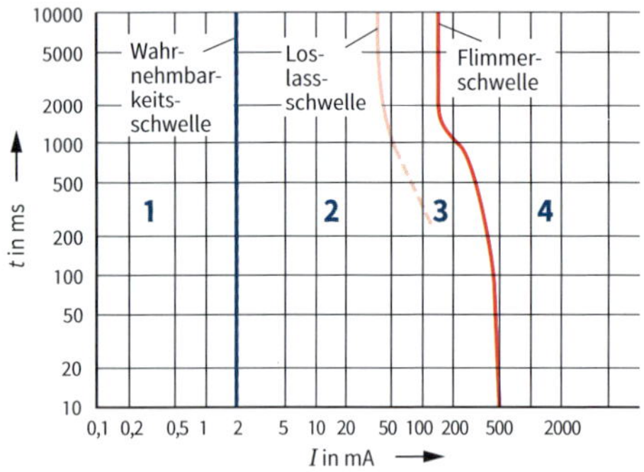

Gefährdungsbereiche bei **Gleichstrom** für erwachsene Personen und Stromweg „linke Hand zu beiden Füßen“

1 keine Wahrnehmung

2 keine physiologisch gefährliche Wirkung

3 mögliche Störungen durch Impulse im Herzen

4 Herzkammerflimmern, Verbrennungen

Sicherheitszeichen für elektrische Anlagen

DIN EN ISO 7010: 2020-07
ASR A 1.3 Regeln für Arbeitsstätten: 2017, DIN 4844, Teil 2: 2015-09

Verbotszeichen P010:
Berühren verboten

Verbotszeichen P031:
Schalten verboten

Zusatzzeichen S001:

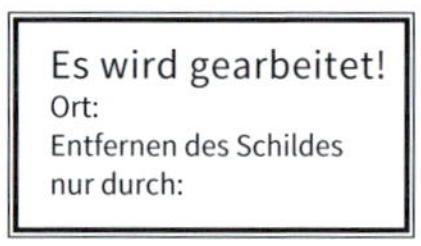

Zusatzzeichen S002:

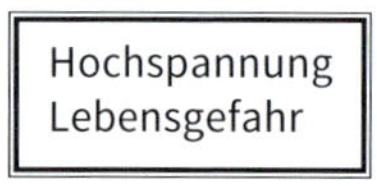

Warnzeichen W012:
Warnung vor
elektrischer Spannung

Warnzeichen W004:
Warnung vor Laserstrahl

Warnzeichen W026:
Warnung vor Gefahren durch
das Aufladen von Batterien

Gebotszeichen M021:
Vor Wartung oder Reparatur
freischalten

Alle Arbeiten am elektrischen Versorgungsnetz (Erweiterungen, Reparaturen) und an elektrischen Geräten müssen unter Berücksichtigung der VDE-Vorschriften von Fachkräften ausgeführt werden!

Unfallverhütungsmaßnahmen für Arbeiten an der elektrischen Anlage des Kraftfahrzeugs

! Vor Reparaturen immer die Minusklemme von der Batterie abklemmen.

! Vor dem Ausbau der Batterie erst die Minusklemme, dann die Plusklemme lösen. Beim Einbau umgekehrt.

! Durchgebrannte Sicherungen im Kraftfahrzeug und im Netz nur durch gleiche ersetzen. Niemals Sicherungen überbrücken.

! Beschädigte Stecker, Steckdosen und Zuleitungen niemals verwenden.

! Die Leistung von elektronischen Zündanlagen bedeutet Lebensgefahr bei Berührung durch den Menschen. Das gilt für den Primär- und den Sekundärstromkreis der Zündanlagen. Die gefährlichen Spannungen treten nicht nur an den Bauteilen der Zündanlage, sondern auch am Kabelbaum auf, z. B. am Diagnosestecker, an Steckverbindungen, an den Diagnose- und Testgeräten.

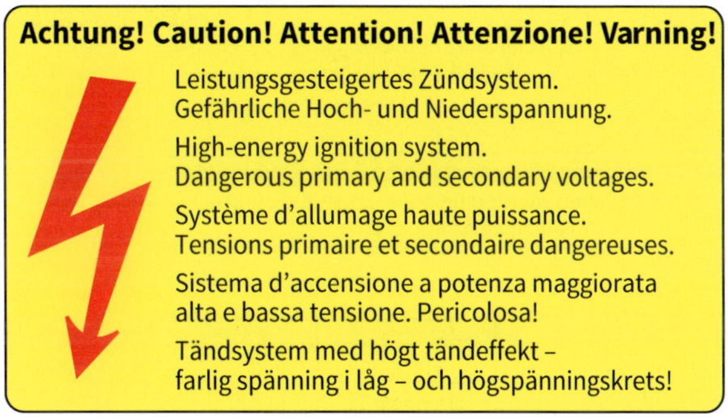

Erste Hilfe bei Unfällen durch elektrischen Strom

! Strom sofort unterbrechen.

! Feststellen, ob Atemstillstand vorliegt: dann Beatmung vornehmen.

! Feststellen, ob Kreislaufstillstand vorliegt: dann neben Beatmung auch mit Herzmassage beginnen.

! Liegt kein Atem- oder Kreislaufstillstand vor: die verünglückte Person in Seitenlage bringen.

! Bei Atem- und Kreislaufstillstand, größeren Verbrennungen, Ohnmacht: schneller Transport ins Krankenhaus.

Gefahren des elektrischen Stroms

Die Gefahren des elektrischen Stroms lassen sich in drei große Bereiche einteilen:

- Unfälle durch den Fluss elektrischen Stroms über den menschlichen Körper (Durchströmungsunfall)
- Verbrennungen durch Einwirkung von Lichtbögen durch die Luft (Funken, Flammbögen, Plasma)
- Brandentstehung aufgrund von Kurzschlüssen, starker Erwärmung elektrischer Bauteile oder Überhitzung elektrischer Geräte

Strom kann im menschlichen Körper zu Herzschädigungen, Atemstörungen, Verbrennungen, Nierenschäden, Nervenschäden, Muskulaturverkrampfung und Schock führen, die auch tödlich enden können.

Gefährdungsbeurteilung

Bei einer Gefährdungsbeurteilung werden Gefährdungen am Arbeitsplatz sowie Arbeitsbedingungen ermittelt und nach Arbeitsschutzgesetz dokumentiert (§§ 5 und 6 ArbSchG). Für die Fahrzeuginstandhaltung werden entsprechende Unterlagen und Arbeitsblätter von der Berufsgenossenschaft Holz und Metall zur Verfügung gestellt.

Elektromagnetische Verträglichkeit (EMV) ist die Eigenschaft eines elektrischen Systems, sich in Nachbarschaft anderer Systeme neutral zu verhalten. Das heißt, es stört diese Systeme nicht und lässt sich auch von diesen nicht stören. Für das Kraftfahrzeug bedeutet dies zum einen, dass die eingebauten verschiedenen Systeme wie Zündanlage, Einspritzsystem, ABS, Autoradio usw. sich gegenseitig nicht beeinflussen dürfen. Zum anderen müssen sich diese Systeme und damit das Kraftfahrzeug als Ganzes neutral in die Umwelt einfügen. Es darf deshalb weder die Systeme anderer Fahrzeuge noch Systeme anderer Art, wie Fernsehen, Rundfunk, Funkdienste usw. stören oder sich von diesen stören lassen.

Die **Funkentstörung** des Fahrzeugs ist in Europa bereits seit 1972 vorgeschrieben (EC-Regelung ECE R10).
Ab dem 1.1.1996 gibt es verbindliche Regelungen für die **elektromagnetische Verträglichkeit** für alle elektrotechnischen Geräte und Anlagen.

Für das **Kraftfahrzeug** gelten folgende **Normen:**
EMV in Straßenfahrzeugen: ISO 7637-Teil 1: 2023-12 und 2: 2011-03, DIN EN IEC 55025 (VDE 0879-2): 2023-11
Funkentstörung von Fahrzeugen: DIN EN 55025 (VDE 0879-2): 2018-03

Entstörklassen	Erklärung
Fernentstörung	Die Fernentstörung ist für alle Kraftfahrzeuge gesetzlich vorgeschrieben (§ 55a StVZO). Sie wird bereits vom Fahrzeughersteller durchgeführt. Ihr Ziel ist es zu verhindern, dass die im Kraftfahrzeug erzeugten Störungen auf andere Fahrzeuge sowie auf Sende- und Empfangsanlagen außerhalb des Kraftfahrzeugs übertragen werden.
Nahentstörung	Die Nahentstörung ist dann notwendig, wenn Sende- und Empfangsanlagen im Kraftfahrzeug betrieben werden sollen. Die Anforderung an die Entstörung und der technische Aufwand sind bei der Nahentstörung höher als bei der Fernentstörung.

Störquellen in einem Kraftfahrzeug (rot):

B2 Signalhorn
B3 Blink-Warnblinkgeber
E1 Zündverteiler
E2 Zündkerzen
G2 Drehstromgenerator
H2 Uhr
M1 Starter
M2 Gebläsemotor
M3 Wischermotor
N1 Generatorregler
S7 Warnblinklichtschalter
S8 Blinkerschalter
T1 Zündspule

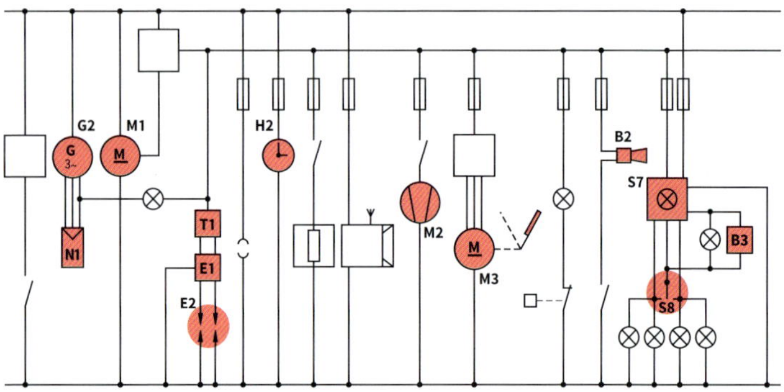

Entstörmittel und ihre Anwendung				
Entstörmittel	Entstörwiderstände	Kondensatoren und Drosselspulen (bzw. Entstörfilter)	Schirmung	Masseverbindungen
Allgemein anwendbar bei	leitungsgebundenen Störungen		Störungen durch elektromagnetische Strahlung	Störungen durch Ausgleich elektrischer Ladungen zwischen Metallteilen mit verschiedenem Potenzial
Bei der Kraftfahrzeugentstörung angewandt für	Hochspannungsteil (z. B. Zündleitungen, Zündverteiler, Zündkerzen)	Niederspannungsteil (z. B. Generator und Regler, Wischermotor usw.)	Hochspannungsteil und Niederspannungsteil (Geräte und Leitungen)	Überbrückung von Übergangswiderständen und Trennfugen zwischen metallischen Fahrzeugteilen (Massebänder)

Entstörwiderstände sind nur ohmsche Widerstände. **Kondensatoren** sind nur kapazitive Widerstände. **Drosselspulen** sind induktive Widerstände mit einem ohmschen Widerstandsanteil. **Entstörfilter** sind in einfachster Form eine Kombination eines Kondensators mit einer Drosselspule. **Abschirmteile** bestehen aus metallischem Geflecht zur Schirmung von Leitungen oder in Form von Hauben aus leitfähigem Werkstoff zur Abschirmung z. B. von Zündverteilern. **Masseverbindungen** werden z. B. für die elektrisch leitende Verbindung von metallischen Fahrzeugteilen durch flexible Massebänder hergestellt, z. B. Motor mit Aufbau.
Grundsätzlich gilt bei der Funkentstörung: Die Störungen müssen unmittelbar an ihrem Entstehungsort (Störquelle) beseitigt werden (Entstörwiderstände z. B. möglichst nahe an der Funkenstrecke einbauen).

Ausführungsart	Merkmale	Verwendung
Spannungsrelais: Durch die Wicklung des Relais fließt nur ein kleiner Steuerstrom. Der Arbeitsstrom zu den Verbrauchern fließt über die Relaiskontakte. Die Relais gibt es als Schließer-, Öffner- und Wechslerrelais.		
einfache Ausführung 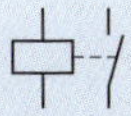	Durch den Steuerstrom wird die Relaiswicklung magnetisch und schließt dadurch den Relaiskontakt. Wird der Steuerstrom ausgeschaltet, zieht eine Feder den Kontakt in die Ausgangsstellung zurück.	Zum Schalten der Scheinwerfer und der Glühkerzen in Vorglühanlagen, Schaltleistung 10 bis 120 A
mit Verpolungs-schutzdiode 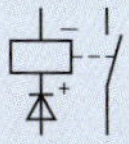	Relais zieht nur an, wenn die Diode in Durchlassrichtung gepolt ist	In Beleuchtungsanlagen sowie in Schalt- und Steuergeräten als Schutz vor falscher Polung
mit Löschdiode 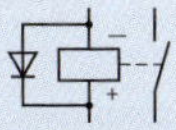	Durch die Diode wird die beim Ausschalten des Steuerstromes in der Relaiswicklung erzeugte Selbstinduktionsspannung kurzgeschlossen. Auf die richtige Polung des Relais ist zu achten (Zerstörungsgefahr der Diode).	Schutzbeschaltung von Steuergeräten
mit Löschwiderstand 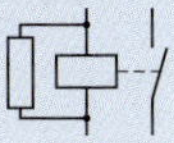	Durch den Widerstand (etwa 800 Ω) wird die beim Ausschalten des Steuerstroms in der Relaiswicklung erzeugte Selbstinduktionsspannung kurzgeschlossen. Auf die richtige Polung des Relais ist nicht zu achten.	Schutzbeschaltung von Steuergeräten
mit zwei Wicklungen (gleichsinnig) 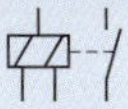	Relaiskontakt wird nur angezogen, wenn durch beide Wicklungen ein Steuerstrom fließt. Ist der Relaiskontakt geschlossen, kann ein Steuerstrom ausgeschaltet werden. Die magnetische Kraft einer Wicklung hält dann den Kontakt geschlossen.	In Startanlagen zum Einschalten des Starterstroms bis 1200 A
Schrittrelais (Stromstoßrelais) 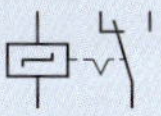	Durch ein kurzzeitiges Einschalten des Steuerstroms (Stromstoß) geht der Kontakt in die andere Schaltstellung und bleibt dort so lange, bis ein erneuter Stromstoß erfolgt.	In Beleuchtungsanlagen zum Schalten von Fern- und Abblendlicht (Umschaltrelais)
Verzögerungsrelais	Die Anzugs- und Abfallverzögerung erfolgt durch elektronische Schaltungen bzw. durch Bimetallkontakte.	Innenbeleuchtung, heizbare Heckscheibe, Kaltstartventil, Thermozeitschalter
mit Anzugsverzögerung **Form 1** 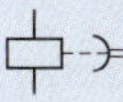 **Form 2** 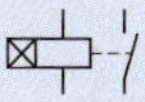	mit Abfallverzögerung **Form 1** 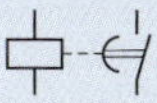 **Form 2** 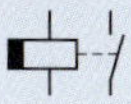	mit Anzugs- und Abfallverzögerung **Form 1** 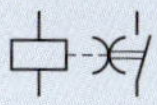 **Form 2** 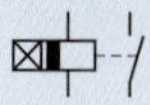
Stromrelais: Durch die Wicklung des Relais fließt der Verbraucherstrom. Damit dieser durch den Wicklungswiderstand nicht verändert wird, hat die Wicklung nur wenige Windungen und einen großen Drahtdurchmesser.		
mit einer Wicklung 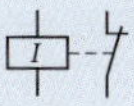	Fließt der Verbraucherstrom durch die Wicklung, wird der Kontakt geöffnet. Im Fehlerfall (Verbraucherstrom wird unterbrochen) wird der Kontakt geschlossen und eine mit dem Kontakt in Reihe geschaltete Kontrolllampe leuchtet auf.	Überwachung von Stromkreisen in der Beleuchtungs- und Signalanlage
mit zwei Wicklungen (gegensinnig) 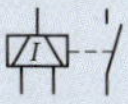	Fließt durch beide Wicklungen ein Verbraucherstrom, so bleibt der Kontakt offen, weil sich die beiden Magnetfelder aufheben. Wird ein Verbraucherstrom unterbrochen, wird der Kontakt angezogen und eine mit diesem in Reihe geschaltete Kontrolllampe leuchtet auf.	Überwachung von Stromkreisen in der Beleuchtungs- und Signalanlage
Reed-Relais: Es besteht aus einem Glasröhrchen mit Edelgasfüllung, in dem zwei Kontaktzungen (Schließer) gasdicht eingeschmolzen sind.		
Reed-Relais mit Erregerwicklung 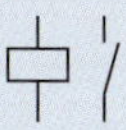	Fließt der Steuerstrom, so wird die Relaiswicklung magnetisch. Der Magnetismus überträgt sich auf die beiden Kontaktzungen, wodurch diese sich anziehen und den Verbraucherstrom einschalten. Wird der Steuerstrom unterbrochen, werden die Kontaktzungen aufgrund ihrer mechanischen Vorspannung getrennt.	Glühzeitsteuergerät: Überwachung der Glühkerzen
Reed-Relais mit Dauermagnet 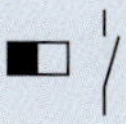	Bei Annäherung des Dauermagneten werden die Kontaktzungen magnetisch und ziehen sich an. Wird der Magnet gedreht, so werden die Kontaktzungen abwechselnd geschlossen und geöffnet.	Drehzahlgeber für Getriebeeingangs- und Ausgangswelle

Übersicht

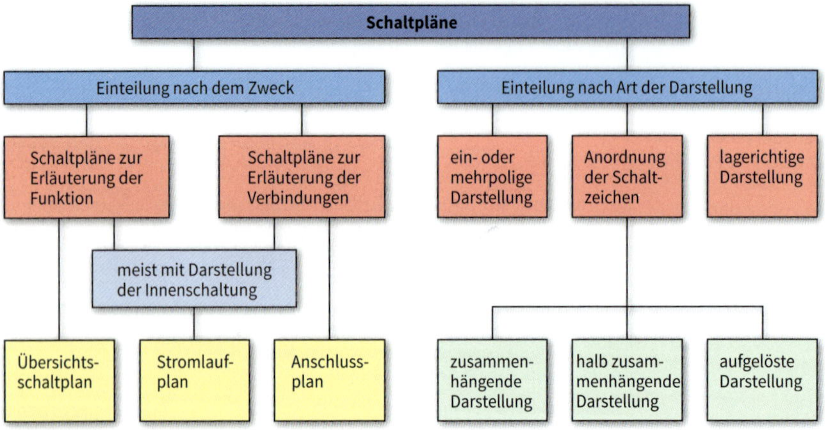

Erklärung	**Schaltpläne** sind zeichnerische Darstellungen der elektrischen Verbindungen von elektrischen Geräten. Die Darstellung der Geräte erfolgt vorwiegend durch genormte Schaltzeichen bzw. Abbildungen oder vereinfachte Konstruktionszeichnungen. Die Einteilung der Pläne erfolgt nach Zweck und Art der Darstellung. Die Schaltpläne werden im spannungslosen Zustand dargestellt. Die Geräte werden in Grundstellung gezeichnet. Abweichungen davon müssen gekennzeichnet werden.

Zeichnerische Darstellung der Schaltpläne

Anordnung der Stromwege

Die Anordnung der Stromwege (Leitungen) soll so erfolgen, dass sich eine klare und übersichtliche Darstellung ergibt. Vorzugsweise sollen die Stromwege von links nach rechts oder von oben nach unten verlaufen. Bei der Anordnung der Stromwege soll darauf geachtet werden, dass diese geradlinig, möglichst kreuzungsfrei und ohne Richtungsänderung parallel zum Schaltplanrand verlaufen.

Begrenzungslinien, Umrahmungen

Zusammengehörende Teile (Schaltzeichen) eines Gerätes können durch strichpunktierte Begrenzungs- oder Umrahmungslinien eingerahmt werden. Dadurch werden der funktionelle und/oder konstruktive Zusammenhang dieser Teile hervorgehoben. Geschlossene Rahmen werden nur bei Verwendung einzelner Schaltzeichen in Übersichts- und Anschlussplänen bzw. bei der Darstellung von Geräten in Stromlaufplänen verwendet.

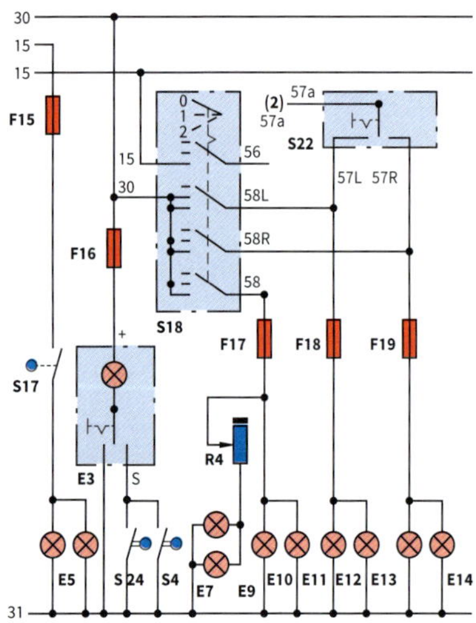

Massedarstellung

Die Rückleitung des Stroms erfolgt im Kraftfahrzeug meistens über die elektrisch leitende Karosserie (Masse). Die Masse wird durch das Massezeichen (⊥) dargestellt. Alle Geräte (Schaltzeichen), die ein Massezeichen haben, sind über die Fahrzeugmasse miteinander elektrisch verbunden.

einzelne Massezeichen

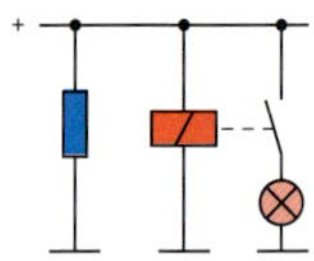

durchgehende Masseverbindung

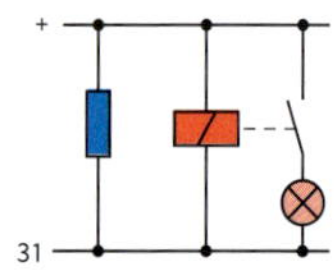

Zeichnerische Darstellung der Schaltpläne

Abbruchstellen, Kennung, Zielhinweis

Gehen Leitungen bzw. mechanische Wirkverbindungen über eine größere Strecke des Schaltplans, so können sie zur besseren Übersichtlichkeit unterbrochen werden.
Die Zusammengehörigkeit der **Abbruchstellen** muss dann durch eine Kennung und/oder einen Zielhinweis gekennzeichnet werden. Die Kennung an zusammengehörenden Abbruchstellen muss übereinstimmen.

Als **Kennung** können dienen:
- Gerätekennzeichen nach DIN EN 61082, Teil 1: 2015-10
- Klemmenbezeichnungen nach DIN 72552, Teil 2: 2014-07

Als **Zielhinweis** kann die Abschnittsnummer des Ziels und/oder die Zahl des Stromweges angegeben werden. Der Zielhinweis wird in Klammern gesetzt.

Kennung und **Zielhinweis** können auch zusammen in einem Schaltquadrat angegeben werden z. B.

G1	(Gerätekennzeichen)
103	(Stromweg)

Kennzeichnung der Abbruchstellen durch Klemmenbezeichnung, z. B. Klemme 15.

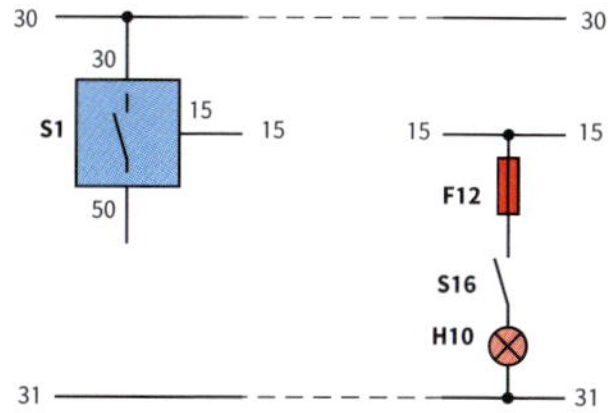

Kennzeichnung der Abbruchstellen durch Zielhinweis, z. B. Ziel in Abschnitt 8 und 2.

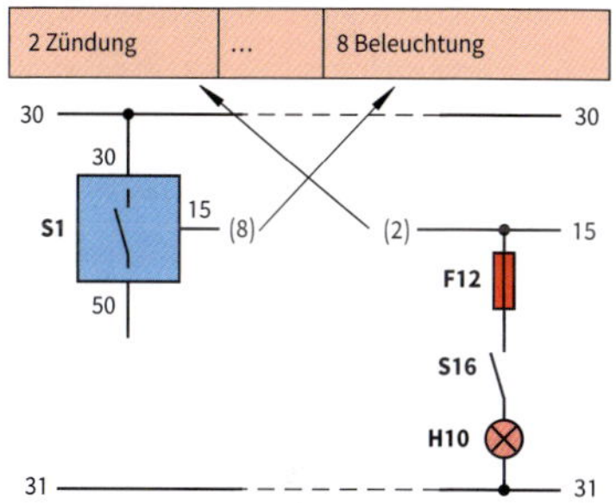

Abschnittskennzeichnung

Zum schnelleren Auffinden von Schaltungsteilen dient die **Abschnittskennzeichnung**.

Für diese gibt es drei Möglichkeiten:

a) fortlaufende Zahlen, oft auch als Stromwege bzw. Strompfade bezeichnet, von links nach rechts

b) Hinweise auf den Inhalt der Schaltungsabschnitte (z. B. Startanlage)

c) oder eine Kombination von beiden

a) mit fortlaufenden Zahlen

1	2	3	4	5	6	7	8	...

b) mit Hinweisen auf die Abschnitte

1 Stromversorgung	2 Startanlage

c) mit einer Kombination aus a und b

1	2	3	4	5	6	7	8	9
Stromversorgung					Startanlage			

Beschriftung

Mit einem Buchstaben und einer Zählnummer **(Gerätekennzeichen)** nach DIN EN 61082, Teil 1 sowie mit den **Anschlusskennzeichen** (Klemmenbezeichnungen) nach DIN 72552, Teil 2 werden die Geräte, Teile oder Schaltzeichen in einem Schaltplan gekennzeichnet.

Gerätekennzeichen
Beispiel: Generator G 1

Kennbuchstabe des Gerätes (G)
Zählnummer (1)

Anschlusskennzeichen
Beispiel: Klemme 30 : 30

Vorzeichen für Anschluss (:)
Bezeichnung des Anschlusses (30)

Das Vorzeichen für den Anschluss wird nur bei den Anschlussplänen verwendet.

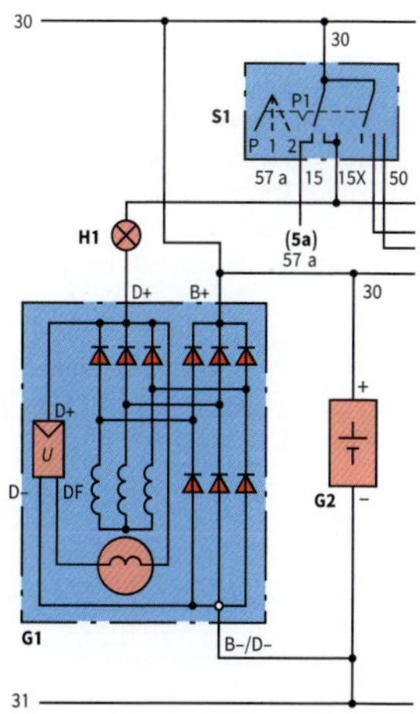

Übersichtsschaltplan (Blockdiagramm, Blockschaltplan)

Der Übersichtsschaltplan berücksichtigt nur die wesentlichen Teile der Schaltung. In der Kfz-Technik wird er meist einpolig ohne die Innenschaltung der Geräte dargestellt, um einen schnellen Überblick über den elektrischen Zusammenhang der Geräte in einer Schaltung zu bekommen. Die Geräte werden dargestellt durch Quadrate, Kreise oder Rechtecke ähnlich DIN EN 60617 mit eingezeichnetem Schaltzeichen.

Beleuchtungsanlage

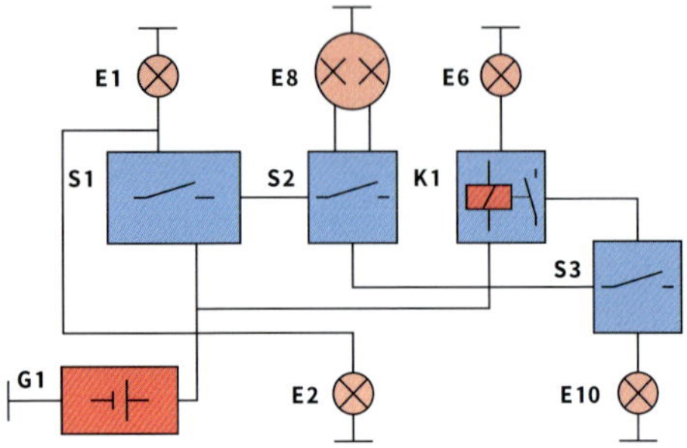

Geräteliste:

G1 Batterie
S1 Lichtschalter
S2 Abblendschalter
S3 Nebellichtschalter
K1 Relais für Nebelscheinwerfer
E1 Begrenzungsleuchte
E2 Schlussleuchte
E6 Nebelscheinwerfer
E8 Fern-Abblendscheinwerfer
E10 Nebelschlussleuchte

Stromlaufplan

Er ist die ausführliche Darstellung einer Schaltung mit ihren Einzelheiten. Durch die Darstellung der einzelnen Stromwege kann die Wirkungsweise einer elektrischen Schaltung nachvollzogen werden.

Der Stromlaufplan **muss** enthalten:

- Schaltung
- Gerätekennzeichnung nach DIN EN 61082, Teil 1
- Anschlussbezeichnung nach DIN 72552

Der Stromlaufplan **kann** enthalten:

- vollständige Darstellung mit Innenschaltung
- Hinweisbezeichnungen, die zum besseren Auffinden von Geräten (Schaltzeichen) besonders bei Schaltplänen in aufgelöster Darstellung dienen

Bei der Darstellung der Schaltung werden alle in der Schaltung vorhandenen Leitungen gezeichnet (mehrpolige Leitungsdarstellung). Für die Anordnung der Schaltzeichen im Schaltplan gibt es nach DIN EN 61082, Teil 1 die zusammenhängende und aufgelöste Darstellung sowie den Anschlussplan.

Stromlaufplan in zusammenhängender Darstellung (Wirkschaltplan)

In diesem Stromlaufplan werden die Schaltzeichen eines Gerätes zusammenhängend gezeichnet. So werden z. B. beim Relais der Relaisantrieb und das Schaltglied zusammen gezeichnet und die mechanische Verbindung durch eine gestrichelte Linie dargestellt. Die Schaltzeichen der Geräte werden im Schaltplan oftmals nach ihrer Anordnung im Kraftfahrzeug gezeichnet. Dabei wird bei der Anordnung die Sichtweise auf das Kraftfahrzeug von oben benutzt.
Dadurch erfolgt bei der Gesamtdarstellung eines Kraftfahrzeug-Schaltplans z. B. die Anordnung der Scheinwerfer oben auf dem Blatt und die der Rückleuchten unten.

Beleuchtungsanlage

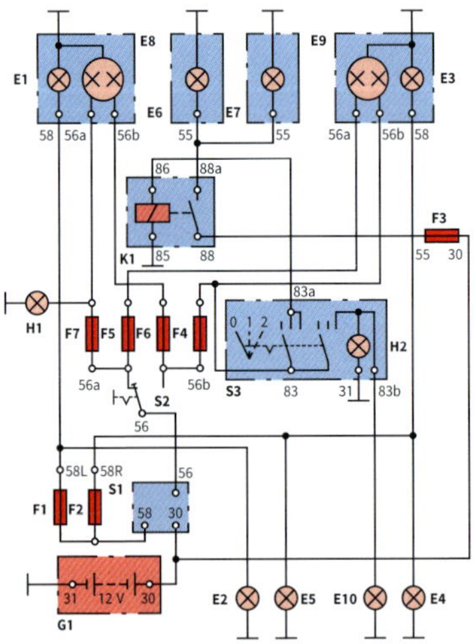

Geräteliste:

G1 Batterie
S1 Lichtschalter
S2 Abblendschalter
S3 Nebellichtschalter
K1 Relais für Nebelscheinwerfer
F1…F7 Sicherungen
E1 Begrenzungsleuchte L
E2 Schlussleuchte L
E3 Begrenzungsleuchte R
E4 Schlussleuchte R
E5 Kennzeichenleuchte
E6 Nebelscheinwerfer L
E7 Nebelscheinwerfer R
E8 Fern-Abblendscheinwerfer L
E9 Fern-Abblendscheinwerfer R
E10 Nebelschlussleuchte
H1 Kontrollleuchte für Fernlicht
H2 Kontrollleuchte für Nebelschlussleuchte

Stromlaufplan für einen Pkw in zusammenhängender Darstellung (Wirkschaltplan)

Blink- und Warnblinkanlage

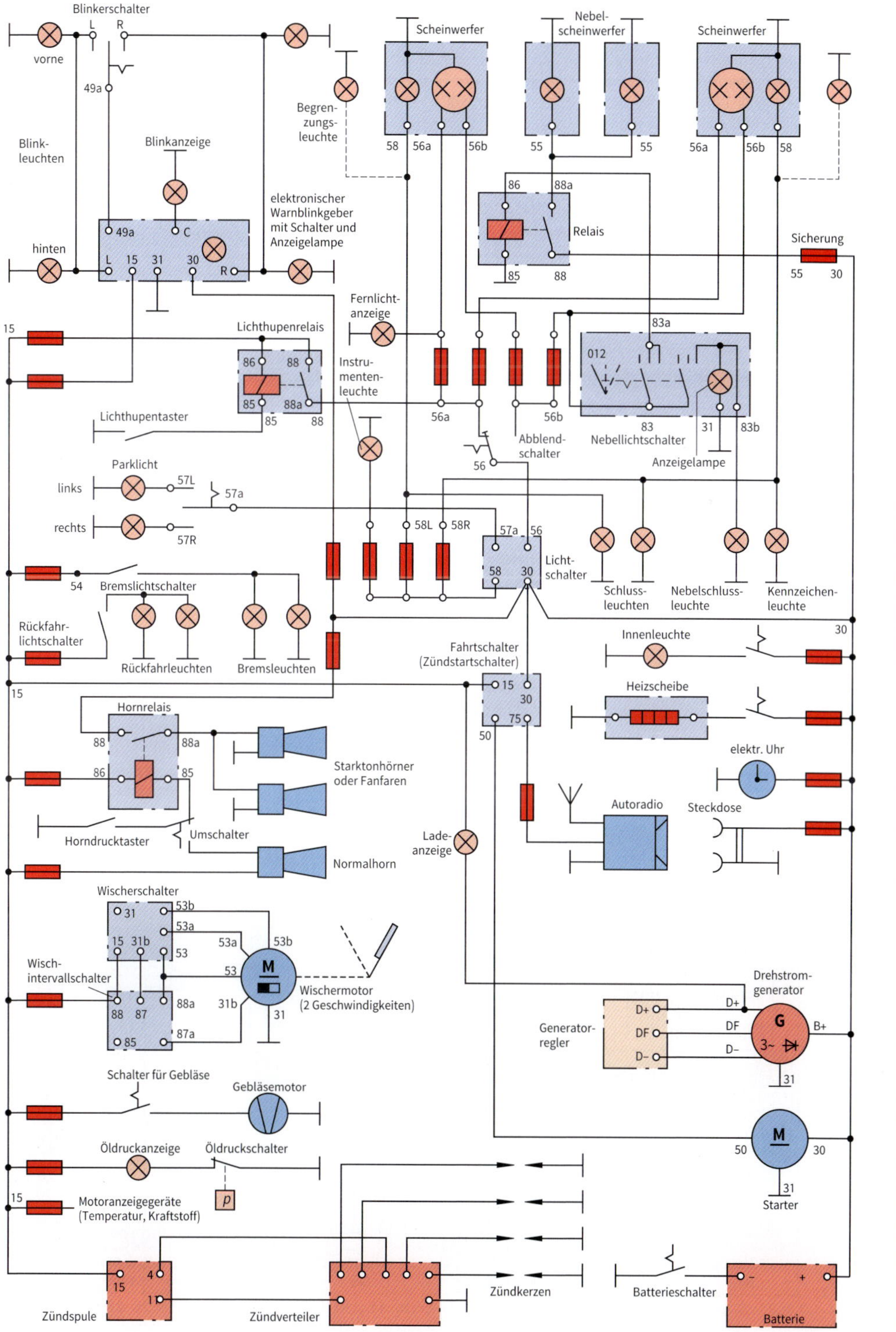

Stromlaufplan in aufgelöster Darstellung

In der aufgelösten Darstellung wird auf den Zusammenhang der Schaltzeichen eines Gerätes nicht mehr geachtet. So wird z. B. das Schaltglied eines Relais unabhängig von der Lage des Relaisantriebs nur unter Beachtung der Übersichtlichkeit des Schaltplans auf diesem angeordnet. Eine gestrichelte Linie für die mechanische Verbindung entfällt.

Der Stromlaufplan in aufgelöster Darstellung hat folgende Merkmale:

- Auf dem Schaltplan oben oder links befinden sich die durchgezogenen Plusleitungen (30er- und 15er-Leitung).
- Unten auf dem Schaltplan oder rechts befindet sich die durchgezogene Minus- bzw. Masseleitung (31er-Leitung).
- Der Schaltplan hat eine Abschnittskennzeichnung mit Hinweisen auf die Inhalte der Abschnitte des Schaltplans (z. B. Beleuchtung, Zündung, Signalanlage usw.).
  und/oder
  eine fortlaufende Nummerierung von links nach rechts in gleichen Abständen.
- Die Stromwege bzw. Strompfade des Schaltplans von oben nach unten sollen möglichst mit der Nummerierung übereinstimmen.
  Die Geräte haben ein Geräte- und Anschlusskennzeichen (Klemmenbezeichnung).
- Zum Schaltplan gehört eine Liste (Geräteliste), in der die Gerätekennzeichen den Geräten zugeordnet sind.

Beleuchtungsanlage

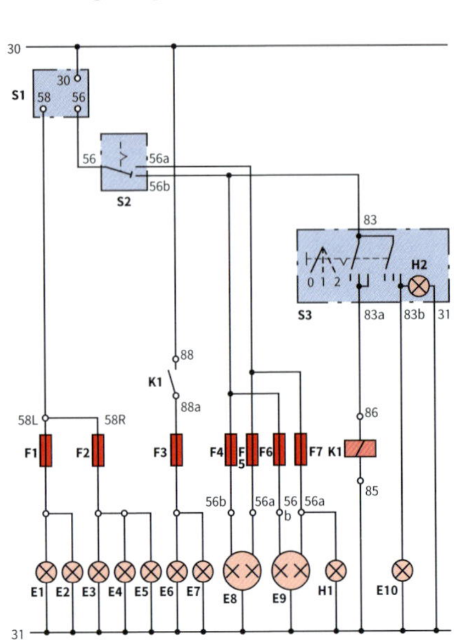

Geräteliste:

S1	Lichtschalter
S2	Abblendschalter
S3	Nebellichtschalter
K1	Relais für Nebelscheinwerfer
F1…F7	Sicherungen
E1	Begrenzungsleuchte L
E2	Schlussleuchte L
E3	Begrenzungsleuchte R
E4	Schlussleuchte R
E5	Kennzeichenleuchte
E6	Nebelscheinwerfer L
E7	Nebelscheinwerfer R
E8	Fern-Abblendscheinwerfer L
E9	Fern-Abblendscheinwerfer R
E10	Nebelschlussleuchte
H1	Kontrollleuchte für Fernlicht
H2	Kontrollleuchte für Nebelschlussleuchte

Benzineinspritzung (KE-Jetronic)

Geräteliste:

B1	Lambda-Sonde mit Heizung	X2	Stecker KE-Jetronic Steuergerät
B2	Doppeltemperatursensor	X3	Codierstecker
B3	Stauscheibenpotenziometer	X4	Zwischenstecker
B4	Elektrodynamischer Drucksteller	X5	Diagnosesteckdose
B5	Höhensensor	X6	Drehzahlsensor (ABS)
H1	Diagnoseleuchte	X7	EMS-Steuergerät
K1	Kraftstoffpumpenrelais	Y1	Leerlaufsteller
F1, F2	Sicherungen	Y2	Startventil
S1	Drosselklappenschalter	Y3	Elektrokraftstoffpumpe
S2	Fahrstufenschalter	Y4	Regenerierventil
S3	Autoalarmschalter	Y5	Hydroaggregat (ABS)
X1	Stecker EZ-K-Steuergerät		

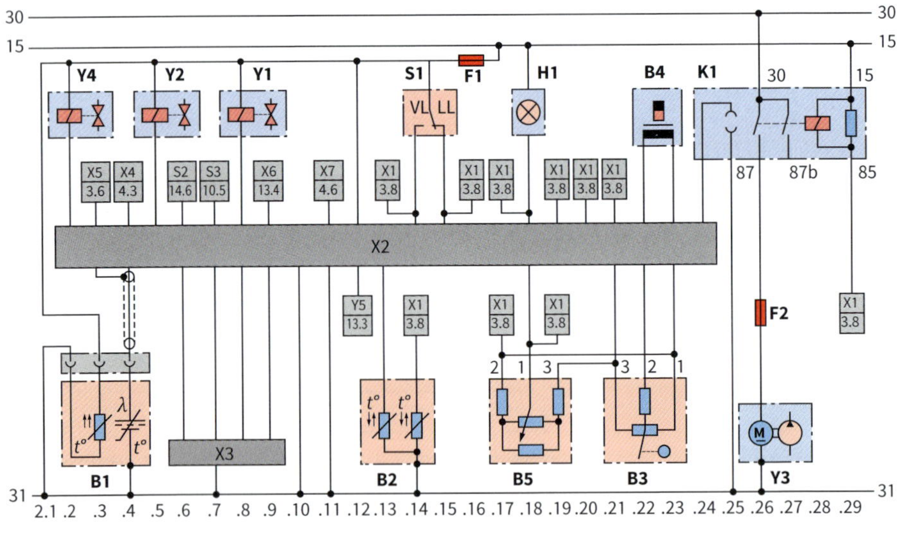

Stromlaufpläne für einen Pkw in aufgelöster Darstellung (1)

1 Spannungsversorgung und Startanlage	2 Kombiinstrument	3 Wisch- und Spülanlage

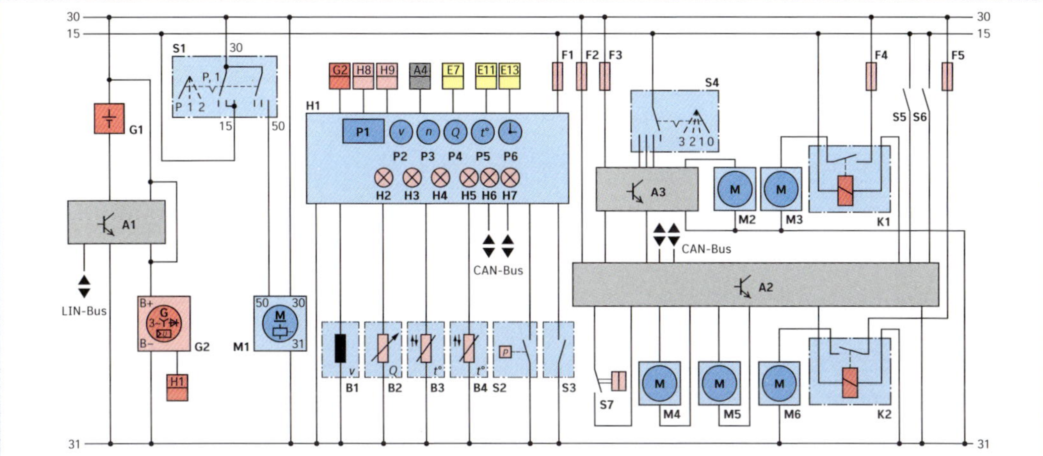

4 Beleuchtungs- und Signalanlage

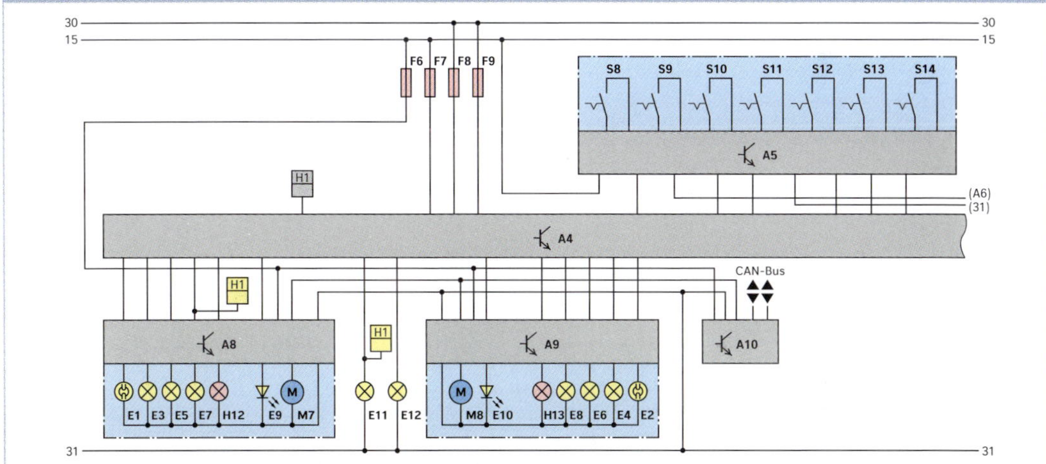

Geräteliste zu den Stromlaufplänen (1 und 2, SG: Steuergerät)

A1	SG Energiemanagement	E7, E8	Fernlichtlampen	K1	Relais für M3
A2	SG Wisch- und Spülanlage	E9, E10	Tagfahrlichtlampen	K2	Relais für M6
A3	SG Intervallwischen	E11, E12	Nebellichtlampen	M1	Starter
A4	SG Beleuchtungs- und Signalanlage, Lampenkontrolle	E13, E14	Nebelschlusslichtlampen	M2	Scheibenwischermotor
		E15, E16	Rückfahrlichtlampen	M3	Pumpe für Scheibenwaschanlage
A5	SG Lichtschalter	E17, E18	Schlusslichtlampen		
A6	SG Multifunktionsschalter	E19, E20	Kennzeichenlichtlampen	M4, M5	Motoren für Hubdüse Scheinwerfer
A7	SG Warnblink- und Hornanlage	F1 … F9	Sicherungen		
A8, A9	SG rechte und linke Scheinwerfer-einheit	G1	Starterbatterie	M6	Pumpe für Hubdüsen Scheinwerfer
		G2	Generator		
A10	SG Scheinwerferverstellung	H1	Kombiinstrument	M7, M8	Motoren für Leuchtweitenregelung
A11 und A12	SG rechte und linke Schluss-leuchteneinheit	H2, H3	Kontrolllampen Blinker		
		H4	Kontrolllampe Nebellicht	P1	Display für Bordcomputer
B1	Geschwindigkeitssensor	H5	Kontrolllampe Nebelschlusslicht	P2	Geschwindigkeitsanzeige
B2	Kraftstoffstandssensor	H6	Kontrolllampe Fernlicht	P3	Drehzahlanzeige
B3	Kühlmitteltemperatursensor	H7	Kontrolllampe Feststellbremse	P4	Kraftstoffstandsanzeige
B4	Außentemperatursensor	H8, H9	Blinklichtlampen seitlich	P5	Motortemperaturanzeige
B5, B6	Signalhorn, Starktonhorn	H10, H11	Blinklichtlampen hinten	P6	Zeitanzeige (Uhr)
E1, E2	Xenon-Abblendlichtlampen	H12, H13	Blinklichtlampen vorne	S1	Zündstartschalter
E3, E4	Begrenzungslichtlampen	H14 … H16	Bremslichtlampen	S2	Taster für Öldruck
E5, E6	Kurvenlichtlampen (statisch)	H17	Warnblinkkontrolllampe	S3	Taster für Feststellbremse

Stromlaufpläne für einen Pkw in aufgelöster Darstellung (2)

5 Einspritzanlage (ME-Motronic)

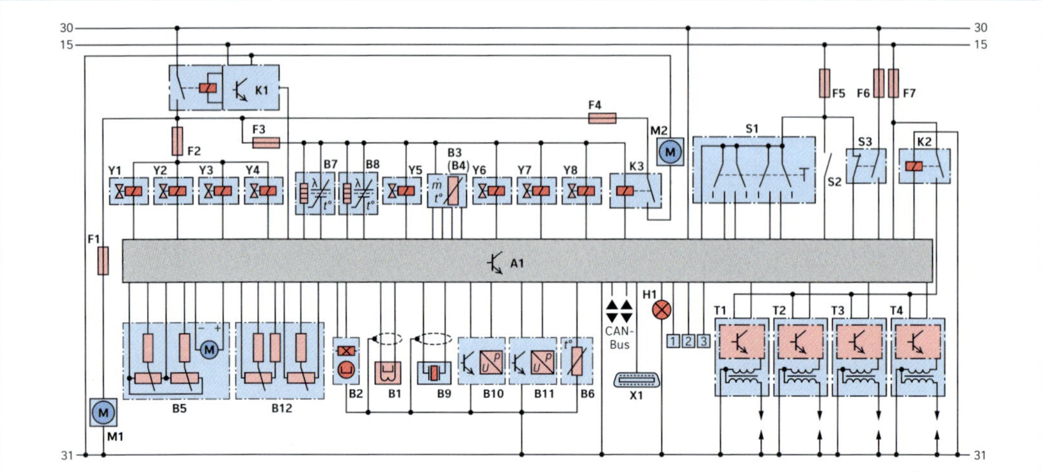

4 Beleuchtungs- und Signalanlage (Fortsetzung)

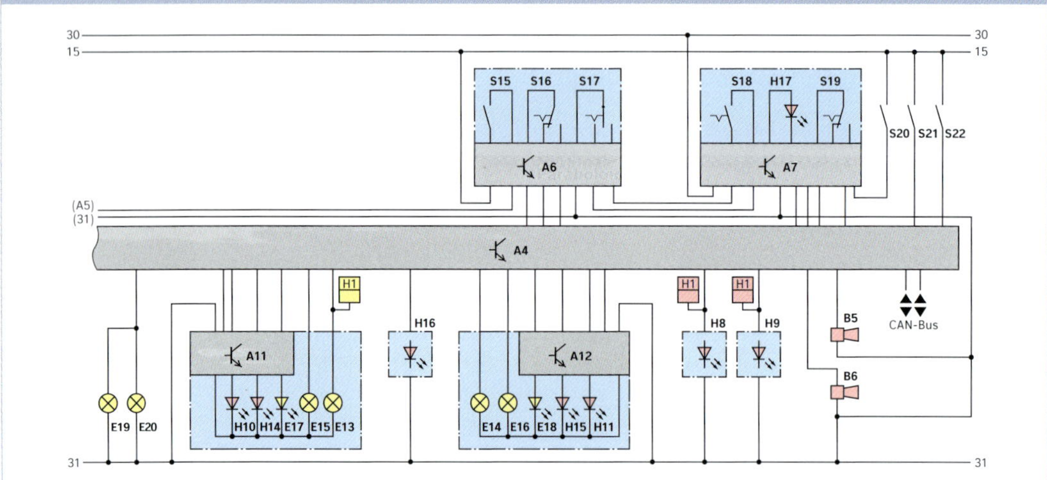

Geräteliste Abschnitt 1 bis 4 (Fortsetzung)

S4	Wischerschalter
S5, S6	Taster für Scheibenwascher und Scheinwerferwascher
S7	Taster für Waschwasseranzeige
S8	Schalter für Standlicht
S9	Schalter für Abblendlicht
S10	Nebellichtschalter
S11	Nebelschlusslichtschalter
S12, S13	Parklichtschalter R und L
S14	Schalter für Automatik Licht
S15	Lichthupentaster
S16	Abblendschalter
S17	Blinkerschalter
S18	Warnblinkschalter
S19	Hornumschalter
S20	Horntaster
S21	Bremslichttaster
S22	Rückfahrlichttaster

Geräteliste zum Stromlaufplan Abschnitt 5

A1	Steuergerät ME-Motronic
B1	Drehzahl- und Bezugsmarkensensor
B2	Nockenwellensensor
B3(B4)	Luftmassenmesser mit Ansauglufttemperatursensor
B5	Drosselklappensensor mit Stellmotor
B6	Kühlmitteltemperatursensor
B7	Lambda-Sonde 1 (beheizt)
B8	Lambda-Sonde 2 (beheizt)
B9	Klopfsensor
B10	Saugrohrdrucksensor
B11	Differenzdrucksensor
B12	Sensor für Fahrpedalstellung (EGAS)
F1..F7	Sicherungen
H1	Abgaswarn-Leuchte
K1	Hauptrelais mit Kraftstoffpumpenrelais
K2	Relais für Zündanlage
K3	Relais für Sekundärluftpumpe
M1	Sekundärluftpumpe
M2	Kraftstoffpumpe
S1	Schalter für Tempomat
S2	Kupplungspedalschalter (Tempomat)
S3	Bremslichtdoppelschalter (Tempomat)
T1..T4	Einzelfunkenzündspulen
Y1..Y4	Einspritzventile
Y5	Regenerierventil für Aktivkohlebehälter
Y6	Abgasrückführungsventil
Y7	Absperrventil für Aktivkohlebehälter
Y8	Sekundärluftventil
X1	OBD-Steckdose
1,2,3	Anschlüsse für andere Systeme (z. B. Getriebe, ABS/ASR/ESP, Lüfter)

Anschlussplan

Im Anschlussplan werden die Anschlusspunkte elektrischer Geräte und die daran angeschlossenen äußeren und, wenn es erforderlich ist, auch die inneren Leitungen dargestellt.

Die **Geräte** werden durch Quadrate, Rechtecke und Kreise dargestellt, in denen meistens auch die entsprechenden Schaltzeichen abgebildet sind. Zulässig ist auch eine Darstellung der Geräte in bildlicher Form.
Die **Leitungsanschlüsse** werden durch Kreise, Punkte, Steckverbindungen oder durch die Leitungen selbst symbolisiert.

Für die **Darstellung des Anschlussplanes** gibt es die folgenden Möglichkeiten (s. Abb. a bis d):

a) **zusammenhängende Darstellung mit Schaltzeichen** nach DIN EN 60617

b) **zusammenhängende Darstellung in bildlicher Form**

c) **aufgelöste Darstellung mit Schaltzeichen**, dabei erhalten die Anschlüsse Zielhinweise, eine Angabe der Leitungsfarben (Farbkennzeichnung) ist möglich

d) **aufgelöste Darstellung in bildlicher Form**, dabei erhalten die Anschlüsse Zielhinweise, eine Angabe der Leitungsfarben (Farbkennzeichnung) ist möglich

Die **Kennzeichnung** der Geräte erfolgt nach DIN EN 61082, Teil 1.
Die **Anschlussbezeichnungen** für die Anschlussklemmen und Steckverbindungen erfolgen nach DIN 72552, Teil 2 (Klemmenbezeichnungen).
Die **aufgelöste Dartellung** eines Anschlussplans enthält keine Verbindungsleitungen mehr von Gerät zu Gerät. Dafür erhalten alle von einem Gerät abgehenden Leitungen einen **Zielhinweis** nach DIN EN 61082, Teil 1. Dieser besteht aus dem Kennzeichen des Zielgerätes und dessen Anschlussbezeichnung. Eine Angabe der Leitungsfarben nach DIN 72551 ist möglich (s. Abb. e).

Gerätekennzeichen (s. Abb. a bis d)
Beispiel: Starter M1 — M1

Kennbuchstabe des Gerätes

Zählnummer

Zielhinweis (s. Abb. c und d)
Beispiel: Leitung vom Generator G1 zur Batterie G2 — G2 : + / RD

Kennbuchstabe des Gerätes (Batterie)

Zählnummer

Vorzeichen für Anschluss

Klemmenbezeichnung des Zielanschlusses

Leitungsfarbe (rot)

a) mit Schaltzeichen

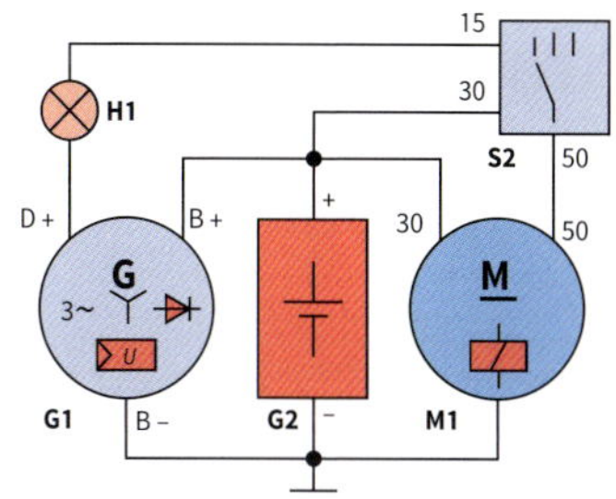

b) mit bildlicher Gerätedarstellung

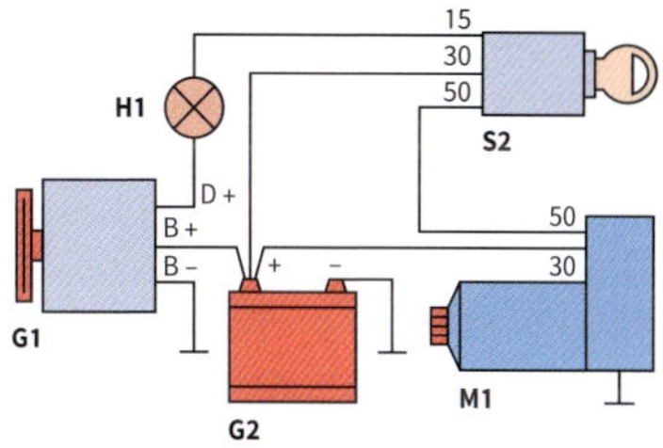

c) mit Schaltzeichen und Zielhinweisen

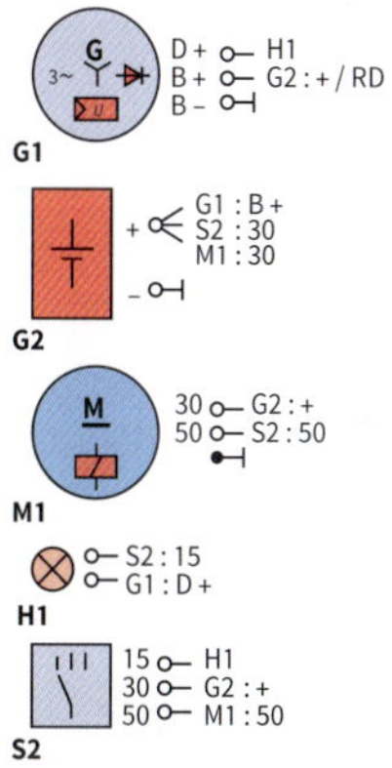

G1 Drehstromgenerator mit Regler
G2 Batterie
H1 Generatorkontrollleuchte
M1 Startermotor
S2 Zündstartschalter

d) mit bildlicher Gerätedarstellung und Zielhinweisen

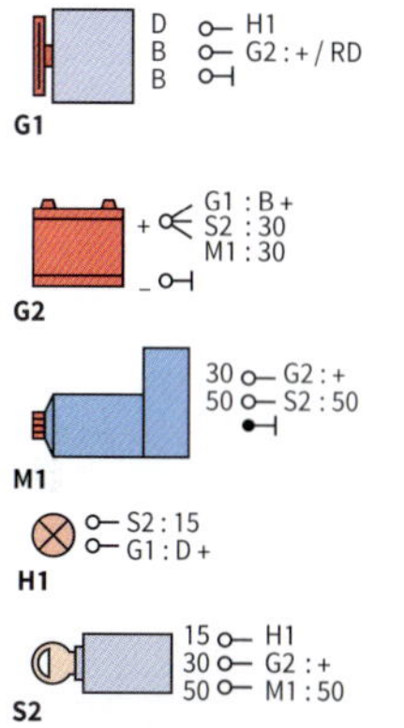

Gerätemasse auf Fahrzeugmasse
Anschlussklemme für Masseverbindung
: 15 Leitungspotenzial, z. B. Klemme 15

e) Gerätekennzeichen und Zielhinweise
Beispiel: Generator

a Gerätekennzeichen (G1)
b Gerätedarstellung
c Klemmenbezeichnungen am Gerät (D+, B+, B–)
d Zielhinweise, z. B. B-Anschlussklemme für Masseverbindung

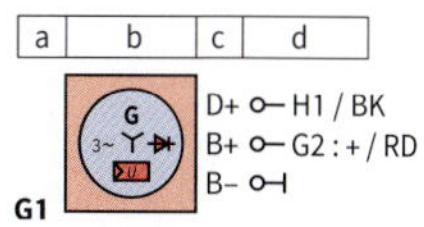

Anschlussplan in aufgelöster Darstellung für einen Pkw mit Ottomotor

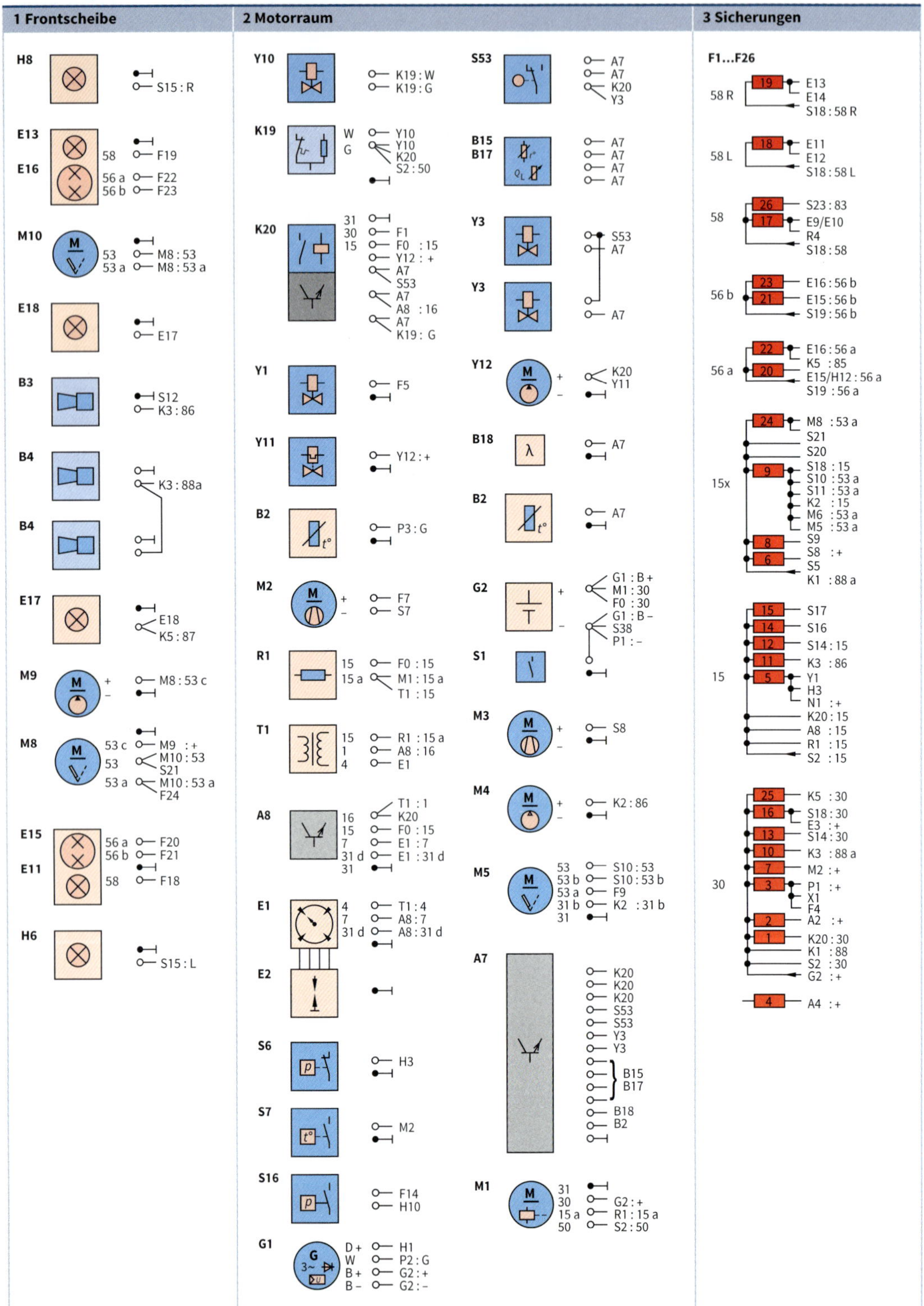

Erklärung der Gerätekennzeichen: s. Geräteliste zu den Stromlaufplänen in aufgelöster Darstellung (Seite 261 und 262)

Anschlussplan in aufgelöster Darstellung für einen Pkw mit Ottomotor (Fortsetzung)

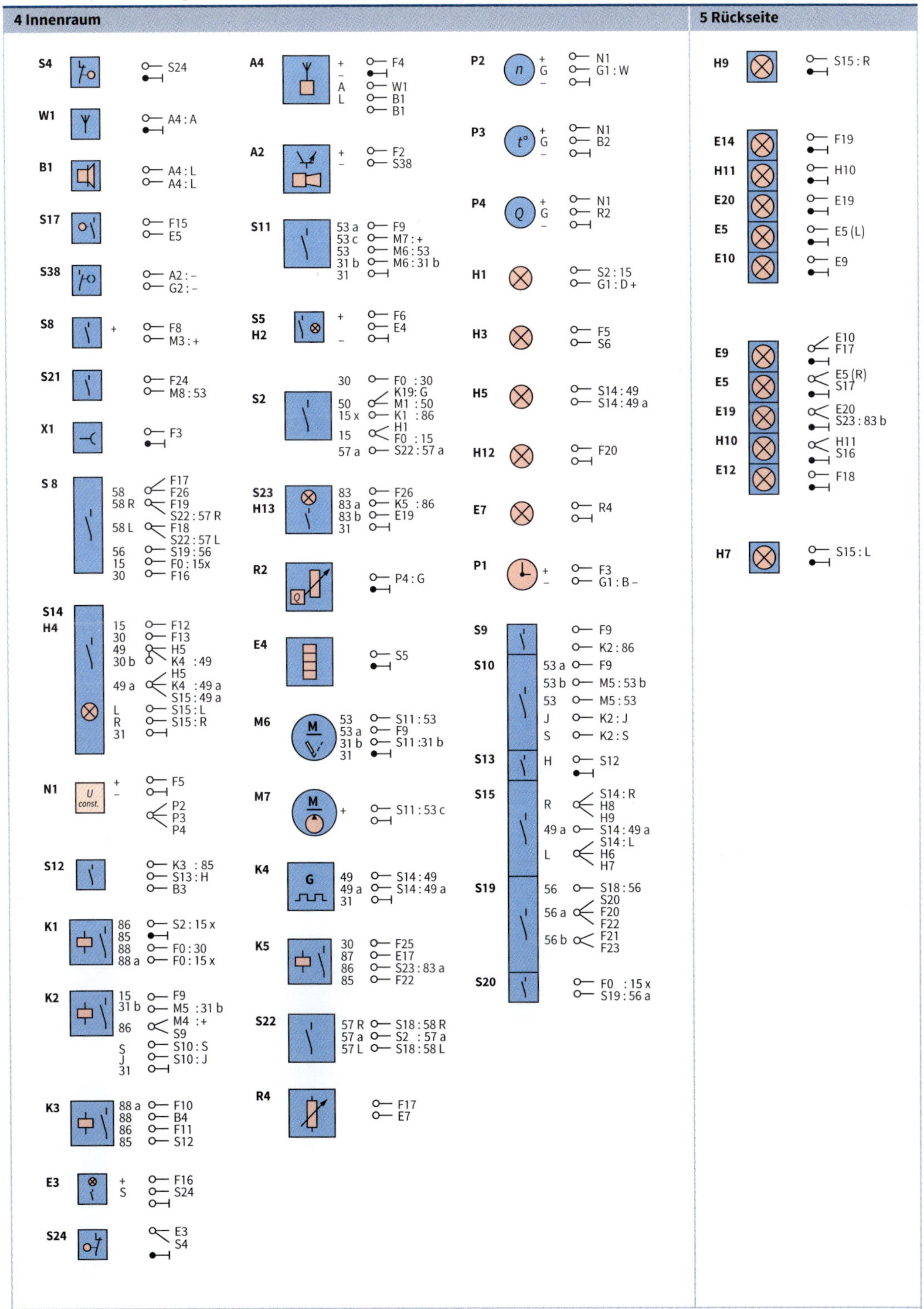

Erklärung der Gerätekennzeichen: s. Geräteliste zu den Stromlaufplänen in aufgelöster Darstellung (Seite 261 und 262)

Die Kennzeichnung von elektrischen Geräten dient zur eindeutigen, international verständlichen Identifizierung von Anlagen, Geräten, Teilen usw., die durch Schaltzeichen in einem Schaltplan dargestellt sind. Die Kennzeichnung des Schaltzeichens erfolgt durch einen festgelegten **Kennbuchstaben** und einer **Zahl**. Die Kennzeichnung steht neben dem Schaltzeichen.

Die **Kennbuchstaben** und **Zahlen** dürfen nicht mit den **Klemmenbezeichnungen** verwechselt werden. Die Zahl für eine bestimmte Anlage, ein Gerät oder Teil beginnt bei jedem Schaltplan wieder mit der Zahl 1. So kann z. B. in einem Schaltplan das Signalhornrelais die Bezeichnung K1, in einem anderen Schaltplan die Bezeichnung K2 oder K5 haben. Der Kennbuchstabe bleibt für die Anlage, das Gerät oder Teil immer derselbe, nur die Zahl kann eine andere sein.

Beispiele für Gerätekennzeichnung

K1 Entlastungsrelais für Klemme 15 (an S1)
K2 Signalhornrelais
K3 Relais für Blink- und Warnblinkgeber
H1 Generatorkontrollleuchte
H2 Blinkkontrollleuchte
H3 Warnblinkkontrollleuchte

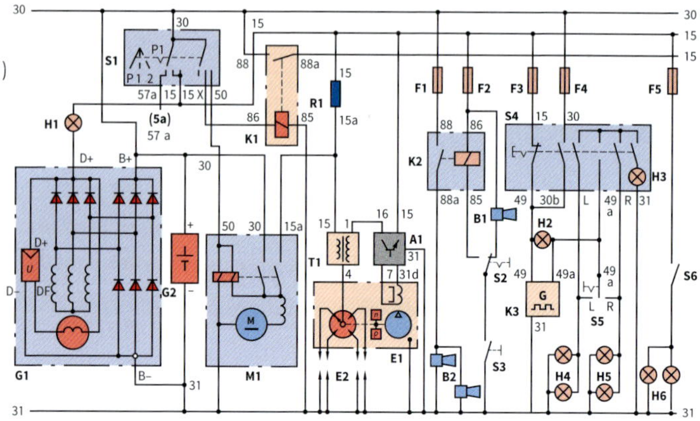

Kennbuchstabe	Art des elektrischen Gerätes	Beispiele
A	Anlage, Baugruppe, Teilegruppe	Gerätebaugruppe, Steuergerät (z. B. Motronic-Steuergerät), Entertainmentsystem, Navigationssystem
B	Umsetzer von nicht elektrischen auf elektrische Größen oder umgekehrt	Impulsgeber, Hallsensor, Induktivgeber, Drucksensor, Druckschalter, Lambda-Sonde, Flüssigkeitsstandssensor, Temperatursensor, Luftmassenmesser, Mikrofon, Horn, Fanfare, Lautsprecher
C	Kondensator	Zündkondensator, Entstörkondensator
D	binäres Element, Speicher	Impulszähler, integrierter Schaltkreis
E	verschiedene Geräte und Einrichtungen	Klimaanlage, Auto-Zusatzheizung, Scheinwerfer, Leuchte, Zündverteiler
F	Schutzeinrichtung	Sicherung, Überspannungsschutzgerät, Polaritätsschutzgerät
G	Stromversorgung, Generator	Batterie, Generator, Ladegerät
H	Kontrollgerät, Meldegerät, Signalgerät	Motorkontrollleuchte, Check-Control, Bordcomputer, Blinkkontrollleuchte, Bremsleuchte, Kontrollleuchte für Fernlicht, Generatorkontrollleuchte, Öldruckkontrollleuchte
K	Relais	Blink- und Warnblinkgeber, Pumpenrelais, Lichthupenrelais
L	Induktivität	Relaiswicklung, Entstördrosselspule, Primär- und Sekundärwicklung
M	Motor	Kraftstoffpumpenmotor, Startermotor, Lüftermotor, Gebläsemotor
N	Regler, Verstärker	Spannungsregler, Spannungskonstanthalter, Darlingtonschaltung
P	Messgerät	Drehzahlmesser, Vielfachmessgerät, Tankanzeige, Tachometer
R	Widerstand	Potenziometer, Glühkerze, Zündspulen-Vorwiderstand, Heizflansch
S	Schalter	Schalter (Schließer, Öffner und Wechsler) aller Art
T	Transformator	Zündtransformator, Zündspule
U	Modulator, Umsetzer	Analog-Digital-Umsetzer, Frequenzwandler, Schmitt-Trigger
V	Halbleiter	Diode, Z-Diode, Transistor, Thyristor, Brücken-Gleichrichter, Leuchtdiode
W	Übertragungsweg, Leitung, Antenne	Kabelbaum, Antenne, Leitungsschirmung, Multiplex-Leitung, CAN-Bus-Leitungssystem
X	Klemme, Stecker	Kerzenstecker, Anhängersteckdose und -stecker, Leitungsverbinder
Y	elektrisch betätigte mechanische Einrichtung	Einspritzventil, Kraftstoffpumpe, Leerlaufdrehsteller, Kick-Down-Magnetventil, Magnetschalter, Zentralschließeinrichtung
Z	elektrische Filter	Entstörglied, Entstörfilter

Gerät	Kennbuchstabe
A	
Abblendschalter	S
Abgasrückführungsventil	Y
Abgassensor	B
Abgassonde	B
ABS-Steuergerät	A
Abschirmteil	W
Akustisches Meldegerät	H
Alarmschalter	S
Amperemeter	P
Analog-Digital-Umsetzer	U
Anlasser, s. auch Starter	M
Anschluss, elektrisch	X
Anschlussbolzen	X
Anzeigelampe	H
Auslöser	F
Autoalarm	A
Automatische Antenne	W
Autoantenne	W
Autoradio	A
Auto-Sprechanlage, -Sprechfunk	A
Autosteckdose	X
Autostecker	X
Autotelefon	A
B	
Batterieladegerät	G
Batterie	G
Batterierelais	K
Batterieschalter	S
Begrenzungsleuchte	E
Beleuchtung aller Art	E
Bezugsmarkensensor	B
Bimetallauslöser	E
Blinkerkontrolle	H
Blinkerschalter	S
Blinkgeber	K
Blinkleuchte	H
Blinkrelais	K
Bordcomputer	H
Bremsbelagkontrolle	H
Bremsflüssigkeitskontrolle	H
Bremsleuchte	H
Bremslichtschalter	S
D	
Darlington	V
Dauermagnet	Y
Deckenleuchte	E
Deckenleuchtenschalter	S
Diagnoseanschluss	P
Diebstahlalarmanlage	A
Digitale Einrichtung	D
Diode	V
Drahtwiderstand	R
Drehstromgenerator	G
Drehwiderstand	R
Drehzahlsensor	B
Drehzahlmesser (Instrument)	P
Drehzahlregler, elektrisch	N
Drehzahlrelais	K
Drossel	L
Drosselklappenschalter	S
Drucksensor	B
Druckknopfschalter	S
Druckschalter	B
Drucksteuerventil	Y
Drucktaste	S

Gerät	Kennbuchstabe
E	
Einrückmagnet (Starter)	Y
Einrückrelais	K
Einspritzmagnetventil	Y
Elektroeinspritzventil	Y
Elektrokraftstoffpumpe	Y
Elektroluftschieber	Y
Elektromagnet	Y
Elektromagnetische Betätigung	Y
Elektromagnetische Bremse	Y
Elektromagnetische Kupplung	Y
Elektromagnetisches Ventil	Y
Elektromechanischer (Feld-)Regler	N
Elektronischer Feldregler	N
Elektronisches Schaltgerät	A
Elektronisches Steuergerät	A
Elektrostartventil	Y
Elektroventil	Y
Elektr. Scheibenspüler, (-wascher)	Y
Endschalter	S
Entstörfilter	Z
Entstörglied	Z
Entstörkondensator	C
Entstörwiderstand	R
F	
Fahrregler	B
Fahrtenschalter	S
Fahrtschreiber	P
Fanfare	B
Feldregler	N
Fensterhebermotor	M
Fensterheberschalter	S
Fensterschalter	S
Fern-Abblend-Scheinwerfer	E
Fernlichtkontrolle	H
Feststellbremskontrollschalter	S
Flammglühkerze	R
Folgeschadenschutzgerät	F
Frequenzwandler	U
G	
Gangschaltung, elektrisch	A
Geber	B
Gebläsemotor	M
Gebläseschalter	S
Gedruckte Schaltung	N
Generator	G
Generatorkontrolllampe	H
Generatorregler	N
Gerätebaugruppe	A
Gerätekombination	A
Geschirmte Leitung	W
Geschwindigkeitssensor	B
Geschwindigkeitsmesser	P
Getriebemotor	M
Getriebesteuerung, elektronische	Y
Gleichrichter	V
Gleichspannungswandler	U
Gleichstrommotor	M
Glühkerze	R
Glühkerzenwiderstand	R
Glühstiftkerze	R

Gerät	Kennbuchstabe
H	
Halbleiterbauelement	V
Hallsensor	B
Handschuhfachleuchte	E
Handschuhfachlichtschalter	S
Heckscheibenheizung	E
Heckscheibenheizungsschalter	S
Heißleiter	R
Heißstartmagnet	Y
Heizflansch	R
Heizkerze	R
Heizscheibe	E
Heizwendel Warmlaufregler	R
Heizwendel Startautomatik	R
Heizung	E
Heizwiderstand	R
Horn	B
Horntaster	S
Hubmagnet	Y
I	
Impulsgeber	B
Impulsrelais	K
Induktivgeber	B
Innenleuchte	E
Innenlichtschalter	S
Instrumentenleuchte	E
Instrumentenlichtschalter	S
Integrierte Schaltung	N
Integrierter Schaltkreis, analog	N
Integrierter Schaltkreis, digital	D
Intervall-Nachwisch-Elektronik	A
Intervallrelais	K
K	
Kabelbaum	W
Kaltleiter	R
Kaltstartventil	Y
Kapazitätsdiode	V
Kennzeichenleuchte	E
Kerzenstecker	X
Kick-down-Magnetventil	Y
Kick-down-Schalter	S
Kleinrelais	K
Kleinmotor	M
Klemme	X
Klemmenleiste	X
Klimaanlage	E
Koaxialleiter	W
Kofferraumleuchte	E
Kofferraumlichtschalter	S
Kombigerät	A
Kombischalter	S
Kondensator	C
Kontakt-Feldregler	N
Kontaktfühler, Bremsbelag	B
Kontrolllampe	H
Kraftstoffanzeige	P
Kraftstoffmesser	P
Kraftstoffpumpe, elektrisch	Y
Kraftstoffverbrauchsmesser	P
Kühlmittelthermostat	B
Kupplung, elektr. Leitungskupplung	X
Kupplung, elektromagnetisch	Y

Gerät	Kennbuchstabe
L	
Ladegerät	G
Lambda-Sonde	B
Lastsensor	B
Lautsprecher	B
Leerlaufabschaltventil	Y
Leiterplattenrelais	K
Leitung, Leitungsbündel	W
Leitungskupplung, -stecker, -verbinder	X
Leuchte	E
Leuchtweitenregler	Y
Lichtdrehschalter	S
Lichthauptschalter	S
Lichthupentaster	S
Lichtmaschine, s. auch Generator	G
Lichtwischermotor	M
Lichtzündschalter	S
Lüftermotor	M
Luftmengenmesser	B
M	
Magnetbandgerät	D
Magnetventil	Y
Magnetzünder, -generator	G
Massesammelleitung	W
Meldegeräte aller Art	H
Messgerät, Messpunkt	P
Messinstrument	P
Mikrofon	B
Motor	M
Motorraumleuchte	E
Motorraumlichtschalter	S
Motorschalter	S
N	
Nebellichtschalter	S
Nebelscheinwerfer	E
Nebelschlussleuchte	E
Nebelschlusslichtschalter	S
Netzgerät	G
Niveauregulierung, elektrisch	Y
O	
Öffner (Schalter, Tastschalter)	S
Öldruckkontrolle	H
Öldruckschalter	B
Öldruckwarnschalter	B
Optisches Meldegerät	H
Optokoppler	V
R	
Relais	K
Relaisplatte	K
Rückfahrleuchte	E
Rückfahrlichtschalter	S
Rundumkennleuchte	H
S	
Sammelstecker, -dose	X
Schalter	S
Schalter	
– für Bremsflüssigkeitskontrolle	S
– für hydropneumatische Federung	S
Schaltgerät	A
Schaltgerät TZ	A
Schaltventil, elektrisch	Y
Scheibenspülermotor	M
Scheibenspülerschalter	S
Scheibenwaschermotor	M
Scheibenwascherschalter	S
Scheinwerfer aller Art	E
Scheinwerferreinigungsmotor	M
Scheinwerferschalter	S
Sicherheitsschalter	S
Schiebedachmotor	M
Schiebedachmotorschalter	S
Schließer	S
Schmitt-Trigger	U
Schlussleuchte	E
Seitenleuchte	E
Seitenmarkierungsleuchte	E
Sensor	B
Sicherung	F
Sicherungsautomat	F
Sicherungsdose	F
Siebkette	Z
Signalhorn	B
Signalhorntaster	S
Spannungskonstanthalter	N
Spannungsregler	N
Spannungswandler	T
Speicher, elektronisch	D
Spule	L
Standlicht	E
Starktonhorn	B
Starter	M
Startergenerator	G
Startrelais	K
Startsperrrelais	K
Startsperrschalter	S
Startventil, elektrisch	Y
Startwiederholrelais	K
Startzündgenerator	G
Steckbausteine	X
Steckdose	X
Stecker	X
Steckerleiste	X
Steckverbindung	X
Steuergerät	A
Steuerrelais	K
Stromrichter	G
Stromschutzschaltung	F
Stromwandler	T
T	
Tachometer	P
Taster	S
Tastschalter	S
Taxi-Alarmgerät	A
Temperaturanzeigeinstrument	P
Temperaturregler	B
Temperaturschalter	B
Temperatursensor	B
Tempomat-Steuergerät	A
Tempomat-Tastschalter	S
Thermozeitrelais	K
Thermozeitschalter	K
Thyristor	V
Tonfolgeschalter	S
Transformator	T
Transistor	V
Trennlasche	S
Türkontaktschalter	S
Türverriegelung, elektr.	Y
U	
Überspannungsschutzgerät	F
Uhr	P
Umformer	G
Umschalter	S
Umsetzer aller Art	U
Unterbrecher	S
Unterflurheizer	E
V	
Variode	V
Verbindungsstecker	X
Verbrauchsmessgerät	B
Verpolschutz	F
Verstärker	N
Verteilerstecker	X
Verzögerungsgerät	K
Voltmeter	P
Vorwiderstand	R
W	
Wagenheizer	E
Wagenheizerschalter	S
Wandler (Transformator)	T
Warmlaufregler	Y
Warnblinkgeber	K
Warnlichtgeber	K
Warnlichtschalter	S
Wechsler	S
Wicklung	L
Widerstand	R
Wischermotor	M
Wischerschalter	S
Wischerspülerschalter	S
Wischerwascherschalter	S
Wischgeschwindigkeitsschalter	S
Wischintervallrelais	K
Wischintervallschalter	S
Z	
Z-Diode	V
Zeitrelais	K
Zeituhr	P
Zentralelektrik (Steckbaustein)	X
Zigarrenanzünder	E
Zündauslöser	B
Zündgenerator	G
Zündkerze	E
Zündleitung	W
Zündschalter	S
Zündspule	T
Zündstartschalter	S
Zündtransformator	T
Zündunterbrecher	S
Zündverteiler	E
Zusatzlautsprecher	B
Zusatzluftschieber	Y
Zweiklangsignalanlage	B

Allgemeines

Klemmenbezeichnungen an den Geräten der Kraftfahrzeugelektrik dienen zuerst dem fehlerfreien Anschließen der Leitungen an den Geräten und zwischen diesen. Klemmenbezeichnungen sind keine Leitungsbezeichnungen, da am Anfang und Ende einer Leitung verschiedene Klemmenbezeichnungen an den Geräten stehen können. Klemmenbezeichnungen sind deshalb nicht an den Leitungen angebracht.
Da die in der DIN 72552 enthaltenen Klemmenbezeichnungen für die Geräte der Kfz-Technik nicht mehr ausreichend sind, werden auch Bezeichnungen nach VDE-Norm verwendet.
So werden z. B. **Mehrfach-Steckverbindungen** (z. B. an Steuergeräten) mit fortlaufenden Zahlen bzw. Buchstaben bezeichnet (z. B. 1, 2, 3 ... usw. oder A, B, C, a, b, c ... usw.). Die einzelne Zahl bzw. der einzelne Buchstabe besitzt dabei keine besondere Bedeutung im Gegensatz zu einer Zahl bei der Klemmenbezeichnung nach DIN 72552. Der Anschluss der Leitungen an die Bezeichnungen nach VDE-Norm erfolgt nur nach dem Schaltplan.

Beispiele für die Klemmenbezeichnung nach VDE-Norm an Mehrfachsteckverbindungen

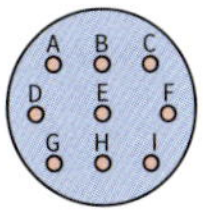

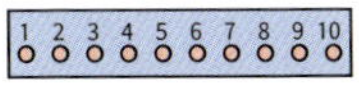

Klemmenbezeichnungen

Klemme	Bedeutung der Klemmenbezeichnung
1	Zündspule, Zündverteiler (Niederspannungsanschluss)
2	Kurzschlussklemme am Kurzschlussschalter und Magnetzünder
4	Zündspule, Zündverteiler (Hochspannungsanschluss)
7	Signalanschluss des Zündimpulsgebers am Zündsteuergerät
8h	Klemme am Zündsteuergerät für den Zündimpulsgeber
15	Geschaltetes Plus (Ausgang vom Zünd- bzw. Fahrtschalter)
15a	Ausgangsklemme am Zündspulenvorwiderstand bzw. am Starter zur Vorwiderstandsüberbrückung
16	Eingangsklemme am Zündsteuergerät
17	Ausgangsklemme am Glühstartschalter zum Starten
19	Ausgangsklemme am Glühstartschalter während des Vorglühens
30	Batterie-Plus, Eingangsklemme direkt von Batterie-Plus
31	Batterie-Minus, Klemme für Rückleitung direkt zu Batterie-Minus oder Masse
31b	Klemme für Rückleitung über Schalter, Relais, Schalt- oder Steuergerät zu Batterie-Minus oder Masse
	Batterieumschaltrelais 12/24V:
30a	Eingangsklemme von Batterie II Plus
31a	Klemme für Rückleitung zu Batterie II Minus
31c	Klemme für Rückleitung zu Batterie I Minus
31d	Masseanschluss des Zündimpulsgebers am Zündsteuergerät
	Elektromotoren für verschiedene Zwecke:
32	Klemme für Rückleitung (mit Klemme 33 als Polaritätswechselklemme 32/33 möglich)
33	Klemme für Hauptanschluss bei weggebautem Schalter (mit Klemme 32 als Polaritätswechselklemme 32/33 möglich)
33a	Klemme für Endabstellschalter
33b	Klemme für Nebenschlussfeld
33f	Klemme für 2. kleinere Drehzahlstufe
33g	Klemme für 3. kleinere Drehzahlstufe
33h	Klemme für 4. kleinere Drehzahlstufe
33L	Klemme für Drehrichtung links
33R	Klemme für Drehrichtung rechts

Beispiele für Klemmenbezeichnungen

Batteriezündung

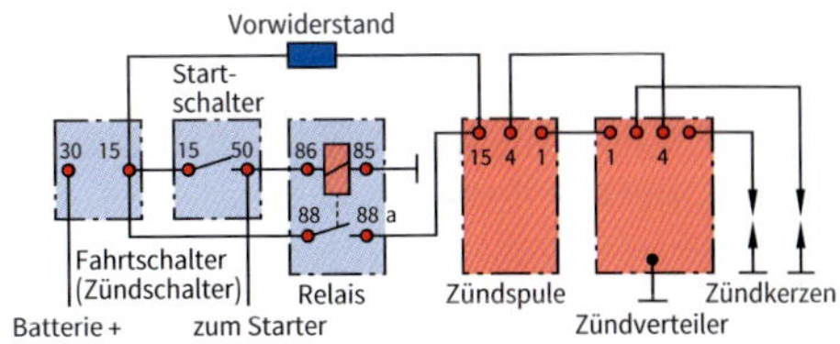

Magnetzündung

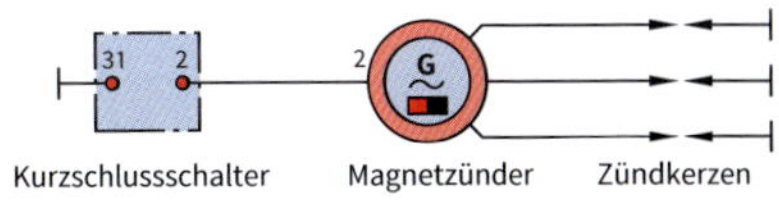

Glühanlage

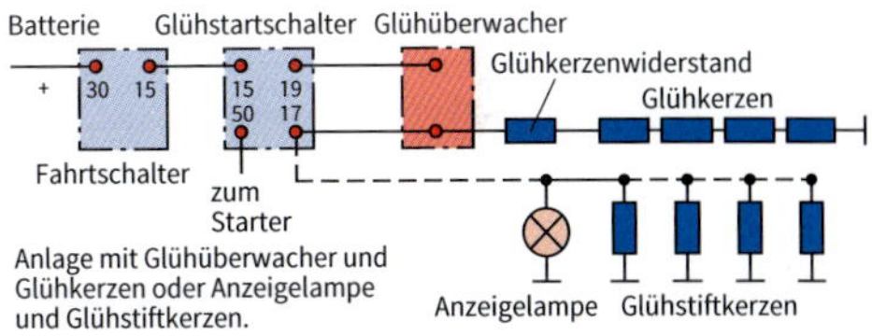

Anlage mit Glühüberwacher und Glühkerzen oder Anzeigelampe und Glühstiftkerzen.

Batterie

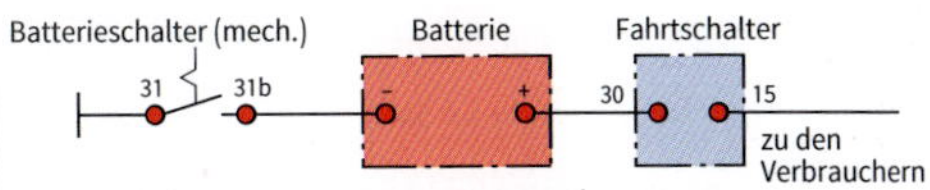

Elektromotoren

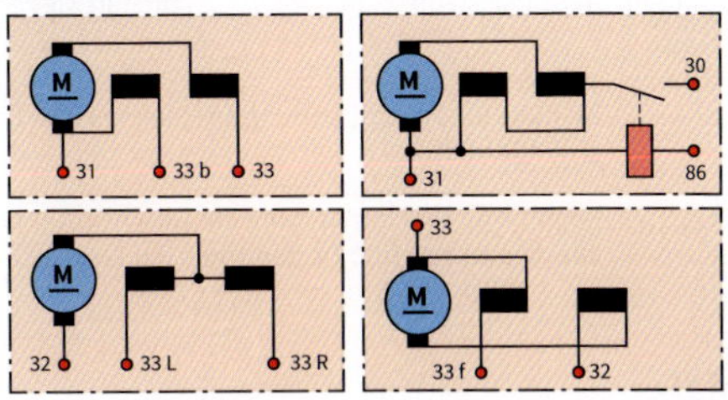

Klemme	Bedeutung der Klemmenbezeichnung
44	Klemme für Spannungsausgleich an Reglern bei Parallelbetrieb von zwei oder mehr Generatoren
45	Ausgangsklemme am vom Starter getrennten Magnetschalter und Eingangsklemme am Starter (Hauptstromanschluss)
45a	Ausgangsklemme an getrenntem Magnetschalter für Einrückstrom Starter I bei Parallelbetrieb von zwei Startern und Eingangsklemme an Starter I und II
45b	Ausgangsklemme an getrenntem Magnetschalter für Einrückstrom Starter II bei Parallelbetrieb von zwei Startern (Eingangsklemme am Starter II = 45a)
48	Klemme am Starter und am Startwiederholrelais zur Überwachung des Startvorgangs
49	Eingangsklemme am Blinkgeber (Impulsgeber)
49a	Ausgangsklemme am Blinkgeber, Eingangsklemme am Blinkschalter für Blinkimpulse
49b	Ausgangsklemme am Blinkgeber, Eingangsklemme am Zweikreis-Blinkschalter für Blinkimpulse (2. Blinkkreis)
49c	Ausgangsklemme am Blinkgeber, Eingangsklemme am Zweikreis-Blinkschalter für Blinkimpulse (3. Blinkkreis)
50	Ausgangsklemme am Glüh- und Zündanlassschalter (Fahrtschalter), Eingangsklemme am Starter für Startersteuerung, auch Eingangsklemme am Batterieumschaltrelais zu dessen Betätigung bei 12/24V-Anlagen
50a	Ausgangsklemme für Startersteuerung am Batterieumschaltrelais
50b	Ausgangsklemme am Starter und Eingangsklemme am Magnetschalter für Folgesteuerung bei Parallelbetrieb von zwei Startern
50c	Eingangsklemme an getrenntem Magnetschalter für Folgesteuerung des Einrückstromes in getrenntem Magnetschalter für Starter I bei Parallelbetrieb von zwei Startern (Eingangsklemme am Starter I = 50)
50d	Eingangsklemme an getrenntem Magnetschalter für Folgesteuerung des Einrückstromes in getrenntem Magnetschalter für Starter II bei Parallelbetrieb von zwei Startern mit Folgesteuerung (Eingangsklemme am Starter II = 50)
50e	Eingangsklemme für Steuerung am Startsperrrelais
50f	Ausgangsklemme für Steuerung am Startsperrrelais
50g	Eingangsklemme für Steuerung am Startwiederholrelais
50h	Ausgangsklemme für Steuerung am Startwiederholrelais
51	Klemme für Gleichspannung am Gleichrichter bei Wechselstromgenerator
51e	Klemme für Gleichspannung am Gleichrichter bei Wechselstromgenerator (mit Drosselspule bei Tagfahrt)

Beispiele für Klemmenbezeichnungen

Startanlagen

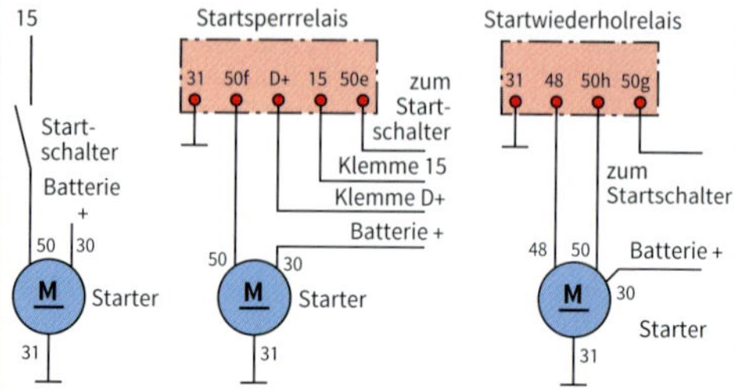

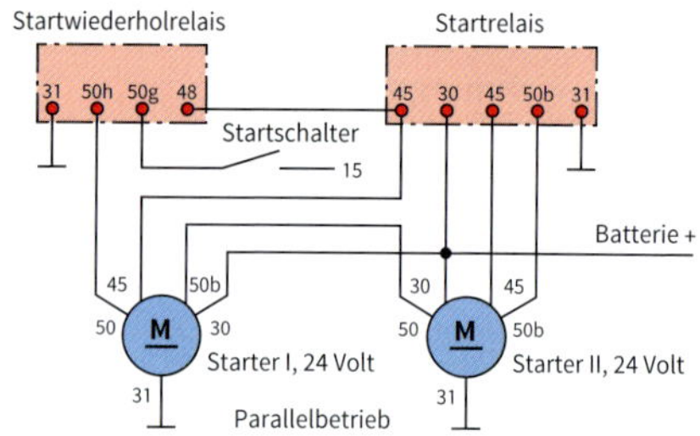

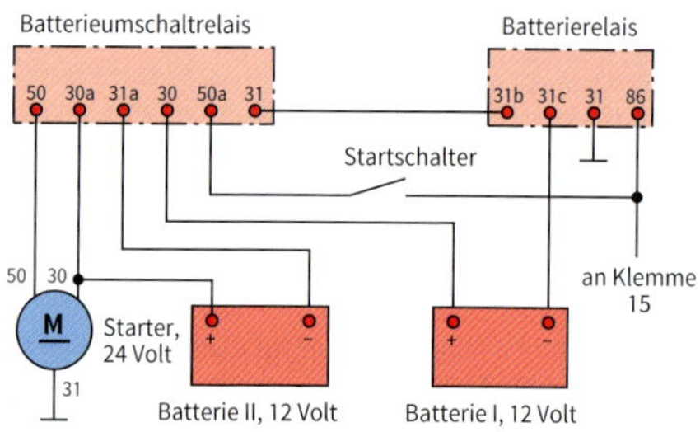

Einkreis-Blinkanlage

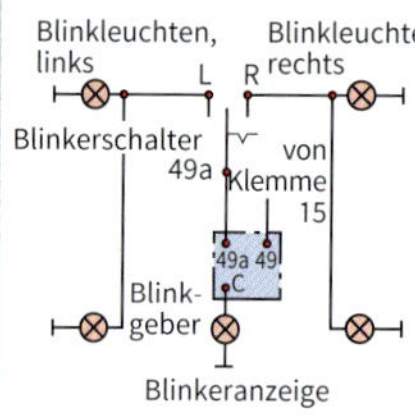

Zweikreis-Blinkanlage

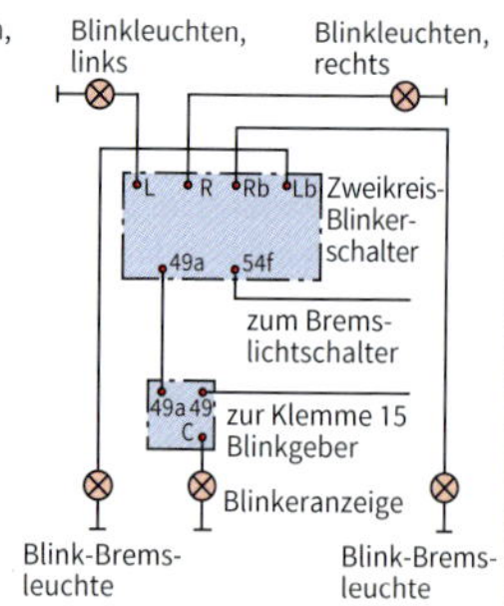

Klemme	Bedeutung der Klemmenbezeichnung
52	Klemme für Reifenhütersignal und weitere Signalgebung vom Anhänger zum Zugwagen
53	Eingangsklemme am Wischermotor (Hauptanschluss)
53a	Klemme am Wischermotor (Endabstellschalter) und am Wischerschalter
53b	Klemme am Wischermotor (Nebenschlussfeld) und am Wischerschalter
53c	Klemme am Wischerschalter für Scheibenspülerpumpe
53e	Klemme am Wischermotor (Bremswicklung) und am Wischerschalter
53i	Klemme für höhere Drehzahl am Wischermotor mit Permanentmagnet und 3. Bürste
54	Klemme für Bremsleuchten an Anhänger-Steckvorrichtung und bei Leuchtenkombinationen
54g	Druckluftventil für Dauerbremse im Anhänger (nicht mehr erlaubt)
55	Klemme für Nebelscheinwerfer
56	Ausgangsklemme am Lichtschalter und Eingangsklemme am Abblendschalter (gemeinsame Zuleitung für Fern- und Abblendlicht)
56a	Ausgangsklemme am Abblendschalter für Fernlicht und für Kontrollleuchte
56b	Ausgangsklemme am Abblendschalter für Abblendlicht
56d	Ausgangsklemme zum Lichthupenkontakt
57	Klemme für Standlicht im Zweiradscheinwerfer
57a	Ausgangsklemme am Licht- oder Zündschalter für Parklicht, Eingangsklemme am Parklichtschalter
57L	Ausgangsklemme für Parklicht links
57R	Ausgangsklemme für Parklicht rechts
58	Ausgangsklemme am Lichtschalter für Begrenzungsleuchten, Schlussleuchten, Kennzeichenleuchten, Instrumentenbeleuchtung
58b	Klemme für Schlusslichtumschaltung bei Einachsschleppern
58c	Klemme an Anhängersteckvorrichtung bei einadriger Verlegung der Zuleitung für Schlussleuchten am Anhänger (bei getrennter Absicherung im Anhänger)
58d	Klemme für regelbare Instrumentenbeleuchtung
58L	Ausgangsklemme am Lichtschalter für linke Begrenzungs- und Schlussleuchten, Klemme an Anhänger-Steckvorrichtung
58R	Ausgangsklemme am Lichtschalter für rechte Begrenzungs- und Schlussleuchten und für Instrumenten- und Kennzeichenbeleuchtung, Klemme an Anhänger-Steckvorrichtung
59	Ausgangsklemme für Wechselspannung am Wechselstrom-Generator und Eingangsklemme für Wechselspannung am Lichtschalter und am Gleichrichter
59a	Ausgangsklemme für Wechselspannung am Wechselstrom-Generator von zusätzlichem Ladeanker

Beispiele für Klemmenbezeichnungen

Wischermotor

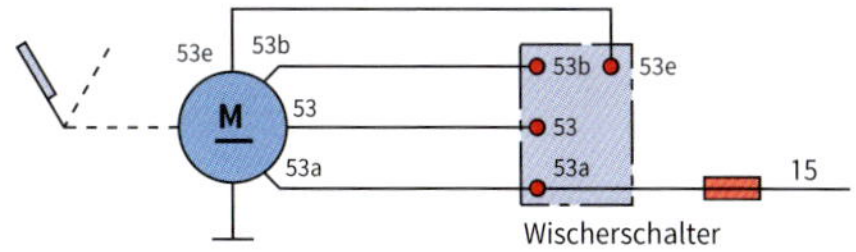

Wischerschalter für Wischermotor mit Haupt- und Nebenschlusswicklung, 2 Geschwindigkeiten, Bremswicklung und Endabstellung.

Anhänger

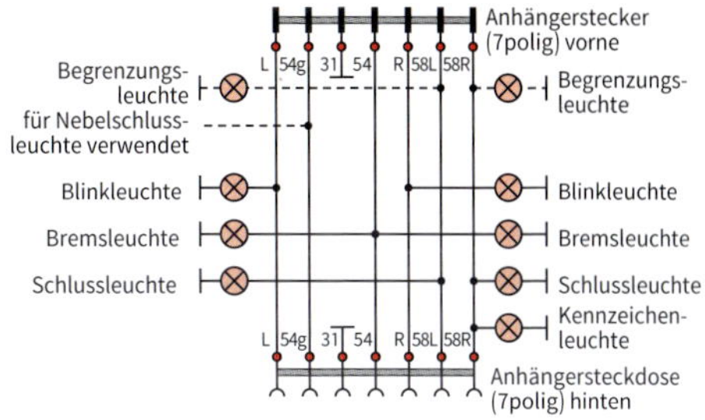

Beleuchtungsanlage

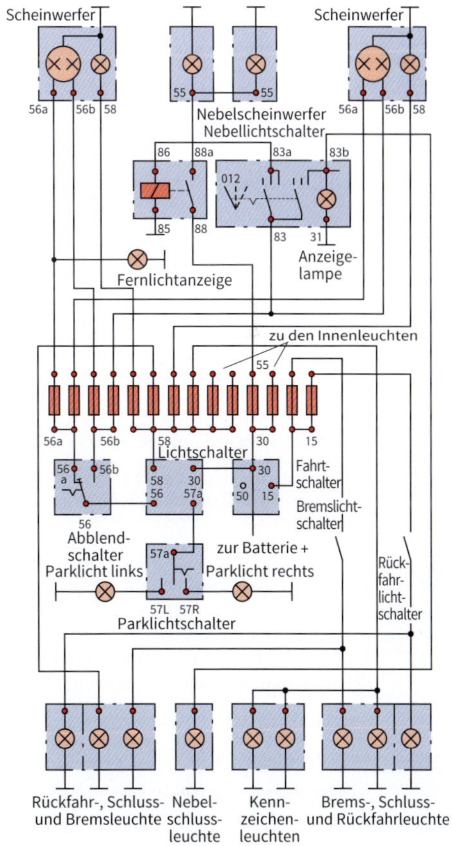

Klemme	Bedeutung der Klemmenbezeichnung
59b	Ausgangsklemme für Wechselspannung am Wechselstrom-Generator von zusätzlichem Schlusslichtanker
59c	Ausgangsklemme für Wechselspannung am Wechselstrom-Generator von zusätzlichem Bremslichtanker
61	Ausgangsklemme am Regler oder Generator für Generator-kontrollleuchte
64	Klemme am elektronischen Regler zur Strombegrenzung und Generator-Steuerleitung
71	Eingangsklemme am Tonfolgeschaltgerät
71a	Ausgangsklemme am Tonfolgeschaltgerät zum ersten und zweiten Horn tief
71b	Ausgangsklemme am Tonfolgeschaltgerät zum ersten und zweiten Horn hoch
72	Ein- und Ausgangsklemme am Alarmschalter für Rundumkennleuchte
75	Ausgangsklemme am Fahrtschalter z. B. für Radio oder Zigarettenanzünder
76	Klemme für Lautsprecher
77	Klemme für Türventilsteuerung
81	Eingangsklemme an mechanisch betätigten Schaltern bei Öffner und Wechsler (wenn nur eine Zuleitung)
81a	erste Ausgangsklemme an mechanisch betätigten Schaltern bei Öffner (bei Wechsler die Öffnerseite)
81b	zweite Ausgangsklemme an mechanisch betätigten Schaltern bei Öffner (bei Wechsler die Öffnerseite)
82	Eingangsklemme an mechanisch betätigten Schaltern bei Schließer
82a	erste Ausgangsklemme an mechanisch betätigten Schaltern bei Schließer (bei Wechsler die Schließerseite)
82b	zweite Ausgangsklemme an mechanisch betätigten Schaltern bei Schließer (bei Wechsler die Schließerseite)
82z	erste Eingangsklemme an mechanisch betätigten Schaltern bei Schließer (bei getrennten Stromkreisen und mehrpoligen Zuleitungen)
82y	zweite Eingangsklemme an mechanisch betätigten Schaltern bei Schließer (bei getrennten Stromkreisen und mehrpoligen Zuleitungen)
83	Eingangsklemme am Mehrstellenschalter (wenn nur eine Zuleitung, auch Mehrstellenschalter mit Mittelstellung)
83a	Ausgangsklemme am Mehrstellenschalter, Schaltstufe 1
83b	Ausgangsklemme am Mehrstellenschalter, Schaltstufe 2
83L	Ausgangsklemme am Mehrstellenschalter, Schaltstufe links
83R	Ausgangsklemme am Mehrstellenschalter, Schaltstufe rechts

Beispiele für Klemmenbezeichnungen

Generator

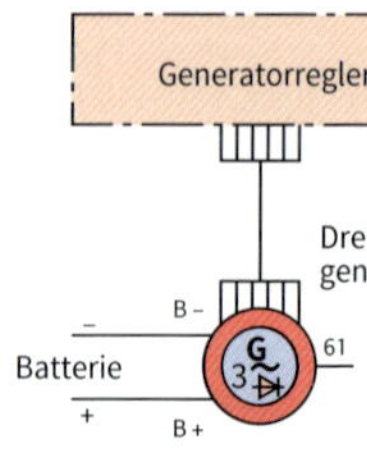

Akustische Warnanlage

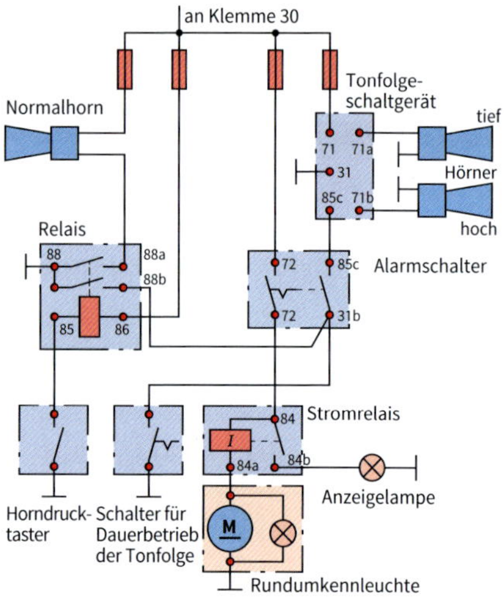

Schalter

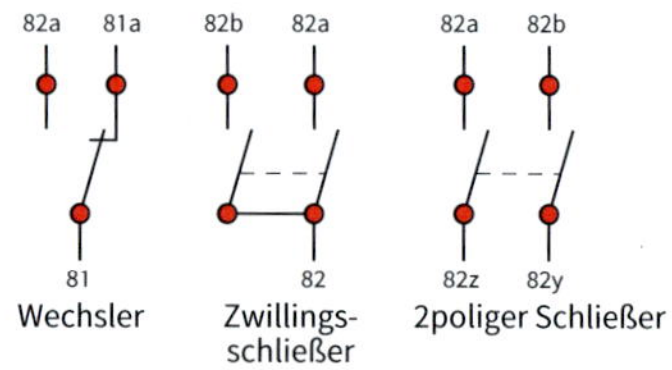

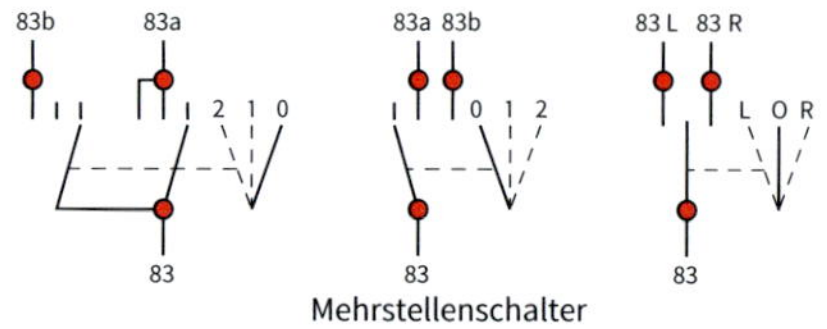

Klemme	Bedeutung der Klemmenbezeichnung
84	Eingangsklemme am Stromrelais für Wicklungsanfang und Kontakt[1)]
84a	Wicklungsende am Stromrelais
84b	Ausgangsklemme am Stromrelais für Kontakt[1)] 1) Bei getrenntem Kontaktstromkreis werden die Klemmenbezeichnungen für Öffner und Wechsler (87 usw.) bzw. Schließer (88 usw.) vom Spannungsrelais übernommen.
85	Ausgangsklemme am Relais (Spannungsrelais) zu Batterie-Minus oder Masse
86	Eingangsklemme am Relais (Wicklungsanfang, wenn nur eine Zuleitung)
86a	Eingangsklemme am Relais (Wicklungsanfang oder erste Wicklung)
86b	Eingangsklemme am Relais (Wicklungsanzapfung oder zweite Wicklung bei mehreren Wicklungen)
87	Eingangsklemme am Relais bei Öffner und Wechsler (wenn nur eine Zuleitung)
87a	erste Ausgangsklemme am Relais bei Öffner (bei Wechsler die Öffnerseite)
87b	zweite Ausgangsklemme am Relais bei Öffner (bei Wechsler die Öffnerseite)
87c	dritte Ausgangsklemme am Relais bei Öffner (bei Wechsler die Öffnerseite)
87z	erste Eingangsklemme am Relais bei Öffner und Wechsler (bei getrennten Stromkreisen und mehrpoligen Zuleitungen)
87y	zweite Eingangsklemme am Relais bei Öffner und Wechsler (bei getrennten Stromkreisen und mehrpoligen Zuleitungen)
87x	dritte Eingangsklemme am Relais bei Öffner und Wechsler (bei getrennten Stromkreisen und mehrpoligen Zuleitungen)
88	Eingangsklemme am Relais bei Schließer (wenn nur eine Zuleitung)
88a	erste Ausgangsklemme am Relais bei Schließer (bei Wechsler die Schließerseite)
88b	zweite Ausgangsklemme am Relais bei Schließer (bei Wechsler die Schließerseite)
88c	dritte Ausgangsklemme am Relais bei Schließer (bei Wechsler die Schließerseite)
88z	erste Eingangsklemme am Relais bei Schließer (bei getrennten Stromkreisen und mehrpoligen Zuleitungen)
88y	zweite Eingangsklemme am Relais bei Schließer (bei getrennten Stromkreisen und mehrpoligen Zuleitungen)
88x	dritte Eingangsklemme am Relais bei Schließer (bei getrennten Stromkreisen und mehrpoligen Zuleitungen)

Hinweis: Die Bezeichnung der Klemmen an Spannungsrelais werden von den Herstellern evtl. noch nach der Vorgängernorm vorgenommen.

Nach Vorgängernorm:

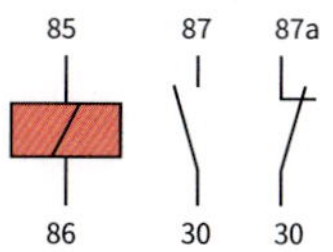

Nach DIN 72552:

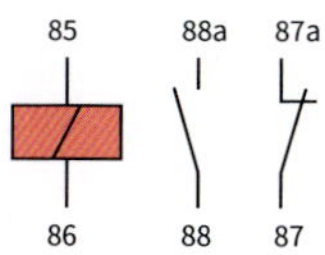

Beispiele für Klemmenbezeichnungen

Stromrelais ...

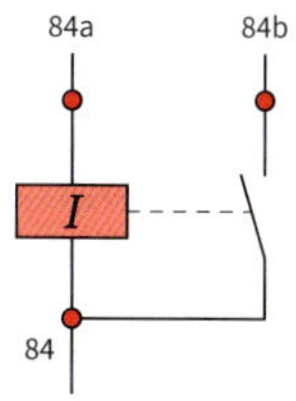

mit angeschlossenem Kontaktstromkreis

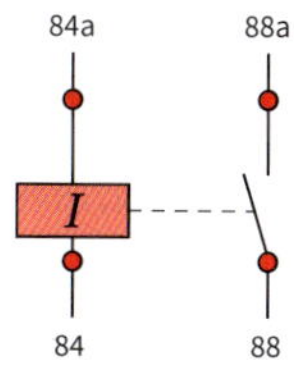

mit getrenntem Kontaktstromkreis

Spannungsrelais ...

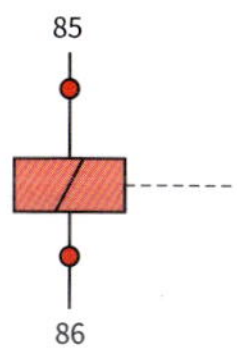

mit einer Wicklung

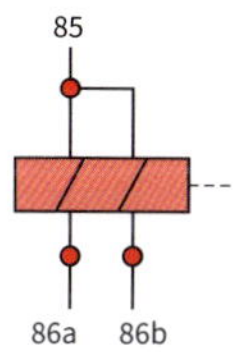

mit zwei gleichsinnigen Wicklungen

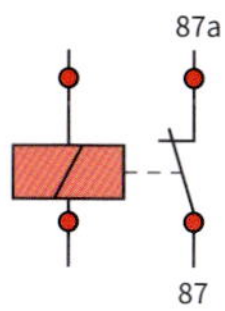

mit Öffner

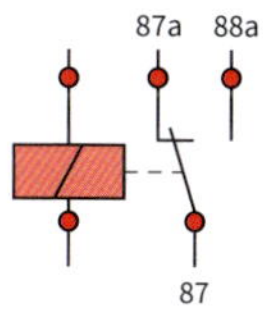

mit Wechsler

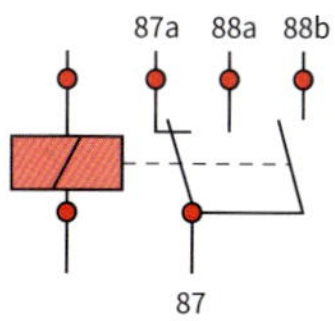

mit Wechsler und Schließer

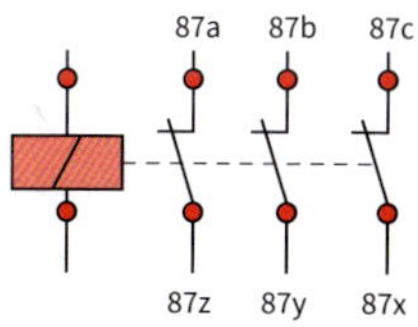

mit drei Öffnern

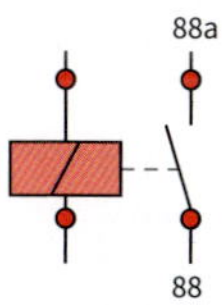

mit Schließer

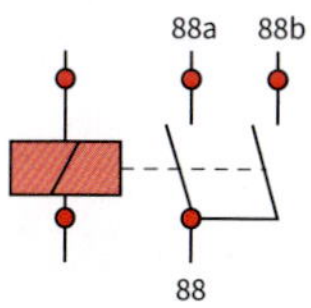

mit zwei Schließern

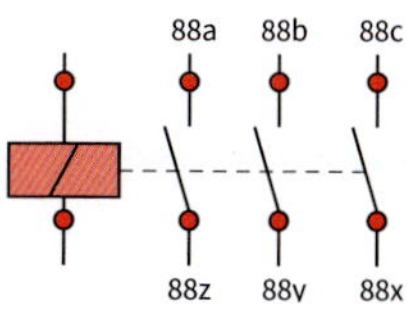

mit drei Schließern

Klemme	Bedeutung der Klemmenbezeichnung
B+	Klemme für Batterie-Plus am Regler und am Drehstromgenerator mit eingebautem Gleichrichter
B–	Klemme für Batterie-Minus am Regler und am Drehstromgenerator mit eingebauten Gleichrichtern
D+	Klemme für Dynamo-Plus an Generator und Regler, Klemme für Generatorkontrollleuchte, wenn keine besondere Klemme 61 vorhanden ist
D–	Klemme für Dynamo-Minus an Generator und Regler, Klemme für Batterie-Minus, wenn keine Klemme B– vorhanden ist
DF	Klemme für Dynamo Feld an Generator und Regler
DF1	Klemme für Dynamo Feld 1 an Generator und Regler
DF2	Klemme für Dynamo Feld 2 an Generator und Regler
J	Klemme für Erregerwicklung-Plus am Drehstromgenerator bei getrenntem Gleichrichter
K	Klemme für Erregerwicklung-Minus am Drehstromgenerator bei getrenntem Gleichrichter
Mp	Mittelpunktklemme am Drehstromgenerator bei getrenntem Gleichrichter
U	Drehstromklemme am Drehstromgenerator
V	Drehstromklemme am Drehstromgenerator
W	Drehstromklemme am Drehstromgenerator und Anschlussklemme für Drehzahlerfassung, z. B. Drehzahlmesser bei Dieselmotoren
C	Klemme am Blinkgeber für 1. Kontrollleuchte
CO	Hauptanschluss für vom Blinkkreis getrennte Kontrollkreise
C2	Klemme am Blinkgeber für 2. Kontrollleuchte (z. B. bei Anhängerbetrieb)
C3	Klemme am Blinkgeber für 3. Kontrollleuchte (z. B. bei 2-Anhängerbetrieb)
L	am Blinkschalter Ausgangsklemme für Blinkleuchten links; Klemme an Anhänger-Steckvorrichtung für Blinkleuchten an Anhängern links
R	am Blinkschalter Ausgangsklemme für Blinkleuchten rechts; Klemme an Anhänger-Steckvorrichtung für Blinkleuchten an Anhängern rechts

Drehstromgenerator mit getrenntem Gleichrichter

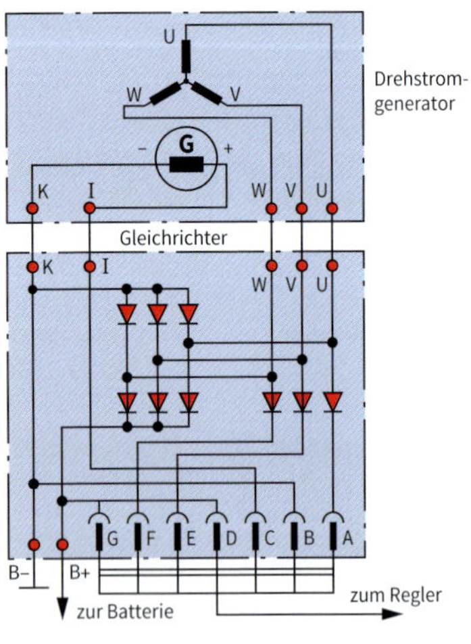

Beispiele für Klemmenbezeichnungen

Generator ...

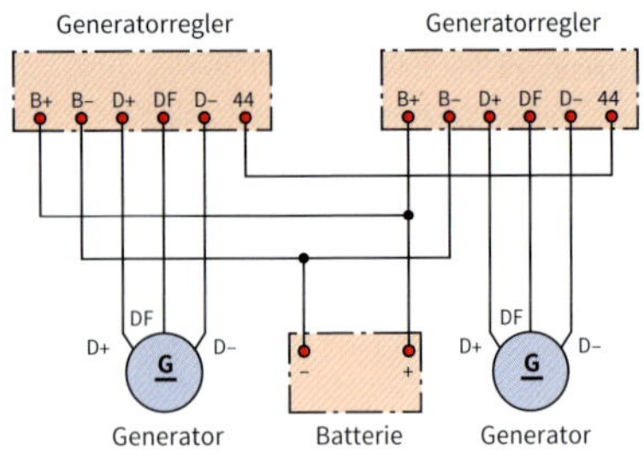

im Parallelbetrieb

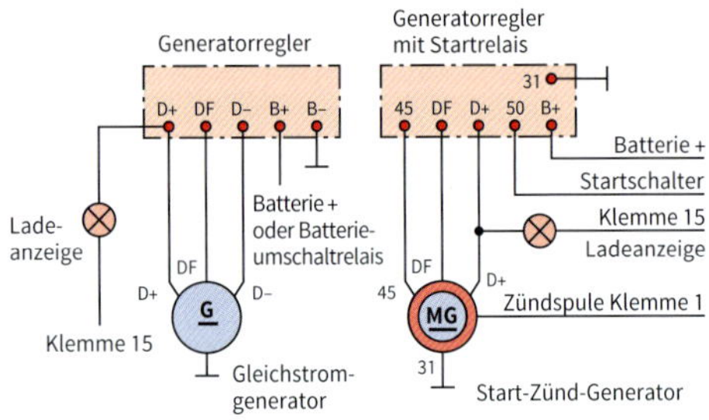

mit Startrelais

Warnblink- und Blinkanlage

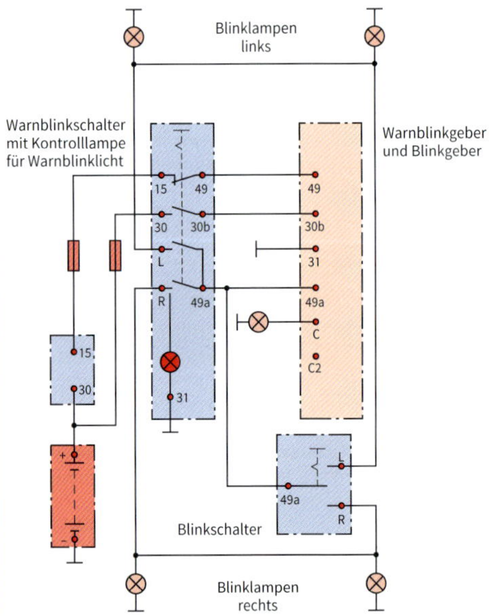

Erklärung

Schaltzeichen sind die kleinsten Bausteine eines Schaltplans. Sie sind die vereinfachte Darstellung eines elektrischen Gerätes oder eines Teiles davon. Schaltzeichen mit den daran angeschlossenen Leitungen zeigen in einem Schaltplan die Verknüpfung von elektrischen Geräten. Durch die Verknüpfung wird der funktionale Zusammenhang eines technischen Ablaufs dargestellt. Schaltzeichen mit der Darstellung der Innenschaltung eines Gerätes geben Auskunft über die elektrische Wirkungsweise des Gerätes.

Aufbau

Schaltzeichen bestehen aus **Schaltzeichenelementen, Kennzeichen** und der Angabe physikalischer Einflussgrößen (z. B. Lambda-Sonde). Als Kennzeichen und physikalischer Einflussgrößen werden Buchstaben, Ziffern, Symbole, Formelzeichen, Einheitenzeichen, Kennlinien usw. verwendet.

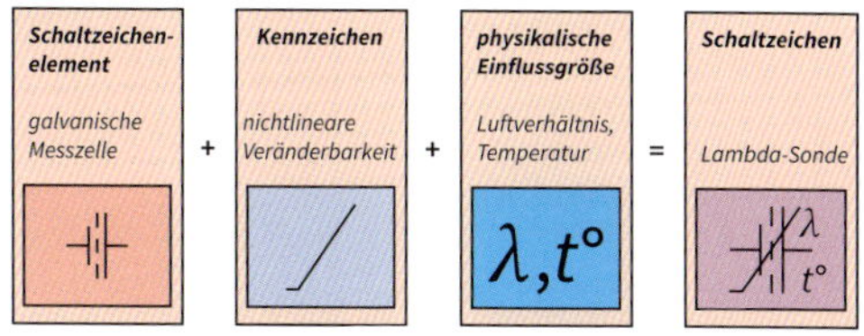

Kommt es auf die **Innenschaltung** eines Gerätes (z. B. Drehstromgenerator) nicht an, oder ist die Innenschaltung eines Gerätes zu komplex (a), kann das Gerät durch ein einziges Schaltzeichen dargestellt werden (b).

(a) mit Innenschaltung

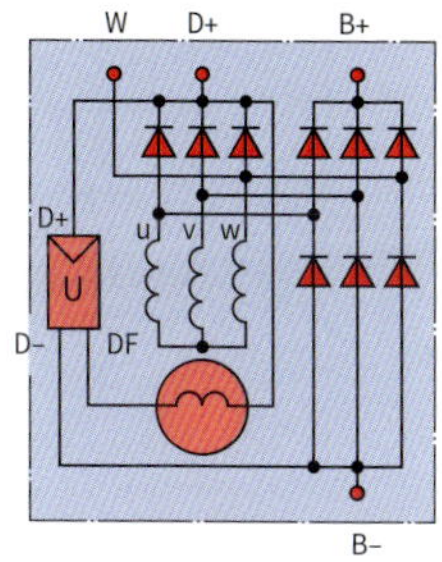

(b) ohne Innenschaltung

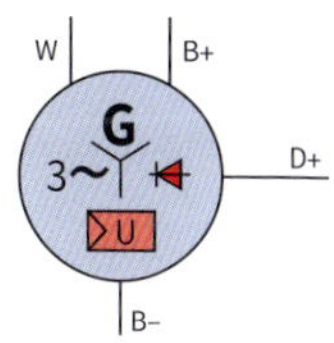

Bei **integrierten Schaltkreisen** (c), z. B. Blinkgeber, wird aufgrund der vielen elektronischen Bauteile die vereinfachte Schaltungsdarstellung (d bzw. e) bevorzugt.

(c) mit Innenschaltung

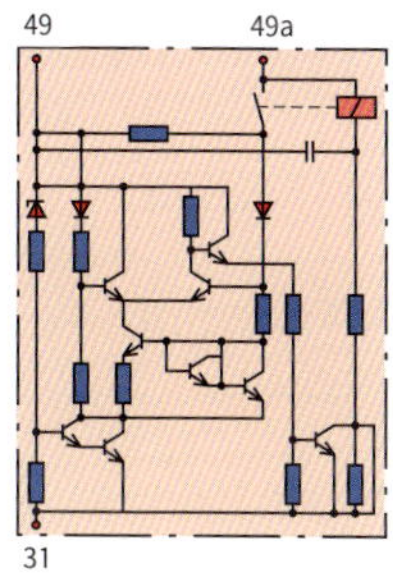

(d) mit vereinfachter Innenschaltung

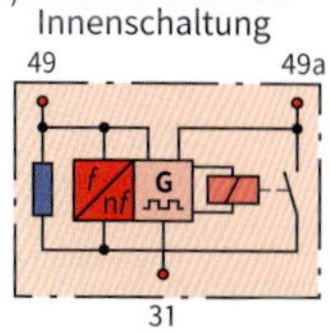

(e) ohne Innenschaltung

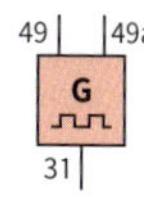

Darstellung

Schaltzeichen und Schaltpläne werden **grundsätzlich** in **strom- und spannungslosem** sowie **mechanisch nicht betätigtem Zustand** dargestellt.

Wird von der **Ausgangsstellung** (Regeldarstellung) des Schaltzeichens bzw. des Schaltplanes abgewichen, so werden die Schaltzeichen der betätigten Geräte durch einen **Doppelpfeil** gekennzeichnet (f). Schaltzeichen und ihre elektrischen sowie mechanischen Verbindungslinien haben die gleiche Linienbreite.

(f) Schließer: nicht betätigt betätigt — Relais nicht betätigt betätigt

Um den Schaltplan so übersichtlich wie möglich darzustellen, können die Schaltzeichen in Stufen von 90° gedreht oder spiegelbildlich angeordnet werden (g).
Die **Anschlüsse** am Schaltzeichen sind frei wählbar. Ausgenommen sind die Schaltzeichen für Widerstände – die Anschlüsse müssen an den Schmalseiten des Schaltzeichens erfolgen – und für elektromechanische Antriebe, z. B. Relais (h) – hier müssen die Anschlüsse an den Breitseiten des Schaltzeichens erfolgen (der mechanische Anschluss erfolgt an den Schmalseiten).

(g)

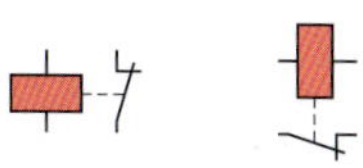

(h) Widerstand — Relais

Die **Richtung** der von den Anschlüssen abgehenden Leitungen soll stets **waagerecht** oder **senkrecht** sein (b). **Verzweigungen** von Leitungen können sowohl mit als auch ohne Punkt dargestellt werden (i). Kreuzende Leitungen, die miteinanden verbunden sind, werden mit einem Punkt gekennzeichnet (j, s. auch a).

(i) Leitungsverzweigung

(j) kreuzende Leitungen nicht verbunden verbunden

Schaltzeichen, die einen **gemeinsamen mechanischen** Antrieb haben, werden bei der zusammenhängenden Darstellung so gezeichnet, dass sie bei Betätigung einer Bewegungsrichtung folgen, die durch die mechanische Wirkverbindung (– – – –) festgelegt ist (k).

(k) Schaltzeichen mit gemeinsamen Antrieb, z. B. Zündschalter

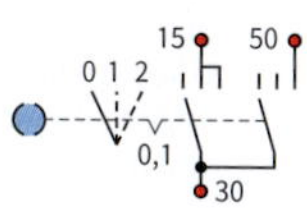

Schaltzeichen	Benennung
Leitung, Leitungsverbindungen	
	Leiter, Leitung, Kabel, Stromweg
oder 3	drei Leitungen, vereinfachte Darstellung, Angabe der Zahl der Leitungen durch kleine Striche oder durch einen Strich mit einer Zahl
	Leitung, beweglich
	geschirmte Leitung, einpolig
	geschirmte Leitung, zweipolig
	geschirmte Leitung, einpolig mit Masseverbindung
	zwei Leitungen verdrillt
	Verbindungspunkt von Leitungen
	Verbindungspunkt von Leitungen (lösbar)
Form 1 Form 2	Abzweig von Leitungen
Form 1 Form 2	Doppelabzweig von Leitungen
	kreuzende Leitungen, nicht verbunden
Form 1 Form 2	Buchse, Pol einer Steckdose
Form 1 Form 2	Stecker, Pol eines Steckers
Form 1 Form 2	Buchse und Stecker, Steckverbindung
	Steckverbindung vierpolig, allpolige Darstellung
4	Steckverbindung einpolige Darstellung, Angabe der Pole durch einen Strich mit Zahl

Schaltzeichen	Benennung
Erde, Masse	
	Erde
	Schutzerde
	Fahrzeugmasse
	Gerätemasse, Gehäuse
Motor	Massesammelpunkt mit Angabe des Ortes, z. B. Motormasse
Allgemeine Schaltzeichen	
	Primärzelle, Monozelle, Batterie (der lange Strich kennzeichnet den Pluspol, Spannungsangabe ist möglich)
12 V	Batterie, Akkumulator (Spannungsangabe ist möglich, veraltet)
	Sicherung
	Widerstand, allgemein
1 2	Widerstand, mechanisch veränderbar mit zwei Anschlüssen (Potenziometer)
1 2 3	mit drei Anschlüssen
1 2	mit Abschaltstellung
t°	temperaturabhängiger Widerstand, allgemein
t°	PTC-Widerstand (Kaltleiter)
t°	NTC-Widerstand (Warmleiter)
U	spannungsabhängiger Widerstand
	Heizwiderstand (Glühkerze, Flammkerze)

Schaltzeichen	Benennung
	Glühlampe
	Zweifadenglühlampe (z. B. H4-Lampe, Bilux-Lampe)
oder	Wicklung, Induktivität (allgemein)
	Wicklung mit Kern
	Transformator mit Kern
	Zündspule
	Spartransformator, Anker eines Magnetzündergenerators
	Dauermagnet
	Kondensator, allgemein
	einstellbar
+	Elektrolytkondensator mit Angabe der Polung
Messgeräte	
	Messgerät mit allgemeiner Anzeige
000	Messgerät mit digitaler bzw. numerischer Anzeige
V	Spannungsmessgerät
A	Strommessgerät
Ω	Widerstandsmessgerät
n	Drehzahlmessgerät
	Oszilloskop

Antriebsarten

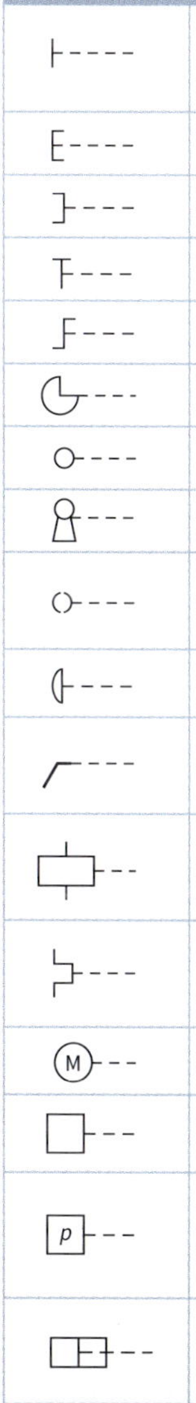

Benennung (Schaltzeichen siehe Abbildung)
Betätigung durch: ■ Handantrieb, allgemein
■ Drücken
■ Ziehen
■ Kippen
■ Drehen
■ Nocken
■ Rolle
■ Schlüssel
■ Steckschlüssel, z. B. Zündschloss
■ Notschalter
■ Fußantrieb, z. B. Bremslichtschalter
■ elektromagnetischen Antrieb, z. B. Relais
■ thermischen Antrieb (Bimetall)
■ Motorantrieb
■ Kraftantrieb, allgemein
■ Kraftantrieb durch Druck, z. B. Bremslichtschalter
■ pneumatische oder hydraulische Steuerung

Elektromagnetische Antriebe

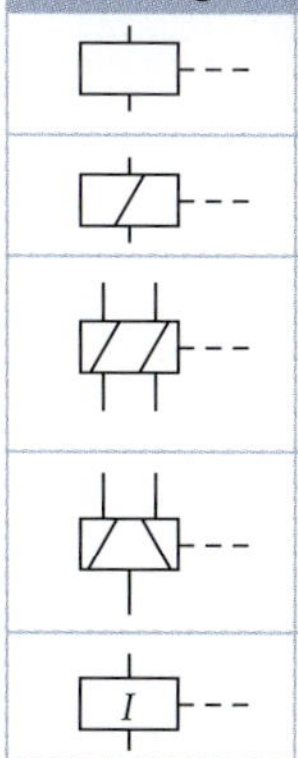

Benennung (Schaltzeichen siehe Abbildung)
Antrieb allgemein, z. B. Relais
Antrieb mit einer Wicklung
Antrieb mit zwei getrennten gleichsinnig wirkenden Wicklungen
Antrieb mit zwei gegensinnig wirkenden Wicklungen
Stromrelais

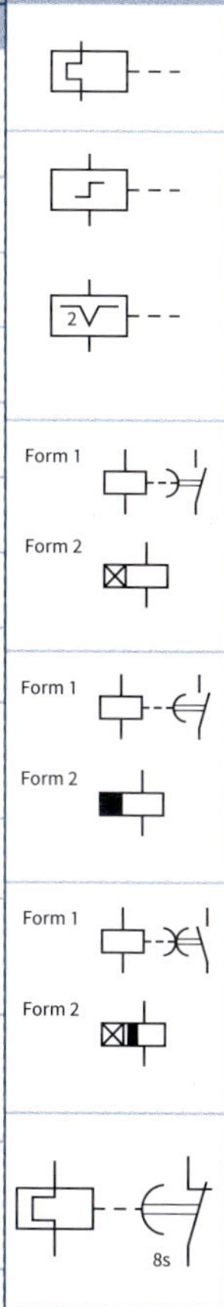

Benennung (Schaltzeichen siehe Abbildung)
elektrothermischer Antrieb (Thermorelais)
Antrieb mit mehreren Schaltstellungen (Fortschaltrelais, Stromstoßrelais, Schrittrelais), z. B. mit zwei Schaltstellungen
Antrieb mit Anzugsverzögerung
Antrieb mit Abfallverzögerung
Antrieb mit Anzugs- und Abfallverzögerung
Antrieb mit Angabe der Verzögerungszeit, z. B. Thermozeitrelais

Schaltstellungen

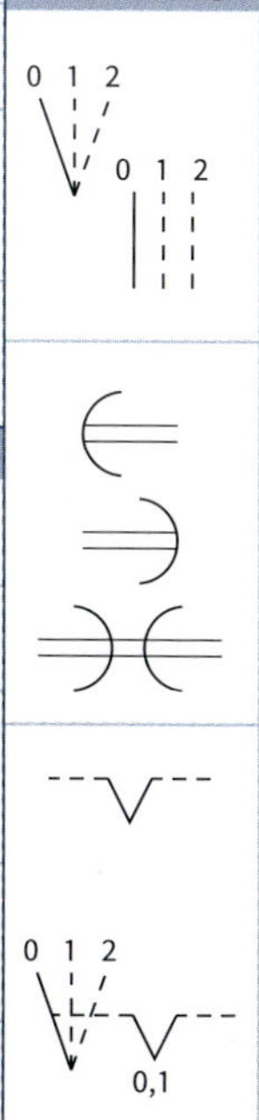

Benennung (Schaltzeichen siehe Abbildung)
Darstellung für: ■ Drehbewegung ■ Zug- oder Schubbewegung
verzögerte Bewegung nach ■ rechts ■ links ■ rechts und links
Rastzeichen allgemein, mit Angabe der Schalt- und Raststellung (rastet bei 0 und 1 ein und geht von 2 selbsttätig wieder nach 1 zurück)

Einfache Schalter

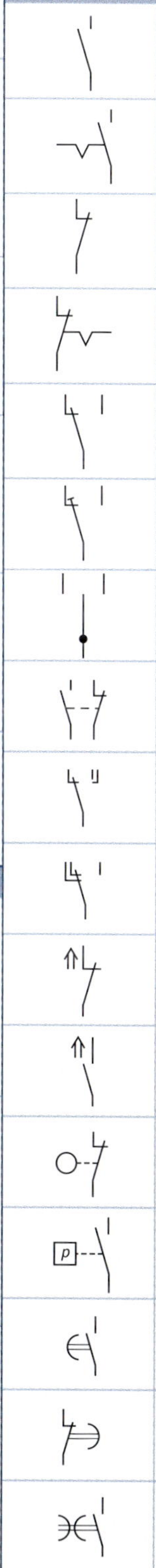

Benennung (Schaltzeichen siehe Abbildung)
Schließer mit selbsttätigem Rückgang (Tastschalter)
Schließer mit nichtselbsttätigem Rückgang (Stellschalter)
Öffner mit selbsttätigem Rückgang (Tastschalter)
Öffner mit nichtselbsttätigem Rückgang (Stellschalter)
Wechsler, mit Unterbrechung schaltend
Wechsler, ohne Unterbrechung schaltend (Abblendschalter)
Zweiwegschließer mit Mittelstellung „Aus" (Blinkschalter)
Schließer-Öffner
Öffner-Zwillingsschließer
Zwillingsöffner-Schließer
Schließer, betätigt
Öffner, betätigt
Nocken betätigter Schalter
Schließer, druckbetätigt
Schließer, schließt verzögert
Öffner, schließt verzögert
Schließer, schließt und öffnet verzögert

Mehrstellenschalter (Beispiele)

Schaltzeichen	Benennung
	Stellschalter mit drei Schaltstellungen (der kurze Strich kennzeichnet eine Stellung ohne Anschluss)
	Stellschalter mit vier Schaltstellungen
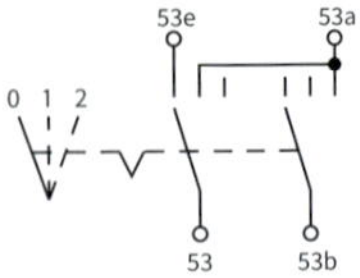	Stellschalter mit drei Schaltstellungen (Wischerschalter mit Klemmenbezeichnungen)
zusammenhängende Darstellung 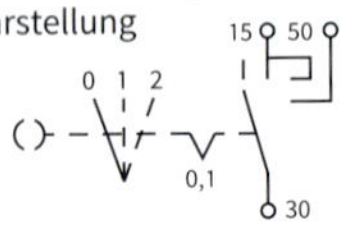 halbaufgelöste Darstellung 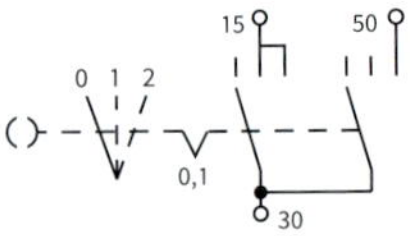	Schlüsselschalter mit drei Schaltstellungen (Zündschalter mit Klemmenbezeichnungen, Stellung 0 und 1 sind Raststellungen, von der Stellung 2 erfolgt selbsttätige Rückstellung zur Stellung 1)

Kombischalter (Beispiele)

Schalter, bei denen Drehschalter mit Schub- oder Zugschalter kombiniert ist.

Beispiel 1: Schlüsselschalter als kombinierter Schalter für Standlicht, Fahrlicht, Zündung und Starten
Standlicht Stellung 1 gedreht (Raststellung)
Fahrlicht Stellung 2 gedreht (Raststellung)
Zündung Stellung I gedrückt (Raststellung)
Starten Stellung II gedrückt (Tastststellung)

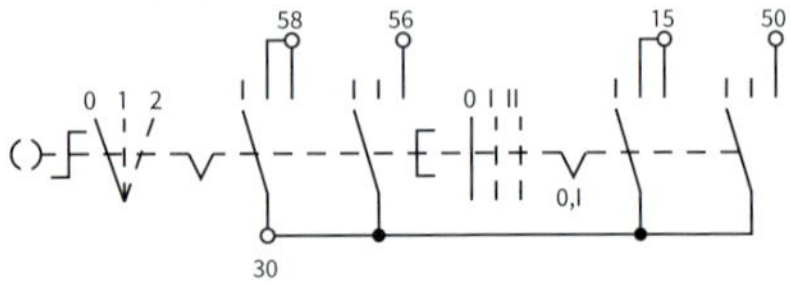

Beispiel 2: Schalter für Standlicht, Fahrlicht und veränderbare Instrumentenbeleuchtung über einen Drehwiderstand mit Ausschaltstellung
Standlicht Stellung 1 gedrückt (Raststellung)
Fahrlicht Stellung 2 gedrückt (Raststellung)
Instrumentenbeleuchtung durch Drehen stufenlos verstellbar

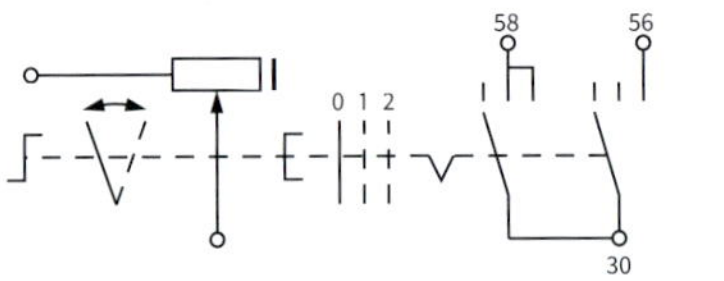

Schaltzeichen	Benennung	Schaltzeichen	Benennung	Schaltzeichen	Benennung
Halbleiterelemente					
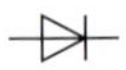	Diode	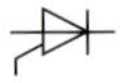	Thyristor, anodenseitig gesteuert	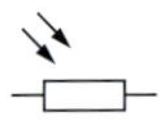	Fotowiderstand
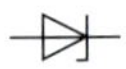	Z-Diode	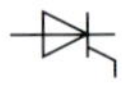	Thyristor, katodenseitig gesteuert		Fotoelement
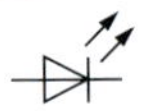	Leuchtdiode (LED)	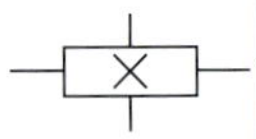	Hallgenerator	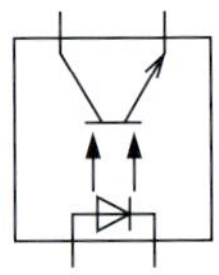	Optokoppler, z. B. Fotodiode/Fototransistor
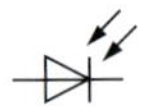	Fotodiode		PNP-Transistor	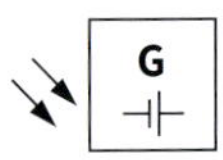	fotoelektrische Spannungsquelle (Solarzelle)
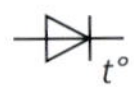	Diode, temperaturabhängig		NPN-Transistor	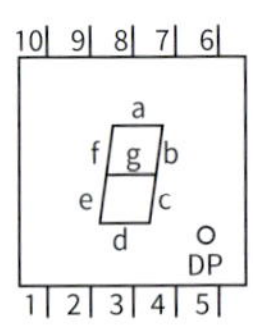	LED-Anzeige (Display), einstellig 1 e 2 d 3 Anode 4 c 5 DP 6 b 7 a 8 Anode 9 f 10 g DP Dezimalpunkt 3 und 8 verbunden
	Kapazitätsdiode	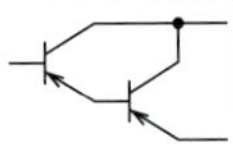	Darlington-Transistor (PNP-Typ)		
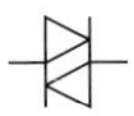	Zweirichtungsdiode	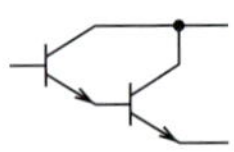	Darlington-Transistor (NPN-Typ)		
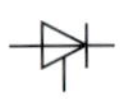	Thyristor, allgemein	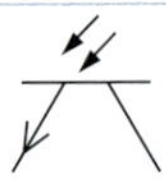	Foto-Transistor		

Umlaufende elektrische Maschinen

Schaltzeichen	Benennung
Grundschaltzeichen	
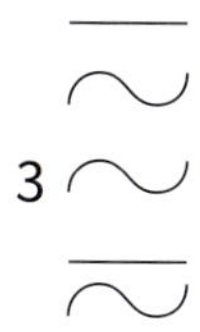	Stromart: Gleichstrom Wechselstrom Drehstrom Gleich- oder Wechselstrom
	Wicklungsschaltung: Sternschaltung Dreieckschaltung
	Läufer, Anker, allgemein mit Bürste am Schleifring mit Dauermagnet mit Leitstück mit Wicklung
Generatoren	
	Gleichstromgenerator ohne Innenschaltung
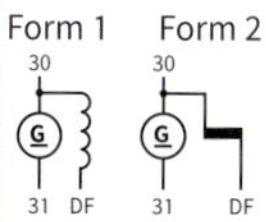	Gleichstromgenerator mit Darstellung der Innenschaltung
	Drehstromgenerator in Sternschaltung mit Gleichrichter und Regler
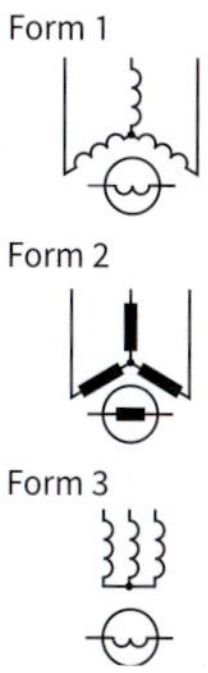	Drehstromgenerator in Sternschaltung mit Erregerwicklung und Schleifringläufer mit Darstellung der Innenschaltung

Schaltzeichen	Benennung
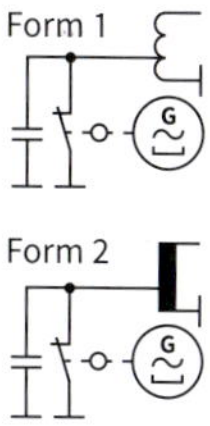	Magnetzünder mit mechanischem Unterbrecher (Darstellung mit Innenschaltung)
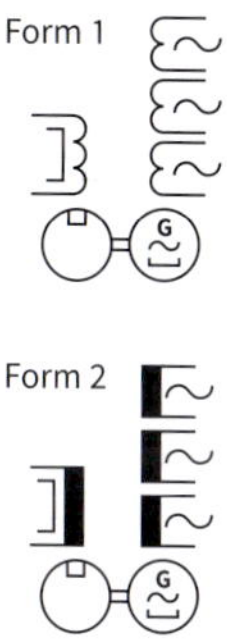	Magnetzünder-Generator mit Leitstückgeber und Geberanker sowie zwei Generatorankern und einem Ladegeneratoranker (Darstellung mit Innenschaltung)
Gleichstrommotoren	
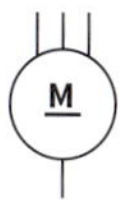	Startermotor mit Reihenschlusswicklung ohne Darstellung der Innenschaltung, allgemein
	Schaltkurzzeichen
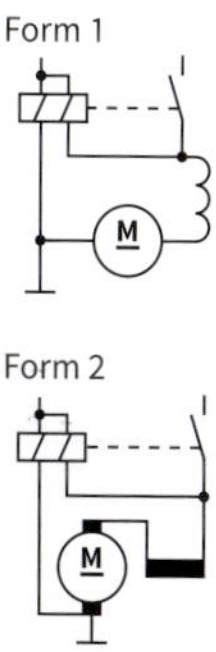	mit Darstellung der Innenschaltung (Schraub-Schubtrieb-Starter)
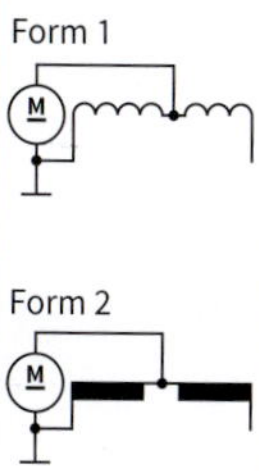	Doppelschlussmotor mit Reihen- und Nebenschlusswicklung

Schaltzeichen	Benennung
	Kleinmotor mit Dauermagneterregung
	Umkehrmotor, z. B. für Fensterheber ohne Darstellung der Innenschaltung
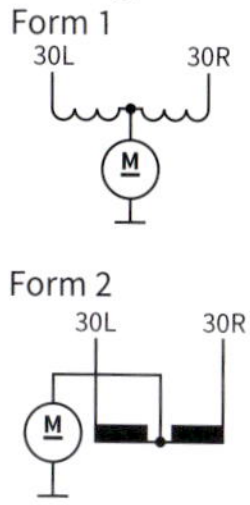	mit Darstellung der Innenschaltung
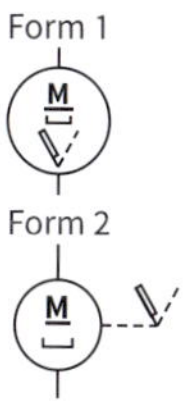	Scheibenwischermotor mit Dauermagneterregung ohne Darstellung der Innenschaltung
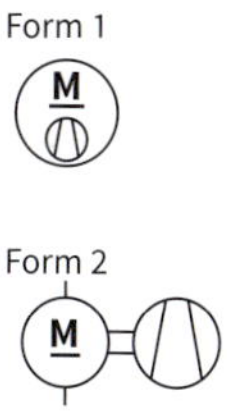	Motor mit Lüfter (Gebläse) ohne Darstellung der Innenschaltung
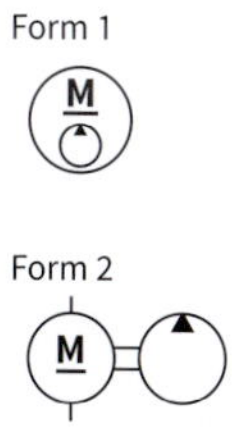	Motor mit Kraftstoff-, Scheibenspüler- oder Hydraulikpumpe ohne Darstellung der Innenschaltung
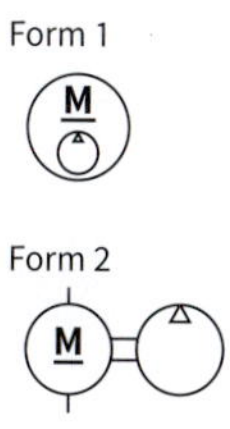	Motor mit Druckluftpumpe ohne Darstellung der Innenschaltung

Geräte im Kraftfahrzeug (ohne Innenschaltung, finden überwiegend Verwendung in Anschlussplänen, aber auch in Stromlaufplänen, wo es auf die Innenschaltung nicht ankommt)

Schaltzeichen	Benennung	Schaltzeichen	Benennung	Schaltzeichen	Benennung
	Batterie		Zündspule	U >	Überspannungsschutzgerät
	Schalter, allgemein		Zündkerze	U const.	Spannungskonstanthalter
	Schalter, allgemein mit Anzeigelampe		Zündverteiler, Hochspannungsverteiler	M	Leerlaufdrehsteller
p	Schalter, druckbetätigt	G	Impulsgeber (Blinkgeber, Intervallrelais)	U	Spannungsregler
	Drosselklappenschalter		Magnetventil (Einspritzventil, Kaltstartventil)	n	Drehzahlregler
	Zündunterbrecher, Unterbrecherkontakt		Drucksteuerventil (ABS-Anlage)		Hallsensor
	Thermozeitschalter	Q_L	Luftmengenmesser		Induktivgeber
	Leuchte, Scheinwerfer	$\dot{m}$ t°	Luftmassenmesser		Klopfsensor, Ladedrucksensor
	Steckanschluss		Horn, Fanfare	t°	Temperatursensor
	Relais, allgemein		Diebstahl-Alarmanlage		Antenne, allgemein
	Verzögerungsrelais		Klimaanlage	M	Autoantenne, ausfahrbar durch Motorantrieb
	Bimetallantrieb (Zusatzluftschieber, Warmlaufregler)	V	Fahrtenschreiber		Lautsprecher
	Glühkerze, Heckscheibenheizung	t° comp.	Temperaturkompensator		Empfänger, allgemein z. B. Radio
	Steuergerät, Schaltgerät	n	Drehzahlmesser		Mikrofon
λ	Lambda-Sonde		Uhr		Warnsummer

Bauarten der Starterbatterie

DIN EN 50342, Teil 1: 2022-08

Bauart	Merkmale	Verwendung	Gebrauchsdauer
Geschlossene Starterbatterie	sichtbare Verschlussstopfen, hoher Wasserverbrauch, hohe Selbstentladung, Schlammraum, Kurzschlussgefahr durch Bleischlamm	sämtliche Kraftfahrzeuge	3 bis 4 Jahre
Verschlossene Starterbatterie	keine oder keine sichtbaren Verschlussstopfen, geringer Wasserverbrauch, geringe Selbstentladung, kein Schlammraum, Plus- oder Minusplatten befinden sich in Taschenseparatoren	sämtliche Kraftfahrzeuge	4 bis 8 Jahre

Nickel-Metall-Hybrid-Batterie

Bei einer Nickel-Metall-Hybrid-Batterie (NiMH-Batterie) kommt als Elektrodenmaterial eine Nickelverbindung und ein Metallhybrid zum Einsatz. Die Elektroden bestehen aus einem Trägergitter, auf das aktive Elektrodenmasse aufgebracht ist. Bei der negativen Elektrode besteht die Elektrodenmasse aus einem Metallhydrid, bei der positiven Elektrode besteht die Elektrodenmasse aus Nickel(II)-hydroxid ($Ni(OH)_2$). Als Elektrolyt wird eine verdünnte Kalilauge (Kaliumhydroxid) verwendet. Eine Zelle einer NiMH-Batterie hat eine elektrische Spannung von 1,2 V.

Lithium-Ionen-Batteriezelle

Lithium-Ionen-Akkumulatoren sind Akkumulatoren auf der Basis von Lithium-Verbindungen. Sie verfügen über eine höhere spezifische Energie als andere Akkutypen, benötigen aber ein geeignetes Batteriemanagementsystem (BMS), da sie sensibel auf Überladung und Tiefentladung reagieren. In Fahrzeugen werden sie oftmals für eine unabhängige Stromversorgung eingesetzt, z. B. in Wohnmobilen. Auch Hochvolt-Batterien sind Lithium-Ionen-Akkumulatoren.

Kennzeichnung der Starterbatterie

DIN EN 50342, Teil 1: 2022-08

Folgende Daten müssen an einer Seite oder auf der Deckelfläche der Starterbatterie aufgedruckt sein:

a) Hersteller- oder Lieferantenkennzeichnung
b) Nennspannung, z. B. 12 V oder 6 V
c) Nennkapazität in Ah
d) Kälteprüfstrom in A
e) Sicherheitskennzeichnung mit den sechs farbigen Symbolen
f) Kennzeichnung für getrenntes Einsammeln und Recycling entsprechend DIN EN 61429
g) Verschlossenen Batterien müssen die spezielle Kennzeichnung VRLA (valve regulated lead acid, engl.: Bleibatterie mit Sicherheitsventil) tragen.

Beispiel zu b), c) und d): 12V 95 Ah 850 A

Europäische Typnummer

Die ETN (Europäische Typnummer) wird oft noch angegeben, sie ist aber nicht mehr genormt.
Die **Typnummer** besteht aus neun Ziffern, wobei die ersten drei Ziffern die Nennspannung in V verschlüsselt und unverschlüsselt die Nennkapazität in Ah angeben. Die Ziffern 4 bis 6 geben verschlüsselt Auskunft über weitere technische Merkmale. Die Ziffern 7 bis 8 geben in verschlüsselter Form (Angabe x 10) den Kälteprüfstrom in A wieder.

Beispiel einer ETN: 560 901 068

- x 10 = 680 A Kälteprüfstrom
- Herstellerangaben
- 60 A Nennkapazität
- 12 V Nennspannung

Nennspannung	Nennkapazität	Kälteprüfstrom
Die Nennspannung ergibt sich aus der Anzahl der in Reihe geschalteten Zellen und der Nennspannung einer Bleizelle (2 V).	Die Nennkapazität ist die elektrische Ladung in Ah, die eine 12 V-Batterie bei einer Säuretemperatur von 25 (± 2) °C während einer Entladezeit von 20 h bis zu einer Entladeschlussspannung von 10,5 V liefern kann.	**Angabe nach DIN:** Stromstärke, welche eine 12 V-Batterie bei −18 °C mindestens 30 Sekunden lang liefern kann, ohne dass die Klemmenspannung der Batterie unter 9,0 V sinkt **Angabe nach EN:** Stromstärke, welche eine 12 V-Batterie bei −18 °C mindestens 10 Sekunden lang liefern kann, ohne dass die Klemmenspannung der Batterie unter 7,5 V sinkt

Ladekennlinien

Normalladung: Laden nach W-Kennlinie (Widerstandskennlinie) durch ungeregeltes Ladegerät, Ladestromabschaltung ist bei Vollladung manuell erforderlich

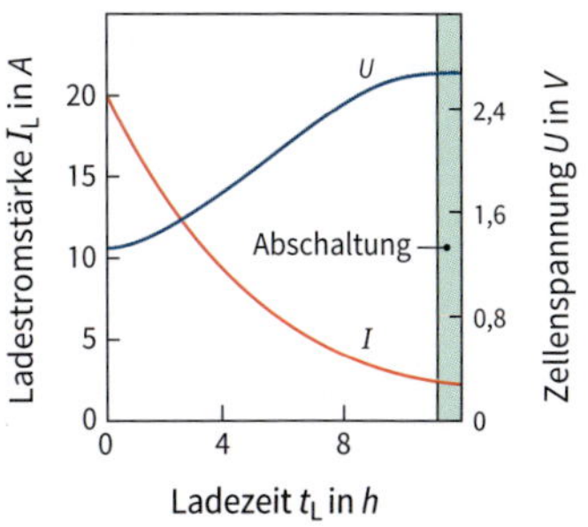

Schnellladung: Laden nach IU-Kennlinie (Strom-Spannungs-Kennlinie) durch geregeltes Ladegerät, Ladestromabschaltung erfolgt bei Vollladung automatisch

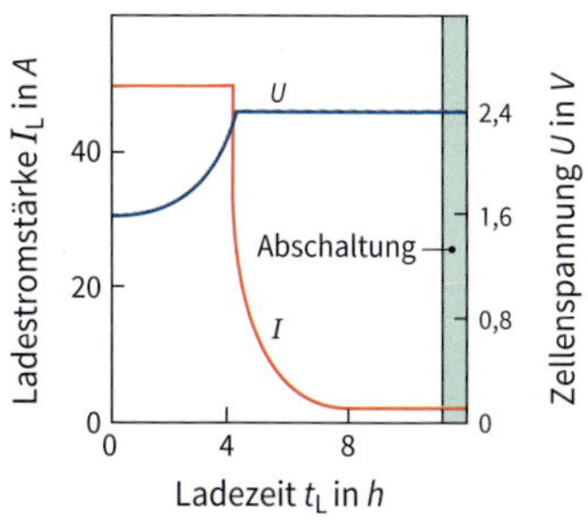

Sonderausführungen der Starterbatterie

Bauart	Merkmale	Verwendung	Gebrauchsdauer
HD- und Rf-Starter-batterien	Spezialbatterien für schwere Beanspruchung (HD: Heavy Duty, Rf: Rüttelfest), in geschlossener und verschlossener Bauart, Separatoren aus Glasvlies, rüttel- und schockfest, zyklenfest	Nutzkraftwagen je nach Ausführung	3 bis 8 Jahre
Gel-Starter-batterien	in Gel gebundener Elektrolyt, hermetisch verschlossen (luftdicht), absolut wartungsfrei, auslaufsicher in jeder Lage, HD- und Rf-Eigenschaften, tiefentladesicher, nur in verschlossener Bauart	Personen- und Nutzkraftwagen	6 bis 10 Jahre
Vlies-Starter-batterien (AGM-Batterien)	Elektrolyt im Vlies gebunden, absolut wartungsfrei, Sicherheitsventil, HD- und Rf-Eigenschaften, auslauf- und tiefentladesicher, höhere Zyklenfestigkeit als die Gel-Starterbatterie, nur in verschlossener Bauart	Nutzkraftwagen, Pkw mit Start-Stopp-Funktion	6 bis 10 Jahre
EFB- und ECM-Starterbatterien	Weiterentwicklungen der herkömmlichen Blei-Säure-Starterbatterie in verschlossener Bauart, höhere Zyklenfestigkeit	Pkw mit Start-Stopp-Funktion	6 bis 8 Jahre

Batterietester

Ein Batterietester dient der Überprüfung des Ladezustands (SOC = **S**tate **o**f **C**harge) und Gesundheitszustands (SOH = **S**tate **o**f **H**ealth) einer Batterie. Die zugrunde liegenden Testverfahren sind in unterschiedlichen Normen festgehalten (DIN, IEC, JIS, EN, SAE) und werden am Tester neben dem zu testenden Batterietyp (Blei, EFB, AGM, Li-Ion) eingestellt. Der Tester ermittelt je nach Batterietyp, Norm und Größe die Kaltstartfähigkeit (CCA) und die vorhandene Kapazität.

Umrechnungstabelle CCA nach EN und DIN

Spezifikation			CCA		Spezifikation			CCA	
Typ	Selber Typ		DIN	EN	Typ	Selber Typ		DIN	EN
52805	52815		180	240	56420	56322	88066	300	510
53517			175	300	56530	56618	56638	300	510
53520	53521	53522	150	240	56618	56619	56620	300	510
53625	53638	53836	175	300	56633	56647	56641	300	510
53646	53621	88038	175	300	56820	56821		315	540
53653	53624	53890	175	300	57024	57029		315	540
54038	54039		175	300	57113	57539	88074	400	680
54232			175	300	57114	56821		400	680
54313	54324	54464	220	330	57218	57219		420	720
54317	54312	88146	210	360	57220	57217		420	720
54437	54466	54459L	210	360	57230			380	640
54459	54434	88046	210	360	57412	57413	57412L	400	680
54469	54449	54465	210	360	57512	57513	57531	350	570
54519	54533	54612	210	360	58515	58424		450	760
54523	54524		220	300	57521	58513		320	540
54537	54545	54801	190	300	58522	58514		320	540
54551	54580		220	300	58815	58821		395	640
54533	54577	54579	220	300	58820	58515	58527	395	640
54584	54578		220	300	58827			400	640
54590			210	330	58838	58833	88092	400	640
54827			240	360	59040	59017	59018	360	600
55040	88056		265	450	59218	59219		290	480
55041	55042		220	360	59226	59215		450	760
55044	55414	88056	265	450	59514			320	540
55046			300	510	59518	59519		395	640
55056			320	540	59615	59616		360	600
55057	54827	88156	320	540	60018	30019		250	410
55068	55069	55548	220	390	60026	58811		440	720
55218			255	420	60044	60038		500	760
55414	55415	55421	265	450	60527	60528		410	680
55422	55566	55040	265	450	61017	61018		400	680
55428	55423	55427	300	510	61023	62529		450	760
55457			265	450	61047	61048		450	760
55529			220	360	62034	62038	62045	420	680
55531	55545	55559L	255	420	63013			470	680
55559	55530	88056	255	420	63545	63549		420	680
55564	55552	55563	255	420	64020	64317	64318	325	550

Begriff	**Gleichstromgenerator**	**Drehstromgenerator** (Klauenpolgenerator in Topfbauart)
Bauteile: 1 Riemenscheibe 2 Lüfter 3 Läufer bzw. Klauenpolläufer 4 Ständereisen 5 Regler 6 Kohlebürste 7 Schleifringe 8 Gleichrichterdioden 9 Kühlkörper 10 Ständerwicklung 11 Erregerwicklung 12 Kollektor 13 Polschuh	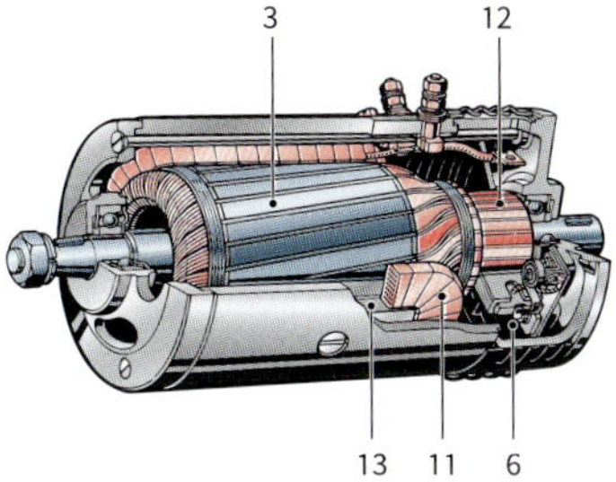	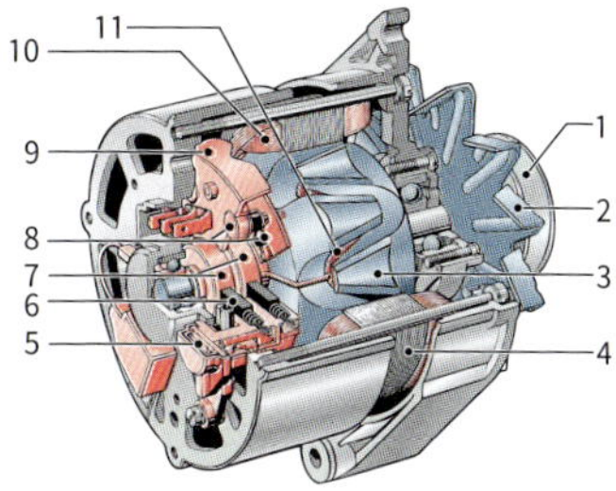
Polanordnung	außen (Außenpolmaschine)	innen (Innenpolmaschine)
Erregerwicklung	im Gehäuse	auf dem Läufer
Induktionswicklung	auf dem Läufer	im Gehäuse
Erregung	Selbsterregung	Selbsterregung
Vorerregung	keine	aus der Batterie
Induzierte Spannung	Wechselspannung	dreiphasige Wechselspannung
Gleichrichtung	Kollektor	Diodenbrückenschaltung
Regelung	durch Kontaktregler	durch Kontakt- oder Transistorregler
Regleranbauort	an- und weggebaut	ein-, an- und weggebaut
Überspannungsschutz	nicht notwendig	Batterie und Überspannungsschutzgerät
Nennspannung	7 V, 14 V, 28 V	7 V, 14 V, 28 V
Maximalstromstärke	7 V: bis 50 A, 14 V: bis 85 A, 28 V: bis 125 A	7 V: bis 70 A, 14 V: bis 100 A, 28 V: bis 150 A
Kühlung	Luftkühlung ohne und durch Innenlüfter	Luftkühlung durch Außenlüfter
Höchstdrehzahl	etwa 9000 1/min	etwa 13000 1/min

Begriff	**Drehstromgenerator** (Compact-Generator)	**Drehstromgenerator** (Einzelpolgenerator)
Bauteile: 1 Ständerwicklung 2 Regler 3 Kohlebürsten 4 Schleifringe 5 Gleichrichterdiode 6 Kühlkörper 7 Lüfter 8 Erregerwicklung 9 Riemenscheibe 10 Klauenpol- bzw. Einzelpolläufer 11 Ständereisen 12 Luftansaugstutzen	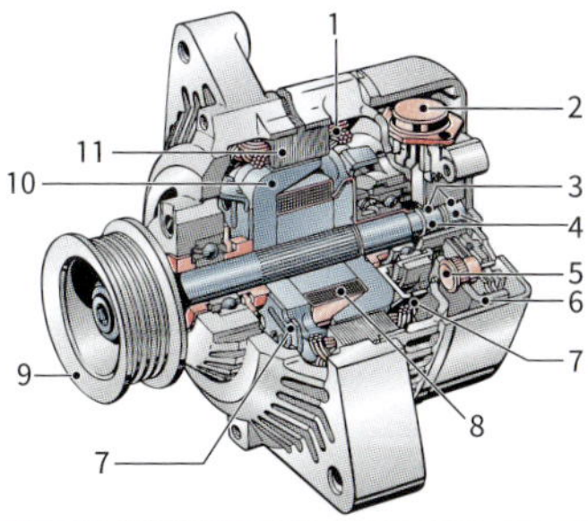	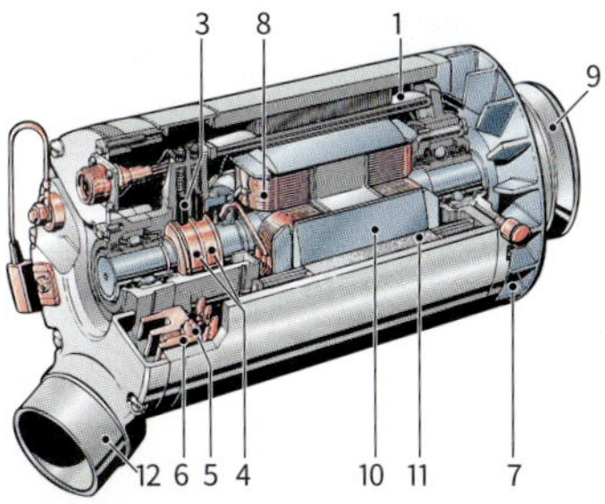
Polanordnung	innen (Innenpolmaschine)	innen (Innenpolmaschine)
Erregerwicklung	auf dem Läufer	auf dem Läufer
Induktionswicklung	im Gehäuse	im Gehäuse
Erregung	Selbsterregung	Selbsterregung
Vorerregung	aus der Batterie	keine
Induzierte Spannung	dreiphasige Wechselspannung	dreiphasige Wechselspannung
Gleichrichtung	Diodenbrückenschaltung	Diodenbrückenschaltung weggebaut
Regelung	Transistorregler, Multifunktionsregler	durch Kontakt- oder Transistorregler
Regleranbauort	eingebaut	weggebaut
Überspannungsschutz	Batterie und Z-Dioden als Leistungsdioden	Batterie und Überspannungsschutzgerät
Nennspannung	14 V, 28 V	28 V
Maximalstromstärke	14 V: bis 160 A, 28 V: bis 180 A	28 V: bis 300 A
Kühlung	Luftkühlung (Innenlüfter), Flüssigkeitskühlung	Luftkühlung durch Außen- oder Innenlüfter
Höchstdrehzahl	etwa 18000 1/min	etwa 15000 1/min

Begriff	**Drehstromgenerator** (Doppel-Generator in Topfbauart)	**Drehstromgenerator** (Klauenpolgenerator mit Erregermaschine, schleifringlos)
Bauteile: 1 Riemenscheibe 2 Lüfter 3 Ständerwicklung 4 Ständereisen 5 Erregerwicklung 6 Regler 7 Kohlebürsten 8 Schleifringe 9 Kühlkörper 10 Gleichrichterdiode 11 Klauenpolläufer 12 Luftansaugstutzen 13 Erregermaschine	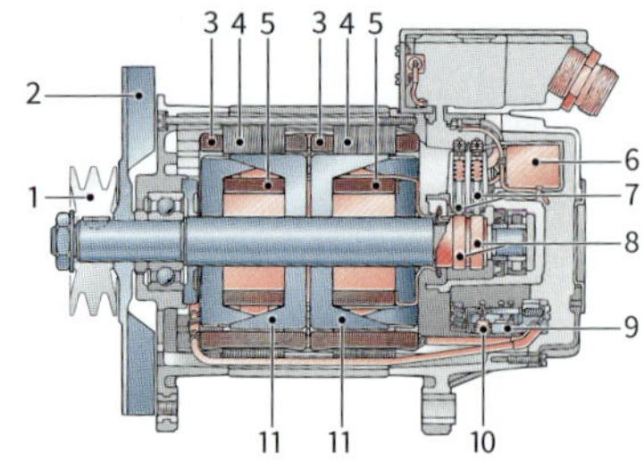	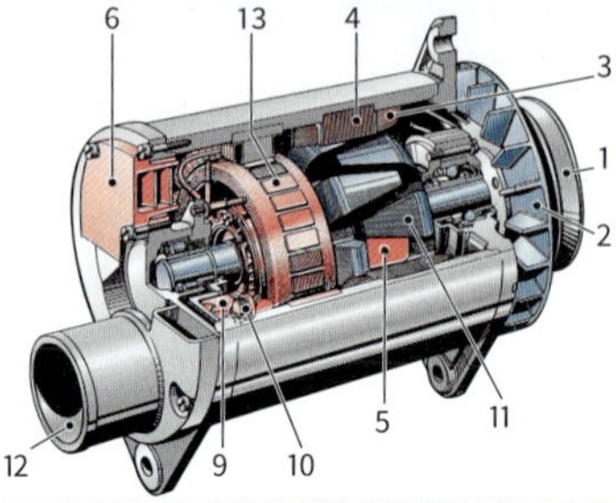
Polanordnung	innen (Innenpolmaschine)	innen (Innenpolmaschine)
Erregerwicklung	auf dem Läufer	auf dem Läufer
Induktionswicklung	im Gehäuse	im Gehäuse
Erregung	Selbsterregung	Selbsterregung
Vorerregung	aus der Batterie	aus der Batterie
Induzierte Spannung	dreiphasige Wechselspannung	dreiphasige Wechselspannung
Gleichrichtung	Diodenbrückenschaltung	Diodenbrückenschaltung
Regelung	Kontakt- oder Transistorregler	Kontakt- oder Transistorregler
Regleranbauort	weggebaut	eingebaut
Überspannungsschutz	Batterie und Überspannungsschutzgerät	Batterie und Überspannungsschutzgerät
Nennspannung	14 V, 28 V (mehrspannungsfähig)	28 V
Maximalstromstärke	14 V: bis 180 A, 28 V: bis 280 A	28 V: bis 180 A
Kühlung	Luftkühlung (Außenlüfter), Flüssigkeitskühlung	Luftkühlung durch Außenlüfter
Höchstdrehzahl	etwa 12000 1/min	etwa 12000 1/min

Begriff	**Drehstromgenerator** (Leitstückläufergenerator, schleifringlos)	**Magnetgenerator**
Bauteile: 1 Riemenscheibe 2 Lüfter 3 Ständereisen 4 Erregerwicklung 5 Leitstückläufer 6 Transistorregler 7 Leistungsdiode 8 Ständerwicklung 9 Leitstück 10 Magnet (Südpol) 11 Ladewicklung 12 Beleuchtungswicklung 13 Generatoranker 14 Polrad 15 Magnet (Nordpol)	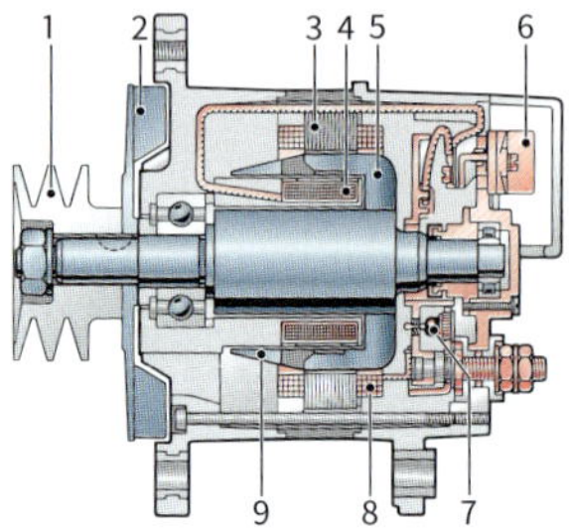	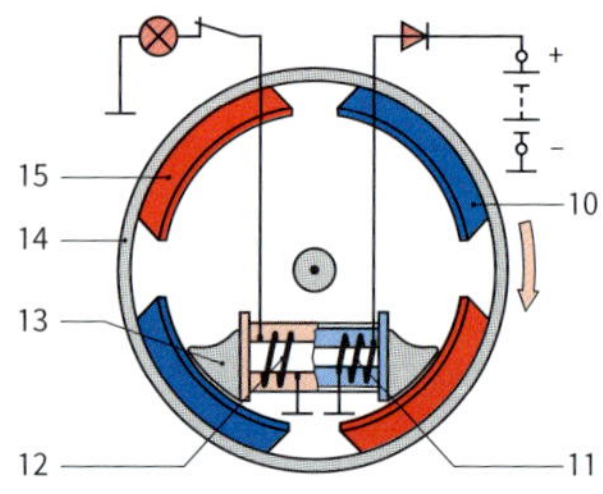
Polanordnung	innen (Innenpolmaschine)	außen (Außenpolmaschine)
Erregerwicklung	auf dem Läufer	keine, sondern Dauermagnete
Induktionswicklung	im Gehäuse	im Gehäuse
Erregung	Selbsterregung	durch Dauermagnete
Vorerregung	aus der Batterie	keine
Induzierte Spannung	dreiphasige Wechselspannung	einphasige Wechselspannung
Gleichrichtung	Diodenbrückenschaltung	Diodeneinwegschaltung
Regelung	Transistorregler, Multifunktionsregler	keine (erfolgt durch Belastung)
Regleranbauort	angebaut	–
Überspannungsschutz	Batterie und Überspannungsschutzgerät	keiner
Nennspannung	14 V, 28 V	7 V, 14 V
Maximalstromstärke	14 V: bis 200 A, 28 V bis 220 A	7 V: bis 8 A, 14 V: bis 15 A
Kühlung	Luftkühlung (Außenlüfter), Flüssigkeitskühlung	Außenluft (Fahrtwind)
Höchstdrehzahl	etwa 12000 1/min	etwa 15000 1/min

Multifunktionsregler

Drehstromgeneratoren moderner Fahrzeuge sind mit einem Multifunktionsregler ausgestattet. Den Erregerstrom bezieht der Generator von der Klemme B+. Die Erregerstromstärke wird vom Regler als PWM-Signal bestimmt. Über den Anschluss L erhält der Regler die Information, dass Klemme 15 eingeschaltet ist. Durch den Anschluss S, der direkt am Batteriepluspol angeschlossen ist, ist die Überwachung der Ladespannung der Batterie möglich. Der Anschluss DFM (DF-Monitor) ermöglicht es, den aktuellen Auslastungszustand des Generators zu erfassen. Dreht sich der Rotor des intakten Generators, erhält das Regler-IC über den Anschluss V ein Spannungssignal, aus dem es die Generatordrehzahl bestimmen kann.

Multifunktionsregler ermöglichen folgende Funktionen:

- Batterieüberwachung (Sensing)
- Auslastungsüberwachung
- Fehlerdiagnose
- Unterstützung des Motormanagements
- Laststeuerung

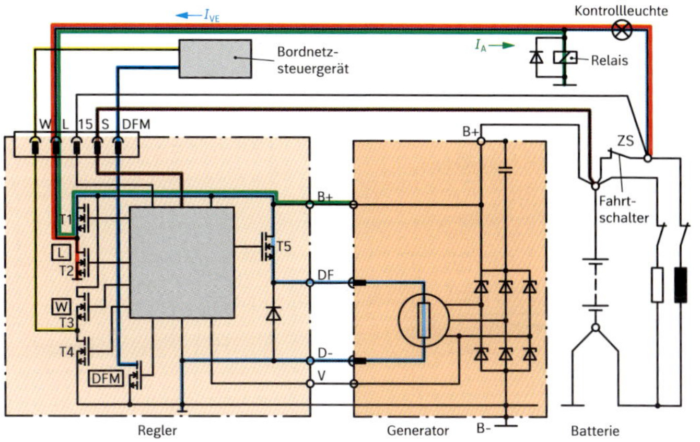

Multifunktionsregler eines Drehstromgenerators

Oszillogramme

Die Darstellung des Spannungsverlaufs des Drehstromgenerators kann mit einem Oszilloskop oder mit dem Zündoszilloskop erfolgen. Aus der Form des Spannungsverlaufs lassen sich Rückschlüsse auf den Zustand des Generators ziehen, vor allem der eingebauten Dioden.
Um den Spannungsverlauf darzustellen, werden die Klemmen B+ und B- und/oder D+ und B- benutzt.
Eine einwandfreie Fehlerbeurteilung ist nur an D+ möglich. Während der Prüfung des Spannungsverlaufs muss der Generator belastet werden (Licht, Gebläse, heizbare Heckscheibe einschalten). Die Prüfung soll bei einer Motordrehzahl von n = 2000 1/min durchgeführt werden.
Nachfolgend sind einige Oszillogramme dargestellt, die an der Klemme D+ mit einem Oszilloskop aufgenommen wurden.

Normaloszillogramm	Fehlerhafte, noch nicht ausgefallene Dioden	Unterbrechung einer Plusdiode	Kurzschluss einer Plusdiode
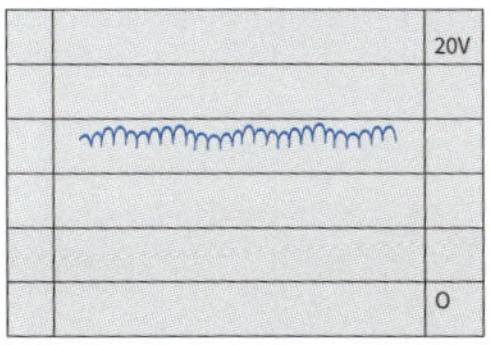	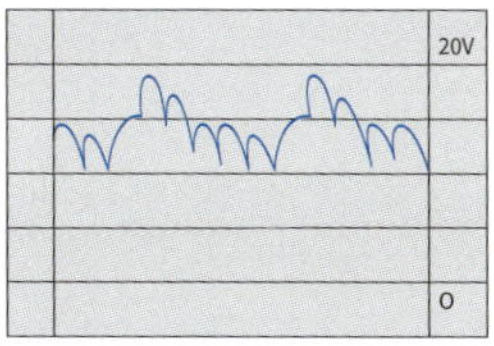	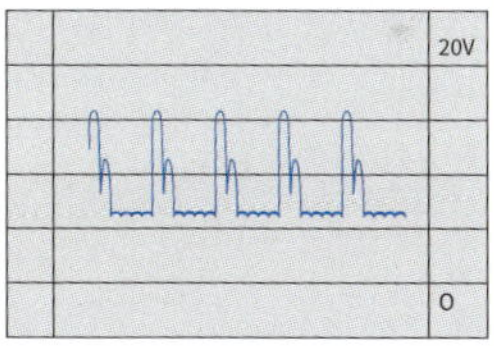	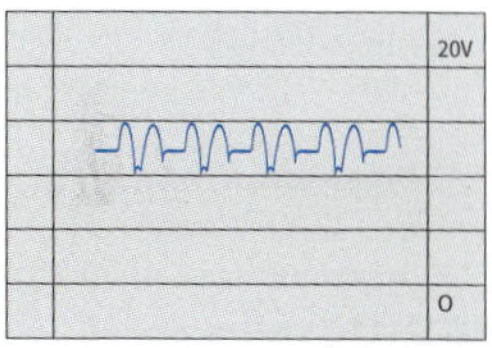
Unterbrechung einer Minusdiode	Kurzschluss einer Minusdiode	Unterbrechung einer Erregerdiode	Kurzschluss einer Erregerdiode
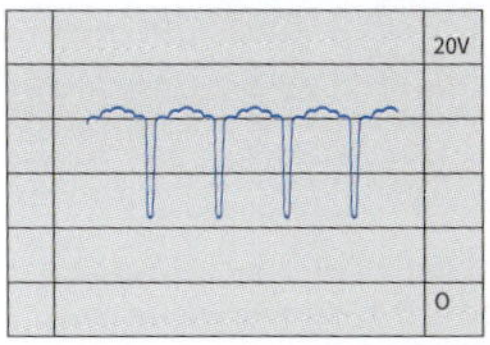	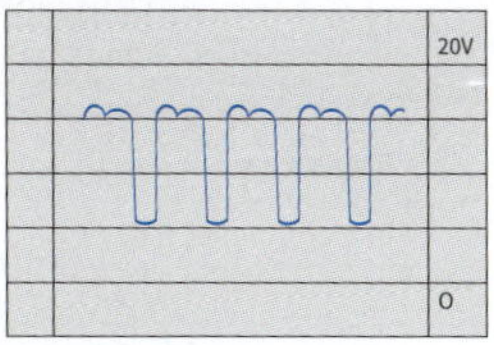	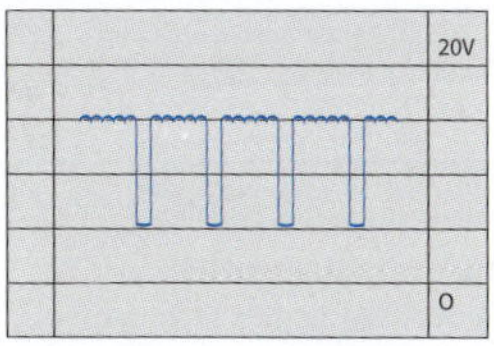	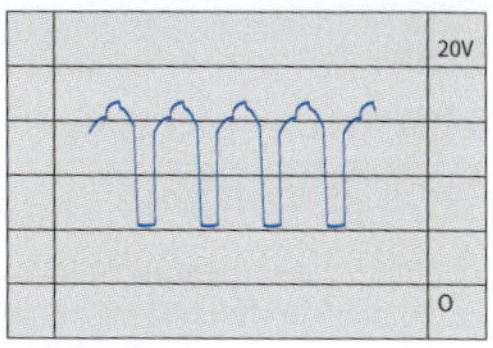
Ständerwicklungsunterbrechung oder -kurzschluss		Mehrere Fehler gleichzeitig	
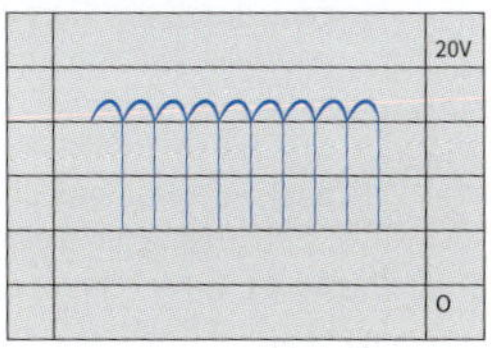		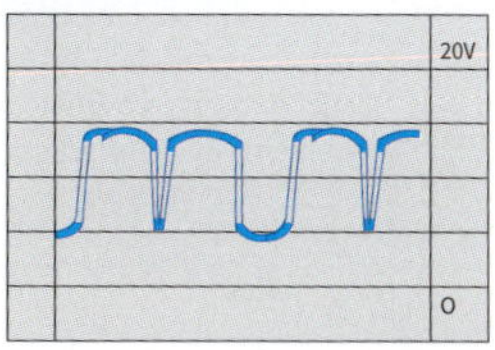	

Innenschaltung von Startern

Schraubtrieb-Starter

a) mit Permanenterregung

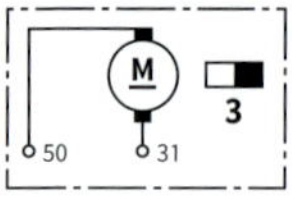

b) mit Erregerwicklung

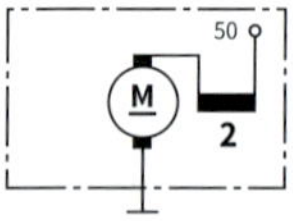

Schub-Schraubtrieb-Starter mit Erregerwicklung

a) Standardschaltung

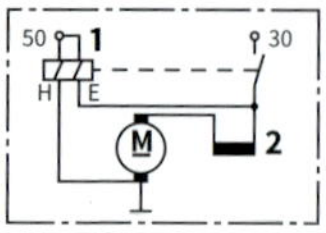

b) mit Klemme 15a (Startanhebung)

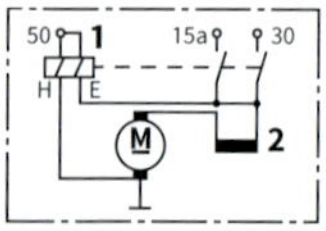

Schub-Schraubtrieb-Starter mit Permanenterregung

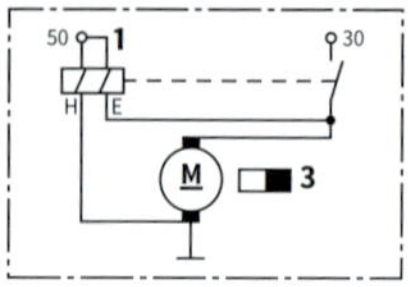

1 Einrückrelais (E: Einzugswicklung, H: Haltewicklung); 2 Erregerwicklung (in Reihe); 3 Permanentmagnete

Schubtrieb-Starter mit mechanischer Ritzelverdrehung

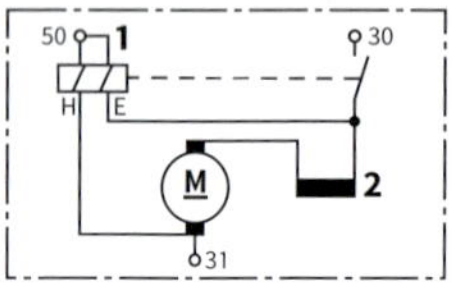

1 Einrückrelais (E: Einzugswicklung, H: Haltewicklung)
2 Erregerwicklung (in Reihe)

Schubtrieb-Starter mit elektromotorischer Ritzelverdrehung

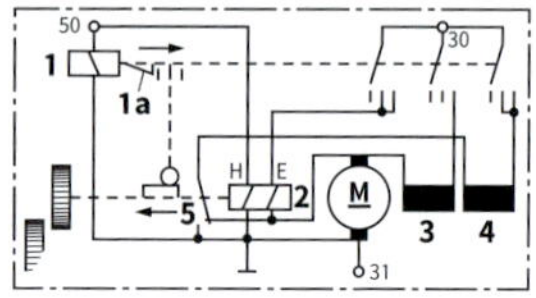

1 Steuerrelais, 1a Sperrklinke
2 Einrückrelais, 3 Reihenschlusswicklung,
4 Nebenschlusswicklung,
5 Umschalter für 4

Schubtrieb-Starter mit elektrisch zweistufigem Einspurtrieb

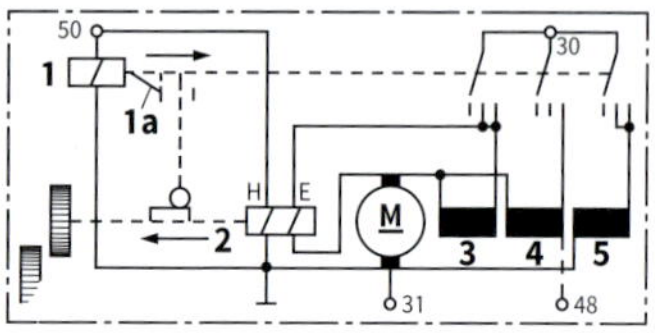

1 Steuerrelais, 1a Sperrklinke
2 Einrückmagnet, 3 Hilfswicklung,
4 Reihenschlusswicklung,
5 Nebenschlusswicklung

Kennlinien von Startern

Schub-Schraubtrieb-Starter mit Permanentmagneten und Vorgelege 12 V 1,4 kW

Kennlinienerläuterung:

I	Stromaufnahme des Starters in A
M	Drehmoment des Starters am Ritzel in Nm
n	Drehzahl des Starters in 1/min
P	Leistung des Starters ($P = I \cdot U_S \cdot \eta$) in kW
U_S	Spannung an den Starterklemmen in V
U_{RS}	ohmscher Spannungsfall im Starter in V
P_E	Ladezustand der Batterie (Entladung) in %
R_B	Batterie-Innenwiderstand in Ω
	Batterie 55 Ah bei –20 °C
- - -	P_E = 20 %; R_B = 10,4 mΩ
	max. zulässige Batterie 66 Ah 300 A
—	bei +20 °C; P_E = 20 %; R_B = 5,5 mΩ

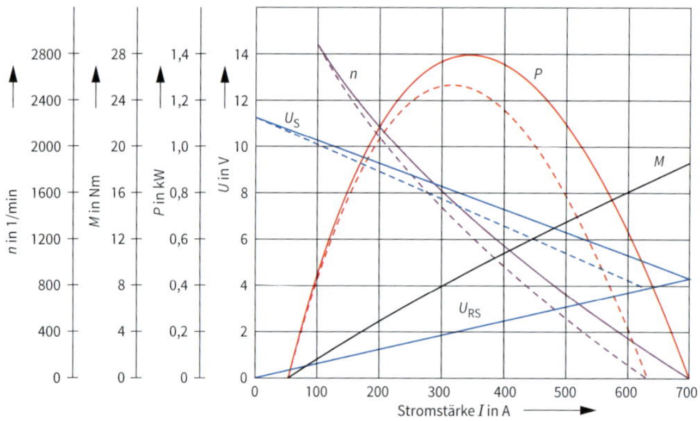

Sicherheitseinrichtungen

Startsperrrelais

Es dient zur **Vermeidung** von **Startwiederholungen** bei laufendem Motor und schützt somit den Starter, das Ritzel und den Starterzahnkranz. Muss der Start wiederholt werden, so ist dies nur nach einer bestimmten Sperrzeit möglich. Eingebaut wird es immer dann, wenn der Startvorgang nicht einwandfrei überwacht werden kann, z. B. in Nutzkraftwagen mit Unterflur- oder Heckmotor.

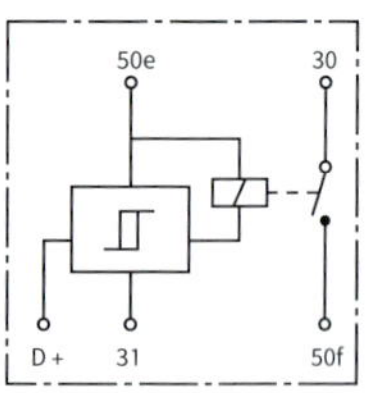

Startwiederholrelais

Es dient zum **Schutz** des **Einrückrelais** und wird nur bei Startern mit zweistufiger Einschaltweise verwendet. Bei einwandfreiem Einspuren bleibt es ohne Funktion. Stößt ein Ritzelzahn auf einen Zahnkranzzahn, so wird der Startvorgang durch das Startwiederholrelais unterbrochen, damit die Einzugswicklung nicht verbrennt. Der Startvorgang wird automatisch wiederholt. Eingebaut wird es immer dann, wenn der Startvorgang nicht einwandfrei überwacht werden kann, z. B. in Nutzkraftwagen mit Unterflur- oder Heckmotor.

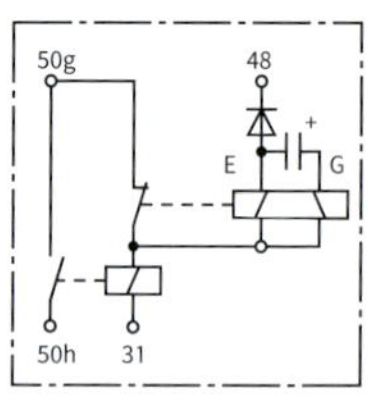

Begriff	**Schub-Schraubtrieb-Starter** mit Erregerwicklung (Standardstarter)	**Schub-Schraubtrieb-Starter** mit Permanenterregung
Bauteile: 1 Rollenfreilauf 2 Einrückhebel 3 Einrückrelais 4 Kohlebürste 5 Kollektor 6 Läufer (Anker) 7 Polschuh 8 Erregerwicklung 9 Dauermagnet 10 Steilgewinde 11 Ritzel	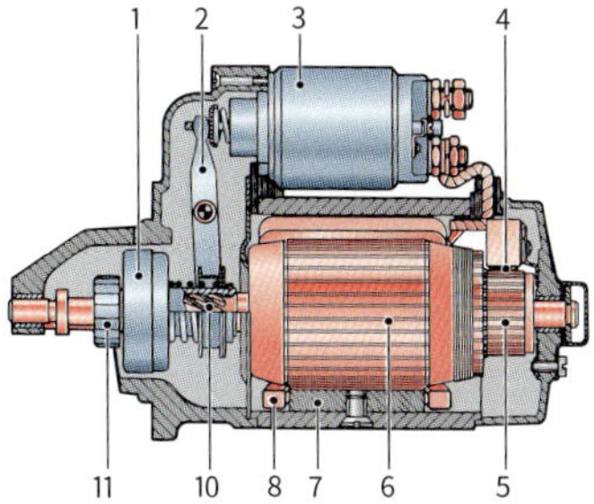	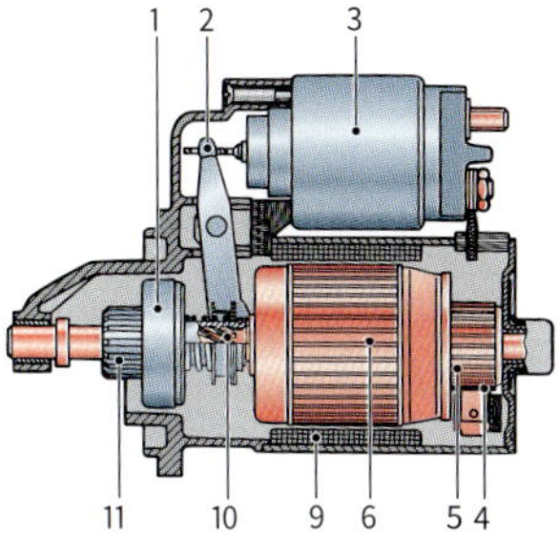
Ritzelvorschub	mechanisch bewirkte Axial- und gleichzeitige Drehbewegung des Ritzels	mechanisch bewirkte Axial- und gleichzeitige Drehbewegung des Ritzels
Erregung	durch Erregerwicklung	durch Permanentmagnete
Vorgelege	nicht vorhanden	nicht vorhanden
Einrückrelais	angebaut	angebaut
Elektrische Schaltung	Hauptschlussmotor (Reihenschlussmotor)	permanenterregter Motor
Freilauf	Rollenfreilauf	Rollenfreilauf
Nennleistung	12 V: bis 3,6 kW; 24 V: bis 9,0 kW	12 V: bis 1,0 kW
Stromaufnahme: Einzugs- und Haltewicklung nur Haltewicklung	12 V: bis 60 A; 24 V: bis 26 A 12 V: bis 12 A; 24 V: bis 12 A	12 V: bis 25 A 12 V: bis 5 A
Kurzschlusswerte: Drehmoment M_K Stromaufnahme I_K	12 V: bis 63 Nm; 24 V: bis 86 Nm 12 V: bis 1770 A; 24 V: bis 1100 A	12 V: bis 13 Nm 12 V: bis 580 A
Anwendung	Krafträder, Pkw, Nkw (Dieselmotor bis 25 l)	Krafträder, Pkw mit Ottomotor bis V_H = 1,9 l

Begriff	**Schub-Schraubtrieb-Starter** mit Erregerwicklung und Vorgelege (Vorgelegestarter)	**Schub-Schraubtrieb-Starter** mit Permanenterregung und Vorgelege (Vorgelegestarter)
Bauteile: 1 Rollenfreilauf 2 Einrückhebel 3 Einrückrelais 4 Kohlebürste 5 Kollektor 6 Läufer (Anker) 7 Polschuh 8 Erregerwicklung 9 Dauermagnet 10 Steilgewinde 11 Ritzel 12 Planetengetriebe	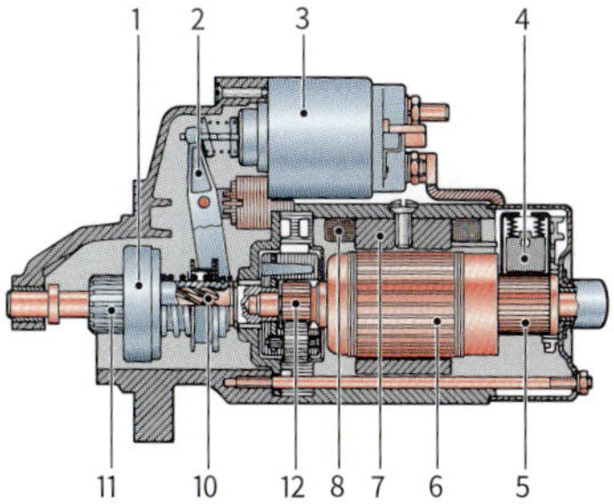	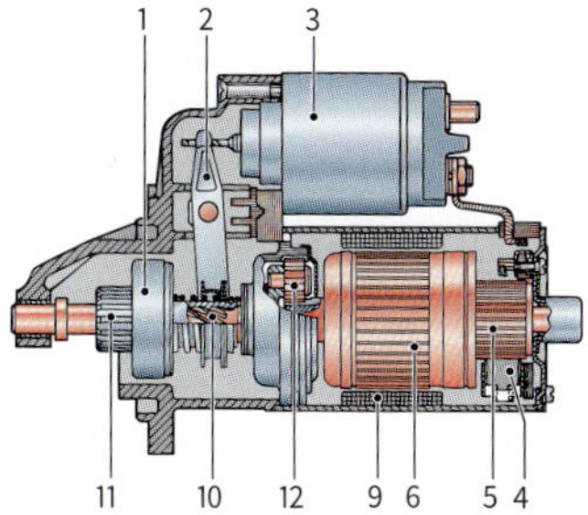
Ritzelvorschub	mechanisch bewirkte Axial- und gleichzeitige Drehbewegung des Ritzels	mechanisch bewirkte Axial- und gleichzeitige Drehbewegung des Ritzels
Erregung	durch Erregerwicklung	durch Permanentmagnete
Vorgelege	Planetengetriebe	Planetengetriebe
Einrückrelais	angebaut	angebaut
elektrische Schaltung	Hauptschlussmotor (Reihenschlussmotor)	permanenterregter Motor
Freilauf	Rollenfreilauf	Rollenfreilauf
Leistung	12 V: bis 2,2 kW	12 V: bis 1,7 kW
Stromaufnahme: Einzugs- und Haltewicklung nur Haltewicklung	12 V: bis 25 A 12 V: bis 5 A	12 V: bis 25 A 12 V: bis 5 A
Kurzschlusswerte: Drehmoment M_K Stromaufnahme I_K	12 V: bis 40 Nm 12 V: bis 1080 A	12 V: bis 24 Nm 12 V: bis 880 A
Anwendung	Pkw mit Dieselmotor: bis V_H = 3,3 l	Krafträder, Pkw (Otto: bis 6 l; Diesel: bis 1,8 l)

Begriff	Schraubtrieb-Starter	Zweistufiger Schubtrieb-Starter
Bauteile: 1 Rollenfreilauf 2 Lamellenfreilauf 3 Steuerrelais 4 Kohlebürste 5 Kollektor 6 Läufer (Anker) 7 Polschuh 8 Einrückrelais 9 Erregerwicklung 10 Steilgewinde 11 Ritzel 12 Vorgelege	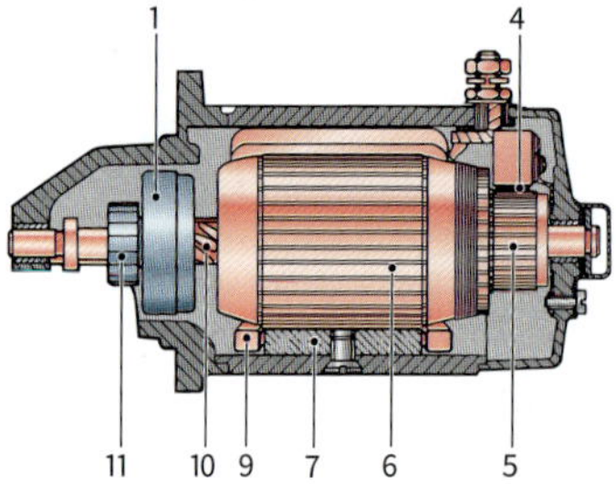	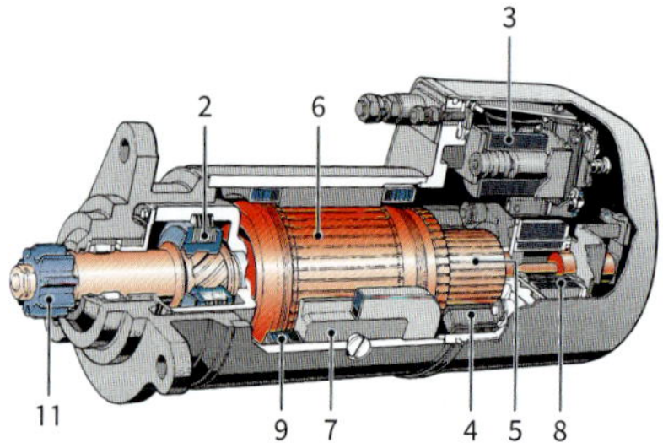
Ritzelvorschub	mechanisch bewirkte Axial- und gleichzeitige Drehbewegung des Ritzels durch das Steilgewinde der Läuferwelle	zweistufiges Einspuren durch das Steuer- und das Einrückrelais, gleichzeitige Drehbewegung des Läufers durch den Strom des Einrückrelais, der durch die Läuferwicklung fließt
Erregung	Permanentmagnete oder Erregerwicklung	durch Erregerwicklung
Vorgelege	nicht vorhanden	nicht vorhanden
Einrückrelais	nein, evtl. mit Starterstrom-Schaltrelais	mit Einrück- und Steuerrelais
elektrische Schaltung	Hauptschlussmotor (Reihenschlussmotor)	Doppelschlussmotor
Freilauf	ohne bzw. mit Rollenfreilauf	Lamellenfreilauf
Nennleistung	12 V: bis 0,3 kW	12 V: bis 18 kW
Stromaufnahme: Einzugs- und Haltewicklung nur Haltewicklung	keine	24 V: 120 A 24 V: 30 A
Kurzschlusswerte: Drehmoment M_K Stromaufnahme I_K	12 V: bis 6 Nm 12 V: bis 50 A	24 V: bis 200 Nm 24 V: bis 3500 A
Anwendung	Krafträder bis $V_H = 0{,}6$ l	Nkw mit Dieselmotor bis $V_H = 24$ l

Begriff	**Schubtrieb-Starter** mit mechanischer Ritzelverdrehung	**Schubtrieb-Starter** mit elektromotorischer Ritzelverdrehung
Bauteile: 1 Stirnzahnfreilauf 2 Lamellenfreilauf 3 Läufer (Anker) 4 Kohlebürste 5 Einrückrelais 6 Steuerrelais 7 Kollektor 8 Polschuh 9 Erregerwicklung 10 Steilgewinde 11 Ritzel 12 Einrückstange	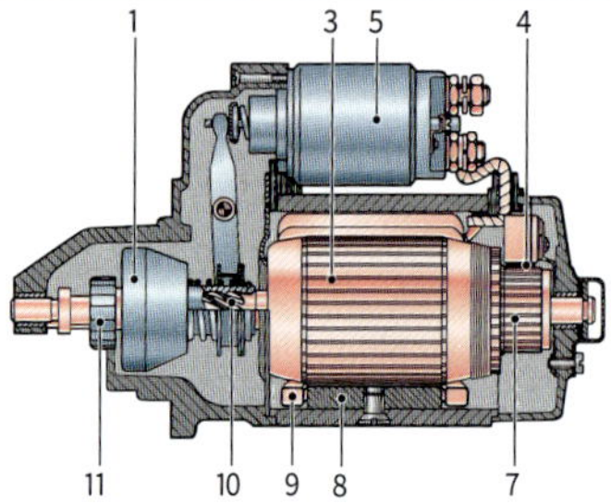	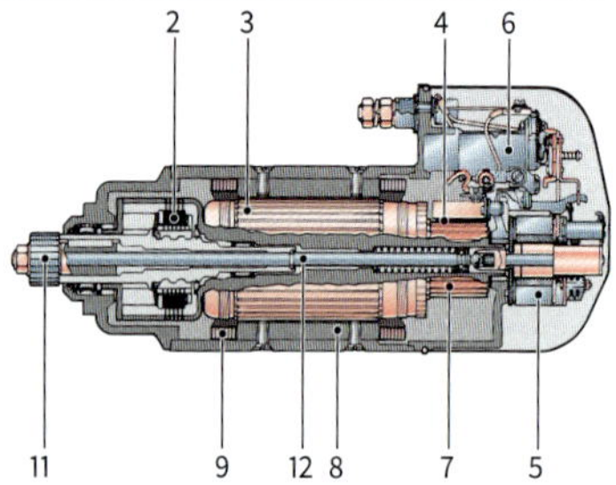
Ritzelvorschub	mechanisch bewirkte Axialbewegung des Ritzels (Steilgewinde)	elektromagnetisch bewirkte Axial- und gleichzeitige elektromotorische Drehbewegung des Ritzels durch den Läufer
Erregung	durch Erregerwicklung	durch Erregerwicklung
Vorgelege	nicht vorhanden	ohne oder mit (Stirnradgetriebe)
Einrückrelais	angebaut	mit eingebautem Steuerrelais
elektrische Schaltung	Hauptschlussmotor (Reihenschlussmotor)	Doppelschlussmotor
Freilauf	Stirnzahnfreilauf	Lamellenfreilauf
Leistung	12 V: bis 6,5 kW; 24 V: bis 8,0 kW	24 V: bis 15 kW
Stromaufnahme: Einzugs- und Haltewicklung nur Haltewicklung	12 V: bis 70 A; 24 V: bis 26 A 12 V: bis 14 A; 24 V: bis 12 A	24 V: bis 120 A 24 V: bis 25 A
Kurzschlusswerte: Drehmoment M_K Stromaufnahme I_K	12 V: bis 60 Nm; 24 V: 140 Nm 12 V: bis 2200 A; 24 V: 1900 A	24 V: bis 172 Nm 24 V: bis 3200 A
Anwendung	Nkw mit Dieselmotor bis $V_H = 21$ l	Nkw mit Dieselmotor bis $V_H = 40$ l

7-polig für 12-V-Ausrüstung

ISO 1724: 2003-11

Anhängersteckdose:

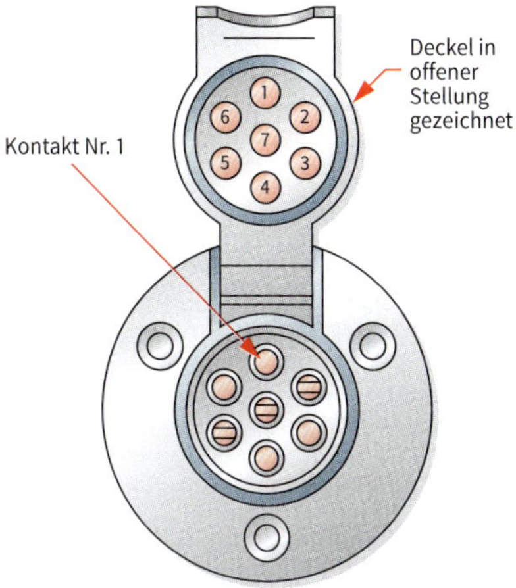

Anhängerstecker:

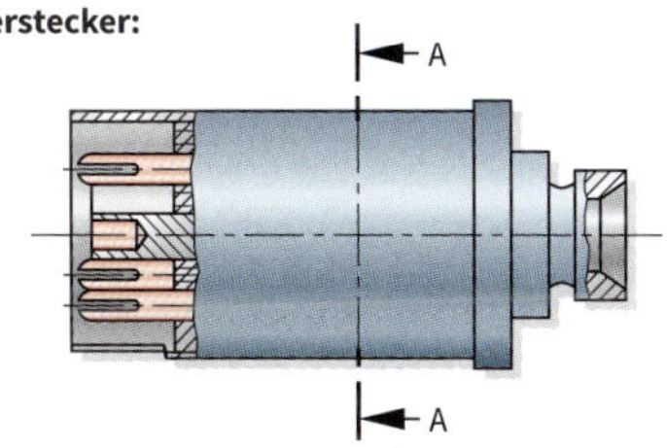

Schnitt A – A
(Ansicht von hinten auf die Anschlussklemmen)

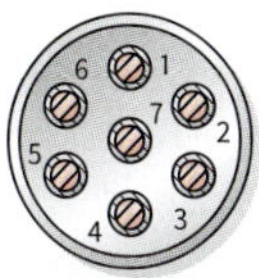

Kontakt Nr.	Klemme DIN 72552	Stromkreis	Leitungs-farbe
1	L	Blinker, links	gelb
2	54g	für Nebelschluss-leuchte verwendet	blau
3	31	Masse	weiß
4	R	Blinker, rechts	grün
5	58R	rechte Schluss-, Begrenzungs- und Kennzeichenleuchte	braun
6	54	Bremsleuchten	rot
7	58L	linke Schluss-, Begrenzungs- und Kennzeichenleuchte	schwarz

7-polig für 24-V-Ausrüstung

Anhängersteckdose:

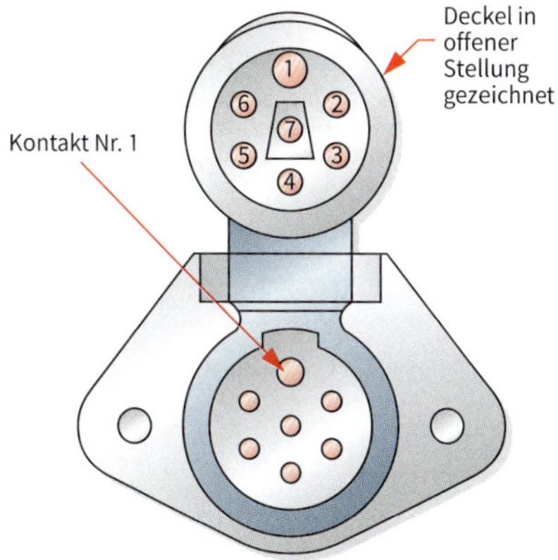

Anhängerstecker:

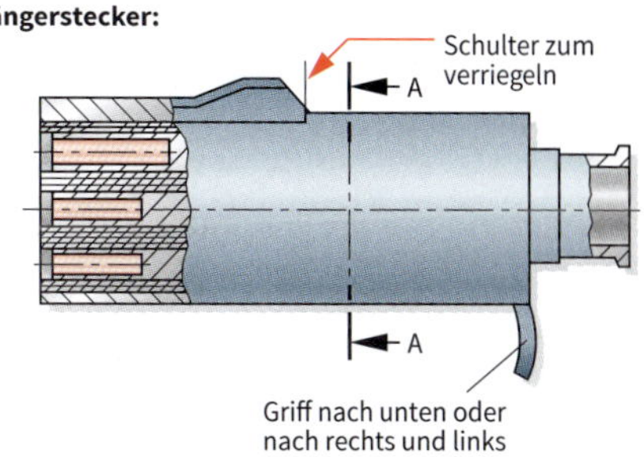

Schnitt A – A
(Ansicht von hinten auf die Anschlussklemmen)

Kontakt Nr.	Klemme DIN 72552	Stromkreis	Leitungs-farbe
1	31	Masse	weiß
2	58L	linke Schluss-, Begrenzungs- und Kennzeichenleuchte	schwarz
3	L	Blinker, links	gelb
4	54	Bremsleuchten	rot
5	R	Blinker, rechts	grün
6	58R	rechte Schluss-, Begrenzungs- und Kennzeichenleuchte	braun
7	54g	Steuerung der Bremsung Anhänger	blau

13-polig für 12-V-Ausrüstung

Anhängersteckdose:

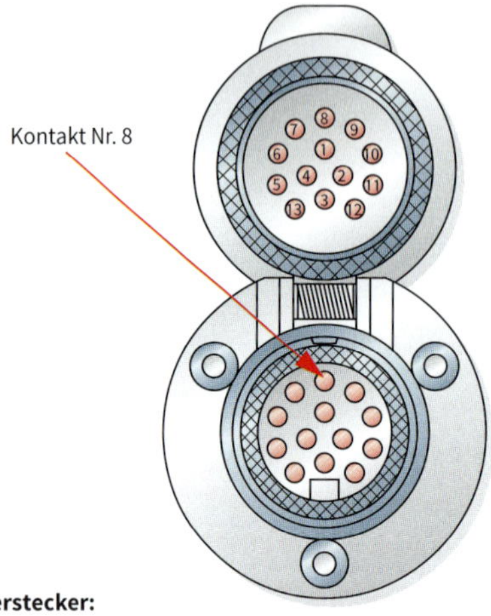

Anhängerstecker:

Ansicht von hinten auf die Anschlussklemmen gesehen

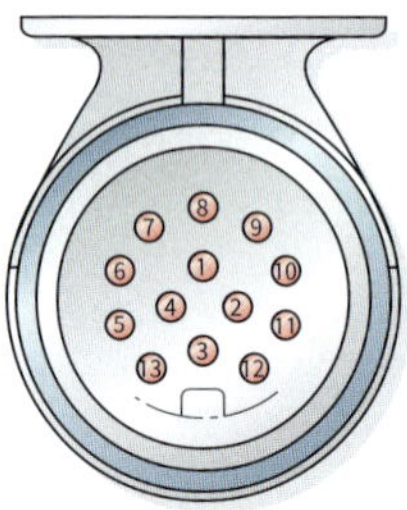

Kontakt Nr.	Stromkreis	q in mm²
1	Fahrtrichtungsanzeiger, links	1,5
2	Nebelschlussleuchte	1,5
3[1)]	Masse (für Stromkreis 1 bis 8)	2,5
4	Fahrtrichtungsanzeiger, rechts	1,5
5	rechte Schlussleuchte, Umrissleuchte, Begrenzungsleuchte und Kennzeichenbeleuchtung[2)]	1,5
6	Bremsleuchten	1,5
7	linke Schlussleuchte, Umrissleuchte, Begrenzungsleuchte und Kennzeichenbeleuchtung[2)]	1,5
8	Rückfahrleuchte	1,5
9	Stromversorgung (Dauerplus)	2,5
10	Stromversorgung, Zündschalter gesteuert	2,5
11[1)]	Masse für Stromkreis 10	2,5
12	Kodierung für gekuppelten Anhänger im Stecker (Kontakt Nr. 12 ist mit Kontakt Nr. 3 verbunden)	–
13[1)]	Masse für Stromkreis 9	2,5

[1)] Die drei Masseleitungen dürfen anhängerseitig nicht elektrisch verbunden sein.
[2)] Die Kennzeichenbeleuchtung darf nur am Kontakt Nr. 5 oder 7 angeschlossen sein.

15-polig für 24-V-Ausrüstung

Anhängersteckdose:

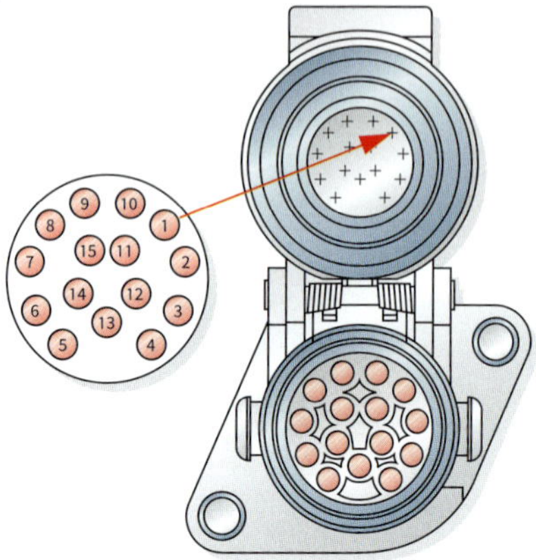

Anhängerstecker:

Ansicht von hinten auf die Anschlussklemmen gesehen, Kontakt-Nr. siehe Abb. oben

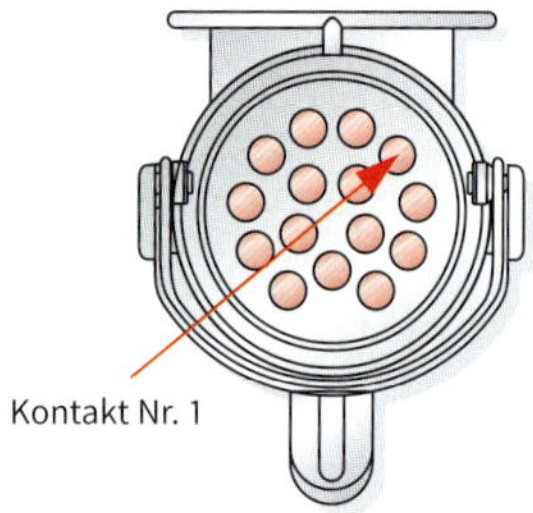

Kontakt Nr.	Stromkreis	q in mm²
1	Fahrtrichtungsanzeiger, links	1,5
2	Fahrtrichtungsanzeiger, rechts	1,5
3	Nebelschlussleuchte	1,5
4	Masse	2,5
5	linke Schluss- und Begrenzungsleuchte, Kennzeichenbeleuchtung[1)]	1,5
6	rechte Schluss- und Begrenzungsleuchte, Kennzeichenbeleuchtung[1)]	1,5
7	Bremsleuchten	1,5
8	Rückfahrleuchte, Rückfahrsperre	1,5
9	Reifenwächter	1,5
10	Bremsbelag-Verschleißanzeige	1,5
11	Bremsbelag-Verschleißanzeige	1,5
12	Glühlampen-Kontrollgerät	1,5
13	Sensor für Federspeicherbremse	1,5
14	Achslift-Betätigung	1,5
15	Achslift-Kontrolle/ Stromversorgung für Niveauregulierung	1,5/2,5

[1)] Die Kennzeichenbeleuchtung darf nur am Kontakt Nr. 5 oder 6 angeschlossen sein.

Fahrzeuglampen nach ECE-R37 und IEC gibt es für die Spannungswerte 6, 12 und 24 Volt. Um Verwechslungen zu vermeiden, sind den Lampentypen unterschiedliche Sockelformen zugeordnet. Der jeweils passende Lampentyp muss auf der Leuchte angegeben sein.
Die Nennspannung und die Nennleistung müssen auf den Lampen angegeben werden, damit bei gleicher Sockelform ein Verwechseln ausgeschlossen ist. Lampen, die in der Leuchte austauschbar montiert sind, müssen nach ECE-R37 typgeprüft sein.
Andere Lichtquellen, die dieser Regelung nicht entsprechen (Glüh- und Neonlampen, LED), müssen fest mit der Leuchte verbunden sein. Im Reparaturfall muss die gesamte Leuchte ausgetauscht werden.

Lampentyp	Lampenform	Nennspannung	Nennleistung	Sockeltyp IEC	Verwendung
H1[1]	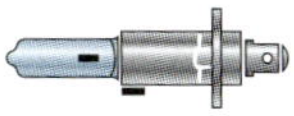	6 V 12 V 24 V	55 W 55 W 70 W	P14,5s	Einfadenlampe für Abblendlicht, Fernlicht im Vier-Scheinwerfersystem, Zusatzfernlicht, Nebellicht
H2[1]	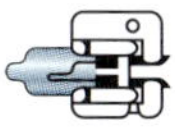	6 V 12 V 24 V	55 W 55 W 70 W	X511	Einfadenlampe für Abblendlicht im Vier-Scheinwerfersystem, Nebellicht
H3[1]	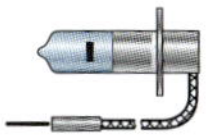	6V 12 V 24 V	55 W 55 W 70 W	PK22s	Einfadenlampe für Zusatzfernlicht, Nebellicht
H4[1]	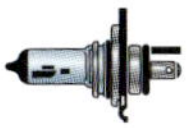	12 V 24 V	60/55 W 75/70 W	P43t-38	Zweifadenlampe für Fern- und Abblendlicht im Zwei-Scheinwerfer-system
H5[1]		12 V	50 W	PY43d	Einfadenlampe für Zusatzfernlicht, Nebellicht
H6W[1]		12 V	6 W	BAX9s	Einfadenlampe für Begrenzungslicht, Tagfahrlicht
H7[1]	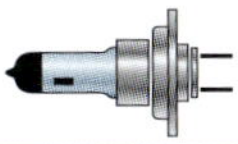	12 V 24 V	55 W 70 W	PX26d	Einfadenlampe für Abblendlicht, Fernlicht im Vier-Scheinwerfersystem, Nebellicht
H8[1]	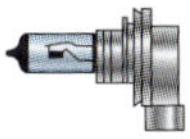	12 V	35 W	PGJ19-1	Einfadenlampe für Nebellicht, Tagfahrlicht
H9[1]	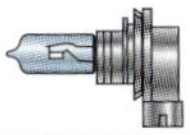	12 V	65 W	PGJ19-5	Einfadenlampe für Fernlicht
H10[1]	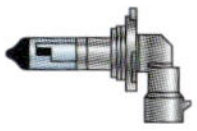	12 V	42 W	PY20d	Einfadenlampe für Nebellicht
H11[1]	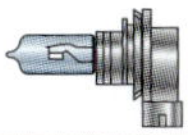	12 V 24 V	55 W 70 W	PGJ19-2	Einfadenlampe für Abblendlicht im Vier-Scheinwerfersystem
H15[1]	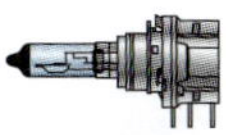	12 V	15/55 W	PGJ23t-1	Zweifadenlampe für Tagfahrlicht und Fernlicht
H21W[1]	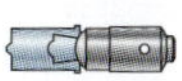	12 V 24 V	21 W 21 W	BAY9s	Einfadenlampe für Blinklicht
HB3[1]	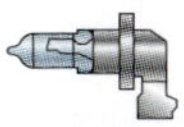	12 V	60 W	P20d	Einfadenlampe für Fernlicht im Vier-Scheinwerfersystem
HB4[1]	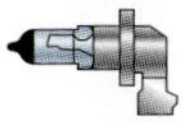	12 V	51 W	P22d	Einfadenlampe für Abblendlicht im Vier-Scheinwerfersystem
HIR1[1]	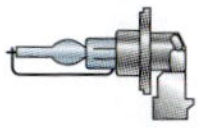	12 V	65 W	PX20d	Einfadenlampe für Abblendlicht, Fernlicht
HIR2[1]	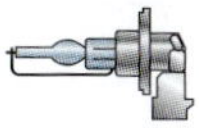	12 V	55 W	PX22d	Einfadenlampe für Abblendlicht, Fernlicht, Nebellicht

[1] Halogen-Lampe

Lampentyp	Lampenform	Nennspannung	Nennleistung	Sockeltyp IEC	Verwendung
P21/5W	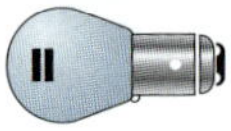	6 V 12 V 24 V	21/5 W 21/5 W 21/5 W	BAY15d	Zweifaden-Kugellampe für Bremslicht, Schlusslicht
P21W	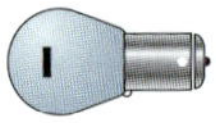	6 V 12 V 24 V	21 W 21 W 21 W	BA15s BA15d[1]	Einfaden-Kugellampe für Bremslicht, Nebelschlusslicht, Rückfahrlicht, Blinklicht
PY21W (gelb)		12 V 24 V	21 W 21 W	BAU15s	gelbe Einfaden-Kugellampe für Blinklicht
P27W	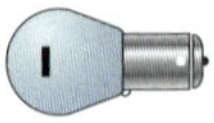	12 V	27 W	W2,5×16d	Einfaden-Kugellampe für Bremslicht, Nebelschlusslicht, Rückfahrlicht, Blinklicht
P27/7W	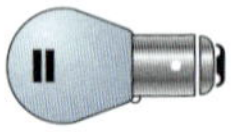	12 V	27/7 W	W2,5×16q	Zweifaden-Kugellampe für Bremslicht, Schlusslicht
R5W bzw. R10W	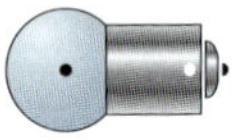	6 V 12 V 24 V	5 (10) W 5 (10) W 5 (10) W	BA15s BA15d[1]	Einfaden-Kugellampe für Innenraumbeleuchtung, Begrenzungslicht, Schlusslicht, Kennzeichenlicht, Parklicht
T4W		6 V 12 V 24 V	4 W 4 W 4 W	BA9s	Einfadenlampe für Parklicht, Begrenzungslicht, Instrumentenbeleuchtung
C5W bzw. C21W		6 V 12 V 24 V	5 W 5 (21) W 5 W	SV8,5	Einfaden-Soffittenlampe für Schlusslicht, Kennzeichenlicht, Rückfahrlicht, Innenraumbeleuchtung
W3W, W5W, W16W		6 V 12 V 24 V	3 (5,16) W 3 (5,16) W 3 (5,16) W	W2,1×9,5d	Einfadenlampe mit Glassockel für Begrenzungslicht, Kennzeichenbeleuchtung, Instrumentenbeleuchtung, Brems- und Rücklicht
HS3[1]	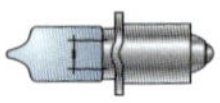	6 V	2,4 W[2] 3 W[2] 6 (10) W[3]	PX13,5s	Einfaden-Halogen-Miniaturlampe für Fahrrad- und Motorradbeleuchtung
S3	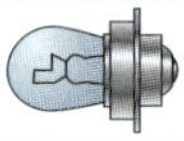	6 V 12 V	15 W 15 W	P26s	konventionelle Einfadenglühlampe für Fahrrad- und Motorradbeleuchtung
B0,6W		6 V	0,6 W	E10	konventionelle Einfadenglühlampe für Fahrrad- und Motorradbeleuchtung

Xenon-Entladungslampen

Lampentyp	Lampenform (Beispiel)	Nennspannung	Nennleistung, Lichtstrom	Sockeltyp IEC	Verwendung
D1S[4), 5)] D2S D3S D4S	D2S: 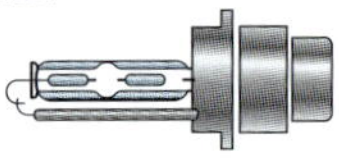	85 V 85 V 42 V 42 V	35 W, 3200 lm 35 W, 3200 lm 35 W, 3200 lm 35 W, 3200 lm	PK32d-2 P32d-2 PK32d-5 P32d-5	Xenon-Lampen im Projektionsscheinwerfer für Abblendlicht und Fernlicht im Vier-Scheinwerfersystem bzw. im Bi-Xenon-System
D1R[4), 5)] D2R D3R D4R	D2R: 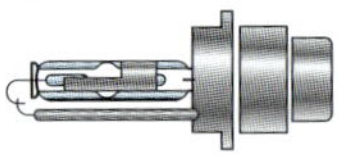	85 V 85 V 42 V 42 V	35 W, 2800 lm 35 W, 2800 lm 35 W, 2800 lm 35 W, 2800 lm	PK32d-3 P32d-3 PK32d-6 P32d-6	Xenon-Lampen im Reflexionsscheinwerfer für Abblendlicht und Fernlicht im Vier-Scheinwerfersystem bzw. im Bi-Xenon-System
D5S[6)] D8S	D8S: 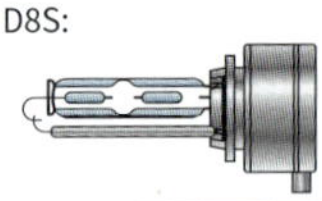	42 V 42 V	25 W, 2000 lm 25 W, 2000 lm	PK32d-7 PK32d-1	Xenon-Lampen im Projektionsscheinwerfer für Abblendlicht und Fernlicht im Vier-Scheinwerfersystem bzw. im Bi-Xenon-System

1) für besondere Anwendung, 2) für Dynamobetrieb, 3) für Batteriebetrieb, 4) D: discharge, engl.: Entladung, 5) Xenon-Lampen der 1., 2., 3. und 4. Generation, 6) Bei diesen Xenon-Lampen entfallen die vom Gesetzgeber für Xenon-Scheinwerfer vorgeschriebene Scheinwerferreinigungsanlage und die automatische Leuchtweitenregulierung wegen des geringen Lichtstroms.

Leuchten sind lichttechnische Einrichtungen (§ 49a StVZO), die aus einem Gehäuse und einer Lichtquelle (Glühlampe, LED) bestehen. Sie sollen den Fahrzeugumriss bei Dunkelheit sichtbar machen und anderen Verkehrsteilnehmenden die Absichten der/des Fahrenden (z. B. Abbiegen, Bremsen, Rückwärtsfahrt) mitteilen. Je nach Verwendungszweck muss das Licht von den Leuchten in vorgeschriebenen Farbtönen abgestrahlt werden, z. B. rot und weiß für die Parkleuchte. Genehmigungspflichtige Leuchten am Kraftfahrzeug sind mit einem Prüfzeichen auf der Lichtscheibe versehen (z. B. (E1) oder [e1]).

Scheinwerfer sind Leuchten, die das von der Lichtquelle ausgesandte Licht sammeln, ausrichten und als Lichtkegel in eine bestimmte Richtung auf die Fahrbahn ausstrahlen.

In den **Leuchten** und **Scheinwerfern** dürfen nur die nach ihrer Bauart dafür bestimmten Lichtquellen verwendet werden.

Vorgeschriebene Leuchten

Bauarten von Leuchten

Leuchte mit Reflektor-Optik
Die von der Lichtquelle ausgesandten Lichtstrahlen gehen direkt zur Lichtscheibe bzw. werden von einem Reflektor, der meistens eine parabolische Form hat, parallel zur Leuchtenachse hin zur Lichtscheibe reflektiert. Die Lichtscheibe hat zylindrische Streulinsen, welche das Licht in der gewünschten Form verteilen.

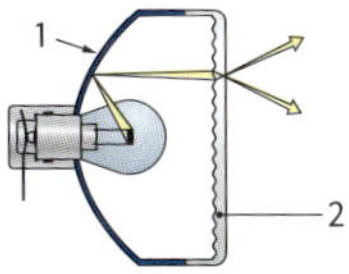

1 Reflektor
2 Lichtscheibe mit zylindrischen Streulinsen

Leuchte mit Fresnel-Linse
Die von der Lichtquelle ausgesandten Lichtstrahlen gehen ohne Umlenkung durch einen Reflektor direkt zur Lichtscheibe und werden durch die Wirkung der Fresnel-Linse in der gewünschten Form verteilt. Wegen des fehlenden Reflektors ist der Wirkungsgrad kleiner als bei der Reflektor-Optik.

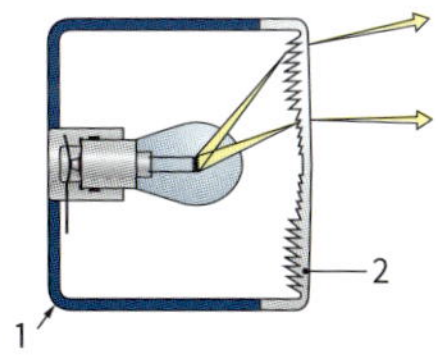

1 Gehäuse
2 Lichtscheibe mit Fresnel-Linse

Leuchte mit Reflektor-Optik und Fresnel-Linse
Der Reflektor hat die Form einer um ihre Achse gedrehten Parabel (GP-Reflektor). Durch die Form des Reflektors wird viel Licht reflektiert, welches durch die Lichtscheibe, die aus einer Fresnel-Linse besteht, in der gewünschten Form verteilt wird. Durch die Verwendung des GP-Reflektors wird eine geringere Bauhöhe und ein größerer Wirkungsgrad gegenüber dem parabolischem Reflektor erreicht.

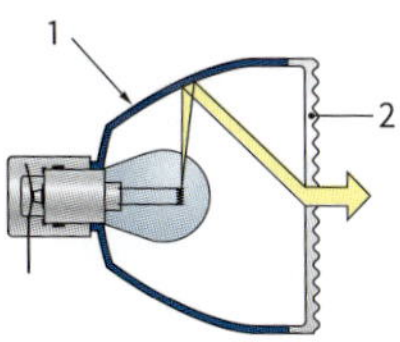

1 GP-Reflektor
2 Fresnel-Linse

Leuchte mit Freiform-Reflektor
Der Reflektor hat keine geometrisch bestimmte Form. Er ist in kleine Flächen aufgeteilt. Diese sind so geformt und angeordnet, dass die einfallenden Lichtstrahlen in der gewünschten Form reflektiert werden. Die Lichtscheibe ist dann nur noch eine klare Abdeckscheibe. Durch die Verwendung einer Fresnel-Linse als Lichtscheibe kann der Wirkungsgrad erhöht werden.

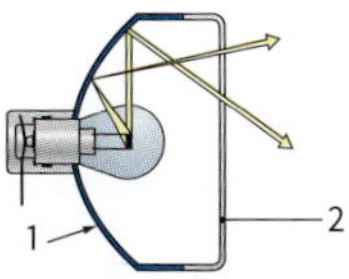

1 Reflektor
2 klare Abdeckscheibe

Bauarten von Leuchten

OLED-Leuchten

OLED steht für **O**rganic **L**ight **E**mitting **D**iode. Eine OLED ist ein leuchtendes Dünnschichtbauelement (> 2 mm) aus ultradünnen organischen halbleitenden Schichten.

Für das Leuchten sorgen die Elektroneninjektionsschicht (EIL), eine Elektronentransportschicht (ETL), eine Emitterschicht (EML), eine Lochtransportschicht (HTL) und eine Lochinjektionsschicht (HIL). An der EIL ist die Kathode und an der HIL die Anode angebracht. Durch das Anlegen einer elektrischen Spannung bewegen sich Elektronen und Löcher aufeinander zu und treffen sich in der EML, wo sie rekombinieren (sich vereinigen). Dabei wird ein Photon (Lichtteilchen) ausgesendet.

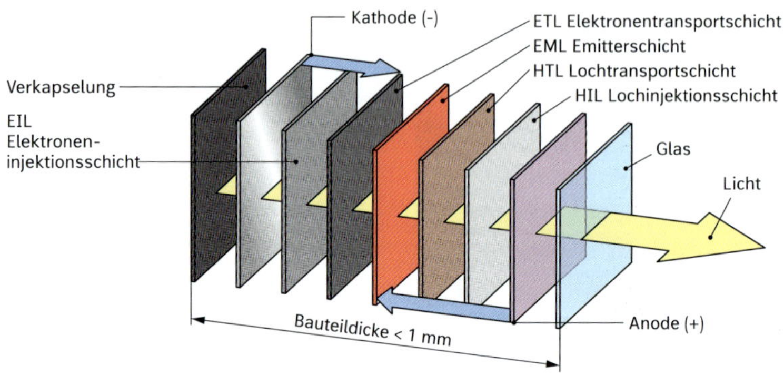

Tagfahrleuchte

Bei der Tagfahrleuchte handelt es sich um ein passives Signallicht. Sie sorgt dafür, dass Fahrzeuge von anderen Verkehrsteilnehmenden frühzeitig wahrgenommen werden. Sobald die Zündung eingeschaltet wird, schaltet sich automatisch das Tagfahrlicht ein. Sobald jedoch das normale Fahrlicht manuell eingeschaltet wird, schaltet sich das Tagfahrlicht automatisch aus.

Bauarten von Scheinwerfern

Reflexionsscheinwerfer

Beim Reflexionsscheinwerfer wird das von der Lampe erzeugte Licht vom Reflektor so reflektiert, dass mit oder ohne Streuscheibe die gewünschte Lichtverteilung auf die Fahrbahn erfolgt. Die Form des Reflektors ist entweder ein Paraboloid (eine um die Achse gedrehte Parabel) oder als Freiflächenreflektor ausgeführt. Im Paraboloidreflektor kann durch eine Zweifadenlampe, z. B. H4, Fernlicht und Abblendlicht ohne Verstellung des Scheinwerfers erzeugt werden.

Paraboloidreflektor

a) Fernlicht b) Abblendlicht

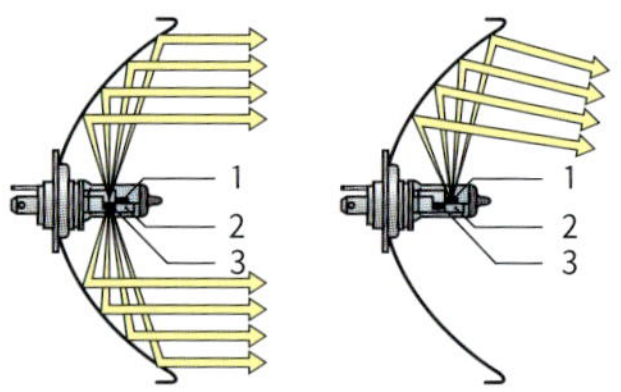

1 Glühfaden für Abblendlicht
2 Abdeckschirm
3 Glühfaden für Fernlicht

Projektionsscheinwerfer

Beim Projektionsscheinwerfer wird das von der Lampe erzeugte Licht vom Reflektor so reflektiert, dass möglichst viel Licht durch eine Linse geführt wird. Die Linse sorgt für die gewünschte Verteilung des Lichts auf die Fahrbahn.

Die Form des Reflektors ist durch Teilstücke von Ellipsen zusammengesetzt (Ellipsoidreflektor). Durch eine Blende kann das Licht, welches aus dem unteren Bereich des Reflektors kommt, daran gehindert werden, den Scheinwerfer zu verlassen. Es entsteht Abblendlicht. Durch Wegklappen der Blende entsteht Fernlicht. Beispiel: Bi-Xenon-Projektionsscheinwerfer

Ellipsoidreflektor

a) Fernlicht b) Abblendlicht

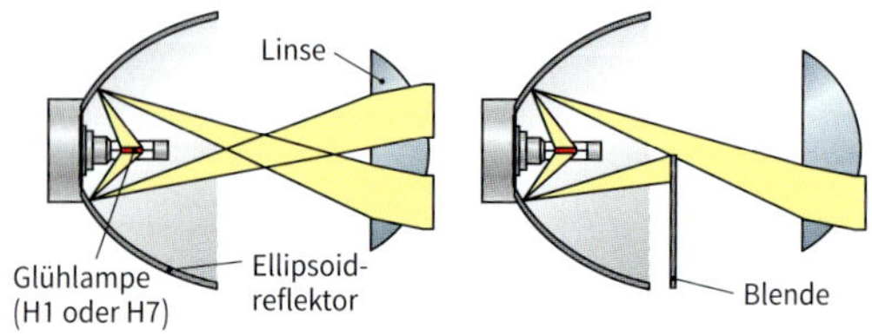

Laser-Scheinwerfer

Laser-Scheinwerfer nutzen für das Fernlicht ein Laser-Modul, das aus Laserdiode(n), Konverter und Umlenkspiegel besteht. Die Laserdiode sendet Laserlicht (z. B. mit einer Wellenlänge von 450 nm) aus, das über einen beweglichen Spiegel auf einen Konverter (Keramikplatte mit Leuchtstoff Phosphor) gelenkt wird, der es in weißes Licht umwandelt und auf die Straße projiziert.

Matrix-LED-Scheinwerfer

Matrix-LED-Scheinwerfer sind Scheinwerfer, die aus mehreren Leuchtdioden (LEDs) bestehen und in einer sogenannten Matrix-Form angeordnet sind. Durch die Ansteuerung einzelner Leuchtdioden ist es möglich, bestimmte Bereiche vor dem Fahrzeug zeitweise auszublenden. So ist es z. B. möglich, den Bereich vor dem Fahrzeug auszuleuchten, ohne die Fahrerin oder den Fahrer eines entgegenkommenden Fahrzeugs durch das eingeschaltete Fernlicht zu blenden.

Die Prüfrichtlinie gilt für alle Scheinwerfereinstellarbeiten im Rahmen einer Hauptuntersuchung (HU)
(Verkehrsblatt 05/2014, Nr. 44)

1. Allgemeines

- Die Maße für die Aufstellflächen der Kfz und des Scheinwerfer-Einstell-Prüfgeräts (SEP) müssen der Abb. 1 entsprechen.
- Die Aufstellflächen müssen eindeutig gekennzeichnet sein (z. B. durch Bodenmarkierungen).
- Das bei der Prüfung verwendete SEP muss der „Richtlinie für die Prüfung von SEPs“ entsprechen.
- Alle zwei Jahre muss eine Prüfung der Systeme zur Einstellung von Scheinwerfern erfolgen.
- Die Prüfung der Einstellung von Scheinwerfern mit besonderen Technologien, z. B. mit adaptiven Frontbeleuchtungssystemen, muss nach den Vorgaben der Prüfrichtlinie durchgeführt werden.

2. Vorbereitungen zur Prüfung der Scheinwerfer

- Kraftfahrzeuge mit zwei Scheinwerfern werden unbeladen geprüft. Kraftfahrzeuge mit nur einem Scheinwerfer werden mit 75 kg auf dem Fahrersitz geprüft.
- Reifenluftdruck kontrollieren, evtl. korrigieren
- Sichtprüfung der Scheinwerfer auf Sauberkeit und Beschädigungen
- Kraftfahrzeuge mit Niveauregulierung sind nach Herstellervorschrift auf das vorgegebene Niveau einzustellen.
- Die manuelle oder automatische Leuchtweitenregelung ist auf Funktion zu prüfen.
- Die manuelle Leuchtweitenregelung ist in Nullstellung zu bringen.

3. Prüfung der Scheinwerfer mit dem SEP

- Die Scheinwerfer sind anhand der Bedienungsanleitung des SEP zu prüfen.
- Das SEP ist vor dem zu prüfenden Scheinwerfer im vorgeschriebenen Abstand auszurichten (Abb. 1).
- Das für das Fahrzeug vorgeschriebene Einstellmaß *e* (Abb. 2) ist am SEP einzustellen (Tab. 1). Das Einstellmaß *e* wird in % und/oder in cm angegeben. Beträgt das Einstellmaß *e* = 1,2 %, so senkt sich das Licht bei einer Entfernung von 10 m um 12 cm ab (Abb. 2). Die Einstellmaße sind der Tab. 1 zu entnehmen.
- Bei Scheinwerfern mit gemeinsamer Einstellbarkeit für Fern-, Abblend- und/oder Nebellicht ist grundsätzlich das Abblendlicht zu prüfen.
- Bei **Xenonscheinwerfern** mit 35 W Lampenleistung ist eine automatische Leuchtweitenregelung vorgeschrieben. Es muss deshalb mit dem Diagnosegerät (Systemtester) eine Verbindung mit dem Scheinwerfer-Steuergerät hergestellt werden. Der Fehlerspeicher ist dann zuerst auszulesen. Nach Abarbeitung der Menüpunkte des Diagnosegerätes muss sich das Steuergerät im Modus „Grundeinstellung“ befinden. Dadurch werden die Scheinwerfer in die Einstellposition gebracht. Die Scheinwerfereinstellung kann dann mit einem digital arbeitenden SEP mit Laser-Positionierhilfe geprüft und, wenn notwendig, über das Diagnosegerät vorgenommen werden.

Abb. 1: Maße für die Aufstellflächen (SEP und Kfz)

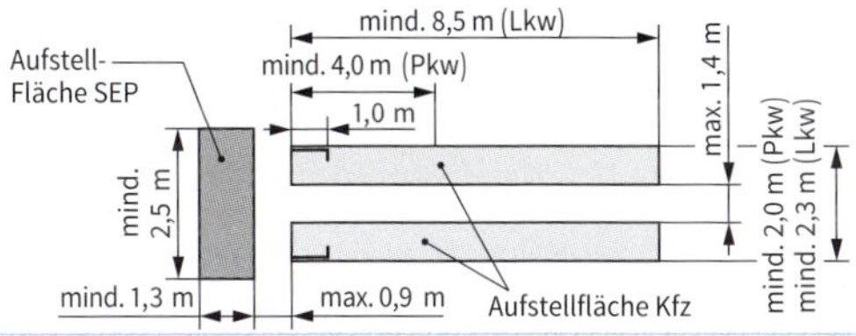

Abb. 2: Einstellmaße *e* und *N*

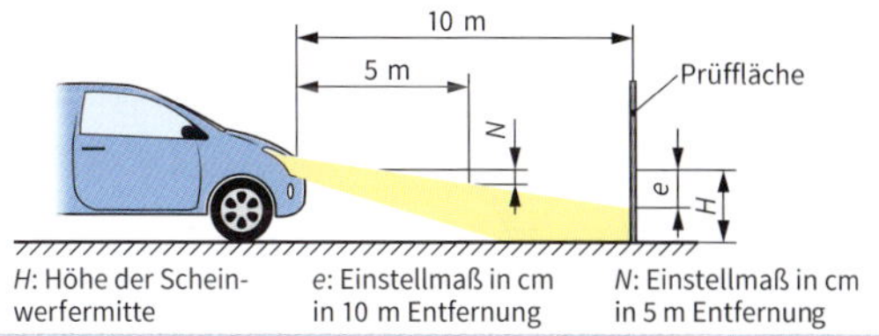

Einstellmaße *e*

Fahrzeugart	Abblend- und Fernlicht-scheinwerfer	Nebellicht-schein-werfer
1. Kraftfahrzeuge, deren Scheinwerfer nach EG/ECE genehmigt sind	am Fahrzeug angegebenes Einstellmaß *e*	
2. Andere Kfz-Höhe (*H*) ≤ 140 cm		
a) Pkw, Pkw-Kombi	1,2 %	2,0 %
b) Kfz mit Niveauregulierung oder automatischer Leuchtweitenregelung c) mehrachsige Zug- und Arbeitsmaschinen d) einspurige und mehrspurige Kraftfahrzeuge mit einem Scheinwerfer e) Lkw mit vorn liegender Ladefläche	1,0 %	2,0 %
f) Lkw mit hinten liegender Ladefläche g) Sattelzugmaschinen h) Kraftomnibusse (ausgenommen Kfz nach b)	3,0 %	4,0 %
3. Andere Kfz-Höhe (*H*) >140 cm, gilt auch für Kfz ≤ 40 km/h	*H*/3 in cm (Abb. 2)	*H*/3 + 7 in cm
4. Einachsige Zug- oder Arbeitsmaschinen	2 x *N* in cm (Abb. 2)	20 cm

Digitales SEP und Prüfbilder (Sollbilder)

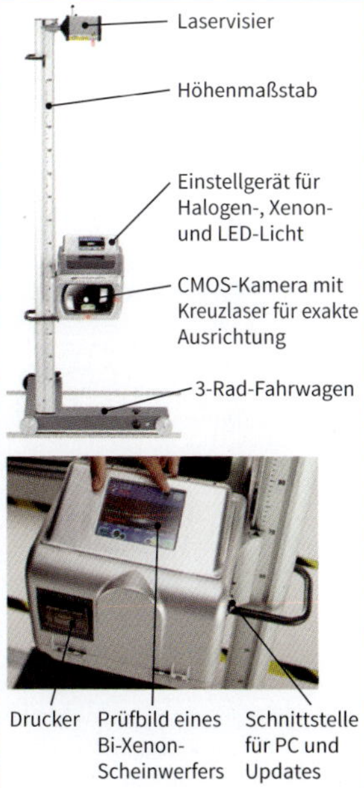

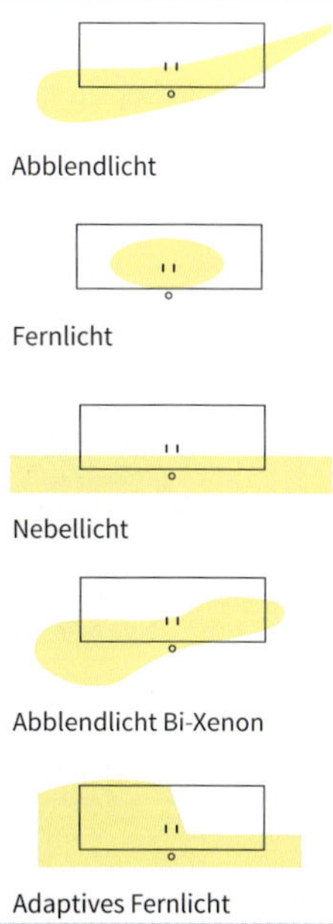

Bezeichnungen am Hubkolbenmotor

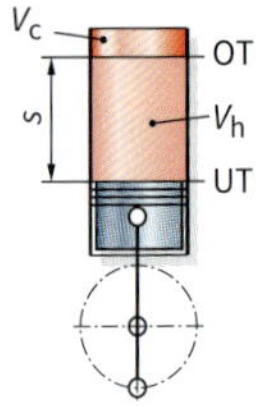

Anordnung und Bezeichnung der Zylinder

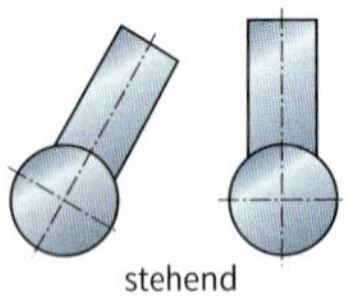

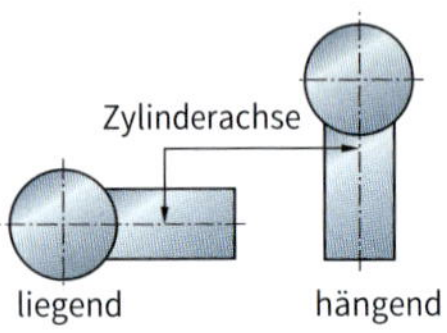

Reihenmotor

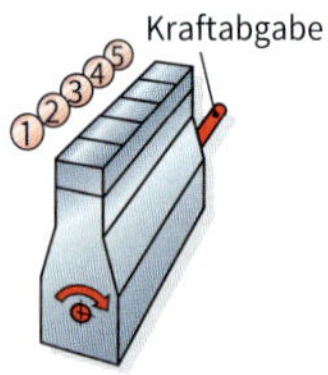

V-Motor

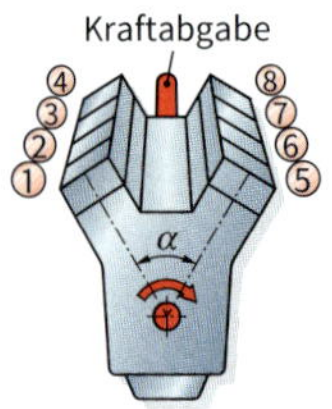

W-Motor

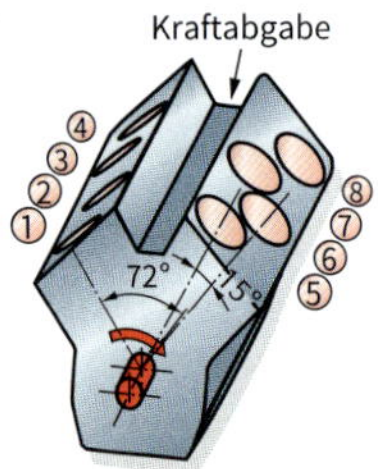

Boxermotor

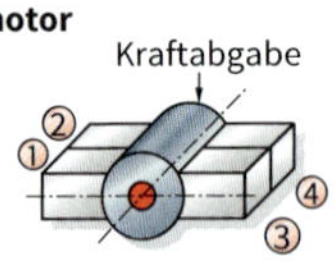

Benennung	Erklärung
Hubkolbenmotor	Während eines Arbeitsspiels wird der Kolben im Zylinder zwischen zwei Umkehrpunkten bewegt, dem oberen (OT) und unteren Totpunkt (UT). Der Abstand zwischen OT und UT ist der Kolbenhub *s*.
Viertaktmotor	Für ein Arbeitsspiel sind vier Takte (Ansaugen, Verdichten, Arbeiten, Ausstoßen) erforderlich.
Takt	Ein Takt entspricht ungefähr einem Kolbenhub. Er wird jeweils begrenzt durch die Ventilsteuerzeiten.
Arbeitsspiel	Ein Arbeitsspiel umfasst alle Vorgänge in einem Zylinder (z. B. Veränderung von Volumen, Druck und Temperatur), die erforderlich sind, um Arbeit zu verrichten. Für das Arbeitsspiel eines Viertaktmotors werden zwei Kurbelwellenumdrehungen (720 °KW) benötigt.
Hubraum V_h eines Zylinders	Der Zylinderraum zwischen den zwei Totpunkten ist der Hubraum V_h, das Hubvolumen eines einzelnen Zylinders.
Gesamthubraum V_H	Gesamthubvolumen eines Mehrzylindermotors
Verdichtungsraum V_c	Der Raum über dem im OT stehenden Kolben ist der Verdichtungsraum V_c (Kompressionsraum).
Verbrennungsraum V_b	Der größte Verbrennungsraum eines Zylinders besteht aus dem Zylinderhubraum V_h und dem Verdichtungsraum V_c, wenn der Kolben im UT steht. Das Volumen des Verbrennungsraums wird während eines Arbeitsspiels ständig verändert.
Verdichtungsverhältnis ε	Das Verdichtungsverhältnis ε ist das Verhältnis des gesamten Verbrennungsraums ($V_h + V_c$) zum Verdichtungsraum V_c.
Anordnung der Zylinder	Die Bauformen der Hubkolbenmotoren werden nach der Lage der Zylinderachsen festgelegt. Es werden stehend, liegend und hängend angeordnete Motoren unterschieden.
Reihenmotor	Anordnung der Zylinder in einer Ebene mit der Kurbelwellenachse oder parallel zu ihr
V-Motor: $\alpha = 45–90°$ VR-Motor: $\alpha = 15°$	Anordnung der Zylinder in zwei Ebenen, die miteinander einen Winkel α einschließen und deren Schnittlinie durch die Kurbelwellenachse geht oder parallel zu ihr liegt. Echter VR-Motor: 2 Pleuel auf einem Kurbelzapfen Unechter VR-Motor: Jedes Pleuel auf einem Kurbelzapfen
W-Motor	Zylinderanordnung nach einem V- und VR-Motor zusammengesetzt. Zylinderbänke sind um 72° geneigt (V-Motor), Zylinder jeder Bank sind um 15° geneigt (VR-Motor)
Boxermotor	Anordnung der Zylinder in einer Ebene mit zwei einander gegenüberliegenden Zylinderreihen. Die Kurbelwelle hat je Zylinder einen Kurbelzapfen.
Bezeichnung der Zylinder	Die Bezeichnung (Zählung) der Zylinder beginnt stets an der der Kraftabgabe gegenüberliegenden Seite. Die Bezeichnung der Zylinder von V-, VR-, W- und Boxermotoren beginnt an der der Kraftabgabe gegenüberliegenden Seite links, in der im Uhrzeigersinn folgenden Reihe wird weitergezählt.
Zylinderbank	Eine Zylinderreihe bei V-, Boxer- und W-Motoren wird als Zylinderbank bezeichnet. In der Zylinderbank 1 ist der 1. Zylinder angeordnet.
Drehrichtung eines Hubkolbenmotors	Es gibt links- und rechtsdrehende Motoren. Ein Motor dreht rechts herum, wenn die Kurbelwelle in Blickrichtung auf die der Kraftabgabe gegenüberliegende Seite rechts herum dreht (im Uhrzeigersinn).
Einfach wirkender Motor	Der Kolben wird nur von einer Seite von Verbrennungsgasen beaufschlagt (z. B. herkömmliche Otto- und Dieselmotoren).
Doppelt wirkender Motor	Der Kolben wird von beiden Seiten abwechselnd von Verbrennungsgasen beaufschlagt.
Zündfolge	Die Reihenfolge, in der die Arbeitstakte der Zylinder eines Mehrzylindermotors erfolgen (in der gezündet wird), heißt Zündfolge des Motors.
Zündabstand	Der Zündabstand ist der Kurbelwinkel (°KW) den die Kurbelwelle zwischen zwei aufeinanderfolgenden Zündungen zurücklegt.

Benennung	Erklärung	Beispiel
Zylinderkopf	Der Zylinderkopf schließt den Verbrennungsraum ab und enthält häufig einen Teil des Verdichtungsraums sowie Befestigungsmöglichkeiten für Bauteile des Ladungswechsels. Bei einem Viertaktmotor sind die Ventile und Bauteile der Motorsteuerung im Zylinderkopf untergebracht.	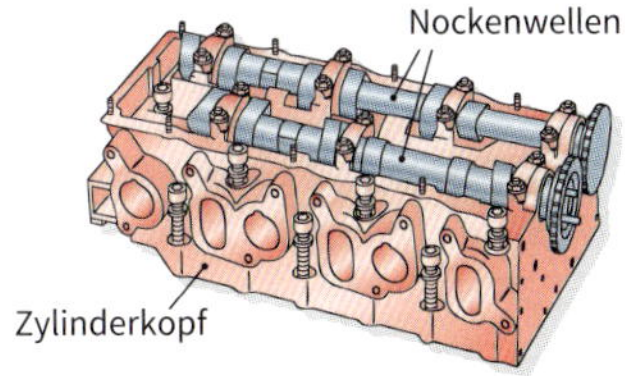
Zylinderkopfdichtung	**Metall-Elastomer-Dichtung:** Metallträger mit anvulkanisierten Elastomerprofilen Einsatz: hoch belastete Nkw-Dieselmotoren **Metalllagen-Dichtung:** gesickte, elastomerbeschichtete Federstahllagen Einsatz: hoch belastete Ottomotoren, Dieselmotoren	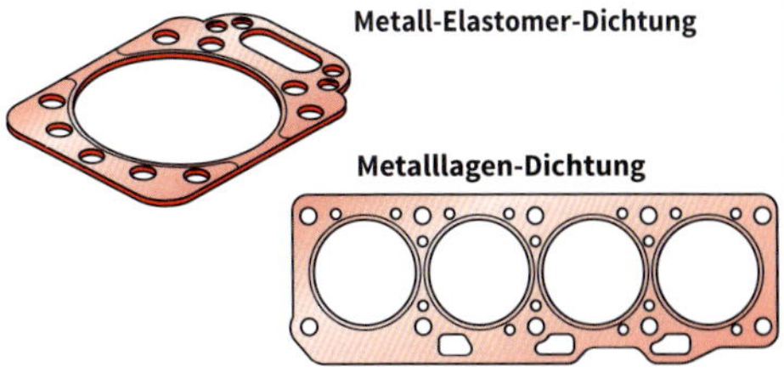
Zylinderkurbelgehäuse (Motorblock)	Kurbelgehäuse mit angegossenem Zylinder oder Zylindermantel	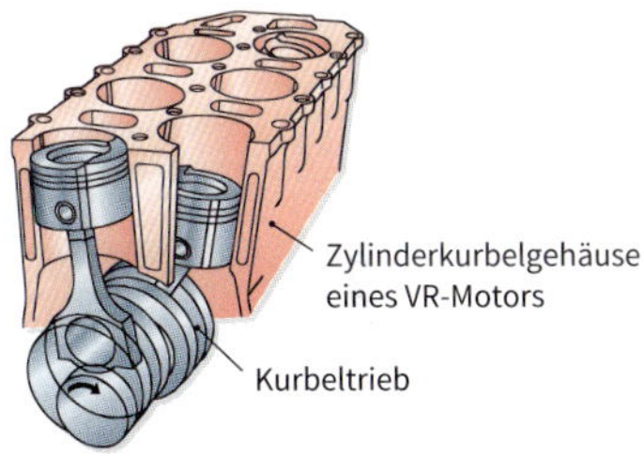
Kurbelgehäuse	Das Kurbelgehäuse umschließt teilweise den Kurbelraum mit Lagern, trägt die Zylinder oder den Zylinderblock und schafft Flächen für Befestigungsmöglichkeiten der Zusatzaggregate.	
Ölwanne	Die Ölwanne, ohne Lager für die Kurbelwelle, schließt den Kurbelraum nach unten ab.	
Zylindermantel	Der Zylindermantel umschließt den Zylinder, enthält das Kühlmittel und ist am Gestell oder Kurbelgehäuse befestigt.	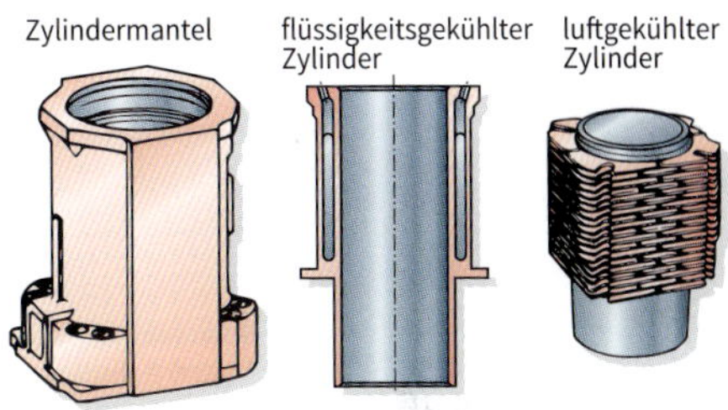
Zylinder	Bauteil, in dem ein Kolben wirkt. Der Zylinder kann mit oder ohne Zylinderbuchse und mit oder ohne angegossenem Zylinderkopf eingesetzt werden.	
Zylinderblock	Der Zylinderblock besteht aus zwei oder mehr zusammengegossenen oder miteinander verschraubten Zylindern.	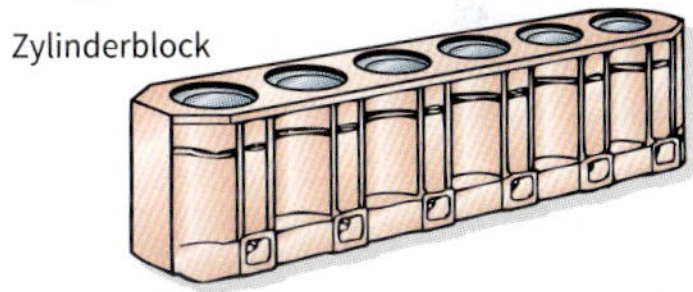
Zylinderbuchse (Zylinderlaufbuchse)	Im Zylindermantel eingesetzte Buchse mit Lauffläche für den Kolben. Die nasse Zylinderbuchse wird direkt vom Kühlmittel umspült. Die trockene Zylinderbuchse hat mit dem Kühlmittel keine Berührung.	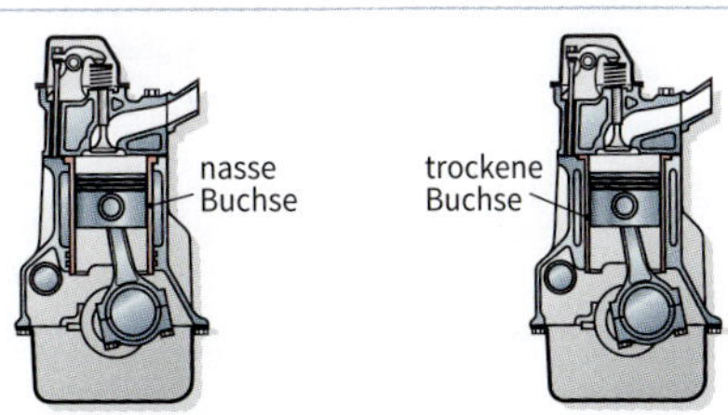
Zylinderlauffläche	Auf der Zylinderlauffläche bewegt sich der Kolben eines Hubkolbenmotors. Die Lauffläche erhält durch Feinbearbeitung (Honen) ihre geometrische Form und Oberflächenrauheit. Die Oberflächenrauheit spielt für den Verschleiß von Zylinder und Kolben eine sehr wichtige Rolle, da der Aufbau und die Verteilung des Motorenschmierölfilms stark davon abhängt. Die Oberflächenbeschaffenheit der Zylinderlauffläche verändert sich mit der Laufleistung des Motors, dies kann zu einem erhöhten Ölverbrauch führen, da Öl in den Verbrennungsraum gelangt und thermisch verwertet wird. Dies führt ggf. zu einer Verkokung der Bauteile im Brennraum und zu weiteren Schäden.	

Zahl der Zylinder	Zündfolge	Diagramm (Beispiel)
Einzylindermotor Zündabstand: 720 °KW ein Arbeitstakt je 2 Kurbelwellenumdrehungen	1	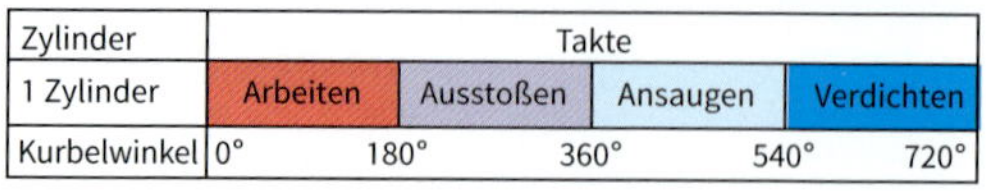
Zweizylinder-Boxermotor Zündabstand: 360 °KW ein Arbeitstakt je 1 Kurbelwellenumdrehung	1 2	
Dreizylinder-Reihenmotor Zündabstand: 240 °KW ein Arbeitstakt je 2/3 Kurbelwellenumdrehung 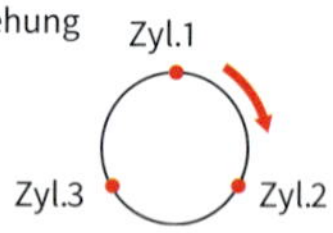	1 3 2	
Vierzylinder-Reihenmotor, -V-Motor, -Boxermotor Zündabstand: 180 °KW ein Arbeitstakt je 1/2 Kurbelwellenumdrehung 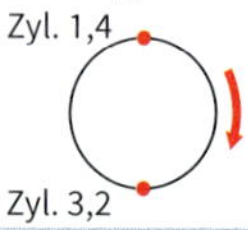	**Reihenmotor** 1 3 4 2 oder 1 2 4 3 **V-Motor** 1 3 2 4 **Boxermotor** 1 4 3 2	
Fünfzylinder-Reihenmotor Zündabstand: 144 °KW ein Arbeitstakt je 2/5 Kurbelwellenumdrehung 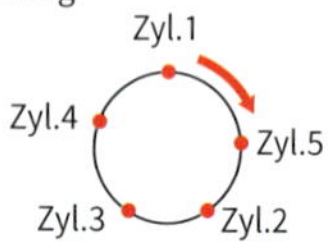	1 2 4 5 3	
Sechszylinder-Reihenmotor, Sechszylinder-V-Motor, Sechszylinder-VR-Motor Zündabstand: 120 °KW ein Arbeitstakt je 1/3 Kurbelwellenumdrehung 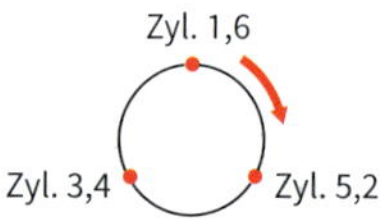	**Reihenmotor** 1 5 3 6 2 4 oder 1 2 4 6 5 3 oder 1 4 2 6 3 5 oder 1 4 5 6 3 2 **V-Motor** 1 2 5 6 4 3 oder 1 4 2 5 3 6 **VR-Motor** 1 4 5 6 2 3	
Achtzylinder-Reihenmotor, Achtzylinder-V-Motor Zündabstand: 90 °KW ein Arbeitstakt je 1/4 Kurbelwellenumdrehung 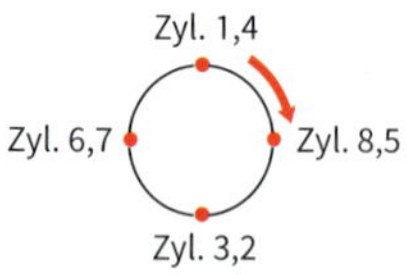	**Reihenmotor** 1 8 3 6 4 5 2 7 oder 1 3 6 8 4 2 7 5 oder 1 2 7 5 4 3 6 8 oder 1 8 6 3 4 5 7 2 **V-Motor** 1 6 3 5 4 7 2 8 oder 1 5 4 8 6 3 7 2 oder 1 8 3 6 4 5 2 7	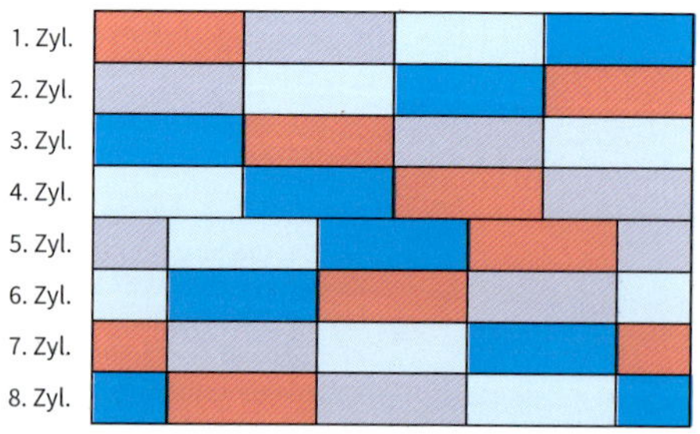

Einteiliger Kolben

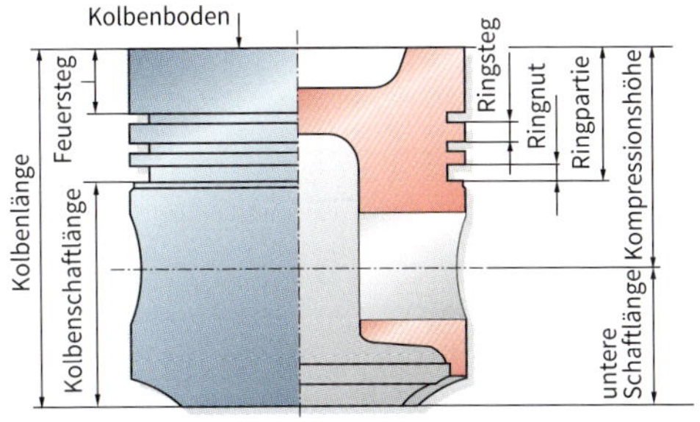

Mehrteiliger Kolben (Gebauter Kolben)

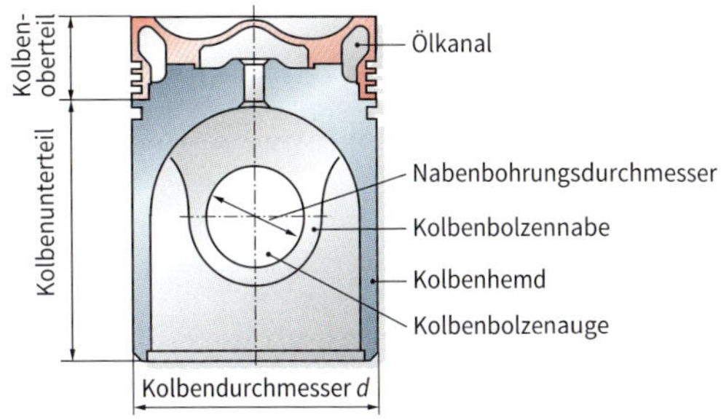

Begriff	Erklärung
Kolben	Kolben wandeln den Verbrennungsdruck in eine mechanische Bewegung um. Sie sind ein- oder mehrteilig, gegossen oder gepresst. Einteilige Kolben werden mit oder ohne unlösbar verbundenen Einzelteilen, mit oder ohne Kühlräume hergestellt. Mehrteilige Kolben bestehen aus mehreren lösbar verbundenen Einzelteilen.
Kolbenboden	brennraumseitige Kolbenfläche, durch Gasdruck und Verbrennungswärme beansprucht
Ringpartie	Ringpartie, Kolbenringzone oder Ringfeld, ist der Bereich zwischen dem Kolbenboden und dem unteren Ringnutende. Die Ringnuten werden durch Ringstege getrennt.
Feuersteg	Steg, der über der ersten Kolbenringnut liegt
Kolbenschaft	Führungsteil des Kolbens mit Kolbenbolzenlagerung unterhalb der Ringpartie
Kolbenhemd	Führungsteil des Kolbens parallel zur Kolbenbolzenachse, zur Aufnahme von Führungskräften
Kolbenoberteil	Kolbenboden mit gesamter oder teilweiser Ringpartie eines mehrteiligen Kolbens
Kolbenunterteil	Führungsteil mit Kolbenbolzenlagerung, mit oder ohne Kolbenringnuten, zur Aufnahme des Kolbenoberteils bei mehrteiligen Kolben
Kolbenbolzennabe	Kolbenbolzennaben übertragen die Kräfte vom Kolbenboden auf den Kolbenbolzen.
Kolbenringträger	verstärkte Ringnut im Kolben, eingegossen oder eingepresst
Kolbenabmessungen	
Kompressionshöhe	Maß von der Mitte der Nabenbohrung bis zur Kolbenbodenkante
Untere Schaftlänge	Maß von der Mitte der Nabenbohrung bis Schaftende
Gesamtlänge	Summe aus Kompressionshöhe und unterer Schaftlänge
Kolbennenndurchmesser	größter Kolbendurchmesser, wird am unteren Schaftende quer zur Kolbenbolzenachse gemessen
Kolbeneinbauspiel	Differenz zwischen dem größten Kolbendurchmesser und dem Zylinderdurchmesser

Konstruktions-, Betriebs- und Leistungswerte von Serien-Hubkolbenmotoren

	Takt	Kühlung	Zylinderdurchmesser in mm	Hub-/Bohrungsverhältnis s/d	Pleuelstangenverhältnis λ_{Pl}	mittlere Kolbengeschwindigkeit v_m in m/s	mittlerer Zylinderdruck p_{eff} in bar	Kolbenflächenleistung in kW/dm²	Anwendung
Ottomotor	2	Luft	40 … 60	1,04	0,36	9,6	5,0	37	Kraftrad
	2		70 … 100	0,77	0,29	13,6	14,7	57	Pkw
	4		70 … 100	1,01	0,29	16,3	10,0	41	Pkw
Dieselmotor	4	Kühlflüssigkeit	70 … 100	1,09	0,32	15,2	13,5	48	Pkw
	4		110 … 130	1,03	0,29	8,9	7,5	33	Nkw
	4		120 … 130	1,04	0,25	15,0	7,1	19	Nkw

Bauarten		Bauliche Besonderheiten
Voll- oder Glattschaftkolben	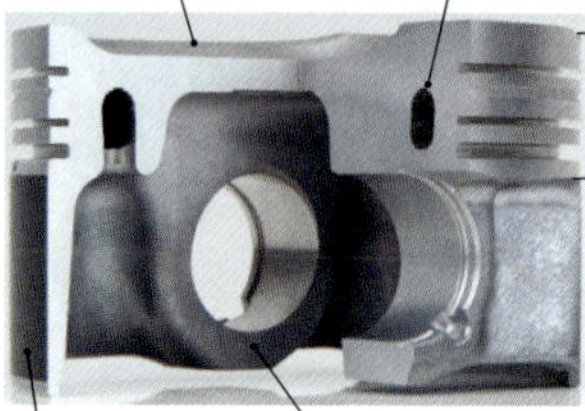	Bei diesem gegossenen, gepressten oder geschmiedeten Kolben bilden der Kolbenboden, die Ringpartie und der Schaft eine Einheit. **Wärmeausgleich** erfolgt durch die äußere Gestaltung (ballig, oval, konisch) und die Werkstoffverteilung. **Werkstoff:** Al-Si-Legierung **Verwendung:** Otto-, Diesel- und Zweitaktmotoren
Fensterkolben (Ringträger mit und ohne Kühlung)		Der Fensterkolben ist mit Einfachringträger in der oberen Ringnut ausgestattet, um den Verschleiß zu verringern. Dazu wird der Ringträger aus Gusseisen umgossen. Er ist dann mit dem umgebenden Kolbenwerkstoff metallisch gebunden. **Wärmeausgleich** erfolgt durch äußere Gestaltung der Kolbenringzone und des Kolbenschafts (ballig, oval, konisch). **Werkstoff:** Al-Si-Legierung, Stahl **Verwendung:** Pkw-Ottomotoren, Pkw-Dieselmotoren, Nkw-Motoren
Kastenkolben		Der Kastenkolben ist ein gegossener oder gepresster Kolben ohne Eingussteile. **Wärmeausgleich** erfolgt durch die äußere Gestaltung (ballig, oval, konisch) und die Werkstoffverteilung. **Werkstoff:** Al-Si-Legierung **Verwendung:** überwiegend Pkw-Ottomotoren, Pkw-Dieselmotoren
Zweitaktkolben	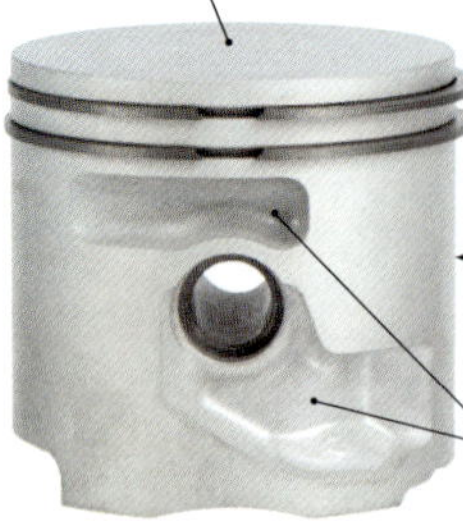	Zweitaktkolben sind mit einem oder zwei Kolbenringen ausgestattet **Wärmeausgleich** erfolgt durch äußere Gestaltung der Kolbenringzone und des Kolbenschafts (ballig, oval, konisch). **Werkstoff:** Al-Si-Legierung **Verwendung:** Zweitaktmotoren

gespannter Kolbenring

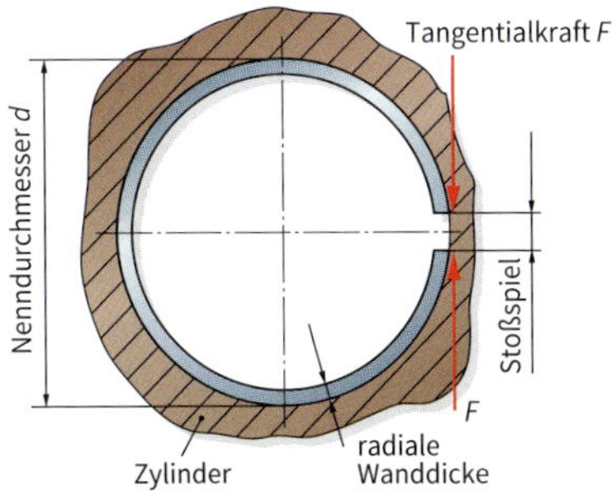

Verdichtungsring

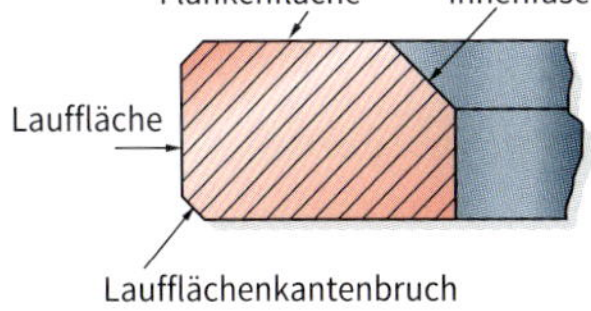

ungespannter Kolbenring

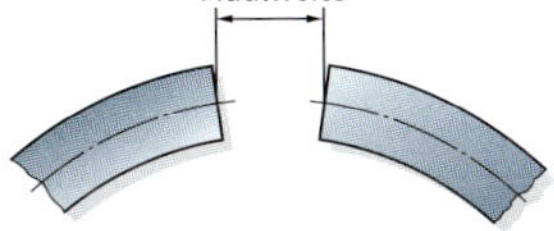

Ölabstreifring

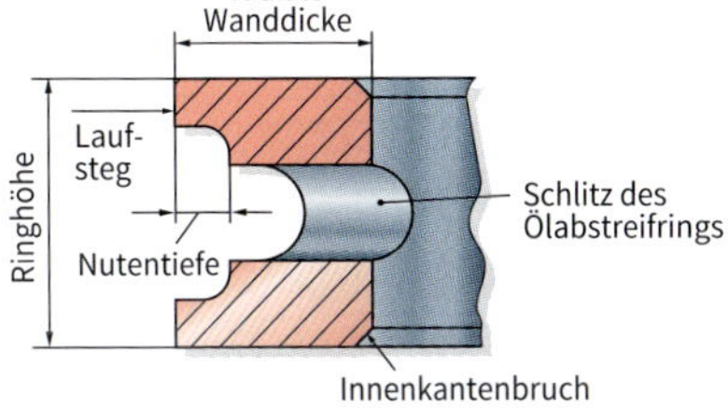

Begriff	Erklärung
Maulweite	Abstand der Stoßenden am ungespannten Kolbenring, gemessen in der Mitte der Kolbenringwand
Stoßspiel	Abstand der Stoßflächen nach Schließen des Rings auf Nenndurchmesser, gemessen an der engsten Stelle des Stoßspaltes
Höhenspiel	Abstand zwischen Kolbenringnut und Kolbenringflankenfläche
Tangentialkraft	Kraft, die notwendig ist, den Kolbenring auf Stoßspiel zu halten. Sie ist abhängig von der radialen Wanddicke des Kolbenrings, der Stoßweite und dem Elastizitätsmodul des Werkstoffs.
Minutenring	Der Minutenring besitzt eine konische Lauffläche zur Kolbenringflankenfläche, bis 40 Minuten.
Trapezwinkel	Der Trapezwinkel ist der von beiden Flanken des Kolbenrings eingeschlossene Winkel.
Topring	Minuten-, einseitiger Trapez-, Nasen- und Gleichfasenring sowie Kolbenring mit Innenfase oder Innenwinkel, sie erhalten auf der dem Kolbenboden zugerichteten Flanke eine Top-Markierung.

Kolbenringformen (Auswahl)

Verdichtungsringe						
Bauart	Rechteck	Minutenring	einseitiger Trapezring	doppelseitiger Trapezring	L-Ring	Lamellenring
Querschnitt			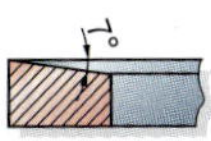	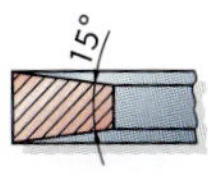		
Durchmesser in mm	30 bis 200	30 bis 200	70 bis 200	82 bis 200	38 bis 100	38 bis 65
Ölabstreifringe						
Bauart	Nasenring	Nasenminutenring	Ölschlitzring	Dachfasenring	Gleichfasenring	Schlauchfederring
Querschnitt	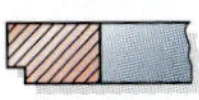	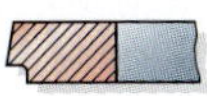	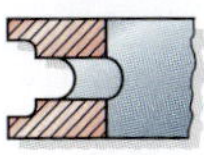	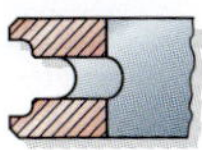	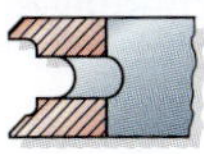	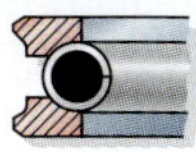
Durchmesser in mm	30 bis 200	30 bis 200	50 bis 200	50 bis 200	50 bis 200	50 bis 200

Kolbenringwerkstoffe

unvergütetes Standardgusseisen, vergüteter Stahlguss, Gusseisen mit Kugelgrafit, hoch legierter Stahl, z. B. X90CrMo18

Bezeichnungen an der Pleuelstange und Pleuelstangenarten

ISO 7967, Teil 2: 2010-12

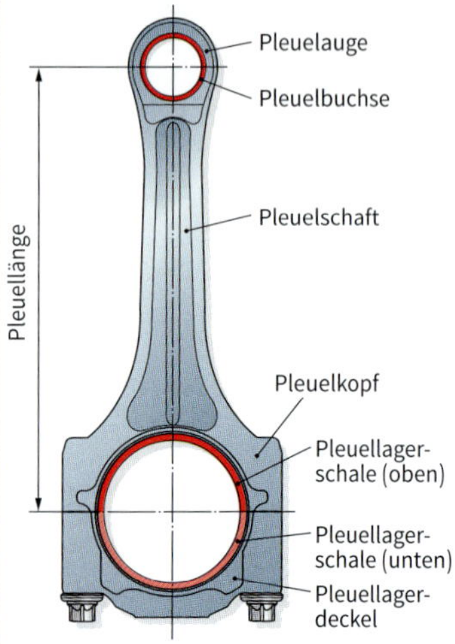

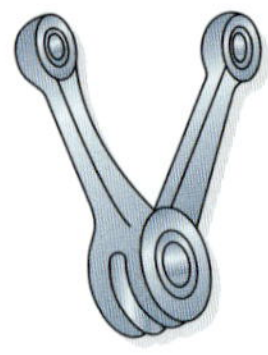

Gabelpleuelstange

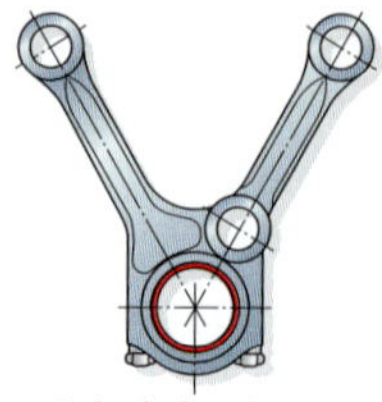

Gelenkpleuelstange

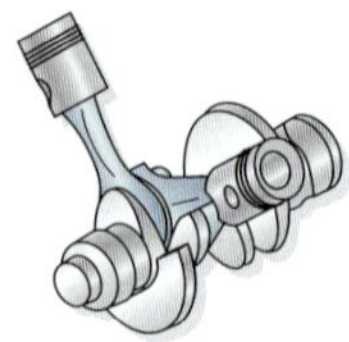

nebeneinanderliegende Pleuelstangen

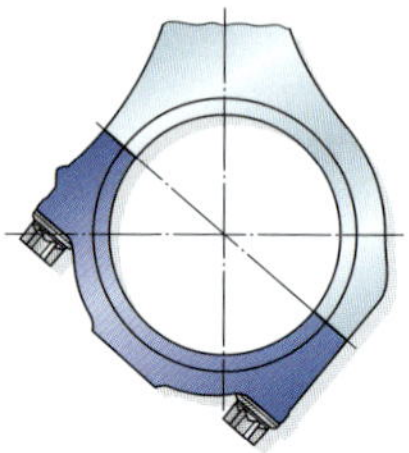

schräg geteilte Pleuelstange

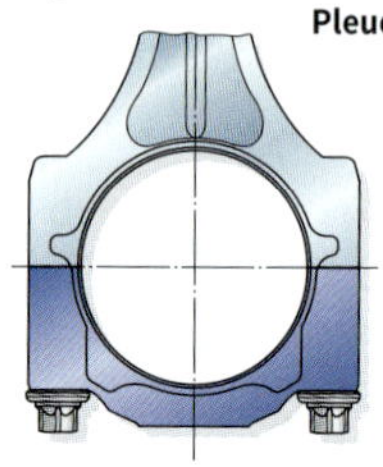

horizontal geteilte Pleuelstange

Begriff	Erklärung
Pleuelstange	verbindet den Kolben über Lager mit der Kurbelwelle
Pleuelauge	Teil, der über die Pleuelbuchse (Kolbenbolzenbuchse) mit dem Kolben verbunden ist
Pleuelkopf	Teil, der über Lagerschalen mit der Kurbelwelle verbunden ist
Pleuelschaft	Verbindungsteil zwischen Pleuelauge und Pleuelkopf
Pleuelbuchse (Kolbenbolzenbuchse)	Lager zwischen Pleuelstange und Kolben
Pleuellager	Lager zwischen Pleuelstange und Kurbelwelle
Horizontal geteilte Pleuelstange	Pleuelstange mit geteiltem Pleuelkopf, Teilungsebene verläuft senkrecht zur Pleuelstangenachse
Schräg geteilte Pleuelstange	Pleuelstange mit geteiltem Pleuelkopf, Teilungsebene verläuft nicht senkrecht zur Pleuelstangenachse
Gelenkpleuelstange	besteht aus einer Hauptpleuelstange und einer oder mehreren angelenkten Nebenpleuelstangen (Anlenkpleuelstangen), z. B. Sternmotor
Gabelpleuelstange	Pleuelkopf ist gegabelt, eine Pleuelstange hat dadurch eine geringere Breite, z. B. V-Motor, Boxermotor
Nebeneinanderliegende Pleuelstangen	Pleuelstangenköpfe liegen nebeneinander auf demselben Kurbelzapfen, z. B. V-Motor

Kolbenbolzenarten

DIN 73126: 1987-03

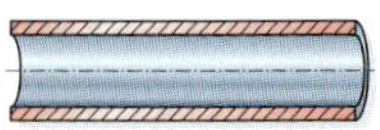	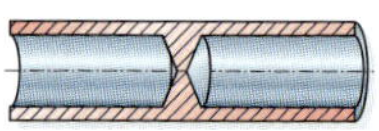		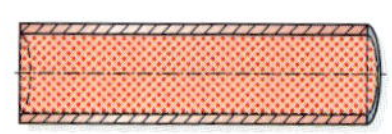	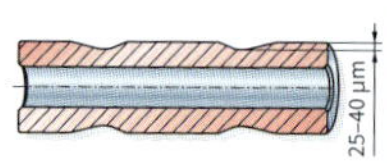
zylindrische Bohrung	zylindrische Bohrung, in der Mitte geschlossen	zylindrische Bohrung, einseitig geschlossen	kunststoffgefüllter Bolzen mit sehr dünner Stahlwandung	Vergrößerung des Bolzendurchmessers durch Formbolzen

Kolbenbolzensicherungen

DIN 73130: 1989-07

Runddrahtringe	Flachdrahtringe (1) und Sprengringe (2)	Ovalringe
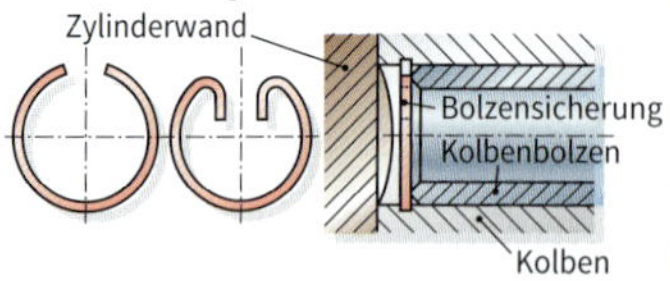	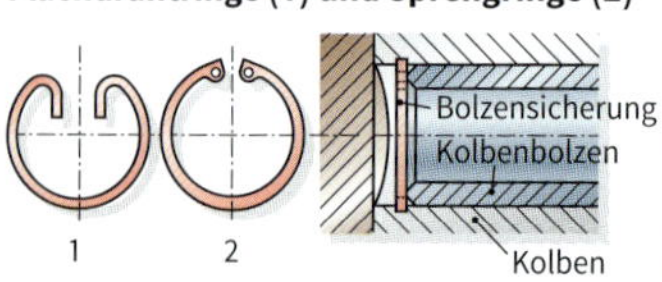	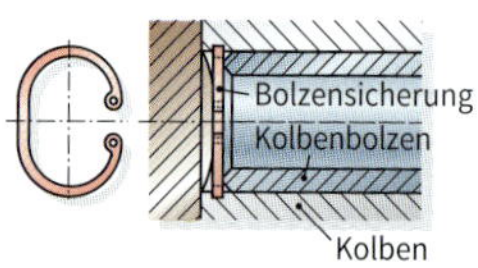
Verwendung		
schnell laufende Otto- und Dieselmotoren	Nkw-Dieselmotoren	großvolumige Dieselmotoren

Kurbelwellenausführungen

Kurbelwelle: Einfach oder mehrfach gekröpfte Welle, gegossen oder geschmiedet, mit Wellenzapfen in der Drehachse und mit Kurbelzapfen an jeder der gegeneinander versetzten Kröpfungen

Kurbelwelle einteilig	Kurbelwelle mehrteilig	Kurbelwelle gebaut
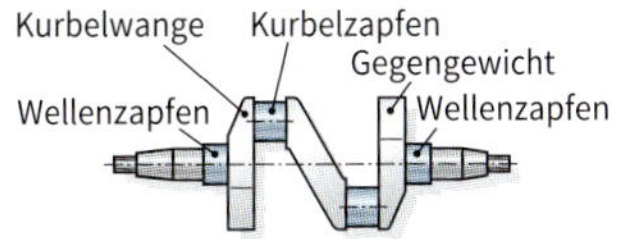	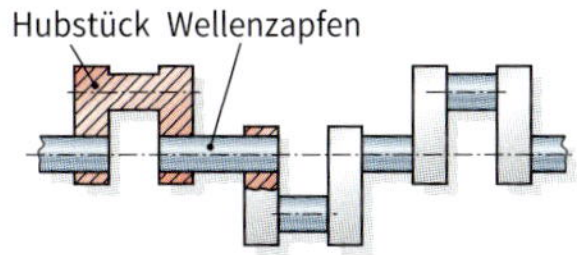	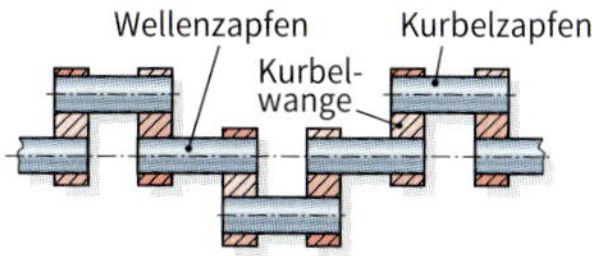
in einem Stück gegossene oder geschmiedete Kurbelwelle	aus mehreren Teilstücken trennbar zusammengesetzte Kurbelwelle, ein Hubstück (Kurbelkröpfung), als Einzelstück gegossen oder geschmiedet, bestehend aus Kurbelzapfen und Kurbelwange, wird auf die Wellenzapfen geschrumpft	aus einzelnen Kurbelwangen, Kurbel- und Wellenzapfen zusammengesetzte Kurbelwelle, deren Einzelteile untrennbar miteinander verbunden sind

Werkstoff

gegossene Kurbelwelle: Gusseisen mit Kugelgrafit
geschmiedete oder gebaute Kurbelwelle: Chrom-Nickelstahl, z. B. 18CrNi5, Nitrierstahl, z. B. 34CrAl16

Kurbelwellenlager

Lagerstuhl mit Aufnahme der Gleit- oder Wälzlager zur radialen Lagerung der Kurbelwelle

mit abnehmbarem Kurbelgehäusedeckel

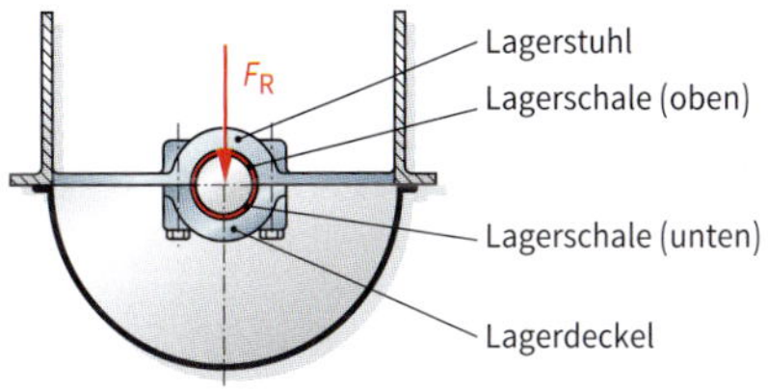

mit angegossenem Zylinder oder Zylindermantel

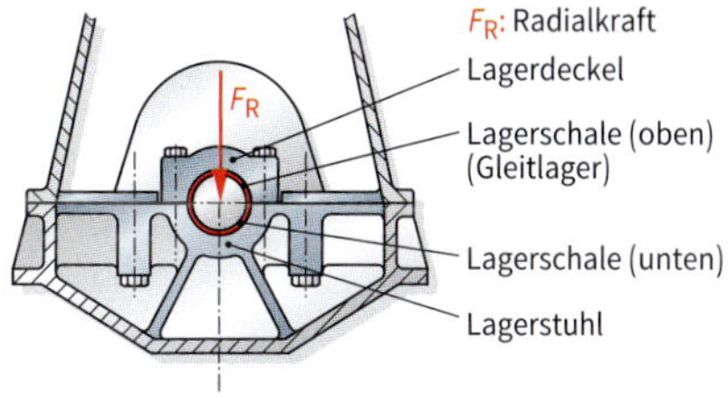

Kurbelwellenpasslager zur Lagerfixierung der Kurbelwelle in axialer Richtung

Wälzlager

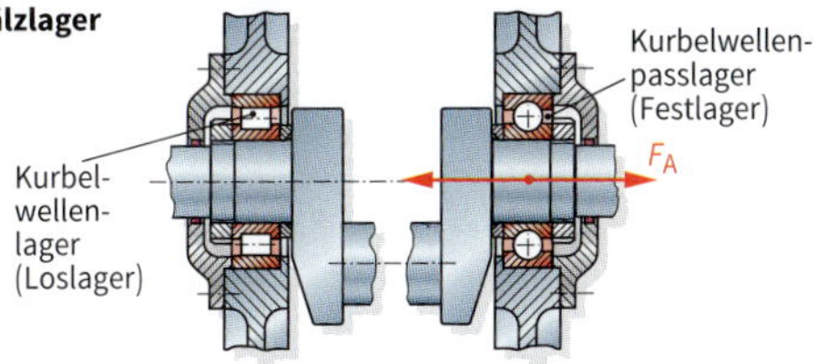

Gleitlager

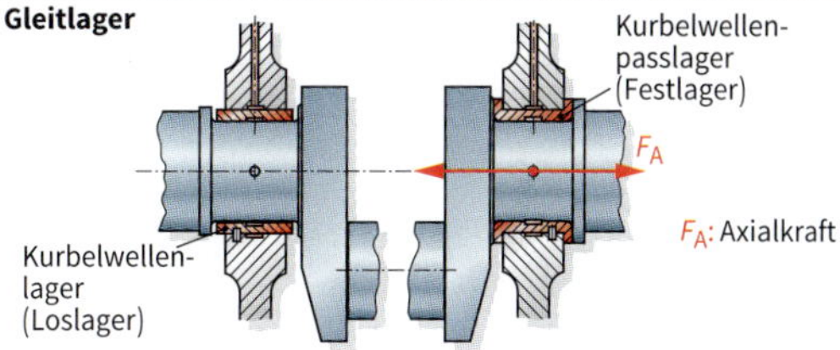

Schwungrad (Schwungscheibe)

Nabe angegossen

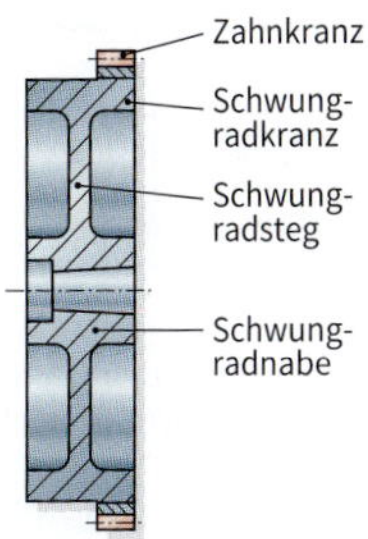

Nabe angeschraubt

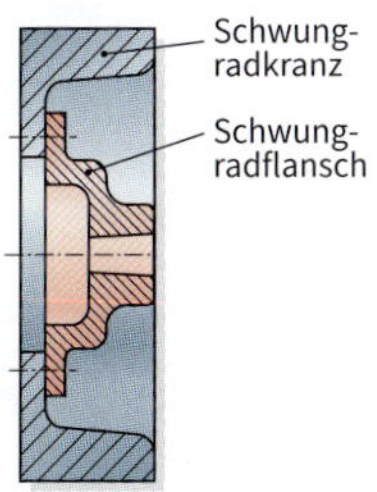

Bezeichnung	Erklärung
Schwungrad	Schwungmasse (Energiespeicher) zur Erzielung einer gleichförmigeren Kurbelwellendrehbewegung während des Arbeitsspiels
Schwungradnabe	Aufnahme der Kurbelwelle, angegossen oder angeschraubt
Schwungradflansch	Anschlussteil für die Kurbelwelle
Schwungradsteg	Verbindungsteil zwischen Schwungradnabe und Schwungradkranz
Schwungradkranz	Teil der Schwungmasse des Schwungrades
Zahnkranz	aufgepresste Verzahnung auf dem Schwungrad für Starterritzel

Werkstoffschichten von Pleuel- und Hauptlager

	Werkstoff	Verwendung
Zweistofflager 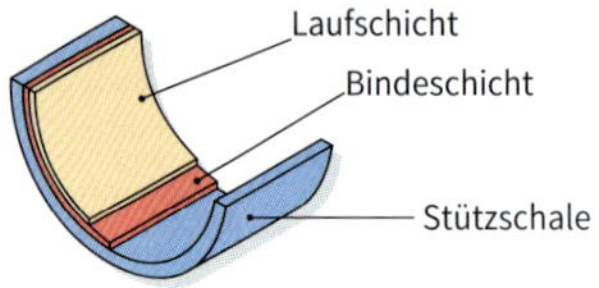 	Laufschicht: AlSn20Cu1 Bindeschicht: Reinaluminium Stützschale: Stahl mit 0,1 % C	niedrig belastete Ottomotoren
Dreistofflager 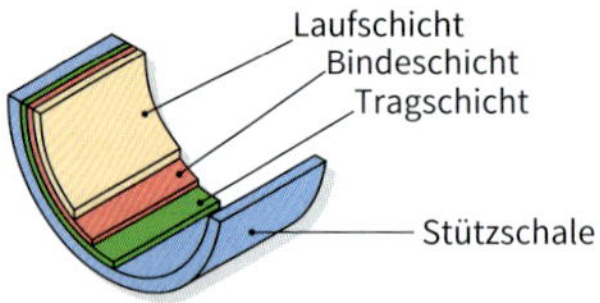 	Laufschicht: PbSn10Cu6 Bindeschicht: Nickel Tragschicht: CuPb24Sn4 Stützschale: Stahl mit 0,1 % C	leicht aufgeladene Dieselmotoren und hoch belastete Ottomotoren
Aluminium-Zink-Bonderlager 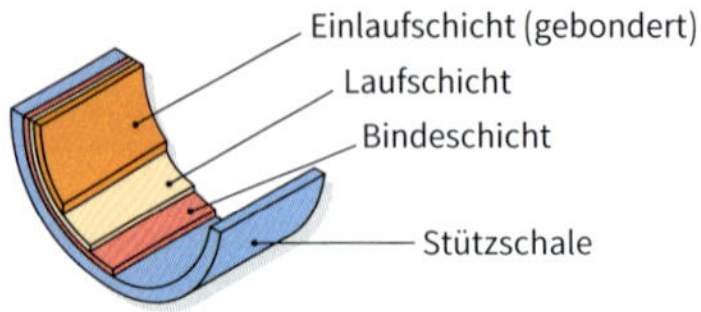 	Einlaufschicht: Zinkphosphat Laufschicht: AlZn4,5SiCuPb1 Bindeschicht: Reinaluminium Stützschale: Stahl mit 0,1 % C	aufgeladene Dieselmotoren
Sputterlager 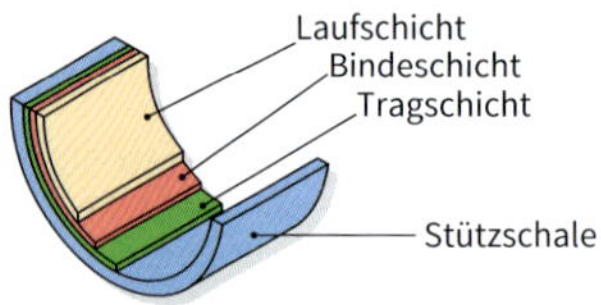 	Laufschicht: AlSn20Cu1 Bindeschicht: Nickel Tragschicht: CuPb24Sn4 Stützschale: Stahl mit 0,1 % C	hoch aufgeladene Dieselmotoren und Dieselmotoren mit direkter Einspritzung

Begriff	Erklärung
Spreizmaß	Differenz zwischen dem Außendurchmesser einer Halbschale (gemessen über der Trennfläche) und dem Durchmesser der Bohrung im Kurbelgehäuse
Presssitz	wird der Lagerdeckel (mit Lagerschalenhälfte) auf die Bohrung (mit Lagerschalenhälfte) im Kurbelgehäuse eingesetzt, ergibt sich auf einer Seite ein Spalt bis 0,1 mm (je nach Lagerdurchmesser), ein Maß für einen erforderlichen Presssitz
Lagerspiel	Differenz zwischen Pleuel- oder Hauptlagerzapfendurchmesser und dem Durchmesser der unter Presssitz befindlichen Lagerschale
Radiallager	übertragen Kräfte quer zur Drehachse der Kurbelwelle
Axiallager	Zur Abstützung der Kräfte, die während des Auskuppelns in Längsrichtung der Kurbelwelle wirken, wird ein Axial-, Pass- oder Führungslager eingesetzt, das axiale und radiale Kräfte aufnimmt.

Schmierung des Kolbenbolzens über das Pleuelauge

 	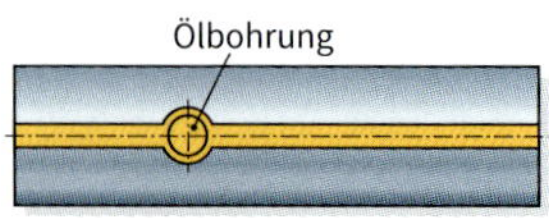 	
einfache Bohrung in der Buchse, bei ausreichendem Ölangebot durch Öldämpfe im Kurbelgehäuse	durch umlaufende Ölnut gute Verteilung und Speicherung des Öls	durch fächerförmige Nutanordnung wird Öl in besonders belastete Bereiche geleitet
Anwendung		
niedrig belastete Ottomotoren	niedrig belastete Diesel- und hoch belastete Ottomotoren	aufgeladene Dieselmotoren

Schäden am Kurbeltrieb

Kolben 	**Schaden:** Starke Riefen am Kolbenschaft in Längsrichtung, erhöhter Ölverbrauch **Ursache:** Z. B.: starke Verschmutzung über die angesaugte Luft oder das Motoröl **Instandsetzen:** Z. B.: Kolben ersetzen, Ölfilter- und Luftfilterwechselintervalle einhalten, Ansaugsystem auf Undichtheiten prüfen	Kolben 	**Schaden:** Durchgebrannter Kolbenboden **Ursache:** Z. B.: Ottomotor: Zu niedriger Wärmewert der Zündkerze, Glühzündungen Z. B.: Dieselmotor: Kühlöldüse verstopft, Schmierung unzureichend, defekte Einspritzdüsen **Instandsetzen:** Z. B.: Ottomotor: Kolben ersetzen, Wärmewert der Zündkerzen prüfen Z. B.: Dieselmotor: Kolben ersetzen, Einspritzdüsen ersetzen, Einspritzanlage einstellen
Kolben 	**Schaden:** Ventileinschläge am Kolbenboden **Ursache:** Z. B.: Verstellung der Ventilsteuerzeiten, bei überhöhter Motordrehzahl versagen die Ventilfedern **Instandsetzen:** Z. B.: Ventilsteuerzeiten korrekt einstellen, Motordrehzahl verringern	Kolbenringstege 	**Schaden:** Gebrochene Kolbenringstege **Ursache:** Z. B.: Bruch eines Kolbenrings durch Montagefehler, klopfende Verbrennung **Instandsetzen:** Z. B.: Kolben und Kolbenringe ersetzen
Kolben 	**Schaden:** Risse am Kolbenboden **Ursache:** Z. B.: Mechanische oder thermische Überlastung durch Motortuning **Instandsetzen:** Z. B.: Motortuning nur nach Herstellerangaben durchführen	Kolbenbolzen 	**Schaden:** Riefen am Kolbenbolzen **Ursache:** Z. B.: Schmutzablagerungen über das defekte Ansaugsystem, verschmutztes Motoröl **Instandsetzen:** Z. B.: Kolbenbolzen ersetzen, Ansaugsystem auf Undichtheiten prüfen, Luftfilter und Ölfilter prüfen bzw. ersetzen
Zylinderbohrung 	**Schaden:** Längsriefen an der Zylinderbohrung **Ursache:** Z. B.: Hoher Verschleiß am Kolben und an Kolbenringen, Schmierölverdünnung durch Kraftstoff **Instandsetzen:** Z. B.: Kolben und Kolbenringe ersetzen, Zylinderlaufbuchsen ersetzen	Zylinderlaufbuchse 	**Schaden:** Vertiefungen und Löcher an nasser Zylinderlaufbuchse **Ursache:** Z. B.: Falsches und/oder zu wenig Frostschutzmittel, zu wenig Kühlmittel **Instandsetzen:** Z.B.: Zylinderlaufbuchse austauschen, richtiges Frostschutzmittel und -menge verwenden, Kühlsystem auf Dichtheit prüfen
Pleuelstange 	**Schaden:** Pleuelstange verbogen oder gebrochen **Ursache:** Z. B.: Flüssigkeit (Kühlmittel, Kraftstoff) im Verbrennungsraum führt zum „Flüssigkeitsschlag" **Instandsetzen:** Z. B.: Pleuelstange ersetzen, Dichtungen prüfen, eventuell ersetzen	Pleuelbuchse 	**Schaden:** Beschädigte Pleuelbuchse **Ursache:** Z. B.: Motoröl verunreinigt durch zu hohe Schwefelanteile im Kraftstoff oder Kühlmittelrückstände **Instandsetzen:** Z. B.: Ölwechselintervalle einhalten, Kühlmittelsystem prüfen
Kurbelwelle 	**Schaden:** Verschlissene und verschweißte Kurbelwellenlager **Ursache:** Z. B.: Ölmangel durch Leck im Ölleitungssystem, zu niedriger Ölstand, defekte Ölpumpe **Instandsetzen:** Z. B.: Gleitlager ersetzen, Schmiersystem prüfen, Öl und Ölfilter regelmäßig wechseln	Kurbelwellenlager 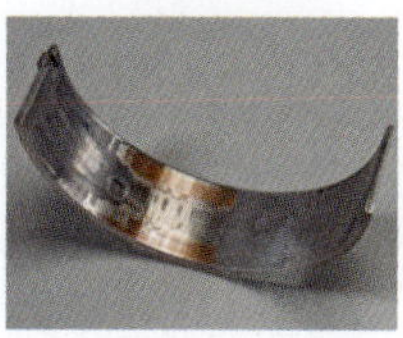	**Schaden:** Gleitlager einseitig verschlissen, Laufschicht abgetragen **Ursache:** Z. B.: Durch „Flüssigkeitsschlag" verbogene Pleuelstange, Pleuelstange und Kurbelzapfen nicht winklig eingebaut **Instandsetzen:** Z. B.: Pleuelstange ersetzen, Pleuelstange auf Winkligkeit prüfen

Vorgänge während eines Arbeitsspiels

1. Takt: Ansaugen	2. Takt: Verdichten	3. Takt: Arbeiten	4. Takt: Ausstoßen

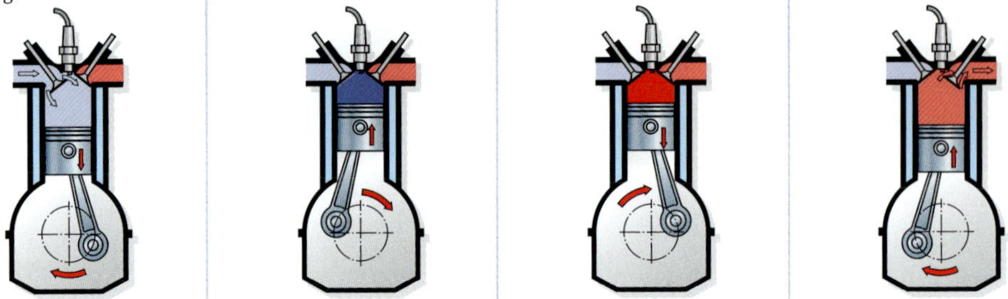

ein Arbeitsspiel = 2 Umdrehungen der Kurbelwelle = 720° Kurbelwinkel

Druck im Zylinder (p_{abs})			
0,8 bis 0,9 bar	12 bis 30 bar	30 bis 80 bar	3 bis 5 bar (Aö)
Temperatur im Zylinder			
100 °C	350 bis 450 °C	2000 bis 2500 °C	600 bis 900 °C

p-V-Diagramm (Kolbenbewegung und Druckverlauf während eines Arbeitsspiels)

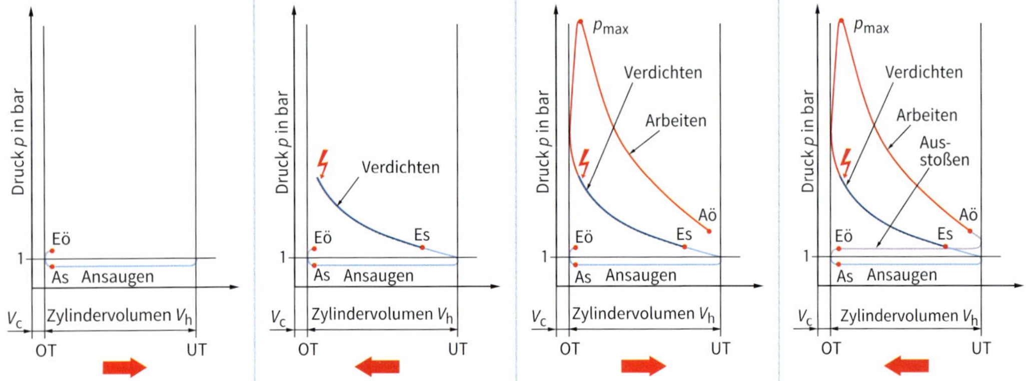

Steuerdiagramm

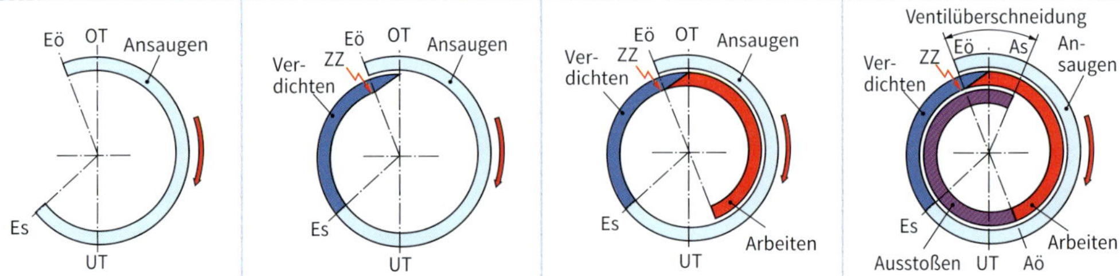

Eö: Einlassventil öffnet
Es: Einlassventil schließt

ZZ: Zündzeitpunkt

Aö: Auslassventil öffnet
As: Auslassventil schließt

Begriff	Erklärung
Fremdzündung	Die Verbrennung des Kraftstoff-Luft-Gemisches wird durch einen elektrischen Zündfunken eingeleitet.
Gleichraum-Verbrennung	Der Kraftstoff verbrennt schlagartig. Der Verbrennungsraum bleibt dabei nahezu gleich.
Mengenregelung (Quantitätsregelung)	Für jeden Betriebszustand des Motors wird die Menge des Kraftstoff-Luft-Gemisches geändert (Saugrohreinspritzung und Homogenbetrieb).
Güteregelung (Qualitätsregelung)	Für den Betriebszustand (Direkteinspritzung: Schicht-Ladebetrieb) des Motors wird die Luftmenge ungedrosselt angesaugt und die Kraftstoffmenge geändert.

Mit Rücklauf

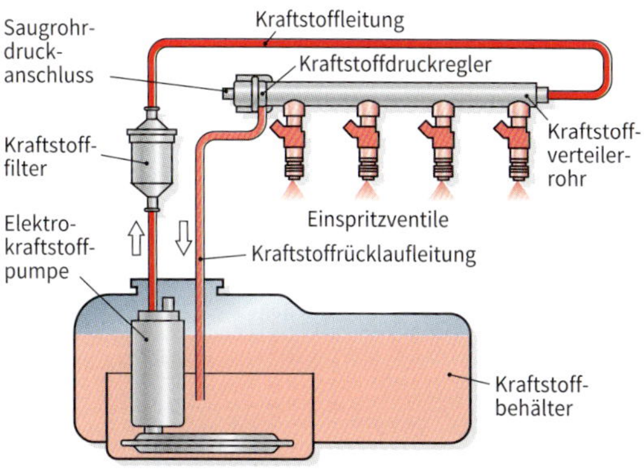

Ohne Rücklauf

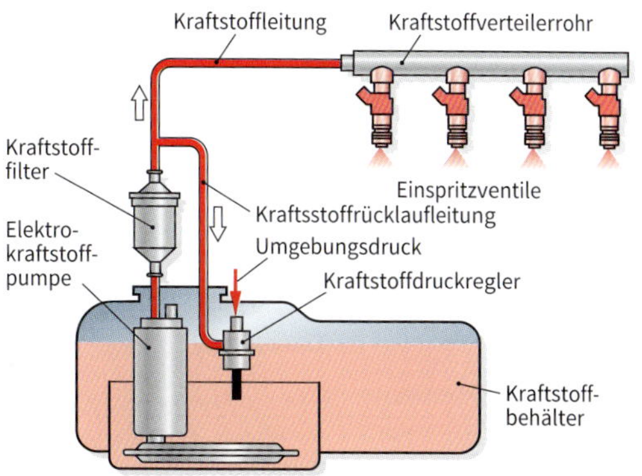

Merkmal	
Die Kraftstoffförderpumpe fördert den Kraftstoff aus dem Kraftstoffbehälter durch den Kraftstofffilter über das Verteilerrohr zu den Einspritzventilen.	Die Kraftstoffförderpumpe saugt den Kraftstoff aus dem Kraftstoffbehälter und fördert ihn über den Kraftstofffilter unter dem Einfluss des Kraftstoffdruckreglers zu den Einspritzventilen am Kraftstoffverteilerrohr.

Kraftstoffdruckregler

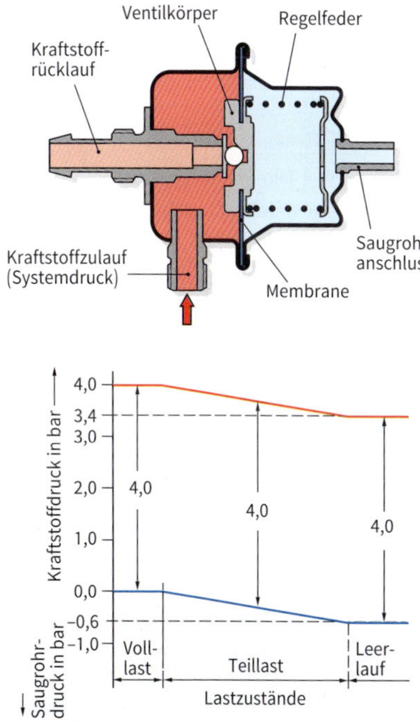

Der Kraftstoffdruck wird durch den Membrandruckregler im Kraftstoff-Rücklauf des Kraftstoffverteilerrohrs in Abhängigkeit vom Saugrohrdruck geregelt.

Kraftstofffilter mit integriertem Kraftstoffdruckregler

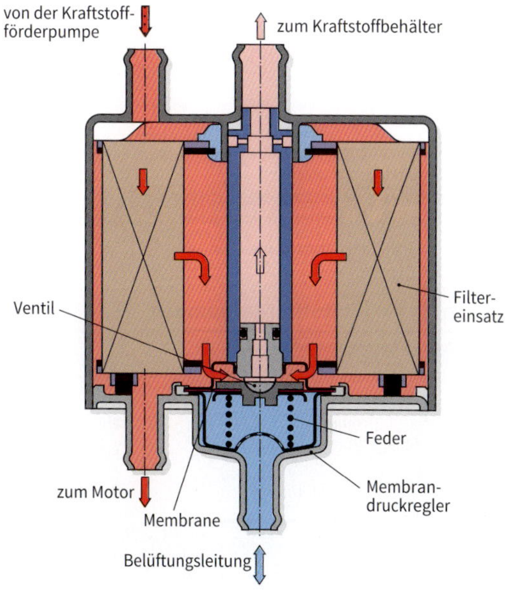

Im Kraftstofffilter ist ein Membrandruckregler integriert, der den Kraftstoffdruck auf etwa 3,7 bis 4,1 bar regelt. Die Regelung erfolgt unabhängig vom Saugrohrdruck. Zu viel geförderter Kraftstoff fließt drucklos zum Kraftstoffbehälter zurück.

Einstufige Kraftstoffförderpumpen

Rollenzellenpumpe

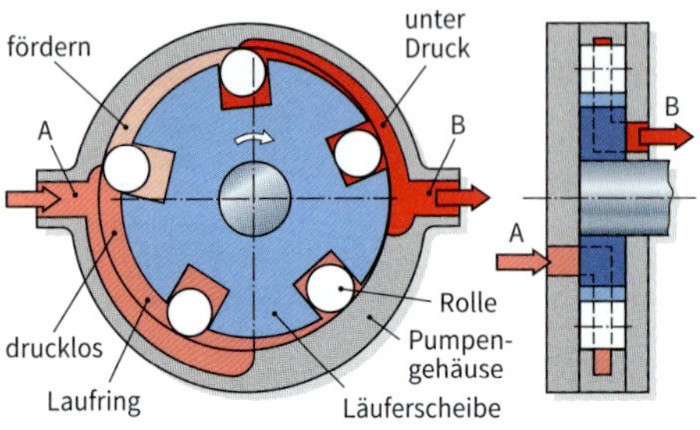

A: Saugseite B: Druckseite

Kraftstoffdruck: max. 7 bar

Innenzahnradpumpe

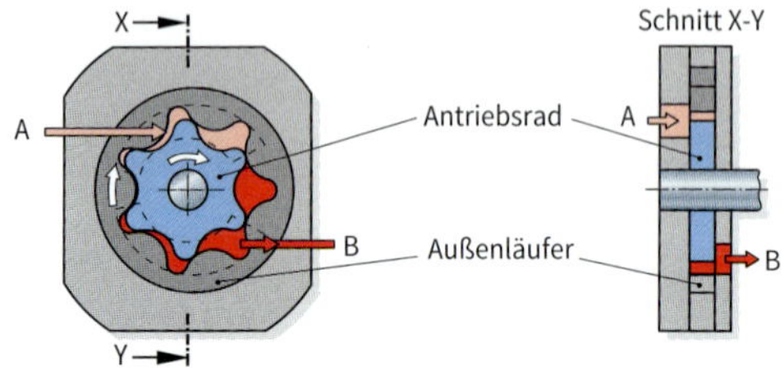

A: Saugseite B: Druckseite

Kraftstoffdruck: max. 6,5 bar

Verdrängerpumpen: Umlaufende Kammern mit variabler Größe geben die Zulauföffnung frei, durch Vergrößerung der Kammer wird angesaugt, nach Erreichen des maximalen Volumens wird durch Verkleinerung der Kammer ein Druck erzeugt.

Verwendung: In-Line-Pumpe

Peripheralpumpe

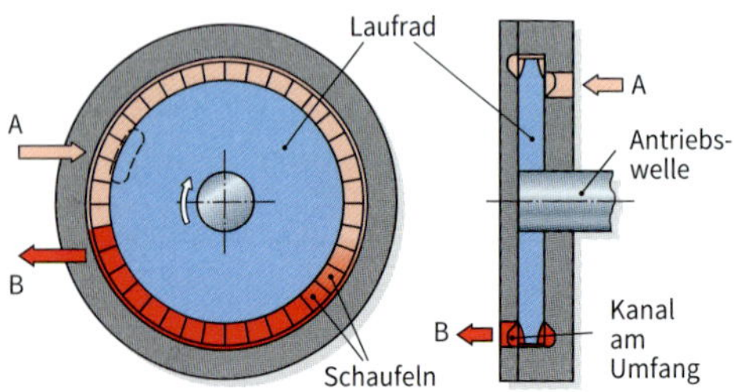

A: Saugseite B: Druckseite

Kraftstoffdruck: max. 4 bar

Seitenkanalpumpe

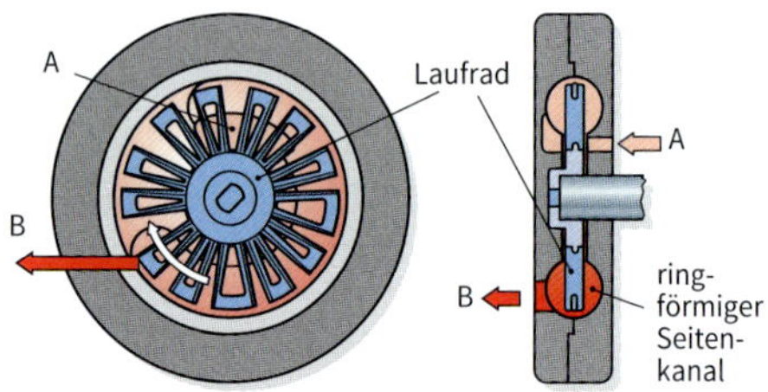

A: Saugseite B: Druckseite

Kraftstoffdruck: max. 2 bar

Strömungspumpen: Kraftstoffteilchen werden von einem Laufrad beschleunigt und in einen Kanal geschleudert, wo sie durch Impulsaustausch einen Druck erzeugen.
Die Peripheralpumpe unterscheidet sich von der Seitenkanalpumpe durch die größere Zahl der Schaufeln, die Form der Laufräder und die im Gegensatz zur Seitenkanalpumpe am Umfang (peripheral) angeordneten Kanäle.

Verwendung: In-Tank- und In-Line-Pumpen

Zweistufige Kraftstoffförderpumpen

Seitenkanal- und Innenzahnradpumpe

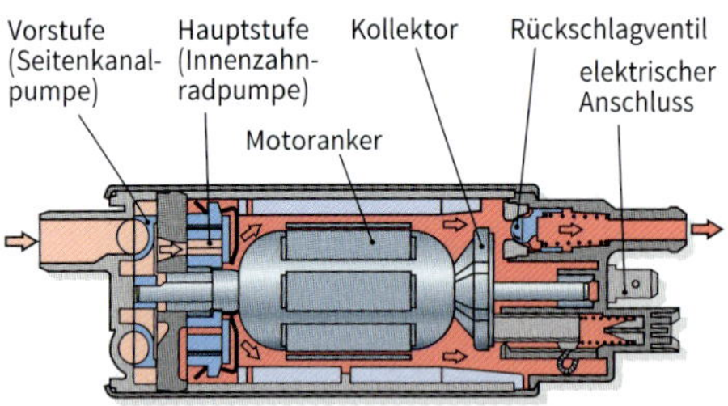

Seitenkanal- und Peripheralpumpe

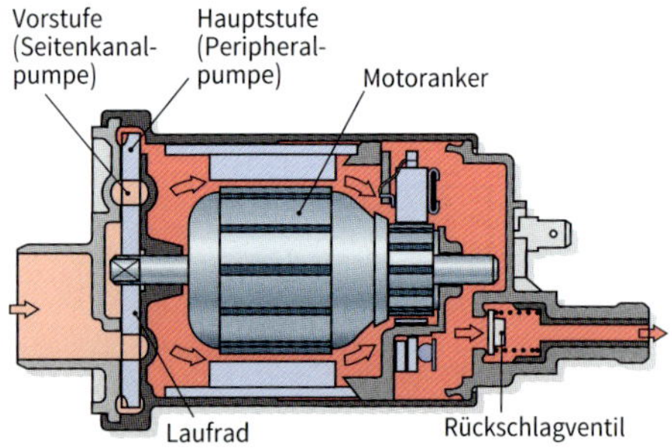

Verwendung: In-Tank-Pumpe

Vorgänge während eines Arbeitsspiels

1. Takt: Ansaugen

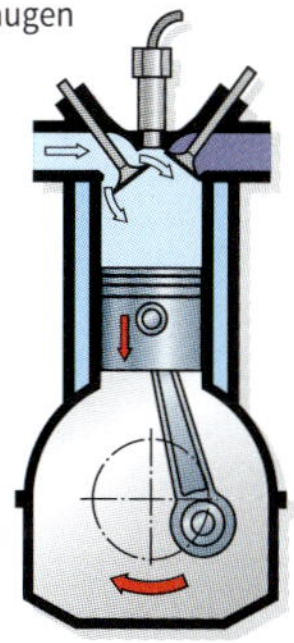

2. Takt: Verdichten

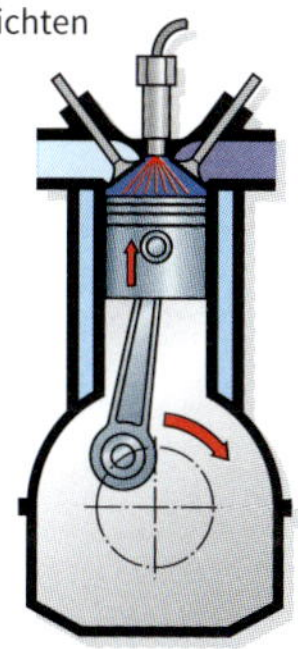

3. Takt: Arbeiten

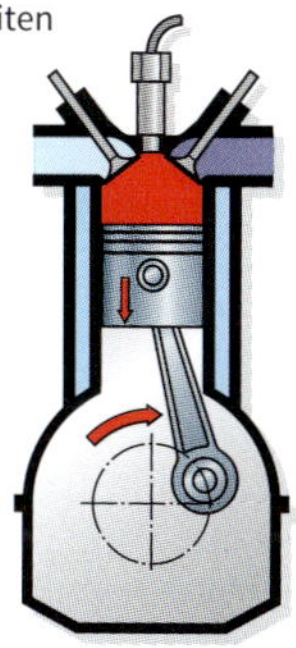

4. Takt: Ausstoßen

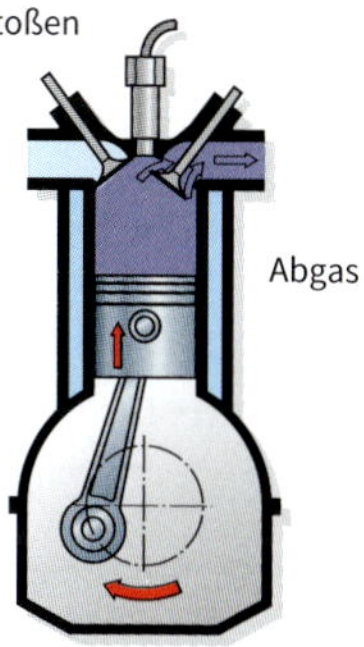

1 Arbeitsspiel = 2 Umdrehungen der Kurbelwelle = 720° Kurbelwinkel

1. Takt	2. Takt	3. Takt	4. Takt
Druck im Zylinder (p_{abs})			
0,7 bis 0,9 bar	30 bis 55 bar (Saugmotor)	60 bis 180 bar (Saugmotor)	4 bis 6 bar (Aö)
Temperatur im Zylinder			
100 °C	750 bis 900 °C	2000 bis 2500 °C	550 bis 750 °C

p-V-Diagramm (Kolbenbewegung und Druckverlauf während eines Arbeitsspiels)

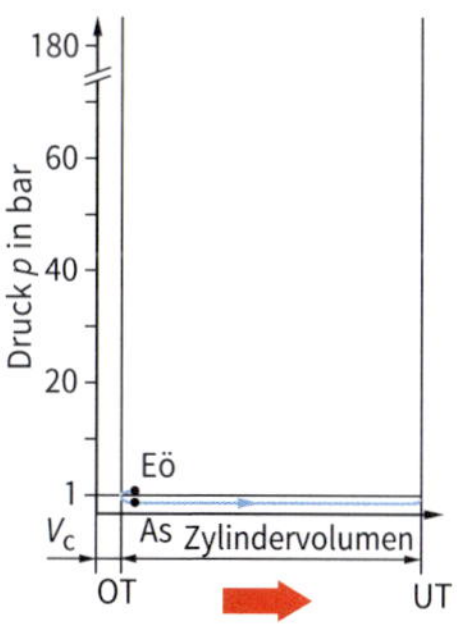

As: Auslassventil schließt

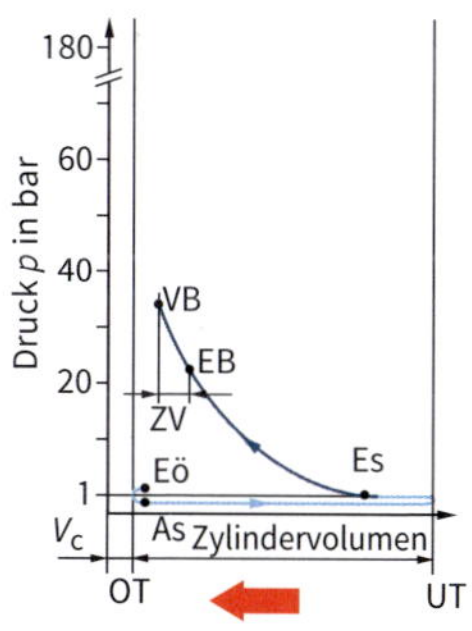

Es: Einlassventil schließt
EB: Einspritzbeginn
VB: Verbrennungsbeginn
ZV: Zündverzug

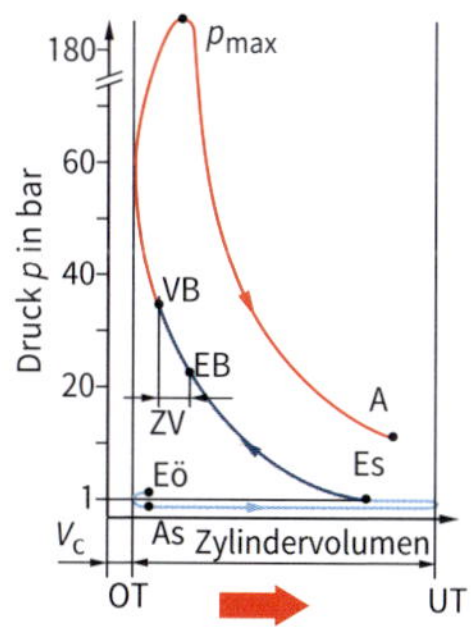

Aö: Auslassventil öffnet

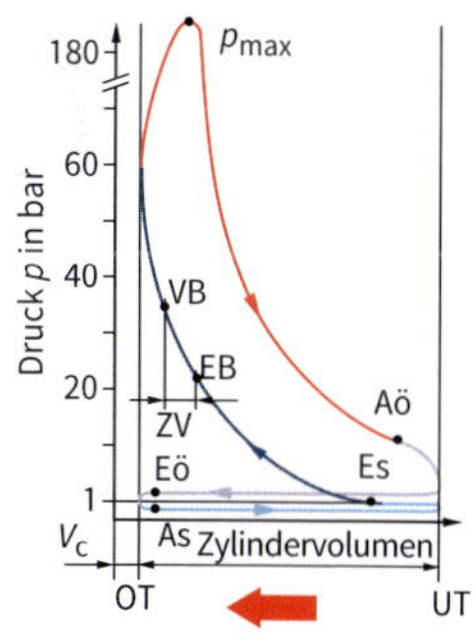

Eö: Einlassventil öffnet

Begriff	Erklärung
Innere Gemischbildung	Es wird nur Luft angesaugt und verdichtet. Am Ende des Verdichtungstakts wird der Kraftstoff feinst zerstäubt eingespritzt. Die Gemischbildung erfolgt während des Einspritzvorgangs im Verbrennungsraum.
Selbstzündung	Am Ende des Verdichtungstakts ist die Temperatur der verdichteten Luft so hoch, dass es nach dem Einspritzen des Kraftstoffs zur Selbstzündung kommt.
Gleichdruck-Verbrennung	Idealer Vorgang im Arbeitsspiel eines langsam laufenden Dieselmotors. Der Verbrennungsraum wird vergrößert (der Kolben bewegt sich nach UT), der Druck im Zylinder bleibt konstant.
Grenzdruck-Verbrennung	Ein idealer Vorgang im Arbeitsspiel eines schnell laufenden Dieselmotors ist die Grenzdruck-Verbrennung. Sie setzt sich zusammen aus einer Gleichraum- und Gleichdruck-Verbrennung. Zunächst erfolgt ein Druckanstieg bei konstantem Volumen, bei folgender Volumenvergrößerung bleibt der Druck konstant.
Güteregelung (Qualitätsregelung)	Über den gesamten Drehzahlbereich wird die Luft ungedrosselt angesaugt. Für jeden Lastzustand wird bei nahezu gleich bleibender Luftmenge die Kraftstoffmenge angepasst.
Einspritzbeginn	Der Einspritzbeginn ist der Beginn der Kraftstoffeinspritzung durch das Einspritzsystem. Es werden Vor-, Haupt- und Nacheinspritzung unterschieden.
Zündverzug	Der Zündverzug ist die Zeit zwischen dem Einspritzbeginn und dem Verbrennungsbeginn. Der Zündverzug wird u. a. beeinflusst durch den Druck und die Temperatur im Verbrennungsraum vor Beginn des Einspritzvorgangs, die Größe der Kraftstofftropfen und den Aufbau der Kohlenwasserstoffmoleküle.
Verbrennungsbeginn	Der Verbrennungsbeginn ist der Entflammungspunkt des Kraftstoff-Luft-Gemisches.

Einspritzdüsen

Die Einspritzdüse hat die Aufgabe, den Kraftstoff zu zerstäuben, ihm die geforderte Strahlenform zu geben und den Kraftstoff in einem bestimmten Winkel einzuspritzen.

Drosselzapfendüse

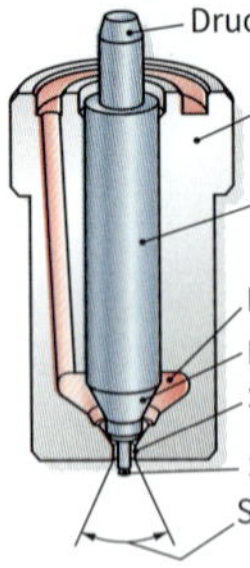

Merkmale:

1 Spritzloch

Spritzlochdurchmesser: 0,8 bis 2 mm

Strahlwinkel: bis 30°

Düsenöffnungsdruck: 110 bis 140 bar

Verwendung: Vorkammer-, Wirbelkammer-Dieselmotoren

Lochdüse

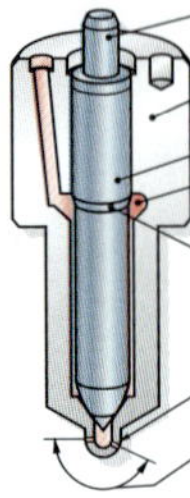

Merkmale:

1 bis 12 Spritzlöcher

Spritzlochdurchmesser: 0,2 bis 0,45 mm

Strahlwinkel: bis 180°

Düsenöffnungsdruck: 150 bis 450 bar

Verwendung: Dieselmotoren mit Direkteinspritzung

Düsenhalterkombinationen

Die Düsenhalterkombination hat die Aufgabe, den Einspritzverlauf zu beeinflussen und den Verbrennungsraum abzudichten.

Düsenhalterkombination mit Drosselzapfendüse

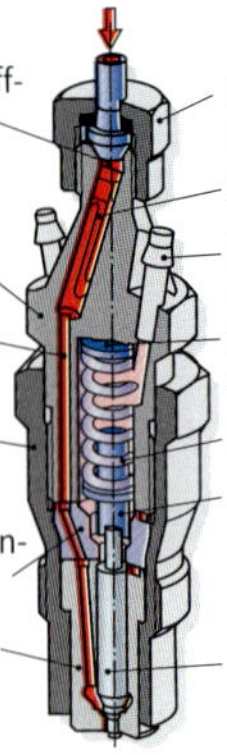

Düsenhalterkombination mit Lochdüse

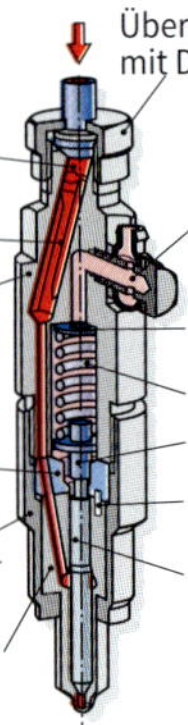

Düsenhalterkombination mit Nadelbewegungsfühler

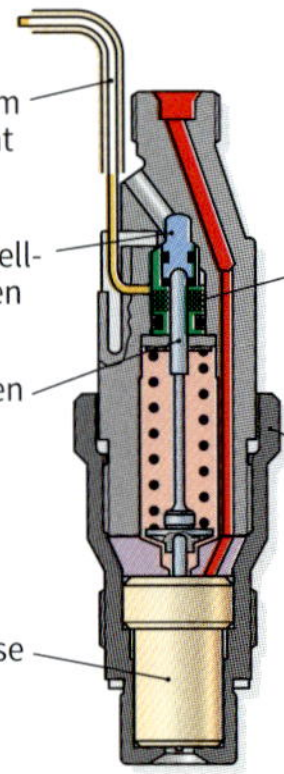

Injektoren

Injektor mit Magnetventil

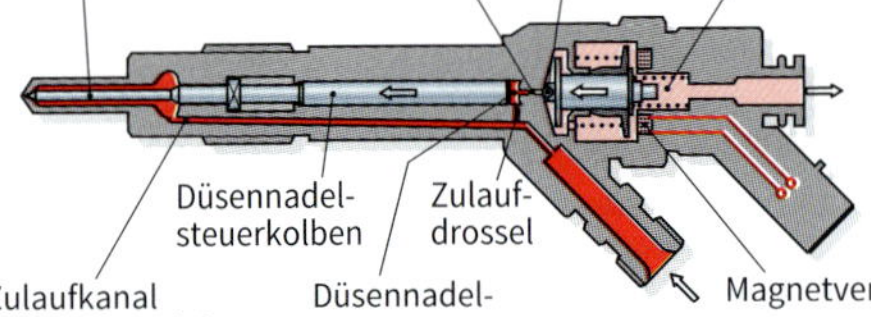

Wird das Magnetventil vom Steuergerät mit Spannung versorgt, so wird das Kugelventil geöffnet. Die Düsennadel wird entgegen der Kraft der Düsennadelfeder angehoben. Der Kraftstoff wird eingespritzt.
Vorteile (Vergleich mit einer rein hydraulisch betätigten Düse): genauere Einstellung des Einspritzbeginns und der Einspritzmenge sowie eine Vor- und Nacheinspritzung. Einspritzdruck bis 2500 bar

Injektor mit Piezo-Aktormodul

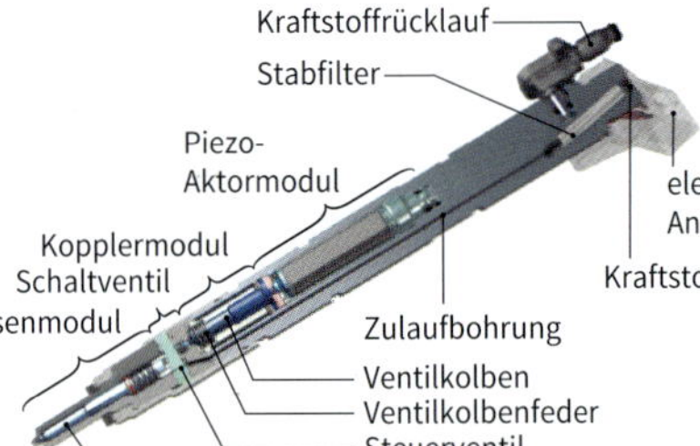

Wird an das Piezo-Aktormodul eine Spannung gelegt, so dehnt sich dieses aus. Dadurch wird das Schaltventil und darüber die Düse geöffnet.
Vorteile (Vergleich zum Injektor mit Magnetventil): Schaltzeiten geringer (kürzer als 0,1 ms), mehrere Einzeleinspritzungen während eines Einspritzvorgangs möglich; Abgas- und Geräuschanforderungen werden besser erfüllt, Einspritzdruck bis 2700 bar

Vergleich: Otto-/Dieselmotor
Comparison: spark-ignition engine and diesel engine

Begriffe	Ottomotor		Dieselmotor
Gemischbildung	äußere Gemischbildung	innere Gemischbildung	innere Gemischbildung
	Zerstäubung des Kraftstoffs in einer Mischkammer (Vergasermotor), Kraftstoffeinspritzung in das Ansaugrohr bzw. vor das Einlassventil (Einspritzmotor)	Kraftstoffeinspritzung in den Zylinder während des Ansaugtakts, vor Ende des Verdichtungstakts je nach Betriebsart	Kraftstoffeinspritzung vor Ende des Verdichtungstakts und während des Arbeitstakts in Vorkammer, Wirbelkammer oder direkt in den Zylinder
Luftbedarf	Kraftstoff Normal: 14,8 kg/kg, Kraftstoff Super: 14,7 kg/kg		Dieselkraftstoff: 14,5 kg/kg
Regelung	Durch die Stellung der Drosselklappe wird die erforderliche Menge des Kraftstoff-Luft-Gemisches geregelt (Quantitätsregelung)	Veränderung der Luft- und Einspritzmenge (Qualitäts- oder Quantitätsregelung je nach Betriebszustand)	Veränderung der Einspritzmenge des Kraftstoffs (Qualitätsregelung)
Verbrennungsprozess	Gleichraumverbrennung		Gleichdruckverbrennung
Ideales *p*-*V*-Diagramm	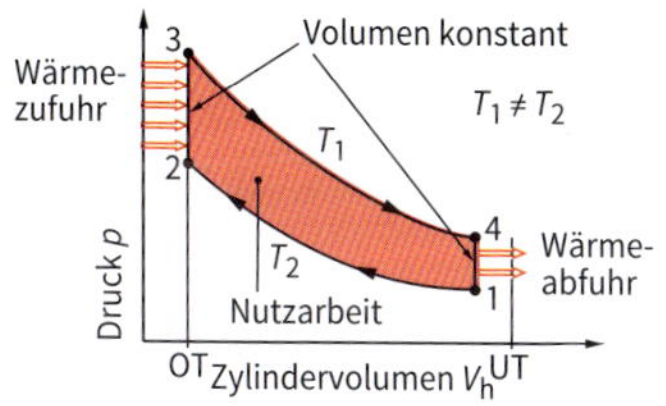		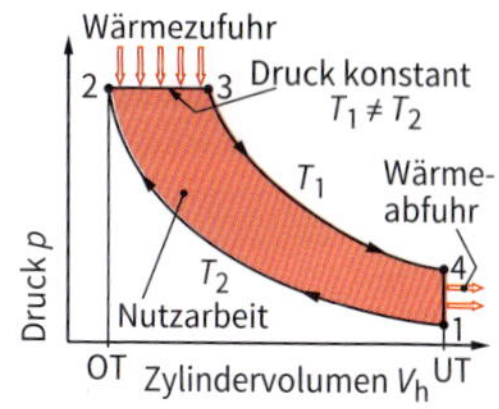
Merkmale	Druckanstieg bei konstantem Zylindervolumen		konstanter Druck durch Einspritzverlauf gesteuert
Verdichtungsverhältnis	ε = 8 bis 14		ε = 16 bis 24
Verdichtungsenddruck	p_e = 12 bis 30 bar (Saugmotor)		p_e = 30 bis 55 bar (Saugmotor)
Verdichtungsendtemperatur	t = 350 bis 450 °C		t = 750 bis 900 °C
Tatsächliches *p*-*V*-Diagramm	Viertakt-Ottomotor	Vergleich	Viertakt-Dieselmotor
	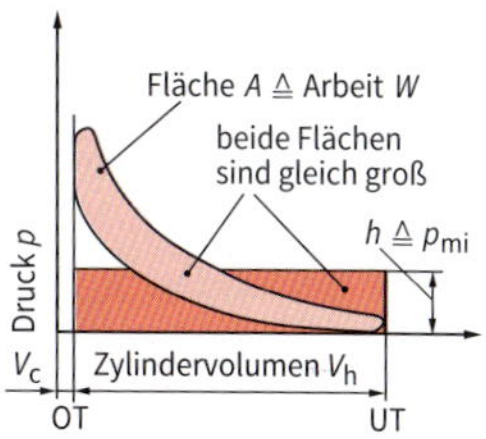	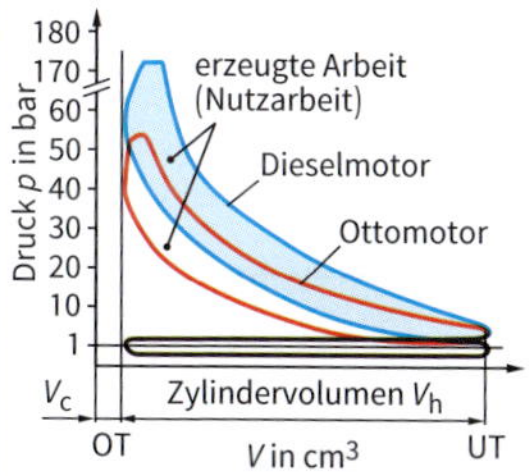	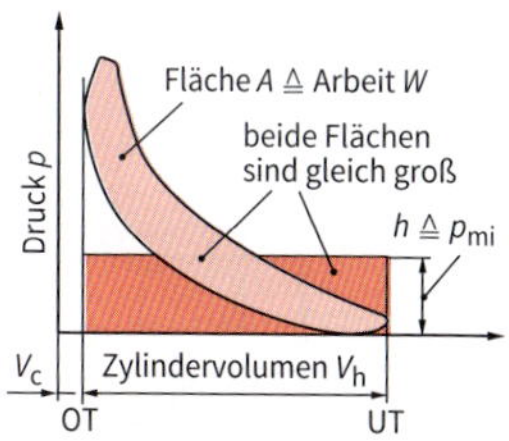
Tatsächliche Arbeit	Die tatsächliche Arbeit ist bei gleichem Hubraum geringer, da der mittlere indizierte Kolbendruck p_{mi} kleiner ist.	Die Größe der Fläche des Ottomotors ist abhängig von Temperatur und Druck am Ende des Verdichtungstakts, die des Dieselmotors vom hohen Verbrennungsdruck.	Die tatsächliche Arbeit ist bei gleichem Hubraum größer, da der mittlere indizierte Kolbendruck p_{mi} größer ist.
Zündung	Fremdzündung		Selbstzündung
Verbrennungshöchstdruck	p_{max} = 30 bis 80 bar		p_{max} = 60 bis 180 bar
Verbrennungshöchsttemperatur	t_{max} = bis 2500 °C		t_{max} = bis 2500 °C
Abgasstemperatur (im Abgaskrümmer)	600 bis 900 °C		550 bis 750 °C
Thermischer Wirkungsgrad	η_{eff} = 25 bis 33 %		η_{eff} = 36 bis 45 %

Vorgänge während eines Arbeitsspiels

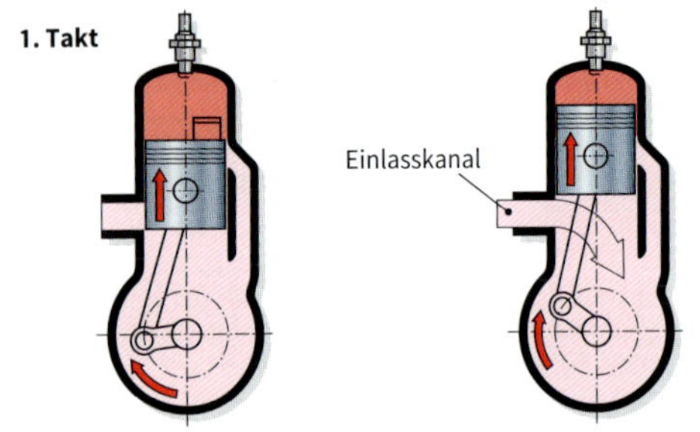

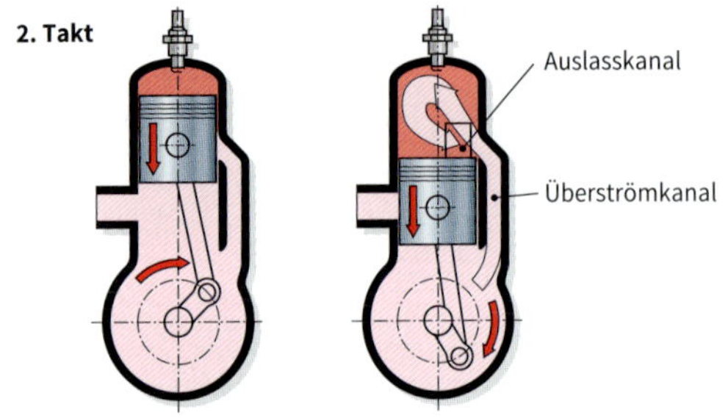

1 Arbeitsspiel = 1 Kurbelwellenumdrehung = 360° Kurbelwinkel

Kolbenbewegung			
UT → OT		OT → UT	
Vorgang über dem Kolben			
Verdichten	Verdichten	Arbeiten	Ausstoßen
Druck über dem Kolben			
etwa 1 bar	etwa 18 bar	30 bis 40 bar	etwa 1 bar
Vorgang im Kurbelgehäuse			
Voransaugen	Ansaugen	Vorverdichten	Überströmen
Druck im Kurbelgehäuse			
0,4 bis 0,8 bar	< 1 bar	1,1 bis 1,3 bar	> 1 bar
p-V-Diagramm		**symmetrisches Steuerdiagramm**	

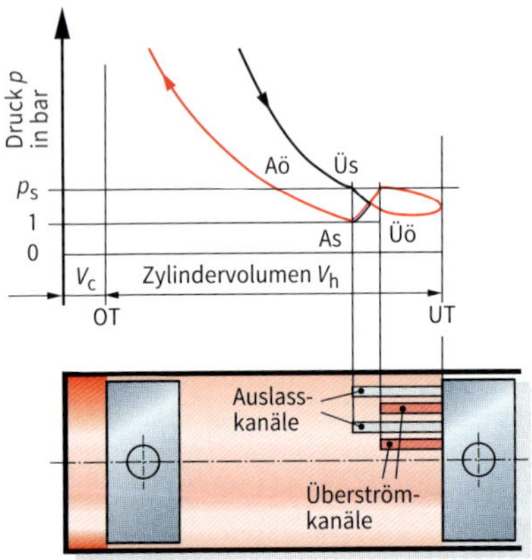

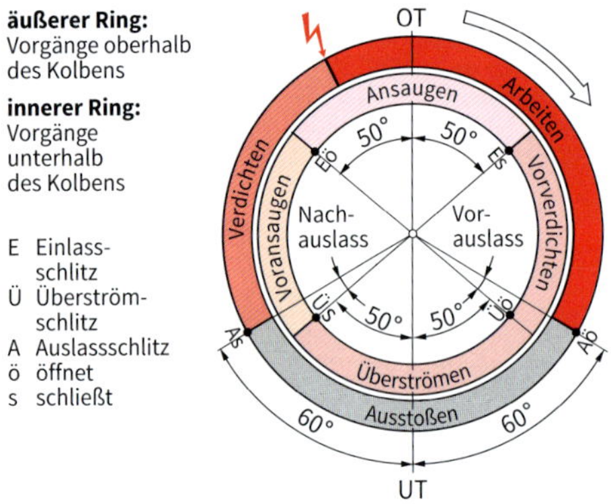

Begriff	Erklärung
Offener Gaswechsel	Auslass- und Überströmkanal bzw. Einlasskanal sind fast während des gesamten Spülvorgangs gleichzeitig geöffnet.
Spülung	Die verbrannten Gase werden durch die Frischladungsmasse aus dem Zylinder gespült. Der Spüldruck p_{abs} beträgt 1,3 bis 1,6 bar.
Spülgrad	Der Spülgrad λ_s ist das Verhältnis der tatsächlich im Zylinder vorhandenen Frischladungsmasse zur gesamten im Zylinder verbleibenden Ladungsmasse (Frischladung und im Zylinder verbleibende Restgase).
Symmetrisches Steuerdiagramm	Aus- und Einlasskanäle werden vor bzw. nach UT in gleichem Abstand (°KW) geöffnet bzw. geschlossen.
Voransaugen	Durch die Aufwärtsbewegung des Kolbens wird das Volumen im Kurbelgehäuse vergrößert, der Saugdruck p_{abs} beträgt 0,4 bis 0,8 bar.
Vorverdichten	Der vom Verbrennungsdruck abwärts gedrückte Kolben verdichtet das Kraftstoff-Luft-Gemisch im Kurbelgehäuse auf einen Überdruck von 1,1 bis 1,3 bar.

Umkehrspülung		Querstromspülung		Gleichstromspülung	
Schnürle-Umkehrspülung	MAN-Umkehrspülung	mit Nasenkolben	Überströmkanal schräg gerichtet	Ventile im Auslass	Doppelkolben-system
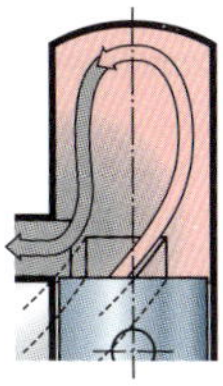	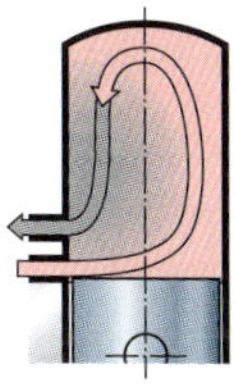	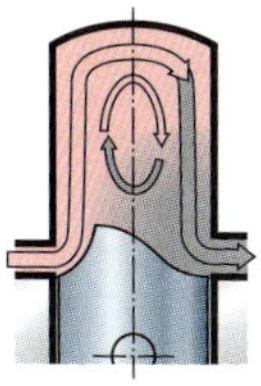	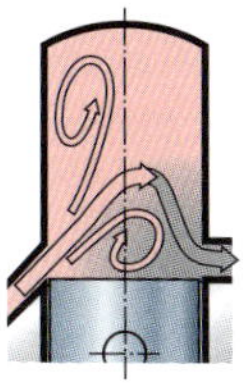	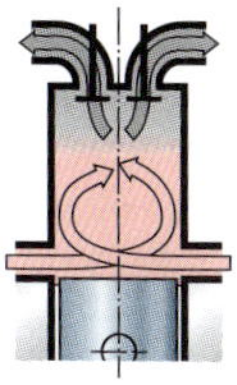	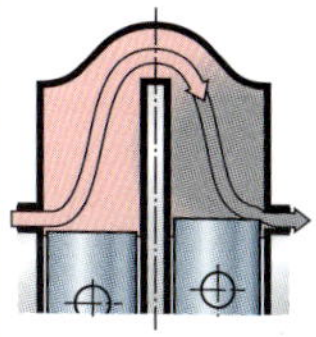

Begriff	Erklärung	
Umkehrspülung	Die verbrannten Gase verlassen den Zylinder in umgekehrter Richtung wie die einströmende Frischladung.	
Schnürle-Umkehrspülung	Die Einlassschlitze werden am Umfang des Zylinders in gleicher Höhe angeordnet wie die Auslassschlitze. Vorteil: Die Verdichtung kann früher beginnen.	
MAN-Umkehrspülung	Die Auslassschlitze sind über den Einlassschlitzen angeordnet. Ein Schieber im Einlasskanal verhindert, dass Frischladung verloren geht.	
Querstromspülung	Das einströmende Kraftstoff-Luft-Gemisch wird zum Zylinderkopf gelenkt, ändert dort die Richtung und schiebt die verbrannten Gase durch die Auslasskanäle, die dem Überströmkanal gegenüberliegen.	
Gleichstromspülung	Alle Vorgänge während eines Arbeitsspiels laufen oberhalb des Kolbens ab. Im UT strömt die Frischladung in den Zylinder und schiebt die verbrannten Gase durch Ventile oder Auslasskanäle ins Freie. Die Steuerung durch Kanäle und Ventile ermöglicht ein unsymmetrisches Steuerdiagramm.	
Unsymmetrisches Steuerdiagramm	Die Ein- und Auslasskanäle werden in ungleichem Abstand vor bzw. nach UT geöffnet bzw. geschlossen. Vorteile: Ein frühes Öffnen des Auslasskanals ermöglicht einen Vorauslass. Der Restdruck der verbrannten Gase kann zum Ausströmen genutzt werden. Ein frühes Schließen des Auslasskanals verhindert den Verlust von Frischladung. Es besteht die Möglichkeit der Nachladung.	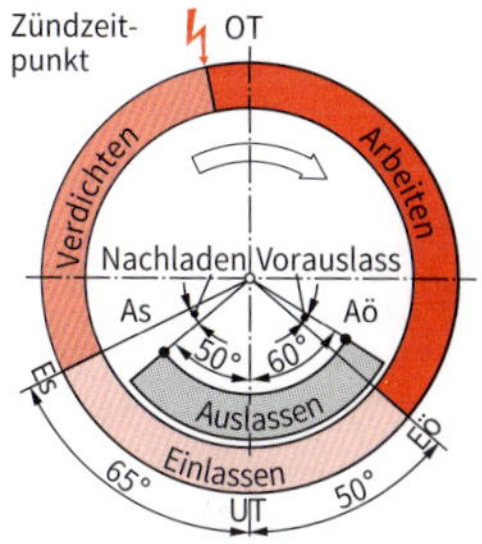
Membransteuerung	Eine Membransteuerung im Einlasskanal verhindert ein Entweichen des eingeströmten Kraftstoff-Luft-Gemisches zurück in den Einlasskanal. Vorteil: Durch eine Nachladung am Ende der Spülung wird der Liefergrad gesteigert.	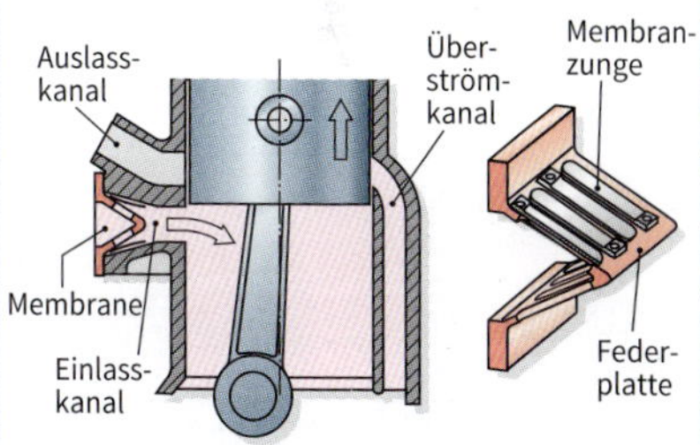
Spülgebläse	Bei Zweitakt-Dieselmotoren übernimmt ein Spülgebläse den Ladungswechsel. Die Luft wird mit einem absoluten Druck von 1,6 bis 1,8 bar in den Zylinder gedrückt, gleichzeitig werden die verbrannten Gase ausgespült. Vorteil: Es wird dadurch ein hoher Spülgrad erreicht.	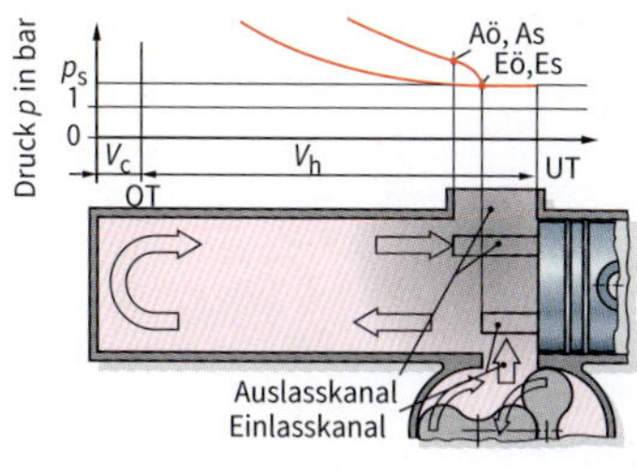

Begriff	Erklärung
Filter	Vorrichtung, die während des Durchgangs von flüssigen oder gasförmigen Stoffen Verunreinigungen an oder in einem porösen Bauteil abscheidet. Zentrifugen, Separatoren scheiden die Verunreinigungen anders ab.
Einteilung nach zu filterndem Medium und Anwendung	
Luftfilter	Filter für die Reinigung von Luft: Verbrennungsluft, die direkt oder über einen Lader dem Motor zugeführt wird Fahrzeuginnenraumluft, Behälter-Be- und -Entlüftung in Druckluftsystemen, Ansaugluft von Kompressoren
Trockenluftfilter	Luftfilter, das Verunreinigungen der Luft durch ein trockenes Filterelement abscheidet (z. B. aus Papier)
Nassluftfilter	Luftfilter, das Verunreinigungen der Luft durch ein ölbenetztes Filterelement abscheidet (z. B. aus Stahlgestrick)
Ölbadluftfilter	Luftfilter, bei dem die zugeführte Luft ein Ölbad aufwirbelt und dadurch nachgeschaltete Elemente benetzt. Mitgeführte Verunreinigungen werden beim Durchströmen abgeschieden.
Abgasfilter	Filter für die Abscheidung von Feststoffen aus dem Abgas (z. B. Ruß- oder Partikelfilter)
Kraftstofffilter	Filter für die Reinigung von Kraftstoffen (z. B. Otto- und Dieselkraftstoffe)
Schmierölfilter (Ölfilter)	Filter zur Reinigung von Schmieröl (z. B. Motoröl, Getriebeöl, Turbinenöl)
Hydraulikfilter	Filter für die Reinigung von Druckflüssigkeiten in Hydrauliksystemen (z. B. Bremsanlage, Lenkanlage, Arbeitshydraulik an Nkw)

Einteilung der Filter nach Zahl der Filterstufen

Kombinationsfilter

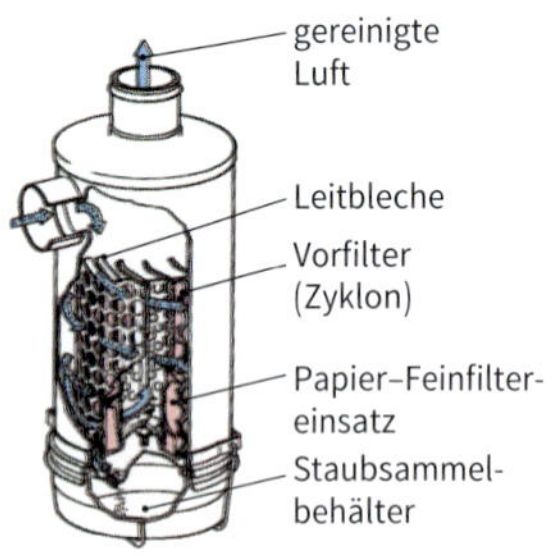

Einstufenfilter

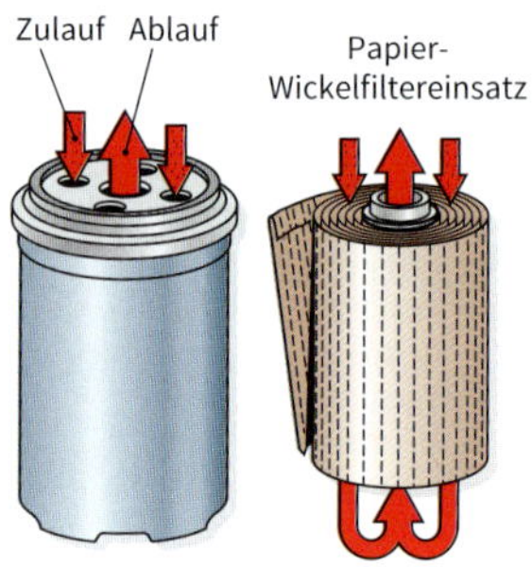

Zweistufenfilter

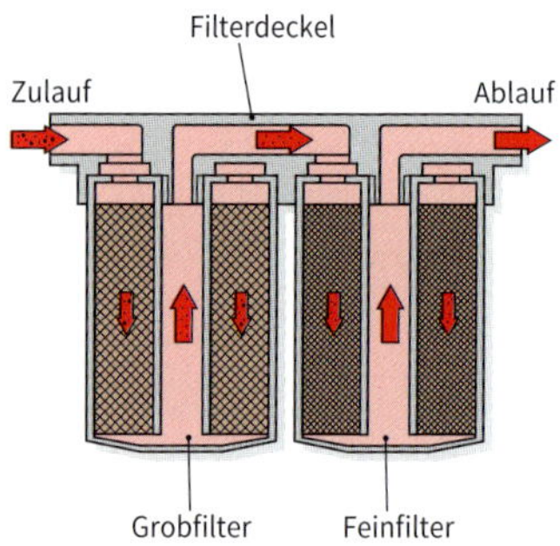

Einstufenfilter	Filter, in denen die Filtrierung in einer Stufe erfolgt. Es werden Bauformen mit einem Filterelement oder mehreren Filterelementen gleicher Feinheit in einem Gehäuse oder mehreren parallel geschalteten Filterelementen unterschieden. Mehrere Filterelemente gleicher Feinheit werden bei Verwendung eines gemeinsamen Filterdeckels als Parallelfilter bezeichnet.
Zweistufenfilter	Filter, in denen die Filterung in zwei in Reihe geschalteten Stufen gleicher oder unterschiedlicher Feinheit erfolgt.
Kombinationsfilter	Ein Grobfilter (Schleuderluftfilter) und ein Feinfilter (Trockenluft- oder Ölbadluftfilter) sind in einem Gehäuse angeordnet.

Filteranordnung

Hauptstrom- und Nebenstromfilterung

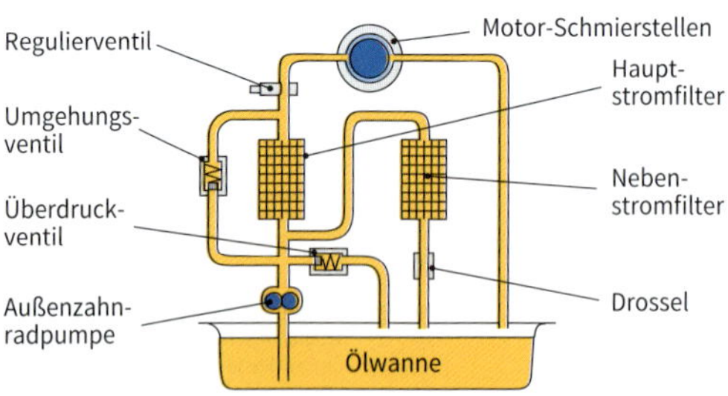

Hauptstromfilterung:
Die gesamte Ölumlaufmenge wird gefiltert, der Durchflusswiderstand des Filters ist gering, daraus ergibt sich eine grobe Filterwirkung.

Nebenstromfilterung:
Nur 10 bis 20 % der Ölumlaufmenge werden gefiltert, der Durchflusswiderstand des Filters ist hoch, daraus ergibt sich eine feine Filterwirkung.

Einteilung und Verwendung nach dem Filterwerkstoff

<table>
<tr><th>Begriff</th><th>Erklärung</th><th>Beispiel</th></tr>
<tr><td>Faserfilter</td><td>Das Filterelement enthält Fasern oder Fasergemische organischer oder anorganischer Art. Der Faserverband kann thermisch, mechanisch oder durch ein Bindemittel verfestigt sein. Die Filterelemente können auch Vliesstoffe enthalten.</td><td>Faserfilter
Siebwirkung und Tiefenwirkung
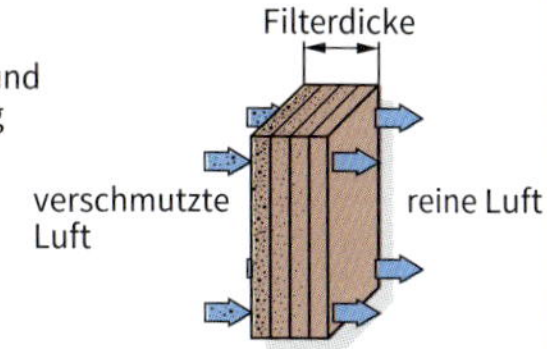
</td></tr>
<tr><td>Filzfilter</td><td>Filterelemente, die Filze enthalten. Filze werden meist aus Tierhaaren, Naturfasern, Kunstfasern oder Mischungen dieser Fasern durch Walken oder Nadeln hergestellt. Je nach Form des Filterelements werden Filzplatten-, Filzrohr- und Filzsternfilter unterschieden.</td><td rowspan="2">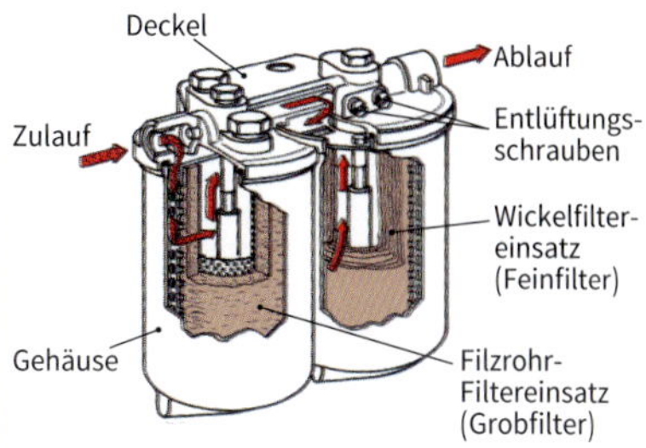
</td></tr>
<tr><td>Papierfilter</td><td>Filter, deren Filterelement Papier enthält. Papier wird meist aus Natur- oder Kunstfasern oder Mischungen dieser Fasern plus Zusätzen und Bindemitteln hergestellt. Je nach Form des Filterelements werden Papierstern- und Papierwickelfilter unterschieden.</td></tr>
<tr><td>Siebfilter</td><td>Verunreinigungen werden durch ein Filterelement aus Siebgewebe abgeschieden. Je nach Form des Filterelements werden Siebmantel-, Siebstern-, Siebscheiben-, Siebtaschen- und Siebkerzenfilter unterschieden.</td><td>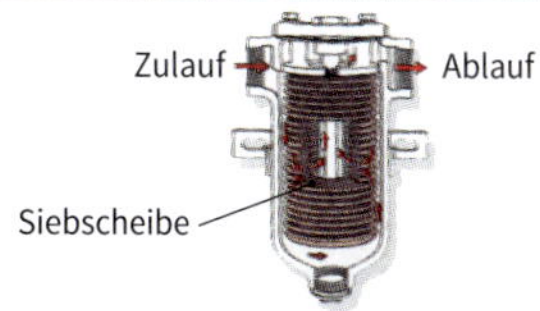
</td></tr>
<tr><td>Spaltfilter</td><td>Filter, das Verunreinigungen durch ein Filterelement mit festgelegter Spaltbreite abscheidet, z. B. durch geschichtete Platten, Lamellen oder gewickelte Drähte. Je nach Bauart werden Platten-, Lamellen-, Drahtspalt- und Spaltrohrfilter unterschieden.</td><td>Spaltrohrfilter
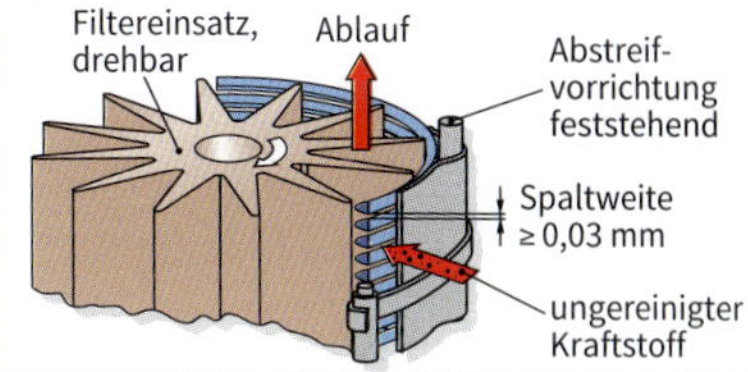
</td></tr>
<tr><td>Aktivkohlefilter</td><td colspan="2">Der filternde Werkstoff besteht aus Aktivkohle.</td></tr>
<tr><td colspan="3">Einteilung der Filter nach Art der Wartung</td></tr>
<tr><td>Wechselfilter</td><td colspan="2">Bei der Wartung wird das Filter zusammen mit dem integrierten Filterelement ausgetauscht. Die komplette Einheit Wechselfilter, Filterkopf bzw. Filterdeckel wird auch als Komplett- oder Boxfilter bezeichnet.</td></tr>
<tr><td>Gehäusefilter</td><td colspan="2">Filter, bestehend aus Filtergehäuse mit Filterdeckel oder Filtertopf mit Filterkopf sowie dem reinigbaren oder austauschbaren Filterelement, wird auch als Komplettfilter bezeichnet.</td></tr>
<tr><td>Umschaltfilter</td><td colspan="2">Das Filter hat in der Regel zwei Kammern, von denen die eine zur Wartung abgeschaltet wird, während die andere in Funktion bleibt. Keine Unterbrechung des Betriebes durch Austausch des verschmutzten Filterelements.</td></tr>
<tr><td>Rückspülfilter</td><td colspan="2">Die Reinigung erfolgt nicht durch Austausch des Filterelements, sondern durch Umlenkung der Durchflussrichtung.</td></tr>
<tr><td>Automatikfilter</td><td colspan="2">Filter, bei denen die Reinigung ohne Ausbau des Filterelements selbsttätig ohne Betriebsunterbrechung erfolgt.</td></tr>
<tr><td colspan="3">Einteilung der Filter nach Filtrierung</td></tr>
<tr><td>Porengröße in µm</td><td colspan="2">Äquivalentdurchmesser für die Porösität des filternden Werkstoffs wird nach dem Luftblasentest ermittelt.</td></tr>
<tr><td>Abscheidegrad in %</td><td colspan="2">Der Abscheidegrad μ ist das Verhältnis des vom Filter zurückgehaltenen Prüfschmutzes zum zugegebenen:
d_1: Konzentration des Prüfschmutzes am Eintritt des Filters
d_2: Konzentration des Prüfschmutzes am Austritt des Filters
$$\mu = 100 \cdot \frac{d_1 - d_2}{d_1}$$</td></tr>
</table>

Bezeichnungen am Ventil

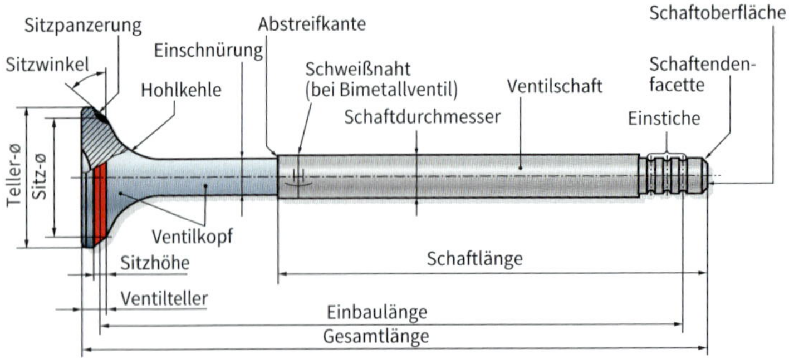

Hohlventile

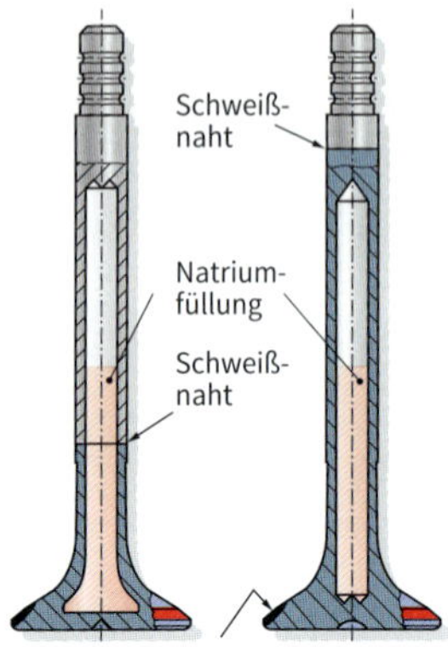

Begriff	Einlassventile	Auslassventile
Ausführungsformen	Monometallventile	Bimetallventile, Hohlventile
Betriebstemperaturen	bis 550 °C	bis 1000 °C
Werkstoffeigenschaften	Warm- und Verschleißfestigkeit, Gleit- und Wärmeleitfähigkeit	
Werkstoffe nach DIN EN 10 090	X45CrSi9-3 X40CrSiMo10-2 X85CrMoV18-2	Ventilschaft: X45CrSi9-3 X40CrSiMo10-2 X85CrMoV18-2 Ventilkopf: X55CrMnNiN20-8 X53CrMnNiNbN21-9 NiCr20TiAl
Härtung, Panzerung	am Ventilsitz, dem Schaftende oder an den Einstichen induktiv gehärtet	am Ventilsitz und am Schaftende mit Sonderlegierungen gepanzert Panzerwerkstoff wird im Schmelzschweißverfahren mit einer Acetylen-Sauerstoffflamme oder mit einem Plasmalichtbogen aufgetragen
Oberflächenveredlung	zur Verbesserung der Gleiteigenschaften: Ventilschaft maß- oder vollverchromt Maßverchromung: 3 bis 10 µm Schichtdicke, geläppt Vollverchromung: 25 µm Schichtdicke, geschliffen Verschleiß- und Korrosionsschutz: Ventilbeschichtungen aus Keramik, Aluminiumoxyd mit Zusätzen von Chrom-Zirkon- und/oder Ytriumoxyd	
Monometallventil	Ventil ist aus einem Werkstoff hergestellt.	
Bimetallventil	Zwei Metalle berücksichtigen die Anforderungen an das Ventil: hohe Warmfestigkeit für den Ventilkopf und ein Metall mit guten Gleiteigenschaften für den Ventilschaft.	
Hohlventil	Hohlraum im Ventilschaft zu 60 % des Volumens mit Natrium gefüllt, das bei etwa 97 °C schmilzt und die Wärme vom Ventilteller zum Schaft leitet, die Temperatur am Ventilkopf wird um etwa 80 bis 120 °C verringert.	
Ventilkopf	Ventilkopf besteht aus Ventilteller und Hohlkehle.	
Abstreifkante	Abstreifkante ist eine Verengung des Ventilschafts oberhalb der Hohlkehle, dadurch werden mögliche Ölkohleablagerungen in der Führungsbohrung beseitigt.	
Ventilsitz	Der Ventilkopf berührt den Ventilsitzring im Zylinderkopf unter einem Sitzwinkel von 45°, die Breite des Sitzes im Zylinderkopf sollte 2/3 der Ventilsitzbreite betragen, an die Sitzfläche angrenzende Flächen haben einen Winkel von 15° und 75° (Korrekturwinkel).	
Ventilführung	Führung des Ventilschafts im Zylinderkopf und Zentrierung des Ventils auf dem Ventilsitz, ein Teil der Wärme vom Ventilkopf wird über den Ventilschaft an den Zylinderkopf abgegeben.	
Einstiche	Nuten am oberen Ventilschaft zur Aufnahme der Ventilkegelstücke.	

Bezeichnung der Motorsteueruung nach der Lage der Nockenwelle

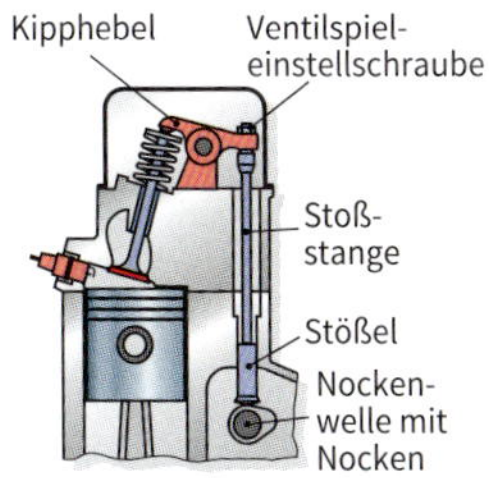

ohv-Motor

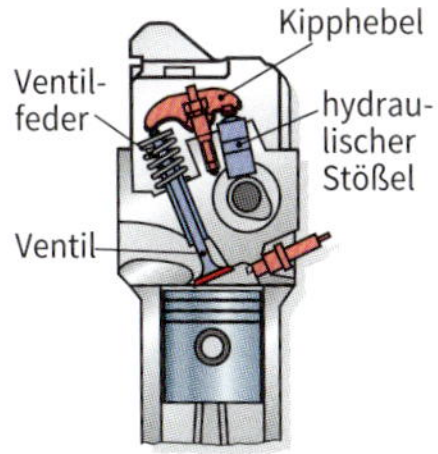

cih-Motor

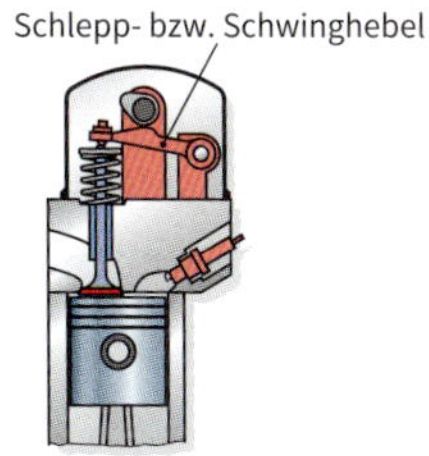

ohc-Motor

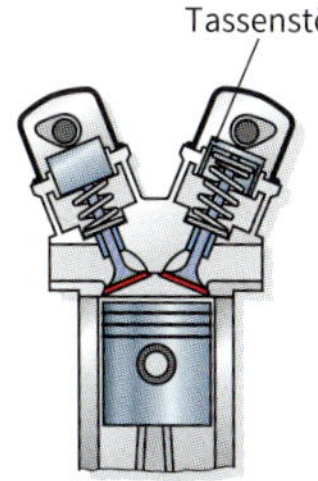

dohc-Motor

ohv-Motor	cih-Motor	ohc-Motor	dohc-Motor
ohv (engl.: overhead valves): Überkopfventile	cih (engl.: camshaft in head): Nockenwelle im Zylinderkopf	ohc (engl.: overhead camshaft): über dem Kopf liegende Nockenwelle	dohc (engl.: double overhead camshaft): zwei über Kopf liegende Nockenwellen

Nockenformen, Ventilerhebungskurven

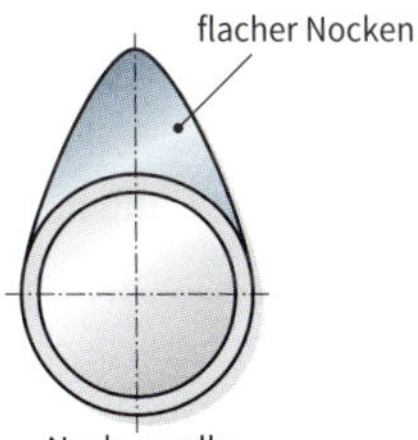

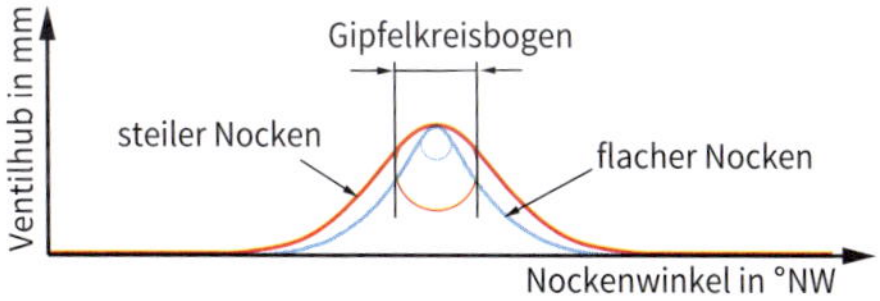

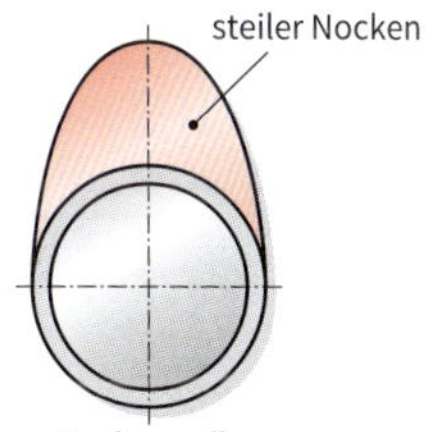

Ruckfreies Öffnen und Schließen der Ventile, geringer Verschleiß zwischen Nocken und Stößel, geringe Flatterneigung des Ventils	Die Dauer, der Hub, die Beschleunigung und die Verzögerung der Ventilbewegung wird durch die Ventilerhebungskurve dargestellt. Durch die Größe des Gipfelkreisbogens wird das Füllungsvermögen des Motors und dadurch Motordrehmoment und Motorleistung bestimmt.	Das Ventil wird schlagartig hochgerissen, bleibt lange Zeit voll geöffnet: guter Füllungsgrad, aber verstärkte Flatterneigung des Ventils.

Antriebsarten der Nockenwelle

Stirnradtrieb	Steuerkettentrieb	Zahnriementrieb
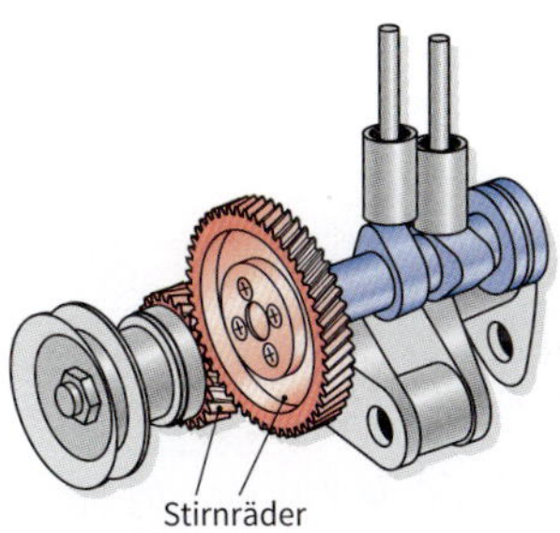	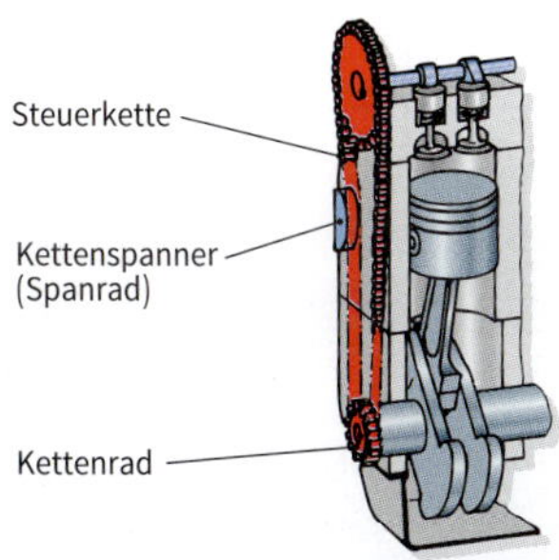	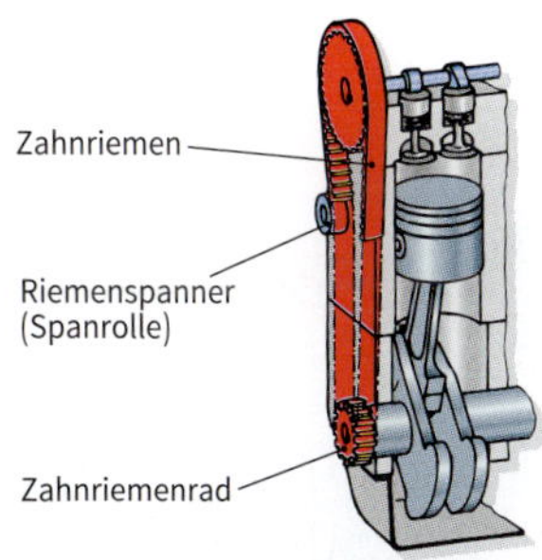
Merkmale		
Antrieb zwischen Kurbelwelle und Nockenwelle durch schräg verzahnte Stirnräder	Übertragung durch einfache oder doppelte Rollenkette, Kettenspanner und Führungsschienen verhindern ein Schwingen der Kette	geräuscharme Kraftübertragung bei geringer Masse ohne Schmierung, gefertigt aus Kunststoffen mit Stahlcort- oder Glasfasereinlage
Verwendung		
Ottomotoren und großvolumige Dieselmotoren	Ottomotoren, klein- und großvolumige Dieselmotoren	Ottomotoren und kleinvolumige Dieselmotoren

Stößel

Tellerstößel

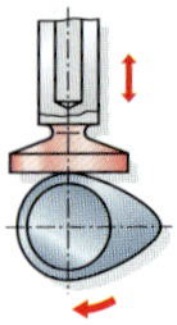

Pilzstößel

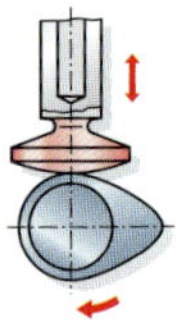

Rollenstößel

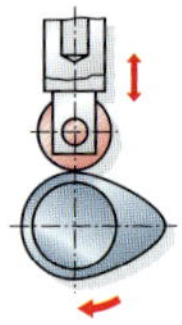

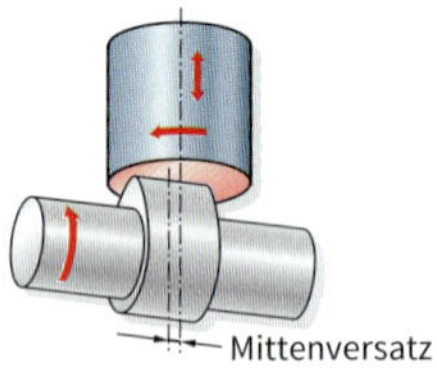

Der Mittenversatz zwischen Nocken und Tassenstößel bewirkt eine Drehbewegung des Stößels. Dadurch wird der Verschleiß zwischen Nocken und Stößel vermindert.

Ventilspielausgleich

Hydraulischer Ventilspielausgleicher

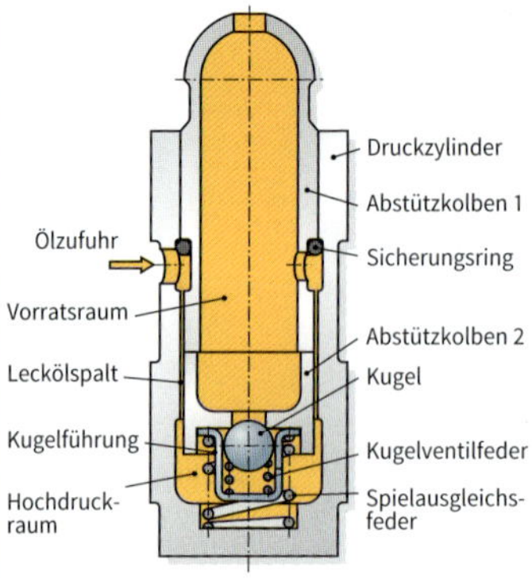

Hydraulischer Tassenstößel

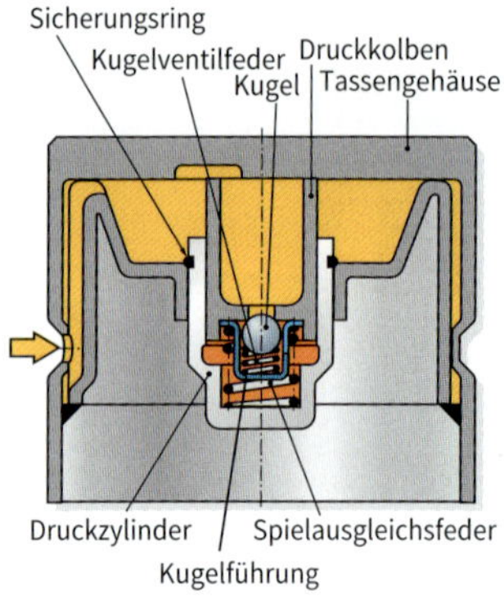

Der hydraulischer Ventilspielausgleicher und der hydraulische Tassenstößel gleichen die Längenänderung in der Ventilsteuerung selbsttätig aus. Es werden unterschieden: Ventiltrieb mit Tassenstößel, Ventiltrieb mit Schlepp- bzw. Schwinghebel und Ventiltrieb mit Kipphebel.

Ventilkegelstücke

klemmende Bundkegelstücke

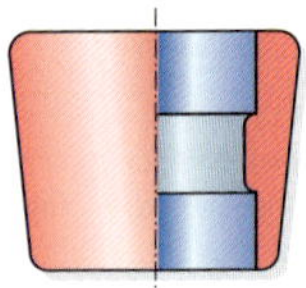

klemmende Rillenkegelstücke

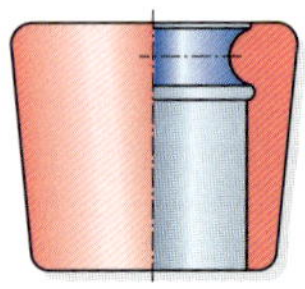

klemmende Mehrrillenkegelstücke

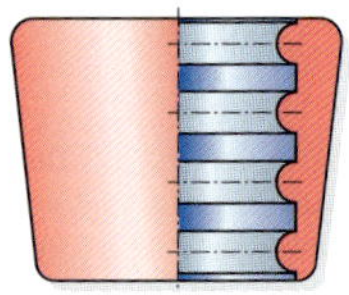

nichtklemmende Mehrrillenkegelstücke

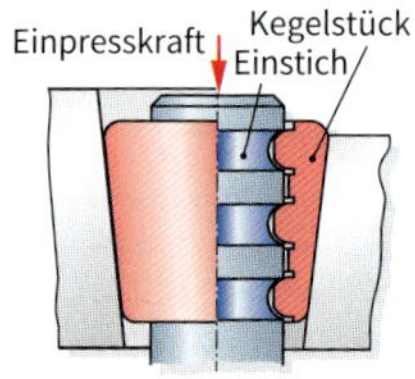

Klemmende Verbindung: Die Kraft wird am vollen Schaftdurchmesser des Ventils durch Reibschluss übertragen.
Nichtklemmende Verbindung: Die Kegelstücke stützen sich mit ihren Trennflächen gegeneinander ab und lassen ein Drehen des Ventils zu.

Ventildrehvorrichtungen

Rotocap

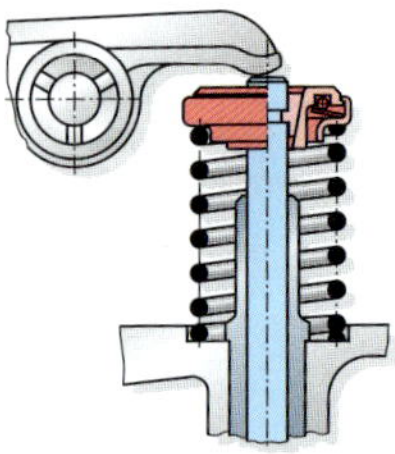

oben liegendes Rotocap

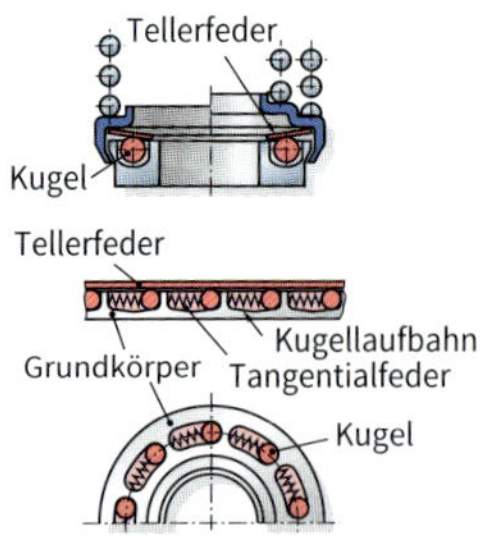

Rotomat

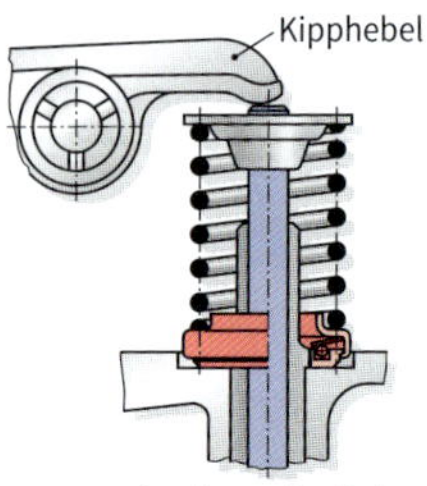

unten liegendes Rotomat

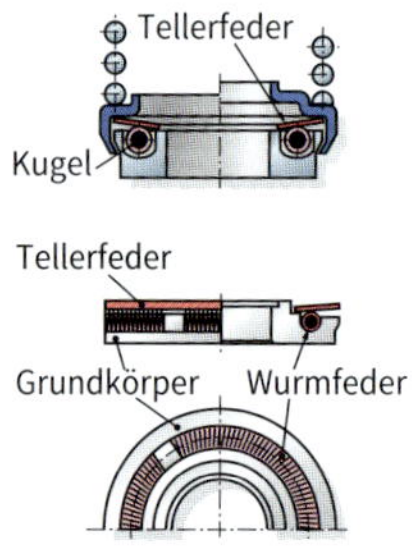

Merkmal			
Drehvorrichtung ersetzt Ventilteller und bewirkt eine Drehung des Ventils, während das Ventil öffnet		Massenkräfte des Ventiltriebs werden gering gehalten und bewirken eine Drehung des Ventils, während das Ventil schließt	
Verwendung			
in langsam laufenden Otto- und Dieselmotoren	oben oder unten liegend	in schnell laufenden Otto- und Dieselmotoren	oben oder unten liegend

Schäden am Ventil

Schaden:
Ventilschaft zeigt Reibspuren und Abnutzungen
Ursache:
Z. B.: Ventilführung und Ventilsitz verschmutzt, Ventil schief oder verbogen, ungenaues Spiel zwischen Ventil und Ventilführung
Instandsetzen:
Z. B.: Ventile ersetzen und Spiel zwischen Ventil und Ventilführung beachten

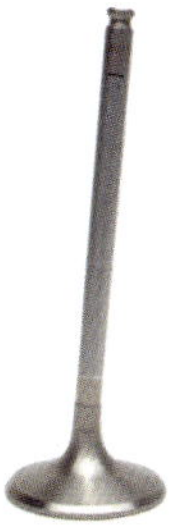

Schaden:
Ventilschaft ist verbogen
Ursache:
Z. B.: Ventil schlägt auf den Kolben durch falsche Steuerzeiten oder ungenaues Ventilspiel, Zahnriemen oder Kette gerissen
Instandsetzen:
Z. B.: Steuerzeiten und Ventilspiel neu einstellen, Ventile erneuern, Zahnriemen oder Kette mit Spannvorrichtung erneuern

Schaden:
Ventil ist in den Einstichen gebrochen, Ventilschaft stark verbogen, Ventilkegelstücke stark verformt
Ursache:
Z. B: Montagefehler, Ventilfeder schief eingesetzt, Geometriefehler im Ventiltrieb
Instandsetzen:
Z. B.: Ventile und Ventilkegelstücke ersetzen, Ventilfedern erneuern, Ventiltrieb auf Geometriefehler prüfen

Schaden:
Ventilschaft vom Ventilteller abgebrochen
Ursache:
Z. B.: falsch eingestellte Steuerzeiten, zu hohe Motordrehzahlen
Instandsetzen:
Z. B.: Ventil erneuern, Steuerzeiten nach Herstellerangaben neu einstellen, zu hohe Motordrehzahlen vermeiden

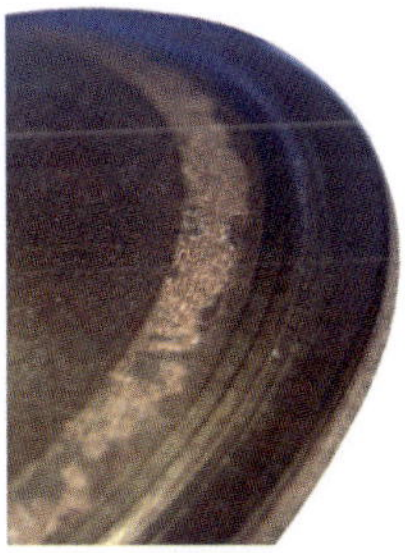

Schaden:
Ventildichtfläche stark verschlissen
Ursache:
Z. B.: Wärmeableitung zu gering, ungenaues Spiel zwischen Ventil und Ventilführung, Ventilspiel zu klein
Instandsetzen:
Z. B.: Verbrennungsablauf prüfen, Spiel zwischen Ventil und Ventilführung beachten, Ventilspiel nach Herstellerangaben neu einstellen

Schaden:
Ventilteller durchgebrannt
Ursache:
Z. B.: Wärmeableitung zu gering, ungenaues Spiel zwischen Ventil und Ventilführung, Drehung des Ventils unzureichend, falsches Ventilspiel
Instandsetzen:
Z. B.: Ventil ersetzen, Spiel zwischen Ventil und Ventilführung beachten, Ventilspiel nach Herstellerangaben neu einstellen

Schäden am Ventiltrieb

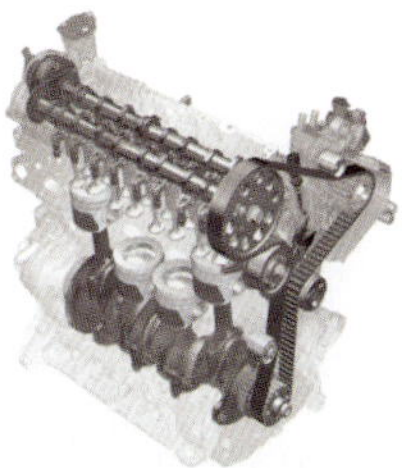

Schaden:
Zahnriemenriss
Ursache:
Z. B.: Zahnriemenspannung zu gering, Verschleiß oder Verölung des Zahnriemens, Montagefehler
Instandsetzen:
Z. B.: Zahnriemen erneuern, Wartungsintervalle einhalten

Schaden:
Steuerkette zu stark gelängt oder gerissen
Ursache:
Z. B.: Kettenspanner oder Kettenführung defekt
Instandsetzen:
Z. B.: Steuerkette, Kettenspanner bzw. Kettenführung erneuern, Wartungsintervalle einhalten

Schaden:
Nockenwelle verbogen, Nocken abgenutzt
Ursache:
Z. B.: Zu wenig Öl, Öldruck zu gering
Instandsetzen:
Z. B.: Nockenwelle ersetzen, Öldruck und Ölkreislauf prüfen

Schaden:
Geräusche vom Ventilspielausgleicher
Ursache:
Z. B.: Ventilspielausgleicher defekt, Öldruck zu gering
Instandsetzen:
Z. B.: Ventilspielausgleicher ersetzen, Öldruck prüfen

Schmiersysteme

Arten	Merkmale	Verwendung
Druckumlaufschmierung	geschlossener Ölkreislauf mit Bohrungen und Ölleitungen, Ölwanne für den gesamten Ölvorrat – eine Ölpumpe	Viertakt-Otto- und Dieselmotoren
Trockensumpfschmierung (Druckumlaufschmierung)	geschlossener Ölkreislauf mit Bohrungen und Ölleitungen, Hauptölmenge im separaten Vorratsbehälter – zwei Ölpumpen	Motoren für Geländefahrzeuge, Kraftradmotoren
Mischungsschmierung	Kraftstoff-Schmieröl-Gemisch oder über eine Ölpumpe wird dem Kraftstoff Öl zugemischt (Frischölautomatik)	Zweitakt-Ottomotoren
Frischölschmierung	Schmierstellen werden ständig mit Frischöl versorgt. Eine Ölpumpe fördert das Öl vom Ölbehälter zu einer Dosiereinrichtung bzw. zu den Schmierstellen.	Kraftradmotoren

Ölpumpen

Arten	Merkmale	Verwendung
Außenzahnradpumpe 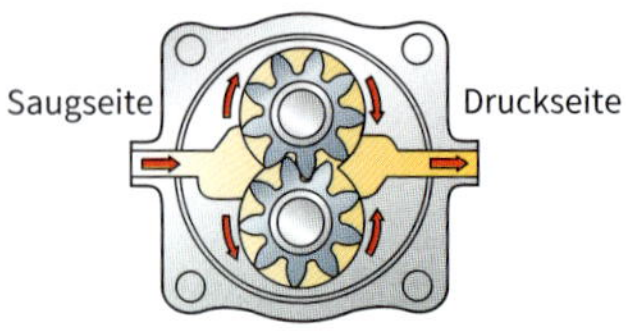	Ein Zahnrad wird von der Kurbelwelle oder Nockenwelle angetrieben. Auf der Saugseite wird das Öl in den Zahnlücken mitgenommen und zur Druckseite befördert. **Förderleistung:** niedrig, von Drehzahl der Zahnräder und Größe der Zahnlücken abhängig **Betriebsdruck:** etwa 35 bar	Druckumlaufschmierung, Trockensumpfschmierung Otto- und Dieselmotoren
Innenzahnradpumpe (Sichelpumpe) 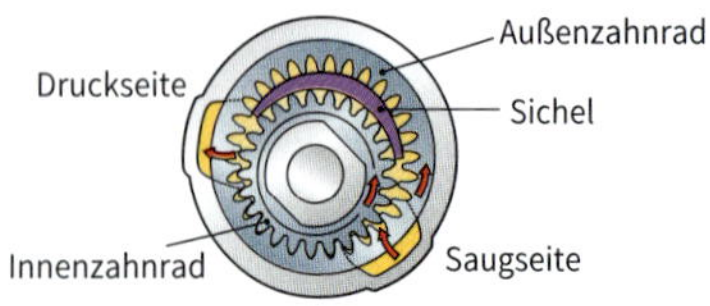	Das meist von der Kurbelwelle angetriebene Innenzahnrad treibt das innenverzahnte Außenrad an. Das Öl wird in den Zahnlücken beidseitig der Sichel transportiert. **Förderleistung:** hoch, auch bei niedriger Drehzahl **Betriebsdruck:** etwa 40 bar	Druckumlaufschmierung Otto- und Dieselmotoren, automatische Getriebe
Rotorpumpe (Eaton-Pumpe) 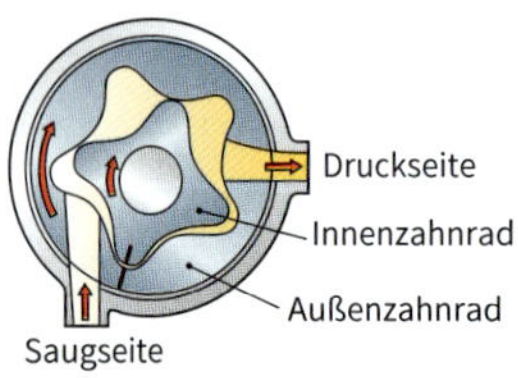	Das Innenzahnrad treibt das exzentrisch gelagerte Außenzahnrad an. Das Öl wird durch Volumenvergrößerung angesaugt, in den Zahnlücken transportiert und durch Volumenverkleinerung an der Druckseite abgegeben. **Förderleistung:** hoch **Betriebsdruck:** etwa 25 bar	Druckumlaufschmierung Hochleistungsmotoren, Kraftradmotoren, Hydraulikpumpen
Pendelschieberpumpe 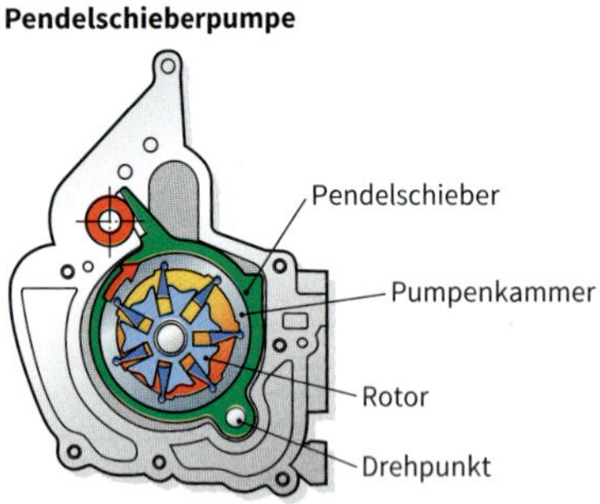	Der Rotor wird meist von der Kurbelwelle angetrieben. Läuft der Pendelschieber nicht mittig zum Rotor, sind die Pumpenkammern unterschiedlich groß, es wird Öl gefördert. **Förderleistung:** hoch, auch bei niedriger Drehzahl **Betriebsdruck:** etwa 15 bar	Druckumlaufschmierung Otto- und Dieselmotoren, Hochleistungsmotoren

Ölabscheider

Ölhaltiges Abwasser, wie es an Tankstellen, auf Schrottplätzen oder bei der Reinigung von Fahrzeugen und Fahrzeugteilen in Waschanlagen und Werkstätten anfällt, muss gereinigt werden. Hierzu dient eine **Leichtflüssigkeitsabscheideranlage** (auch Ölabscheider genannt). Diese Anlage hat die Form eines Beckens, in dem Leichtflüssigkeiten (z. B. Öle) durch Aufschwimmen und Rückhaltung abgeschieden werden.

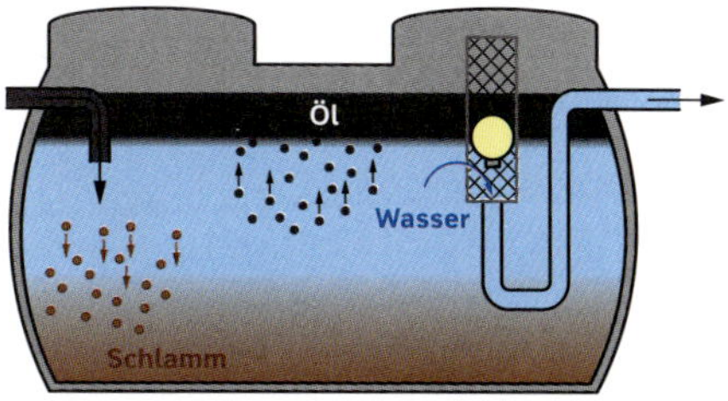

Öldruckschalter

Ein Öldruckschalter ist ein hydraulischer Druckschalter, der in einem Ölkreislauf eingebaut ist. Im Druckschalter wird in Abhängigkeit von Druckveränderungen im Ölkreislauf ein elektrischer Kontakt geschlossen oder geöffnet. Der Schalter kann nur diese beiden Stellungen annehmen. Bei einem Öldruckschalter, der im Motorschmiersystem verbaut ist, wird das elektrische Signal zum Beispiel vom Motorsteuergerät verarbeitet, um die Kontrollleuchte für Motoröldruck in der Multifunktionsanzeige anzusteuern.

Kühlsysteme

Arten

Flüssigkeitskühlung

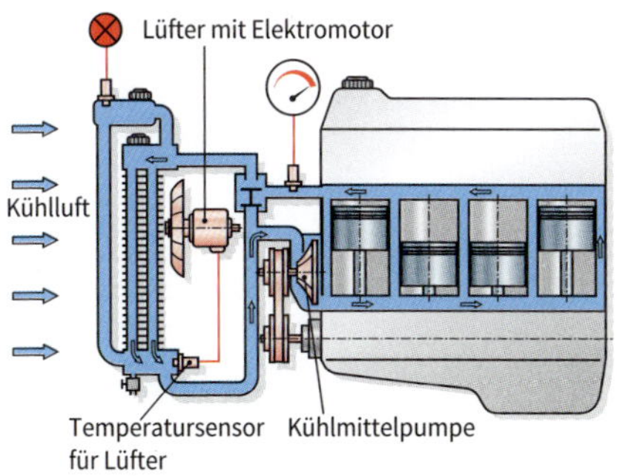

Luftkühlung

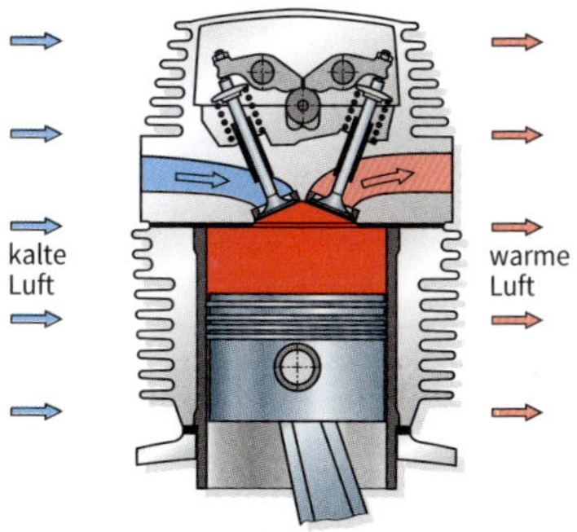

Merkmale

Flüssigkeitskühlung	Luftkühlung
geschlossenes Kühlsystem	offenes Kühlsystem
Systemdruck 1,2 bis 1,5 bar, Siedetemperatur des Kühlmittels 120 bis 130 °C	Fahrtwindkühlung und Gebläseluftkühlung
Kühlmittel transportiert Wärme vom warmen Motor zur Umgebungsluft	Vorbeiströmende Luft transportiert Wärme vom warmen Motor zur Umgebungsluft
Vorteile: ■ gleichmäßigere Kühlwirkung ■ gleichmäßigere Betriebstemperatur ■ geringere Einbautoleranzen möglich ■ höhere Verdichtungsverhältnisse möglich ■ gute Geräuschdämpfung ■ langsamere Abkühlung bei Motorstillstand	**Vorteile:** ■ geringerer baulicher Aufwand ■ geringere Störanfälligkeit ■ geringerer Wartungsaufwand ■ schnelleres Erreichen der Betriebstemperatur

Lüfterantriebe

Elekrischer Antrieb	Mechanische Antriebe		
Elektromotor	**elektromagnetische Lüfterkupplung**	**Visco-Lüfterkupplung**	**hydrodynamische Lüfterkupplung**
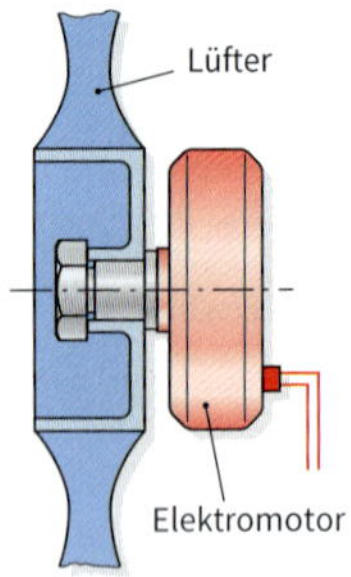	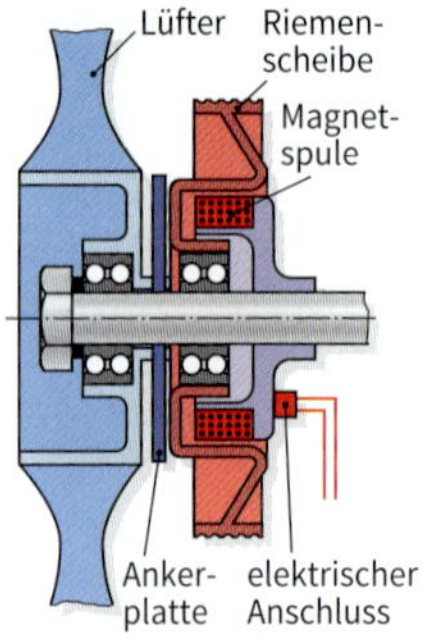	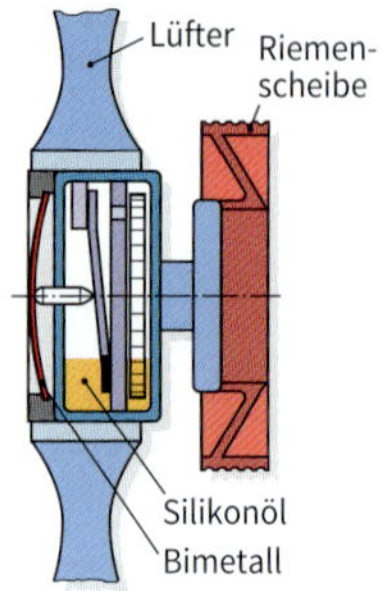	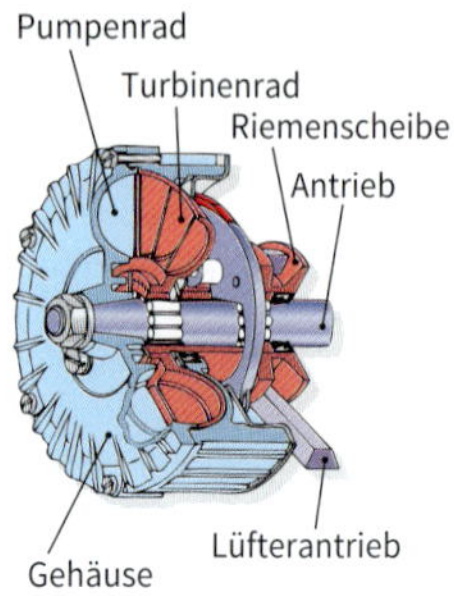
Steuerung			
Steuerung des Lüfters durch Thermoschalter (ein- und ausschaltbar) oder Temperatursensor (mehrstufig oder stufenlos schaltbar)	Steuerung des Lüfters über Thermoschalter und Größe des Magnetfeldes (ein- und ausschaltbar)	Steuerung des Lüfters durch bimetallgesteuertes Ventil und Reibungskräfte im Silikonöl (stufenlos schaltbar)	Steuerung des Lüfters durch Ölstrom im Pumpenrad und Turbinenrad (ein- und ausschaltbar)

Elektrische Kühlmittelpumpe

Eine elektrische Kühlmittelpumpe treibt das Pumpenflügelrad mit einem elektrischen Motor an.

Merkmale:

- Thermomanagement/kennfeldgesteuerter Betrieb (schnelles Aufheizen, hohe Temperaturstabilität)
- geringerer Verbrauch
- Einsatz auch in Elektrofahrzeugen

Thermostat

Ein Thermostat wird bei Verbrennungsmotoren mit Flüssigkeitskühlung eingesetzt, damit die Motortemperatur möglichst schnell erreicht und unter allen Betriebsbedingungen gehalten wird. Dies ist für die Lebensdauer, den Kraftstoffverbrauch und die Abgasentwicklung des Verbrennungsmotors besonders wichtig.
Die Kühlflüssigkeit zirkuliert nach dem Start und in der Warmlauffase im sogenannten kleinen Kühlkreislauf durch den Motorblock und Zylinderkopf sowie den Wärmetauscher der Heizung zurück zur Kühlflüssigkeitspumpe (vielfach auch Wasserpumpe genannt). So erreicht der Motor möglichst schnell seine optimale Betriebstemperatur. Erst wenn das Kühlmittel eine bestimmte Temperatur (ab ca. 85 °C) erreicht hat, beginnt meist ein Dehnstoff im Thermostat (Dehnstoff-Thermostat) sich auszubreiten und öffnet den sogenannten großen Kühlkreislauf. Diese Bauart von Thermostaten sind Ventile, bei denen das Öffnen und Schließen allein von der Kühlwassertemperatur abhängt.

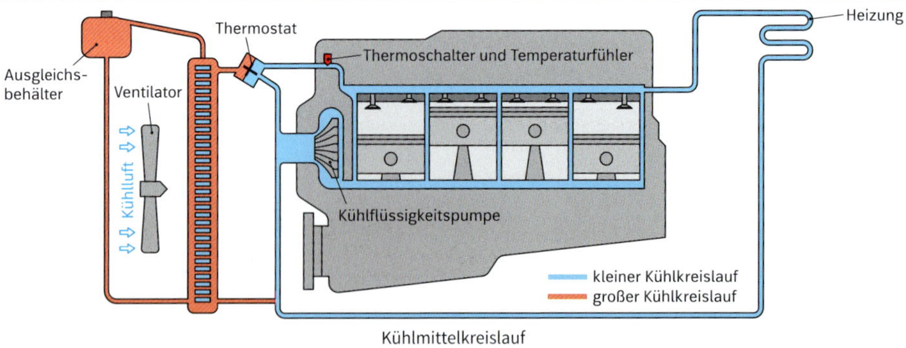

Kühlmittelkreislauf

Kennfeldthermostat

Im Gegensatz zum Thermostat kann bei **kennfeldgesteuerten Thermostaten** die Kühlwassertemperatur entsprechend aller anderen Betriebszustände durch das Motormanagement optimiert werden. Dadurch lassen sich bessere Verbrauchswerte und niedrigere Schadstoffemissionen erzielen. Dieses Thermostat verfügt über einen elektrischen Anschluss und einen ohmschen Widerstand. Über die angelegte Spannung kann die Temperatur (Widerstandsheizung) anhand verschiedener Parameter vom Motormanagement gesteuert werden. Der Dehnstoff wird also nicht nur durch das Kühlmittel, sondern auch durch die elektrische Heizung erwärmt. Durch diese Kombination kann die Motortemperatur abhängig von der Lastanforderung und einem Kennfeld im Steuergerät individuell geregelt werden. Der Motor kann damit immer in einem idealen Temperaturbereich für eine hohe Effizienz betrieben werden.

Aufheizphase	Teillast	Volllast
Das Thermostat ist geschlossen: – schnelles Aufheizen des Motors zu realisieren	Das Thermostat öffnet so weit, dass eine Kühlmitteltemperatur von ca. 95–110 °C gehalten wird – Geringere Schadstoffausstoß – geringerer Verbrauch	Das Thermostat öffnet so weit, dass eine Kühlmitteltemperatur von ca. 95–110 °C gehalten wird – Geringere Schadstoffausstoß – geringerer Verbrauch
Ein Kühl-Kennfeld enthält die Ansteuerwerte in Abhängigkeit von Motorlast, Drehzahl und Motortemperatur.		

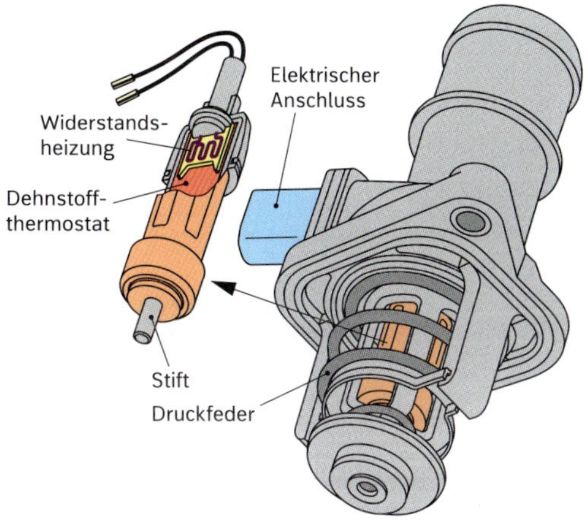

Thermostat für kennfeldgesteuerte Motorkühlung

Abhängigkeit

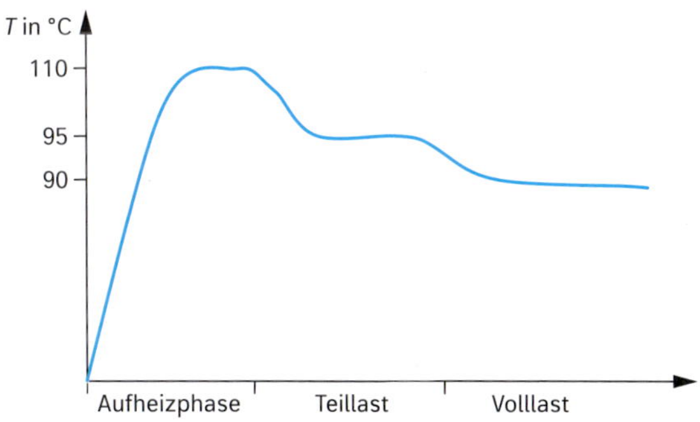

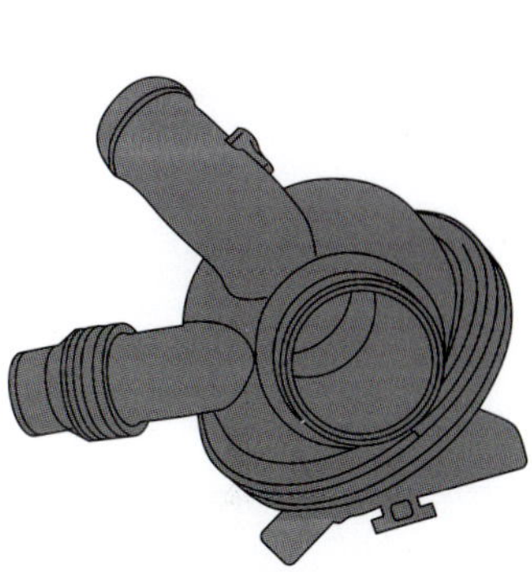

Gehäuse eines Kennfeldthermostates

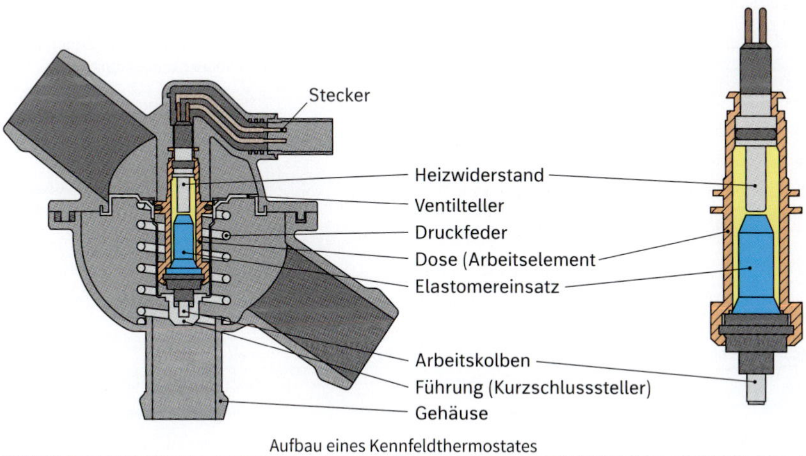

Aufbau eines Kennfeldthermostates

Begriff	Konventionelle Zündanlage	Transistorzündanlage, kontaktgesteuert
Schaltplan	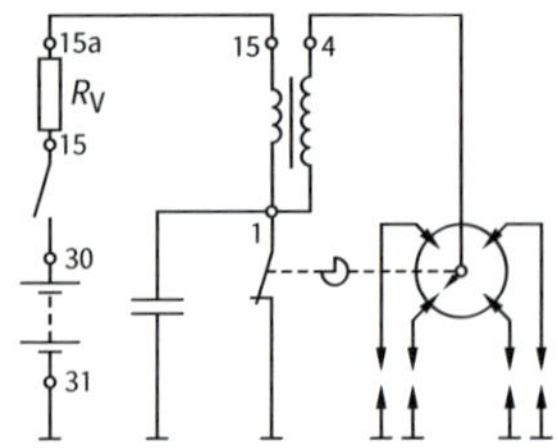	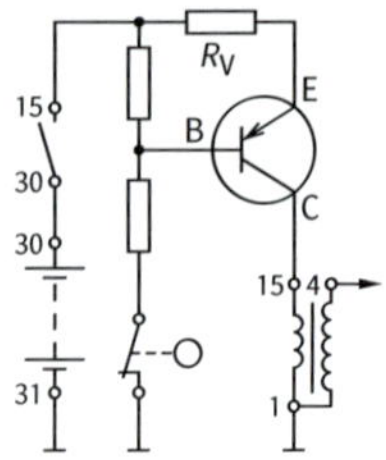
Kurzbezeichnung	SZ (Spulenzündung)	TSZ-K
Schließwinkel	über die Drehzahl konstant	über die Drehzahl konstant
Primärstromstärke	max. 5 A	max. 8 A
Zündspannungsverteilung	über den Zündverteiler	über den Zündverteiler
Energiespeicher	Zündspule	Zündspule
Startanhebung	Überbrückung des Vorwiderstands	Überbrückung des Vorwiderstands
Klopfregelung	nicht möglich	nicht möglich
Zündspule	Standard- oder Hochleistungszündspule	Zündspule für Transistorzündung
Zündzeitpunktverstellung	mechanisch; last- und drehzahlabhängig im Zündverteiler	mechanisch; last- und drehzahlabhängig im Zündverteiler
Zündspannungsangebot	Standardzündspule 22 kV Hochleistungszündspule 26 kV	Zündspule für Transistorzündung 28 kV
Schaltung	mechanisch (Unterbrecherkontakt)	elektronisch (Transistor)
Leistungsschalter	Unterbrecherkontakt	Transistor
Impulsgeber	Unterbrecherkontakt	Unterbrecherkontakt

Begriff	Transistorzündung mit Induktivgeber	Transistorzündung mit Hallsensor
Schaltplan	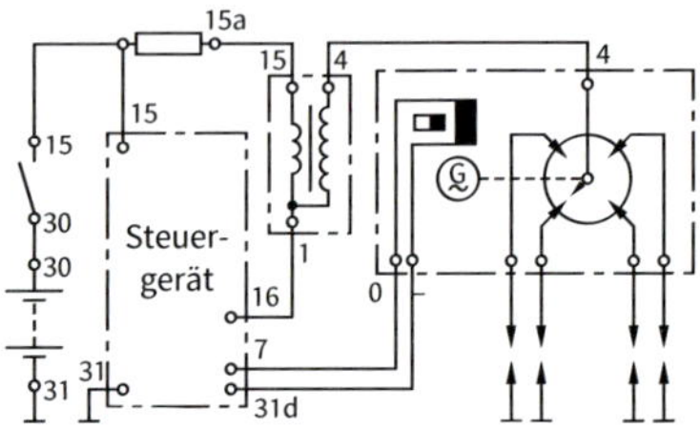	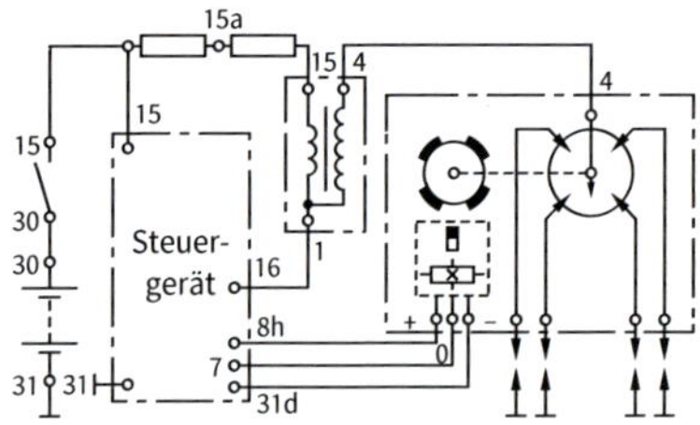
Kurzbezeichnung	TSZ-I (Steuergerät in diskreter Bauweise) TZ-I (Steuergerät in Hybridtechnik)	TSZ-H (Steuergerät in diskreter Bauweise) TZ-H (Steuergerät in Hybridtechnik)
Schließwinkel	veränderlich (TSZ-I: Schließwinkelsteuerung; TZ-I: Schließwinkelregelung)	konstant bei TSZ-H; veränderlich bei TZ-H (Schließwinkelregelung)
Primärstromstärke	8 A	8 A
Zündspannungsverteilung	über den Zündverteiler	über den Zündverteiler
Energiespeicher	Zündspule	Zündspule
Startanhebung	TSZ-I: Überbrückung des Vorwiderstands TZ-I: automatisch (Schließwinkelregelung)	TSZ-H: Überbrückung des Vorwiderstands TZ-H: automatisch (Schließwinkelregelung)
Klopfregelung	nicht möglich	nicht möglich
Zündspule	Spezialzündspule für TSZ-I und TZ-I	Spezialzündspule für TSZ-H und TZ-H
Zündzeitpunktverstellung	mechanisch; last- und drehzahlabhängig im Zündverteiler	mechanisch; last- und drehzahlabhängig im Zündverteiler
Zündspannungsangebot	35 kV	35 kV
Schaltung	elektronisch (Darlington-Endstufe)	elektronisch (Darlington-Endstufe)
Leistungsschalter	Darlington-Transistor	Darlington-Transistor
Impulsgeber	Induktivgeber im Zündverteiler	Hallsensor im Zündverteiler

Übersicht: Zündanlagen

Overview: ignition systems

Begriff	Hochspannungs-Kondensatorzündung	Elektronische Zündung mit Zündkennfeld
Schaltplan	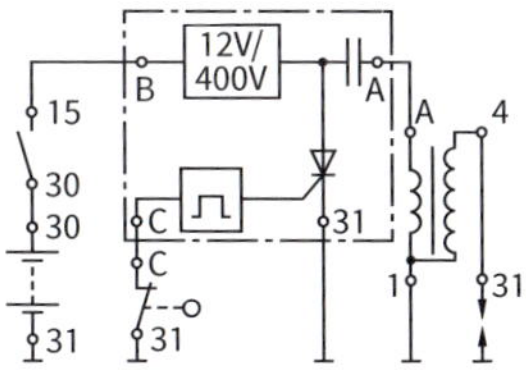	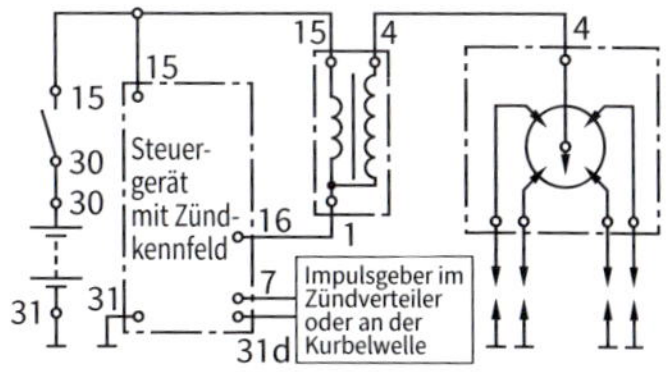
Kurzbezeichnung	HKZ	EZ
Schließwinkel	über die Drehzahl konstant	veränderlich (Schließwinkelregelung)
Primärstromstärke	bis 200 A im Einschaltmoment	max. 12 A
Zündspannungsverteilung	über den Zündverteiler (ROV: rotierende Zündspannungsverteilung)	über den Zündverteiler (Hochspannungsverteiler; ROV: rotierende Zündspannungsverteilung)
Energiespeicher	Kondensator	Zündspule
Startanhebung	nicht erforderlich	Aufhebung der Primärstrombegrenzung
Klopfregelung	nicht möglich	möglich, zylinderselektiv
Zündspule	Zündtransformator	Kennfeld-Zündspule
Zündzeitpunktverstellung	mechanisch; last- und drehzahlabhängig im Zündverteiler	elektronisch; last- und drehzahlabhängig im Steuergerät (Zündkennfeld)
Zündspannungsangebot	bis 40 kV	bis 40 kV
Schaltung	Thyristor	elektronisch (Transistor)
Leistungsschalter	Thyristor	Darlington-Transistor
Kraftstoffanpassung	nicht möglich	durch Oktanzahlstecker bzw. -schalter; bei selektiver Klopfregelung automatisch
Impulsgeber	Unterbrecherkontakt oder Induktionsgeber	Hallsensor im Zündverteiler oder Induktionsgeber im Zündverteiler bzw. an der Kurbelwelle

Begriff	Vollelektronische Zündung mit Einzelfunken-Zündspulen	Vollelektronische Zündung mit Doppelfunken-Zündspulen
Schaltplan	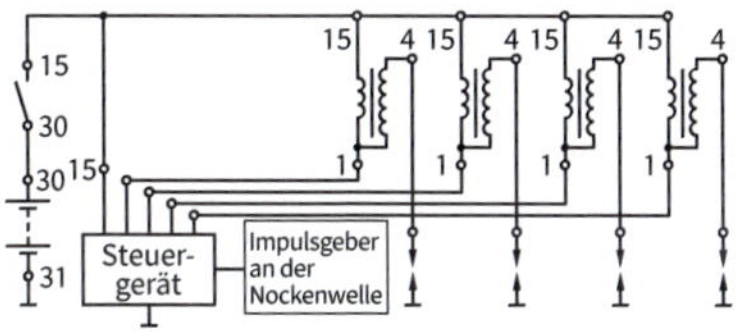	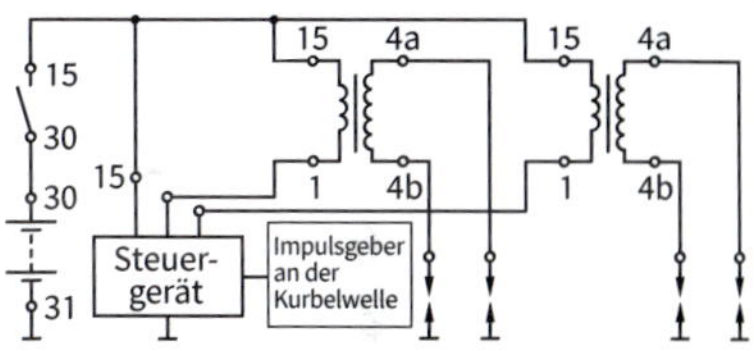
Kurzbezeichnung	VZ bzw. DZ (Direkt-Zündsystem)	VZ
Schließwinkel	veränderlich (Schließwinkelregelung)	veränderlich (Schließwinkelregelung)
Primärstromstärke	bis 12 A	bis 12 A
Zündspannungsverteilung	direkt über die Zündspulen (RUV: ruhende Zündspannungsverteilung)	direkt über die Zündspulen (RUV: ruhende Zündspannungsverteilung)
Energiespeicher	Zündspule	Zündspule
Startanhebung	Aufhebung der Primärstrombegrenzung	Aufhebung der Primärstrombegrenzung
Klopfregelung	zylinderselektiv	zylinderselektiv
Zündspule	Einzelfunkenzündspulen	Doppelfunkenzündspulen
Zündzeitpunktverstellung	elektronisch; last- und drehzahlabhängig im Steuergerät (Zündkennfeld)	elektronisch; last- und drehzahlabhängig im Steuergerät (Zündkennfeld)
Zündspannungsangebot	35 kV	35 kV
Schaltung	elektronisch (Darlington-Endstufe)	elektronisch (Darlington-Endstufe)
Leistungsschalter	Darlington-Transistor	Darlington-Transistor
Kraftstoffanpassung	durch Oktanzahlstecker bzw. -schalter; bei selektiver Klopfregelung automatisch	durch Oktanzahlstecker bzw. -schalter; bei selektiver Klopfregelung automatisch
Impulsgeber	Induktivgeber oder Hallsensor an der Kurbelwelle und evtl. Hallgeber an der Nockenwelle	Induktivgeber oder Hallsensor an der Kurbelwelle

Zündanlage	Primäroszillogramm	Sekundäroszillogramm
Konventionelle Zündanlage (kontaktgesteuerte Spulenzündung SZ) 1 Unterbrecher öffnet 2 Zündspannungshöhe 3 Brennspannungshöhe 4 Zündspannungsnadel 5 Brennspannungslinie 6 Unterbrecher schließt A, b Öffnungszeit B, c Schließzeit a Funkendauer	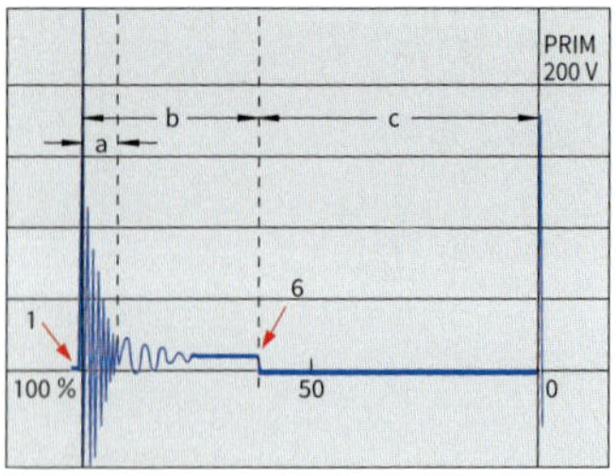	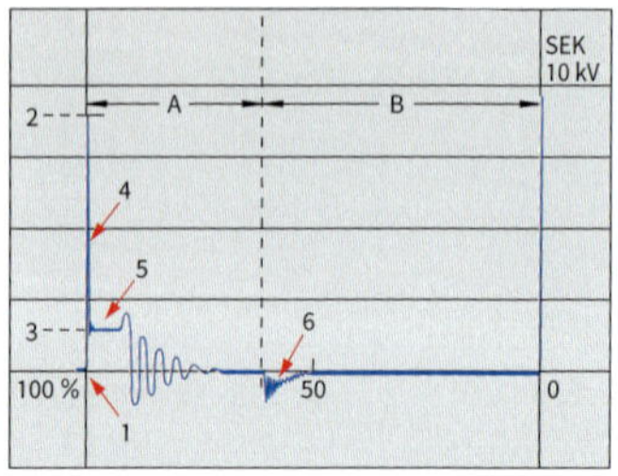
Transistorzündanlage **ohne** Schließwinkelregelung und **ohne** Primärstrombegrenzung (TSZ-K; TSZ-I; TSZ-H) 1 Transistor sperrt (Zündzeitpunkt) 2 Z-Diodenspannungshöhe im Primäroszillogramm, Zündspannungshöhe im Sekundäroszillogramm 3 Transistor schaltet durch	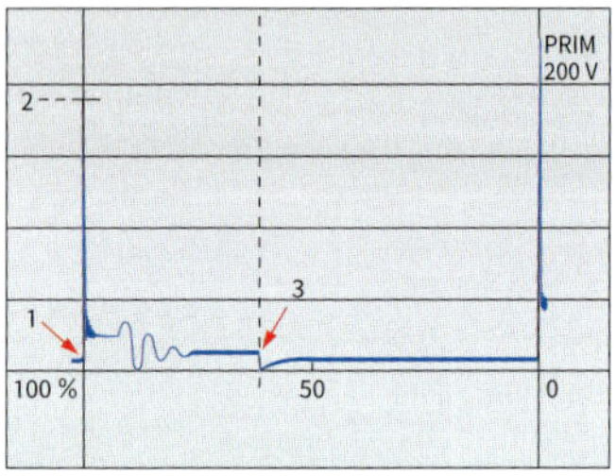	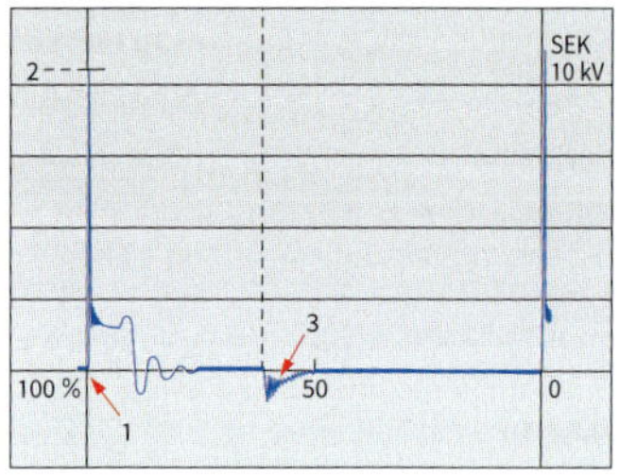
Transistorzündanlage mit Primärstrombegrenzung 1 Transistor sperrt (Zündzeitpunkt) 2 Z-Diodenspannung im Primärbild, Zündspannung im Sekundärbild 3 Transistor schaltet durch 4 Einsatz der Strombegrenzung	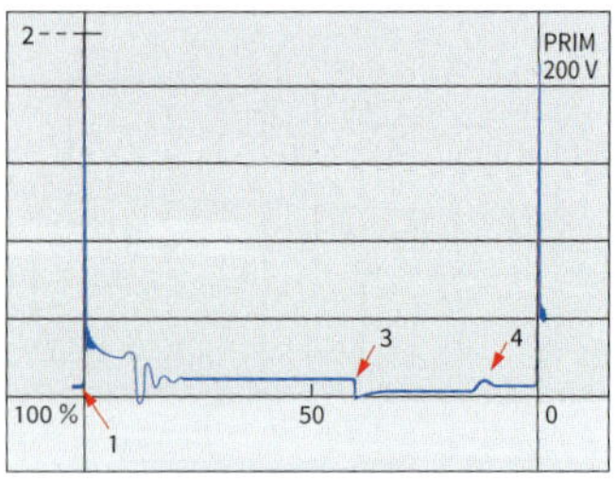	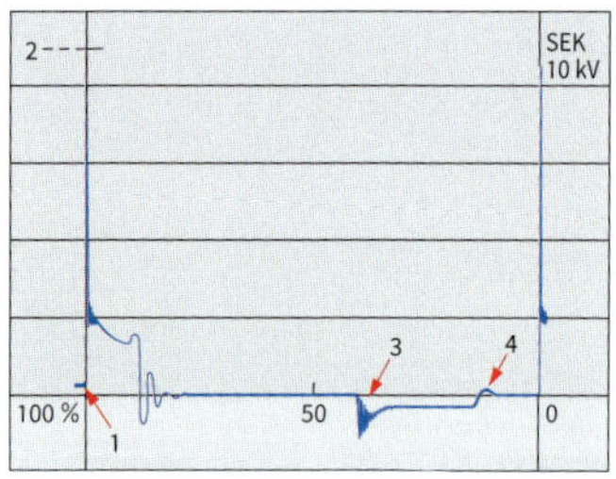

Transistorzündanlage mit Schließwinkelsteuerung bzw. Schließwinkelregelung

Motordrehzahl 2000 1/min Schließwinkel etwa 60 %	Motordrehzahl 3000 1/min Schließwinkel etwa 70 %	Motordrehzahl 5000 1/min Schließwinkel etwa 80 %
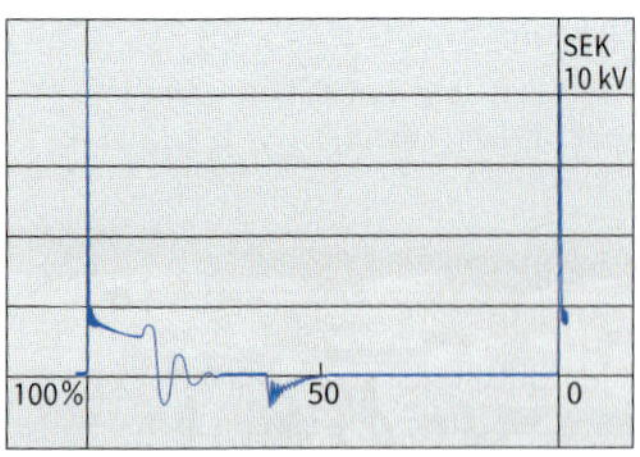	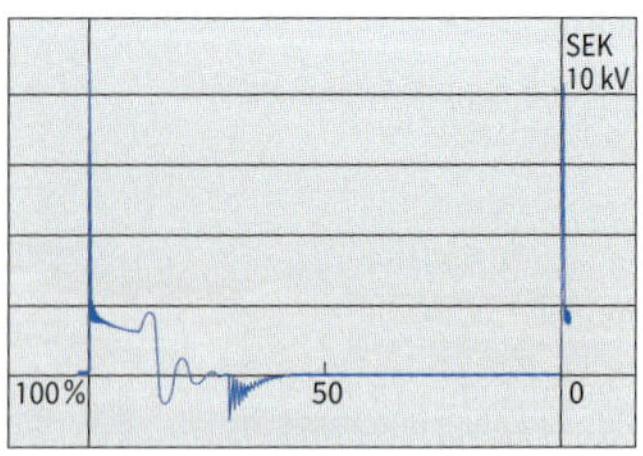	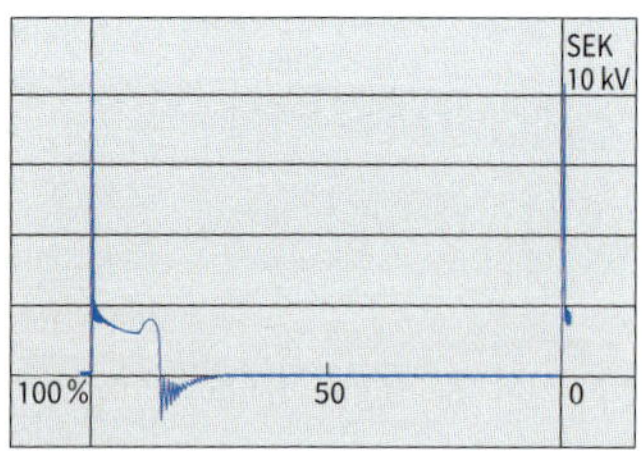

Normaloszillogramme von verteilerlosen Transistorzündanlagen (RUV)

Mit Einzelfunken-Zündspulen **1** ohne Hochspannungsdiode im Sekundärkreis **2** mit Hochspannungsdiode im Sekundärkreis	**1** 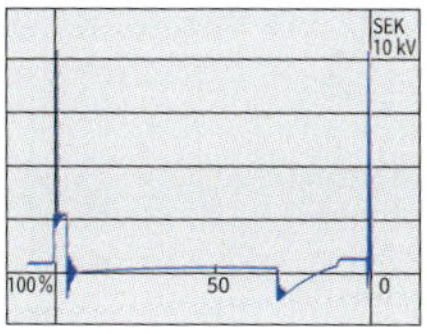	**2** 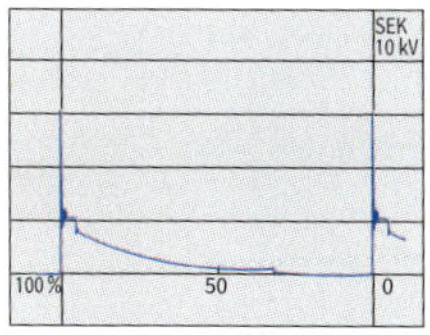
Mit Doppelfunken-Zündspulen **3** Darstellung mit Haupt- (a) und Stützfunken (b) **4** Darstellung der Summensignale	**3** 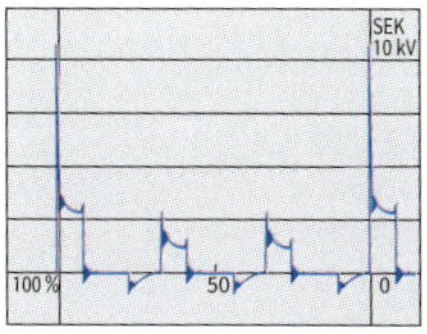	**4** 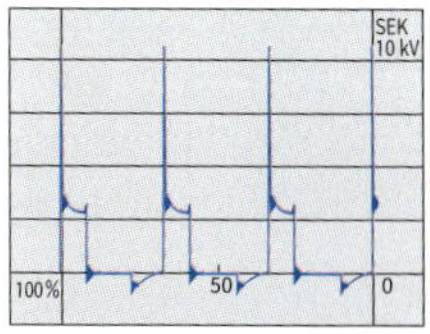

Fehlerauswirkungen auf die Zündoszillogramme, die bei allen Spulenzündanlagen auftreten (außer HKZ)

Fehlersuche	Fehleroszillogramm	Fehlersuche	Fehleroszillogramm
Unterschiedliche Elektrodenabstände der Zündkerzen bzw. Kompressionsverlust in den anderen Zylindern, zu hohe Widerstände im entsprechenden Zündkreis	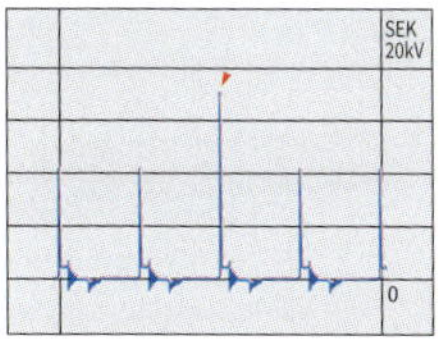	Unterschiedliche Gemischzusammensetzung in den einzelnen Zylindern durch defekte Einspritzventile	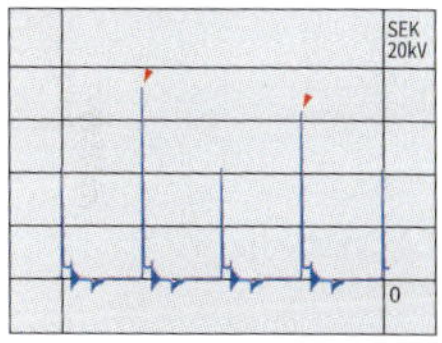
Zündaussetzer durch zu großen Elektrodenabstand, oft auch hervorgerufen in Verbindung mit zu geringer Zündspannungsreserve der Zündanlage	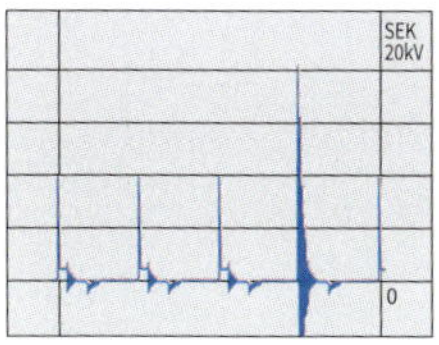	Defekte Hochspannungsisolation im jeweiligen Zündkreis	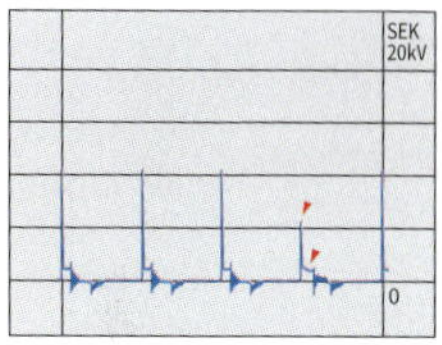
Entstörwiderstand im Verteilerläufer oder Widerstandskabel (Zündkabel Klemme 4) zwischen Zündspule und Zündverteiler defekt	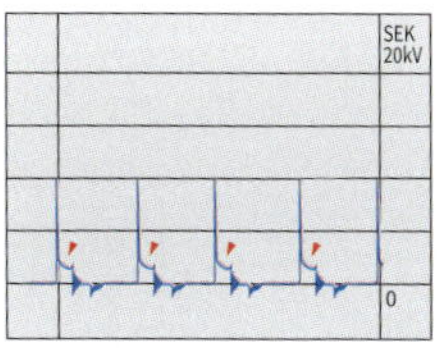	Entstörwiderstand im entsprechenden Zündkerzenstecker oder Widerstandsleitung (Zündleitung) zur entsprechenden Zündkerze defekt. Evtl. falsche Zündkerze ohne Entstörwiderstand eingeschraubt	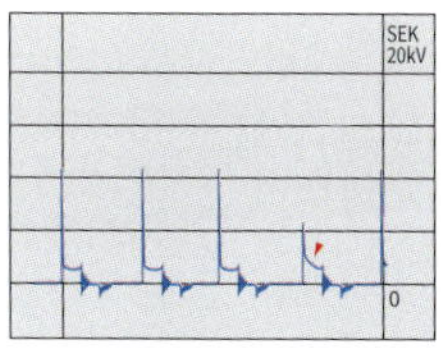
Unterbrechung in der Sekundärwicklung der Zündspule	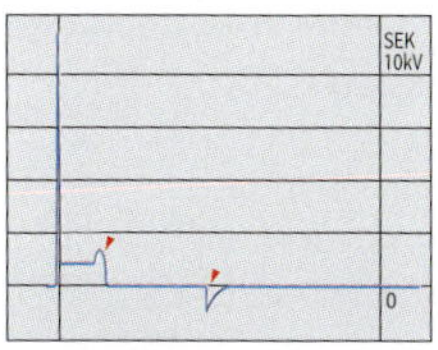	Oszillogrammbild (Brennspannungslinie) springt; entsprechende Zündkerze ist stark verrußt oder verölt	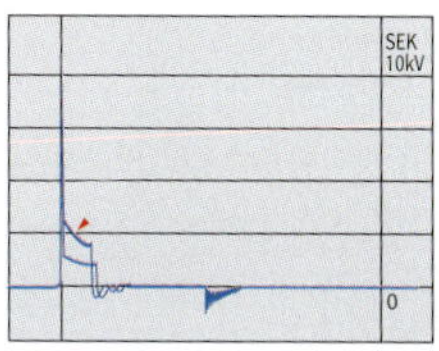

Bezeichnung	Schaltzeichen	Merkmale	Impulsform	Verwendung
Unterbrecherkontakt	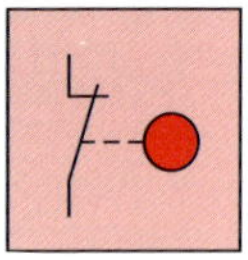	mechanischer Impulsgeber, verschleißanfällig, Schließwinkel und Zündzeitpunkt werden durch den Verschleiß verändert, Einstellung von Schließwinkel- und Zündzeitpunkt erfolgt mechanisch	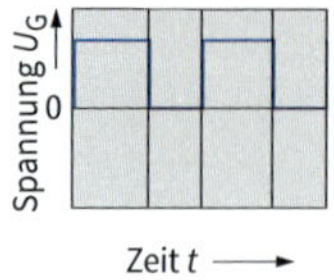	als Impulsgeber für die Ansteuerung des Treibertransistors für den Leistungstransistor bzw. die Darlington-Endstufe im Steuergerät der TSZ-K, eingebaut im Zündverteiler
Induktivgeber im Zündverteiler		berührungsloser Impulsgeber, geringer Verschleiß, keine Einstellung des Schließwinkels möglich (Schließwinkelsteuerung bzw. -regelung), Zündzeitpunktverstellung erfolgt mechanisch oder elektronisch (Kennfeldzündung)	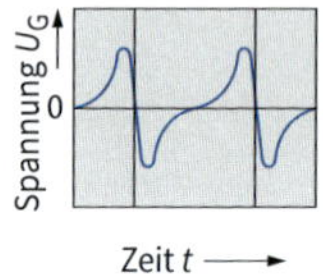	als Impulsgeber für die Ansteuerung des Treibertransistors für die Darlington-Endstufe im Steuergerät der TSZ-I bzw. der Schließwinkelregelung im Steuergerät der TZ-I
Induktivgeber an der Kurbelwelle		berührungsloser Impulsgeber, geringer Verschleiß, empfindlich gegen Verschmutzungen, Schließwinkelregelung und Zündzeitpunktverstellung (Kennfeldzündung) erfolgen elektronisch	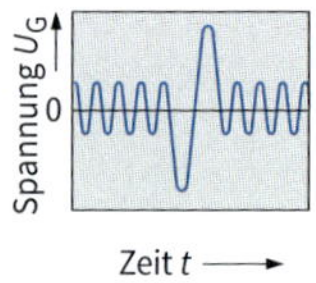	als Drehzahl- und Bezugsmarkensensor für die Schließwinkelregelung und Zündzeitpunktverstellung und -veränderung bei der Klopfregelung
Induktivgeber an der Nockenwelle	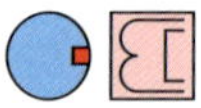	berührungsloser Impulsgeber, geringer Verschleiß, empfindlich gegen Verschmutzungen		Zur Bestimmung des 1. oder eines anderen Zylinders für Zündanlagen mit Einzelfunkenzündspulen, evtl. auch bei selektiver Klopfregelung; zur Messung des Verstellwinkels bei der Nockenwellenverstellung
Hallsensor im Zündverteiler	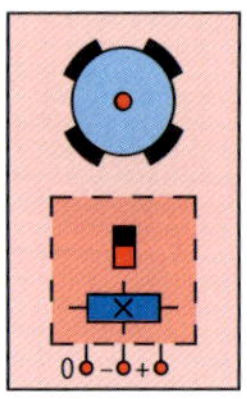	berührungsloser Impulsgeber, geringer Verschleiß, keine Einstellung des Schließwinkels möglich (Schließwinkel fest eingestellt oder Schließwinkelregelung), Zündzeitpunktverstellung erfolgt mechanisch oder elektronisch (Kennfeldzündung)		als Impulsgeber für die Ansteuerung des Treibertransistors für die Darlington-Endstufe im Steuergerät der TSZ-H bzw. der Schließwinkelregelung im Steuergerät der TZ-H
Hallsensor an der Kurbelwelle	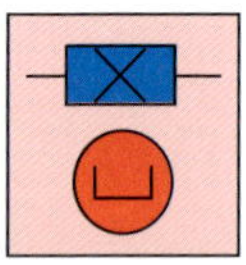	berührungsloser Impulsgeber, geringer Verschleiß, unempfindlich gegen Verschmutzungen, Schließwinkelregelung und Zündzeitpunktverstellung (Kennfeldzündung) erfolgen elektronisch	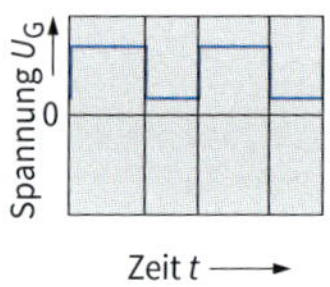	als Drehzahl- und Bezugsmarkensensor für die Schließwinkelregelung und Zündzeitpunktverstellung und -veränderung bei der Klopfregelung
Hallsensor an der Nockenwelle		berührungsloser Impulsgeber, geringer Verschleiß, unempfindlich gegen Verschmutzungen		Zur Bestimmung des 1. oder eines anderen Zylinders für Zündanlagen mit Einzelfunkenzündspulen, evtl. auch bei selektiver Klopfregelung; zur Messung des Verstellwinkels bei der Nockenwellenverstellung

Zündkerzen-Bauarten

Gewinde	Schlüsselweite in mm	Gewindelänge in mm	Dichtsitz	Anziehdrehmoment[1] in Nm	
				Gusseisen	Leichtmetall
M 10 × 1	16	12,7	Plandichtsitz	10 bis 15	10 bis 15
M 12 × 1,25 M 12 × 1,25	16	12,7 19	Plandichtsitz	15 bis 25	15 bis 25
M 14 × 1,25 M 14 × 1,25	16	11,2 17,5	Kegeldichtsitz	10 bis 20	10 bis 20
M 14 × 1,25 M 14 × 1,25	16	12,7 19	Plandichtsitz	20 bis 40	20 bis 30
M 14 × 1,25	16	7,8	Kegeldichtsitz	20 bis 30	12 bis 20
M 14 × 1,25	19	9,5	Plandichtsitz	20 bis 40	20 bis 30
M 14 × 1,25 M 14 × 1,25	21	12,7 19	Plandichtsitz	20 bis 40	20 bis 30
M 18 × 1,5	21	10,9	Kegeldichtsitz	20 bis 30	15 bis 25

[1] Die Hersteller von Motoren können für den Ersteinbau von Zündkerzen ein abweichendes Anziehdrehmoment festlegen. Werden Gewinde gefettet, so muss das Anziehdrehmoment um etwa 1/3 verringert werden, um eine Überbeanspruchung zu vermeiden.
Der Zündkerzenanschluss kann bei allen Bauarten ein Kegelanschlussbolzen oder ein Gewindeanschlussbolzen sein.
Über die genormten Zündkerzen hinaus bieten die Hersteller noch weitere Bauarten an.
Elektrodenformen und Werkstoffe sowie die Bezeichnung (Typenbezeichnung) der Zündkerzen sind nicht genormt.
Ein Vergleich der Zündkerzen verschiedener Hersteller ist **nur** über **Vergleichstabellen** möglich.

Elektrodenformen (Auswahl)

Stirnelektrode	Seitenelektrode	Ring-Seiten-elektrode	Dreimasseelektrode	Viermasseelektrode	Dachelektrode
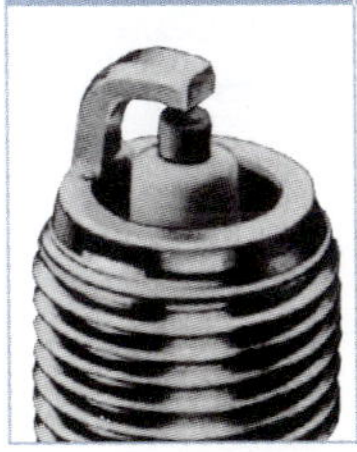	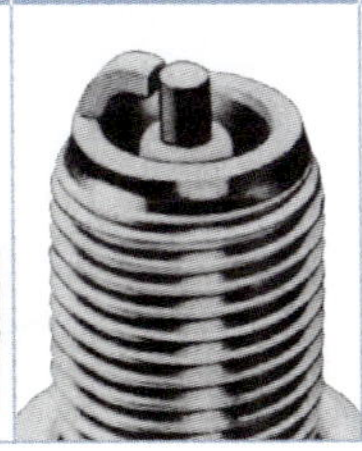	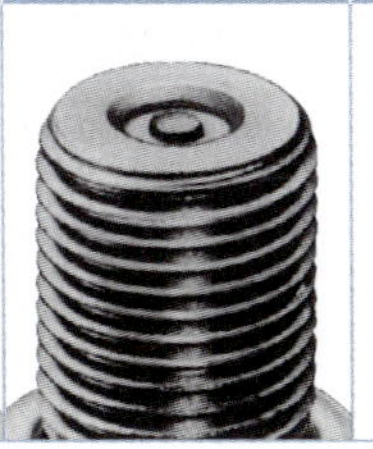	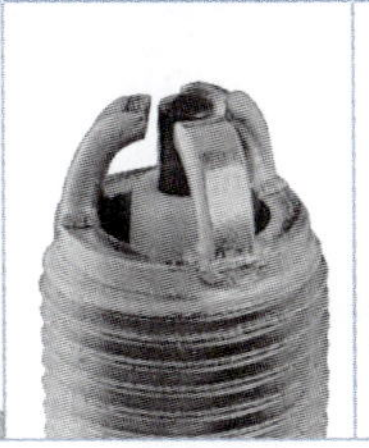	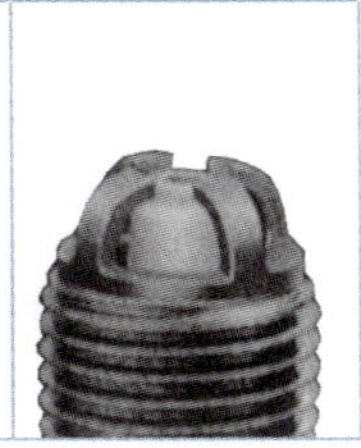	

Wärmewert und Wärmewert-Kennzahl

Der **Wärmewert** ist ein Maß für das thermische Verhalten einer Zündkerze. Er wird für jede Zündkerze in einem Prüfmotor ermittelt und gibt die Zeit in Sekunden an, die vergeht, bis es zu den ersten klopfenden Verbrennungen kommt, die durch zu warme Teile der Zündkerze verursacht werden (Glühzündungen). Eine Zündkerze mit einem Wärmewert von 175 (Sekunden bis zu den ersten Glühzündungen) wird als wärmere Kerze („heiße" Kerze) im Vergleich zu einer Zündkerze mit dem Wärmewert 225 (kältere bzw. „kalte" Kerze) bezeichnet.

Die **Wärmewert-Kennzahl** ist ebenfalls ein Maß für das thermische Verhalten der Zündkerze. Im Gegensatz zum Wärmewert bedeutet aber hierbei eine kleine Wärmewert-Kennzahl eine „kalte" Kerze und eine große Wärmewert-Kennzahl eine „heiße" Kerze. Zündkerzen heutiger Bauart decken immer mehrere Wärmewert-Kennzahlen ab und werden deshalb als „Mehrbereichszündkerzen" bezeichnet.

Wärmewert und Wärmewert-Kennzahl (Gegenüberstellung)

Wärmewert	400	375	350	325	300	275	250	225	200	175	150	125	100	75	50	25
Wärmewert-Kennzahl	06	07	08	09	2	3	4	5	6	7	8	9	10	11	12	13

kälter ← Zündkerze → wärmer

Wärmewert und Wärmewert-Kennzahl sind nicht genormt. Die Zündkerzenhersteller verwenden als Angabe in der Typbezeichnung entweder den Wärmewert oder die Wärmewert-Kennzahl. Dabei muss beachtet werden, dass die Angabe des Wärmewertes bzw. der Wärmewert-Kennzahl des einen Herstellers mit der entsprechenden Angabe eines anderen Herstellers für einen bestimmten Motor nicht übereinstimmen muss. Ein Vergleich von Zündkerzen verschiedener Hersteller ist **nur** über **Vergleichstabellen** möglich.

Elektrodenwerkstoffe

Elektrodenart	Nickel-Chrom-Legierung	Nickel-Chrom-Legierung mit Kupferkern (Verbundelektrode)	Nickel-Chrom-Legierung mit Silberkopf (Silberelektrode)	Nickel-Chrom-Legierung mit Platinkopf (Platinelektrode)	Iridium-Rhodium-Legierung
Masseelektrode	•	•			
Mittelelektrode		•	•	•	•

Abhängigkeitsmerkmale für die Höhe der Zündspannung an den Zündkerzenelektroden

Merkmal	Zündspannung	
	hoch	niedrig
Elektrodenabstand	groß	klein
Elektrodenform	rund	scharfkantig
Elektrodenzustand	abgebrannt	neu
Elektrodenwerkstoff	Nickel-Chrom-Legierung	Verbundelektrode
Elektroden-(Motor-)Temperatur	niedrig	hoch
Polarität der Mittelelektrode	positiv	negativ
Zündwinkel	klein	groß
Zündleitungen	schlechter Zustand	einwandfrei
Kompression	hoch	niedrig
Gemischqualität	mager	richtig ($\lambda = 1$)

Zündkerzen-Gesichter

Normal: Isolatorfuß ist graugelb bis rehbraun verfärbt. Elektrodenabbrand ist gering. Wärmewert wurde richtig gewählt. Zünd- und Gemischeinstellung sind in Ordnung.

Ablagerungen: starke, zum Teil schlackenartige Ablagerungen auf dem Isolatorfuß und der Masseelektrode
Ursachen: Additive im Kraftstoff und im Motoröl bilden Rückstände, die sich im Verbrennungsraum ablagern

Verrußt: Isolatorfuß, Elektroden und Zündkerzengehäuse sind mit samtartigem Ruß bedeckt.
Ursachen: Gemischeinstellung zu fett, defekte Kaltstarteinrichtung, überwiegender Einsatz im Kurzstreckenverkehr und dadurch falscher Wärmewert

Angeschmolzene Mittelelektrode: blasiges, schwammartiges Aussehen der Isolatorfußspitze
Ursachen: thermische Überlastung durch Glühzündungen aufgrund von Rückständen im Brennraum, schadhafte Ventile, evtl. Wärmewert zu niedrig

Verölt: Isolatorfuß, Elektroden und Zündkerzengehäuse sind mit schwärzlichem Ölfilm überzogen.
Ursachen: Ölstand zu hoch, stark verschlissene Kolbenringe, Zylinder oder Ventilführungen

Angeschmolzene Elektroden: blumenkohlartiges Aussehen der Elektroden
Ursachen: thermische Überlastung durch Glühzündungen, z. B. zu frühe Zündeinstellung, Verbrennungsrückstände, defekte Ventile, schlechte Kraftstoffqualität

Glasurbildung: Isolaturfuß weist braungelbe Glasur auf, die auch ins Grünliche gehen kann.
Ursachen: Zusätze im Kraftstoff und/oder im Motoröl bilden ascheartige Ablagerungen.

Starker Verschleiß der Elektroden: Mittel- und Masseelektrode sind stark abgenutzt.
Ursachen: aggressive Kraftstoff- und Ölzusätze, Motorklopfen

Einspritzzeit und Einspritzfolgen

Begriff	Erklärung
Einspritzgrundzeit	Die Einspritzgrundzeit bestimmt die Grundeinspritzmenge. Die Einspritzgrundzeit wird aus dem Lastsignal (z. B. aus dem Lastsignal des Saugrohrdrucksensors, Luftmassenmessers oder des Drosselklappenpotenziometers) und der Motordrehzahl vom Steuergerät bestimmt.
Einspritzimpulszeit	Die Einspritzimpulszeit wird durch eine erforderliche Korrektur der Einspritzgrundzeit entsprechend der Umwelteinflüsse (z. B. Kühlmitteltemperatur oder Ansauglufttemperatur) vom Steuergerät ermittelt.

Einspritzfolgen

Simultane Einspritzung
Die Einspritzung erfolgt bei allen Einspritzventilen zum selben Zeitpunkt, zweimal je Arbeitsspiel.

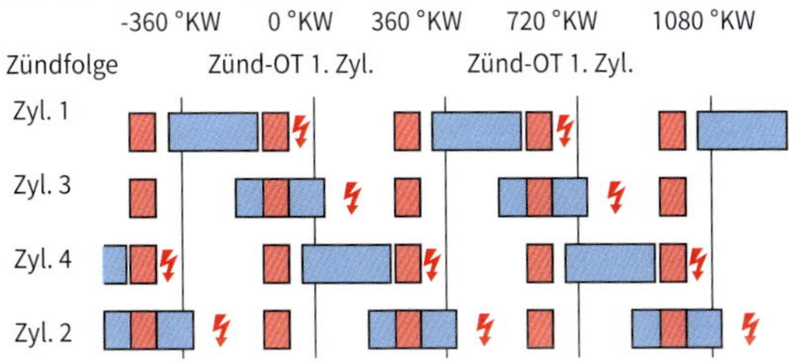

Gruppeneinspritzung
Die Einspritzventile werden z. B. bei einem Vierzylindermotor in zwei Gruppen zusammengefasst, die einmal je Arbeitsspiel einspritzen.

Der zeitliche Abstand der beiden Gruppen beträgt eine Kurbelwellenumdrehung.

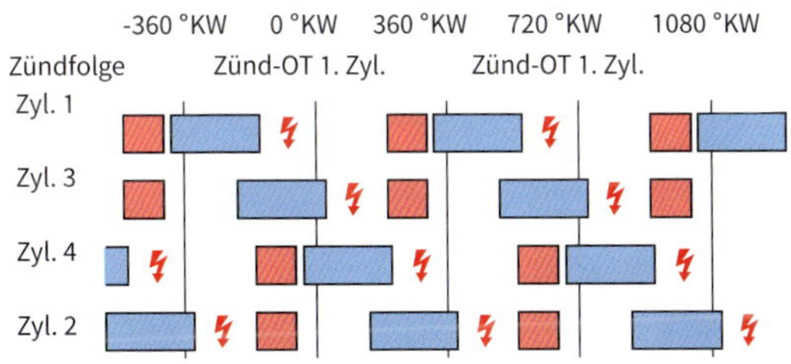

Sequenzielle Einspritzung
Die Kraftstoffeinspritzung erfolgt für jeden Zylinder einzeln, analog zur Zündfolge.

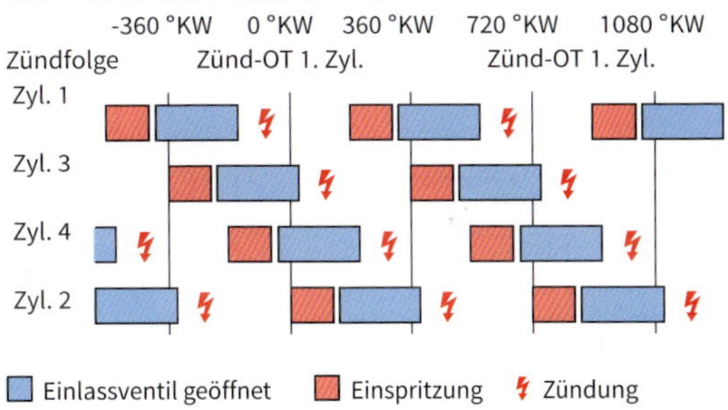

Einspritzventile

„Bottom-Feed"-Einspritzventil	„Top-Feed"-Einspritzventil
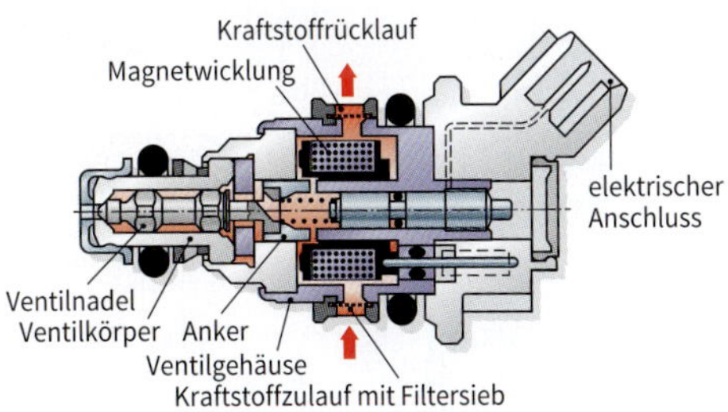	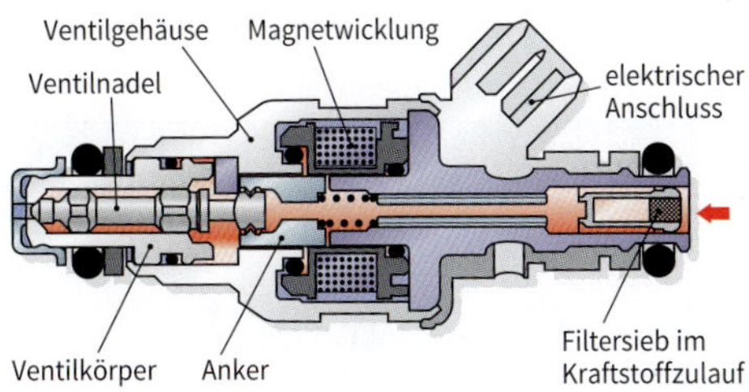
Das Ventil ist im Kraftstoffverteilerrohr integriert, vom Kraftstoff umströmt und im Kraftstoffverteilerrohr durch eine Halteklammer fixiert. Der Kraftstoffzulauf ist seitlich („bottom-feed"). Das Kraftstoffverteilerrohr ist direkt auf dem Saugrohr montiert.	Das Ventil wird von oben („top-feed") vom Kraftstoff durchströmt. Es wird in eine Öffnung des Kraftstoffverteilerrohrs eingesetzt und mit einer Halteklammer gesichert.

Zylinderabschaltung

Die Zylinderabschaltung ist ein System zur Reduzierung des Kraftstoffverbrauches von Verbrennungsmotoren. In Fahrsituationen mit niedrigem Leistungsbedarf wird die Kraftstoffzufuhr zu einzelnen oder auch mehreren Zylindern unterbrochen. Dabei werden die Ventile der abgeschalteten Zylinder geschlossen gehalten, um Gaswechselverluste zu vermeiden. Je nach System kann entweder eine komplette Zylinderbank (V-Motoren) oder auch einzelne Zylinder abgeschaltet werden (Einzelzylinderabschaltung).
Sobald es zu einer stärkeren Beschleunigung kommt, erfolgt die Zylinderzuschaltung innerhalb von sehr kurzer Zeit, sodass die komplette Motorleistung wieder zur Verfügung steht. Die Abschaltung erfolgt jedes Mal an einem anderen Zylinder, damit kein übermäßiger Verschleiß eines einzelnen Zylinders verursacht wird.

Zylinderselektive Einspritzung

Hierbei handelt es sich um eine sequenzielle Einspritzung, bei der jedem einzelnen Zylinder eine spezifische Menge an Kraftstoff zu variablen Zeitpunkten zugemessen wird. Dazu wird das jeweilige Einspritzventil vom Steuergerät für eine bestimmte Zeit und zu einem bestimmten Zeitpunkt angesteuert.

Systeme zur Gemischbildung

Äußere Gemischbildung	Innere Gemischbildung		
Saugrohreinspritzung/ indirekte Einspritzung	Diesel		
	Vorkammer	Wirbelkammer	Direkt
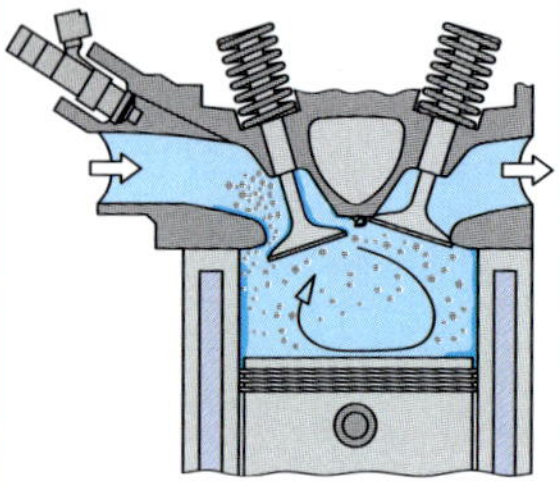	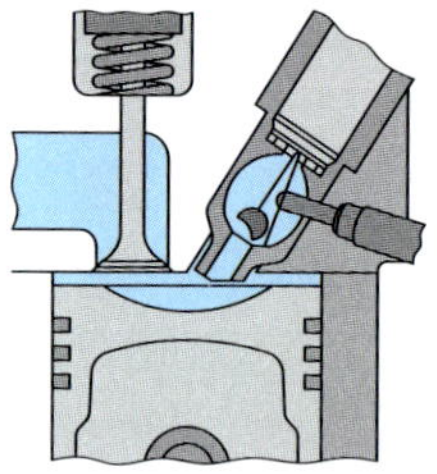	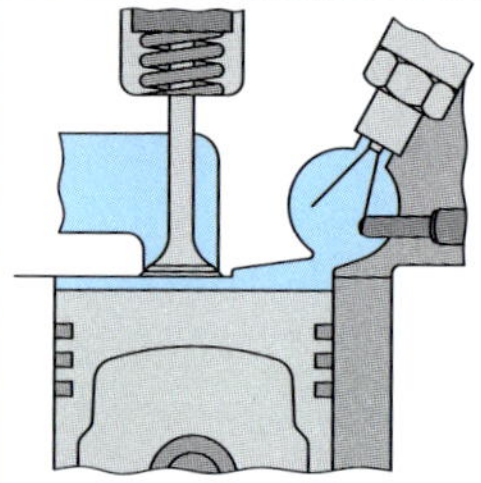	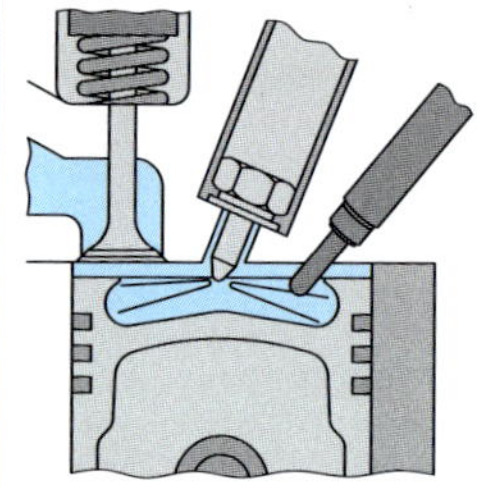

Saugrohr- und Direkteinspritzung (Otto)

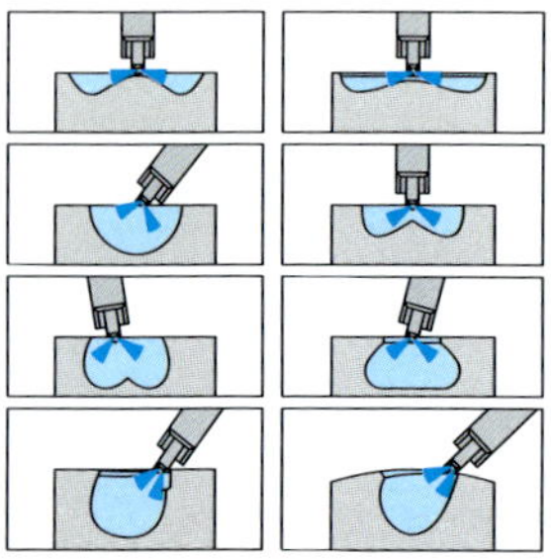

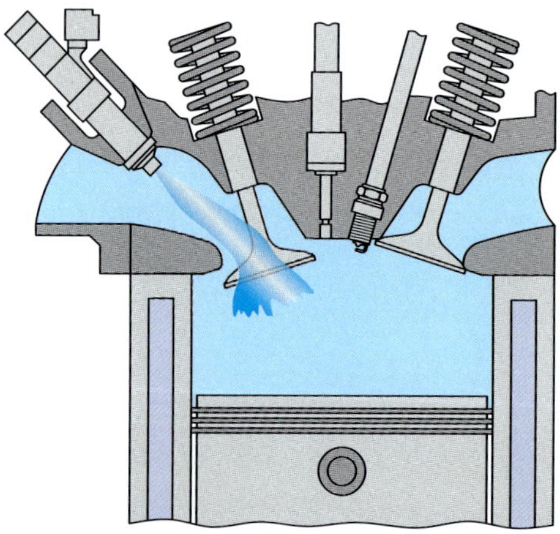

Innere Gemischbildung/Direkteinspritzung (Otto)				
Homogen		Schicht		
		wandgeführt	luftgeführt	strahlgeführt
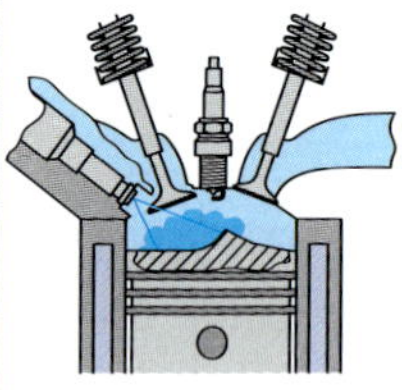	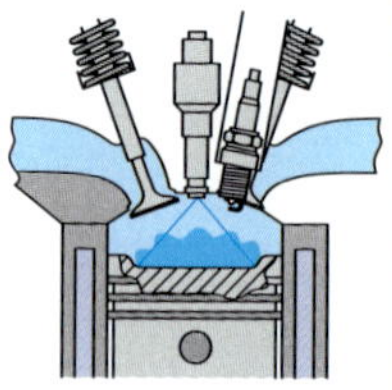	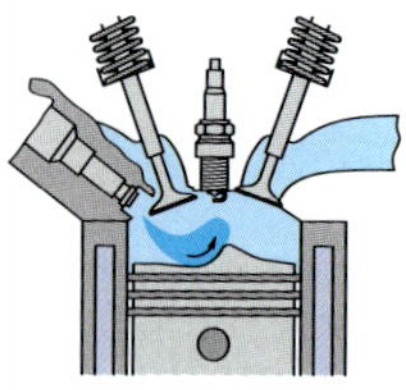	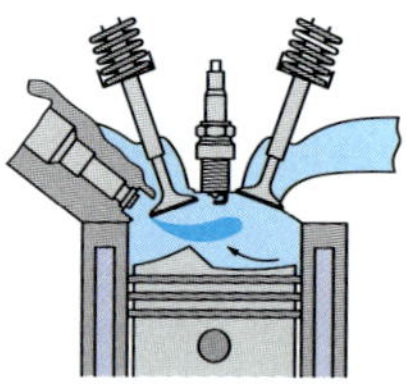	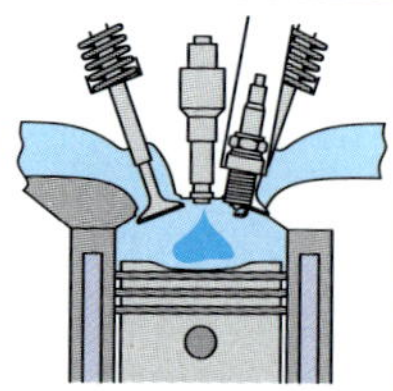

Mehrpunkteinspritzung MPI (Multi Point Injektion)

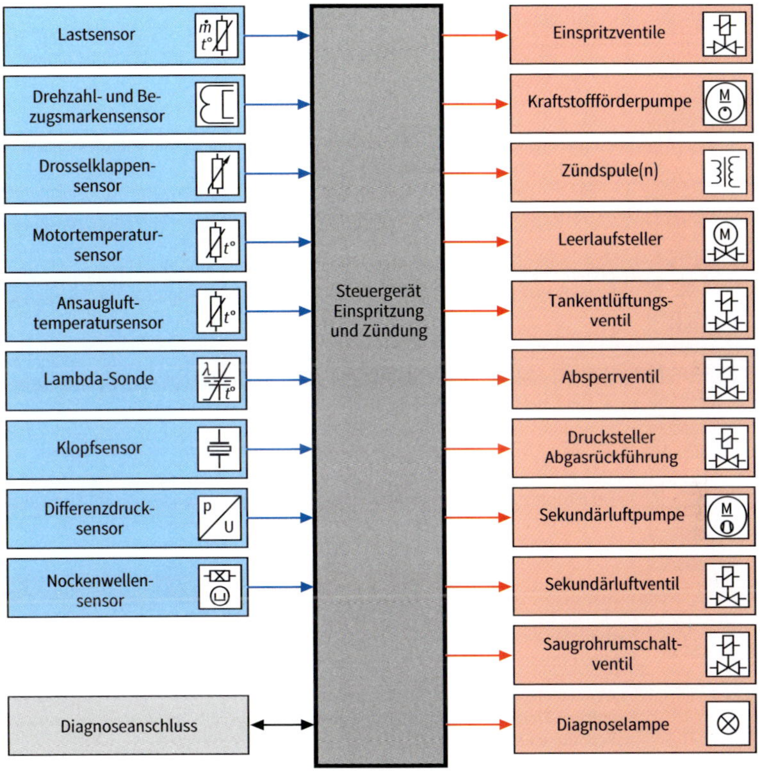

Bei der Mehrpunkteinspritzung (Multi Point) ist jedem Zylinder ein Einspritzventil zugeordnet. Zur Steuerung der Grundfunktionen Einspritzung und Zündung werden die Informationen gemeinsamer Sensoren ausgewertet. Je nach Fahrzeugtyp und Gesetzgebung zur Senkung der Schadstoffemissionen werden Zusatzfunktionen vom Steuergerät mit übernommen (z. B. Abgasrückführung, Sekundärluftsteuerung, Tankentlüftung, Leerlaufdrehzahlregelung).

Sensoren		
Lastsensor		Der Lastsensor, ausgeführt als Hitzdrahtluftmassenmesser (HLM), Heißfilmluftmassenmesser (HFM), Saugrohrdrucksensor oder Luftmengenmesser (LMM), dient der Ermittlung der Luftmasse bzw. Luftmenge als eine Steuergröße zur Berechnung von Einspritzmenge und Zündwinkel.
Drehzahl- und Bezugsmarkensensor		Der Drehzahl- und Bezugsmarkensensor ist ein Induktivgeber oder Hallsensor. Er dient im Wesentlichen der Ermittlung der Kolbenstellung als Messgröße zur Berechnung der Zündauslösung und des Einspritzbeginns. Aus der Geschwindigkeit des Geberrades berechnet das Steuergerät die Motordrehzahl.
Drosselklappensensor		Der Drosselklappensensor sitzt mit der Drosselklappe auf einer Welle. Ein Potenziometer erfasst die Position der Drosselklappe und überträgt ein Spannungssignal über eine Widerstandsschaltung zum Steuergerät. Das Drosselklappensignal dient als Nebenlastsignal für die Erkennung u. a. von Beschleunigung, Leerlauf, Teillast und Volllast. Bei Ausfall des Lastsensors kann dieser im Notlaufprogramm durch den Drosselklappensensor ersetzt werden.

Mehrpunkteinspritzung MPI (Multi Point Injektion)

Motortemperatursensor	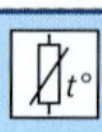	Die Motortemperatur wird von einem NTC-Widerstand im Kühlmittelkreislauf erfasst. Sie wird im Wesentlichen als Korrekturgröße für Kaltstart- und Warmlaufanreicherung verwendet. Zündwinkel, Leerlaufdrehzahl, Schubabschaltung, Beschleunigungsanreicherung und Einsetzen der Lambda-Regelung werden ebenfalls von der Motortemperatur beeinflusst.
Ansauglufttemperatursensor		Die Ansauglufttemperatur wird von einem NTC-Widerstand im Lastsensor erfasst. Das Signal wird für die Bestimmung der Luftmasse bei Anlagen mit Luftmengenmessern verwendet. Der Zündwinkel wird ebenfalls von der Ansauglufttemperatur beeinflusst.
Lambda-Sonde		Der mithilfe der Lambda-Sonde gebildete Regelkreis erkennt und korrigiert Abweichungen vom stöchiometrischen Kraftstoff-Luft-Verhältnis durch Erfassen des Restsauerstoffgehalts im Abgas. $\lambda = 1$ ist Voraussetzung dafür, dass ein nachgeschalteter Katalysator die Schadstoffe mit hohem Wirkungsgrad nachbehandeln und damit reduzieren kann.
Klopfsensor		Der Klopfsensor erkennt charakteristische Schwingungen, die durch klopfende Verbrennung entstehen. Dies führt zur vorübergehenden bzw. dauernden Spätverstellung des Zündwinkels.
Differenzdrucksensor		Der Differenzdrucksensor misst den Druck im Tankentlüftungssystem und erkennt durch Zusammenwirken von Tankentlüftungsventil und Absperrventil Undichtigkeiten. Dann leuchtet die Diagnoselampe auf und meldet eine Fehlfunktion.
Nockenwellensensor		Der Nockenwellensensor ist ein Hallsensor, der die Nockenwellenstellung erfasst. Anlagen mit sequenzieller Einspritzung und/oder mit ruhender Hochspannungsverteilung mit Einzelfunken-Zündspulen benötigen diese Information zur Erkennung des Zünd-OT des ersten Zylinders.
Aktoren		
Einspritzventile	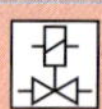	Die Einspritzventile (Magnetventile) spritzen den Kraftstoff genau dosiert und zu dem vom Steuergerät bestimmten Zeitpunkt direkt vor die Einlassventile. Die Kraftstoffmenge wird durch die Öffnungszeit der Einspritzventile und durch den anliegenden Kraftstoffdruck bestimmt. Es werden folgende Einspritzfolgen unterschieden: **Simultane Einspritzung:** Alle Einspritzventile öffnen und schließen gleichzeitig während einer Kurbelwellenumdrehung. **Gruppeneinspritzung:** Zwei Gruppen von Einspritzventilen öffnen und schließen jeweils im Abstand von einer Kurbelwellenumdrehung. **Sequenzielle Einspritzung:** Alle Einspritzventile arbeiten unabhängig voneinander und werden je Arbeitsspiel analog der Zündfolge nur einmal betätigt.
Kraftstoffförderpumpe		Die Kraftstoffförderpumpe wird über das Kraftstoffpumpenrelais vom Steuergerät eingeschaltet. Sie hat die Aufgabe, den Kraftstoff vom Kraftstoffbehälter über einen Filter zu den Einspritzventilen zu fördern. Ein Kraftstoffdruckregler sorgt für konstante Druckdifferenz zwischen Systemdruck und Saugrohrdruck. Aus Sicherheitsgründen arbeitet die Pumpe nur bei eingeschalteter Zündung und drehendem Motor.
Zündspule(n)		Die Zündspule hat die Aufgabe, die notwendige Zündspannung zu erzeugen. Bei kombinierten Zünd- und Einspritzsystemen erfolgt die Berechnung des Zündwinkels und der Einspritzmenge durch ein gemeinsames Steuergerät. Die Endstufen für das Schalten der Primärströme können innerhalb oder außerhalb des Steuergerätes angeordnet sein.
Leerlaufsteller		Der Leerlaufsteller hat die Aufgabe, unter wechselnden Bedingungen die Leerlaufdrehzahl zu regeln. Der Eingriff erfolgt entweder über einen Bypass zur Drosselklappe oder über die Verstellung der Drosselklappe durch ein Getriebe. Die Leerlaufdrehzahl kann zusätzlich durch Verstellen des Zündwinkels geregelt werden.
Tankentlüftungsventil	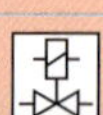	Über das Tankentlüftungsventil werden die im Aktivkohlebehälter gespeicherten Kraftstoffdämpfe bei bestimmten Betriebspunkten (z. B. Last des Motors, Motordrehzahl) der Verbrennung zugeführt.

Mehrpunkteinspritzung MPI (Multi Point Injektion)

Absperrventil	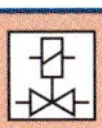	Mit dem Absperrventil kann das Tankentlüftungssystem nach außen abgesperrt werden, damit der Differenzdrucksensor bei geöffnetem Tankentlüftungsventil die Dichtheit des Systems überprüfen kann.
Drucksteller für Abgasrückführung	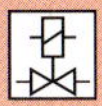	Der Drucksteller öffnet und schließt das Abgasrückführventil. Über das Abgasrückführventil (AGR) werden der Verbrennung unter bestimmten Betriebsbedingungen Abgase zugeführt. Dies führt zu einer Senkung der maximalen Verbrennungstemperatur und damit zu einer Reduzierung der Stickoxidbildung.
Sekundärluftpumpe		Über ein Relais werden Sekundärluftpumpe und Sekundärluftventil geschaltet, um bis zur Aktivierung der Lambda-Regelung Frischluft in den Abgasstrom zu leiten. Durch den Sauerstoff der eingeblasenen Frischluft erfolgt eine Nachoxidation und damit eine Reduzierung von unverbrannten Kohlenwasserstoffen (HC) und Kohlenmonoxid (CO). Mit der damit verbundenen Erhöhung der Abgastemperatur werden Katalysator und Lambda-Sonde schneller auf Betriebstemperatur gebracht.
Sekundärluftventil	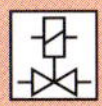	
Saugrohrumschaltventil	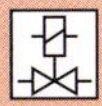	Das Saugrohrumschaltventil hat die Aufgabe, abhängig von Motordrehzahl und Motorlast auf verschiedene Saugrohrlängen umzuschalten. Hierdurch können Motorleistung und Motordrehmoment in Abhängigkeit von der Drehzahl optimiert werden.
Diagnoselampe		Die Diagnoselampe befindet sich in der Armaturentafel des Fahrzeugs. Sie signalisiert eine Fehlfunktion der Zünd- und Gemischbildungsanlage. Die Eigendiagnose hat dann einen Fehler gespeichert und die Anlage arbeitet im Notlaufprogramm. Bei einigen Systemen kann der gespeicherte Fehler durch Blinkcodeausgabe über die Diagnoselampe ausgelesen werden.

Elektronische Benzineinspritzung Motronic M5

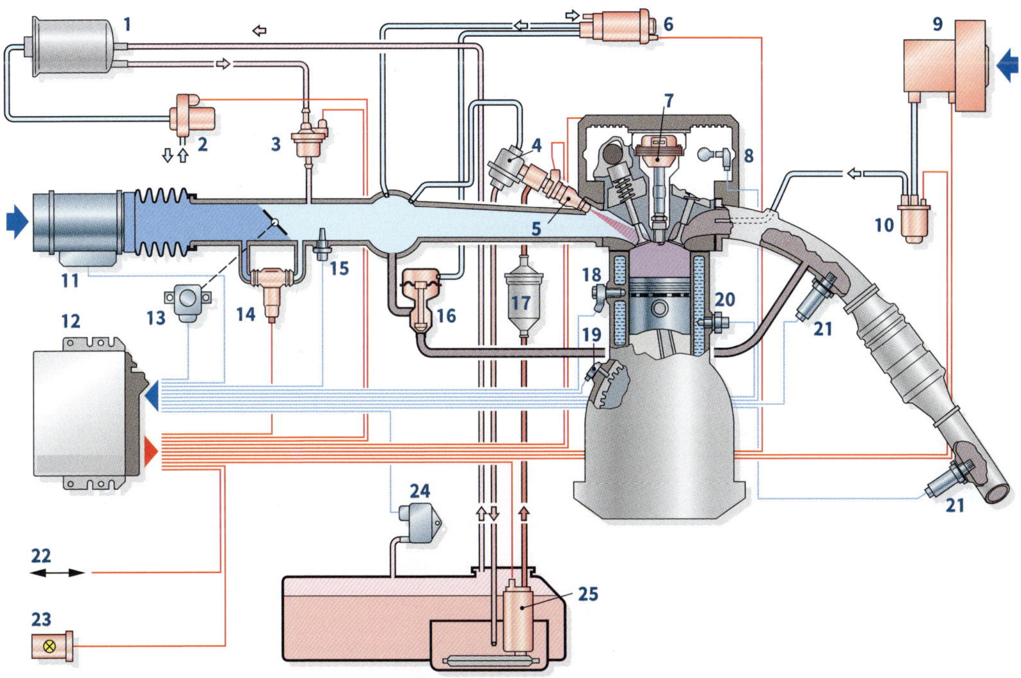

1 Aktivkohlebehälter
2 Absperrventil
3 Tankentlüftungsventil
4 Kraftstoff-Druckregler
5 Einspritzventil
6 Drucksteller für Abgasrückführung
7 Zündspule
8 Nockenwellensensor
9 Sekundärluftpumpe
10 Sekundärluftventil
11 Luftmassenmesser
12 Steuergerät
13 Drosselklappensensor
14 Leerlaufsteller
15 Ansauglufttemperatursensor
16 Abgasrückführventil
17 Kraftstofffilter
18 Klopfsensor
19 Drehzahl- und Bezugsmarkensensor
20 Motortemperatursensor
21 Lambda-Sonde
22 Diagnoseanschluss
23 Diagnoselampe
24 Differenzdrucksensor
25 Kraftstoffförderpumpe

Bauart	**Mehrpunkteinspritzung** MPI (Multi Point Injection)	**Mehrpunkteinspritzung** MPI (Multi Point Injection)
	ME-Motronic 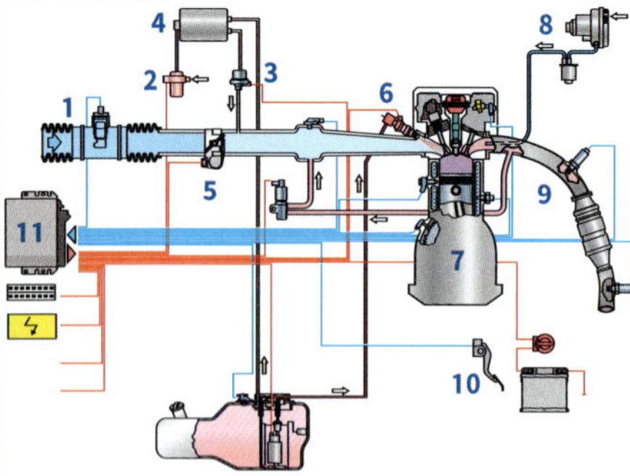 1 Luftmassenmesser 2 Absperrventil 3 Tankentlüftungsventil 4 Aktivkohlebehälter 5 Drosselklappenvorrichtung 6 Einspritzventil 7 Drehzahl- und Bezugsmarkensensor 8 elektrische Sekundärluftpumpe 9 Lambda-Sonde 10 Fahrpedalmodul (E-Gas) 11 Steuergerät — Eingangssignale — Ausgangssignale	**MED-Motronic** 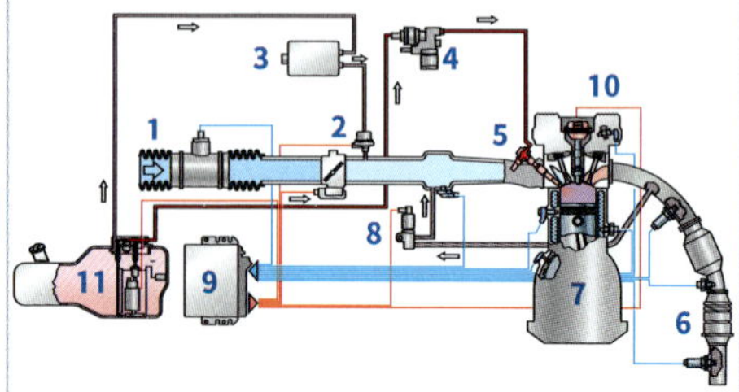 — Eingangssignale — Ausgangssignale 1 Luftmassenmesser 2 Drosselklappenvorrichtung mit E-Gas 3 Aktivkohlebehälter 4 Hochdruckpumpe 5 Einspritzventil 6 Lambda-Sonde 7 Drehzahl- und Bezugsmarkensensor 8 Abgasrückführventil 9 Steuergerät 10 Zündspule mit Zündkerze 11 Kraftstoffbehälter
Art der Einspritzung	indirekt	direkt
Einspritzfolgen	sequenzielle, mit oder ohne zylinderindividuelle Einspritzung	sequenzielle, mit oder ohne zylinderindividuelle Einspritzung
Ort der Einspritzung	Saugrohr (kurz vor Beginn des Ansaugtakts vor das Einlassventil)	Zylinder (während des Ansaugens bzw. Verdichtens)
Erfassung des Lastzustands	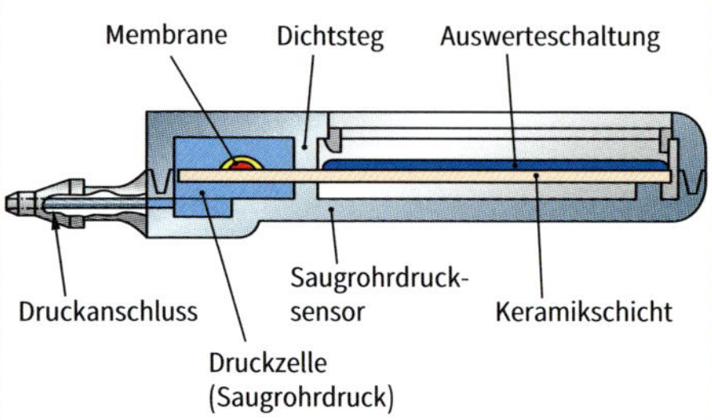 Heißfilm-Luftmassenmesser oder Saugrohrdrucksensor	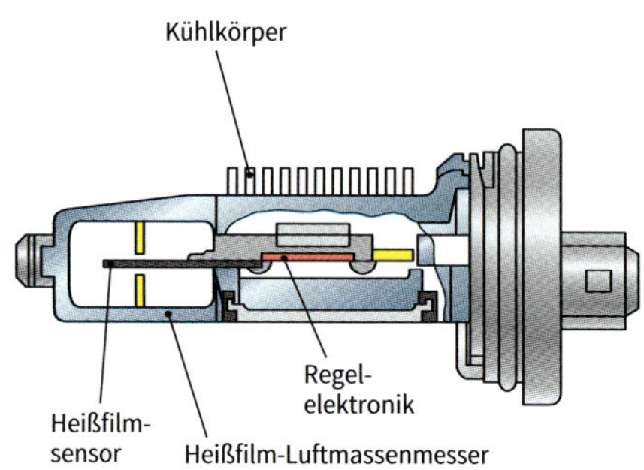 Heißfilm-Luftmassenmesser oder Saugrohrdrucksensor
Erfassung der Motordrehzahl	Induktivgeber oder Hallsensor an der Kurbelwelle	Hallsensor an der Kurbelwelle
Leerlauf-stabilisierung	Drosselklappenstellmotor	Drosselklappenstellmotor
Kaltstart-anreicherung	Verlängerung der Einspritzzeit	Verlängerung der Einspritzzeit
Kraftstoffdruck	konstant	veränderlich
Drosselklappen-betätigung	E-Gas (Drehmomentführung)	E-Gas (Drehmomentführung)
Notlauf (Last- und Drehzahl-sensor)	Lastsensor: Drosselklappensensor Drehzahlsensor: Hallsensor an der Nockenwelle	Lastsensor: Drosselklappensensor Drehzahlsensor: Hallsensor an der Nockenwelle

Bauart	Duales Einspritzsystem mit indirekter und direkter Mehrpunkteinspritzung

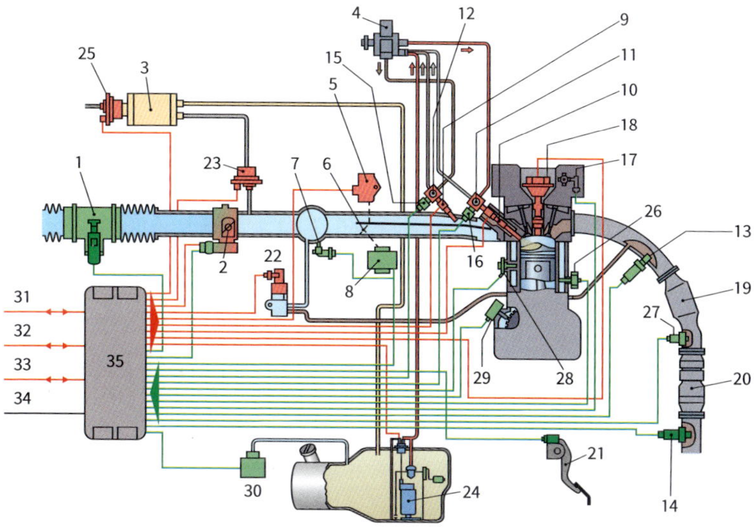

1 Lastsensor
2 Drosselklappenvorrichtung mit E-Gas
3 Aktivkohlebehälter
4 Hochdruckpumpe
5 Saugrohrklappenventil
6 Saugrohrklappe
7 Saugrohrdrucksensor
8 Saugrohrklappenpotenziometer
9 Niederdruckeinspritzventil
10 Hochdruckeinspritzventil
11 Hochdruckrail
12 Niederdruckrail
13 Breitband-Lambda-Sonde 1
14 NO_X-Sensor (Lambda-Sonde 2)
15 Niederdrucksensor
16 Hochdrucksensor
17 Bezugsmarkensensor Nockenwelle
18 Zündspule
19 Vorkatalysator
20 NO_X-Katalysator
21 Fahrpedalmodul
22 AGR-Ventil
23 Tankentlüftungsventil
24 Fördermodul mit Kraftstoff-Förderpumpe
25 Absperrventil
26 Motortemperatursensor
27 Abgastemperatursensor
28 Klopfsensor
29 Drehzahl- und Bezugsmarkensensor
30 Kraftstoffbehälter-Differenzdrucksensor
31 Diagnoseschnittstelle
32 Motorkontrolleuchte (MIL)
33 Wegfahrsperre
34 CAN-Datenbus
35 Motorsteuergerät

Art der Einspritzung	indirekt und direkt
Einspritzfolgen	sequenzielle, mit oder ohne zylinderindividuelle Einspritzung
Ort der Einspritzung	Indirekte Einspritzung: Im Saugrohr (kurz vor Beginn des Ansaugtakts vor das Einlassventil) Direkte Einspritzung: Im Zylinder (während des Ansaugens bzw. Verdichtens)
Erfassung des Lastzustands	Heißfilm-Luftmassenmesser oder Saugrohrdrucksensor
Erfassung der Motordrehzahl	Induktivgeber oder Hallsensor an der Kurbelwelle
Leerlauf-stabilisierung	Drosselklappenstellmotor
Kaltstart-anreicherung	Verlängerung der Einspritzzeit
Kraftstoffdruck	konstant und veränderlich
Drosselklappen-betätigung	E-Gas (Drehmomentführung)
Notlauf	Lastsensor: Drosselklappensensor Drehzahlsensor: Hallsensor an der Nockenwelle

Kennfeld für die indirekte (MPI) und direkte (FSI) Einspritzung

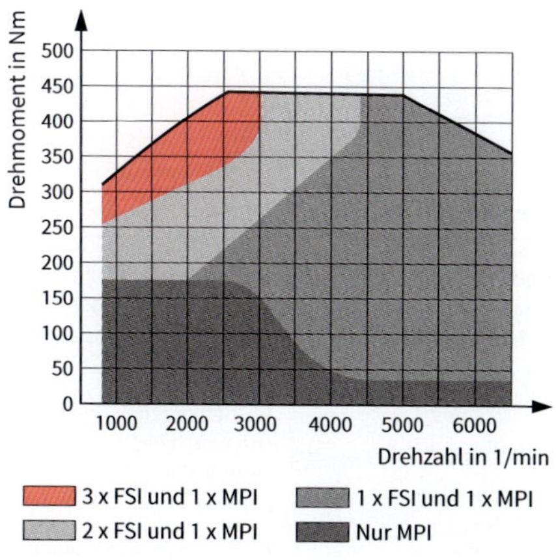

Die Einspritzung erfolgt je nach Drehzahl und Last indirekt (MPI) und direkt (FSI) oder nur indirekt (MPI).

Benzindirekteinspritzung

Bei der Benzindirekteinspritzung (BDE) wird bei Ottomotoren der Kraftstoff über eine Einspritzdüse direkt in den Verbrennungsraum eingespritzt.

Einspritzdrücke: bis 200 bar

Es wird meist mehrfach im Ansaug- und im Verdichtungstakt eingespritzt.

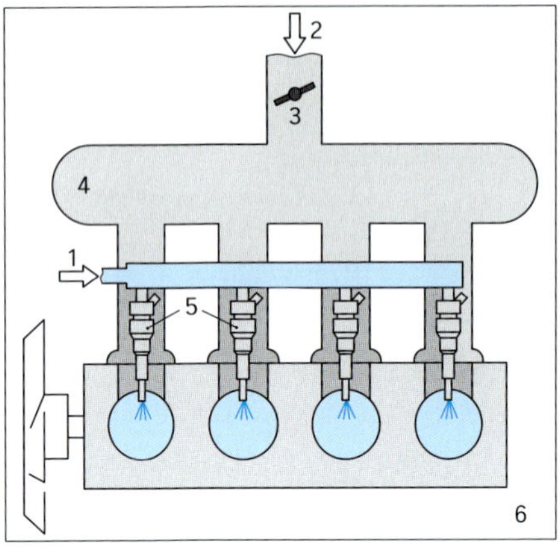

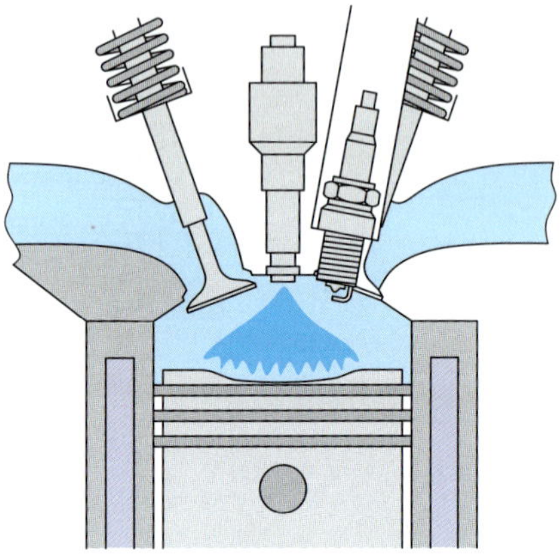

1 Einspritzstrahl
2 Ansaugluft
3 Drosselklappe
4 Saugrohr
5 Einspritzventile
6 Motor
7 Hochdruck-Einspritzventil

Brennverfahren	
Homogen	Es wird eine homogene Gemisch-Aufbereitung mit $\lambda = 1$ im Zylinder erzeugt (bei Volllast).
Schichtladung	Es wird im Teillastbereich zur Schadstoffreduzierung ein fetteres Gemisch im Bereich der Zündkerze und ein magereres Gemisch in anderen Bereichen des Zylinders erzeugt.
Wand- und luftgeführte Gemischaufbereitung	Brennraum und Kolbenmulde werden zur Gemischbildung genutzt (alte Fahrzeuge bis ca. Baujahr 2005).
Strahlgeführt	Direkte Einspritzung in das Feld der Zündkerze ohne Formung der Gemischbildung über den Brennraum und die Kolbenmulde.

Gemischarten

Stoffgemische bestehen aus zwei oder mehr Stoffen. Diese können so miteinander gemischt sein, dass sie vollständig fest, vollständig flüssig oder vollständig gasförmig sind. Ebenso können Übergänge zwischen diesen Aggregatzuständen vorhanden sein (z. B. gasförmig und flüssig). Die Zustände der Stoffgemische bezeichnet man auch als Phasen.

Heterogenes Gemisch	Bei heterogenen Gemischen sind die Phasen nicht miteinander mischbar. In einem Verbrennungsmotor wird von einem heterogenen Gemisch gesprochen, wenn Luft und Kraftstoff im Brennraum nicht gleichmäßig verteilt sind.
Homogenes Gemisch	Bei homogenen Stoffgemischen sind die einzelnen Phasen auch mikroskopisch nicht mehr auseinanderzuhalten (z. B. Luft als Gasgemisch). In einem Verbrennungsmotor wird von einem homogenen Gemisch gesprochen, wenn der Brennraum gleichmäßig mit einem mageren Luft-Kraftstoff-Gemisch gefüllt ist.

Elektronische Dieseleinspritzung (Common-Rail)

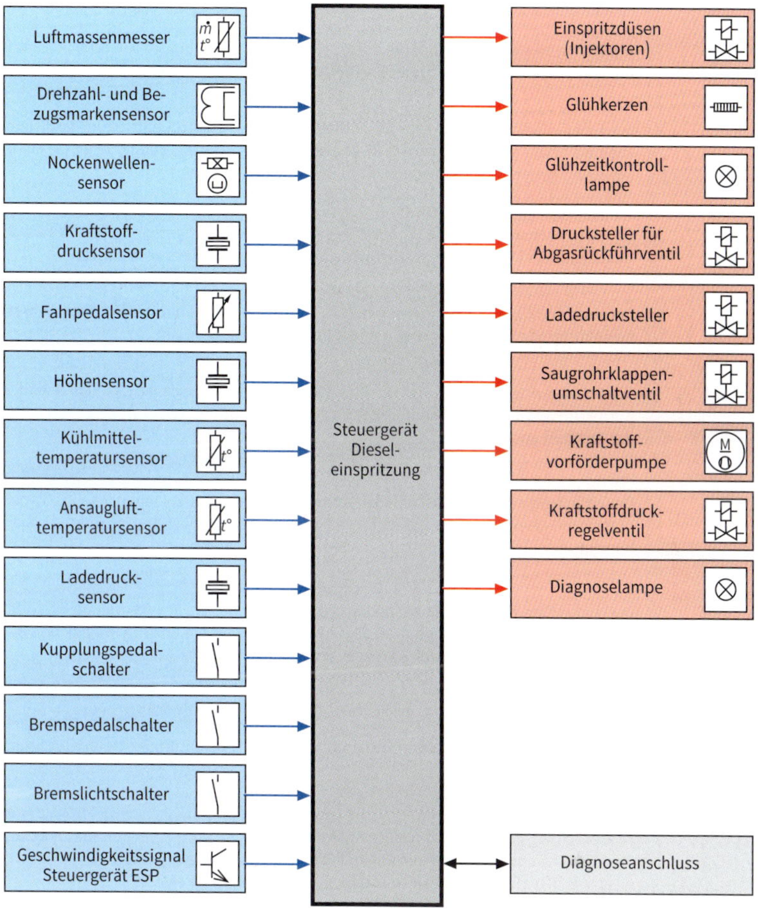

Common-Rail ist ein Dieseleinspritzsystem, bei dem der erforderliche Druck von einer mechanisch angetriebenen Hochdruckpumpe erzeugt und in einem Rail (Speicher) gespeichert wird. Die Einspritzung in den Verbrennungsraum erfolgt durch elektrisch gesteuerte Einspritzdüsen (Injektoren). Je nach Fahrzeugtyp und Gesetzgebung zur Senkung der Schadstoffemissionen können vom Steuergerät Zusatzfunktionen übernommen werden (z. B. Abgasrückführung, Saugrohrklappensteuerung).

Sensoren		
Luftmassenmesser		Der Heißfilmluftmassenmesser (HFM) mit Rückströmerkennung befindet sich im Ansaugrohr. Er erfasst die Luftmasse als eine Messgröße zur Berechnung der Abgasrückführmenge.
Drehzahl- und Bezugsmarkensensor		Aus der Winkelgeschwindigkeit des Geberrades errechnet das Steuergerät die Motordrehzahl. Der Drehzahl- und Bezugsmarkensensor ist ein Induktivgeber oder Hallsensor. Er dient zur Erfassung von Motordrehzahl und Kurbelwellenstellung als eine Messgröße zur Berechnung von Einspritzzeitpunkt und Einspritzmenge.

IMA-Code

Der IMA-Code dient dem Injektor-Mengen-Abgleich zur genauen Bestimmung des Einspritzverhaltens von Injektoren. Dazu wird im Produktionsprozess die Einspritzmenge der Injektoren bestimmt, da diese leicht variieren kann. Der IMA-Code ist sechs- bis siebenstellig und auf dem Injektor gespeichert oder abgedruckt. Er muss im Motorsteuergerät zur individuellen Ansteuerung des Injektors codiert werden.

Elektronische Dieseleinspritzung (Common-Rail)

Nockenwellensensor		Der Nockenwellensensor ist ein Hallsensor, der die Nockenwellenstellung erfasst. Das Signal ist zur Erkennung des Verdichtungs-OT des ersten Zylinders für den Motorstart erforderlich.
Kraftstoffdruck-sensor		Der Kraftstoffdrucksensor hat die Aufgabe, den Kraftstoffdruck im Hochdruckbereich zu erfassen. Er dient als Messgröße zur Steuerung des Kraftstoffdruckregelventils.
Fahrpedalsensor		Der Fahrpedalsensor (Doppelpotenziometer) erfasst die Fahrpedalstellung und sendet ein entsprechendes Spannungssignal an das Steuergerät. Die Fahrpedalstellung bildet die Haupteinflussgröße zur Berechnung der Einspritzmenge.
Höhensensor		Der Höhensensor erfasst den Umgebungsdruck, der von der geografischen Höhe abhängig ist. Das Signal wird vom Steuergerät zur Korrektur des Ladedrucks verwendet.
Kühlmittel-temperatursensor		Die Motortemperatur wird von einem NTC-Widerstand im Kühlmittelkreislauf erfasst. Sie wird als Korrekturgröße für die Berechnung der Einspritzmenge benötigt.
Ansaugluft-temperatursensor		Die Ansauglufttemperatur wird von einem NTC-Widerstand erfasst. Das Signal wird vom Steuergerät als Korrekturwert für die Berechnung des Ladedrucks benötigt, um den Temperatureinfluss auf die Dichte der Ladeluft auszugleichen.
Ladedrucksensor		Der Ladedrucksensor erfasst den Saugrohrdruck durch ein Piezoelement. Das Signal wird vom Steuergerät mit dem Sollwert aus dem Ladedruck-Kennfeld verglichen. Es erfolgt, falls erforderlich, eine Korrektur des Ladedrucks über das Ladedruckbegrenzungsventil.
Kupplungspedal-schalter		Durch das Signal des Kupplungspedalschalters erkennt das Steuergerät, ob ein- oder ausgekuppelt ist. Während des Schaltvorgangs wird durch das Steuergerät die Einspritzmenge und damit die Last kurzzeitig reduziert, um ein Motorruckeln zu verhindern.
Bremspedalschalter		Bremspedal- und Bremslichtschalter signalisieren dem Steuergerät gemeinsam die Betätigung der Bremse. Im Falle eines defekten Pedalwertgebers wird der Motor bei betätigter Bremse aus Sicherheitsgründen abgeregelt.
Bremslichtschalter		
Geschwindigkeits-signal Steuergerät ESP		Das Geschwindigkeitssignal erhält das Motorsteuergerät vom Steuergerät ESP. Es wird für folgende Funktionen verwendet: Begrenzung der Höchstgeschwindigkeit, Ruckeldämpfung während des Gangwechsels, Regelgröße des elektronischen Geschwindigkeitsreglers.
Aktoren		
Einspritzdüsen (Injektoren)	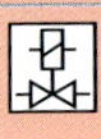	Die Einspritzdüsen (Injektoren) spritzen den Kraftstoff genau dosiert und vom Steuergerät bestimmten Zeitpunkt in den Zylinder. Die Kraftstoffmenge wird durch die Öffnungszeit der Einspritzdüsen und durch den anliegenden Kraftstoffdruck (Raildruck) bestimmt.
Glühkerzen		Die Glühkerzen werden vom Glühzeitsteuergerät über ein Relais zum **Vorglühen** eingeschaltet, um den Motorstart bei niedrigen Temperaturen zu erleichtern. Ein **Nachglühen** in der Nachstartphase erfolgt zur Verbesserung von Leerlaufqualität, Reduzierung der Kohlenwasserstoff-Emission und zur Verminderung der Verbrennungsgeräusche.
Glühzeitkontroll-lampe		Die Glühzeitkontrolllampe signalisiert der/dem Fahrenden das Vorglühen. Wenn die Lampe erlischt, kann der Motor gestartet werden.
Drucksteller für Abgasrückführventil	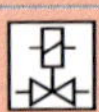	Der Drucksteller öffnet und schließt das Abgasrückführventil. Über das Abgasrückführventil (AGR) werden der Verbrennung unter bestimmten Betriebsbedingungen Abgase zugeführt. Dies führt zu einer Senkung der maximalen Verbrennungstemperatur und damit zu einer Reduzierung der Stickoxidbildung.

Elektronische Dieseleinspritzung (Common-Rail)

Ladedrucksteller		Der Ladedrucksteller (Magnetventil) bei Motoren mit Turbolader ist erforderlich, um den Ladedruck den jeweiligen Fahrbedingungen anzupassen. Je nach Art des Turboladers kann der Druck durch Verstellung der Leitschaufeln oder über einen Bypass geregelt werden.
Saugrohrklappenumschaltventil		Das Saugrohrklappenumschaltventil (Magnetventil) unterbricht die Luftzufuhr im Saugrohr, wenn der Motor abgestellt wird. Die durch die hohe Verdichtung hervorgerufenen Ruckelbewegungen beim Abstellen des Motors werden dadurch verhindert. Der Motor läuft weich aus.
Kraftstoffdruckregelventil		Das Kraftstoffdruckregelventil (Magnetventil) hat die Aufgabe, den Kraftstoffdruck im Hochdruckbereich der jeweiligen Betriebssituation anzupassen, um ein unnötiges Aufheizen des Kraftstoffs zu vermeiden sowie die Leistungsaufnahme der Hochdruckpumpe zu reduzieren.
Kraftstoffvorförderpumpe	M	Die Kraftstoffvorförderpumpe hat die Aufgabe, den Kraftstoff vom Kraftstoffbehälter über einen Filter zur Hochdruckpumpe zu fördern. Sie wird über das Kraftstoffpumpenrelais vom Steuergerät eingeschaltet. Aus Sicherheitsgründen arbeitet die Kraftstofffförderpumpe nur bei eingeschalteter Zündung und drehendem Motor.
Diagnoselampe	⊗	Die Diagnoselampe befindet sich in der Armaturentafel des Fahrzeugs. Sie signalisiert Fehlfunktionen im System. Die Eigendiagnose speichert Fehler und die Anlage arbeitet im Notlaufprogramm.

Common-Rail-System

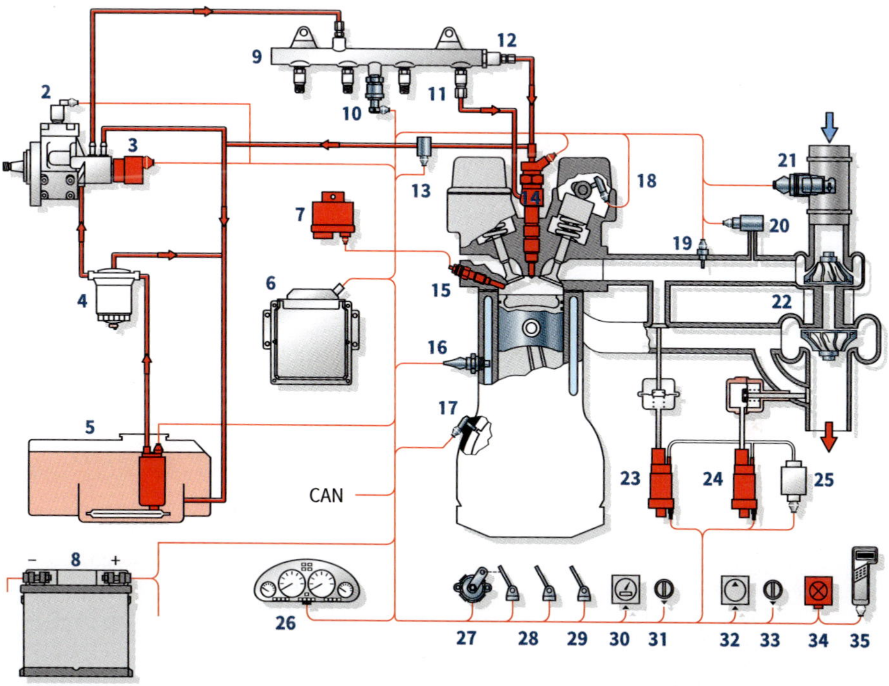

1 Hochdruckpumpe
2 Elementabschaltventil
3 Kraftstoffdruckregelventil
4 Kraftstofffilter
5 Kraftstoffbehälter mit Vorfilter und Vorförderpumpe
6 Steuergerät
7 Glühzeitsteuergerät
8 Batterie
9 Hochdruckspeicher (Rail)
10 Kraftstoffdrucksensor
11 Durchflussbegrenzer
12 Druckbegrenzungsventil
13 Kraftstofftemperatursensor
14 Injektor
15 Glühstiftkerze
16 Kühlmitteltemperatursensor
17 Drehzahl- und Bezugsmarkensensor
18 Nockenwellensensor
19 Ansauglufttemperatursensor
20 Ladedrucksensor
21 Luftmassenmesser
22 Turbolader
23 Drucksteller für Abgasrückführung
24 Ladedrucksteller
25 Unterdruckpumpe
26 Instrumentenfeld mit Signalausgabe für Kraftstoffverbrauch, Drehzahl usw.
27 Fahrpedalsensor
28 Bremspedal- und Bremslichtschalter
29 Kupplungspedalschalter
30 Fahrgeschwindigkeitsanzeige
31 Bedienteil für Fahrgeschwindigkeitsregler
32 Klimakompressor
33 Bedienteil für Klimakompressor
34 Diagnoselampe
35 Diagnoseanschluss

Bauart	**Reiheneinspritzpumpe (REP)** mechanisch geregelt	**Hubschieberpumpe (REP)** elektronisch geregelt	**Axialkolben-Verteilereinspritzpumpe (VEP)** mechanisch geregelt	**Axialkolben-Verteilereinspritzpumpe (VEP)** elektronisch geregelt
	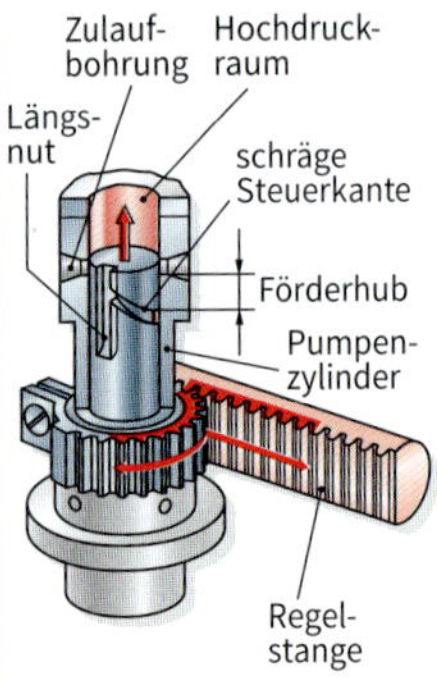	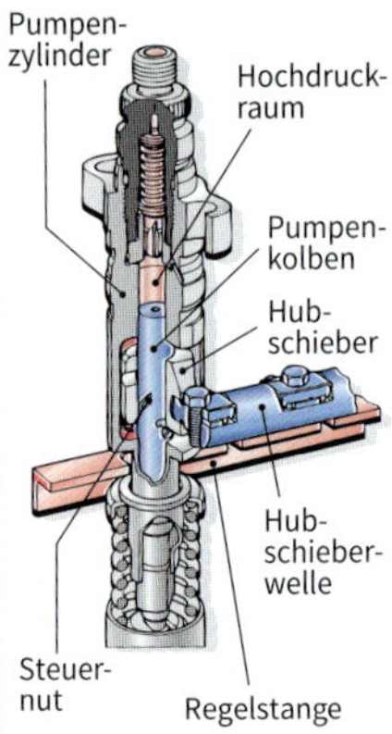	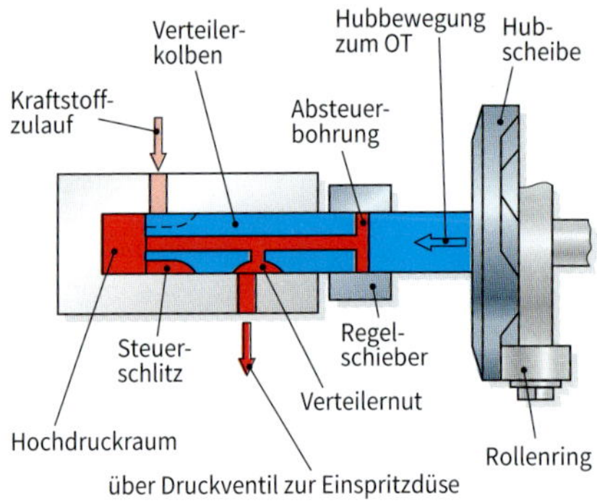	
Merkmal	Pro Motorzylinder gibt es je ein Pumpenelement.		Für alle Motorzylinder gibt es nur ein Pumpenelement.	
Kraftstoff-Hochdruckaufbau	Der Pumpenzylinder hat ein oder zwei Zulaufbohrungen. Bei der Aufwärtsbewegung des Pumpenkolbens schließt die Kolbenoberkante die Zulaufbohrungen. Der Kraftstoffdruck wird erhöht, bis das Druckventil öffnet. Der Nutzhub beginnt.		Im Hochdruckraum wird durch die Hubbewegung des Verteilerkolbens der erforderliche Kraftstoffdruck erzeugt und über das Druckventil wird der Kraftstoff zur Einspritzdüse geleitet.	
Fördermengenregelung	Pumpenkolben mit schräger Steuerkante		Verteilerkolben mit Regelschieber	
	Fahrpedal	Durch den Widerstandswert des Fußfahrgebers wird mithilfe eines Stellwerkes die Lage der Regelstange verändert.	Fahrpedal	Durch den Widerstandwert des Fußfahrgebers wird mithilfe eine Stellwerkes die Lage des Regelschiebers verändert.
Spritzbeginnregelung (Förderbeginn)	Fliehkraftregler verdreht mit zunehmender Motordrehzahl die Nockenwelle der Einspritzpumpe in Richtung früh.	Förderbeginn-Stellmagnet verändert die Lage des Hubschiebers.	Ein Spritzverstellkolben wird mit dem Pumpeninnendruck beaufschlagt. Der Rollenring wird gegen die Hubscheibe verdreht.	Durch ein getaktetes Magnetventil wirkt der Pumpeninnenraumdruck auf den Spritzverstellkolben.
Leerlauf- und Enddrehzahlregelung	End- oder Alldrehzahlregler	Magnetstellwerk	End- oder Alldrehzahlregler	Magnetstellwerk
Motorstopp	Die Regelstange wird in Richtung „Stopp" gezogen, die Längsnuten der Pumpenkolben auf die Steuerbohrungen verdreht.	Bei stromlosem Stellwerk verschiebt eine Rückstellfeder die Regelstange in die Stellung „Null-Förderung" (Schlüsselstopp).	Durch ein elektromagnetisches Abstellventil (ELAB) wird die Kraftstoffzufuhr unterbrochen.	
Zusatzeinrichtungen	atmosphärenabhängiger Volllastanschlag (ADA), Antiruckeldämpfung, Regelstangenanschläge, ladedruckabhängiger Volllastanschlag (LDA)	Regelkreise: Kraftstoffeinspritzmenge, Einspritzbeginn, Leerlaufdrehzahl, Ruckeldämpfung, Fahrgeschwindigkeit	ladedruckabhängiger Volllastanschlag (LDA), hydraulisch betätigte Angleichung (HBA), lastabhängiger Förderbeginn (LFB), temperaturabhängige Leerlaufanhebung (TLA)	Regelkreise: Startmenge, Kraftstoffeinspritzmenge, Einspritzbeginn, Leerlaufdrehzahl, Ruckeldämpfung, Fahrgeschwindigkeit
Einspritzdruck	400 bis 800 bar	bis etwa 1250 bar	bis 1550 bar	
Verwendung	leichte, mittlere bis schwere Nkw, Traktoren, Industriemotoren		schnell laufende Pkw- und Nkw-Motoren, stationäre Motoren, Baufahrzeuge	

Bauart	Common-Rail (CR) elektronisch geregelt	Pumpe-Düse-Einheit (PDE) elektronisch geregelt	Pumpe-Leitung-Düse (PLD) elektronisch geregelt	Radialkolben-Verteilereinspritzpumpe (VR-Pumpe) elektronisch geregelt
	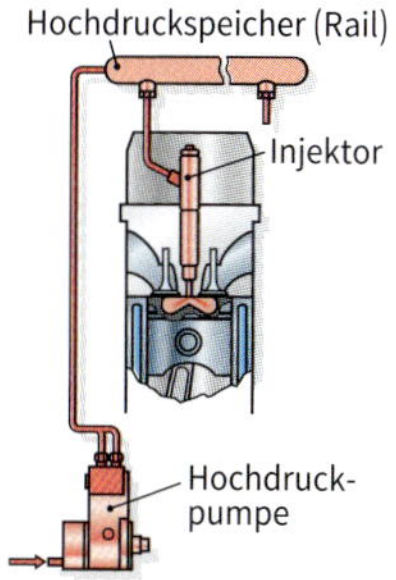	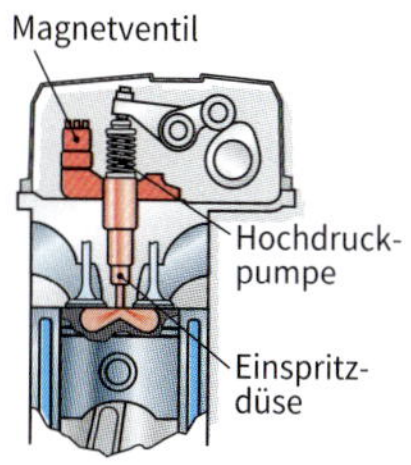	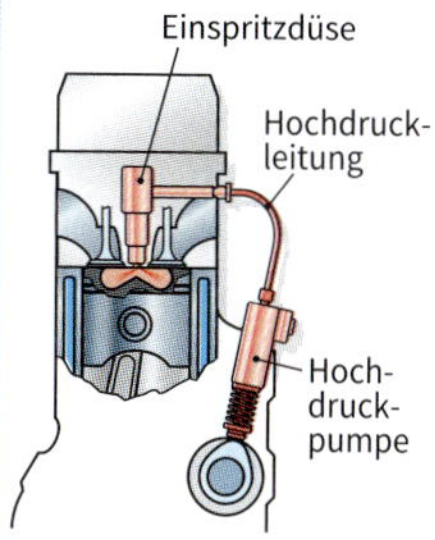	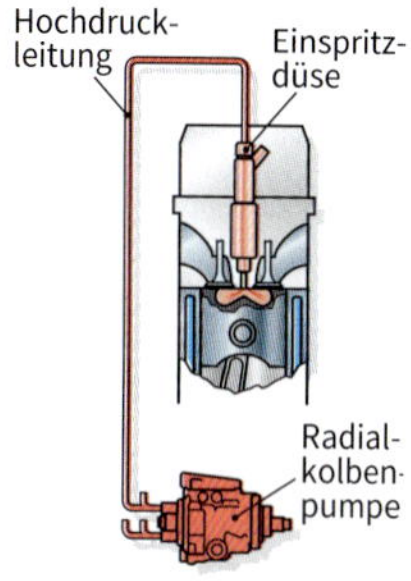
Merkmal	Druckerzeugung und Einspritzung sind entkoppelt. Der Einspritzdruck wird unabhängig von Motordrehzahl und Einspritzmenge erzeugt.	Einspritzpumpe und Düse bilden eine Einheit. Je Zylinder ist eine Einheit im Zylinderkopf eingebaut. Sie wird von der Nockenwelle angetrieben.	Eine Einspritzpumpe je Motorzylinder, angetrieben von der Nockenwelle, ist über eine kurze Hochdruckleitung mit der Düse verbunden.	Die Antriebswelle der Axialkolbenpumpe wird direkt vom Motor angetrieben. Im Kopf der Antriebswelle werden die Förderkolben radial geführt. Je nach Zylinderzahl werden 2, 3 oder 4 Förderkolben eingesetzt.
Kraftstoff-Hochdruckaufbau	Durch drei radial angeordnete Pumpenkolben innerhalb der Hochdruckpumpe; der Kraftstoff steht im Rail (Kraftstoffdruckspeicher) zur Einspritzung bereit.	Durch Einspritznocken und Pumpenkolben wird gegen die Kraft der Düsenfeder der Kraftstoffhochdruck erzeugt.		Durch eine vom Motor angetriebene Radialkolbenpumpe wird der Kraftstoffhochdruck erzeugt.
Fördermengenregelung	Durch den Raildruck über das Druckregelventil oder eine Änderung der Ansteuerzeit der Magnetventile in den Injektoren	Durch die Ansteuerzeit des Magnetventils ist das Magnetventil geschlossen, Kraftstoff wird eingespritzt.		Die Ansteuerzeit des Magnetventils in der Düsenhalterkombination bestimmt die Förderdauer.
Spritzbeginnregelung (Förderbeginn)	Durch den Ansteuerzeitpunkt der Magnetspule im Injektor wird der Spritzbeginn festgelegt.	Sobald das Steuergerät das Magnetventil in der Düsenhalterkombination ansteuert, wird eingespritzt.		Das Hochdruckmagnetventil schließt durch einen Steuerimpuls des Steuergeräts im unteren Totpunkt des Nockens der Radialkolbenpumpe.
Leerlaufregelung	Ein Leerlaufregler variiert die Einspritzmenge so lange, bis die Solldrehzahl erreicht ist.	Das Steuergerät variiert die Öffnungsdauer des Leerlaufreglers (Magnetventils), bis die Solldrehzahl erreicht ist.		Ein Leerlaufregler variiert die Einspritzmenge so lange, bis die Solldrehzahl erreicht ist.
Regelkreise	Startmenge, Motorleerlaufdrehzahl, Einspritzmenge, Volllasteinspritzmenge, Einspritzbeginn, Motordrehzahlrundlauf, Leerlaufdrehzahl, Fahrgeschwindigkeit, Ruckeldämpfung, Kraftstoffhochdruck	Startmenge, Motorleerlaufdrehzahl, Einspritzmenge, Volllasteinspritzmenge, Einspritzbeginn, Motordrehzahlrundlauf, Leerlaufdrehzahl, Ruckeldämpfung, Fahrgeschwindigkeit		
Einspritzdruck	bis etwa 3000 bar	bis etwa 2200 bar	bis etwa 1800 bar	bis etwa 1950 bar
Verwendung	Pkw, Nkw, Schiffsmotoren	Pkw, Nkw	Nkw	Pkw, leichte Nkw

Aufbau einer Abgasanlage

Vorschalldämpfer	Feinabstimmung für die Schalldämpfung
Mittelschalldämpfer	Schalldämpfung, Abkühlung der Abgase
Nachschalldämpfer	Schalldämpfung, Abkühlung der Abgase

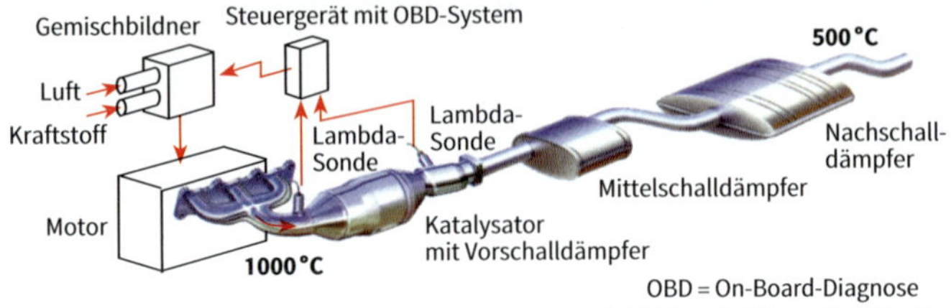

OBD = On-Board-Diagnose

Schalldämpfung

Arten	Merkmale	Arten	Merkmale
Reflexion 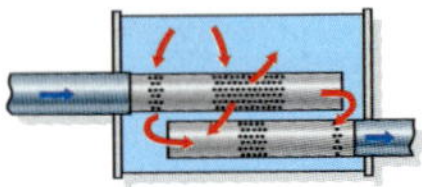	Schall wird durch Querschnittsunterschiede zwischen Kammern und Röhren sowie Umlenkung der Abgase gedämpft.	**Drossel** 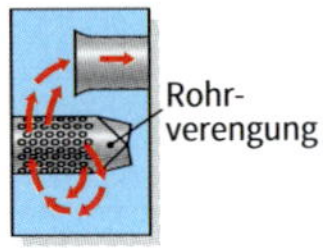	Rohrverengungen und Bohrungen zerteilen und glätten den Abgasstrom.
Interferenz 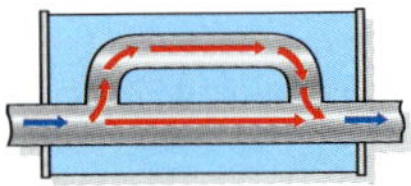	Schallwellen werden durch unterschiedlich lange Rohrleitungen geteilt. Nach dem Zusammentreffen überlagern sich die Schallwellen und löschen sich zum Teil aus.	**Resonator** 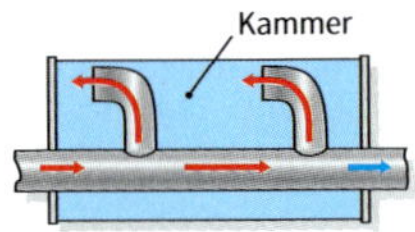	Rohrleitung lenkt Druckspitzen der Schallwellen in die Kammer ab. Tiefpassdämpfer: Dämpfung der hohen Frequenzen Hochpassdämpfer: Dämpfung der tiefen Frequenzen
Absorption 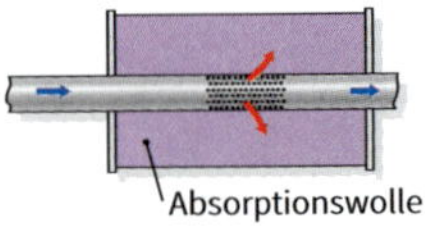	Schallwellen werden durch Bohrungen in der Rohrleitung in die Kammer geleitet. Die Schallenergie wird durch Reibung im Werkstoff (Basalt- oder Stahlwolle) in Wärme umgewandelt.	**Kettenleiter** 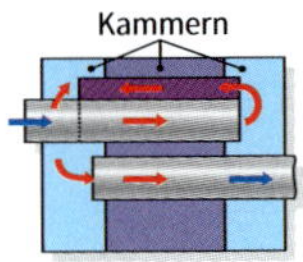	Schall wird durch lange Rohre und große Kammervolumen gedämpft.

Schalldämpfer

Arten	Merkmale
Reflexionsschall- und Interferenzschalldämpfer 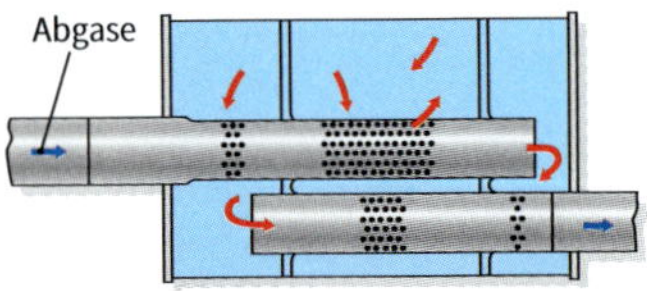	Abgasströme und Schallwellen werden durch offene Rohre und Kammern so umgelenkt (Reflexion), dass sich vor- und rücklaufende Schallwellen durch Überlagerung (Interferenz) löschen. Dämpfung tiefer Frequenzen: unter 500 Hz
Absorptionsschalldämpfer 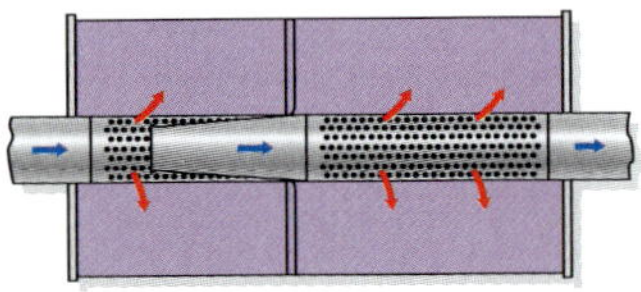	Abgasströme strömen fast ungehindert durch den Dämpfer. Die Schallwellen werden durch die schallabsorbierenden Werkstoffe in Wärme umgewandelt. Dämpfung hoher Frequenzen: über 500 Hz
Kombinierter Schalldämpfer 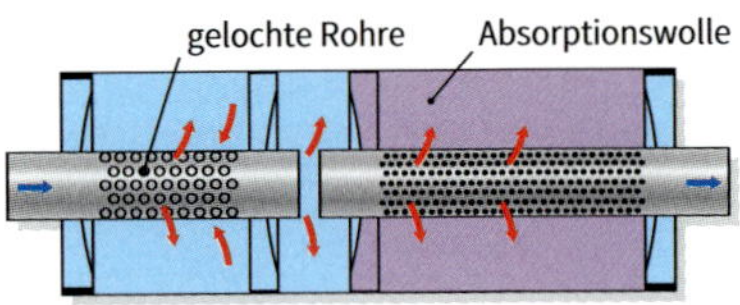	Reflexions- und Absorptionsschalldämpfer sind in einem Gehäuse untergebracht. Ein großes Volumen und eine hohe Masse beschränken den Einsatz des Schalldämpfers. Dämpfung tiefer und hoher Frequenzen

Breitband-Lambda-Sonde

Eine Breitband-Lambda-Sonde misst den Sauerstoffgehalt im Abgas mit einer flach verlaufenden Stromkennlinie (im Gegensatz zu einer Sprungsonde). Dadurch kann das Motormanagement die Luftzahl λ über einen großen Regelbereich regeln. Erreicht wird diese Kennlinie durch eine Pumpzelle. Das Steuergerät regelt die Pumpspannung stets so, dass in der Diffusionsbarriere $\lambda = 1$ herrscht. Die Pumpzelle fördert Sauerstoff; der dafür benötigte Strom ist ein Maß für λ (bei $\lambda = 1$ ist der Pumpstrom gleich Null).

Bauteil

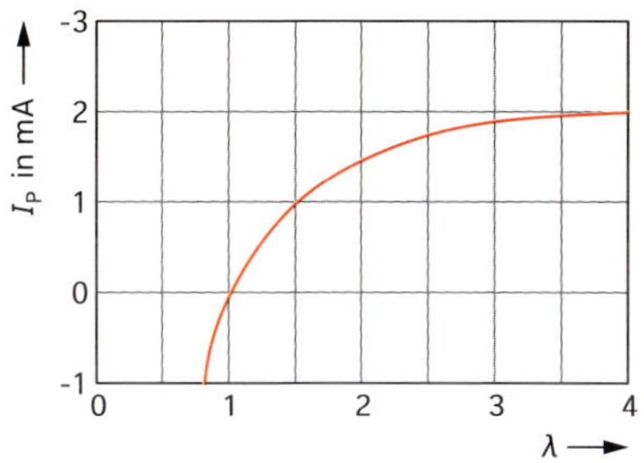

Kennlinie

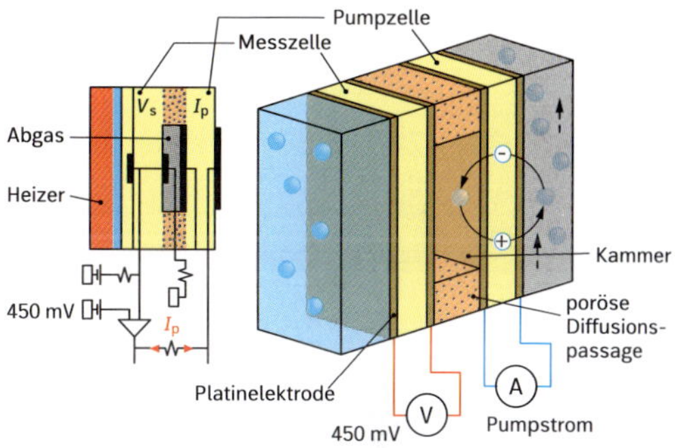

Aufbau

Emissionsgrenzwerte für die EURO-Stufen 5 und 6 (6b, 6c, 6d-TEMP, 6d)

Verordnung 715/2007/EG: 2007-07

Euro-Stufe	Fahrzeug-Klasse	Masse des Kohlenmonoxids (CO) in mg/km		Masse der Kohlenwasserstoffe THC [1] in mg/km	Masse der Stickoxyde (NO_X) in mg/km		Summe der Massen aus HC + NO_X/ THC + NO_X in mg/km	Partikelmasse [2] (PM) in mg/km	Partikelzahl [3] (PN) in 1/km		NMHC [4] in mg/km
		Otto	Diesel	Otto	Otto	Diesel	Diesel	Diesel	Otto	Diesel	Otto
5	M und N1	1000	500	100	60	180	230	4,5	–	$6{,}0x10^{11}$	68
6	M und N1	1000	500	100	60	80	170	4,5	$6{,}0x10^{11}$	$6{,}0x10^{11}$	68
7[5]	M und N1	1000	500	100	60	80	170	4,5	$6{,}0x10^{11}$	$6{,}0x10^{11}$	

[1] THC (**T**otal **H**ydro **C**arbon), [2] gilt auch für Ottomotoren mit Direkteinspritzung
[3] Partikelmasse und Partikelanzahl aus C, HC und Asche, [4] Masse der Nichtmethankohlenwasserstoffe
[5] für alle Ottomotoren. Partikelgröße statt 23 Nanometer 10 Nanometer

Zeitplan für die Einführung der EURO-Stufen 6 für Pkw und leichte Nfz (RM < 3,5 t)

Die EURO-Stufen 6 und 7 unterscheiden sich nicht in den Grenzwerten, sondern durch die Testverfahren und RDE-Konformitätsfaktoren sowie die Partikelgröße

EURO-Stufe 6b	1.9.2014 für neue Typen, 1.9.2015 für Neuzulassungen, Testverfahren nach NEFZ
EURO-Stufe 6c	1.9.2017 für neue Typen, 1.9.2018 für Neuzulassungen, Testverfahren nach WLTP
EURO-Stufe 6d-TEMP	1.9.2017 für neue Typen, 1.9.2019 für Neuzulassungen, Testverfahren nach WLTP und RDE
EURO-Stufe 6d	1.1.2020 für neue Typen, 1.9.2021 für Neuzulassungen, Testverfahren nach WLTP und RDE
EURO-Stufe 7	29.11.2026 für neue Typen, 29.11.2027 für Neuzulassungen, Testverfahren nach WLTP und RDE

Testverfahren

Zeitplan für die Euro-7-Einführung:
Euro 7 (EU 2024/1257)
Ab 29.11.2026 Typgenehmigungen
Ab 29.11.2027 Für alle Pkw

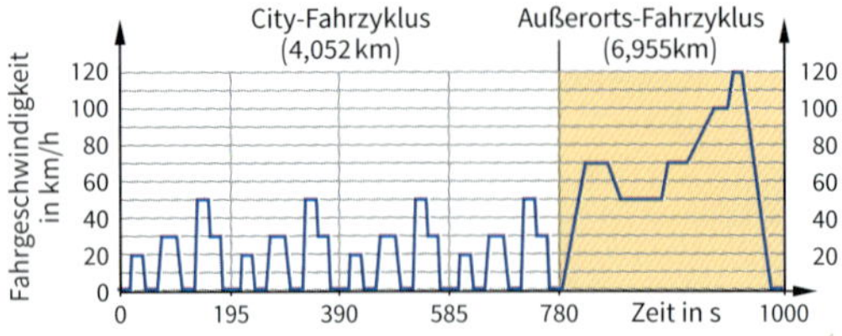

Prüfzyklus WLTC

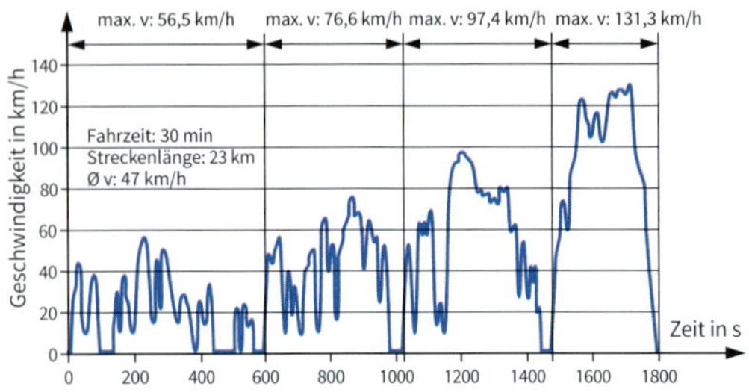

RDE-Test mit der PEMS-Technik

Messfahrt über
Stadt, Land, Autobahn
v = bis 145 km/h
t = 90 bis 120 min

Das **Testverfahren NEFZ** wurde einschließlich der **EURO-Stufe 6b** zur Abgas- und Verbrauchsmessung angewandt.

Seit der **EURO-Stufe 6c** ist das Testverfahren **WLTP** (**W**orldwide harmonized **L**ight-Duty vehicles **T**est **P**rocedure) vorgeschrieben. Wie das NEFZ ist auch das WLTP eine Prüfstandmessung.
Die Abgas- und Verbrauchsmessung , bzw. bei Hybrid- und Elektrofahrzeugen die elektrische Reichweite, erfolgt nach dem **Prüfzyklus WLTC** (**W**orldwide harmonized **L**ight vehicles **T**est **C**ycle).
Ab der **EURO-Stufe 6d-TEMP** erfolgt noch eine Messung der Werte auf der Straße durch den **RDE-Test** (**R**eal **D**riving **E**missions). Dabei ist ein Prüfzyklus nicht vorgeschrieben. Die zu fahrende Strecke soll dabei realitätsnah sein. Die Messungen werden mit der **PEMS-Technik** (**P**ortable **E**mission **M**easurement **S**ystem) durchgeführt.

RDE-Konformitätsfaktoren 2,1 und 1,5

Die gemessenen Abgaswerte dürfen für die Typzulassung ab dem 1.9.2017 und für Neuzulassungen ab dem 1.9.2019 nicht mehr als das 2,1-Fache der Laborgrenzwerte ergeben. Ab dem 1.1.2020 bzw. 1.1.2021 beträgt der Faktor das 1,5-Fache. Eine Messtoleranz von 0,5 der Laborgrenzwerte ist zulässig.
Für NO_x bedeutet dies z. B.:
Gemessener Wert: 140 mg/km, max. zul. Wert: 60 mg/km x 2,1 = 126 mg/km + 30 mg/km = 166 mg/km
Ergebnis: Der gemessene Wert von NO_X liegt im zulässigen Bereich.

Kohlendioxid (CO_2)-Emissionen

Die Abgasnormen der EU legen keine Grenzwerte für den Ausstoß von Kohlendioxyd (CO_2) fest. Bestimmungen dazu sind in den Richtlinien zum Flottenverbrauch geregelt. Der Flottenverbrauch ist der Durchschnittsverbrauch aller verkauften Fahrzeuge eines Herstellers im Kalenderjahr.
Die **Verordnung (EG) Nr. 333/2014** setzt für den Flottenverbrauch einen Grenzwert von 130 g CO_2/km fest. Dieser soll bis 2021 auf 95 g CO_2/km abgesenkt werden.
Zwischen 2021 und 2030 soll er bei Pkw um 37,5 Prozent sinken. Für leichte Nutzfahrzeuge wurde eine CO_2-Reduktion um 31 % vereinbart. Für beide Fahrzeugklassen soll bis 2025 eine Minderung um 15 Prozent als Zwischenziel erreicht sein. Wird der Grenzwert nicht eingehalten, werden Strafzahlungen fällig.

CO_2-Emissionen

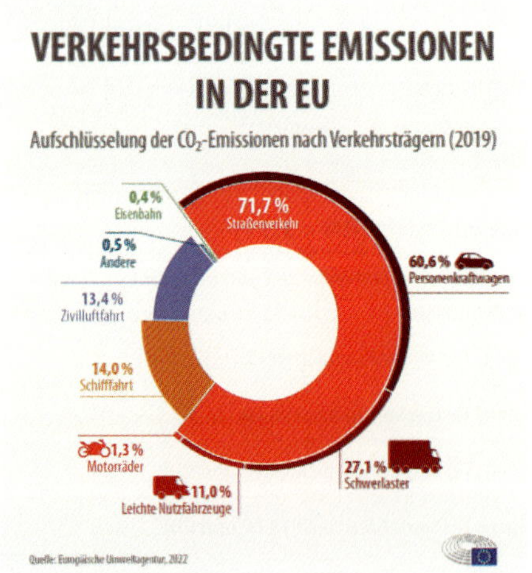

Fahrzeuge mit Verbrennungsmotor verbrennen Kraftstoffe (CH_x); dabei entsteht bei vollständiger Verbrennung Kohlendioxid (CO_2) und Wasser (H_2O). Der Kraftstoffverbrauch kann direkt in CO_2-Emissionen umgerechnet werden. Bei der Verbrennung von 1 l Benzin entstehen ca. 2,37 kg CO_2, bei 1 l Diesel ca. 2,65 kg. Das ausgestoßene (emittierte) CO_2 ist umweltschädlich, weil es zur Aufheizung der Erdatmosphäre beiträgt, und wird daher als Treibhausgas bezeichnet. Im Jahr 2021 hat im Mittel jeder Pkw 88,2 g CO_2/km ausgestoßen. Auch andere Abgase werden in CO_2-Äquivalente umgerechnet. Der Verkehr verursachte im Jahr 2021 insgesamt ca. 147 Mio. t CO_2; das entspricht ca. 20 % aller CO_2-Emissionen. Pkw machen ca. 60,6 % der Emissionen aus.

Umweltzone

Umweltzonen wurden in zahlreichen Städten eingerichtet, um die Belastung der Luft mit Feinstaub und Stickstoffdioxid durch Verbrennungsmotoren zu verringern. Eine Umweltzone ist durch Verkehrszeichen und Zusatzzeichen gekennzeichnet. Die Kennzeichnung der Fahrzeuge mit einer Plakette (auf der Innenseite der Windschutzscheibe) sowie die Zuordnung der richtigen Plakette zum Fahrzeug sind in der Verordnung zur Kennzeichnung der Kraftfahrzeuge mit geringem Beitrag zur Schadstoffbelastung (Kennzeichnungsverordnung) geregelt. Die Plakette ist in allen Umweltzonen Deutschlands gültig.

Verkehrszeichen für Umweltzone

Die Schadstoffgruppen unterscheiden sich in der Höhe des Partikelausstoßes der Fahrzeuge und werden mit verschiedenfarbigen Plaketten kenntlich gemacht:

- Rot für die Schadstoffgruppe 2
- Gelb für die Schadstoffgruppe 3
- Grün für die Schadstoffgruppe 4

In die Umweltzonen dürfen nur Fahrzeuge mit entsprechend gekennzeichneten Plaketten einfahren.

Katalysatoren

Bauarten	Art der Minderung	Einsatz
Oxidationskatalysator (Einbettkatalysator) 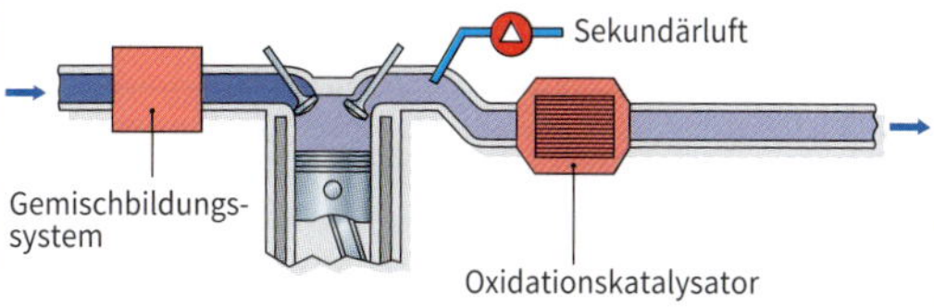	Der Oxidationskatalysator wandelt Kohlenwasserstoffe und Kohlenmonoxid durch Oxidation (Verbrennung) in Wasserdampf und Kohlendioxid um. Zur Oxidation wird Luft eingeblasen.	Einspritz- und Vergasermotoren, Dieselmotoren
Reduktions- und Oxidationskatalysator (Zweibettkatalysator) 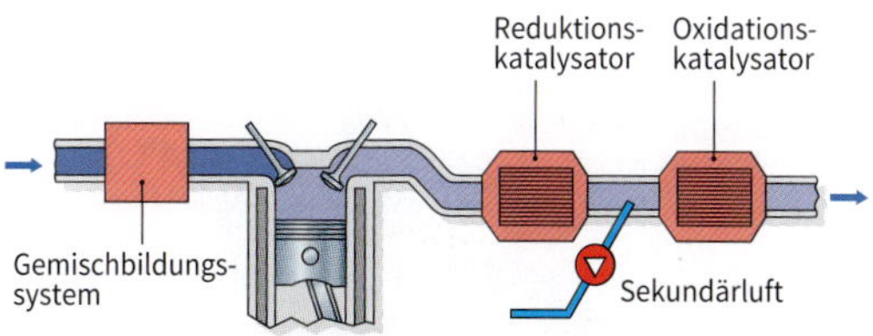	Der Reduktionskatalysator (NO_x-Speicherkatalysator) arbeitet ohne Lufteinblasung bei Luftmangel. Es werden die Stickoxide reduziert. Der Oxidationskatalysator ist nachgeschaltet.	einfache Gemischbildungssysteme ohne elektronische Steuerung, in elektronischen Gemischbildungssystemen mit Lambda-Regelung
Dreiwegekatalysator (Einbettkatalysator) 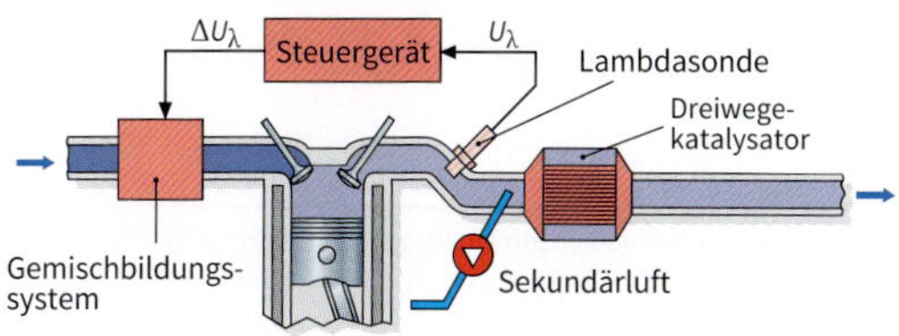	Die drei Schadstoffe Kohlenmonoxid, Kohlenwasserstoff und Stickoxide werden gleichzeitig wirkungsvoll vermindert.	elektronisch geregelte Einspritzsysteme mit Lambda-Regelung

Dreiwegekatalysator, chemische Reaktionen

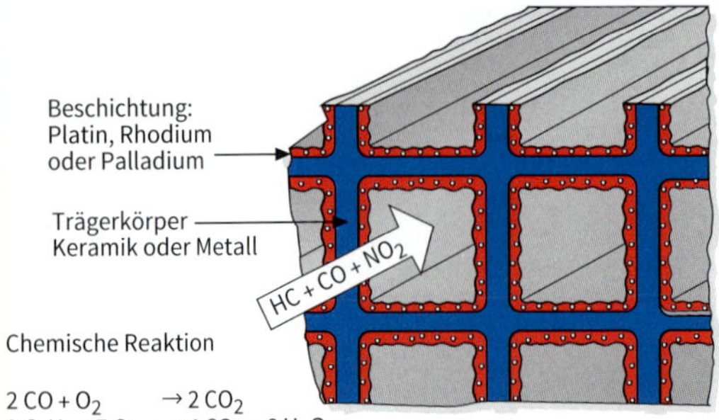

Chemische Reaktion

$2\,CO + O_2 \rightarrow 2\,CO_2$
$2\,C_2H_6 + 7\,O_2 \rightarrow 4\,CO_2 + 6\,H_2O$
$2\,NO + 2\,CO \rightarrow N_2 + 2\,CO_2$

Gehäuse: Stahlbehälter
Träger: metallischer oder keramischer Körper (Monolith), von mehreren tausend Kanälen durchzogen, mit der aktiven Platinschicht (etwa 2 bis 3 g) bedampft, durch die das Abgas strömt

Konvertierungsgrad *k*:
Ein Maß für die Wirksamkeit eines Katalysators, d. h., wie viel Schadstoffe (in %) im Katalysator umgewandelt werden

Betriebstemperatur:
Beginn der Konvertierung bei etwa 250 °C, hoher Konvertierungsgrad im Temperaturbereich von etwa 400 bis 800 °C

Lambda-Regelung, Regelbereich

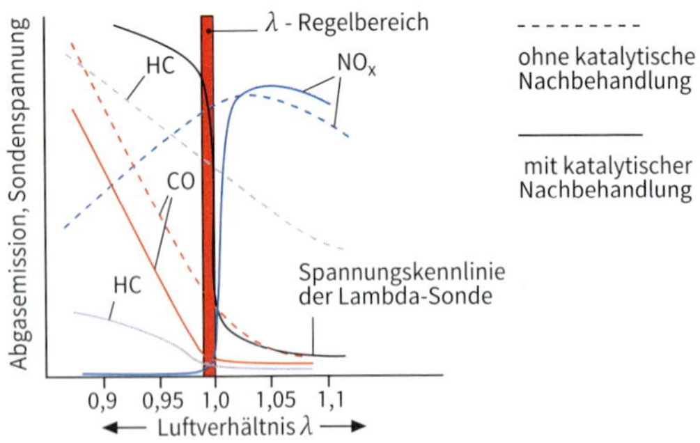

fettes Gemisch ($\lambda < 1$):
Lambda-Sondenspannung 0,8 bis 1 V

mageres Gemisch ($\lambda > 1$):
Lambda-Sondenspannung etwa 0,1 V

im Regelbereich ($\lambda = 0{,}995$ bis $1{,}005$):
Lambda-Sondenspannung 0,45 bis 0,5 V

Im Regelbereich werden die Schadstoffe zu 98 % abgebaut, größter Konvertierungsgrad.

Monitorsonde

Als Monitorsonde (engl. to monitor = überwachen) wird die Lambda-Sonde bezeichnet, die hinter dem Drei- oder Vierwege-Katalysator im Abgasstrang verbaut ist. Das von der Sonde erzeugte Signal wird zur Überwachung der Katalysatorfunktion genutzt.

Dieselpartikelfilter (DPF)

Der Dieselpartikelfilter (DPF) filtert Rußpartikel von 10 nm bis 1 µm Größe mit einem keramischen Filter aus dem Abgas und speichert diese. Das poröse Keramikmaterial hält die Partikel fest und lässt das gasförmige Abgas durch. DPF für Pkw haben ein Filtervermögen (Beladung) von ca. 150–600 ml (je nach Motorgröße). Unverbrannte Rußpartikel können nachverbrannt (regeneriert) werden. Die verbrannte Asche lagert sich im DPF ab und muss nach Erreichen der Beladungsgrenze mechanisch entfernt werden oder der DPF ist zu erneuern, da der Abgasgegendruck zu sehr ansteigt.

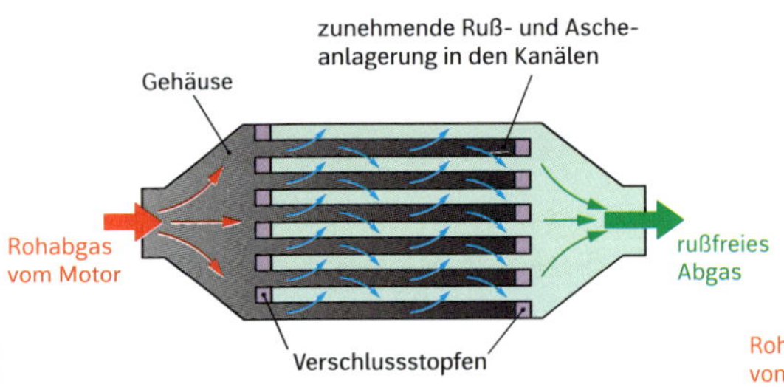

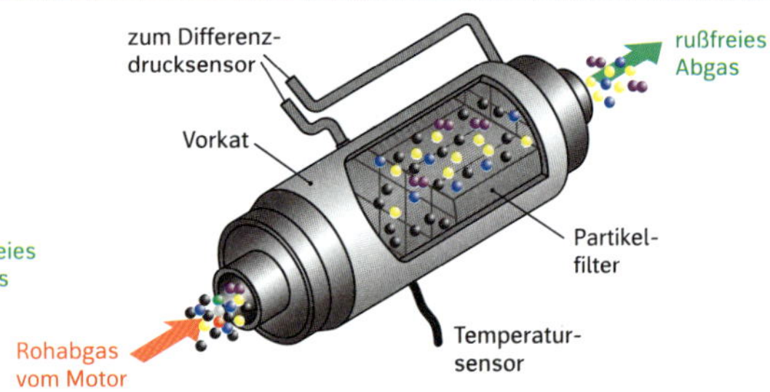

Feinstaub

Als Feinstaub (Particulate Matter, PM10) wird Staub bezeichnet, dessen Korngröße kleiner als 10 µm ist. Wegen der geringen Größe sind diese Schwebeteilchen lungengängig. Sie gelten als gesundheitsschädlich, auch weil sich an diesem Staub polyzyklische aromatische Kohlenwasserstoffe (PAK) anhängen, die Krebs erzeugen können. Der Straßenverkehr hat einen Anteil von ca. 24 % an allen Feinstaubemissionen.

Feinstaubplakette

Die grüne Umweltplakette nach Schadstoffgruppe 4 wird auch Feinstaubplakette genannt. Sie wird erteilt, wenn in der Zulassungsbescheinigung Teil I Schlüsselnummern aufgeführt sind, die der **Schadstoffgruppe 4** zugeordnet werden können.
Fahrzeuge mit den unten aufgeführten Schlüsselnummern stoßen weniger als 4,5 mg/km Feinstaub aus (Euro 6).

Schlüsselnummern für Schadstoffgruppe 4
Benzinmotor: 01, 02, 14, 16, 18-70, 71-75, 77 / 35A0-35M0 (Euro 5) / 36N0-36ZL (Euro 6, NEFZ) / 36AA-36EC (Euro 6, WLTP)
Dieselmotor: 32, 33, 38, 39, 43, 53-70, 73-75 / 35A0-35M0 (Euro 5) / 36N0-36ZL (Euro 6, NEFZ) / 36AA-36EC (Euro 6, WLTP)

Geräuschemission

Geräuschemissionen bezeichnen die Luftschallabstrahlung eines Fahrzeugs oder einer Maschine bei genormten Betriebsbedingungen. Bei Kraftfahrzeugen werden die Geräuschemissionen z. B. vom Kraftfahrt-Bundesamt (KBA) auf speziellen dafür vorgesehenen Strecken und mit Schalldruckpegelmessgeräten gemessen. Die Geräuschemission an einem Arbeitsplatz wird mit den Kenngrößen Schallleistungspegel LWA und Emissions-Schalldruckpegel LpA jeweils in dB (A) angegeben.

Abgasrückführung

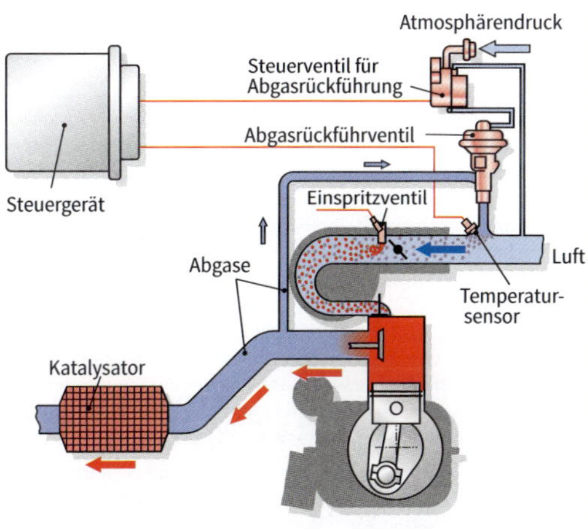

Bei der Abgasrückführung werden Otto- und Dieselmotoren zusätzlich Abgase dem Verbrennungsraum zugeführt. Die rückgeführten Abgase nehmen nicht an der Verbrennung teil, somit kann die Verbrennungshöchsttemperatur gesenkt werden. Durch die Absenkung der Verbrennungshöchsttemperatur wird die NO_x-Bildung stark reduziert.

Sekundärluftsystem

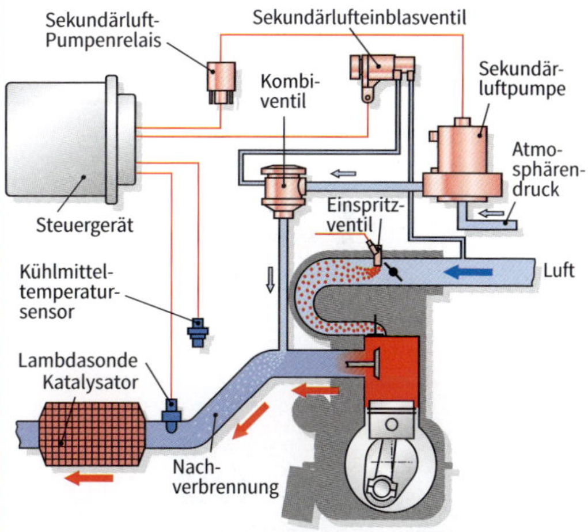

Durch Anfettung des Kraftstoffluftgemisches bei Ottomotoren in der Kaltstart- und Warmlaufphase ist ein erhöhter Anteil unverbrannter Kohlenwasserstoffe und Kohlenmonoxid im Abgas. In diesen Phasen wird Frischluft durch die Sekundärluftpumpe hinter die Auslassventile geblasen und eine Nachverbrennung eingeleitet. Durch die frei werdende Wärme wird außerdem die Betriebstemperatur des Katalysators und der Lambda-Sonde schneller erreicht.

Kraftstoffbehälterentlüftung

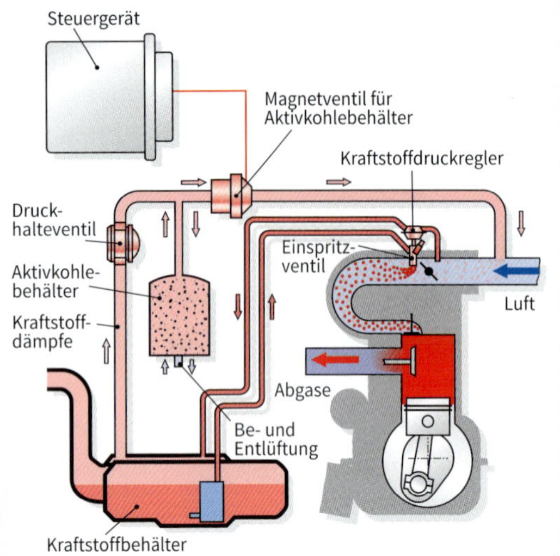

Das System verhindert ein Entweichen der Kraftstoffdämpfe in die Atmosphäre. Die Dämpfe werden in einem Aktivkohlebehälter gespeichert und unter bestimmten Bedingungen dem Motor zugeführt.
Über das Magnetfeld wird der Aktivkohlebehälter mit Außenluft durchströmt. Die Außenluft nimmt die Kohlenwasserstoffe auf und führt sie dem Motor zur Verbrennung zu.

Kurbelgehäuseentlüftung

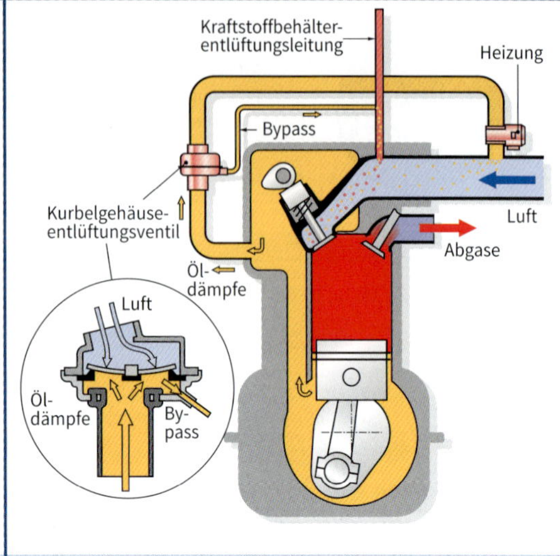

Die Schadstoffe aus dem Kurbelgehäuse werden über den gesamten Betriebsbereich dem Motor zur Verbrennung zugeführt.
Bei geringem Saugrohrunterdruck verhindert in einigen Teillastbereichen ein Kurbelgehäuseentlüftungsventil, dass Ansaugluft in das Kurbelgehäuse strömt. Über einen Bypass wird gleichzeitig die Kurbelgehäuseentlüftung sichergestellt.

Hochdruck-AGR

Die Abgasrückführung (AGR) ist eine bewährte Methode zur Schadstoffreduzierung bei Verbrennungsmotoren. Bei der externen Hochdruck-AGR wird das Abgas unmittelbar hinter dem Zylinder entnommen und der Ansaugluft wieder zugeführt. Druck und Temperatur sind dabei höher als bei der Niederdruck-AGR.

Niederdruck-AGR

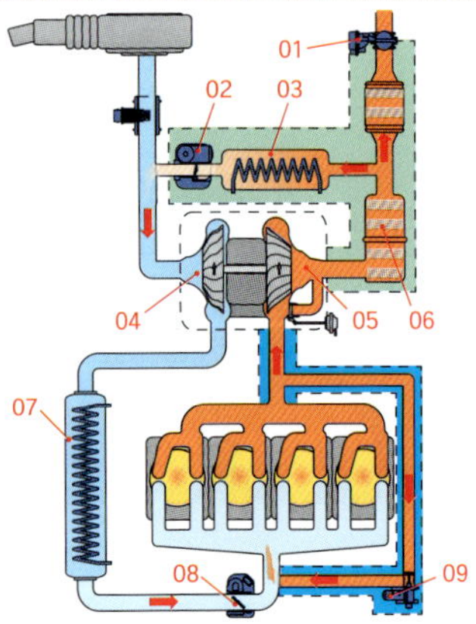

Zur Reduzierung der Rohemissionen von Verbrennungsmotoren hat sich die Methode der Abgasrückführung (AGR) bewährt. Dabei wird Abgas der Ansaugluft zugemischt, wodurch die Verbrennungstemperatur gesenkt wird. In der Folge entstehen weniger Stickoxide (NOX) durch die Verbrennung des Kraftstoff-Luft-Gemisches. Bei der äußeren AGR wird zwischen Hochdruck-AGR und Niederdruck-AGR unterschieden. Bei der Niederdruck-AGR wird Abgas nach dem Dieselpartikelfilter entnommen und der Ansaugseite zugeführt. Das Abgas ist kälter und fast partikelfrei, sodass die Wirkung der AGR steigt. Durch eine Abgasklappe kann bei Bedarf die Druckdifferenz für die geforderte Rückführungsrate verändert werden. Durch einen Niederdruck-AGR-Kühler kann die Temperatur des rückgeführten Abgases weiter gesenkt werden.

01 Abgasklappe
02 Niederdruck-AGR-Ventil
03 Niederdruck-AGR-Kühler
04 Turbolader (Verdichter)
05 Turbolader (Turbine)
06 Partikelfilter
07 Ladeluftkühler
08 Drossel-/Regelklappe
09 Hochdruck-AGR-Ventil

Blau: Hochdruckbereich
Grün: Niederdruckbereich

NO_x-Speicherkatalysator

Ein NO_x-Speicherkatalysator kann ein Bestandteil des Abgasnachbehandlungssystems eines Otto- oder Dieselmotors sein. In diesem Katalysator werden die bei der Verbrennung entstandenen Stickoxide (NO_x) chemisch zwischengespeichert.
Als **Trägermaterial** von NO_x-Speicherkatalysatoren dient – wie beim Drei-Wege-Katalysator – ein wabenförmiger Keramik- oder Metallträger. Als Speichermaterial enthält der Katalysator u. a. Barium und besitzt damit die Fähigkeit, NO_x in Form von Bariumnitrat einzuspeichern.
Wenn die **Aufnahmekapazität** des Speicherkatalysators erschöpft ist, wird das Gemisch angefettet ($\lambda < 1$). Durch die dann im Überschuss vorliegenden Abgasbestandteile Kohlenmonoxid (CO) und Kohlenwasserstoff (HC) wird das Speichermaterial regeneriert. Die dabei freigesetzten Stickoxide (NO_x) werden zu Stickstoff (N_2), Wasserdampf (H_2O) und Kohlendioxid (CO_2) umgewandelt.

Aufladung

Dynamische Aufladung:
Die Druckschwankungen am Einlassventil (zwischen Verbrennungsraum und Umgebungsluft) werden ausgenutzt, um die Frischgasfüllung zu vergrößern und damit das Motordrehmoment zu erhöhen.
Möglichkeiten: z. B. Schwingsaugrohraufladung, Resonanzaufladung, variable Saugrohrverstellung, kombiniertes Resonanz- und Schwingrohrsystem

Mechanische Aufladung:
Durch den Einsatz von Aufladegeräten wird die Luft oder das Kraftstoff-Luft-Gemisch vollständig oder teilweise vorverdichtet, um die Frischgasfüllung zu vergrößern und damit das Motordrehmoment zu erhöhen.
Möglichkeiten: z. B. Abgasturboaufladung ohne mechanischen Antrieb, Rootslader, G-Lader, Flügelzellenlader mit mechanischem Antrieb, Druckwellenlader (Comprexlader)

Dynamische Aufladung

Schwingsaugrohraufladung

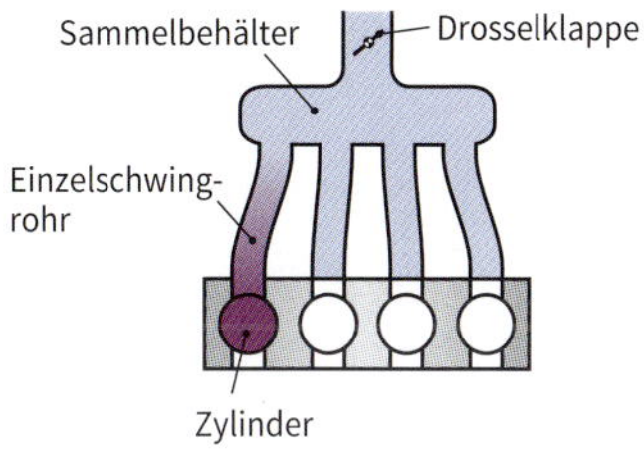

Resonanzaufladung

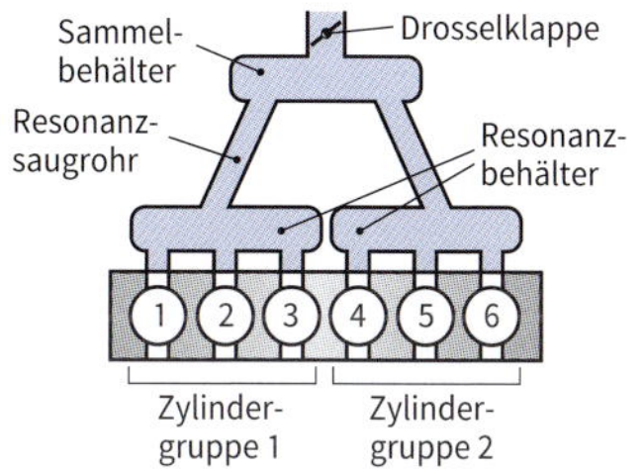

Kombinierte Resonanz- und Schwingsaugrohraufladung

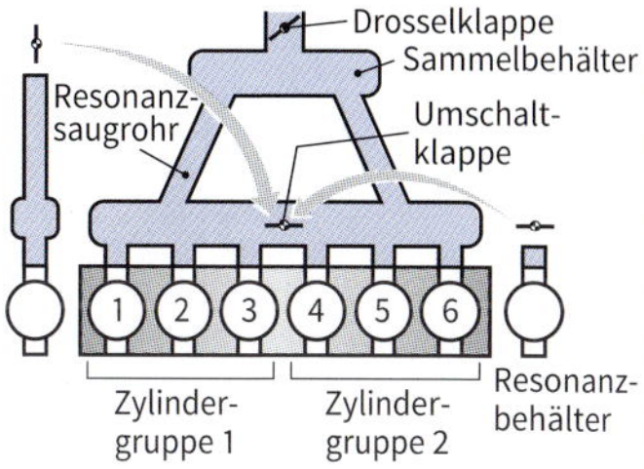

zweistufiges Drehschieber-Schaltsaugrohr

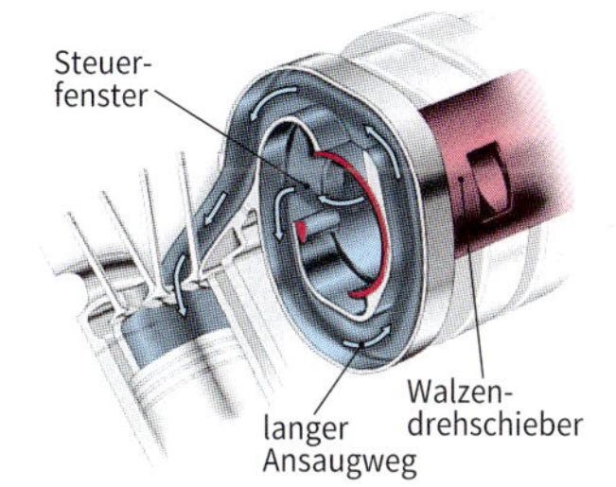

dreistufiges Klappenschaltsaugrohr

Stufe 1: unterer Motordrehzahlbereich

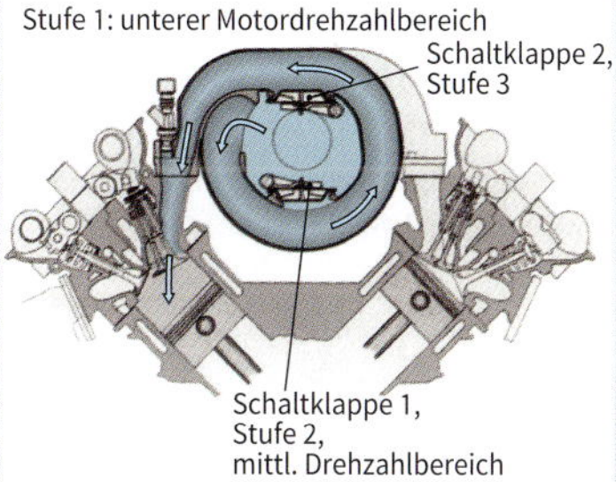

stufenloses Schaltsaugrohr

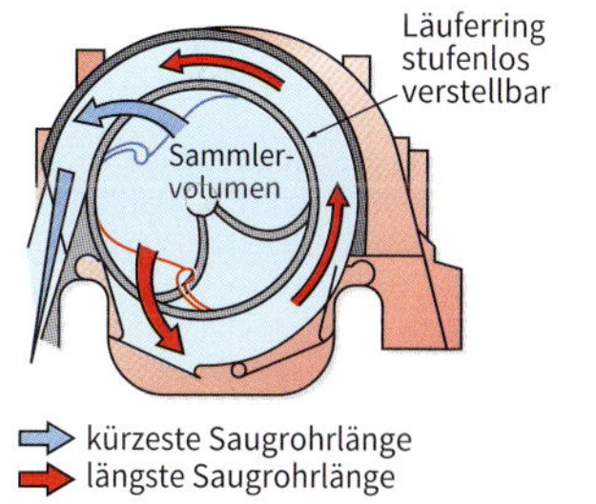

Mechanische Aufladung

Rootslader (Kompressor)

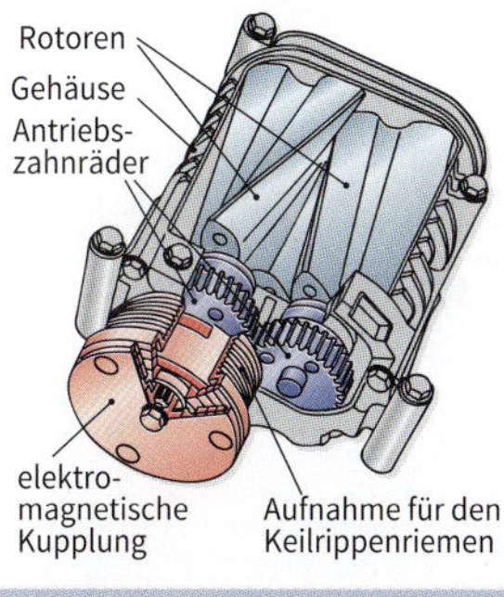

G-Lader (Spiral-Lader)

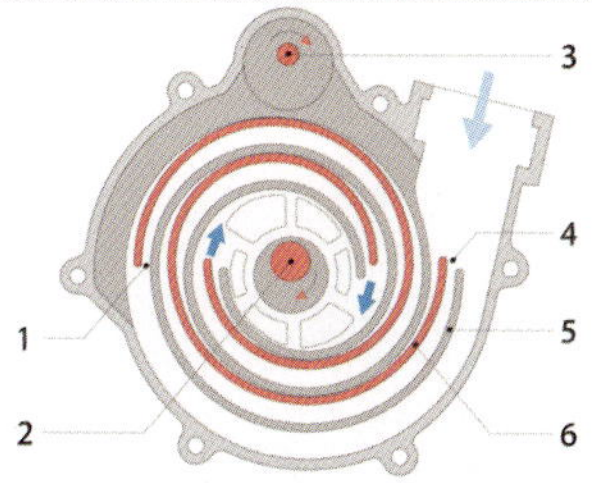

1 Lufteintritt in den zweiten Arbeitsraum
2 Antriebswelle
3 Führung des Verdrängers
4 Lufteintritt in den ersten Arbeitsraum
5 Gehäuse
6 Verdränger

Comprexlader (Druckwellenlader)

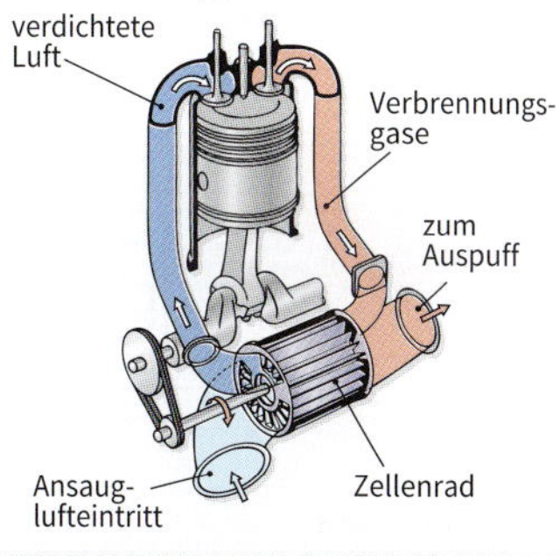

Merkmale

Rootslader (Kompressor)	G-Lader (Spiral-Lader)	Comprexlader (Druckwellenlader)
Rootsgebläse mit zwei 3-flügligen, um 60° verschränkten Rotoren, über Keilrippenriemen vom Motor angetrieben. Rotoren verdichten die Luft durch Volumenänderung der Arbeitsräume. Die Zuschaltung erfolgt über eine elektromagnetische Kupplung.	Zweiteiliges Gehäuse mit zwei Spiralen (G-förmig) und ein mittig gelagerter Verdränger, vom Motor angetrieben. Der Mittelpunkt des Verdrängers wird auf einer Kreisbahn gedreht. Angesaugte Luftmenge wird durch Spiralhöhe beeinflusst (z. B. G60 oder G40, Spiralhöhe in mm).	Das Zellenrad wird über Keilriemen vom Motor angetrieben. In den Zellen werden Druck- und Saugwellen erzeugt und die Frischladung durch die Abgasdruckwellen verdichtet.

Abgasturboaufladung

Grundprinzip eines Abgasturboladers

Durch die Strömungsenergie der Abgase wird über ein Turbinenrad die Welle des Verdichterrades angetrieben. Das Verdichterrad saugt Frischluft an und drückt sie mit Überdruck in die Zylinder.

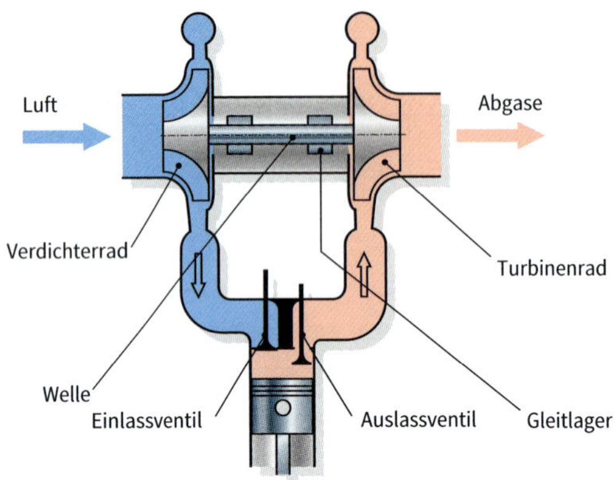

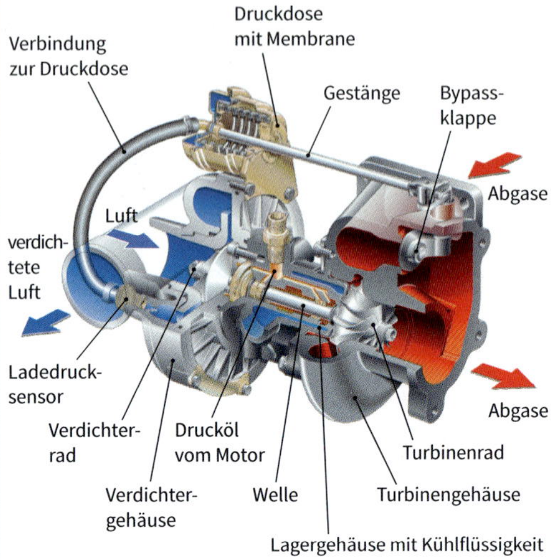

Biturboaufladung

(einstufig, 2 Lader mit gleichem Querschnitt)

Zwei flüssigkeitsgekühlte Abgasturbolader werden eingesetzt. Je ein Abgasturbolader versorgt drei Zylinder (bei einem 6-Zylinder-V-Motor) oder vier Zylinder (bei einem 8-Zylinder-V-Motor). Die Ladedruckregelung beider Abgasturbolader erfolgt über zwei Ladedruckregelventile. Das Ladedruckregelventil verhindert einen zu großen Ladedruck.

Die benötigte Luftmasse für ein bestimmtes Motordrehmoment wird vom Steuergerät über eine Luftmassenberechnung bestimmt und durch die Regelung des Laders verwirklicht.

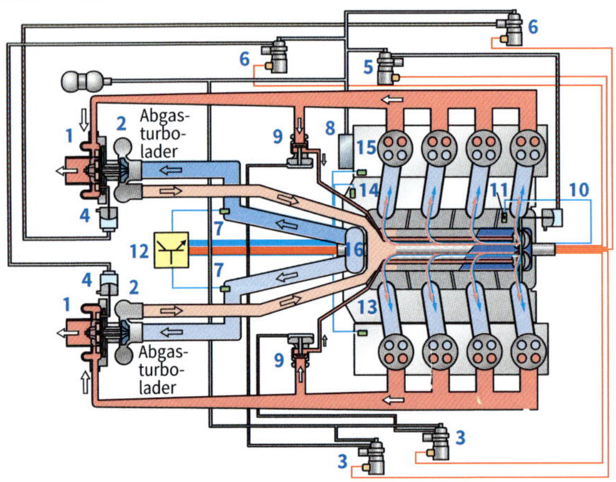

1 Turbinenrad
2 Verdichterrad
3 Magnetventil für Abgasrückführung
4 Unterdruckdose für Verstellung der Leitschaufeln
5 Umschaltventil für Saugrohrklappen
6 Ladedruckregelventil (Magnetventil)
7 Luftmassenmesser
8 Unterdruckpumpe
9 Abgasrückführungsventil
10 Unterdruckdose für Saugrohrklappen
11 Sensor für Saugrohrdruckbegrenzung
12 Motorsteuergerät
13 Sensor für Kühlmitteltemperatur
14 Sensor für Motordrehzahl
15 Phasengeber-Nockenwelle
16 Luftfilter

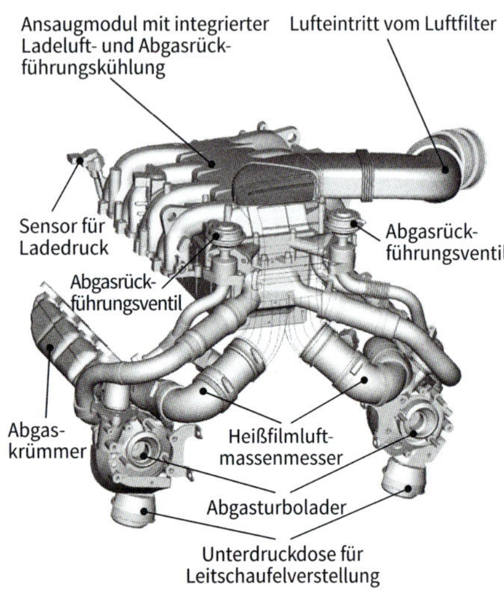

Abgasturboaufladung

Stufenaufladung, Registeraufladung
(zweistufig, 2 Lader mit unterschiedlichem Querschnitt)

Niedrige Motordrehzahl, z. B. unter 1500/min:
Die gesamten Abgase strömen über den kleineren Turbolader, der in dieser Phase den Ladedruck erzeugt. Der kleinere Turbolader (Turbinendrehzahl: max. z. B. 230 000/min) sorgt für ein hohes Motordrehmoment und damit für ein gutes Beschleunigungsverhalten. Der große Turbolader läuft mit, ohne Verdichterarbeit zu leisten. Turbinen-Regelklappe und Verdichter-Bypassklappe sind geschlossen.

Mittlere Motordrehzahl, z. B. zwischen 1500 und 3250/min:
Die gesamten Abgase strömen über beide Turbolader. Turbinen-Regelklappe und Verdichter-Bypassklappe sind zum Teil geöffnet.

Hohe Motordrehzahl, z. B. über 3250/min:
Die gesamten Abgase strömen jetzt über den größeren Turbolader, der in dieser Phase den höheren Ladedruck erzeugt (Turbinendrehzahl: max. z. B. 170 000/min, Ladedruck: z. B. 2,5 bar). Der große Turbolader sorgt bei Nenndrehzahl für die max. Motorleistung. Turbinen-Regelklappe und Verdichter-Bypassklappe sind voll geöffnet.

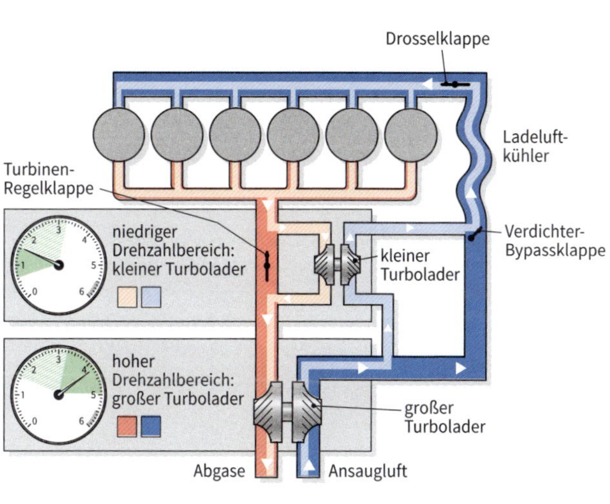

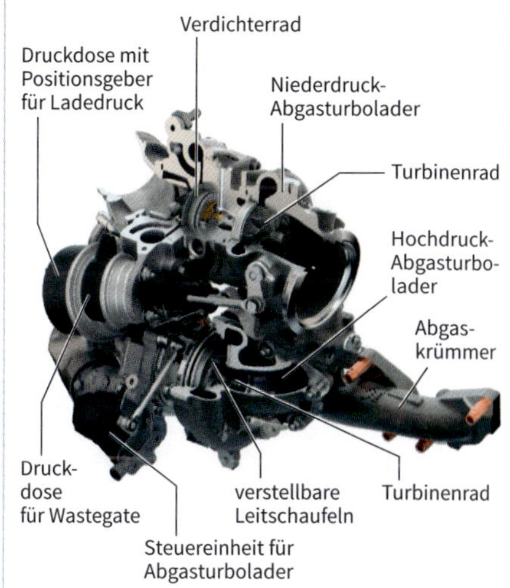

Abgasturbolader und Kompressor
Abgasturbolader mit Wastegate-Regelung (Bypassregelung zur Regelung der Turbinenleistung) wird überwiegend bei erhöhter Drehzahl benötigt, Regelklappe ist dann voll geöffnet.
Kompressor (Roots-Prinzip) wird bei niedrigen Motordrehzahlen eingesetzt, Abschaltung erfolgt etwa bei 3500 1/min Motordrehzahl.
Magnetkupplung übernimmt das Zu- und Abschalten.
Maximaler Ladedruck von Abgasturbolader und Kompressor zusammen beträgt 2,5 bar.
Es wird ein gleichmäßiges Motordrehmoment (z. B. 240 Nm) über einen niedrigen und hohen Motordrehzahlbereich (z. B. 1750 bis 4500/min) erreicht.

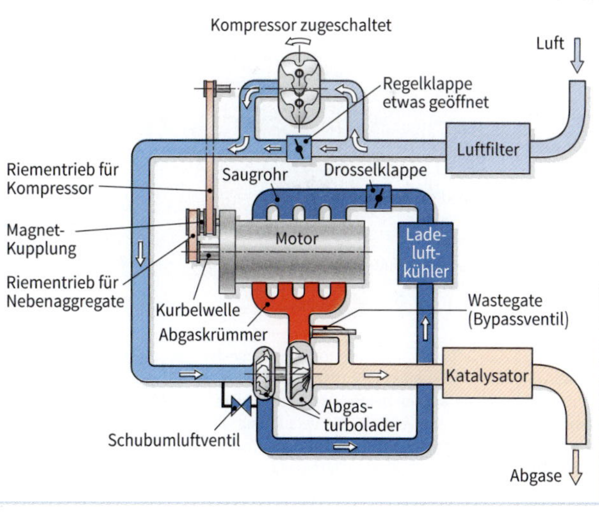

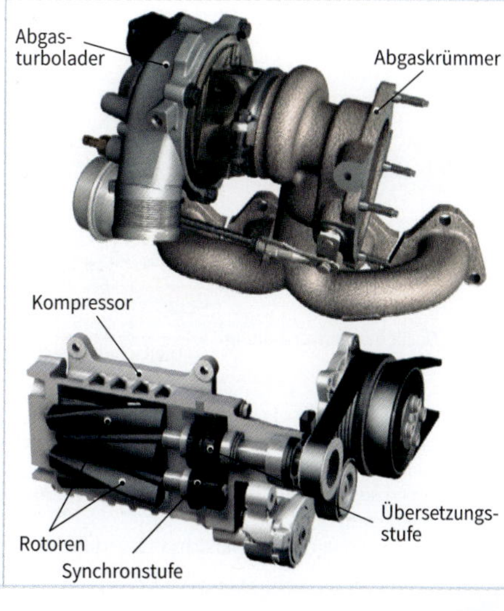

VTG-Lader

Ein VTG-Lader (Variable-Turbinengeometrie-Lader) ist ein **Abgasturbolader** mit verstellbaren Leitschaufeln am Turbineneingang. Er hat wie herkömmliche Lader einen Turbinen- und ein Verdichterrad, die auf einer Welle miteinander verbunden sind. Durch die Verstellung der Leitschaufeln kann die Turbinenleistung bzw. der Ladedruck geregelt werden. VTG-Lader werden sowohl bei Diesel- als auch bei Ottomotoren verbaut und verbessern den Gesamtwirkungsgrad des Turboladers und des Motors deutlich.

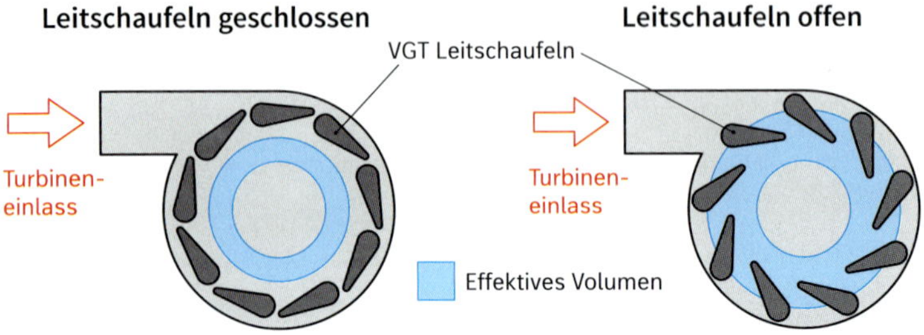

Mehrventiltechnik

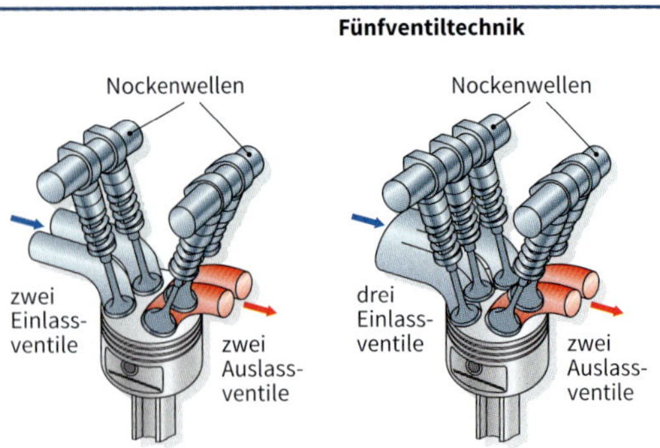

Es werden Drei-, Vier-, Fünf- und Sechsventiltechniken eingesetzt.

Vorteil: Großes Drehmoment und hohe Leistung schon bei niedrigen und mittleren Motordrehzahlen durch verbesserten Füllungsgrad

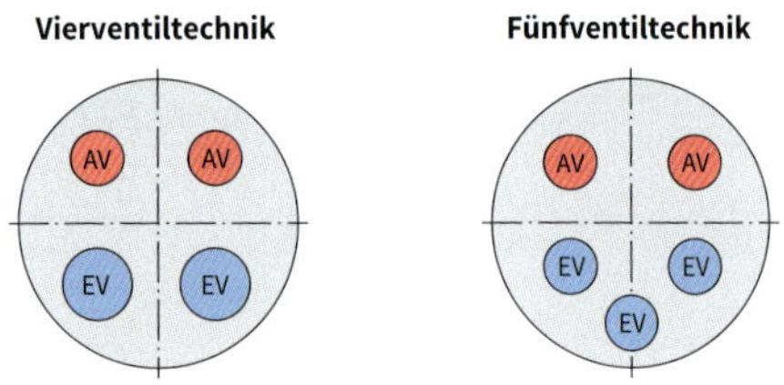

Variable Nockenwellensteuerung

Nockenwellenversteller

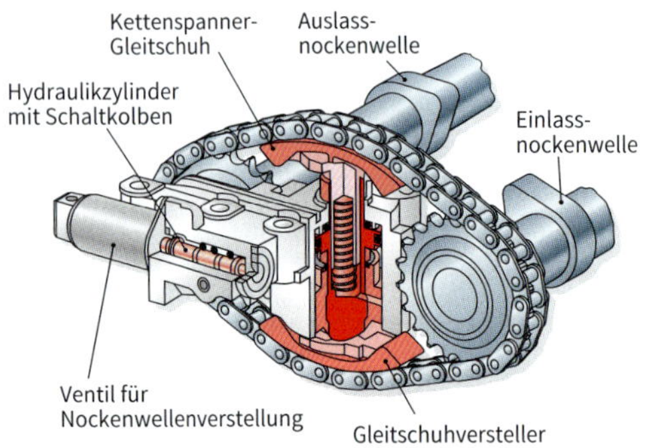

Es wird nur die Einlassnockenwelle verstellt.
Die Auslassnockenwelle wird von der Kurbelwelle über einen Zahnriemen angetrieben.
Die Einlassnockenwelle wird über eine Kette von der Auslassnockenwelle angetrieben.
Die Verstellung erfolgt über elektrisch gesteuerten Hydraulikzylinder.

Doppel-Vanos

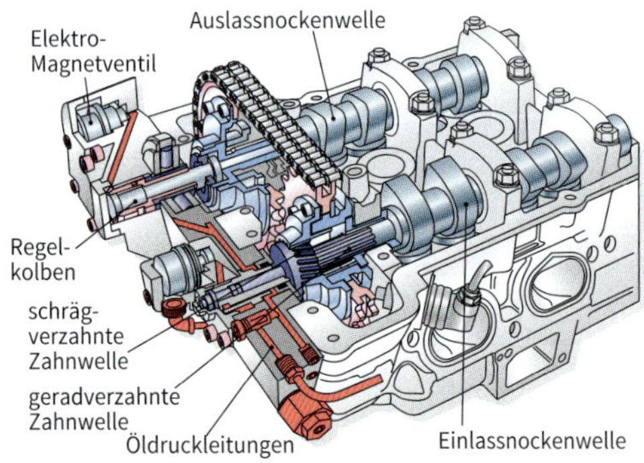

Die Doppel-Vanos (Variable Nockenwellen-Spreizung) verstellt Ein- und Auslassnockenwelle stufenlos. Die Steuerzeiten der Einlassventile werden bis zu 60 °KW, die Auslassventile bis zu 40 °KW vom Steuergerät verstellt. Die Verstellung wird durch einen öldruckbeaufschlagten Regelkolben (Öldruck etwa 100 bar), der mit einer schräg- und geradverzahnten Zahnwelle verbunden ist, vorgenommen.

Ventilverstellung

Gestufte Ventilhubverstellung (VTEC)

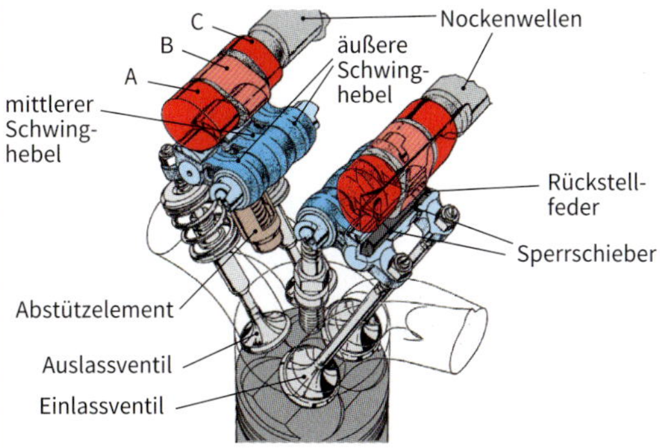

Durch die VTEC (engl. Variable Valve Timing and Lift Electronic Control = variable Ventilssteuerung und Anhebung elektronisch gesteuert) werden Ventilöffnungswinkel und Ventilhub verändert. Die äußeren Nocken (A, C) betätigen die Ventile bis etwa 5000/min, im oberen Drehlzahlbereich bestimmt der mittlere Nocken die längere Ventilöffnungszeit und den größeren Ventilhub.

Stufenlose Ventilhubverstellung (Valvetronic)

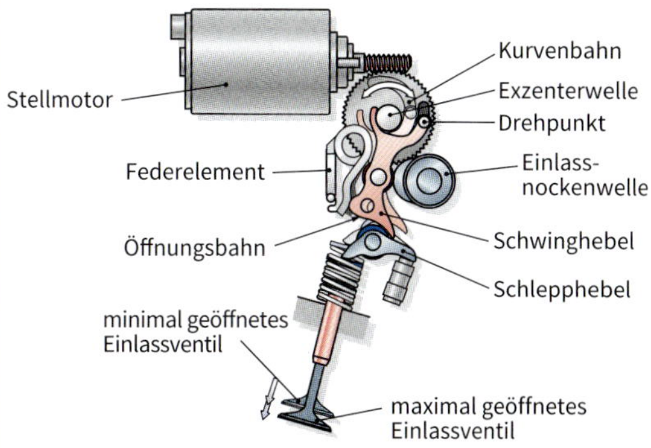

Die Einlassnockenwelle wirkt auf den Schwinghebel, der den Schlepphebel betätigt und somit das Ventil öffnet. Der Schwinghebel pendelt bei der Drehbewegung der Nockenwelle zwischen Nocken und Federelement. Die Lage des Drehpunkts bestimmt die Größe der Pendelbewegung und damit die Höhe des Ventilhubs.

Erdgasbetrieb

Erdgasbetrieb (CNG-Betrieb)

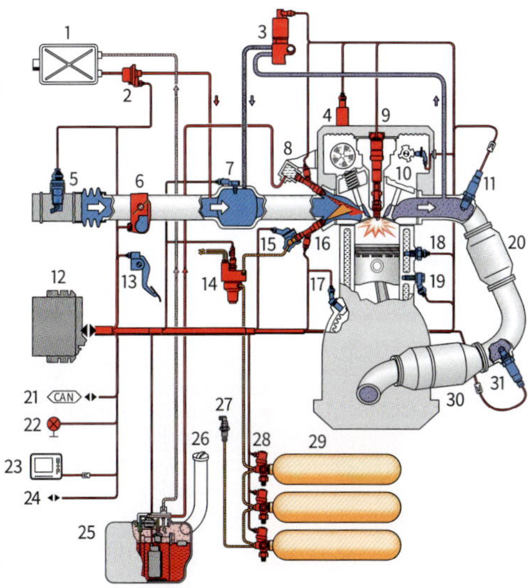

1 Aktivkohlebehälter
2 Tankentlüftungsventil
3 Abgasrückführventil
4 Nockenwellenversteller
5 Heißfilm-Luftmassenmesser
6 Drosselklappe (EGAS)
7 Saugrohrdrucksensor
8 Benzin-Rail mit Einspritzventilen
9 Zündspule mit Zündkerze
10 Nockenwellensensor
11 λ-Sonde 1
12 Bifuel-Motronic-Steuergerät
13 Fahrpedalmodul
14 Erdgasdruckregler
15 CNG-Rail mit Erdgas- und Temperatursensor
16 Erdgaseinblasventile
17 Kurbelwellendrehzahlsensor
18 Motortemperatursensor
19 Klopfsensor
20 Vorkatalysator
21 CAN-Schnittstelle
22 Abgaswarnleuchte
23 Diagnoseschnittstelle
24 Schnittstelle Steuergerät (Wegfahrsperre)
25 Ottokraftstoffbehälter mit Kraftstoffpumpe
26 Kraftstoffeinfüllstutzen
27 Erdgaseinfüllstutzen
28 Hochdruckabsperrventil
29 Erdgasbehälter
30 Hauptkatalysator
31 λ-Sonde 2

Merkmale

Fahrzeuge mit Erdgasbetrieb können bivalent (großer Ottokraftstoff- und Erdgasbehälter) oder monovalent (kleiner Ottokraftstoff- und großer Erdgasbehälter) ausgerüstet sein. Das Erdgas wird mit einem Druck von bis zu 200 bar in den Druckbehältern gespeichert. Ein Steuergerät steuert bei beiden Betriebsarten Gemischbildung und Verbrennung. Der Motor ist mit Einspritz- und Gaseinspritzventilen ausgerüstet.

Vorteile gegenüber dem Betrieb mit Ottokraftstoffen:

- geringere CO_2-, CO-, HC- und NO_X-Emissionen
- geringere Partikel- und Schwefelemissionen
- höhere Klopffestigkeit
- niedrigere Kraftstoffkosten

Nachteile gegenüber dem Betrieb mit Ottokraftstoffen:

- geringerer Heizwert
- geringere Reichweite
- höhere Sicherheitsvorschriften
- höhere Anschaffungskosten
- höherer Platzbedarf

Flüssiggasberieb

Flüssiggasbetrieb (LPG-Betrieb)

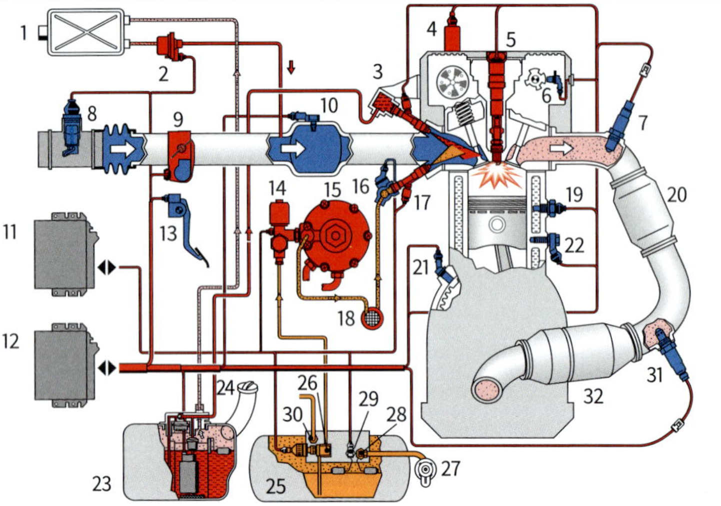

1 Aktivkohlebehälter
2 Tankentlüftungsventil
3 Benzin-Rail mit Einspritzventilen
4 Nockenwellenversteller
5 Zündspule mit Zündkerze
6 Nockenwellensensor
7 λ-Sonde 1
8 Heißfilm-Luftmassenmesser
9 Drosselklappe (E-Gas)
10 Saugrohrdrucksensor
11 LPG-Steuergerät
12 Motorsteuergerät
13 Fahrpedalmodul
14 LPG-Absperrventil
15 Verdampfer mit Druckregler
16 Druck- und Temperatursensor
17 LPG-Rail mit Gaseinblasventilen
18 LPG-Filter
19 Motortemperatursensor
20 Vorkatalysator
21 Kurbelwellendrehzahlsensor
22 Klopfsensor
23 Ottokraftstoffbehälter mit Kraftstoffpumpe
24 Kraftstoffeinfüllstutzen
25 LPG-Behälter
26 Absperrventil
27 LPG-Einfüllstutzen
28 80-%-Füllstoppventil
29 LPG-Füllstandsanzeiger
30 Überdruckventil
31 λ-Sonde 2
32 Hauptkatalysator

Merkmale

Der Flüssiggasbetrieb erfolgt meist bivalent. Fahrzeuge mit Ottomotoren können nachträglich mit einer Flüssiggasanlage ausgerüstet werden. Dazu ist ein zweites Steuergerät notwendig. Der Motor ist mit Einspritz- und Gaseinspritzventilen ausgerüstet.
Das Flüssiggas wird bei einem Druck von 3 bis 15 bar in den Druckbehältern gespeichert und durch den Verdampfer in den gasförmigen Zustand überführt. Durch die Gaseinblasventile gelangt das Gas in das Ansaugrohr.

Vorteile gegenüber dem Betrieb mit Ottokraftstoffen:

- geringere CO_2-Emissionen
- geringerer Ausstoß von aromatischen Kohlenwasserstoffen (z. B. Benzol)
- höhere Klopffestigkeit
- niedrige Kraftstoffkosten

Nachteile gegenüber dem Betrieb mit Ottokraftstoffen:

- höherer Flüsssiggasverbrauch
- höhere Anschaffungskosten

Altenative Kraftstoffe

Kraftstoffe	Merkmale	Vor- und Nachteile im Vergleich zu Otto- und Dieselkraftstoff	
Erdgas	Erdgas besteht aus 83–98 % Methan. LNG: flüssig bei –162 °C CNG: gasförmig bei etwa 200 bar	■ hohe Klopffestigkeit (ROZ 130) ■ geringere Schadstoffemissionen	■ geringerer Heizwert ■ geringere Reichweite ■ größerer Raumbedarf für Gasbehälter
Flüssiggas	Flüssiggas ist ein Gemisch aus Propan und Butan. LPG: flüssig bei etwa 3–15 bar	■ höhere Klopffestigkeit (ROZ 104) ■ geringere Schadstoffemissionen	■ geringerer Heizwert ■ geringere Reichweite ■ größerer Raumbedarf für Gasbehälter
Wasserstoff	Wasserstoff kann aus Erdgas, Biomasse oder durch Elektrolyse hergestellt werden. LH_2: flüssig bei –253 °C GH_2: gasförmig bei etwa 700 bar	■ keine schädlichen Emissionen (nur Wasserdampf) ■ hoher Wirkungsgrad	■ aufwendige Speicherung des Wasserstoffs ■ höherer Betankungsaufwand
Biodiesel	Biodiesel besteht aus Pflanzenölen (z. B. Rapsöl und Methanol), CZ von 51, Flammpunkt 130 °C	■ geringere Rußemissionen, CO- und HC-Anteile, schwefelfrei	■ höhere NO_x-Emissionen ■ Ablagerungen im Tank und in Leitungen
HVO (Hydrotreated Vegetable Oil/hydriertes Pflanzenöl)	HVO100: reines hydriertes Pflanzenöl		
BTL-Kraftstoff	BtL-Kraftstoff wird aus fester Biomasse (z. B. Stroh, Brennholz) synthetisch hergestellt.	■ geringe CO_2-, NO_x- und Rußemissionen ■ schwefelfrei	■ hoher Herstellungsaufwand
Bioethanol-Kraftstoff	Bioethanol wird aus Pflanzen hergestellt, z. B. Zuckerrohr, Mais	■ geringere Schadstoffemissionen	■ besondere Motoren und Kraftstoffsysteme

Antriebsart	Merkmale	Vor- und Nachteile im Vergleich zum Verbrennungsmotor

Antriebsart

Elektroantrieb mit einem E-Motor

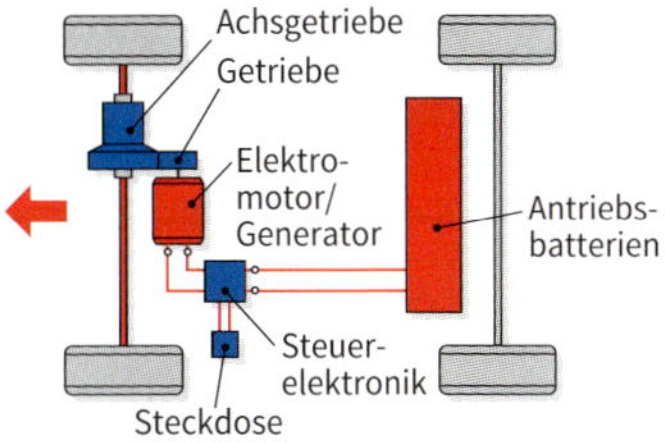

Elektroantrieb mit zwei E-Motoren

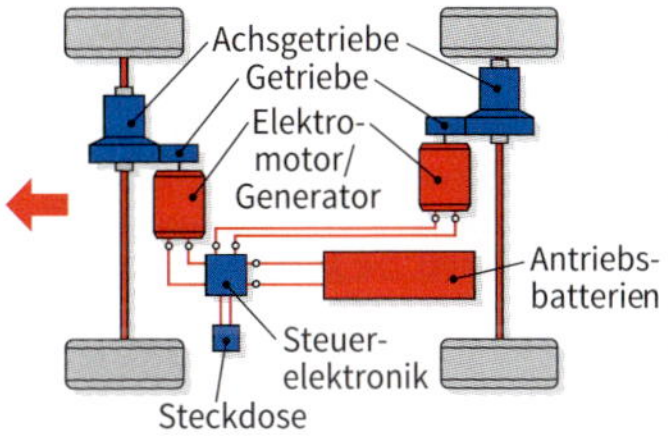

Merkmale

Der Elektromotor (Drehstrommotor) erhält seine Energie aus dem Antriebsbatteriesatz (z. B. Nickel-Metallhydrid-, Lithium-Ionen- oder Lithium-Polymer-Batteriesatz).

Die Steuerelektronik steuert die Drehzahl des Elektromotors und den Generatorbetrieb (z. B. Laden des Batteriesatzes während des Schiebebetriebs).

Der zweite Elektromotor wird zugeschaltet,

- wenn schnell beschleunigt werden soll,
- für das Erreichen von hohen Geschwindigkeiten und
- bei Allradantrieb.

Vor- und Nachteile im Vergleich zum Verbrennungsmotor

Vorteile:

- keine Schadstoffemissionen im Fahrbetrieb
- geringere Lärmemissionen
- hohe Drehmomente während des Anfahrens und Beschleunigens
- höherer Wirkungsgrad (bis 97 %)
- einfachere Bauweise
- Kinetische Energie des Fahrzeugs wird während des Schiebebetriebs in elektrische Energie umgeformt.

Nachteile:

- geringere Reichweite
- höhere Fahrzeugmasse durch Batterien (z. B. 250 kg)
- hohe Ladezeiten (z. B. bei 230-V-Ladespannung in 13,5 h laden) oder reduzierte Batterie-Lebensdauer bei Schnellladung (z. B. 30 min bei 300 kW, aber nur 500 statt bis zu 2000 Ladezyklen)
- hohe Herstellungskosten für die Batterien

Elektromotoren für den Antrieb von Elektrofahrzeugen

Drehstrom-Asynchronmotor
(Innenläufer)

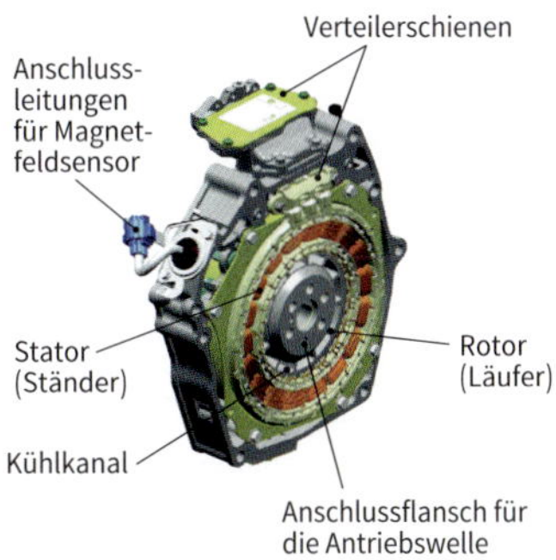

Merkkmale:
Der Stator enthält die Drehstromwicklungen. Der Rotor hat eine Kurzschlusswicklung. Durch das Drehfeld der Drehstromwicklungen entsteht um die Rotorwicklung ein Magnetfeld, das vom Drehfeld in Drehung versetzt wird und dabei den Rotor ebenfalls in Drehung versetzt.

Drehstrom-Synchronmotor
(Innenläufer)

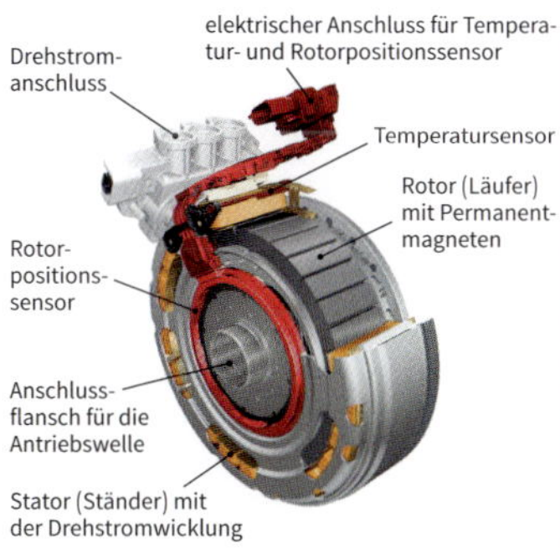

Merkmale:
Der Stator enthält die Drehstromwicklungen. Der Rotor hat Permanentmagnete auf seinem Umfang. Durch das Drehfeld der Drehstromwicklungen und die Wirkung der Permanentmagnete wird der Rotor in Drehung versetzt.

Bauteile eines Elektroantriebs

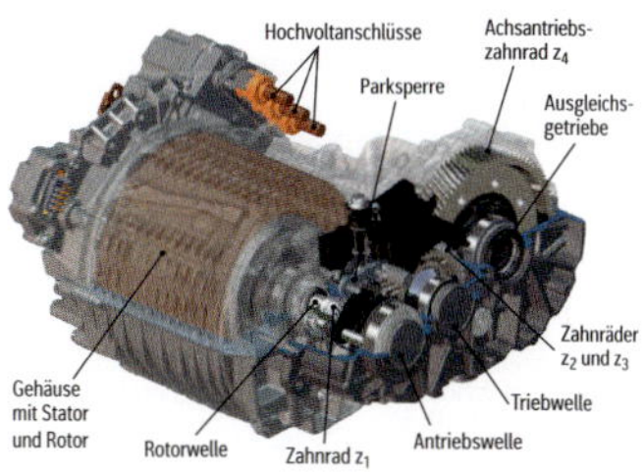

Merkmale:
Der Antriebsmotor ist ein Innenläufer-Drehstrom-Synchronmotor mit einem angeflanschten 1-Gang-Getriebe. Im Getriebegehäuse ist auch das Achs- und Ausgleichsgetriebe untergebracht. Eine Kupplung ist nicht vorhanden, weil Gänge nicht geschaltet werden. Ein Rückwärtsgang ist nicht vorhanden.

Freischalten von Elektro- und Hybridfahrzeugen

- Arbeiten an Geräten und Bauteilen, die **mit Hochspannung** versorgt werden, dürfen nur von **Fachkräften** ausgeführt werden, die dafür besonders geschult wurden und über einen **Befähigungsnachweis** für diese Arbeiten verfügen. Diese Fachkräfte überwachen auch die Arbeiten an Geräten und Bauteilen, die **nicht** mit **Hochspannung** versorgt werden.
- Vor Beginn der Arbeiten an Geräten bzw. Bauteilen, die mit Hochspannung versorgt werden bzw. in deren unmittelbarer Nähe (Abstand etwa kleiner 20 cm) gearbeitet werden muss, ist das Fahrzeug spannungsfrei zu schalten. Bei der Spannungsfreischaltung eines Fahrzeugs wird der Anschluss der Hochvoltbatterie zu den Geräten und Bauteilen getrennt, die mit Hochspannung versorgt werden.
- Die Spannungsfreischaltung erfolgt **softwareseitig** über das Systemtestgerät und **mechanisch** durch ein Verriegelungselement an der Hochvoltbatterie.
- Der **Schlüssel** des **Verriegelungselements** wird von der befähigten Person verwahrt. Das Fahrzeug ist durch ein **Freischaltungsprotokoll** zu kennzeichnen.
- Arbeiten an Geräten und Bauteilen, die **nicht** mit **Hochspannung** versorgt werden und weiter als 20 cm von Hochspannungsleitungen bzw. mit Hochspannung versorgten Geräten und Bauteilen entfernt sind, dürfen nur von **Fachkräften** durchgeführt werden, die auf die besonderen Gefahren während des Arbeitens an Fahrzeugen mit Hochvolttechnik hingewiesen wurden.

Betriebsarten	Merkmale
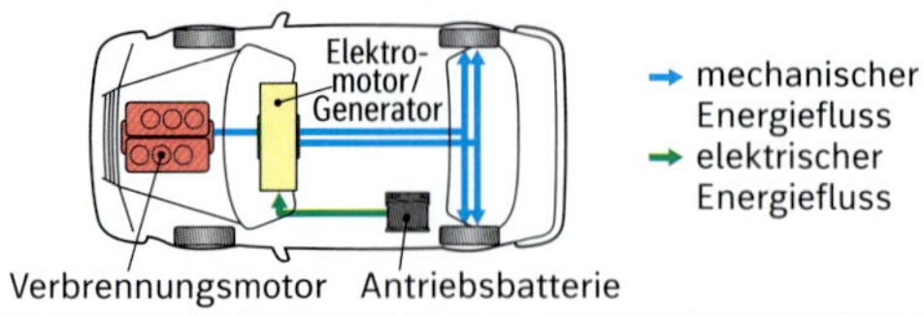	**Hybridisches Fahren** Der Verbrennungs- und der Elektromotor treiben die Antriebsräder an. Die Antriebsbatterie wird dabei entladen. Im Boost-Betrieb (Beschleunigung) geben der Verbrennungs- und der Elektromotor ihr größtes Antriebsdrehmoment ab.
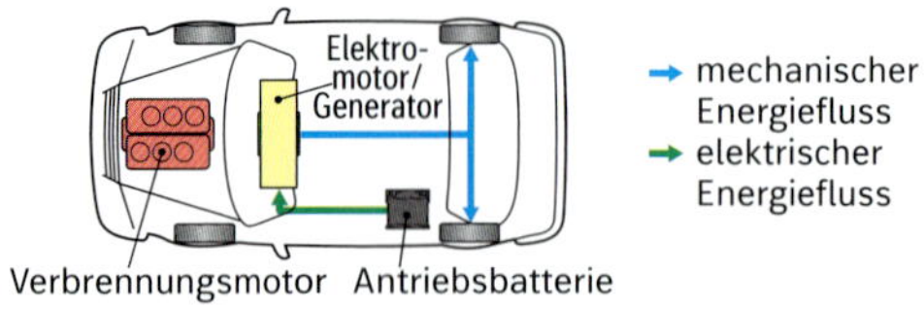	**Rein elektrisches Fahren** Die Antriebsräder werden nur vom Elektromotor angetrieben. Der Verbrennungsmotor ist abgeschaltet (z. B. Stadtbetrieb). Die Antriebsbatterie wird entladen.
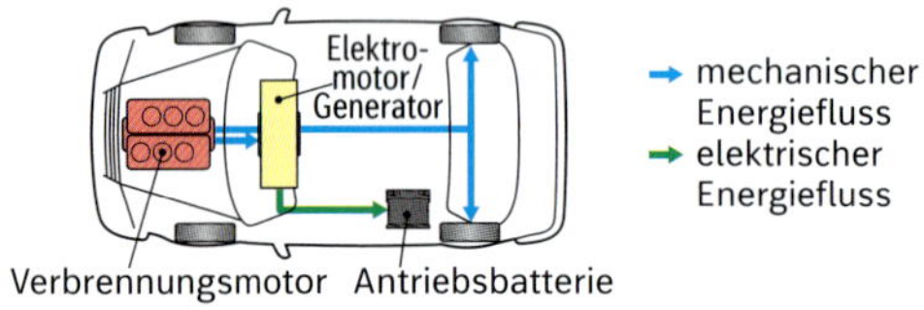	**Generatorbetrieb** Der Verbrennungsmotor treibt die Antriebsräder an. Wird nicht die volle Leistung des Verbrennungsmotors zum Antrieb des Fahrzeugs benötigt, wird die überschüssige Leistung zum Antrieb des Generators genutzt (z. B. Überlandfahrt). Die Antriebsbatterie wird aufgeladen.
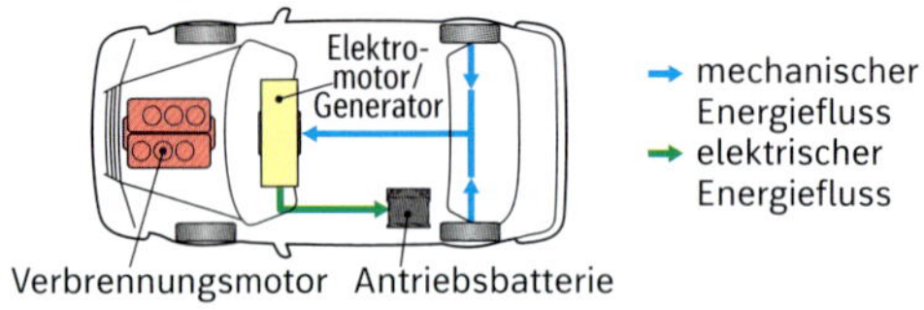	**Regeneratives Bremsen** Während der Verzögerung des Fahrzeugs arbeitet der Elektromotor als Generator. Die Antriebsräder treiben den Generator an. Die Antriebsbatterie wird aufgeladen. Durch das Bremsmoment im Generator wird das Fahrzeug abgebremst. Der Verbrennungsmotor läuft im Leerlauf.

Arten von Hybridantrieben	**Merkmale**
Serieller Hybridantrieb	
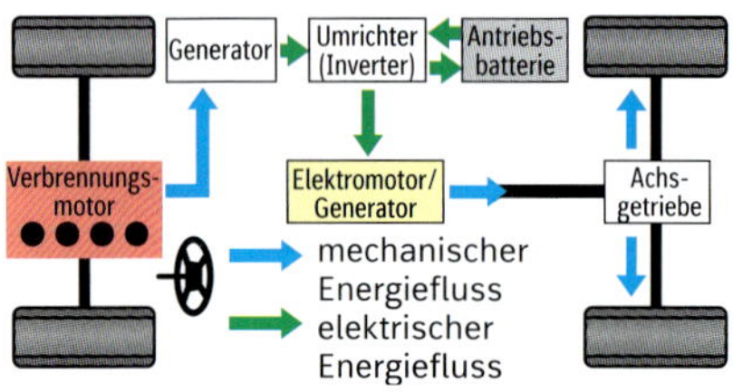	Der Verbrennungsmotor hat keine Verbindung zu den Antriebsrädern. Er treibt den Generator an. Die erzeugte elektrische Energie des Generators wird vom Elektromotor zum Antrieb der Antriebsräder genutzt. Überschüssige elektrische Energie lädt die Antriebsbatterie. Reicht die vom Generator erzeugte elektrische Energie nicht aus, um den Beschleunigungswunsch des Fahrers umzusetzen, wird der Antriebsbatterie elektrische Energie entnommen. Während des regenerativen Bremsens arbeitet der Elektromotor als Generator, wodurch die Antriebsbatterie geladen wird.
Paralleler Hybridantrieb	
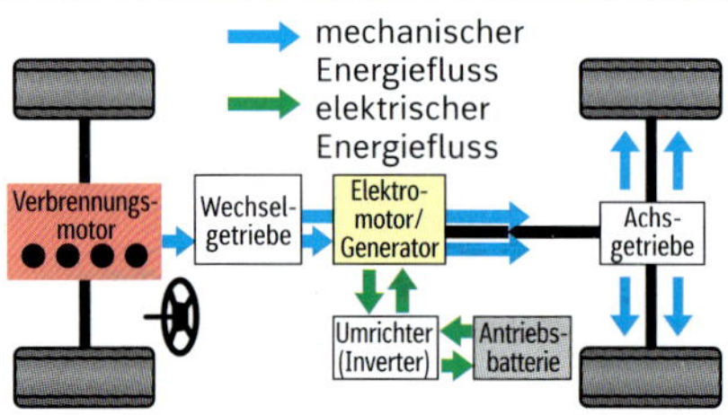	Der Verbrennungsmotor und/oder der Elektromotor treiben die Antriebsräder an. Arbeitet der Elektromotor, wird die Antriebsbatterie entladen. Wird nicht die volle Leistung des Verbrennungsmotors zum Antrieb des Fahrzeugs benötigt, wird die überschüssige Leistung zum Antrieb des Generators genutzt (z. B. Überlandfahrt). Die Antriebsbatterie wird aufgeladen. Während des regenerativen Bremsens arbeitet der Elektromotor als Generator, wodurch die Antriebsbatterie geladen wird.
Gemischter Hybridantrieb	
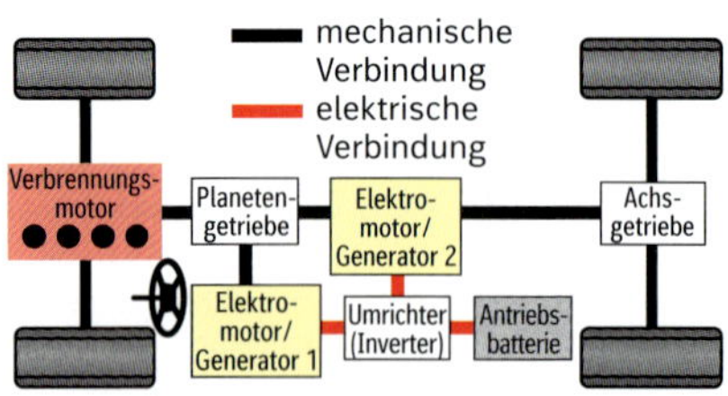	Der gemischte Hybridantrieb ist eine Kombination aus einer seriellen und einer parallelen Anordnung. Er besteht aus einem Verbrennungsmotor, zwei Elektromotoren und einem Planetengetriebe. Das Planetengetriebe dient der Leistungsverzweigung vom Verbrennungsmotor zu den Elektromotoren/Generatoren 1 und 2. Die Leistungsverzweigung erfolgt nach dem jeweils gewünschten bzw. erforderlichen Betriebszustand und wird von der Hybridsteuerung vorgenommen.

Betriebsarten mit dem gemischten Hybridantrieb	Merkmale
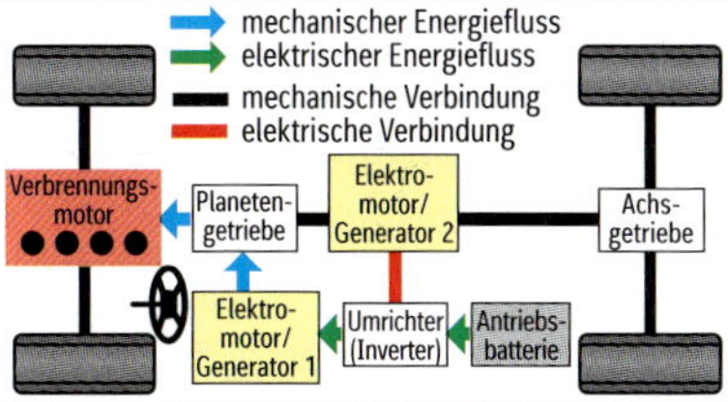	**Starten des Verbrennungsmotors** Das Starten des Verbrennungsmotors erfolgt sowohl im Ruhezustand als auch nach dem rein elektrischen Fahren durch den Elektromotor/Generator 1, der dann als Elektromotor (Starter) arbeitet. Dasselbe gilt auch für die Start-Stopp-Funktion. Die dabei notwendige elektrische Energie wird der Antriebsbatterie entnommen.
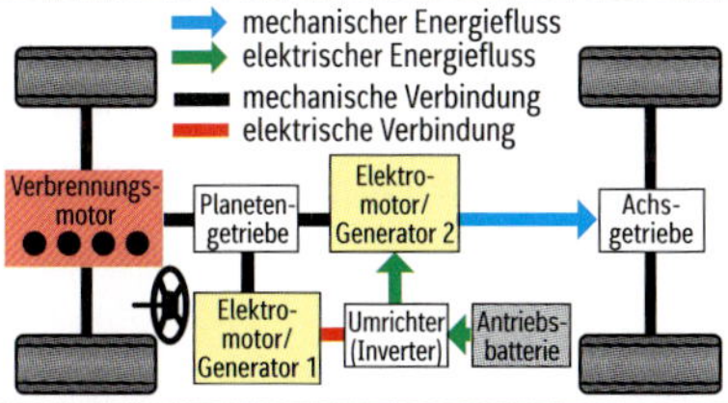	**Rein elektrisches Fahren** Während des rein elektrischen Fahrens arbeitet der Elektromotor/ Generator 2 als Elektromotor und treibt die Antriebsräder an. Die dabei notwendige elektrische Energie wird der Antriebsbatterie entnommen.
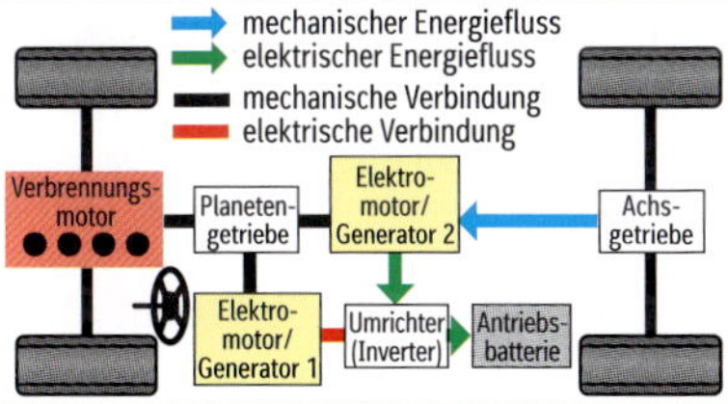	**Regeneratives Bremsen** Während des regenerativen Bremsens ist der Elektromotor/ Generator 2 als Generator geschaltet. Dieser wird von den Antriebsrädern angetrieben und erzeugt elektrische Energie. Diese wird in der Antriebsbatterie gespeichert.
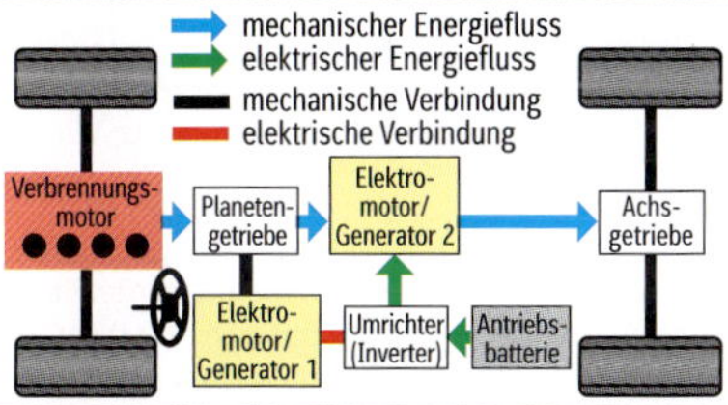	**Hybridisches Fahren und Boost-Betrieb** Während des hybridischen Fahrens wird die Antriebskraft vom Verbrennungsmotor und dem Elektromotor/Generator 2, der dann als Elektromotor arbeitet, gemeinsam erzeugt. Während des Boost-Betriebs arbeiten beide mit höchster Antriebsleistung, wodurch eine hohe Beschleunigung erreicht wird.
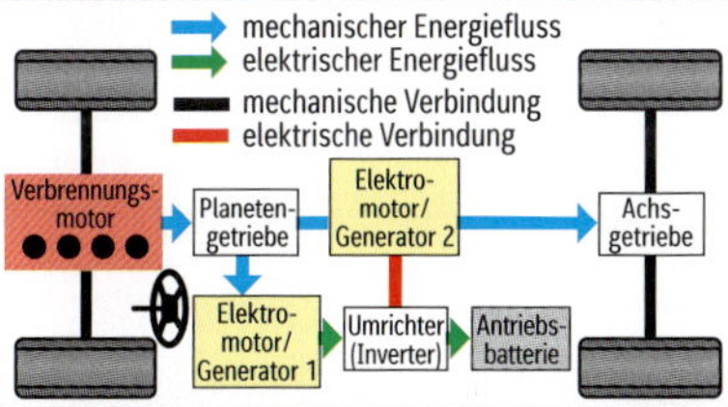	**Laden der Antriebsbatterie** Über das Planetengetriebe wird ein Teil der Leistung des Verbrennungsmotors für den Antrieb des Elektromotors/Generators 1, der dann als Generator arbeitet, abgezweigt. Die vom Generator 1 erzeugte elektrische Energie wird zum Laden der Antriebsbatterie verwendet.
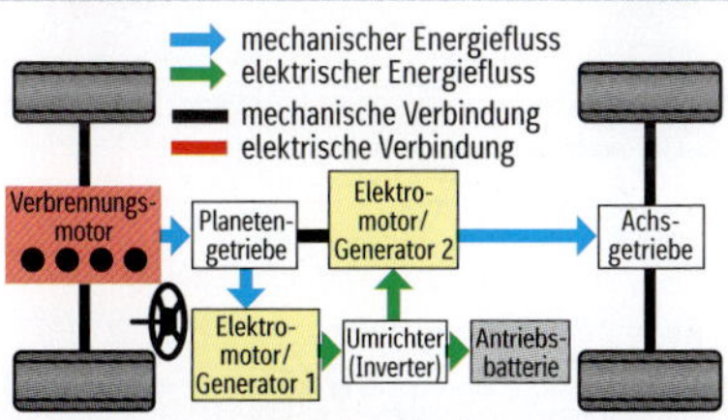	**Serieller Betrieb** Im seriellen Betrieb geht die gesamte Leistung des Verbrennungsmotors über das Planetengetriebe zum Elektromotor/Generator 1, der dann als Generator arbeitet. Mit der erzeugten elektrischen Energie wird der Elektromotor/Generator 2, der dann als Elektromotor arbeitet, versorgt und die Antriebsräder werden angetrieben. Wird die gesamte erzeugte elektrische Energie nicht vom Elektromotor 2 genutzt, wird gleichzeitig die Antriebsbatterie geladen.

Vor- und Nachteile des Hybridantriebs gegenüber dem Antrieb nur mit dem Verbrennungsmotor	
Vorteile: ■ geringerer Kraftstoffverbrauch ■ niedrigere Schadstoffemission ■ gleichmäßigeres Drehmoment ■ höheres Anfahrdrehmoment während des rein elektrischen Fahrens und im Boost-Betrieb	**Nachteile:** ■ mehrfache Energieumwandlung verringert den Gesamtwirkungsgrad ■ hohe Herstellungskosten durch leistungsstarke Elektromotoren/ Generatoren, Antriebsbatteriesysteme und elektronische Steuerungs- und Regelsysteme ■ geringe Reichweiten bei rein elektrischem Fahren ■ höhere Gesamtmasse des Fahrzeugs

Hybridantriebe

Micro-Hybrid	Ein Fahrzeug mit einem Micro-Hybridantrieb ist im strengen Sinn kein Hybridfahrzeug. Der Fahrantrieb erfolgt ausschließlich über die vom Verbrennungsmotor bereitgestellte mechanische Energie. Micro-Hybride realisieren aber wie Hybridsysteme die Funktionen Start-Stopp und Rekuperation. Bei der Rekuperation hebt der Drehstromgenerator seine Leistung im Schubbetrieb an, um möglichst viel Bewegungsenergie in elektrische Energie umzuwandeln und die 12-V-Starterbatterie zu laden.
Mild-Hybrid	Ein Fahrzeug mit Mild-Hybridantrieb ist mit einem Verbrennungsmotor als Hauptantriebsquelle ausgestattet und verfügt über eine elektrische Maschine mit einer Leistung von 8 kW bis etwa 20 kW. Diese elektrische Maschine übernimmt verschiedene Funktionen, z. B. Start-Stopp, Anfahrhilfe und Beschleunigungsunterstützung. Zudem wird sie zur Rekuperation genutzt. Neben der herkömmlichen 12-Volt-Batterie ist eine weitere Batterie mit einem höheren Spannungsniveau (z. B. 48 V) vorhanden. Diese versorgt die elektrische Maschine mit der benötigten Energie und speichert elektrische Energie während der Rekuperation. Rein elektrisches Fahren ist nicht möglich.
Plug-in-Hybrid	Im Gegensatz zu einem Vollhybird-Fahrzeug verfügt ein Plug-in-Hybrid (PHEV) über eine relativ große Antriebsbatterie. Diese Antriebsbatterie kann im Gegensatz zu der Batterie in einem Vollhybrid auch per Kabel geladen werden kann (Schuko-Steckdose, Wallbox oder öffentlichen Ladesäule). Hierzu ist am Fahrzeug eine Steckdose angebracht, die von außen zugänglich ist.

Rekuperation

Das Ziel der Rekuperation ist es, die Bewegungsenergie des Fahrzeugs beim Bremsvorgang in elektrische Energie zu wandeln und nicht ausschließlich in thermische Energie umzusetzen, wie es durch ein hydraulisches Bremssystem erfolgt. Rekuperation ist eine Maßnahme, um den Kraftstoffverbrauch zu reduzieren oder die Reichweite elektrisch angetriebener Fahrzeuge zu erhöhen. Zu unterscheiden ist die Rekuperation bei 12-V-Bordnetzsystemen und Hochvoltsystemen.
Bei 12-V-Bordnetzsystemen wird während der Schubabschaltung dem Drehstromgenerator eine höhere Sollspannung (ca. 15 V) vorgegeben, um die Starterbatterie zu laden. Im Fahrbetrieb, insbesondere beim Beschleunigen, wird die Generatorleistung verringert und das Bordnetz teilweise aus der Batterie versorgt.

Kreiskolbenmotor

Ein Kreiskolbenmotor ist ein Rotationskolbenmotor, bei dem alle mechanisch arbeitenden Teile Drehbewegungen ausführen. Der Motor wird nach seinem Erfinder Felix Wankel (1902–1988) auch Kreiskolben-Wankelmotor genannt. Die Verbrennungsenergie wird nach dem Viertaktprinzip ohne eine Hubbewegung direkt in eine Drehbewegung umgesetzt. Somit entfallen viele Bauteile der Motorsteuerung eines klassischen Hubkolbenmotors, allerdings hat der Drehkolbenmotor einen bauartbedingt schlechteren thermischen Wirkungsgrad.

Wankelmotor

Der Wankelmotor ist ein Rotationskolbenmotor (RKM), der nach seinem Erfinder Felix Wankel (1902–1988) benannt wurde. Bei einem Wankelmotor wird die Verbrennungsenergie ohne den Umweg einer Hubbewegung, wie es bei Hubkolbenmotoren (HKM) der Fall ist, direkt in eine Drehbewegung umgesetzt. Es existieren prinzipiell zwei kinematische Versionen: Der Drehkolben-Wankelmotor (DKM 54) und der Kreiskolben-Wankelmotor (KKM 57), wobei die Zahl für das Jahr der Entstehung im 20. Jahrhundert steht.

Der Kreiskolbenmotor arbeitet wie Hubkolbenmotoren nach dem Viertaktprinzip: Ansaugen, Verdichten, Arbeiten und Ausstoßen. Allerdings entfallen die Ein- und Auslassventile. Die Steuerung der Ein- und Auslassöffnungen übernimmt die gewölbt dreieckige Kolbenkontur. Diese Motorbauart hat sowohl Vorteile (hohe Laufruhe, kompakte Bauweise, hohes Drehmoment) als auch Nachteile (hoher Kraftstoff- und Ölverbrauch, hohe Emissionen von Kohlenwasserstoffen (HC)). Insgesamt wurden und werden nur sehr wenige Fahrzeuge mit diesem Motor gebaut.

Gegenüberstellung der Funktionsprinzipien von Kreiskolben- und Hubkolbenmotor

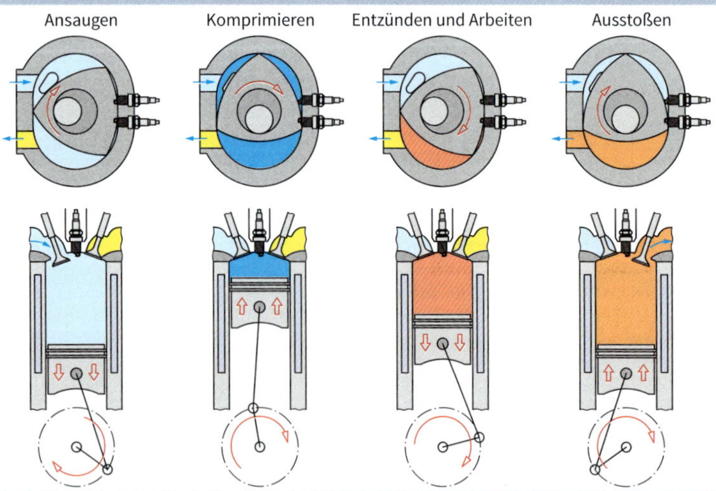

Brennstoffzelle

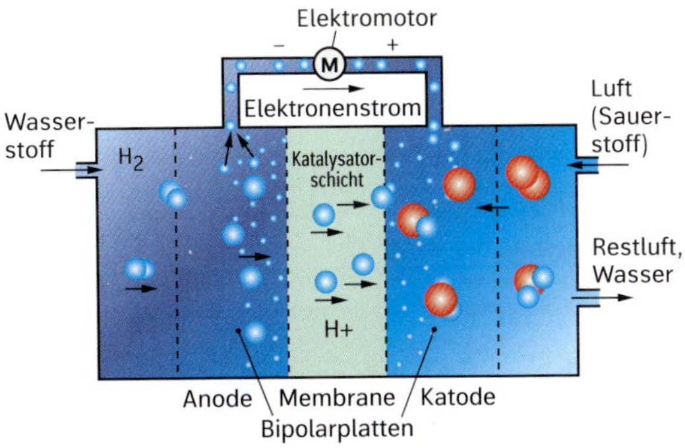

Anode: $2H_2 \rightarrow 4H^+ + 4e^-$

Katode: $O_2 + 4e^- \rightarrow 2O^{--} + 4H^+ \rightarrow 2H_2O$

Grundprinzip/Merkmale

Das **Grundprinzip** der Brennstoffzelle besteht auf der Umkehrung der Elektrolyse von Wasser. Dabei wird die Anode mit Wasserstoff (H_2) aus den Druckbehältern und die Katode mit Sauerstoff (O_2) aus der Luft versorgt. An der Katalysatorschicht der Membrane wird der Wasserstoff H_2 in seine Bestandteile 2 H^+ (positive Ionen) und 2 e^- (Elektronen) zerlegt. Da die Membrane nur für die positiven Wasserstoff-Ionen durchlässig ist, müssen die Elektroden über den Elektromotor fließen, um zur Katode zu gelangen.

In der Katode werden die Sauerstoffmoleküle O_2 unter dem Einfluss der von der Anode kommenden Elektronen in ihre Bestandteile 2O zerlegt.

Sie nehmen dabei jeweils zwei Elektronen auf (O^{--}, negative Ionen). Die negativen Sauerstoff-Ionen reagieren an der Katalysatorschicht mit den durch die Membrane gelangten positiven Wasserstoff-Ionen zu Wasser.

Merkmale: Die Brennstoffzelle erzeugt eine Spannung von 0,6 bis 1,0 V. Mehrere Brennstoffzellen werden in Reihe geschaltet, um die erforderliche Spannung, z. B. von 12 oder 450 Volt, zu erhalten.

Brennstoffzellenantrieb

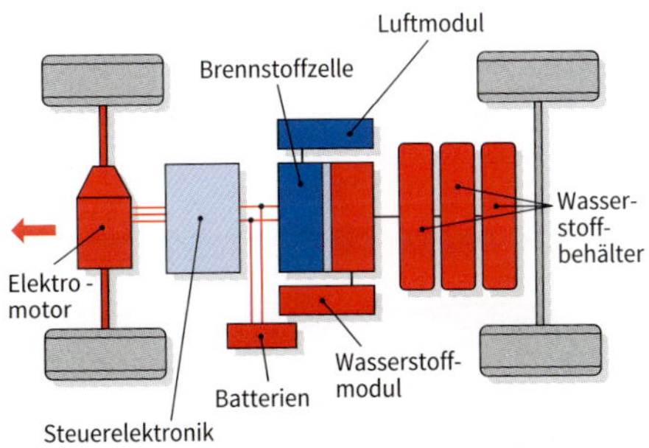

Merkmale

Mehrere Brennstoffzellen (z. B. 440) in Reihe geschaltet, erzeugen durch die Reaktion von Wasserstoff und Sauerstoff elektrische Energie, die den Elektromotor (Drehstrommotor) antreibt.

Die Steuerelektronik steuert die Drehzahl des Elektromotors und den Generator-betrieb (z. B. Laden des Lithium-Ionen-Batteriesatzes während des Schiebebetriebes).

Der flüssige Wasserstoff wird in Druckbehältern, z. B. mit 700 bar, mitgeführt.

Vor- und Nachteile im Vergleich zum Verbrennungsmotor

- Motorleistung, Motordrehmoment und Fahrgeschwindigkeit hoch
- geringere Lärmemissionen
- keine Schadstoffemissionen im Fahrbetrieb
- Kinetische Energie des Fahrzeugs wird während des Schiebebetriebs in elektrische Energie umgeformt.
- hohe Drehmomente während des Anfahrens und Beschleunigens
- hohe Herstellungskosten für Wasserstoff
- geringere Fahrkilometer
- hoher Platzbedarf

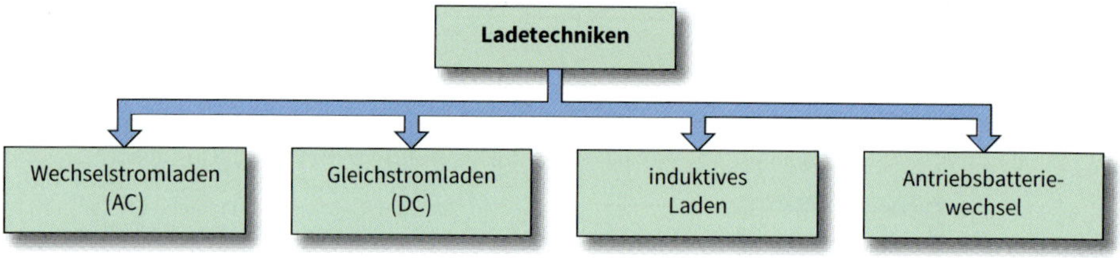

Wechselstromladen (AC)

Mit **Ladekabel** und **Laderegelung** (In-Cable-Control-Box [ICCB]):

Maximale **Stromstärke** beträgt bei 230 V bis zu 16 A und bei 400 V bis zu 32 A. Die übertragende **Ladeleistung** liegt dabei zwischen 3,7 und 12,8 kW.

Merkmale:
- wird im Kofferraum mitgeführt
- mit Schalt- und Schutzvorrichtung
- kein Abrechnungssystem

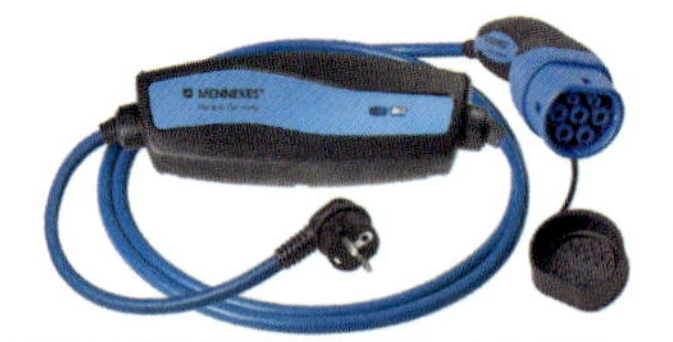

Mit an der Wand befestigter **Wallbox**:

Maximale **Stromstärke** beträgt bei 230 V bis zu 16 A und bei 400 V bis zu 32 A. Die übertragende **Ladeleistung** liegt dabei zwischen 3,7 und 12,8 kW.

Merkmale:
- fest installiert
- mit Schalt- und Schutzvorrichtung
- kein Abrechnungssystem

Mit frei stehender **Ladesäule** und **Ladekabel** von der Ladesäule bzw. vom Kraftfahrzeug:

Maximale **Stromstärke** beträgt bei 400 V bis zu 63 A und die übertragende **Ladeleistung** beträgt bis zu 43,5 kW.

Merkmale:
- fest installiert
- mit Anfahrsperre
- mit Abrechnungssystem

Gleichstromladen (DC)

Mit frei stehender **Ladesäule** und festem **Ladekabel** an der Ladesäule für Gleichstrom

Maximale **Stromstärke** beträgt beim **Stecker Typ 2** mit Gleichstromkontakten und bei 500 V bis zu 140 A und die übertragende **Ladeleistung** beträgt dabei bis zu 70 kW, beim **Stecker Combo 2** beträgt die maximale Stromstärke bei einer Spannung von 600 V bis zu 200 A und die übertragende Ladeleistung bis zu 120 kW (Schnellladung).

Merkmale:
- fest installiert
- mit Anfahrsperre
- mit Abrechnungssystem

Induktives Laden

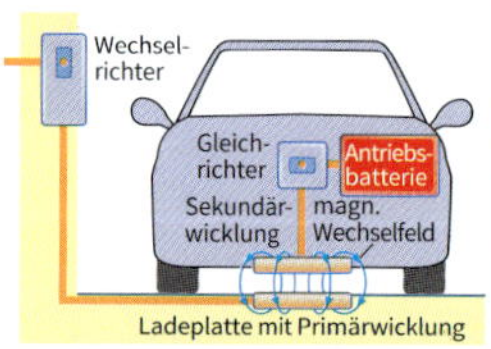

Merkmale:
- berührungsloses Laden
- keine Ladekabel und Steckdosen erforderlich
- hoher Bauaufwand für die Ladestation und im Kfz
- geringer Wirkungsgrad
- mit Abrechnungssystem

Antriebsbatteriewechsel

Merkmale:
- schnellstes „Ladesystem“
- hoher Aufwand für die Bevorratung von Antriebsbatterien
- mehrere Ladestationen nötig
- nur geeignet für Fahrzeugflotten, z. B. Verkehrsbetriebe

Ladebetriebsarten

Die Ladebetriebsarten beinhalten das Laden mit Ladekabeln. Dabei wird die elektrische Energie über Steckverbindungen (Stecker und Steckdosen) und Ladekabel zum Kfz übertragen. Sie unterscheiden sich durch die Stromart und den Sicherheitseinrichtungen.

Mode 1	AC-Ladung aus einer Schutzkontaktsteckdose, keine Kommunikation mit dem Kfz, keine Kontrolleinrichtung. Wird aus Sicherheitsgründen nicht mehr eingesetzt.
Mode 2	AC-Ladung aus einer Schutzkontaktsteckdose (230 V) oder CEE-Steckdose (Drehstromsteckdose, 400 V). Kommunikation mit dem Kfz durch In-Cable-Controll-Box (ICCB). Diese enthält die Steuer- und Schutzeinrichtung.
Mode 4	Wie Mode 2, nur dass für das Laden eine Ladestation, z.B. eine Wallbox oder eine Ladesäule, verwendet wird. Als Steckverbindung wird der Typ 2 verwendet. Die Kommunikation erfolgt zwischen Ladestation und Kfz über die PP- und CP- Kontakte. Der Mode 3 ist die am häufigsten verwendete Ladebetriebsart.
Mode 4	DC-Ladung an einer fest installierten Ladesäule mit festem Ladekabel und Ladestecker. Als Steckverbindung wird der Typ 2 mit Gleichstromkontakten und Combo 2 verwendet. Kommunikation mit dem Kfz durch die Ladestation über die PP- und CP- Kontakte. Das Laden mit Combo 2 ist die schnellste Ladeart.

Typ 2

Ladestecker mit Kontaktstiften

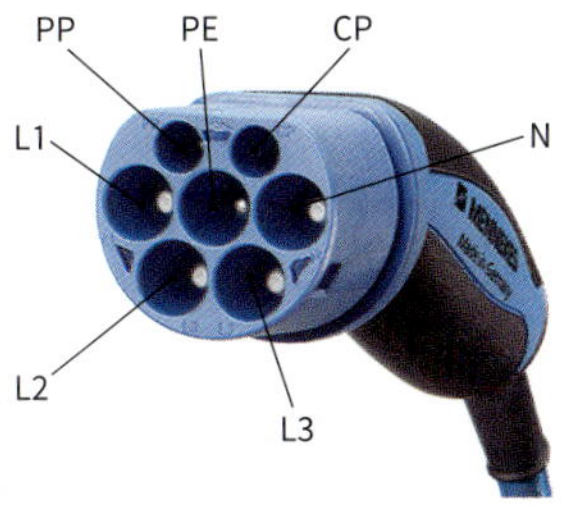

Ladesteckdose mit Kontaktbuchsen

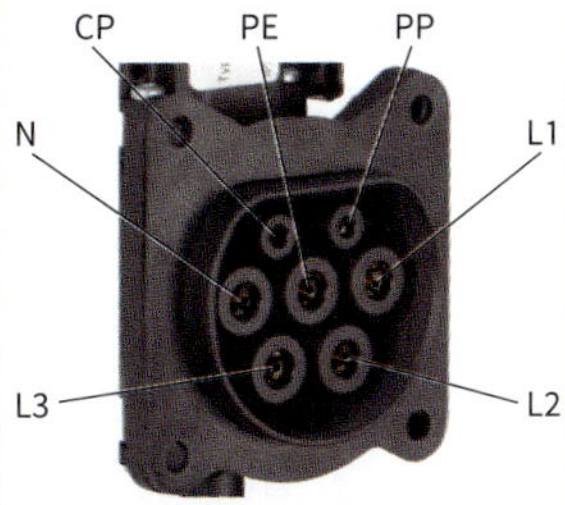

Ladestecker mit Kontaktbuchsen

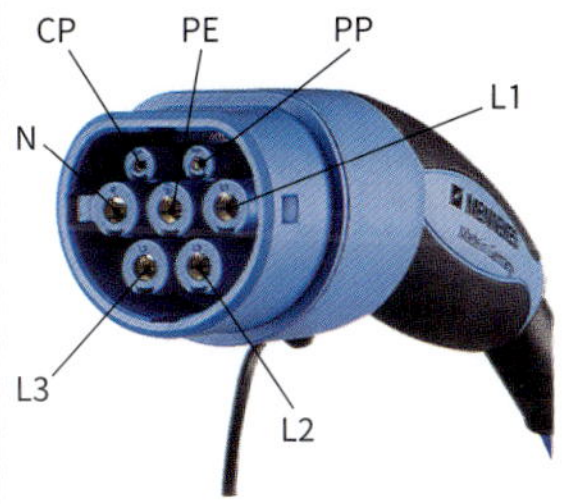

Ladesteckdosen mit Kontakstiften

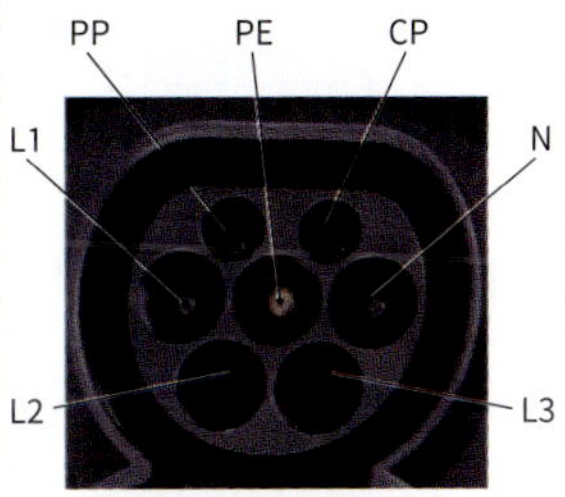

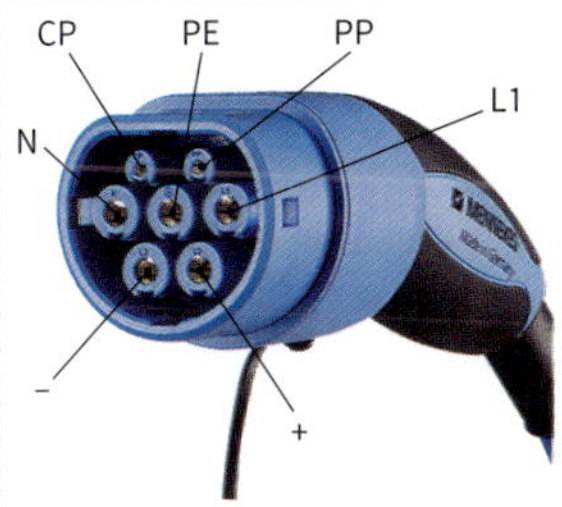

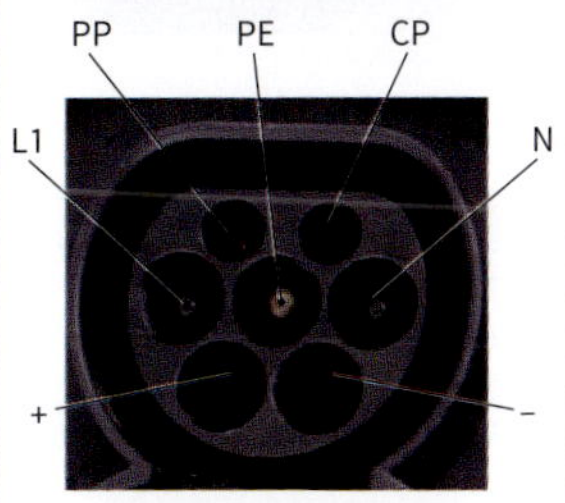

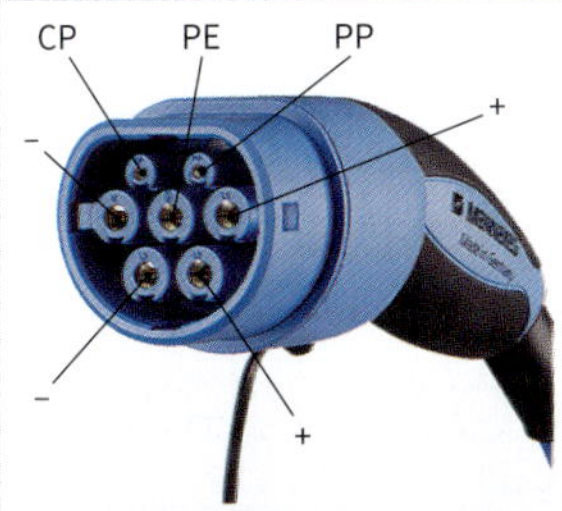

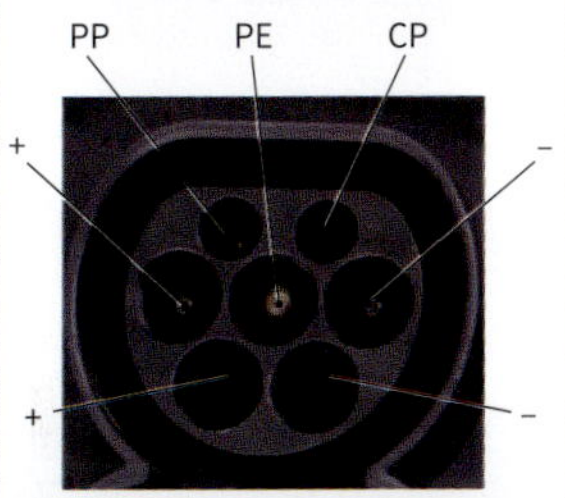

Merkmale

- Die Typ 2 und Combo 2 Ladestecker und Ladesteckdosen sind in der **E**uropäischen **G**emeinschaft (EG) verbindlich vorgeschrieben.
- Ladesteckdosen an den Kraftfahrzeugen können mit Kontaktstiften oder Kontaktbuchsen ausgerüstet sein.
- Ladesteckdosen am Kraftfahrzeug für Combo 2 sind immer mit Kontaktstiften ausgerüstet.
- Ein transportables Ladekabel für eine Wechselstromladesäule hat für die Ladesteckdose am Kraftfahrzeug entweder einen Ladestecker mit Kontaktstiften oder Kontaktbuchsen. Für die Ladesteckdose an der Ladesäule hat das Ladekabel einen Ladestecker mit Kontaktstiften.
- Die **PIN-Bezeichnungen** an den Ladesteckern und Ladesteckdosen richten sich danach, ob der Ladestecker bzw. die Ladesteckdose Kontaktstifte („männlich") oder Kontaktbuchsen („weiblich") hat. Ladestecker und Ladesteckdosen können danach sowohl „männlich" als auch „weiblich" ausgeführt sein.
- Die Ladestecker und Ladesteckdosen vom Typ 2 mit zwei bzw. vier Gleichstromkontakten sind Sonderausführungen vom Typ 2, z. B. der Firma Tesla.

PIN-Bezeichnungen der Ladestecker und der Ladesteckdosen

PP:	Proximity Pilot (PP-Kontakt, verhindert Motorstart während des Ladevorgangs)
CP:	Control Pilot (Steuerleitung zur Kommunikation zwischen Fahrzeug und Ladegerät)
PE:	Protect Earth (Schutzkontakt)
L1,L2,L3:	Energieleitungen (Phasen)
N:	Neutralleiter
+/-:	Gleichstromanschlüsse (DC)

Combo 2

Ladestecker mit Kontaktbuchsen

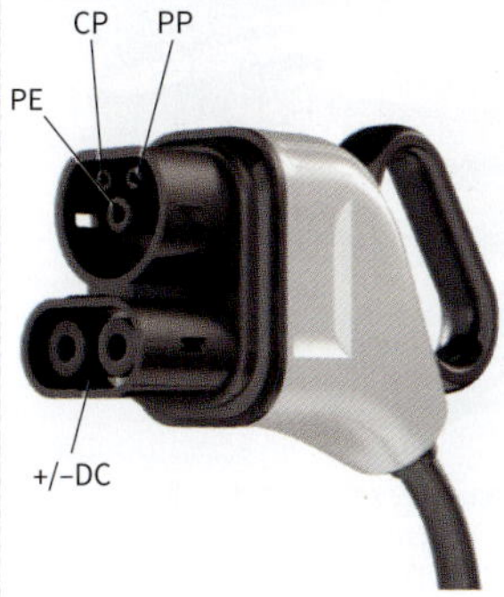

Ladesteckdose mit Kontaktstiften

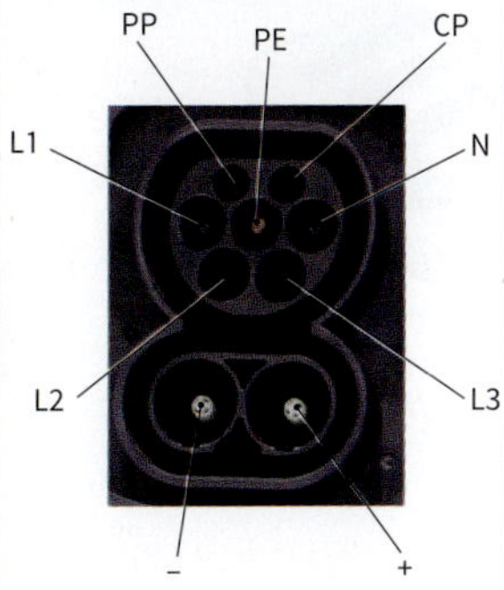

Merkmale

- Es gibt nur eine Ausführung des Ladesteckers und der Ladesteckdose, da das Ladekabel fest mit der Ladesäule verbunden ist.
- Mit dem Combo 2 Ladestecker ist nur eine Gleichstromladung möglich.
- Am Fahrzeug befindet sich eine Ladesteckdose mit den Kontakten für den Typ 2 und zwei Kontakten für die Gleichstromladung.
- Dadurch ist eine AC-Ladung an einer Wechselstromladesäule mit 230 und/oder 400 V mit dem Typ 2 Ladestecker möglich.

PIN-Bezeichnungen des Ladesteckers und der Ladesteckdose

siehe Typ 2

Combined-Charging-System (CCS)

CCS ist ein internationaler Standard nach IEC 62196 für den Ladeanschluss von Elektrofahrzeugen. Verbreitet ist der CCS-Typ-2-Stecker für das Wechselstromladen (AC) und für das Gleichstromladen (DC). Die Kombination der Steckeranschlüsse erlaubt das wahlweise Laden mit DC oder AC.

Ladebuchse Typ 2			
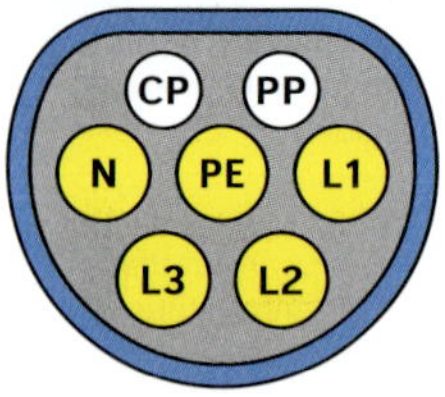	AC 1- oder 3-phasig	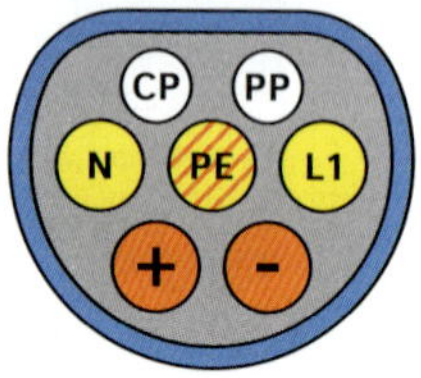	AC 1- oder 3-phasig DC niedrig
	max. 500 V AC 3 × 63 A oder 1 × 80 A		max. 500 V AC/DC 3 × 63 A oder 1 × 70 A DC oder 1 × 80 A DC
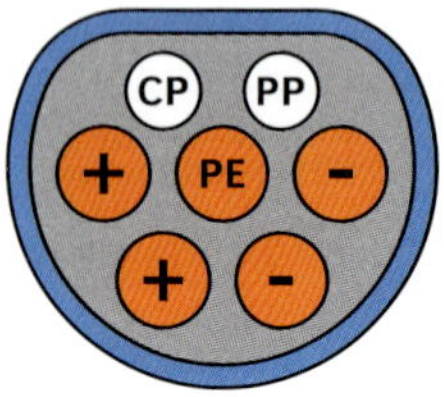	DC mittel	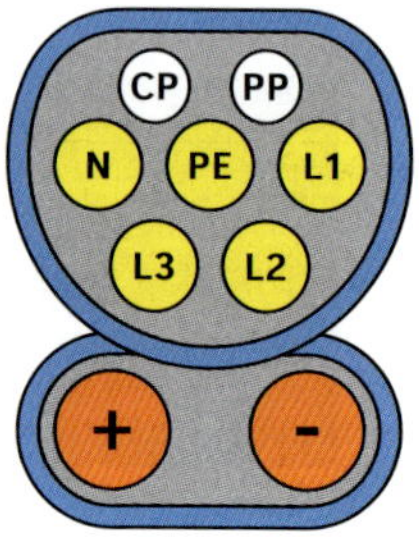	DC hoch
	max. 500 V DC 1 × 140 A		≥ 500 V DC 1 × 200 A

Batteriesysteme (Hochvolt)

Ein Batteriesystem besteht aus der Zusammenschaltung von Batteriezellen zu Batteriemodulen oder aus der Zusammenschaltung mehrerer Batteriemodule. Die Art der Zusammenschaltung bestimmt die Gesamtspannung und die Gesamtkapazität. Das Hintereinanderschalten (**S**: serielle Schaltung) erhöht die Spannung ($U = U_1 + U_2 + U_n$). Das Parallelschalten (**P**) erhöht die Kapazität ($C = C_1 + C_2 + C_n$).

Anschlusskennzeichnung (Beispiel)

4S3P
4 seriell geschaltete Zellenblöcke: 4 × 3,7 V = 14,8 V
jeweils **3** Zellen **p**arallel geschaltet: C = 3 × 3 200 mAh = 9 600 mAh

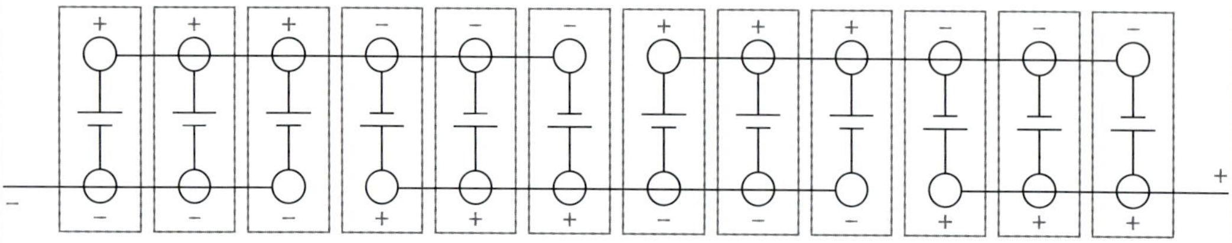

Batteriezelle	Batteriemodul	Batteriesystem
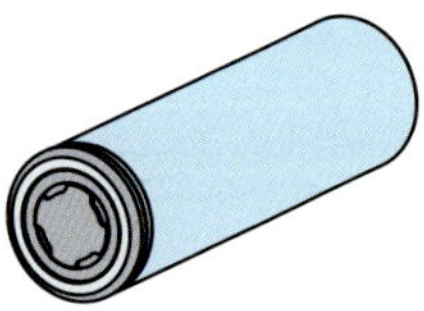		
U = 3,7 V C = 3 200 mAh bis zu 38 Ah (Zellenformat 46120)	4S3P: U = 4 × 3,66 V = 14,66 V C = 3 × 60 Ah = 180 Ah	Beispiel: Kapazität 95 kWh, 36 Module Jedes Modul enthält 12 Pouch-Zellen. Insgesamt 432 Zellen, Gesamtgewicht: 700 kg

Merkmale:
Die **Hochvoltkomponenten** haben keine stromführende Verbindung mit dem Aufbau (Masse) des Fahrzeugs. Die Hochvoltkomponenten für einen Elektroantrieb sind

- mit den Hochvoltleitungen,
- mit der Ringleitung und
- mit den Massebändern verbunden.

Die **Hochvoltleitungen** haben die Aufgabe, die Hochvoltkomponenten mit elektrischer Energie aus der Antriebsbatterie zu versorgen.

Alle Hochvoltkomponenten sind durch eine einadrige 12 V-**Ringleitung**, durch die eine Stromstärke von 10 mA fließt, miteinander verbunden.

Wird die Ringleitung unterbrochen, z.B. bei einem Unfall, wird das Hochvoltsystem abgeschaltet.

Die Gehäuse der Hochvolt komponenten sind alle über **Massebänder** mit dem Aufbau (Masse) des Fahrzeugs verbunden.

Kommt ein Gehäuseteil einer Hochvoltkomponente mit dem Pluspol und ein Gehäuseteil einer anderen Hochvoltkomponente mit dem Minuspol in Kontakt, entsteht durch die Massebänder ein Kurzschluss.
Dadurch wird die Hauptsicherung der Hochvoltanlage ausgelöst.

Hochvoltleitungen und Ringleitung eines Elektroantriebs

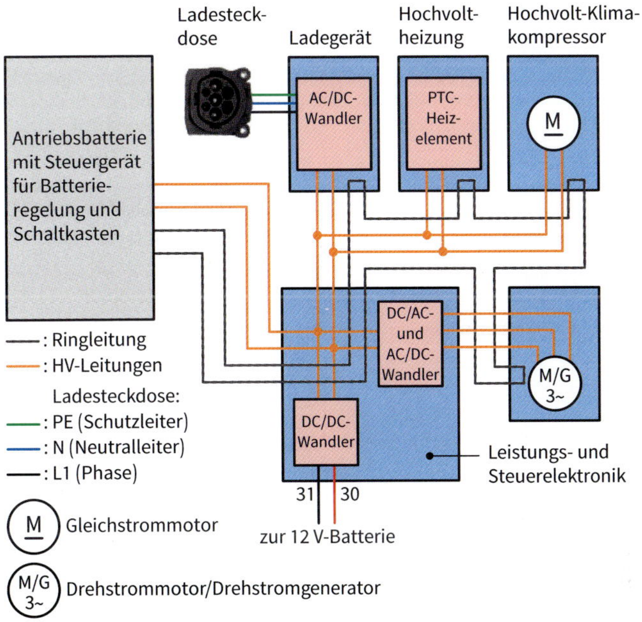

Hochvoltanlage mit Massebändern

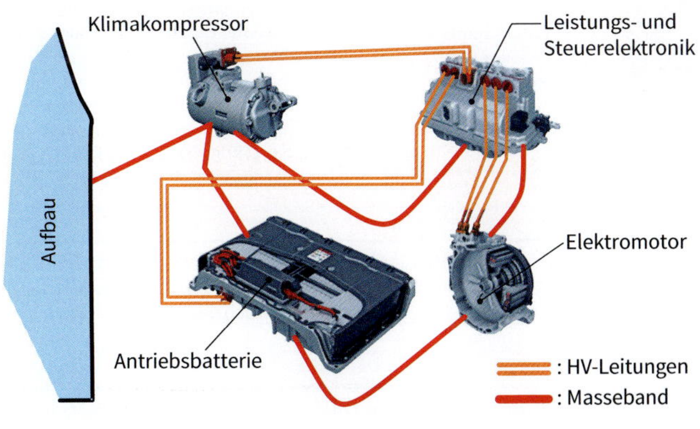

HV-Leitungen

Einpolig (einadrig)

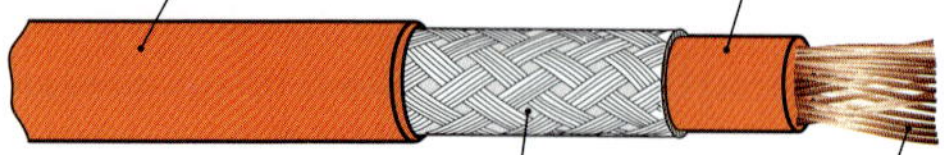

Zweipolig (zweiadrig)

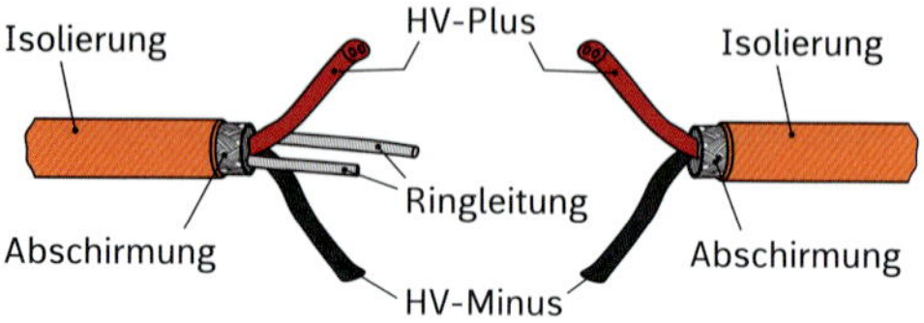

Die HV-Leitungen sind für eine Spannung bis zu 600 V (AC) und 1000 V (DC) ausgelegt. Der Temperatureinsatz liegt zwischen –40° und 180 °C.

HV-Stecker	Verwendung
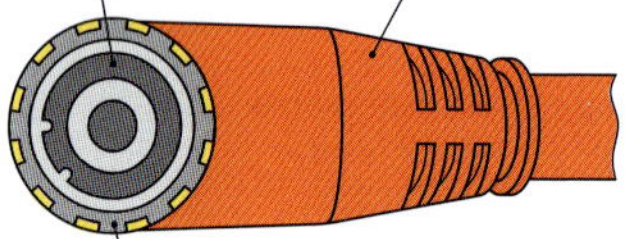	**einpoliger Stecker:** z. B. Verbindung zwischen Ladegerät und Leistungs- und Steuerelektronik
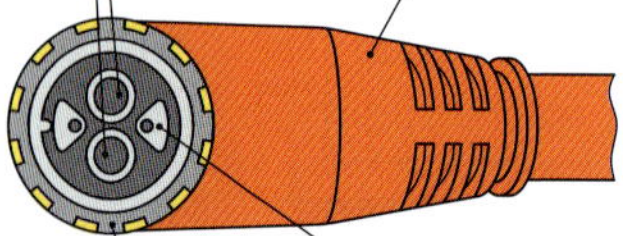	**zweipoliger Stecker mit Ringleitung:** z. B. Verbindung zwischen Klimakompressor und Leistungs- und Steuerelektronik **zweipoliger Stecker ohne Ringleitung:** z.B. Verbindung zwischen Heizung und Leistungs- und Steuerelektronik

HV-Schraubkontakt	Verwendung
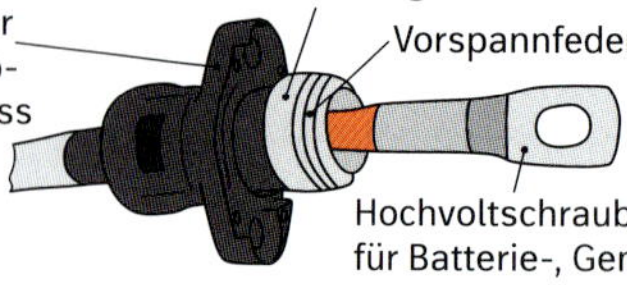	z. B. Verbindung zwischen Drehstromgenerator und Leistungs- und Steuerelektronik sowie zwischen Antriebsbatterie und Leistungs- und Steuerelektronik

Interlock

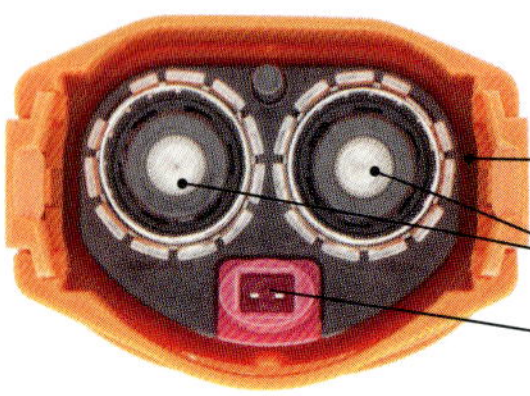

Der HV-Interlock dient dazu, in einem Hochvoltstromkreis die korrekte Verbindung von Steckverbindungen zu überwachen und damit eine elektrische Gefährdung bei einem unbeabsichtigten Trennen einer HV-Steckverbindung zu unterbinden. Dieses wird erreicht durch eine Pilotlinie (auch Sicherheitslinie), die als Reihenschaltung mit 12-V-Bordspannung alle HV-Steckverbindungen verbindet. Wenn die Pilotlinie durch das Trennen einer Steckverbindung unterbrochen wird, deaktiviert das HV-Steuergerät unmittelbar das HV-System und schaltet dieses spannungsfrei.

Inverter

Der Inverter (Wechselrichter, AC/DC-Wandler) wandelt in HV-Fahrzeugen den Gleichstrom der HV-Batterie in 3-Phasen-Wechselstrom für den Elektromotor. Umgekehrt wird ein erzeugter Wechselstrom in einen Gleichstrom zum Laden der Batterie gleichgerichtet. Das Steuergerät regelt mit dem Inverter auch die Stromstärke und die Frequenz für den Antrieb des Elektromotors.

Isolated-Terra-Netz

In HV-Fahrzeugen kommt ein nicht geerdetes IT-Netz (Isolated Terra) zum Einsatz, welches im Gegensatz zum herkömmlichen Bordnetz von der Fahrzeugmasse galvanisch isoliert ist. Dies ist aus Sicherheitsgründen zwingend erforderlich.

Automatische Feststellung der Spannungsfreiheit

- Die automatische Feststellung ist eine softwarebasierte Abfrage der Spannungswerte von drei verschieden Hochvoltkomponenten. Das Ergebnis wird im Kombiinstrument angezeigt.

Messadapter

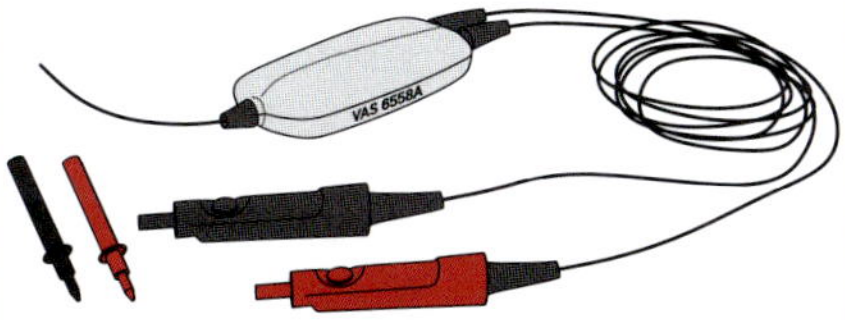

Manuelle Feststellung der Spannungsfreiheit

- Die manuelle Prüfung der Spannungsfreiheit des Hochvoltsystems erfolgt mit einem hochvolttauglichen Spannungsmessgerät. Bevor gemessen wird, ob die Spannungsfreiheit vorliegt, wird das Spannungsmessgerät durch eine Probemessung an einer Spannungsquelle, z. B. an einer 12 V-Batterie, auf korrekte Funktion geprüft. Ergibt die Spannungsmessung z. B. an den Hochvoltkontakten des DC/AC-Wandlers 0 Volt, so ist damit die Spannungsfreiheit festgestellt. Nach der Messung wird noch einmal eine Funktionskontrolle des Spannungsmessgerätes durchgeführt. Dadurch wird ausgeschlossen, dass das Spannungsmessgerät durch die Messung beschädigt wurde.
- Zur Feststellung der Spannungsfreiheit werden auch spezielle Messadapter benutzt. Diese sind nur für die Prüfung der Spannungsfreiheit einsetzbar.

Isolationsprüfung

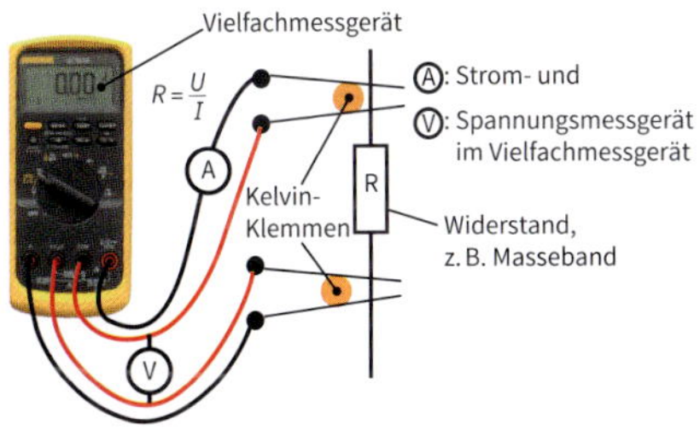

Automatische Isolationsüberwachung

- Das Steuergerät für Batterieregelung führt bei einem aktiven HV-System alle 30 s eine Isolationsprüfung durch.
- Es wird der Widerstand zwischen den stromführenden Leitungen und dem Gehäuse der Antriebsbatterie mit einer Spannung von z. B. 260 V gemessen.
- Es werden die Isolationsfehler im gesamten Hochvoltkreis erkannt. Wird ein Isolationsfehler erkannt, leuchtet auf dem Kombiinstrument eine Lampe auf.
- Werden mehrere Fehler festgestellt, wird das HV-System abgeschaltet.

Widerstandsmessung nach Kelvin (Prinzip)

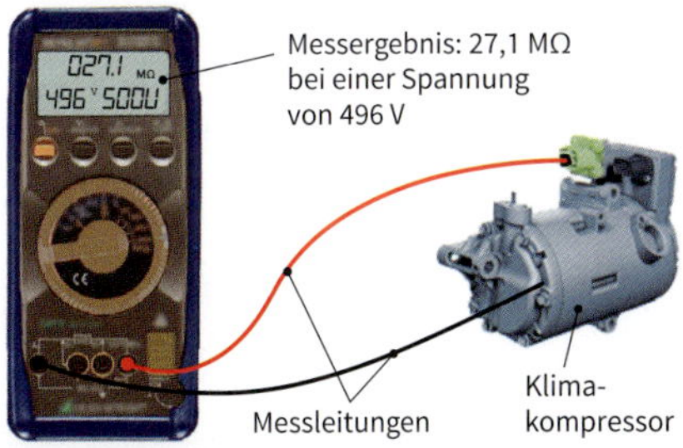

Manuelle Prüfung der Isolation

- Nach Reparaturarbeiten und nach dem Austausch einer HV-Komponente ist, bevor das HV-System wieder eingeschaltet wird, immer eine manuelle Prüfung der Isolation zwischen den Hochvoltanschlüssen und dem Gehäuse der HV-Komponente vorzunehmen.
- Um Fehlmessungen zu vermeiden, müssen zur Isolationsmessung spezielle Messadapter und Messgeräte benutzt werden.
- Bei der Messung kann eine Prüfspannung bis zu 1000 V an die Messspitzen angelegt werden. Um die Gefahr eines Stromschlages zu vermeiden, wird die Prüfstromstärke dabei auf 10 mA begrenzt.
- Bei der Durchführung der Isolationsprüfung sind die Herstellervorschriften sorgfältig zu befolgen und deren Sollwerte zu beachten.

Widerstandsmessung mit dem 4-Leitungs-Messgerät

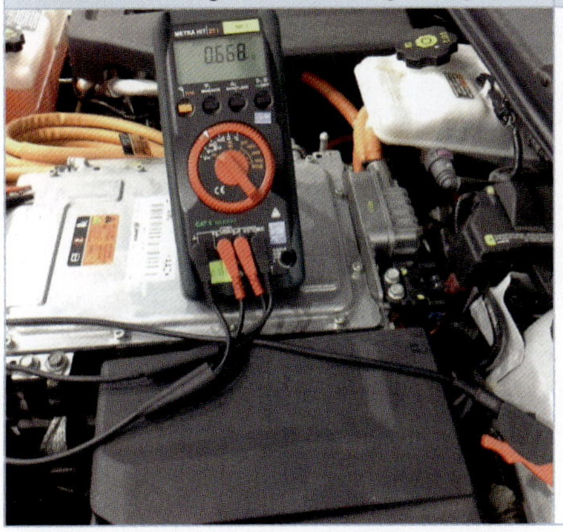

Widerstandsmessung der Massebänder

- Die Gehäuse der HV-Komponenten sind alle über Massebänder mit dem Aufbau verbunden.
- Für den Widerstand zwischen zwei Gehäusen gilt nach der Regelung ECE-R 100 ein Wert von kleiner als 0,1 Ω. Dabei muss die Prüfstromstärke mindestens 0,2 A betragen. In der Praxis wird sicherheitshalber die Masseverbindung schon bei einem Widerstandswert von 0,01Ω geprüft.
- Für die Messung so kleiner Widerstände werden 4-Leitungs-Messgeräte verwendet. Die Messung wird auch als Kelvin-Messung bezeichnet.
- Bei der Kelvin-Messung werden zwei Paare Messleitungen verwendet. Beide Paare werden vor und nach dem zu messenden Widerstand durch Kelvin-Klemmen befestigt.
- Über die äußeren Klemmen fließt der Prüfstrom. Die inneren Klemmen messen den Spannungsfall, der durch das Fließen des Prüfstromes durch den Widerstand entsteht. Der gemessene Spannungsfall wird im Messgerät in einen Widerstandswert umgerechnet und angezeigt.

Antriebsarten für Kraftwagen

Für Kraftwagen (Pkw und Nkw) gibt es drei verschiedene Antriebsarten. Diese unterscheiden sich durch die Motoranordnung und die Lage der Antriebswellen.
Baugruppen des Antriebsstrangs sind: Motor (M), Kupplung (K), Wechselgetriebe (W), Achsgetriebe und Ausgleichsgetriebe (A), Antriebswellen (Aw), Gelenkwellen (G) und Verteilergetriebe (V).

Darstellung	Motoranordnung	Lage der Antriebswellen	Verwendung
1. Vorderradantriebe			
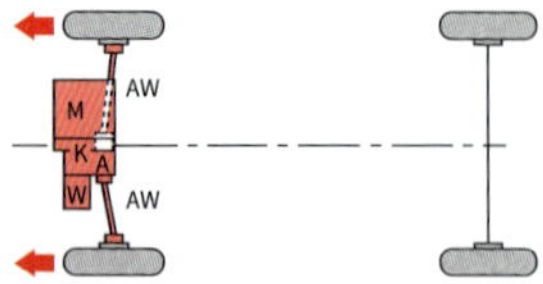	Front und quer (**Frontantrieb**)	Front	Pkw bis zur Mittelklasse, Kleinbusse
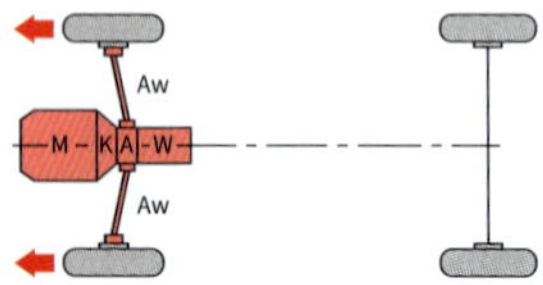	Front und längs (**Frontantrieb**)	Front	Pkw ab Mittelklasse, Kleinbusse
2. Hinterradantriebe			
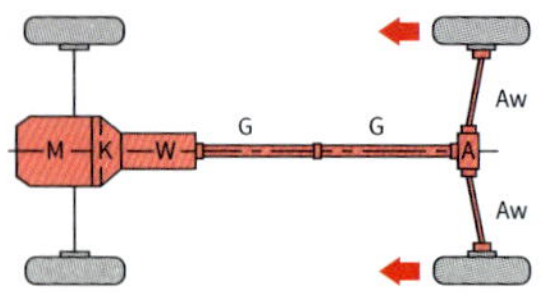	Front und längs (**Standardantrieb**)	Heck	Pkw ab oberer Mittelklasse
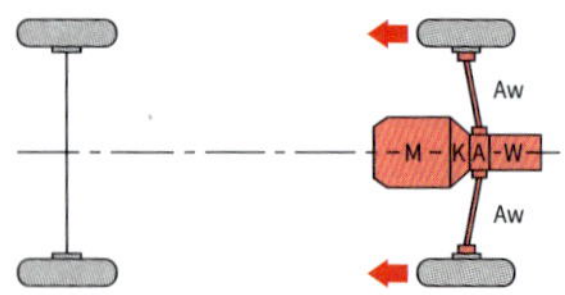	Heck und längs Motor vor der Hinterachse (**Mittelmotorantrieb**) oder zwischen den Antriebswellen (**Unterflurmotorantrieb**) angeordnet	Heck	Sportwagen Lkw, Busse
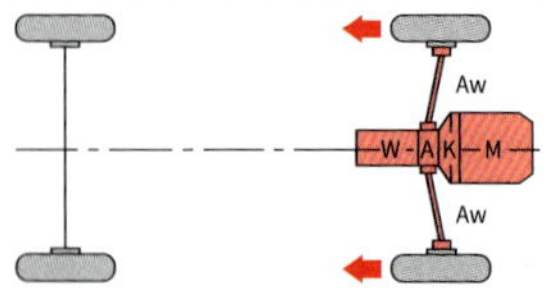	Heck und längs Motor hinter den Antriebswellen angeordnet	Heck	Sportwagen, Reisebusse
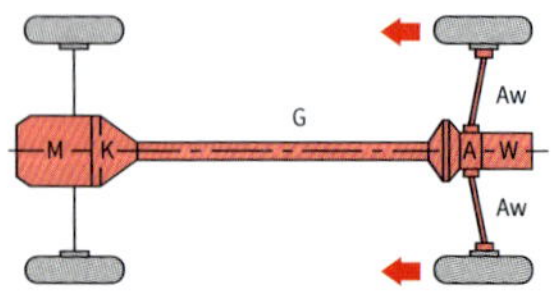	Front und längs Gelenkwelle verbindet Motor mit Wechselgetriebe (**Transaxleantrieb**)	Heck	Coupés
3. Allradantriebe			
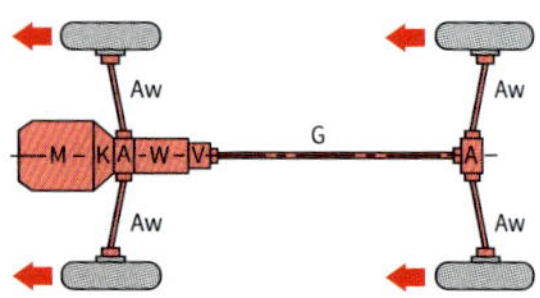	Front und längs	Front- und Heck Verteilergetriebe für Antrieb der Antriebswellen	Pkw, Nkw, Baustellenfahrzeuge, Zugmaschinen
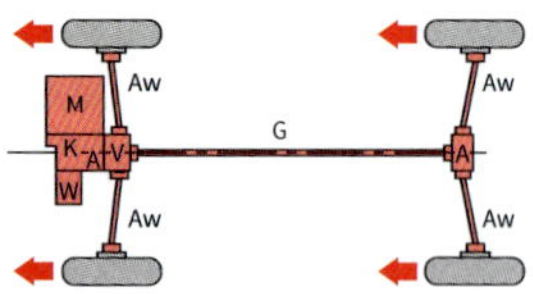	Front und quer	Front- und Heck Verteilergetriebe für Antrieb der Antriebswellen	Pkw, Nkw

Vergleich von Pkw-Antrieben
Comparison of passenger car drives

Antriebsart	Traktion	Fahrdynamik	Raumausnutzung
1. Vorderradantriebe			
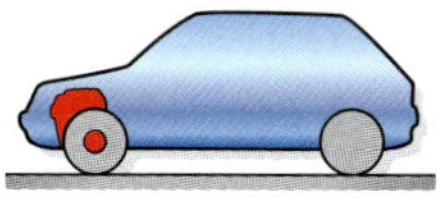 Frontmotor quer eingebaut	Antriebskraft wird bei Geradeausfahrt und in Kurven gut übertragen	Seitenwindstabilität und Geradeausfahrt gut, stabiles Fahrverhalten auf winterlichen Straßen	Innenraumausnutzung und Gepäckraumgröße gut
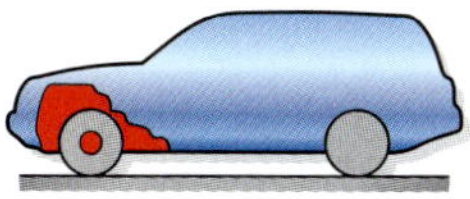 Frontmotor längs eingebaut	Antriebskraft wird bei Geradeausfahrt und in Kurven gut übertragen	Seitenwindstabilität und Geradeausfahrt gut, stabiles Fahrverhalten auf winter lichen Straßen	Gepäckraumgröße gut, Einbau großvolumiger Motoren möglich
2. Hinterradantriebe			
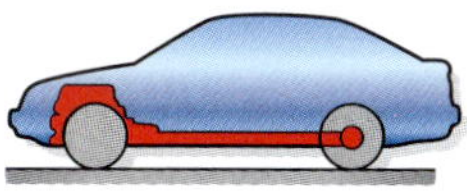 Frontmotor längs eingebaut (Standardantrieb)	Antriebskraft wird auf trockener Fahrbahn gut übertragen	Lenkverhalten, Bremsverhalten und Achslastverteilung gut	Einbau großvolumiger Motoren und großer Gepäckraum möglich, langer Radstand, dadurch geringe Nickschwingungen, Gelenkwellentunnel engt Innenraum ein
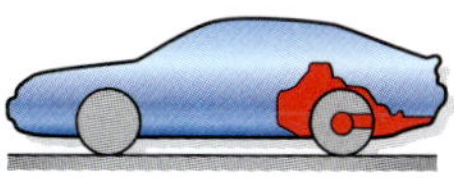 Heckmotor längs eingebaut (Mittelmotorantrieb)	Antriebskraft wird auf trockener Fahrbahn gut übertragen	Lenkverhalten und Bremsverhalten gut	Lage des Motors (vor der Hinterachse) und der Antriebsaggregate verringern den Gepäck- und Innenraum
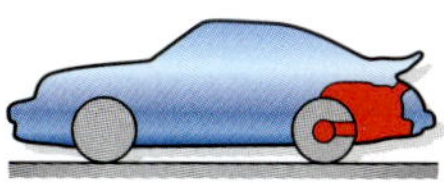 Heckmotor längs eingebaut	Antriebskraft wird auf trockener Fahrbahn gut übertragen	Lenkverhalten und Bremsverhalten gut	Lage des Motors (hinter der Hinterachse) und der Antriebsaggregate verringern den Gepäck- und Innenraum
3. Allradantriebe			
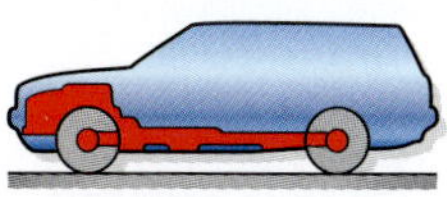 Frontmotor längs eingebaut	Antriebskraft wird bei allen Fahrbahnzuständen, an Steigungen und in Kurven gut übertragen	Lenkverhalten, Bremsverhalten und Achslastverteilung gut	Einbau großvolumiger Motoren und großer Gepäckraum möglich
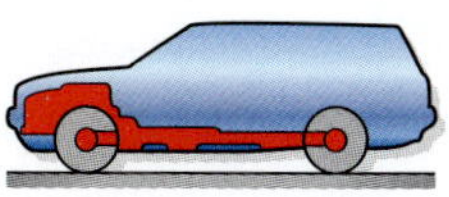 Frontmotor quer eingebaut	Antriebskraft wird bei allen Fahrbahnzuständen, an Steigungen und in Kurven gut übertragen	Lenkverhalten, Bremsverhalten und Achslastverteilung gut	Einbau großvolumiger Motoren und großer Gepäckraum möglich

Für Nutzkraftwagen werden überwiegend Hinterrad- und Allradantriebe verwendet.
Baugruppen des Antriebsstrangs sind: Motor (M), Kupplung (K), Wechselgetriebe (W), Achsgetriebe und Ausgleichsgetriebe (A), Antriebswellen (Aw), Gelenkwellen (G) und Verteilergetriebe (V).

Darstellung	Motoranordnung	Lage der Antriebswellen	Verwendung
1. Hinterradantriebe (Beispiele)			
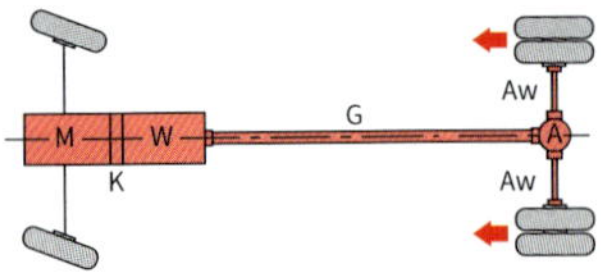	Front und längs	Heck eine angetriebene Hinterachse	Lkw, Lastkraftwagenzug
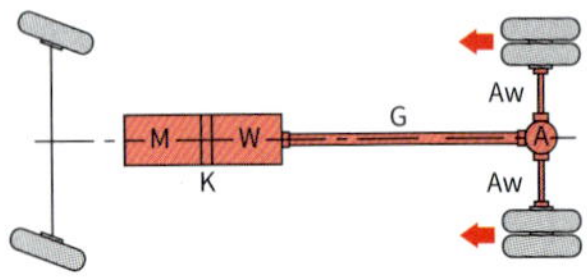	Motor vor der Hinterachse (Unterflurmotorantrieb)	Heck eine angetriebene Hinterachse	Lkw, Busse
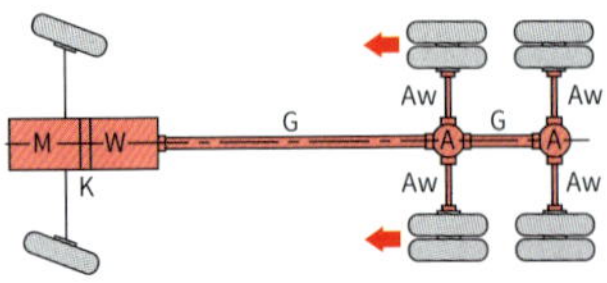	Front und längs	Heck zwei angetriebene Hinterachsen	Speziallastkraftwagen
2. Allradantriebe (Beispiele)			
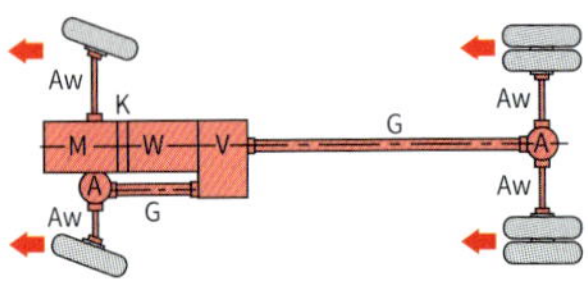	Front und längs	Heck- und Heck Front- und Heck Verteilergetriebe für Antrieb der Antriebswellen	Baustellenfahrzeuge, Zugmaschinen
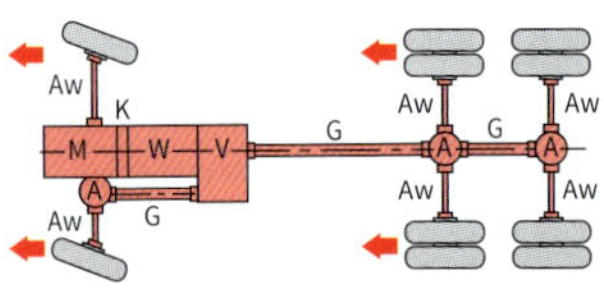	Front und längs	Front- und Heck Verteilergetriebe für Antrieb der Antriebswellen	Speziallastkraftwagen, Sattelzugmaschinen

Nkw-Antriebe (Beispiele)	2-Achs-Lkw: Standardantrieb	3-Achs-Lkw: Tandemantrieb
Die **Radformel** kennzeichnet die Gesamtzahl der Räder, die Zahl der angetriebenen und gelenkten Räder. **N · Z/L** N: Gesamtzahl der Räder Z: Zahl der angetriebenen Räder L: Zahl der gelenkten Räder	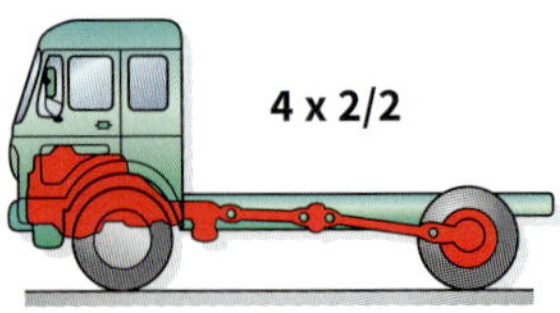 4 Räder, 2 angetriebene Räder, 2 gelenkte Räder	 6 Räder, 4 angetriebene Räder, 2 gelenkte Räder

1. Hinterradantriebe (Beispiele)

Darstellung	Motoranordnung	Achsantrieb	Verwendung
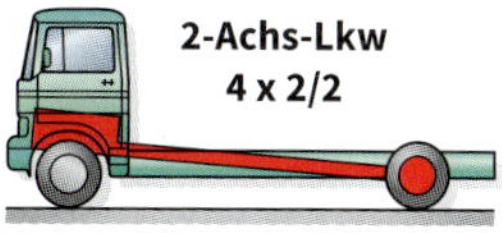 **2-Achs-Lkw 4 x 2/2**	Front und längs **Standardantrieb**	eine angetriebene Hinterachse	Lkw, Lastkraftwagenzug mit Güternahverkehr
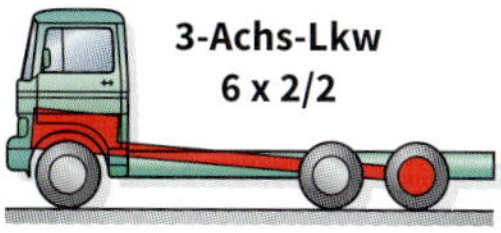 **3-Achs-Lkw 6 x 2/2**	Front und längs **Standardantrieb** mit einer **Vorlaufachse**	eine angetriebene Hinterachse	Lkw, Lastkraftwagenzug im Verteilerverkehr für schweren Gütertransport
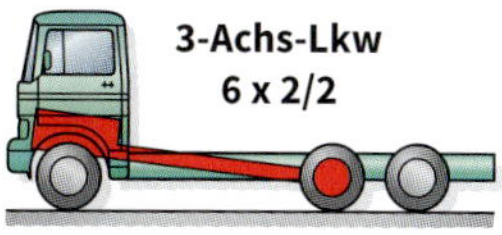 **3-Achs-Lkw 6 x 2/2**	Front und längs **Standardantrieb** mit einer **Nachlaufachse**	eine angetriebene Hinterachse	Lkw, Lastkraftwagenzug im Verteilerverkehr für schweren Gütertransport
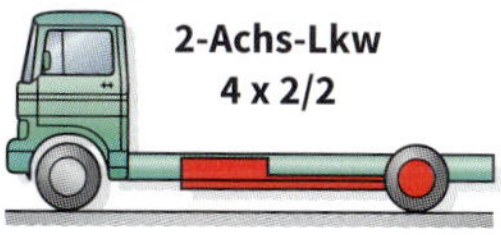 **2-Achs-Lkw 4 x 2/2**	Motor vor der Hinterachse **Unterflurmotorantrieb**	eine angetriebene Hinterachse	Lkw, Lastkraftwagenzug im Güterfernverkehr
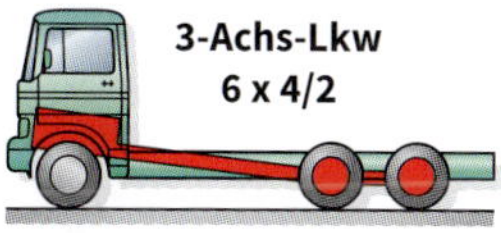 **3-Achs-Lkw 6 x 4/2**	Front und längs **Tandemantrieb**	zwei angetriebene Hinterachsen	Baustellenfahrzeuge
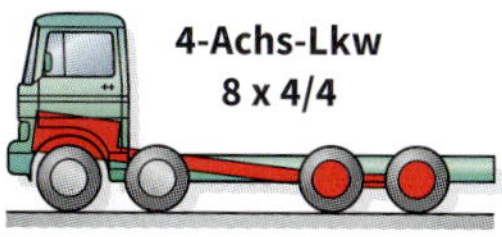 **4-Achs-Lkw 8 x 4/4**	Front und längs **Tandemantrieb**	zwei angetriebene Hinterachsen	selbstfahrende Arbeitsfahrzeuge und -maschinen, z. B. Autokran
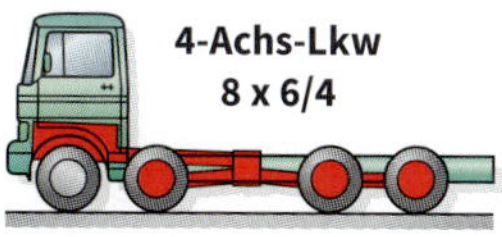 **4-Achs-Lkw 8 x 6/4**	Front und längs **Standardantrieb** der letzten **drei Achsen**	zwei angetriebene Hinterachsen und eine angetriebene Vorderachse	Baustellenfahrzeuge, z. B. Betonmischer

2. Allradantriebe (Beispiele)

Darstellung	Motoranordnung	Achsantrieb	Verwendung
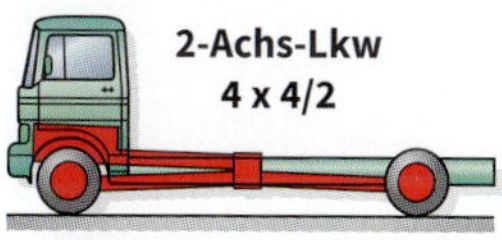 **2-Achs-Lkw 4 x 4/2**	Front und längs	eine angetriebene Vorder- und Hinterachse	Baustellenfahrzeuge, Geländenutzkraftwagen
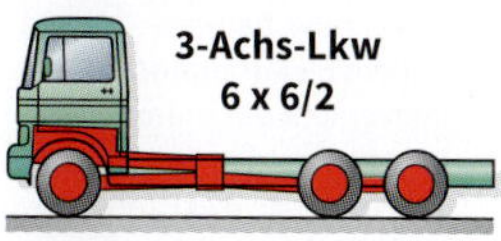 **3-Achs-Lkw 6 x 6/2**	Front und längs	eine angetriebene Vorderachse und zwei angetriebene Hinterachsen	Geländenutzkraftwagen
 **4-Achs-Lkw 8 x 8/4**	Front und längs	zwei angetriebene Vorderachsen und zwei angetriebene Hinterachsen	Baustellenfahrzeuge, z. B. Muldenkipper, Nkw im Tagebau

Für Kraftomnibusse werden überwiegend Vorderrad- und Hinterradantriebe verwendet.
Baugruppen des Antriebsstrangs sind: Motor, Kupplung, Wechselgetriebe, Achsgetriebe und Ausgleichsgetriebe, Antriebswellen, Gelenkwelle.

Darstellung	Motoranordnung	Lage der Antriebswellen	Verwendung
1. Vorderradantrieb (Beispiel)			
	Front und längs oder quer	Front	Kleinbusse, 9 bis 16 Personen
2. Hinterradantriebe (Beispiele)			
	liegender oder stehender Motor hinter der Hinterachse quer eingebaut **Niederflurmotorantrieb**	Heck	Linienbusse, Reisebusse
	Heck und quer	Heck mit einer Nachlaufachse	Reisebusse
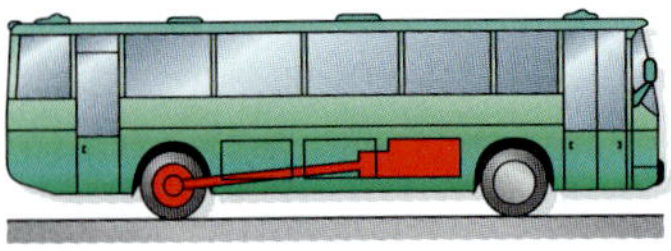	liegender Motor vor der Hinterachse längs eingebaut **Unterflurmotorantrieb**	Heck	Linienbusse

Hybridantriebe für Kraftomnibusse

Darstellung	Antriebsart und Baugruppen	Verwendung
DUO-Bus mit Oberleitungsbetrieb 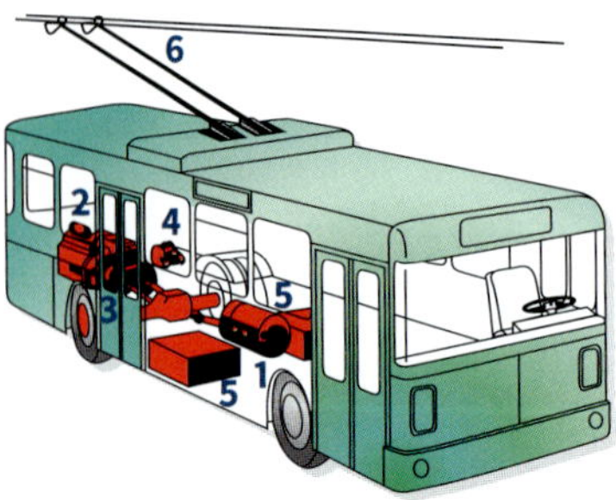	Heckantrieb mit Elektromotor oder Dieselmotor **Baugruppen:** **1** Elektromotor **2** Dieselmotor mit Getriebe **3** Zwischengetriebe **4** Generator **5** elektronische Steuerung **6** Stromabnehmer	Linienbus im öffentlichen Personen-Nahverkehr (ÖPNV) Je nach Besiedlungsdichte übernimmt der Elektro- oder der Dieselmotor über eine Getriebeautomatik den Antrieb. Für den Elektroantrieb wird ein Oberleitungsnetz benötigt.
DUO-Bus mit Batteriebetrieb 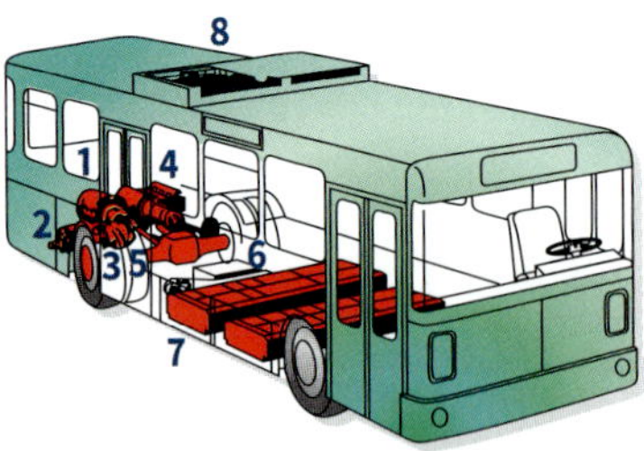	Heckantrieb mit Elektromotor **Baugruppen:** **1** Elektromotor **2** Generator **3** Kühlgebläse für Fahrmotor **4** Dieselmotor **5** Gebläse für Batteriebelüftung **6** elektronische Steuerung **7** Batterien **8** Aggregat zur Batteriekühlung	Linienbus im Stadt- und Überlandverkehr Stadtverkehr mit batteriegetriebenem Elektromotor, im Überlandverkehr übernimmt der Dieselmotor über den Generator die Versorgung des Elektromotors und der Batterie mit elektrischer Energie

Längsläufer	Baugruppen	Querläufer
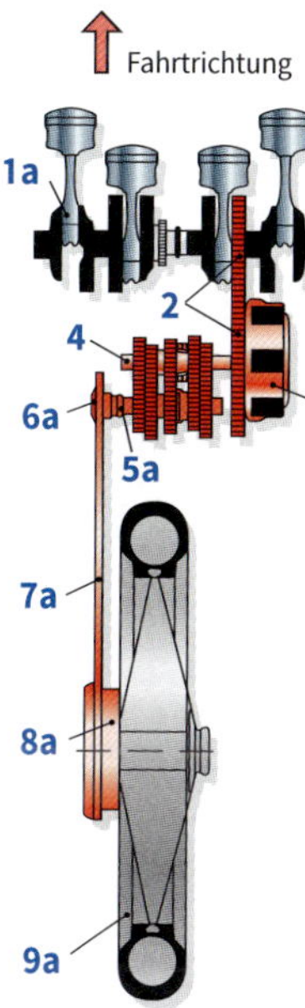 Längsläufer: Kurbelwelle liegt quer in Fahrtrichtung, Kolben bewegen sich längs zur Fahrtrichtung	**Fahrzeugantrieb: Viertakt-Ottomotor** **1a** Vierzylinder-Reihenmotor, stehend quer eingebaut **1b** Dreizylinder-Reihenmotor, liegend längs eingebaut **Primärantrieb:** **2** geradverzahnte Stirnräder, mit/ohne Übersetzung zur Kupplungswelle **Kupplung:** **3a** Mehrscheibenkupplung in Öl **3b** Einscheiben-Trockenkupplung **Getriebe:** **4** Getriebeeingangswelle **5a** Getriebeausgangswelle **5b** Nebenwelle mit Gangrädern (Vorgelege) **Sekundärantrieb:** **6a** Abtriebskettenrad **6b** Kreuzgelenk **7a** Antriebskette **7b** Kardanwelle **8a** Radantrieb mit Bremse **8b** Radantrieb mit Hinterachsgetriebe **9a** Antriebsrad, Speichenrad **9b** Antriebsrad, Leichtmetallrad	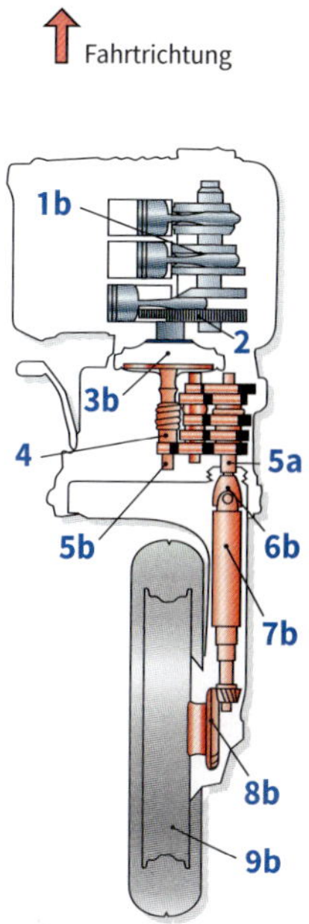 Querläufer: Kurbelwelle liegt längs in Fahrtrichtung, Kolben bewegen sich quer zur Fahrtrichtung

Vergleich verschiedener Sekundärantriebe

Sekundärantriebe	Vorteile	Nachteile
Rollenkettenantrieb 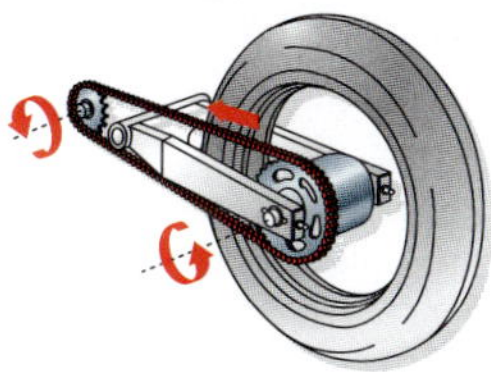	■ geringer Bauaufwand ■ niedrige Masse ■ kostengünstig ■ hoher Wirkungsgrad ■ elastische O-Ringketten, dadurch werden keine Kräfte in das Getriebe übertragen	■ wartungsintensiv und hoher Verschleiß ■ große Laufgeräusche ■ Abnahme des Wirkungsgrades (bis auf 80 %) mit zunehmender Laufleistung, da die Reibungsverluste größer werden
Zahnriemenantrieb 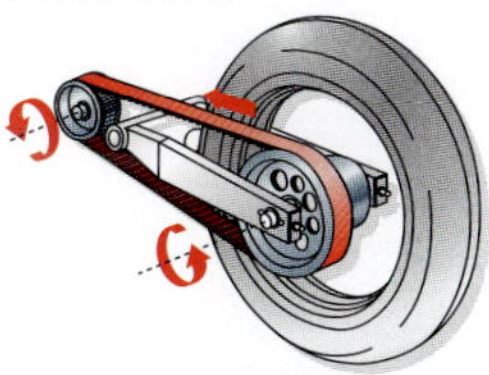	■ geringer Bauaufwand ■ niedrige Masse ■ kostengünstig ■ hoher Wirkungsgrad ■ geräuscharmer Lauf ■ geringe Wartung	■ keine elastischen Elemente, deshalb werden Kräfte in das Getriebe übertragen ■ schmutzempfindlich
Kardanwellenantrieb 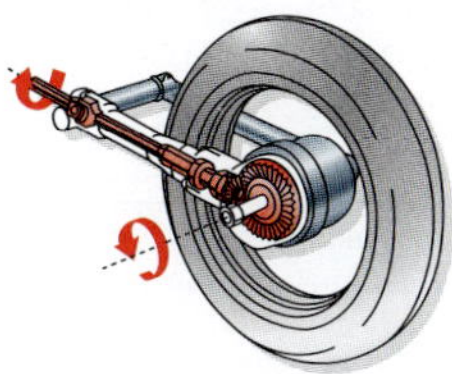	■ volle Kapselung möglich ■ wartungsarm ■ verschleißarm ■ konstanter Wirkungsgrad ■ hohe Betriebssicherheit, geräuscharmer Lauf	■ höhere Masse ■ hoher Bauaufwand ■ hohe Kosten

Mechanische Federkraftkupplungen

Trockenkupplungen	Merkmale	Kraftschluss	Verwendung
Einscheiben-Trockenkupplung 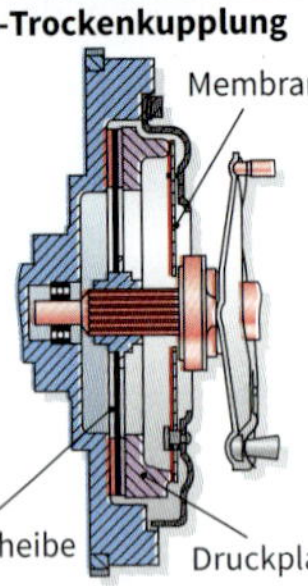	■ einfacher Aufbau, kleines Bauvolumen ■ mit Membranfeder hohe Anpresskraft, unabhängig vom Belagverschleiß ■ geringe Haltekraft (Fußkraft) bei Membranfeder ■ unempfindlich gegen hohe Drehzahlen bei Membranfeder	Anpresskraft wird erzeugt durch: Membranfeder oder durch axial am Umfang angeordnete Schraubenfedern Betätigung erfolgt mechanisch (Seilzug, Gestänge) oder hydraulisch (Geber-, Nehmerzylinder)	Pkw: vorwiegend mit Membranfeder Nkw: bei Transportern, Leicht-Lkw und Kleinbussen mit Schraubenfedern, zunehmend aber mit Membranfeder Motorrad: Einscheiben-Trockenkupplung mit Membranfeder
Zweischeiben-Trockenkupplung 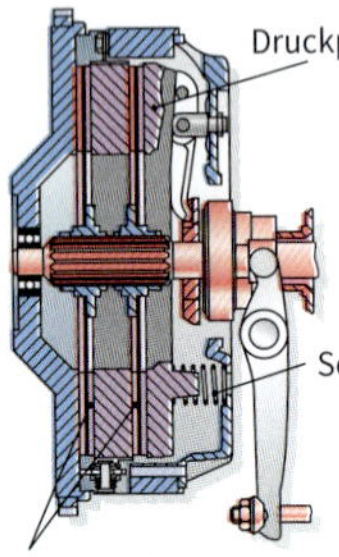	■ einfache Fertigung, enge Herstellungstoleranzen möglich ■ Schraubenfedern mit geringen Toleranzen der Federkräfte herstellbar ■ sichere Berechnung der Anpresskräfte ■ konstruktive Auslegung problemlos	Anpresskraft wird erzeugt durch: Membranfeder oder durch axial am Umfang angeord nete Schraubenfedern Betätigung erfolgt mechanisch (Seilzug), hydraulisch (Geber-, Nehmerzylinder) oder pneumatisch (Saug-, Druckzylinder	Nkw: bei Schwer-Lkw, Zugmaschinen, Bussen und Sonderfahrzeugen mit Motordrehmomenten zwischen 1500 Nm bis 3000 Nm Motorrad: schwere Motorräder und Gespannfahrzeuge
Lamellen-Trockenkupplung 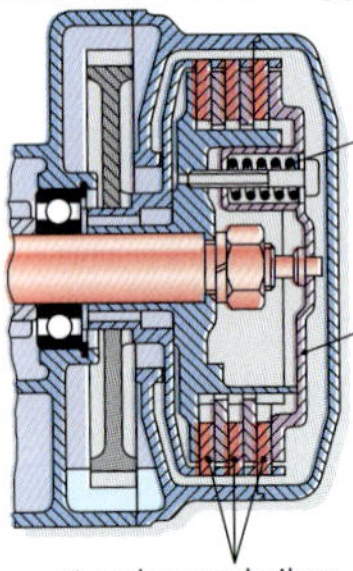	■ Pedalkräfte werden mit steigendem Auskuppelweg größer ■ mit Schraubenfedern empfindlich gegen Fliehkräfte bei hohen Drehzahlen ■ Anpresskraft nimmt mit zunehmendem Verschleiß ab, da von der Belagstärke abhängig	Anpresskraft wird erzeugt durch: axial am Umfang angeordnete Schraubenfedern oder durch Membranfeder Betätigung erfolgt mechanisch (Seilzug, Gestänge) hydraulisch (Geber-, Nehmerzylinder) oder elektrohydraulisch (halbauto-matisch)	Pkw: Kleinwagen mit halbautomatischem Getriebe Rennfahrzeuge: 3-Scheiben-Kohlefaserkupplung (z. B. ø 117 mm, etwa 500 Nm, Berstdrehzahl bei über 22 000 1/min, häufiger Wechsel der Kupplung notwendig) Rennmotorräder (häufiger Kupplungswechsel notwendig)
Nasskupplung	**Merkmale**	**Kraftschluss**	**Verwendung**
Ölbad-Lamellenkupplung 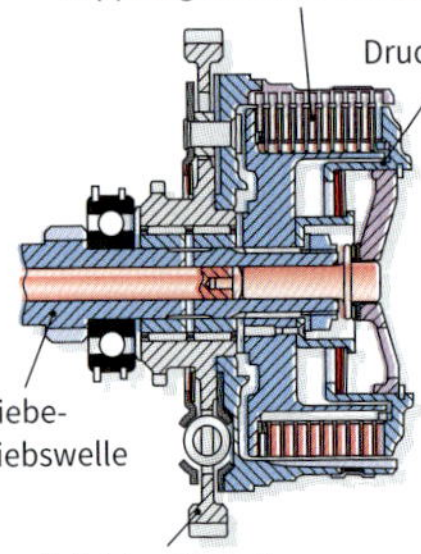	■ geringer Platzbedarf durch kleinen wirksamen Reibradius ■ weiches Einkuppeln, guter Anfahrkomfort ■ geringer Verschleiß ■ wegen niedrigem Reibwert große Anzahl von Reibpaarungen nötig	Anpresskraft wird erzeugt durch: axial am Umfang angeordnete Schraubenfedern oder durch Membranfeder Betätigung erfolgt mechanisch (Seilzug, Gestänge) oder hydraulisch (Geber-, Nehmerzylinder)	Kfz mit Automatikgetrieben als Schaltelement für den Gangwechsel im Stufengetriebe Motorräder: vorwiegend als Anfahr- und Schaltkupplung

Zweimassenschwungrad (ZMS)

Bei einem Zweimassenschwungrad (ZMS) handelt es sich um ein Schwungrad mit integriertem Drehschwingungsdämpfer. Es verhindert, dass Drehschwingungen des Hubkolbenmotors auf den Antriebsstrang übertragen werden. Das ZMS entkoppelt die vom Motor ausgehende primäre und die vom Getriebe ausgehende sekundäre Schwungmasse über ein Feder-Dämpfungssystem. Durch diesen Vorgang werden Drehschwingungen und die daraus hervorgehenden Geräusche fast vollständig im Antriebsstrang absorbiert.

Automatische Kupplungen

Kupplungsart	Merkmale	Kraftschluss	Verwendung
Fliehkraftkupplung 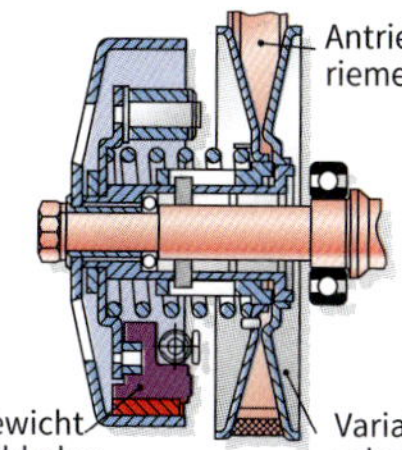	■ Fliehkraftkupplung mit Kupplungsbacken: Fliehgewichte mit aufgeklebten Reibsegmenten oder ■ mit Kugeln als Fliehgewichte, die über Kegelflächen auf eine Kupplungsscheibe drücken	Anpresskraft zum Einkuppeln wird über Fliehkräfte erzeugt, die auf Fliehgewichte wirken, die mit steigender Drehzahl nach außen gedrückt werden und zwischen ihren Reibbelägen und der Kupplungstrommel den Kraftschluss herstellen	Anfahrkupplung für Mofa, Moped, Roller mit Variomatik
Magnetpulverkupplung 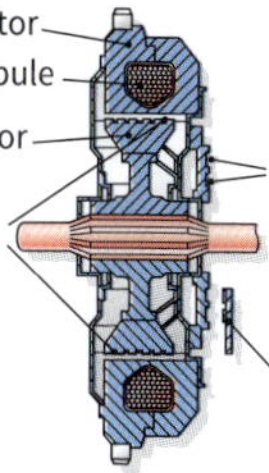	■ über Schleifkontakte wird der Erregerspule Strom zugeführt ■ Ein- bzw. Ausschalten und Regelung der elektrischen Stromstärke durch Steuergerät ■ ermöglicht besonders weiches Anfahren	Magnetfeld koppelt den Innenrotor (Abtrieb) mit dem Außenrotor (Antrieb) Kraftschluss durch fließfähiges Magnetpulver in Abhängigkeit von der Stärke des Magnetfeldes	Anfahrkupplung für Fahrzeug mit stufenlosem CVT-Getriebe
Hydrodynamische Kupplung 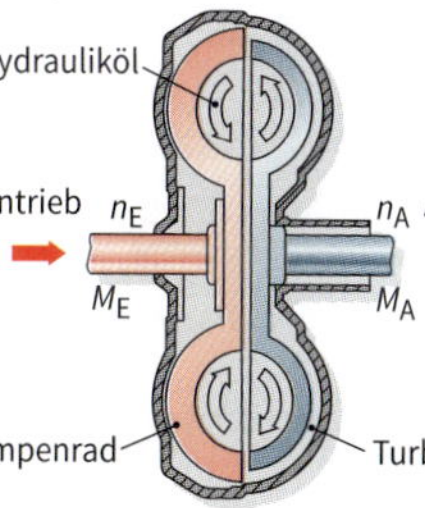	Strömungskupplung: ■ Abtriebsdrehmoment (M_A) ist gleich dem Antriebsdrehmoment (M_E) ■ durch den Schlupf entstehende Wärme muss abgeführt werden ■ fast ohne mechanischen Verschleiß	Turbinenrad wird durch Massenkräfte einer Hydraulikflüssigkeit angetrieben Pumpenrad läuft mit Motordrehzahl, Öl wird nach außen gedrückt, es entsteht ein umlaufender Flüssigkeitsstrom	Anfahrkupplung für Nutzkraftwagen oder schwere Baustellenfahrzeuge

Anfahrkupplung und Drehmomentwandler

Hydrodynamischer Drehmomentwandler	Merkmale	Kraftschluss	Verwendung
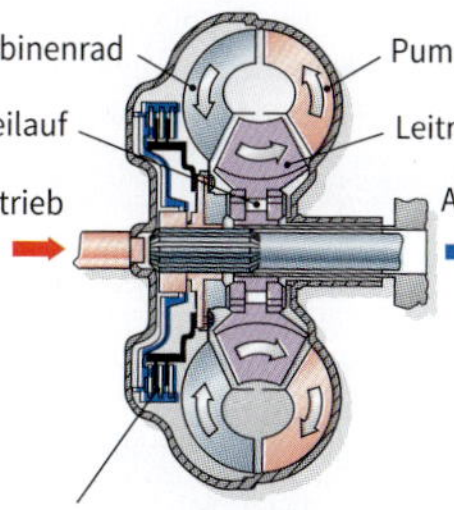	■ selbständige und stufenlose Anpassung von Drehzahl- und Drehmoment an Fahrsituation ■ Drehmomentenerhöhung reduziert Zahl der notwendigen Schaltstufen ■ erhöhter Fahrkomfort durch Dämpfung der Lastwechselreaktionen	Ölstrom wird durch Leitrad umgelenkt, wodurch das eingeleitete Drehmoment beim Anfahren bis auf das 3-Fache verstärkt wird mechanische Überbrückungskupplung zwischen Pumpen- und Turbinenrad für schlupffreien Fahrbetrieb in höheren Gängen	Anfahrkupplung und Drehmomentwandlung für Fahrzeuge mit Automatikgetriebe

Kupplungsdurchmesser

Pkw-Kupplungen		
Außendurchmesser in mm[1]		Motordrehmoment in Nm
165		35 … 75
170		50 … 90
180		80 … 120
190		90 … 130
200		100 … 150
215		120 … 180
228		150 … 250
250		220 … 380
265		275 … 450
280		350 … 550
Stadtlieferwagen		
228	nicht standardisiert	150 … 250
250		250 … 350

Nkw-Kupplungen			
	Außendurchmesser in mm	Glockengröße nach SAE	Motordrehmoment in Nm
Transporter	265	nicht standardisiert	275 … 450
	280		350 … 550
leichte Lkw	250	5	250 … 350
	265	4	275 … 400
	280		300 … 500
	310		350 … 600
mittelschwere Lkw	330	3	400 … 750
	362		450 … 1000
	395	2	600 … 1300
	2/380[2]		1000 … 1300
schwere Lkw	400	1	750 … 1700
	430		800 … 2500
	450		1400 … 3000
	2/400[2]		1450 … 3200

[1] Einscheiben-Trockenkupplungen
[2] Zweischeiben-Trockenkupplungen

Kupplungsscheibenarten

Starre Kupplungsscheibe mit Belegfederung	Kupplungsscheibe mit Versatzausgleich	Kupplungsscheiben mit Torsionsdämpfer	
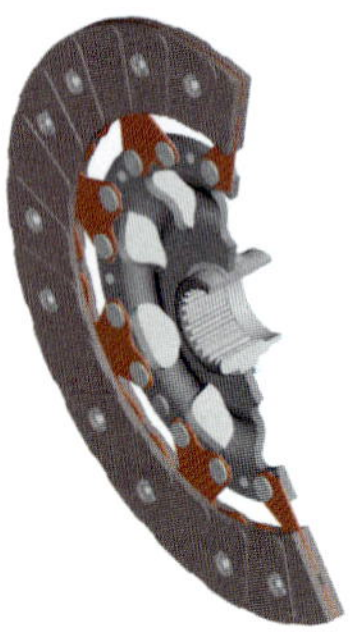		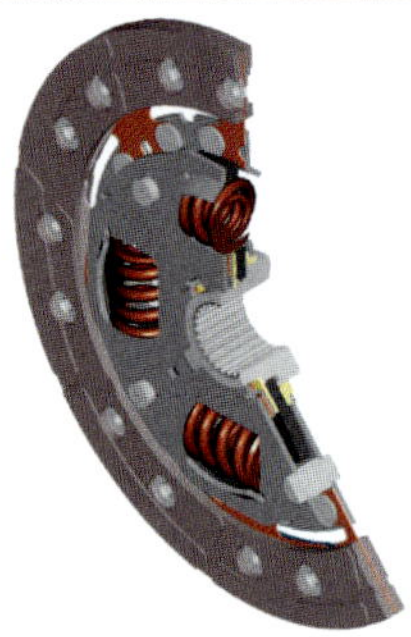	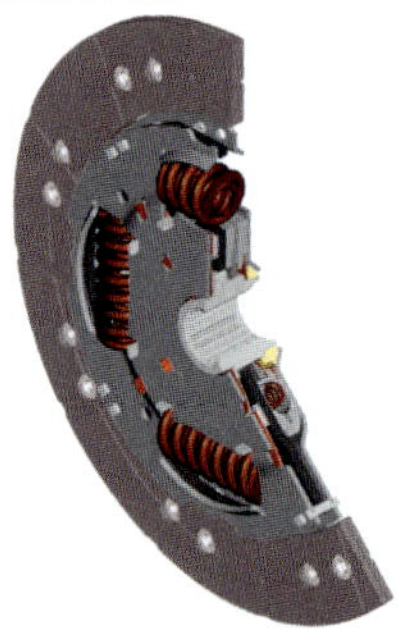
Merkmale			
■ Fahrbedingte Abstimmung der Belagfederung ■ Verwendung: Fahrzeuge mit Zweimassenschwungrad	■ Fahrbedingte Abstimmung der Belagfederung ■ Einstufiger Torsionsdämpfer für Leerlauf ■ Konuszentrierung für Versatzausgleich ■ Verwendung: Fahrzeuge mit Zweimassenschwungrad	■ Einstufiger Torsionsdämpfer für fahrbedingte Abstimmung der Federsteifigkeit und Reibungsdämpfung ■ Verwendung: Fahrzeuge mit Ein- und Zweimassenschwungrad	■ Mehrstufiger Torsionsdämpfer mit getrenntem Vor- und Hauptdämpfer ■ Einzelne Stufen sind den Lastzuständen angepasst ■ Fahrbedingte Abstimmung der Belagfederung ■ Konuszentrierung für Versatzausgleich ■ Verwendung: Fahrzeuge mit Einmassenschwungrad
Vorteile			
■ Rückfreier Drehmomentaufbau ■ Sichere Drehmomentübertragung	■ Rückfreier Drehmomentaufbau ■ Sichere Drehmomentübertragung ■ Ausgleich des Versatzes zwischen Getriebeeingangswelle und Kurbelwelle ■ Bessere Schwingungsdämpfung im Leerlauf	■ Verminderung der Schwingungen und Geräusche im Antriebstrang ■ Ruckfreier Drehmomentaufbau ■ Sichere Drehmomentübertragung	■ Verminderung der Schwingungen und Geräusche im Antriebstrang ■ Ruckfreier Drehmomentaufbau ■ Sichere Drehmomentübertragung ■ Ausgleich des Versatzes

Störungen an der Kupplung (Beispiele)

Kupplung rupft

Schaden:
Verbogene Membranfedern

Ursache:
Montagefehler,
Menbranfedern wurden beim Einbau des Getriebes verbogen

Instandsetzen:
Druckplatte mit Membranfeder austauschen

Schaden:
Ausrücklager schwergängig, Einlaufspuren sichtbar

Ursache:
Unzureichende Schmierung

Instandsetzen:
Kupplungssatz, Schiebehülse, Ausrücklager erneuern

Kupplung rutscht

Schaden:
Belag verfettet

Ursache:
Überfettung des Nabenprofils, Fett an der Getriebewelle nicht entfernt

Instandsetzen:
Kupplung reinigen, Kupplungsscheibe erneuern

Schaden:
Kupplung überhitzt, starke Riefen

Ursache:
zu langes Schleifen der Kupplung, defektes Ausrücksystem

Instandsetzen:
Kupplung und Kupplungsscheibe erneuern

Kupplung trennt nicht

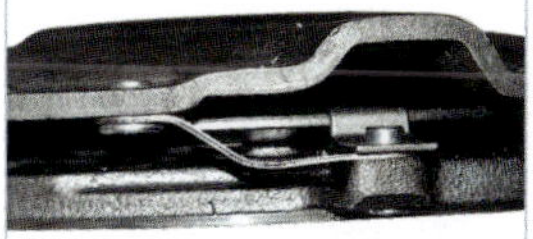

Schaden:
Tangentialblattfeder verbogen

Ursache:
Spiel im Antriebsstrang,
Schalt- und Bedienfehler

Instandsetzen:
Antriebsstrang prüfen,
Kupplungssatz erneuern

Schaden:
Nabenprofil beschädigt

Ursache:
falsche Kupplungsscheibe,
Kupplungsscheibe bei Einbau nicht zentriert

Instandsetzen:
Kupplungssatz erneuern,
Kupplungsscheibe zentrieren

Kupplung macht Geräusche

Schaden:
Anlaufspuren an der Formfeder

Ursache:
Zu hohe Vorlast des Ausrücklagers

Instandsetzen:
Ausrücklager und Führungshülse ersetzen,
Vorlast des Ausrücklagers einstellen (80 bis 100 N)

Schaden:
Anlaufhülse und Kugellager zerstört

Ursache:
Ausrücklagerspiel zu klein,
Lager durch Überhitzung festgelaufen

Instandsetzen:
Ausrücklager, Führungshülse erneuern,
Ausrücklagerspiel einstellen

Kupplung ist schwergängig

Schaden:
Neue SAC-Kupplung bereits nachgestellt

Ursache:
Unsachgemäßer Transport,
Montagefehler

Instandsetzen:
Neue Kupplung mit geeigneter Zentrierhülse montieren

Schaden:
Führungshülse verschlissen

Ursache:
Gleitfläche nicht geschmiert,
falsches Fett verwendet

Instandsetzen:
Ausrücklager, Führungshülse erneuern,
Fett ohne Feststoffanteile verwenden

Kupplungsspiel

Als Kupplungsspiel wird der Abstand zwischen Ausrücklager und Ausrückring oder Membranfeder bezeichnet.

Einteilung der Getriebe

	Wechselgetriebe (von Hand geschaltete Getriebe)		Automatische Getriebe (selbsttätig schaltende Getriebe mit elektromotorischen oder elektrohydraulischen Aktoren und elektronischer Steuerung)			
Ausführung	Schieberad-getriebe, Schalt-muffengetriebe	Schaltmuffen-getriebe	Stufengetriebe			stufenlose Getriebe
			automatisierte Schaltgetriebe	Doppelkupplungs-getriebe	Automatik-getriebe	
Merkmale	ohne Synchroni-siereinrichtungen	mit Sperrsyn-chronisierein-richtungen	Baugruppen des Schaltmuffen-getriebes	zwei Lamel-lenkupplungen, Schalten ohne Kraftfluss-unterbrechung	Drehmoment-wandler, Plane-tengetriebe	Kegelscheiben mit Keilriemen (Motorroller), Schubglieder-band oder Laschenkette (Pkw)
Verwendung	Motorräder, Nkw	Pkw	Pkw, Nkw	Pkw	Pkw, Nkw	Motorroller, Pkw

Pkw-Wechselgetriebe

Schaltmuffengetriebe mit Sperrsynchronisierung:

- Alle Gangzahnräder sind ständig im Eingriff (Zwischenrad für Rückwärtsgang kann Schieberad sein).
- Für höhere Belastbarkeit und bessere Laufruhe werden schräg verzahnte Stirnräder verwendet.
- Zur Vermeidung von Schaltgeräuschen und Getriebeschäden wird Sperrsynchronisierung eingesetzt.

Einstufige Getriebe

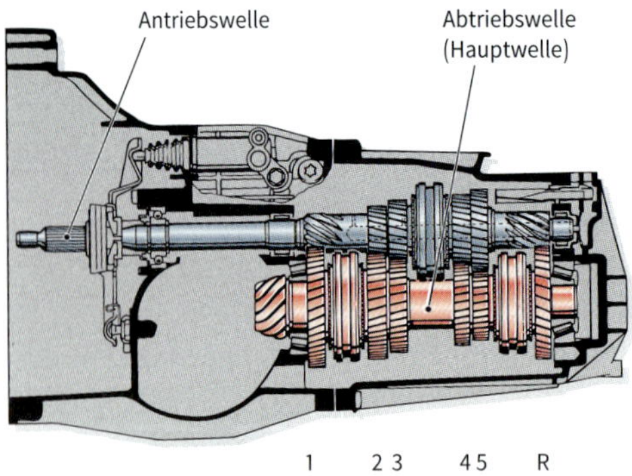

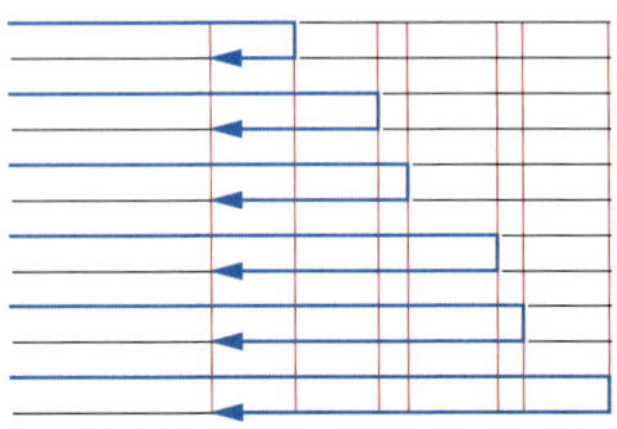

Gang	Kraftfluss	i_{Gang}
1. G.		3,60
2. G.		1,94
3. G.		1,23
4. G.		0,90
5. G.		0,68
R. G.		3,17

Merkmale

- Kraftfluss erfolgt über Antriebswelle und Hauptwelle
- Getriebe hat keinen direkten Gang, an jeder Übersetzungsstufe ist nur ein Zahnradpaar beteiligt
- Getriebeeingang und -ausgang liegen nicht in einer Linie: **ungleichachsiges Getriebe**

Verwendung

Vorderrad- oder direkter Hinterradantrieb, Allradantrieb

Zweistufige Getriebe

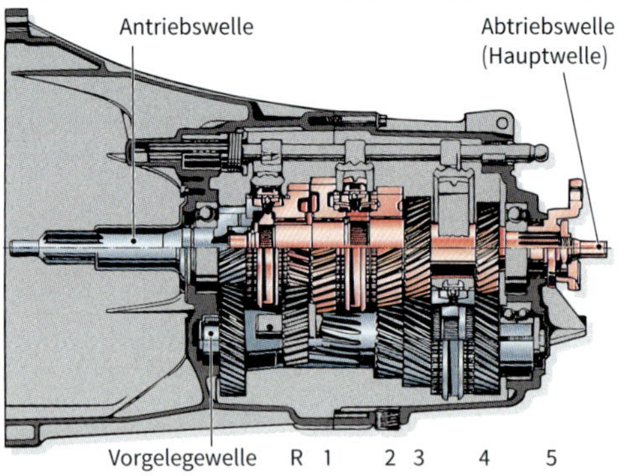

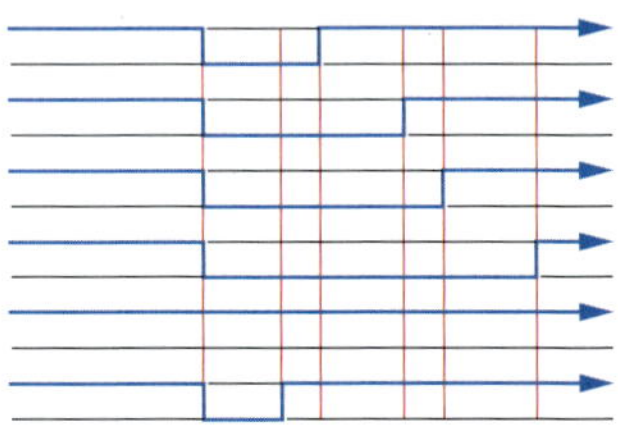

Gang	Kraftfluss	i_{Gang}
1. G.		4,23
2. G.		2,52
3. G.		1,66
4. G.		1,22
5. G.		1,00
R. G.		4,04

Merkmale

- Kraftfluss erfolgt über Antriebswelle, Vorgelegewelle und Hauptwelle
- mit Ausnahme des direkten Ganges ($i_G = 1$) sind bei jeder Übersetzungsstufe zwei Zahnradpaare beteiligt
- Getriebeeingang und Getriebeausgang liegen in einer Linie: **gleichachsiges Getriebe**

Verwendung

Standardantrieb, Allradantrieb

Schaltelemente

Schaltklauen ohne Synchronisiereinrichtung		Schaltmuffen mit Synchronisiereinrichtung	
Schieberad mit Schaltklaue	Schaltklauenkupplung (Nutzkraftwagen)	einfache Synchronisiereinrichtung (Reibkonus)	Sperrsynchronisierung mit Sperrzähnen
	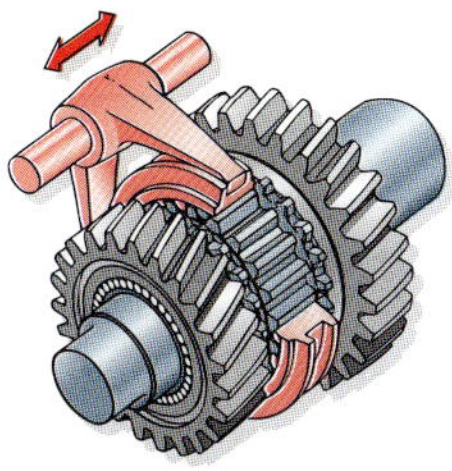		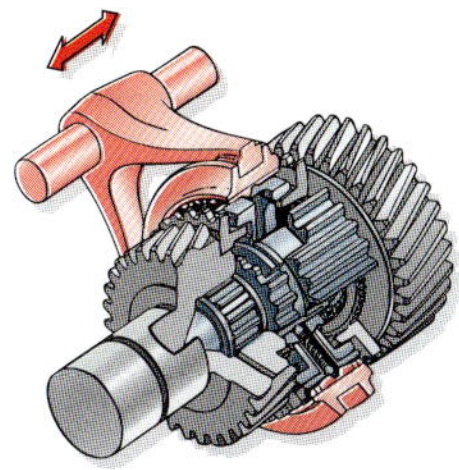
Kraftfluss zwischen der Getriebewelle und dem losen Gangrad wird durch den Formschluss von Gangrad und dem axial verschiebbaren Schaltklauenrad hergestellt.	Kraftfluss zwischen dem losen Gangrad und der Getriebewelle wird über eine mit der Welle drehfest, aber verschiebbar verbundene Klauenkupplung hergestellt.	Bevor die Schaltmuffe in die Schaltverzahnung des Gangrades einrückt, wird zuerst durch Reibung mit dem Synchronkörper ein Gleichlauf zwischen Getriebewelle und Gangrad hergestellt.	Eine Sperrvorrichtung verhindert den Formschluss der Schaltverzahnung von Gangrad und Schaltmuffe so lange, bis die Synchronisiereinrichtung den Drehzahlunterschied durch Gleitreibung angeglichen hat.
Verwendung			
Motorradgetriebe robuste einfache Nkw-Getriebe zuschaltbarer Allradantrieb	einfache Nkw-Schaltgetriebe	Pkw-Getriebe Nkw-Getriebe	Pkw-Getriebe 1. und 2. Gang bei Nkw-Getrieben

Synchronisiereinrichtungen

Einfachkonus-Sperrsynchronisierung	Doppelkonus-Sperrsynchronisierung
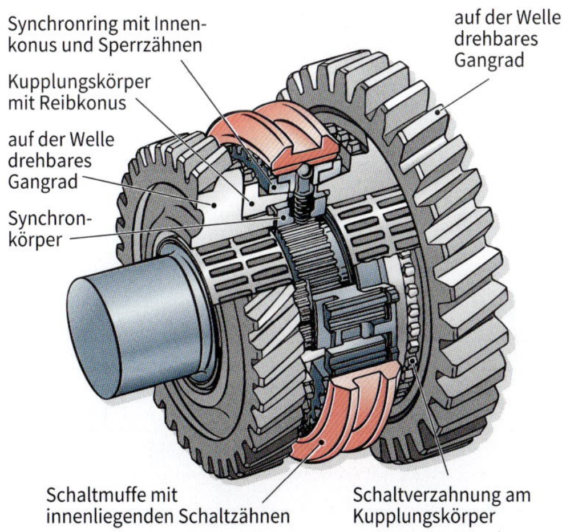	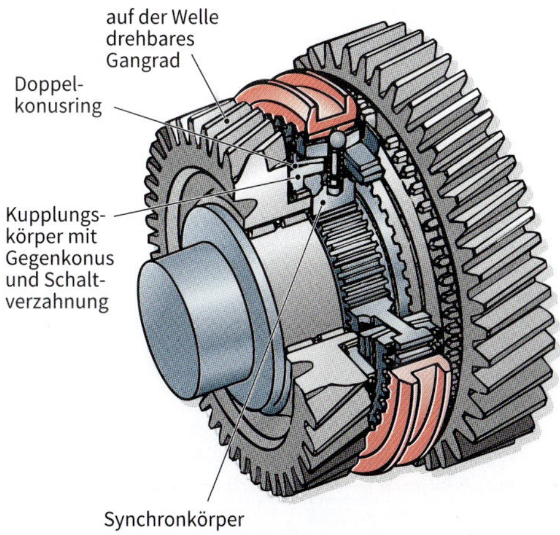
Merkmale	
Reibfläche zur Drehzahlangleichung zwischen Innenkonus des Synchronkörpers und Außenkonus des Kupplungskörpers durch Baubreite begrenzt, hoher Verschleiß, erhöhte Schaltkraft	Vergrößerung der Reibfläche, Innenseite reibt mit Kupplungskörper und Außenseite mit Innenkonus des Synchronkörpers, geringer Verschleiß, erhöhte Betriebssicherheit, schnelleres Schalten
Verwendung	
alle Synchrongetriebe	1., 2. und 3. Gang bei Nkw und Pkw

Synchronisiereinrichtungen

Außenkonus-Synchronisierung	Lamellen-Synchronisierung
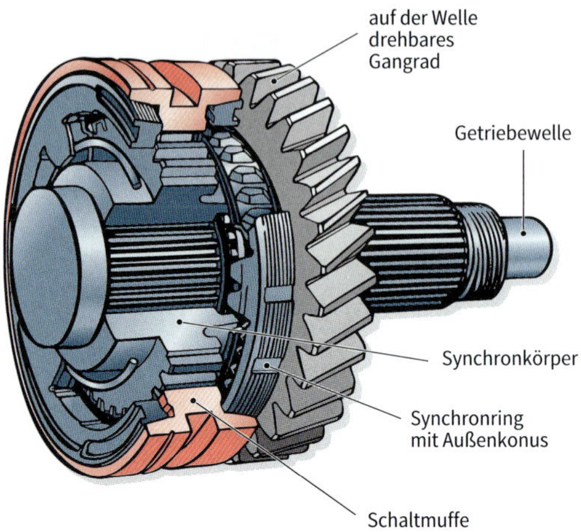	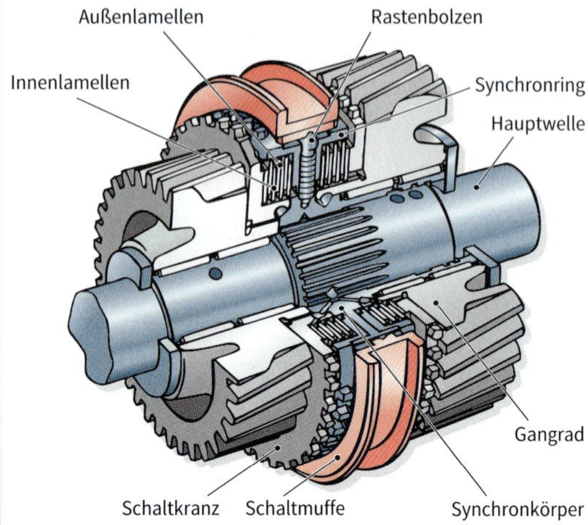
Merkmale	
Außenkonus: Die konischen Reibflächen der Synchronringe sind auf den äußeren Umfang verlegt, die Sperrzähne sitzen innen. Der größere wirksame Durchmesser bewirkt eine Zunahme der Reibfläche und eine Verringerung der benötigten Schaltkraft, reduzierte Baubreite.	Lamellen: ebene Reibflächen zwischen Außen- und Innenlamellen, vergrößerte Gesamtreibfläche sehr hohe Leistungsfähigkeit für große Drehmomente, Entlastung sämtlicher Schaltungsteile, leichteres Schalten aufwendige Fertigung und hohe Kosten
Verwendung	
Pkw und Lkw	Sonderfahrzeuge

Gruppengetriebe

- Zur Begrenzung der notwendigen Zahnradpaare werden mehrere Getriebegruppen kombiniert.
- Die Anzahl der Gänge ergibt sich aus der Anzahl der Zahnradpaare der kombinierten Getriebegruppen.
- Die Übersetzungsstufen eines Mehrgruppen-Getriebes errechnen sich durch Multiplizieren der Einzelübersetzungen der geschalteten Zahnradpaare in den einzelnen Getriebegruppen.
- Die Übersetzung der Vorschaltgruppe kann im Verhältnis zu den Übersetzungen des Hauptgetriebes eine Übersetzung ins Langsame (KL) oder ins Schnelle (KS) sein.

Vorschaltgruppe (Splitgruppe)	Hauptgruppe (Hauptgetriebe)	Nachschaltgruppe
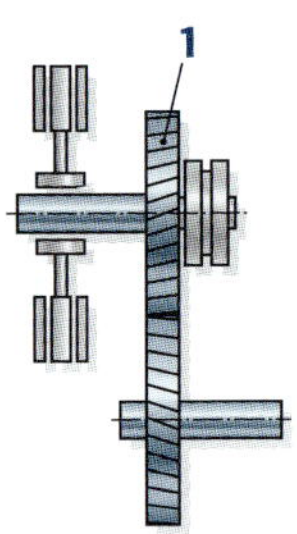	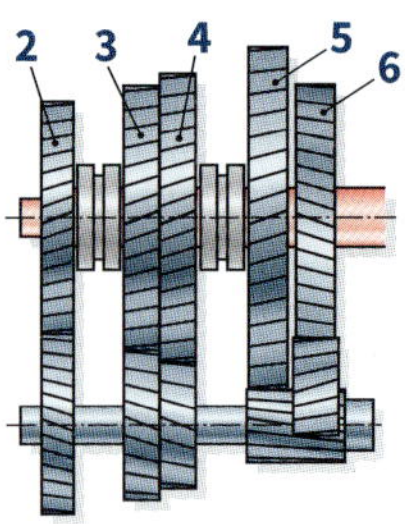	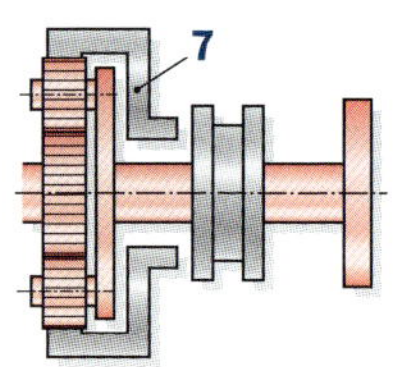
KL	KS 3 2 1 R	D/B
1 Splitgruppe: halbiert beim Zuschalten die jeweils gewählte Gangstufe des Hauptgetriebes ins Langsame, Übersetzungskonstante KL der Zwischenstufe: i_{Split} = 1,1 bis 1,3	**2** Vorgelegeübersetzung: KS **3** Zahnradstufe 3./7. Gang **4** Zahnradstufe 2./6. Gang **5** Zahnradstufe 1./5. Gang **6** Zahnradstufe R1./R2. Gang	**7** Nachschaltgruppe: erweitert den Übersetzungsbereich und verdoppelt durch Übersetzung ins Langsame die Anzahl der Gänge (D: i_{direkt} = 1,0; B: $i_{Bereich}$ = 3,5 bis 5,0)

Mehrgruppen-Getriebe

Zweigruppen-Getriebe

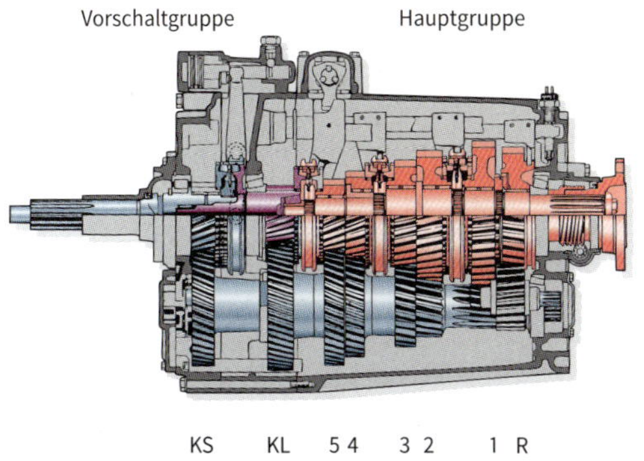

Kraftfluss:

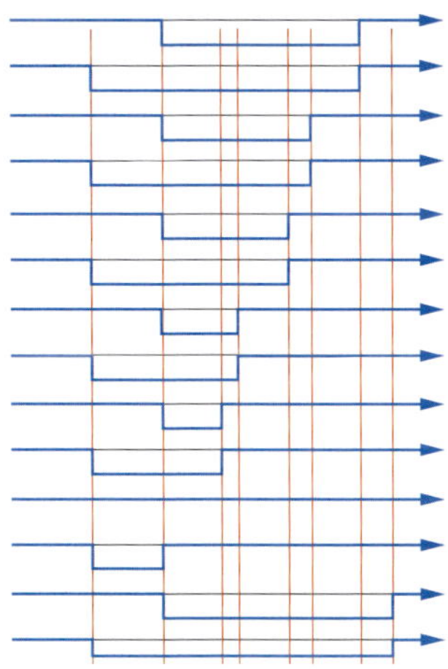

Gang		i_{Gang}
1. G.	L	9,06
	S	7,51
2. G.	L	5,25
	S	4,35
3. G.	L	3,15
	S	2,61
4. G.	L	2,12
	S	1,76
5. G.	L	1,43
	S	1,19
6. G.	L	1,00
	S	0,83
R1. G.	L	8,27
R2. G.	S	6,85

Merkmale

- 6-Gang-Hauptgetriebe mit direktem Gang, hoher Schaltkomfort durch Doppelkonus-Synchronisierung im 1. und 2. Gang
- Vorschaltgruppe: Splitgruppe (KS) als Schnellgang-Übersetzung (i_{Split} = 0,83) ausgelegt
- 12 Gänge, 2 Rückwärtsgänge, pneumatische Schalthilfe, optimierte Gangabstufung, Zwischengänge (S) können übersprungen werden
- Leichtmetallgehäuse, Kompaktbauweise

Verwendung

- Getriebebaureihe für leichte und mittlere Lkw
- für eine Motorleistung zwischen 110 bis 180 kW, ausgelegt für ein maximales Getriebeeingangsmoment von 660 Nm

Dreigruppen-Getriebe

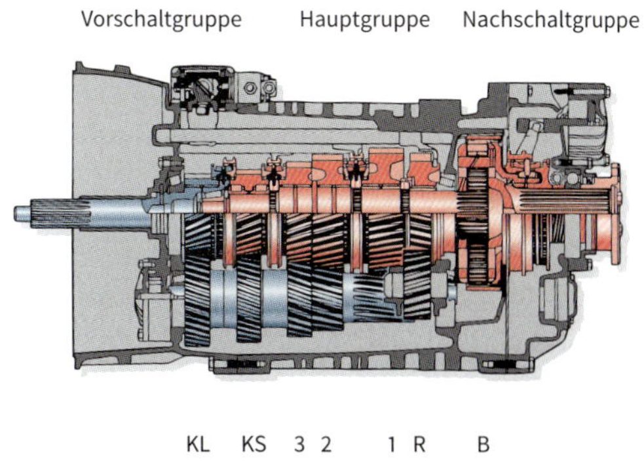

Kraftfluss:

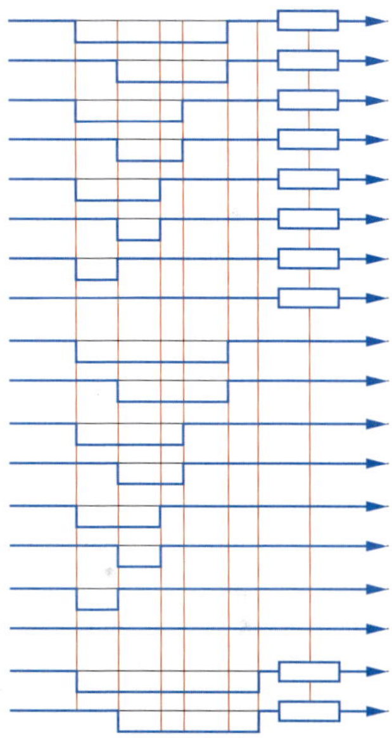

Gang		i_{Gang}
1. G.	L	16,47
	S	13,79
2. G.	L	11,32
	S	9,48
3. G.	L	7,79
	S	6,52
4. G.	L	5,48
	S	4,58
5. G.	L	3,59
	S	3,01
6. G.	L	2,47
	S	2,07
7. G.	L	1,70
	S	1,42
8. G.	L	1,20
	S	1,00
R1. G.	L	15,52
R2. G.	S	12,91

Merkmale

- 4-Gang-Hauptgetriebe mit direktem Gang
- Vorschaltgruppe: Splitgruppe (KL) als Berggang-Übersetzung (i_{Split} = 1,19) ausgelegt
- Nachschaltgruppe: Planetenradsatz (D/B) mit direkter Übersetzung D (i = 1) und Übersetzung ins Langsame B ($i_{Bereich}$ = 4,59)
- 16 Gänge, 2 Rückwärtsgänge, alle Vorwärtsgänge mit Einkonus-synchronisierung, mechanisch oder elektronisch-pneumatische Schaltbetätigung (EPS)

Verwendung

- Getriebebaureihe für mittlere und schwere Zugmaschinen und Lkw
- für eine Motorleistung zwischen 220 bis 400 kW, ausgelegt für ein maximales Getriebeeingangsmoment von 2200 Nm

Wechselgetriebe mit automatischer Schaltbetätigung ohne Zugkraftunterbrechung

Das Doppelkupplungsgetriebe arbeitet mit **zwei Teilgetrieben** mit getrennten An- und Abtriebswellen, in denen der Kraftfluss abwechselnd durch die Lamellenpakete einer Doppelkupplung hergestellt wird.

Vorteile des Doppelkupplungsgetriebes	Verwendung
guter Wirkungsgrad, hoher Bedienungskomfort, keine Schaltverzögerungen, schnelle Schaltvorgänge ohne Zugkraftunterbrechung, Übertragung hoher Drehmomente möglich, elektronische Steuerung ermöglicht Kraftstoffeinsparung	Sportfahrzeuge aller Modellreihen, Mittel- und Oberklassefahrzeuge

1. Teilgetriebe

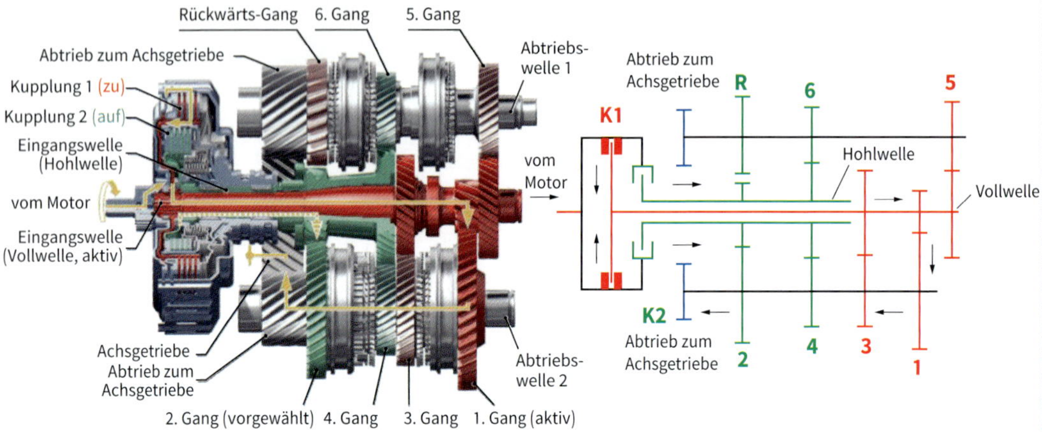

Baugruppen im Kraftfluss	Schaltvorgang: 1. Gang	
Kupplung K1 (großer Durchmesser), Eingangswelle (Vollwelle) mit den Festrädern für den 1.G., 3.G., 5.G., RG, untere Abtriebswelle mit den Losrädern und Schaltmuffen für den 1.G., 2.G., 3.G., 4.G.	Kupplung K1: Kupplung K2: Kraftfluss über: nächster Schaltpunkt:	geschlossen offen Vollwelle – 1. Gang – untere Abtriebswelle auf Achsantrieb 2. Gang ist vorgewählt

2. Teilgetriebe

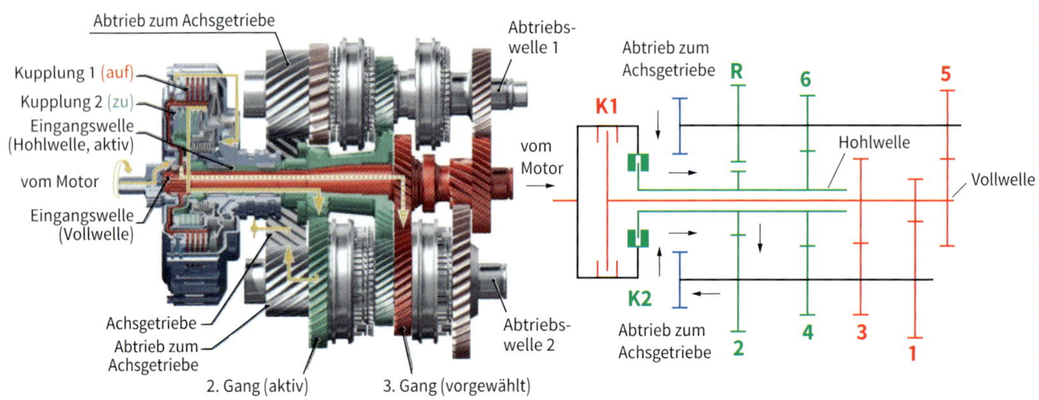

Baugruppen im Kraftfluss	Schaltvorgang: 2. Gang	
Kupplung K2 (kleiner Durchmesser), Eingangswelle (Hohlwelle) mit den Festrädern für den 2.G., 4.G., 6.G., obere Abtriebswelle mit den Losrädern und Schaltmuffen für den 5.G., 6.G., RG	Kupplung K1: Kupplung K2: Kraftfluss über: nächster Schaltpunkt:	offen geschlossen Hohlwelle – 2. Gang – untere Abtriebswelle auf Achsantrieb 3. Gang ist vorgewählt

Einstufiges Motorrad-Getriebe

Bauform

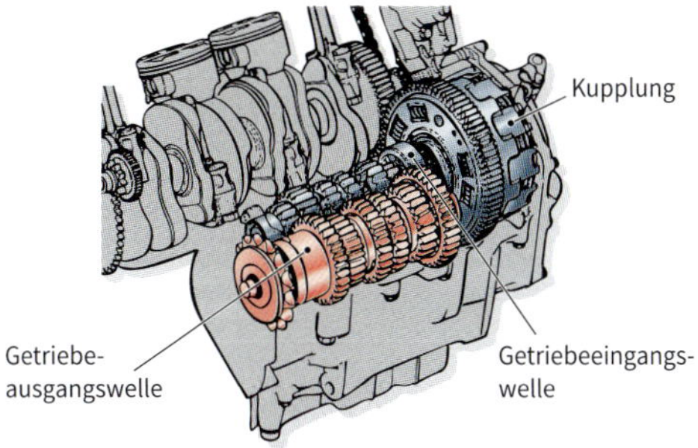

Getriebestufung

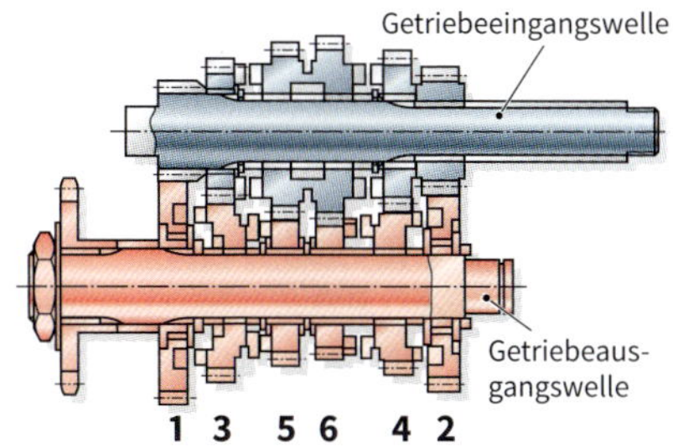

Merkmale

- 6-Gang-Schaltklauengetriebe, 2 Getriebewellen, ungleichachsig, Schaltvorgang unsynchronisiert
- Kurbeltrieb und Getriebe im gemeinsamen Motor-Getriebeblock, Motor und Getriebe haben einen gemeinsamen Ölhaushalt, kein Rückwärtsgang
- sehr kompakt gebaut, preisgünstige Fertigung
- direkter Sekundärantrieb für Kette und Zahnriemen, bei Kardanantrieb muss Kraftfluss noch zweimal umgelenkt werden

Kraftfluss

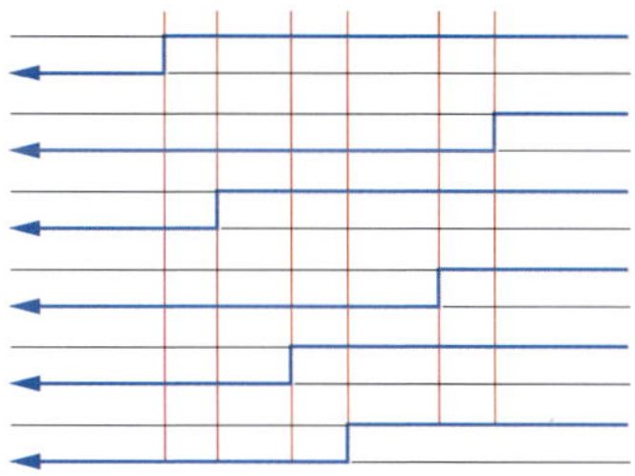

Gang	i_{Gang}
1. G.	2,75
2. G.	2,07
3. G.	1,65
4. G.	1,37
5. G.	1,17
6. G.	1,05

Verwendung: Getriebebaureihe für leichte, mittelschwere und schwere Motorräder mit quer eingebautem Motor (Längsläufer) mit einer Motorleistung zwischen 25 bis 110 kW

Zweistufiges Motorrad-Getriebe

Bauform

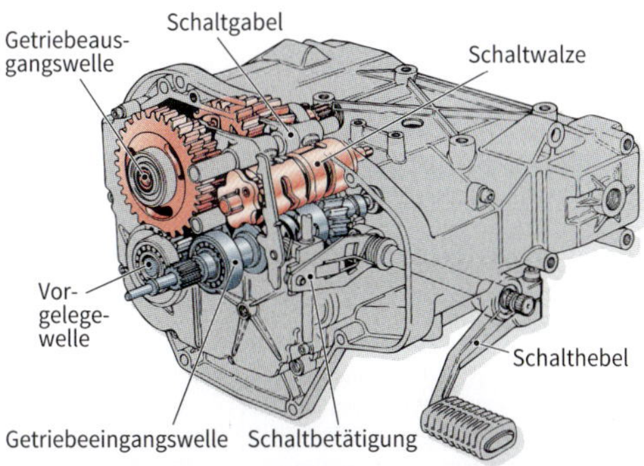

Getriebestufung

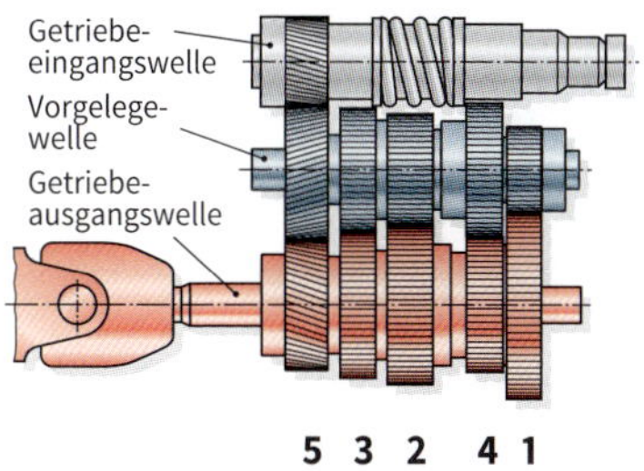

Merkmale

- 5-Gang-Schaltklauengetriebe, 3-Wellengetriebe, ungleichachsig, Schaltvorgang unsynchronisiert
- Rückwärtsgang möglich
- Getriebe im separaten Getriebegehäuse am Motorblock angeflanscht, getrennter Ölhaushalt
- bei offenem Rahmen wird das Getriebe als mittragendes Rahmenteil verwendet
- Sekundärantrieb mit Kardanantrieb

Kraftfluss

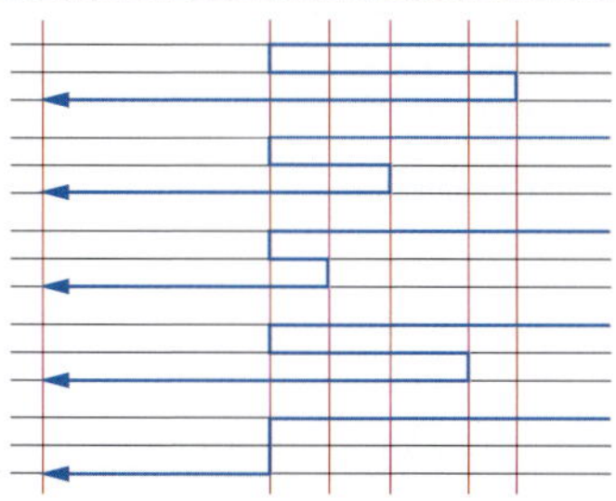

Gang	i_{Gang}
1. G.	4,16
2. G.	2,91
3. G.	2,13
4. G.	1,74
5. G.	1,45

Verwendung: Getriebebaureihe für mittelschwere und schwere Motorräder mit längs eingebautem Motor (Querläufer) mit einer Motorleistung zwischen 40 bis 90 KW

Planetengetriebe

Bauform	Getriebeschema	Merkmale

Einfaches Planetengetriebe

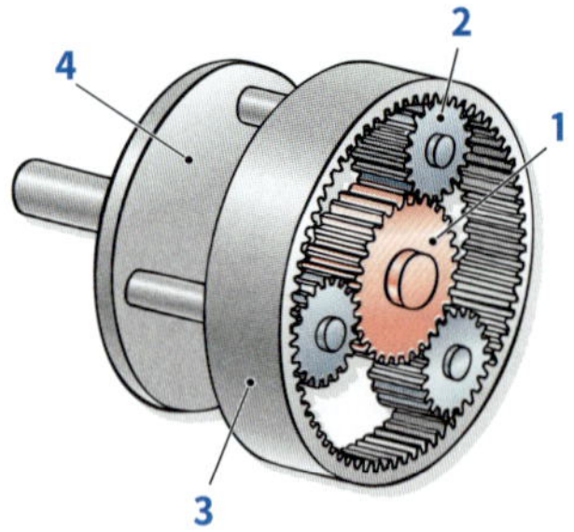

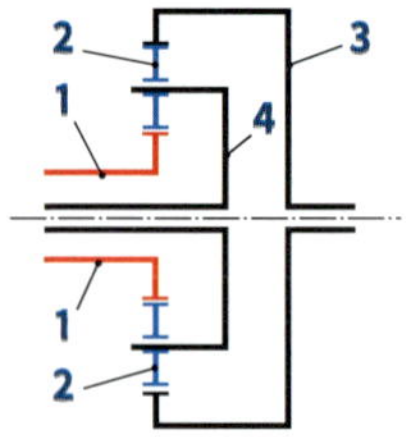

- Um das zentrale Sonnenrad **1** kreisen die auf dem Planetenträger **4** gelagerten Planetenräder **2**, diese kämmen gleichzeitig mit dem außenliegenden Hohlrad **3**.
- Eine der drei zentralen Wellen wird festgebremst, die beiden anderen übernehmen Antrieb und Abtrieb.
- sehr kompakte Bauweise
- hohe Belastbarkeit

Zusammengesetzte Planetenradsätze

Simpson-Planetengetriebe

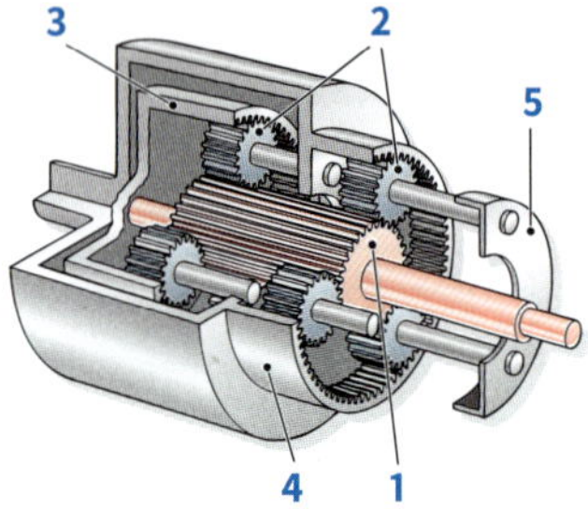

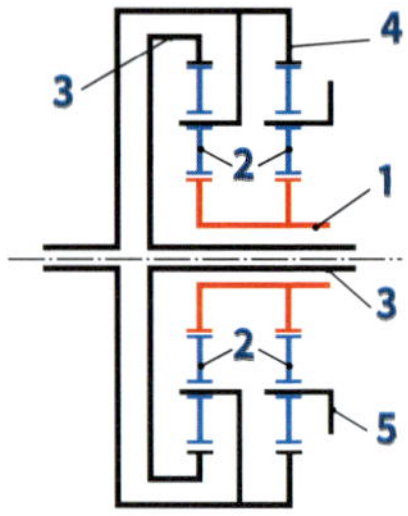

- Für mehrere Getriebestufen werden verschiedene Planetenradsätze gekoppelt.
- Um das gemeinsame Sonnenrad **1** kreisen 2 Sätze Planetenräder **2** mit 2 Planetenträgern **4**, **5** und 2 Hohlrädern **3** und **4**.
- Antrieb über das 1. Hohlrad **3**, Abtrieb über das 2. Hohlrad **4**

Ravigneaux-Planetengetriebe

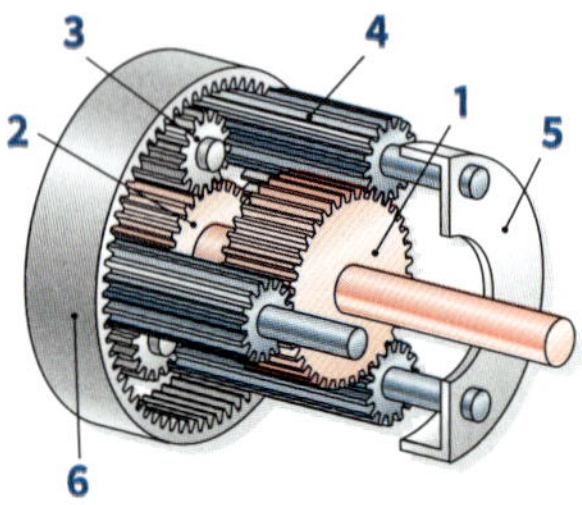

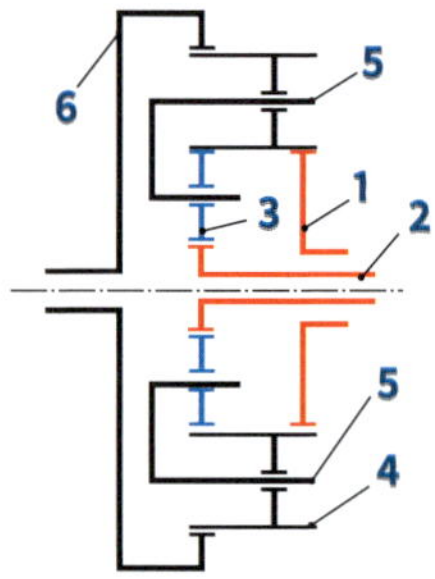

- großes **1** und kleines **2** Sonnenrad, schmale **3** und breite **4** Planetenräder auf gemeinsamen Träger **5** und ein gemeinsames Hohlrad **6**
- Antrieb über die Sonnenräder, Abtrieb über das Hohlrad
- Breite Planetenräder **4** kämmen mit dem großem Sonnenrad **1**, mit dem Hohlrad **6** und mit den schmalen Planetenrädern **3** des kleinen Sonnenrades **2**.

Wilson-Planetengetriebe

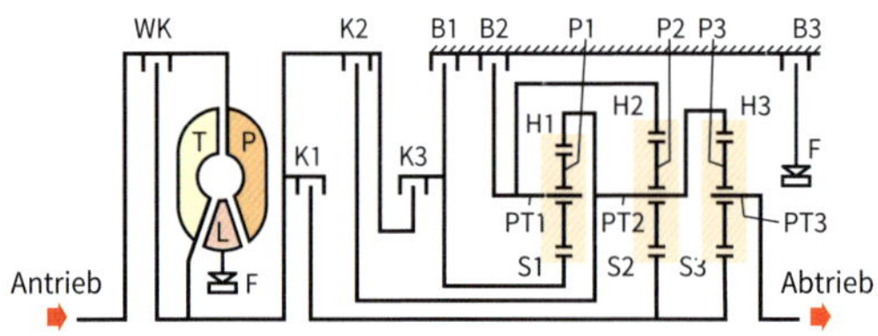

Drei einfache Planetenradsätze sind miteinander gekoppelt

WK:	Wandler-Überbrückungskupplung	S:	Sonnenrad
		H:	Hohlrad
		B:	Bremse
K:	Antriebskupplung	F:	Freilauf
		T:	Turbinenrad
PT:	Planetenradträger	P:	Pumpenrad
		L:	Leitrad
P:	Planetenrad		

Lepelletier-Planetengetriebe

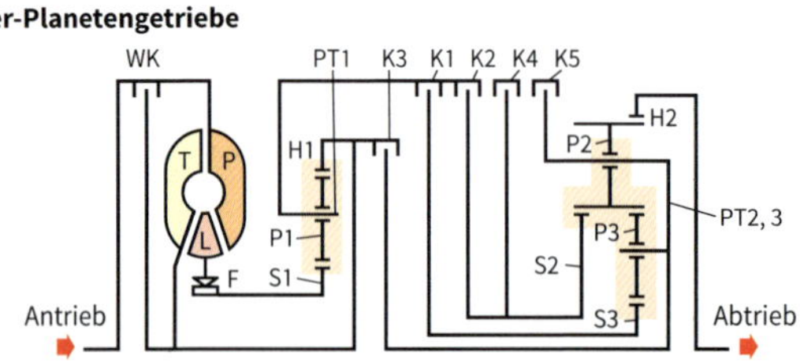

einfacher Planetenradsatz und ein **Ravigneauxsatz** miteinander gekoppelt

8-Stufen-Automatikgetriebe (Hinterrad- und Allradantrieb)

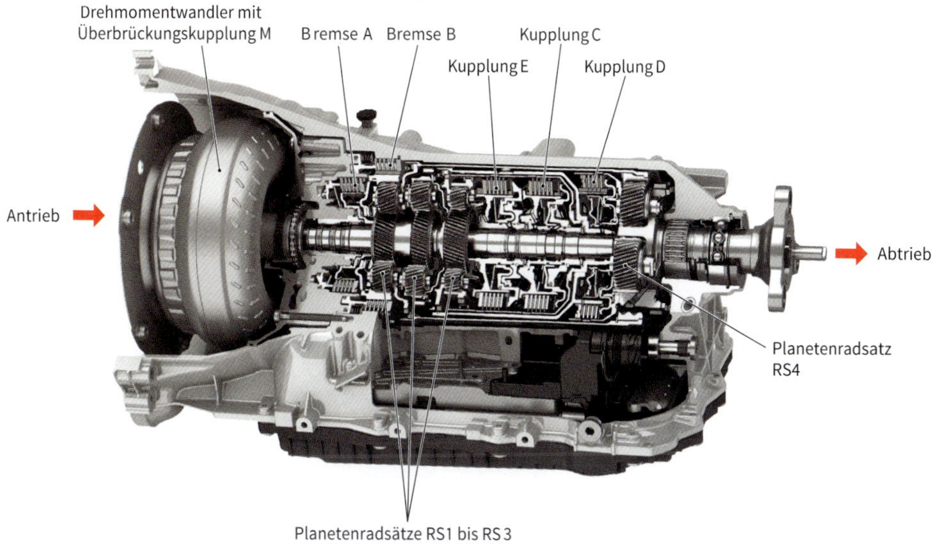

Getriebeschema

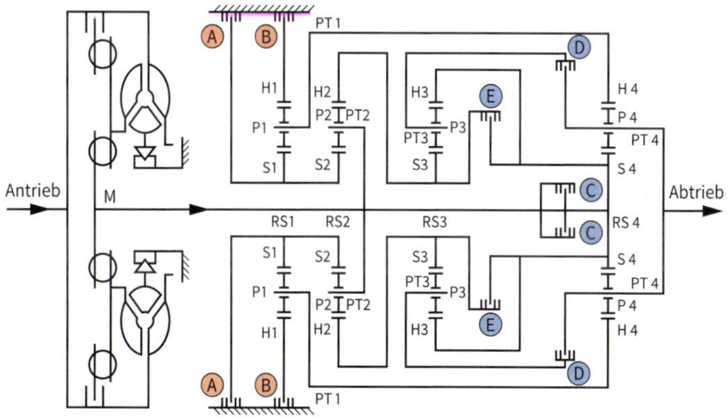

RS1 … RS4: Planetenradsätze
P1 … P4: Planetenräder
PT1 … PT4: Planetenradträger
S1 … S4: Sonnenräder
H1 … H4: Hohlräder
M: Drehmomentwandler mit Überbrückungskupplung

(A) : Bremse
(B) : Bremse
(C) : Kupplung
(D) : Kupplung
(E) : Kupplung

Schaltstufen

Gangstufen	Bremse		Kupplung			Übersetzung
	A	B	C	D	E	
1. Gang	●	●	●			4,71
2. Gang	●	●			●	3,14
3. Gang		●	●		●	2,11
4. Gang		●		●	●	1,67
5. Gang		●	●	●		1,29
6. Gang			●	●	●	1,00
7. Gang	●		●	●		0,84
8. Gang	●			●	●	0,67
R.-Gang	●	●		●		–3,32

9-Stufen-Automatikgetriebe (Vorder- und Allradantrieb)

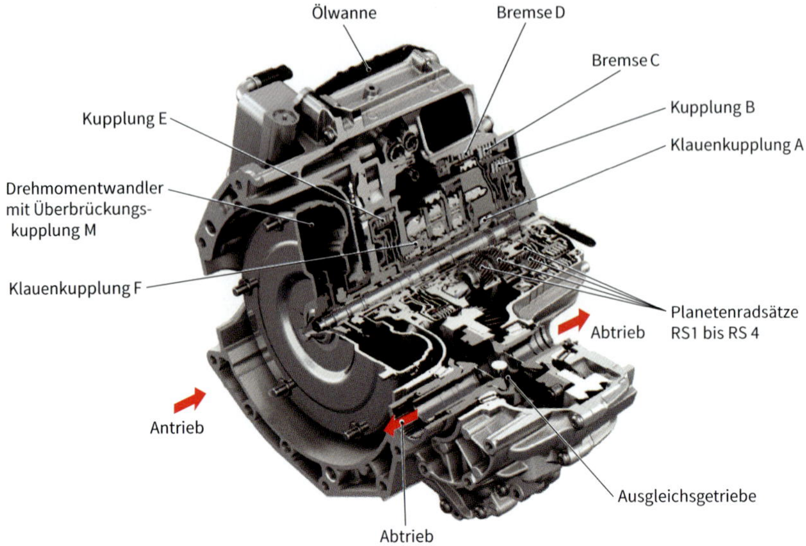

Getriebeschema

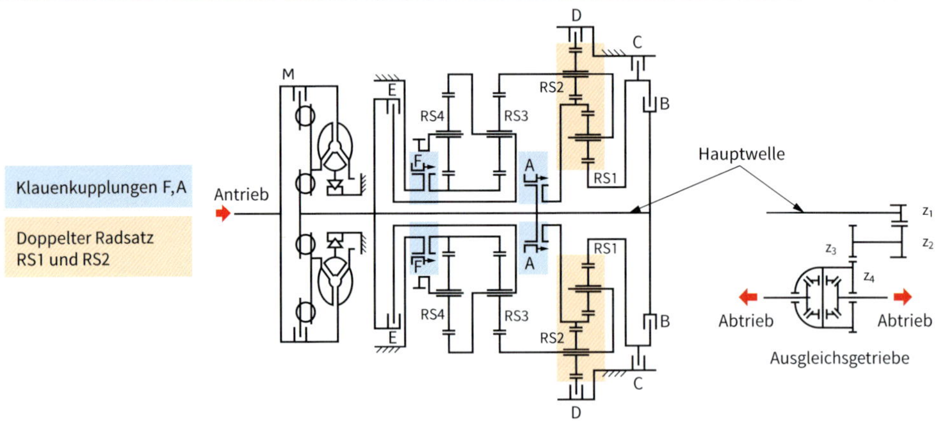

Schaltstufen

Gangstufen	Bremse		Kupplung		Klauenkupplung		Übersetzungen
	C	D	B	E	F	A	
1. Gang		●			●	●	4,70
2. Gang	●				●	●	2,84
3. Gang			●		●	●	1,90
4. Gang				●	●	●	1,38
5. Gang			●	●		●	1,00
6. Gang	●			●		●	0,80
7. Gang		●		●		●	0,70
8. Gang	●	●		●			0,58
9. Gang		●	●	●			0,48
R.-Gang		●	●		●		–3,80

DIWA-Automatikgetriebe für Nkw

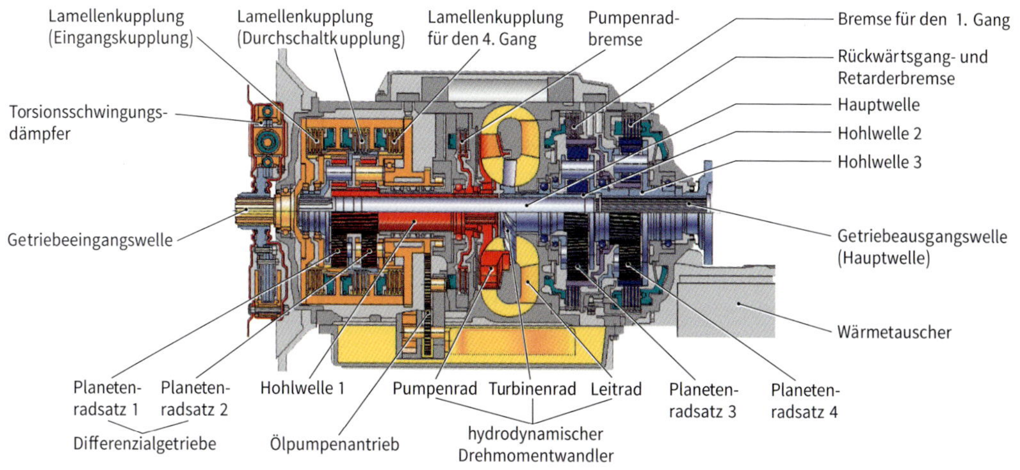

Getriebeschema

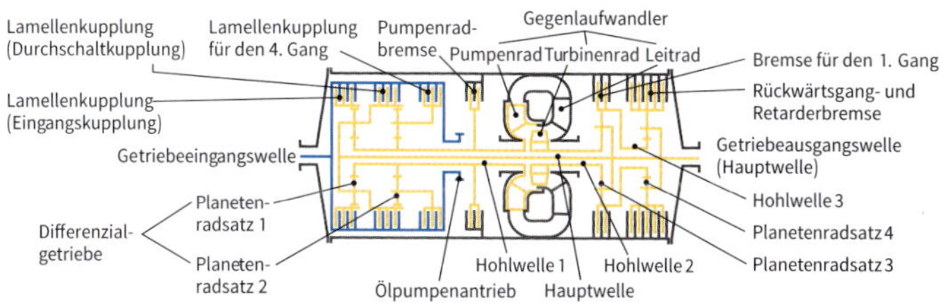

Kraftfluss in den Gängen

Leerlauf (Neutralstellung)
Alle Kupplungen und Bremsen sind geöffnet. Es erfolgt nur der Ölpumpenantrieb.

- Kupplung geschlossen
- feststehende Bauteile
- umlaufende Rotationsbauteile
- stillstehende Rotationsbauteile
- Kraftfluss

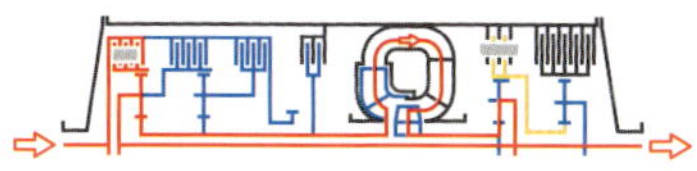

Anfahren und 1. Gang
Hydrodynamischer Kraftfluss: Getriebeeingangswelle – Eingangskupplung (geschlossen) – Planetenradsatz 1 (Differenzialgetriebe) – Hohlwelle 1 – Gegenlaufwandler – Hohlwelle 2 – Planetenradsatz 3 (Bremse für den 1. Gang geschlossen) – Hauptwelle – Getriebeausgangswelle
Mechanischer Kraftfluss: Getriebeeingangswelle – Eingangskupplung (geschlossen) – Planetenradsatz 1 (Differenzialgetriebe) – Hauptwelle – Getriebeausgangswelle

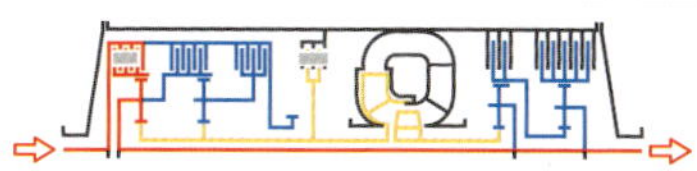

2. Gang (nur mechanischer Kraftfluss):
Getriebeeingangswelle – Eingangskupplung (geschlossen, Pumpenradbremse geschlossen) – Planetenradsatz 1 – Hauptwelle – Getriebeausgangswelle

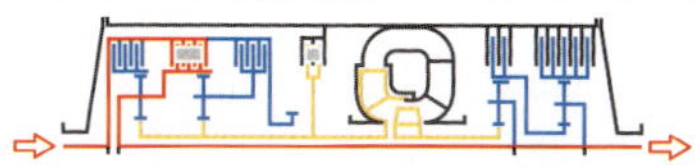

3. Gang (nur mechanischer Kraftfluss):
Getriebeeingangswelle – Durchschaltkupplung (geschlossen, Pumpenradbremse geschlossen) – Planetenradsatz 2 – Planetenradsatz 1 – Hauptwelle – Getriebeausgangswelle

4. Gang (nur mechanischer Kraftfluss):
Getriebeeingangswelle – Lamellenkupplung für den 4. Gang (geschlossen, Pumpenradbremse geschlossen) – Planetenradsatz 2 – Planetenradsatz 1 – Hauptwelle – Getriebeausgangswelle

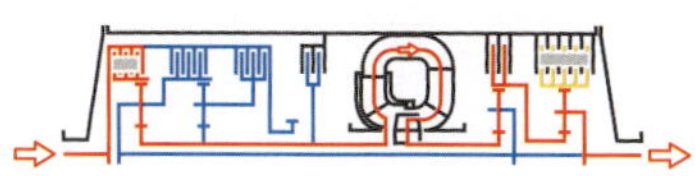

Rückwärtsgang (nur hydrodynamischer Kraftfluss):
Getriebeeingangswelle – Eingangskupplung (geschlossen) – Planetenradsatz 1 – Hohlwelle 1 – Gegenlaufwandler – Hohlwelle 2 – Planetenradsatz 3 – Hohlwelle 3 – Planetenradsatz 4 (Rückwärtsgangbremse geschlossen) – Hauptwelle – Getriebeausgangswelle

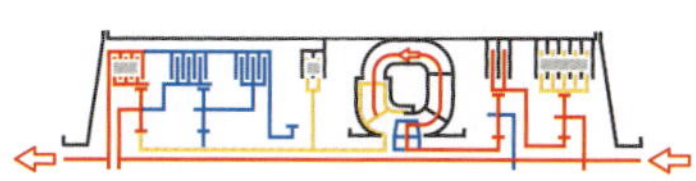

Bremsen im 2. Gang
Hydrodynamischer Kraftfluss: Getriebeausgangswelle – Hauptwelle – Planetenradsatz 4 (Retarderbremse geschlossen) – Hohlwelle 3 – Planetenradsatz 3 – Hohlwelle 2 – Gegenlaufwandler (Pumpenradbremse geschlossen)
Motorbremsmoment: Getriebeausgangswelle – Hauptwelle – Planetenradsatz 1 – Eingangskupplung (geschlossen) – Getriebeeingangswelle (zusätzliches Bremsen mit dem Motor)

Schubgliederband-Getriebe

Bauform	Baugruppen	Merkmale
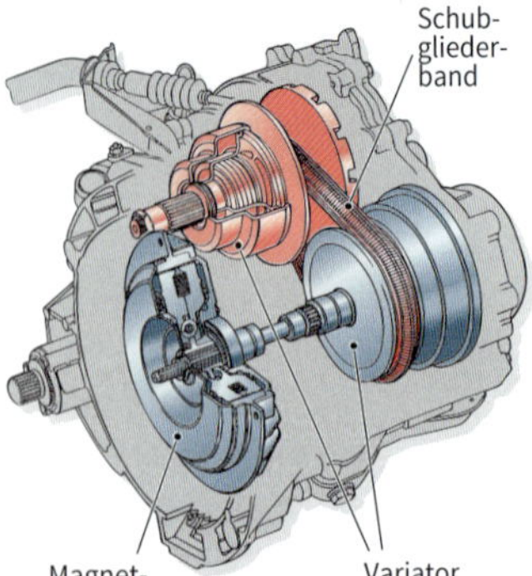	■ Variator: zwei Scheibenpaare mit konischen Scheiben, deren axialer Abstand stufenlos variiert werden kann; Stellkraft über Federkraft (Rollergetriebe) oder Öldruck (Pkw) ■ Kraftübertragung: Keilriemen (Roller), Schubgliederband (Pkw) für mittlere Drehmomente ■ Getriebesteuerung: für Pkw-Getriebe elektronisch-hydraulische Steuerung	■ ruckfreier Fahrbetrieb ■ Bedienung über Wählhebel ■ Kraftstoffersparnis durch Wahl entsprechender Getriebeprogramme ■ verringerter Schadstoffausstoß ■ kompakte Bauform, verringerte Getriebemasse ■ Erfassung aller Fahrzustände, adaptive Getriebesteuerung ■ größerer Übersetzungsbereich als bei Handschaltgetrieben ■ stufenlose Drehzahl- und Drehmomentenwandlung

Stufenloses Getriebe für Pkw

Ecotronic	Merkmale
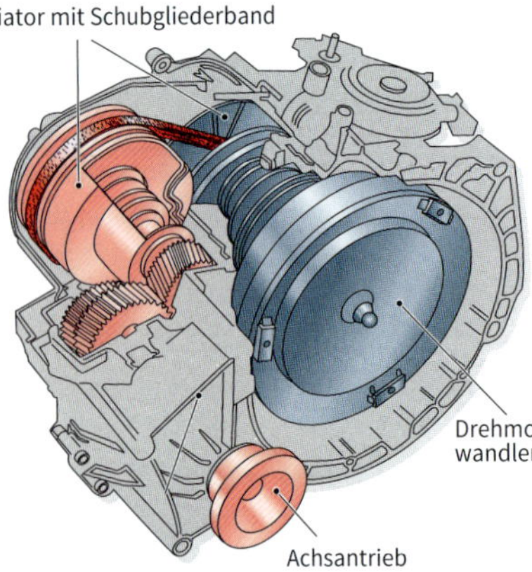	■ Anfahrkupplung: hydrodynamischer Drehmomentenwandler mit elektronisch gesteuerter Wandler-Überbrückungskupplung ■ Kraftübertragung: durch Öldruck gesteuerter Variator mit **Schubgliederband**, die konischen Variatorscheiben werden in Abhängigkeit von dem zu übertragenden Drehmoment gegen das Schubgliederband gepresst, Regelung des Arbeitsdruckes für Bandanpressung durch elektronisch gesteuerte Hydraulikventile ■ Eingangsdrehmomente: z. B. 130 bis 250 Nm ■ Getriebespreizung: z. B. 5,45 : 1 und 5,82 : 1 Getriebespreizung: Verhältnis zwischen der größten und der kleinsten Übersetzung
Multitronic	**Merkmale**
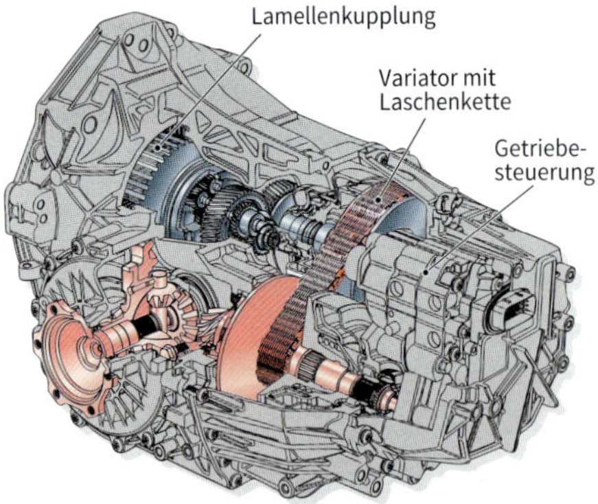	■ Anfahrkupplung: von Getriebesteuerung elektronisch gesteuerte Ölbad-Lamellenkupplung ■ Kraftübertragung: durch Öldruck gesteuerter Variator mit **Laschenkette**, Anpressdruck der Variatorscheiben wird von der elektronischen Getriebesteuerung geregelt ■ Eingangsdrehmoment: z. B. bis 280 Nm ■ Getriebespreizung: z. B. 6,05 : 1

Bauformen der Achsantriebe

Stirnradachsantrieb	Kegelradachsantrieb		Schneckenradachsantrieb
	Spiralkegelradgetriebe	Hypoidgetriebe	
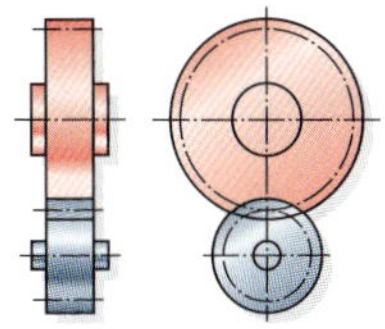	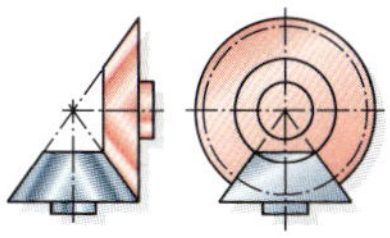	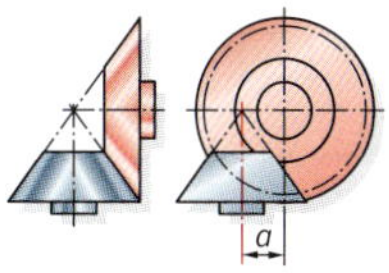	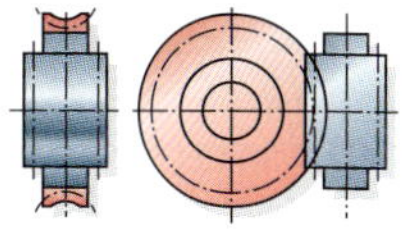
für Vorderradantrieb mit Quermotor kostengünstige und platzsparende Bauweise	für Standardantrieb mit Längsmotor kostengünstig mit Geradverzahnung	für die Übertragung sehr großer Drehmomente sehr laufruhig, geringer Platzbedarf	für schwere Straßenbaufahrzeuge mit sehr großem Übersetzungsverhältnis (12:1 bis 15:1)

Ausgleichsgetriebe mit Ausgleichssperre

Bauform	Merkmale	Bauform	Merkmale
Schaltbare Ausgleichssperre 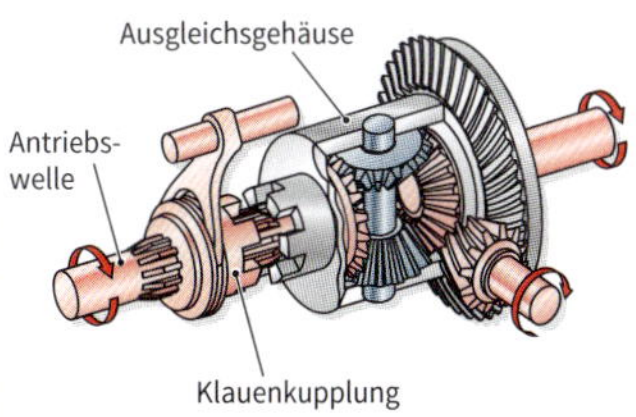	**Quersperre** **Sperrwert:** 100 % durch mechanische Betätigung, abhängig von der axial verschiebbaren Klauenkupplung **Verwendung:** Mehrzweck-Pkw, Nutzkraftwagen	**Selbstsperrende Ausgleichssperre** 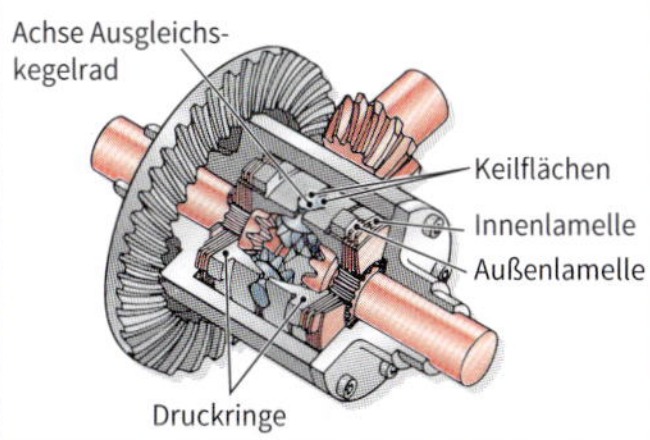	**Quersperre** **Sperrwert:** variabel bis 70 % durch wirksam werdende Drehmomente, abhängig von der Spreizkraft und der Anzahl der Lamellen **Verwendung:** Sportwagen, Pkw
Torsen-Ausgleichssperre 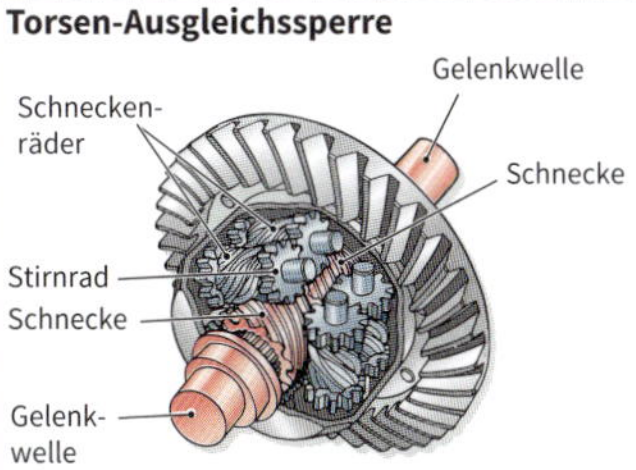	**Quer- und Längssperre** **Grundsperrwert:** 20 bis 60 % durch wirksam werdende Drehmomente, abhängig von der Steigung der Schnecke **Verwendung:** Mehrzweck-Pkw, Pkw	**Visco-Lok-Ausgleichssperre** 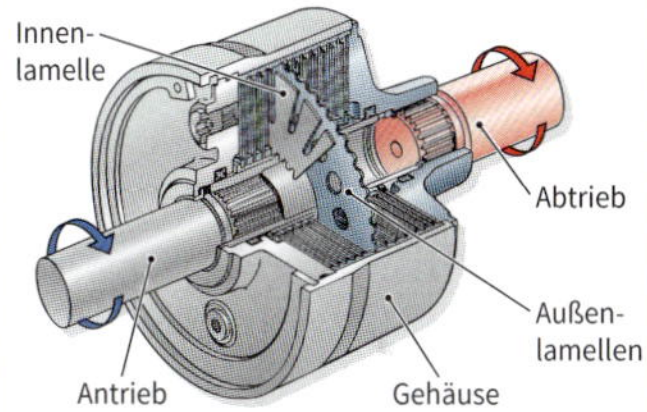	**Quersperre** **Sperrwert:** variabel bis 100 % durch Drehzahldifferenz, abhängig von der Kraft des Betätigungskolbens und der Anzahl der Lamellen **Verwendung:** Mehrzweck-Pkw, Pkw
Haldex-Kupplung 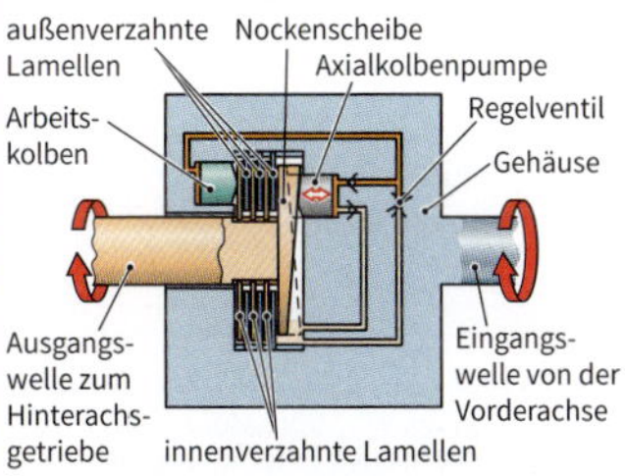	**Längssperre** **Sperrwert:** variabel bis 100 % durch Drehzahldifferenz, abhängig vom hydraulischen Druck der Axialkolbenpumpe und der Reibkraft zwischen den Lamellen **Verwendung:** Mehrzweck-Pkw, Pkw	**Kronenrad-Mittenausgleichssperre** 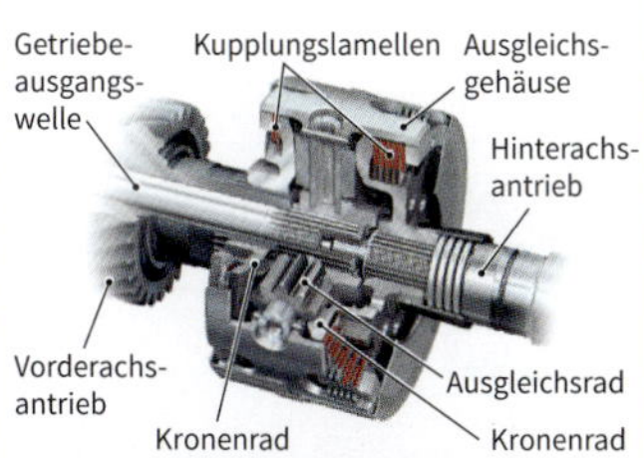	**Längssperre** **Sperrwert:** variabel bis 85 % durch wirksam werdende Drehmomente, abhängig von den Reibkräften zwischen den Lamellen **Verwendung:** Mehrzweck-Pkw, Pkw
Elektro-hydraulische Ausgleichssperre 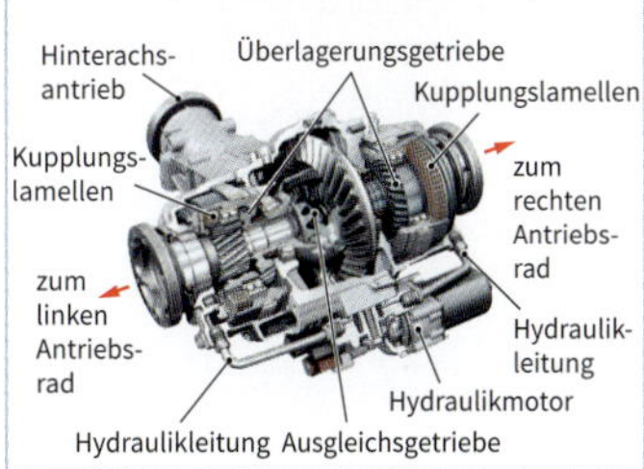	**Quersperre** **Sperrwert:** variabel bis 100 % durch Drehzahldifferenz, abhängig von der hydraulischen Ansteuerung der Überlagerungsgetriebe und der Reibkraft der Lamellen **Verwendung:** Mehrzweck-Pkw, Pkw	**Elektronische Ausgleichssperre** 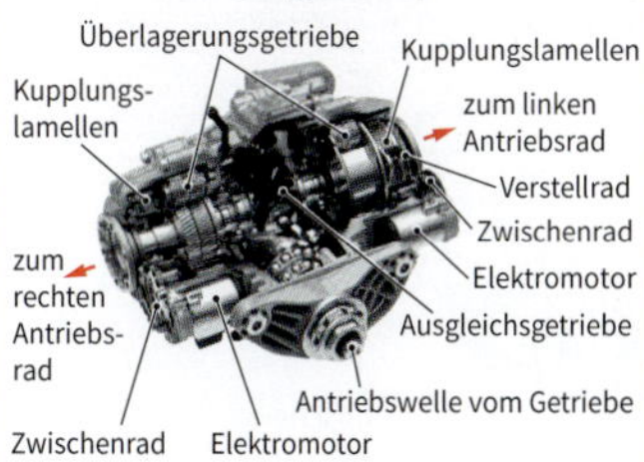	**Quersperre** **Sperrwert:** variabel bis 100 % durch Drehzahldifferenz, abhängig von der elektronischen Ansteuerung der Elektromotoren und der Reibkraft der Lamellen **Verwendung:** Mehrzweck-Pkw, Pkw

Gelenkwellen (Längswellen)

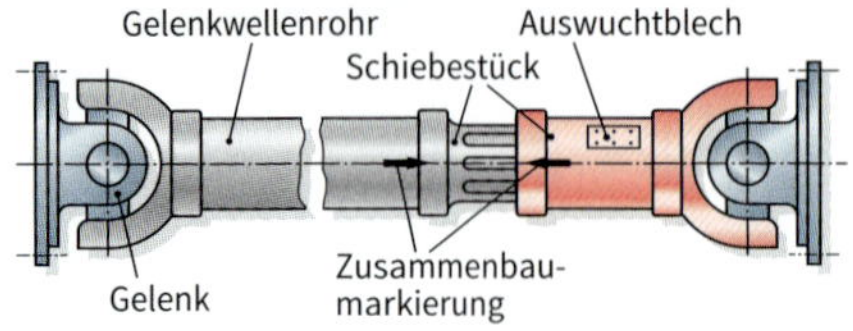

Aufgaben:
Kraftübertragung in Fahrzeuglängsachse bei Standard- und Allradantrieb,
Längenausgleich bei Ein- und Ausfedern herstellen

Antriebswellen (Seitenwellen)

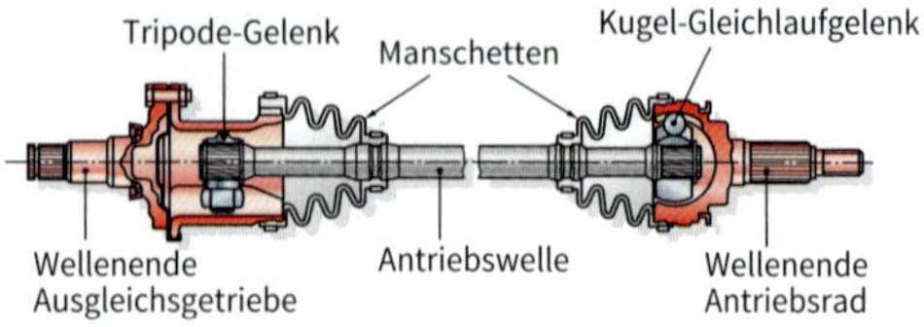

Aufgaben:
Kraftübertragung und Längenausgleich vom Achsantrieb zu den Antriebsrädern,
Gleichlauf der gelenkten Antriebsräder sicherstellen

Wellengelenke	Merkmale	Verwendung
Kreuzgelenk 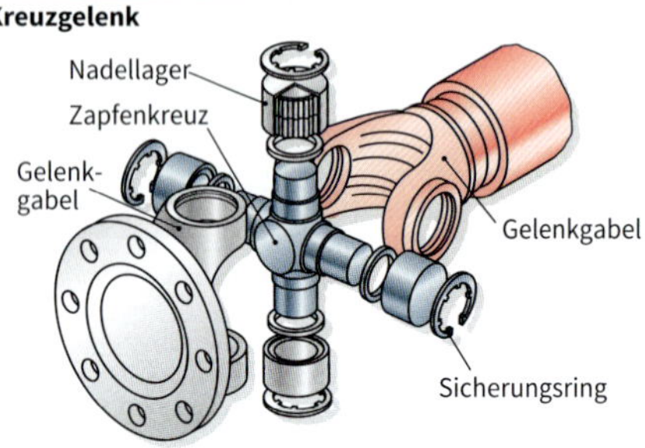	■ überträgt große Drehmomente ■ Beugungswinkel bis etwa 15° ■ bei Beugung muss ungleichförmiger Rundlauf der getriebenen Welle durch ein zweites Kreuzgelenk ausgeglichen werden ■ Längenausgleich über Schiebestück	drehbewegliches Gelenk für Längswellen: ■ Gelenkwelle für Hinterradantrieb ■ Antriebswelle für Lkw ■ Allradantrieb
Gleichlauf-Festgelenk 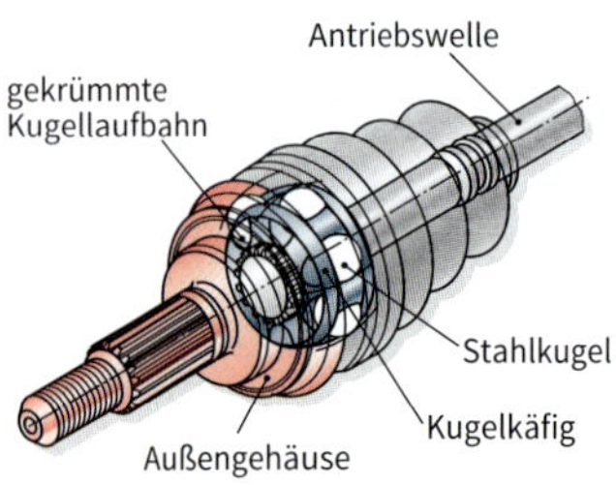	■ ermöglichen große Beugungswinkel bis zu 47° bei gleichförmigem Rundlauf ■ gekrümmte Kugellaufbahn von Gehäuse und Innenstern lassen keinen Längenausgleich zu, Antriebswelle muss mit Verschiebegelenk (z. B. Tripode-Gelenk) kombiniert werden	drehbewegliches Gelenk für Pkw-Antriebswellen: ■ radseitiges Wellengelenk für Vorderradantrieb ■ leichte Nutzkraftwagen
Gleichlauf-Verschiebegelenk 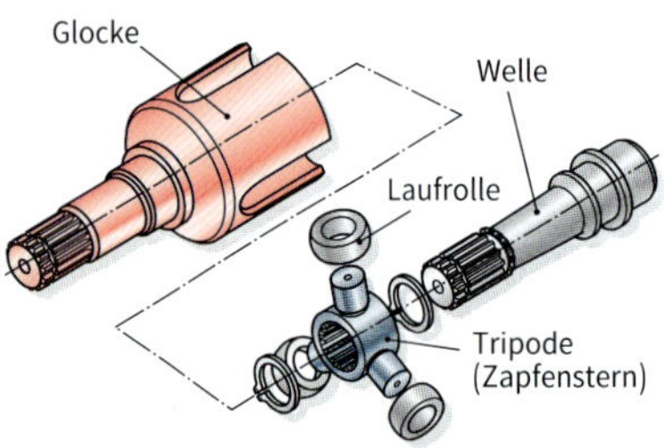	■ Tripode-Gelenk ermöglicht eine Längsbeweglichkeit bis zu 30 mm (Verschiebegelenk) bei gleichförmigem Rundlauf und einem Beugewinkel bis zu 20°	drehbewegliches Gelenk für Pkw-Antriebswellen: ■ getriebeseitiges Wellengelenk für Vorderradantrieb ■ radseitiges Wellengelenk für Antriebswellen bei Hinterradantrieb
Trockengelenk 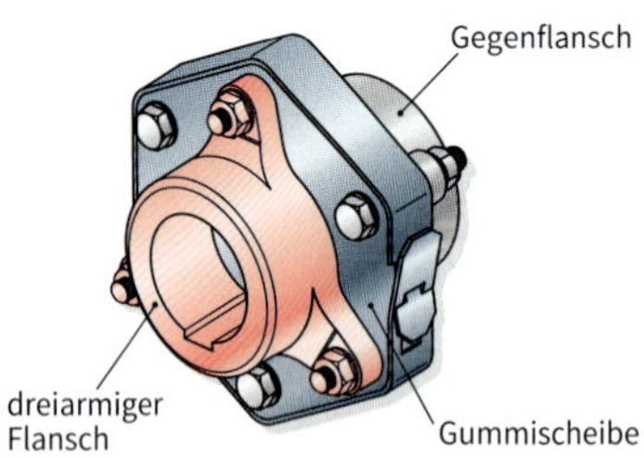	■ Gelenkscheibe aus Gummi, erlaubt nur sehr kleine Beugungswinkel bis zu 5° und minimale Längenänderung bis zu 5 mm ■ kostengünstig und wartungsfrei, gute Dämpfung von Geräuschen und Schwingungen im Antriebsstrang	■ elastisches Gelenk für Gelenkwellen, die nur geringen Winkelversatz überbrücken ■ Lenkwellen

Elektronische Getriebesteuerung für Ottomotoren

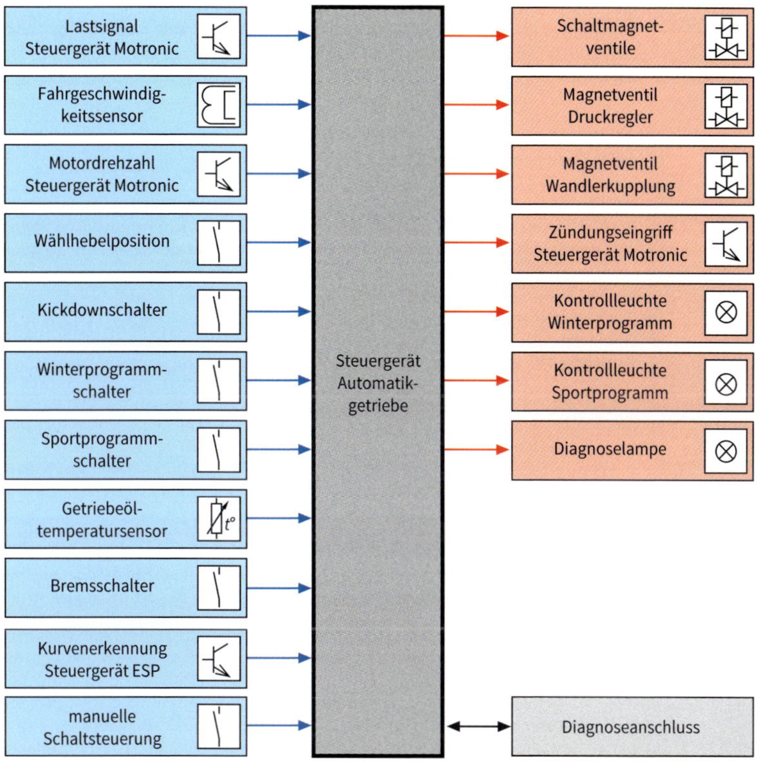

Die elektronische Getriebesteuerung hat die Aufgabe, die Schaltvorgänge zwischen den einzelnen Gängen zu steuern. Hierzu werden im Wesentlichen die Informationen Drosselklappenstellung (Last) sowie Getriebeabtriebsdrehzahl (Fahrgeschwindigkeit) ausgewertet. Die Schaltvorgänge werden dann durch Magnetventile ausgelöst, welche die Ölströme zur Betätigung der Schaltkupplungen und Bremsen des Planetengetriebes steuern. Je nach Modell und Bauaufwand können in der Getriebesteuerung zusätzliche schaltbare Programme (z. B. Winterprogramm, Sportprogramm, Handschaltung) oder adaptive Programme (z. B. Erkennung von Fahrstil oder Bergfahrt) integriert sein.

Sensoren		
Lastsignal Steuergerät Motronic		Das Lastsignal wird der Getriebesteuerung vom Motronic-Steuergerät entweder durch einen Datenbus (CAN) oder ein Spannungssignal (Tastverhältnis) mitgeteilt. Hierzu wird das Signal des Drosselklappengebers der Motronic ausgewertet. Eine weite Öffnung der Drosselklappe führt zu einer Verschiebung der Schaltpunkte zu höheren Fahrgeschwindigkeiten. Die Geschwindigkeit der Drosselklappenbewegung wird bei adaptiven Getriebesteuerungen für die Fahrstilerkennung verwendet.
Fahrgeschwindigkeitssensor		Die Fahrgeschwindigkeit, neben dem Lastsignal eine Haupteinflussgröße auf die Schaltzeitpunkte, wird von einem Induktivgeber auf der Getriebeabtriebswelle ermittelt. Die Frequenz der abgegebenen Wechselspannung wird vom Steuergerät als Geschwindigkeitssignal erkannt.

Elektronische Getriebesteuerung für Ottomotoren

Motordrehzahl Steuergerät Motronic		Die Motordrehzahl wird der Getriebesteuerung vom Motronic-Steuergerät entweder durch einen Datenbus (CAN) oder ein Spannungssignal (Tastverhältnis) mitgeteilt. Hierzu wird das Signal des Drehzahl- und Bezugsmarkensensors der Motronic ausgewertet. Die Motordrehzahl hat keinen Einfluss auf die Schaltpunkte. Sie dient dazu, unlogische Betriebszustände, wie sie z. B. bei hydraulischen Fehlern auftreten, zu lokalisieren. Das Steuergerät vergleicht dazu immer Motordrehzahl und Abtriebsdrehzahl. Liegen diese bei einem bestimmten Gang außerhalb den Toleranzen, wird das Notlaufprogramm aktiviert.
Wählhebelposition		Die Wählhebelposition wird über einen Stufenschalter ermittelt. Er signalisiert dem Steuergerät, welche Wählhebelposition (1, 2, 3, D, N, R, P) gewählt wurde.
Kickdownschalter		Der Kickdownschalter wird nur bei vollständig durchgetretenem Fahrpedal betätigt. Vom Steuergerät wird dann eine Schaltkennlinie gewählt, die maximales Beschleunigen ermöglicht.
Winterprogramm-schalter		Das Winterprogramm (Anfahrhilfe) wird über einen Schalter aktiviert. Das Getriebe schaltet zum Anfahren dann in einen höheren Gang (2. oder 3. Gang). Infolge des geringeren Drehmomentes an den Antriebsrädern wird die Bodenhaftung während des Anfahrvorganges verbessert.
Sportprogramm-schalter		Das Sportprogramm wird über einen Schalter aktiviert. Die Schaltpunkte werden dann zu höheren Geschwindigkeiten hin verschoben. Bei einigen adaptiven Getriebesteuerungen ist kein Sportprogrammschalter vorhanden, weil das Steuergerät über die Betätigungsgeschwindigkeit des Drosselklappensensors einen entsprechenden Wunsch der/des Fahrenden erkennt.
Getriebeöl-temperatursensor		Häufiges Fahren im Winterprogramm führt zu starker Erwärmung des Getriebeöls. Die Öltemperatur wird vom Getriebeöltemperatursensor (NTC-Element) erfasst und an das Steuergerät weitergeleitet. Ab einer bestimmten Öltemperatur (etwa 140 °C) wird dann das Winterprogramm abgeschaltet.
Bremsschalter		Eine Betätigung des Bremsschalters führt zur Abschaltung des Magnetventils der Wandlerkupplung durch das Steuergerät und damit zur Trennung der starren Verbindung von Motor und Getriebe während des Bremsvorgangs. Bei adaptiven Getriebesteuerungen wird das Signal des Bremsschalters zusammen mit dem Lastsignal des Drosselklappensensor für die Bergabfahrterkennung verwendet. In diesem Fall wird zurückgeschaltet, um die Bremswirkung des Motors bei Bergabfahrt zu unterstützen.
Kurvenerkennung Steuergerät ESP		Bei Kurvenfahrt sollen Schaltvorgänge weitgehend unterdrückt werden. Das Fahrzeug bleibt so beherrschbar und lässt sich besser aus der Kurve beschleunigen. Die Kurvenerkennung erfolgt durch das ESP-Steuergerät. Aus der Drehzahldifferenz der kurveninneren zu den kurvenäußeren Rädern wird die Querbeschleunigung des Fahrzeugs errechnet und ein Spannungssignal an das Getriebesteuergerät geleitet.
Manuelle Schaltsteuerung		Bei einigen Getriebesteuerungen (z. B. Tiptronic) besteht die Möglichkeit, die Schaltvorgänge auch manuell auszulösen. Dies geschieht über entsprechende Tastschalter im Lenkrad oder in einer separaten Schaltgasse des Wählhebels. In diesem Fall ist die automatische Getriebesteuerung außer Betrieb gesetzt.
Aktoren		
Schaltmagnetventile	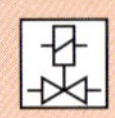	Bei Automatikgetrieben mit Planetensätzen werden die Schaltvorgänge mit öldruckbetätigten Schaltkupplungen und Bremsen durchgeführt. Zur Steuerung der erforderlichen Ölströme sind je nach Getriebeart und Anzahl der Gänge zwei bis vier Magnetventile erforderlich.
Magnetventil als Druckregler	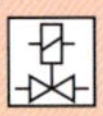	Das Magnetventil hat die Aufgabe, den Hauptdruck im Getriebe stufenlos zu verändern, um weiche Schaltvorgänge unter allen Betriebsbedingungen sicherzustellen. Die Drucksteuerung hängt hauptsächlich vom Lastsignal des Drosselklappensensors ab, aber auch von den Signalen des Fahrgeschwindigkeitssensor und des Getriebeöltemperatursensors.

Elektronische Getriebesteuerung für Ottomotoren

Magnetventil der Wandlerkupplung	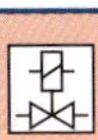	Das Magnetventil der Wandlerkupplung steuert das Anlegen bzw. Lösen der Wandlerkupplung. Die Wandlerkupplung ist meistens nur in den oberen Gängen geschaltet und wird mit Betätigung des Bremsschalters gelöst.
Zündungseingriff Steuergerät Motronic		Während der Schaltvorgänge wird der Zündwinkel durch das Motronic-Steuergerät in Richtung „Spät“ verstellt, um das Motordrehmoment abzusenken. Dies führt zu geringerem Verschleiß, insbesondere an Schaltkupplungen und Bremsen. Infolge der reduzierten Beanspruchung der mechanischen Bauteile können diese entsprechend geringer dimensioniert werden.
Kontrollleuchte „Winterprogramm“	⊗	Die Kontrollleuchte „Winterprogramm“ ist bei aktiviertem Winterprogramm eingeschaltet.
Kontrollleuchte „Sportprogramm“	⊗	Die Kontrollleuchte „Sportprogramm“ ist bei aktiviertem Sportprogramm eingeschaltet. Bei einigen Fahrzeugen übernimmt die Lampe auch als Zusatzfunktion die Aufgabe der Diagnoselampe.
Diagnoselampe	⊗	Eine Diagnoselampe befindet sich in der Armaturentafel des Fahrzeugs. Sie signalisiert eine Fehlfunktion der Getriebesteuerung. Die Eigendiagnose hat dann einen Fehler gespeichert, und das Getriebe arbeitet im Notprogramm. Die automatische Getriebesteuerung ist außer Funktion. Einige Fahrstufen können aber über den Wählhebel manuell gesteuert werden, um eine Weiterfahrt sicherzustellen.

Elektronische Getriebesteuerung

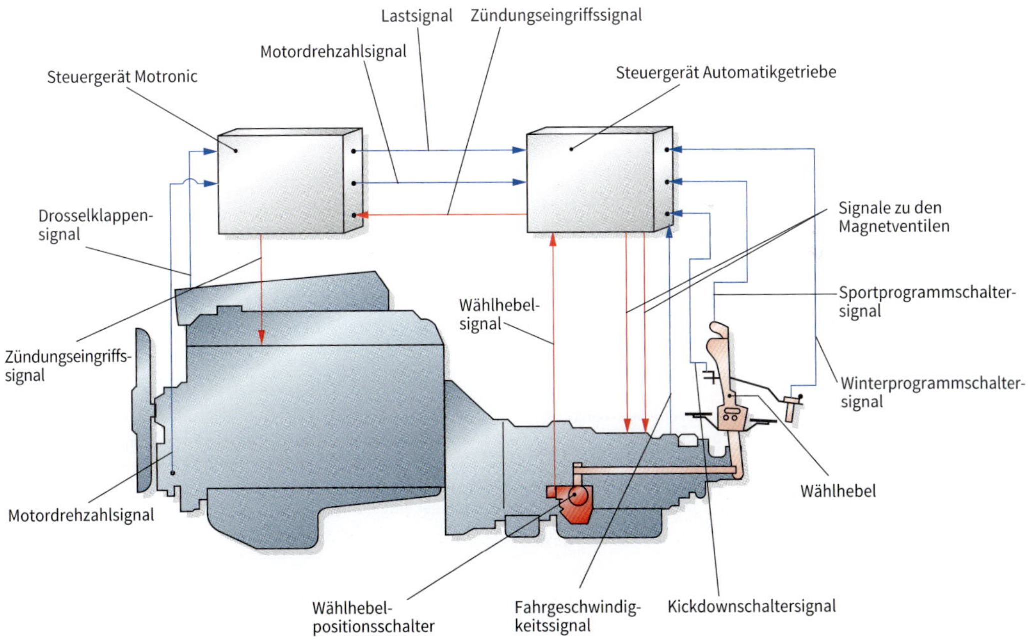

Darstellung	Merkmale	Eigenschaften	Verwendung
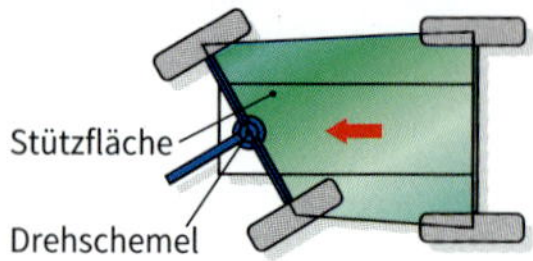	**Drehschemel-Lenkung:** Die gesamte Vorderachse schwenkt mit dem Drehschemel um einen gemeinsamen Drehpunkt.	Reduzierung der Stützfläche bei Kurvenfahrt im Bereich des Drehschemels. Die hohe Lage des Schwerpunkts erhöht die Kippgefahr.	gelenkte, mehrachsige Anhängerfahrzeuge
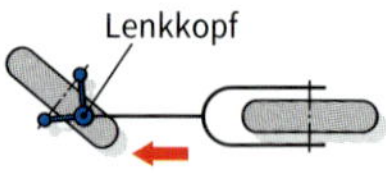	**Lenkkopf-Lenkung:** Das Vorderrad schwenkt mit der vorderen Radaufhängung um den Lenkkopf.	Einspurige Fahrzeuge haben keine Stützfläche. Die leichtgängige Lenkung gewährt richtungsstabiles Fahren.	Fahrrad, Mofa, Moped, Motorroller, Motorrad
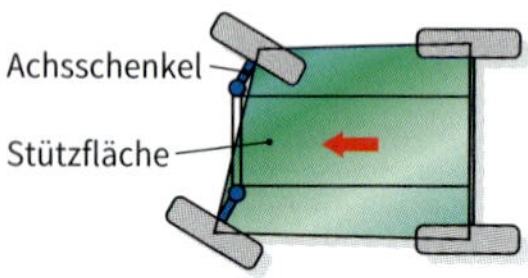	**Achsschenkel-Lenkung Vorderrad:** Die gelenkten Vorderräder schwenken mit den Achsschenkeln um die Lenkachse.	Die Stützfläche wird bei Kurvenfahrt nur unwesentlich verringert. Die tiefe Lage des Schwerpunkts begünstigt kurvenstabiles Fahren.	Standard-Lenkung für Personenkraftwagen, Nutzkraftwagen, schwere Motorräder mit großvolumigen Motoren
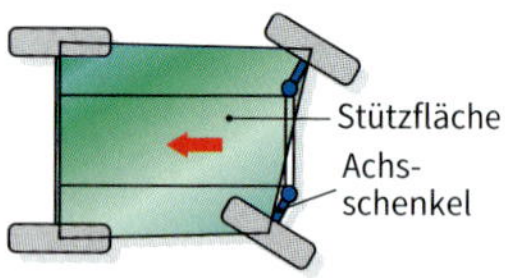	**Achsschenkel-Lenkung Hinterrad:** Die gelenkten Hinterräder schwenken mit den Achsschenkeln um die Lenkachse.	Für hohe Geschwindigkeiten ungeeignet, Fahrzeugheck neigt schon bei kleinen Lenkausschlägen zum Ausbrechen.	Gabelstabler, Spezialfahrzeuge
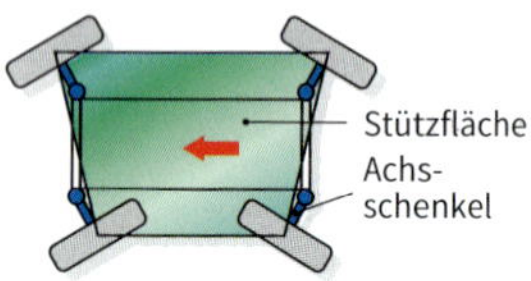	**Achsschenkel-Lenkung Allrad (gegensinnig):** Vorder- und Hinterräder schwenken mit den Achsschenkeln in entgegengesetzte Richtungen.	Bei geringen Geschwindigkeiten und großen Lenkeinschlägen durchfahren Vorder- und Hinterräder fast den gleichen Kurvenradius	Geländewagen, Nutzkraftwagen mit langem Auflieger
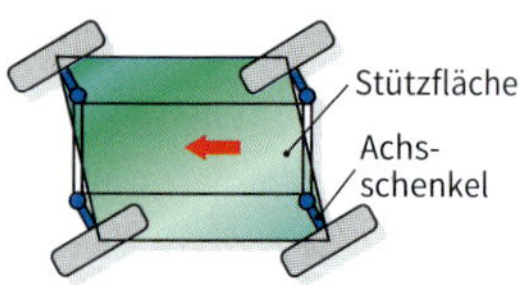	**Achsschenkel-Lenkung Allrad (gleichsinnig):** Vorder- und Hinterräder schwenken mit den Achsschenkeln in die gleiche Richtung.	Bei hohen Geschwindigkeiten und kleinen Lenkeinschlägen wird das Fahrzeug seitlich versetzt.	Kleinserien von Personenkraftwagen, Fahrzeugstudien
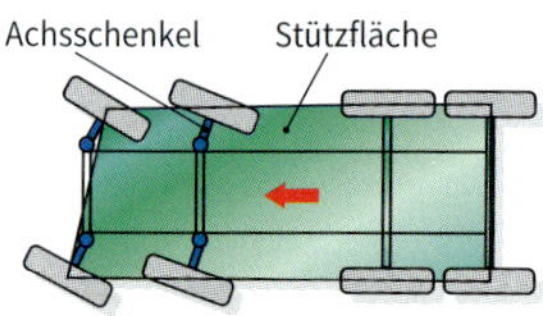	**Achsschenkel-Lenkung Doppelachse:** Die Räder beider Vorderachsen haben einen gemeinsamen Kurvenmittelpunkt.	Die vordere Doppelachse ermöglicht ein hohes Gesamtgewicht. Die Räder der zweiten Vorderachse werden weniger eingeschlagen.	schwere Nutzkraftwagen mit einem zulässigen Gesamtmasse bis zu 40 t
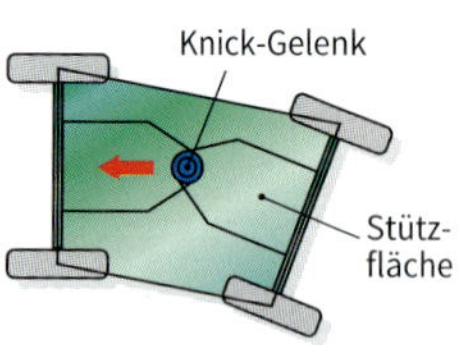	**Knick-Lenkung:** Vorder- und Hinterwagen werden durch hydraulisch betätigte Zylinder gegeneinander geschwenkt.	Einfache, robuste Bauweise mit starken Lenkeinschlägen ermöglichen enge Kurvenradien bei geringen Geschwindigkeiten.	Baufahrzeuge und landwirtschaftliche Fahrzeuge

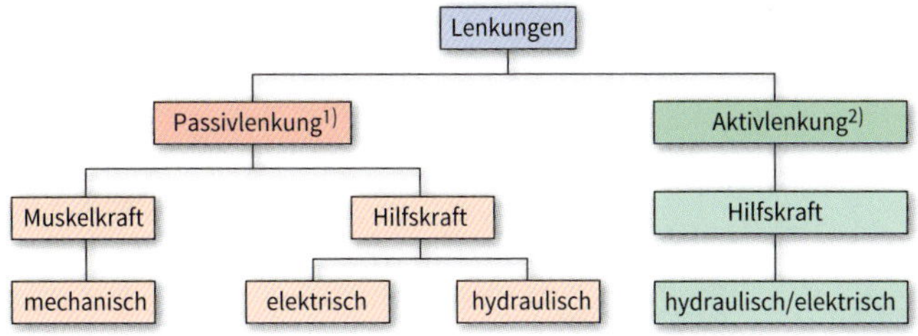

[1] Die Passivlenkung wird ausschließlich vom Fahrer bzw. der Fahrerin durch Muskelkraft und/oder einer Hilfskraft betätigt.
[2] Die Aktivlenkung kann beim Ausbrechen des Fahrzeugs – unabhängig vom Fahrer bzw. der Fahrerin – aktiv gegensteuern.

Kraftfahrzeuglenkung

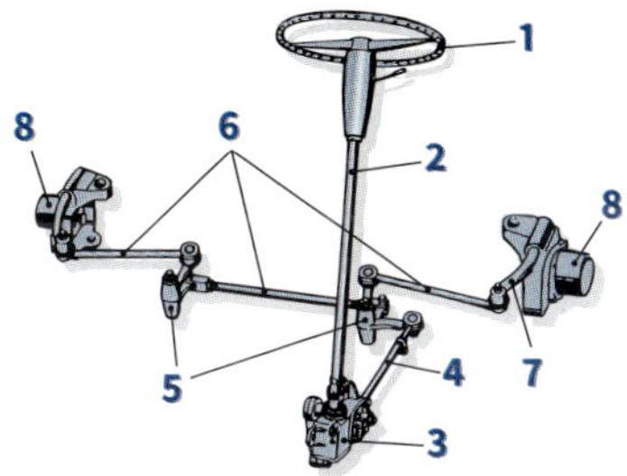

Die Lenkbewegung erfolgt über:

1 Lenkrad
2 Lenkspindel
3 Lenkgetriebe
4 Lenkstange
5 Lenkhebel
6 Spurstangen
7 Spurstangenhebel
8 Radnabe

Lenkeinrichtung § 38 StVZO

Die Lenkeinrichtung muss leichtes und sicheres Lenken des Fahrzeugs gewährleisten. Sie ist notfalls mit einer Lenkhilfe zu versehen. Bei Ausfall der Lenkhilfe muss die Lenkbarkeit des Fahrzeugs erhalten bleiben.

Die Lenkkraft darf im Betrieb 250 N und bei Ausfall der Hilfskraft 600 N nicht überschreiten.

Spurstangen

Spurstange	Einteilig	zweiteilig	dreiteilig
Darstellung	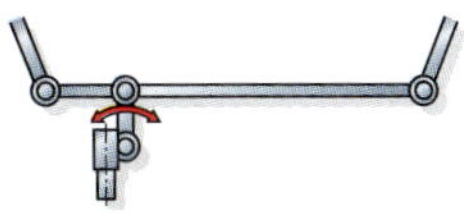	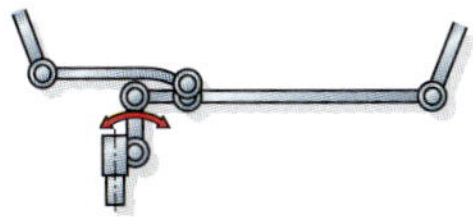	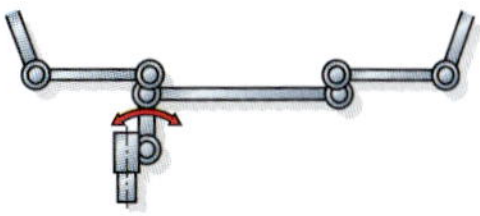
Eigenlenkbewegung[1]	groß	gemindert	keine
Verwendung	starre Vorderachse	Einzelradaufhängung	Einzelradaufhängung

[1] Die Eigenlenkbewegung ist die erzwungene Bewegung eines Rades, die durch die Bewegung während des Federns eines Rades auf das andere Rad als ungewollte Lenkbewegung wirksam werden kann.

Lenkgetriebe

Kugelumlauf-Lenkgetriebe	Zahnstangen-Lenkgetriebe	Zahnstange mit Planetensatz
Eigenschaften: stoßunempfindlich, nicht nachstellbar, sehr leichtgängig durch Rollreibung	**Eigenschaften:** einfacher Aufbau, stoßunempfindlich, spielfrei, leichtgängig, selbstnachstellend	**Eigenschaften:** aktiver Lenkausgleich beim Ausbrechen des Fahrzeugs vor ESP-Eingriff
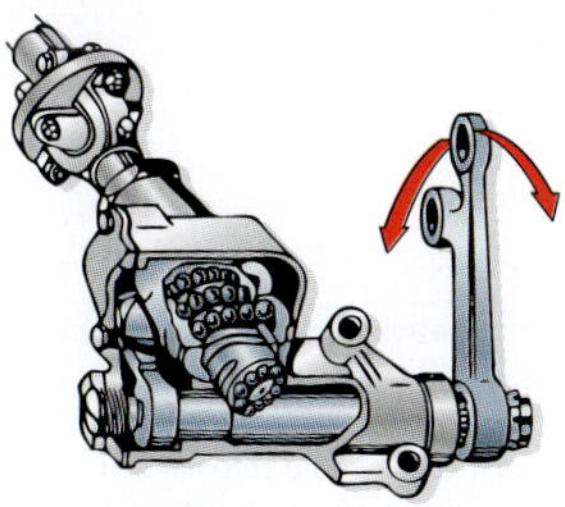	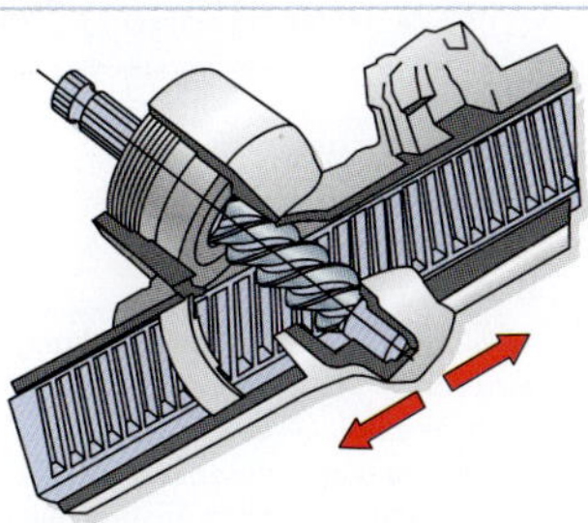	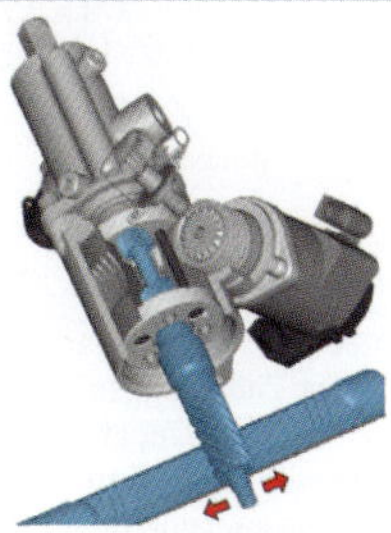
konstante Steigung des Kugelumlaufgewindes	konstante oder variable Teilung der Zahnstange	stufenlose Übersetzung je nach Fahrzeuggeschwindigkeit
Passivlenkung von schweren Pkw und Transportern	Passivlenkung von leichten und mittelschweren Pkw	Aktivlenkung von mittelschweren und schweren Pkw

Mechanische Hydrolenkung (Servolenkung)

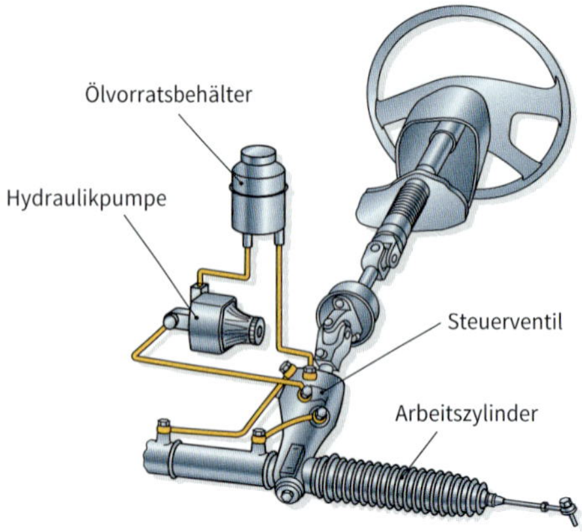

Bei der **Servolenkung** wird durch die Lenkspindeldrehung ein Steuerventil betätigt, das Öl unter Druck zum Arbeitszylinder fließen lässt. Die Hydraulikpumpe wird mechanisch vom Motor angetrieben. Die konstante Hilfskraft ist nicht von der Geschwindigkeit abhängig.

Elektronische Hydrolenkung (Servotronic)

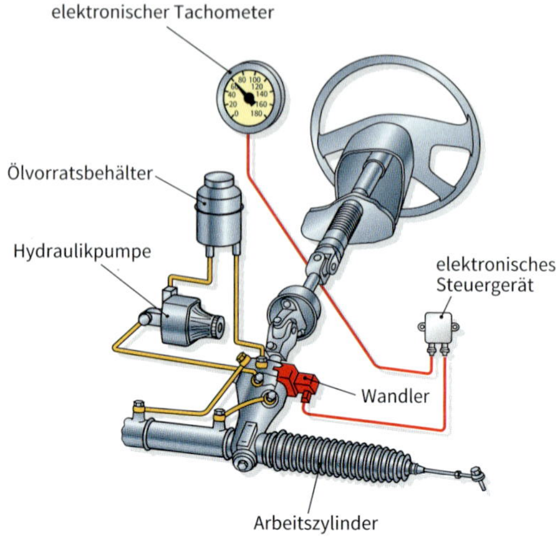

Die **Servotronic** verfügt im Gegensatz zur Servolenkung zusätzlich über eine elektronische Regelung. Die Hydraulikpumpe kann mechanisch vom Motor oder über einen Elektromotor angetrieben werden. Die variable Hilfskraft ist abhängig von der Geschwindigkeit. Je geringer die Geschwindigkeit, desto größer die Hilfskraft.

Elektronische Elektrolenkung (Servolectric)

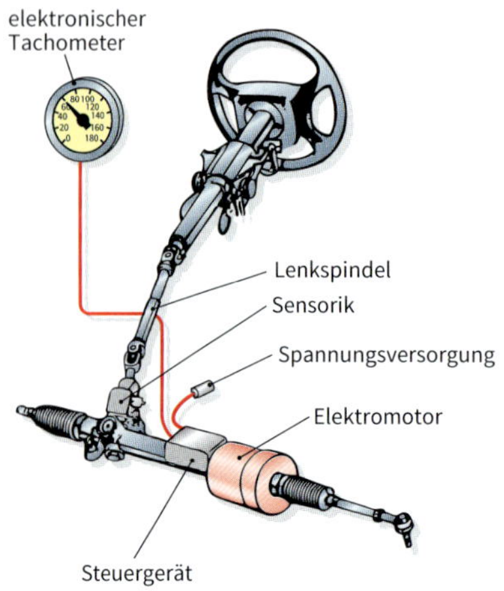

Die **Servolectric** ist eine elektronisch gesteuerte geschwindigkeitsabhängige Zahnstangenlenkung. Die Hilfskraft wird von einem Elektromotor erzeugt, der über ein Kennfeld nur bei Bedarf zugeschaltet wird. Der Elektromotor wird je nach Lenkachslast und benötigter Zahnstangenkraft an der Lenkspindel, am Ritzel oder an der Zahnstange angeflanscht. Je nach Einbauort erfolgt die Kraftübertragung über ein Schnecken- oder Kugelumlauf-Getriebe.

Elektronische Hydrolenkung (Aktivlenkung)

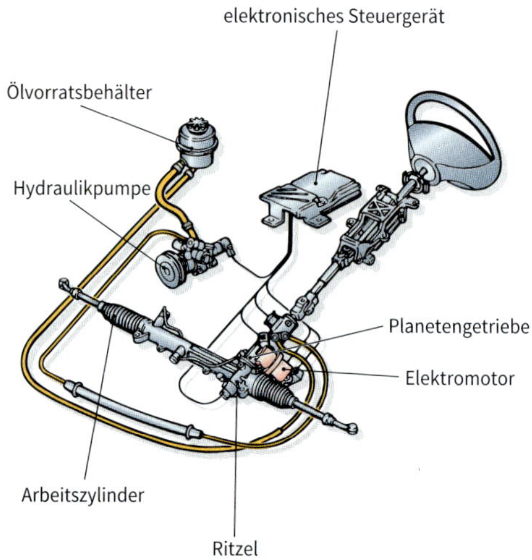

Die **Aktivlenkung** ist eine Weiterentwicklung der Servotronic, bei der zwischen Lenkspindel und Ritzel ein Planetengetriebe eingefügt wurde. Dadurch kann die Hilfskraft stufenlos erhöht oder gesenkt werden. Über einen zusätzlichen Gierratensensor kann beim Ausbrechen des Fahrzeugs durch einen Lenkeingriff – unabhängig vom Fahrer bzw. der Fahrerin – aktiv gegen gesteuert werden. Erst wenn dieser Lenkeingriff nicht ausreicht, wird das ESP zusätzlich per Bremseneingriff aktiv.

Fahrwerksmaße werden nach DIN 70020 bei Messlast 1 ermittelt, das entspricht der Leermasse des Fahrzeugs.

Darstellung	Erklärung und Werte für Pkw
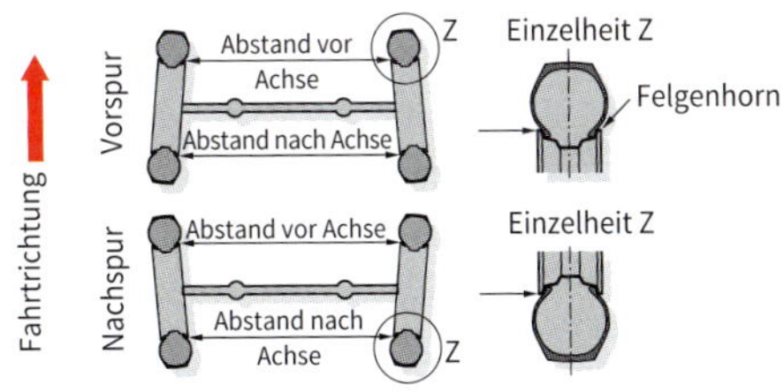	Die **Spur** ist die Differenz des Abstands der Felgenhörner, gemessen in der Höhe der Radmitten. Ist dieser Abstand gleich, hat die Achse die Spur 0. **Vorspur:** Der Abstand der Felgenhörner vor der Achse ist kleiner als nach der Achse. **Nachspur:** Der Abstand der Felgenhörner vor der Achse ist größer als nach der Achse. Für Fahrzeuge mit negativem Lenkrollhalbmesser: **Frontantrieb:** Nachspur 0 bis 3 mm **Heckantrieb:** Vorspur 0 bis 5 mm
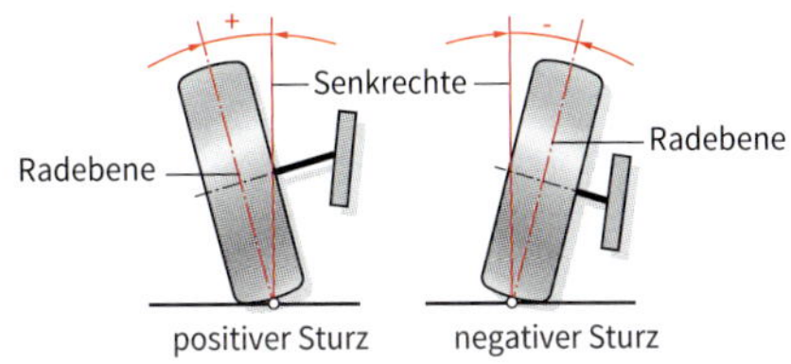	Der **Sturz** ist der Winkel zwischen der Radebene und der Senkrechten auf die Fahrbahnebene. Die Räder sind dabei in Geradeausstellung. **Positiver Sturz:** Rad ist oben nach außen geneigt. **Negativer Sturz:** Rad ist oben nach innen geneigt. **Vorderrad:** positiver Sturz 0,5 bis 1,5° **Hinterrad:** negativer Sturz −0,5 bis −2°
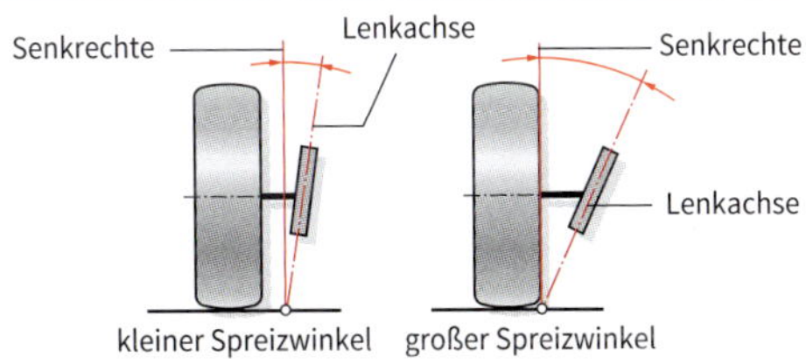	Die **Spreizung** ist der Winkel zwischen der Lenkachse und der Senkrechten auf die Fahrbahnebene quer zur Fahrzeuglängsachse. Durch die Spreizung wird ein Rückstellmoment der eingeschlagenen Räder erzeugt. Sturz und Spreizung bilden gemeinsam einen festen Winkel, der auch bei Zuladung oder bei dynamischen Belastungen konstant bleibt. **Spreizwinkel:** 5 bis 7°
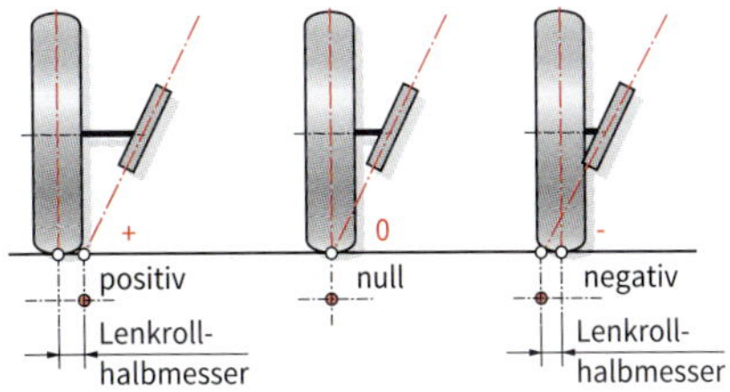	Der **Lenkrollhalbmesser** ist der Abstand zwischen den Schnittpunkten der Lenkachse und der Radebene, gemessen auf der Standebene. **Positiv:** Der Abstand liegt innerhalb der Spurweite. **Null:** kein Abstand zwischen den Schnittpunkten **Negativ:** Der Abstand liegt außerhalb der Spurweite. **Positiver Lenkrollhalbmesser:** +5 bis +10 mm **Negativer Lenkrollhalbmesser:** −10 bis −20 mm
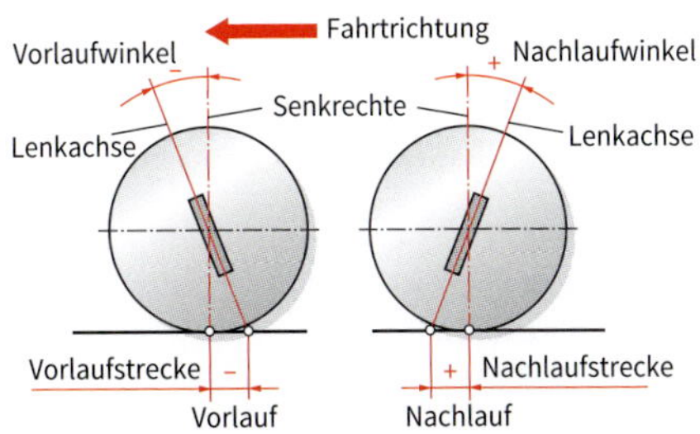	Der **Vor-** oder **Nachlaufwinkel** ist der Winkel zwischen der Lenkachse und der Senkrechten durch die Radmitte. Die **Vor-** oder **Nachlaufstrecke** ist der Abstand zwischen den Schnittpunkten der Lenkachse und der Senkrechten durch die Radmitte, gemessen auf der Standebene. **Vorlauf:** Die Lenkachse trifft die Standebene hinter der Senkrechten durch die Radmitte. **Nachlauf:** Die Lenkachse trifft die Standebene vor der Senkrechten durch die Radmitte. **Heckantrieb:** Nachlaufwinkel 0 bis +9° **Frontantrieb:** Vorlaufwinkel 0 bis −1°
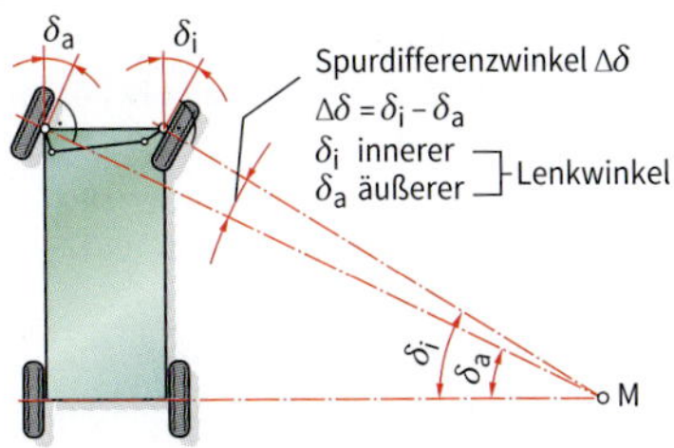	Der **Spurdifferenzwinkel** ist der Unterschied (Differenz) zwischen dem inneren und äußeren Lenkwinkel. Bilden Vorderachse, Spurstange und Spurstangenhebel ein Lenktrapez, so werden unterschiedliche Einschlagwinkel an den Rädern erzielt: Die Räder rollen auf ihren natürlichen Bahnen ab, da die Rollbahnen aller Räder einen gemeinsamen Mittelpunkt haben. Ein Radieren der Räder wird verhindert. Der **Spurdifferenzwinkel** wird bei einem Lenkeinschlag von 20° des kurveninneren Rades gemessen: 0,5 bis 1°.

Messbedingungen

Durch vier Messbedingungen soll erreicht werden, dass die Fahrwerkseinstellung von mehrspurigen Straßenfahrzeugen mit elektronischen Fahrwerksmessgeräten einheitlich vermessen werden kann:

1. **Räder:** Felgen, Reifen und Reifendruck müssen den Angaben des Fahrzeugherstellers entsprechen.
2. **Radaufhängung:** Die Radaufhängungen müssen den Festlegungen des Fahrzeugherstellers entsprechen und in technisch einwandfreiem Zustand sein (z. B. Gelenk- und Radlagerspiel).
3. **Aufstellung:** Das Fahrzeug ist entsprechend den Angaben des Fahrzeugherstellers auf die Messung vorzubereiten (z. B. Probefahrt mit vorgeschriebener Dauer oder mehrmaliges Durchfedern im Stand). Die Aufstandsflächen müssen reibungsarm sein und das Fahrzeug ist in Geradeausstellung zu bringen.
4. **Bezugszustand:** Das Fahrzeug ist entsprechend den Angaben des Fahrzeugherstellers zu beladen und/oder in eine bestimmte Höhenlage zu bringen (Niveauregulierung). Hat der Fahrzeughersteller den Beladungszustand nicht näher festgelegt, so ist das Fahrzeug entsprechend der Leermasse des betriebsfähigen Fahrzeugs zu beladen.

Fahrwerksdaten

Mit der Ermittlung von Fahrwerksdaten soll festgestellt werden, ob ein Fahrzeug, z. B. nach einem Unfall, noch der vom Hersteller vorgesehenen Fahrwerkseinstellung entspricht. Für folgende Daten sind nach DIN 70027 das Nennmaß, das obere und untere Abmaß, die max. Differenz rechts/links und die Einheit anzugeben:

1. **Vorspurwinkel vorn/hinten:** Als Messgröße wird nur der Vorspurwinkel (nicht die Vorspur) vorgesehen, weil oft für den gleichen Fahrzeugtyp unterschiedliche Felgendurchmesser verwendet werden können. Diese würden bei der Angabe der Spur zu unterschiedlichen Sollwerten für den gleichen Fahrzeugtyp führen.
2. **Fahrachswinkel:** Die Ebene der Messgeräte muss parallel zur Fahrzeuglängsmittelebene liegen. Dies erfolgt durch das Korrekturprogramm der elektronischen Achsvermessung.
3. **Sturz vorn/hinten:** Die Genauigkeit der zu verwendenden Geräte bleibt den Herstellern überlassen.
4. **Nachlaufwinkel vorn:** Der Fahrzeughersteller kann besondere Hinweise geben, auf welche Art der Messung sich seine Sollwerte beziehen.
5. **Spreizung vorn:** siehe Bemerkung zum Nachlaufwinkel
6. **Spurdifferenzwinkel:** zu messen bei einem Lenkeinschlag von 20° des kurveninneren Rades
7. **Lenkwinkel der *n*-ten Achse:** Haben Fahrzeuge mehrere gelenkte Vorderachsen oder gleichzeitig gelenkte Vorder- und/oder Hinterachsen, so sind die Daten für jede gelenkte Achse vom Hersteller festzulegen.

Elektronische Fahrwerksvermessung

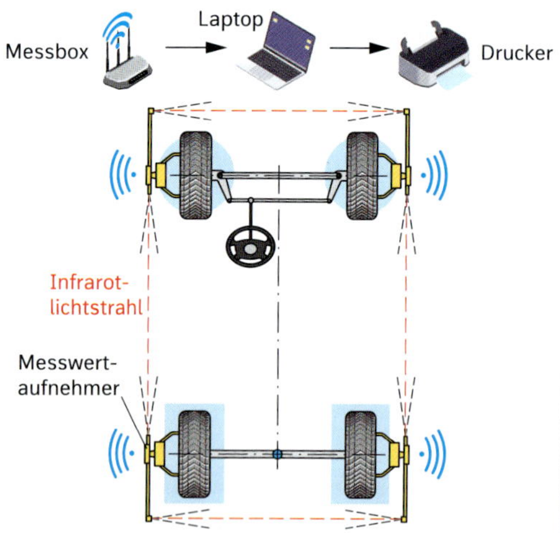

Aufgabe:
Die elektronische Fahrwerksvermessung vergleicht die Istwerte am Fahrzeug mit den Sollwerten des Fahrzeugherstellers.

Ablauf der Messungen:

- Eingangsvermessung durchführen
- eventuelle Istwerte korrigieren
- Ausgangsvermessung durchführen
- Messprotokoll ausdrucken

Übertragung der Messwerte

- Messwertaufnehmer erfassen über Infrarot-Lichtstrahlen oder Laserstrahlen die Radwerte.
- Messwerte werden über Funk zur Messbox gesendet.
- Der Computer vergleicht die gesendeten Messwerte mit den gespeicherten Sollwerten.
- Die Ergebnisse werden am Bildschirm angezeigt.
- Das Messprotokoll wird vom Drucker ausgedruckt.

Darstellung	Merkmale
CCD-Messsystem 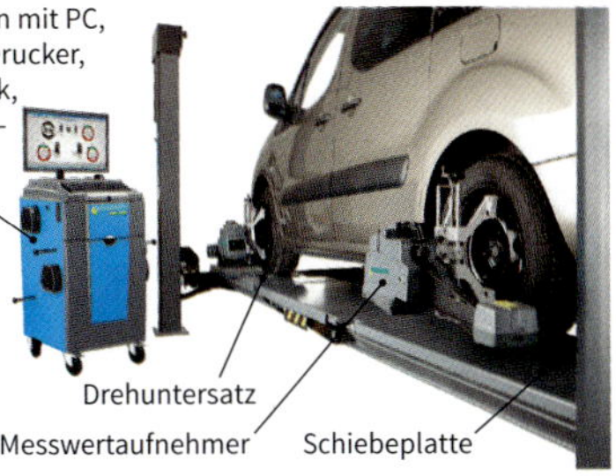 	**Aufbau:** Fahrwagen mit PC, Monitor, Drucker, Datenbank, Bluetooth-USB-Adapter, 4 CCD-Messwertaufnehmer, CCD-Messbox, wahlweise mit WLAN Hebebühne mit 2 mechanischen Drehuntersätzen (vorn) und 2 kurzen Schiebeplatten (hinten) **Messungen:** ■ Rollende Felgenschlagkompensation ohne Anheben des Fahrzeugs ■ Eingangsmessung (Messwerte des Fahrzeugs) ohne Anheben des Fahrzeugs ■ Messungen erfolgen einzeln an allen vier Rädern **Auswertung:** PC vergleicht Istwerte mit den Sollwerten und zeigt auf dem Monitor die Einstellwerte an. Messprotokoll wird ausgedruckt.
CCD-Messwertaufnehmer 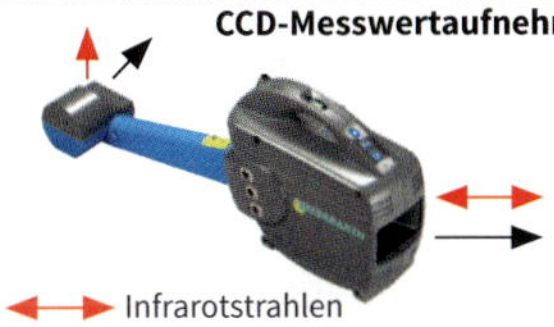 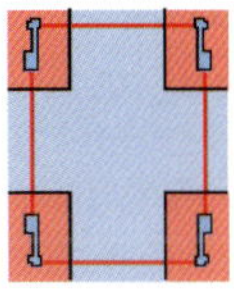 	**Messungen:** 4 Infrarotlichtquellen und 2 CCD-Kameras in jedem CCD-Messwertaufnehmer erfassen horizontal und vertikal die Radstellungen. Sie bilden ein Messrechteck von 360°. Ein verzerrtes Messrechteck zeigt Fehler im Fahrwerk an. Steuerung der Achsvermessung und Übertragung der Daten erfolgt durch Infrarotlicht zur Messbox.
3-D-Messsystem  	**Aufbau:** Fahrwagen mit PC, Monitor, Drucker, Datenbank, Bluetooth-USB-Adapter, WLAN-USB-Adapter, 2 x 3-D-Messwertaufnehmer, 4 x 3-D-Messtafeln, CCD-Messbox, WLAN-Messbox Hebebühne mit 2 mechanischen Drehuntersätzen (vorn) und 2 Schiebeplatten (hinten) **Messungen:** ■ Rollende Felgenschlagkompensation ohne Anheben des Fahrzeugs ■ Eingangsmessung ohne Anheben des Fahrzeugs ■ Messungen simultan (gleichzeitig) an zwei Rädern **Auswertung:** PC vergleicht Istwerte mit den Sollwerten und zeigt auf dem Monitor die Einstellwerte an. Messprotokoll wird ausgedruckt.
3-D-Messwertaufnehmer 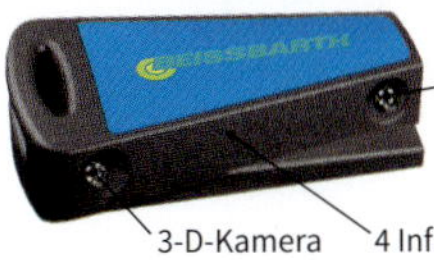 	**Messungen:** 4 Infrarot-Lichtquellen und 2 x 3-D-Kameras je 3-D-Messwertaufnehmer erfassen horizontal und vertikal die Radstellungen. 3-D-Kameras messen den Abstand und den Winkel der Punkte auf den Messtafeln. Übertragung der Daten erfolgt über Bluetooth oder WLAN über die Messbox zum PC.
3-D-Berührungsloses Messsystem (Laserstrahlsystem)  	**Aufbau:** Fahrwagen mit PC, Drucker, Datenbank, Bluetoth-USB-Adapter, WLAN-USB-Adapter 4 x 3-D-Messwertaufnehmer, Steuer-Messbox, 3-D-Technologie mit 2 Stereo-Kameras für Referenzsystem, Hebebühne mit 2 elektronischen Drehuntersätzen (vorn) und 2 kurzen Schiebeplatten (hinten) **Messungen:** ■ Rollende Felgenschlagkompensation ohne Anheben des Fahrzeugs ■ Eingangsmessung ohne Anheben des Fahrzeugs ■ Messungen simultan (gleichzeitig) an allen vier Rädern **Auswertung:** Übertragung der Daten erfolgt über Bluetooth oder WLAN über die Steuer-Messbox zum PC. PC vergleicht Istwerte mit den Sollwerten und zeigt auf dem Monitor die Einstellwerte an. Messprotokoll wird ausgedruckt
3-D-Stereo-Messwertaufnehmer 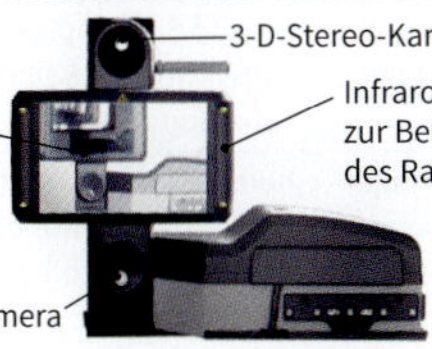 	**Messungen:** Lasermodul sendet Laserstrahlen aus. Sie erzeugen ein Punktmuster auf der Radfläche. 2 Stereo-Kameras nehmen die reflektierenden Laserstrahlen auf. Es erfolgt ein Bezug zu den gespeicherten Punktmustern im PC (optisches Referenzsystem). PC berechnet alle Radstellungswerte, Monitor zeigt Ist- und Sollwerte an.

Federungssystem eines Fahrzeugs

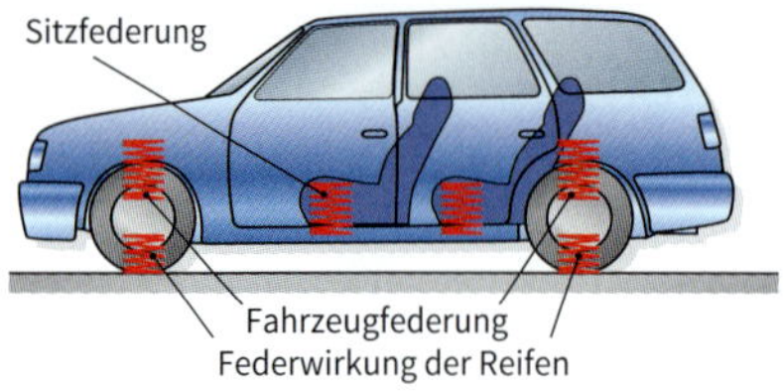

Zum Federungssystem gehören neben der Fahrzeugfederung auch die Federwirkung der Reifen und Sitze.

Aufgabe der Federung ist es,

- die Fahrsicherheit und den Fahrbahnkontakt,
- den Fahrkomfort der Fahrzeuginsassen und
- die Betriebssicherheit der Bauteile zu gewährleisten.

Zweimassenmodell der Fahrzeugfederung

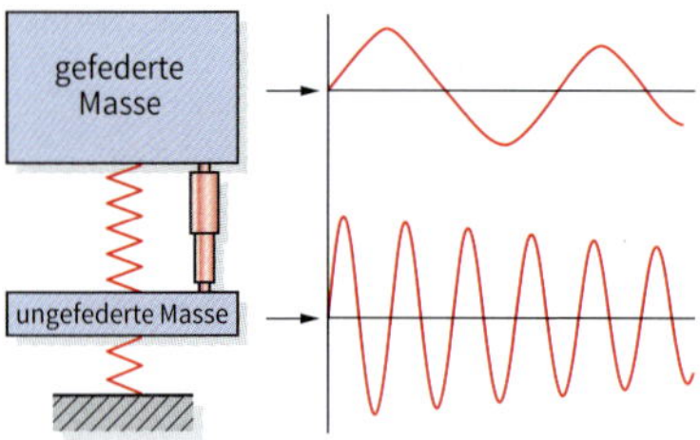

Durch die Fahrzeugfederung entstehen am Fahrzeug **gefederte** und **ungefederte** Massen, die sich im Zweimassenmodell vereinfacht darstellen lassen.

- Gefederte Massen: Aufbau, Motor, Getriebe
- Ungefederte Massen: Reifen, Felge, Bremse

Die Bauteile der Radaufhängung gehören teilweise zu den gefederten und ungefederten Massen.

Durch die Federung werden die hohen Schwingungen des Rades (10 bis 16 Hz) aufgenommen und zusammen mit den Schwingungsdämpfern in wenige Schwingungen des Aufbaus (1 bis 2 Hz) umgewandelt.

Aufbauschwingungen

Schwingung	ungedämpft	gedämpft	aufgeschaukelt
Diagramm	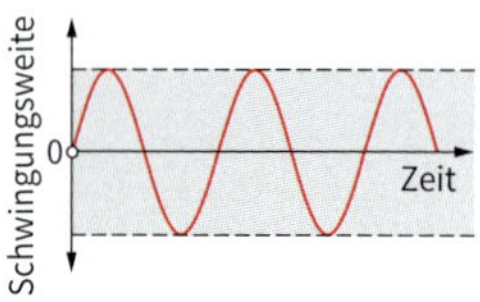	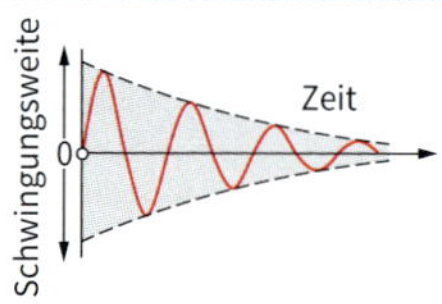	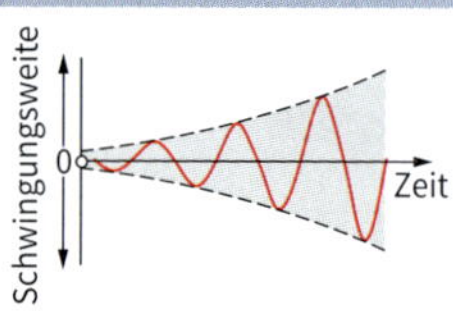
Ursache	Aufbauschwingungen wirken bei defekten Schwingungsdämpfern und Federn ungedämpft weiter.	Aufbauschwingungen werden durch Eigendämpfung der Federn und Schwingungsdämpfer reduziert.	Aufbau wird im Rhythmus der Eigenschwingung durch gleichmäßige Bodenwellen angestoßen.
Folge	geringe Fahrsicherheit, schlechter Fahrkomfort	hohe Fahrsicherheit, guter Fahrkomfort	geringe Fahrsicherheit, sehr schlechter Fahrkomfort

Federkennlinien

Federart	weich (linear)	hart (linear)	progressiv
Diagramm	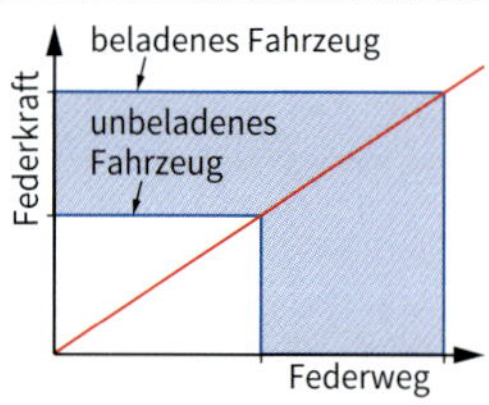	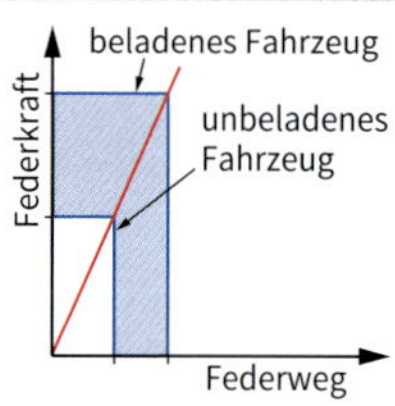	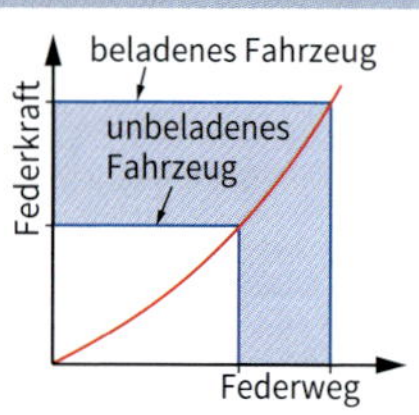
Merkmal	hohe Schwingungsweite und geringe Frequenz, unabhängig von der Beladung des Fahrzeugs	hohe Frequenz und geringe Schwingungsweite, unabhängig von der Beladung des Fahrzeugs	steigende Frequenz und abnehmende Schwingungsweite bei zunehmender Beladung des Fahrzeugs
Folge	Fahrbahnkontakt verschlechtert sich mit zunehmender Beladung	geringer Fahrkomfort bei geringer Beladung des Fahrzeugs	hoher Fahrkomfort bei geringer Beladung und hohe Fahrsicherheit auch bei vollständiger Beladung

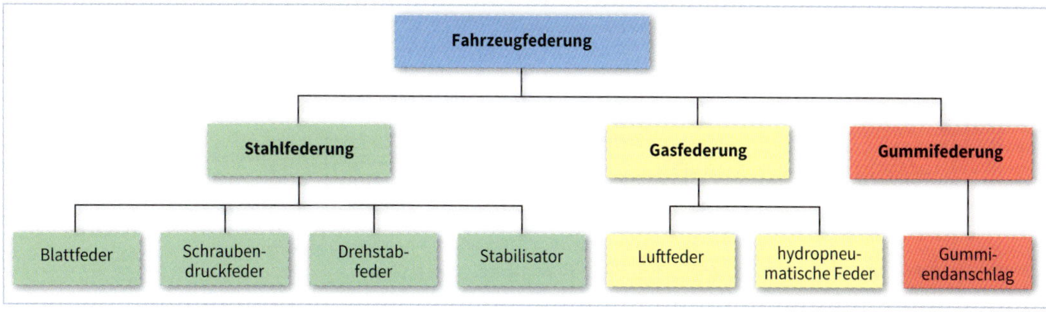

Federart	Merkmal	Verwendung
Blattfeder 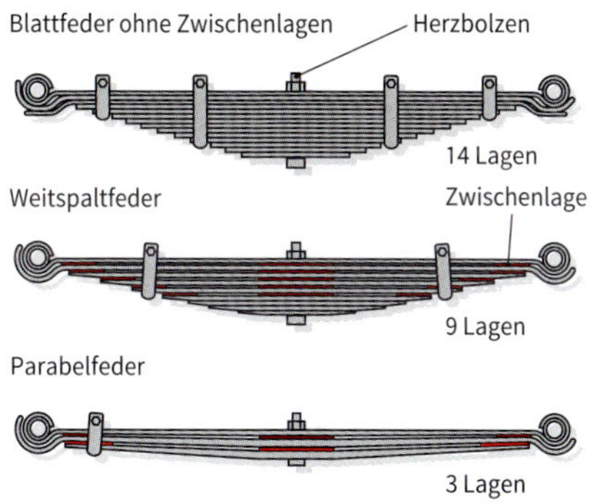 	Blattfedern sind auf Biegung beanspruchte Federelemente. Gegenüber einer Weitspaltfeder hat die Parabelfeder bei gleicher Federkraft weniger Lagen. **Kennlinie:** je nach Bauart linear oder progressiv **Eigenfrequenz:** sinkt mit Zuladung **Eigendämpfung:** durch Zwischenlagen vermindert **Radführung:** günstige Krafteinleitung in den Rahmen **Wartung:** erforderlich	Nkw, Pkw (Geländewagen)
Schraubendruckfeder 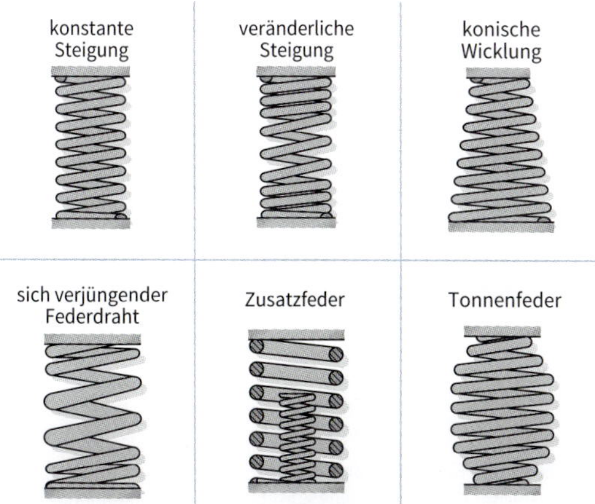 	Schraubendruckfedern werden auf Torsion belastet. Tonnenfedern legen sich bei Belastung spiralförmig ineinander und erlauben trotz großer Federwege eine niedrige Bauhöhe. **Kennlinie:** je nach Bauart linear oder progressiv **Eigenfrequenz:** sinkt mit Zuladung **Eigendämpfung:** keine **Radführung:** keine **Wartung:** wartungsfrei	In Verbindung mit Lenkern für fast alle Radaufhängungen geeignet: Pkw, Nkw, Bus, Kraftrad
Drehstabfeder 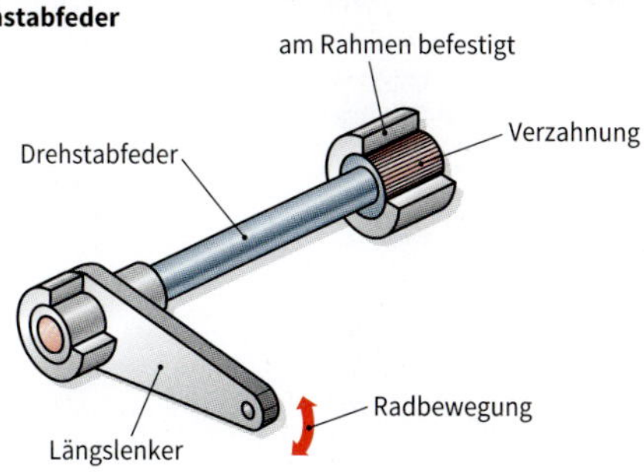 	Drehstabfedern werden auf Torsion belastet. **Kennlinie:** linear, je länger der Drehstab bei gleichem Querschnitt, desto weicher die Feder **Eigenfrequenz:** sinkt mit Zuladung **Eigendämpfung:** keine **Radführung:** keine **Wartung:** wartungsfrei	Einbau längs oder quer zum Fahrzeug: Pkw, leichte Nkw

<table>
<tr><th>Federart</th><th>Merkmal</th><th>Verwendung</th></tr>
<tr><td>Stabilisator
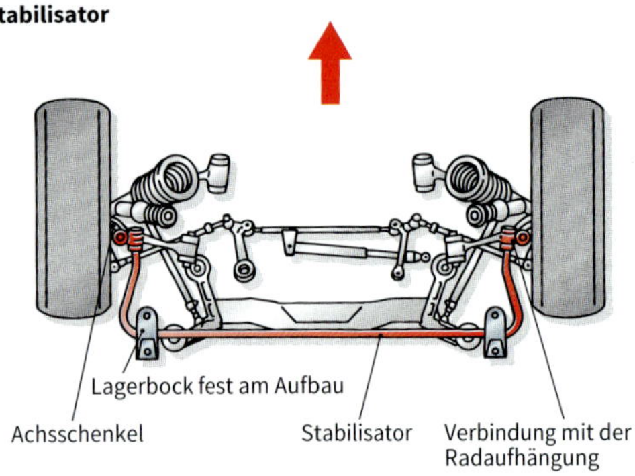
</td><td>Stabilisatoren bestehen meist aus U-förmig gebogenen Rund- oder Rohrprofilen und werden auf Torsion beansprucht. Bei einseitiger Federung mindern sie die Wankbewegung des Aufbaus und verbessern das Kurvenverhalten des Fahrzeugs. Bei gleichseitiger Federung bleiben die Stabilisatoren unwirksam.

Je weiter die Lagerböcke auseinander liegen, desto stärker ist die Wirksamkeit der Stabilisatoren.</td><td>Pkw, Lkw, Bus</td></tr>
<tr><td>Luftfeder
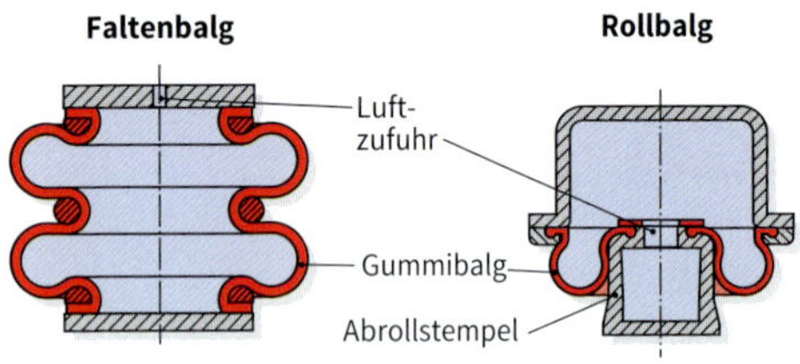
</td><td>Luftfedern nutzen zur Federung das elastische Verhalten von Gasen aus . Mittels einer Luftfederung kann z. B. im Gelände das Niveau eines Fahrzeugs erhöht werden, während es bei Autobahnfahrt abgesenkt werden kann, um den Luftwiderstand zu verringern.
Kennlinie: progressiv
Eigenfrequenz: konstant
Eigendämpfung: keine
Radführung: keine
Wartung: erforderlich, zusammen mit der Druckluftbremsanlage</td><td>Lkw, Bus,
Pkw (Oberklasse)</td></tr>
<tr><td>Hydropneumatische Feder
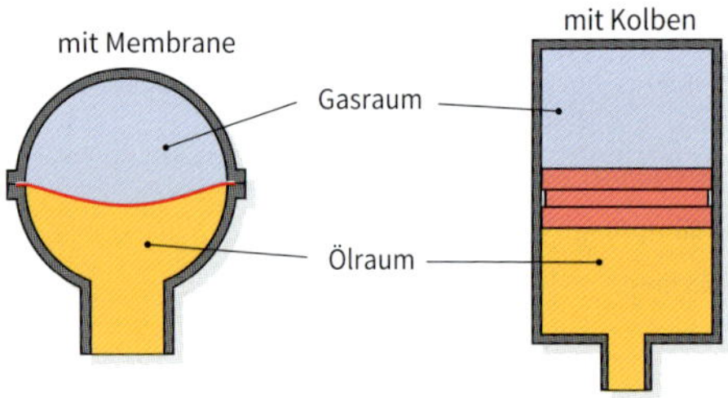
</td><td>Hydropneumatische Federn bestehen aus einem mit Stickstoff gefüllten Gasraum (Feder) und einem davon durch Membrane oder Kolben getrennten Ölraum (Schwingungsdämpfer). Niveauregulierung systembedingt enthalten.

Kennlinie: progressiv
Eigenfrequenz: steigt mit Zuladung
Eigendämpfung: keine
Radführung: keine
Wartung: erforderlich</td><td>Pkw</td></tr>
<tr><td>Gummifeder
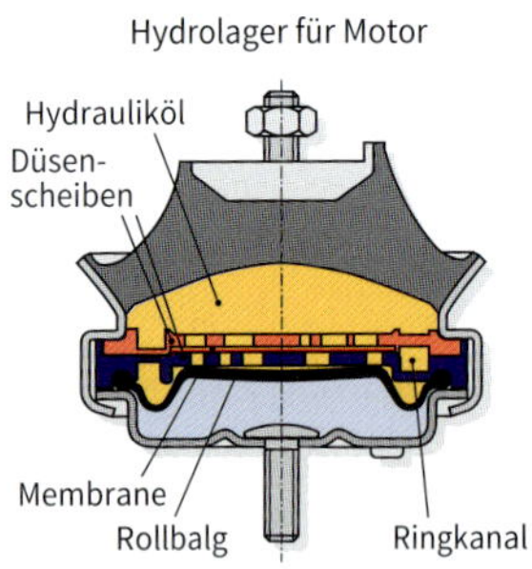

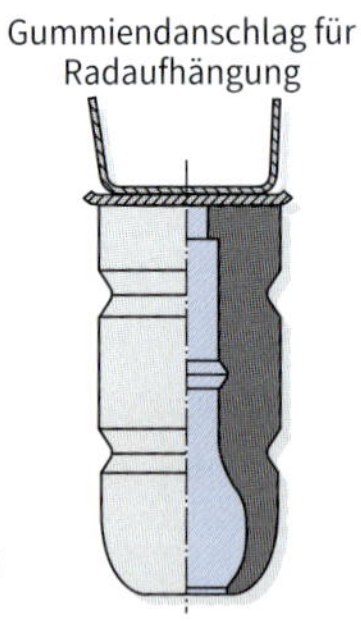
</td><td>Gummifedern haben sich als Fahrzeugfedern nicht durchgesetzt, weil Gummi empfindlich auf hohe Temperaturen und Chemikalien reagiert. Zwischen Metallplatten vulkanisierte Gummifedern werden zunehmend mit hydraulischen Schwingungsdämpfern kombiniert.

Kennlinie: progressiv
Eigenfrequenz: gering
Eigendämpfung: groß
Radführung: nur Gummiendanschlag
Wartung: wartungsfrei</td><td>Gummiendanschlag für Radaufhängung

Aggregatlager für Motor/Getriebe

Lager für Längslenker, Querlenker, Dreieckslenker</td></tr>
</table>

Kennlinien

	degressiv	linear	progressiv
Kraft-Weg-Diagramm (Auf einem Prüfstand mit Kurbel-Pleuel-Konstruktion aufgenommen)	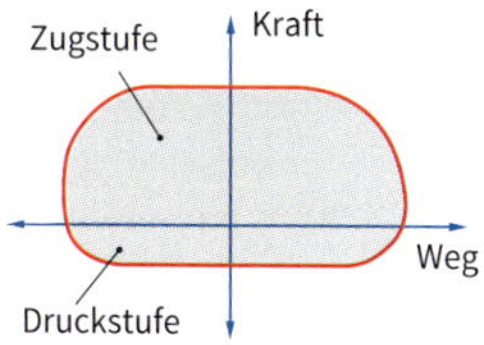	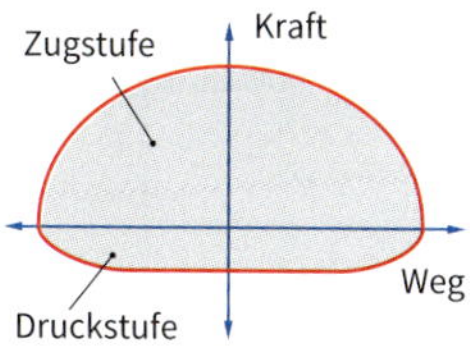	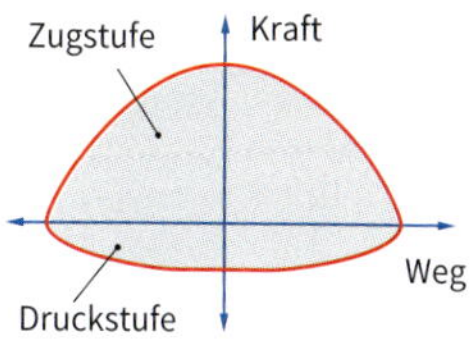
Kraft-Geschwindigkeits-Diagramm		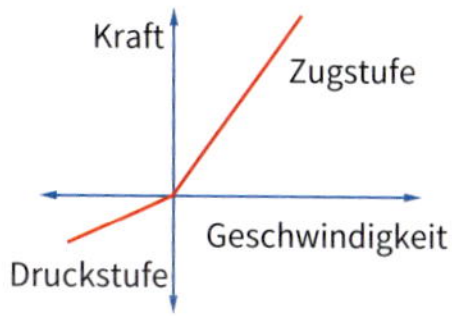	
Dämpfung	wird bei Belastung weicher	unabhängig von Belastung	wird bei Belastung härter
Fahrkomfort	nimmt mit Belastung zu	bleibt bei Belastung gleich	nimmt bei Belastung ab
Fahrsicherheit	nimmt mit Belastung ab	bleibt bei Belastung gleich	nimmt bei Belastung zu
Verwendung	Serienfahrzeuge	Sportfahrzeuge	Geländefahrzeuge

Bauarten

Schwingungsdämpfer	Einrohrschwingungsdämpfer mit Trennkolben	Einrohrschwingungsdämpfer mit Prallscheibe	Zweirohrschwingungsdämpfer mit Bodenventil
Aufbau	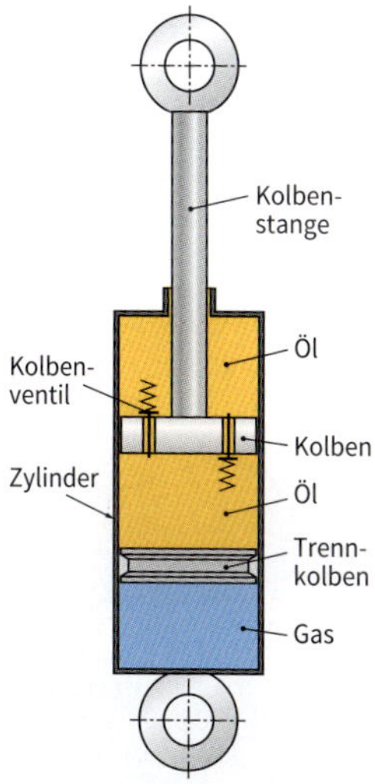	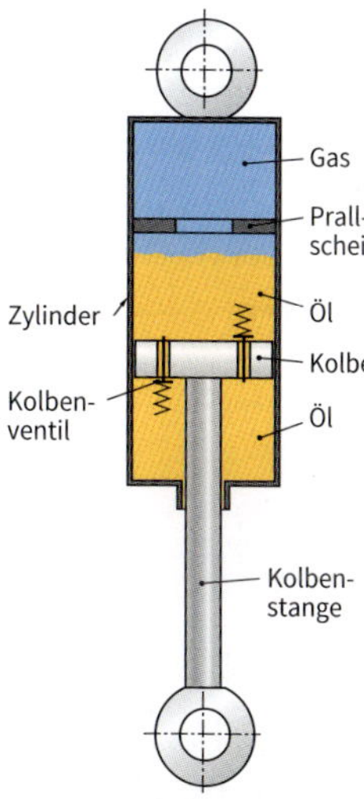	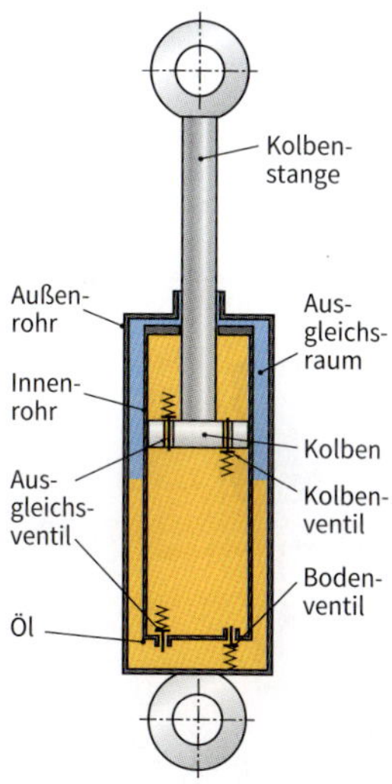
Einbaulage	beliebig	Kolbenstange nach unten	Kolbenstange nach oben
Volumenausgleich	ein- und ausfahrende Kolbenstange verändert den Druck des kompressiblen Gases		Ausgleichsraum zwischen Innen- und Außenrohr
Gasdruck	Druckstufe: 25 bis 35 bar		Druckstufe: 3 bis 6 bar
Schwingungsdämpfung	in der Zug- und Druckstufe über Kolbenventile		Zugstufe: Kolbenventil Druckstufe: Bodenventil
Kolbenstange	fährt im ausgebauten Zustand selbsttätig aus		bleibt in jeder Stellung stehen

Elektronisch gesteuerte Schwingungsdämpfung

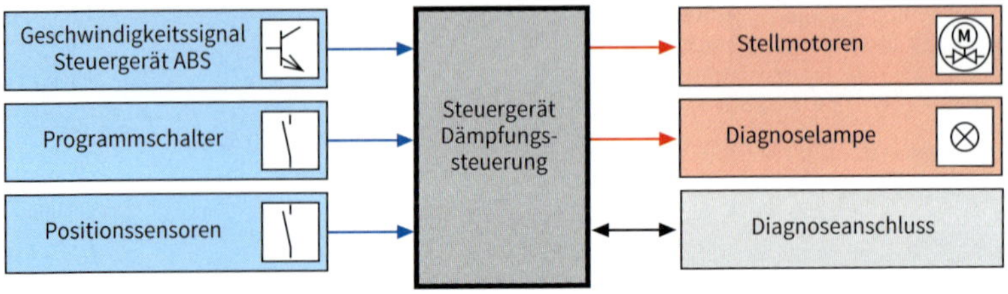

Mit der elektronisch gesteuerten Schwingungsdämpfung kann die Fahrwerkscharakteristik zwischen komfortabel und sportlich variiert werden. Die hierzu erforderliche Änderung der Dämpfungskräfte kann geschwindigkeitsabhängig oder manuell über einen Programmschalter in mehreren Stufen erfolgen.

Sensoren		
Geschwindigkeitssignal (Steuergerät ABS)		Vom ABS-Steuergerät erhält das Steuergerät der elektronischen Dämpfungsregelung die Information „Fahrgeschwindigkeit" in Form eines digitalen Rechtecksignals. Das Geschwindigkeitssignal kann auch von einem anderen Sensor (Hallsensor, Induktivgeber) erzeugt werden. Das Geschwindigkeitssignal bewirkt eine Umschaltung der Dämpferabstimmung bei höheren Geschwindigkeiten zu einer sportlicheren Abstimmung.
Programmschalter		Mit dem Programmschalter können die vorhandenen Dämpfungsstufen zwischen komfortabel (niedrige Dämpfungskräfte) und sportlich (hohe Dämpfungskräfte) direkt angewählt werden.
Positionssensoren		Die Positionssensoren befinden sich in den Schwingungsdämpfern und melden dem Steuergerät die Stellung der Stellmotoren und damit die Stellung des Drehschiebers.
Aktoren		
Stellmotoren		Die Stellmotoren befinden sich in den Schwingungsdämpfern und haben die Aufgabe, über einen Drehschieber unterschiedlich große Drosselbohrungen freizugeben. Durch die unterschiedliche Abbremsung der Ölströme im Schwingungsdämpfer wird deren Dämpfungskraft verändert.
Diagnoselampe		Die Diagnoselampe befindet sich in der Armaturentafel des Fahrzeugs. Sie signalisiert eine Fehlfunktion. Die Eigendiagnose hat in diesem Fall einen Fehler gespeichert. Bei einigen Systemen kann der gespeicherte Fehler durch Blinkcodeausgabe über die Diagnoselampe und/oder durch ein Systemtestgerät ausgelesen werden.

Elektronisch gesteuerte Schwingungsdämpfung

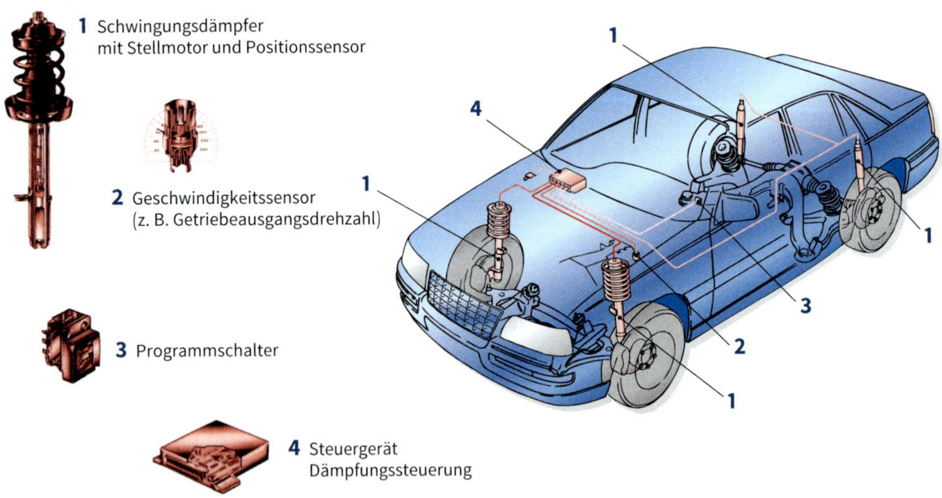

Raumachsen: Kräfte, Drehbewegungen

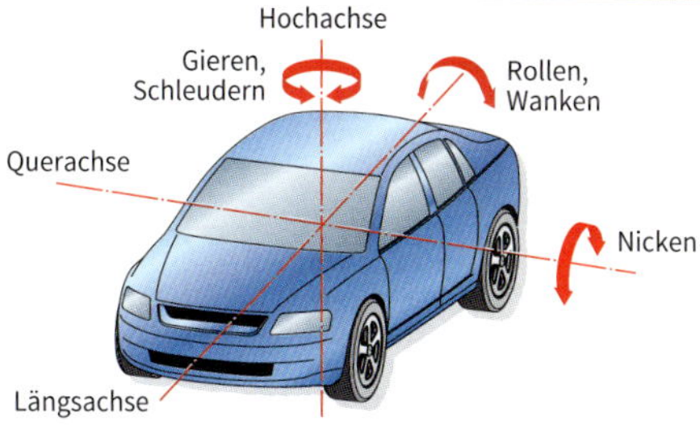

Die Drehbewegungen eines Fahrzeugs werden an den Raumachsen durch folgende Kräfte erzeugt:

Raumachse	Kräfte	Drehbewegung
Querachse	Brems- und Anfahrkräfte	Nicken
Längsachse	Radführungs- und Seitenkräfte	Rollen, Wanken
Hochachse	Lenk-, Wind- und Fliehkräfte	Gieren, Schleudern

Schwerpunkt, Wankzentrum, Wankachse

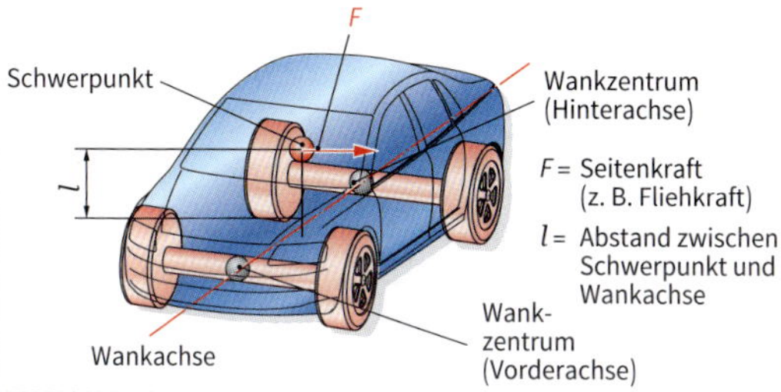

Die Lage des **Schwerpunktes** ergibt sich im Wesentlichen aus der Massenverteilung eines Fahrzeugs.

Das **Wankzentrum** ist der Punkt in der Mitte einer Achse, um den sich der Aufbau unter Einfluss von Seitenkräften neigt.

Die **Wankachse** ist die Verbindungslinie zwischen den Wankzentren der Vorder- und Hinterachse.

Geometrische Fahrachse, Fahrzeuglängsmittelebene

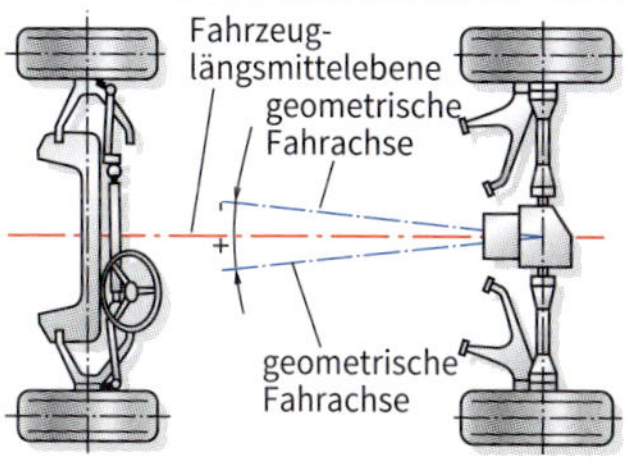

Die **geometrische Fahrachse** ist die Winkelhalbierende der Gesamtspur der Hinterachse. Sie ist die Bezugsgröße für die Achsvermessung.

Die **Fahrzeuglängsmittelebene** steht senkrecht auf der Verbindungslinie der Mitten von Vorder- und Hinterachse.

Schräglaufwinkel, Schwimmwinkel

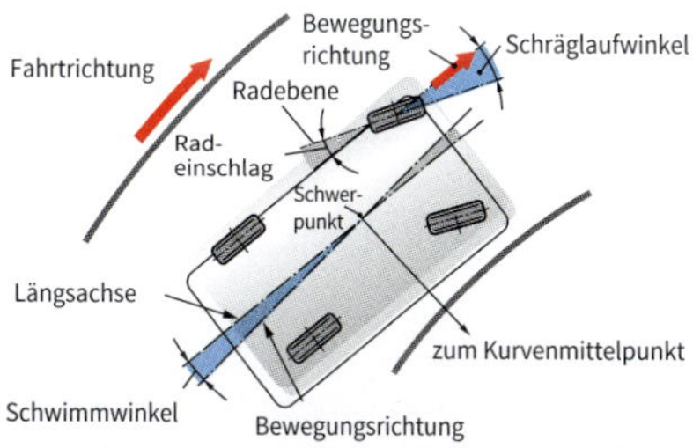

Der **Schräglaufwinkel** ist der Winkel zwischen der Radebene und der Bewegungsrichtung eines Rades.

Der **Schwimmwinkel** ist der Winkel zwischen der Längsachse und der Bewegungsrichtung des Fahrzeugs.

Eigenlenkverhalten

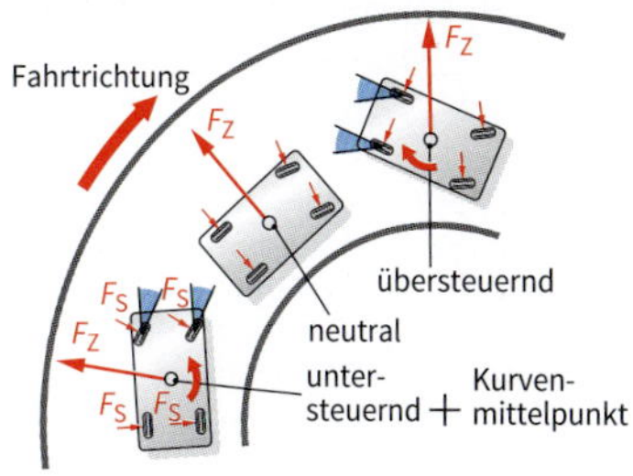

Wird die Kurvengrenzgeschwindigkeit überschritten, so übertragen die Räder keine Seitenkräfte (F_S) mehr. Das Fahrzeug verlässt aufgrund der Zentrifugalkraft (F_Z) die Fahrbahn.

Eigenlenkverhalten	Schräglaufwinkel	Fahrzeug
neutral	an den Vorder- und Hinterrädern gleich	bricht gleichmäßig aus
untersteuernd	vorn größer als hinten	bricht vorn zuerst aus
übersteuernd	hinten größer als vorn	bricht hinten zuerst aus

Nickachse

Die Nickachse (auch Querachse genannt) verläuft bei Fahrzeugen rechtwinklig zur Längs- und Hochachse. Schwingungen des Fahrzeugs um die Nickachse können beim starkem Beschleunigen oder Abbremsen wahrgenommen werden.

Kammscher Kreis

Der Kammsche Kreis ist eine vereinfachte grafische Darstellung der möglichen Gesamtkraft am Rad eines Fahrzeugs. Dabei stellt der Radius des Kreises die maximal zur Verfügung stehende Gesamtkraft dar, die abhängig ist vom maximalen Kraftschlussbeiwert. In Querrichtung wird die Seitenführungskraft abgebildet und in Längsrichtung die Bremskraft bzw. Antriebskraft.

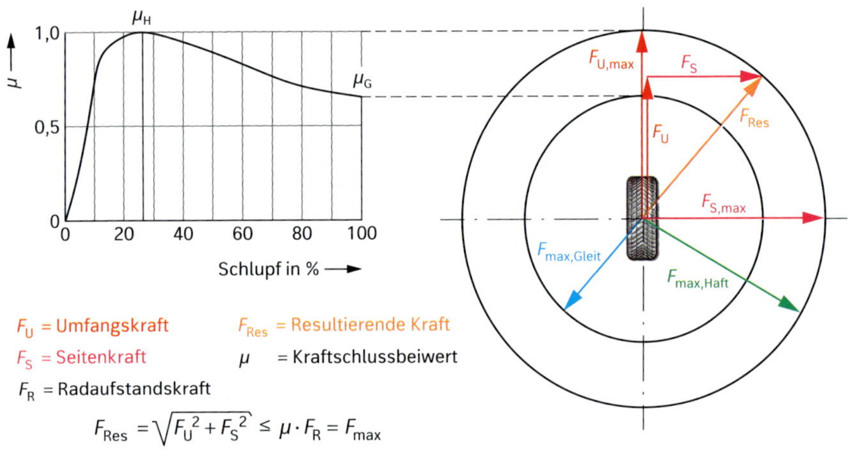

F_U = Umfangskraft

F_S = Seitenkraft

F_R = Radaufstandskraft

F_{Res} = Resultierende Kraft

μ = Kraftschlussbeiwert

$$F_{Res} = \sqrt{F_U^2 + F_S^2} \leq \mu \cdot F_R = F_{max}$$

Die Zeichnung zeigt zwei Beispiele:

: Bei einer geringen Seitenbeschleunigung (z. B. in einer langen Kurve) steht viel Kraft für das Bremsen oder Beschleunigen zur Verfügung.

: Bei einer großen Seitenbeschleunigung (z. B. in einer engen Kurve) steht wenig Kraft für das Bremsen oder Beschleunigen zur Verfügung.

Der Radius des Kreises hängt von den verwendeten Reifen sowie dem Zustand der Straße ab. Auf einer nassen oder schneebedeckten Fahrbahn wird der Radius viel kleiner als bei einer trockenen Straße.

Der Kammsche Kreis zeigt auf, dass Längskräfte und Seitenführungskräfte voneinander abhängig sind und ihre Gesamtkraft die maximal verfügbare Reibungskraft nicht übersteigen darf. Nähert sich die Gesamtkraft dem Grenzwert (Radius) an, tritt zunächst Schlupf am Rad auf, der in eine Gleitbewegung übergeht und zu einem Ausbrechen des Fahrzeugs führt. In modernen Fahrzeugen wird durch mechatronische Systeme wie ABS und ASR angestrebt, das Überschreiten der Kraftschlussgrenze möglichst zu verhindern.

Einzelradaufhängung

Arten	Längslenker	Querlenker	Schräglenker
Aufbau (Draufsicht)	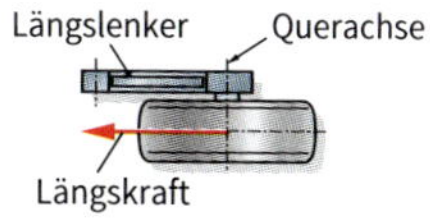	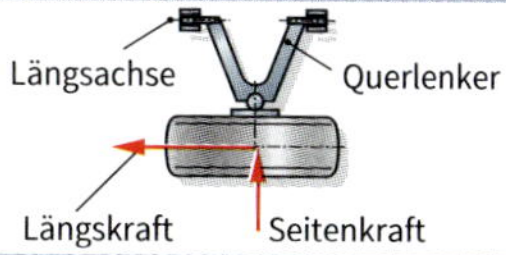	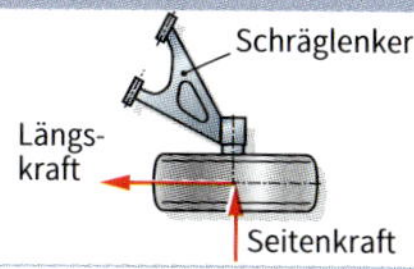
Aufbau (Seitenansicht bzw. Vorderansicht)	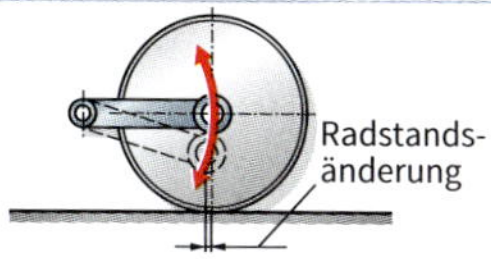	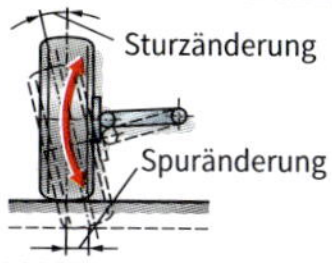	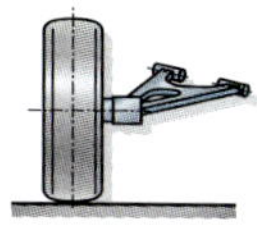
Bauweise	Einfachlenker	Dreieckslenker	Dreieckslenker
Drehung um die	Querachse	Längsachse	Quer- und Längsachse
übertragbare Kräfte	Längskräfte	Längskräfte und Seitenkräfte	Längskräfte und Seitenkräfte
Radstand	ändert sich	konstant	fast konstant
Spurweite	konstant	ändert sich	fast konstant
Sturzwinkel	konstant	ändert sich	fast konstant
Verwendung	Hinterachse	Vorderachse	Hinterachse

Starrachse

Arten	Panhardstab	Wattgestänge	Längslenker
Aufbau (Vorderansicht bzw. Seitenansicht)	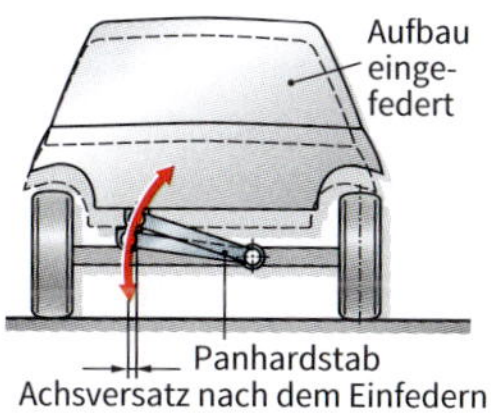	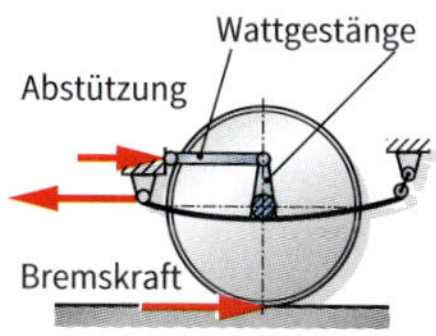	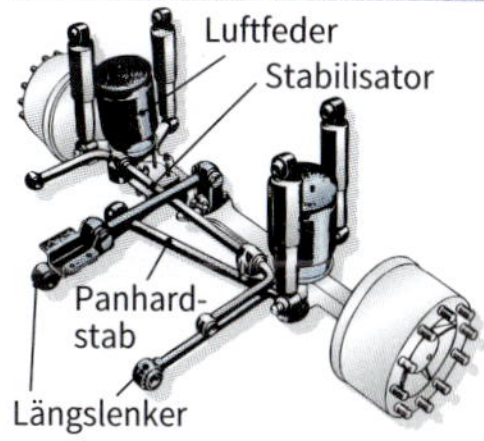
Federung	Schraubenfederung	Blattfederung	Luftfederung
Kräfte	Seitenkräfte	Seitenkräfte und Längskräfte	Längskräfte
Besonderheit	Je nach Länge des Panhardstabs kommt es bei Federbewegungen zu einem seitlichen Versatz des Aufbaus zur Starrachse.	Brems- und Anfahrmomente werden zum Aufbau hin abgestützt, ohne dass dieser wesentlich angehoben wird, S-Schlag der Blattfeder wird vermieden.	Die in Gummielementen gelagerten Längslenker führen die Achse in Fahrtrichtung, der Panhardstab führt in Querrichtung.
Verwendung	Pkw, Nkw, Omnibus	Nkw	Omnibus

Lenkerlagerungen

Arten	Radiallager	Radial- und Axiallager	Kugelgelenk
Aufbau (Vollschnitt)	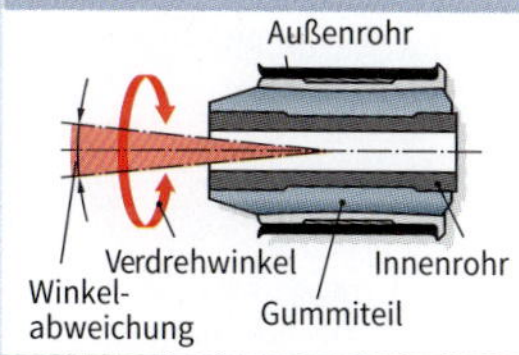	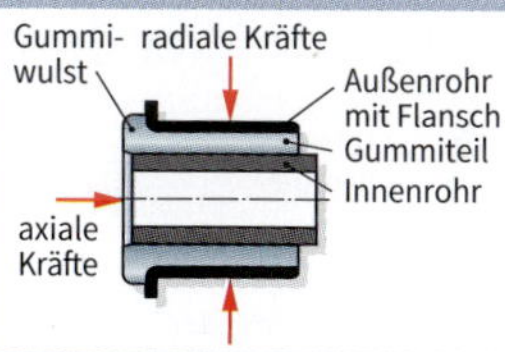	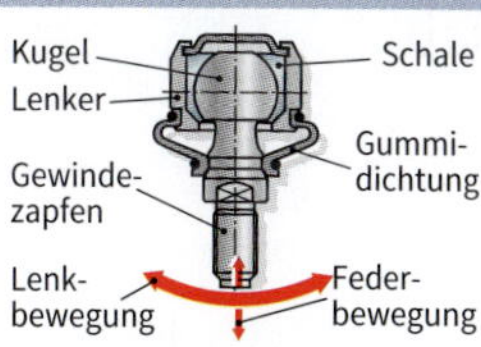
Besonderheit	Seitensteife Lenkerlager ermöglichen Verdrehwinkel von 30° und Winkelabweichungen von 7°.	Längssteife Lenkerlager übertragen neben radialen Kräften auch axiale Kräfte, z. B. Brems-, Anfahr- und Seitenkräfte.	Kugelgelenke lassen Drehbewegungen in allen Achsen zu, z. B. in Hoch- und Längsrichtung.
Gemeinsame Merkmale	Lenkerlagerungen stellen eine geräuschisolierende Verbindung zwischen Aufbau und Radträger her. Sie verfügen über eine geringe Nachgiebigkeit sowie hohe Führungsgenauigkeit bei gleichzeitig leichter Beweglichkeit, z. B. bei Sturz- und Spuränderungen.		

Halbstarrachse

Als Halbstarrachse werden Radaufhängungen bei nicht angetriebenen Hinterrädern bezeichnet, die über einen biegesteifen, aber verdrehweichen Balken mit offenem Profil (oft in U-Form) zur Verbindung beider Seiten der Radaufhängung verfügen. Eine weit verbreitete Bauart ist die Verbundlenkerachse.

Vorderachse, angetrieben

Begriff	Doppelquerlenkerachse	McPherson-Federbeinachse
Aufbau	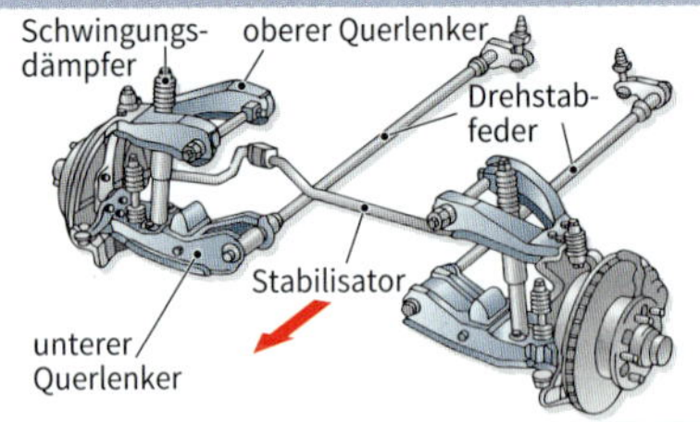	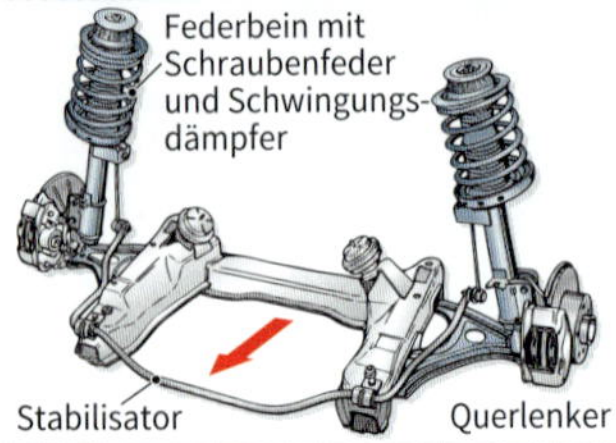
Längskräfte	Aufnahme über zwei Querlenker (Dreieckslenker), von denen der obere meist kürzer ist	Aufnahme über einen Querlenker
Seitenkräfte		Aufnahme über Querlenker und Federbein
Hochkräfte	Aufnahme über Drehstabfeder	Aufnahme über Schraubenfeder, Stabilisator
Masse	ungefederte Masse gering	ungefederte Masse gering
Besonderheit	nur geringe Änderung von Spur und Sturz beim Einfedern, Radstand konstant	Platzbedarf in der Höhe geringer, sonst wie Doppelquerlenkerachse
Verwendung	Pkw, Geländewagen	Pkw

Vorderachse, nicht angetrieben

Begriff	Starrachse	Schwingungsdämpferbeinachse
Aufbau	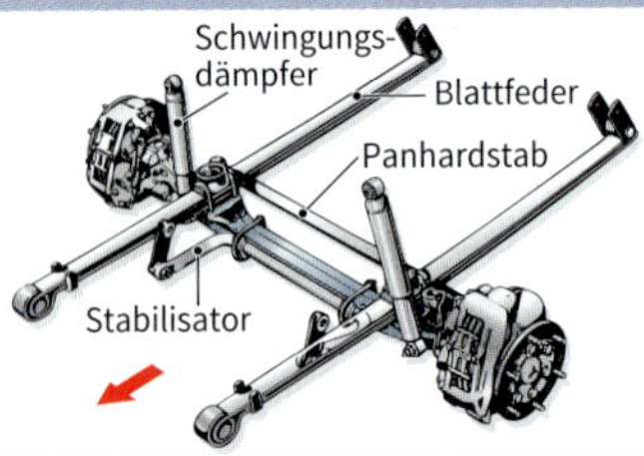	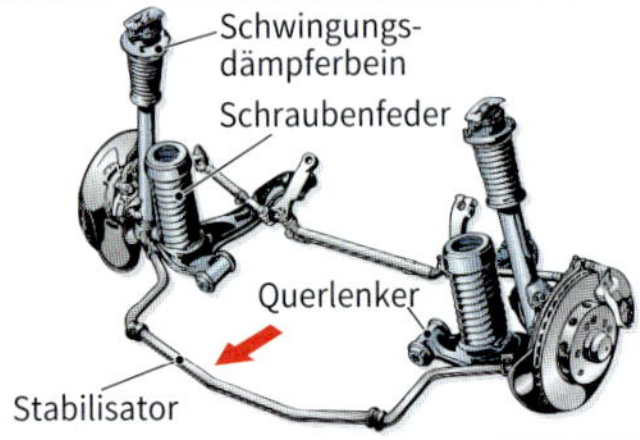
Längskräfte	Aufnahme über Blattfeder	Aufnahme über einen Querlenker
Seitenkräfte	Aufnahme über Blattfeder und Panhardstab	Aufnahme über Querlenker und Schwingungsdämpferbein
Hochkräfte	Aufnahme über Blattfeder und Stabilisator	Aufnahme über Schraubenfeder, Stabilisator
Masse	ungefederte Masse sehr groß	ungefederte Masse gering
Besonderheit	keine Spur- und Sturzänderungen während des Federns, neigt zum Versetzen	Eigenschaften wie Federbeinachse, aber Feder und Schwingungsdämpfer getrennt
Verwendung	Geländewagen, Lkw, Omnibus	Pkw

Hinterachse, nicht angetrieben

Begriff	Längslenkerachse	Verbundlenkerachse
Aufbau	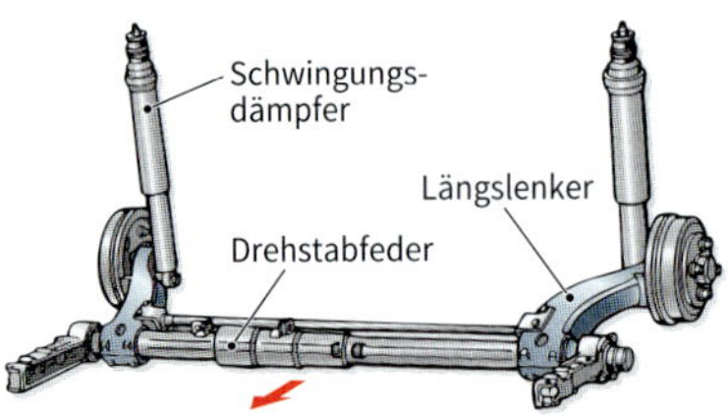	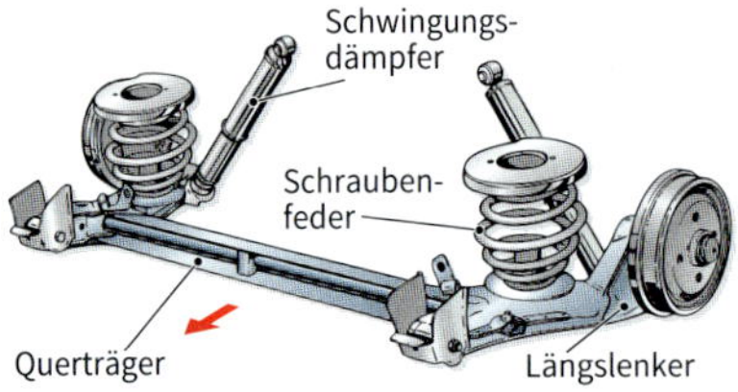
Längskräfte	Aufnahme über Längslenker	Aufnahme über Längslenker
Seitenkräfte	Aufnahme über Längslenker (gebogen)	Aufnahme über Längslenker (gebogen)
Hochkräfte	Aufnahme über Drehstabfeder	Aufnahme über Querträger, Schraubenfeder
Masse	ungefederte Masse gering	ungefederte Masse gering
Besonderheit	nur geringe Änderung von Spur und Sturz beim Einfedern, Radstand konstant	zeigt sowohl Eigenschaften der Einzelradaufhängung als auch der Starrachse
Verwendung	Pkw	Pkw

Hinterachse, angetrieben

Begriff	Mehrlenkerachse	Schräglenkerachse
Aufbau	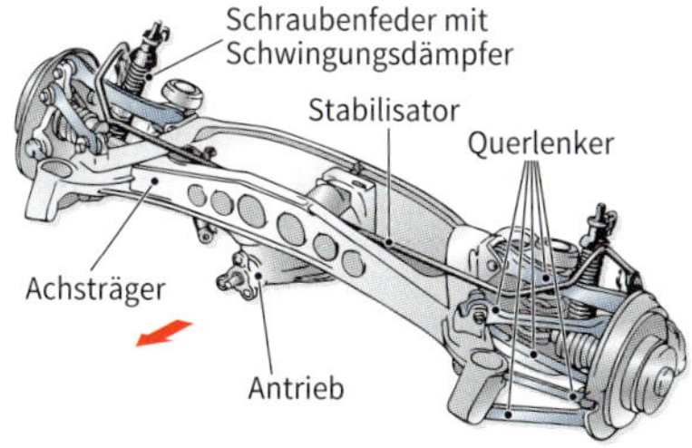	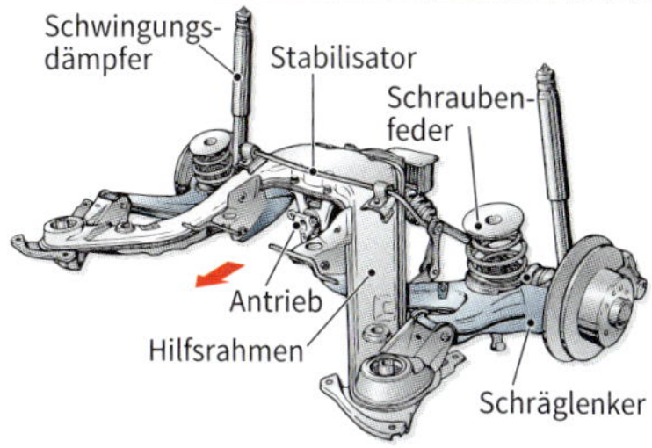
Längskräfte und Seitenkräfte	Aufnahme über vier oder fünf Quer- oder Längslenker (Einfachlenker)	Aufnahme über einen Schräglenker (Dreieckslenker)
Hochkräfte	Aufnahme über Schraubenfeder, Stabilisator	Aufnahme über Schraubenfeder, Stabilisator
Masse	ungefederte Masse gering	ungefederte Masse mittelgroß
Besonderheit	nur geringe Änderung von Spur und Sturz bei Federbewegungen, Radstand konstant, Anfahr- und Bremsnickbewegungen minimal	nur geringe Änderung von Spur und Sturz bei Federbewegungen, Radstand konstant, Hilfsrahmen überträgt große Lagerkräfte
Verwendung	Pkw	Pkw

Begriff	Starrachse	Deichselachse
Aufbau	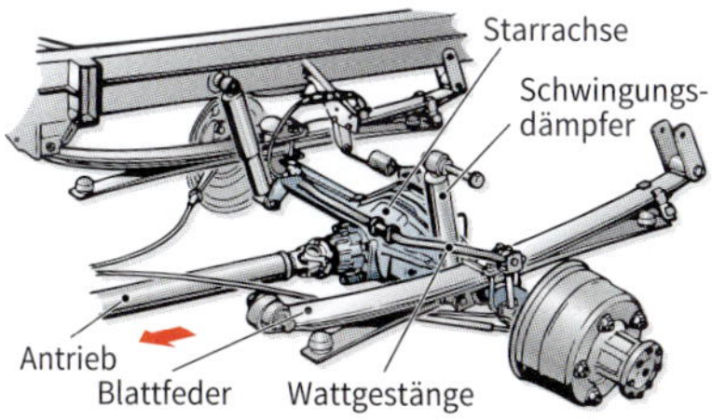	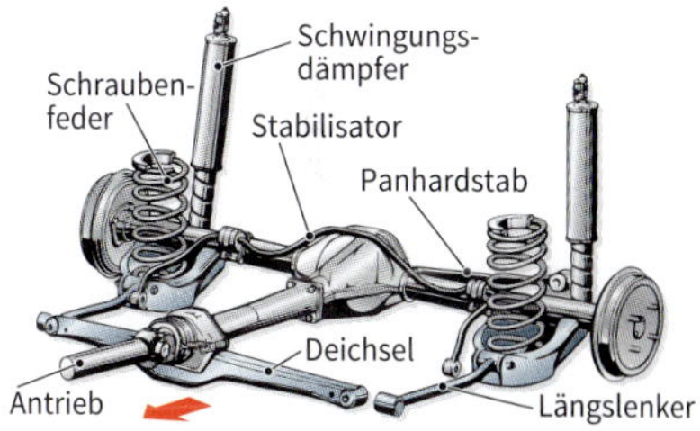
Längskräfte	Aufnahme über Blattfeder und Wattgestänge	Aufnahme über Deichsel und Längslenker
Seitenkräfte	Aufnahme über Blattfeder	Aufnahme über Panhardstab
Hochkräfte	Aufnahme über Blattfeder und Stabilisator	Aufnahme über Schraubenfeder, Stabilisator
Masse	ungefederte Masse sehr groß	ungefederte Masse groß
Besonderheit	keine Spur- und Sturzänderungen beim Federn, großer Platzbedarf, neigt zum Versetzen	über die weit vorn gelagerte Deichsel werden Anfahr- und Bremsmomente abgestützt
Verwendung	Geländewagen, Nkw, Omnibus	Pkw, Nkw, Omnibus

Radaufhängung Motorrad

Begriff	Vorderrad: Tauchgabel	Hinterrad: Schwinge
Aufbau	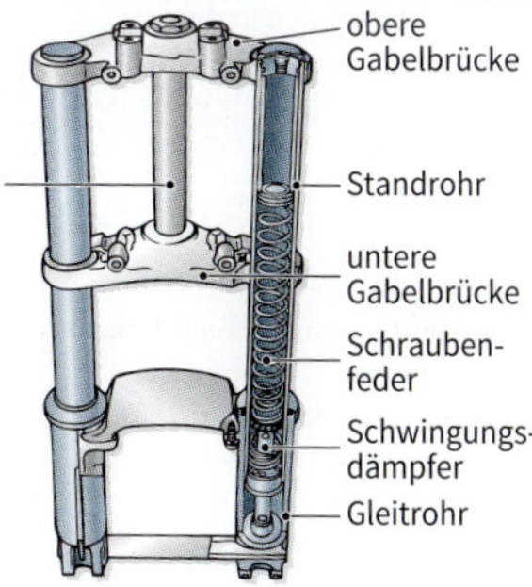	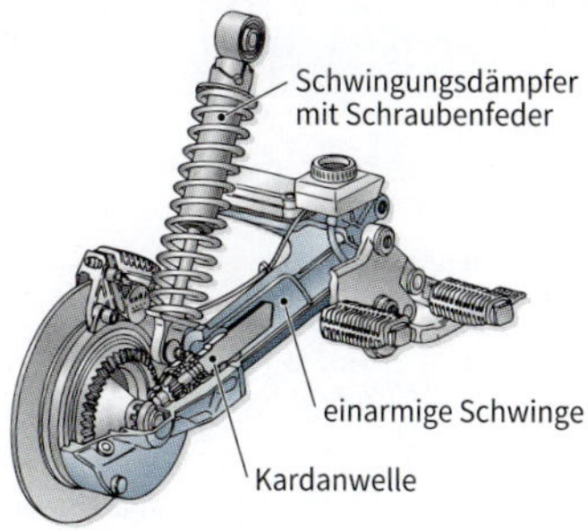
Besonderheit	Das Standrohr taucht in das Gleitrohr. Die Tauchgabel übernimmt neben der Radführung auch Lenkung, Federung und Dämpfung des Vorderrades.	Ein- oder zweiarmige Schwingen führen das Hinterrad. Einarmige Schwingen werden aus hochfestem Leichtmetall gefertigt und erleichtern einen schnellen Radwechsel.

Aufbau und Kennzeichnungen am Rad

DIN 7829: 2008-06

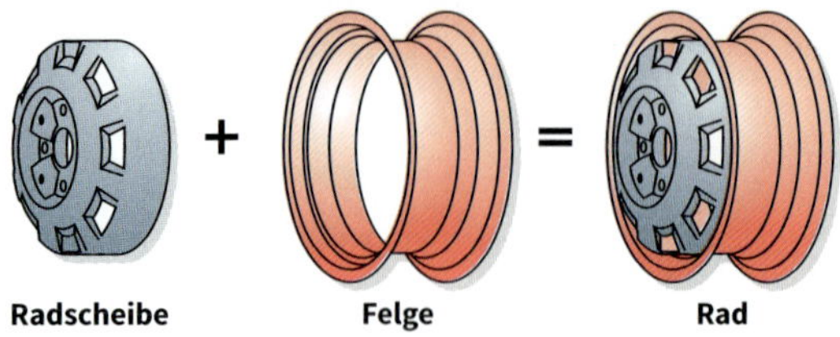

Beispiel für Kennzeichnungen am Rad:

XXXX:	Herstellerzeichen oder -name
215103:	Rad- oder Bestell-Nummer
7J×15H2:	Felgengröße und Humpform
ET 30:	Einpresstiefe oder halber Mittenabstand
0924:	Herstellungsdatum Sep. 2024

Radarten

Darstellung	Erklärung	Werkstoff	Verwendung
Stahlscheibenrad 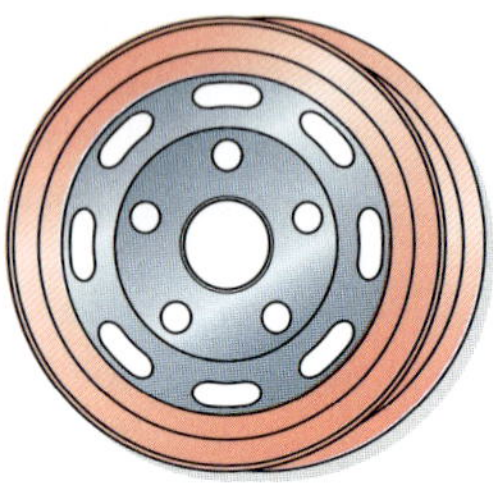	In die Felge des Stahlscheibenrades ist eine Radscheibe geschweißt oder geschraubt. Selten werden Vollscheibenräder verwendet. Löcher und Schlitze oder Luftleitbleche verbessern die Kühlung der Bremsen. Zusätzliche Sicken oder Rippen erhöhen die Festigkeit der Radscheibe. **Vorteil:** zahlreiche Gestaltungsmöglichkeiten	Radscheibe: S235JR (St 37-2) Felge: S235JR (St 37-2) Werkstoffdicke: 1,8 bis 5,75 mm	Pkw: 3-, 4- oder 5-Lochfelge Nkw: 6-, 8- oder 10-Lochfelge Motorrad
Leichtmetallrad 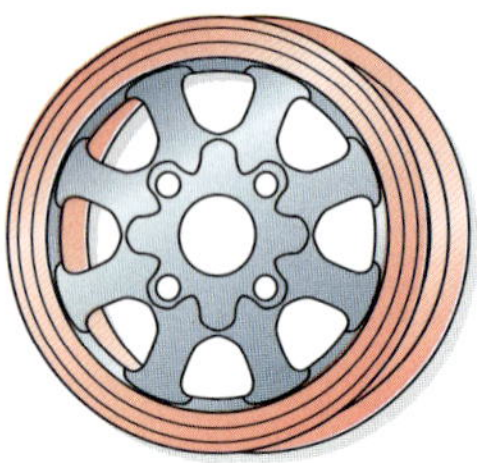	Das Leichtmetallrad ist aus einem Stück gegossen oder geschmiedet. Sind Felge und Radstern geteilt, so werden sie mit Titanschrauben verbunden. **Vorteil:** geringere ungefederte Masse (bis zu 50 %), bessere Wärmeabfuhr und günstige Druckverteilung	Sandguss: EN AC-43000 (G-AlSi10Mg) Kokillenguss: EN AC-44200 (G-AlSi12) geschmiedet: EN AW-6060 (AlMgSi1) EN AW-5083 (AlMg4,5Mn0,7)	Pkw, Nkw, Motorrad
Trilexfelge mit Radstern 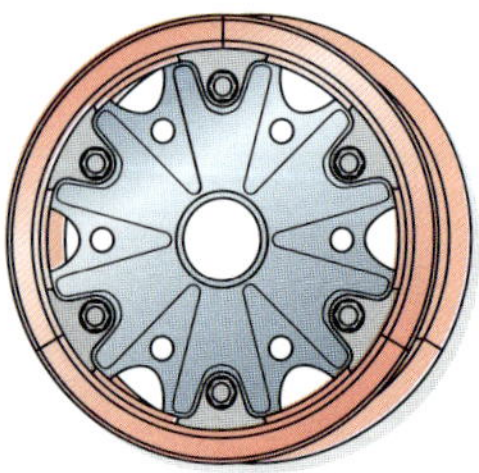	Die Trilexfelge mit Radstern ist eine umfangsgeteilte Flachbettfelge. Die Felgensegmente werden durch Schraubklemmverbindungen am Radstern befestigt. **Vorteil:** hohe Tragfähigkeit und leichter Reifenwechsel. Die Felgensegmente werden in den Reifen gelegt und verspannt, bis sie an der Wulst des Reifens anliegen.	Radstern: GS-45 Felge: EN-GJL-300 (GG-30)	Lkw, Omnibus
Drahtspeichenrad 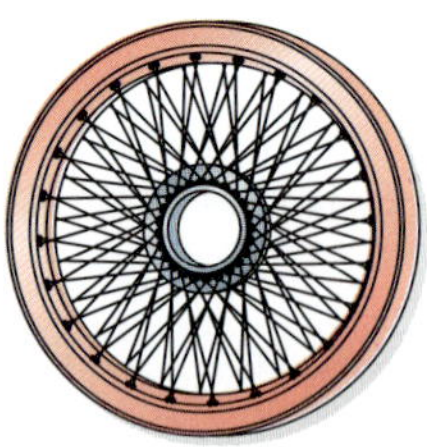	Das Drahtspeichenrad besteht aus Felge und Nabe, die mit Drahtspeichen verbunden werden. **Vorteil:** leichter, elastischer Aufbau und gute Kühlung der Bremsen **Nachteil:** Um den Rundlauf zu sichern, ist ein Nachspannen der Speichen periodisch erforderlich. Die Montage schlauchloser Reifen ist nur bei besonderen Felgen möglich, die Reinigung der Drahtspeichen ist aufwendig.	Speichen: 34Cr8 Felge: 18CrMo4	Motorrad, Sportwagen

Bezeichnungen an der Felge und Radscheibe

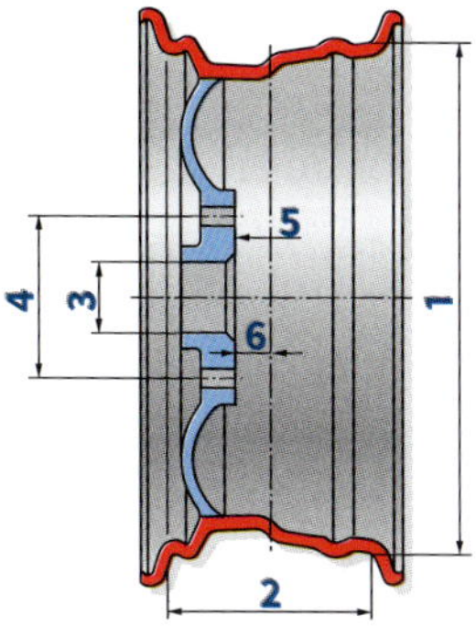

1 Felgendurchmesser: für den festen Reifensitz maßgeblicher Eckpunktdurchmesser

2 Felgenmaulweite: für den festen Reifensitz maßgeblicher Eckpunktabstand

3 Mittenloch: zentrisch zum Rad liegendes Loch der Radscheibe

4 Lochkreisdurchmesser: Durchmesser des Lochkreises für die Radbefestigung

5 Planfläche: innere Anlagefläche des Rades am Nabenflansch

6 Einpresstiefe: Abstand von Felgenmitte des Rades bis zur Planfläche

Felgenarten

DIN 7817, Teil 2: 1990-06, DIN 78022, Teil 1: 1980-09

Tiefbettfelge

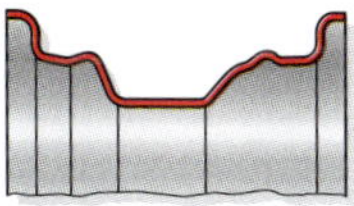

H2
Doppelhump

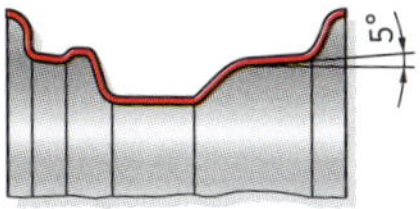

FH
Flat Hump (flat, engl. flach)

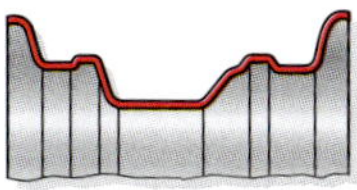

FH 2
doppelseitiger Flat Hump

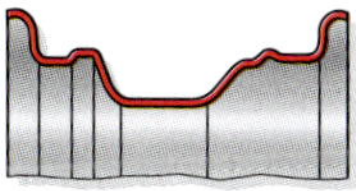

CH
Kombinationshump

Tiefbettfelgen sind ungeteilte Felgen mit einer Felgenschulterneigung von 5° (Schrägschulterfelgen), ohne oder mit Sicherheitsschultern (Hump). Hump-Felgen mit umlaufender Erhöhung müssen bei schlauchlosen Reifen verwendet werden, damit bei schneller Kurvenfahrt der Reifen nicht von der Felgenschulter gedrückt werden kann.

Beispiel für Bezeichnung einer Tiefbettfelge:

5 J x 13 H2: 5 in. Felgenmaulweite, Hornform J, x =Tiefbett, 13 in. Felgendurchmesser, H2 = Doppelhump

Steilschulterfelge

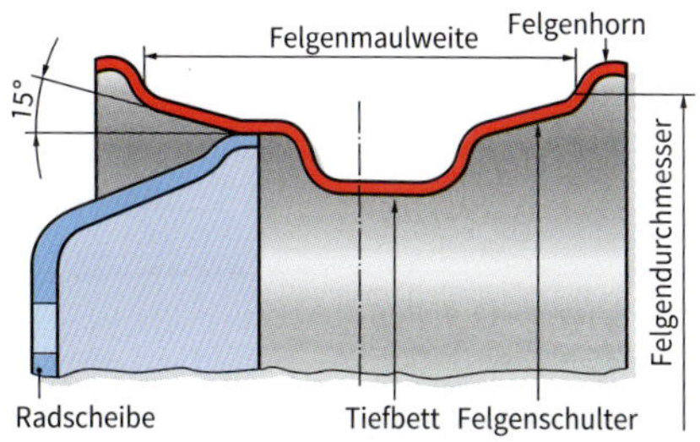

Steilschulterfelgen sind ungeteilte Felgen mit einer Felgenschulterneigung von 15°, die für Nutzfahrzeuge und Omnibusse verwendet werden. Durch die größere Neigung wird der sehr unelastische Wulstkern dieser Fahrzeugreifen stärker an das Felgenhorn gedrückt, damit auch für diese Felgen schlauchlose Reifen verwendet werden können.

Beispiel für Bezeichnung einer Steilschulterfelge:

22.5 x 7.5: 22,5 in. Felgendurchmesser, x = Tiefbett und 7,5 in. Felgenmaulweite

Flachbettfelge

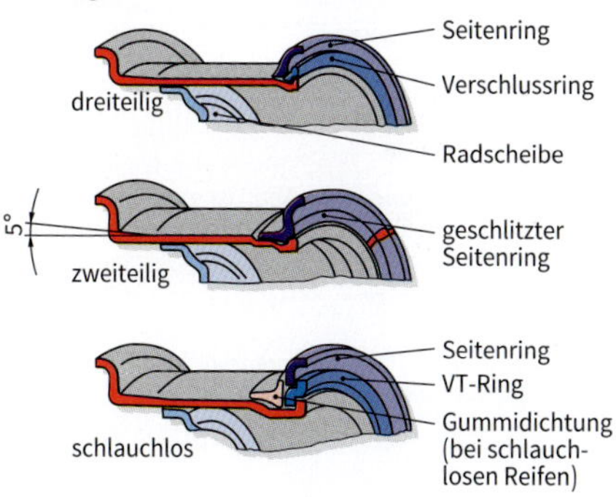

Flachbettfelgen sind ring- oder umfangsgeteilte Felgen mit einer Felgenschulterneigung von 5° für Nutzfahrzeuge mit höherer Tragfähigkeit. Bei diesen Reifen sind die Seitenwände so steif, dass bei ungeteilten Felgen eine Montage nicht mehr möglich ist.

Ringgeteilte Felgen haben geschlitzte Seitenringe und eine Gummidichtung bei schlauchlosen Reifen.

Umfangsgeteilte Felgen bestehen aus drei Felgensegmenten, die bei der Montage in den Reifen gelegt, verspannt und am Radstern befestigt werden.

Beispiel für Bezeichnung einer Flachbettfelge:

7–20: 7 in. Felgenmaulweite und 20 in. Felgendurchmesser

Radbefestigungen

DIN 74361, Teil 2: 2008-06

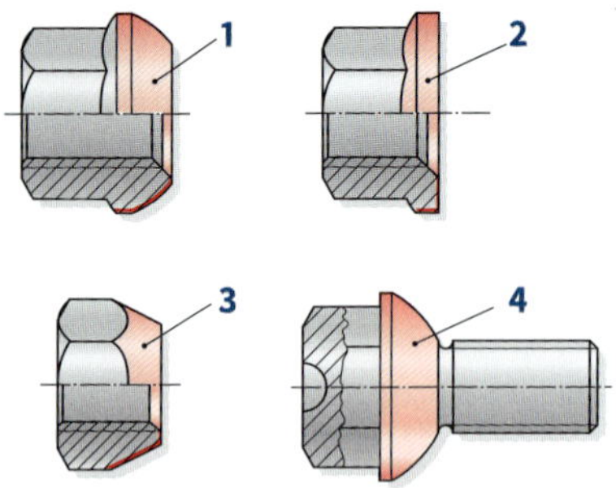

Radbefestigungen verbinden das Rad mit der Radnabe durch Schrauben oder Muttern. Im Fahrzeugbau werden meist Flanschnaben verwendet. Die zentrische Führung erfolgt durch mitten-, kegel- oder kugelzentrierte Radmuttern oder Schrauben.

1 Kugelbundmutter A (z. B. M12 × 1,5)
2 Flachbundmutter B (z. B. M20 × 1,5)
3 Kegelmutter F (z. B. M12 × 1,5–60°)
4 Kugelbundschraube G (z. B. M14 × 1,5)

Radlager mit Kugellager

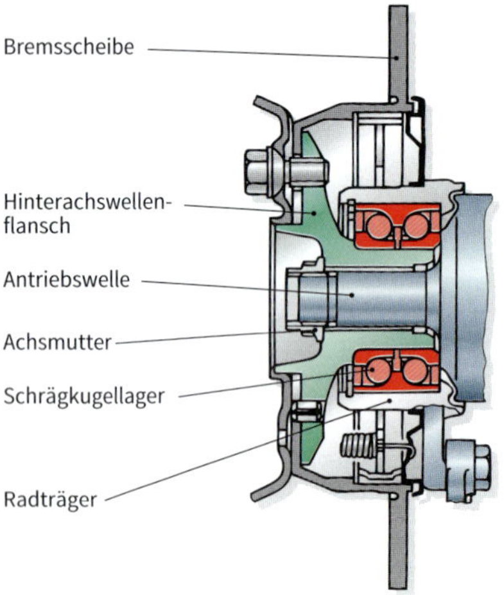

Für die Lagerung von einzeln aufgehängten Rädern werden Schrägkugellager verwendet, die Radial- und Axialkräfte aufnehmen können. Einstellung eines Lagerspiels ist nicht erforderlich.

Einfache Lagerungen bei Starrachsen sind durch Rillenkugellager möglich, die neben Radial- nur geringe Axialkräfte übertragen. Das erforderliche Lagerspiel wird an der Achsmutter eingestellt.

Die Achsmutter muss form- oder kraftschlüssig gesichert sein.

Die Abdichtung der Lager erfolgt durch Radial-Wellendichtringe.

Verwendung: Pkw, Lkw und Omnibus

Radlager mit Kegelrollenlager

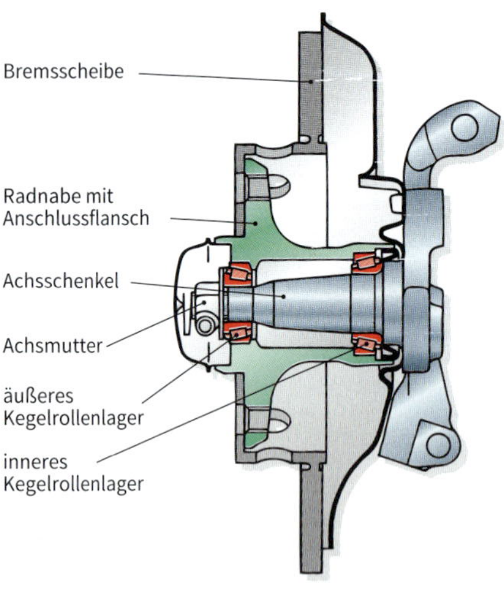

Für die Aufnahme größerer Radial- und Axialkräfte von Einzelrad-Aufhängungen werden Kegelrollenlager verwendet. Das innere Radlager ist größer ausgelegt, weil die bei Kurvenfahrt wirkenden Seitenkräfte zur Fahrzeugmitte gerichtet sind.

Das Lagerspiel bei Kegelrollenlagern kann nachgestellt werden. Die Sicherung der Achsmutter und die Lagerabdichtung erfolgt wie bei den Rillenkugellagern.

Verwendung: Pkw, Lkw und Omnibus

Die **Zentralverschraubung** (ohne Abb.) ist eine Einheit aus Reifen, Rad, Bremsscheibe, Radnabe und Kegelrollenlager. Sie wird im Rennsport komplett gewechselt. Die Montagezeiten werden wesentlich verkürzt.

Verwendung: Zentralverschraubungen werden im Rennsport und zunehmend bei Nkw eingesetzt.

Reifenbauarten und Reifenaufbau

Diagonalreifen

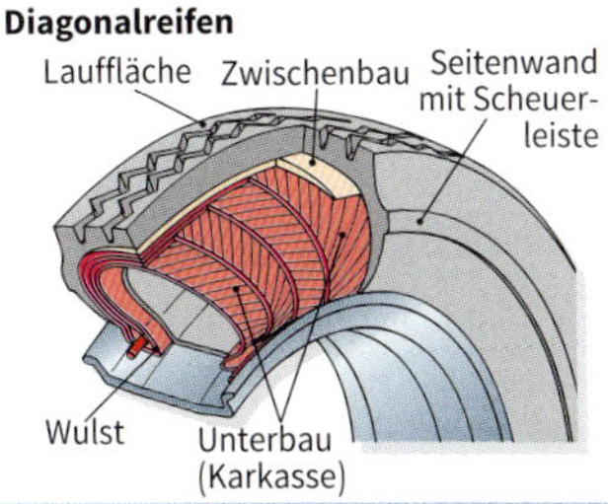

Radialreifen

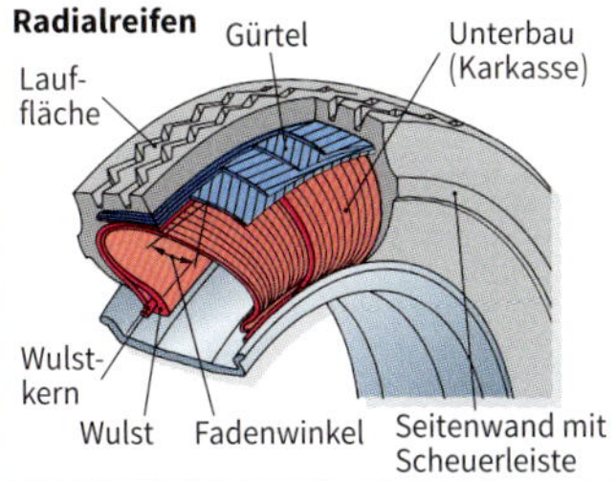

Reifenaufbau

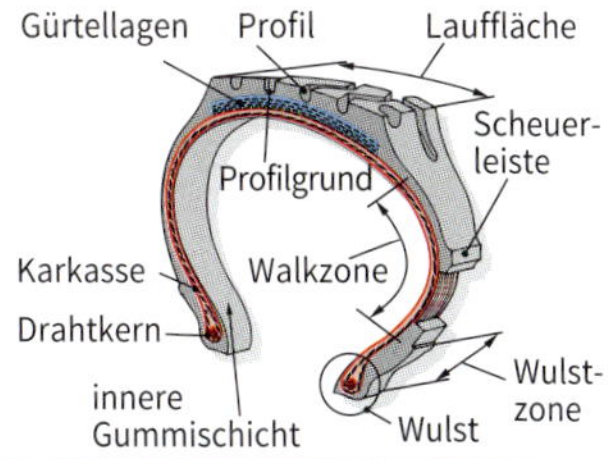

Begriff	Werkstoff	Erklärung
Fadenwinkel (Zenithwinkel)	Gewebelagen	Der Winkel der in Gummi einvulkanisierten Gewebelagen zueinander beträgt 6 bis 20° bei Textilgewebelagen und 0° bei Stahleinlagen.
Gürtel	Stahl oder Textil	Um den Unterbau wird ein Gürtel gelegt, der die Form- und Fahrstabilität steigert, den Rollwiderstand verringert und die Laufleistung erhöht.
Gummischicht	Brombutylkautschuk	Die innere Gummischicht des Reifens ersetzt den Schlauch und dichtet den luftgefüllten Innenraum ab.
Lauffläche (Protektor)	Synthese- und Naturkautschuk	Profil und Gummimischung beeinflussen die Haftung, den Rollwiderstand und die Geräusche des Reifens.
Profilart		Je nach Laufflächengestaltung wird zwischen Sommer-, Winter-, Ganzjahres-, Gelände- und Rennreifen unterschieden.
Profiltiefe		Reifen müssen nach § 36 StVZO am ganzen Umfang und auf der ganzen Breite eine Mindestprofiltiefe von 1,6 mm aufweisen.
Seitenwand	Nylon, Aramid	Die Seitenwand schützt gegen Verwitterung und kann mit einer Scheuerleiste versehen sein. Auf der Seitenwand befinden sich Beschriftung und Kennzeichnung.
Unterbau (Karkasse)	Rayon, Polyester	Der Unterbau ist die Summe aller gummierten Gewebelagen. Er ist luftundurchlässig und beeinflusst Festigkeit und Komfort des Reifens.
Walkzone	Synthese- und Naturkautschuk	Die Walkzone ist der Bereich der Seitenwand, der bei jeder Umdrehung des Reifens elastisch verformt wird. Geringer Reifendruck, Überladung und schnelles Fahren führt zu erhöhter Walkarbeit und zum Reifenverschleiß.
Wulst mit Drahtkern	Stahldraht in Gummi	Der Wulst mit seinem Drahtkern gewährleistet den sicheren Sitz des Reifens auf der Felge. Die Gewebelagen sind um den Wulstkern geschlungen.

Profilarten

Die Lauffläche wird durch Stollen, Lamellen, Rillen oder Rippen unterschiedlich profiliert und dadurch dem Einsatzbereich angepasst. Je weicher die Gummimischung, desto größer die Haftung, aber auch der Reifenverschleiß.

Bezeichnung	Sommerreifen	Winterreifen	Geländereifen	Rennreifen
Aufbau				
Verwendung	Pkw, Lkw, Bus	Pkw, Lkw, Bus	Pkw, Nkw	Zweirad, Rennwagen
Gummi	hart	weich	mittel	sehr weich
Haftung	mittel	groß	klein	sehr groß
Verschleiß	mittel	hoch	mittel	sehr hoch
Profil	flach, feinstollig	tief, grobstollig	tief, selbstreinigend	wenig oder nicht profiliert

Querschnittsverhältnis Höhe zu Breite (H : B)

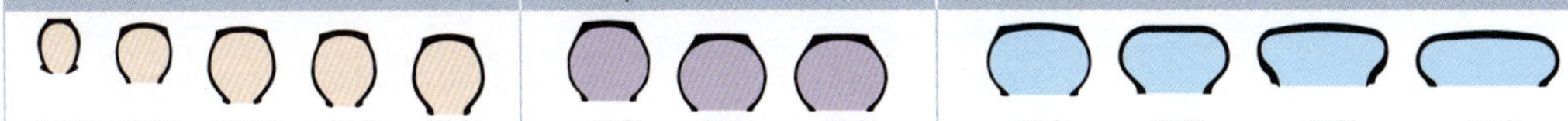

Ballonreifen					Niederquerschnittsreifen			Breitreifen			
113 %	104 %	102 %	100 %	95 %	85 %	82 %	80 %	70 %	60 %	45 %	25 %

Breitreifen (Serie 70 und kleiner) gelten heute in der Erstausrüstung als Standardreifen.

Run-Flat-Reifen

Run-Flat-Reifen (RFT, Run Flat Tyre) sind Reifen mit einer Notlauffunktion. Gegenüber Standardreifen verfügen sie über verstärkte Seitenwände. Dadurch kann auch bei einem vollständigen Druckverlust eine begrenzte Strecke (bis zu 80 km) bei reduzierter Geschwindigkeit (bis zu 80 km/h) zurücklegt werden, ohne dass der Reifen von der Felge rutscht.

Bezeichnungen am Reifen

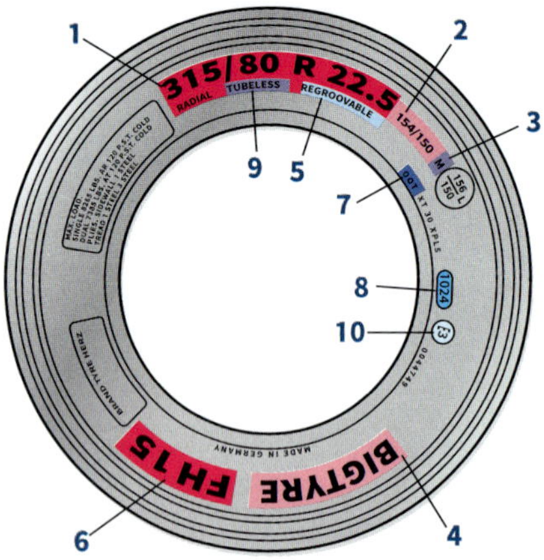

Beispiel: Nkw-Reifen

Nr.	Zeichen	Bedeutung
1	315 80 R 22.5	Reifenbreite in mm Höhe : Breite = 80 % Radialbauweise Felgendurchmesser in inch
2	154/150	Tragfähigkeitskennzahl 154: Einzelrad – 3750 kg 150: Zwillingsrad – 3350 kg
3	M	Geschwindigkeitssymbol
4	Firmenname	Reifenhersteller
5	regroovable	nachschneidbar (nur Nkw)
6	FH 15	Profiltyp des Herstellers
7	DOT	Department of Transportation
8	1019	Herstellung: 10. Woche 2024
9	tubeless	schlauchlos
10	E3	ECE-Prüfzeichen (E3 = Italien)

Geschwindigkeitssymbol: Speed-Index (SI) = zulässige Höchstgeschwindigkeit in km/h

SI	km/h	SI	km/h	SI	km/h	SI	km/h	SI	km/h	SI	km/h	SI	km/h	SI	km/h
A	40	D	65	G	90	L	120	P	150	S	180	H	210	Y	300
B	50	E	70	J	100	M	130	Q	160	T	190	V	240	ZR	über 240
C	60	F	80	K	110	N	140	R	170	U	200	W	270		

Tragfähigkeitskennzahl: Load-Index (LI) und dazugehörige maximale Reifentragfähigkeit in kg

LI	kg	LI	kg	LI	kg	LI	kg	LI	kg	LI	kg	LI	kg	LI	kg
50	190	65	290	80	450	95	690	110	1060	125	1650	140	2500	155	3875
51	195	66	300	81	462	96	710	111	1090	126	1700	141	2575	156	4000
52	200	67	307	82	475	97	730	112	1120	127	1750	142	2650	157	4125
53	206	68	315	83	487	98	750	113	1150	128	1800	143	2725	158	4250
54	212	69	325	84	500	99	775	114	1180	129	1850	144	2800	159	4375
55	218	70	335	85	515	100	800	115	1215	130	1900	145	2900	160	4500
56	224	71	345	86	530	101	825	116	1250	131	1950	146	3000	161	4625
57	230	72	355	87	545	102	850	117	1285	132	2000	147	3075	162	4750
58	236	73	365	88	560	103	875	118	1320	133	2060	148	3150	163	4875
59	243	74	375	89	580	104	900	119	1360	134	2120	149	3250	164	5000
60	250	75	387	90	600	105	925	120	1400	135	2180	150	3350	165	5150
61	257	76	400	91	615	106	950	121	1450	136	2240	151	3450	166	5300
62	265	77	412	92	630	107	975	122	1500	137	2300	152	3550	167	5450
63	272	78	425	93	650	108	1000	123	1550	138	2360	153	3650	168	5600
64	280	79	437	94	670	109	1030	124	1600	139	2430	154	3750	169	5800

Reifenabmessungen

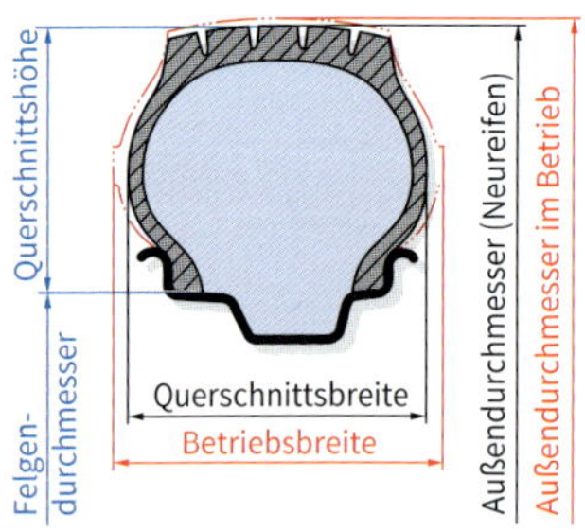

Neureifenmaße

Neureifenmaße sind Konstruktionsmaße für die Reifenherstellung.

Querschnittsbreite: Nennmaß bezogen auf die glatte Seitenwand
Außendurchmesser: Nennmaß bezogen auf die Laufflächenmitte
Halbmesser, statischer: Abstand von Radmitte bis zur Standebene bei stillstehendem Fahrzeug

Betriebsmaße

Betriebsmaße dienen den Fahrzeugherstellern als Anschlussmaße zur Bemessung der Freiräume im Radkasten.

Betriebsbreite: Istmaß einschließlich Scheuerleisten, Zierrippen und Beschriftung sowie bleibendes Wachstum
Außendurchmesser im Betrieb: Istmaß einschließlich bleibendes Wachstum im Laufe des Betriebs
Abrollumfang: Wegstrecke, die der Reifen bei einer Umdrehung mit einer Geschwindigkeit von 60 km/h zurücklegt

Radunwucht

Eine **Radunwucht** entsteht durch ungleiche Massenverteilung im Aufbau des Reifens und/oder des Rades, z. B. durch die Masse des Ventils, ungleiche Laufflächendicke oder Felgendicke. Mit zunehmender Geschwindigkeit entstehen dadurch immer größere Fliehkräfte. Die Räder pendeln oder taumeln und haben einen unruhigen Lauf.

Die Ermittlung von **Unwuchtmassen** erfolgt entweder auf separaten Auswuchtmaschinen oder direkt am Fahrzeug. Das Auswuchten am Fahrzeug erfasst auch eine mögliche Unwucht der Bremstrommel oder -scheibe und der Antriebswelle.

Beim **Auswuchten** werden Ausgleichsmassen (Zinn, Zink) an die Stahlfelge geklemmt oder an die Leichtmetallfelge geklebt. Durch statisches Auswuchten (Umfangsgeschwindigkeit $v_u = 0$) kann nur eine Unwucht in der Radmittenebene ausgeglichen werden. Um die Fahrsicherheit zu gewährleisten, müssen bei Fahrzeugen mit zulässiger Höchstgeschwindigkeit über 50 km/h die Räder dynamisch ($v_u > 0$) ausgewuchtet werden.

Unwucht an Rädern

Darstellung	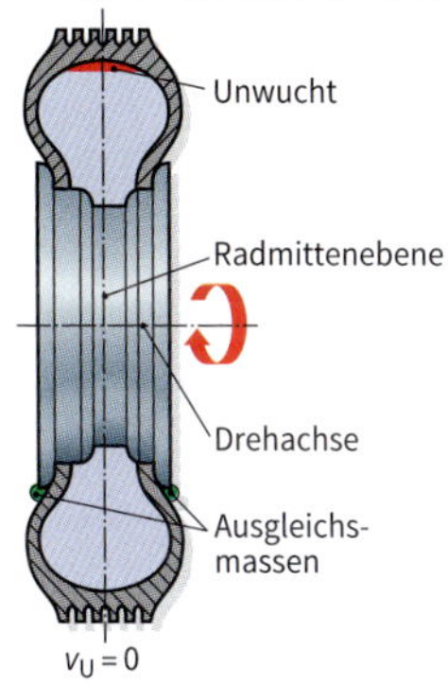	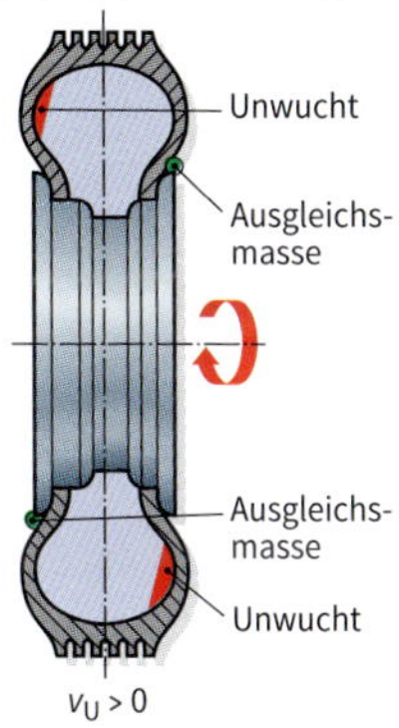	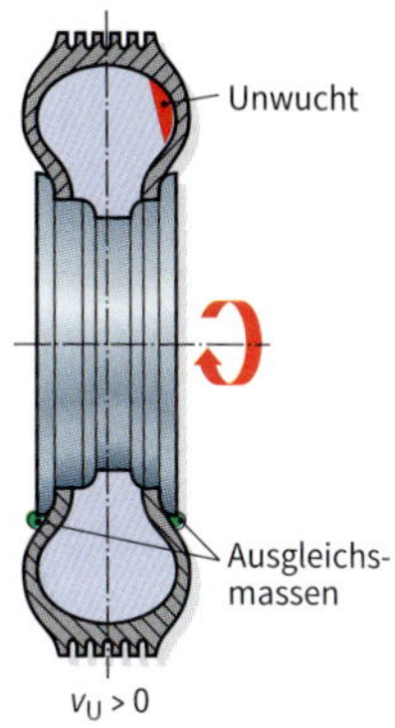
Fehler	Rad pendelt	Rad taumelt	Rad pendelt und taumelt
Unwucht	statisch	dynamisch	statisch und dynamisch
Drehmoment	um die Drehachse	um die Radmittenebene	um die Drehachse und Radmittenebene
Maßnahme	statisch Auswuchten	dynamisch Auswuchten	statisch und dynamisch Auswuchten
Ausgleichsmassen	gegenüber	diagonal	diagonal und gegenüber

Reifendruck-Kontrollsysteme

Darstellung	Merkmale
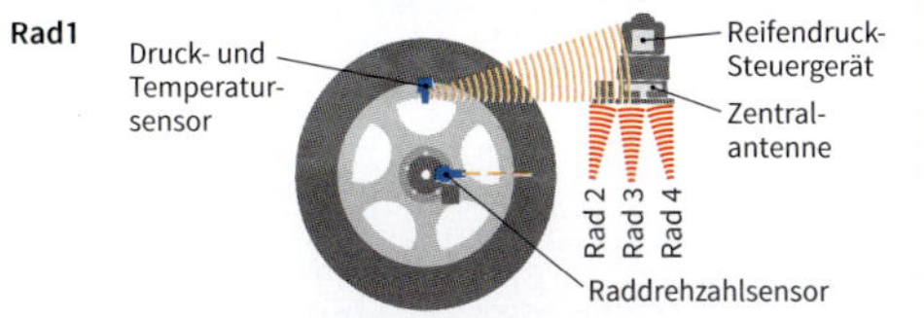	**Aufgabe: Direkt** messende Systeme nutzen den tatsächlich im Reifen herrschenden Druck als Bezugsgröße. **Sensoren:** Reifendrucksensoren enthalten Druck- und Temperatursensoren, Raddrehzahlsensoren **Steuergerät:** Reifendruck-Steuergerät mit Zentralantenne **Aktoren:** Reifendruck-Kontrollanzeige im Display, Warnsignal
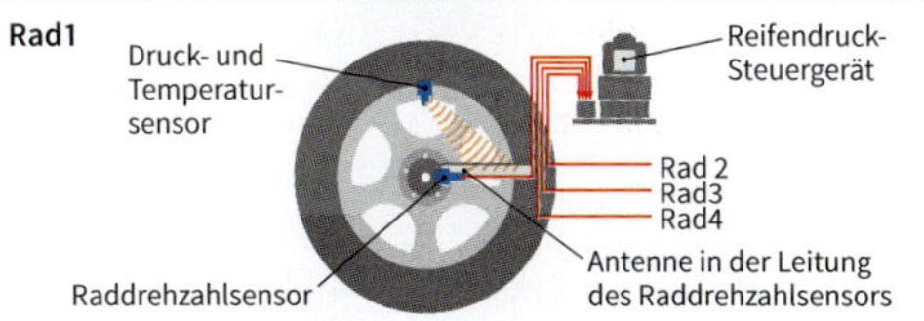	**Aufgabe: Direkt** messende Systeme nutzen den tatsächlich im Reifen herrschenden Druck als Bezugsgröße. **Sensoren:** Reifendrucksensoren enthalten Druck- und Temperatursensoren, Raddrehzahlsensoren mit Antenne **Steuergerät:** Reifendruck-Steuergerät **Aktoren:** Reifendruck-Kontrollanzeige im Display, Warnsignal
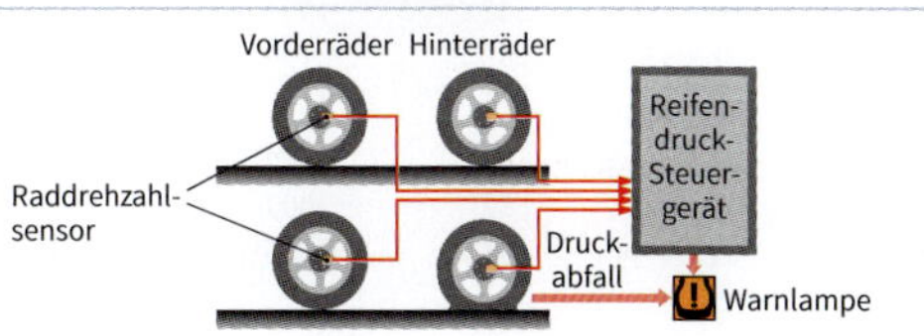	**Aufgabe: Indirekt** messende Systeme nutzen bei Druckabfall die unterschiedlichen Raddrehzahlen zur Erkennung eines Druckabfalls im Reifen. **Sensoren:** Raddrehzahlsensoren **Steuergerät:** Reifendruck-Steuergerät **Aktoren:** Reifendruck-Kontrollanzeige im Display, Warnsignal

Reifengröße	Felgen-Maulweite von … bis in inch	Neureifenmaße			Betriebsmaße			SI[1)]	LI[2)]
		Quer-schnitts-breite in mm	Außen-durch-messer in mm	Halb-messer, statisch in mm	Betriebs-breite (max.) in mm	Außen-durch-messer in mm	Abroll-umfang ± 2 % in mm		
Reifen der Serie 82 für Pkw									
125 R 12	3.00 … 4.00	127	510	233	132	518	1555	S	63
135 R 12	3.50 … 4.50	137	522	238	142	531	1590	S	65
145 R 12	3.50 … 5.00	147	542	246	153	551	1655	S	73
155 R 12	4.00 … 5.00	157	550	249	163	560	1680	S	77
135 R 13	3.50 … 4.50	137	548	251	142	557	1670	S	69
145 R 13	3.50 … 5.00	147	566	258	153	575	1725	S	75
155 R 13	4.00 … 5.50	157	578	263	163	588	1765	T	79
165 R 13	4.00 … 5.50	167	596	270	174	607	1820	T	82
175 R 13	4.00 … 5.50	178	608	275	185	619	1855	T	86
155 R 14	4.00 … 5.00	157	604	276	163	614	1840	S	81
165 R 14	4.00 … 5.50	167	622	283	174	633	1895	T	84
175 R 14	4.50 … 6.00	178	634	288	185	645	1935	T	88
185 R 14	4.50 … 6.00	188	650	294	196	662	1985	S	90
Reifen der Serien 80, 70, 65, 55, 50, 45, 40, 35, 30 und 25 für Pkw									
135/80 R 13	3.50 … 4.50	133	546	249	138	555	1665	T	70
155/80 R 13	4.00 … 5.00	157	578	262	163	588	1765	T	79
175/80 R 14	5.00 … 6.00	177	636	287	184	647	1940	T	88
165/80 R 15	4.00 … 5.00	165	645	293	172	656	1965	T	87
135/70 R 13	3.50 … 4.50	138	520	239	144	528	1585	T	68
155/70 R 13	4.50 … 5.50	157	548	251	163	559	1670	T	75
165/70 R 13	5.00 … 6.00	170	562	255	177	578	1715	T	79
185/70 R 14	5.50 … 6,00	189	616	279	197	635	1880	T	88
195/70 R 14	5.50 … 7.50	201	630	285	209	647	1920	H	91
165/65 R 13	4.50 … 5.50	164	541	248	177	553	1660	T	76
175/65 R 13	5.00 … 6.00	177	558	254	184	567	1700	T	80
195/65 R 15	6.00 … 7.00	212	649	294	217	658	1975	V	94
205/65 R 15	6.50 … 7.50	224	662	300	230	672	2015	H	96
175/60 R 13	5.00 … 6.00	172	542	247	184	548	1645	H	76
185/60 R 14	5.50 … 6.50	187	579	265	197	587	1765	H	82
205/60 R 15	6.00 … 7.50	213	630	286	217	637	1910	V	91
225/60 R 16	6.00 … 8.50	234	676	308	237	687	2060	W	97
185/55 R 14	5.00 … 6.50	200	563	258	202	568	1710	H	79
195/55 R 15	5.50 … 6.50	203	596	274	209	604	1815	V	84
215/55 R 16	6.50 … 7.50	226	646	296	235	652	1958	W	93
225/55 R 16	7.00 … 8.00	237	656	300	242	664	1995	W	96
195/50 R 15	5.50 … 7.50	202	577	267	209	585	1760	V	82
205/50 ZR 16	5.50 … 8.00	215	612	283	223	620	1865	Z	90
235/50 ZR 18	6.50 … 8.50	247	687	321	255	703	2115	Z	98
205/45 R 16	6.00 … 8.00	204	587	275	214	598	1800	V	83
225/45 ZR 17	7.00 … 9.50	227	633	295	234	641	1930	Z	90
255/45 ZR 18	8.00 … 10.00	260	688	318	265	696	2095	Z	99
215/40 ZR 17	7.00 … 9.00	218	604	283	227	611	1840	Z	83
235/40 ZR 18	8.00 … 10.00	241	647	302	251	653	1965	Z	91
255/40 ZR 19	8.50 … 10.50	263	688	321	270	695	2095	Z	96
225/35 ZR 17	7.50 … 9.50	230	590	278	239	596	1800	Z	82
265/35 ZR 18	9.00 … 10.50	271	647	301	282	651	1960	Z	93
295/35 ZR 19	10.00 … 11.50	301	689	322	313	697	2101	Z	100
295/30 ZR 18	10.00 … 11.00	301	635	298	313	643	1937	Z	93
345/30 ZR 19	11.50 … 12.50	350	691	323	364	699	2108	Z	98
285/30 ZR 21	9.50 … 10.50	290	705	334	302	711	2150	Z	100
315/25 ZR 19	11.00 … 12.00	325	641	303	338	647	1955	Z	98
295/25 ZR 20	10.00 … 11.00	301	656	312	313	662	2001	Z	95
295/25 ZR 22	10.00 … 11.00	301	707	337	313	713	2156	Z	97

1) SI = Speed-Index (Geschwindigkeitssymbol) 2) LI = Load-Index (Tragfähigkeitskennzahl)

Reifengröße	Felgen-Maulweite von … bis in inch	Neureifenmaße			Betriebsmaße			SI[1]	LI[2]
		Querschnitts-breite in mm	Außen-durch-messer in mm	Halb-messer, statisch in mm	Betriebs-breite (max.) in mm	Außen-durch-messer in mm	Abroll-umfang ±2 % in mm		
Standardreifen für Nkw									
7.00 R 16	4.50 … 6.00	194	786	366	204	795	2391	L	117
7.50 R 16	5.50 … 6.50	206	801	373	216	814	2446	L	121
8.25 R 16	6.00 … 6.50	231	860	399	237	874	2623	L	128
9.00 R 16	6.00 … 6.50	243	911	424	253	927	2782	L	134
8.00 R 17.5	5.25 … 6.75	198	788	368	214	794	2391	L	117
8.50 R 17.5	5.25 … 6.75	200	806	374	221	813	2446	L	121
9.50 R 17.5	6.00 … 6.75	231	844	391	247	854	2568	L	129
10.00 R 17.5	6.75 … 7.50	242	866	401	262	870	2617	L	134
8.00 R 19.5	5.25 … 6.75	206	854	397	214	867	2611	L	123
7.50 R 20	6.00 … 6.50	209	928	435	216	941	2830	L	128
8.25 R 20	6.00 … 7.00	232	962	451	237	976	2934	K	133
9.00 R 20	6.50 … 7.50	254	1013	471	266	1033	3105	K	140
10.00 R 20	7.00 … 8.00	277	1052	489	283	1068	3209	K	146
11.00 R 20	7.50 … 9.00	294	1083	503	295	1099	3300	K	150
8.00 R 22.5	5.25 … 6.75	210	938	436	214	947	2855	L	128
9.00 R 22.5	6.00 … 6.75	222	965	452	237	962	2938	L	131
10.00 R 22.5	6.75 … 7.50	244	1020	475	262	1033	3111	L	142
11.00 R 22.5	7.50 … 8.25	270	1066	496	187	1064	3203	L	145
12.00 R 22.5	8.25 … 9.00	285	1090	505	309	1099	3306	L	148
13.00 R 22.5	9.00 … 9.75	307	1115	517	326	1141	3428	L	150
12.00 R 24	8.00 … 9.00	299	1202	558	319	1244	3739	K	156
Niederquerschnitt-Reifen der Serie 40, 50, 55, 60, 65, 70, 75 und 80 für Nkw									
455/40 R 22.5	15.00 … 15.50	447	933	436	476	950	2835	N	160
435/50 R 19.5	14.00 … 14.50	428	933	431	456	949	2800	N	160
425/55 R 22.5	13.00 … 14.00	419	968	441	442	981	2920	M	160
285/60 R 22.5	8.25 … 9.00	280	917	426	299	928	2769	L	148
295/60 R 22.5	8.25 … 9.00	292	929	432	307	940	2806	L	149
305/60 R 22.5	9.00 … 9.50	300	934	434	325	952	2945	L	150
315/60 R 22.5	9.00 … 9.50	313	952	441	318	1045	3112	L	152
385/65 R 22.5	11.75	378	1066	494	408	1092	3248	L	158
425/65 R 22.5	13.00 … 14.00	419	1121	524	452	1146	3405	L	165
445/65 R 22.5	14.00 … 14.50	438	1152	529	477	1174	3485	L	168
245/70 R 19.5	6.75 … 7.50	245	847	393	260	853	2559	M	136
265/70 R 19.5	6.75 … 8.25	266	869	401	275	881	2644	M	143
285/70 R 19.5	7.50 … 9.00	283	890	409	297	911	2730	M	147
315/70 R 22.5	9.00 … 9.75	318	1025	476	318	1032	3093	L	154
205/75 R 17.5	5.25 … 6.75	213	762	354	214	765	2297	M	123
215/75 R 17.5	6.00 … 6.75	220	777	359	222	779	2339	M	126
235/75 R 17.5	6.75 … 7.50	240	816	376	245	811	2431	M	131
245/75 R 17.5	6.75 … 7.50	245	796	367	260	803	2406	L	134
275/80 R 22.5	7.50 … 8.25	279	1022	474	290	1030	3087	M	148
295/80 R 22.5	8.25 … 9.00	298	1066	495	313	1062	3184	L	152
315/80 R 22.5	9.00 … 9.75	318	1077	499	318	1096	3282	K	156
Reifen für Transporter und Leicht-Nkw									
175 R 14 C	4.50 … 5.50	178	634	293	183	642	1915	P	96
185 R 14 C	5.00 … 6.00	188	650	296	194	659	1970	N	102
195 R 14 C	5.00 … 6.00	196	666	306	204	675	2017	N	106
205 R 14 C	5.50 … 6.50	208	686	316	214	696	2078	P	109
215 R 14 C	5.50 … 6.50	216	700	321	225	710	2114	P	112
175/65 R 14 C	5.00 … 5.50	172	589	272	184	594	1770	Q	89
225/70 R 15 C	6.50 … 7.00	225	697	316	237	709	2123	Q	112
195/75 R 16 C	5.00 … 6.00	198	710	328	206	710	2145	N	107
225/85 R 16 C	6.50 … 7.00	230	750	346	234	758	2265	N	118

[1] SI = Speed-Index (Geschwindigkeitssymbol) [2] LI = Load-Index (Tragfähigkeitskennzahl)

Reifengröße	Felgen-Maulweite von … bis in inch	Neureifenmaße			Betriebsmaße			SI[1]	LI[2]
		Querschnitts-breite in mm	Außen-durch-messer in mm	Halb-messer, statisch in mm	Betriebs-breite (max.) in mm	Außen-durch-messer in mm	Abroll-umfang ± 2 % in mm		
Reifen für Motorroller									
3.00-10	2.10 … 2.50	80	413	216	86	422	1235	J	50
3.50-10	2.10 … 2.50	92	437	228	99	448	1307	J	59
90/90-10	2.15 … 2.50	90	416	217	101	428	1240	J	50
100/80-10	2.15 … 3.00	101	414	216	114	426	1238	J	53
100/90-10	2.15 … 3.00	101	434	227	109	446	1300	J	61
120/90-10	2.50 … 3.50	119	470	246	137	486	1405	J	65
130/90-10	2.75 … 3.50	129	488	254	144	504	1459	J	61
Reifen für Enduro-Krafträder									
4.10-18	1.85 … 2.75	108	639	334	130	653	1933	P	60
4.60-18	2.15 … 3.00	117	654	342	130	670	1975	R	63
2.50-21	1.35 … 1.60	64	669	345	72	685	2018	L	43
3.00-21	1.60 … 2.15	80	703	364	89	723	2120	R	51
130/80-17	2.50 … 3.50	129	640	336	142	664	1933	S	65
140/80-18	2.50 … 3.50	142	681	355	167	707	2057	R	70
120/80-19	2.50 … 3.00	119	675	351	146	690	2039	R	63
90/90-21	1.60 … 2.50	90	695	360	94	713	2099	T	54
Standardreifen für Krafträder									
2.50-17	1.35 … 1.60	64	568	290	75	580	1715	P	43
2.75-17	1.50 … 1.85	75	588	300	86	600	1776	P	48
3.00-18	1.60 … 2.15	80	627	320	95	639	1891	P	52
3.25-18	1.85 … 2.50	89	639	329	106	651	1927	S	52
3.50-18	1.85 … 2.50	93	649	334	111	663	1957	S	56
4.00-18	1.85 … 3.00	108	671	350	130	685	2024	H	64
4.10-18	1.85 … 2.75	108	641	332	130	653	1933	H	60
4.50-17	2.15 … 3.00	123	666	348	144	696	2009	H	67
Reifen der Serie 90, 80, 70, 60, 55 und 50 für Krafträder									
90/90 R 18	1.85 … 2.50	90	619	320	103	631	1869	H	51
100/90 R 18	2.15 … 2.75	101	637	330	114	649	1924	H	56
110/90 R 18	2.15 … 3.00	109	655	340	125	669	1978	H	61
120/90 R 18	2.50 … 300	119	673	350	134	689	2032	H	71
130/90 R 17	2.50 … 3.50	129	666	348	147	682	2011	V	68
140/90 R 16	2.75 … 3.75	142	658	345	159	676	1987	V	71
150/90 R 15	3.00 … 4.00	150	651	344	171	669	1966	V	74
100/80 R 18	2.15 … 2.75	101	617	317	114	629	1863	S	53
110/80 R 18	2.15 … 3.00	109	633	325	126	645	1912	S	58
120/80 R 17	2.50 … 3.00	119	624	322	134	638	1884	H	67
130/80 R 17	2.50 … 3.50	129	640	334	147	654	1933	V	65
140/80 R 17	2.50 … 3.75	142	656	343	159	672	1981	V	69
150/80 R 16	3.00 … 4.00	150	646	339	165	658	1951	Z	71
110/70 R 17	2.75 … 3.50	110	586	303	127	596	1770	H	54
130/70 R 17	3.50 … 4.50	129	614	319	147	626	1854	H	62
140/70 R 17	3.50 … 4.50	141	628	327	160	642	1897	H	66
150/70 R 17	3.50 … 4.50	149	642	335	169	656	1939	V	69
160/70 R 17	4.00 … 5.00	161	656	343	177	672	1981	Z	73
120/60 R 17	3.50 … 3.75	122	576	297	134	586	1740	Z	55
130/60 R 17	3.50 … 4.00	129	588	304	143	598	1776	Z	59
150/60 R 17	4.00 … 4.50	149	612	318	164	624	1848	Z	66
160/60 R 18	4.50 … 5.00	161	624	324	177	638	1884	Z	69
170/60 R 17	4.50 … 5.50	168	636	331	190	650	1921	W	72
170/55 R 17	5.00 … 5.50	171	620	322	183	634	1879	Z	70
180/55 R 17	5.00 … 6.00	178	630	328	195	644	1903	Z	73
180/55 R 18	5.00 … 6.00	178	655	341	195	669	1978	W	74
190/50 R 17	5.50 … 6.00	190	622	332	203	636	1878	Z	73

[1] SI = Speed-Index (Geschwindigkeitssymbol) [2] LI = Load-Index (Tragfähigkeitskennzahl)

Reifenverschleiß: Schnelles **Beschleunigen** oder **Bremsen** bewirken immer einen höheren Reifenverschleiß.
Falscher Luftdruck, defekte Radaufhängung und Schwingungsdämpfer oder fehlerhafte Achsgeometrie können ebenfalls zu einem übermäßigen Reifenverschleiß bzw. Zerstörung des Reifens führen.

	**Schaden:** Einseitiger Abrieb **Ursache:** Z. B.: Fehlerhafte Einstellung der Spur, zu großer Radsturz, zu schnelle Kurvenfahrt, zu hohes Beschleunigen		**Schaden:** Abrieb in der Reifenmitte **Ursache:** Z. B.: zu hoher Reifenfülldruck, zu hohes Beschleunigen, dadurch erfolgt ein Durchdrehen der Räder (ESP ausgeschaltet), zu hohe Geschwindigkeit bei längeren Fahrstrecken
	**Schaden:** Ablösung der Lauffläche **Ursache:** Z. B.: dauerhaft zu geringer Reifendruck, ungeeigneter Reifen		**Schaden:** Ringförmiger Karkassenbruch **Ursache:** Z. B.: Anprall und Quetschung des Reifens an einem Hindernis
	**Schaden:** Ablösung innerer Gummilagen **Ursache:** Z. B.: dauerhaft zu geringer Reifendruck	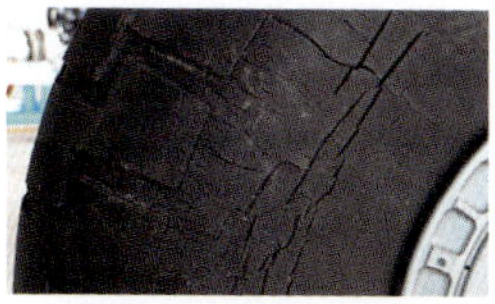	**Schaden:** Ringförmiger Bruch der Karkasse **Ursache:** Z. B.: zu hohe Belastung des Reifens bei zu geringem Reifenfülldruck
	**Schaden:** Beschädigungen der Seitenwand **Ursache:** Z. B.: Kontakt des Reifens mit Hindernissen (z. B. Bordsteinkanten, dadurch Quetschung der Seitenwand zwischen Felge und Hindernis)		**Schaden:** Druckabfall im Reifen **Ursache:** Fremdkörper im Reifen (z. B. Nagel, Glas)
Schaden: Beidseitiger Schulterabrieb **Ursache:** Z. B.: zu geringer Reifenfülldruck, fahren mit zu hoher Belastung	**Schaden:** Abriss der Lauffläche und von Teilen des Gürtels **Ursache:** Z.B.: Überschreiten der zulässigen Höchstgeschwindigkeit, zu geringer Luftdruck	**Schaden:** Unregelmäßiger Abrieb, Sägezahnbildung **Ursache:** Z. B.: Schäden an der Achsaufhängung, defekte Schwingungsdämpfer, statische und dynamische Unwucht an den Rädern zu hoch	**Schaden:** Wellen- oder knollenförmige Auswaschungen **Ursache:** Z. B.: zu viel Radlagerspiel, schadhafte Lenkung, defekte Federn oder defekte Schwingungsdämpfer

Reifendrucksensor

Reifendrucksensoren sind Bestandteile eines direkt messenden Reifendruckkontrollsystems (RDKS). Sie sind am Rad montiert und erzeugen Signale, durch die ein Steuergerät den Reifendruck und die Reifentemperatur bestimmen kann. Die Übertragung der Signale erfolgt über Funk.

Vulkanisieren/Vulkanisation

Das Vulkanisieren erfolgt sowohl bei der Herstellung als auch bei der Reparatur von Reifen. Bei der Herstellung erhält der Reifen durch die Vulkanisation in einer Presse seine endgültige Form, das Profil und die Seitenwandmarkierungen. Bei der Reifenreparatur erfolgt ebenfalls eine Vulkanisation, jedoch in deutlich kleinerem Rahmen. So kann etwa gezielt ein Loch repariert werden, das z. B. durch einen eingefahrenen Nagel entstanden ist. Nach dem Einbringen des Füllmaterials (Reparatur-Pilz) aus Gummi folgt je nach Verfahren das Erhitzen des Materials, sodass eine feste Verbindung zum umgebenden Reifenmaterial entsteht. Ob die Reparatur eines defekten Reifens durch Vulkanisation durchgeführt werden sollte, ist nach genauer Prüfung im Einzelfall zu entscheiden.

Grundlagen der Bremsen
Fundamental principle of brakes

ISO 611: 2003-04

Arten von Bremsanlagen

Begriff	Erklärung	Beispiel
Betriebsbremsanlage	Gesamtheit der Bauteile, die während des normalen Betriebs eines Fahrzeugs seine Geschwindigkeit abstufbar verringern oder es zum Stillstand bringen	mechanisch, hydraulisch oder pneumatisch betätigte Trommel- oder Scheibenbremse
Hilfsbremsanlage	Gesamtheit der Bauteile, die bei einer Störung der Betriebsbremsanlage eines Fahrzeugs seine Geschwindigkeit gestuft verringern oder es zum Stillstand bringen	
Feststellbremsanlage	Gesamtheit der Bauteile, die ein Fahrzeug auch auf einer geneigten Fahrbahn mit mechanischen Mitteln zum Stillstand bringen und halten	mit Seilzug oder Gestänge betätigte Trommel-/Scheibenbremse
Dauerbremsanlage	Gesamtheit der Bauteile, die die Geschwindigkeit eines Fahrzeugs gleichbleibend halten oder verringern, insbesondere auf einem langen Gefälle	verschleißfreie Zusatzbremse: Retarder
Automatische Bremsanlage	Gesamtheit der Bauteile, die bei einer beabsichtigten oder ungewollten Trennung von Fahrzeugen eines Zuges eine automatische Bremsung des Anhängefahrzeugs bewirken	Gewichtskraft der Zuggabel oder Federkraft des Federspeichers

Bestandteile von Bremsanlagen

Energieversorgungseinrichtung	Teile einer Bremsanlage, die die zum Bremsen notwendige Energie liefern, regeln und aufbereiten	Muskelkraft, Hydraulik- oder Luftdruck
Betätigungseinrichtung	Teile einer Bremsanlage, die den Bremsvorgang einleiten und die Wirkung der Bremsanlage steuern	Hauptzylinder, Bremsventile
Übertragungseinrichtung	Teile einer Bremsanlage, die die von der Betätigungseinrichtung gesteuerte Energie übertragen	Bremsschlauch, Bremsrohr, Seilzug
Bremse	Teile einer Bremsanlage, in denen die der Bewegung des Fahrzeugs entgegenwirkenden Kräfte entstehen	Radzylinder, Bremsbelag
Zusatzeinrichtung	Teile einer Bremsanlage eines Zugfahrzeugs, die für die Bremsanlage des Anhängefahrzeugs bestimmt sind	Kupplungskopf der Vorrats- und Bremsleitung

Arten von Bremsen

Reibungsbremse	Bremse, in der die Reibungskraft zwischen Teilen erzeugt wird, die fest am Fahrzeug und fest mit dem Rad verbunden sind	Trommelbremse, Scheibenbremse
Formschlüssige Bremse	Bremse, die nicht rotierende Teile des Fahrzeugs formschlüssig verbindet und nur bei Stillstand des Fahrzeugs betätigt wird	Parksperre bei Automatikgetrieben
Dauerbremse: Retarder	Einrichtungen, die eine Verzögerung des Fahrzeugs bewirken: ■ Verbrennungsmotor als Retarder	Motorbremse: ■ Abgasdrosselung ■ Saugluftdrosselung ■ Schubabschaltung ■ Steuerzeitenregelung
	■ elektrischer Antriebsmotor als Retarder	Motor als Generator
	■ hydrodynamischer Retarder	Strömungsbremse
	■ elektromagnetischer Retarder	Wirbelstrombremse
	■ aerodynamischer Retarder	ausfahrender Spoiler

Bremsanlagen nach dem Aufbau der Übertragungseinrichtung

Einkreis-Bremsanlage	Bremsanlage, deren Übertragungseinrichtung einen einzigen Kreis bildet. Eine Störung hat zur Folge, dass die gesamte Bremsanlage ausfällt.	für Kraftfahrzeuge nicht mehr zulässig
Mehrkreis-Bremsanlage	Bremsanlage, deren Übertragungseinrichtung mindestens zwei Kreise bildet. Die Bremswirkung bleibt bei Ausfall eines Kreises voll oder zu einem Teil erhalten.	fünf Arten der Bremskreisaufteilung

Bremsanlagen von Fahrzeugkombinationen

Einleitungs-Bremsanlage	Eine einzige Leitung wird je nach Bedarf für die Energieversorgung und die Betätigung der Bremsanlage des Anhängefahrzeugs benutzt.	nur für Fahrzeugkombinationen bis 25 km/h zulässig
Mehrleitungs-Bremsanlage	Mindestens zwei Leitungen werden getrennt für die Energieversorgung und die Betätigung der Bremsanlage des Anhängefahrzeugs benutzt.	für Fahrzeugkombinationen ab 25 km/h vorgeschrieben

Aufteilung von Zweikreis-Bremsanlagen

DIN 74000: 1992-08

System	Bremskraftaufteilung	Merkmale	Eigenschaften	Verwendung
II	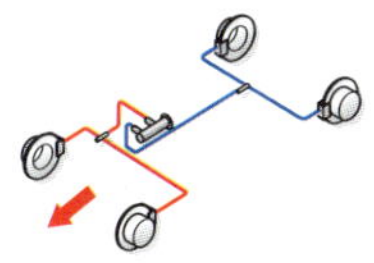	**Vorderachs-, Hinterachs-Aufteilung** Jeder Kreis wirkt auf eine Achse.	Auch bei Ausfall des Vorderachs-Bremskreises wird die vorgeschriebene Bremsverzögerung erreicht.	Fahrzeuge mit Hinterradantrieb oder Allradantrieb
X	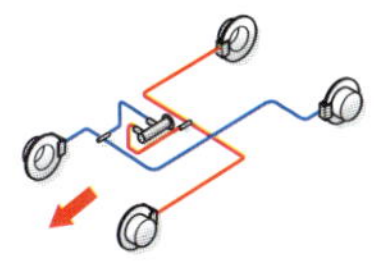	**Diagonal-Aufteilung (X-Spliting)** Jeder Kreis wirkt auf ein Vorderrad und auf das diagonal gegenüberliegende Hinterrad.	Bei Ausfall eines Kreises wirkt ein Moment um die Hochachse, das durch die Art der Radaufhängung ausgeglichen wird.	Fahrzeuge mit Frontantrieb und negativem Lenkrollhalbmesser
HI	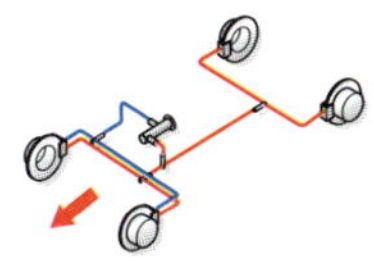	**Vorder- und Hinterachs-, Vorderachs-Aufteilung** Der H-Kreis wirkt auf die Hinter- und Vorderachse und der I-Kreis wirkt nur auf die Vorderachse.	Bei Ausfall des I-Kreises neigt die Hinterachse zur Überbremsung und damit zum Verlust der Bremsstabilität.	Diese Systeme, bei denen beide Kreise auf die Vorderachse wirken, neigen bei einer thermischen Überlastung zu Dampfblasenbildung, die einen Totalausfall zur Folge hat.
LL	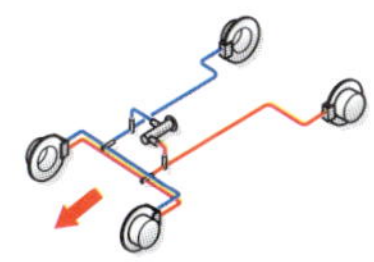	**Doppelte Aufteilung: Vorderachse und Hinterrad** Jeder Kreis wirkt auf die Vorderachse und ein Hinterrad.	Bei Ausfall eines Kreises wirkt der andere einseitig zur Längsrichtung des Fahrzeugs.	
HH	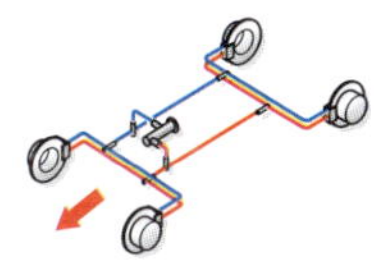	**Doppelte Aufteilung: Vorder- und Hinterachse** Jeder Kreis wirkt auf die Vorder- und Hinterachse.	Die Wirkung beider Kreise ist identisch, der konstruktive Aufwand jedoch sehr groß.	(Die zunehmende Verbreitung von ABS hat zu einfachen Bremskreisaufteilungen geführt. Die Systeme II und X benötigen nur zwei, drei oder vier ABS-Regelkreise.)

Aufbau einer Pkw-Bremsanlage

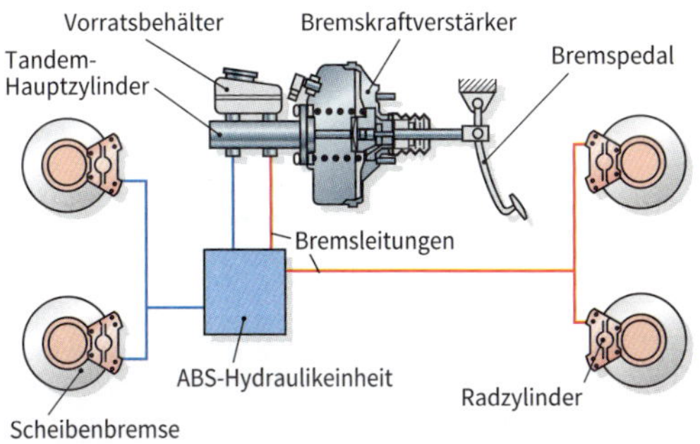

Die auf das Bremspedal wirkende Kraft wird meist durch eine Hilfskraft verstärkt. Die Übertragung der Bremskraft zu den Radbremsen erfolgt hydraulisch.

Durch die sehr geringe Kompressibilität (Verdichtbarkeit) der Bremsflüssigkeit wird die Bremskraft nahezu verlustfrei übertragen.

Aufbau einer Motorrad-Bremsanlage

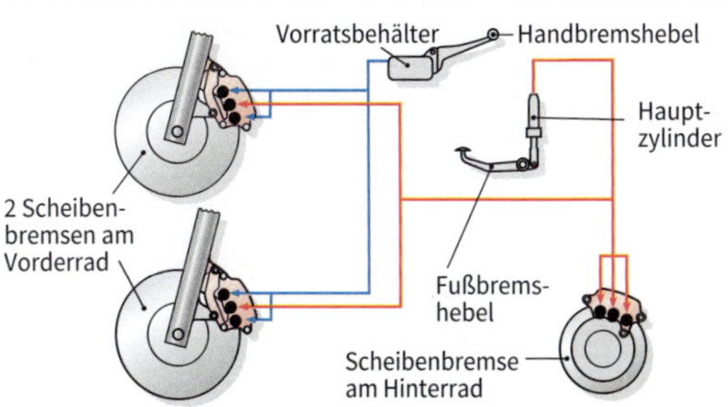

Über den Handbremshebel werden ausschließlich die Bremskolben am Vorderrad betätigt. Über den Fußbremshebel werden neben den Bremskolben des Hinterrades auch einzelne Bremskolben des Vorderrades betätigt.

Schwere Motorräder mit hohen Bremskräften werden am Vorderrad mit zwei Bremsscheiben ausgerüstet, um Gabelverformungen zu vermeiden und die Fahrsicherheit zu gewährleisten.

Betätigungseinrichtung: Hauptzylinder

<table>
<tr><th>Arten</th><th>Merkmale</th></tr>
<tr><td>
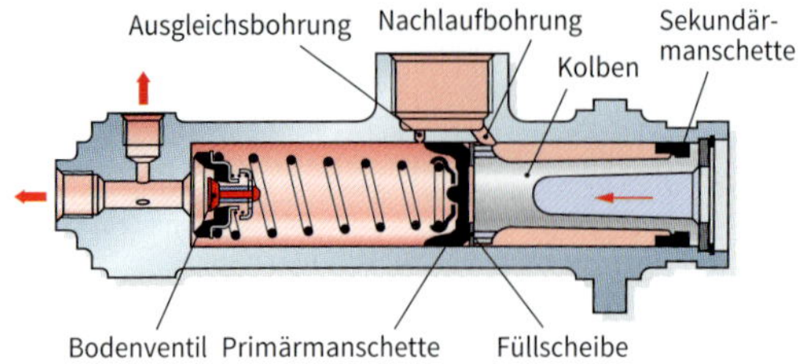

</td><td>

Der **Hauptzylinder** wird durch Fuß- oder Handkraft betätigt und wandelt diese in hydraulischen Druck um. Der gesamte Bremsvorgang wird durch den Hauptzylinder eingeleitet und gesteuert, wie z. B. das schnelle Anlegen und Lösen der Bremsbeläge sowie der Nachlauf und Ausgleich der Bremsflüssigkeit.

Verwendung: Kraftrad (ohne Bodenventil)

</td></tr>
<tr><td>
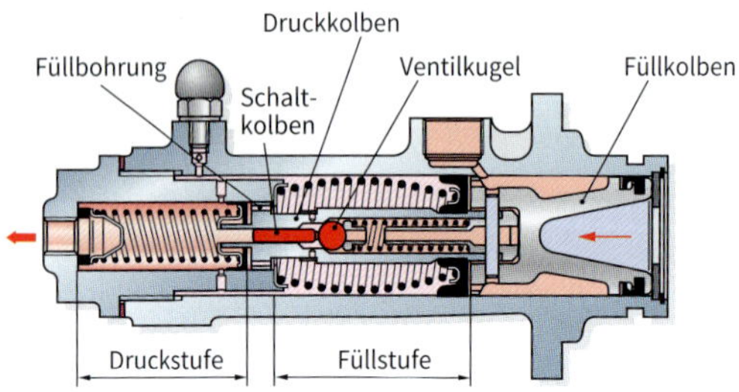

</td><td>

Im **Stufen-Hauptzylinder** wird der Bremsvorgang in zwei Stufen unterteilt:

- **Füllstufe:** Anlegen der Bremsbeläge durch den Füllkolben (große Fläche, kleiner Druck)
- **Druckstufe:** Anpressen der Bremsbeläge durch den Druckkolben (kleine Fläche, großer Druck)

Dieser Aufbau ergibt für die Betätigungskraft eine große hydraulische Übersetzung.

Verwendung: Pkw

</td></tr>
<tr><td>
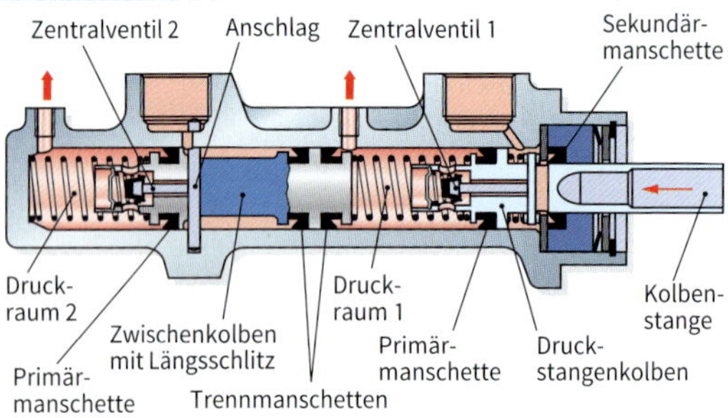

</td><td>

Der **Tandem-Hauptzylinder mit Zentralventilen** enthält zwei hintereinander liegende Kolben in einem Zylinder. Die zwei getrennten Druckräume versorgen zwei Bremskreise mit Bremsdruck. Bei Ausfall eines Bremskreises bleibt der zweite funktionsfähig. Die Ausgleichsbohrungen entfallen bei Fahrzeugen mit ABS. Ihre Aufgabe übernehmen die Zentralventile.

Verwendung: Pkw und leichte Nkw

</td></tr>
<tr><td>
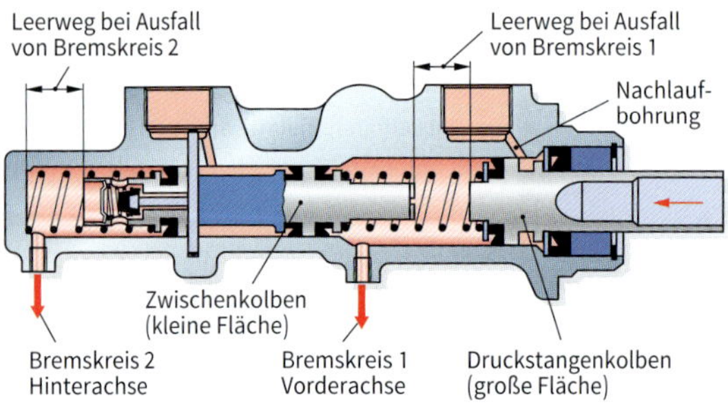

</td><td>

Der **gestufte Tandem-Hauptzylinder** hat zwei unterschiedliche Achsbremskreise.

- **Vorderachse:** große Fläche
- **Hinterachse:** kleine Fläche

Ist der Bremskreis der Vorderachse defekt, so wird bei gleicher Pedalkraft im verbleibenden Bremskreis der Hinterachse durch eine Druckerhöhung eine größere Bremswirkung erzielt.

Verwendung: Pkw mit II-Bremskraftaufteilung

</td></tr>
<tr><td>
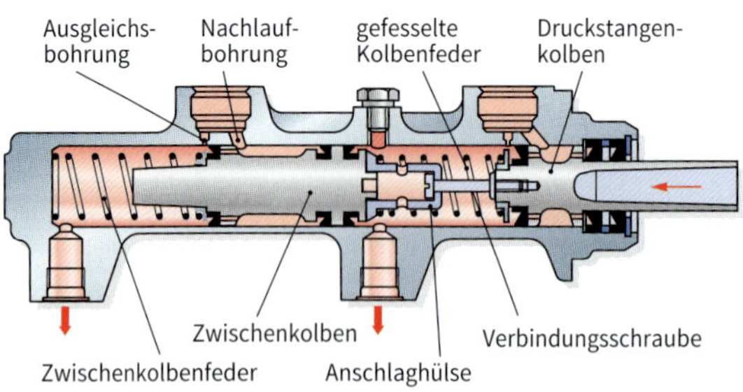

</td><td>

Im **Tandem-Hauptzylinder mit gefesselter Kolbenfeder** wird bei Bremsbetätigung zwischen beiden Kolben eine nahezu starre Verbindung erreicht. Die Ausgleichsbohrungen beider Bremskreise werden gleichzeitig verschlossen. Dadurch erfolgt in beiden Bremskreisen der Druckauf- und -abbau zur gleichen Zeit.

Verwendung: Pkw und leichte Nkw ohne ABS

</td></tr>
</table>

Betätigungseinrichtung: Bremskraftverstärker

<table>
<tr><th>Arten</th><th>Merkmale</th></tr>
<tr><td>

Saugluft-Bremskraftverstärker (Vollbremsstellung)

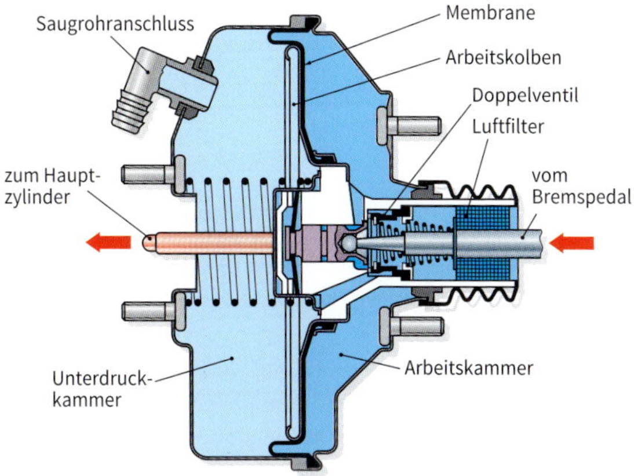

</td><td>

Zur Verstärkung der Fußkraft wird Unterdruck genutzt, der entweder im Saugrohr (Ottomotor) oder durch eine Saugpumpe (Dieselmotor) erzeugt wird.

Die Arbeitskammer wird bei Betätigung der Druckstange belüftet. Der Arbeitskolben bewegt sich nach links und betätigt den dort angeflanschten Hauptzylinder. Zusatzeinrichtungen gewährleisten das feinfühlige Abstufen der Bremskraft für Teilbremsungen. Bei Ausfall der Hilfskraft wirkt nur die Fußkraft.

Der Saugluft-Bremskraftverstärker benötigt einen relativ großen Einbauraum.

Verwendung: Pkw

</td></tr>
<tr><td>

Druckluft-Bremskraftverstärker (Teilbremsstellung)

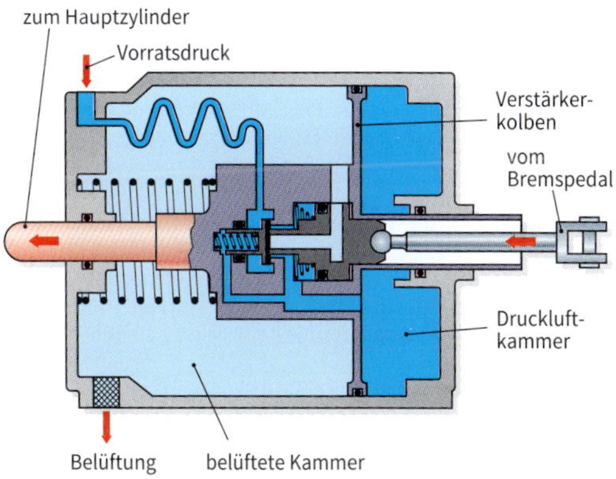

</td><td>

Die Fußkraft wird durch Druckluft verstärkt, die in einem Vorratsbehälter gespeichert ist.

Die Druckluftkammer wird bei Betätigung der Druckstange mit dem Vorratsdruck beaufschlagt. Der Verstärkerkolben bewegt sich nach links und betätigt den angeflanschten hydraulischen Hauptzylinder. Zusatzeinrichtungen gewährleisten das feinfühlige Abstufen der Bremskraft für Teilbremsungen. Bei Ausfall der Hilfskraft wirkt nur die Fußkraft.

Verwendung: Leichte Nkw mit einer Bremsanlage, die aus einer pneumatischen Energieversorgung und hydraulischer Betätigung besteht

</td></tr>
<tr><td>

Hydraulik-Bremskraftverstärker (Lösestellung)

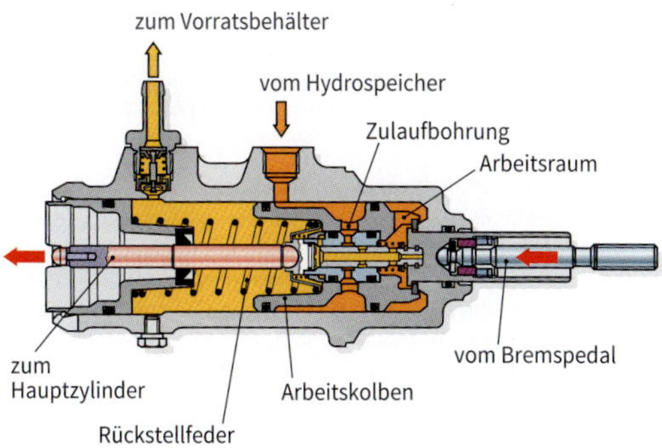

</td><td>

Die Fußkraft wird durch Hydraulikdruck verstärkt, der in einem Hydrospeicher bereitgestellt wird.

Bei Betätigung der Druckstange strömt Druck aus einem Hydrospeicher in den Arbeitsraum und schiebt den Arbeitskolben nach links und betätigt den angeflanschten Hauptzylinder. Bei Ausfall der Hydraulikpumpe ist im Hydrospeicher eine Druckreserve für 10 bis 15 Bremsungen gespeichert.

Hydraulische Bremskraftverstärker benötigen wesentlich weniger Einbauraum als Saugluft-Bremskraftverstärker.

Verwendung: Pkw, die bereits mit einer Hydraulikpumpe ausgerüstet sind, z. B. für eine Servolenkung

</td></tr>
</table>

Betätigungseinrichtung: Bremsdruckminderer

Vordruckventil

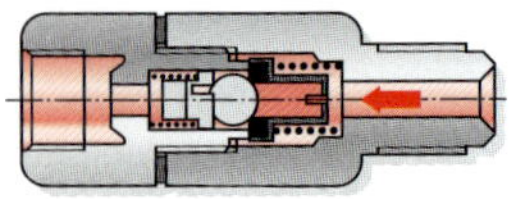

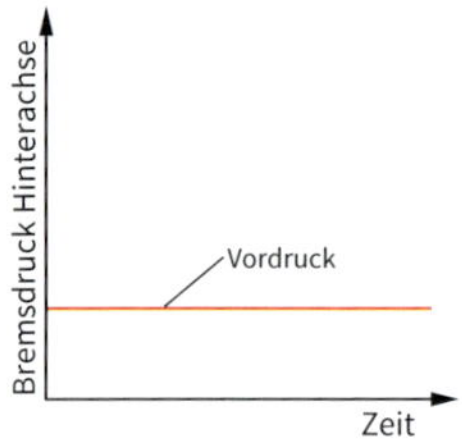

Das Vordruckventil soll den für Trommelbremsen notwendigen Vordruck halten, damit die Bremsen schnell ansprechen. Radzylinder mit Manschetten und Füllring benötigen kein Vordruckventil, da sie ohne Druck bereits vollständig abdichten.

Verwendung: Pkw ohne ABS mit Scheibenbremsen an der Vorderachse und Trommelbremsen an der Hinterachse

Bremsdruckminderer, druckabhängig

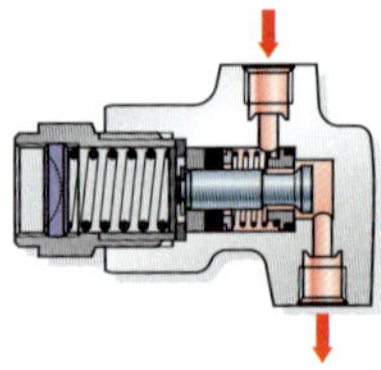

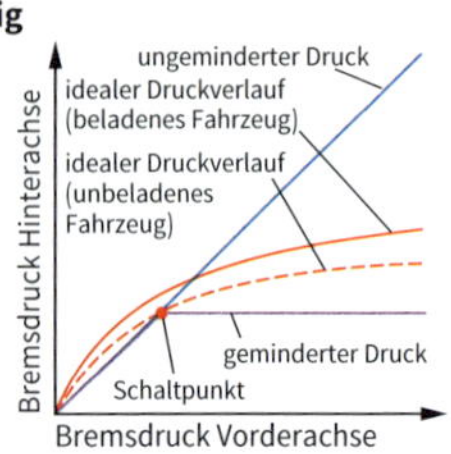

Der druckabhängige Bremsdruckminderer ist meist in den Rad- oder Hauptzylinder des Hinterradbremskreises integriert und begrenzt dessen Bremsdruck auf einen eingestellten Wert. Das Überbremsen der Hinterachse wird dadurch vermieden.

Verwendung: Pkw ohne ABS und geringen Achslaständerungen während des Bremsens, z. B. Sportwagen

Bremsdruckminderer, lastabhängig

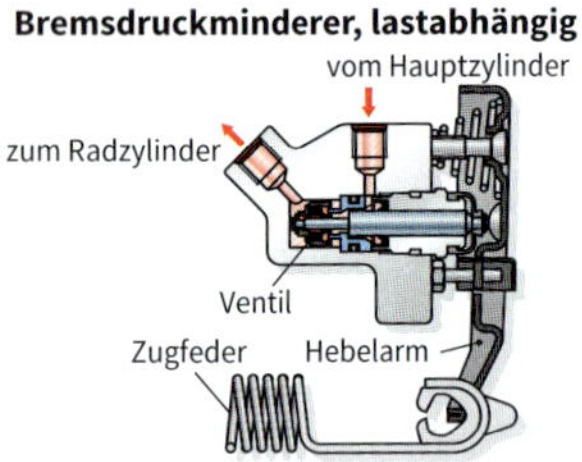

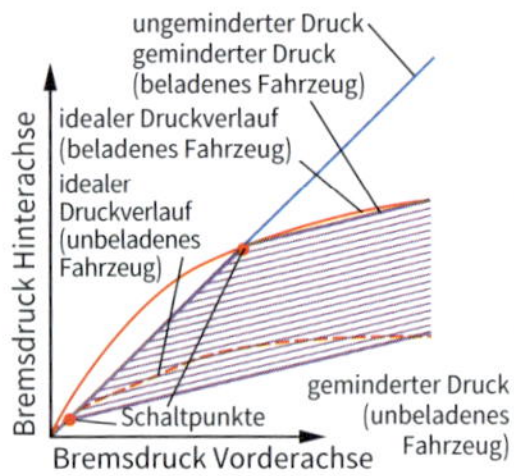

Der lastabhängige Bremsdruckminderer steuert das Bremskraftverhältnis von Vorder- zu Hinterachse in Abhängigkeit von der Beladung und der dynamischen Achslastverlagerung während des Bremsvorgangs. Die Steuerung erfolgt mechanisch über eine Zugfeder an der Hinterachse.

Verwendung: Pkw ohne ABS mit hohen Achslaständerungen während des Bremsens, z. B. Kombiwagen

Bremsdruckminderer, verzögerungsabhängig

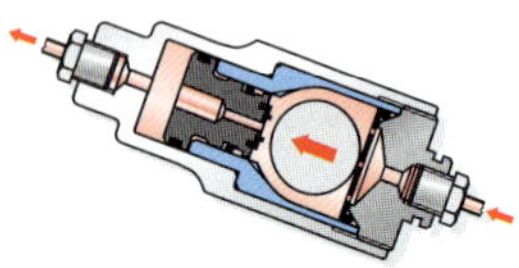

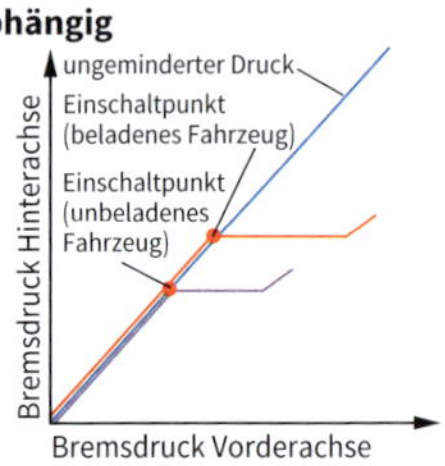

Der verzögerungsabhängige Bremsdruckminderer begrenzt ab einer bestimmten Verzögerung den Bremsdruck an der Hinterachse. Auf einer geneigten Rampe rollt eine Kugel bei starker Verzögerung gegen eine Bohrung und verschließt dadurch die Bremsleitung zur Hinterachse.

Verwendung: Pkw ohne ABS mit geringer Masse und hohen Achslaständerungen während des Bremsens, z. B. Kleinwagen

Bremse: Radzylinder

DIN 74200: 1991-04

Für Trommelbremse

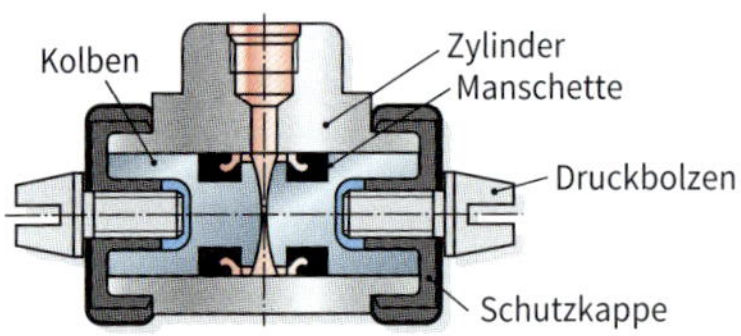

Der Radzylinder ist am Bremsträger befestigt. Er besteht aus Gehäuse, Kolben, Manschetten, Druckbolzen und Schutzkappen.
Je nach Bauart der Trommelbremse werden einfach oder doppelt wirkende Zylinder verwendet. Das Lüftspiel wird über Zugfedern erzielt, die Nachstellung erfolgt entweder selbsttätig (z. B. über Reibscheiben) oder von Hand (z. B. über Exzenter).

Für Scheibenbremse

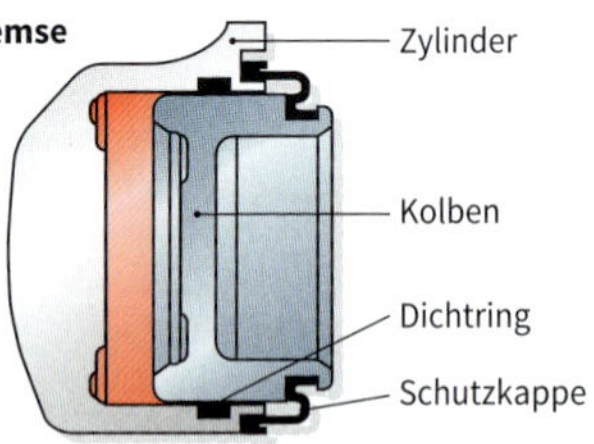

Die Kolbenfläche des Radzylinders für Scheibenbremsen ist größer als die für Trommelbremsen, weil sie wegen der fehlenden Selbstverstärkung eine größere Spannkraft erfordern.
Je nach Bauart der Scheibenbremse werden ein bis sechs Radzylinder verwendet. Das selbsttätige Nachstellen und das Lüftspiel wird über einen speziellen Dichtring zwischen Kolben und Zylinder erreicht.

Bremse: Bremstrommel, Bremsscheibe

Bremstrommel

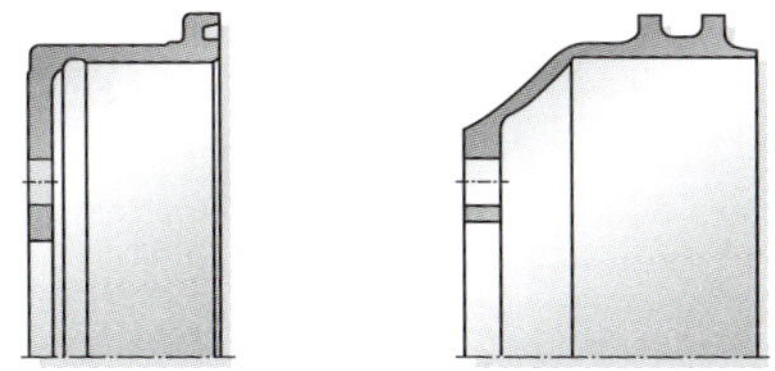

mit Rand mit Rippen

Bremstrommeln sind mit einem verstärkten Rand oder Rippen versehen, um eine ausreichende Formsteifigkeit zu erzielen. Das Nachlassen der Bremswirkung (Bremsfading) ist bedingt durch die kegelförmige Aufweitung der Bremstrommel bei hohen Temperaturen und Kräften.

Werkstoffe: Stahlguss, Temperguss und Gusseisen mit Kugelgrafit

Bremsscheibe

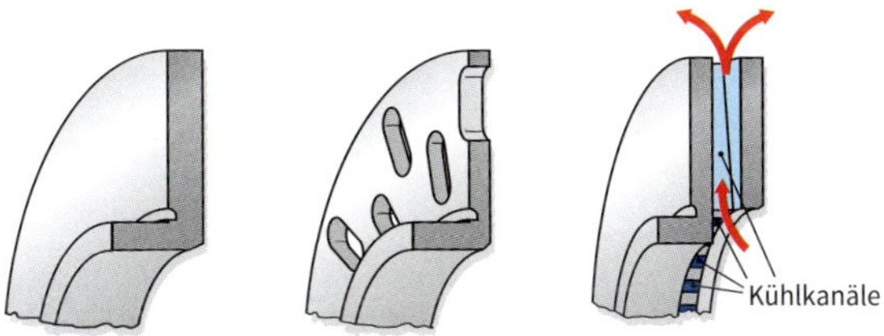

massiv gelocht innenbelüftet

Hoch belastete Bremsscheiben sind gelocht oder innenbelüftet, d. h. mit radialen Hohlräumen versehen. Innenliegende Bremsscheiben sind direkt am Getriebeausgang montiert. Das Bremsfading ist kleiner als bei der Trommelbremse, obwohl Bremsscheiben thermisch höher belastet werden.

Werkstoffe: Stahlguss und Gusseisen mit Kugelgrafit, Carbon, Keramik

Übertragungseinrichtung: Bremsschläuche, Bremsrohre, Bremsarmaturen

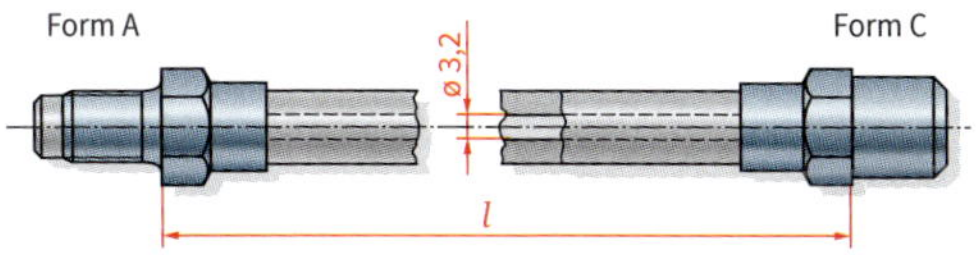

Bremsschlauch DIN 74225 – AC 3,2 × 280

Bezeichnung eines Bremsschlauches mit je einer Armatur Form A und C: 3,2 mm Innendurchmesser und 280 mm Länge

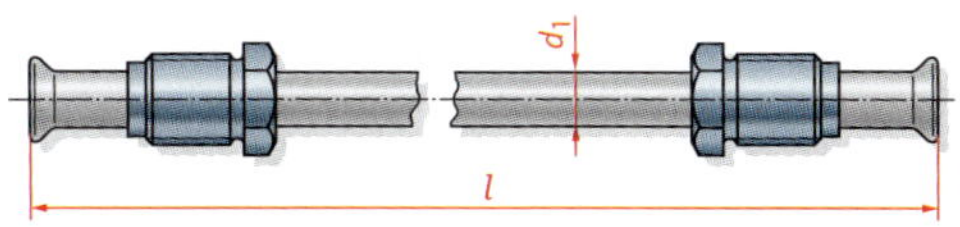

Bremsrohr DIN 74234 – E – ES – B 6 × 540

Bezeichnung eines Bremsrohrs mit Bördel Form E, Überwurfschraube Form ES, Rohr Form B: 6 mm Außendurchmesser und 540 mm Länge

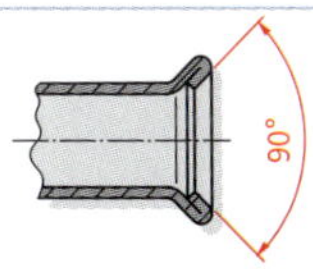

Form E

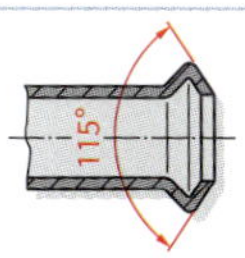

Form F

Bördel DIN 74234 – E 6

Bezeichnung eines Bördels Form E für ein Bremsrohr: Außendurchmesser 6 mm

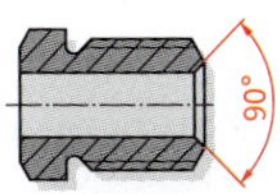

Form ES

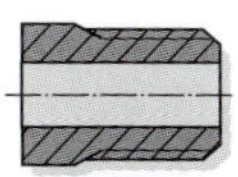

Form FS

Überwurfschraube DIN 74233 – ES M 12 × 1

Bezeichnung einer Überwurfschraube Form ES mit Gewinde M 12 × 1

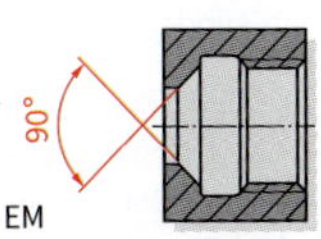

Form EM

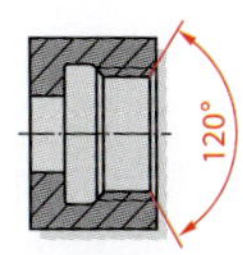

Form FM

Überwurfmutter DIN 74233 – FM M 14 × 1,5

Bezeichnung einer Überwurfmutter Form FM mit Gewinde M 14 × 1,5

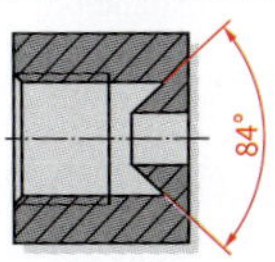

Form EL

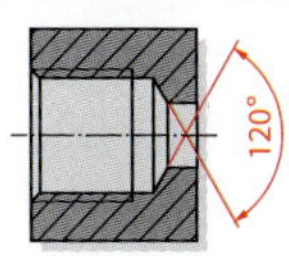

Form FL

Gewindeloch DIN 74235 – EL M 12 × 1

Bezeichnung eines Gewindelochs Form EL mit Gewinde M 12 × 1

Bezeichnung der Bremsbackenanordnung		Bremswirkung
see legend below		Auflaufende Bremsbacken verstärken, ablaufende Bremsbacken vermindern die Bremswirkung.
Simplex-Bremse – mit zwei festen Drehpunkten (Fig. 2)	**Simplex-Bremse** – mit schwimmenden Bremsbacken (Fig. 3)	In beiden Fahrtrichtungen ist die Bremswirkung gemindert, da jeweils nur eine Bremsbacke aufläuft und die andere Bremsbacke abläuft.
Duplex-Bremse – mit zwei festen Drehpunkten (Fig. 4)	**Duplex-Bremse** – mit schräg abgestützten Gleitbacken (Fig. 5)	Bei Vorwärtsfahrt hohe Bremswirkung durch zwei auflaufende Bremsbacken. Bei Rückwärtsfahrt ist die Bremswirkung erheblich gemindert, da beide Bremsbacken ablaufen.

Simplex-Bremse

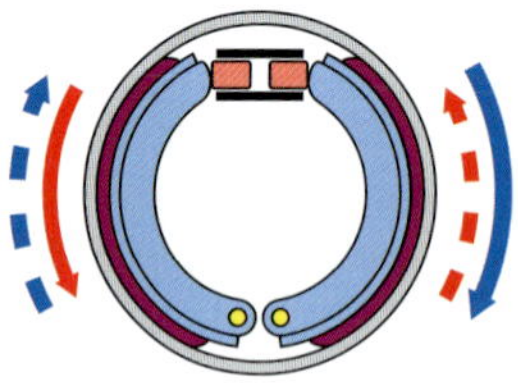

mit zwei festen Drehpunkten

Simplex-Bremse

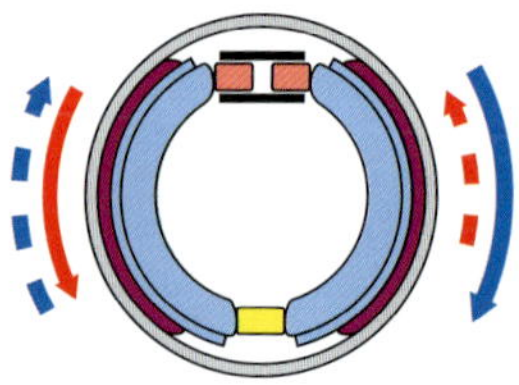

mit schwimmenden Bremsbacken

Duplex-Bremse

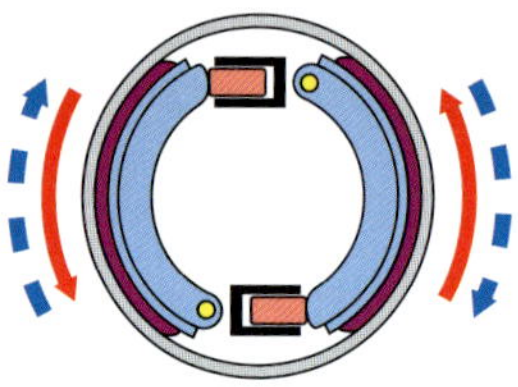

mit zwei festen Drehpunkten

Duplex-Bremse

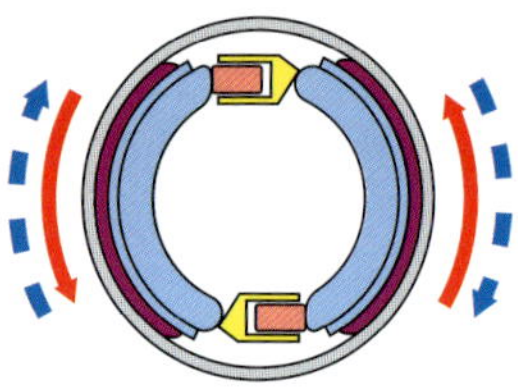

mit schräg abgestützten Gleitbacken

Feststellbremsanlagen

Arten	Merkmale
Mechanische Feststellbremsanlage (Fig. 6)	Die hydraulisch betätigte Scheibenbremse ist mit einer Trommelbremse kombiniert. Die Betätigungskraft wird über Seilzüge auf die Bremsbacken übertragen. Betätigung erfolgt über Hand- oder Fußhebel. Mechanische Feststellbremsanlagen werden zunehmend durch elektro-mechanische Parkbremsen abgelöst.
Elektro-mechanische Parkbremse (Fig. 7)	Hydraulisch betätigte Scheibenbremse ist mit einer Trommelbremse kombiniert. Der **Bremsaktor** betätigt die Trommelbremse mithilfe eines Elektromotors und eines mehrstufigen Getriebes mit Spindel. Elektro-mechanische Parkbremsen mit Bremsaktor können durch die Vernetzung z. B. mit dem ESP-Steuergerät und Motorsteuergerät zusätzliche **Aufgaben** übernehmen: ▪ dynamische Bremsfunktion ▪ dynamisches Anfahren am Berg ▪ Betätigung der Parkbremse während des Fahrzeugstopps ▪ Erkennung des Bremsbelagverschleißes ▪ Lüftspielkorrektur ▪ Kopplung mit der Wegfahrsperre

Mechanische Feststellbremsanlage

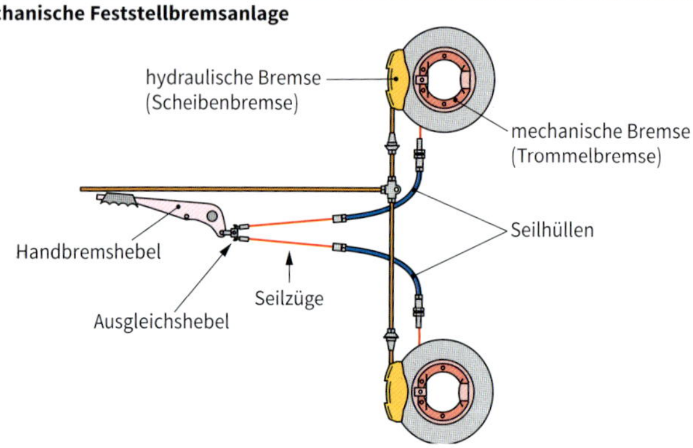

Elektro-mechanische Parkbremse

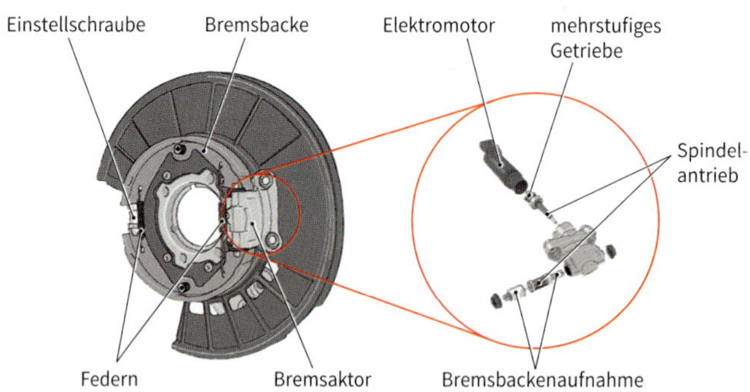

Arten	Merkmale
Festsattelbremse 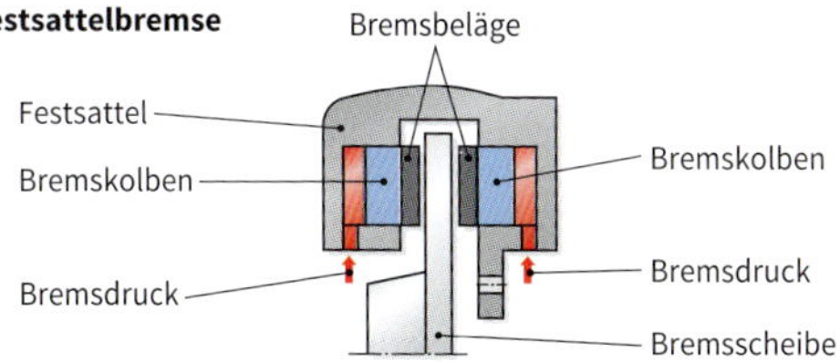 	Der **Festsattel** ist mit dem Radträger verbunden. Das Gehäuse enthält zwei oder vier Zylinder, deren Kolben sich paarweise gegenüberliegen und von beiden Seiten je einen Bremsbelag gegen die Bremsscheibe drücken. Der Festsattel besitzt eine hohe mechanische Festigkeit, ist aber temperaturempfindlich, z. B. bei langen Talfahrten. Die Bremsflüssigkeit neigt dann zur Dampfblasenbildung, was einen Ausfall der Bremse zur Folge haben kann. **Verwendung:** Pkw, Lkw, Bus, Motorrad, Fahrrad
Schwimmrahmenbremse 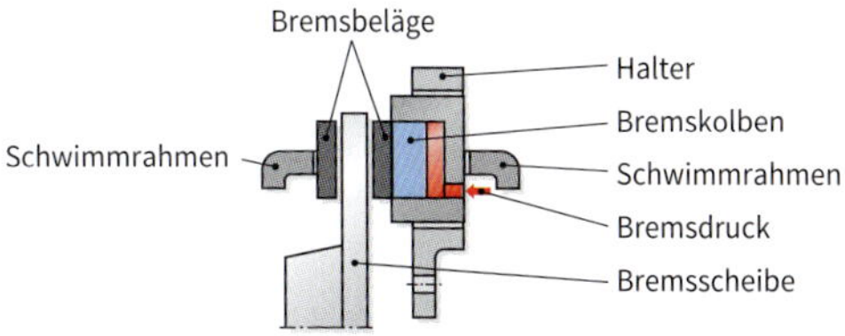 	Der **Schwimmrahmen** wird durch Nuten im Halter geführt und ist auf ihm axial verschiebbar. Nur ein Zylinder erzeugt die Spannkraft und überträgt sie über den Schwimmrahmen auf den gegenüberliegenden Bremsbelag. Der Schwimmrahmen liegt auf der Höhe der Spannkraft in Kolbenmitte. Der oben offene Schwimmrahmen ist temperaturunempfindlich und verhindert dadurch die Dampfblasenbildung. Wegen des geringen und einseitigen Platzbedarfs wird er bevorzugt bei Fahrzeugen mit negativem Lenkrollhalbmesser eingebaut. **Verwendung:** Pkw, Lkw, Bus
Faustsattelbremse 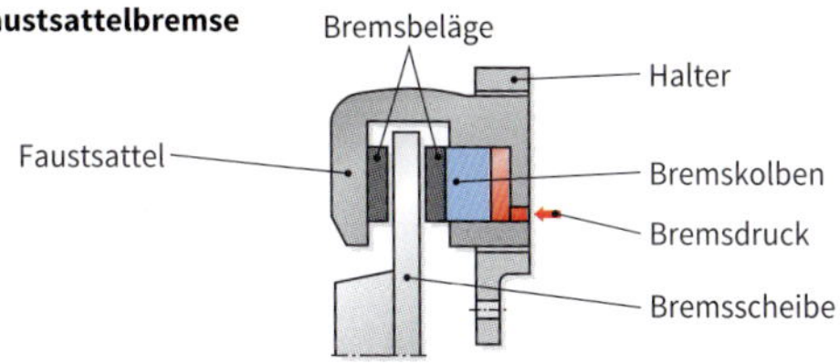 	Der **Faustsattel** wird durch einen Halter geführt und ist in ihm axial verschiebbar. Der weitere Aufbau, die Erzeugung der Spannkraft und das Anlegen der Bremsbeläge an die Bremsscheibe entsprechen der Schwimmrahmenbremse. Der Faustsattel vereinigt den einfachen Aufbau des Festsattels mit den Vorteilen des Schwimmrahmens. Sehr einfach ist der Belagwechsel: Der Faustsattel wird nach dem Lösen der Befestigung hochgeklappt und die Bremsbeläge gewechselt. **Verwendung:** Pkw, Lkw, Bus, Motorrad, Fahrrad
Pendelsattelbremse 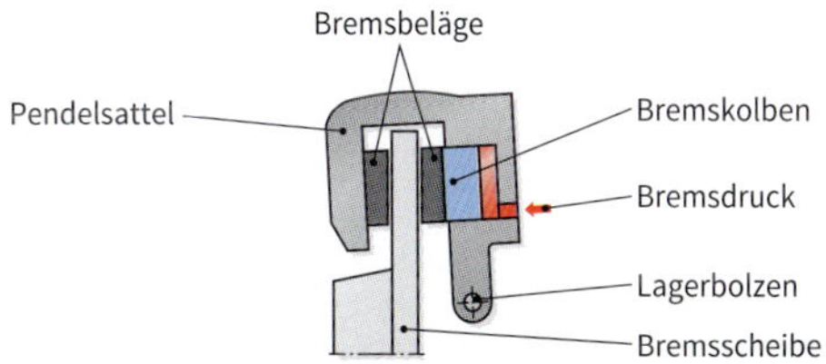 	Der **Pendelsattel** ist um einen Lagerbolzen schwenkbar gelagert, der am Gleitrohr der Teleskopgabel eines Motorrads montiert ist. Wegen der Schwenkbewegung des Pendelsattels werden neue Bremsbeläge keilförmig ausgebildet, die sich mit wachsendem Verschleiß parallel zur Bremsscheibe ausrichten. Die Erzeugung der Spannkraft und das Anlegen beider Bremsbeläge entsprechen der Faustsattelbremse. Vorteilhaft sind ihre geringe Masse und die kleinen Abmessungen. **Verwendung:** Motorrad
Feststellbremsanlagen	
Mechanische Feststellbremsanlage 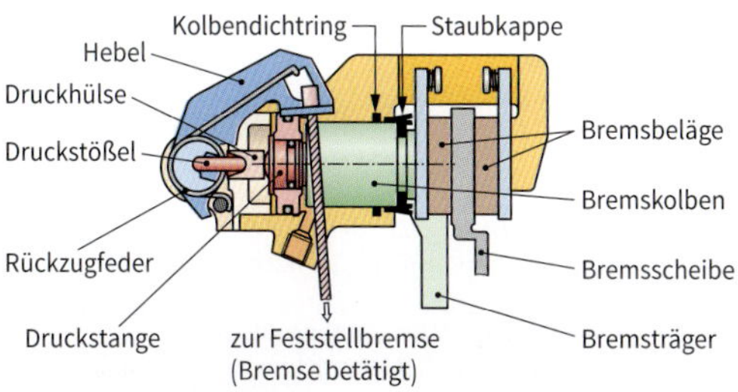 	Die mechanisch betätigte Feststellbremsanlage wirkt direkt auf den Bremskolben der Bremsscheibe. Die Betätigungskraft wird über einen Seilzug auf die Druckstange übertragen. Die Betätigung erfolgt über Hand- oder Fußhebel. Die mechanische Feststellbremsanlage wird zunehmend durch die elektro-mechanische Parkbremse mit Elektromotor abgelöst.
Elektro-mechanische Parkbemse mit Elektromotor 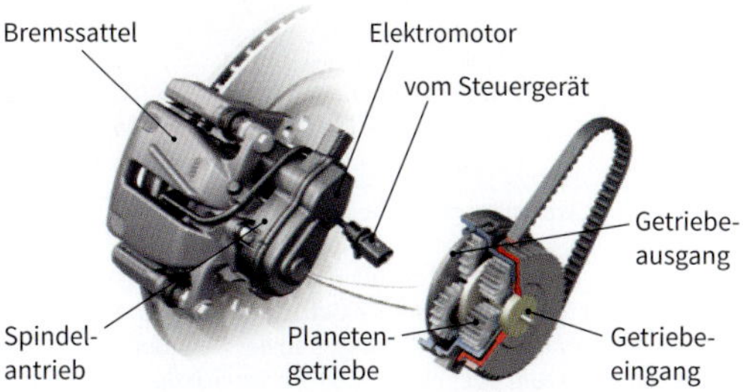 	Die Drehbewegung des Elektromotors wird über den Zahnriemen, das Planetengetriebe und den Spindelantrieb in eine Hubbewegung des Bremskolbens umgesetzt. Die Betätigung erfolgt über einen Schalter. Elektro-mechanische Parkbremsen mit Elektromotor können durch die Vernetzung z. B. mit dem ESP-Steuergerät und Motorsteuergerät zusätzliche Aufgaben übernehmen: ■ dynamische Bremsfunktion ■ dynamisches Anfahren am Berg ■ Betätigung der Parkbremse während des Fahrzeugstopps ■ Erkennung des Bremsbelagverschleißes ■ Lüftspielkorrektur ■ Kopplung mit der Wegfahrsperre

Anlage	Merkmale
Motorstaubremssysteme	
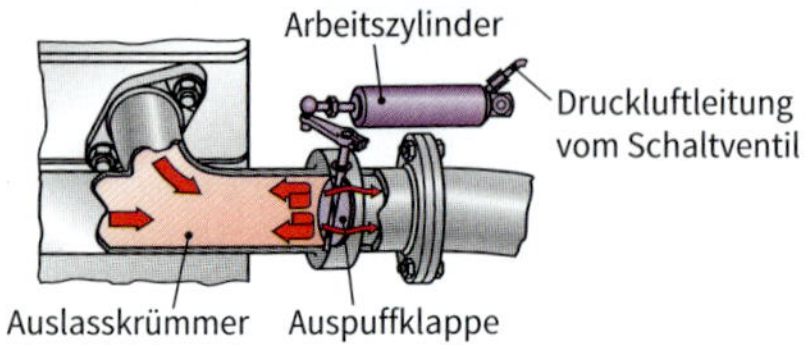	**Auspuffklappe** Die Auspuffklappe verschließt den Auslasskanal. Die Auspuffgase werden während des Ausstoßtakts durch die Auspuffklappe gestaut. Die gestauten Abgase wirken der Kolbenbewegung im 4. Takt entgegen und bremsen den Motor und damit das Fahrzeug ab. Zusätzlich wird die Einspritzmenge an der Einspritzpumpe auf Nullförderung verstellt.
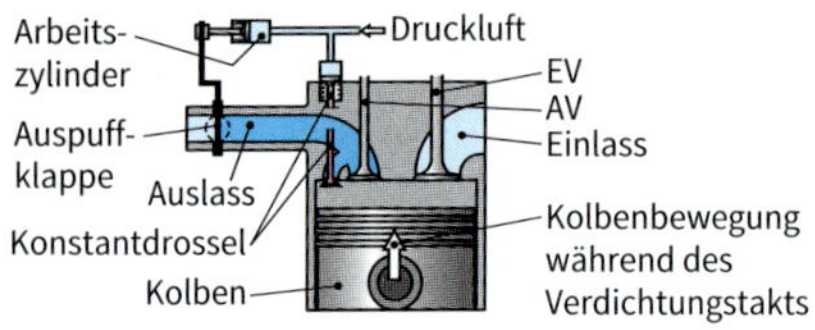	**Auspuffklappe und Konstantdrossel** Eine Vergrößerung der Bremsarbeit der Motorstaubremse mit Auspuffklappe wird durch den Einbau eines zusätzlichen Auslassventils (Konstantdrossel) erreicht. Ein Teil der während des Verdichtungstakts verdichteten Luft strömt in den Auslasskanal. Dadurch verringert sich der Verdichtungsdruck, wodurch während des Arbeitstakts weniger Expansionsarbeit wirkt und die Bremsarbeit dadurch größer ist.
Elektronisch geregelte Auslassventil-Bremse	Durch die elektronisch geregelte Auslassventil-Bremse wird die Stellung der Auspuffklappe im Abgasrohr in Abhängigkeit von der gewünschten Bremsleistung verstellt. Ein Sensor ermittelt den Druck im Abgasrohr. Ein Steuergerät verstellt durch einen Stellzylinder die Auspuffklappe im Abgasrohr. Dadurch wird der erforderliche Abgasgegendruck verändert.
Turbobrake	Über das Turbinenrad des Turboladers wird eine Schiebehülse (Turbinenleitgitter) durch eine pneumatische Betätigungseinrichtung geschoben. Durch die Verringerung des Strömungsquerschnitts steigen die Drehzahl des Turboladers und dadurch der Ladedruck im Motor. Die Folge ist eine Zunahme des Verdichtungsdrucks, der auf den Kolben wirkt. In Verbindung mit der Konstantdrossel wird die Bremsarbeit des Motors vergrößert.
Retarderbremsen	
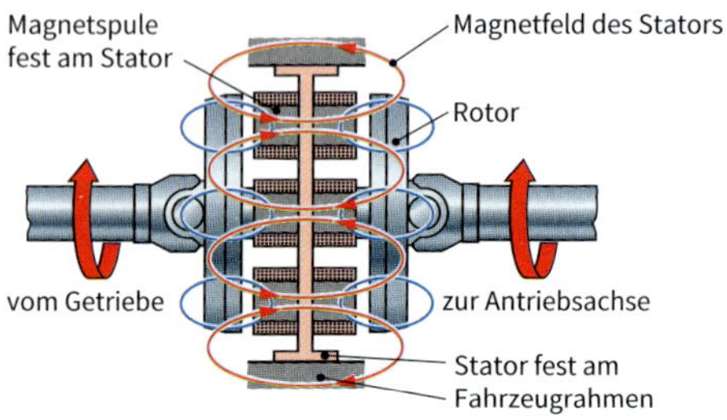	**Elektrodynamischer Retarder** Der Stator ist feststehend mit dem Fahrzeugrahmen verbunden. Er trägt ringförmig angeordnete Magnetspulen. Der Rotor ist mit der Gelenkwelle verbunden. Die Magnetspulen des Stators werden mit Strom aus dem Bordnetz (abstufbar) gespeist. Dieser Strom (Erregerstrom) erzeugt um die Spulen des Stators herum Magnetfelder. Wird der Rotor gedreht, so erzeugen die Magnetfelder des Stators im Rotor Wirbelströme. Die Wirbelströme erzeugen um den Rotor herum Magnetfelder. Diese treten mit den Magnetfeldern des Stators in Wechselwirkung. Die Wirkung ist ein Abbremsen des Rotors. Die Bewegungsenergie wird in Wärmeenergie umgewandelt.
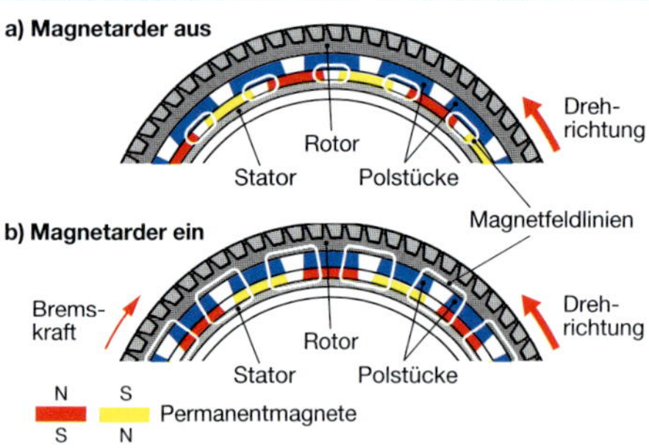	**Magnetarder** Im ausgeschalteten Zustand des Magnetarders fließen die Feldlinien der Magnete über den Stator und die Polstücke. Sie haben keine Wirkung auf den Rotor. Durch einen Verstellzylinder, der mit Druckluft beaufschlagt wird, werden die Polstücke mit den Magneten zur Deckung gebracht. Dadurch durchdringen die Feldlinien der Magnete den Rotor und rufen dort Wirbelströme hervor. So entsteht eine Bremskraft, die den Rotor und damit die Gelenkwelle abbremst.
Hydrodynamischer Retarder	Soll gebremst werden, wird über ein Steuerventil eine Flüssigkeit (Hydrauliköl oder Kühlmittel) in das Gehäuse eingeleitet. Vom Rotor wird die Flüssigkeit gegen die feststehenden Statorschaufeln gefördert. Der entstehende Staudruck bremst den Rotor und damit die Getriebeausgangswelle ab. Die Bremswirkung ist abhängig vom Füllungsgrad des Retarders. Diesen bestimmt die Person am Steuer über einen Hebel im Bereich des Lenkrades.

Antiblockiersystem (ABS)
Anti-blocking system (ABS)

ABS-Grundkonzepte

Bauteile	Plunger-Prinzip	Rückförder-Prinzip	Einström-Prinzip
1 Hauptzylinder **2** Bremskraftverstärker (BKV) **2a** Saugluft-BKV **2b** Hydraulik-BKV **3** Druckspeicher **4** ABS-Regelventile **4a** Einlassventil **4b** Auslassventil **5** Vorratsbehälter **6** Hauptventil **7** Plunger **8** Pumpe Druckaufbau Druckhalten Druckabbau	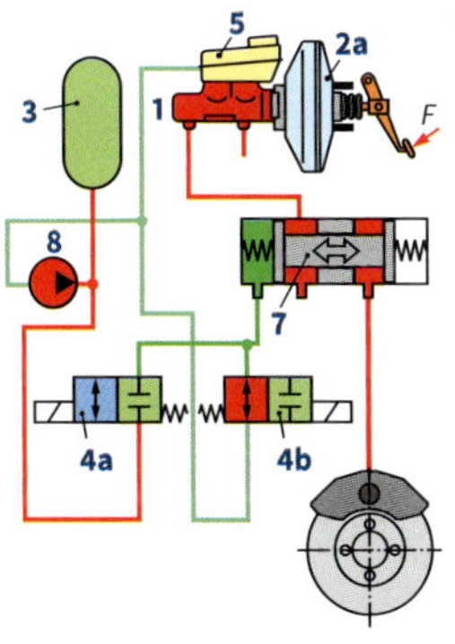	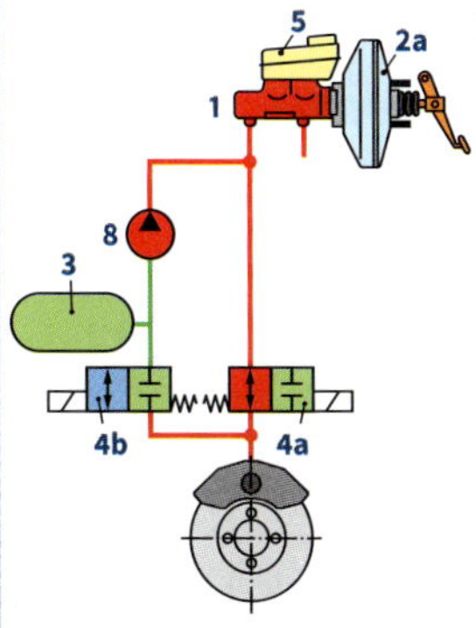	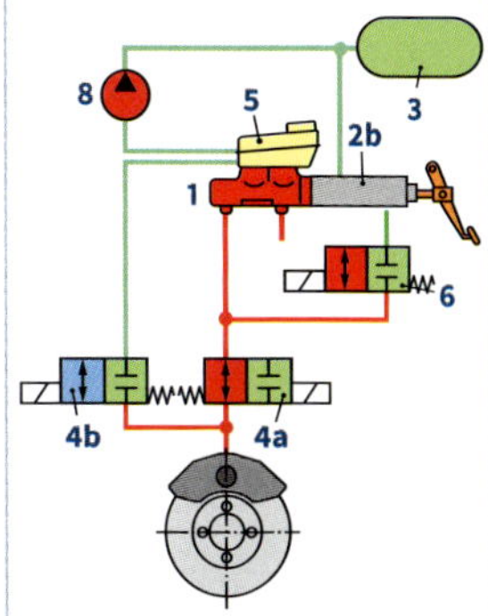
Merkmale	Der Plunger wird zu Beginn des Bremsvorgangs nach links verschoben, der Bremsdruck steigt. Erfolgt die Bremsung im ABS-Regelkreis, schließt das Auslassventil. Bei Blockiergefahr öffnet das Einlassventil.	Über das Bremspedal erfolgt der Druckaufbau. Bei Druckhalten sind beide Ventile geschlossen. Die Pumpe fördert bei Druckabbau Bremsflüssigkeit zum Hauptzylinder zurück.	Die unter Vorratsdruck stehende Bremsflüssigkeit strömt bei Druckaufbau über das Hauptventil in die Bremsleitung ein. Bei Druckabbau strömt Bremsflüssigkeit in den Vorratsbehälter zurück.

ABS-Regelventile

Art der Regelung	Regelung mit einem 3/3-Wegeventil	Regelung mit zwei 2/2-Wegeventilen
Bremsdruck aufbauen	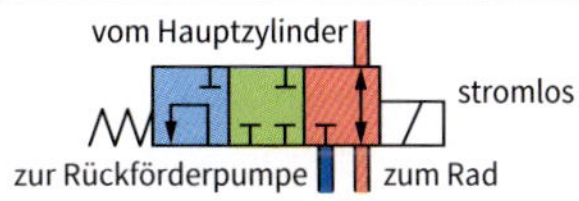	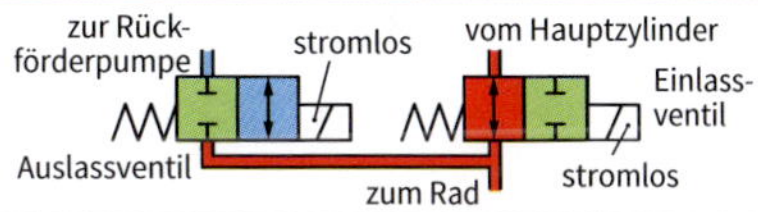
Bremsdruck halten	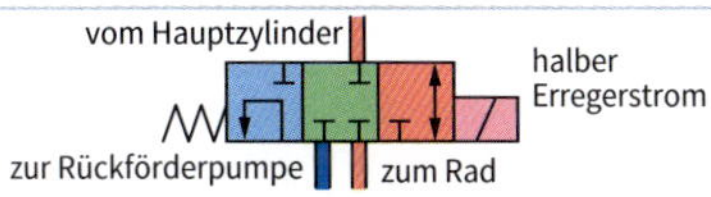	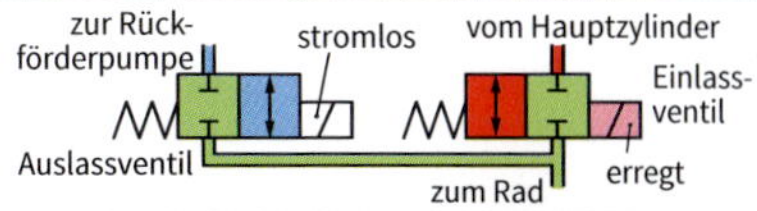
Bremsdruck abbauen	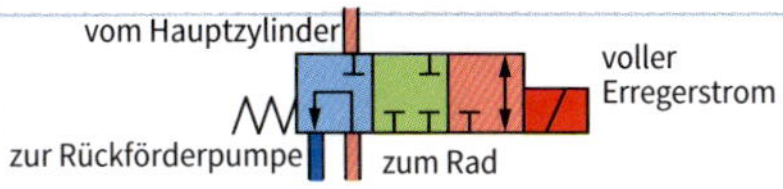	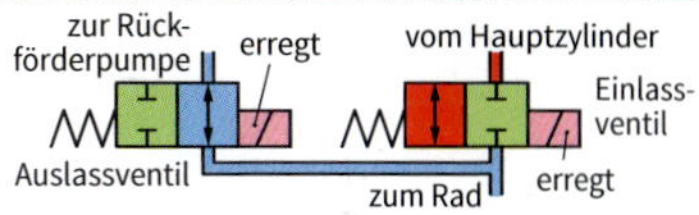
Bremsdruckregelung	in einem Wegeventil vereint	Ein- und Auslassventil getrennt
Ventilblock/Magnetventil	größer und schwerer	kompakt und leichter
Ansteuerung	aufwendig, größere Verlustleistung	einfach, geringere Verlustleistung
ABS-Steuergerät	getrennt vom Hydroaggregat (Kabelbaum)	Anbausteuergerät am Hydroaggregat
Schaltzeiten	länger, mit geringerem Regelkomfort	kürzer, mit größerem Regelkomfort

Aufbau eines 4-Kanal-ABS mit 2/2-Wegeventilen nach dem Rückförder-Prinzip

1 Hauptzylinder **2** Hydroaggregat **3** Dämpferkammer **4** Rückförderpumpe **5** Motor **6** Druckspeicher **7** Einlassventil **8** Auslassventil Radbremsen HL hinten links HR hinten rechts VL vorne links VR vorne rechts	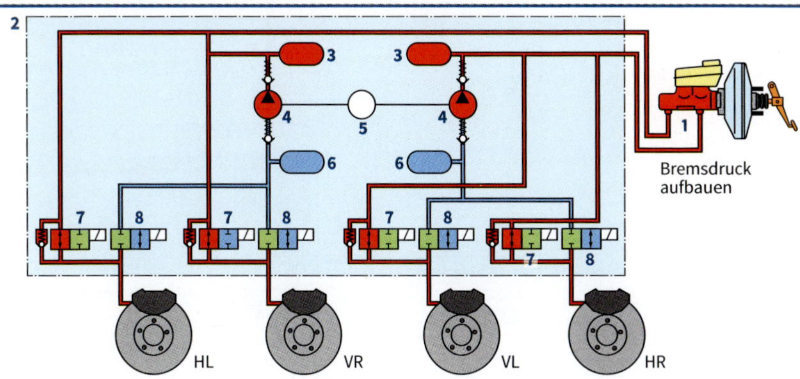

Antiblockiersystem (ABS)

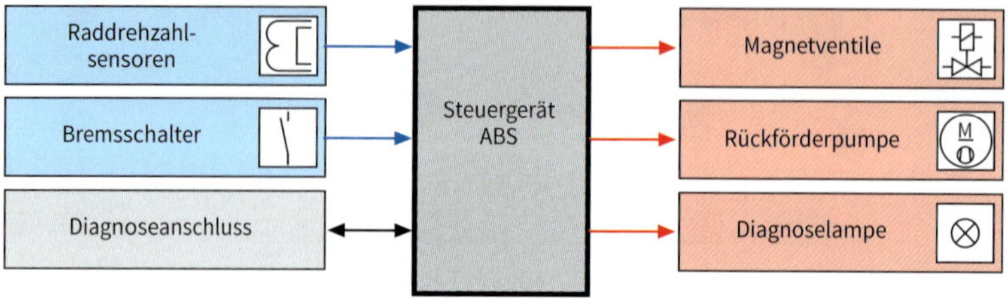

Das ABS hat die **Hauptaufgabe**, bei einer Vollbremsung die Lenkfähigkeit des Fahrzeugs innerhalb der physikalischen Grenzen sicherzustellen. Weiterhin soll die Bremsfähigkeit der Räder auf der Fahrbahn optimal ausgenutzt werden, wobei Fahrstabilität und Lenkbarkeit des Fahrzeugs Vorrang vor einer Verkürzung des Bremsweges haben.

Sensoren		
Raddrehzahlsensoren		Die Raddrehzahlsensoren sind Induktivgeber bzw. Hallsensoren, die an das Steuergerät Spannungsimpulse senden. Aus der Anzahl der Spannungsimpulse errechnet das Steuergerät die jeweilige augenblickliche Radgeschwindigkeit.
Bremsschalter		Unterschiedliche Radgeschwindigkeiten können auch vorkommen, wenn keine Bremsung durchgeführt wird, etwa durch Aquaplaning, Kurvenfahrt oder unebene Fahrbahn. Um Fehlfunktionen der Anlage auszuschließen, erkennt des Steuergerät durch den Bremsschalter, dass tatsächlich gebremst wird.
Aktoren		
Magnetventile		Die ABS-Magnetventile haben die Aufgabe, die Druckmodulation in den Radzylindern bzw. Bremssätteln während der ABS-Regelung durchzuführen, um das Blockieren der Räder zu verhindern. Sie stellen Verbindungen zwischen Hauptzylinder, Radzylinder und Rücklauf her, um so die Regelfunktionen Druckaufbau, Druckhalten oder Druckabbau durchzuführen.
Rückförderpumpe	M	Die Rückförderpumpe hat die Aufgabe, die bei der Regelfunktion „Druckabbau" anfallende drucklose Bremsflüssigkeit in den Druckbereich des Hauptzylinders zurückzupumpen.
Diagnoselampe	⊗	Die Diagnoselampe befindet sich in der Armaturentafel des Fahrzeugs. Sie signalisiert eine Fehlfunktion im ABS. In diesem Fall steht die Bremsanlage ohne ABS-Funktion zur Verfügung.

ABS mit 3/3-Wegeventil, Regelphase Druckaufbau

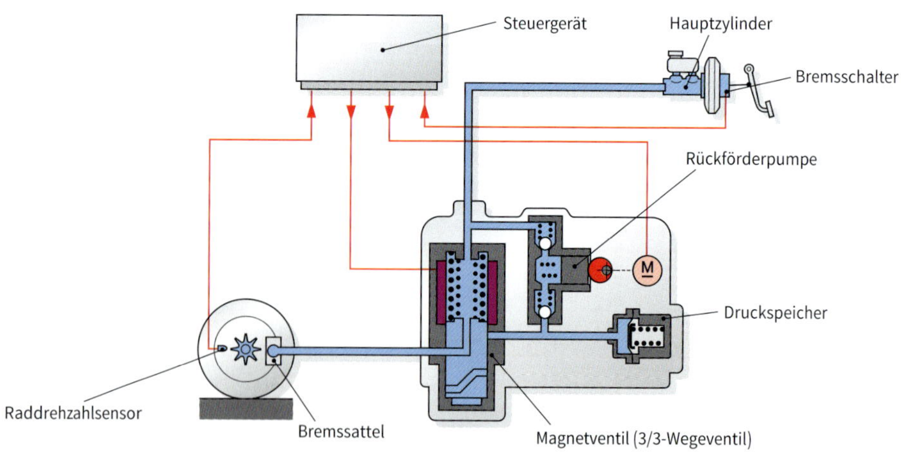

Arten der Bremsdruckregelung

Erklärung	Vorteile	Nachteile
Individual-Regelung (IR): Jedes Rad wird mit dem optimalen Bremsdruck individuell versorgt.	Kürzester Bremsweg, weil jedes Rad den maximalen Kraftschluss zwischen Reifen/Fahrbahn nutzt.	Während des Bremsens auf unterschiedlichen Fahrbahnoberflächen (Eis/Asphalt) entstehen Gier- bzw. Lenkmomente.
Select-Low-Regelung (SLR): Rad mit der kleineren Bodenhaftung bestimmt den Bremsdruck.	Größte Fahrstabilität, weil keine Gier- bzw. Lenkmomente auftreten.	Längere Bremswege als bei SHR, weil ein Rad unterbremst ist, d. h., der optimale Bremsdruck wird nicht genutzt.
Select-High-Regelung (SHR): Rad mit der größeren Bodenhaftung bestimmt den Bremsdruck.	Kürzere Bremswege als bei SLR, weil kein Rad mit zu geringem Bremsdruck versorgt wird.	Das zweite Rad blockiert: verminderte Fahrstabilität durch Giermoment, erhöhter Reifenverschleiß, verminderte Lenkbarkeit.

ABS-Anlagen für Personenkraftwagen

Anzahl: Kanal/Sensor		4/4	4/4	3/3	2/3	2/2	2/2
Fahrtrichtung Druckregelventil Drehzahlsensor Steuergerät		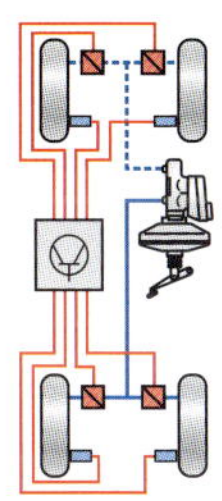	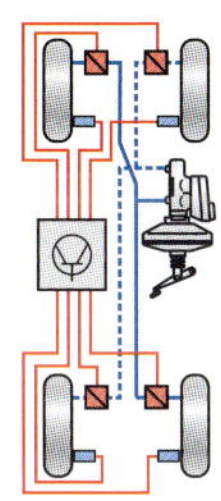	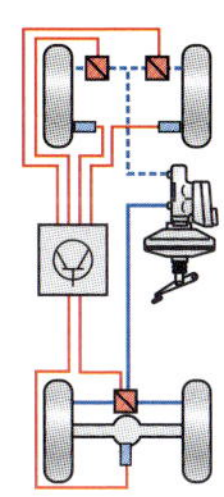	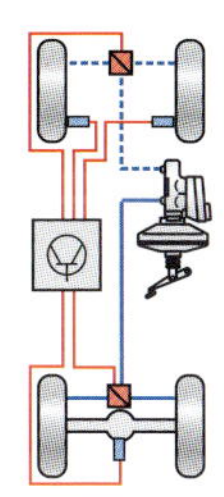	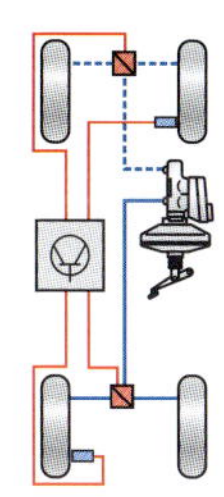	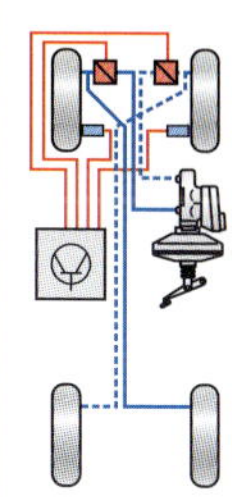
Bremskreise		II-Aufteilung	X-Aufteilung	II-Aufteilung	II-Aufteilung	II-Aufteilung	X-Aufteilung
Bremsdruck-regelung:	vorn	individuell	individuell	individuell	select-high	gemeinsam	individuell
	hinten	select-low	select-low	select-low	gemeinsam	gemeinsam	mitgesteuert

ABS-Anlagen für Nutzkraftwagen

Anlage		Merkmale	Verwendung
1 Drehzahlsensor **2** Steuergerät **3** Druckregelventil **4** Betriebsbremsventil **5** Bremszylinder **6** Impulsring	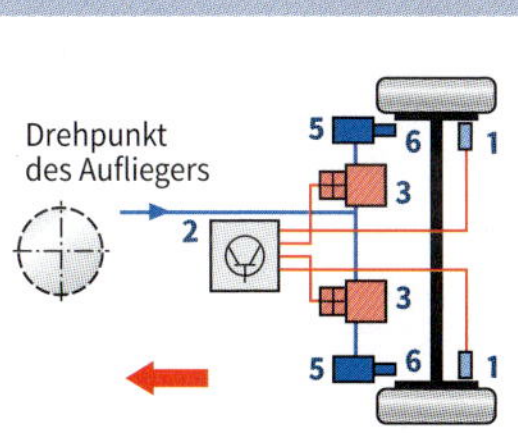	**Einachsanlagen** (2 Kanäle/2 Sensoren) regeln den Bremsdruck der Räder einer Achse individuell. Auch zweiachsige Anhänger können mit einer Einachsanlage ausgerüstet sein, sofern die Achsen nahe beieinander liegen und mit dem gleichen Bremsdruck versorgt werden können.	einachsige Fahrzeuge: Sattel-, Deichsel- und Zentralachsanhänger
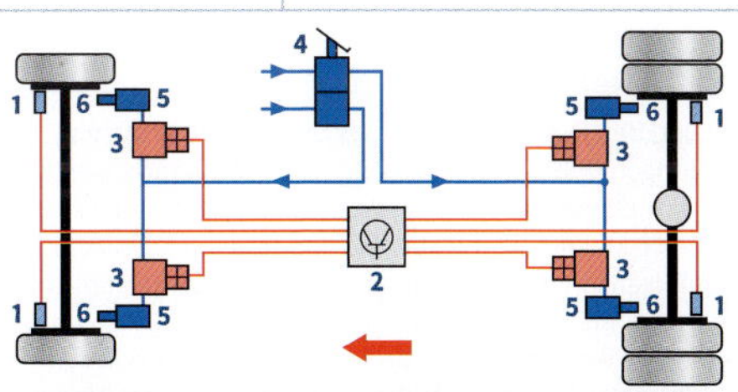		**Zweiachsanlagen** (4 Kanäle/4 Sensoren) regeln den Bremsdruck an den Rädern der Lenkachse nach der Select-Low-Regelung (SLR). Für die Hinterachse wird immer die Individual-Regelung (IR) angewandt. Auch dreiachsige Anhänger können mit einer Zweiachsanlage ausgerüstet sein, sofern zwei Achsen nahe beieinander liegen und mit dem gleichen Bremsdruck versorgt werden können.	zweiachsige Fahrzeuge: Lastkraftwagen, Zugmaschine, Anhänger, Transporter, Omnibus
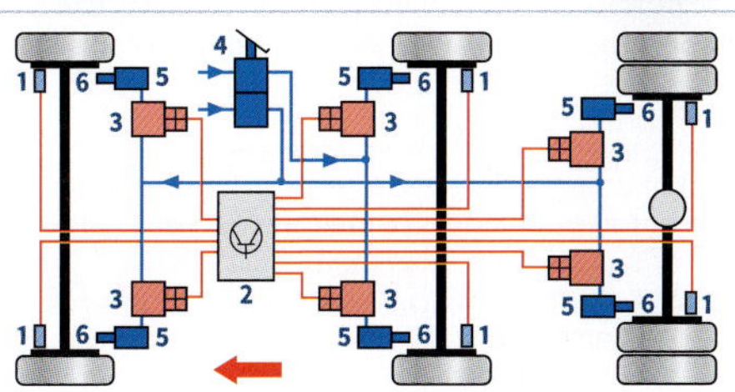		**Dreiachsanlagen** (6 Kanäle/6 Sensoren) sind vorzugsweise für dreiachsige Fahrzeuge mit größeren Achsabständen bestimmt. Die Lenkachse wird meist nach der Select-Low-Regelung (SLR), die beiden Hinterachsen nach der Individual-Regelung (IR) geregelt.	dreiachsige Fahrzeuge: Gelenkbus, Sattelzugmaschine, Kipper, Betonmischer

Elektronisches Stabilitätsprogramm (ESP)

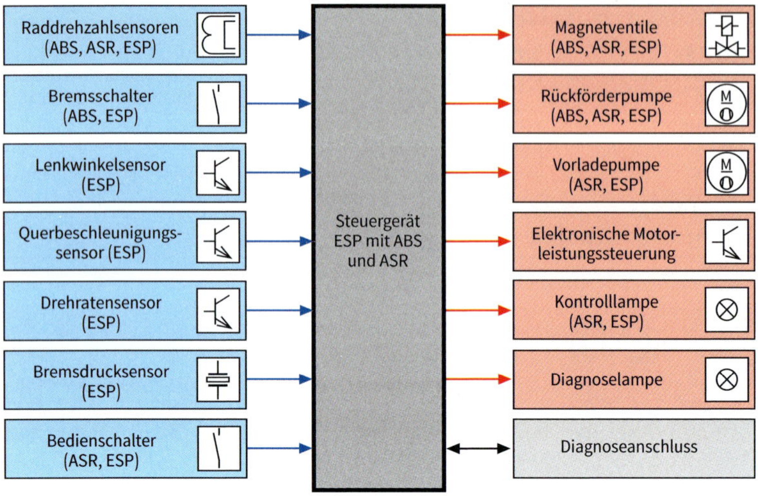

Das **ABS**, als Basissystem für ASR und ESP, hat die Hauptaufgabe, bei einer Vollbremsung die Lenkfähigkeit des Fahrzeugs innerhalb der physikalischen Grenzen sicherzustellen. Weiterhin soll die Bremsfähigkeit der Räder auf der Fahrbahn optimal ausgenutzt werden, wobei die Fahrstabilität und Lenkbarkeit des Fahrzeugs Vorrang vor einer Verkürzung des Bremsweges haben.

Die **ASR** hat die Aufgabe, das Durchdrehen der Räder während des Anfahrens und Beschleunigens zu verhindern, um die Lenkfähigkeit und Stabilität des Fahrzeugs, insbesondere bei glatter Fahrbahn, zu sichern. Für diesen Zweck passt die ASR das Antriebsmoment an das jeweils auf die Straße übertragbare Drehmoment an.

Das **ESP** beinhaltet das ABS und die ASR. Das ESP erkennt die mögliche Schleudergefahr eines Fahrzeugs und verhindert durch gezielten Eingriff in die Bremsen und das Motormanagement das Ausbrechen des Fahrzeugs.

Sensoren		
Raddrehzahlsensoren (ABS, ASR, ESP)		Die Raddrehzahlsensoren sind Induktivgeber bzw. Hallsensoren, die an das Steuergerät Spannungsimpulse senden. Aus der Anzahl der Spannungsimpulse errechnet das Steuergerät die jeweilige augenblickliche Radgeschwindigkeit.
Bremsschalter (ABS, ESP)		Um Fehlfunktionen im ABS-Betrieb (z. B. Drehzahldifferenzen durch Aquaplaning oder Kurvenfahrt ohne Bremsbetätigung) auszuschließen, erkennt das Steuergerät durch den Bremsschalter, dass tatsächlich gebremst wird. Im ESP-Betrieb wird in diesem Fall die Vorladepumpe nicht aktiviert, da der nötige Vordruck nun durch die Fußbetätigung erreicht wird.
Lenkwinkelsensor (ESP)		Der Lenkwinkelsensor ist ein optisch elektronischer Taster. Aus seinen Signalen wird zusammen mit den Signalen der Raddrehzahlsensoren die Soll-Fahrtrichtung des Fahrzeugs berechnet. Lenkwinkelsensoren dienen dazu, die Stellung und den Einschlagwinkel des Lenkrads zu erfassen. Dieser Messwert wird u. a. für Fahrdynamikregelungen (ESP) und Assistenzsysteme (Abstandsregelung, Müdigkeitserkennung, Parkassistent) benötigt. Aktuelle Sensoren verfügen über zwei Messzahnräder mit unterschiedlichen Zähnezahlen und integrierten Magneten, die über ein Zahnrad direkt von der Lenksäule angetrieben werden. Mittels Magnetfeldsensoren (GMR-Elemente), die ihren Widerstand in Abhängigkeit von der Magnetfeldrichtung ändern, kann die Winkelposition der Magnete über mehrere Lenkradumdrehungen erfasst werden. Die Messwerte werden über einen Analog-Digital-Wandler im Sensor als Lenkwinkel und Lenkwinkelgeschwindigkeit über den CAN-Bus ausgegeben. Dieses Messprinzip ermöglicht eine sofortige Feststellung des Messwerts ohne eine Bewegung des Lenkrads, auch nach einem Verlust der Bordnetzspannung.
Querbeschleunigungssensor (ESP)		Der Querbeschleunigungssensor übermittelt dem Steuergerät die Beschleunigung des Fahrzeugs in Richtung seiner Querachse, als Maß für sein seitliches Ausbrechen. Aus seinen Signalen wird zusammen mit den Signalen des Drehratensensors die Ist-Fahrtrichtung des Fahrzeugs berechnet.
Drehratensensor (ESP)		Der Drehratensensor übermittelt dem Steuergerät die Drehgeschwindigkeit des Fahrzeugs um seine Hochachse als Maß für seine Schleudertendenz. Zusammen mit den Signalen des Querbeschleunigungssensors berechnet das Steuergerät daraus die Ist-Fahrtrichtung des Fahrzeugs.

Elektronisches Stabilitätsprogramm (ESP)

Bremsdrucksensor (ESP)		Der Bremsdrucksensor besteht aus einem piezokeramischen Element. Er meldet den aktuellen Druck im Bremskreis, der vom Steuergerät zur Berechnung der Seitenführungskräfte bei einem ESP-Eingriff mit herangezogen wird.
Bedienschalter (ASR, ESP)		Über den Bedienschalter lassen sich ASR und ESP ausschalten. Dies ist hilfreich während des Fahrens mit Schneeketten, während des Freischaukelns aus Tiefschnee oder losem Untergrund, sowie während des Betriebs des Fahrzeugs auf Leistungs- und Bremsenprüfständen.
Aktoren		
Magnetventile (ABS, ASR, ESP)		Die Magnetventile haben die Aufgabe, gemeinsam mit der Rückförderpumpe und der Vorladepumpe die Druckmodulation in den Radzylindern bzw. Bremssätteln durchzuführen. In allen Betriebsarten (ABS, ASR, ESP) erfolgt die Druckanpassung mit den drei Regelphasen Druckaufbau, Druckhalten, Druckabbau.
Rückförderpumpe (ABS, ASR, ESP)		Die Rückförderpumpe hat die Aufgabe, bei ABS-Betrieb die bei der Regelphase „Druckabbau" anfallende drucklose Bremsflüssigkeit in den Druckbereich des Hauptzylinders zurückzupumpen. Bei ASR- oder ESP-Betrieb baut die Rückförderpumpe zusammen mit der Vorladepumpe den Bremsdruck auf.
Vorladepumpe (ASR, ESP)		Die Vorladepumpe erzeugt bei ASR- oder ESP-Betrieb einen Vordruck an der Saugseite der Rückförderpumpe, da diese die erforderlichen großen Flüssigkeitsmengen bei geringem oder keinem Pedaldruck nicht schnell genug bereitstellen kann.
Elektronische Motorleistungssteuerung (ASR, ESP)		**Motorleistungssteuerung als ASR-Funktion:** Wenn der Schlupf an den Antriebsrädern zu groß wird, kann durch Reduzierung des Motormoments infolge eines Eingriffs in das Motormanagement das Durchdrehen der Räder verhindert werden. Die Motorleistungssteuerung kann als einzige Möglichkeit der Antriebsmomentreduzierung (kein zusätzlicher Bremseneingriff) im Fahrzeug vorhanden sein. **Motorleistungssteuerung als ESP-Funktion:** Durch Herabsetzung des Motormoments kann beim ESP-Betrieb die Wirkung des Bremseneingriffs unterstützt werden. **Je nach Ausführung stehen für die Motorleistungssteuerung folgende Möglichkeiten zur Verfügung:** ■ Verstellung des Zündwinkels nach spät ■ Verstellung der Drosselklappe in Richtung schließen ■ Abschaltung der Einspritzventile
Kontrolllampe (ASR, ESP)		Die Kontrolllampe leuchtet, wenn ASR oder ESP in Betrieb sind, um der Fahrerin/dem Fahrer anzuzeigen, dass sich das Fahrzeug im physikalischen Grenzbereich befindet.
Diagnoselampe (ABS, ASR, ESP)		Die Diagnoselampe befindet sich in der Armaturentafel des Fahrzeugs. Sie signalisiert eine Fehlfunktion im System. Die Eigendiagnose hat in diesem Fall den Fehler gespeichert. Je nach Art des Fehlers sind Teilbereiche bzw. das komplette System abgeschaltet.

Aufbau des elektronisch geregelten Stabilitätsprogramms (ESP)

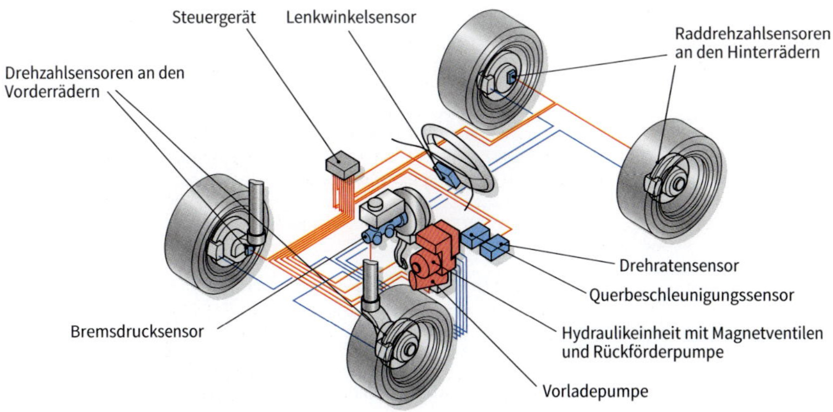

Zweikreis-Zweileitungs-Bremsanlage (Rahmen-Richtlinien der EG, RREG)

Bereiche

Energieversorgungsanlage

1 Luftpresser
2 Druckregler
3 Lufttrockner
4 Regenerationsluftbehälter
5 Mehrkreisschutzventil (Dreikreis)
6 Druckluftbehälter
7 Entwässerungsventil
8 Druckmessgerät

Betätigungseinrichtungen

9 Betriebsbremsventil
10 Bremskraftregler
11 Feststellbremsventil
11a Feststellbremshebel
12 Relaisventil
15 Rückschlagventil

Übertragungseinrichtungen

16 Bremsrohr
17 Bremsschlauch

Bremszylinder

19 Membranbremszylinder
20 Kombibremszylinder

Schematische Darstellung durch Bauteile

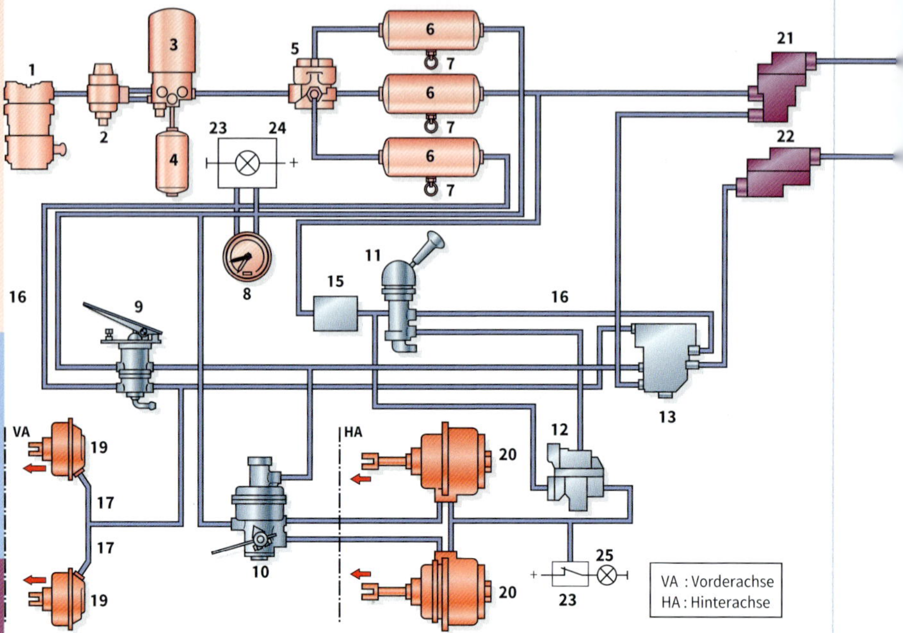

Darstellung durch Symbole DIN 74 253: 1994-01

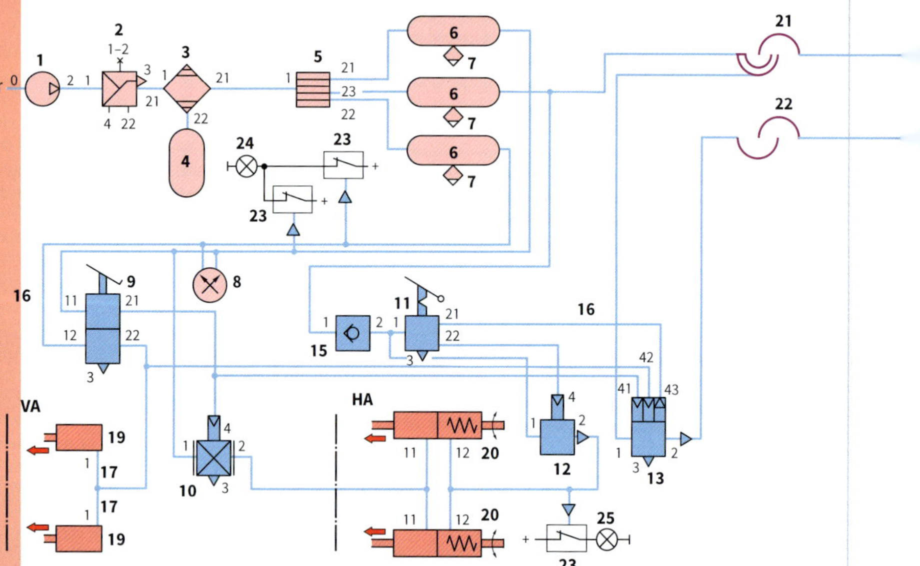

Kennzeichnung der Anschlüsse DIN ISO 6786: 1981-12

erste Ziffer:
0 Ansauganschluss
1 Energiezufluss
2 Energieabfluss
3 Anschluss Atmosphäre
4 Steueranschluss
5 und 6 frei
7 Gefrierschutzanschluss

für den Kompressor sind die Ziffern 8/9 reserviert:
8 Schmierölanschluss
9 Kühlflüssigkeitsanschluss

zweite Ziffer:
bezeichnet den Bremskreis (max. 4)

Zweikreis-Zweileitungs-Bremsanlage

Schematische Darstellung durch Bauteile

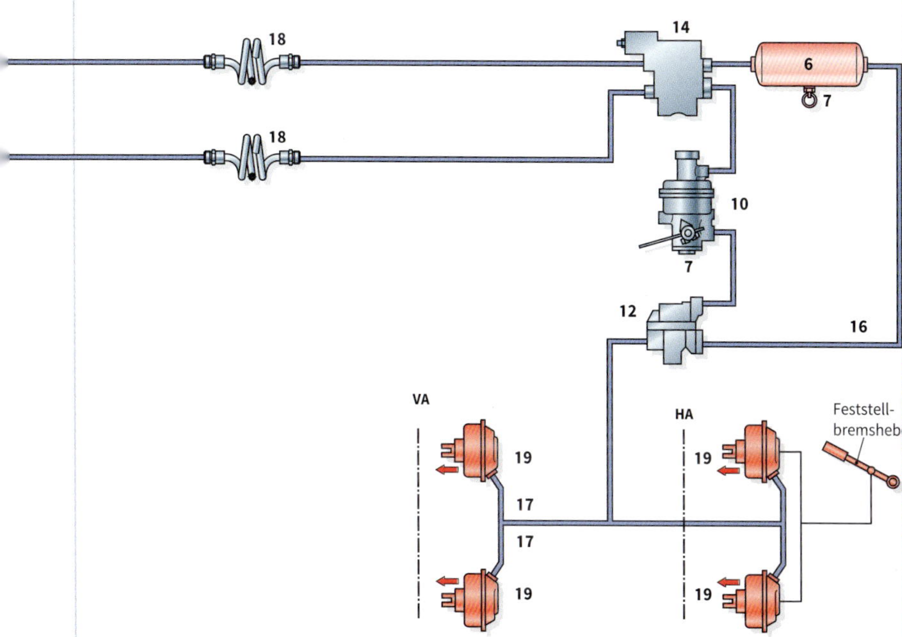

Darstellung durch Symbole

DIN 74 253: 1994-01

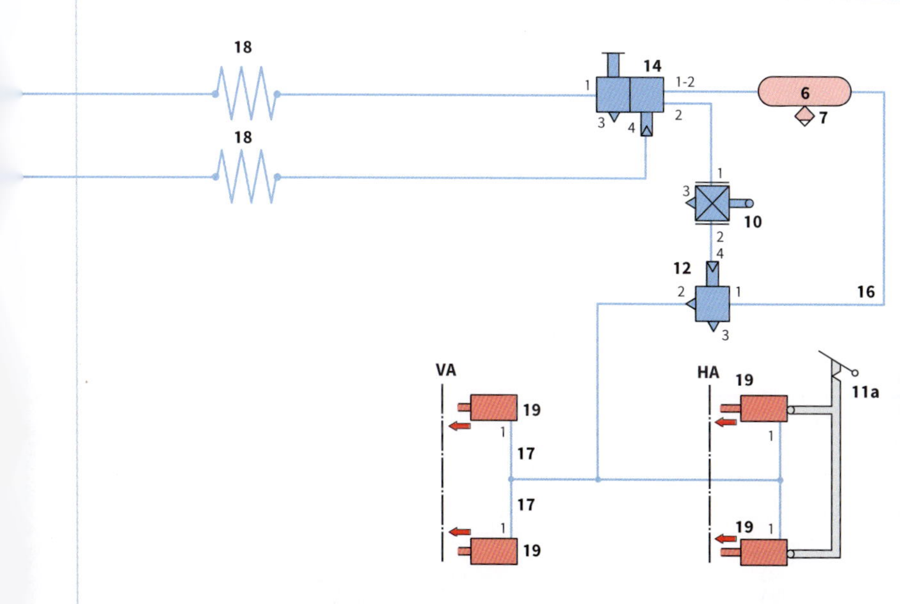

Bereiche

Energieversorgungsanlage

6 Druckluftbehälter
7 Entwässerungsventil

Betätigungseinrichtungen

10 Bremskraftregler
12 Relaisventil
13 Anhängersteuerventil
14 Anhängerbremsventil

Übertragungseinrichtungen

16 Bremsrohr
17 Bremsschlauch
18 Rohrwendel

Bremszylinder

19 Membranbremszylinder

Zusatzeinrichtungen

21 Kupplungskopf Vorrat
22 Kupplungskopf Bremse

Drucküberwachung

23 Druckschalter (Öffner)
24 Kontrolllampe Vorratsdruck
25 Kontrolllampe Feststellbremse

Kennzeichnung der Anschlüsse

DIN ISO 6786: 1981-12

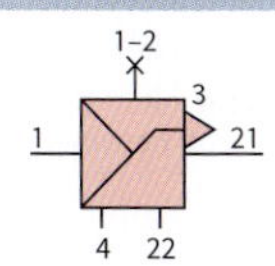

Beispiel: Druckregler

1 Energiezufluss vom Kompressor
21 Energieabfluss zum Speicher (Druckluftbehälter)
22 Energieabfluss (Schaltanschluss)
3 Anschluss an Atmosphäre (Entlüftung)
4 Steueranschluss
1–2 Energiezufluss und Energieabfluss (z. B. Verwendung des Anschlusses zum Befüllen der Druckluftbremsanlage und zum Reifenfüllen)

Energieversorgungsanlage

Bauteil	Darstellung	Symbol	Erklärung
Luftpresser	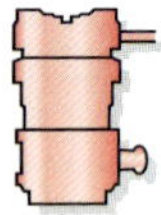	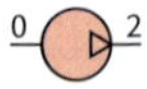	Er ist die Energiequelle der Druckluftbremsanlage. Als Luftpresser dient eine Kolbenpumpe. **Niederdruckanlage: 7 bis 10 bar** **Hochdruckanlage: 14 bis 20 bar**
Druckregler	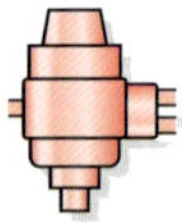	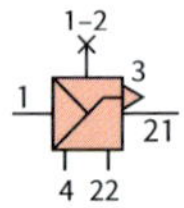	Er regelt den Vorratsdruck innerhalb der Schaltspanne, d. h. zwischen Ein- und Abschaltdruck. **Schaltspanne: 7 bis 8 bar**
Lufttrockner	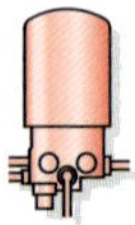	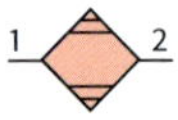	Er entwässert die Druckluft in einer Trockenmittelbox. Eine Zugabe von Frostschutzmittel ist nicht mehr erforderlich. **Bauweise: regenerationsfähig**
Regenerationsluftbehälter		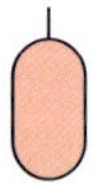	Getrocknete Druckluft aus dem Regenerationsluftbehälter strömt im Gegenstrom durch den Lufttrockner und regeneriert das Trockenmittel. **Regeneration: oberhalb Abschaltdruck**
Mehrkreisschutzventil	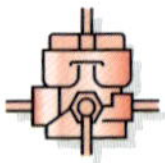	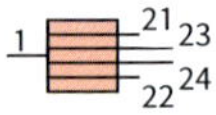	Es teilt die Druckluft in zwei, drei oder vier Kreise auf und sichert bei Ausfall eines Kreises die Energieversorgung der intakten Kreise. **Bauweise: Kolben- oder Membranventil**
Druckluftbehälter	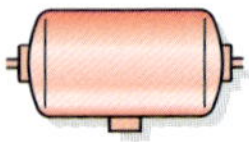		Er speichert die Druckluft und ist so bemessen, dass bei Ausfall des Luftpressers nach acht Vollbremsungen die Bremswirkung für die Hilfsbremsanlage noch sichergestellt ist.
Entwässerungventil		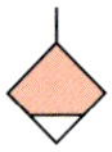	Es ist an der tiefsten Stelle des Druckluftbehälters angebaut, damit Kondenswasser abgelassen werden kann. **Betätigung: manuell, pneumatisch, elektrisch**
Druckmessgerät			Es zeigt den in den Kreisen vorhandenen Druck an und kann bei Druckabfall (< 65 %) mit einem akustischen oder optischen Signal verbunden sein. **Bauweise: Einfach- und Doppeldruckmessgerät**

Betätigungseinrichtungen

Bauteil	Darstellung	Symbol	Erklärung
Betriebsbremsventil	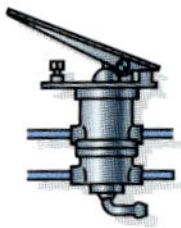	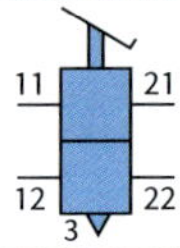	Es steuert zwei voneinander unabhängige Bremskreise im Zugfahrzeug und betätigt das Anhängersteuerventil. Das Betriebsbremsventil lässt sich über eine Trittplatte stufenlos betätigen.
Bremskraftregler	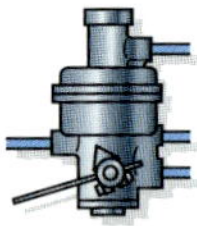	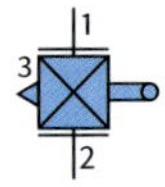	Er passt den Bremsdruck an den Beladungszustand des Fahrzeugs an. Automatische, lastabhängige Bremskraftregler (ALB) werden an jeder zu regelnden Hinterachse verwendet.
Feststellbremsventil	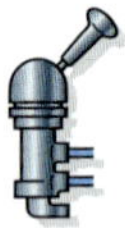	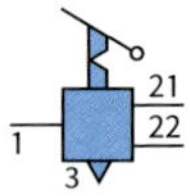	Es sorgt für eine feinfühlige Betätigung der Hilfs- und Feststellbremse. Bei einer Feststellbremsung werden die Federspeicher vollständig, bei einer Hilfsbremsung nur teilweise entlüftet.

Betätigungseinrichtungen

Bauteil	Darstellung	Symbol	Erklärung
Relaisventil	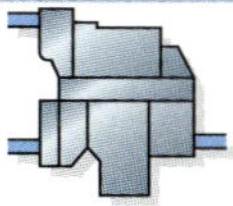	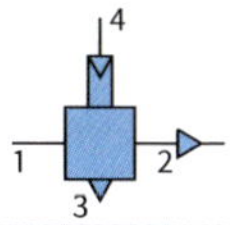	Es wird vom Feststellbremsventil pneumatisch angesteuert und sorgt für eine schnelle Be- und Entlüftung der großen Luftvolumina in den Federspeichern der Kombibremszylinder.
Anhängersteuerventil	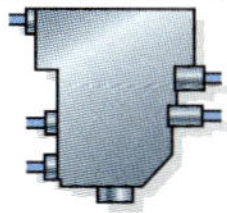	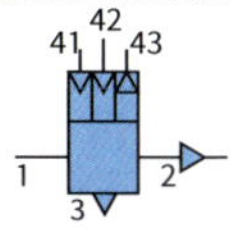	Es steuert den Bremsvorgang für den Anhänger entsprechend dem Betriebszustand des Zugwagens, d. h., es reagiert auf die Druckverhältnisse in den Kreisen der Betriebs- und Feststellbremse.
Anhängerbremsventil	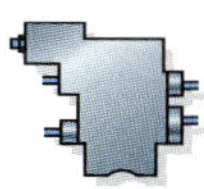	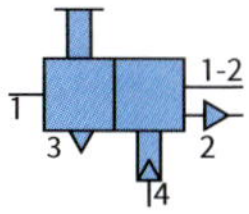	Es betätigt die Anhänger-Bremsanlage entsprechend der Ansteuerung durch das Anhängersteuerventil. Außerdem versorgt es den Vorratsbehälter des Anhängers mit Druckluft vom Zugwagen.
Rückschlagventil		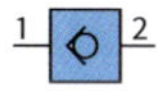	Es dient zur Absicherung einer Leitung gegen Rückströmung. So sichert es z. B. die Federspeicherzylinder des Zugwagens gegen automatisches Ansprechen, wenn der Anhänger abreißen sollte.

Übertragungseinrichtungen

Bremsrohr	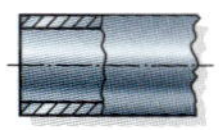		Es wird zunehmend aus Polyamid statt Stahl gefertigt. Polyamid ist warmfest zwischen –40 und +100 °C, unempfindlich gegen Öl, Kraftstoff und Streusalz. Bremsrohre müssen alle 350 mm gekennzeichnet sein.
Bremschlauch	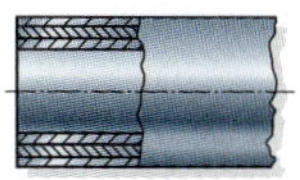		Er besteht aus einer Innen- und Außenschicht aus Elastomeren und einer mehrlagigen Zwischenschicht aus Textilgewebe oder Stahlgeflecht. Bremsschläuche müssen alle 500 mm gekennzeichnet sein.
Gewendelte Leitung	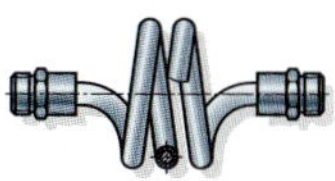	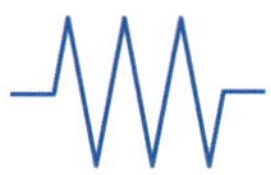	Sie besteht aus Polyamid und verbindet die Druckluftbremsanlagen von Zugwagen und Anhänger. Die zulässige Auszuglänge einer Rohrwendel von 4000 mm entspricht einer gestreckten Länge von 6150 mm.

Bremszylinder

Membranbremszylinder	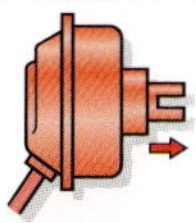	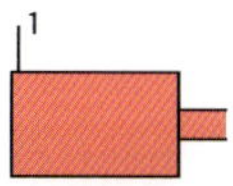	Er erzeugt die erforderliche Kraft für die Betätigung der Betriebsbremse und wandelt dabei Luftdruck in Kolbenstangenkraft um. Statt Kolbenzylinder werden zunehmend Membranzylinder verwendet.
Kombibremszylinder	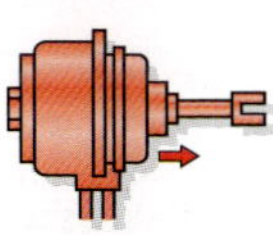	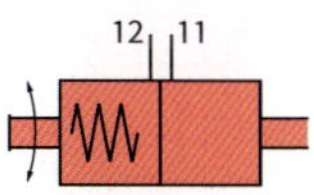	Er erzeugt zusätzlich zur Funktion eines Bremszylinders die Bremskräfte für die Hilfs- und Feststellbremse, indem ein Federspeicher entlüftet wird und eine Druckfeder wirksam werden kann. Versagt die Druckluftbremsanlage, kann die Feststellbremse manuell gelöst werden.

Zusatzeinrichtungen

Kupplungskopf Vorrat	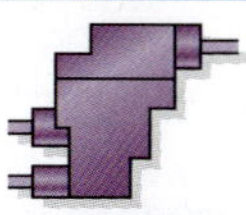		Er ist in Fahrtrichtung gesehen rechts montiert und muss mit einem automatischen Absperrventil ausgerüstet sein, das die Vorratsleitung sperrt. **Kennzeichnung Vorrat: roter Kupplungskopf**
Kupplungskopf Bremse	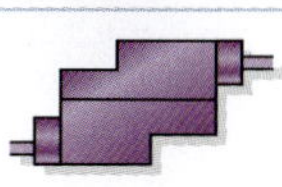		Er ist in Fahrtrichtung gesehen links montiert. Die Kupplungsköpfe (Vorrat/Bremse) sind zur Sicherheit mit unterschiedlichen Klauen ausgerüstet. **Kennzeichnung Bremse: gelber Kupplungskopf**

Elektronisches Bremssystem (EBS) mit ESP für Zugfahrzeuge mit Anhängeranschluss

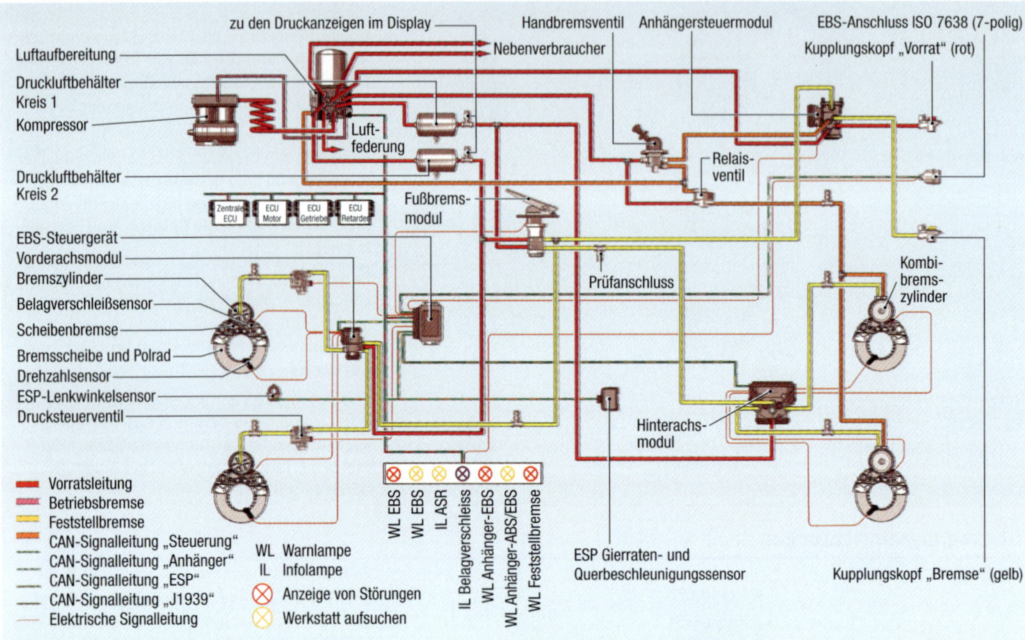

Aufbau:

- Elektronisch geregelte Betriebsbremse
- Elektronisches Stabilitätsprogramm (ESP) mit Antiblockiersystem (ABS) und Antriebsschlupfregelung (ASR)
- EBS ist im Datenbussystem des Motor-, Getriebe-, Retarder- und Zentralsteuergeräts mit einbezogen

Verwendung:

- Lastkraftwagen
- Zugmaschinen
- Kraftomnibusse

Vorteile:

- Verringerte Reaktionszeit für Bremsen und Lösen
- Gleichzeitiger Druckaufbau an allen Rädern
- Verkürzter Bremsweg und bessere Traktion
- Verminderte Knick- und Schleudergefahr bei Fahrzeugzügen
- Bremsleistung zwischen Zugmaschine und Anhänger wird abgestimmt
- Belagverschleißregelung zwischen der Vorder- und Hinterachse
- zielgerichtete Diagnose

TEBS-Anhängerbremsanlage (Sattelanhänger mit Luftfederung und Liftachse)

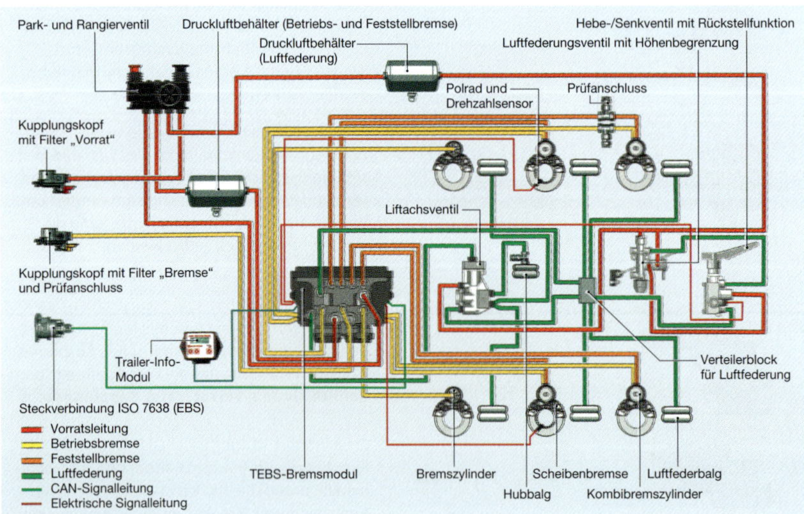

Wesentliche Bauteile:

- TEBS-Bremsmodul
- Park- und Rangierventil
- Trailer-Info-Modul

Funktionen:

- Anfahrhilfe
- Liftachsfunktion
- Notbremsung während des Abkuppelns
- Zusätzliche Systeme wie Roll-Stability-Program (RSP)

Verwendung:

- Sattelanhänger in Kombination mit Zugmaschinen mit EBS

Elektronische Steuerung und Regelung im Kraftfahrzeug

Bauteil	Erklärung
Aktor	Der Aktor erhält elektrische Signale von den Endstufen des Steuergerätes, um bestimmte mechanische, elektrische, hydraulische oder pneumatische Vorgänge auszulösen.
Diagnoseleitung	Die Diagnoseleitung verbindet die Steuergeräte mit der Diagnosesteckdose. Für die unterschiedlichen Diagnosefunktionen, z. B. Auslesen des Fehlerspeichers, Stellglieddiagnose, kann hier ein Systemtestgerät angeschlossen werden.
Datenleitung zu anderen Steuergeräten	Die Datenleitung verbindet Steuergeräte untereinander, damit zwischen den Steuergeräten ein Datenaustausch stattfinden kann. Das sendende Steuergerät übermittelt dabei aufbereitete digitale Signale (Tastverhältnisse, Schaltsignale). Die Datenübertragung kann auch durch eine serielle Datenübertragung (CAN-Datenbus) erfolgen.

Datenübertragung zwischen den Steuergeräten

<table>
<tr><th>Datenübertragung</th><th>Wirkungsweise</th></tr>
<tr><td>

Konventionelle Datenübertragung

Beispiel:

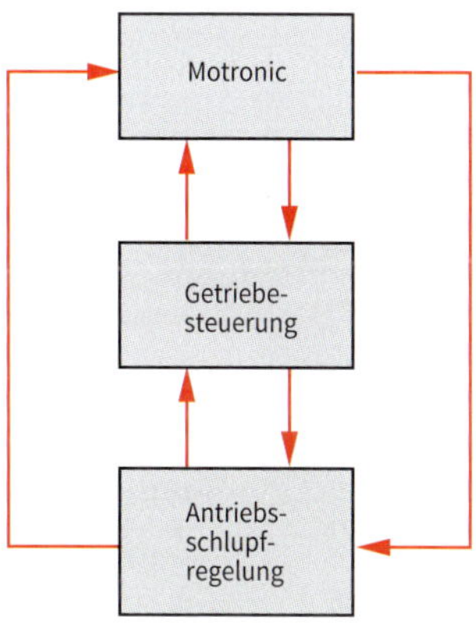

</td><td>

Bei der konventionellen Datenübertragung werden digitalisierte Spannungssignale zwischen den Steuergeräten ausgetauscht. Vom empfangenden Steuergerät wird dann das Tastverhältnis (Verhältnis von Einschaltdauer zur Periodendauer in %) ausgewertet.

Beispiel:
Lastsignal vom Steuergerät Motronic zum Steuergerät Getriebe

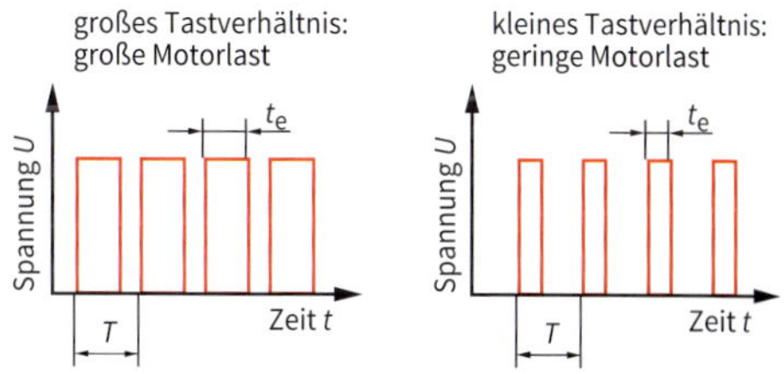

$$\text{Tastverhältnis} = \frac{\text{Einschaltdauer } t_e \cdot 100\,\%}{\text{Periodendauer } T}$$

</td></tr>
<tr><td>

Serielle Datenübertragung mit CAN-Datenbus

Beispiel:

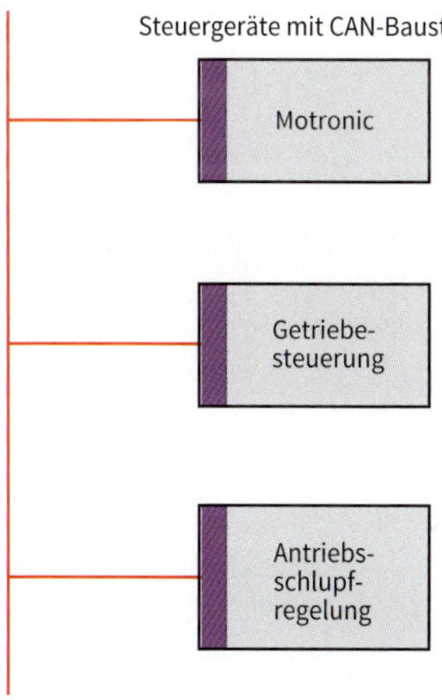

</td><td>

Bei diesem Bus-System sind die Steuergeräte durch eine serielle Datenübertragung miteinander gekoppelt. Das heißt, die Daten werden Bit für Bit nacheinander übertragen. Eine serielle Datenübertragung erfordert deshalb nur eine Datenleitung. Jedes angeschlossene System benötigt einen CAN-Baustein, der Signale sowohl sendet als auch empfängt. Durch ein festgelegtes Protokoll wird der Datenaustausch organisiert. CAN (Controller Area Network) ist der Name eines Protokolls, welches sich besonders für den Austausch von Daten im Kraftfahrzeug eignet.

Durch den Einsatz von seriellen Datenübertragungen im Kraftfahrzeug können die Verkabelungen und die damit verbundenen Steckverbindungen erheblich reduziert werden.
Der Datenaustausch erfolgt mit höherer Geschwindigkeit.

Andere Bussysteme, z. B. LIN-Datenbus, MOST-Datenbus, s. Seite 443 f.

</td></tr>
</table>

Multiplex-System

Merkmale	Aufbau	Vor- und Nachteile	Ausführungen
■ Mehrfachnutzung von Übertragungsleitungen (Datenleitungen) ■ Jede Information, z. B. von Schaltern oder Sensoren wird digitalisiert, d. h. in einen binären Code übersetzt und im System seriell (nacheinander) übertragen.	■ Sender und Empfänger, die durch das Multiplexkabel verbunden sind ■ Informationsfluss ist in einer Richtung (direktional) oder in beide Richtungen (bidirektional) möglich. Dabei muss jeder Sender auch Empfänger und umgekehrt sein. ■ Das Multiplexkabel besteht aus der Energie- und der Datenleitung. ■ Die Datenleitung kann eine zweiadrige Parallelleitung oder nur eine einzige Leitung sein.	■ Leitungen werden eingespart. ■ Durchmesser des Kabelstrangs und Masse des Bordnetzes werden reduziert. ■ Durch Mehrfachnutzung eines Sensorsignals sind weniger Sensoren nötig. ■ Multiplexsysteme lassen sich schnell durch eine andere Software an unterschiedlichen Anforderungen anpassen. ■ Zusätzlich ergeben sich Möglichkeiten zur Erkennung von Fehlern und den Einsatz von Notlauffunktionen bei Störungen. ■ Eine vollständige Systemdiagnose für die gesamte angeschlossene elektrische Anlage ist möglich. ■ Erheblicher elektronischer Aufwand durch die Multiplexbausteine im Sender und Empfänger.	■ Multiplex-Systeme können mit elektrischer (Kupfer-Leitungen) oder optischer (Kunststoff-Lichtwellenleiter) Datenübertragung ausgeführt werden. ■ Die optische Datenübertragung ist unempfindlich gegen elektromagnetische Beeinflussung. Sie hat aber den Nachteil großer Signalschwächung bei langen Leitungen, da Kunststofflichtleiter verwendet werden.

CAN-Datenbus (Controller Area Network)

ISO 11898-1: 2015-12 und ISO 11519: 1995-04

Die zu übertragenen Informationen werden zusammengefasst und in Gruppen (BUS) auf die Datenleitung gegeben. Für die Kfz-Technik wurde der CAN-Datenbus entwickelt und durch die ISO standardisiert. ISO 11898 beinhaltet die CAN-Datenbus-Norm mit einer Informationsgeschwindigkeit über 125 kBits/s (High-speed-CAN-Datenbus, CAN Class C, Echtzeit-Datenübertragung), z. B. für die Motorelektronik, und ISO 11519 die mit weniger als 125 kBits/s (Low-speed-CAN-Datenbus, CAN Class B), z. B. für die Komfortelektronik.

Datenübertragung
Sämtliche Informationen werden über maximal zwei bidirektionale Leitungen zwischen den Steuergeräten ausgetauscht. Der CAN-Datenbus verbindet die einzelnen Steuergeräte zu einem Gesamtsystem. Z. B. im Antriebsbereich das Motorsteuergerät, das Steuergerät für das automatische Getriebe und das ABS-Steuergerät (High-speed-CAN-Datenbus, Zweidraht-Bus) oder im Komfortbereich das Zentralsteuergerät und die Türsteuergeräte (Low-speed-CAN-Datenbus, Ein- oder Zweidraht-Bus).

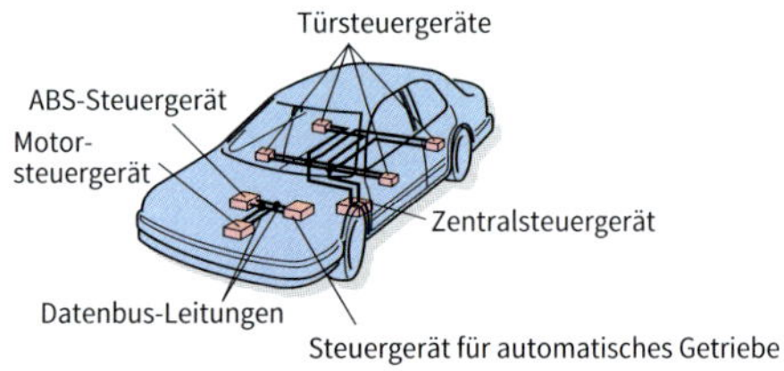

Bauteile des CAN-Datenbusses
CAN-Controller: Bereitet die vom Microcomputer des Steuergerätes zu sendende Daten auf und gibt sie an den **CAN-Transceiver.** Dieser ist Sender (Transmitter) und Empfänger (Receiver). Er gibt die vom CAN-Controller kommenden Daten auf den Datenbus bzw. empfängt er Daten von dort und gibt sie an den CAN-Controller, der diese an den Mikrocomputer weitergibt.
Datenbus-Leitungen: Sie werden am Anfang und Ende von einem Datenbus-Abschluss (Widerstand) begrenzt, um Störungen zu vermeiden. Wegen der Störungsgefahr werden zwei Leitungen verwendet, die verdrillt sind und deren Spannungsimpulse genau entgegengesetzt verlaufen (CAN-High- und CAN-Low-Leitungen).

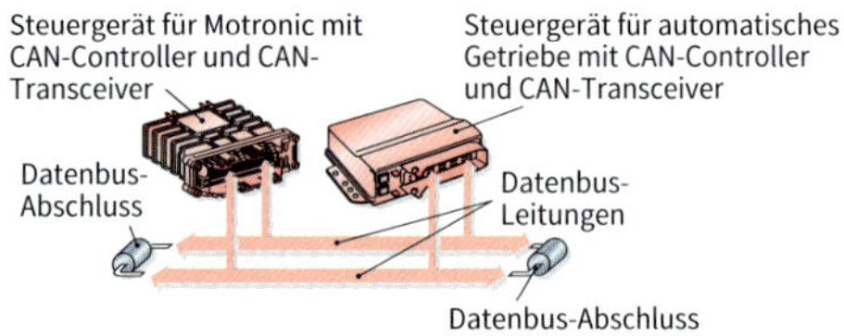

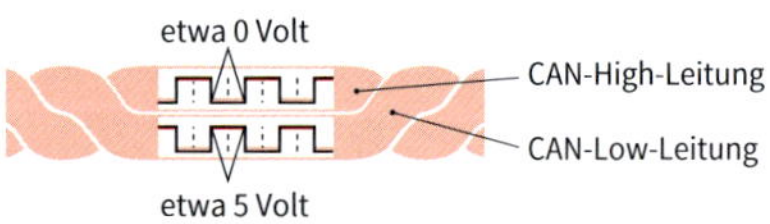

Ablauf einer Datenübertragung
Daten bereitstellen: Der Microcomputer des Steuergerätes übermittelt dem CAN-Controller die zu sendenden Daten.
Daten senden: Die vom CAN-Controller an den Transceiver weitergeleiteten Daten werden von diesem in elektrische Signale umgewandelt und gesendet.
Daten empfangen: Alle anderen Steuergeräte, die mit dem Datenbus vernetzt sind, werden zu Empfängern.
Daten prüfen: Die gesendeten Daten werden von den Steuergeräten auf ihre Brauchbarkeit geprüft und übernommen bzw. nicht übernommen.

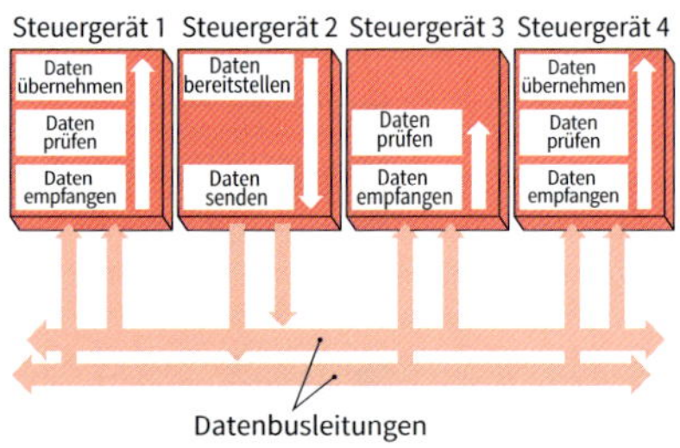

CAN-Datenbus-Zuteilung
Wollen mehrere Steuergeräte Daten senden, wird nach einer **Prioritätenliste** entschieden.
So haben z. B. die Daten des ABS/ASR-Steuergerätes Vorrang vor den Daten des Steuergerätes für das elektronische Getriebe.

CAN-Datenbus (Controller Area Network)

ISO 11898-1: 2015-12 und ISO 11519: 1995-04

Identifier
Ein Identifier ist eine eindeutige Botschaft in einem CAN-Bus. Empfänger im Bussystem entscheiden anhand des Identifiers, ob sie die Botschaft für relevant halten oder nicht. Auch eine Priorisierung der Botschaften kann mithilfe des Identifiers erfolgen. Beim Standard-CAN (CAN 2.0 A) nimmt der Identifier 11 Bits in Anspruch, es sind daher 2048 verschiedene Identifier möglich. Beim Extended-CAN sind 29 Bits für den Identifier vorgesehen und damit bis zu 536870912 verschiedene Identifier möglich.

Multimaster-Prinzip
Beim Multimaster-Prinzip sind mehrere gleichberechtigte Steuergeräte über einen Datenbus miteinander verbunden. Jedes Steuergerät ist berechtigt, Daten auf den Bus zu senden. Ein Beispiel für dieses Prinzip ist das CAN-Bussystem. Das Gegenteil ist das Master-Slave-Prinzip.

Datenbustopologie

Die **Datenbustopologie** gibt die Struktur der Vernetzung von Steuergeräten wieder.

Bezeichnung	Strukturdarstellung	Merkmale	Bustyp und Verwendung
Linearer Datenbus	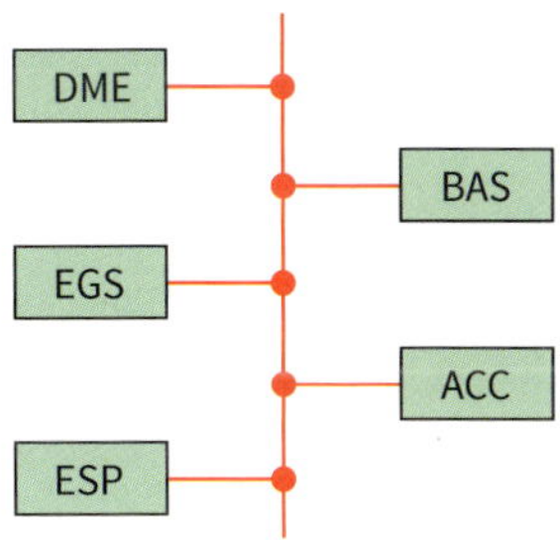	Steuergeräte sind parallel an der **Datenbusleitung** angeschlossen. Nur die Steuergeräte, für die die momentanen Informationen auf dem Datenbus bestimmt sind, nehmen diese auf. Fällt ein Steuergerät aus, so führt das nicht zur Unterbrechung des Datenbussystems.	**CAN:** Antriebsbereich, z. B. Motor- und Getriebesteuerung; Komfortbereich, z. B. Spiegel- und Fensterhebersteuerung **LIN:** einfacher Komfortbereich, z. B. Steuerung für Beleuchtung und Scheibenwischwaschanlage
Ringförmiger Datenbus	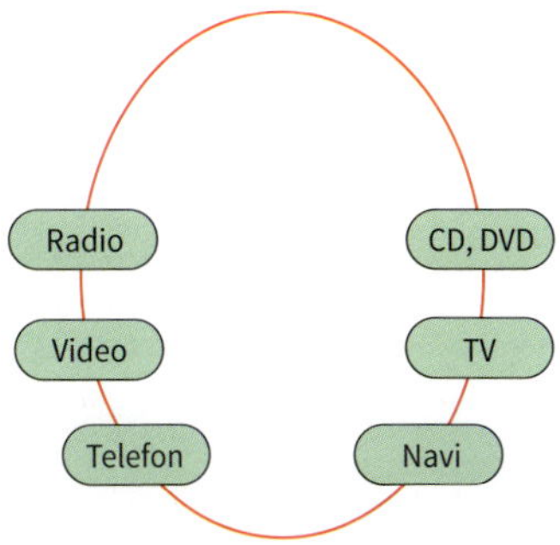	Steuergeräte sind in Reihe geschaltet. Die Informationen auf dem Datenbus gehen nur in eine Richtung und müssen durch alle Steuergeräte hindurch. Sie werden von diesen gelesen und verstärkt weitergegeben. Fällt ein Steuergerät aus, so führt das zur Unterbrechung des Datenbussystems.	**MOST:** Multimediadatenbusse für Navigationssystem, Radio, Handy, Fernseher, Sprachbediensystem, CD-Spieler und -Wechsler
Sternförmiger Datenbus	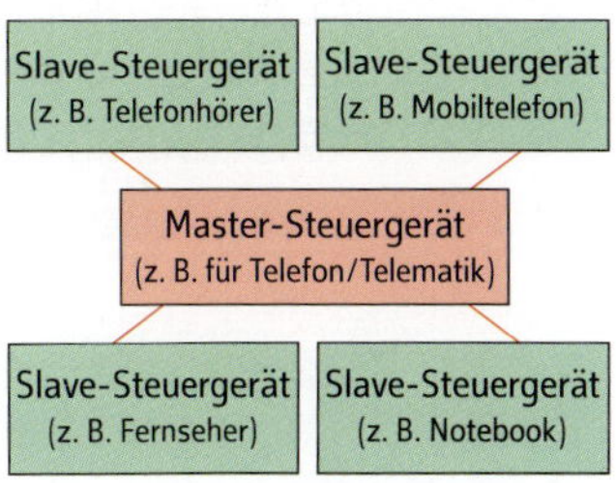	Steuergeräte (Slave-Steuergeräte) sind einzeln mit einem Master-Steuergerät verbunden. Die Slave-Steuergeräte tauschen direkt mit dem Master-Steuergerät Informationen aus. Fällt ein Slave-Steuergerät aus, so bleibt das Datenbussystem für die anderen Slave-Steuergeräte funktionsfähig. Bei Ausfall des Master-Steuergeräts ist das Datenbussystem außer Funktion.	**Bluetooth®:** Multimediabusse für Navigationssystem, Radio, Handy, Fernseher, Sprachbediensystem, CD-Spieler und -Wechsler **FlexRay™:** Steuergeräte für Sensorelektronik, Abstandsregelung, Bildverarbeitung, Niveauregelung

Datenbustopologie

Begriff	Erklärung
CAN-Datenbus	Der CAN-Datenbus (**C**ontroller **A**rea **N**etwork) ist ein zweiadriger bidirektionaler linearer Datenbus mit einer Datenübertragungsrate bis zu 1 MBit/s. Die Steuergeräte, die am Datenbus angeschlossen sind, sind gleichberechtigt (Multi-Master-System). Informationen mit einer höheren Priorität haben Vorrang vor Informationen mit einer niedrigeren Priorität. Bei Ausfall eines Steuergeräts bleibt die Signalübertragung zwischen den übrigen Steuergeräten funktionsfähig.
LIN-Datenbus	Der LIN-Datenbus (**L**ocal **I**nterconnect **N**etwork) ist ein einadriger, bidirektionaler linearer Datenbus mit einer Datenübertragungsrate bis zu 20 kBit/s. Der LIN-Datenbus vernetzt Steuergeräte, Sensoren und Aktoren in einem begrenzten Bauraum des Fahrzeugs, z. B. Schiebedachsteuerung. Das System besteht aus einem Master-Steuergerät und mehreren Slave-Steuergeräten. Das Master-Steuergerät ist über einen CAN-Datenbus und das Diagnose-Interface (Gateway) mit anderen Datenbussystemen verbunden.
MOST-Datenbus	Der MOST-Datenbus (**M**edia **O**riented **S**ystems **T**ransport) ist ein einadriger unidirektionaler ringförmiger Datenbus. Die Datenübertragungsrate beträgt beim MOST25 etwa 25 MBit/s und beim MOST150 etwa 150 MBit/s. Die Steuergeräte sind durch einen Lichtwellenleiter verbunden. Die Informationen werden durch Lichtimpulse übertragen. Die Steuergeräte sind gleichberechtigt. Jedes Steuergerät empfängt die Daten, verstärkt diese und leitet sie zum nächsten Steuergerät.
Bluetooth®	Bluetooth® ist ein drahtloser, bidirektionaler, sternförmiger Datenbus mit einer Datenübertragungsrate bis zu 1 MBit/s. Die Bluetooth®-Sender haben eine Reichweite von drei Metern und können bis zu drei Sprachkanäle gleichzeitig übertragen. In einem Funknetz übernimmt ein Teilnehmer die Master-Funktion. Die anderen Teilnehmer senden nur, wenn sie ein Datenpaket vom Master erhalten haben.
FlexRay™	FlexRay™ ist ein Hochgeschwindigkeits-Datenbussystem mit einer Datenrate von 10 bis 20 Mbit/s. Die Topologie des Datenbusses kann unterschiedlich aufgebaut sein. Die Steuergeräte sind mit zwei mal zwei verdrillten Leitungen verbunden, die als Kanal A und B bezeichnet werden. Über diese Kanäle können dieselben oder unterschiedliche Daten gesendet werden.

Automotive Ethernet

Das automotive Ethernet ist ein Bussystem für die fahrzeugeigene Kommunikation, die Übertragung von Diagnoseinformationen als DoIP sowie zur Übertragung von Daten für Fahrerassistenzsysteme und das autonome Fahren (ADAS: Advanced Driver Assistance Systems). Es ist über das Institute of Electrical and Electronics Engineers (IEEE) genormt.

Übertragungsgeschwindigkeit	100 Mbit/s bis 10 Gbit/s
Datenübertragung: physikalisches Medium	Single Pair Ethernet (SPE): ungeschirmtes, einpaarig verdrilltes Kabel (bis IEEE 1000 Base-T1; 1 Gbit/s)
Datentransport	IP-Protokoll, TCP-Protokoll, UDP-Protokoll

Ausführungen							
	100BASE-TX	100BASE-T1	1000BASE-T	1000BASE-T1	10GBASE-T	10GBASE-T1	10BASE-T1S
Übertragungsgeschwindigkeit	100 Mbit/s	100 Mbit/s	1000 Mbit/s	1000 Mbit/s	10 Gbit/s	10 Gbit/s	10 Mbit/s
Anzahl Adernpaare	2	1	4	1	4	1	1
Symbolrate	125 Mbd	66,67 Mbd	125 Mbd	750 Mbd	800 Mbd	5625 Mbd	12,5 Mbd
Leitungscode, Modulation	4B5B + NRZI, MLT-3	4B3B + PAM-3	8B9B + PAM-5	80B81B + PAM-3	DSQ128 + PAM-16	64B65B + PAM-4	4B5B + DME
Max./mind. Leitungslänge	Max. 100 m	Mind. 15 m	Max. 100 m	Mind. 15 m/40 m	Max. 100 m	Mind. 15 m	Mind. 25 m (Halbduplex)
Abschirmung notwendig	nein	nein	nein	nein	nein	ja	nein

Bordnetzmanagement

Ein Bordnetzmanagement regelt den Energie- und Informationsfluss im Fahrzeug. Es regelt die Generatorauslastung, die Ladung und Nutzung der Batterien sowie die Abschaltung von Verbrauchern. Ein Bordnetzsteuergerät übernimmt die Regelung. Es tauscht mit anderen Steuergeräten Daten und Informationen (meist) über den CAN-Bus aus. Über Datenbusse werden die Informationen im Fahrzeug ausgetauscht. So wird etwa die Information zur Ansteuerung von Leuchten ebenfalls über das Bordnetzmanagement verteilt. Das Vernetzungskonzept gehört ebenfalls zum Bordnetzmanagement.

Funktion eines Bordnetzmanagements

Beispiel: Informationsaustausch zur Ansteuerung von Leuchten

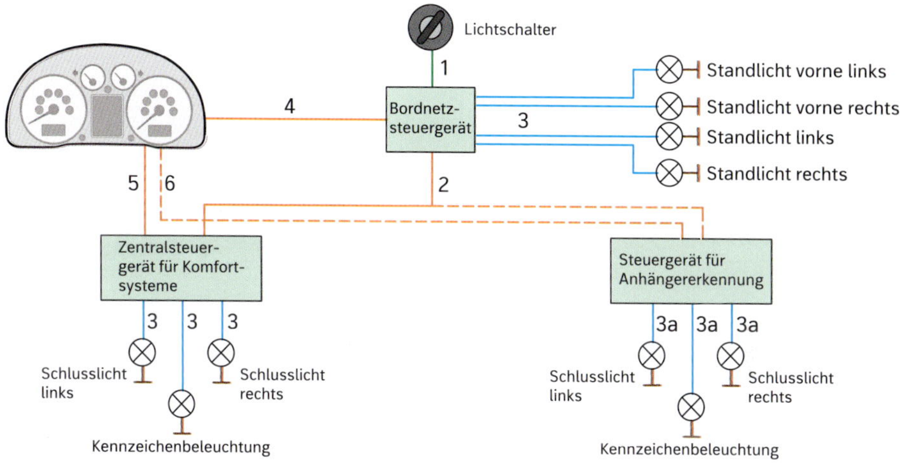

1 Analoges Eingangssignal Lichtschalter
2 Ansteuersignal vom Bordnetzsteuergerät zum Zentralsteuergerät über den CAN-Bus zur Anhängererkennung und Leuchtweitenregulierung
3 Spannungsversorgung Leuchten
4 Fehlermeldungen für die Anzeige in der Schalttafel
5 Fehlermeldung über den CAN-Bus zu Beleuchtungsfehlern
6 Fehlermeldung über den CAN-Bus zu Fehlern an der Beleuchtung des Anhängers

Datenprotokoll

Ein Datenprotokoll beschreibt den Aufbau einer Datenbotschaft. Die Datenbotschaft wird als elektrisches Signal über ein Bussystem übertragen. Das Protokoll legt die Übertragungsgeschwindigkeit, die Adresse und Berechtigung (Arbitration), die Länge im Control-Frame und die Übertragungssicherung (CRC) der Botschaft fest. Die Bedeutung der hintereinander gesendeten Signale (Bitstream) im Data-Frame wird von Herstellern in Codebüchern festgeschrieben.

Datenprotokoll des CAN-Bus nach ISO 11898-1

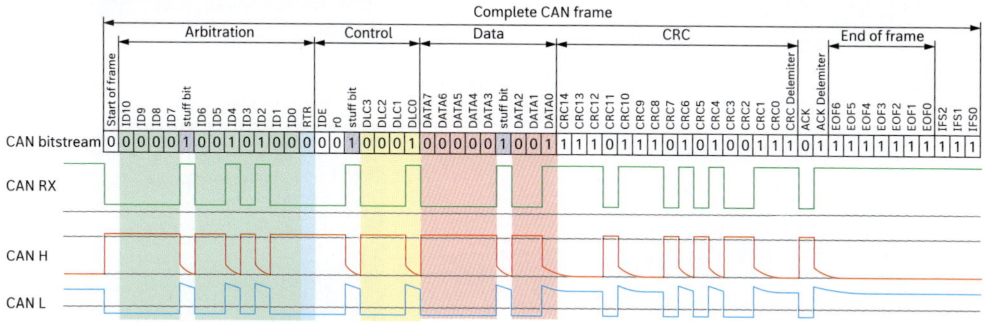

Fehlerfreies Oszillogramm eines High-Speed-CAN-Datenbusses

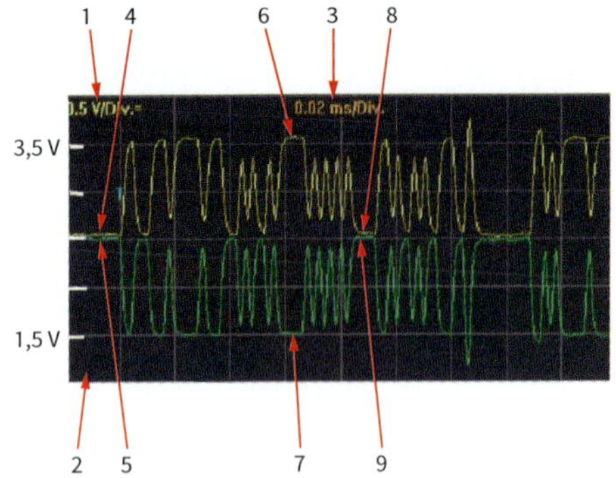

1: Einstellung der Spannung je Skalenstrich; 0,5 V – Kanal 1
2: Einstellung der Spannung je Skalenstrich; 0,5 V – Kanal 2
3: Zeiteinheit 0,02 ms je Skalenstrich
4: Signal CAN-High
5: Signal CAN-Low
6: CAN-High, Bitwert = 0, dominanter Pegel
7: CAN-Low, Bitwert = 0, dominanter Pegel
8: CAN-High, Bitwert = 1, rezessiver Pegel
9: CAN-Low, Bitwert = 1, rezessiver Pegel

ISO-Fehler und deren Fehleroszillogramme

ISO-Fehler Nr. 1:
Unterbrechung in der CAN-Low-Leitung

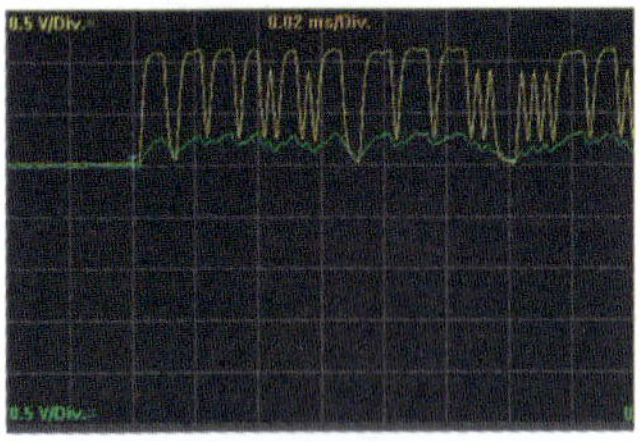

ISO-Fehler Nr. 2:
Unterbrechung in der CAN-High-Leitung

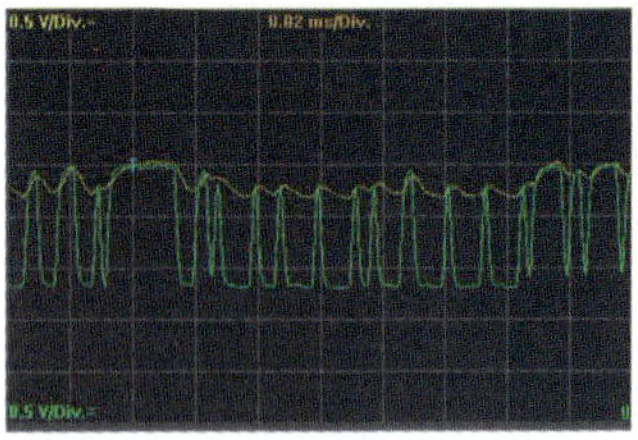

ISO-Fehler Nr. 3:
Widerstand in der CAN-High-Leitung

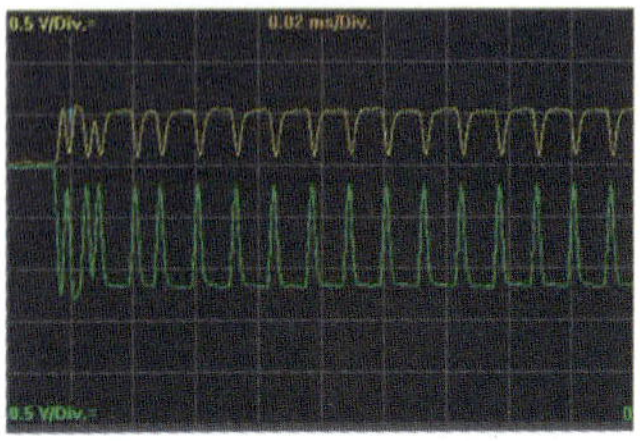

ISO-Fehler Nr. 4:
Widerstand in der CAN-Low-Leitung

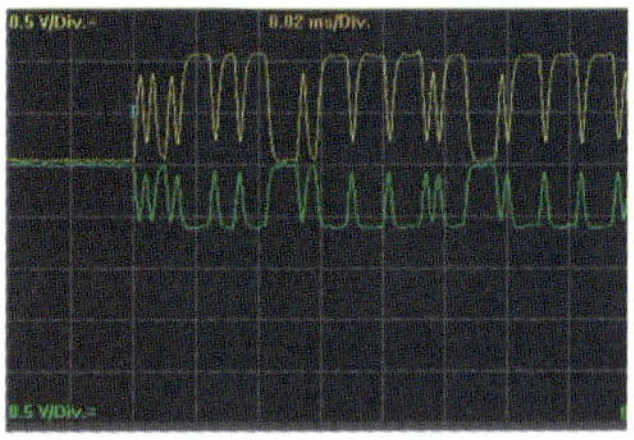

ISO-Fehler Nr. 5:
Kurzschluss nach Plus in der CAN-Low-Leitung

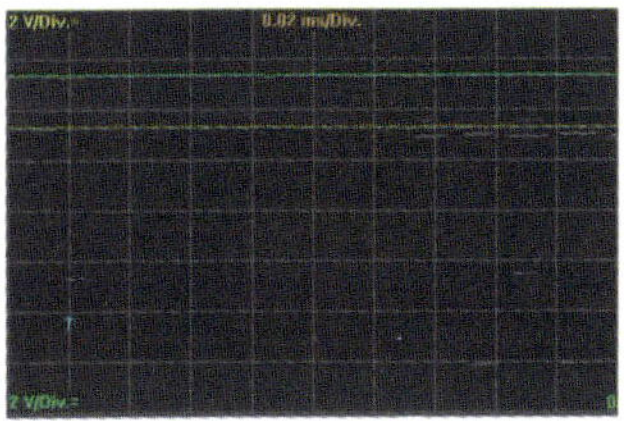

ISO-Fehler Nr. 6:
Kurzschluss nach Plus in der CAN-High-Leitung

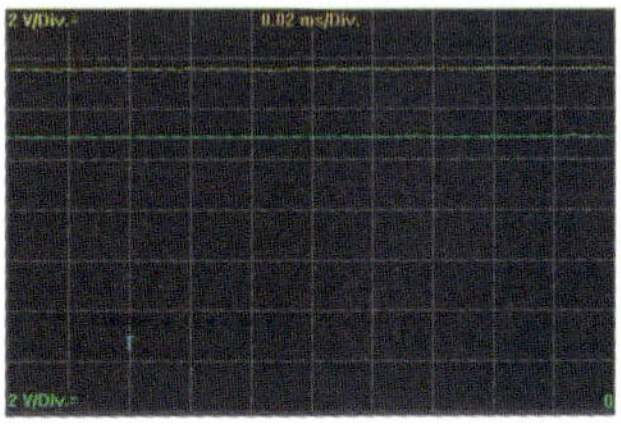

ISO-Fehler Nr. 7:
Kurzschluss nach Minus in der CAN-High-Leitung

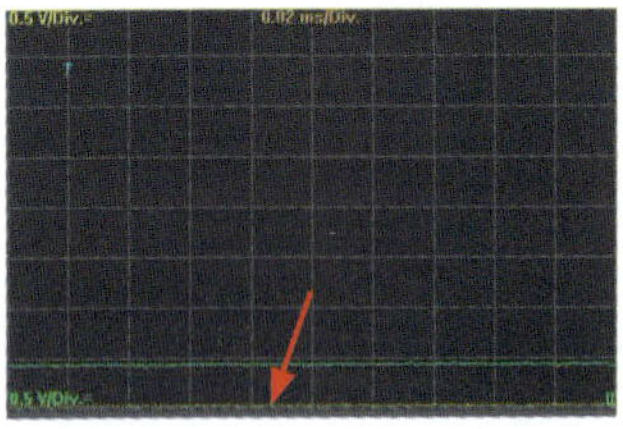

ISO-Fehler Nr. 8:
Kurzschluss nach Minus in der CAN-Low-Leitung

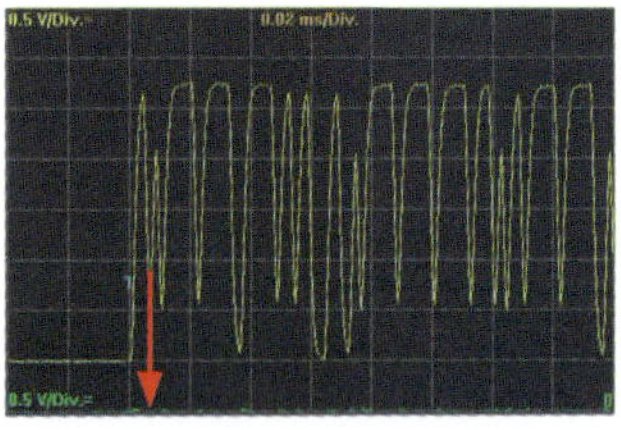

Netzwerktopologie eines Kraftfahrzeugs

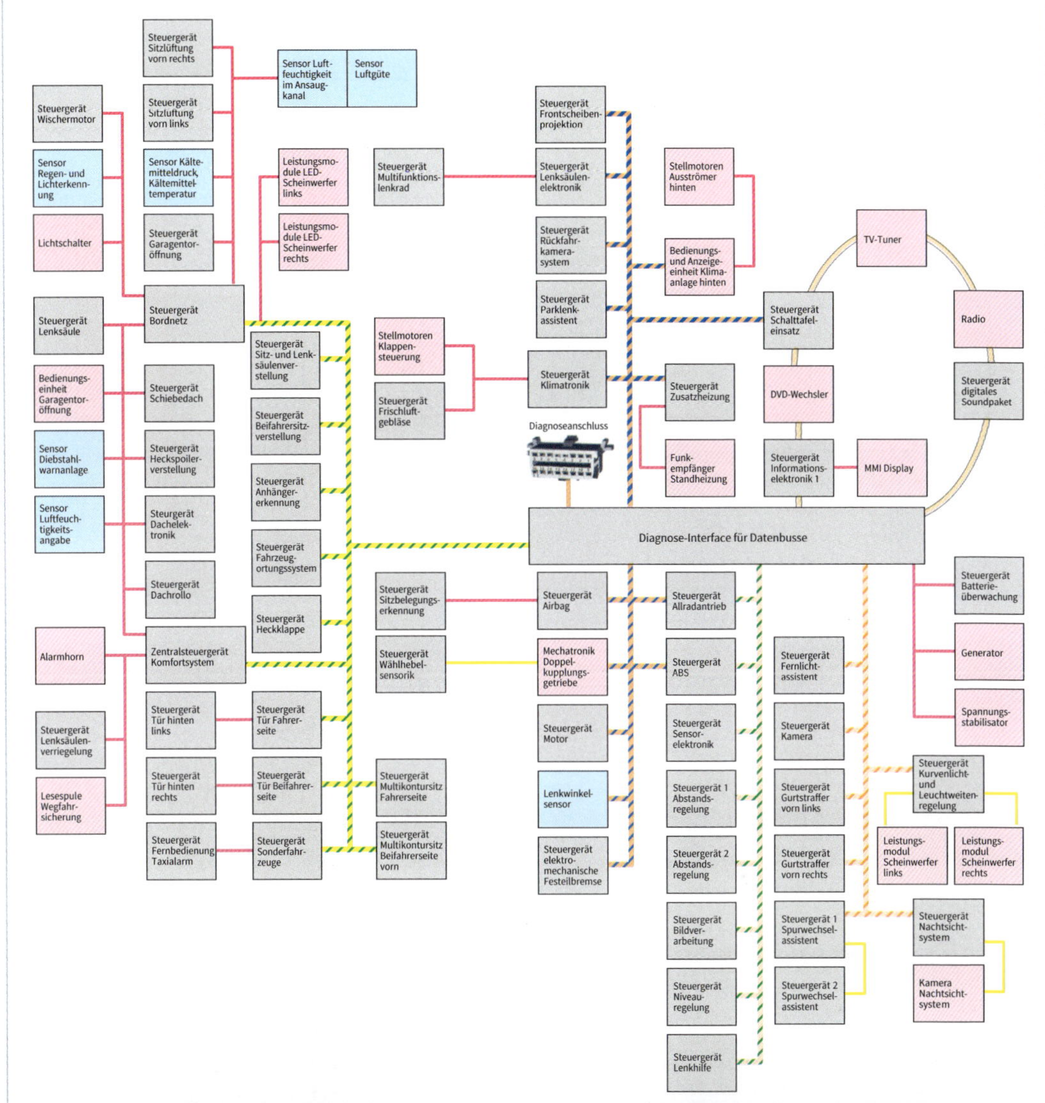

Bussystem	Leitungsfarbe	Ausführung	Datenübertragung	Eigenschaft
CAN-Antrieb		elektrisches Zweidrahtbussystem	500 kbit/s	nicht eindrahtfähig
CAN-Komfort		elektrisches Zweidrahtbussystem	125 kbit/s	eindrahtfähig
CAN-Extended		elektrisches Zweidrahtbussystem	500 kbit/s	nicht eindrahtfähig
CAN-Anzeige und Bedienung		elektrisches Zweidrahtbussystem	500 kbit/s	nicht eindrahtfähig
CAN-Diagnose		elektrisches Zweidrahtbussystem	500 kbit/s	nicht eindrahtfähig
FlexRay^{TM}		elektrisches Zweidrahtbussystem	10 Mbit/s	nicht eindrahtfähig
MOST-Datenbus		optisches Bussystem	25 Mbit/s	Ringstruktur Unterbrechung = Ausfall des Gesamtsystems
LIN-Datenbus		elektrisches Eindrahtbussystem	20 kbit/s	eindrahtfähig
Sub-Bus-System		elektrisches Zweidrahtbussystem	500 kbit/s	nicht eindrahtfähig

Elektronische Steuerung und Regelung im Kraftfahrzeug

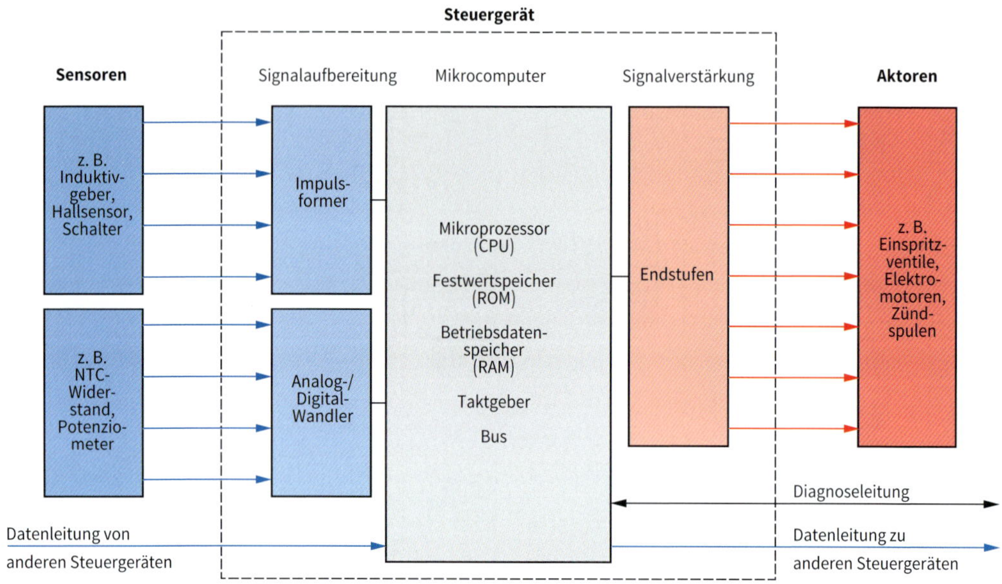

Bauteil	Erklärung
Steuergerät	Das Steuergerät ist eine Verarbeitungseinheit für die Umsetzung elektronischer Steuerungen und Regelungen.
Sensor	Der Sensor hat die Aufgabe, Betriebszustände, z. B. Motorlast, Kühlmitteltemperatur oder Raddrehzahl, zu erfassen, diese in elektrische Signalgrößen umzuwandeln und an das Steuergerät weiterzuleiten.
Impulsformer	Der Impulsformer wandelt beliebig geformte Eingangssignale, z. B. Wechselspannungssignale von Induktivgebern, in digitale Werte um, weil nur diese vom Mikroprozessor weiterverarbeitet werden können.
Analog-Digital-Wandler	Der Analog-Digital-Wandler wandelt analoge Eingangssignale, z. B. Spannungssignale von Potentiometern, in digitale Werte um, weil nur diese vom Mikroprozessor weiterverarbeitet werden können.
Mikroprozessor (CPU)	Der Mikroprozessor (CPU: Central Processing Unit; Zentraleinheit) verarbeitet die Eingangssignale. Das dafür erforderliche Programm ist im Festwertspeicher (ROM) gespeichert.
Festwertspeicher (ROM)	Der Festwertspeicher (ROM: Read Only Memory; Nur-Lese-Speicher) behält auch nach dem Abschalten der Spannungsversorgung seinen Inhalt. Neben den Programmen für die Datenverarbeitung enthält er z. B. Sollwerte oder Kennlinien (je nach System).
Betriebsdatenspeicher (RAM)	Der Betriebsdatenspeicher (RAM: Random Access Memory; Speicher mit wahlfreiem Zugriff) kann die von den Sensoren ermittelten Daten zwischenspeichern, bis sie vom Mikroprozessor abgerufen werden. Er verliert nach Unterbrechung der Spannungsversorgung seinen Datenbestand.
Taktgeber	Der Taktgeber steuert den zeitlichen Ablauf der Rechenvorgänge im Mikroprozessor.
Bus	Der Bus ist eine Datensammelleitung, welche die Hauptelemente des Steuergerätes miteinander verbindet.
Endstufen	Die Endstufen verstärken die schwachen Signale des Mikroprozessors, damit genügend Leistung zur Verfügung steht, um die Aktoren direkt anzusteuern.

Fehlerdiagnose

Elektronisch gesteuerte Systeme bestehen aus dem Steuergerät und der Peripherie (Sensoren, Aktoren, Kabel, Steckverbindungen). Fehlerhafte Steuergeräte können in der Werkstatt in der Regel nicht direkt diagnostiziert werden. Sie werden ausgetauscht, wenn in der Peripherie keine Fehler gefunden werden. Um Schäden und Fehlmessungen zu vermeiden, dürfen für die Fehlerdiagnose nur Mess- und Prüfgeräte verwendet werden, die einen Innenwiderstand von mindestens 20 kΩ/Volt aufweisen.

Hilfsmittel für die Fehlerdiagnose an elektronischen Systemen

Hilfsmittel	Darstellung	Erklärung
Vielfachmessinstrument (Multimeter)		Das Vielfachmessinstrument ist ein universelles Messgerät, überwiegend für Strom-, Spannungs- und Widerstandsmessungen. Es ist einsetzbar in Verbindung mit Adapterkabeln bzw. Break-Out-Box oder Universal-Prüfadaptern und geeigneten technischen Unterlagen.
Diodenprüflampe	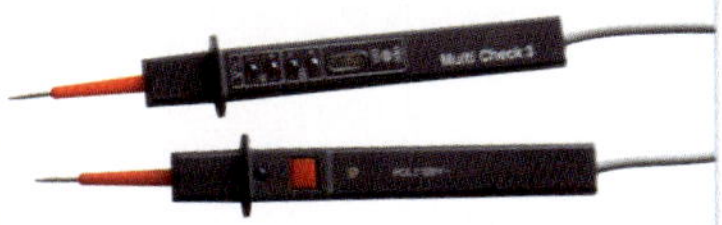	Die Diodenprüflampe ermöglicht eine schnelle Kontrolle, ob zu prüfende Bauelemente mit Spannung versorgt werden bzw. Spannung abgeben (z. B. Hallsensor). Die Höhe der Spannung wird nicht angezeigt. Es können aber Spannungsbereiche angezeigt werden (z. B. 6 V, 12 V, 230 V).
Adapterleitungen		Mit Adapterleitungen können Verbindungen vom Messgerät (z. B. Vielfachmessinstrument, Oszilloskop) zu den unterschiedlichen Steckverbindungen der Sensoren, Aktoren und Steuergeräte der elektronisch gesteuerten Systeme hergestellt werden.
Break-Out-Box	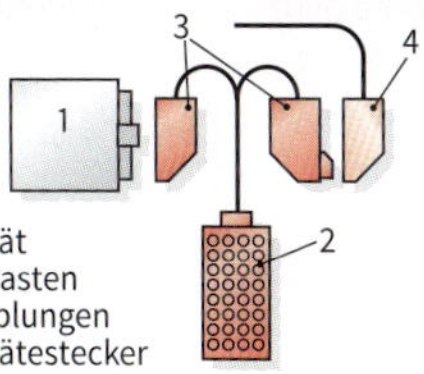 1 Steuergerät 2 Buchsenkasten 3 Steckkupplungen 4 Steuergerätestecker	Eine Break-Out-Box wird mit einer Steckkupplung am Zentralstecker des Steuergerätes und mit der anderen Steckkupplung am Steuergerät angeschlossen (Y-Anschluss). Dadurch werden Messungen an der Peripherie und am Steuergerät bei arbeitendem System (z. B. laufendem Motor) mit Messgeräten (z. B. Vielfachmessinstrument) ohne Adapterkabel ermöglicht. Für die verschiedenen elektronischen Systeme werden unterschiedliche Buchsenkästen bzw. Steckkupplungen benötigt.
Universal-Prüfadapter	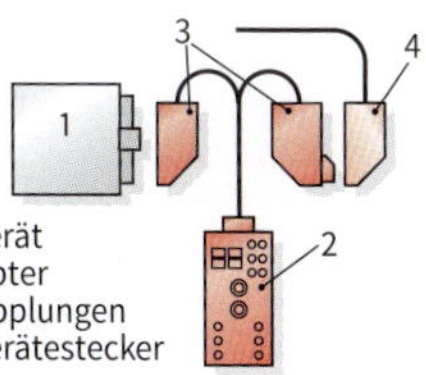 1 Steuergerät 2 Prüfadapter 3 Steckkupplungen 4 Steuergerätestecker	Ein Prüfadapter verbindet, ähnlich wie eine Break-Out-Box, den Zentralstecker des Steuergerätes und das Steuergerät mit dem Messgerät, welches auch im Prüfadapter integriert sein kann. Die Verbindung zu den Messstellen wird über Dreh- oder Tastschalter ermöglicht, deren Stellungen aus den Unterlagen für das zu prüfende System entnommen werden müssen. Für die verschiedenen elektronischen Systeme werden zum Teil unterschiedliche Prüfadapter bzw. Steckkupplungen benötigt.
Automatisches Diagnosegerät	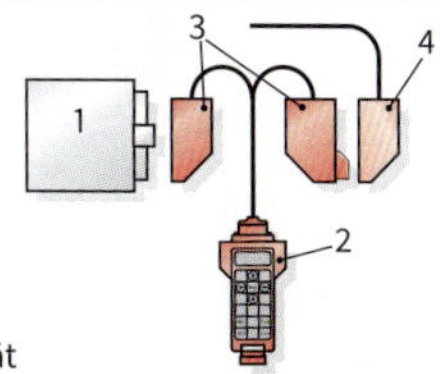 1 Steuergerät 2 Diagnosegerät 3 Steckkupplungen 4 Steuergerätestecker	Das automatische Diagnosegerät wird zwischen dem Steuergerät und dem Steuergerätestecker angeschlossen. Eine Diagnose ist deshalb auch bei arbeitendem System möglich. Das Programm ermöglicht einen automatischen Soll-Istwert-Vergleich. Die Diagnoseergebnisse werden auf dem Display angezeigt. Für die verschiedenen elektronischen Systeme werden unterschiedliche Programme und Steckkupplungen benötigt.

Batteriemanagement

Ein Batteriemanagementsystem (BMS) sorgt für eine stabile Bordnetzspannung und Energieversorgung der Verbraucher.

Das BMS misst den Strom, die Temperatur und die Spannung, erfasst die Ladezyklen und die Reduktion der Kapazität und berechnet daraus den Ladezustand (state of charge, SOC) und den Gesundheitszustand (state of health, SOH) der Batterie.

Es sorgt für ein kontrolliertes Laden der Batterie und ein gezieltes Abschalten von Verbrauchern über ein Energiemanagement (EMS).

Bei Lithium-Ionen-Batterien werden diese Funktionen auch auf der Ebene einzelner Batteriezellen ausgeführt.

Darüber hinaus können einzelne Batteriezellen gezielt geladen werden (Balancing).

Ein BMS besteht aus Batteriesensoren zur Messung der Spannungen, Ströme und Temperaturen und einem Batteriesteuergerät (BCU), welches über das Fahrzeugnetzwerk in das Energiemanagementsystem eingebunden ist.

BMS-Chip mit Batteriezellenüberwachung

Batteriesensor

Ein **Batteriesensor** funktioniert mit einem Nebenwiderstand (Shunt) zur Messung des Stromes.

Mit einem Mikrocontroller versehen, wird er zu einem Intelligenten Batteriesensor (IBS), der für ein Lademanagement genutzt werden kann (Spannungsregelung, Übermittlung von Ladezyklen, Temperaturen an ein EMS).

Batteriesensor (Bleiakku)

Batteriemanagement

Blockschaltbild des Batteriesensors

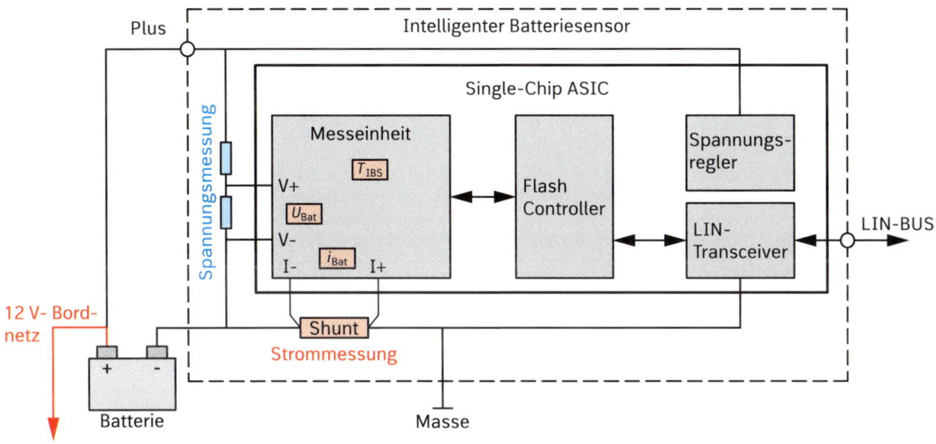

Thermomanagement (Batteriesysteme)

Die Steuerung von Wärmeströmen in Fahrzeugen wird als **Thermomanagement** bezeichnet.

Insbesondere bei Elektrofahrzeugen ist dies sehr wichtig, damit sich die Temperaturen des E-Motors, der Leistungselektronik und der Hochvoltbatterie in einem optimalen Temperaturbereich befinden.

Bei Hochvoltbatterien wird zwischen drei Arten von Batterien und deren Thermomanagementsystem unterschieden:

- luftgekühlte Hochvoltbatterien
- flüssigkeitsgekühlte Hochvoltbatterien
- Hochvoltbatterien mit Einbindung in den Kältemittelkreislauf des Systems der Klimaanlage

Bei Fahrzeugen mit einem **Verbrennungsmotor** spielt das Heizen und das Kühlen des Innenraums eine wichtige Rolle. Auch hier wird ist ein Thermomanagement erforderlich, um die entsprechenden Temperaturen zu realisieren.

Fehlersuche an Bauelementen elektronischer Systeme			
Bauelemente	Messgerät	Messverfahren	andere Prüfverfahren
Sensoren	Vielfachmessinstrument, Oszilloskop, Systemtestgerät	Spannungsmessung, Widerstandsmessung	Sichtprüfung
Aktoren	Vielfachmessinstrument, Oszilloskop, Systemtestgerät	Spannungsmessung, Widerstandsmessung, Strommessung	Sichtprüfung, Druckprüfung, Stellgliedtest
Kabel	Vielfachmessinstrument	Spannungsmessung, Widerstandsmessung	Sichtprüfung
Steckverbindungen	Vielfachmessinstrument	Spannungsmessung, Widerstandsmessung	Sichtprüfung

Eigendiagnose

DIN ISO 9141: 1992-04

Steuergeräte von eigendiagnosefähigen elektronischen Systemen haben die Fähigkeit, in gewissen Grenzen ihre Peripherie und sich selbst zu überwachen, Fehler zu erkennen, abzuspeichern und diagnostisch auszuwerten. Die Auswertung der Eigendiagnose erfordert eine serielle Kommunikationsschnittstelle, wie sie verbindlich in DIN ISO 9141 festgelegt ist. Diese Schnittstelle ist so ausgelegt, dass sich mehrere Steuergeräte an einer zentralen Diagnosesteckdose zusammenfassen lassen, an der ein Systemtestgerät angeschlossen werden kann.

Hilfsmittel	Darstellung	Erklärung
Diagnoselampe		Einige elektronische Systeme haben eine Diagnoselampe. Sie befindet sich in der Armaturentafel des Fahrzeugs und leuchtet, sobald das Steuergerät einen Fehler gespeichert hat.
Diagnosesteckdose	**OBD-Steckdose für 12V** 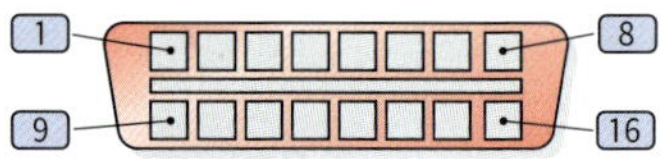 **OBD-Steckdose für 24V** 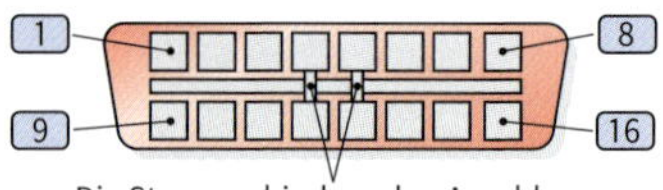 Die Stege verhindern den Anschluss eines 12V-Steckers	Bei der OBD-Steckdose sind die angegebenen Pins festgelegt. Über die Pins kann zu abgasrelevanten Steuergeräten über eine OBD-Adapterleitung eine Verbindung hergestellt werden. Pin 2: SAE – (SAE J 1850) Pin 4: Fahrzeugmasse (Karosserie) Pin 5: Signalmasse Pin 7: K (DIN ISO 9141) Pin 10: SAE + (SAE J 1850) Pin 15: L (DIN ISO 9141) Pin 16: Batterie Plus Soll zu anderen Steuergeräten eine Verbindung über eine Universal-Anschlussleitung hergestellt werden, muss die Pin-Belegung der nicht belegten Pins herstellerspezifisch bekannt sein.
Systemtestgerät	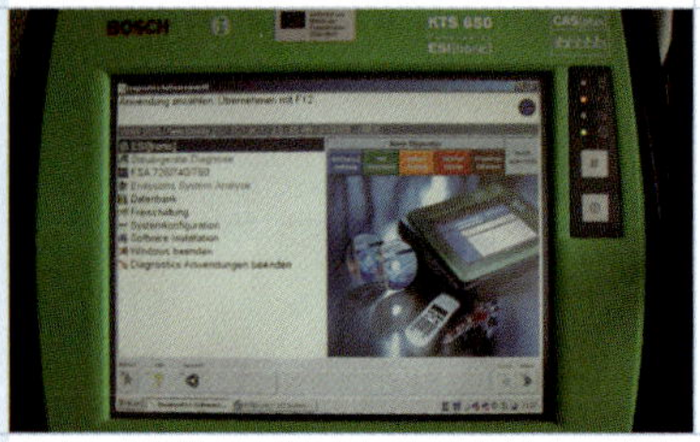	Systemtestgeräte werden für die Fehlerdiagnose an die Diagnosesteckdose angeschlossen. Die an dieser Stelle auf das Systemtestgerät übertragenen Daten werden dort in Diagnoseabläufe und Informationen in Klartext umgesetzt. Die Programmspeicher der Systemtestgeräte sind austauschbar oder über Kommunikationssysteme aktualisierbar. Dadurch wird eine Vielzahl von Funktionen zur Fehlersuche ermöglicht, die über die Tastatur des Systemtestgerätes abgerufen werden können.
Notlauf	Wenn die Eigendiagnose einen Fehler erkennt, wird in vielen Fällen ein Notlaufprogramm aktiviert, welches den Betrieb des Kraftfahrzeugs bis zur nächsten Werkstatt ermöglicht. **Beispiel:** Bei Ausfall des Luftmassenmessers einer Einspritzanlage wird im Notlaufprogramm als Ersatzwert für das ausgefallene Lastsignal das Signal des Drosselklappenpotenziometers genommen.	

Funktionen von Systemtestgeräten

Fehlercodes	Fehlercodes können als Zahlencode und zusätzlich in Klartext angegeben werden, z.B. „Fehlercode 31, kein Motordrehzahlsignal“. Kurzzeitig (sporadisch) auftretende Fehler können auch von der Eigendiagnose erfasst und gespeichert werden. Im Display erscheint dann, zusätzlich zum Fehlercode, „sporadischer Fehler“. Nach einer Reparatur werden die Fehlercodes gelöscht. Nach einer Probefahrt wird der Fehlerspeicher erneut ausgelesen. Wird kein Fehler mehr angezeigt, ist die Reparatur beendet.
Datenliste	Über die Datenliste können die vom Steuergerät erfassten Betriebsdaten des Systems angezeigt werden, z. B. Batteriespannung 12,5 V, Bremsschalter offen, Motordrehzahl 1200 1/min
Stellglieddiagnose	Die Stellglieddiagnose ermöglicht ein gezieltes Ansteuern der einzelnen Aktoren durch das Steuergerät. Der/die Mechatroniker/-in kann dann sehen oder hören, ob der Aktor arbeitet.
Programmierung	Systemtestgeräte müssen regelmäßig mit den neuesten Updates von Testprogrammen programmiert werden. In diesen Updates sind neue Daten von Alt- und Neufahrzeugen enthalten.

Readiness-Code

Beispiel eines Readiness-Codes

Prüfprotokoll:	unterstützt	011111111101	1 = System verbaut 0 = System nicht verbaut
	gesetzt	000000000000	1 = Prüfung erfolgte nicht 0 = Prüfung erfolgte
Alle Systemtests durchgeführt			

Readiness-Code (Bereitschaftscode)
Der Readiness-Code ist ein zwölfstelliger Binärcode und besteht aus zwei Teilen:

- Der 1. Teil hat die Bezeichnung „Prüfprotokoll: unterstützt". In diesem Teil wird durch eine „0" oder eine „1" gekennzeichnet, ob eine Prüfung erfolgte oder nicht.
- Der 2. Teil hat die Bezeichnung „Prüfprotokoll: gesetzt". In diesem Teil wird durch eine „0" oder eine „1" gekennzeichnet, ob eine Prüfung erfolgte oder nicht.
- Der Readiness-Code gibt einen Hinweis darauf, ob bei den abgasrelevanten Systemen seit dem letzten Löschen des Fehlerspeichers zu dem jeweiligen System ein Diagnoseergebnis vorliegt.

Enthaltene Systeme im Readiness-Code

Systeme / Readiness-Code		unbenutzt	herstellerspezifische Belegung	Kraftstoffsysteme	Verbrennungsaussetzer	Abgasrückführung	Lambda-Sondenheizung	Lambda-Sonden	Klimaanlage	Sekundärluftsystem	Tankentlüftungssystem	Katalysator-Heizung	Katalysator
1. Teil	verbaut 1 nicht verbaut 0 nicht unterstützt 0	0	1	1	1	1	1	1	1	1	1	0	1
2. Teil	geprüft 0 nicht möglich 0 nicht geprüft 1	0	0	0	0	0	0	0	0	0	1	0	0
kontinuierlich überwacht		X	X	X	X								
sporadisch überwacht						X	X	X	X	X	X	X	X

In der **Tabelle** wird die Aufteilung des Readiness-Codes auf die zu prüfenden Systeme dargestellt:

- Die Überwachung der Systeme ist eingeteilt in „kontinuierlich" und „sporadisch".
- „Kontinuierlich" bedeutet, dass die Systeme seit dem Starten des Motors dauernd überwacht werden.
- „Sporadisch" bedeutet, dass die Systeme, z. B. Sekundärluftsystem, arbeiten oder ihre Betriebstemperatur, z. B. Katalysator, erreicht haben.

Bedeutung der Fehlercodes nach ISO 15031-6

Erläuterung am Beispiel „P0303"	
B → Body (Karosserie) C → Chassis (Fahrwerk) P → Powertrain (Antriebsstrang) U → Network (Bussystem)	1. Stelle
0 → herstellerunabhängig 1 → herstellerspezifische Baugruppe	2. Stelle
0 → Gesamtsystem 1 → Sekundärluft/Gemischaufbereitung 2 → Kraftstoffsystem 3 → Zündanlage/Verbrennungsaussetzer 4 → zusätzliche Systeme zur Emissionsüberwachung 5 → Geschwindigkeits-/Leerlaufregelung 6 → CPU und die Ein-/Ausgangssignale 7 → Getriebe	3. Stelle
Fortlaufende Nummerierung der Bauteile	4. und 5. Stelle
Beispiel: P0303 → P: Antriebsstrang, 0: herstellerunabhängig, 3: Zündanlage/Verbrennungsaussetzer, 03: im 3. Zylinder	

Im Zusammenhang mit der Bildung von **Readiness-Codes** werden auch **Fehlercodes** erstellt:

- Die Fehlercodes beinhalten nicht nur das Abgasverhalten, sondern werden aufgrund einer umfassenden Eigendiagnose aller elektronischen Systeme gebildet.
- Die Fehlercodes sind in der Norm SAE J2012 bzw. der ISO 15031-6 definiert. Dazu kommen noch herstellerspezifische Fehlercodes.
- Die Tabelle zeigt an einem Beispiel die Zusammensetzung der Fehlercodes.
- Der Fehlercode besteht aus 5 Stellen, welche den Fehler den Baugruppen und Bauteilen zuweisen.
- Die Fehlercodes werden in Listen aufgelistet. Aus diesen können Hinweise auf den Fehler entnommen werden.
- Die Fehlercodes werden von Systemtestgeräten auch im Klartext ausgegeben.
- Wird der Fehlerspeicher gelöscht, wird auch der Readeness-Code zurückgesetzt.

Fehlersuchverlauf

Beispiel
für den Ablauf zweier Fehlerdiagnosen an Einspritzanlagen für Ottokraftstoff, jeweils mit und ohne Eigendiagnose
In beiden Beispielen weisen die Anlagen denselben Fehler auf.

Einspritzanlage mit Eigendiagnose
z. B. Motronic M1.5

Kundenbeanstandung:
Motordiagnoselampe leuchtet, warmer Motor startet mit Schwierigkeiten, unruhiger Leerlauf

Einspritzanlage ohne Eigendiagnose
z. B. L E 2-Jetronic

Kundenbeanstandung:
Warmer Motor startet nicht bzw. mit Schwierigkeiten, unruhiger Leerlauf

Prüfvoraussetzung: Mechanischer Zustand des Motors (Kompression, Ventileinstellung) i. O., Kraftstoffdruck i. O., Ansaugsystem ist dicht, Zündanlage (Zündeinstellung, Zündkabel, Kerzenstecker, Zündverteiler) i. O.

Systemtestgerät:
Fehlercode 39: Kühlmitteltemperatursensor Spannung hoch
Datenliste: Kühlmitteltemperatur –36 °C

mögliche Fehlerursachen:
Unterbrechung oder Kurzschluss nach + im Stromkreis des Kühlmitteltemperatursensors, Steuergerät defekt

mögliche Fehlerursachen: Fehler in den Stromkreisen, z. B. Kühlmitteltemperatursensor, Luftmengenmesser, Drosselklappenpotenziometer, Einspritzventile, Steuergerät defekt

Vielfachmessgerät: Überprüfung aller betroffenen Bauteile im Stromkreis des Kühlmitteltemperatursensors (Sensor, Kabel, Steckverbindung) mit dem Vielfachmessgerät durch Spannungs- und Widerstandsmessungen

Vielfachmessgerät oder geeignetes Peripherieprüfgerät: Überprüfung sämtlicher Bauelemente der Peripherie (Kabel, Steckverbindungen, Sensoren, Aktoren)

Sollwerte nicht erreicht:
Defekte Teile austauschen, bzw. instand setzen

Sollwerte erreicht:
Steuergerät austauschen

Sollwert nicht erreicht:
Defekte Teile austauschen, bzw. instand setzen

Endkontrolle, Fehlerspeicher löschen, Probefahrt mit anschließender Kontrolle des Fehlerspeichers

Endkontrolle, Probefahrt

Geführte Fehlersuche

Bei einer geführten Fehlersuche werden Fachkräfte von einem Diagnosesystem Schritt für Schritt durch den Diagnoseprozess zur Identifikation eines Fehlers geführt. Dabei ermittelt das System aus Symptomen (Einträgen in Fehler- und Ereignisspeicher) und deren Zusammenhängen sowie oftmals weiteren Messwerten mögliche Fehlerursachen und macht ggf. auch Vorschläge zur Reparatur.

Telematik/Telediagnose

Moderne Fahrzeuge sind per Telematik mit dem Hersteller vernetzt. Die ab Werk verbauten Sensoren, Speichermedien und Internetzugänge erlauben es u. a., Daten zum technischen Zustand des Fahrzeugs an den Hersteller zu übertragen. Die Telediagnose liefert frühzeitig Informationen über den notwendigen Austausch wichtiger diagnosefähiger Verschleißteile. Im Bedarfsfall überträgt das Fahrzeug alle weiteren relevanten Daten automatisch an die Werkstatt.

Komfortsysteme
elektronische Klimaanlage,
Sitz- und Lenkradverstellung,
Fenster- und Schiebedachantrieb,
Zentralverriegelung,
Wegfahrsperre,
Diebstahlwarnanlage,
aktive Fahrwerksregelung,
geschwindigkeitsabhängige Hilfskraftlenkung,
Komfortschlüssel

Sicherheitssysteme
Antiblockiersystem (ABS),
Antriebsschlupfregelung (ASR),
elektron. Stabilitätsprogramm (ESP),
Reifendruck-Kontrollsysteme,
Rückhaltesysteme
(Sicherheitsgurte, Airbag),
Fernlichtassistent,
gleitende Leuchtweitenregelung,
adaptives Licht,
Wisch-Wasch-Steuerung,
individuelle Wartungs-Intervallanzeige,
Überwachungssysteme für
Betriebsstoffe und Verschleißteile

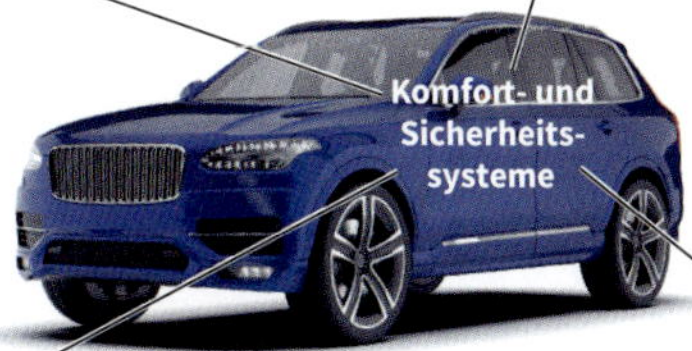

Fahrerassistenzsysteme
Fahrgeschwindigkeitsregelung (Tempomat),
adaptive Fahrgeschwindigkeitsregelung (ACC),
aktiver Parklenkassistent,
Fahrprogrammwahl,
Bremsassistent,
Baustellenassistent,
Spurhalteassistent,
Spurwechselassistent,
Seitenwindassistent,
Kreuzungsassistent,
Ampelassistent,
Berganfahrassistent,
Stauassistent,
Nachtsichtassistent,
Verkehrszeichenerkennung,
Aufmerksamkeitsassistent

Fahrerinformationssysteme
Bordcomputer,
Fahrzeugnavigation,
Ortungsassistent,
Anzeigentechnologien,
elektronische Sprachausgabe,
Funktionssteuerung durch Sprache,
Infotainment,
WLAN-Hotspot

Komfortsysteme haben die Aufgabe, den Fahrkomfort zu erhöhen, die Bedienung des Fahrzeugs zu vereinfachen und damit die Sicherheit zu erhöhen.

Sicherheitssysteme sollen die Sicherheit der Fahrenden und die Fahrsicherheit des Fahrzeugs verbessern.

Fahrerassistenzsysteme haben die Aufgabe, dem Fahrzeug Daten aus seiner Umgebung zu liefern und den Fahrer bzw. die Fahrerin so in bestimmten Fahrsituationen zu unterstützen.

Fahrerinformationssysteme sollen die Person am Steuer über fahrzeugbezogene Daten und Kommunikations- sowie Komfortanwendungen informieren.

Fahrerassistenzsysteme und Fahrerinformationssysteme werden teilweise auch den Komfort- oder den Sicherheitssystemen zugeordnet.

Aktive und passive Sicherheit

Aktive Sicherheit

Zur aktiven Sicherheit gehört alles, was zur Verhinderung von Unfällen beiträgt.

Fahrsicherheit	Konditionssicherheit	Wahrnehmungssicherheit	Bedienungssicherheit
Die harmonische Abstimmung von Radführung, Bremsen, Lenkung und Federung führt zu einem optimierten Fahrverhalten des Fahrzeugs.	Eine geringe physiologische Belastung der Fahrzeuginsassen durch Geräusche, Schwingungen und Klima (Temperatur, Luftfeuchtigkeit) vermindert Fehlverhalten des Fahrers bzw. der Fahrerin.	Durch die frühzeitige Wahrnehmung von Verkehrssituationen durch die Verkehrsteilnehmer wird Zeit gewonnen, um auf gefährliche Situationen zu reagieren.	Eine gute Erreichbarkeit sowie eindeutige Kennzeichnung und logische Anordnung von Bedienelementen beeinflussen die aktive Sicherheit positiv.
Beispiele: ■ neutrales bis leicht untersteuerndes Fahrverhalten unter allen Betriebsbedingungen (beladen, unbeladen, nasse Fahrbahn)	**Beispiele:** ■ Geräuschisolierung ■ elektronische Klimaanlage ■ komfortable Federung ■ ausreichende Frischluftzufuhr für den Innenraum	**Beispiele:** ■ gute Sicht durch entsprechende Gestaltung der Karosserie ■ leistungsfähige Scheinwerfersysteme ■ heizbare Heckscheibe	**Beispiele:** ■ Anordnung der Bedienelemente des Radios am Lenkrad ■ Freisprecheinrichtungen für Autotelefon, Smartphone und Handy

Passive Sicherheit

Zur passiven Sicherheit gehört alles, was zur Verminderung von Unfallfolgen beiträgt.

Äußere Sicherheit	Innere Sicherheit
Äußere Sicherheit umfasst alle konstruktiven Maßnahmen am Fahrzeug, die geeignet sind, das Verletzungsrisiko der am Unfall beteiligten Personen **außerhalb des Fahrzeugs** zu verringern.	Innere Sicherheit umfasst alle konstruktiven Maßnahmen am Fahrzeug, die geeignet sind, das Verletzungsrisiko der am Unfall beteiligten Personen **innerhalb des Fahrzeugs** zu verringern.
Beispiele: ■ Unterfahrschutz bei Nutzkraftwagen ■ glatte Oberflächen durch versenkte Scheibenwischer, versenkte Türgriffe ■ verformbare Anbauteile: Stoßfänger, Antennen	**Beispiele:** ■ Rückhaltesysteme: Airbags, Sicherheitsgurte, Gurtstraffer ■ Deformationsverhalten der Karosserie ■ Deformationsverhalten der Innenraumausstattung ■ Festigkeit der Fahrgastzelle (Überlebensraum während und nach dem Aufprall) ■ Brandschutz

Elektronisch geregelte Klimaanlage	**Kältemittelkreislauf einer Klimaanlage**
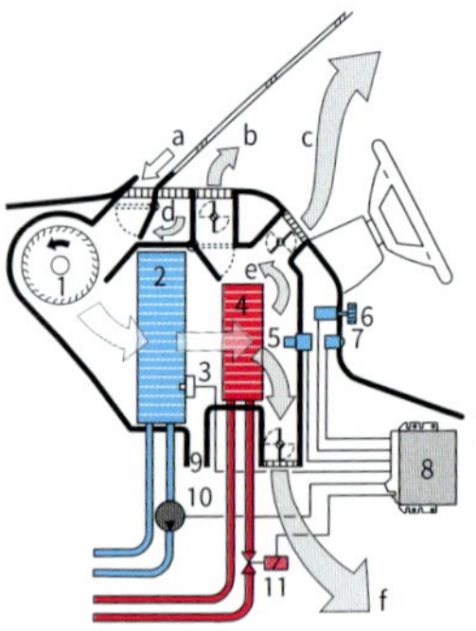	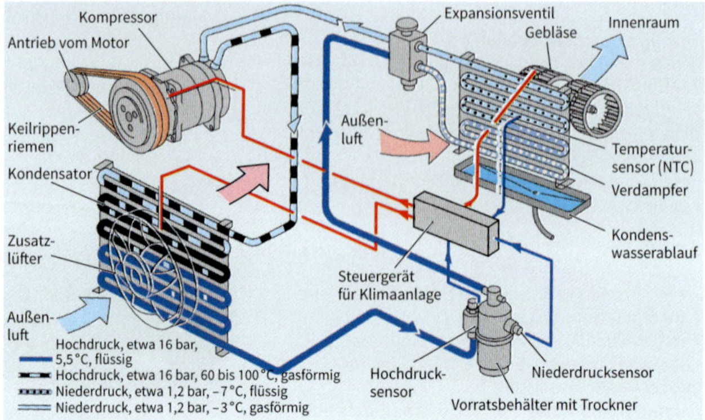

Es werden unterschieden:

- gesteuerte Klimaanlagen (manuelle Einstellung der Temperatur, Luftverteilung, Gebläsedrehzahl)
- elektronisch geregelte Klimaanlagen mit einer bis vier Zonen Automatik

Aufgaben: Die elektronische Klimaanlage ermöglicht eine

- Be- und Entlüftung des Innenraums,
- Heizung (über Wärmetauscher) bzw. Abkühlung (über Verdampfer) der Innenraumluft,
- Entfeuchtung und Reinigung der Luft.

Der Fahrer bzw. die Fahrerin stellt über die Klimabedienung die gewünschte Innenraumtemperatur und Gebläseeinstellung ein.

Sensoren und ihre Aufgaben	
Bedienelemente der Klimaanlage	Drehschalter und Taster senden Signale an das Steuergerät Klimaanlage.
Temperatursensor für Außentemperatur	Sensor erfasst die Außentemperatur. Sensorsignale werden über den Bordcomputer zum Steuergerät Klimaanlage übertragen.
Temperatursensoren für Ausströmer links und rechts	Temperatursensor erfasst die Außentemperatur im Frischluftansaugkanal (2. Messung der Außentemperatur).
Luftfeuchtigkeitssensor für Klimaanlage	Luftfeuchtigkeitssensor ermittelt Temperatur und Feuchtigkeit der Frischluft im Frischluftansaugkanal, dadurch wird das Beschlagen der Scheiben verhindert.
Temperatursensoren für Innenraum Ausströmer	Temperatursensoren messen die erreichte Temperatur im Fahrgastraum.
Temperatursensor für Verdampfer	Temperatursensor verhindert eine Vereisung des Verdampfers.
Fotosensor für Sonneneinstrahlung	Fotosensor erfasst die direkte Sonnenbestrahlung der Fahrzeuginsassen (z. B. Fahrer- und Beifahrerseite).
Luftgütesensor	Luftgütesensor misst die Schadstoffe in der Außenluft (z. B. CO, NOx). Bei schlechter Außenluft wird die Umluftschaltung aktiviert.
Potenziometer für Stellmotoren Defrosterklappe, Temperaturklappen links und rechts, Luftverteilung, Frischluft/Umluft-Staudruckklappe	Potenziometer messen die Stellungen der Klappen. Die Signale wertet das Steuergerät Klimaanlage aus, dadurch können die Lagen der Klappen verändert werden.
Drucksensor für Kältemittelkreislauf	Drucksensor bestimmt den Kältemitteldruck im Kältemittelkreislauf und damit die benötigte Motorlast.
Steuergeräte und ihre Aufgaben	
Steuergerät Klimaanlage	Im Steuergerät Klimaanlage sind Kennfelder gespeichert, die je nach Bedarf den Luftdurchsatz und die Luftverteilung regeln.
Bordnetzsteuergerät	Bordnetzsteuergerät regelt z.B. die Heckscheiben- und Außenspiegelheizung sowie die Standheizung über Funkempfänger.
Steuergerät für Diagnose-Interface für Datenbus	Steuergerät ermöglicht einen Datenaustausch zwischen den Steuergeräten CAN-Datenbus Komfort und CAN-Datenbus Antrieb.
Motorsteuergerät	Motorsteuergerät regelt die zusätzliche Leistung für den Antrieb des Kompressors.
Aktoren und ihre Aufgaben	
Gebläsemotor	Der Gebläsemotor befördert die abgekühlte oder erwärmte Luft in den Innenraum.
Kompressor Regelventil für Kompressor	Der Kompressor saugt das verdampfte Kühlmittel aus dem Verdampfer an und leitet es verdichtet zum Kondensator. Kompressor wird vom Verbrennungsmotor bzw. Elektromotor angetrieben. Das Regelventil regelt die Druckverhältnisse im Kompressor, dadurch wird die Fördermenge des Kältemittels verändert.
Stellmotoren für Defrostklappe, Temperaturklappen, Luftverteilung, Frischluft/Umluft-Staudruckklappe	Stellmotoren verstellen die Luftklappen.

Darstellung	Merkmale
Aktive Fahrwerksregelung 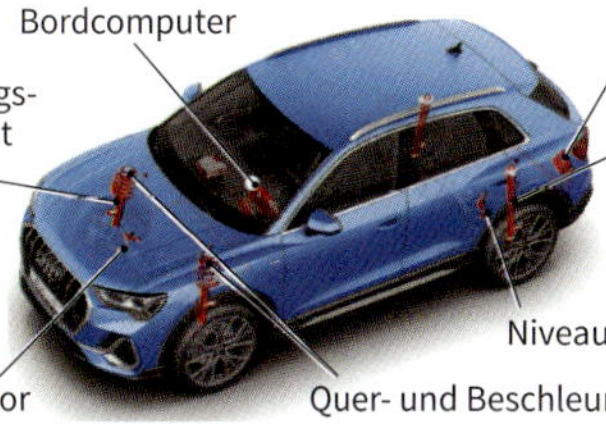 	**Aufgabe:** Die aktive Fahrwerksregelung ermittelt für jede Fahrsituation die optimale Schwingungsdämpfung, Federung und den Niveaustand des Fahrzeugaufbaus. **Sensoren:** Drehzahlsensoren, Lenkwinkelsensor, Giermomentsensor, Längs-, und Querbeschleunigungssensoren, Niveausensoren **Steuergerät:** Steuergerät Niveauregulierung, Bordcomputer **Aktoren:** Magnetventil, Ventile für Dämpferverstellung
Geschwindigkeitsabhängige Hilfskraftlenkung 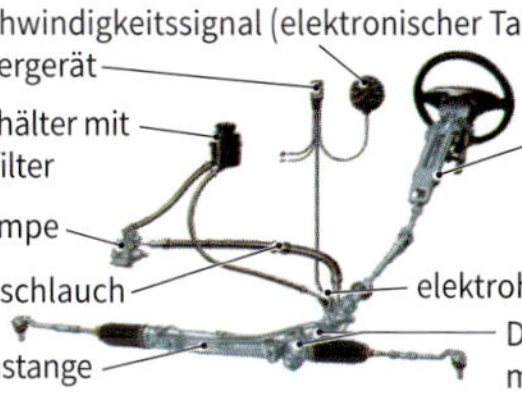 	**Aufgabe:** Die geschwindigkeitsabhängige Hilfskraftlenkung soll die Lenkraftunterstützung in Abhängigkeit von der Fahrgeschwindigkeit verändern. **Sensor:** Geschwindigkeitssignal vom elektronischen Tachometer **Steuergerät:** Steuergerät geschwindigkeitsabhängige Hilfskraftlenkung **Aktor:** elektrohydraulischer Wandler
Komfortschlüssel  	**Aufgabe:** Der Komfortschlüssel ermöglicht ein Ver- und Entriegeln des Fahrzeugs und eine Startberechtigung für das Fahrzeug. **Sensoren:** Starttaster, Antennen im Innen- und Außenraum des Fahrzeugs, Türgriffberührung **Steuergeräte:** Steuergerät Zugang- und Startberechtigung, Komfortsteuergerät, Motorsteuergerät, Steuergerät Wegfahrsperre, Steuergerät elektronische Lenksäulenverriegelung **Aktoren:** Schließeinheit für Zentralverriegelung, Motoren für Türen, Fensterheber und Spiegelverstellung
Fahrerassistenzsysteme	
Fahrgeschwindigkeitsregelung (Tempomat)  **Bedienelement**  OFF/ON: Ab- und Einschalten der Geschwindigkeits-Regelanlage SPEED +, –: Geschwindigkeitszunahme, Geschwindigkeitsabnahme SET: Speicherung der gewünschten Geschwindigkeit	**Aufgabe:** Die Fahrgeschwindigkeitsregelung soll die Geschwindigkeit eines Fahrzeugs unabhängig von den Fahrwiderständen konstant halten, ohne dass die fahrende Person das Fahrpedal betätigt. **Sensoren:** Raddrehzahlsensoren, Kupplungsschalter, Bremsschalter, Bedienschalter **Steuergerät:** Steuergerät Motronic **Aktor:** Stellmotor für die Drosselklappe
Adaptive Fahrgeschwindigkeitsregelung (ACC) 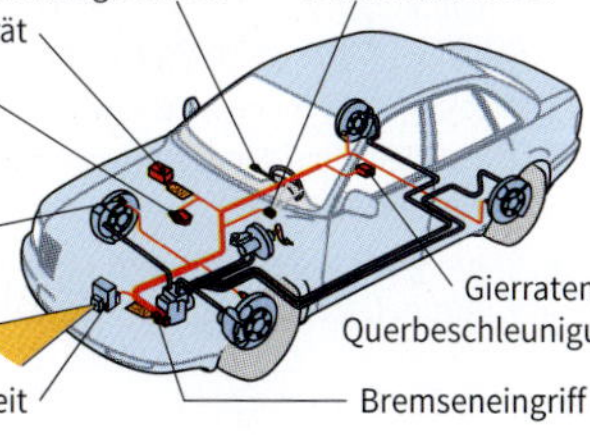 	**Aufgabe:** Die adaptive Fahrgeschwindigkeitsregelung soll den Sicherheitsabstand zu einem vorausfahrenden Fahrzeug abhängig von der Fahrgeschwindigkeit regeln. **Sensoren:** Radarsensoren, Ultraschallsensoren, ESP-Sensoren (Gierratensensor, Querbeschleunigungssensor, Raddrehzahlsensoren, Lenkwinkelsensor, Brems- und Fahrpedalstellungssensor) **Steuergeräte:** Steuergerät Abstandsregelung, ESP-Steuergerät, Getriebesteuergerät, Motorsteuergerät, Steuergerät Bildverarbeitung **Aktoren:** E-Gas (Drosselklappenantrieb, Einspritzventile), Bremsassistent (Schaltventile, Rückförderpumpe, Radzylinder)

Darstellung	Merkmale
Verdeckverstellung  	**Aufgabe:** Die Verdeckverstellung soll in kurzer Zeit (z. B. 15 s) und bis zu einer maximalen Geschwindigkeit (z. B. 50 km/h) das Verdeck öffnen oder schließen. **Sensoren:** Taster, Schalter, Ultraschallsensoren **Steuergeräte:** Steuergerät für Verdeckbetätigung, Bordnetzsteuergerät, Zentralsteuergerät Komfortystem **Aktoren:** Hydraulikpumpe, Elektromotoren
Sitz- und Lenkradverstellung mit Memoryfunktion 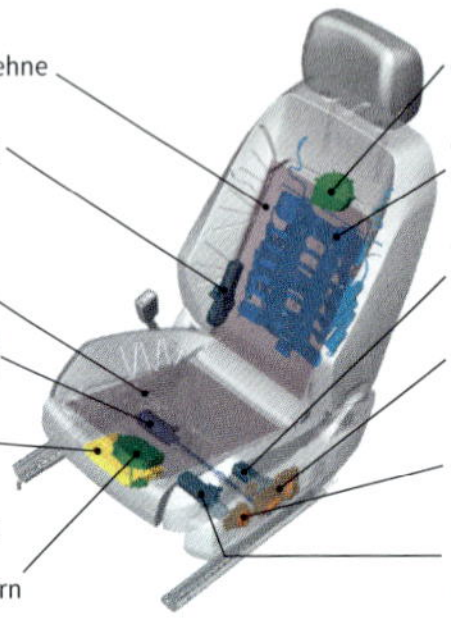 	**Aufgabe:** Die Sitz- und Lenkradverstellung soll die von mehreren Personen eingestellten Sitz-, Lenkrad- und Außenspiegelpositionen im Steuergerät speichern (Memoryfunktion). **Sensoren:** Taster und Schalter **Steuergeräte:** Steuergerät für Sitzverstellung, Massagefunktion und Lenksäulenverstellung **Aktoren:** Elektromotoren
Zentralverriegelung 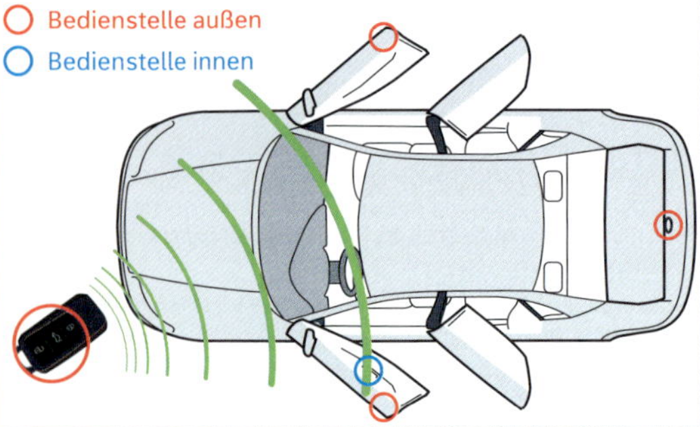 	**Aufgabe:** Die Zentralverriegelung soll mit einem Schlüssel oder einer Fernbedienung die Türen, den Kofferraum, den Tankverschluss, das Handschuhfach verriegeln bzw. entriegeln. Es können auch die Fenster und das Schiebedach geöffnet und geschlossen werden. Während des Verriegelns wird eine vorhandene Diebstahlanlage aktiviert. **Sensoren:** Fahrzeugschlüssel, Mikroschalter im Türschloss, Schalter für Fensterheber, Spiegelverstellung und Anklappen der Außenspiegel **Steuergeräte:** Steuergerät für Zentralverriegelung, Türsteuergeräte, Memorysteuergerät **Aktoren:** Schließeinheit für Zentralverriegelung, Motoren für die Türen, Fensterheber, Schiebedach und Spiegelverstellung
Wegfahrsperre 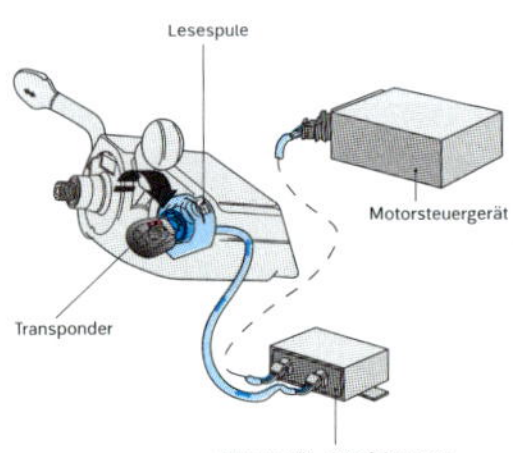 	**Aufgabe:** Die elektronische Wegfahrsperre soll ein unbefugtes Benutzen des Fahrzeugs verhindern. **Sensor:** Codierter Zündschlüssel bzw. Transponder-Card (Keyless Go) **Steuergeräte:** Steuergerät Wegfahrsperre, Bordnetzsteuergerät, Zentralsteuergerät Komfortystem **Aktoren:** Die Funktionen, z. B. vom Starter und der Kraftstoffpumpe, werden blockiert.
Diebstahlwarnanlage 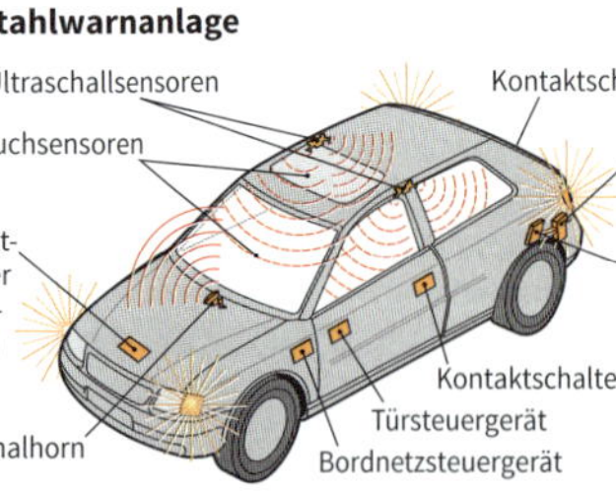 	**Aufgabe:** Die Diebstahlwarnanlage soll bei einem unbefugten Zugriff auf das Fahrzeug Warnsignale (Schall- und Blinksignale) abgeben. **Sensoren:** Ultraschallsensoren, Bewegungssensoren, Kontaktschalter, Glasbruchsensoren **Steuergeräte:** Steuergerät Ultraschall- und Bewegungssensoren, Türsteuergeräte, Bordnetzsteuergerät, Zentralsteuergerät Komfortystem **Aktoren:** Signal-, Licht- und Blinkanlage, Motor für Zentralverriegelung

Darstellung	Merkmale
Fahrprogrammwahl 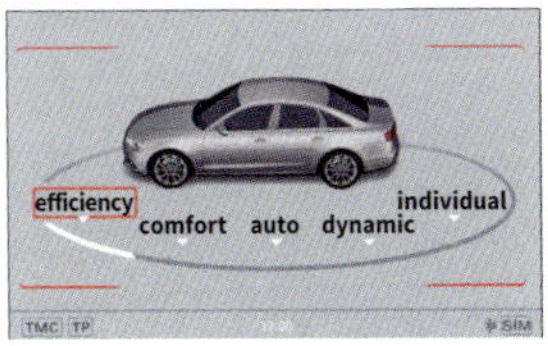 **efficiency:** kraftstoffssparende Fahrweise **comfort:** komfortorientierte Fahrzeugabstimmung **auto:** komfortable Federung und Lenkung, ausreichende Beschleunigung **dynamic:** hohe Beschleunigung, direkte Lenkung, harte Federung **individual:** Einstellung des Fahrers	**Aufgabe:** Die Fahrprogrammwahl ermöglicht der fahrenden Person einen Fahrmodus zu wählen. Der Fahrmodus beeinflusst z. B. das Beschleunigungsverhalten, den Kraftstoffverbrauch und die Federung. **Sensoren:** Bedienelemente **Steuergeräte:** Steuergerät Abstandsregelung, ESP-Steuergerät, Steuergerät Niveauregulierung, Getriebesteuergerät, Motorsteuergerät, Steuergerät Lenksystem, Zentralsteuergerät Komfortsystem **Aktoren:** ▪ E-Gas: Drosselklappenantrieb, Einspritzventile ▪ Getriebesteuerung: Magnetventile als Druckregler ▪ Steuerung der Lenkung: elektrohydraulischer Wandler
Bremsassistent 	**Aufgabe:** Der Bremsassistent soll bei einer Notbremsung schnell die volle Bremskraft aufbauen. **Sensoren:** Fahrpedalwegsensor, Drehzahlsensoren **Steuergerät:** ESP-Steuergerät mit Bremsassistent **Aktoren:** Hydraulikeinheit, Rückförderpumpe, Magnetventile, Radbremszylinder
Baustellenassistent 	**Aufgabe:** Der Baustellenassistent soll in engen Baustellen die Spur halten und ein rechtzeitiges Bremsen ermöglichen. **Sensoren:** Frontkamera, Fern- und Nahbereichs-Ultraschallsensoren **Steuergeräte:** Steuergerät Frontkamera, Steuergerät Lenksäulenelektronik, ESP-Steuergerät, Steuergerät adaptive Fahrgeschwindigkeitsregelung **Aktoren:** Bremsassistent: Hydraulikeinheit, Rückförderpumpe, Magnetventile, Radbremszylinder, Elektromotor für Lenkeingriff
Spurhalteassistent 	**Aufgabe:** Der Spurhalteassistent erkennt die Fahrbahnbegrenzungslinien und lenkt das Fahrzeug während des Verlassens der Markierungen in die Spur zurück. **Sensor:** Frontkamera **Steuergeräte:** Steuergerät Lenksäulenelektronik, Steuergerät Frontkamera **Aktor:** Elektromotor für Lenkeingriff
Spurwechselassistent 	**Aufgabe:** Der Spurwechselassistent warnt die fahrende Person bei einem unbeabsichtigten Spurwechsel, indem das Straßen- und Verkehrsumfeld überwacht wird. **Sensoren:** Radarsensoren **Steuergeräte:** Steuergerät Spurwechselassistent, Steuergerät Lenksäulenelektronik **Aktoren:** Warnleuchten
Berganfahrassistent 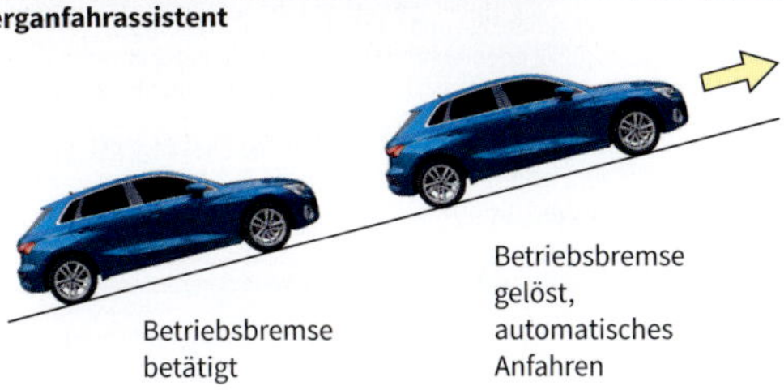	**Aufgabe:** Der Berganfahrassistent ermöglicht ein Anfahren an Steigungen ohne Handbremsbetätigung und verhindert ein Zurückrollen des Fahrzeugs. Während des Anfahrens wird die Betriebsbremse automatisch betätigt, bis ein ausreichendes Motordrehmoment vorhanden ist. **Sensoren:** Neigungssensor, Motordrehzahlsensor, Fahrpedalsensor, Gangschalter, Kupplungsschalter **Steuergerät:** ESP-Steuergerät mit Bremsassistent **Aktoren:** Hydraulikeinheit, Rückförderpumpe, Magnetventile, Radbremszylinder

Aktiver Parklenkassistent

Der aktive Parklenkassistent vermisst die Parklücke und übernimmt automatisch die Lenkbewegungen während des Längs- oder Quereinparkens.

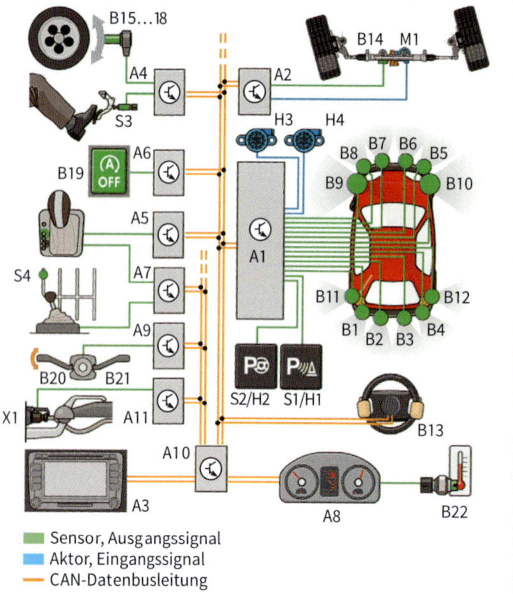

Parklenkassistent
S1 Taster für Einparkhilfe
S2 Taster für Parklenkassistent
B1 Sensor Einparkhilfe hinten links
B2 Sensor Einparkhilfe hinten Mitte links
B3 Sensor Einparkhilfe hinten rechts
B4 Sensor Einparkhilfe hinten Mitte rechts
B5 Sensor Einparkhilfe vorn rechts
B6 Sensor Einparkhilfe vorn Mitte rechts
B7 Sensor Einparkhilfe vorn links
B8 Sensor Einparkhilfe vorn Mitte links
B9 Sensor Parklenkassistent vorn links
B10 Sensor Parklenkassistent vorn rechts
B11 Sensor Parklenkassistent hinten links
B12 Sensor Parklenkassistent hinten rechts

A1 Steuergerät für Parklenkassistent

H1 Kontrollleuchte Einparkhilfe
H2 Kontrollleuchte Parklenkassistent
H3 Warnsummer Einparkhilfe hinten
H4 Warnsummer Einparkhilfe vorn

Elektromechanische Servolenkung
B13 Lenkwinkelsensor
B14 Lenkmomentsensor

A2 Steuergerät für Lenkhilfe

M1 Motor elektromechanische Servolenkung

Infotainment
A3 Radio/Radio-Navigationssystem

Bremssystem
S3 Bremslichtschalter

B15 Drehzahlsensor hinten rechts
B16 Drehzahlsensor vorn rechts
B17 Drehzahlsensor hinten links
B18 Drehzahlsenor vorn links

A4 Steuergerät ABS

Motor- und Getriebesystem
S4 Schalter für Rückfahrleuchten

B19 Taster Start-Stopp-Betrieb

A5 Steuergerät automatisches Getriebe
A6 Motorsteuergerät
A7 Bordnetzsteuergerät

Schalttafel und Lenksäulenelektronik
B20 Blinklichtschalter
B21 Abruftaste Multifunktionsanzeige
B22 Temperatursensor Außenluft

A8 Steuergerät Schalttafel
A9 Steuergerät Lenksäulenelektronik
A10 Diagnose-Interface Datenbus

Anhängererkennung
X1 Steckdose für Anhängerbetrieb

A11 Steuergerät für Anhängererkennung

Sensoren und ihre Aufgaben	
Sensoren vorn und hinten für Einparkhilfe	Ultraschallsensoren B1 bis B8 vermessen die Parklücke, kontrollieren den Abstand während des Einparkens, richten das Fahrzeug in der Parklücke aus.
Sensoren vorn und hinten für Parklenkassistenten	Ultraschallsensoren B9 bis B12 unterstützen die Parklenkfunktion. Ultraschallsensoren B9 bis B10 vermessen die Parklücke, die Abstände zum Vorderwagen und Hindernissen während des Einparkens. Ultraschallsensoren B11 und B12 messen die Breite und Position der Parklücke und die seitlichen Hindernisse während des Einparkens.
Lenkwinkelsensor	Lenkwinkelsensor B13 erfasst die Stellung des Lenkrades.
Lenkmomentsensor	Lenkmomentsensor B14 erfasst einen Lenkeingriff der fahrenden Person, der Einparkvorgang wird abgebrochen.
Drehzahlsensoren vorn und hinten	Drehzahlsensoren B16 und B18 erfassen vorn die Geschwindigkeit des Fahrzeugs während des Einparkvorgangs. Drehzahlsensoren B15 und B17 erfassen die Vorwärts- oder Rückwärtsbewegung des Fahrzeugs.
Temperatursensor	Temperatursensor B22 misst die Außentemperatur. Die Außentemperatur beeinflusst die Luftdichte und damit die Ausbreitungsgeschwindigkeit des Ultraschalls der Sensoren.
Taster	Taster S1 schaltet die Einparkhilfe und Taster S2 den Parklenkassistenten ein.
Blinklichtschalter	Bremslichtschalter S3 zeigt die Bremsstellung und Blinklichtschalter S4 die Einparkseite an.
Steckdose für Anhängerbetrieb	Steckdose X1 zeigt Anhängerbetrieb an, Parklenkassistent wird nicht aktiviert.
Abruftaste Multifunktionsanzeige	Abruftaste B21 ruft Fahrerinformationen während des Ein- oder Ausparkens auf.
Steuergeräte und ihre Aufgaben	
Steuergerät für Parklenkassistent	Steuergerät für Parklenkassistent A1 ermöglicht Lenkbewegungen für das Quer- und Längseinparken.
Steuergerät für Lenkhilfe	Steuergerät für Lenkhilfe A2 steuert die Lenkradeinschläge während des Einparkens.
Steuergerät ABS, Steuergerät automatisches Getriebe	Steuergerät ABS A4 übermittelt an den Parklenkassistenten die Fahrgeschwindigkeit, Steuergerät automatisches Getriebe A5 erkennt die eingelegte Fahrstufe. ESP-System ermöglicht bei zu hoher Geschwindigkeit oder Kollisionsgefahr einen Bremseneingriff bis zum Stillstand des Fahrzeugs.
Motorsteuergerät, Bordnetzsteuergerät	Motorsteuergerät A6 ermöglicht bei vorhandener Start-Stopp-Funktion einen Weiterlauf des Motors. Bordnetzsteuergerät A7 zeigt Parklenkassistenten Rückwärtsgang an.
Steuergerät Schalttafel, Steuergerät Lenksäulenelektronik, Diagnose-Interface Datenbus, Steuergerät Anhängererkennung	Steuergerät Schalttafel A8 zeigt im Display eine Parkdistanzkontrolle und Fahranweisungen an. Steuergerät Lenksäulenelektronik A9 zeigt an, auf welcher Fahrseite (linke oder rechte Straßenseite) eingeparkt werden soll. Diagnose-Interface Datenbus A10 ermöglicht den Datenaustausch zwischen den Steuergeräten. Steuergerät Anhängererkennung A11 schaltet bei einem Anhängerbetrieb den Parklenkassistenten aus.
Aktoren und ihre Aufgaben	
Kontrollleuchten	Kontrollleuchte H1 zeigt die Aktivierung der Einparkhilfe und die Kontrollleuchte H2 die Aktivierung des Parklenkassistenten an.
Warnsummer	Warnsummer H3 und H4 geben mit einem akustischen Signal während des Einparkens den hinteren und vorderen Abstand des Fahrzeugs zu einem Objekt an.
Motor elektromechanische Servolenkung	Motor stellt die notwendigen Lenkbewegungen ein.

Darstellung	Merkmale
Stauassistent  	**Aufgabe:** Der Stauassistent hält in Stausituationen den Abstand zu dem vorausfahrenden Fahrzeug konstant. Im Stopp-and-go-Verkehr erfolgt ein teilautomatisches Bremsen, Beschleunigen und Lenken. **Sensoren:** Radarsensoren, Ultraschallsensoren, Frontkamera, ESP-Sensoren **Steuergeräte:** Steuergerät Stauassistent, Steuergerät Abstandsregelung, Getriebesteuergerät, Motorsteuergerät **Aktoren:** Optische, akustische Warnsignale, Bremsassistent, EGAS, Getriebesteuerung, Motor für elektromechanische Lenkung
Nachtsichtassistent 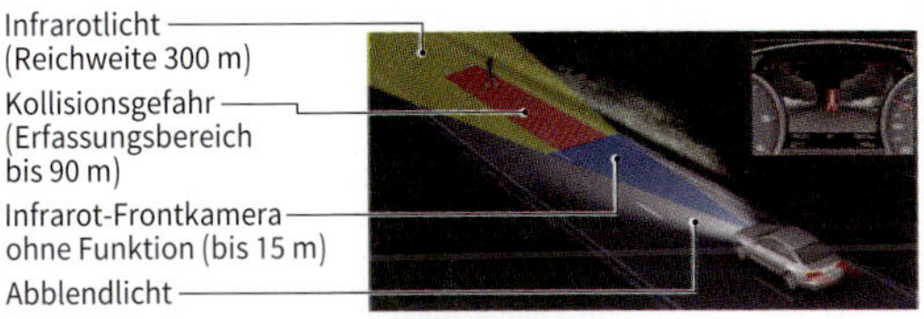 	**Aufgabe:** Der Nachtsichtassistent meldet bei Kollisionsgefahr erkannte Objekte oder Fußgänger und deren Position. **Sensoren:** Infrarot-Scheinwerfer, Infrarot-Frontkamera, Temperatursensor **Steuergerät:** Steuergerät Nachtsichtassistent **Aktoren:** Bildwandler, Anzeige im Display, akustisches Signal
Verkehrszeichenerkennung  	**Aufgabe:** Die Verkehrszeichenerkennung zeigt dem Fahrer im Kombiinstrument oder im Head-up-Display die mit einer Videokamera aufgenommenen Verkehrszeichen an. So können Geschwindigkeitsüberschreitungen vermieden sowie Überhol- und Einfahrverbote beachtet werden. **Sensor:** Frontkamera **Steuergerät:** Steuergerät Frontkamera **Aktoren:** Kombiinstrument oder Head-up-Display
Aufmerksamkeitsassistent 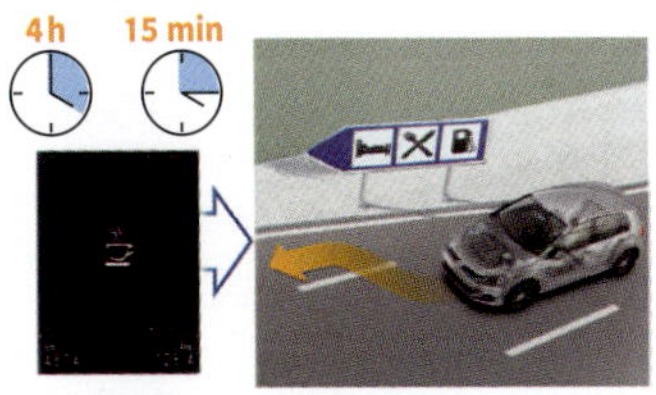 	**Aufgabe:** Der Aufmerksamkeitsassistent wertet ab einer Fahrgeschwindigkeit von 65 km/h anhand der Lenkbewegungen, Spureinhaltung, Fahrtdauer, Blinkdauer und Tageszeit die Fahrtüchtigkeit der fahrenden Person. Die Aufmerksamkeitserkennung empfiehlt bei Bedarf eine Pause. **Sensoren:** Frontkamera, Fahrpedalsensor, Blinkerbetätigung **Steuergerät:** Komfortsteuergerät **Aktoren:** Anzeige im Display, akustische Warnung
Fahrerinformationssysteme	
Bordcomputer  	**Aufgabe:** Der Bordcomputer erfasst fahrzeugbezogene Daten. Er wertet die Daten bei Bedarf aus und zeigt sie im Kombiinstrument oder auf dem Bildschirm an. Der Bordcomputer erhält über den CAN-Datenbus von den Steuergeräten (z. B. ESP-Steuergerät) des Kraftfahrzeugs weitere Daten zur Verarbeitung. **Sensoren:** Sensoren der Motronic und vom ESP, Sensor Kraftstoffvorrat, Außentemperatursensor, Kontrollschalter, Radio, Bedienschalter **Steuergerät:** Bordcomputer **Aktoren:** Anzeige im Display, Diagnoseanzeige
Fahrzeugnavigation 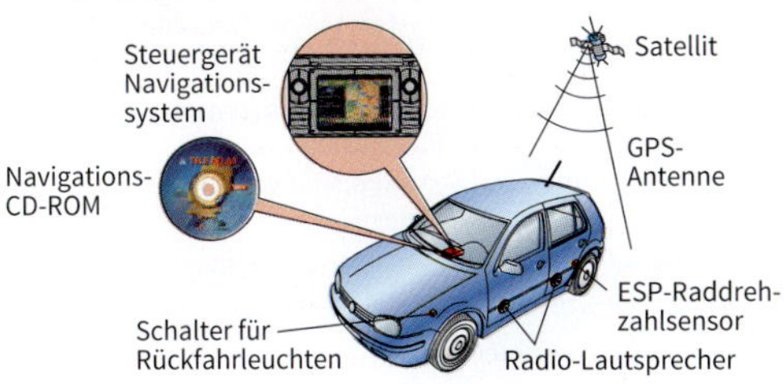 	**Aufgabe:** Die Fahrzeugnavigation ermöglicht mithilfe des Ortungssystems GPS und der Navigations-Speichermedien eine Positionsbestimmung des Fahrzeugs. **Sensoren:** GPS-Empfänger, Speichermedien-Laufwerk, Bedientasten, Schalter für Rückfahrleuchten, Sensoren vom ESP **Steuergerät:** Steuergerät Navigationssystem **Aktoren:** Bildschirm, Radio

Darstellung	Merkmale
Fernlichtassistent 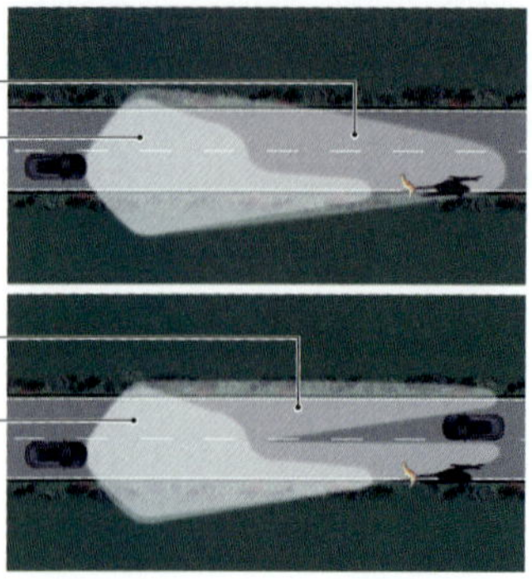 	**Aufgabe:** Der Fernlichtassistent erkennt vorausfahrende und entgegenkommende Fahrzeuge und schaltet je nach Verkehrslage das Fernlicht ein oder aus bzw. spreizt das Fernlicht. So wird eine Blendung anderer Verkehrsteilnehmender vermieden und eine Entlastung des Fahrers bzw. der Fahrerin erreicht. **Sensoren:** Frontkamera, Lichtschalter **Steuergeräte:** Steuergerät Fernlichtassistent, Steuergerät Leuchtweitenregelung, Steuergerät Kurvenlicht **Aktoren:** Verstellmotoren für Scheinwerfer
Gleitende Leuchtweitenregelung 	**Aufgabe:** Die gleitende Leuchtweitenregelung passt stufenlos das Fernlicht an die aktuellen Verkehrssituationen (z. B. entgegenkommendes Fahrzeug) an. **Sensoren:** Frontkamera, Lichtschalter, Blinkerhebel **Steuergeräte:** Steuergerät Leuchtweitenregelung, Steuergerät Frontkamera, Steuergerät Kurvenlicht **Aktoren:** Verstellmotoren für Scheinwerfer
Adaptives Licht 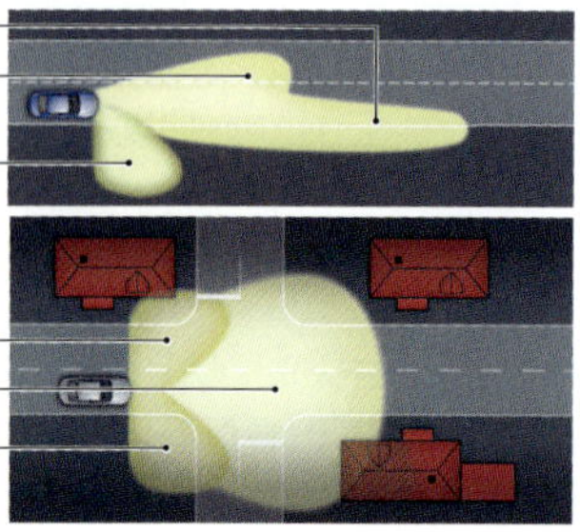 	**Aufgabe:** Das adaptive Licht ermöglicht ein automatisiertes Fahrlicht mit Stadtlicht, Kurvenlicht, Kreuzungslicht und Abbiegelicht. **Sensoren:** Lenkwinkelsensor, Sensoren für Scheinwerferposition **Steuergerät:** Steuergerät für adaptives Licht **Aktoren:** Stellmotor für adaptives Licht, Lampen für Stadtlicht, Kurvenlicht, Kreuzungslicht und Abbiegelicht, Diagnoselampe
Individuelle Wartungsintervallanzeige 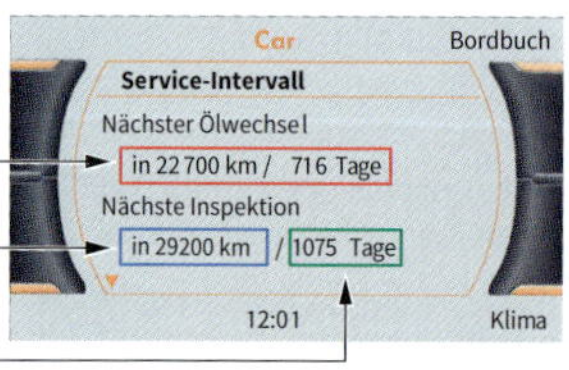 	**Aufgabe:** Die individuelle Wartungsintervallanzeige zeigt im Kombiinstrument die leistungs- und zeitabhängigen Wartungs-und Inspektionsintervalle an. **Sensoren:** Ölstandssensor, Kühlmittelstandssensor, Bremsflüssigkeitssensor, ESP-Sensoren, Komfortschlüssel **Steuergeräte:** Zentralsteuergerät Komfortsystem, Steuergerät Kombiinstrument **Aktoren:** Service-Intervallanzeige, Kontrollleuchten
Überwachungssysteme für Verschleißteile und Betriebsstoffe  	**Aufgabe:** Überwachungssysteme zeigen nach der Eigendiagnose einen Fehler an den Fahrzeugsystemen oder Fahrzeugbauteilen im Kombiinstrument an. **Sensoren:** Ölstandssensor, Kühlmittelstandssensor, Wisch- und Waschanlagensensor, Bremsflüssigkeitssensor, Bremsbelagsensor, Reifendrucksensoren, ESP-Sensoren, Überwachungssensoren für die Beleuchtungs- und Signalanlage **Steuergeräte:** Steuergerät Kombiinstrument, Diagnose-Interface Datenbus **Aktoren:** Kontrollleuchten

Darstellung	Merkmale
Abbiegeassistent 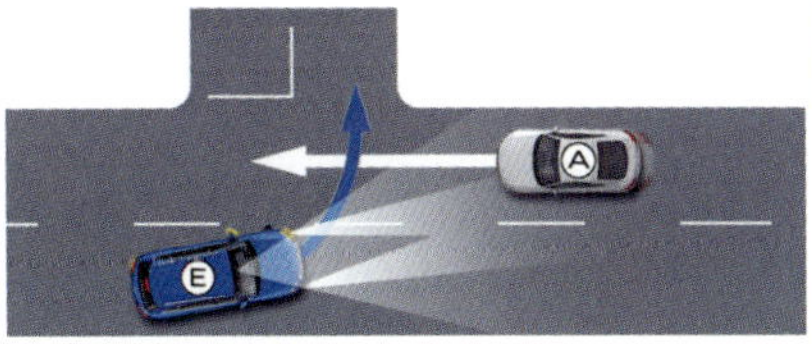	**Aufgabe:** Der Abbiegeassistent überwacht beim Linksabbiegen (Pkw) mit niedriger Fahrgeschwindigkeit (bis 10 km/h) den Gegenverkehr und bremst bei einer gefährlichen Situation bis zum Stand ab. **Sensoren:** Frontkamera, Frontradarsensoren, ESP-Raddrehzahlsensoren **Steuergeräte:** Steuergerät Abbiegeassistent, ESP-Steuergerät, Steuergerät Frontkamera **Aktoren:** Bremsassistent (Magnetventile), optische und akustische Anzeige
Ausweichassistent 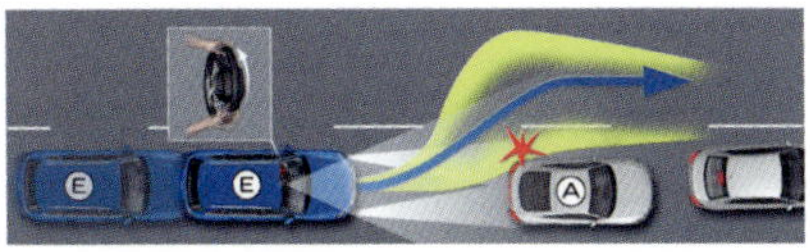	**Aufgabe:** Der Ausweichassistent unterstützt die Person am Steuer bei einem plötzlich auftretenden Hindernis durch gezielte Lenkeingriffe, um eine optimale Ausweichlinie zu erreichen. **Sensoren:** Frontkamera, Frontradarsensoren **Steuergeräte:** Steuergerät Ausweichassistent, ESP-Steuergerät, Steuergerät Lenksystem **Aktoren:** optische, akustische Warnsignale, ESP-Hydraulikeinheit, Hydraulikeinheit Lenkung
Ausstiegswarnung 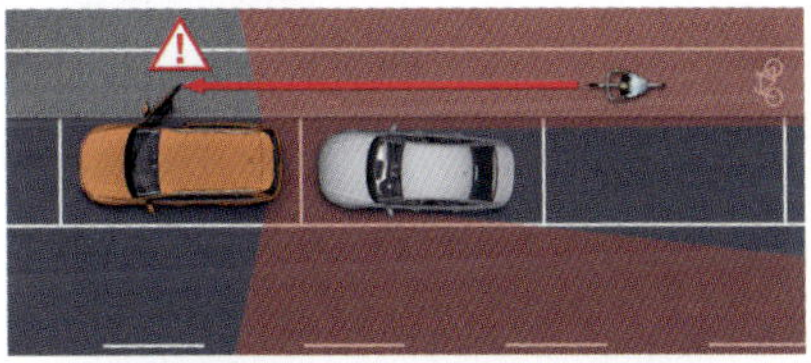	**Aufgabe:** Die Ausstiegswarnung überwacht das hintere seitliche Fahrzeugumfeld, um z. B. vor Kollisionen mit Fahrradfahrern oder Kraftfahrzeugen zu warnen. **Sensoren:** Heckradarsensoren **Steuergeräte:** Türsteuergeräte links und rechts **Aktoren:** Ausstiegswarnleuchte, Lichtleiste Türen
Anhängerassistent 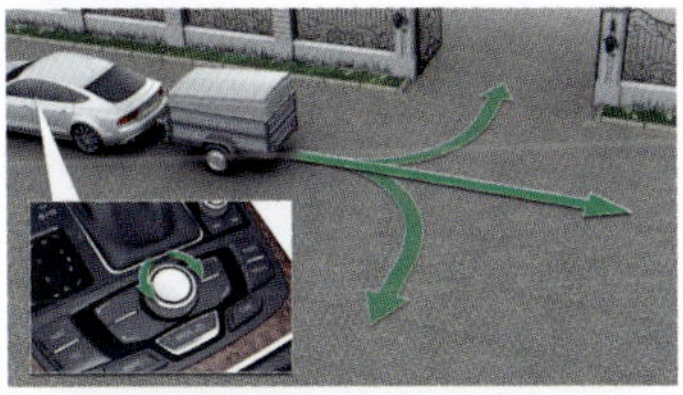	**Aufgabe:** Der Anhängerassistent unterstützt den Fahrer bzw. die Fahrerin während des Rückwärtsfahrens mit Anhänger. **Sensoren:** Dreh-Drucksteller, Knickwinkelsensor **Steuergeräte:** Anhängersteuergerät, Steuergerät Anhängererkennung, Bordnetzsteuergerät, Steuergerät Lenkhilfe **Aktoren:** Rückfahrkamera, Kombiinstrument, Display, Motor für elektromechanische Lenkung, schwenkbare Anhängerkupplung
Kreuzungsassistent 	**Aufgabe:** Der Kreuzungsassistent warnt an unübersichtlichen Kreuzungen vor Gefahren und führt bei zu erwartenden Kollisionen eine Notbremsung durch. **Sensoren:** Taster, Frontkamera Umgebungskamera, Laserscanner, Radarsensor **Steuergeräte:** Fahrerassistenzsteuergerät, Bremsassistent-Steuergerät **Aktoren:** Kombiinstrument, Display
Ampelassistent 	**Aufgabe:** Der Ampelassistent wertet die aktuelle Ampelanlage aus und teilt die zu erwartende Länge der Grün-, Gelb- und Rotphasen mit. **Sensoren:** Ampelanlage **Steuergeräte:** Fahrerassistenzsteuergerät **Aktoren:** Kombiinstrument, Display
Seitenwindassistent 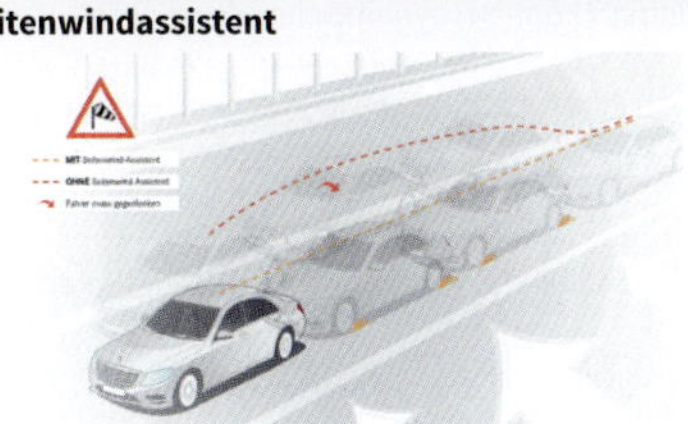	**Aufgabe:** Der Seitenwindassistent erkennt plötzlich auftretende Windböen und verhindert durch gezielte Bremseingriffe, dass das Fahrzeug die Spur verlässt. **Sensoren:** Raddrehzahlsensoren ESP, Lenkwinkelsensor, Gierratensensor mit Beschleunigungssensor, Bremsdrucksensor **Steuergeräte:** Steuergerät Seitenwindassistent, ESP-Steuergerät, Steuergerät Lenksäulenelektronik, Motorsteuergerät **Aktoren:** ESP-Hydraulik, elektronische Motorleistungssteuerung, ESP-Kontrolllampe, Elektromotor für Lenkeingriff

Geschwindigkeitsbegrenzer	Geschwindigkeitsbegrenzer schränken die Höchstgeschwindigkeit von Fahrzeugen auf einen eingestellten Wert ein. Bei Nutzfahrzeugen und Bussen mit mehr als 3,5 t zulässiger Gesamtmasse sind diese verpflichtend (§ 57c StVZO). In der EU müssen ab 2022 alle neuen Fahrzeugtypen darüber hinaus mit einem Intelligent-Speed-Assistance-System (ISA) ausgestattet sein. Dieses Assistenzsystem unterstützt bei der Einhaltung des jeweils geltenden Geschwindigkeitslimits und zeigt eine Überschreitung akustisch, optisch und ggf. haptisch an.
Android Auto	Verbindungstechnik zur (drahtlosen) Verbindung von auf dem Betriebssystem Android basierenden Smartphones mit dem Fahrzeug. Eine Steuerung von MirrorLink-kompatiblen Apps auf dem Smartphone kann von den Bedienelementen des Fahrzeugs aus erfolgen. Die Smartphone-Anzeige wird auf dem Display des Fahrzeugs gespiegelt. Die Funktionen sind über einen Open-Source-Standard des CCC (Car Connectivity Consortium) definiert.
Apple CarPlay	Verbindungstechnik zur (drahtlosen) Verbindung von auf dem Betriebssystem iOS basierenden Smartphones mit dem Fahrzeug. Eine Steuerung von iOS-kompatiblen Apps auf dem Smartphone kann von den Bedienelementen des Fahrzeugs aus erfolgen. Die Smartphone-Anzeige wird auf dem Display des Fahrzeugs gespiegelt. Die technische Funktionalität wird von Apple in Verbindung mit den Fahrzeugherstellern festgelegt.
Laserscanner/LiDAR (Light Detection and Ranging)	Laserscanner nutzen die LiDAR-Technologie, um Entfernungen zu messen und eine Abbildung der Umgebung zu erstellen. Für Fahrerassistenzsysteme und autonomes Fahren ermöglichen sie eine möglichst präzise dreidimensionale Wahrnehmung der Umgebung durch das Fahrzeug in Echtzeit. LiDAR-Sensoren liefern durch kontinuierliches Scannen Informationen über Position, Größe und Bewegung von Gegenständen, indem sie Laserimpulse aussenden und messen, wann diese nach dem Auftreffen auf ein Objekt zurückkehren. Aus diesen Daten können Punktwolken als digitale Abbildung der realen Welt als Grundlage für Assistenzsysteme bis hin zum autonomen Fahren erstellt werden.
Müdigkeitserkennung	Die Funktion Müdigkeitserkennung wirkt unterstützend und vorbeugend, indem der Müdigkeitszustand der fahrenden Person erkennt wird. Dadurch wird die Anzahl von Unfällen durch Müdigkeit am Steuer reduziert. Die Müdigkeitserkennung geschieht u. a. durch Auswertung des Lenkverhaltens. Erkennt das System, dass die Person am Steuer einzuschlafen droht, wird z. B. durch ein akustisches Signal sowie durch einen Hinweis in der Multifunktionsanzeige des Schalttafeleinsatzes gewarnt.
Kurvenlicht	Als dynamisches Kurvenlicht werden Scheinwerfer von Fahrzeugen bezeichnet, die bei Kurvenfahrt die Leuchtrichtung in Richtung der Kurve aktiv verändern können (dynamisches Kurvenlicht). Bei einfacheren Systemen wird beim Abbiegen je nach Fahrtrichtung ein Nebelscheinwerfer eingeschaltet (statisches Kurvenlicht, Abbiegelicht).
Mirror Link	Mirror Link ist ein offener Standard zur Anbindung von mobilen Endgeräten an Fahrzeug-Entertainment-Systeme.

Darstellung	Merkmale
Ortungsassistent 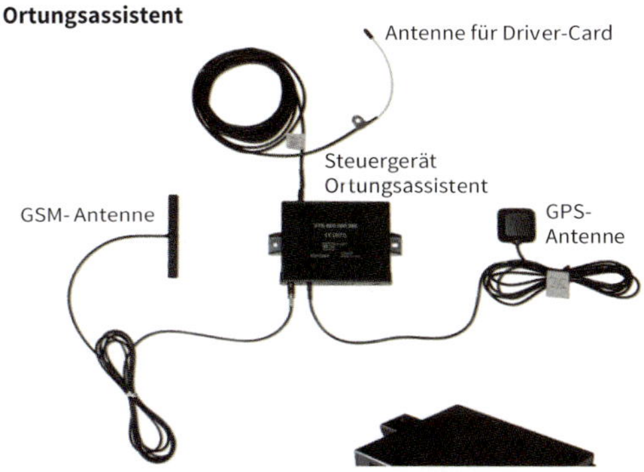 	**Aufgabe:** Der Ortungsassistent soll einen Fahrzeugdiebstahl schnell feststellen und das gestohlene Fahrzeug wiederauffinden bzw. einen Wiederstart des gestohlenen Fahrzeugs erschweren. **Sensoren:** GSM-Einheit (Global System for Mobile Communications) mit SIM-Karte und Antenne tauscht Informationen mit SOC (Service Operating Center) oder NSP (National Service Provider) aus, GPS-Einheit mit Antenne sendet den aktuellen Standort. Über die Driver-Card-Antenne stellt der Ortungsassistent fest, ob sich eine Driver-Card im Fahrzeug befindet. **Steuergeräte:** Steuergerät Ortungsassistent, Schnittstellensteuergerät für Fahrzeugortung **Aktoren:** Driver-Card aktiviert Ortungsassistenten, der eine Verbindung zum SOC aufnimmt.
Head-up-Display 	**Aufgabe:** Das Head-up-Display projiziert wichtige Informationen (z. B. aktuelle Fahrgeschwindigkeit, Verkehrszeichen) in das Sichtfeld der fahrenden Person. **Sensoren:** Frontkamera, Licht- und Regensensor **Steuergeräte:** Steuergerät für Frontscheibenprojektion, Steuergerät Informationselektronik, Bordnetzsteuergerät **Aktor:** TFT-Display
Kombiinstrument 	**Aufgabe:** Das Kombiinstrument zeigt alle Informationen über die Fahrerassistenzsysteme, Infotainmentsysteme und Fahrzeugdaten an. Informationen über **Fahrerassistenzsysteme** sind z. B.: Fahrprogrammwahl, ACC, Bremsassistent, Stauassistent **Infotainmentinformationen** sind z. B.: Infokarten und Wetterkarten vom Zielort, Zugriff auf weltweite Radiostationen mit Smartphone-App und WLAN-Verbindung, aktuelle Veranstaltungsinformationen am Zielort, Reiseinformationen **Fahrzeuginformationen** sind z. B.: Kraftstoff- und Ölverbrauch, Fahrgeschwindigkeit, Funktionsstörungen, Verkehrsinformationen, Navigation, Parkplatzinformationen **Sensoren:** Bedienelemente für Menüauswahl **Steuergeräte:** Steuergerät Informationselektronik, Bordnetzsteuergerät, Steuergerät Schalttafeleinsatz **Aktoren:** Lautsprecher, TFT-Display
Infotainmentsystem  Speicherkartenleser	**Aufgabe:** Über das Infotainmentsystem kann die fahrende Person Informationen erhalten oder eine Kommunikation durchführen. Dazu werden Telefon, Audiogeräte (z. B. Radiotuner, CD- oder DVD-Laufwerk, Speicherkartenleser), Navigation, Sprachbedienung und WLAN-Hotspot genutzt. **Sensoren:** Bedienelemente für Menüauswahl **Steuergeräte:** Steuergerät Informationselektronik, Bordnetzsteuergerät, Steuergerät Schalttafeleinsatz **Aktoren:** Lautsprecher
WLAN-Hotspot 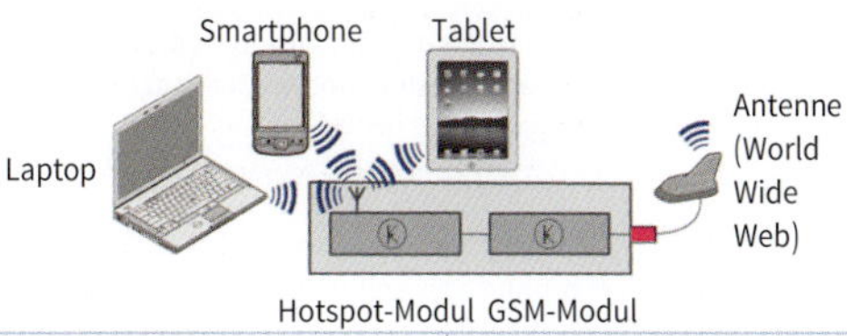 	**Aufgabe:** Der WLAN-Hotspot verbindet drahtlos mehrere Endgeräte (z. B. Laptop, Smartphone, Tablet) zu einem lokalen Netzwerk. Der Sende- und Empfangsbereich der Endgeräte ist auf den Innenraum des Fahrzeugs beschränkt. Die Verbindung zum Internet erfolgt über die Außenantenne des Fahrzeugs. **Sensoren:** Antennen **Steuergerät:** Steuergerät Informationselektronik **Aktoren:** Laptop, Smartphone, Tablet
Rückfahrkamera	Eine Rückfahrkamera ist eine Weitwinkelkamera, die meistens in der Griffmulde der Heckklappe montiert ist. Durch die von der Kamera erzeugten elektrischen Signale wird im Display im Sichtbereich der Fahrerin oder des Fahrers ein Live-Bild des Bereichs hinter dem Fahrzeug dargestellt. Rückfahrkameras zählen in vielen modernen Fahrzeugen zur Standardausstattung und tragen zur Verbesserung der Sicherheit und des Komforts beim Fahren bei.

Darstellung	Merkmale
Antiblockiersystem (ABS) 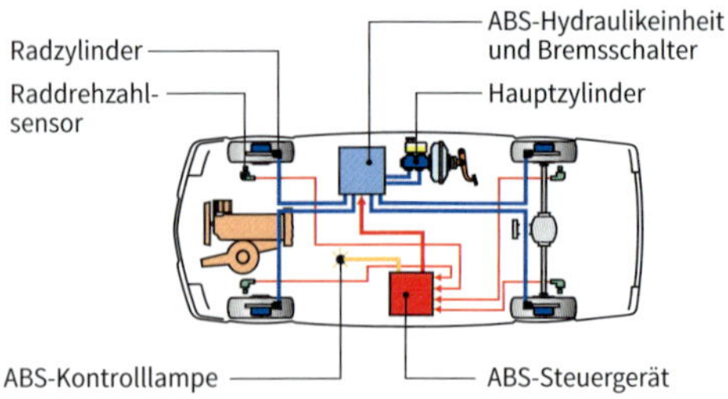 	**Aufgabe:** Das ABS soll während des Bremsens ein Blockieren der Räder verhindern, um den bestmöglichen Kraftschluss zwischen Reifen und Fahrbahn zu gewährleisten. Dabei sollen die Lenkbarkeit und Fahrstabilität des Fahrzeugs erhalten bleiben. **Sensoren:** Raddrehzahlsensoren, Bremsschalter **Steuergerät:** ABS-Steuergerät **Aktoren:** ABS-Hydraulik mit Magnetventilen und Rückförderpumpe, ABS-Kontrolllampe
Antriebsschlupfregelung (ASR) 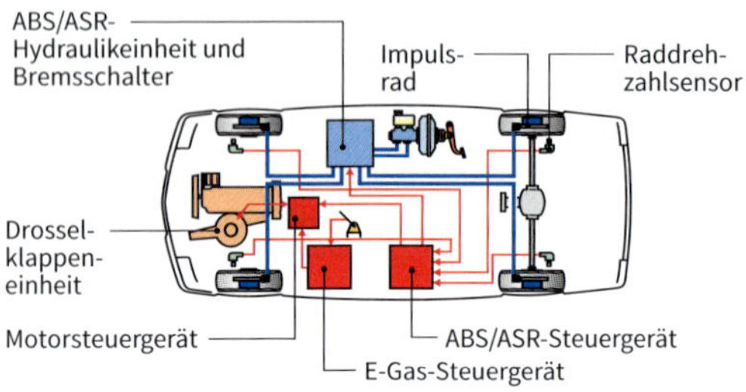 	**Aufgabe:** Die ASR soll das Durchdrehen der Antriebsräder während des Anfahrens und Beschleunigens verhindern und dadurch die Fahrstabilität verbessern. **Sensoren:** Raddrehzahlsensoren, Bremsschalter, Bedienschalter **Steuergeräte:** ABS-/ASR-Steuergerät, Motorsteuergerät, E-Gas-Steuergerät **Aktoren:** ABS-/ASR-Hydraulikeinheit mit Magnetventilen und Rückförderpumpe, Vorladepumpe, elektronische Motorleistungssteuerung, ABS-/ASR-Kontrolllampe
Elektronisches Stabilitätsprogramm (ESP) 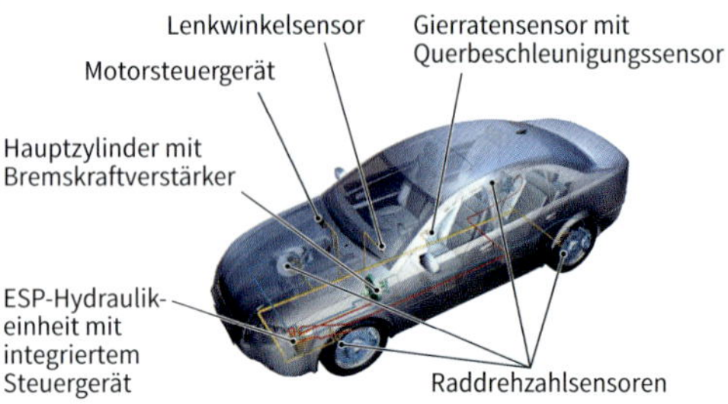 	**Aufgabe:** Das ESP soll das seitliche Ausbrechen eines Fahrzeugs während des Lenkens verhindern. Es beinhaltet das ABS und die ASR. **Sensoren:** Raddrehzahlsensoren, Bremsschalter, Bedienschalter, Lenkwinkelsensor, Gierratensensor mit Querbeschleunigungssensor, Bremsdrucksensor **Steuergeräte:** ESP-Steuergerät, Motorsteuergerät **Aktoren:** ESP-Hydraulikeinheit mit Magnetventilen und Rückförderpumpe, Vorladepumpe, elektronische Motorleistungssteuerung, ESP-Kontrolllampe
Reifendruck-Kontrollsysteme 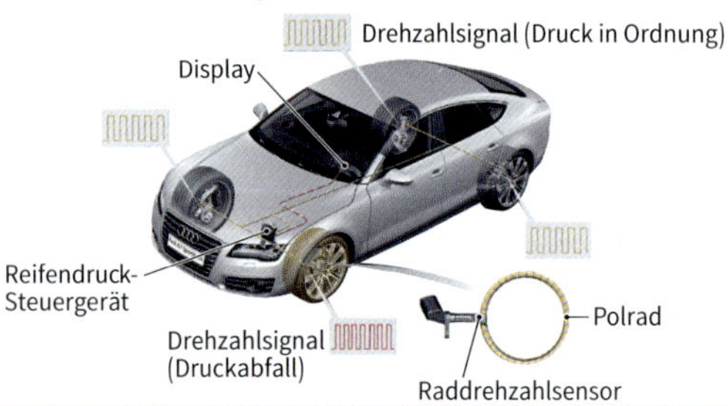 	**Aufgabe:** Die Reifendruck-Kontrollsysteme sollen die fahrende Person frühzeitig über einen Druckabfall im Reifen informieren. **Sensoren:** Reifendrucksensoren enthalten Druck- und Temperatursensoren, Raddrehzahlsensoren **Steuergerät:** Reifendruck-Steuergerät **Aktoren:** Reifenkontrollanzeige im Display, Warnsignal
Rückhaltesysteme 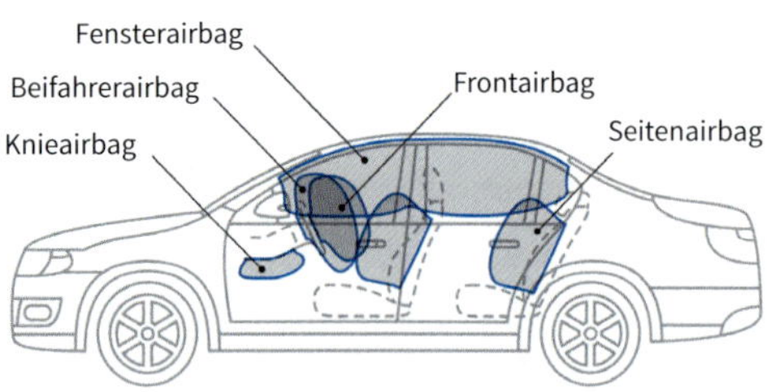 	**Aufgabe:** Rückhaltesysteme (Sicherheitsgurt, Gurtstraffer und Airbag) sollen zur Minderung der Unfallfolgen der Fahrzeuginsassen beitragen. **Sensoren:** Crashsensoren, Sitzpositionssensoren, Gurtschalter **Steuergerät:** Steuergerät Airbag **Aktoren:** Zünder für Frontairbags, Seitenairbags, Fensterairbags und Gurtstraffer, Zünder für Ablassventil des Fahrer- und Beifahrerairbags, Zünder für Batterieunterbrechung, Kontrollleuchten für Gurtwarnung und Airbags

<table>
<tr><th>Darstellung</th><th>Merkmale</th></tr>
<tr><td>

Airbags im Fahrzeug

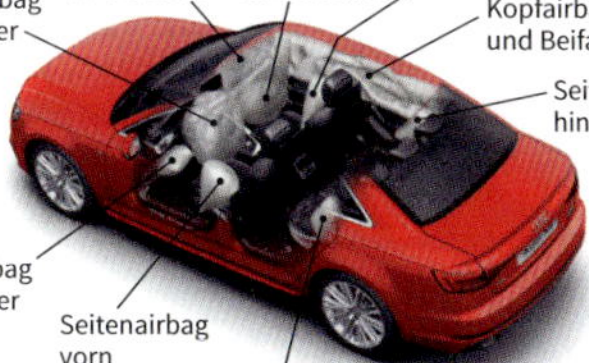

</td><td>

Aufgabe: Airbags sollen bei einem Unfall das Verletzungsrisiko der Fahrzeuginsassen vermindern.

Es werden unterschieden:
- Frontairbag für Fahrer/-innen und Beifahrer/-innen,
- Seitenairbags
- Kopfairbags
- Knieairbag

Sensoren: Crashsensoren

Steuergerät: Steuergerät Airbag

Aktoren: ein Zünder oder zwei Zünder im adaptiven (angepassten) Gasgenerator

</td></tr>
<tr><td>

Gasgenerator für Frontairbag (Fahrer)

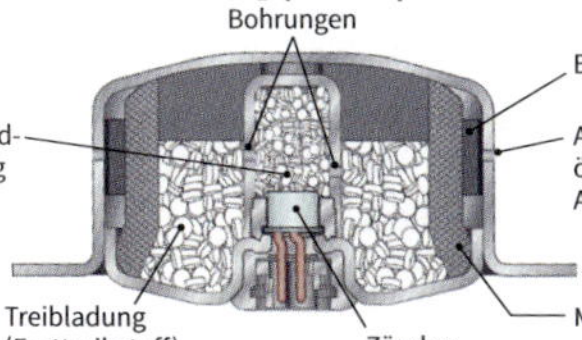

</td><td>

Frontairbag
Zündung bei Frontalaufprall (Festtreibstoff)
Schutz vor Kopfverletzungen
gleichmäßige Kraftverteilung auf den Brustkorb

</td></tr>
<tr><td>

Gasgenerator für Frontairbag (Beifahrer)

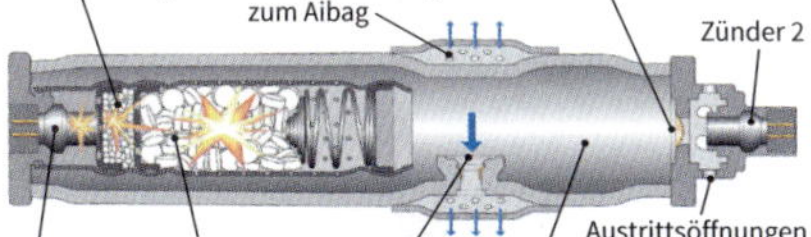

</td><td>

Frontairbag
Zündung bei Frontalaufprall (verdichtetes Gas)
Schutz vor Kopfverletzungen
gleichmäßige Kraftverteilung auf den Brustkorb

</td></tr>
<tr><td>

Gasgenerator für Seitenairbag

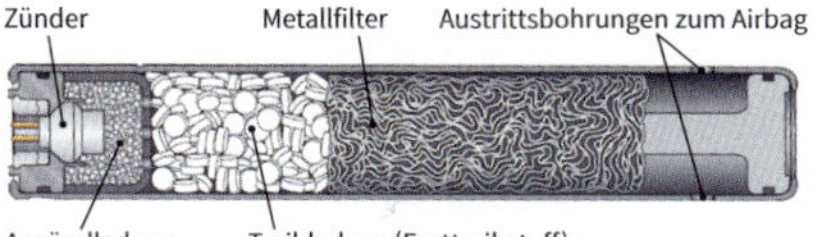

</td><td>

Seitenairbag
Zündung bei seitlichem Aufprall (Festtreibstoff)
Schutz vor Brustkorb-, Lungen- und Beckenverletzungen

</td></tr>
<tr><td>

Gasgenerator für Kopfairbag und Knieairbag

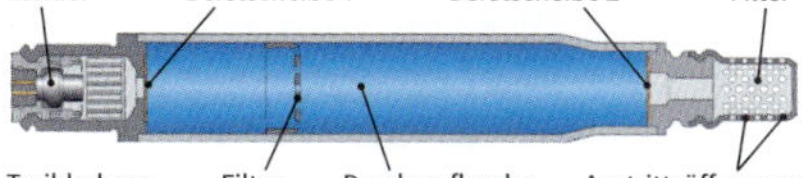

</td><td>

Kopfairbag
Zündung bei seitlichem Aufprall (verdichtetes Gas)
Schutz vor Kopf- und Genickverletzungen

Knieairbag
Zündung bei Frontalaufprall (verdichtetes Gas)
Schutz vor Kniescheiben- und Hüftverletzungen, Durchrutschen der Person unter dem Sicherheitsgurt verhindern

</td></tr>
<tr><td>

Gurtstraffer und Gurtkraftbegrenzer

</td><td>

Aufgabe: Die **Gurtstraffer** sollen bei einem Fahrzeugaufprall den Sicherheitsgurt innerhalb von 13 ms so weit wie möglich aufrollen, damit der Sicherheitsgurt fest am Körper anliegt.

Nach dem **Wirkprinzip** werden unterschieden:
- Kugelgurtstraffer
- Wankelgurtstraffer
- Seilzuggurtstraffer
- Bandgurtstraffer
- Schubstangenstraffer

Der **reversible Gurtstraffer** wird bei geringer und mittlerer Auffahrkraft eingesetzt. Der Sicherheitsgurt wird durch den Elektromotor lose oder zum Teil straff angelegt. Beide Möglichkeiten sind reversibel (umkehrbar), der Sicherheitsgurt kann wieder gelockert werden.
Der **pyrotechnische Gurtstraffer** wird bei hoher Auffahrkraft durch Zünder ausgelöst. Es erfolgt eine Vollstraffung des Sicherheitsgurtes, die Straffung ist nicht umkehrbar.
Aufgabe: Der **schaltbare Gurtkraftbegrenzer** soll die Belastung der Fahrinsassen bei einem Auffahrunfall durch die Gurtstraffer begrenzen. Das Steuergerät für Airbag schaltet je nach der Schwere des Frontalunfalls und der Sitzposition der vorderen Fahrinsassen den jeweiligen Gurtkraftbegrenzer ein.

</td></tr>
</table>

Insassenschutz

Der Insassenschutz soll bei einem Unfall die wirkenden Kräfte auf die Insassen gering halten und somit die Unfallfolgen vermindern.

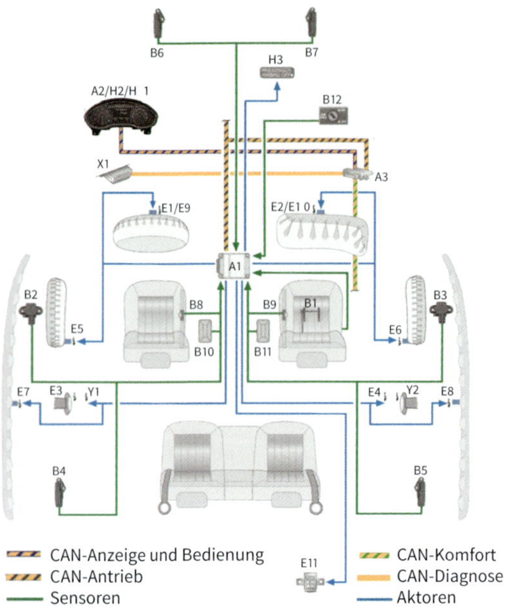

B1 Sitzbelegungssensor Beifahrerseite
B2 Crashsensor für Seitenairbag Fahrerseite (Fahrertür)
B3 Crashsensor für Seitenairbag Beifahrerseite (Beifahrertür)
B4 Crashsensor für Seitenairbag hinten Fahrerseite (C-Säule)
B5 Crashsensor für Seitenairbag hinten Beifahrerseite (C-Säule)
B6 Crashsensor für Frontairbag Fahrerseite (Front links)
B7 Crashsensor für Frontairbag Beifahrerseite (Front rechts)
B8 Sitzpositionssensor Fahrerseite
B9 Sitzpositionssensor Beifahrerseite
B10 Gurtschalter Fahrerseite
B11 Gurtschalter Beifahrerseite
B12 Schlüsselschalter für Abschaltung des Airbags Beifahrerseite

A1 Steuergerät für Airbag
A2 Steuergerät für Schalttafeleinsatz
A3 Diagnose-Interface für Datenbus (Gateway)

Y1 Gurtkraftbegrenzer Fahrerseite
Y2 Gurtkraftbegrenzer Beifahrerseite
E1 Zünder für Airbag Fahrerseite
E2 Zünder für Airbag Beifahrerseite
E3 Zünder für Gurtstraffer Fahrerseite
E4 Zünder für Gurtstraffer Beifahrerseite
E5 Zünder für Seitenairbag Fahrerseite
E6 Zünder für Seitenairbag Beifahrerseite
E7 Zünder für Kopfairbag Fahrerseite
E8 Zünder für Kopfairbag Beifahrerseite
E9 Zünder für Ablassventil des Fahrerairbags
E10 Zünder für Ablassventil des Beifahrerairbags
E11 Zünder für Batterieunterbrechung

H1 Kontrollleuchte für Gurtwarnung
H2 Kontrollleuchte für Airbag
H3 Kontrollleuchte für Airbag Beifahrerseite Aus
X1 Steckverbindung 16-fach, Diagnoseanschluss

Sensoren und ihre Aufgaben	
Crashsensoren für Frontairbags	Beschleunigungssensoren B6 und B7 messen bei einem Unfall die Fahrzeugverzögerung bzw. Fahrzeugbeschleunigung in Längsrichtung.
Crashsensoren für Seitenairbags	Drucksensoren B2 und B3 messen bei einem Seitenaufprall die Druckerhöhung in der Tür. Die Seitencrashsensoren B4 und B5 erkennen die deformierte linke oder rechte Tür.
Sitzpositionssensoren für Fahrer- und Beifahrerseite	Hallsensoren B8 und B9 erfassen die Lage der Sitze im Verstellbereich.
Sitzbelegungssensor Beifahrerseite	Sitzbelegungssensor B1 erkennt, ob der Sitzplatz belegt ist.
Gurtschalter für Fahrer- und Beifahrerseite	Gurtschalter B10 und B11 kontrollieren, ob die Sicherheitsgurte angelegt sind.
Schlüsselschalter	Schlüsselschalter B12 schaltet den Airbag auf der Beifahrerseite ab.
Steuergeräte und ihre Aufgaben	
Steuergerät für Airbag, Steuergerät im Schalttafeleinsatz, Diagnose-Interface für Datenbus (Gateway)	Die Steuergeräte haben u. a. folgende Aufgaben: ■ Crasherkennung (Front, Heck, Seite) ■ Auslösen der Gurtstraffer, Airbags, Batterieunterbrechung ■ ständige Überwachung des Airbagsystems ■ Gurtwarnung aktivieren bzw. deaktivieren
Aktoren und ihre Aufgaben	
Gurtkraftbegrenzer für Fahrer- und Beifahrerseite	Das Steuergerät A1 löst bei einem Frontalunfall zuerst die vorderen Gurtstraffer aus. Die Gurtstraffer ziehen die Sicherheitsgurte so weit wie möglich an den Körper heran. Werden die Insassen aufgrund der Verzögerung nach vorn bewegt, erfolgt durch die Gurtkraftbegrenzer Y1 und Y2 ein gezieltes Abrollen des Sicherheitsgurts. Auf diese Weise wird die Belastung der Insassen durch den Sicherheitsgurt gemindert.
Kontrollleuchte für Gurtwarnung, Kontrollleuchte für Airbag	Kontrollleuchte H1 leuchtet solange, bis die Sicherheitsgurte angelegt sind. Die vorderen Insassen werden zusätzlich akustisch darauf hingewiesen. Kontrollleuchte H2 zeigt Fehler im Airbagsystem an.
Zünder für Frontairbags, Gurtstraffer, Seitenairbags, Kopfairbags, Zünder für Ablassventil des Fahrer- und Beifahrerairbags, Zünder für Batterieunterbrechung	Das Steuergerät A1 aktiviert die Zünder E1 und E2 für die Frontairbags. Dadurch wird die Treibladung gezündet. Das entstehende Gas strömt in den Luftsack. Die Zünder E9 und E10 für die Ablassventile ermöglichen ein Öffnen des Luftsacks, aus dem das Gas gezielt entweichen kann, um den Luftsack situationsbedingt den Insassen anzupassen. Das Steuergerät A1 aktiviert die Zünder E3, E4, E5, E6, E7 und E8, um die Seiten- und Kopfairbags auszulösen. Der Zünder E11 trennt die Verbindung zwischen dem Batterie-Pluspol und der Starterhaupt-/ Generatorleitung. Dadurch werden Kurzschlüsse bzw. Brandgefahren verhindert.

Automatisches Notrufsystem (eCall)

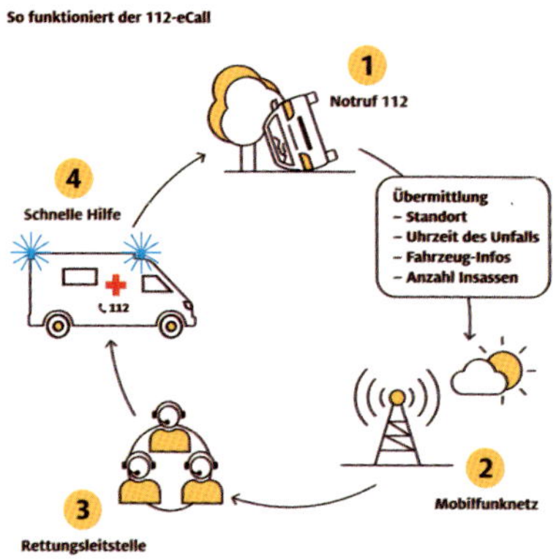

Ein automatisches Notrufsystem (eCall) ist seit dem 01.04.2018 für alle Neufahrzeuge Pflicht. Die Aktivierung erfolgt über den Mobilfunk entweder manuell über einen Taster oder bei einem Unfall automatisch (Wahl der Notrufnummer 112). Zusätzlich zur Sprachübertragung wird via Satellitenortung der Unfallort und die Art der Auslösung übertragen.

Notfallassistent

Der Notfallassistent erkennt durch die Auswertung der Lenkaktivität, ob die fahrende Person inaktiv ist. Dies passiert z. B., wenn die Person das Bewusstsein verloren hat. Wenn Inaktivität festgestellt wird, fordert der Notfallassistent mit optischen und akustischen Warnungen sowie Bremsrucken auf, die Kontrolle über das Fahrzeug wieder zu übernehmen. Ausstattungsabhängig kann auch der Sicherheitsgurt ruckartig gestrafft werden. Zusätzlich wird die Warnblinkanlage eingeschaltet, um andere Verkehrsteilnehmer zu warnen. Reagiert die Fahrerin oder der Fahrer nicht, übernimmt das System die Spurführung des Fahrzeugs, bringt es automatisch in der eigenen Fahrspur zum Stillstand und aktiviert die Parkbremse. Wenn das Fahrzeug steht, werden die Türen entriegelt, die Innenraumbeleuchtung wird eingeschaltet und ein Notruf (eCall) wird automatisch abgesetzt.

Der Fahrer oder die Fahrerin kann den Notfallassistenten jederzeit durch Lenkbewegungen, Betätigen des Brems- oder Fahrpedals, durch Deaktivieren des aktiven Spurhalteassistenten oder des adaptiven Tempomaten ausschalten. Die EU-Verordnung Nr. 2019/2144 gibt vor, dass spätestens ab dem 07.07.2024 alle erstzugelassenen Fahrzeuge mit einem solchen System ausgestattet sein müssen.

Sicherheitstests und -bewertung: NCAP, Euro NCAP

Euro NCAP (European New Car Assessment Programme), das Europäische Neuwagen-Bewertungs-Programm, ist eine Institution, die von europäischen Verkehrsministerien, Automobilclubs und Versicherungsverbänden mit Hauptsitz in Brüssel gegründet wurde. Diese Organisation führt standardisierte Crashtests mit neuen Fahrzeugmodellen durch, um Automobilkäufer/-innen und -hersteller mit einer realistischen und unabhängigen Bewertung der Sicherheitsmerkmale eines Fahrzeugs zu versorgen.

Autonomes Fahren

Autonomes Fahren bezeichnet die Fähigkeit eines Fahrzeugs, die Fahrmanöver (Lenken, Bremsen, Beschleunigen, Spurwechsel etc.) selbsttätig zu übernehmen. Unterschieden werden nach dem SAE-Standard J3016 fünf verschiedene Fähigkeitsklassen.

Klasse	Art	Fähigkeit
0	keine Automatisierung	Fahrende Person übernimmt alle Fahraufgaben
1	assistiertes Fahren	Fahrende Person wird beim Lenken und Bremsen unterstützt
2	teilautomatisiertes Fahren	Fahrzeug kann lenken, bremsen, beschleunigen, aber fahrende Person behält die Verantwortung
3	hoch automatisiertes Fahren	Fahrzeug kann die Fahrmanöver ausführen; fahrende Person muss eingreifen können
4	voll automatisiertes Fahren	Fahrzeug kann autonom fahren; fahrende Person kann das voll automatische Fahren abbrechen und das Fahren selbst übernehmen
5	autonomes Fahren	Fahrzeug fährt autonom ohne Eingriff durch eine fahrende Person

Niveauregelung

Um das übermäßige Absinken des Fahrzeugaufbaus bei Beladung zu vermeiden, kommen Niveauregulierungssysteme zum Einsatz, die entweder mit Luftfedern oder hydropneumatischen Federn ausgestattet sind. Hierbei erfolgt die Erfassung der Niveaulage mithilfe von Sensoren, welche die erforderlichen Signale für die Regelung liefern. Durch gezieltes Zuführen oder Ablassen von Luft oder Öl kann die Niveaulage des Fahrzeugaufbaus verändert werden. Auch ist z. B. eine geschwindigkeitsabhängige Anpassung der Niveaulage möglich. Des Weiteren kann durch die Einstellung der Niveaulage die Geländegängigkeit des Fahrzeugs bei Bedarf verbessert werden.

Adaptives Bremslicht

Adaptives Bremslicht aktiviert unterschiedliche Bremslichtmuster in Abhängigkeit des Bremsmanövers. Bei einer Notbremsung (erkannt durch ABS-Funktion) blinkt z. B. das Bremslicht mit einer Frequenz von 3–6 Hz. Bremsleuchten können auch je nach Stärke der Abbremsung unterschiedlich hell leuchten. Es können auch weitere Signalleuchten aktiviert werden (z. B. automatisches Einschalten der Warnblinkleuchte).

Abschnittsreparatur

Das Erneuern von abgegrenzten Karosseriebauteilen (z. B. Seitenwand, Schweller, Längsträger) nennt man Abschnittsreparatur. Die herausgetrennten Abschnitte werden durch vorgefertigte Neuteile durch Schweißen, Löten oder Nieten ersetzt.

Clinchen

Das Fügen durch Durchsetzen von zwei Werkstücken bezeichnet man als Clinchen. Es ist ein formschlüssiges Verfahren, das auch als Durchsetzfügen bezeichnet wird. Es wird im Karosseriebau als Alternative zu Schweißverfahren angewendet.

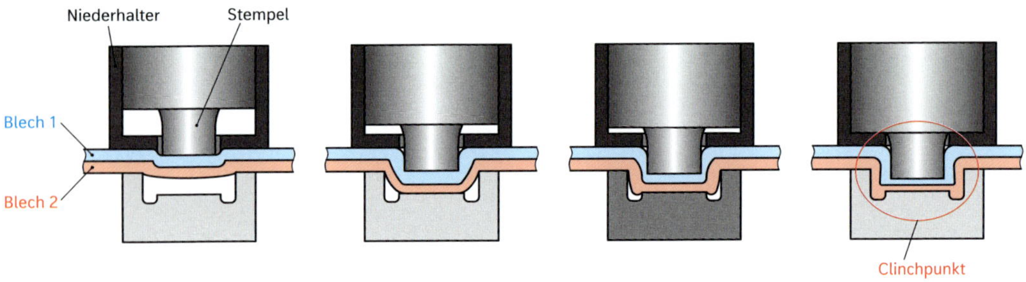

PRE-SAFE®

Mercedes-Benz setzt das PRE-SAFE®-System ein, das eine bevorstehende Kollision frühzeitig erkennt und Systeme zum Schutz der Insassen aktiviert, bevor es zum Aufprall kommt. Zum Beispiel werden der Beifahrersitz und die Rücksitze in eine günstigere Position gebracht und die Sicherheitsgurte werden durch reversible Gurtstraffer gestrafft. Im Falle eines möglichen Überschlags werden die Seitenscheiben und das Schiebedach automatisch geschlossen. Alle Maßnahmen sind reversibel: Wenn der Unfall vermieden wird, kehren die Bauteile in ihre Ausgangspositionen zurück und sind sofort wieder einsatzbereit.

Smart Repair

Smart Repair (Small Middle Area Repair Technologies) ist ein Sammelbegriff für **Reparaturmethoden**, die zur Beseitigung von Kleinschäden wie Dellen oder Kratzern zum Einsatz kommen. Die Kosten solcher Reparaturen sind geringer als bei herkömmlichen Verfahren, da der aufwendige Austausch ganzer Teile nicht erforderlich ist. Zu den Reparaturmethoden zählen u. a. lackschonende Ausbeultechniken sowie punktuelle Reparaturlackierungen (Spot-Repair).

Verbundsicherheitsglas (VSG)

VSG ist ein Verbundglas aus zwei oder mehr Glasscheiben, die übereinandergelegt und durch eine reißfeste und zähelastische Folie miteinander verklebt (laminiert) werden. Es weist mehrere Sicherheitsmerkmale gegenüber einer einfachen Glasscheibe sowie eine deutlich höhere Schalldämmung auf. VSG wird in der Fahrzeugtechnik zum überwiegenden Teil für Windschutzscheiben verwendet. In die Folie des VSG können Funktionen wie Heiz- oder Antennensysteme integriert werden. Im Gegensatz zum Einscheibensicherheitsglas (ESG), das bei einem Stoß oder Schlag in viele kleine Teilchen zerbricht, ist VSG bruchsicher und bleibt in einem Stück erhalten.

Fußgängerschutz

Erklärung	Einrichtungen
Zum Fußgängerschutz gehören alle Einrichtungen des Fahrzeuges, die im Falle eines Unfalls einen Beitrag zur passiven Sicherheit leisten, oder Fahrassistenzfunktionen, die einen Unfall vermeiden helfen. Die Einrichtungen werden nach der EU-Richtlinie (EU) 2018/858 beschrieben und beurteilt und müssen die in UN-Regelung Nr. 127 beschriebenen Anforderungen erfüllen. In den neueren Euro-NCAP-Prüf- und Bewertungsverfahren werden auch Komponenten zum Radfahrerschutz aufgenommen (Prüfung ab 2024).	■ Fußgängerbeleuchtung ■ Fußgängererkennung ■ Ausweichassistent ■ aktive Motorhaube ■ Windschutzscheibenairbag

Prinzip/Funktion

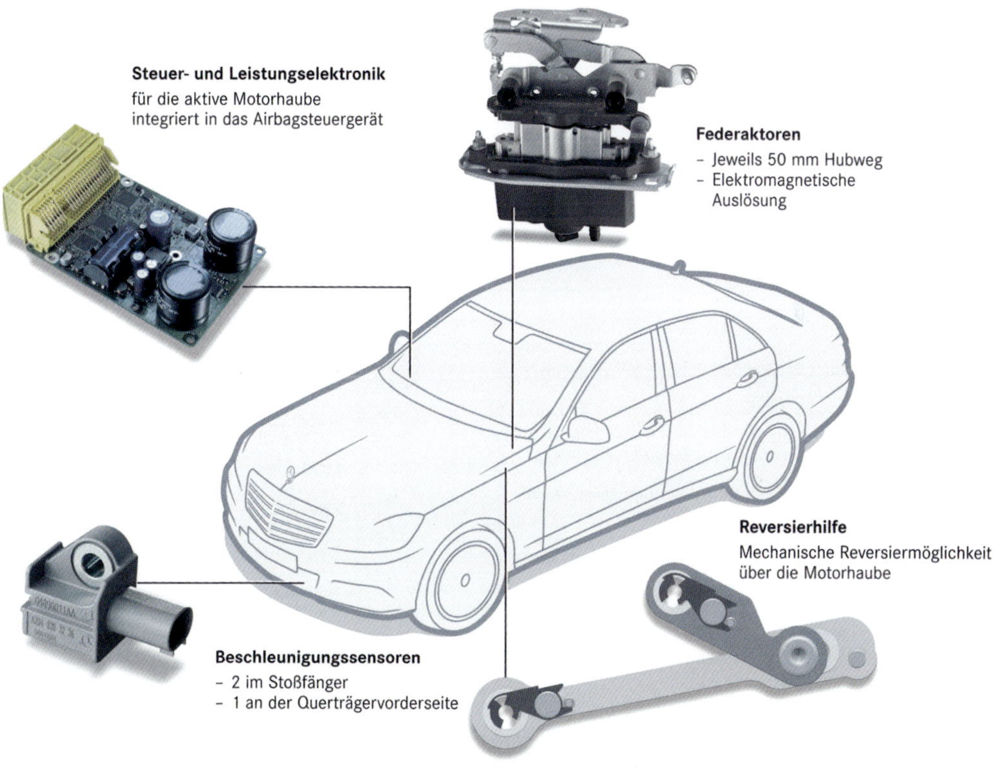

Aktive Motorhaube: Sensorgesteuert und reversibel

Verkehrs- und Transportrecht

ABE	**A**llgemeine **B**etriebs**e**rlaubnis
ADR	Europäisches Übereinkommen über die internationale Beförderung gefährlicher Güter auf der Straße
ADSp	**A**llgemeine **D**eutsche **Sp**editeurbedingungen
AETR	Europäisches Übereinkommen über die Arbeit des im internationalen Verkehr beschäftigten Personals
ArbZG	**Arb**eits**z**eit**g**esetz
ASOR	Übereinkommen über die Personenbeförderung im grenzüberschreitenden Gelegenheitsverkehr mit Kraftomnibussen
AU	**A**bgas**u**ntersuchung
AVV	**A**bfall**v**erzeichnis**v**erordnung
BAB	**B**undes**a**uto**b**ahn
BAG	**B**undes**a**mt für **G**üterverkehr
BG	**B**erufs**g**enossenschaft
BGB	**B**ürgerliches **G**esetz**b**uch
BGBl	**B**undes**g**esetz**bl**att
BGF	**B**erufs**g**enossenschaft für **F**ahrzeughaltungen
BGL	**B**undesverband **G**üterkraftverkehr, **L**ogistik und Entsorgung
CMR	Übereinkommen über den Beförderungsvertrag im internationalen Straßengüterverkehr
CTU	**C**argo **T**ransport **U**nit (Beförderungseinheit im kombinierten Verkehr)
DEKRA	**De**utscher **Kra**ftfahrzeug-Überwachungs-Verein
DOT	**D**epartment **o**f **T**ransportation (Amerikanisches Verkehrsministerium)
ECE	**E**conomic **C**omission for **E**urope (Europäische Wirtschaftskommission)
EBE	**E**inzel-**B**etriebs**e**rlaubnis
EG	**E**uropäische **G**emeinschaft
EU	**E**uropäische **U**nion
EWG	**E**uropäische **W**irtschafts**g**emeinschaft
FeV	**F**ahr**e**rlaubnis-**V**erordnung
FpersG	**F**ahr**pers**onal-**G**esetz
FpersV	**F**ahr**pers**onal-**V**erordnung
GDV	**G**esamtverband der **D**eutschen **V**ersicherungswirtschaft
GGVS/E	**G**efahr**g**ut**v**erordnung **S**traße/**E**isenbahn
GüKG	**Gü**ter**k**raftverkehrs**g**esetz
gVV	**G**emeinschaftliches **V**ersand**v**erfahren
HGB	**H**andels**g**esetz**b**uch
HU	**H**aupt**u**ntersuchung
IBC	**I**ntermediate **B**ulk **C**ontainer (Container für Lagerung und Transport flüssiger Produkte)
IHK	**I**ndustrie- und **H**andels**k**ammer
KBA	**K**raftfahrt-**B**undes**a**mt
Kfz	**K**raft**f**ahr**z**eug
KOM	**K**raft**om**nibus
KrW-/AbfG	**Kr**eislauf**w**irtschafts- und **Abf**all**g**esetz
LMHV	**L**ebens**m**ittel**h**ygiene-**V**erordnung
LMTV	**L**ebens**m**ittel-**T**ransportbehälter-**V**erordnung
ÖPNV	**Ö**ffentlicher **P**ersonen**n**ah**v**erkehr
OwiG	**O**rdnungs**wi**drigkeits**g**esetz
PBefG	**P**ersonen**bef**örderungs**g**esetz
PflVersG	**Pfl**icht**vers**icherungs**g**esetz
RGST	**R**ichtlinien für **G**roßraum- und **S**chwer**t**ransporte
SP	**S**icherheits**p**rüfung
StGB	**St**raf**g**esetz**b**uch
StVG	**St**raßen**v**erkehrs**g**esetz
StVO	**St**raßen**v**erkehrs**o**rdnung
StVZO	**St**raßen**v**erkehrs**z**ulassungs**o**rdnung
tGG	**T**atsächliches **G**esamt**g**ewicht
TgV	**T**ransport**g**enehmigungs-**V**erordnung
TierSchTrV	**Tiersch**utz**tr**ansport-**V**erordnung
TIR	**T**ransport **I**nternational de Marchandises par la **R**oute (Versandverfahren)
TLMV	**V**erordnung über **t**iefgefrorene **L**ebens**m**ittel
TRG	**T**ransportrechts**r**eform**g**esetz
TÜV	**T**echnischer **Ü**berwachungs**v**erein
UVV	**U**nfall**v**erhütungs**v**orschrift
VbF	**V**erordnung über **b**rennbare **F**lüssigkeiten
VBGL	**V**ertrags**b**edingungen für den **G**üterverkehrs- und **L**ogistikunternehmer
VDI	**V**erein **D**eutscher **I**ngenieure
VO	**V**er**o**rdnung
VwV	**V**er**w**altungs**v**orschrift
WHG	**W**asser**h**aushalts**g**esetz
zGG	**Z**ulässiges **G**esamt**g**ewicht
zGM	**Z**ulässige **G**esamt**m**asse

Fahrzeugtechnik

16 V	Vierzylinder-Motor mit vier Ventilen je Zylinder
A/D	Analog-Digital-Wandler
AAS	Adaptive Air Suspension (Adaptive Luftfederung)
ABC	Aktive Body Control (aktive Federungssysteme)
ABS	Antiblockiersystem
ABV	Automatischer Blockierverhinderer
ACC	Adaptive Cruise Control (angepasste Reisegeschwindigkeitsregelung)
ACEA	Association des Constructeurs Européens l'Automobiles (Vereinigung der europäischen Automobilkonstrukteure)
ADR	Automatische Distanzregelung
ADS	Adaptives Dämpfersystem
AFS	Aktive Fahrwerkssysteme
AGR	Abgasrückführung
AGS	Adaptive Getriebesteuerung
AKS	Automatisches Kupplungssystem
ALB	Automatisch lastabhängiger Bremskraftregler
API	American Petroleum Institute (Amerikanisches Erdölinstitut)
ARF	Abgasrückführung
ASD	Automatisches Sperrdifferenzial
ASG	Automatisiertes Schaltgetriebe
ASR	Antriebsschlupfregelung
AT	Automatic Transmission (automatisches Getriebe)
ATF	Automatic Transmission Fluid (Öl für automatisches Getriebe)
BAS	Bremsassistent
BBA	Betriebsbremsanlage
BDE	Benzin-Direkteinspritzanlage
BTL	Biomass to Liquid (Biomasse zu Flüssigkeit)
BUS	Binary Unit System (System zur Datenübertragung)
CAN	Controller Area Network (Datenübertragungsprotokoll)
CBC	Cornering Brake Control (Kurvenbremskontrolle)
CCD	Charge-Coupled Device (Messwertaufnehmer)
CDI	Capacitive Discharge Ignition (Kondensatorentladungszündung)
CDI	Common-Rail Diesel Injektion (Dieseleinspritzsystem)
CDC	Continuous Damping Control (ständige Dämpferregelung)
CES	Continuously Controlled Electronic Suspension (ständig kontrollierte elektronische Federung)
CFI	Central Fuel Injection (Zentraleinspritzung)
CIH	Camshaft in Head (im Zylinderkopf liegende Nockenwelle)
CNG	Compressed Natural Gas (komprimiertes Erdgas)
CPU	Central Processing Unit (zentrale Recheneinheit)
CR	Common-Rail-System (Diesel-Einspritzsystem)
CRT	Continuously Regenerating Trap (ständig regenerierender Rußfilter)
CVT	Continuously Variable Transmission (stufenlos-variable Übersetzung)
CZ	Cetanzahl
DBA	Dauerbremsanlage
DI	Direct Injection (Direkteinspritzung)
DOHC	Double Overhead Camshaft (zwei über dem Zylinderkopf liegende Nockenwellen)
DOT	Department of Transportation (US-Verkehrsministerium)
DRC	Dynamic Ride Control (hydraulisch gesteuerte Schwingungsdämpfer)
DSC	Digital Stability Control (digitale Stabilitätskontrolle)
DSP	Dynamisches Stabilitätsprogramm
DWA	Diebstahlwarnanlage
DWS	Drehwinkelsensor
EBD	Electronic Brakeforce Distribution (elektronische Bremskraftverteilung)
EBS	Elektronisch geregeltes Bremssystem
EDC	Electronic Diesel Control (elektronisch geregelte Dieseleinspritzung)
EDS	Elektronische Differenzialsperre
EEM	Elektrisches Energiemanagement
EEPROM	Electrically Erasable Programmable Read-Only Memory (elektrisch löschbarer programmierbarer Nur-Lese-Speicher)
EFR	Elektronische Fahrwerksregelung
E-Gas	Elektronisches Gaspedal
EGS	Elektronische Getriebesteuerung
EHB	Elektro-hydraulische Bremse
EKM	Elektronisches Kupplungsmanagement
EKS	Elektronisches Kupplungssystem
EMV	Elektromagnetische Verträglichkeit
EOBD	Europäische On-Bord-Diagnose
EPB	Elektromechanische Parkbremse
EPG	Enhanced Protective Glas (Verbundsicherheitsglas)
EPROM	Erasable Programmable Read-Only Memory (UV-löschbarer programmierbarer Nur-Lese-Speicher)
ESD	Elektronisches Sperrdifferenzial
ESG	Einscheibensicherheitsglas
ESP	Elektronisches Stabilitätsprogramm (Fahrdynamikregelung)
ETS	Elektronisches Traktionssystem
Euro NCAP	European New Car Assesment Program (europaweit vergleichbarer Verkehrssicherheitstest)
EWS	Elektronische Wegfahrsperre
EZ	Elektronische Zündung mit Zündkennfeld
FAP	Filtre à Particules (Teilchenfilter)
FBA	Feststellbremsanlage
FDI	Fuel Direct Injection (Benzindirekteinspritzung)
FDR	Fahrdynamikregelung
FDS	Fahrzeugdiagnosesystem
FEM	Finite Elemente Methode (Berechnungsmethode für Bauteile)
FGR	Fahrgeschwindigkeitsregelung (Tempomat)
FIS	Fahrerinformationssystem

Fahrzeugtechnik

FlexRay™	**Flex** und **Ray** (Hochgeschwindigkeits-Datenbussystem)
FSI	**F**uel **S**tratified **I**njection (Benzin-Direkteinspritzung)
FWD	**F**our **W**heel **D**rive (Vierradantrieb)
GDI	**G**asoline **D**irect **I**njection (Benzin-Direkteinspritzung)
GPS	**G**lobal-**P**ositioning-**S**ystem (Globales System für Fahrzeugnavigation)
GRS	**G**ier**r**aten**s**ensor
HA	**H**inter**a**chse
HBA	**H**ilfs**b**rems**a**nlage
HD-Öl	**H**eavy **D**uty (Motoröl für schwere Beanspruchungen)
HFM	**H**eiß**f**ilm-Luft**m**assenmesser
HKZ	**H**ochspannungs-**K**ondensator**z**ündung
HLM	**H**itzdraht-**L**uft**m**assenmesser
IDI	**I**n**d**irect **I**njection (indirekte Einspritzung)
KAT	**Kat**alysator
KOM	**K**raft**om**nibus
KW	**K**urbel**w**elle
LCD	**L**iquid-**c**rystal **D**isplay (Flüssigkristallanzeige)
LDW	**L**ane **D**eparture **W**arning System (Spurhalteassistent)
LED	**L**ight **E**mitting **D**iode (Leuchtdiode)
LH-Motronic	Elektronisches Mehrpunkteinspritzsystem mit **H**itzdraht-**L**uftmassenmesser
LI	**L**oad **I**ndex (Tragfähigkeitskennzahl für Reifen)
LIN	**L**ocal **I**nterconnect **N**etwork (serielles Kommunikationssystem)
Lkw	**L**ast**k**raft**w**agen
LNG	**L**iquefied **N**atural **G**as (flüssiges Erdgas)
LPG	**L**iquefied **P**etroleum **G**as (Autogas)
LWR	**L**euchtweiten**r**egulierung
MED-Motronic	Elektronisches direktes Mehrpunkteinspritzsystem (**M:** Motronic, **E:** elektronisches Fahrpedal, **D:** direkt)
ME-Motronic	Elektronisches indirektes Mehrpunkteinspritzsystem (**M:** Motronic, **E:** elektronisches Fahrpedal)
MFI	**M**ultipoint **F**uel **I**njection (Mehrpunkteinspritzung)
MOST	**M**edia **O**riented **S**ystems **T**ransport (Netzwerk für Multimediadaten)
Motronic	Kombiniertes Einspritz- und Zündsystem
MOZ	**M**otor-**O**ktan**z**ahl
MPI	**M**ulti-**P**oint-**I**njection (Mehrpunkteinspritzung)
MSR	**M**otor**s**chleppmoment**r**egelung
MT	**M**anual **T**ransmission (Handschaltgetriebe)
NBF	**N**adel**b**ewegungs**f**ühler
NEFZ	**N**euer **E**uropäischer **F**ahr**z**yklus
Nfz	**N**utz**f**ahr**z**eug
Nkw	**N**utz**k**raft**w**agen
NTC	**N**egative **T**emperature **C**oefficient (negativer Temperaturkoeffizient)
NW	**N**ocken**w**elle
OBD	**O**n-**B**oard-**D**iagnose
OHC	**O**ver**h**ead **C**amshaft (obenliegende Nockenwelle)
OHV	**O**ver**h**ead **V**alves (Über-Kopf-Ventile, untenliegende Nockenwelle)
OP	**O**perationsverstärker
OZ	**O**ktan**z**ahl
PAX-System	**P**neu **a**ccreché vertikal (Räder mit elastischem Stützring, **X:** Radialkarkasse)
PDE	**P**umpe-**D**üse-**E**inheit (Diesel-Einspritzanlage)
PLD	**P**umpe-**L**eitung-**D**üse (Diesel-Einspritzanlage)
PM	**P**articulate **M**atter (Feinstaub)
PR	**P**ly **R**ating (Gewebeeinlagen im Gürtelreifen)
PTC	**P**ositive **T**emperature **C**oefficient (positiver Temperaturkoeffizient)
R 134 a, R 1234 yf, R 744	Kältemittel für Klimaanlagen (R 134 a mittlerweile verboten)
RAM	**R**andom **A**ccess **M**emory (Direktzugriffsspeicher)
RAS	**R**ear **A**xle **S**teering (elektro-hydraulisches Lenksystem für Nkw)
RFT	**R**un-**F**lat **T**yre (verstärkte Reifenseitenwand)
ROP	**Ro**llover **P**revention (Kippschutz)
ROV	**Ro**tierende Zündspannungs**v**erteilung
ROZ	**R**esearch **O**ktan**z**ahl
RSC	**R**un Flat **S**ystem **C**omponent (Räder mit selbsttragenden Reifen)
RUV	**Ru**hende Zündspannungs**v**erteilung
SAC	**S**elf **A**djusting **C**lutch (selbsteinstellende Kupplung)
SAE	**S**ociety of **A**utomotive **E**ngineers (Vereinigung der Kraftfahrzeug-Ingenieure in den USA)
SBC	**S**ensotronic **B**rake **C**ontrol (elektro hydraulische Bremse)
SCR	**S**elective **C**atalytic **R**eduction
SDI	**S**aug**d**iesel **I**njection (Direkteinspritzung ohne Turbolader)
Servo-comtronic	Elektronisch gesteuerte Servolenkung für Nutzkraftwagen
Servolectric	Elektronisch gesteuerte elektrische Servolenkung
Servotronic	Elektronisch gesteuerte Hydrolenkung
SI	**S**peed **I**ndex (Geschwindigkeitssymbol für Reifen)
SRS	**S**upplement **R**estraint **S**ystem (zusätzliches Sicherheits-Rückhaltesystem)
SUV	**S**port **U**tility **V**ehicle (sportliches Allzweckfahrzeug)
SZ	Konventionelle **S**pulen**z**ündanlage
TCS	**T**raction-**C**ontrol **S**ystem (Traktionskontrolle)
TDI	**T**urbo**d**iesel **I**njection (Direkteinspritzung mit Turbolader)
TMC	**T**raffic **M**essage **C**hannel (Verkehrsnachrichtenkanal)
Transceiver	**Trans**mitter und Re**ceiver** (Kombination aus Sender und Empfänger)
TSP	**T**railer **S**tability **P**rogram (Gespannstabilisierung)
TSZ-H	**T**ran**s**istorspulen**z**ündung mit **H**allsensor
TSZ-I	**T**ran**s**istorspulen**z**ündung mit **I**nduktivgeber
TSZ-K	**T**ran**s**istorspulen**z**ündung mit **K**ontakten
TWI	**T**read **W**ear **I**ndicator (Reifenverschleißanzeige)
V6	**Sechs**zylindermotor in **V**-Anordnung
VA	**V**order**a**chse
Vanos	**Va**riable **No**ckenwellenver**s**tellung
VSG	**V**erbund**s**icherheits**g**las
VTG	**V**ariable **T**urbinen**g**eometrie (Turbolader)
VZ	**V**ollelektronische **Z**ündanlage
WK	**W**andlerüberbrückungs**k**upplung
ZV	**Z**entral**v**erriegelung

E

L

N

O

S

T

U

W

X

Z

Bildquellenverzeichnis
List of picture reference

|ADAC e.V., München: 467.1. |Alamy Stock Photo, Abingdon/Oxfordshire: imageBROKER.com 349.1. |AUDI AG, Ingolstadt: 319.8, 319.9, 319.10, 319.11, 353.2, 353.4, 357.3, 357.5, 364.5, 364.6, 389.10, 427.6, 455.1, 455.3, 456.1, 456.2, 457.1, 457.2, 457.4, 457.5, 459.1, 459.2, 459.3, 459.4, 459.5, 460.2, 460.6, 461.1, 461.2, 461.3, 461.4, 461.5, 461.6, 463.1, 463.2, 463.3, 463.4, 464.4, 465.1, 465.2, 465.3, 465.4, 465.5, 465.6. |BC GmbH Verlags- und Medien-, Forschungs- und Beratungsgesellschaft, Ingelheim: 21.1, 21.2, 21.3, 21.4, 21.5, 21.6, 21.7, 21.8, 21.9, 21.10, 21.11, 21.12, 21.13, 21.14, 21.15, 21.16, 21.17, 21.18, 22.1, 22.2, 22.3, 22.4, 22.5, 22.6, 22.7, 22.8, 22.9, 22.10, 22.11, 22.12, 22.13, 22.14, 22.15, 22.16, 22.17, 22.18, 22.19, 22.20, 22.21, 22.22, 22.23, 22.24, 22.25, 22.26, 22.27, 22.28, 22.29, 22.30, 22.31, 22.32, 22.33, 22.34, 22.35, 22.36, 22.37, 22.38, 22.39, 25.13. |Beissbarth Automotive Testing Solutions GmbH, München: 295.3, 295.7, 399.1, 399.2, 399.4, 399.5, 399.6, 399.7. |BMW Group, München: 362.7. |BorgWarner, Ludwigsburg: 190.7, 352.2. |Bruhn, Detlef, Berlin: 367.3, 367.4, 447.1, 447.2, 447.3. |Daimler AG, Stuttgart: 346.3, 461.7. |deckermedia GbR, Rostock: 10.1, 11.1, 11.2, 13.1, 14.1, 15.1, 17.1, 27.1, 37.1, 44.1, 44.2, 45.1, 45.2, 45.3, 45.4, 46.1, 46.2, 47.1, 47.2, 47.3, 48.1, 48.2, 48.3, 48.4, 48.5, 48.6, 49.1, 49.2, 49.3, 49.4, 50.1, 50.2, 50.3, 50.4, 51.1, 51.2, 51.3, 51.4, 52.1, 52.2, 52.3, 52.4, 53.1, 53.2, 53.3, 53.4, 56.1, 56.3, 57.2, 57.3, 58.1, 58.2, 58.3, 58.4, 59.1, 59.2, 60.1, 60.2, 61.1, 61.2, 61.3, 61.4, 61.5, 62.1, 62.2, 62.3, 62.4, 62.5, 63.1, 63.2, 63.3, 63.4, 63.5, 64.1, 64.2, 64.3, 64.4, 64.5, 65.1, 65.2, 65.3, 65.4, 65.5, 66.1, 66.2, 66.3, 66.4, 66.5, 67.4, 67.5, 68.1, 68.2, 69.1, 69.2, 69.3, 69.4, 69.5, 69.6, 69.7, 70.1, 70.2, 70.3, 70.4, 70.5, 71.1, 71.2, 71.3, 71.4, 71.5, 74.1, 75.1, 75.2, 75.3, 80.1, 80.2, 80.3, 81.1, 81.2, 81.3, 81.4, 82.1, 82.2, 82.3, 82.4, 82.5, 83.1, 83.2, 84.1, 84.2, 84.3, 84.4, 84.5, 86.1, 87.1, 88.1, 88.2, 88.3, 88.4, 89.1, 89.2, 89.3, 90.1, 90.2, 90.3, 90.4, 91.1, 91.3, 92.1, 92.2, 92.3, 92.4, 93.1, 93.2, 93.3, 93.4, 94.1, 94.2, 94.3, 94.4, 95.1, 96.1, 96.2, 96.3, 97.1, 97.2, 97.3, 98.1, 98.2, 98.3, 99.1, 99.2, 99.3, 100.1, 100.4, 100.5, 101.1, 101.2, 102.1, 102.2, 102.3, 102.4, 102.5, 103.1, 104.1, 104.2, 104.3, 104.4, 104.5, 105.1, 105.2, 105.4, 105.5, 105.6, 106.11, 106.12, 107.1, 108.1, 108.2, 108.3, 108.4, 108.5, 108.6, 109.1, 109.2, 109.3, 109.4, 109.5, 110.1, 110.2, 110.3, 111.1, 111.2, 111.3, 112.1, 113.1, 117.1, 117.2, 123.1, 123.2, 123.3, 123.4, 127.1, 128.1, 130.1, 132.1, 132.2, 132.3, 132.4, 133.1, 134.1, 134.2, 134.3, 135.1, 135.2, 135.3, 135.4, 136.1, 136.2, 136.3, 136.4, 136.5, 136.6, 137.1, 137.2, 138.1, 138.2, 138.3, 138.4, 138.5, 138.6, 138.7, 138.8, 138.9, 139.1, 139.2, 139.3, 139.4, 139.5, 139.6, 139.7, 139.8, 139.9, 139.10, 140.1, 140.3, 140.4, 140.5, 140.6, 141.1, 141.2, 141.3, 141.4, 141.5, 141.6, 142.1, 142.2, 142.3, 142.4, 142.5, 142.6, 142.7, 143.1, 143.2, 143.3, 143.4, 143.5, 143.6, 143.7, 143.8, 143.9, 143.10, 143.11, 143.12, 143.13, 143.14, 143.15, 143.16, 143.17, 143.18, 143.19, 143.20, 143.21, 143.22, 143.23, 143.24, 143.25, 143.26, 143.27, 143.28, 143.29, 144.1, 144.2, 144.3, 144.4, 144.5, 144.6, 144.7, 144.8, 144.9, 144.10, 144.11, 144.12, 144.13, 144.14, 144.15, 144.16, 144.17, 144.18, 144.19, 144.20, 144.21, 144.22, 144.23, 144.24, 144.25, 144.26, 144.27, 144.28, 144.29, 144.30, 144.31, 144.32, 144.33, 144.34, 144.35, 144.36, 144.37, 145.1, 145.2, 146.1, 146.2, 146.3, 146.4, 147.1, 147.2, 147.3, 147.4, 150.1, 150.2, 150.3, 150.3, 150.4, 150.5, 150.6, 150.7, 150.8, 150.9, 150.10, 150.11, 150.12, 150.13, 150.14, 150.15, 150.16, 150.17, 150.18, 150.19, 150.20, 150.21, 150.22, 150.23, 150.24, 150.25, 150.26, 150.27, 150.28, 150.29, 150.30, 150.31, 151.1, 151.2, 151.3, 151.4, 151.5, 151.6, 151.7, 151.8, 151.9, 151.10, 151.11, 151.12, 151.13, 151.14, 151.15, 151.16, 151.17, 151.18, 151.19, 151.20, 151.21, 151.22, 151.23, 151.24, 152.1, 152.2, 152.3, 152.4, 152.5, 152.6, 152.7, 152.8, 152.9, 152.10, 152.11, 152.12, 152.13, 152.14, 152.15, 152.16, 152.17, 152.18, 152.19, 152.20, 152.21, 152.22, 152.23, 153.1, 153.2, 153.3, 153.4, 153.5, 153.6, 153.7, 154.1, 154.2, 154.3, 154.4, 154.5, 154.6, 154.7, 154.8, 154.9, 154.10, 154.11, 154.12, 154.13, 154.14, 155.1, 155.2, 155.3, 155.4, 155.5, 155.6, 155.7, 155.8, 155.9, 155.10, 155.11, 155.12, 155.13, 155.14, 155.15, 156.1, 156.2, 157.1, 158.1, 158.2, 160.1, 161.1, 161.2, 161.3, 161.4, 163.1, 163.2, 163.3, 163.4, 163.5, 163.6, 163.7, 163.8, 164.1, 164.2, 165.1, 165.2, 169.1, 169.2, 169.3, 169.4, 169.5, 169.6, 169.7, 169.8, 170.1, 171.1, 171.2, 171.3, 172.1, 172.2, 173.1, 173.2, 173.3, 173.4, 173.5, 173.6, 175.1, 175.2, 175.3, 175.4, 176.1, 176.2, 176.3, 176.4, 176.5, 176.6, 176.7, 176.8, 176.9, 176.10, 176.11, 176.12, 176.13, 176.14, 176.15, 176.16, 176.17, 176.18, 176.19, 176.20, 176.21, 176.22, 176.23, 176.24, 176.25, 176.26, 176.27, 176.28, 177.1, 177.2, 177.3, 177.4, 177.5, 177.6, 177.7, 177.8, 177.9, 177.10, 177.11, 177.12, 177.13, 177.14, 177.15, 177.16, 177.17, 177.18, 177.19, 177.20, 177.21, 177.22, 177.23, 177.24, 177.25, 177.26, 178.1, 178.2, 178.3, 178.4, 178.5, 179.1, 179.2, 179.3, 179.4, 181.1, 181.2, 181.3, 181.4, 181.5, 181.6, 182.1, 182.2, 182.3, 182.4, 182.5, 182.6, 182.7, 182.8, 182.9, 182.10, 182.11, 183.1, 183.2, 183.3, 183.4, 183.5, 183.6, 183.7, 183.8, 183.9, 183.10, 184.1, 184.2, 184.3, 185.1, 185.2, 185.3, 185.4, 186.1, 186.2, 186.3, 186.4, 186.5, 187.1, 187.2, 187.3, 187.4, 187.5, 187.6, 187.7, 188.1, 188.2, 188.3, 188.4, 188.5, 188.6, 188.7, 189.1, 189.2, 191.1, 191.2, 191.3, 191.4, 191.5, 191.6, 191.7, 191.8, 191.9, 191.10, 191.11, 191.12, 192.2, 192.3, 192.4, 192.5, 193.1, 193.2, 193.3, 193.4, 193.5, 193.6, 193.7, 193.8, 194.1, 194.2, 195.1, 195.2, 195.3, 195.4, 195.5, 195.6, 195.7, 196.2, 196.4, 196.6, 196.8, 197.1, 197.2, 197.4, 197.7, 197.8, 201.1, 202.1, 202.2, 202.3, 202.4, 202.5, 202.6, 202.7, 202.8, 202.9, 202.10, 202.11, 202.12, 202.13, 202.14, 202.15, 202.16, 205.1, 205.2, 205.3, 205.4, 206.1, 206.2, 206.3, 206.4, 206.5, 207.1, 207.2, 207.3, 207.4, 207.5, 207.6, 207.7, 207.8, 208.1, 208.2, 208.3, 208.4, 208.5, 208.6, 208.7, 209.1, 209.2, 209.3, 209.4, 209.5, 209.6, 209.7, 209.8, 210.1, 210.2, 210.3, 210.4, 210.5, 210.6, 210.7, 210.8, 210.9, 210.10, 210.11, 211.1, 211.2, 211.3, 211.4, 211.5, 211.6, 211.7, 211.8, 212.1, 212.2, 212.3, 212.4, 214.1, 215.1, 215.2, 215.3, 215.4, 215.5, 215.6, 215.7, 216.1, 216.2, 216.3, 216.4, 216.5, 216.6, 216.7, 216.8, 216.9, 216.10, 216.11, 216.12, 216.13, 216.14, 216.15, 216.16, 216.17, 216.18, 216.19, 216.20, 216.21, 216.22, 216.23, 216.24, 216.25, 216.26, 216.27, 216.28, 216.29, 216.30, 216.31, 216.32, 216.33, 216.34, 216.35, 216.36, 216.37, 216.38, 216.39, 216.40, 216.41, 216.42, 216.43, 216.44, 216.45, 216.46, 216.47, 216.48, 216.49, 216.50, 216.51, 216.52, 216.53, 216.54, 216.55, 216.56, 216.57, 216.58, 216.59, 216.60, 216.61, 216.62, 216.63, 216.64, 227.1, 229.2, 229.3, 229.4, 229.5, 229.6, 229.7, 229.8, 229.9, 229.10, 229.11, 230.1, 230.2, 230.3, 230.4, 230.5, 230.6, 234.3, 234.4, 234.5, 234.6, 234.7, 235.1, 235.2, 235.3, 235.4, 236.1, 236.2, 236.3, 240.1, 240.2, 240.3, 244.1, 247.1, 247.2, 248.1, 248.2, 248.3, 250.2, 250.3, 251.1, 252.1, 252.2, 252.5, 252.6, 253.1, 254.1, 255.1, 255.2, 255.3, 255.4, 255.5, 255.6, 255.7, 255.8, 255.9, 255.10, 255.11, 255.12, 256.1, 256.2, 256.3, 257.1, 257.2, 257.3, 257.4, 258.1, 258.2, 259.1, 260.1, 260.2, 261.1, 261.2, 262.1, 262.2, 263.1, 263.2, 263.3, 263.4, 263.5, 264.1, 264.2, 264.3, 265.1, 265.2, 266.1, 269.1, 269.2, 269.3, 269.4, 269.5, 269.6, 270.1, 270.2, 270.3, 271.1, 271.2, 271.3, 272.1, 272.2, 272.3, 273.1, 273.2, 273.3, 274.1, 274.2, 274.3, 274.4, 275.1, 275.2, 275.3, 276.1, 277.1, 278.1, 279.1, 280.1, 281.1, 281.2, 283.1, 283.2, 283.3, 283.4, 284.1, 284.2, 284.3, 284.4, 285.2, 285.3, 285.4, 285.5, 285.6, 285.7, 285.8, 285.9, 285.10, 285.11, 286.1, 286.2, 286.3, 286.4, 286.5, 286.7, 286.8, 286.9, 287.1, 287.2, 287.3, 287.4, 288.1, 288.2, 288.3, 288.4, 289.1, 289.2, 290.1, 290.2, 291.1, 291.2, 291.3, 292.1, 292.2, 292.3, 292.3, 292.4, 293.1, 293.2, 293.3, 293.4, 293.5, 293.6, 294.2, 294.3, 295.1, 295.2, 295.4, 295.5, 295.6, 295.8, 295.9, 296.1, 296.2, 296.3, 296.4, 296.5, 296.6, 297.1, 297.2, 297.3, 297.4, 297.5, 298.1, 298.2, 298.3, 298.4, 298.5, 298.6, 298.7, 298.8, 298.9, 298.10, 298.11, 298.12, 299.1, 299.2, 301.1, 301.2, 301.3, 301.4, 301.5, 301.6, 301.7, 301.8, 301.9, 301.10, 301.11, 301.12, 301.13, 302.1, 302.2, 302.3, 302.4, 302.5, 302.6, 302.7, 302.8, 302.9, 302.10, 303.1, 303.2, 303.3, 303.4, 303.5, 303.6, 303.7, 303.8, 303.9, 304.1, 304.2, 304.3, 304.4, 304.5, 304.6, 304.7, 306.1, 306.2, 306.3, 306.4, 306.5, 306.6, 306.7, 306.8, 306.9, 306.10, 306.11, 306.12, 307.1, 307.2, 307.3, 307.4, 308.1, 308.2, 308.3, 308.4, 308.5, 308.6, 309.1, 309.2, 309.3, 309.4, 309.5, 309.6, 309.7, 309.8, 310.1, 310.2, 310.3, 310.4, 310.5, 310.6, 310.7, 311.1, 311.2, 311.3, 311.4, 311.5, 312.1, 312.2, 312.3, 312.4, 313.1, 313.2, 313.3, 313.4, 313.5, 313.6, 313.7, 313.8, 313.9, 314.1, 314.2, 314.3, 314.4, 315.1, 315.2, 315.3, 315.4, 316.1, 316.2, 317.1, 317.2, 317.3, 317.4, 317.5, 317.6, 317.7, 317.8, 317.9, 317.10, 318.1, 318.2, 318.3, 318.4, 318.5, 318.6, 318.7, 318.8, 318.9, 318.10, 318.11, 318.12, 318.13, 318.14, 320.1, 320.2, 320.3, 320.4, 321.2, 321.3, 322.1, 322.2, 322.3, 322.4, 324.1, 324.2, 324.3, 324.4, 325.1, 325.2, 325.3, 325.4, 326.1, 326.2, 326.3, 326.4, 326.5, 326.6, 326.7, 326.8, 326.9, 327.1, 327.2, 327.3, 327.4, 327.5, 327.6, 327.7, 327.8, 327.9, 327.10, 327.11, 327.12, 328.1, 331.1, 331.2, 331.3, 331.4, 331.5, 333.1, 333.2, 333.3, 333.4, 334.1, 334.2, 334.3, 334.4, 334.5, 334.6, 334.7, 334.8, 334.9, 334.10, 334.11, 335.1, 335.2, 335.3, 335.4, 335.5, 335.6, 335.7, 336.1, 336.2, 336.3, 336.4, 339.1, 339.2, 339.3, 340.1, 340.2, 340.3, 340.4, 340.5, 340.6, 340.7, 340.8, 340.9, 340.10, 340.11, 340.12, 340.13, 340.14, 340.15, 341.1, 341.2, 341.3, 341.4, 341.5, 341.6, 342.1, 342.2, 342.3, 343.1, 343.2, 343.3, 343.4, 344.1, 344.2, 344.3, 344.4, 344.5, 344.6, 344.7, 344.8, 344.9, 344.10, 347.2, 347.3, 347.4, 348.1,

348.2, 349.2, 349.3, 350.1, 350.2, 351.1, 351.2, 351.3, 351.4, 351.5, 351.6, 351.7, 351.9, 352.1, 352.3, 352.4, 353.1, 353.3, 354.2, 354.3, 354.4, 354.5, 355.1, 355.2, 355.3, 356.1, 357.1, 357.2, 358.1, 358.2, 358.3, 358.4, 358.5, 358.6, 358.7, 359.1, 359.2, 359.3, 359.4, 359.5, 359.6, 361.1, 361.2, 368.1, 368.2, 368.3, 368.4, 368.5, 368.6, 368.7, 368.8, 369.1, 369.2, 369.3, 369.4, 369.5, 369.6, 369.7, 370.1, 370.2, 370.3, 370.4, 370.5, 370.6, 370.7, 371.1, 371.2, 371.3, 371.4, 371.5, 371.6, 371.7, 371.8, 371.9, 371.10, 372.1, 372.2, 372.3, 372.4, 372.5, 372.6, 373.1, 373.2, 373.3, 373.4, 373.5, 374.1, 374.2, 374.3, 374.4, 375.1, 375.2, 375.3, 375.4, 378.1, 378.2, 378.3, 378.4, 379.1, 379.2, 379.3, 379.4, 379.5, 379.6, 380.1, 380.2, 380.3, 380.4, 380.5, 381.1, 381.2, 381.3, 381.4, 382.1, 382.2, 382.3, 382.4, 383.1, 383.2, 383.3, 383.4, 383.5, 383.6, 384.1, 384.2, 384.3, 384.4, 384.5, 384.6, 384.7, 384.8, 385.2, 386.2, 387.2, 387.3, 387.4, 387.5, 387.6, 387.7, 387.8, 388.1, 388.2, 388.3, 389.1, 389.2, 389.3, 389.4, 389.5, 389.6, 389.7, 389.8, 389.9, 389.12, 390.1, 390.2, 390.3, 390.4, 390.5, 390.6, 391.1, 391.2, 391.3, 392.1, 392.2, 392.3, 392.4, 392.5, 392.6, 392.7, 392.8, 392.9, 392.10, 392.11, 393.1, 393.2, 393.3, 393.4, 393.5, 393.6, 394.1, 394.2, 394.3, 394.4, 394.5, 394.6, 394.7, 394.8, 395.1, 395.2, 395.3, 395.4, 395.5, 395.6, 395.7, 396.1, 396.2, 396.3, 396.4, 397.1, 397.2, 397.3, 397.4, 397.5, 397.6, 399.3, 400.1, 400.2, 400.3, 400.4, 400.5, 400.6, 400.7, 400.8, 401.1, 401.2, 401.3, 401.4, 401.5, 401.6, 401.7, 401.8, 401.9, 402.1, 402.2, 402.3, 402.4, 403.1, 403.2, 403.3, 403.4, 403.5, 403.6, 403.7, 403.8, 403.9, 404.1, 404.2, 404.3, 404.4, 404.5, 404.6, 404.7, 405.1, 405.2, 405.3, 405.4, 405.5, 407.1, 407.2, 407.3, 407.4, 407.5, 407.6, 407.7, 407.8, 407.9, 407.10, 407.11, 407.12, 408.1, 408.2, 408.3, 408.4, 408.5, 408.6, 409.1, 409.2, 409.3, 409.4, 409.5, 409.6, 410.1, 410.2, 410.3, 410.4, 410.5, 411.1, 411.2, 411.3, 411.4, 412.1, 412.2, 412.3, 413.1, 413.2, 413.3, 413.8, 413.9, 413.10, 414.1, 414.2, 415.1, 421.1, 421.2, 421.3, 421.4, 421.5, 421.6, 421.7, 422.1, 422.2, 422.3, 422.4, 422.5, 423.1, 423.2, 423.3, 424.1, 424.2, 424.3, 424.4, 424.5, 424.6, 425.1, 425.2, 425.3, 425.4, 425.5, 425.6, 425.7, 425.8, 425.9, 425.10, 425.11, 425.12, 426.1, 426.2, 426.3, 426.4, 426.5, 426.6, 426.7, 427.1, 427.2, 427.3, 427.4, 427.5, 428.1, 428.2, 428.3, 428.4, 429.2, 429.3, 429.5, 429.6, 429.7, 429.8, 429.9, 429.10, 429.11, 430.1, 430.2, 430.3, 430.4, 430.5, 430.6, 430.7, 431.1, 431.2, 431.3, 431.4, 431.5, 431.6, 431.7, 431.8, 431.9, 431.10, 432.1, 432.2, 432.3, 432.4, 432.5, 432.6, 433.1, 433.2, 433.3, 433.4, 433.5, 433.6, 433.7, 433.8, 433.9, 434.1, 434.2, 435.1, 435.2, 435.3, 436.1, 436.2, 436.3, 436.4, 436.5, 436.6, 436.7, 436.8, 436.9, 436.10, 436.11, 437.1, 437.2, 437.3, 437.4, 437.5, 437.6, 437.7, 437.8, 437.9, 437.10, 437.11, 439.1, 439.2, 439.3, 440.1, 440.2, 440.3, 441.1, 441.2, 441.3, 444.1, 444.2, 444.3, 444.4, 444.5, 444.6, 444.7, 444.8, 444.9, 445.1, 445.2, 446.1, 447.4, 447.5, 447.6, 450.1, 450.2, 452.1, 453.1, 455.2, 455.6, 456.4, 458.1, 459.6, 460.1, 460.3, 460.4, 460.5, 463.5, 464.1, 464.2, 466.1. |Di Gaspare, Michele (Bild und Technik Agentur für technische Grafik und Visualisierung), Bergheim: 56.2, 67.1, 67.2, 67.3, 67.6, 100.2, 100.3, 105.3, 106.1, 106.2, 106.3, 106.4, 106.5, 106.6, 106.7, 106.8, 106.9, 106.10, 106.13, 106.14, 106.15, 140.2, 180.1, 192.1, 194.3, 194.4, 194.5, 194.6, 213.2, 213.3, 216.65, 216.66, 216.67, 216.68, 216.69, 216.70, 216.71, 216.72, 229.1, 231.1, 231.2, 234.1, 234.2, 238.1, 238.2, 285.1, 294.1, 321.1, 322.6, 323.1, 323.2, 323.3, 323.4, 332.1, 332.2, 332.3, 332.4, 332.5, 332.6, 332.7, 332.8, 332.9, 332.10, 332.11, 338.1, 338.2, 345.2, 345.3, 348.3, 350.3, 354.1, 360.1, 364.1, 364.2, 364.3, 364.4, 364.7, 365.1, 366.1, 366.2, 366.3, 366.4, 366.5, 367.1, 398.1, 406.1, 413.4, 413.5, 413.6, 413.7, 443.1, 443.2, 449.1, 456.3, 468.1. |DIN CERTCO Gesellschaft für Konformitätsbewertung mbH, Berlin: 250.4. |DIN Media GmbH, Berlin: 25.1, 25.2, 25.3, 25.4, 25.5, 25.6, 25.7, 25.8, 25.9, 25.10, 25.11, 25.12, 25.14, 25.15, 25.16, 25.17, 25.18, 25.19, 25.20, 25.21, 25.22, 25.23, 25.24, 252.3, 252.4, 252.7, 252.8, 252.9, 252.10. |Europäisches Parlament, Berlin: 346.4. |fotolia.com, New York: ehrenberg-bilder 347.1. |Gerigk, Peter, Berlin: 455.5. |HAZET-WERK Hermann Zerver GmbH & Co. KG, Remscheid: 180.2, 180.3, 180.4, 180.5. |HELLA GmbH & Co. KGaA, Lippstadt: 448.2. |Honda Deutschland, Frankfurt am Main: 357.4. |Infineon Technologies AG, Neubiberg: 448.1. |iStockphoto.com, Calgary: artisteer 190.5; asikkk 190.6; cihatatceken 157.3; Denis_Dryashkin 190.4; dimarik 190.3; filmfoto 17.2; hrabar 419.8; hroe 17.3; Ilic, Nikola 190.2; Juliasv 419.2; Khuankaew, Pattanaphong 157.5; Malkovstock 157.4; mkos83 190.1; sefa ozel Titel; Stason4ic 345.1; v_zaitsev 419.7; welcomia 157.2. |Knorr-Bremse AG, München: 438.1, 438.2. |Lithos, Wolfenbüttel: 47.4, 196.1, 196.3, 196.5, 196.7, 197.3, 197.5, 197.6, 249.1, 286.6, 337.1, 337.2, 346.1, 346.2, 362.1, 362.6, 415.2, 415.3, 415.4, 429.1, 429.4, 454.1, 454.2, 456.5. |MAHLE International GmbH, Stuttgart: 300.1, 300.2, 300.3, 300.4, 305.1, 305.2, 305.3, 305.4, 305.5, 305.6, 305.7, 305.8, 305.9, 305.10, 305.11, 305.12, 319.1, 319.2, 319.3, 319.4, 319.5, 319.6, 319.7. |MENNEKES Elektrotechnik GmbH & Co. KG, Kirchhundem: 362.2, 362.3, 362.4, 363.1, 363.2, 363.3, 363.5, 363.7. |Mercedes-Benz AG, Stuttgart: 469.1, 469.2. |OKS Group, Delhi: 365.2. |PantherMedia GmbH (panthermedia.net), München: Jookiko 363.4, 363.6, 363.8, 363.10. |Prof. Dr. Becker, Matthias, Rheinbach: 231.3. |REICH GmbH, Eschenburg: 213.1. |Robert Bosch GmbH, Stuttgart: 190.8, 190.9, 190.10, 322.5, 329.1, 329.2, 329.3, 329.4, 329.5, 329.6, 330.1, 330.2, 330.3, 330.4, 330.5, 330.6, 330.7, 330.8, 351.8, 395.8, 450.3, 457.3, 464.3. |Rosenberger Hochfrequenztechnik GmbH & Co. KG, Fridolfing: 366.6. |Schaeffler Vehicle Lifetime Solutions Germany GmbH & Co. KG, Herzogenaurach: 376.1, 376.2, 376.3, 376.4, 377.1, 377.2, 377.3, 377.4, 377.5, 377.6, 377.7, 377.8, 377.9, 377.10. |Shutterstock.com, New York: AleksOrel 464.5; BLKstudio 455.4; Douglas, Cliff 419.6; Heap, Steve 419.1; Nastase, Christian 453.2; PHILIPIMAGE 419.3; photowind 419.4; Smile Fight 367.2, 419.5; Suttipun 363.9; UvGroup 457.6, 457.7; Wongsuvan, Darunrat 362.5. |stock.adobe.com, Dublin: Annas, Karin & Uwe 57.1; Marunov, Zakhar 249.2, 250.1; tournee 91.2. |Voith GmbH & Co. KGaA, Heidenheim: 387.1. |Volvo Car Corporation, Köln: 469.3. |ZF Friedrichshafen AG, Friedrichshafen: Bild: ZF 385.1, 386.1, 389.11.